मैं बोरिशाइल्ला

(उपन्यास)

मैं बोरिशाइल्ला

महुआ माजी

राजकमल प्रकाशन

ISBN : 978-81-267-1205-2

मूल्य : ₹695

पहला संस्करण : 2006
चौथा संस्करण : 2019

प्रकाशक : राजकमल प्रकाशन प्रा.लि.
1-बी, नेताजी सुभाष मार्ग, दरियागंज
नई दिल्ली-110 002

शाखाएँ : अशोक राजपथ, साइंस कॉलेज के सामने, पटना-800 006
पहली मंज़िल, दरबारी बिल्डिंग, महात्मा गांधी मार्ग, इलाहाबाद-211 001
36 ए, शेक्सपियर सरणी, कोलकाता-700 017

वेबसाइट : www.rajkamalprakashan.com
ई-मेल : info@rajkamalprakashan.com

मुद्रक : बी.के. ऑफसेट
नवीन शाहदरा, दिल्ली-110 032

MAIN BORISHAILLA
Novel by Mahua Maji

पिता—स्व. श्री परिमल घोष के लिए

इस उपन्यास के लेखन में जिन विद्वत्जनों ने प्रत्यक्ष या परोक्ष रूप से मेरी मदद की, सुझाव दिए, उन सभी के प्रति हार्दिक आभार !

उपन्यास की कहानी

मैं यह स्वीकार करती हूँ कि इस उपन्यास में जो कुछ है, वह उन तमाम लोगों का है, जिन्होंने इस उपन्यास में वर्णित घटनाओं को देखा, भोगा, झेला और उनके बारे में कहा या लिखा। अतीत के गह्वर में दबी पड़ी कुछ चीख़ों को...सिसकियों को...हर्ष-विषाद को सँभालकर वर्तमान में लाने की, लोकमानस में और इतिहास के पन्नों पर बिखरे एक कालखंड के पुनरावलोकन की, धर्म, संस्कृति और वर्चस्व के चौपड़ को समझने की एक सामान्य कोशिश है यह उपन्यास।

इसके लेखन में मैंने प्राथमिक और द्वितीयक, दोनों स्रोतों का इस्तेमाल किया है। साक्षात्कारकर्ता की स्मृति पर पूरी तरह से आश्रित न रहकर यथासम्भव लिखित सामग्री की खोज की है। उन तमाम सुधीजनों, कवियों और लेखकों के प्रति हार्दिक कृतज्ञता व्यक्त करती हूँ जिनकी कथित और लिखित सामग्री से यह पुस्तक समृद्ध हुई। यदि यह फ़िक्शन की किताब न होती, तो अवश्य ही मैं सन्दर्भ देती।

इस उपन्यास को लिखने में मुझे कई वर्ष लगे। अधिकतर समय तथ्य-संकलन में, परिस्थितियों को समझकर उन्हें आत्मसात करने में और घटनाओं को एक सूत्र में पिरोने में व्यतीत हुआ। कहना न होगा कि इस दौरान मैं पूरी तरह से बांग्लामय हो उठी। वैसे बंग-भूमि से बाहर रहते हुए भी बांग्ला से दूर मैं कभी भी नहीं थी। मेरे दादाजी स्वर्गीय नगेन्द्र घोष ढाका के और नानाजी स्वर्गीय कार्तिक चन्द्र घोष बोरिशाल के निवासी थे। दादाजी तो राँची में सन् 1932 के आसपास ही आकर बस गए, पर नानाजी का परिवार पचास के दशक में कोलकाता आया। इस प्रकार विरासत में मुझे बांग्ला संस्कृति मिली। चूँकि राँची और कोलकाता में काफी बांग्लादेशी रहते हैं, इसलिए बचपन से उनके सम्पर्क और संस्पर्श में रहने का मौका मिला। दंगे-फसाद से त्रस्त होकर भाग आए लोगों के दुख-दर्द को देखा, महसूस किया। बांग्लादेश से आनेवाले लगभग सभी को मैंने नॉस्टालजिया से पीड़ित पाया। गाछ भरा नारियल, पोखर भरी मछली, बोरोज भरा पान और गोला भरा धान—जैसे वाक्यों और दृश्यों को वे कभी नहीं भूल पाए।

उन दृश्य-बिम्बों को मैंने सैकड़ों बार अपनी दादी की, नानी की, माँ की और न जाने किन-किन की आँखों में देखा और उपन्यास लेखन के दौरान मुझे यह महसूस ही नहीं हुआ कि मैं बांग्लादेश में नहीं हूँ। वहाँ रहती भी तो क्या

साठ-बासठ साल पहले के उस बांग्लादेश को ढूँढ़ पाती, जहाँ से यह उपन्यास उठ खड़ा हुआ है ?

उपन्यास में बांग्ला शब्दों तथा नामों को हिन्दी में लिखते समय मैंने कुछ धृष्टता की है। बांग्ला लिपि को हू-ब-हू देवनागरी में न लिखकर उन्हें बंगालियों द्वारा किए जानेवाले उच्चारण के अनुरूप लिखा है। यही कारण है कि बारिसाल-बोरिशाल, सपना-शॉप्ना, अनिच्छा-ऑनिच्छा वगैरह हो गया है। पाठक मुझे इसके लिए क्षमा करेंगे।

अब उपन्यास के शीर्षक के बारे में दो शब्द। जिस तरह बिहार के लोगों को बिहारी तथा भारत के लोगों को भारतीय कहा जाता है, उसी प्रकार बोरिशाल के लोगों को वहाँ की आँचलिक भाषा में बोरिशाइल्ला कहा जाता है। उपन्यास का मुख्य पात्र केष्टो बोरिशाल का है। इसलिए वह कह ही सकता है—मैं बोरिशाइल्ला।

—महुआ माजी

आग की विभीषिका

आग की विभीषिका से पहली बार मेरा सामना स्वाधीनता से तीन-चार वर्ष पहले की एक मनहूस रात को हुआ था। बांग्लादेश के बोरिशाल शहर की एक रात थी वह। बोरिशाल ! तत्कालीन अविभाजित भारत का एक खूबसूरत अंश! पुराणों में वर्णित अठारह द्वीपों में से एक द्वीप—चन्द्रद्वीप, जहाँ शंखध्वनि तथा अजान के स्वर एक-दूसरे में एकाकार होकर दिशाओं में व्याप्त हो जाया करते थे। साथ-साथ रामायण और कुरान का पाठ किया जाता था। उस समय मैं आज का अनुभवी बुजुर्ग केष्टो घोष नहीं, बल्कि साँवला, दुबला-पतला, तेल चिपचिपे बालों वाला, हाफ पैंट पहनकर ख़ाली बदन, नंगे पाँवों घूमनेवाला महज बारह-तेरह साल का एक आम शरारती बालक था।

बोरिशाल शहर के पास से ही होकर कीर्तनखोला नदी बहती थी। नदी की तरंगों के ताल में ताल मिलाकर अक्सर नाव खेते माँझियों के खुले कंठ से निकले भाटियाली गीत गूँजा करते थे और जब अपने प्राण-प्रिय बन्धु के लिए व्याकुल कोई माँझी गा उठता था,

"मोइशाल-मोइशाल कौरो बोन्धु रे
ओरे शुक्ला नोदिर कूले
मुख खानि शुकाइया गैछे
चोइत माइशा झामेले
प्राण कान्दे, प्राण कान्दे मोइशाल बोन्धु रे
ओ बोन्धु रे ऽऽऽऽऽ"

(मोइशाल मोइशाल करो बन्धु रे
अरे शुक्ला नदी के तट पर
मुरझा गया है चेहरा
चैत महीने के झमेले में
रोते हैं प्राण/प्राण रोते हैं।
मोइशाल बन्धु रे ओ बन्धु रेऽऽऽऽऽ)

तो उसकी वह दर्द-भरी लम्बी तान आकाश-पाताल को झकझोरती हुई सीधे रसिकों के हृदय में समा जाती थी।

कीर्तनखोला नदी से निकलकर एक नहर सड़कों, दुकानों, बाग-बगीचों को पार करते हुए बोरिशाल शहर के बीच में बसे हमारे घर के बिलकुल पास से होकर गुज़रती थी, ढेवदार कॉरोगेटेड टीन से बनी दीवारों और छत वाले उस घर के बिलकुल पास से, जहाँ मेरा बचपन बीता था।

उस मनहूस रात को, उस रात के बाद की असंख्य रातों को, विगत वर्षों के हरेक पल को आज भी मैं हाथ बढ़ाकर छू सकता हूँ, महसूस कर सकता हूँ। मुझे अच्छी तरह से याद है कि मैं, बालक केष्टो उस रात आमकाठ के पीढ़े पर बैठकर काँसे के एक बड़े-से जामबाटी में 'हापुस-हुपुस' करके पके आम और केले से सानकर दूध मूड़ी खा रहा था। मेरी बहन खुकी जोर-जोर से रोए जा रही थी और माँ आदतानुसार बकबक किए जा रही थीं, "ताड़ाताड़ी खा और हाथ-मुँह धोकर बाहर खुली हवा में खुकी को थोड़ी देर घुमा ला। ये छैच्कान्दुनी छेमड़ी

जामबाटी = कटोरी। मूड़ी = लाई। ताड़ाताड़ी = जल्दी। छैच्कान्दुनी छेमड़ी = बात-बात पर रोनेवाली लड़की।

बाहर जाएगी तो चुप हो जाएगी। तू सात हाथ लम्बा हो गया है रे केष्टो, मगर किसी काम में मेरा हाथ नहीं बँटाता। दिन-भर टोइ-टोइ करके घूमता रहता है। पढ़ाई-लिखाई में मन देता तो भी कोई बात थी। आज शाम से किताब को हाथ तक नहीं लगाया। इधर खुकी शाम से घैन-घैन किए जा रही है। जिस दिन भी ज़्यादा गर्मी पड़ती है, यह लड़की मुझे तंग करके मारती है। इतनी रात हो गई, अभी तक भात नहीं बैठा पाई। ऑलोक और माणिक तो बिना कुछ खाए ही सो गए हैं। उन्हें उठाकर खिलाना होगा। तुम्हारे बाबा भी बस दुकान बन्द करके आते ही होंगे...।''

माँ का बड़बड़ाना सुनते-सुनते मैं ऊब गया। पता नहीं क्यों माँ कभी चुप नहीं रह सकतीं। दिन-भर 'भॉदोर-भॉदोर' करती रहती हैं। अब खुकी दिन-भर रोती रहती है तो मैं क्या करूँ ? माणिक-ऑलोक सो गए हैं, वह भी क्या मेरी गलती है ? हर बात के लिए माँ मुझे ही दोष देती रहती हैं। इसीलिए तो माँ के पास ज़्यादा देर तक बैठने की इच्छा नहीं होती।

मन-ही-मन भन्नाते हुए मैंने किसी तरह दूध-मूड़ी खत्म किया। फिर "हाथ धोकर अभी आता हूँ" कहकर घर से बाहर निकल आया।

घर के ठीक सामने एक छोटा-सा बगीचा था। लाल रंग किए हुए कच्चे बाँस की चारदीवारी से घिरे बगीचे में अड़हुल, टगर जैसे कुछ देसी फूलों के पेड़-पौधों के बीच स्वर्ण-चम्पा का विशाल पेड़ खड़ा था—गम्भीर मुद्रा में। हवा का नामोनिशान नहीं था। हल्के पीले रंग के फूलों से सजा वह पेड़ रात में भी मानो दमक रहा था। जिस तरह भले लोगों की अच्छाइयाँ प्रकट हो ही जाती हैं, चाहे वे किसी भी मिजाज में क्यों न हों, उसी तरह गम्भीर मुद्रा में खड़े मेरे चम्पा की भीनी-भीनी खुशबू भी चारों ओर फैली हुई थी। अचानक मुझे उन सारी खुशबुओं को अपने अन्दर समेट लेने की इच्छा हुई। एक लम्बी साँस लेकर मैं फाटक से बाहर निकल आया।

सामने करीब तीस फुट चौड़ी कंक्रीट की सड़क थी। ब्रिटिश सरकार की बनाई हुई सड़क। उस वक़्त सड़क बिलकुल सुनसान हो गई थी। सिर्फ़ रोबी दा, राघोब दा और इकबाल दा एक-एक सब्बल लेकर सड़क पर वार कर रहे थे। ये तीनों ही हमारे पाड़ा के मॅस्तान थे, हमेशा जॅहोर बैनर्जी, ऑमोलेश बोड़आ जैसे बांग्ला सिनेमा के लोकप्रिय अभिनेताओं की तरह पोशाकें पहना करते थे। उन्हीं की तरह बाल कटवाते थे और गाना गाते थे।

उन मॅस्तानों को पाड़ा के लोग बुरी नज़रों से देखते थे और प्रायः सभी उनसे डरते भी थे। मुझे उनसे बिलकुल डर नहीं लगता था। मैं क्यों डरता ? मैं उनके कितने सारे काम जो कर दिया करता था। जब ये मुझे बुलाकर आस-पास रहनेवाली लड़कियों के बारे में पूछताछ किया करते थे, तब मैं पता कर-करके इन्हें सबकुछ बता दिया करता था। कभी कहते, "जा तो अल्पना को यह चिट्ठी दे आ। छिपाकर देना, कोई देख न पाए।" कभी कहते, "रूपा से कहना स्कूल से लौटते वक़्त खाल-पाड़ के केला बगान में मेरा इन्तज़ार करे।"

उन्हीं मॅस्तानों को सड़क पर सब्बल मारते देख मुझे गुस्सा आ रहा था। वह सड़क मुझे बहुत प्यारी थी। रोज वहाँ से साँय-साँय करके कितनी ही रंग-बिरंगी मोटर गाड़ियाँ जो गुज़रा करती थीं। हमारे दो आना कचहरी के जमींदार शान्ति बाबू की ऑस्टिन गाड़ी, डॉ. रायचौधरी की मॉरीस गाड़ी, मोटोर (बसें), मिट्टी के घड़ों तथा सुराहियों से लदी बैलगाड़ियाँ और भी कितना कुछ...। और उसी सड़क को खराब कर रहे हैं ये मॅस्तान लोग। मुझसे रहा नहीं गया।

घैन-घैन = भन्न-भन्न। पाड़ा = मुहल्ला। मॅस्तान = दादा किस्म के लड़के। खाल-पाड़ = नहर-किनारे।

पैर पटकते हुए उनके पास जाकर भौहें टेढ़ी करके मैंने पूछा, "आप लोग सड़क पर गढ़े क्यों बना रहे हैं ?"

"गढ़े बन नहीं रहे हैं इसीलिए तो बना रहे हैं। ले, तू बनाकर दिखा न एक गढ़ा। बाप का नाम भूल जाएगा।" कहते हुए राघोब दा ने अपना सब्बल मेरे जूठे हाथों में थमा दिया। इससे पहले कि मैं कुछ कहता, इकबाल दा कह उठे, "देख केष्टो ! अगर तू इस सड़क पर एक भी गढ़ा बना पाया न तो जो चाहेगा हम तुझे वही देंगे। ले मार सब्बल।"

अब जाकर मेरी समझ में आया कि मामला क्या है। दरअसल रोज ये लोग किसी-न-किसी बात पर बाजी लगाते थे। उस दिन इस बात पर बाजी लगी थी कि जो इस सड़क पर गढ़ा बना पाएगा वही जीतेगा। मगर सड़क इतनी मजबूत थी कि हर वार के साथ सिर्फ़ चिंगारियाँ ही छिटकती रहीं। उन तीनों में से कोई भी बाजी नहीं जीत सका। मैं क्या जीतता ! मैं सब्बल पटककर हॉन-हॉन करके सड़क के उस पार चला गया। नहर के पानी में हाथ-मुँह जो धोना था मुझे। घाट के बगल की प्रायः सभी दुकानें बन्द हो गई थीं मगर बाबा नहीं लौटे थे। मुझे बाबा के लिए चिन्ता हुई। घर की सीध में करीब आधा कि.मी. दूर बाबा की मिठाई की दुकान थी 'अन्नपूर्णा मिष्ठान्न भंडार'। बीच में थीं मूड़ी-मुड़की, चॉप-पकौड़े तथा टीन-झलाई करने की दुकानें। काली बाड़ी, डॉक्टरखाना, मुदीखाना, सैलून तथा कई छोटे-बड़े मकान भी।

मैंने खड़े होकर दूर तक दृष्टि दौड़ाई। शायद सफेद धोती-कुर्ता पहने बाबा हाथ में झोला लिए आते हुए दिख जाएँ। झोले में मिट्टी के एक बड़े से भाँड में केले के पत्ते से ढकी हुई मलाई होगी और एक छोटे से भाँड में कुछ मिठाइयाँ। मुझे चीनी डालकर मलाई खाना बहुत अच्छा लगता था। मगर माँ ज़्यादा मलाई नहीं खाने देती थीं। कहती थीं, "पेट खराब होगा, दही-चूड़ा खा।" मलाई से वह घी बनाया करती थीं। हमारी दुकान में रोज रसगुल्ले, चमचम, पातक्षीर, माखा सन्देश जैसी तरह-तरह की मिठाइयाँ बनती थीं। स्कूल से लौटते समय मैं पहले दुकान पर चला जाता था। जाते ही नौकर रॉन्टा दा मेरे हाथों में एक गिलास मट्ठा थमा देते थे। दुकान के मिठाई बनाने वाले कारीगर जोदू मामा भी मुझे देखते ही कहते थे, "गॉरोम-गॉरोम रॉशोगोल्ला बनाइसी। कॉयडा खाइबेन कॉन छोटो कॉत्ता।" (गरमागरम रसगुल्ले बनाया हूँ। कितना खाइएगा बोलिए छोटे मालिक !)

उनका यह "छोटो कॉत्ता" सम्बोधन सुन मालिकाना अहसास से मैं फूल जाता और बाँस की बेंच पर अपना स्कूली बस्ता रखते हुए अकड़कर कहता, "जॉयडा दिबेन !" (जितना दीजिएगा !) जोदू मामा एक बड़े बर्तन में रखे रस में डूबे रसगुल्ले निकाल-निकालकर एक छोटे-से मिट्टी के भाँड में भरकर मुझे पकड़ा देते थे।

रसगुल्ले खाते समय मेरी नज़र सामनेवाले टेबुल के ग्राहक पर होती थी। मैं मन-ही-मन हिसाब लगाता रहता था कि उसने कितने का खाया। बाबा एक चौकी पर टीन का कैशबक्सा लेकर बैठे रहते थे। जब वह ग्राहक उठकर पैसा देने बाबा के पास पहुँचता था और बाबा चिल्लाकर रॉन्टा दा से पूछते थे, "तीन नम्बर टेबुल का कितना हुआ रे ?" तो रॉन्टा दा से पहले ही मैं बोल उठता था, "दुई आना चाइर पॉयशा" या "ऐक आना छॉयं पॉयशा।"

कभी-कभी बाबा खुश होकर कह उठते, "देखसो, आमार पोलार कॉतो माथा ?" (देखा, मेरे बेटे का दिमाग कितना तेज़ है ?) और मैं मौके का फायदा उठाते हुए बाबा के पास जाकर

मुदीखाना=परचून की दुकान।

अपनी मुस्कान को आकर्ण प्रसारित करके धीरे-से कहता था, "बाबा ! आमारे आधला पॉयशा* देबा ?" (बाबा ! मुझे अधेला पैसा दीजिएगा ?)

मुझे पैसा माँगते देख बाबा मुस्कुराकर कहते थे, "आधला पॉयशा से क्या खरीदेगा रे? घुड़ी बुजी ?" (पतंग क्या ?)

मैं जोर-जोर से सिर हिलाते हुए कहता था, "ना, ना ! मेले से जो भाँड आपने खरीद दिया था न, उसमें डालूँगा।"

मगर हर बार पैसे मिलते ही दौड़कर पास की दुकान से भड़कीले गुलाबी, पीले या हरे रंग के लेमनचूस खरीदकर जेब में भर लेता, कभी पतंग तो कभी काँच की गोलियाँ ही खरीद लेता।

अभी भी मेरे पैंट की जेब में एक लेमनचूस पड़ा है। मैंने बाएँ हाथ से टटोलकर आश्वस्त होते हुए सोचा, "पहले हाथ-मुँह धो लूँ फिर खाऊँगा।"

घाट पर आते ही ठंडी-ठंडी हवा में मेरा तन-मन शीतल हो गया। घाट पर बिछी लकड़ी की सीढ़ियों से नहर के पानी में उतरकर मैं छप-छप करके पैर पटकते हुए खेलने लगा। चारों ओर जल के छींटे पड़ने लगे। नहर के उस पार नारियल के ढेर सारे पेड़ थे। केले का घना झाड़ भी था। बारीक-सा चाँद आकाश के एक किनारे बेमन से लटक रहा था। उस नीम अँधेरे में नहर-पार का वह जंगल भुतहा दिखाई दे रहा था। मुझे डर-सा लगने लगा। जबकि दिन में मुझे बिलकुल डर नहीं लगता। रोज नहाते समय कई-कई बार तैरते हुए उस पार जाता। फिर वापस आ जाता। तैरते-तैरते जब थककर चूर हो जाता तब पानी में चित्त लेटकर हाथ-पाँव फैलाकर अपने शरीर को बिलकुल ढीला छोड़ देता। पानी के ऊपर फैले कमल के पत्तों की तरह अपने आप को पूरी तरह से पानी के हवाले कर देता। इस प्रकार आँखें मूँदकर कुछ देर तक पड़े-पड़े सुस्ता लेने के बाद फिर तैरने लगता और उस पार पहुँच जाता। पर इस वक़्त...?

अँधेरे के कारण उसी जगह को देखकर इस वक़्त बड़ा डर लगने लगा। इसके बावजूद वहाँ से जाने की इच्छा नहीं हुई। थोड़ा और आगे बढ़कर पानी में फैले जलकुम्भी के पौधों को दोनों हाथों से हटा-हटाकर मैं घुटने तक पानी में खड़ा हो गया। अच्छी तरह से हाथ-मुँह धोकर मुँह में पानी के छींटे मारा। अचानक घर का ख़याल आया, खुकी को लेकर बाहर घुमाना है, नहीं तो माँ फिर डाँटेंगी। मैं पानी से निकलने के बारे में सोच ही रहा था कि मुझे एक अजीब-सा शोर सुनाई पड़ा। पीछे मुड़ा। वहाँ का दृश्य देख मेरे मुँह से चीख़ निकल गई। सड़क के उस पार मेरे घर की ओर से आग की लपटें उठ रही थीं। लपटों के कारण चारों ओर उजाला-सा हो गया था। दिग्विदिक्-ज्ञान-शून्य होकर कुछ देर तक तो मैं वहाँ जड़वत् खड़ा रहा। फिर चेतना लौटते ही स्थिति की गम्भीरता को समझते हुए ऊर्ध्वश्वास से घर की तरफ़ दौड़ पड़ा। सड़क पार करके घर के सामने मेरे पहुँचने से पहले ही हो-हल्ला करते हुए आस-पास के लोग बाहर निकल आए थे। मेरी माँ भी चीख़ती हुई मेरे भाई-बहनों को लेकर गिरती-पड़ती बाहर सड़क पर निकल आई थीं। धूल में लोटते आँचल, पीठ पर लटके अधखुले जूड़े और चेहरे के हाव-भाव से वह अत्यन्त विभ्रान्त नज़र आ रही थीं। "हाय ! हाय ! की होइलो रेऽऽऽऽऽऽ, शॉर्बोनाश होइया गैलो रेऽऽऽऽऽऽ, शॉब पुइड़ा छाइ होइया

* उन दिनों ताँबे-की पाई यानी एक तिहाई पैसा, अधेला यानी आधा पैसा तथा एक पैसा प्रचलन में था। एक पैसे के बीच में छेद होने के कारण उसे 'फुटो पॉयशा' भी कहते थे।

गैलो रेऽऽऽऽऽ बाचाव ! तोमरा बाचाव ! आगुन निभाव !...”

(हाय ! हाय ! क्या हो गया रेऽऽऽऽऽऽ, सर्वनाश हो गया रेऽऽऽऽऽऽ, सब जलकर राख हो गया रेऽऽऽऽऽ बचाओ ! तुम लोग बचाओ ! आग बुझाओ !) कहकर वह घिरनी की तरह इधर-से-उधर चक्कर काटती हुई आस-पास के लोगों से मिन्नतें कर रही थीं। घटना की आकस्मिकता से घबराकर खुकी, माणिक तथा ऑलोक जोर-जोर से रोने लगे थे। हमारा घर जल रहा था। रोबी दा, राघोब दा, इकबाल दा अति व्यस्तता के साथ “बाल्टी लाओ ! सब अपने-अपने घर से बाल्टी, कोलशी निकालो !” जैसे आदेश-निर्देश देते हुए इधर-उधर दौड़ रहे थे। कुछ लोग बाल्टी आदि लेकर नहर से पानी लाने के लिए दौड़ पड़े थे। तेज़ी से फैलती आग आस-पास के घरों को भी अपनी चपेट में लेती जा रही थी। लोग अपने-अपने घरों से सामान निकाल-निकालकर बाहर सड़क पर फेंकने लगे थे। सामान के साथ औरत-मर्द-बच्चे उछलकूद करते हुए बाहर निकलने लगे थे। पल में सब कुछ मानो तहस-नहस हो गया था। कहाँ थोड़ी देर पहले की वह शान्त सुनसान सड़क और कहाँ यह भयावह दृश्य ! अपने घर को, अपने प्रिय चम्पा के पेड़ को जलता देखकर भी मैं मूक-बधिर सा चुपचाप खड़ा रहा। माँ रो रही थीं, हाँफ रही थीं। मुझे चुप देखकर उन्होंने माथा पीटते-पीटते कहा, “मुझे ख़ाली हाथ नहीं आना चाहिए था रे केष्टो ! कम-से-कम वह ट्रंक ही निकाल लाती, जिसमें जेवर, पैसे और कुछ कीमती कपड़े रखे हैं। मैं तो खुकी, माणिक और ऑलोक को ही सँभालती रह गई। अब क्या होगा रे केष्टो ! कुछ भी तो नहीं बचा हमारे पास !”

पता नहीं, माँ के स्वर में ऐसा क्या था कि मेरे बाल-मन में एक अजीब-सी प्रतिक्रिया हुई और मैं पल में बुजुर्ग बन गया। अगले ही क्षण मैं बिना कुछ कहे तीर के वेग से घर की ओर दौड़ पड़ा। माँ मुझे रोकने के लिए पीछे से चिल्लाने लगीं, “मत जा केष्टो, जल मरेगा। मत जा बेटा, लौट आ। मुझे ट्रंक नहीं चाहिए, रुपए-पैसे, जेवर कुछ नहीं चाहिए। तू लौट आ बेटा ! लौट आऽऽऽ”

सड़क पर जुटे हुजूम में से अनवर चाचा, सुरेश काका, पोचू दा, राघोब दा और पता नहीं कौन-कौन मुझे जलते हुए घर की ओर जाते देखकर पीछे-से चीत्कार कर उठे। कुछ लोग मुझे पकड़ने के लिए मेरे पीछे दौड़े। मगर तब तक मैं बगीचे को पार करके आग से बचता-बचाता घर के उस कमरे में पहुँच चुका था, जिसमें वह ट्रंक रखा था। फिर एक चौकी के नीचे रखे उस जंग लगे पुराने ट्रंक को मैं खींचकर बाहर निकाल लाया। गनीमत थी कि उस चौकी में तब तक आग नहीं लगी थी। एक झटके से ट्रंक को उठाकर अपने सिर पर रखकर मैं घर से निकल आया। बाहर आते ही लोगों ने मुझे घेर लिया। मेरे सिर से उस ट्रंक को नीचे उतारा गया। मेरा हाथ-पैर सही-सलामत है कि नहीं, जाँच-पड़ताल की जाने लगी। कोई मुझे मेरी हिमाकत के लिए फटकार लगा रहा था तो कोई मेरी हिम्मत की दाद दे रहा था। मुझे सही-सलामत देख आश्वस्त होकर माँ ने भीड़ में से जगह बनाकर मुझे सीने से लगा लिया। इस बीच बाबा भी वहाँ पहुँच चुके थे। उन्होंने मुझे मेरे दुस्साहस के लिए डाँट लगाई, “खूब हीरो बनने का शौक हुआ था न ! बदन में आग लगती न, तब समझता।”

पहली बार उनकी डाँट से दुखी होने के बजाय मेरा मन एक गर्वमिश्रित आत्मतुष्टि के भाव से परिपूर्ण हो उठा। मैं अपनी ही नज़र में हीरो बन गया। हालाँकि जलते हुए घर से निकलनेवाली साँय-साँय तथा चटाक्-कड़ाक् की विकट आवाज़ें वर्षों तक मेरा पीछा करती रहीं।

उस अग्निकांड में करीब आधा कि.मी. दूरी तक के सभी घर और दुकानें जल गईं। सबसे पहले आग हमारे घर के पीछे एक झोपड़ी में लगी थी। फिर वहाँ से चारों ओर फैल गई थी। हमारा घर और दुकान दोनों एक ही साथ स्वाहा हो गए। बाद में घंटी बजाती हुई दमकल भी आई। मगर तब तक बहुत देर हो चुकी थी। एक ही रात में हम ज्यों सड़क के भिखारी बन गए थे। हमें रात-भर सड़क पर बैठे रहना पड़ा।

जैसे-तैसे रात बीती। भोर होते-होते यह ख़बर चारों ओर फैल गई थी। दूर-दराज के इलाकों से लोग आने लगे थे। भीड़ में से निकलकर एक मध्यवयसी सज्जन हमारे पास आए। काला रंग, मांसल चेहरा, बड़ा-सा पेट। मोटी-मोटी उँगलियों में सोने की अँगूठियाँ, गले में मोटा-सा सोने का चेन और साफ-सुथरा धोती, कुर्ता उनकी संभ्रांतता का परिचय दे रहे थे। वे हमारे दूर के रिश्तेदार थे। उनको देखते ही बाबा संभ्रम के साथ उठ खड़े हुए। बोले, "ज्ञान दा, आप !"

"हाँ, रे रॉमेश्शा ! सुना है तुम्हारा भी सर्वस्व जल गया है ?" बाबा के कन्धे पर बड़े अपनेपन से हाथ रखते हुए बाबा के ज्ञान दा ने पूछा।

बाबा सिसक पड़े। रातभर में उनकी आँखों के नीचे मानो काई-सी जम गई थी। बिखरे बालों में वे उद्भ्रान्त-से नज़र आ रहे थे। बाबा को मैंने कभी इस तरह से हताश होते हुए नहीं देखा था। उनको इस रूप में देखकर मुझे रुलाई आ गई। माँ, जो पहले से ही आँसू बहा रही थीं, अब जोर-जोर से रोने लगीं।

बाबा के ज्ञान दा दोनों हाथ उठाकर हम सब को सान्त्वना देने की मुद्रा में बोले, "रोओ मत ! रोओ मत ! चलो मेरे घर चलो। इस तरह से तुमलोग कब तक सड़क पर बैठे रहोगे ?"

"लेकिन आपके घर कब तक रहूँगा ? मैं तो फकीर हो गया हूँ।" बाबा ने कुर्ते की बाँह से आँसुओं को पोंछते हुए कहा।

"जब तक चाहो रहना। इस दुर्दिन में यदि तुम लोगों की थोड़ी मदद नहीं करूँगा तो ज़िन्दगी-भर का कमाना-धमाना व्यर्थ है। माना कि बहुत दूर का है, फिर भी कहीं न कहीं से खून का रिश्ता तो है।" बाबा से इतना कहकर उस सज्जन ने मेरा हाथ पकड़ लिया और खींचते हुए कहा, "चल बेटा, चल ! अपने इस जैठामॉशाइ के घर चल !"

'अ' से अजगर आशछे तेड़े

इधर अग्निकांड की ख़बर पाते ही पास के श्यामपुर गाँव से मेरे दादू नगेन्द्र घोष भागे-भागे आए। श्यामपुर बोरिशाल जिले का ही एक छोटा-सा गाँव था। कीर्तनखोला नदी से होते हुए नाव से करके करीब डेढ़-दो घंटे में ही श्यामपुर से बोरिशाल शहर पहुँचा जा सकता था।

जिस समय मेरे दादू हम लोगों के बारे में पूछते हुए ज्ञान घोष के घर आए उस समय ज्ञान जैठामॉशाइ के विशाल आँगन में साँझ उतर आई थी। जैठाइमाँ आँगन के तुलसी मंच पर सांध्यप्रदीप जलाकर शंख बजा चुकी थीं। आँगन के एक तरफ़ के दक्षिण दुआरी कमरे में, जिसे उन्होंने हमें रहने के लिए दिया था, चटाई बिछाकर हम सभी चुपचाप बैठे थे। अचानक आँगन से हमारी दुकान के कारीगर जोदू मामा की आवाज़ आई, "कॉत्ता ! देखिए कॉत्ता !

जैठा = बड़े पिता। मॉशाइ = महाशय। दादू=नाना। जैठाइयाँ = बड़ी माँ।

आप लोगों से मिलने कौन आए हैं !"

"कौन आए हैं रे जोदू ?" कहकर बाबा उठ खड़े हुए।

"देखिए तो सही।" जोदू मामा मेरे दादू को साथ लेकर दरवाज़े पर आ खड़े हुए। दादू को देख कमरे में एक पल के लिए खामोशी छा गई। फिर मेरी माँ रुँधे गले से "बाबा !" कहकर उठीं और उनके पैरों पर झुक पड़ीं।

"उठो, पुष्पी उठो !" दादू ने उन्हें उठाकर प्यार से उनके सर पर हाथ फेरा। आँसुओं की बाढ़ में डूबे बाप-बेटी यह भूल गए कि कमरे में हम सब भी हैं।

मुझसे रहा नहीं गया। मैं दादू, दादू कहता हुआ दादू से जा लिपटा। कितने दिन हो गए थे दादू से मिले हुए। मेरी पुकार सुनकर दादू को भी मानो होश आ गया। माँ की तरफ़ से ध्यान हटाकर वे मुझे प्यार करते हुए बोले, "अरे, अरे ! मेरे केष्टो दादू भाई न ! तू तो बहुत बड़ा हो गया है रे ! दादू की बात अब भी याद है तुझे ?"

"हाँ दादू ! मुझे आपकी बात याद है। अ से अजगर, आ से आम...आपकी पाठशाला के बारे में, मनसा मन्दिर के बारे में, दीदीमाँ और मामाबाड़ी के बारे में सबकुछ याद है मुझे !" मैं उल्लसित होता हुआ बोला।

"अच्छा ! मेरे दादू भाई की स्मृतिशक्ति तो बहुत प्रखर है।" कहते-कहते दादू ने अपना ध्यान कमरे के दूसरे लोगों पर केन्द्रित किया।

माणिक और ऑलोक ने, जो चुपचाप खड़े-खड़े हमें देख रहे थे, माँ के कहने पर आकर दादू को प्रणाम किया। ऑलोक और खुकी को दादू पहली बार देख रहे थे। उन सबको आशीर्वाद देकर दादू ने अपने कुर्ते की जेब से ढेर सारे चाँदी के सिक्के निकाले और हम भाई-बहनों की हथेली पर रख दिया।

हमसे निबटकर वे बाबा से मुखातिब हुए, "कैसे हो रॉमेश !"

"और कैसा रहूँगा ! सब कुछ तो सुना ही होगा आपने !"

"हाँ, हमारे गाँव का हाराधन, वही, जिसका तुम्हारी दुकान की बगल में मुदीखाना है, आज गाँव गया है। उसके मुँह से सारी बातें सुनकर ही तो आया हूँ। तुम्हारी सास ने तो रोना-धोना शुरू कर दिया है। बोली, 'जाइए, जाकर पुष्पी को सपरिवार यहाँ ले आइए।'"

दादू के मुँह से यह सुनकर कि वे हमें अपने साथ ले जाने के लिए आए हैं, मैं खुशी से नाच उठा। मामाबाड़ी के नाम से ही एक सम्मोहन-सा होता है। कितने वर्ष हो गए मामाबाड़ी गए हुए। टीन की दीवारों और छतवाला दादू का तीन तल्ला मकान....बाँस की चटाई से बनी तीसरे तल्ले की दीवारें...लकड़ी के फर्श, लकड़ी की सीढ़ियाँ...टुकड़ों में बँटी मामाबाड़ी की धुँधली-धुँधली यादें मेरे जेहन में अब भी मौजूद थीं। उस धुँधलेपन में गजब का रोमांच था।

...गर्मी की रातों में पकी लीचियों से लदे पेड़ की डाल पर रस्सी फँसाकर उसके एक सिरे को अपनी खटिया के पाए में बाँधकर दादू का मुझे लेकर आँगन में सोना और बीच-बीच में रस्सी को हिला-हिलाकर पेड़ से फल खाने आए 'बादुर' जैसे निशाचर पक्षियों को उड़ाना...

...मनसा मन्दिर में आरती के समय शंख बजाती दीदीमाँ के पास खड़ा होकर मेरा 'ढौंग-ढौंग' करके काँशोर बजाना...

दादू = दादा। आजा। दीदीमाँ = नानी। मामाबाड़ी = ननिहाल। रॉमेश = रमेश। काँशोर = काँसे से निर्मित चक्रकार वाद्ययंत्र।

...दादू का हाथ पकड़कर पाठशाला जाना। रोज सांध्य-आरती के बाद आँगन में शीतलपाटी बिछाकर घर के ढेर सारे बच्चों के साथ किताब, स्लेट, पेंसिल लेकर लालटेन की रोशनी में दादू के पास पढ़ने बैठना...अब भी नहीं भूल पाया था मैं। दादू के सिखाए हुए कितने ही दोहे तो अब भी मैं धाराप्रवाह बोल सकता था,

"ऑ ये ऑजोगोर आशछे तेड़े	(अ से अजगर धावा बोलने आ रहा है
आमटि आमि खाबो पेड़े	इस आम को तोड़कर खाऊँगा मैं
इन्दूर छाना भॉये मॉरे	चूहे का बच्चा डर से मरता है कि
ईगॉल पाखी पाछे धॉरे..."	ईगल पक्षी कहीं उसे पकड़ न ले...)

"अच्छा तो आप हमें अपने साथ श्यामपुर ले जाने आए हैं ?" बाबा ने दादू की बात सुनकर व्यंग्य से कहा।

"हाँ। और इसमें गलत क्या है ?"

"आपने सोचा कैसे कि हम आपकी बात मान लेंगे ?" बाबा का स्वर सप्तम पर आ चुका था, "आपको याद नहीं कि मैंने अपने बाबा के श्राद्ध के समय इसी शर्त पर आपकी बेटी को वापस स्वीकार किया था कि आप फिर कभी अपनी बेटी या उसके बच्चों को अपने घर ले जाने की जिद नहीं करेंगे ?"

"याद तो है बेटा। लेकिन इस विपदा की घड़ी में पुरानी बातों को भूल जाने में ही भलाई है।" दादू ने सुलह करने के अन्दाज में कहा।

"आप भूल सकते हैं, मैं नहीं, क्योंकि गलती आप लोगों की थी, मेरी नहीं। मैं यह कैसे भूल सकता हूँ कि मेरे बाबा, जिन्होंने मुझे तीन महीने की उम्र से माता-पिता दोनों बनकर पाला, मुझे बड़ा किया, मेरी माँ की मौत के बाद मेरे ही कारण दूसरी शादी नहीं की, इतने शौक से मेरी शादी करवाई कि बेटा, बहू, नाती-पोतों से भरे-पूरे परिवार में अन्तिम साँस लेंगे, मरते वक़्त अपनी बहू और नातियों का मुँह देखने को तरस गए मगर आपने मेरी बीवी और बच्चों को अपने यहाँ से आने नहीं दिया।" बाबा का चेहरा अस्वाभाविक रूप से कठोर हो उठा था।

"मैंने ऐसा जान-बूझकर तो नहीं किया।" दादू ने अपना चश्मा खोलकर उसे धोती के एक सिरे से पोंछते हुए कहा, "माणिक के जन्म के बाद पुष्पी सूतिका रोग से पीड़ित हो गई थी। वह खुद ही अपनी कंकाल-सी देह की देखभाल नहीं कर सकती थी। उसे मैं कैसे भेज देता बीमार ससुर समेत पूरे परिवार की सेवा करने के लिए...और फिर तुम तो अपनी आँखों से देख आए थे कि वह कितनी कमजोर हो गई थी। इसके बावजूद तुम बार-बार हम पर यह लांछन क्यों लगा रहे हो समझ में नहीं आता।" कहते-कहते दादू का चेहरा तमतमा उठा।

किसी ने उनसे बैठने को भी नहीं कहा था। माँ ने चुपचाप उनका हाथ पकड़कर उन्हें चौकी पर बैठा दिया। बाबा को इस बात की कोई परवाह नहीं थी कि दादू इतनी दूर से आए हैं। उन्हें कुछ देर सुस्ता लेने दें, पानी वगैरह पूछें, फिर बात करें। वे रौ में बके जा रहे थे, "इतनी भी कमजोर नहीं थी कि अपने मरते ससुर को देखने न आ पाती। मैं कितना अभागा बेटा हूँ जो अपने बाबा की अन्तिम इच्छा को भी पूरी न कर सका। पुष्पी और केष्टो को देखने की आस में उनकी आँखें खुली-की-खुली रह गईं और उनके प्राण निकल गए।" कहते-कहते बाबा का गला रुँध आया।

"इस बात का हमें भी बहुत अफ़सोस है रॉमेश ! दरअसल हमने यह सोचा भी नहीं

था कि वे इतने जल्दी देह रख देंगे। और फिर मेरी इस भूल की तुम हमें यथेष्ट सजा दे चुके हो। तुम्हारे बाबा की मौत की ख़बर पाकर जब मैं पुष्पी और उसके बच्चों को लेकर तुम्हारे यहाँ आया तो तुमने घर-भर मेहमानों के सामने हम लोगों का अपमान किया। मेरे लाए हुए श्राद्ध के कपड़े तथा अन्य सभी साजो-सामान को उठाकर बाहर फेंक दिया, मेरी बेटी को स्वीकार करने से इनकार किया, फिर सबके कहने पर पुष्पी को स्वीकार करने को राजी हुए भी तो इस शर्त पर क़ि वह फिर कभी मायके नहीं जाएगी। मैंने तुम्हारी हर बात मान ली। इतने वर्षों तक कलेजे पर पत्थर रखकर अपनी बेटी, नाती-नतनी से कोई रिश्ता नहीं रखा, मगर आज जब तुम लोगों पर इतनी बड़ी विपदा आ पड़ी है तब, एक बाप होकर मैं कैसे अपने आपको रोक सकता हूँ बोलो ?" कहते-कहते दादू हाँफने लगे। उनका अद्धी का पतला कुर्ता पसीने से भीगकर बदन से चिपक गया था। माथे में चुहचुहा आई पसीने भी बूँदें लुढ़ककर दोनों गालों से होते हुए नीचे टपकने लगी थीं। माँ ने झट एक गिलास पानी लाकर उनके हाथों में थमा दिया और बाबा को चुप कराते हुए कहा, "अब इसके आगे आप कुछ मत बोलिए। मेरे बाबा आपके भी गुरुजन हैं। अपनी मान-मर्यादा की परवाह न करते हुए इन छोटे-छोटे बच्चों के सामने, जोदू के सामने ये आपके आगे गिड़गिड़ा रहे हैं, क्या आपको अच्छा लग रहा है ? क्या इनकी एक बात भी आप मान नहीं सकते ?"

"इनकी बात मानकर उसका नतीजा मैंने देख लिया है। शहर आकर मिठाई-दुकान मैंने इन्हीं के कहने पर खोली थी। मेरे शहर आ जाने पर मेरे बाबा को कितना कष्ट झेलना पड़ा। बुढ़ापे में अकेले खेतीबाड़ी का काम देखना पड़ा। दुकान छोड़कर मेरे लिए बार-बार गाँव जाना सम्भव न होता था, हमसे मिलने के लिए वे तरसते रहे। उनके अन्तिम समय में मैं उनके पास गया भी तो बिना उनके बहू-नातियों के। यह मैं कैसे भूल सकता हूँ ?" बाबा घूम-फिरकर फिर उसी प्रसंग पर लौट आए। दादू तिलमिलाकर बोल उठे, "उस बात को भूल नहीं सकते, मगर यहाँ मेरी बेटी को दूसरों के घर लाकर भिखारी की तरह रख सकते हो। इसमें तुम्हारे अहम् को चोट नहीं पहुँचती, है न !"

"मैंने आपकी बेटी को यहाँ हमेशा के लिए लाकर नहीं रखा है। एक-दो दिन के अन्दर ही मैं इन्हें शोनारामपुर ले जाकर अपने देशेरबाड़ी में रख आऊँगा। फिर यहाँ अपनी दुकान, घर सबकुछ ठीक-ठाक करके इन्हें वापस ले आऊँगा।" बाबा ने साफ़-साफ़ शब्दों में दादू को अपना फैसला सुना दिया।

"वहाँ ये लोग खाएँगे क्या ?" दादू चिढ़कर बोले, "तुम्हारे बाबा वहाँ टकसाल छोड़ गए हैं क्या ? उनकी बीमारी के समय ही तो सारी जमीन-जायदाद तुमने बेच डाली थी।"

"सारी नहीं। पाँच-सात कानि जमीन अभी भी बची हुई है। उन्हें मैंने चासियों को आधा बर्गा में दे रखा है। वास्तुभिटा भी बचा हुआ है। बाबा नहीं चाहते थे कि उनके पुरखों की निशानी पूरी तरह से मिट जाए। वे यह भी नहीं चाहते थे कि उनके लिए मैं सबकुछ बेचकर कंगाल हो जाऊँ। उन्होंने मुझसे वचन लिया था कि चाहे वे कितने भी बीमार रहें, मैं उनके इलाज के लिए सबकुछ नहीं बेचूँगा।" कुछ देर चुप रहने के बाद बाबा अचानक अपने स्वर को थोड़ा नरम करते हुए बोले, "आप चिन्ता न कीजिए। आपकी बेटी गाँव में आराम से रहेगी। घर बैठे ही उसे अपनी जमीन की कुल पैदावार का आधा अनाज मिल जाया करेगा। और फिर वहाँ हमारे बगीचे में फल-मूलों और तालाबों में मछलियों की कमी है क्या ?"

देशेरबाड़ी = गाँव का मकान। कानि = चार बीघा। बर्गा = बँटाई। वास्तुभिटा = पुश्तैनी आवास।

अब कुछ कहने-सुनने को नहीं बचा था। दादू रात को ही श्यामपुर वापस लौट गए। माँ के कहने पर भी रुके नहीं। जाते समय उनकी आँखें डबडबाई हुई थीं। माँ अपने पति की जिद जानती थीं। उन्होंने मुँह बंद कर सबकुछ चुपचाप सह लिया, सर्वंसहा वसुन्धरा की तरह। और वे करतीं भी क्या ? बचपन से देखता आया हूँ कि माँ की इच्छाओं का बाबा के लिए कोई महत्त्व ही नहीं था। मुझे बाबा पर बहुत गुस्सा आ रहा था। बाबा दादू से कितनी अशिष्टता से बातें कर रहे थे। हमें तो बड़ी-बड़ी सीख देते हैं, कि बड़ों से ऐसे बातें करो, वैसे बातें करो और खुद ! वह भी दादू जैसे सम्माननीय व्यक्ति के साथ। मैंने गाँव में दादू का रुतबा देखा था। वे कोई साधारण व्यक्ति नहीं थे। गाँव के सबसे बड़े मकान और काफी बड़ी जमीन-जायदाद के मालिक होने के साथ-साथ वे श्यामपुर गाँव की पाठशाला के प्रधानाध्यापक भी थे। वहाँ के लोग उन्हें कितनी इज़्ज़त से "पोंडितमॉशाई" कहकर पुकारते थे। सफेद धोती-कुर्ता, चमड़े की चप्पल, आँखों पर चश्मा पहने, हाथ में छाता लिए जब वे पाठशाला जाने के लिए निकलते थे तो लोग उन्हें झुक-झुककर प्रणाम करते थे। "नोमोश्कार पोंडित मॉशाइ, भालो तो ?" जैसे ढेर सारे प्यार और सम्मानसूचक वाक्यों को ग्रहण करते-करते वे पाठशाला जाते थे। गाँव के छोटे-छोटे झगड़ों को निपटाने तथा विभिन्न मामलों में राय-मशविरा लेने के लिए हिन्दू-मुसलनान सभी उनके पास आते थे। दादू की हैसियत उस गाँव में मोड़ोल की थी। और उन्हीं से मेरे बाबा ऐसी बदतमीजी से पेश आए, छीः ! मेरा मन बाबा को माफ़ नहीं कर पा रहा था।

इतने जोर से मत सोचो, सुनाई पड़ रहा है

दादू के वापस चले जाने के अगले ही दिन बाबा शोनारामपुर जाने की तैयारी में जुट गए। ताला तोड़कर उन्होंने ट्रंक से कुछ रुपए निकाले और बाज़ार से कपड़े, बिस्तर, बर्तन, लालटेन, चटाई जैसे कुछ ज़रूरी सामान खरीदे। अगले दिन शाम को ही 'देशेरबाड़ी' के लिए रवाना हो जाना था।

उस रात भी भयंकर गर्मी थी। हवा का नामोनिशान नहीं था। खिड़की के ठीक बाहर वाले नीम के पेड़ के सारे पत्ते निश्चल लटके हुए थे। ऐसा लगता था मानो किसी डाकिनी ने मन्त्र पढ़कर हवा के प्राण हर लिए हों। कमरे में जानलेवा घुटन थी। रात के चौड़े सीने पर सिर रखकर मैं सोने की आप्राण चेष्टा करता रहा। मगर मेरी बन्द पलकों के भीतर दबी पड़ी आँखें पर्दे की तरह काँपती रहीं। नींद मुझसे कोसों दूर चली गई थी। मैं दाएँ-बाएँ करवट लेता रहा। पहर बीतते रहे। निस्तब्धता को तोड़ पास की नहर में आए ज्वार का पानी खाल-पाड़ की बेतलता के झाड़ से टकराकर खलबला उठा। फिर अगले ही पहर भाटा के खिंचाव से जल के उतर जाने की आहट आने लगी। रह-रहकर सियारों का 'हुक्का-हुआँ' सुनाई देता रहा। यह सोच-सोचकर मेरा रतजगा मन व्याकुल होता रहा कि कल यहाँ से दूर किसी ऐसी जगह चले जाना है, जहाँ मैं किसी को नहीं जानता, जहाँ मेरे दोस्त—'शोन्तू, शॉपोन, मिंटू, पॉटला कोई नहीं रहेगा। वहाँ मैं किसके साथ खेलूँगा ? कहाँ पढ़ूँगा ? जब बेचैनी बहुत बढ़ गई तब अँधेरे में ही उठकर चुपचाप बाहर निकल आया।

मोड़ोल = मुखिया। डाकिनी = चुड़ैल।

बाहर अजीब-सी खामोशी पसरी हुई थी। आसमान में तारे टिमटिमा रहे थे। सड़क किनारे इधर-उधर लोग सोए पड़े थे। मेरे पाँव अपने आप कापोइड़ा पोट्‌टी को पार करके पुराना बाज़ार की ओर उठ गए। काले जले हुए भुतहा मकानों, दुकानों के बीच से गुज़रते हुए मेरी आँखें, मलबों के ढेर के पीछे दबे पुराने दृश्यों को ढूँढ़ने लगीं। 'अन्नपूर्णा मिष्ठान्न भंडार' के अवशेषों पर बड़ी देर तक खड़ा रहा मैं।

अपने जले हुए घर तक पहुँचते-पहुँचते मेरे कदम डगमगाने लगे। मेरी साँसें फूल रही थीं। वहाँ की हवा में अब पहले जैसी जीवन की खुशबू नहीं, मौत की बू व्याप्त हो गई थी। मेरा प्रिय चम्पा का पेड़ एक काले ठूँठ में परिणत हो चुका था। घर के जले-अधजले टीन, लकड़ी के असबाब, कपड़े, बर्तन सब कुछ जलकर एक काले-स्तूप में परिणत हो चुके थे। अग्निकांड के अगले दिन बाबा, माँ और भाई-बहनों के साथ मैं यहाँ आया था इस उम्मीद में, कि शायद कोई सामान सही-सलामत बचा हो, और राख हटा-हटाकर चीज़ों को ढूँढ़ने की कोशिश की थी, तो कुछ भी नहीं मिला था। ताक पर छिपाकर रखा हुआ मेरा आधा भरा हुआ पैसों का भाँड, पचास से ऊपर काँच की गोलियाँ, जिन्हें मैंने दोस्तों से जीत-जीतकर जमा किया था, रंग-बिरंगी पतंगे, मेरी किताबें...स्कूल का बस्ता सब कुछ भस्म हो चुके थे। बस अन्तिम बार अपने घर को जी भरकर देख लेने की तमन्ना मुझे इस मुहल्ले में खींच लाई थी। दो-तीन मिनटों से ज़्यादा मैं उस घर के सामने खड़ा नहीं रह पाया। दौड़कर सड़क के उस पार की खाल के पानी में जा उतरा। अँजुरी भर-भरकर चेहरे पर पानी के छींटे मारता रहा। सहसा उस गिलहरी की याद आई जिसे मैंने अग्निकांड के एक दिन पहले मार डाला था। वह बेचारी तो चम्पा के पेड़ पर उछल-कूद कर रही थी। मैंने यूँ ही बेमन से एक ढेला उठाकर उस पर निशाना साध दिया था। सधा हुआ निशाना था। गिलहरी चित्त। यहाँ तक तो मुझे सब कुछ सामान्य लग रहा था। असामान्य अनुभूति तो मुझे तब हुई जब एक दूसरी गिलहरी आकर चुपचाप उस मरी हुई गिलहरी के पास बैठ गई। मैंने उसे भगाने की बहुत कोशिश की। मगर वह मुझसे डरे बिना वहाँ डटी रही। मैं कुछ दूर खड़े-खड़े तमाशा देखता रहा। यह देखकर मैं दंग रह गया कि वह गिलहरी घंटों एक ही मुद्रा में वहाँ बैठी रही। बिना हिले-डुले। मैंने कभी किसी गिलहरी को इस तरह से शान्त बैठे रहते नहीं देखा था। साफ पता चल रहा था कि अपने मृत साथी के लिए वह शोक संतप्त थी। मुझे अपने किए पर बड़ा ही पछतावा हुआ। नहीं मारना चाहिए था मुझे उसे। क्या पता, शायद उसी के अभिशाप से हमारा घर जल गया हो।

चिड़ियों की किचिर-मिचिर ने जब मुझे सुबह होने का अहसास दिलाया, तब मैं पानी से बाहर निकल आया। दिन-भर मैं इधर-उधर घूमता रहा। दोस्तों-परिचितों से मिलता रहा। उन सबको बता आया कि हमलोग आज शोनारामपुर जा रहे हैं।

माँ-बाबा, भाई-बहनों के साथ जब मैं शाम को घोड़ा गाड़ी पर बैठकर स्टीमर घाट पहुँचा, तब भी मेरा मन काफी भारी-भारी-सा था। घाट पर तरह-तरह की नावें बँधी हुई थीं। छोई वाली नावें, बिना छोईवाली नावें, महाजनी नावें, एक माल्लाइ, चार माल्लाइ, मृदु माल्लाइ नावें, कोष, भाऊले...। नदी मातृक उस अंचल में नदी-पथ ही यातायात का मुख्य स्रोत था। इसलिए स्टीमर से दूर-दराज के शहरों से आने-जानेवाले यात्रियों को आस-पास के गाँवों में ले जाने के लिए ये नावें ही मुख्य साधन हुआ करती थीं।

स्टीमर-घाट पर बिना इंजन के तीन-चार जहाज हमेशा घाट से सटकर पानी में लंगर

डाले खड़े रहते थे। जब कोई स्टीमर कहीं से आता था तो उन्हीं जहाजों में से किसी एक से सटकर खड़ा हो जाता था। फिर उन दोनों के बीच ऊपर से सीढ़ी लगा दी जाती थी। सीढ़ी में नारियल के रेशे से बनी दरी बिछा दी जाती थी। बिना इंजनवाले जहाज पर चढ़ने के उपरान्त ही सीढ़ी से स्टीमर पर चढ़ा जा सकता था।

हमारे घाट पर पहुँचने के कुछ देर बाद ढाका जानेवाली दुतल्ला स्टीमर घाट पर आ लगा। बाबा जाकर टिकट ले आए थे। इस बीच हमें विदा करने कई लोग घाट पर आए। बाबा के दुकान के जोदू मामा, रॉन्टा दा और भी कई नौकर-चाकर, मेरे दो-तीन दोस्त—शोन्तू, शॉपोन, पॉटला, हमारे कई परिचित और ज्ञान जैठामॉशाई भी।

इधर स्टीमर के घाट पर लगते ही स्टीमर पर चढ़ने के लिए यात्रियों में होड़ मच गई। जिन लोगों के साथ सामान ज़्यादा था, उन लोगों ने हिन्दुस्तानी कुलियों की मदद ली।

बाबा को निश्चिन्त होकर घाट पर खड़े-खड़े मिलने आए लोगों से बातें करते देख ऑलोक, माणिक अधीर हो उठे। वे दोनों रह-रहकर दो तरफ़ से बाबा का हाथ पकड़कर खींचते हुए कहे जा रहे थे, "बाबा जल्दी चलिए न, स्टीमर छूट जाएगा।"

लेकिन बाबा, "अभी देर है। पहले धक्का-मुक्की तो कम हो, फिर आराम से चढ़ेंगे'' कहकर आगंतुकों से बातें करने में मशगूल थे। थोड़ी दूरी पर माँ खुकी को लेकर सामान के पास खड़ी थीं और मैं अपने दोस्तों से भारी मन से विदा ले रहा था।

जब स्टीमर पर लगभग सभी यात्री चढ़ गए तब ज्ञान जैठामॉशाई ही बीच में बाबा को टोककर बोले, "अब धक्का-मुक्की कम हो गई है। जाओ आराम से जाकर स्टीमर पर बैठो। केबिन की टिकट लिए हो या डेक की ?" "डेक की टिकट ही लिया हूँ। खामख्वाह ज़्यादा पैसे क्यों लगाऊँ ? रातभर की ही तो बात है।" बाबा का कहना सही था। इस विपदा की घड़ी में इस तरह की विलासिता करना बुद्धिमानी की बात नहीं थी।

"डेक की टिकट है और अभी तक तुम लोग यहीं खड़े हो ? जाकर देखो, उन कुलियों से सामान रखवाकर डेक के यात्रियों ने लगभग पूरे डेक पर ही कब्जा जमा लिया होगा। अब बाल-बच्चों को लेकर रेलिंग पकड़कर सारी रात खड़े रहना। मैंने तो तुम्हें इस तरह से निश्चिन्त खड़े देख सोचा कि तुमने केबिन की टिकट ली होगी।"

ज्ञान जैठामॉशाई की बातें सुनकर बाबा हड़बड़ा उठे। ज्ञान जैठा और अन्य लोगों से विदा लेकर जल्दी-जल्दी हम सबको लेकर स्टीमर की ओर बढ़े। जोदू मामा और दूसरे नौकर-चाकर हमें सामान सहित चढ़ाने के लिए स्टीमर पर चढ़े। लोगों के बीच जगह बनाकर हमें बैठाया गया। स्टीमर-घाट से घंटी की आवाज़ आते ही बाबा ने जोदू मामा और उनके साथ आए लोगों से कहा, "अब तुम लोग उतर जाओ। देखो स्टीमर छोड़ने की घंटी बज गई है।"

वे लोग हमसे विदा लेकर "जल्दी आइएगा कॉत्ता," "ठीक से जाइएगा कॉत्ता," "सँभलकर जाइएगा" आदि कहते-कहते उतर गए। उन लोगों की तरह दूसरे लोग भी, जो अपने-अपने परिजनों को चढ़ाने आए थे, नीचे उतर गए। देखते-ही-देखते स्टीमर की सीढ़ी उठा ली गई और 'भोंऽऽऽ !' की कर्कश आवाज़ के साथ स्टीमर चल पड़ा। स्टीमर के बड़े-बड़े चक्के आस-पास के जल में उथल-पुथल मचाते हुए प्रचंड वेग से घूमने लगे। आस-पास खड़ी नावें उन बड़ी-बड़ी लहरों में डूबने-उतारने लगीं।

हिन्दुस्तानी कुली : उ.प्र. बिहार आदि के हिन्दी भाषी कुली।

इधर डेक की रेलिंग के पास भीड़ बढ़ रही थी। हाथ हिला-हिलाकर घाट पर खड़े अपने-अपने परिजनों से लोग विदा ले रहे थे। मैं, बाबा, माणिक और ऑलोक भी रेलिंग के पास आ गए थे। आँसुओं से अस्पष्ट मेरी दृष्टि अपने दोस्तों पर, हमें छोड़ने आए परिजनों पर, धीरे-धीरे दूर होते जा रहे बोरिशाल के स्टीमर-घाट पर अटकी हुई थी।

कुछ देर बाद डेक के दूसरे लोगों की तरह मेरे बाबा भी माणिक और ऑलोक को लेकर अपनी जगह पर बैठने चले गए। मगर मैं "आप लोग जाइए, मैं अभी आता हूँ" कहकर वहीं खड़ा रहा। देखते-ही-देखते शहर की बत्तियाँ नज़रों से ओझल हो गईं। बीच-बीच में नदी में बहते किसी नाव में लालटेन की मद्धिम रोशनी नज़र आ रही थी। पानी की छलात्-छलात् आवाज़ माहौल को रहस्यमय बना रही थी। पीछे छूटते जा रहे नदी के किनारे अँधेरे में खड़े असंख्य पेड़-पौधे मानो मुझे हाथ के इशारे से वापस बुला रहे थे। मेरा मन व्याकुल हो रहा था। काफी देर बाद मैं अपनी जगह पर लौटा। एक लय में गरजते इंजन और चक्के की मार से छलकते पानी की आवाज़ में अधिकांश लोग झपकी लेने लगे थे। पानी की ठंडी-ठंडी हवा ने जल्द ही मुझे भी थपकी दे-देकर सुला दिया।

सुबह नींद खुली तो देखा, उगते सूरज की किरणों से नदी का जल सुनहरा हो गया था। नदी में बहुत सारी नावें तैर रही थीं। दूर कहीं एक माँझी मधुर स्वर में कोई गीत गा रहा था। झुंड-के-झुंड पक्षी आकाश में उड़ रहे थे। इन सारे दृश्यों के बीच मैंने अपने आपको तरोताजा पाया। माणिक, ऑलोक, खुकी अभी तक सो रहे थे। आस-पास के यात्रियों में से अधिकांश जाग चुके थे।

"बाबा ! अब हम कहाँ हैं ?" मैंने जानना चाहा। "कीर्तनखोला तथा मेघना नदी पार करके हमारा स्टीमर कालाबॉदोर नदी में पाड़ि दे चुका है। कुछ ही देर में हम चाँदपुर पहुँचने वाले हैं।"

"तो अब माणिक, ऑलोक को जगा दें ?"

"हाँ-हाँ जगा दो।" माँ ने कहा और हमें खिलाने के लिए अपने झोले में से चिउड़ा-गुड़ निकालने लगीं।

माणिक तथा ऑलोक को जब पता चला कि बस थोड़ी ही देर बाद हमें स्टीमर से उतर जाना है तो वे बत्तख की तरह गर्दन टेढ़ी करके देर तक मुँह बिचकाए रहे। माँ के कहने पर भी उन्होंने कुछ नहीं खाया लेकिन जब बाबा ने उन्हें समझाया कि स्टीमर से भी ज़्यादा मजा ट्रेन में आएगा और चाँदपुर में उतरने के तुरन्त बाद ही तो हम ट्रेन से शॉरारचॉर स्टेशन तक जाएँगे, तो वे दोनों खिल उठे। भीड़-भाड़, धक्का-मुक्की के बीच हम चाँदपुर जेटीघाट पर उतरे। इस स्टीमर-घाट पर बोरिशाल की तरह बिना इंजनवाले स्टीमर पर से होकर नहीं उतरना पड़ा। स्टीमर के खलासियों ने लकड़ी का भारी गांग्वे गिराकर जेटी के साथ स्टीमर को जोड़ दिया था। जेटीघाट से बाहर आकर बाबा हमें घोड़ागाड़ी पर बैठाकर स्टेशन ले गए। ट्रेन से शॉरारचॉर स्टेशन पहुँचते-पहुँचते सबको जमकर भूख लग गई। बाबा स्टेशन के बाहर एक छोटे-से होटल को दिखाकर बोले, "चलो, यहीं भात खा लेते हैं।"

बाँस और चटाई से घिरे हुए टीन से छाए उस झोपड़ीनुमा होटल के अन्दर सस्ती-सी बेंच पर बैठकर कुछ लोग भात खा रहे थे। हमें देखते ही ख़ाली बदन मैला-कुचैला धोती पहने, कन्धे पर एक चीकट गमछा डाले दुकान का नौकर दौड़ता हुआ आया और आदरपूर्वक स्वागत करते हुए बोला, "आइए कॉत्ता, आइए ! आप लोग क्या खाइएगा बोलिए !"

"भात खाएँगे। लेकिन उसके साथ कौन-सी मछली मिलेगी तुम्हारे होटल में ?"

"कई तरह की मछलियाँ मिलेंगी कॉत्ता ! 'पद्दा' की इलिश मिलेगी, मेघना की भेटकी मिलेगी। पाब्दा मिलेगी, कातला मछली भी मिलेगी..."

"हम पद्दा की इलिश ही खाएँगे।" एक ही साँस में मछलियों के नाम गिनाते नौकर को चुप कराते हुए बाबा ने कहा।

"भापानो इलिश खाइएगा या कच्चा केला और बैंगन डालकर राँधे हुए इलिश मछली का पतला झोल ?"

"भापानो इलिश ही दो। हमें सरसों डालकर भाप में सिझाई हुई इलिश मछली ज़्यादा पसन्द है। मगर हाँ, बच्चों के लिए कातला मछली की पेटी ही देना। इतने काँटेवाली इलिश मछली बच्चे नहीं खा पाएँगे। तीता भी लगेगा।"

बाबा का इतना कहना था कि मैं तपाक से बोल उठा, "मुझे तीता नहीं लगता। काँटे भी नहीं गड़ते। मेरे लिए भापानो इलिश ही मँगवाइएगा।" इलिश मछली का नाम सुनते ही मेरे मुँह में पानी आ गया था। कहाँ इलिश माछ और कहाँ कातला माछ। "ठीक है, ठीक है"—कहकर बाबा ने एकबार फिर से नौकर को बता दिया कि वह हमारे लिए क्या-क्या लाए। बाबा के कहने-भर की देर थी। केले के ताजे पत्ते में हमारा भोजन परोस दिया गया। दाल-भात, आलू-भुजिया, मोचार घॉण्टो के साथ भापानो इलिश और कातला माछ की पेटी। माँ और खुकी को छोड़ हम सभी तीर्थस्थल के कौओं की तरह भोजन पर टूट पड़े। पद्दा नदी के हिलसा मछली के अद्भुत स्वाद में डूबे बाबा का ध्यान अचानक माँ की ओर गया। देखा, माँ अपने पत्तल की ओर एकटक देखते हुए कुछ सोचे जा रही हैं। उनके पत्तल का भोजन ज्यों-का-त्यों पड़ा है। बेख्याली में उनकी उँगलियाँ भात से खेल रही हैं। न तो वे खुद खा रही हैं और न ही अपनी गोद में बैठी खुकी को खिला रही हैं।

उनकी हालत देख बाबा को मसखरी सूझी। बोले, "इतने जोर-जोर से मत सोचो पुष्पी ! सुनाई पड़ रहा है। आसपास के लोग सुनेंगे तो क्या कहेंगे ?"

माँ झेंपकर मुझसे मुखातिब होते हुए बोलीं, "अपने बाबा को बोलो, मेरे साथ मसखरी न करें।"

ठीक से चलाओ भाई ! आस्ते-आस्ते चलाओ

शोनारामपुर जाने के लिए बाबा ने शॉरचॉर स्टेशन के बाहर खड़ी एक बैलगाड़ी किराए पर ली। हमारे साथ ज़्यादा सामान नहीं था इसलिए हम आराम से पाँव पसारकर बैठे। बैठने की जगह को लेकर माणिक, ऑलोक में तू-तू मैं-मैं होती रही।

मकानों, दुकानों, बाग-बगीचों, मैदान, खेत, तालाबों को पार करते हुए बैलगाड़ी हमें लेकर हमारे 'देशेरबाड़ी' की ओर बढ़ रही थी। सम्पूर्ण उष्णता के साथ सूरज आकाश में विराज रहा था। मगर दूर तक फैली पाड़ागाँ की हरियाली में एक ऐसी स्निग्धता थी जो मन में कोमल अहसास जगा रही थी। पतली कच्ची सड़क के दोनों ओर तालाबों की बहुलता मन को ठंडक पहुँचा रही थी।

मोचार घॉण्टो = केले के फूल की सब्जी। पद्दा = पद्मा। पाड़ागाँ=देहात।

"बाबा ! यहाँ इतने सारे तालाब क्यों हैं ?" माणिक ने जानना चाहा।

"देखो बेटा ! ये जो तालाब के किनारे-किनारे बने घर दिखाई दे रहे हैं न, वे सभी मिट्टी से बने हुए हैं। एक घर बनाने में ढेर सारी मिट्टी की ज़रूरत पड़ती है। जिस जगह की जमीन को खोदकर मिट्टी निकाली जाती है वहाँ एक बड़ा-सा गड्ढा बन जाता है। और उस गड्ढे में जब पानी भर जाता है तो वही तालाब बन जाता है।"

"और यह पानी कहाँ से आता है ?" ऑलोक ने मासूमियत से पूछा।

"बुद्धू कहीं के। इतना भी नहीं जानते ! जमीन के नीचे से निकलता है। आसमान से बरसता है।" माणिक ऑलोक पर अपना रोब जमाते हुए बोला।

"और इस तरह घर बनानेवाले के नहाने-धोने की समस्या का समाधान भी हो जाता है। है न !" बात को पूरा करते हुए मैंने कहा।

"और मछलियाँ ? मछलियाँ भी तो मिलती हैं !" इस बार ऑलोक ने अपना दिमाग लगाया।

"सिर्फ़ मछलियाँ ही नहीं, बहुत सारी चीज़ें मिलती हैं। कमल फूल, पानी फल, कैंकड़ा, कछुआ... ।"

और इस तरह बातें करते-करते गाँव की ऊबड़-खाबड़ कच्ची सड़क पर हिचकोले खाते हुए हम बैलगाड़ी से अपने गाँव की ओर बढ़ने लगे। हमारी यात्रा अपने अन्तिम पड़ाव पर थी। कहीं-कहीं तालाब के किनारे-किनारे आड़े-तिरछे ढंग से उग आए नारियल के पेड़ तालाब के ऊपर दूर तक झुके हुए थे। जहाँ नारियल या ताड़ के पेड़ों के मोटे-मोटे तने बीच सड़क तक घुस आए थे, वहाँ सड़क और भी पतली तथा ऊबड़-खाबड़ हो गई थी। ऐसी जगहों से पार होते समय माँ गाड़ीवान्न को बार-बार सावधान करतीं, "ओ भाई ! ठीक से चलाओ भाई ! आस्ते-आस्ते चलाओ। जल्दबाजी किस बात की है ?"

शाम हो आई थी। सूरज पेड़-पौधों, तालाबों तथा घर-बाड़ी के ऊपर फैले हुए अपने रोशनी के घने जाल को लगभग समेट चुका था। लोग मवेशियों को लेकर खेतों से घर को लौट रहे थे। कमर में कोलशी लिए ग्राम-बांग्ला की कुलवधुएँ घाट की ओर आ-जा रही थीं।

"आह ! सब कुछ इतना अच्छा लग रहा है कि क्या कहूँ ! अपने गाँव की बात ही कुछ और है।"

बाबा ने बाहर का नज़ारा देखते-देखते कहा। उनके विध्वस्त चेहरे पर लम्बे समय के बाद मैंने खुशी की झलक देखी।

उस गोधूलि वेला में गाय-भैंसों के चलने से उड़नेवाली धूल मुझे अचानक दादू की याद दिला गई। दादू अक्सर शाम को ऐसे धूल-धूसरित आकाश को देख भावुक होकर रवीन्द्रनाथ की एक कविता की पंक्तियाँ दुहराने लगते थे, "गोधूलिते नामलो आँधार, फुरिए गैलो बैला। घॅरिर माझे शांगो होलो, चेना मुखेर मैला। ऑकारोने ताई ए प्रोदीप जालाई आकाश पाने, जेखान होते शॉप्नो नामे प्राणे।"

(गोधूली में उतरा अँधेरा, दिन हुआ तमाम। घर में परिचित चेहरों का आना-जाना भी हुआ बन्द, इसलिए अकारण ही इस प्रदीप को उस आकाश की ओर मुख करके जलाता हूँ जहाँ से मन में सपने उतर आते हैं।)

कोलशी=पीतल का घड़ा।

"बाबा, और कितनी दूर है हमारी देशेरबाड़ी ?" माणिक अधीर होता हुआ पूछा। लगातार सफर करते-करते ऊब गया था शायद ! पहले स्टीमर, फिर ट्रेन और अब बैलगाड़ी। थकान तो कम नहीं थी।

"बस, अब आ ही गए समझो।" बाबा ने तसल्ली दी।

"उफ ! मुझसे अब और बैठा नहीं जाता। पथ तो मानो खत्म होने का नाम ही नहीं लेता।" इस बार माँ झल्ला उठीं। खुकी भी काफी देर से तंग किए जा रही थी। मंजिल तक पहुँचने को सभी बेताब थे।

"रॉमेश्शा ना ? अरे इतने दिनों बाद देश की याद आई ? ठीक तो हो न ?" कहकर रास्ते से गुज़रते एक बूढ़े-से व्यक्ति ने बाबा को टोका, तो हमें यकीन हो गया कि अब सचमुच हमारा घर आ गया है।

खेत तथा मैदानों को पार करके बैलगाड़ी हमें एक ऐसी जगह पर ले आई थी जहाँ अलग-अलग बहुत सारे कच्चे मकान नज़र आ रहे थे। पेड़-पौधों के बीच बाँस के बाड़े से घिरे हुए वे मकान काफी ऊँची जमीन पर बने हुए थे। एक मकान के सामने जाकर बाबा ने इशारा किया, "वह देखो, हमारा घर !"

"घर ? इसे घर कहते हैं ?" घर की हालत देख मेरे मुँह से अनायास ही निकल आया।

ठाकुरदा की मौत के बाद से वहाँ कोई नहीं रह रहा था। आखिर बिना देखभाल के मिट्टी का घर इतने दिनों तक सही-सलामत रहता भी कैसे ? एक तरफ़ की मिट्टी की दीवार के धँस जाने के कारण उस दो चाला खपड़े के घर का आधा छप्पर नीचे तक लटक गया था। छप्पर पर छाए हुए अधिकतर खपड़े टूटकर इधर-उधर बिखर गए थे। लटके हुए छप्पर तथा धँसी हुई दीवारों सहित चारों ओर कँटीली झाड़ियाँ तथा बट, अश्वत्थ जैसे जंगली पेड़-पौधे उग आए थे। खुले आँगन की एक तरफ़ बने रसोईघर के छप्पर के सारे पुआल सड़-गल कर काले पड़ चुके थे। बरसात में एक कमरे से दूसरे में जाने के लिए बनाए गए बाँस के साँको टूट-फूट गए थे। आँगन में सूखे-पत्तों का अंबार लगा हुआ था। एक विशाल इमली का पेड़ पूरे विस्तार के साथ आँगन को अपनी छत्रछाया में समेटे खड़ा था। उसे देख मुझे ऐसा लगा मानो मेरे ठाकुरदा ही इस पेड़ को अपनी वास्तुभिटा की रखवाली का जिम्मा दे गए हों।

जब ठाकुरदा ज़िन्दा थे तब प्रतिवर्ष इसी पेड़ से ढेर सारी इमली झड़वाकर हमारे लिए बोरिशाल ले आते थे। बाबा को पकी इमली का मीठा अचार बहुत पसन्द था। ठाकुरदा के लाए इमली से माँ साल-भर का आचार बना लिया करती थीं। ठाकुर दा के लिए भी, हमारे लिए भी।

इसी बीच 'रॉमेश्शा-रा आइसे,' 'रॉमेश दादारा आइसे,' रॉमेश काकारा आइसे' जैसे विभिन्न सम्बोधनों के साथ हो-हल्ला करते हुए आस-पास के लोगों ने एक-एक कर हमें घेर लिया था। भीड़ में कुछ अधनंगे काले-काले बहती नाक और धूल से सने हाथ-पाँव वाले बच्चों से लेकर धोती पहने ख़ाली बदन लाठी टेकते बूढ़े तक थे। लम्बा घूँघट काढ़े दो-तीन औरतें अपनी-अपनी काँख में बच्चे लटकाकर आई थीं। एक बच्चा अपनी माँ के स्तन को साड़ी की ओट से बाहर निकालकर, जो ठीक भरते के लिए सेंके गए बैंगन की तरह दीख रहा था, चूसे जा रहा था। और इससे बेख़बर वह औरत घूँघट के एक कोने से हमें देखे जा रही थी।

ठाकुरदा = दादा जी। साँको = बाँस की छोटी पुलिया। रॉमेश्शा-रा आइसे = रमेश और उनके घर वाले आए हैं।

मानो हम अजायबघर से आए हुए जीव-जन्तु हों।

बाबा को उन लोगों से बातें करते देखकर लगा कि वे लगभग सभी को पहचानते हैं। इधर भीड़ में से एक-एक औरत-मर्द-बच्चे आकर मेरे बाबा-माँ को पैर छूकर प्रणाम कर रहे थे। वे दोनों उन्हें आशीर्वाद देते हुए, "थाक-थाक, होइसे-होइसे।" जैसे शब्द दुहराए जा रहे थे। इतना ही नहीं वे दोनों भी वहाँ खड़े बुजुर्गों के पाँव छूकर आशीर्वाद लिए जा रहे थे और हम तीनों भाइयों को एक-एक व्यक्ति से मिलाते हुए बाबा निर्देश भी दे रहे थे, "इन्हें प्रणाम करो, ये तुम्हारे पीयूष जैठामॉशाई हैं। इन्हें प्रणाम करो, ये अनुकूल दादू हैं। ये तुम्हारी काकीमाँ हैं। इन्हें भी..."

और हम ढीप-ढीप करके हरेक को पैर छूकर प्रणाम करते रहे। कोई हमें सिर्फ़ आशीर्वाद दे रहा था, तो कोई मुझे और मेरे भाई-बहनों को गोद में उठा-उठाकर प्यार कर रहा था। खुकी तो इतने सारे अनजान लोगों को देख जोर-जोर से रोने लगी थी।

प्रणाम-पर्व चलते रहने के साथ-साथ हमारे यहाँ आने के मकसद का वर्णन किया जाता रहा। अग्निकांड के बारे में सुनकर लोग हाय-हुताश करते रहे, "हाय ! हाय ! क्या बोल रहे हो ? आहा रे...सब कुछ जलकर राख हो गया ? इश ! इश ! कितने दुख की बात है ! तभी तो देख रहा हूँ चिन्ता कर-करके बहू का चेहरा बिलकुल सूख गया है...।" जैसे सहानुभूति के बोल बोले जाते रहे। मैं बेचैन हो उठा। एक तो यह टूटा घर! कहाँ रहेंगे, कहाँ सोएँगे, क्या खाएँगे कुछ ठीक नहीं। ऊपर से इस थके-हारे शरीर के साथ तब से यहाँ खड़े-खड़े बेकार की बातें सुननी पड़ रही हैं।

"बाबा ! मुझे प्यास लगी है।" मैंने जानबूझकर कहा।

"चलो-चलो तुम लोग मेरे घर चलो। जब तक तुम लोगों के घर की मरम्मत नहीं हो जाती, वहीं रहना।" कहकर पीयूष जैठामॉशाई हमारा बक्सा उठाकर तेज़ कदमों से चल पड़े। उम्र में वे बाबा से काफी बड़े लग रहे थे लेकिन उनकी चाल किसी कम उम्र के लड़के-सी थी।

पीयूष जैठा को हमारा बक्सा लेकर जाते देख अनुकूल दादू लाठी टेकते हुए दो-चार कदम आगे बढ़ आए और पीछे से पीयूष जैठा को रोकते हुए बोले, "नहीं, नहीं, ये लोग हमारे घर पर रहेंगे। मैं रॉमेश्शा के बाबा की तरह हूँ। आज इसका बाप ज़िन्दा नहीं है तो क्या हुआ, मैं तो हूँ न !"

इस बीच एक प्रौढ़ विधवा औरत ने जाकर मेरी माँ का हाथ पकड़ लिया। फिर बड़े ही अपनेपन से कहा, "बोउमा अपने पति-बच्चों के साथ मेरे घर पर रहेगी। मैं हुई इसकी काकी सास। मेरे साथ इसका मन लगा रहेगा। क्यों बोउमा, तुमको यह सास पसन्द है न ?"

बाबा मुश्किल में पड़ गए। किसके यहाँ जाएँ, किसके यहाँ न जाएँ। मैंने सपने में भी नहीं सोचा था कि बाबा के ये फटेहाल पड़ोसी तथा दूर के रिश्तेदार दिल के इतने अमीर होंगे।

चूँकि पीयूष जैठामॉशाई तब तक हमारा बक्सा लेकर काफी दूर चले गए थे, इसलिए बाबा ने बाकी सबको समझाते हुए कहा, "अभी पीयूष दा के यहाँ जाता हूँ, बाद में एक-एक करके आप सबके घर भी रह लूँगा। ठीक है न !"

"तो तुमने वादा किया ?"

"हाँ किया।"

थाक-थाक = रहने दो। होइसे = हुआ।

इधर माँ का चेहरा देखकर ही लग रहा था कि उससे अब सीधे खड़ा नहीं हुआ जा रहा है। हम सब भी थककर चूर हो गए थे। बाबा ने और देर करना मुनासिब नहीं समझा। हम सबको लेकर उसी दिशा में चल पड़े जिस दिशा में पीयूष जैठा जा रहे थे। खुकी के साथ-साथ माणिक, ऑलोक को भी पैदल नहीं चलना पड़ा। उन्हें गोद में लेकर चलनेवालों की कमी न थी। आसपास खड़े वे धूप में झुलसे रंगवाले काले-काले अधनंगे बच्चे भी आपस में फुसुर-फुसुर करते हुए हमारे पीछे-पीछे चलने लगे। जाहिर था, वे हमारे बारे में ही बातें कर रहे थे। मैं कान खड़े करके उनकी बातें सुनने की कोशिश करने लगा। टुकड़े-टुकड़े वाक्य कानों में पड़ने लगे, "देखो-देखो ! कैसे बढ़िया कपड़े पहनकर आए हैं।"

"शहर का है ना, इसलिए।"

"स्टीमर से आए हैं।"

"ट्रेन से भी।"

"हमसे बातें क्यों नहीं करते ?"

"हम गरीब हैं न इसलिए।"

"उन लोगों का भी सबकुछ जल गया है। हमारा तो फिर भी घर-द्वार है..."

पीयूष जैठा बाहर से ही शोर मचाते हुए अपने घर के आँगन में पहुँचे, "ऑनिमाऽऽऽऽ, माँऽऽऽऽ, ऑपोर्णाऽऽऽऽ देखो-देखो मैं किन्हें साथ लाया हूँ देखोऽऽऽ जल्दी बाहर आओऽऽऽ जल्दीऽऽऽऽ"

और देखते-ही-देखते अलग-अलग कमरों से एक-एक कर घर के सदस्य निकलने लगे। लड़के-लड़कियाँ, औरत, बच्चे। सबसे सामनेवाले कमरे से निकलकर एक विधवा वृद्धा, जो अपने मुड़ाए हुए सिर पर बिना पाड़वाली सफेद साड़ी का घूँघट डाले हुए थी, हमारे पास आई। कुछ पल तक आँखें सिकोड़कर बारी-बारी से देखती रही। फिर माँ-बाबा को पहचानते हुए खुशी से चिल्ला उठी, "रॉमेश्शा और रॉमेश्शा बोउ ना ?"

"हाँ खुड़ीमाँ" कहकर बाबा ने आगे-बढ़कर उनके पाँव छुए। माँ ने भी उनका अनुसरण किया।

माँ-बाबा को आशीर्वाद देते-देते मेरे ठाकुरदा को याद करके वे रो पड़ीं।

"अब रोना-धोना बन्द भी कीजिए माँ ! ये लोग थके-हारे आए हैं। इन्हें आराम करने दीजिए।" पीयूष जैठा ने उन्हें टोका।

तब तक एक प्रौढ़ औरत, जो शायद पीयूष जैठा की पत्नी थीं, हमारे पास चली आईं और दोनों बाँहों में हम बच्चों को समेटने की कोशिश करते हुए बोलीं, "आओ सोनामोनी लोग, आओ।" फिर वह हमें आँगन से सटे ऊँचे बरामदे की ओर ले गईं। माथे पर बड़ी-सी सिन्दूर की बिन्दी, पान के रस से रँगे होंठों, हरे रंग की साधारण ताँत की साड़ी और एक बड़े से एलोखोंपा में वह अत्यन्त लावण्यमयी लग रही थीं। उनकी मुस्कुराहट और उनकी दृष्टि में कुछ ऐसा था जो उनके स्नेहसिक्त मन का आभास कराता था।

हम सबको गोबर-मिट्टी लिपे साफ बरामदे पर आसन बिछाकर बैठाया गया। हमारी आव-भगत में घर के सभी सदस्य लग गए थे। किसी ने आसन बिछाया था, कोई शर्बत लाया था तो कोई बतासे।

हमारे साथ घटी दुर्घटना के बारे में सबकुछ सुनकर जैठाइमाँ ने मेरी माँ का हाथ पकड़कर

बोउ = बहू। खुड़ीमाँ = काकी माँ। एलोखोंपा = साधारण जूड़ा।

बड़ी ही आत्मीयता से कहा, "जब तक चाहो इस गरीब की कुटिया में रह सकती हो, बहन !"

बाहर अँधेरा घिरने लगा था। कुछ सोचकर हड़बड़ाकर उठते हुए जैठाइमाँ बोलीं, "ये लो, मैं बातें ही करती रह गई। तुम लोगों को नाश्ता-वास्ता करना है कि नहीं। जाओ ! जल्दी जल्दी पिछवाड़े के पोखर-घाट में जाकर डुबकी लगा आओ। दो दिनों से यात्रा कर रहे हो। न जाने किस-किसको छू-छा के आए हो तुम लोग।" फिर एक दस-बारह साल की लड़की को सम्बोधित करते हुए बोलीं, "ऐइ माधोबी ! तेल, साबुन और गमछा लेकर इन लोगों को पोखर-घाट तक ले जाओ तो ! मैं इनके नाश्ते का प्रबन्ध करती हूँ।"

दुबली-पतली-सी उस लड़की ने गमछे की तरह लपेटकर साड़ी पहन रखी थी। उसकी नाक के दोनों छेदों के बीच एक सोने का नोलोक लटक रहा था। चेहरे पर जैठाइमाँ की झलक थी।

जैठाइमाँ का आदेश सुनकर "अभी जाती हूँ माँ" कहकर माधोबी गमछा-साबुन-तेल लाने के लिए दौड़ी। जैठाइमाँ ने सिर्फ़ माधोबी को ही हमें पोखर-घाट में ले जाने को कहा था, लेकिन वहाँ आँगन में उपस्थित करीब दस-बारह लड़के-लड़कियों का हुजूम हमारे साथ घाट पर पहुँचा। पोखर किनारे नारियल के मोटे-मोटे तनों को गिराकर घाट बनाया गया था। हमारे पीछे-पीछे आए बच्चों की आँखों में हमारे लिए गजब का कौतूहल था। पीछे खड़े एक लड़के को बुलाकर माधोबी ने कहा, "ऐ राखाल, घर से एक लालटेन ले आ तो ! यहाँ अँधेरा कुछ ज़्यादा ही है।"

बाबा ने कहा, "नहीं-नहीं। लालटेन की कोई ज़रूरत नहीं।"

लेकिन राखाल ने उनकी एक न सुनी और लालटेन लाने के लिए दौड़ा।

इतने सारे बच्चों का हमें इस तरह से देखते रहना, एक-दूसरे से इशारे से कुछ कहना, फिर सबका हँस पड़ना, मुझे बड़ा अटपटा लग रहा था। जैसे-तैसे नहाकर हम वापस घर के आँगन में लौट आए। हमारी आहट पाकर रसोईघर से जैठाइमाँ ने आवाज़ लगाई, "इस अवेला में नहाए हो। यहाँ का जल तुम लोगों के लिए नया है। अच्छी तरह से सिर पोंछ लो वरना जुकाम हो जाएगा।"

थोड़ी ही देर में रसोईघर में लकड़ी के पीढ़े बिछाकर हमें बिठाया गया और बड़े-बड़े काँसे के थाल में करके चिउरा, मूड़ी का मोआ, कसे हुए नारियल तथा दूध दिए गए। बड़े प्यार से नाश्ता कराकर जैठाइमाँ ने कहा, "अब तुम लोग जाकर आराम करो। मैं तुम लोगों के रात के भोजन का प्रबन्ध करती हूँ।"

हम लोग आराम क्या करते ! हमारे आने की ख़बर पाकर शोनारामपुर के कई और लोग हम लोगों से मिलने आ गए थे। एक सज्जन अपने साथ दो बड़ी-बड़ी मछलियाँ ले आए थे। रसोईघर के सामने जाकर वे मछलियों को जमीन पर रखते हुए बोले, "मेरे पोखर की मछली है। रात को मेहमानों के लिए राँध देना बोउमा।''

एक औरत, जो लम्बे घूँघट में अपना चेहरा छिपाए हुए ढेंकीघर के सामने खड़ी-खड़ी मेरी माँ से बातें कर रही थीं, आगे बढ़कर जेठाइमाँ से बोलीं, "दीजिए दीदी ! मैं मछली काट देती हूँ।"

उसके साथ आई एक चौदह-पन्द्रह साल की लड़की तो रसोईघर में जाकर सिलबट

नोलोक = नथ।

में मसाला ही पीसने बैठ गई। जैठाइमाँ के मना करने पर बोली, ''अकेले राँधिएगा तो मैहमानों को खिलाते-पिलाते भोर हो जाएगा।''

"अकेली कहाँ राँध रही हूँ। मेरी ननद और बेटी भी तो मेरा हाथ बँटा रही हैं।" जैठाइमाँ ने कहा लेकिन उसने उनकी बातों पर कर्णपात नहीं किया।

काफी देर तक आने-जानेवालों का ताँता लगा रहा। जैठाइमाँ की बेटी माधोबी और ननद ऑपोर्णा ने मिलकर हमारे बैठने के लिए आँगन में बड़ी-बड़ी चटाइयाँ बिछा दीं। माधोबी के अलावा पीयूष जैठा के चार और बच्चे थे। राखाल, गॉदाई, माधाई और राधा। राधा सबसे छोटी थी। राखाल प्रायः मेरी ही उम्र का था। राखाल से चार-पाँच साल छोटे गॉदाई-माधाई जुड़वाँ थे।

हमउम्र बच्चों के साथ माणिक, ऑलोक, खुकी खेल में मशगूल हो गए थे। मगर थोड़ी देर बाद ही वे थककर सो गए। नींद मुझे भी आ रही थी लेकिन मैं जबरन जगा हुआ था क्योंकि थोड़ी देर पहले ही मेरी दोस्ती राखाल से हुई थी। वह मुझसे खोद-खोदकर घर जलने का सारा वृत्तान्त सुन रहा था। कई बच्चे मुझे घेरे बैठे थे।

गर्मी की रात थी इसलिए रात के भोजन के बाद बरामदे और आँगन में ही सबके सोने की व्यवस्था की गई थी। मैं और राखाल अपने-अपने भाइयों को लेकर पूरब दुआरी कमरे के बरामदे पर सोए थे। राखाल ठीक मेरी बगल में सोया था। उसकी जिज्ञासा का मानो कोई अन्त नहीं था। वह एक पर एक सवाल किए जा रहा था, "ऐ बोलो ना, रात को स्टीमर में करके कालाबॉदोर, मेघना के ऊपर से चलने में कैसा लगता है ? तुम लोग जिस ट्रेन से आए थे, वह कितनी लम्बी थी ?"

"तुम जलते हुए घर के अन्दर घुसने के बाद फिर कैसे बाहर निकल आए ? तुम्हारे बदन में आग कैसे नहीं लगी ?..."

आस-पास बिछे बिस्तरों से भी बातें करने की धीमी-धीमी आवाज़ें आ रही थीं। बैशाख की रात जैसे-जैसे गहराने लगी, दूसरे बिस्तरों से आती बातचीत की आवाज़ मन्द पड़ने लगीं और फिर आँगन में निस्तब्धता छा गई। राखाल के सवालों का जवाब देते-देते कितनी ही बार मेरी आँख लग गई, जबान लड़खड़ाने लगी, आवाज़ बन्द हो गई मगर राखाल को मुझ पर दया नहीं आई। अपनी नुकीली कुहनी से धक्के दे-देकर उसने मुझे जगाए रखा और तब तक कहानियाँ सुनता रहा, जब तक कि वह स्वयं निद्रा देवी की गोद में नहीं चला गया।

हट जा केष्टो, नारियल गिरा रहा हूँ

दूर से तैरकर आती हुई-सी कोई आवाज़ देर से मेरे कानों में पड़ रही थी। मैं यह भी महसूस कर रहा था कि कोई मुझे झकझोर रहा है, लेकिन गाढ़ी नींद की खुमारी मेरी चेतना को कुहासे की तरह ढँके हुई थी। पलकें इतनी भारी हो गई थीं कि चाहकर भी मैं उन्हें खोल नहीं पा रहा था। कुछ देर तक लगातार कोशिश करते-करते आखिर मैंने आँखें खोलीं। भोर के हल्के-हल्के उजाले में मुझे राखाल का चेहरा दिखाई पड़ा। मेरी पलकें फिर से बन्द हो आईं। इस बार राखाल अपने दोनों हाथों की उँगलियों से मेरी दोनों पलकों को जबरन खोलकर

पूरब दुआरी = पूरब की ओर खुलनेवाले।

'ही-ही-ही-ही' करके हँसते हुए बोला, "ऐ केष्टो, कितना सोएगा रे ? चल उठ ! उठ न ! कितनी देर से जगा रहा हूँ तुझे। कुम्भकर्ण की तरह सोता ही रहेगा क्या ?"

उसके बासी मुँह से सड़ी हुई-सी गंध आ रही थी। मैंने उसे धकेलकर करवट लेते हुए कहा, "अभी नहीं ! बाद में। मुझे बहुत नींद आ रही है।"

राखाल माना नहीं। मुझे खींचकर उठाते हुए बोला, "चल न ! तुझे डाभ पिलाऊँगा।"

मैं उठने से इनकार करता रहा लेकिन राखाल के आगे मेरी एक न चली। वह मुझे उठाकर खींचते हुए आँगन पार करके पिछवाड़े के बगीचे में ले गया ! मुझे एक लम्बे से नारियल पेड़ के नीचे खड़ा करके आराम से बिना रस्सी के नारियल पेड़ पर चढ़ने लगा। मैं आँखें मलता हुआ उसे देखता रहा। अभी भी पूरी तरह से सुबह नहीं हुई थी। अँधेरा इधर-उधर पलथी मारकर बैठा था और वह पागल लड़का मुझे डाभ पिलाने के लिए उठा लाया था। मैं जम्हाई लेते हुए नारियल के तने पर पीठ टिकाकर बैठ गया। सिर उठाकर देखा, राखाल ऊपर चढ़ ही रहा था। कुछ दूर तालाब में किसी के तैरने की आवाज़ आ रही थी। देखा, जैठाइमाँ नहा रही थीं। "हट जा केष्टो, नारियल गिरा रहा हूँ।" कहकर राखाल ने धम्म-धम्म करके कई हरे नारियल मेरे आस-पास गिरा दिए और सर्र र...से नीचे उतर आया। डाभ गिरने की आवाज़ जैठाइमाँ ने भी सुनी थी। भीगी साड़ी के ऊपर गमछा लपेटकर पानी से बाहर निकलते-निकलते बोलीं, "मुँह-हाथ धोकर तुम लोग रसोईघर में आ जाना, समझे !"

फिर वो 'फॉरि-फाम,' 'फॉरि-फाम' जपते-जपते घर की ओर जाने लगीं। मुझे बड़ा अटपटा लगा। मैंने राखाल से पूछा, "तुम्हारी माँ क्या जप रही हैं रे ?"

"जपना तो चाहती हैं 'हॉरि-राम, हॉरि-राम' (हरे राम, हरे राम) पर मजबूरी है।"

"क्यों ?"

"क्योंकि उनके भसुर का नाम होरि और ससुर यानी मेरे ठाकुरदा का नाम राम है न ! अपने ससुर और भसुर के नाम का उच्चारण कोई कैसे कर सकता है, बोलो ?"

अब बात मेरी समझ में आई। मेरी माँ भी तो कभी मेरे बाबा या ठाकुरदा के नाम का उच्चारण नहीं करतीं। हॉरि राम को फॉरि-फाम उच्चारित करना मुझे इतना मजेदार लगा कि मैं राखाल के साथ डाभ लेकर आँगन तक आते-आते 'फॉरि-फाम, फॉरि-फाम' ही जपता रहा।

राखाल ने एक कटारी से डाभ का मुँह काटकर मुझे नारियल पानी पीने को दिया। हम लोगों के हाथ-मुँह धोते-धोते घर के बाकी सब लोग जाग गए थे। मेरी माँ-बाबा-भाई-बहनों को भी वह एक-एक डाभ दे आया।

कुछ ही देर में जैठाइमाँ ने हमारे नाश्ते का प्रबन्ध कर डाला। शुद्ध घी में तला हुआ चूड़ा, नारियल के लड्डू और मुड़की।

"जल्दी-जल्दी खा। मैं तुझे अपने दोस्तों से मिलवाने और हमारा गाँव दिखाने ले जाऊँगा। हमारे गाँव के पके फलों से लदे बगीचे देखोगे न तो ललचा जाओगे।" खाते-खाते राखाल मेरे कानों में फुसफुसा दिया।

माणिक ठीक मेरे बगलवाले आसन पर बैठा था। राखाल की बातें उसने सुन ली थीं। तपाक से बोला, "मैं भी जाऊँगा।"

"नहीं। तुम और ऑलोक मेरे भाई के साथ जाना। ऐ गॉदाई ! तुम इन दोनों को गाँव घुमा देना तो !" राखाल ने अपने भाई को आदेश देने के स्वर में कहा।

ठीक है दादा ! गाँदाई ने आज्ञाकारी बालक की तरह सिर हिलाया।

"तुम लोग जहाँ भी जाना इन्हें सँभालकर ले जाना। ये लोग शहर से आए हैं। तुम लोगों की तरह बन्दर नहीं हैं।" जैठाइमाँ ने ऑलोक की थाल में दो और नारियल-लड्डू डालते-डालते कहा।

"शहर में रहने से क्या होगा, मेरे बच्चे तो बन्दरों से भी एक काठी ऊपर हैं—मुख पोड़ा हनुमान हैं सबके सब !" माँ की ये बातें सुनकर सब हँसने लगे। राखाल की ठाकुरमाँ अपने पोपले मुँहवाले चेहरे पर झूठे गुस्से का भाव लाते हुए बोलीं, "इतनी हिम्मत तुम बहुओं की, जो मेरे चाँद-से नातियों को बन्दर-हनुमान कह रही हो ? दाँत तोड़कर रख दूँगी, हाँ।"

"हाँ, ठाकुरमाँ, इनके दाँतों को तोड़कर आप अपने मुँह में लगा लीजिए। फिर ऑपोर्णा पीशीमाँ की शादी में हड्डी चबा-चबाकर मांस-भात खाइएगा।" माधोबी ने चुटकी लेते हुए कहा।

उन लोगों की कहा-सुनी के बीच ही नाश्ता खत्म करके मैं और राखाल उठ खड़े हुए। घर की चौहद्दी से निकलकर कच्ची सड़क पकड़कर हम थोड़ी ही दूर गए थे कि सामने से लड़कों का एक झुंड आता दिखाई दिया। सभी लगभग एक जैसी कद-काठी के थे। बस थोड़ा-उन्नीस या बीस। उनका हुलिया भी करीब-करीब एक-सा था। धूप में झुलसी हुई काली त्वचा, कड़े-कड़े हाथ-पाँव, गठा हुआ दुबला-पतला शरीर, नंगे-पाँव, नंगे बदन। दो ने हाफ पैंट पहन रखा था और दो ने घुटने के ऊपर उठी हुई धोती।

"वो देखो ! मेरे दोस्त आ रहे हैं।" राखाल उल्लसित होकर बोला, "चलो अच्छा हुआ वे एक साथ यहीं मिल गए, वरना सबको घर-घर जाकर बुलाना पड़ता।" कहकर एक हाथ से मेरी कमर को लपेटकर मुझे करीब खींचते हुए चिल्लाना शुरू किया, "देखो, देखो कौन आया है, मेरा भाई आया है बोरिशाल से, कूऽऽऽ झुक-झुक-झुक-झुक रेलगाड़ी और भोंऽऽऽऽ स्टीमर में चढ़कर।"

"हमें पता है।" उनमें से एक लड़के ने आँखें मटकाते हुए कहा।

"इसीलिए तो हम इतनी जल्दी आ गए।" दूसरा बोल उठा। फिर, "क्या नाम है इसका ?"

"कब तक यहाँ रहेगा ?" "सुना है इन लोगों का घर-द्वार सब कुछ जल गया है ?" जैसे सवालों का जवाब देकर राखाल ने एक-एक कर उन सभी लड़कों से मेरा परिचय करवाया,

"ये है भोंदा। मछली पकड़ने में बड़ा माहिर है।"

"ये है जॉगा। दारियाबाँदा खेल में इसे कोई नहीं हरा सकता।"

"ये रहा रॉतोन। गुस्सा होकर किसी से भिड़ जाता है तो किसकी मजाल है कि इसे छुड़ाए।"

"और ये खैपा। सीधा-साधा भोला-भाला बेचारा।"

राखाल सबका परिचय दिए जा रहा था और वे सब "खी-खी" करके हँसे जा रहे थे। उन सबके नाम अलग-अलग थे, लेकिन पता नहीं क्यों चेहरे-मोहरे से वे सभी मुझे एक जैसे दीख रहे थे। मेरे मन की बात जुबान पर आ गई, "तुम सब एक जैसे क्यों दीखते हो ?" मेरी बात सुनकर वे सभी ठठाकर हँस पड़े। भोंदा शरारत से मेरी पीठ पर एक चपत जमाते हुए बोला, "कुछ दिन हमारे साथ रह लो फिर समझ जाओगे।"

मुख पोड़ा = मुँह जला। ठाकुरमाँ = दादी। पीशीमाँ = बुआ।

“फिर देखना तुम भी हमारी तरह दीखने लगोगे।” इस बार जॉगा ने चुटकी ली।

इस तरह हँसी-मजाक में हमारे बीच की दूरी मिट गई। कुछ ही देर में हम आपस में घुल-मिल गए। फिर तो राखाल की तरह उसके दोस्त भी मुझे तंग करने लगे। भोंदा नें कहा, “ऐ केष्टो, हमें बोरिशाल की बातें बताओ न ! सुना है वहाँ सड़कों पर सुन्दर-सुन्दर रंग-बिरंगी गाड़ियाँ दौड़ती रहती हैं।” “नहीं, नहीं। पहले यह बताओ कि तुम जलते घर में घुसकर बक्सा कैसे निकाल लाए।” खैपा ने पूछा।

“हाँ-हाँ। मगर उसके बाद हमें स्टीमर और रेलगाड़ी का वाकया सुनाना होगा।” ये जॉगा की फ़र्माइश थी।

शहर का बाशिन्दा होने के कारण हो या फिर गाँव का अतिथि होने के कारण, ये लड़के मुझे जो अतिरिक्त भाव दे रहे थे, उससे मुझे एक अनुपम सुख मिल रहा था। ऐसा सुख मुझे बोरिशाल के दोस्तों के बीच कभी मयस्सर न हुआ था। गद्गद् होकर मैंने कहा, “सुनाऊँगा, ज़रूर सुनाऊँगा। लेकिन यहाँ खड़े-खड़े नहीं। चलो, कहीं किसी पेड़ के नीचे चलकर बैठते हैं।”

“धत् ! बैठकर क्या करोगे ?” राखाल हाथ नचाते हुए बोला, “चलो खेत-खलिहान, बाग-बगीचों में घूम-घूमकर बातें करते हैं। इससे तुम्हारा गाँव देखना भी हो जाएगा और हम लोगों का कहानी सुनना भी।”

राखाल और उसके दोस्तों के बीच मैं मध्यमणि बनकर बोरिशाल, स्टीमर, ट्रेन की बातें कहते-कहते पाड़ागाँ की सँकरी पगडंडियों से होते हुए कभी किसी लीची, आम, जामुन, जामरूल, बाताबी नींबू, इमली आदि फलों से भरे शान्त छायादार बगीचे के भीतर से गुज़रता, तो कभी तरबूज, खीरा, फूट और खरबूजे के खेतों के बीच से। मुश्किल तो तब हुई जब राखाल और उसके साथी मेड़ से उतरकर सूखे खेतों के बीच से चलने लगे। धान खेतों में जड़ से कुछ ऊपर तक रह गए सूखे पुआल के कड़े ठूँठों के बीच पैर रखते हुए वे आराम से चल रहे थे। मैं उन लोगों की तरह चल नहीं पा रहा था। इसलिए झिझकते हुए बोला, “इसके ऊपर से कैसे चल रहे हो तुम लोग ? मेरे तो पाँव में गड़ रहे हैं।”

‘‘इस तरह से चलोगे तो गड़ेंगे ही। तुम शहरी लोग कुछ नहीं जानते !’’ कहकर राखाल ने मुझे धान के उन सूखे ठूँठों पर पैर रखने का तरीका समझाया, “पहले अपने एक पैर के तलवे को सामने की ओर थोड़ा ऊपर उठाओ। हाँ-हाँ, ऐसे। फिर जमीन पर खड़े इन सूखे पुआलों के एक गुच्छे को किनारे से ठोकर मारकर सामने की ओर झुका दो। बिलकुल ठीक ! और अब उन पर किनारे से ही पैर रखो। खूँटों के ऊपर पैर रखोगे तो वे गड़ेंगे। किनारे से रखने पर नहीं। और अब चलो। वाह ! बहुत अच्छा ! अब ऐसे ही पैर रखते हुए हमारे साथ-साथ इनके ऊपर से दौड़ो।...एक...दो...तीन...”

यह देख मैं चकित रह गया कि थोड़ी ही देर की चेष्टा के बाद मैं उनके साथ धान के उन सूखे ठूँठ निकले खेतों पर आराम से दौड़ने लगा। उस चिलचिलाती धूप में दौड़ते-दौड़ते जब हाँफने लगा, पसीने से नहा उठा, तब उस पूरी मंडली के साथ मैंने भी पास के एक तालाब में छलाँग लगा दी। काफी देर तक पानी में आपाधापी करके तालाब के साफ जल को गन्दला करने के बाद बाहर निकला और भीगे कपड़े में ही चलते-चलते, बातें करते-करते घोष पाड़ा से मुसलमान पाड़ा, मुसलमान पाड़ा से मिस्तरी पाड़ा, मिस्तरी पाड़ा

से बाओन पाड़ा और बाओन पाड़ा से जमींदार बाड़ी के पास पहुँच गया। कब कपड़े सूख गए, कब सूरज सर के ऊपर आया, कब वहाँ से हटकर पश्चिम की ओर काफी दूर तक ढल गया कुछ पता नहीं चला। होश तो तब आया जब राखाल का भाई गॉदाई हमें ढूँढ़ता हुआ जमींदार बाड़ी के पास आ पहुँचा। दोपहर के भोजन का वक़्त पार होते देख पीयूष जैठा ने उसे हमें बुला लाने भेजा था।

चूँकि बाग-बगीचों से गुज़रते समय बगीचों के मालिकों की नज़र बचाकर मेरे दोस्त तरबूज, फूट, खीरे, आम, जामुन जैसे फलों पर हाथ साफ करके बीच-बीच में जलपान की व्यवस्था करते रहे थे, इसलिए ज़्यादा भूख भी नहीं लगी थी। मगर घर तो लौटना ही था। हम वापस आने लगे। चलते-चलते जब दास पाड़ा के एक बगीचे में पहुँचे तो मेरी नज़र बेंत वन के ठीक बगल में खड़े एक विचित्र कटहल के पेड़ पर पड़ी। उसे देख मेरे पाँव ठिठक गए। तने के बिलकुल निचली सतह से लेकर ऊपर तक बड़े-बड़े कटहल तो फले हुए ही थे, पेड़ की जड़ के पास चारों ओर की जमीन से भी फूट-फूटकर पके, अधपके तथा कच्चे कटहल बाहर निकले हुए थे। उस पेड़ को चारों ओर से सूखी कँटीली झाड़ियों से घेरकर रखा गया था। मैंने उसे नजदीक से जाकर देखा और अचरज से कहा, "यह मैं क्या देख रहा हूँ ? ऐसा कैसे सम्भव है ? जमीन फोड़कर कटहल कैसे निकल सकते हैं ?"

"क्यों नहीं निकल सकते ? हमारे यहाँ तो ऐसे अनेक पेड़ हैं।"

"अच्छा ! लेकिन मैंने तो ऐसे कटहल कभी नहीं देखे। क्या इनका स्वाद भी दूसरे कटहलों जैसा ही होता है ?"

"हाँ बिलकुल ! तुम खाकर देखोगे ?" राखाल ने पूछा।

"कैसे खाऊँगा। पेड़ के चारों ओर तो कँटीली झाड़ियाँ हैं।"

"हाँ, पेड़ के मालिक ने इसे सियारों और चोरों से बचाने के लिए घेरकर रखा है। लेकिन तू इसकी परवाह न कर ! दिन में तो सम्भव नहीं लेकिन आज रात को मैं तुझे इस पेड़ का कटहल ज़रूर खिलाऊँगा। तैयार रहना।" कहकर राखाल ने अपने दोस्तों को अर्थपूर्ण दृष्टि से देखते हुए कनखी मारी। सभी एक साथ हँस पड़े और आँखों ही आँखों में उन लोगों ने मानो कोई निर्णय ले लिया।

कॉत्ता घर पर हैं क्या ?

घर जाकर देखा, प्रायः सभी लोग खाना खा चुके थे। बाबा और पीयूष जैठा दक्षिण-दुआरी कमरे के दावा पर बैठकर गुड़गुड़ी पी रहे थे। माँ और जैठाइमाँ बिना खाए हमारी प्रतीक्षा कर रही थीं। हमें देखते ही वे दोनों लगभग एक साथ हम पर बरस पड़ीं, "ये लो ! अब लौटे हैं महाराज लोग ! वेला खत्म होने को आई और इन्हें नहाने-खाने की कोई फिक्र नहीं।" "कल से अगर समय पर घर नहीं लौटे न तो देखना, खाल उधेड़ दूँगी।"

फिर जैठाइमाँ मुझे छोड़ अकेले राखाल को कोसती हुई बोलीं, "ये राखाल ही सारी बुराइयों की जड़ है। देखना पुष्पी, यह लड़का तुम्हारे बेटे को बर्बाद करके छोड़ेगा..." बाबा और पीयूष जैठा से भी हमें डाँट सुननी पड़ी। उन लोगों से मुँह न लड़ाकर हम नहा-खाकर

बाओन = ब्राह्मण। पाड़ा = मोहल्ला। दावा = बरामदा। गुड़गुड़ी = हुक्का।

सुशील बालक की तरह पूरब वाले कमरे में जमीन पर बिछी शीतल-पाटी पर दूसरे भाई-बहनों की बगल में सो गए।

शाम को उठा तो देखा, बाबा और पीयूष जैठा उत्तर दुआरी कमरे के सामने आसन बिछाकर बैठे-बैठे गप्प कर रहे हैं। तभी बाहर से अचानक "कॉत्ता घर पर हैं क्या ?" की आवाज़ आई और देखते-ही-देखते मैली चिकट अलग-अलग रंगोंवाली चारखाने की लुंगी और गंजी पहने चार-पाँच फटेहाल-से दीखनेवाले व्यक्ति आँगन के एक कोने में आ खड़े हुए। फटी एंड़ी, रूखी त्वचा, रूखे बाल और बढ़ी हुई बेतरतीब दाढ़ीवाले उन व्यक्तियों को देखते ही पीयूष जैठा बोल उठे, "आओ, आओ मजिद मियाँ ! बैठो-बैठो ! हम तुम लोगों का ही इन्तज़ार कर रहे थे।"

उस व्यक्ति ने, जिसे पीयूष जैठा ने मजिद मियाँ कहकर सम्बोधित किया था, कुछ झुककर कहा, "आदाब क़ॉत्ता !"

उनकी देखा-देखी उनके साथ खड़े व्यक्तियों ने भी पीयूष जैठा और बाबा को आदाब किया और आँगन के एक कोने में उकड़ूँ बैठ गए।

उनके पीछे-पीछे अन्दर आए माधाई को पास बुलाकर मैंने पूछा, "ये लोग कौन हैं रे ?"

"घॉड़ामी।" माधाई ने कहा, "मुसलमान पाड़ा से आए हैं। बाबा ने मुझे ही तो भेजा था इन्हें बुला लाने के लिए। कल से यही लोग आप लोगों के घर की मरम्मत का काम करेंगे।"

"ओ अच्छा !" कहकर मैं जाकर पैर लटकाकर ऊँचे बरामदे पर बैठ गया। आगंतुकों की आवाज़ पाकर एक-एक कर सभी बच्चे आकर मेरी बगल में बैठ गए।

गाँव के दूसरे लोगों की तरह उन लोगों (घॉड़ामी) ने भी पहले हम लोगों का हालचाल पूछा। एक-एक कर हम सबसे परिचय किया, अग्निकांड की कहानी सुनी और तब काम की बातें करके अगले दिन सुबह से घर की मरम्मत के काम में हाथ लगाने का वादा करके चले गए। बाबा और पीयूष जैठा भी आपस में बातें करते-करते बाहर निकल गए। माँ और खुकी को अनुकूल दादू की बहू आकर अपने घर ले गई। राखाल को कटहल चुराने जाने की जल्दी थी। इसलिए वह बार-बार आकाश की ओर देख रहा था। मैं उसकी मनःस्थिति समझ रहा था। उसका वश चलता तो उस शीशे-से चमकते आकाश को एक काले कपड़े से ढक देता।

खैर, थोड़ी देर बाद अँधेरा हो ही गया। हमें बेल का मीठा शर्बत पिलाने के बाद इधर जैठाइमाँ ने पूजा घर में सांध्यप्रदीप जलाकर शंख बजाया, उधर हम दबे पाँव आँगन से निकलकर अँधेरे में अदृश्य हो गए।

कंजूस खिटखिटिया तीनकौड़ी खुड़ा

दास पाड़ा के कटहल पेड़वाले बगीचे में पहुँचते-पहुँचते अँधेरा थोड़ा और गाढ़ा हो चुका था। घर से निकलते समय आकाश में जो एक टुकड़ा चाँद नज़र आ रहा था, वह इस बगीचे के पेड़ों के घने पत्तों के पीछे छिप गया था। अँधेरे में मेरे पैर बार-बार किसी-न-किसी कँटीली

घॉड़ामी = घर बनानेवाले मजदूर।

झाड़ी पर पड़ जाते और मैं चिहुँक उठता, "ओरे बाबा गेलाम रे !" राखाल रह-रहकर मुझे हिदायतें दे रहा था, "ठीक से चलो, देखकर चलो। मेरे पीछे-पीछे चलो..."

बगीचे के मालिक के घर के पिछवाड़े की खिड़की से लालटेन की धीमी-धीमी रोशनी बाहर आ रही थी। अन्दर से कुछ लोगों की बातें करने की आवाज़ें भी सुनाई दे रही थीं। हम पाँव दबा-दबाकर कटहल के पेड़ के पास जा पहुँचे।

"हमारे साथी तो अभी तक नहीं आए रे।" राखाल ने अँधेरे में ही इधर-उधर देखते हुए कहा, "अकेले मैं इतनी सारी कँटीली झाड़ियों को हटाऊँगा कैसे ?"

"मैं हूँ न ! मैं तुम्हारा हाथ बँटाऊँगा।" मैंने फुसफुसाकर कहा।

"चलो हटो। यह काम तुमसे नहीं होगा।" राखाल उपेक्षा-भरे लहजे में बोला, "यह काम इतना आसान नहीं। हाथ-पैर लहूलुहान हो जाएँगे तुम्हारे। हम लोगों का खास तरीका है। आज तुम देखकर सीख लेना।" "ठीक है।" मैंने अँधेरे में सिर हिलाया।

इधर हमारी उपस्थिति का भान होते ही पता नहीं कहाँ से सैकड़ों मच्छर आ गए और गुनगुनाते हुए हमें घेर लिया। हम उनके महाभोज की सुलभ्य सामग्री बन गए। एक तरफ़ मच्छरों का आक्रमण और दूसरी तरफ़ मकान मालिक के देख लेने का डर। मेरा दिल धक्-धक् करने लगा। मच्छरों को मारते-भगाते हुए अधीर होकर हम अपने दोस्तों का इन्तज़ार करने लगे।

थोड़ी देर बाद अँधेरे को चीरकर चार छायामूर्तियाँ प्रकट हुईं। भूत की तरह दीख रहे उन चारों के दाँत अँधेरे में कुछ ज़्यादा ही चमक रहे थे। उन्हें देख मेरी जान में जान आई। राखाल फुसफुसाया, "इतनी देर क्यों लगा दी ?"

"क्या करता ! डंडे और पत्ते लाने गया था।" भोंदा ने उत्तर दिया।

देर से अँधेरे में खड़े रहने के कारण आँखों को अँधेरा सह गया था। देखा, उन चारों के हाथों में डंडों के अलावा बड़े-बड़े पत्ते हैं और उन्होंने उन्हें घास फूस से दोनों हथेलियों में बाँध रखा है।

"यह सब किसलिए ?" मैंने जानना चाहा।

"कँटीली झाड़ियों को हटाने के लिए। ताकि हाथ में काँटे न गड़ जाएँ।"

और सचमुच देखते-ही-देखते उन लोगों ने झाड़ियों को एक तरफ़ हटाकर पेड़ तक जाने का रास्ता बना लिया।

"कच्चे कटहल मत तोड़ना। तोड़ने से पहले दबा-दबाकर अच्छी तरह से देख लेना कि वह पका है या नहीं।" जमीन फूटकर बाहर आए एक कटहल को दबाते-दबाते राखाल ने कहा, "मालूम है। लेकिन कितने कटहल तोड़ें ?" रॉतोन ने पूछा। "तीन-चार से ज़्यादा नहीं। उतना खाएगा कौन ?" भोंदा ने जवाब दिया।

तब तक ''ले पकड़'' कहकर रॉतोन एक बड़ा-सा कटहल लाकर मेरे हाथों में थमा दिया। कुल चार कटहल तोड़ने के बाद राखाल पास के एक बड़े-से पेड़ की ओर इशारा करते हुए बोला, "चल अब उस पेड़ पर चढ़कर बैठते हैं।"

"इतनी रात को पेड़ पर चढ़कर क्या करोगे ?" मैंने हैरानी से पूछा।

"आराम से पेड़ की डाल पर बैठकर कटहल खाएँगे, और क्या करेंगे ?"

"क्या कह रहा है तू ! पागल हो गया है क्या ?" मैंने उसे झिड़कते हुए कहा।

"पागल क्यों होऊँगा। हम तो ऐसा ही करते हैं। तू भी करके देख ! मजा आ जाएगा।

क्यों जॉगा, खैपा ! मजा आता है न ! "

"हाँ, हाँ आता है। बहुत मजा आता है।" कहकर वे लोग मुझे लेकर उस बड़े-से पेड़ के पास आ गए। पेड़ पर सबसे पहले भोंदा चढ़ा। रॉतोन ने अपने हाथ का कटहल उसे थमाया और खुद भी चढ़कर एक डाल पर बैठ गया। मेरे हाथ से कटहल लेकर जॉगा ने रॉतोन को दिया और मुझे धकेलकर पेड़ पर चढ़ा दिया। इस तरह बाकी लोग भी पेड़ पर चढ़कर डाल पर बैठ गए और गोद में कटहल रखकर कायदे से उन्हें ऊपर की ओर से खोलकर उनके अन्दर से बड़े-बड़े स्वादिष्ट कोओं को निकाल-निकालकर खाने लगे। खाते-खाते दबी आवाज़ में हँसी-मजाक, नोक-झोंक होती रही।

उस अँधेरी रात में अँधेरे बगीचे के पेड़ पर दोस्तों के साथ बैठकर कटहल खाने में एक अजीब-से रोमांच का अनुभव हो रहा था मुझे। थोड़ा-थोड़ा डर भी लग रहा था। मैंने पूछ ही लिया, "तुम लोगों को डर नहीं लगता !"

"डर ! कैसा डर ! किसका डर !" खैपा ने मेरा मजाक उड़ाते हुए कहा।

"भूत का डर।"

"भूत ! यहाँ के भूत-प्रेत तो हमें देखकर डर जाते हैं। हम उनसे क्या डरें।" कहकर वे सभी ठठाकर हँस पड़े।

बातों-बातों में किसी को यह ध्यान नहीं रहा कि उनकी आवाज़ सप्तम पर पहुँच चुकी थी। पलक झपकते ही सफेद धोती पहने एक व्यक्ति "कौन है ? कौन हरामजादा है वहाँ ?" कहकर गाली देते हुए एक लालटेन और मोटी-सी लाठी लेकर बगीचे में आ घुसा।

"लो, हुआ ! लगता है, उस कंजूस खिटखिटिया तीनकौड़ी खुड़ा ने हमारी आवाज़ सुन ली।" राखाल फुसफुसाया।

मैं चुपचाप दम साधे पेड़ पर बैठा रहा। सबकी निगाहें उस व्यक्ति पर थीं। वे बड़बड़ाते हुए बगीचे में आकर लालटेन की रोशनी में इधर-उधर देखने लगे। देखते-देखते जब कटहल के पेड़ के तने के पास से हटाई गई झाड़ियों पर उनकी नज़र पड़ी तो वे जमीन पर डंडा पटकते हुए चिल्ला उठे, "कौन ? कौन हरामजादा आया था यहाँ ? साला कटहल चुरा ले गया। ज़रूर यहीं किसी पेड़ पर छिपा बैठा है। उतरो साला चोर ! नहीं तो मार-मारकर पीठ की खाल उतार डालूँगा...।"

इधर उस व्यक्ति को चीख़ते-चिल्लाते सुनकर कई और लोग हल्ला करते हुए लाठी-डंडा लेकर बगीचे में चले आए।

"अब क्या करें ? अब तो वे हमें पकड़ लेंगे।" मैं डरते-डरते राखाल के कान में फुसफुसाया।

"रुको, पहले उसकी लालटेन को तोड़ देते हैं। फिर भागेंगे।" कहकर राखाल ने अपने मुँह से कटहल का एक बड़ा बीज निकाला और लालटेन की ओर फेंका। लालटेन की रोशनी में मैंने साफ देखा कि बीज तीर के वेग से जाकर तीनकौड़ी खुड़ा की बाईं आँख में लगा।

"आह ! गया रे ! मैं मर गया ! मुझे मार डाला रे !" कहते-कहते वे लालटेन को एक तरफ़ फेंककर अपनी आँख दबाकर बैठ गए। उनके इन करुण विलाप-वाक्यों को सुन बगीचे में घुसे लोग "क्या हुआ बाबा !" "क्या हुआ चाचा !" कहते हुए इधर ही दौड़ पड़े। राखाल मेरा हाथ पकड़कर बोला, "चल कूद।" और हम सब धुप-धाप पेड़ से नीचे कूदकर भागने लगे।

खुड़ा = चाचा।

राखाल और उसके साथी तो बगीचे के इधर-उधर से भाग निकले मगर मेरी बदकिस्मती कि मैं पकड़ा गया। अँधेरे में ताबड़तोड़ लात-डंडे खाकर जब मैंने रोते-रोते बताया कि मैं यहाँ नया-नया आया हूँ और राखाल, भोंदा लोगों ने मुझे जबरन यहाँ लाया है तो उनका गुस्सा कुछ कम हुआ।

बीस-पच्चीस लोगों की भीड़ ने मुझे घर पहुँचाया। मेरे साथ-साथ उस दिन घर पर राखाल की भी अच्छी धुलाई हुई। रात में ही तीनकौड़ी खुड़ा को तीन कोस दूर किसी अस्पताल में ले जाकर आँख में पट्टी वगैरह करवानी पड़ी। अगले दिन तीनकौड़ी खुड़ा के बेटे गाँव के कुछ दागी लड़कों को साथ लेकर राखाल, भोंदा, जॉगा, खैपा, रॉतोन--सबके घर पर जा-जाकर उनके घरवालों को धमकी दे आए कि अब से अगर वे अपने-अपने बच्चों को सँभालकर नहीं रखेंगे तो पंचायत बैठाकर उन्हें कड़ी सजा दी जाएगी।

बतासा-लूट

हफ्ते भर में घॉड़ामियों ने हमारे घर की मरम्मत करके उसे रहने लायक बना दिया। तय हुआ कि पूर्णिमा के दिन सत्यनारायण की पूजा करवाकर हमारा गृहप्रवेश होगा। पूर्णिमा के दिन भोर से ही पूजा की तैयारी शुरू हो गई। मुझे और माणिक को आम्र पल्लव, बिल्व पत्र, दूर्वा, दूध, पान, गोमूत्र आदि लाने का दायित्व दिया गया। राखाल भी मेरे साथ भिड़ गया था। इन सात दिनों में कटहल चुरानेवाली घटना की तीव्रता कुछ कम हो गई थी। इस बीच बाबा ने हमें लेकर एक-एक दिन करके अनुकूल दादू के यहाँ, उनकी विधवा काकीमाँ के यहाँ और भी दो-तीन अन्य रिश्तेदारों के यहाँ रहकर अपना वादा पूरा कर लिया था।

पूजा के काम में माँ-बाबा का हाथ बँटानेवालों की कोई कमी नहीं थी। गोबर-मिट्टी से घर आँगन को लीपकर पवित्र करने के लिए कई औरतें माँ के साथ लगी हुई थीं। ऑपोर्णा पीशीमाँ अपने घर से भिगोए हुए चावल पीस लाई थी—अल्पना देने के लिए। माधोबी दो-तीन लड़कियों के साथ मिलकर आँगन के तुलसी मंच के चारों ओर, घर के चारों कमरे के दरवाज़े के सामने तथा पूरबवाले कमरे में पूजास्थल पर अल्पना दे रही थी। माँ ने लकड़ी के एक बड़े से पीढ़े पर लाल सालू कपड़ा बिछाकर पूजा स्थल पर रख दिया था। कुछ औरतें प्रसाद के लिए फल काट रही थीं तो कोई शिन्नी के लिए नियमानुसार पाँच-पाँच सेर आटा, चीनी, दूध आदि लेकर पत्थर के बड़े-बड़े बर्तनों में रख रही थीं। पूजा के सारे बर्तन अनुकूल दादू के यहाँ से आए थे।

सारी तैयारी हो जाने के बाद नामावली ओढ़कर ठाकुर मॉशाइ आए। पूजा शुरू की गई। पूजावाला कमरा तो औरतों से भरा हुआ ही था, घर के बरामदे और आँगन भी लोगों से भर गया।

पूजा के अन्त में आँगन में तुलसी मंच के पास बतासा-लूट हुई। अधिक-से-अधिक बतासा लूटने के चक्कर में बच्चों के बीच अच्छी-खासी जंग छिड़ गई। कदमा, शिन्नी तथा फल प्रसाद खाकर धीरे-धीरे भीड़ छँट गई और माँ ने उस घर में नए सिरे से अपनी गृहस्थी बसाई।

सालू = मारकीन का लाल कपड़ा। नामावली = रामनामी। ठाकुर मॉशाइ = पंडित जी।

सब कुछ व्यवस्थित कर-कराके बाबा बोरिशाल लौट जाने की तैयारी करने लगे। वहाँ जाकर उन्हें फिर से दुकान को खड़ा करना है। जाने से पहले वे पीयूष जैठा और अनुकूल दादू से हाथ जोड़कर कह गए, "अपने बीवी-बच्चों को आप लोगों के भरोसे छोड़े जा रहा हूँ। इनका ख़याल रखिएगा।"

माँ को सांत्वना देते हुए बाबा ने कहा, "चिन्ता की कोई बात नहीं है पुष्पी। दुकान चल जाने के बाद से हर महीने मनीऑर्डर करके रुपए भेज दिया करूँगा।"

"भेज दिया करूँगा मतलब ? आप नहीं आएँगे क्या ?" माँ आतंकित होते हुए बोलीं।

"आऊँगा क्यों नहीं। बीच-बीच में तो आता ही रहूँगा। लेकिन दुकान छोड़कर हर महीने आना सम्भव होगा क्या ?" बाबा ने माँ की पीठ पर हाथ फेरते हुए कहा, "तुम चिन्ता क्यों करती हो। अभी कुछ दिनों तक चलने लायक सामान तो मैंने खरीद ही दिया है। कुछ पैसे भी रखकर जा रहा हूँ। बर्गा चासियों से भी मैंने बात कर ली है। वे तुम्हें घर पर अनाज पहुँचा जाएँगे। तुम सामनेवाले बगीचे में खाने लायक सब्जी लगवा लेना, समझी ?"

"अब चलें ? बाल-बच्चों को लेकर सँभलकर रहना।" कहकर बाबा जब सचमुच हमें छोड़कर बोरिशाल जाने लगे तब अचानक मैं अपने आपको बड़ा असहाय महसूस करने लगा। शायद माँ को भी वैसी ही कुछ अनुभूति हो रही थी। हम सभी बाबा के पीछे-पीछे खेतों की मेड़ से होते हुए बहुत दूर तक चलते रहे। बाबा की आकृति धीरे-धीरे आँखों से ओझल हो गई। मगर माँ की भीगी नज़रें उस दिशा में काफी देर तक अटकी रहीं।

भीतर उतरते वसन्त का साक्षात्कार

बाबा के बोरिशाल चले जाने के बाद कुछ दिनों तक घर में मातम-सा छाया रहा। फिर धीरे-धीरे वह बदली छँट गई और धूप निकल आई। शोनारामपुर का जनजीवन मुझे भा गया। पढ़ाई-लिखाई की कोई चिन्ता न थी। माँ ने कहा था, "यहाँ गाँव की पाठशाला में नहीं भेजूँगी। एक बार यहाँ दाखिला करा दूँगी तो तुम्हारे बाबा फिर वापस हमें शहर नहीं ले जाएँगे। पढ़ना है तो कुछ दिनों तक घर पर ही पढ़ो।"

घर पर कौन पढ़ता ! मैं निश्चिन्त हो गया। पढ़ाई-लिखाई से निश्चिन्त मन को तो इधर-उधर भटकना ही था। इधर तीनकौड़ी खुड़ा के बगीचेवाली घटना की स्मृति जैसे-जैसे धुँधलाने लगी, नई-नई शरारतें सूझने लगीं। इसमें मेरे धुरंधर दोस्तों ने महत्त्वपूर्ण भूमिका निभाई। उनकी कृपा से मैं चन्द ही रोज में शोनारामपुर की नस-नस से वाकिफ हो गया। इसी क्रम में पता चला कि हमारे घोष पाड़ा के दुलाल पीशामॉशाइ के घर के पिछवाड़े के घने बग़ीचे में फज़ली आम का एक बड़ा-सा पेड़ है। उस पेड़ के साथ यही खराबी है कि उसमें आम के पकते ही बड़ी-बड़ी लाल चींटियाँ भर जाया करती हैं। बाहर से आनेवाले आम चोरों के लिए एक और बाधा वह काला पोखर है जिसे पार किए बिना उस पेड़ तक पहुँचना असम्भव है। चारों ओर से घने वृक्षों से घिरे होने के कारण उस तालाब का जल गरमी के दिनों में भी काफी ठंडा रहता है और वहाँ दिन में भी अँधेरा-सा बना रहता है। पेड़ के पत्ते गिरकर उस तालाब में सड़ जाते हैं। अँधेरा और सड़े पत्तों से भरे होने के कारण ही शायद

बर्गा चासी = बटाईदार किसान। पीशामॉशाइ = फूफाजी।

लोग उसे काला पोखर कहा करते हैं। साँप-बिच्छू से भरा वह स्थान हमेशा रहस्यमय बना रहता है। कभी किसी जमाने में सौत से तंग आकर दुलाल पीशामॉशाइ के परिवार की कोई कुलवधू अपने गले में साड़ी का फन्दा डालकर वहाँ के किसी पेड़ से लटक गई थी और तब से उसकी आत्मा वहीं भटकती रहती है। गाँव के कई लोगों ने सफेद साड़ी पहने उस प्रेतात्मा को वहाँ मँडराते देखा है इसलिए लोग उस पोखर के पास अकेले जाने से डरते हैं।

यह सब जानते हुए भी एक दिन जब मैं माँ के साथ दुलाल पीशामॉशाइ के नाती के ऑन्नोप्राशोन में उनके घर गया, तब उनके आँगन से दूर पिछवाड़े के बगीचे के पेड़ से लटकते बड़े-बड़े फज़ली आमों को देखकर ललचा गया। ग्रीष्म ऋतु के उन अन्तिम दिनों में, जब पाड़ागाँ के आम, लीची, गुलाब जामुन, जामरूल जैसे अधिकतर फलों के पेड़ ख़ाली हो गए थे, फज़ली आम के उस भरे-पूरे पेड़ को देखकर मैं अपने आप को रोक न पाया और एक दिन दोपहर के समय प्रचंड गर्मी से थके-हारे लोग जब भात खाकर सो रहे थे, मौके का फायदा उठाते हुए चुपके-से उस काले पोखर में उतर गया। उस गरमी में भी तालाब के बर्फ जैसे ठंडे जल में एकबारगी मेरा बदन सिहर उठा। भीतर कहीं उस अदृश्य प्रेतात्मा का डर भी समाया हुआ था। क्या पता किस घड़ी सफेद साड़ीवाली उस बला से सामना हो जाए। बचपन से सुनता आया हूँ कि उन जैसी विभूतियाँ निझूम दोपहर या निशुति रात में ऐसी जगहों पर किसी को अकेला पाते ही गर्दन मरोड़कर सारा खून चूस लेती हैं।

मन-ही-मन राम-राम-राम-राम जपते हुए जैसे-तैसे तैरकर मैं बीच तालाब में पहुँचा। अचानक जोर से हवा चली। पास के जामुन के पेड़ से ढेर सारे पके जामुन पानी में झड़ पड़े। बगल की बँसवारी भी मुरूक उठी। सबकुछ मिलकर वह परिवेश इतना मायावी हो उठा कि मैंने अपनी धमनियों में दौड़ते रक्त को जमता हुआ महसूस किया। जल्दी-जल्दी इधर-उधर, जैसे-तैसे हाथ-पाँव मारता हुआ मैं उस पार जा पहुँचा। सामने सरकंडे तथा बेंत की घनी झाड़ियाँ थीं। बेंत झाड़ अंगूर की तरह गुच्छे-गुच्छे लटकते हल्के बादामी रंग के बेतुन फलों से भरे हुए थे। ये फल थोड़े कसैले ज़रूर होते थे मगर खाने में अच्छे लगते थे।

झाड़-झंखाड़ और लम्बी-लम्बी सूखी घास के कारण मुझे आगे बढ़ने का रास्ता ही नहीं सूझ रहा था। डरते-डरते मैंने पास के बाँस झाड़ से एक छड़ी तोड़ा और उसकी मदद से झोप-झाड़, घास-फूस हटा-हटाकर उनके बीच से रास्ता बनाते हुए फज़ली आमवाले बगीचे में जा घुसा। बगीचे में कितने ही तरह के पेड़ आकाश को घेरकर खड़े थे। चारों ओर सन्नाटा था। सिर्फ़ मेरे चलने से होनेवाली सूखे पत्तों की चरमराहट और घने जंगल में बैठे घूघू की आवाज़ सुनाई पड़ रही थी। अचानक बिलकुल पास से किसी सरीसृप के रेंगने की सरसराहट हुई। मैं दम साधकर खड़ा हो गया। उसके दूर चले जाने की आहट से आश्वस्त होकर मैंने चारों ओर सशंकित दृष्टि डाली, फिर सावधानी से आगे बढ़ चला। इस विपदा में मुझे शिद्दत से अपने निडर दोस्तों की याद आ रही थी। वे लोग साथ होते तो डर लगने का सवाल ही नहीं उठता। मगर क्या करता, चींटियों के डर से कोई उस पेड़ पर चढ़ने को तैयार ही नहीं था। दोपहर को जब गोबर-मिट्टी लिपे ठंडे फर्श पर चटाई बिछाकर मुझे और मेरे भाई-बहनों को लेकर माँ सोयी थीं तब लेटे-लेटे मुझे पेड़ से लटकते वे आम ही याद आ रहे थे। आम तोड़ने की इच्छा इतनी बलवती हो उठी कि मैं उठकर खूँटे में टँगे एक झोले

ऑन्नोप्राशोन = मुँह जुटूठी। निझूम = निर्जन। निशुति रात = घनी अँधेरी रात। घूघू = वनकपोत।

को गले में लटकाकर चुपचाप बाहर निकल आया था। झोला-भर फज़ली आम तोड़ लाने के लिए।

खैर, कुछ दूर जाते ही मुझे आम से लदा वह पेड़ दिख गया। फिर तो मेरे मन से सारा डर-भय 'गिली-गिली छू' हो गया। दौड़कर उस पेड़ तक पहुँचा और जल्दी-जल्दी ऊपर चढ़ने लगा। पेड़ के तने तथा डालियों पर बड़ी-बड़ी चींटियाँ रेंग रही थीं। मेरे गीले कपड़ों से लगातार पानी टपक रहा था जिस कारण पैर फिसल रहे थे मगर मैं उन सारी बाधाओं को पार करते हुए ऊपर, बहुत ऊपर उस डाल पर जा चढ़ा जहाँ सबसे अधिक गुच्छे के गुच्छे पके आम लटक रहे थे।

मैं तीन-चार आम ही तोड़ पाया था कि अचानक मेरी नज़र दुलाल पीशामॉशाइ के घर के पिछवाड़े की खुली खिड़की पर जा पड़ी। खिड़की जमीन से काफी ऊँचाई पर थी। पेड़ से अन्दर का दृश्य साफ-साफ दिखाई पड़ रहा था। देखा, कमरे में एक पलंग पर दुलाल पीशा की पुत्रवधू माखोनी अस्वाभाविक ढंग से पसरी हुई थी। उसका पीला आँचल और लम्बे काले घुँघराले बाल पलंग से नीचे लटकते हुए जमीन को छू रहे थे। उसके गोरे-गोरे पैर बिस्तर पर फैले हुए थे जिनके बीच बड़े अधिकार के साथ स्थान बनाते हुए अपने रोएँदार टाँगों सहित एक मर्दाना शरीर झुककर उसके होंठों को, गालों को, गर्दन को पागलों की तरह चूमे जा रहा था। माखोनी बोउदी ने भी दोनों बाँहों से उन्हें कसकर जकड़ रखा था। उस जोड़े के हिलने-डुलने से छप्पर के किसी गुप्त छिद्र से प्रवेश कर रहे सूर्य के प्रकाश में उस व्यक्ति के बाएँ हाथ में बँधी सोने की ताबीज और माखोनी बोउदी के गले में पड़ी सोने की मोटी-सी सिकड़ी चमक-बुझ रही थी। उसी पलंग पर एक तरफ़ माखोनी बोउदी का वह बच्चा हाथ-पाँव मारता हुआ खेले जा रहा था, जिसके ऑन्नोप्राशोन में हम लोगों को निमन्त्रण मिला था। मैं माखोनी बोउदी के स्वामी पॉलाश दा को अच्छी तरह से जानता था। उस समय माखोनी बोउदी पर झुका हुआ मर्द पीछे से पॉलाश दा नहीं लग रहे थे। और फिर पॉलाश दा को सुबह ही मैंने बक्सा-टक्सा लेकर शहर जाते देखा था। वे शहर में एक जूट मिल में काम करते थे और महीने में एक बार घर आते थे। तो फिर यह शख़्स कौन हो सकता है ? कहीं पॉलाश दा की पीशीमाँ का बेटा कानाई दा तो नहीं ? पीछे से तो वैसे ही लग रहे हैं। मेरी जिज्ञासा बढ़ी। कानाई दा को भी मैं अच्छी तरह से जानता था। कानाई दा बचपन से ही यहाँ अपने इस मामा-घर में पले-बढ़े थे और यहीं घर के सदस्य की तरह रहते थे। अपने दादू-दीदीमाँ के दुलारे जो थे।

मैं यह सब सोच ही रहा था कि एक-दूसरे के साथ गुत्थम-गुत्था होकर उस जोड़े ने करवट ली। मेरा शक सही निकला। वे कानाई दा ही थे। उन दोनों के पसीने से चपचप करते शरीर में नाममात्र के कपड़े थे। उनकी बेशर्मी देख मैं सन्न रह गया। मगर साथ ही मुझे एक विचित्र रोमांच, एक अद्‌भुत सिहरन की अनुभूति हुई और मैंने अपनी शिराओं में गर्म लहू दौड़ता हुआ महसूस किया। मेरी नस-नस उत्तप्त हो उठी। सर्वथा नई उस अनुभूति में अपने रोम-रोम से कूकते कोकिलों के बीच मैंने उस वसन्त का साक्षात्कार किया जो चुपके से मेरे भीतर कहीं उतर आया था। पलंग पर जो कुछ भी हो रहा था, वह दृश्य मेरे लिए बिलकुल नया और अप्रत्याशित था। भय, लज्जा, रोमांच की मिली-जुली अनुभूति ने मुझे स्तब्ध कर दिया। मेरा दिल जोर-जोर से धड़कने लगा। मेरी आँखों के सामने मेरे हाथों के बिलकुल

बोउदी = भाभी।

पास लुभावने पके हुए स्वादिष्ट फज़ली आम लटक रहे थे, मगर मैं आम तोड़ना बिलकुल ही भूल गया। अपने चेहरे को थोड़ा-सा तिरछा करके चोर नज़रों से डरते-डरते घने पत्तों की ओट से उस जोड़े के करतबों को देखता रहा।

उसी दिन पहली बार स्त्री-पुरुष के आदिम, वन्य तथा शाश्वत सम्बन्ध के गूढ़ रहस्य से मेरा परिचय हुआ। उस नए रोमांचक दृश्य के रसास्वादन में मैं इतना विभोर हो उठा कि मुझे यह पता ही नहीं चला कि कब मेरे पैरों पर चींटियाँ चढ़ आईं। होश तो तब आया जब एक चींटी ने मुझे जोर से काटा। उसका डंक इतना विषैला तथा आकस्मिक था कि मैं बिना सोचे-समझे ही तत्काल अपने उसी हाथ से पैर को सहलाने के लिए झुक पड़ा जिससे पेड़ की डाल को पकड़ रखा था। पलक झपकते ही मैं उस ऊँचे पेड़ से नीचे झाड़-झंखाड़ के ऊपर आ गिरा। आगे क्या हुआ, मुझे कौन-कैसे उठाकर घर ले गया, कुछ भी पता नहीं चला।

काफी दिनों तक मैं बिस्तर पर पड़ा रहा था। माँ दिन-रात मेरी सेवा करती रही थीं। बुखार से तपते मेरे माथे पर जलपट्टी लगातीं, ताड़ पत्ते का पंखा झलतीं, अपने हाथों से मुझे खाना खिलातीं, दिन में कई-कई बार गमछा भिगोकर मेरा बदन पोंछ देतीं, जोर-जबरदस्ती करके कड़वी कविराजी दवा पिलातीं।

बिस्तर पर पड़े-पड़े एकान्त में मुझे बार-बार दुलाल पीशामॉशाइ की खिड़की के अन्दर का वह दृश्य याद आता रहा था। पलंग पर गुत्थम-गुत्था जोड़े के करतब याद आते रहे थे। इतना प्रगाढ़ आलिंगन ! ऐसा अन्तरंग समर्पण तो मैंने किसी रिश्ते में नहीं देखा था। यह सोच मैं हैरान था कि आखिर उस दृश्य की कल्पना-मात्र से ही मुझे एक प्रकार की सुखद उत्तेजना और रोमांच का अनुभव क्यों होता है ?

एक और सवाल बार-बार मन में उठता रहा कि क्या मेरे गिरने से उन दोनों को पता चल गया है कि मैंने सब कुछ देख लिया है ? इस बीच पास-पड़ोस के इतने लोग मुझे देखने आए पर माखोनी बोउदी या कानाई दा तो एक बार भी नहीं आए ! पूरी तरह से स्वस्थ हो जाने के बाद जब कभी कानाई दा या माखोनी बोउदी से मेरा सामना होता, मैं शर्म से लाल हो उठता और उनसे नज़रें चुराते हुए इस कदर वहाँ से दौड़ लगाता, जैसे वे नहीं, मैं ही गुनहगार हूँ।

मेरी चिकित्सा में काफी पैसे खर्च हो गए थे। बाबा ने माँ को इन सबका जिम्मेदार ठहराया। उन्होंने ही मुझे बिगाड़ा है, ऐसा इलजाम लगाते हुए उन्होंने माँ से बहुत झगड़ा किया। शहर जाते समय बाबा मुझे भी आँखें तरेरकर धमका गए, "आबार जोदी बांदरामो कॉरो, प्रोचोंडो पैन्दामु।" (यदि फिर कभी बदमाशी की तो बहुत पीटूँगा।)

गैंडे की खाल लेकर जन्मा है तू

जीवन अपनी निर्धारित गति से चल रहा था। आधा जेठ पार हो चुका था। आग उगलते सूरज से बचने के लिए भात खाकर मैं सोने की तैयारी कर ही रहा था कि जोरों की हवा चलने लगी। देखते-ही-देखते आस-पास के पेड़-पौधे मतवाले हो उठे। आकाश गर्द से धूसर हो गया। अपने चूजों के साथ घूमती मुर्गियाँ 'कु-कु-कु-कु' करती हुई जहाँ-तहाँ भागने-उड़ने

कविराजी = आयुर्वेदिक।

लगीं। आँगन में बँधा बकरी का बच्चा कातर स्वर में मिमियाने लगा। सूखे पत्ते दिशाहारा होकर इधर-उधर मँडराने लगे। आँगन की रस्सी पर सूखने के लिए डाले गए कपड़ों को उठाने के लिए माँ मुझे आवाज़ देकर "गैलो-गैलो-गैलो, धॉर, धॉर, धॉर केष्टोऽऽऽ।" (गया-गया-गया, पकड़-पकड़-पकड़) कहती हुई दौड़ पड़ीं। लेकिन पलक झपकते ही कई कपड़े आँखों से ओझल हो गए। क्रुद्ध बतास में घर के दरवाज़े और खिड़कियाँ 'दूम-दाम' पटकनी खाने लगे। माँ के साथ-साथ मैं, माणिक और ऑलोक आँधी के झटके से इधर-उधर बिखरी चीज़ों को समेटने में लग गए। फिर माँ जल्दी-जल्दी हम सबको घर के अन्दर ले गईं और उन्होंने अच्छी तरह खिड़की-दरवाज़े बन्द कर दिए। देर से आई इस कालबैशाखी का क्या भरोसा ? क्या पता कब तांडव ही शुरू कर दे ? सब जानते हैं कि जब यह विनाश-लीला आरम्भ करती है तब बड़े-बड़े पेड़-पौधों को जड़ से उखाड़ फेंकती है। घर-बाड़ी उड़ाकर दूर ले जाती है। रास्ते में आनेवाली हर चीज़ को तहस-नहस कर देती है। नदी में नावें उलट जाती हैं। माँ कहती हैं कि उनकी ठाकुरमाँ कहा करती थीं कि एक बार तो इस कालबैशाखी ने एक हाथी को उठाकर पटक दिया था।

देखते-ही-देखते आकाश में न जाने कहाँ से झुंड-के-झुंड बादल घिर आए। माँ ने कहा, "पश्चिमा बतास की टान से ये बादल उड़ आए हैं।" बादलों की गुड़गुड़ ध्वनि के साथ दिन में ही साँझ उतर आई। बारिश शुरू हो गई थी। पहले बूँदा-बाँदी फिर मूसलाधार। मेरे कानों में जलतरंग बज उठे। माँ की नज़रें बचाकर मैंने धीरे से खिड़की खोली। बाहर झमझम बरसता पानी ऐसा दीख रहा था मानो चाँदी की अजस्र जरियाँ शून्य में झूल रही हों। मुझे उन जरियों को हौले से छूने की इच्छा हुई। फिर छूकर हिलाने की इच्छा हुई। मैंने खिड़की से बाहर अपना हाथ बढ़ा दिया। पर पानी की सूक्ष्म तेज़ बूँदें सूई की तरह मेरे हाथों को बींधने लगीं। फिर भी मैंने हाथ बढ़ाए रखा। पहली बारिश में धरती से उठती सोंधी-सोंधी महक मेरे नथुनों में समाने लगी।

इसी तरह धूप, आँधी, बारिश के बीच लुकाछिपी खेल होते-होते आषाढ़ मास आ गया। लगातार होती बारिश से नहर, खेत, मैदान, पोखर, दीघी, पुष्करिणी सब कुछ भरने लगे। गर्मी की मार से सुस्त पड़ गया जनजीवन मानो प्राणवन्त हो उठा। खेतों में धान रोपे जाने लगे। हमारे खेतों में भी बर्गा चासी लोगों ने धान रोपा। पटसन तो फागुन में ही रोपे जा चुके थे। कुछ ही दिनों में चारों ओर के मैदान और खेत पानी में डूब गए। पानी में डूबे मैदानों और खेतों को हमारे अंचल के लोग 'बिल' कहते हैं। पटसन और धान के पौधे भी पानी के साथ होड़ लगाकर ऊपर उठते चले गए। करीब चौदह फुट चौड़ी और तीन-चार फुट गहरी 'खाल' की गहराई भी बढ़ती गई। ऊपर से देखकर खाल तथा बिल में फर्क करना मुश्किल हो गया। चारों ओर सिर्फ़ पानी ही पानी था। सबकुछ मिलकर एक समुन्दर की तरह दिखने लगा। बीच-बीच में ऊँची जमीन पर बने मिट्टी के घरों का समूह समुन्दर के बीच का कोई द्वीप-सा लगता। बॉसोतबाड़ी तक जानेवाली ऊँची कच्ची सड़कों पर कीचड़ के कारण इतनी फिसलन हो गई थी कि पैदल चलना मुश्किल हो उठा। बैलगाड़ियों के पहिए के कारण सड़क की हालत और भी जर्जर हो गई थी। फिर कुछ दिनों बाद तो वह सड़क भी पानी में डूब गई। अब हमें इधर-उधर आने-जाने के लिए नाव, भैला या डोंगा की ज़रूरत पड़ी। अपने बगीचे से आठ-दस केले के पेड़ को काटकर उसके तने को बाँस से जोड़कर मैंने अपने दोस्तों की

दीघी = बड़ा तालाब। बॉसोतबाड़ी = वास स्थान।

सहायता से एक भैला बना लिया। डोंगा बनाने के लिए ताड़ के पेड़ की ज़रूरत पड़ती। और फिर डोंगा बनाना उतना आसान भी नहीं था। ताड़ के पेड़ के मोटे तने को दो भागों में चीरकर उसके एक-एक भाग को बीच से खखोरकर तब डोंगा बनाया जाता है। हमारे यहाँ कौन बनाता? बरसात में नाव, डोंगा या भैला के बिना पूर्वी बंगाल के इस अंचल में जीवन की कल्पना ही नहीं की जा सकती। जिस दिन बहुत ज़्यादा बारिश होती और आँगन में कमर तक पानी जमा हो जाता, उस दिन तो कमरे से रसोईघर तक जाने के लिए भी सांको या भैला का सहारा लेना पड़ता।

बाबा गाँव में रहते नहीं थे। घर की ज़रूरी चीज़ें खरीदने के लिए इस भरी बरसात में माँ मेरे अलावा और किसे दुकान-बाज़ार भेजतीं ? क्या पकातीं ? क्या खिलातीं ? और दोस्तों के साथ बाहर हुड़दंग करने का इससे अच्छा बहाना मुझे भी कहाँ से मिलतां ? भैला लेकर बोइठा चलाते हुए दोस्तों के साथ मैं दूर-दूर तक निकल जाने लगा। सबसे ज़्यादा मजा मुझे मछली पकड़ने में आता। चूँकि पोखर और खाल का पानी बिल के पानी से मिलकर एकाकार हो गए थे इसलिए खेतों में भी मछलियाँ भर गई थीं। मैं रोज किसी-न-किसी खेत में अच्छी-सी जगह चुनकर उसमें मछली फँसाने के पिंजरे 'खाचोइन' को एक बाँस के सहारे फँसा देता। फिर उसके ऊपर जड़ सहित कुछ जलकुम्भी डाल देता। इससे उस स्थान पर थोड़ा-सा अँधेरा जैसा हो जाता और मछलियाँ धोखे से खाचोइन में फँस जाया करतीं। दूसरे दिन सुबह उठकर माँ से कहता, "माँ ! मैं मछली पकड़ लाऊँ ?"

माँ के हाँ या ना कहने से पहले ही मैं अपने भैला में जा बैठता और खाचोइन में फँसी मछलियों को निकाल लाता। रेहू, कातला, चापिला, पूंटी...चाँदी की तरह चमचमाती कितनी ही तरह की मछलियाँ फँसती थीं खाचोइन में।

एक दिन राखाल ने प्रस्ताव रखा, "चल आज कोंच से मछली पकड़ते हैं।"

मैंने पूछा, "कोंच ? वह क्या होता है ?"

"कोंच नहीं जानता ? शहर के लोग कोंच से मछली नहीं पकड़ते ?" राखाल ने विस्मय प्रकट करते हुए आदेश दिया, "जा, जाकर एक टूटी-फूटी छतरी ले आ।"

मैं ढूँढ़कर एक टूटी छतरी ले आया। राखाल ने उस छतरी से सारे स्पोकों को निकाल लिया। फिर बोला, "चल, अब इन तीलियों को मुँह के पास से घिस-घिसकर नुकीला करें।"

हम दोनों ने मिलकर उन सभी स्पोकों को नुकीला किया। राखाल ने स्पोकों को एक साथ मुट्ठी में लेकर पीछे से झाड़ू की तरह बाँध दिया। कोंच तैयार। कोंच लेकर राखाल, भोंदा, रॉतोन, जॉगा और खैपा के साथ मैं भैला पर बैठकर पानी से भरे धान-खेत में आ गया। पानी से उठती नमकीन महक नथुनों में समाने लगी।

खेत में जहाँ-तहाँ बाँस गाड़कर बिछाए गए भेसाल जाल के बाँस के ऊपर मछली की टोह में ध्यानमग्न बैठे कत्थई रंग के शंख चील और सफेद कानिबक नज़र आ रहे थे। पानी के ऊपर तक उठी धान की कोमल बालियों में ढेर सारे 'घास-फोड़िंग' उछलकूद कर रहे थे। मैना से बचने के लिए वे छोटे-छोटे हरे रंग के कीट हमलोगों के साथ आँखमिचौनी खेलने लगे। ऊपर आकाश में सूरज कहीं छिपा हुआ था। टुकड़े-टुकड़े बादल उमड़ने-घुमड़ने लगे थे। मगर हमने अपना पूरा ध्यान धान खेत के पानी में खेल रही मछलियों पर केन्द्रित कर लिया था। जैसे ही हममें से कोई लड़का मछली का कोई नया झुंड देखता, उस तरफ़

कानिबक = बगूला। सांको = बाँस की पुलिया। बोइठा = डांड। स्पोक = तीली।

इशारा करते हुए फुसफुसाता, "ओइ दैख ! ओंइ दैख !" (वो देख ! वो देख !) और जिसके हाथ में कोंच होता, वह उस झुंड की मछलियों पर निशाना साधकर कोंच फेंकता। जैसे ही कोंच में मछलियाँ बींध जातीं, मछली सहित कोंच को पानी से ऊपर उठा लेता।

उस दिन के बाद से मुझे कोंच से मछली मारने का इतना नशा हो गया कि भूख-प्यास, धूप, बारिश, आँधी-तूफान की परवाह किए बगैर अधिकतर समय भैला लेकर पानी में ही बिताने लगा। दिन-भर में इतनी मछलियाँ हो जाया करती थीं कि जिस-तिसको बाँटना पड़ता। घर में रोज-रोज उतनी सारी मछलियों को काटकर साफ कौन करता ? पकाता कौन ? और खाता ही कौन ? माँ की मार खा-खाकर पहले ही मेरी खाल कड़ी हो चुकी थी। इसलिए कोई असर नहीं पड़ता था। कुढ़कर माँ कहती थीं, "गॉन्डारेर चामड़ा लोइया जॉन्माइसोस !" (गैंडे की खाल लेकर जन्मा है तू)

वो देखो खुड़शोशुर

एक दिन जब रोज की तरह मैं भैला लेकर दोस्तों को लाने पूरबवाले बड़े पोखर के घाट पर गया तो देखा, जामरूल पेड़ के नीचे भोंदा, राखाल, खैपा और जॉगा तो खड़े हैं मगर रॉतोन नहीं है। हम वहीं किनारे भैला में बैठे-बैठे उसका इन्तज़ार करने लगे। दो-तीन दिनों से बारिश कुछ कम हो रही थी। लोगों के आँगन से जल उतर चुका था। कई दिनों के बाद आज सुबह सूर्यदेव ने अपना मुँह दिखाया था इसलिए लोगों की व्यस्तता बढ़ गई थी। लोग वर्षा के कारण न कर सकनेवाले कामों को निपटाने में लगे हुए थे। बाज़ार-दुकान जाने की, भीगे कपड़े सुखाने की धूम मच गई थी। घाट पर बैठे-बैठे हम यही सब देख रहे थे कि अचानक मेरी नज़र शौंकोरी पर पड़ी। वह चुनटवाला फ्रॉक पहनकर हमारी तरफ़ ही आ रही थी। शौंकोरी—रॉतोन की बहन। थी तो वह हम लोगों की ही उम्र की मगर पिछले महीने उसकी शादी हो गई थी। ससुराल बगल के गाँव में थी। शादी के बाद उसे इस तरह से फ्रॉक पहनकर आते देख मुझे आश्चर्य हुआ। जहाँ उस गाँव की अधिकतर छोटी-छोटी कुँआरी लड़कियाँ भी साड़ी पहना करती थीं और शादी के बाद तो दस साल की लड़की भी साड़ी के आँचल से घूँघट डालकर आँचल को दाँत से दबाए फिरती रहती थी वहाँ शादी के बाद किसी को इस तरह से फ्रॉक पहनकर घूमते देखना अजीब तो लगेगा ही। वैसे मैं जानता था कि शौंकोरी जैसी लड़की के लिए कुछ भी करना असम्भव नहीं। गाँव के लोग उसे यूँ ही "धींगी माइया" कहकर नहीं पुकारते थे। लड़कों की तरह उछलकूद करने में, एक छलाँग में पेड़ पर चढ़ जाने में, मछली पकड़ने में या नाव खेने में वह अत्यन्त कुशल थी।

देखते-ही-देखते शौंकोरी बॉसोतबाड़ी के ऊँचे कीचड़ भरे रास्ते से उतरकर नूपुर पहने पाँवों से छम-छम करती हुई घाट पर आ गई। नजदीक से उसका चेहरा देखकर हम सभी दोस्त हँस पड़े। उसके साँवले चेहरे पर सफेद पाउडर पुता हुआ था। आँखों के दोनों छोरों से लम्बी काजल की रेखा निकली हुई थी। ओंठ लाल रंग से रँगे हुए थे। बड़ा-सा जूड़ा, माँग में मुट्ठी-भर सिन्दूर और माथे पर बड़ी-सी लाल बिन्दी। नाक, कान, गला और बाँहों में सोने के जेवर। फ्रॉक के साथ इस तरह के शृंगार में वह बिलकुल जोकर लग रही थी।

"यह क्या किया है तुमने ?" हम सब प्रायः एक साथ चिल्ला उठे।

"क्यों, क्या मैं अच्छी नहीं दिख रही हूँ ?"

"हाँ-हाँ, बहुत अच्छी लग रही हो। बिलकुल दुर्गा ठाकुर की तरह।"

भोंदा चुटकी लेते हुए बोला।

"जानते हो ये सब मुझे शादी में मिले हैं। ये सीता-हार, ये मान्तासा, चूड़ियाँ, ये कान बाला, ये नोलोक, ये नूपुर, चेहरे पर लगानेवाले रंग..."

"और यह फ्रॉक भी शादी में मिला है ?"

शौंकोरी का वाक्य पूरा होने से पहले ही राखाल ने टोका।

"धत् ! तुम भी न ! शादी में कोई फ्रॉक देता है क्या ? यह तो मेरे ढाकावाले मामा ने दिया था एक साल पहले !"

"तो आज इसे क्यों पहन लिया ?"

"क्यों न पहनूँ। शोशुर बाड़ी में कोई मुझे फ्रॉक पहनने थोड़े ही देगा ! बापेर बाड़ी में नहीं पहनूँगी तो फिर कहाँ पहनूँगी ?" शौंकोरी ने मटकते हुए कहा।

"अच्छा बाबा पहनो, पहनो। तुम्हें कौन रोकेगा ? लेकिन पहले ये तो बताओ कि अभी तक तुम्हारे भइया क्यों नहीं आए ?"

मैंने असली मुद्दे पर आते हुए पूछा।

"वही तो कहने आई हूँ। आज मेरे दादा नहीं आएँगे।"

"क्यों, क्या हुआ तुम्हारे दादा को ? हम लोग कब से उसका इन्तज़ार कर रहे हैं।" मैं बेचैन होता हुआ बोला।

"उनको न, तेज़ ज्वर है।" कहकर शौंकोरी ने अपने दोनों हाथों की उँगलियों को एक-दूसरे में फँसा लिया फिर बत्तीसी दिखाकर दाएँ-बाएँ हिलते हुए कहा, "आज न, मैं चलूँगी तुम लोगों के साथ !"

"जा भाग यहाँ से !" मैंने उसे खदेड़ते हुए कहा, "पिछले महीने ही ब्याह हुआ है और जाएगी मछली पकड़ने। तुम्हारे शौक पर बलिहारी जाऊँ। तुम्हारे शोशुर बाड़ी के लोग या तुम्हारे बाबा देखेंगे न तो तुम्हारे साथ-साथ हमारी पीठ की खाल भी उधेड़कर रख देंगे, समझी ?"

"नहीं। कोई नहीं देखेगा। मैं बोल रही हूँ न ! भैला में बैठकर हम दूर चले जाएँगे। उधर...।" शौंकोरी दूर तक फैले अथाह जल की ओर हाथ से इशारा करते हुए बोली।

"धोन्नी माइया रे बाबा !" मेरे मुँह से निकला।

"केष्टो ने एक बार बोल दिया न तुम्हें नहीं ले जाएगा तो बस, हम नहीं ले जाएँगे।" इस बार खैपा ने मोर्चा सँभालते हुए कहा।

"लेकिन मैं तो तुम लोगों के साथ जाऊँगी ही जाऊँगी। रोज तुम लोग कितने मजे लेते हो। मैं सब जानती हूँ।" शौंकोरी अपनी बात पर अड़ी हुई थी, "आज मैं भी कोंच से मछलियाँ पकड़ूँगी, पानी में फले काऊफल तोड़ूँगी। छप-छप करके बोइठा चलाऊँगी, धान खेत को पार करके दूर मैदान की ओर चली जाऊँगी। भैला पर बैठकर जलकुम्भी, कुमुद तथा कमल पत्तों से छाए मैदानों के बीच से गुज़रने में कितना अच्छा लगेगा। देखो-देखो ! आज कितनी सुन्दर नर्म-नर्म धूप भी निकली है। बहुत मजा आएगा।" शौंकोरी किसी स्वप्नलोक में खोती हुई-सी बोली।

बापेर बाड़ी = नैहर। शोशुर बाड़ी = ससुराल।

"तुम चाहे कुछ भी कहो, हम तुम्हें नहीं ले जाएँगे।" मैंने रूखाई से कहा।

"नहीं ले जाओगे तो मैं पानी में कूद जाऊँगी और तुम लोगों के भैला के पीछे-पीछे तैरती रहूँगी।"

"हाँ-हाँ। शाम तक तैरती रहना और जब हाथ-पाँव शिथिल पड़ जाए तो डूबकर मर जाना।" भोंदा उसे चिढ़ाने के लिए बोला मगर बात उसे चुभ गई। उसकी आँखों में आँसू झिलमिलाने लगे। फिर भी वह हार नहीं मानी। बोली, "हाँ-हाँ। मर ही जाऊँगी। ठीक होगा। सारा पाप तुम लोगों के मत्थे ही चढ़ेगा। तुम क्या समझते हो मरने के डर से मैं अभी घर लौट जाऊँगी ?"

गजब की जिद्दी लड़की थी। वहाँ से हटने का नाम ही नहीं ले रही थी। हम उससे पीछा छुड़ाने की कोशिश कर ही रहे थे कि अचानक मैंने देखा, उसके चाचा ससुर नरहरि पाल दो और लोगों के साथ एक नाव करके इधर ही आ रहे हैं। भगवान ने हम लोगों की सुन ली थी। मैं खुश हो गया और चिल्लाकर शौंकोरी से बोला, "वो देखो तुम्हारा खुड़शोशुर।"

शौंकोरी घबरा उठी। घूँघट के लिए आँचल ढूँढ़ने लगी। पर उसके हाथ लगा फ्रॉक का निचला हिस्सा। उसने उसे थोड़ा-सा उठाया भी। क्रमशः अनावृत होती गई वह। तभी दाँतों से जीभ काटते हुए उसने एकाएक पानी में छलाँग लगा दी। उसने फ्रॉक के नीचे कुछ नहीं पहना था। कुछ भी नहीं। शायद अति उत्साह में यूँ ही चली आई थी। उसे देख शर्म से पानी-पानी होकर मैंने पानी में तैरते अपने भैला को आगे बढ़ा दिया। कुछ दूर जाकर जब मैं पीछे मुड़ा तो देखा, वह सिर पर पाँव रखकर घर की ओर भाग रही है।

उतर आई शरत् ऋतु ग्राम-बांग्ला में

बरसात खत्म होने के साथ ही आकाश का रंग बदलने लगा। जेठ के मध्य से लगातार रोते रहने के बाद इस आश्विन में आकर आकाश मानो दिल खोलकर हँस पड़ा। स्वच्छ भारहीन बादलों के कुछ झुंड आकाश के हँसते नीले चेहरे पर सफेद दाँतों की तरह चमकने लगे। झूटकलि, मोहनचुड़ा, हरियाल, हल्दिमना, टूनि, बॉगाई जैसे तरह-तरह के रंग-बिरंगे पक्षी, जो बारिश के कारण ज़्यादा नज़र नहीं आते थे, झुंड-के-झुंड पंख पसारकर खुले आकाश में मँडराने लगे। ग्राम-बांग्ला के घर-आँगन की ऊँची जमीन पर स्थित बगीचों और कुछ कच्ची सड़कों से तो जल उतर गया, मगर मैदान, खेत, तालाब और खाल अभी भी एकाकार होकर समुद्र-सा ही दिख रहे थे। खुले मैदान में जहाँ लम्बे-लम्बे धान के पौधे नहीं थे, पानी के ऊपर दूर दिगन्त तक मानो फूलों का साम्राज्य बिछा हुआ था। लाल-लाल कुमुद फूलों का, जलकुम्भी के नीले-नीले मनभावन फूलों का और बड़े-बड़े थाल से बिछे हरे पत्तों के बीच नाज से सर उठाए खड़े सफेद-गुलाबी कमल फूलों का साम्राज्य। गृहस्थों के घर के आसपास की ऊँची जमीन के बगीचों पर लगे शेफाली और अड़हुल के पौधे तो फूलों से छा ही गए थे, घर से सटे छोटे-छोटे तालाबों में भी फूल-पत्तों की कोई कमी नहीं थी। काऊ, नलखागड़ा, बोऊन्ना, मुत्रा जैसे पानी में उगनेवाले जंगली मगर खूबसूरत पौधों के बीच पनप आए

खड़शोशुर = चचिया ससुर।

लाल-लाल फूलों वाले मान्दार गाछ हों, खाल या नदी के किनारे मस्ती में झूमते सफेद काशवन हों या फूलों के ढका हिजलगाछ। सबने मिलकर एक अपूर्व समा बाँध दिया और खिलखिलाते हुए कहा, "देखो, देखो ! हम रंगबिरंगे फूलों को अपनी फूलडलिया में भरकर शरत् ऋतु स्वयं देवी दुर्गा का वरण करने ग्राम-बांग्ला में उतर आई हैं।" और उनके इतना कहते ही चारों ओर ढाक-ढोल बजने लगे। पटुआ लक्ष्मी, सरस्वती, कार्तिक-गणेश सहित माँ दुर्गा की नई प्रतिमा गढ़ने लगे। घर-द्वार की साफ़-सफाई में और नए कपड़ों की खरीददारी में लोग व्यस्त हो उठे।

शरत्काल की ऐसी ही एक पावन वेला में जब सूरज मध्याकाश में पहुँच चुका था, मेरे बाबा आए। माँ उस समय रसोई में हल्दी पीस रही थीं और खुकी आँगन में चर रहे चूजों के साथ खेल रही थी। जब से वह थोड़ा-थोड़ा चलना सीख गई थी, इसी तरह चूजों के पीछे लगी रहती थी। माणिक, ऑलोक पिछवाड़े के तालाब में नहाने जा रहे थे और मैं एक पत्थर पर घिस-घिसकर कटारी की धार तेज़ कर रहा था। "केष्टो, माणिक, ऑलोक, पुष्पी कहाँ हो तुम लोग..." पोखर घाट की तरफ़ से बाबा का उल्लास-भरा स्वर सुनकर हम सब चौंके। माँ हल्दी सने पीले हाथों में ही रसोई से बाहर निकल आईं और खुकी को छोड़ हम सब घाट की तरफ़ दौड़ पड़े। घाट पर आ लगी नाव से बाबा को उतरते देख हमारी खुशी का ठिकाना न रहा।

कमरे में आकर जब उन्होंने अपने बक्से से नए-नए कपड़े, चप्पल-जूते आदि निकाल-निकालकर चौकी पर रखना आरम्भ किया, तो हम तीनों भाई-बहनों में छीना-झपटी मच गई। ऑलोक को माणिक का कपड़ा ज़्यादा पसन्द आया तो मुझे ऑलोक के फीतेवाले जूते ज़्यादा अच्छे लगे। किसका कपड़ा किससे बेहतर है यही विवेचना करते-करते लगभग पूरा दिन बीत गया।

सुबह उठकर माँ को देख बड़ा अच्छा लगा। रोज सुस्त-सी दिखनेवाली माँ आज इसी बीच नहा-धोकर तैयार हो गई थीं। रोज की तरह बदरंग-सी साड़ी न पहनकर आज उन्होंने बक्से से निकाली हुई एक अच्छी-सी चौड़े पाड़ की ढाकाई साड़ी पहनी थी। साड़ी के खूँट में बँधा भारी चाबी का गुच्छा उनकी पीठ पर बिखरे हुए घुँघराले बालों में फँसा हुआ था। उनके माथे के सिन्दूर की बिन्दी दूसरे दिनों की तुलना में काफी बड़ी दीख रही थी। चेहरे पर एक नई ताजगी, एक अद्भुत चमक लेकर दौड़-दौड़कर घर के कामों को निपटाती हुई कितनी खुश लग रही थीं वह।

खुकी की तरफ़ से आज माँ निश्चिन्त थीं क्योंकि आज बाबा ही उसे सँभाल रहे थे।

"चल केष्टो ! शापलापुर बाज़ार से कुछ खरीददारी करके आते हैं।" जलपान करने के बाद बाबा ने कहा।

शापलापुर बाज़ार हमारे घर से करीब एक मील दूर था। बाज़ार जानेवाली सड़क सीधे पश्चिम की ओर जाकर फिर नब्बे डिग्री का कोण बनाती हुई उत्तर की ओर मुड़ जाती थी। सबसे मजेदार बात तो यह थी कि एक मील की दूरी होते हुए भी बाज़ार से हमारा घर दिखता था क्योंकि बाज़ार और हमारे घर के बीच सिर्फ़ तालाब, धान खेत और खुले मैदान थे, जो इन दिनों समुन्दर बने हुए थे।

हमारे घर वाले पोखर-घाट पर वह नाव बँधी हुई थी जिस पर चढ़कर बाबा कल आए

पटुआ = मूर्तिकार।

थे। शोनारामपुर में घुसने से पहले उन्होंने कई दिनों के लिए यह छोटी-सी नाव किराए पर ले ली थी।

थैला लेते समय बाबा ने माँ से पूछा, "बताओ तो पुष्पी बाज़ार से क्या-क्या लाना होगा ?" माँ ने सोच-सोचकर ढेर सारी चीज़ों की फेहरिस्त दी और हम नारियल पेड़ से बँधे नाव की रस्सी को खोलकर उस पर जा बैठे। हमारे पीछे-पीछे माणिक और ऑलोक भी उछलकर नाव पर आ चढ़े। "तुम लोग खुकी को भी ले ही आते। उसे ही क्यों घर पर छोड़ा ?" कहकर बाबा ने नाव खेने के लिए डाँड़ उठा लिया। मैंने उनके हाथों से डाँड़ छीनते हुए कहा, "नाव मैं खेऊँगा, बाबा !" "ठीक है। देखता हूँ तू कैसे खेता है नाव !" और बाबा ने मेरी बात मान ली।

मुझे बाबा को अपनी कुशलता दिखलानी थी, इसलिए बड़े जोश से गोलुई पर बैठकर छलात्-छलात् की आवाज़ के साथ डाँड़ चलाते हुए नाव को पोखर से निकालकर धान खेत के बीच ले आया। पटसन बहुत पहले ही काटे जा चुके थे। अपने धान के खेतों में उग आए लम्बे और मोटे-मोटे आमन धान के गोछा को देख बाबा खुश हो उठे। धान में हरी-हरी बालियाँ आ गई थीं। हमारी नाव सामने खड़े धान के पौधों को दाएँ-बाएँ झुकाते हुए उनके बीच से रास्ता बनाती हुई गुज़र रही थी। धूप बहुत ज़्यादा तेज़ नहीं थी। ढेर सारे पक्षी हमारे सर के ऊपर से आ-जा रहे थे। नीचे पानी में धान की बालियों पर तरह-तरह के कीट-पतंग उछल-कूद रहे थे। इतने दिनों बाद बाबा को पाकर माणिक और ऑलोक के मुँह से मानो खोई फूट रहे थे। जबसे नाव पर चढ़े थे, बकबक किए ही जा रहे थे, "बाबा, वो देखिए बॉगाई पाखी धान के पास उड़ रहे फोड़िंग को पकड़ने के लिए कैसे ताक लगा रही है। देखिए, देखिए !"

"वो देखिए एक झाँक पूंटी माछ। वहाँ उधर, उधर, उस काऊ गाछ के ठीक बगल में..."

"दादा ! आप अपना कोंच क्यों नहीं लाए ? हम उससे मछली मारते।"

"बाबा ! हरे धान खाइएगा ? देखिए चबाने पर उनके अन्दर से दूध निकलेगा।" कहकर माणिक ने धान की हरी बालियाँ तोड़ने के लिए चलती नाव से हाथ बढ़ाया। गलती से बालियों की जगह धान की धारदार पत्तियों पर उसका हाथ पड़ा और कट गया। "ओरे बाबा रे !" कहकर वह चिल्ला उठा। सचमुच हाथ से खून बहने लगा था। "और तोड़ो धान ! ठीक हुआ। बहुत अच्छा हुआ।" कहकर ऑलोक शरारत से तालियाँ बजाने लगा।

"रुको, रुको। मैं अभी खून निकलना बन्द किए देता हूँ" कहकर बाबा ने अपने कुर्ते की जेब से बीड़ी जलानेवाली दियासलाई निकाली। धोती का एक कोना फाड़ा। कपड़े के उस टुकड़े को जलाकर उसकी राख को ठंडा किया। फिर उस राख को माणिक के हाथ में लगाकर कपड़े के एक दूसरे टुकड़े से हाथ को लपेट दिया।

धान खेत खत्म होते ही हम फूलों के वन में आ गए। जलकुम्भी, कुमुद और कमल फूलों के वन में। चारों ओर सिर्फ़ फूल-ही-फूल थे। नीले, लाल, सफेद, गुलाबी फूल।

"आह ! प्राणटा आमार जुड़ाइया गैलो।" (आह ! मेरा मन जुड़ा गया) बाबा भावावेश में बोल उठे। कुछ क्षणों के लिए माणिक और ऑलोक की भी बोलती बन्द हो गई। बाबा को अन्यमनस्क देख ऑलोक ने नाव से झुक कर जल्दी-जल्दी दो-तीन कमल फूल तोड़ लिए।

गोछा = गुच्छे पुंज। फोड़िंग = पतंग, फतिंगा। झाँक = झुंड। खोई = लावा।

"बाबा ! क्या इस दुनिया में इससे ज़्यादा सुन्दर कोई जगह हो सकती है ?" मैं नाव खेते-खेते बाबा से पूछ बैठा।

"पता नहीं रे, मैंने दुनिया को देखा ही कितना है !" बाबा मेरी तरफ़ देखे बिना अस्फुट स्वर में बोले। शायद वे एक पल के लिए भी उन फूलों से नज़रें हटाना नहीं चाह रहे थे।

उस स्वर्गलोक को पार करके हमारी नाव बाज़ार के पासवाले घाट पर जा लगी। नाव को घाट पर बाँधकर, जहाँ पहले से ही ढेर सारी नावें बँधी हुई थीं, हम कच्चे रास्ते से होते हुए ऊपर बाज़ार में आ गए। बाज़ार में आलू, प्याज, मछली, मिठाई जैसी तरह-तरह की चीज़ों की दुकानें लगी हुई थीं। चारों कोनों में चार बाँस गाड़कर ऊपर होगले से छाई गई दुकानें।

बाबा के साथ घूम-घूमकर खरीदारी करते-करते काफी देर हो गई। सामान खरीदने में जितनी देर नहीं लगी, बाबा को अपने परिचितों से बातें करने में उससे ज़्यादा वक़्त लग गया। जो मिलता वही पूछ बैठता, क्या रमेश कब आए ? कैसे हो ? धंधा-पानी कैसा चल रहा है ? शहर की हालत अब कैसी है ? व्यवसाय में युद्ध का असर अभी तक कायम है क्या ?...

ढेर सारे सामानों के साथ, जिनमें माणिक, ऑलोक और मेरी फर्माइश की चीज़ें भी थीं, हम बाज़ार से निकलने लगे। निकलते-निकलते जैसे ही ऑलोक की नज़र एक मिठाई की दुकान पर पड़ी, वह मचल उठा, "बाबा 'मिष्टी' खाऊँगा।"

"कल ही तो बोरिशाल से तुम लोगों के लिए मिठाई लाया हूँ।"

"आप तो माखा सन्देश और चमचम लाए हैं, रसगुल्ले कहाँ लाए ?"

"हाँ बाबा, हम रसगुल्ला खाएँगे।"

"हाँ-हाँ खाएँगे।" मैं और माणिक ने भी रसगुल्ले के लिए जिद करना आरम्भ किया। अलबत्ता बाबा ने रुककर मिठाईवाले से पूछा, "ओ भाई ! रॉशोगोल्ला का भाव क्या है ?"

"छह आने सेर।"

"देखा बाबा, यहाँ कितने सस्ते हैं रसगुल्ले। बोरिशाल में तो आप आठ आने सेर बेचते हैं। मुझे ऐसा कहते सुनकर दुकानदार काका अपनी कच्ची-पक्की दाढ़ी पर हाथ फेरते हुए बोले, "अभी तो फिर भी दाम बढ़ गया है बाबू। युद्ध के पहले तो मैं तीन आने सेर बेचा करता था। क्या बताएँ युद्ध के कारण तो सारा कुछ जैसे गड़बड़ हो गया। विदेशों से ढेर सारे सैनिक आए। ज़्यादा पैसे के लालच में यहाँ के किसानों ने बाहर के व्यापारियों को सारा चावल बेच डाला। यहाँ के बाज़ार से चावल गायब होते ही गरीब भूमिहीन किसान, जो मजदूरी के पैसे से थोड़ा-थोड़ा करके चावल खरीदकर खाते थे, चावल के बिना भूखे मरने लगे। उन दिनों अकाल में कम लोगों की जान गई थी क्या ?"

"आप सिर्फ़ चावल की बात कर रहे हैं ! किरासन, कपड़े, चीनी जैसी चीज़ों की भी कालाबाज़ारी शुरू नहीं हुई थी ?" बाबा के ऐसा कहने पर दुकानदार काका जोर-जोर से सिर हिलाते हुए बोले, "हाँ-हाँ, वो भी हुई थी। तभी तो सरकार ने कन्ट्रोल दुकानें खोल दी थी। मगर वहाँ भी कालाबाज़ारी होती थी बाबू। किरासन के अभाव में हम तो रेड़ी के तेल की कुप्पी जलाते थे।"

"बाबा मिठाई !" ऑलोक ने बाबा को यहाँ भी गप्प में मशगूल होते देख टोका।

"अरे हाँ ! बातों-बातों में बहुत देर हो चुकी। अब जल्दी से मेरे लिए एक सेर रसगुल्ला

होगले = बाँस की चटाई।

बाँध दीजिए भाई।"

"अभी देता हूँ बाबू" कहकर जल्दी-जल्दी दुकानदार ने हाँड़ी में रसगुल्ले डालना शुरू किया। उसी समय मेरी नज़र दुकानदार के पीछेवाली मिट्टी की दीवार पर पड़ी। पूरी दीवार पर सफेद रंग के गोल-गोल, छोटे-बड़े निशान बने हुए थे। मैंने आश्चर्य से पूछा, "वो सब कैसे निशान हैं काका ?"

मेरी बातें सुनकर दुकानदार काका हँस पड़े और अपने पीले-पीले दाँतों को निकालकर उन्होंने कहा, "वे मेरे बकाए के हिसाब रखने के निशान हैं।"

"मतलब ?"

"मतलब यहाँ उधारी में मिठाई खानेवालों की कोई कमी नहीं है न ! जब कोई ग्राहक उधारी में मिठाई खाता है, तब मैं उसके हर आने पैसे के बकाए पर इस दीवार पर चूने से छोटे-छोटे गोल-गोल निशान बना दिया करता हूँ। जब किसी ग्राहक के एक-एक करके सोलह आने पूरे हो जाते हैं तब मैं गीली मिट्टी में कपड़ा डुबोकर उससे उन सारे निशानों को पोंछ देता हूँ और वहाँ एक बड़ा-सा गोल निशान बना देता हूँ।"

"यानी पूरा एक टाका (रुपया) ?" मैंने बीच में टोका।

"हाँ। और अगली उधारी पर उस बड़े निशान के बगल से फिर छोटी-छोटी गोलाइयाँ बनाना शुरू कर देता हूँ।"

"यहाँ तो इतने सारे निशान हैं। आपको कैसे पता चलता है कि कौन-सा निशान किसका है ?"

"यह मुझे खूब याद रहता है।"

"लेकिन आप ऐसा क्यों करते हैं ? खाता में हिसाब क्यों नहीं लिखते ?" मैंने आश्चर्य से पूछा।

"मुझे तुम लोगों की तरह पढ़ना-लिखना थोड़े ही आता है ? मुझ जैसे मूरख मानुष के लिए तो यही आसान तरीका है हिसाब रखने का।"

दुकान से निकलकर जैसे ही हम खुले में आए माणिक दूर इशारा करते हुए बोला, "वो देखो हमारा घर। देखो, देखो आँगन में माँ खड़ी हैं।"

चारों ओर से जल से घिरा हमारा घर, कुछ घरों का वह समूह समुन्दर के बीच उभर आया कोई टापू-सा लग रहा था।

"चलो, माँ को यहाँ से आवाज़ देते हैं," माणिक ने अपना थैला नीचे रखते हुए कहा और दोनों हथेलियों को मुँह के पास ले जाकर चोंगे की तरह पकड़कर चिल्लाना शुरू किया, "माँऽऽऽऽ देखोऽऽऽऽ मैं हूँऽऽऽऽ तुम्हारा माणिक्काऽऽऽऽ"

उसकी देखा-देखी ऑलोक भी चिल्लाने लगा। बाबा ने झिड़की दी, "चुप कॉर तो ! एबार चुप कॉर तोरा। कान झालापाला होइया गैलो जे !"

वे कंकाल-देह लोग

बाबा के आने के बाद इसी तरह से पंख लगाकर तीन-चार दिन उड़ गए। मैं दोस्तों का साथ छोड़कर बाबा के पीछे लगा रहा। जहाँ भी वे जाते, जिससे भी मिलते, मैं ज़रूर साथ होता।

चौथे दिन रात को हम सब रोज की तरह रसोईघर में खाना खाने बैठे। खुकी बाबा की गोद में ही बैठी थी और अपने गन्दे हाथों से बार-बार बाबा के थाल में रखे भात को इधर-उधर छितरा रही थी। इसकी परवाह किए बगैर बाबा खुद भी खाए जा रहे थे और खुकी को भी खिलाते जा रहे थे। बाबा का प्रश्रय पाकर खुकी कुछ ज़्यादा ही निर्भीक हो उठी और उसने दाल की कटोरी पर ऐसा झपट्टा मारा कि वह उलट गई। दाल बहकर बाबा के आसन तक चली आई। माँ गुस्से से चिल्ला उठीं, "उतारिए तो इस शैतान को अपनी गोद से ! उतारिए। शान्ति से खाने भी नहीं देती यह बन्दरी ! मैं कहती हूँ अभी उतारिए इसे।"

"रहने दो न ! बस कल तक ही तो तंग करेगी मुझे। फिर न जाने कब खेल पाएगी अपने बाबा की गोद में।"

"क्या ? क्या कहा आपने ? कल के बाद चले जाएँगे आप ? पूजा तक नहीं रुकेंगे ?" माँ चौंकती हुई बोलीं।

"तुम्हारा दिमाग खराब है ? पूजा तक रहूँगा तो दुकान का क्या होगा ? पूजा में बिक्री-बट्टा करके दो पैसे नहीं कमाऊँगा तो तुम लोगों को वापस शहर ले जाने का बन्दोबस्त कैसे करूँगा ?"

"बात तो सही है लेकिन पूजा-पर्व के दिन आपके नहीं रहने पर घर कितना सूना-सूना लगेगा। बाहर काम करनेवाले गाँव के प्रायः सभी लोग पूजा में घर आ रहे हैं। वो माखोनी का पति। सेजो काकीमाँ का बेटा, ऑचिन्तो का भाई...सभी। और आप घर आकर भी वापस चले जाएँगे ?" माँ रुआँसी होती हुई बोलीं।

"तो क्या करें ? यहाँ बैठा रहा तो एक दिन भूखे मरना पड़ेगा। युद्ध के बाद से वैसे ही बाज़ार मन्दा है। देखा नहीं युद्ध के अन्तिम दिनों में और युद्ध के बाद भी जब बाज़ार से चावल गायब हो गया था तब कितने गरीब लोग भूखे मर गए थे। कैसे-कैसे कंकाल-सी देहवाले स्त्री-पुरुष दो मुट्ठी भात के लिए द्वार-द्वार घूम-घूमकर कहते फिरते थे, दुटी खानी भात दाव माँऽऽऽ एकटू फैन ई दाव..."

(थोड़ा सा भात दो माँऽऽऽऽ थोड़ी सी माड़ ही दे दो...)

बाबा की बातें सुनते-सुनते मैं जाने कहाँ खो गया। दुर्भिक्ष के मारे कंकाल देह लोगों की धुँधली-धुँधली आकृतियाँ मेरे स्मृति-पट पर उभरने लगीं। युद्ध...चारों ओर मँडराती युद्ध की काली छाया...बमबारी के डर से बक्सा-पिटारा लेकर कोलकाता से हमारे बोरिशाल शहर में झुंड-के-झुंड भाग आए लोग...शहर के एक हिस्से में बनाए गए बैरकों में अस्त्र-शस्त्रों के साथ आकर रहनेवाले विदेशी सैनिक, आकाश पथ से साँय-साँय गुज़रते हवाई जहाजों के पीछे-पीछे दौड़ते हम बच्चों की टोली...हिटलर...जर्मनी...ब्रिटेन...यूरोप...द्वितीय विश्वयुद्ध जैसे कुछ शब्द...उन शब्दों से जुड़े तरह-तरह के किस्से...सबकुछ याद आने लगे मुझे।

माँ के हाथों में खर्च के लिए कुछ पैसे देकर बाबा बोरिशाल जाने लगे। जाने से पहले मैंने कहा, "हम लोगों को बोरिशाल में पूजा दिखाने ले चलिए न ! वहाँ कितनी जगहों में पूजा का पंडाल बनता है। हर मुहल्ले में अलग-अलग पूजा होती है। हम घूम-घूमकर हर जगह की प्रतिमा देखते हैं। यहाँ तो पास के एकमात्र जमींदार बाड़ी में ही पूजा होगी। हम कहाँ घूमेंगे ?"

"हर साल तो घूमते ही हो। एक बार गाँव की पूजा का मजा भी तो लेकर देखो। देखना, फिर हर साल यहीं की पूजा देखने की इच्छा होगी।"बाबा हमसे पीछा छुड़ाकर चले गए और

हम तीनों भाई दिन गिनने लगे कि कब आएँगे पूजा के वे पाँच दिन। षष्ठी से विजयादशमी तक के वे शारदीय दुर्गोत्सव के शुभ दिन !

एइ बांगालिर दुर्गा पूजा

पूजा के कुछ दिन पहले से ही जमींदार बाड़ी में ढाक बजना शुरू हो गया था। हम रोज वहाँ जाकर पटुआ हरेन पाल को बड़ी तन्मयता से मूर्तियों को गढ़ते हुए देखा करते थे। देखते-देखते मिट्टी की प्रतिमा पर रंग चढ़ा। उन्हें नए वस्त्र और नए जेवर पहनाए गए। सप्तमी के दिन जब हम नहा-धोकर नए कपड़े पहनकर वहाँ पहुँचे तो जमींदार बाड़ी के विशाल दालान बेदी पर एक चाली में बने कार्तिक, गणेश, लक्ष्मी, सरस्वती सहित माँ दुर्गा की उस झकमक करती प्रतिमा को देख मन प्रसन्न हो उठा। मूर्ति के सामने कलश स्थापित करके ठाकुर मॉशाइ ने पूजा आरम्भ कर दी थी। जमींदार चोउधुरी मॉशाइ अपने परिवार के लोगों के साथ ठाकुर मॉशाइ के ठीक पीछे आसन पर हाथ जोड़े बैठे थे।

चोउधुरी मॉशाइ के घर के लोगों की पोशाकों से जहाँ आभिजात्य टपक रहा था, वहीं उनके पीछे खड़े शोनारामपुर गाँव के मामूली चासा-भूसा नए कपड़ों में भी मामूली ही लग रहे थे।

पुष्पांजलि होने के ठीक पहले मेरी माँ खुकी को लेकर आईं। उनके हाथों में पूजा की थाल थी। थाल पंडित जी को देकर वे पीछे खड़ी हो गईं। पूजा के बाद पंडित जी ने पुष्पांजलि मन्त्र पढ़ना आरम्भ किया,

"एषः सचंदन बिल्वपत्र पुष्पांजलि दक्षयज्ञ विनाशिन्यैः महाघोरायैः
योगिनीकोटिपरिवृतायैः भद्रकाल्यैः नमो श्री श्री दुर्गायै नमः..."

और हम सबने हाथों में फूल लेकर पंडित जी के कहे मन्त्रों का पुनरोच्चारण करते हुए माँ दुर्गा को पुष्पांजलि दी। पूजा के अन्त में प्रसाद वितरण हुआ। प्रसाद खाकर हम पास के गाँव में पूजा देखने चले गए।

शाम को मंडप में धुनुचि नाच हुआ। हैजक की रोशनी में जलते नारियल-छोबड़ा पर धूवन डालकर धुनुचियों को तैयार किया गया। बारी-बारी से नर्तकों ने दोनों हाथों और मुँह में एक-एक धुनुची लेकर धुनुची नाच दिखाया। ढाकियों ने ढाक बजाकर उन नर्तकों का ऐसा साथ दिया कि वहाँ समा-सा बँध गया।

अगले दिन रात को यात्रागान का आयोजन किया गया। चोउधुरी मॉशाइ ने बोरिशाल से प्रसिद्ध यात्रा-दल को बुलवाया था। पाला का नाम था "मायाचक्कर"। चोउधुरी बाड़ी के सामने की ऊँची जमीन पर शामियाना लगाकर उसके नीचे बड़े-से मंच के चारों ओर दर्शकों के बैठने की व्यवस्था की गई थी। एक तरफ़ हारमोनियम, तबला, बाँसुरी, कॉन्सर्ट, क्लैरिओनेट, कॉनेट जैसे वाद्य यन्त्रों के साथ वादक बैठे थे। यात्रा शुरू होने के काफी पहले ही लोगों ने आकर जगह घेर ली थी। मैं अपने दोस्तों के साथ मंच के बिलकुल नजदीक पहुँच गया था। मणिक, ऑलोक भी अपने-अपने दोस्तों के बीच बैठे थे। माँ नहीं आई थीं। चोउधुरी परिवार के लोगों और उनके खास मेहमानों के लिए मंच के दाहिनी ओर कुर्सियाँ बिछी थीं। जैसे ही चोउधुरी परिवार के लोग आकर बैठे, कॉन्सर्ट बजा। आपस में बोलते-बतियाते लोग

चाली = फ्रेम। चासा-भूसा = किसान एवं उस श्रेणी के अन्य लोग।

शान्त हो गए और एकाग्रचित्त होकर मंच की ओर देखने लगे। फिर तो वाद्य यन्त्रों के मेल से निकली विचित्र ध्वनि ने एक अद्‌भुत परिवेश का निर्माण कर डाला। शामियाने से घिरे हुए एक कमरे से कलाकार निकल-निकलकर मंच पर आने लगे। हर कलाकार अपना किरदार निभाता और वापस उसी कमरे में चला जाता। फिर आता फिर चला जाता। काफी रात तक इसी तरह से यात्रा गान चलता रहा। कलाकारों ने दर्शकों को अन्त तक सम्मोहित करके रखा। करीब आधी रात गए हम सब घर लौटे।

देखते-ही-देखते अष्टमी-नवमी बीत गई। मंडप में कविगान और तॉर्जा का कार्यक्रम देखने भीड़ उमड़ पड़ी थी। दशमी के दिन ढाकी लोग "ठाकुर थाकबे कॉतोक्खोन, ठाकुर जाबे बिर्शॉर्जोन" की तर्ज पर ढाक बजाने लगे। शाम को प्रतिमा विसर्जन से पहले औरतों ने माँ दुर्गा का वरण करके आपस में सिन्दूर खेला। प्रतिमा विसर्जन के बाद सबके मन में छाई उदासी को दूर किया विजया प्रणाम करने की धूम ने।

हमने भी घर-घर जाकर बड़ों को पैर छूकर प्रणाम किया। तरह-तरह की मिठाइयों और पकवानों से पेट भरकर हम घर लौटे।

अगले दिन मैं और राखाल टहलते-टहलते चोउधुरी बाड़ी के तालाब के पास चले गए और खड़े-खड़े तालाब में सद्यः विसर्जित प्रतिमाओं को देखने लगे। ढूँढ़ने लगे माँ दुर्गा की बड़ी-बड़ी कजरारी आँखोंवाला वह दिव्य चमकता चेहरा...वे झलमल रंगीन कपड़े, सुनहरे रंग...। मगर पुआल बँधे लकड़ी के ढाँचों के अलावा वहाँ कुछ भी नहीं था। माँ नहीं थीं, उनका वह दिव्य रूप नहीं था, उत्सव का माहौल नहीं था। प्रतिमा विसर्जन के साथ ही सबकुछ बड़ा ही शान्त, नीरस तथा बेरंग हो गया था।

ठीक उसी समय पास से बाइद्‌दा और बाइद्‌दानियों का एक दल गुज़र रहा था। ये परदेसी सँपेरे सात-आठ दिन पहले ही गाँव में आए थे। दोस्तों ने बताया था कि वे हर साल पूजा से पहले यहाँ आते हैं और घूम-घूमकर खेल दिखाने के बाद गाँव के हर घर से बख़्शीश के पैसे और मिठाइयाँ लेकर वापस चले जाते हैं। साँप का खेल देखने के चक्कर में उन सँपेरों से मेरी अच्छी पहचान हो गई थी। हमें तालाब किनारे उदास खड़े होकर लकड़ी और पुआल के ढेर में तब्दील मूर्तियों को देखता देख रंग-बिरंगी घाघरा-चोली पहनी एक बाइद्‌दानी रुक गई और माँ दुर्गा की प्रतिमा के पुआल निकले ढाँचे की ओर इशारा करते हुए व्यंग्य-बाण फेंका,

"एइ बांगालिर दुर्गा पूजा ?
ऊपोरे चिक्कोन-चाक्कोन
आर तॉले पुआल गोंजा ?"

(यही बंगाली की दुर्गा पूजा है ? ऊपर से चिकनी और नीचे से पुआल ठूँसा हुआ ?)

आहा ! वे खजूर के रस

विजयादशमी के चार दिन बाद ही कोजागरी पूर्णिमा आ गई। इसी दिन घर-घर में धन-दौलत की देवी माँ लक्ष्मी की पूजा होती है। इसलिए दुर्गा पूजा के बाद से ही गृहिणियाँ अत्यन्त

तॉर्जा = सवाल-जवाब की तर्ज पर कविता की लड़ाई। बाइद्‌दा = सँपेरे। बाइद्‌दानी = सँपेरिन।

व्यस्त हो उठी थीं। धान कूटकर खोई, चिउड़ा बनाना, माँ लक्ष्मी को चढ़ाने के लिए नारियल, तिल, चिउड़ा, खोई आदि के लड्डू बनाना, दूध सुखाकर सन्देश बनाना। सैकड़ों काम थे।

गाँव के अन्य घरों की तुलना में हमारे घर की व्यस्तता सबसे कम थी। बाबा के घर पर न रहने की वजह से माँ को मानो किसी काम में रुचि नहीं रह गई थी। किसी तरह से 'नमोः नमोः' करके पूजा कर लिया, बस ! कोई विशेष तैयारी नहीं। खैर, हमें इससे कोई फर्क नहीं पड़ा। राखाल, रॉतोन, अनुकूल दादू जैसे कई लोगों के घर घूम-घूमकर प्रसाद खाते-खाते पेट और मन भर गया।

लक्ष्मी पूजा के करीब एक महीने बाद हुई काली पूजा। यह पूजा घर-घर में नहीं बल्कि सिर्फ़ चोउधुरी बाड़ी में ही हुई। घोर अमावस्या की अँधेरी रात में शंकर भगवान की मूर्ति के ऊपर खड़ी अस्त्र-शस्त्रों से सुसज्जित, लाल लपलपाती जीभ को बाहर निकाले, बड़ी-बड़ी क्रुद्ध आँखोंवाली श्यामवर्णा माँ काली की प्रतिमा को देख किसके रोंगटे नहीं खड़े होंगे ?

काली पूजा के कुछ दिन बाद से ही ठंडी-ठंडी हवाएँ बहने लगीं। सुबह-शाम कुहासे से पेड़-पौधे-नदी-आकाश धुँधलाने लगे। भोर तथा रात को बाहर ख़ाली बदन घूमना दुष्कर हो उठा। बदन में मानो काँटे चुभते थे। इधर तालाबों में रहनेवाले कुछ पौधे सड़ने लगे थे। उनके सड़ने से तालाबों का जल भी दूषित हो उठा। मछलियाँ अधमरी होकर पानी की ऊपरी सतह पर आने लगीं। बिना कोंच, बिना बंसी के बड़ी-बड़ी मछलियों को हाथ से पकड़ने में जो आनन्द आता था उसका बयान नहीं किया जा सकता।

ऐसा ही परमानन्द कुछ दिनों बाद हमें खजूर का रस चुराकर प्राप्त होने लगा। जब से खजूर में रस आना शुरू हुआ था, खजूर के हर पेड़ के सिरे पर रस इकट्ठा करने के लिए हाँड़ी लटकाकर रखी जाने लगी थी। चूँकि मेरे दोस्तों ने मुझे ताड़, खजूर और नारियल के पेड़ों पर चढ़ने में पारंगत बना दिया था, इसलिए मैं भी उन लोगों की तरह खजूर रस से भरी हाँड़ियाँ उड़ाने लगा। हाँड़ी को लेकर हम सीधे पास के किसी धान के खेत में चले जाते। खेतों से पानी उतर चुका था। हरे-हरे धान के पौधे सुनहरे हो चुके थे। धान की तैयार फसलों के बीच दोस्तों के साथ छुपकर गटागट खजूर-रस का पान करने में बड़ा ही मजा आता।

जैसे-जैसे लोगों ने धान काटना शुरू किया, खेतों में छिपना दुष्कर हो उठा। सुबह होते ही ठंड से ठिठुरते हुए झुंड के झुंड भूमिहीन चासी हाथ में धारदार कास्ते लेकर खेतों की ओर चल देते। गृहस्थों के खेतों की फसल काटने दूर-दूर से इन्हें बुलाया गया था।

हमारे खेतों को बाबा ने जिन भूमिहीन बर्गा चासियों को दे रखा था, उन लोगों के घर अधिक दूर नहीं थे। उन लोगों ने भी आकर धान काटना शुरू किया। माँ ने मुझसे कहा, "इन दिनों खेतों से हिलना मत। तब तक, जब तक कि धान का आधा-आधा हिसाब न हो जाए। क्या पता, कुछ धान बीच से गायब ही हो जाए। फिर हम खाएँगे क्या ?"

मैं दिन-भर खेतों में बैठा-बैठा चासी लोगों को धान काटते हुए देखता, उनसे हँसी-मजाक, बातचीत करता। कभी दोस्तों को बुलाकर वहीं खेतों में गुल्ली-डंडा या गोली खेलता, पतंग उड़ाता। चासियों में से कोई कहता, "जाइए छोटो कॉत्ता, घर जाइए। हम एक भी धान इधर-उधर नहीं करेंगे। कॉथा दिलाम।"

मगर माँ की आज्ञा। मैं वहीं डटा रहता। दोपहर को माँ, माणिक या ऑलोक के हाथों मेरा खाना भेज देतीं।

कास्ते = हँसिया। बर्गा चासी = बँटाइदार किसान। कॉथा दिलाम = जबान दी।

पौष महीने का अन्त होने से पहले ही चासी लोगों ने पूरा धान काट लिया और हमारे हिस्से का धान हमें दे दिया। धान का काम खत्म होते ही एक और बड़ा पर्व मकर संक्रांति आ गया। पौष मास के अन्तिम दिन यह पर्व मनाया जाता है लेकिन कई दिनों पहले से ही घर-घर में ढेकी में चावल कूटने की आवाज़ें आने लगीं। पेड़ से नारियल तोड़े जाने लगे, दूध और नारियल का पुर बनाकर रखा जाने लगा।

इस पर्व में बाबा घर आए थे इसलिए माँ भी उत्साहपूर्वक पर्व की तैयारी में लग गई थीं। नए कूटे हुए चावल, नारियल, दूध और खजूर गुड़ से उन्होंने भी पीठा, पाएस जैसे तरह-तरह के स्वादिष्ट पकवान बनाए।

मकर संक्रांति के दिन बाबा हमें नदी पर स्नान कराने ले गए। माँ ने नदी किनारे रखे मिट्टी के मगरमच्छ और गंगा की मूर्ति की पूजा की। घर आकर हम पाएस-पीठा पर टूट पड़े। हमें खिलाने से पहले माँ ने हमारे खेत में काम करनेवाले मुसलमान मजदूरों को भर पेट नवान्न यानी खीर, पीठा, ख़ोई, मूड़ी, मुड़की आदि खिलाया।

चूँकि उन्हें पहले ही ख़बर भिजवाई गई थी इसलिए वे हमारे आँगन में हमारी प्रतीक्षा में ही बैठे थे। सिर्फ़ हमारे घर में ही नहीं, सभी घरों में खेत-मजदूरों को नवान्न खिलाने के बाद ही घर के लोगों को नवान्न परोसा जाता था।

बृष्टि पॉड़े टापुर-टुपुर

हमारे गाँव में खाने-पीने की चीज़ों की कोई कमी नहीं थी। फिर भी मैं अपने मित्रों से तरह-तरह की विचित्र चीज़ें खाना सीख गया था। अक्सर बेंत पौधे की फुनगियों को तोड़ लाता और माँ से कहता, 'इनको भात के साथ सिझा दीजिए।' माँ उन्हें सिझाकर नमक, तेल, मिर्च डालकर भुरता बना देतीं। मैं गरम-गरम भात में उस भुरते को सानकर मजे से खाता। मेरा खान-पान देखकर माँ हैरान हो जातीं।

एक और विचित्र भोजन की खोज में मेरे दोस्त मुझे गाँव के काठ-मिस्त्री लोगों के पाड़ा में ले जाने लगे।

पहली बार जब मैं नदी किनारे के घने हिजलवन से होते हुए ठंड से ठिठुरते-ठिठुरते काठ मिस्त्री लोगों के पाड़ा में गया था, तब उनका घर-द्वार, उनकी सम्पन्नता देख दंग रह गया था। बढ़ई लोग इतने अमीर हो सकते हैं, यह मेरी धारणा से परे की बात थी।

राखाल ने कहा था, "ये अमीर नहीं होंगे तो क्या गरीब होंगे ? ये छोटे-छोटे असबाब थोड़े ही बनाते हैं ? वो देखो, उस तरफ़ जो बड़े-बड़े 'पानसी' नावें रखी हैं न, उन्हें इन्होंने ही बनाया है।"

उन पानसी नावों को देख मैं उनकी सम्पन्नता का राज जान गया था। नदी नालों से भरे उस अंचल में उन पानसी नावों की खूब माँग हुआ करती थी क्योंकि उनमें बड़े-बड़े माल ढोए जाते थे। यात्रियों को भी दूर-दूर तक ले जाया जाता था। कई लोग मिलकर उन नावों को खेते थे।

काठ-मिस्त्री लोगों के पाड़ा के एक तालाब में छोटे-छोटे काठुआ भरे हुए थे। काठुआ कछुए

पाएस = खीर। काठ मिस्त्री = बढ़ई।

की ही एक अलग प्रजाति है। जाड़े के दिनों में ये धूप सेंकने तालाब से बाहर निकलते हैं।

हम जाकर तालाब के पास की झाड़ियों में छिप जाया करते थे। जैसे ही कोई काठुआ तालाब से बाहर निकलता और किनारे आकर धूप सेंकने लगता, मैं अपने दोस्तों के साथ झाड़ियों से निकलकर उसे पकड़ने के लिए दौड़ पड़ता। हमारी उपस्थिति की भनक लगते ही वह झट से पानी में जा घुसता तब उसका पीछा करते हुए हम उसे तालाब के अन्दर की जमीन पर दबाकर पकड़ लेते थे। कभी-कभी एक साथ कई-कई काठुआ धूप सेंकने निकलते थे। माँ जब प्याज, लहसून और गरम मसाले डालकर इनके मांस को राँधती तो हम पत्तल चाट-चाटकर खाते थे।

इतना सब कुछ खाने-पीने के बाद भी मैं उस नायाब खाद्य-वस्तु के स्वाद को भूल नहीं पा रहा था जो हमें बोरिशाल शहर में रोज मुफ़्त में मिला करती थी। एक तरह से उस वस्तु की लत ही लग गई थी मुझे।

पीतल के चदरे से मढ़ी हुई चमकीले टीन से छाई चार चक्केवाली ठेला गाड़ी में चढ़कर बड़े शान से आया करती थी वह। नल लगे पीतल के चमचमाते ड्रम में भरी रहती थी। ठेला गाड़ी को चौराहे पर किसी दुकान के सामने खड़ी करके घंटा बजा-बजाकर नाचते-गाते हुए खाकी वर्दीधारी ठेलावाला अपने आस-पास भीड़ जुटा लेता था। भीड़ को यह मालूम होता था कि उसके पास ख़ाली हाथ नहीं बल्कि गिलास लेकर जाना है। मैं भी उसकी आवाज़ पाते ही घर से काँसे का बड़ा गिलास लेकर दौड़ पड़ता। वह गाड़ीवाला बड़े प्यार से पीतल के ड्रम का नल खोल-खोलकर हमें गर्मागर्म चाय देता। मुफ़्त में। अहा ! क्या सुगंध होती थी उस चाय में। ठेले पर एक कोयले का चूल्हा रखा रहता था। चाय बनती रहती थी, पीतल के ड्रम में भरी जाती थी और लोगों को जबरदस्ती बुला-बुलाकर पिलाई जाती थी। ठेले पर सजाकर रखी गई चाय पत्ती के सुन्दर-सुन्दर पैकेट और दूध-चीनी डालकर बनाई गई गर्मागर्म चाय की अद्‌भुत सुगंध तथा स्वाद रोज नए-नए लोगों को उस नए द्रव्य की ओर आकर्षित करती।

एक दिन मैंने अपनी माँ को भी जबरदस्ती वह चाय पिला दी। उन्हें अच्छी लगी। फिर तो वे भी रोज पीने लगीं। काफी दिनों तक इस तरह से मुफ़्त की चाय पीते-पीते जब हमें चाय पीने की आदत पड़ गई तब अचानक एक दिन वह ठेलावाला आया और जगह-जगह दुकानों की दीवार पर नम्बर लिखी टीन की छोटी-छोटी पट्टियाँ ठोक गया। जहाँ-जहाँ पट्टियाँ ठोंकी गई थीं वहाँ-वहाँ आकर वह अब मुफ़्त की चाय के पैकेट देने लगा। बनी हुई चाय नहीं। उसका नाचना-गाना भी बन्द हो गया। अब चूँकि माँ को भी चाय की आदत पड़ चुकी थी इसलिए मुफ़्त में मिलनेवाली चाय के पैकेट लाए जाने लगे और घर में चाय का बनना आरम्भ हो गया। कुछ दिनों तक तो ऐसे ही चला पर जल्द ही मुफ़्त का पैकेट भी मिलना बन्द हो गया और दुकानों में चाय बेची जाने लगी। जिन्हें मुफ़्त की चाय पीने की आदत पड़ गई थी वे लोग चाय पत्ती खरीदकर चाय पीने लगे थे हमारी तरह...।

शोनारामपुर आने के बाद से एक दिन भी चाय मिली नहीं थी। न तो वहाँ चाय का प्रचलन था और न ही हमारे पास चाय ख़रीदने के पैसे थे। फिर भी मैं मस्त था। जो मिलता, खा लेता। जहाँ मर्जी चल देता।

इसी तरह से खाते, घूमते, खेलते दिन, महीने पार होने लगे। जाड़ा खत्म हुआ। गर्मी भी आकर चली गई। फिर से बरसात आ गई। बाबा जब भी बोरिशाल जाते थे, हमारी तरफ़

से बिलकुल निश्चिन्त हो जाते थे। माँ उदास आँखों से धूसर, चमकीले या मेघाच्छन्न आकाश को देख-देखकर बाबा की प्रतीक्षा करती रहतीं। उनके हाथ के पैसे खत्म हो जाते। घर पर नमक, तेल, साबुन, माचिस, किरासन जैसी ज़रूरी चीज़ों की किल्लत हो जाती। पीयूष जैठा और कई लोग मदद करना चाहते मगर माँ किसी से कुछ लेना पसन्द नहीं करती थीं।

पिछली बार जब बाबा घर आए थे तो मैंने माँ को बाबा से कहते सुना था, "यहाँ बच्चों की पढ़ाई-लिखाई सब बन्द है। आप हमें कब शहर ले जाएँगे ?"

''कुछ दिन और रुको। थोड़ा और व्यवस्थित हो लें। फिर तो ले ही जाएँगे।''

बाबा के ऐसा कहते ही माँ भड़क उठी थीं, "कुछ दिन और, कुछ दिन और कहते-कहते तो आपने वर्ष पार कर डाला। कसम खाकर कहिए कि कहीं आपने बोरिशाल में दूसरा घर तो नहीं बसा लिया ?"

"पान-सुपाड़ी की तरह अपने आँचल से बाँधकर रखना चाहती हो मुझे ?" बाबा भी ताव खाकर बोल उठे थे। फिर उन्होंने धीरे-धीरे क्या उत्तर दिया था यह तो मैं नहीं सुन पाया लेकिन बाबा जब बोरिशाल लौटने लगे तब बाबा के पीछे-पीछे दूर तक जाने के बाद झिझकते-झिझकते मैंने कहा, "बाबा, इस बार आपको रथ के समय आना ही होगा।"

"क्यों ?"

"क्योंकि इस बार आपको हमें रथ मेले में ले जाना होगा।"

बाबा मान गए। बोले, "ठीक है मैं आऊँगा। तुम लोगों के लिए नए कपड़े भी लाऊँगा। अब खुश ?"

हाँ खुश। बहुत खुश ! बहुत-बहुत खुश ! सिर्फ़ मैं ही नहीं मेरा पूरा परिवार खुशी से झूम उठा।

❑ ❑ ❑

मेले के कई दिन पहले से ही मैं और मेरे भाई चहक रहे थे। माँ के चेहरे पर रौनक आ गई थी और शरीर में स्फूर्ति। रोज सुबह मुझसे कहतीं, ''जा तो केष्टो, अच्छी-सी मछली पकड़ ला। तेरे बाबा के लिए राँधकर रखूँगी। हो सकता है वे आज ही आ जाएँ।''

मैं तरह-तरह की मछलियाँ पकड़कर लाता। माँ ज़्यादा-से-ज़्यादा तेल-मसाला डालकर सुस्वादु करके बाबा के लिए मछली और सब्जियाँ पकाकर रखतीं।

बाबा की राह देखते-देखते मेले का दिन भी आ गया। हम यह सोचकर निश्चिन्त थे कि आज तो बाबा आएँगे ही। रथ के दिन हम सभी सुबह बहुत जल्दी उठकर उनकी प्रतीक्षा करने लगे। मुझसे रहा नहीं गया तो सड़क के मोड़ पर वट वृक्ष के नीचे जाकर खड़ा हो गया। लगातार बारिश हो रही थी। रथ के दिन बारिश न हो, ऐसा तो हो ही नहीं सकता। खड़े-खड़े मुझे एक कविता याद आ गई। मैं जोर-जोर से कहने लगा, "बृष्टि पॉड़े टापुर-टुपुर नोदेय एलो बाण। बादला हावाय मोने पोड़ेछे छेले बैलार गान।"

इतने में मेरे दोस्त आ गए। बोले, "यहाँ खड़े-खड़े क्या कर रहा है ? मेले में नहीं जाएगा ?"

"कैसे जाऊँगा ? बाबा अभी तक नहीं आए। बाबा नए कपड़े लाएँगे न ! और फिर बाबा के साथ जाऊँगा तो बाबा हमें बंसी खरीद देंगे, गरम-गरम पापड़ और गुड़ की जलेबियाँ खिलाएँगे। मेरा खाचोइन टूट गया है, बाबा से कहकर मैं एक नया खाचोइन भी खरीदूँगा।"

खाचोइन = मछली पकड़ने की खाँची।

बारिश रुक गई थी। आकाश का रंग राख जैसा सफेद दिख रहा था। मेरे दोस्त मुझे छोड़ मेले में चले गए थे। मैं खड़ा था। बाबा के इन्तज़ार में।

थक-हारकर मैं घर लौट आया। घर के सभी लोग बाबा की प्रतीक्षा में पलकें बिछाए बैठे थे। माणिक, ऑलोक की हालत देख उनके प्रति मन में करुणा भर आई। मैं उनके साथ खेलने लगा।

बाबा की प्रतीक्षा करते-करते अँधेरा घिर आया। हल्की-हल्की बारिश में भीगते हुए लोग मेले से लौटने लगे। उनके हाथों में कितनी ही तरह की चीज़ें थीं। कोई पें-पें करके बंसी बजाता हुआ लौट रहा था तो कोई लकड़ी का खिलौना लेकर। हम तीनों भाई ललचाई नज़रों से उन्हें देखते रहे। बाबा पर मुझे बड़ा क्रोध आ रहा था। मगर माँ किसी अनिष्ट की आशंका से उत्कंठित हो उठी थीं। वे बार-बार कुंडी खोलकर ठाकुर घर में जातीं और गले में आँचल लपेटकर बाल-गोपाल के सामने माथा ठोंकते हुए कहतीं, "एक आने का बताशा चढ़ाऊँगी। उन्हें सही-सलामत रखना गोपाल ठाकुर।"

रथ के दो दिन बाद बाबा अचानक आ पहुँचे। चेहरे-मोहरे से वे अत्यन्त बीमार दिख रहे थे। उनके हाथ में कोई बक्सा या झोला भी नहीं था। बाबा को इस हालत में देख हम चौंक उठे। चारों ओर से बाबा पर सवालों की बौछार होने लगी। थोड़ा-सा सुस्ता लेने के बाद बाबा ने मुँह खोला, "मेले के दो दिन पहले मैं यहाँ आने के लिए बोरिशाल से निकला था। शोनारामपुर आने से पहले एक ज़रूरी काम से मुझे नदी के रास्ते डाँगा चॉर जाना पड़ा। रास्ते में ऐसी आँधी चली कि हमारी नाव उलट गई। बाकी लोग कौन किधर गए मैं नहीं जानता। सौभाग्य से टूटे नाव का एक हिस्सा मेरे हाथ लग गया। उसे पकड़कर मैं पानी में भटकता रहा। मूसलाधार बारिश हो रही थी। नदी के पानी का बहाव इतना तेज़ था कि ठीक से तैर ही नहीं पा रहा था। पानी से जूझते-जूझते मैं थककर चूर हो गया। हाथ-पाँव शिथिल हो गए।"

"किसी ने आपको देखा नहीं ? मेरा मतलब है नाव खेता कोई माँझी ?" मैं बीच में ही बोल उठा।

"वही तो बता रहा हूँ।" बाबा हाँफते हुए बोले। उन्हें साँस लेने में कठिनाई हो रही थी। "जिस समय मुझे ऐसा लगने लगा कि अब मैं शायद डूब ही जाऊँगा, उसी समय अचानक 'हेईया, हेईया' करते हुए डकैतों का एक दल नाव लेकर उधर से गुज़रने लगा। डकैतों की नज़र मुझ पर पड़ी और उन लोगों ने मुझे खींचकर अपनी नाव में उठा लिया।"

"भाग्गीस !" कहकर माँ ने अदृश्य भगवान को प्रणाम करके उनके प्रति अपनी आंतरिक कृतज्ञता जताई।

"फिर क्या हुआ बाबा ?" माणिक को आगे सुनने की जल्दी थी।

"फिर उन लोगों ने उस दिन डकैती का कार्यक्रम रद्द कर दिया और मुझे किसी निर्जन टापू में अपने अड्डे पर ले गए। डकैतों के सरदार ने कहा, 'लगता है अल्लाताला ने इसकी जान बचाने के लिए ही आज हमें वहाँ भेजा था, डकैती डालने नहीं।'"

"अच्छा बाबा ! डकैत लोगों से आपको डर नहीं लगा ?" ऑलोक मासूमियत से पूछा।

"डर क्यों लगेगा रे। उन्होंने ही तो मेरी जान बचाई। मेरे पूरे शरीर पर लहसुन से डबकाया हुआ गरम सरसों तेल की मालिश की उन्होंने। नमक की पोटली को गर्म कर-करके

भाग्गीस = सौभाग्य से।

हथेली और तलवों को सेंका। सरदार ने जब कहा, 'अब इसे थोड़ा गर्म दूध पिलाओ।' तो एक डकैत बोला, ये है सुमुन्दिर पूत। अगर हम मुसलमानों के हाथ का छुआ खाएगा-पीएगा तो इसका धर्म भ्रष्ट नहीं हो जाएगा ?'"

"तो इससे कहो, खुद दूध उबालकर पी ले।" सरदार ने आज्ञा दी।

"तो आपने खुद दूध उबालकर पिया ?" माँ ने पूछा।

"नहीं-नहीं। जिन लोगों ने अपने पवित्र हाथों से मेरी जान बचाई उनका छुआ भोजन तो मेरे लिए प्रसाद तुल्य है। इसलिए मैंने उनके हाथ का पका भोजन किया। जब थोड़ा चलने-फिरने लायक हुआ तब वे लोग मुझे यहाँ तक पहुँचा गए।"

उस हादसे के बाद बाबा का मन बदल गया। शायद मौत को इतने करीब से देखने के बाद इस क्षणभंगुर जीवन के प्रति उनका नजरिया ही बदल गया था। अपनों के करीब रहने की उनमें ललक जगी। वे हमें बोरिशाल वापस ले जाने के लिए तैयार हो गए।

शामदाशी दरवाज़ा खोलो

"शामदाशी दरवाज़ा खोलो।" बोरिशाल के नए घर में प्रवेश करते समय बाबा ने दरवाज़ा खटखटाते हुए कहा।

एक दुबली-पतली गोरी-सी पन्द्रह-सोलह साल की लड़की ने आकर दरवाज़ा खोला। हल्के नीले रंग की एक मलिन-सी ताँत की साड़ी में वह आसमान में लिपटे दिन के चाँद-सा प्रकट हुई थी। हम सबको देख पहले तो उसके चेहरे पर हल्की-सी घबराहट के भाव उभरे। फिर कुछ सँभलकर उसने माँ-बाबा को प्रणाम करके कहा, "आइए बाबू, आइए दीदी ! अन्दर आइए ! दीजिए मुझे यह ट्रंक दीजिए।" और अपने आँचल के खूँट को कमर में खोंसकर वह बाबा के हाथ से ट्रंक ले अन्दर रखने चली गई। माँ ने अवाक् होकर बाबा की ओर देखा। उनकी दृष्टि में एक टोकरी प्रश्न थे।

बाबा अप्रस्तुत-सा होकर बोल उठे, "शामदाशी ! ये है शामदाशी।"

"कौन शामदाशी ?"

"तुम उसे ठीक पहचानती नहीं हो। मैं तुम्हें बताना भूल गया था, वह कुछ दिनों से यहाँ रह रही है।"

"रह रही है माने ?" माँ की आवाज़ क्रमशः विकृत होती जा रही थी।

"माने...माने..." बाबा रुक-रुककर बोले, "माने विशेष कुछ नहीं। वही घर के काम-काज के लिए और क्या ? तुम नहीं थी तो खाना पकाने के लिए, घर-द्वार साफ करने के लिए, कपड़ा फींचने के लिए कोई तो चाहिए था न !"

"तब क्या मेरा सन्देह ठीक ही था ? मुझे देशेरबाड़ी में रखकर आप यही सब कर रहे थे ? हाय ! मेरी फूटी किस्मत रे ! मेरी किस्मत में यह दिन भी देखना लिखा था ? भगवान ! यह दिन देखने से पहले आपने मुझे उठा क्यों नहीं लिया ? आग में जलाकर राख क्यों नहीं कर डाला...?"

माँ धम्म से जमीन पर बैठ गईं। उनके सिर से साड़ी का पल्लू खिसककर पीठ पर आ

सुमुन्दिर पूत = हिन्दू।

गिरा। सामने की ओर दोनों पैरों को फैलाकर सिर पीट-पीटकर उन्होंने रोना शुरू कर दिया। हम सब हतवाक्। अन्दर गई लड़की भी सहमी-सहमी-सी आकर दरवाज़े के कोने में सिमटकर खड़ी हो गई।

"रुको तो ! अनाप-शनाप बको मत!" बाबा की कड़कदार आवाज़ टीन की दीवारों से टकराकर खनखना उठी, "पहले मेरी पूरी बात सुन लो। तब से बिना कुछ जाने, बिना कुछ समझे 'हाँव-हाँव' किए जा रही है, इसे ही कहते हैं औरत की बुद्धि !"

"हाँ, और मर्द की बुद्धि खूब तेज़ ना !" हिचकी ले-लेकर माँ ने कहा।

"बस ! बहुत हो चुका। अब अगर एक शब्द भी आगे कहा तो तुम्हारा गला दबा दूँगा। असलियत जाने बिना तब से मुझ पर लाँछन लगाए जा रही है। शामदाशी मेरी दुकान के मिठाई-कारीगर की बेटी है। दुकान जलने के बाद जोदू ने तो कहीं और काम पकड़ लिया मगर नया कारीगर पॉरान एक दिन गिड़गिड़ाकर बोला, 'बाबू ! आपका तो घर ख़ाली पड़ा है। मुझे रोज इतनी दूर से आना पड़ता है। आने में देर हो जाती है। रात को भी देर से घर लौटता हूँ। मेरी बाल विधवा बेटी दिन-भर घर में अकेली पड़ी रहती है। बेटी मेरी बड़ी हतभागी है बाबू। जन्म के बाद ही अपनी माँ को खो दिया था और चौदह साल की उम्र में अपने पति को। लेकिन विश्वास कीजिए बाबू। मेरी बेटी बड़ी अच्छी है। बड़ी भोली। मुझे दिन-भर उसकी चिन्ता लगी रहती है। आप कहें तो हम दोनों आपके घर के किसी कोने में पड़े रहेंगे। मेरी बेटी आपके घर का सारा काम-काज कर दिया करेगी।' और मैंने उन्हें अपने यहाँ रख लिया। उनकी वजह से मुझे खाने-पीने की सुविधा हो गई। घर-द्वार भी साफ-सुथरा रहने लगा।"

"अच्छा, तो बाप-बेटी दोनों यहाँ रह रहे हैं।" माँ ने कुछ निश्चिन्त-सा होकर पूछा।

"नहीं। माने पहले रहते थे। फिर अचानक पॉरान को कालाज्वर हुआ और कई दिनों के ज्वर में ही वह बेचारा चल बसा। अब मैं क्या करता ? मरते समय वह इसे मेरे हाथों सौंप गया है। इस बेचारी का अपने बाप के सिवा और कोई नहीं था। मैं इसे सड़क पर तो नहीं फेंक सकता था।"

मैंने देखा, वह लड़की अन्दर दरवाज़े की ओट में मुँह लटकाए खड़ी है और अपने नाखूनों से दरवाज़े के रंग को खुरच रही है। उसकी घनी बरौनियोंवाली बड़ी-बड़ी आँखों से टप-टप आँसू टपक रहे हैं। उस वक़्त उसके चेहरे का भाव कुछ ऐसा था कि मेरे मन में उसके प्रति करुणा उमड़ आई। माँ भी शान्त हो गई थीं। शायद उसके बाप की मौत की बात सुनकर उनका नारी हृदय कुछ द्रवित हुआ।

बाबा ने माँ का हाथ पकड़कर कहा, "चलो, अब अन्दर चलो।"

दूर हो जा पोड़ामुखी

बाबा ने हमारा पुराना जला हुआ घर बेचकर कीर्तनखोला नदी के बिलकुल पास कॉयलाघाट स्थित यह घर खरीद लिया था। इसमें टीन से बने अलग-अलग कमरे थे। मिट्टी का फर्श था। चारों कमरों के बीच एक छोटा-सा आँगन। आँगन के दाईं ओर रसोई। घर के सामने

पोड़ामुखी = मुँहजली।

की ओर सड़क और एकदम पीछे एक तालाब। पीने का पानी सड़क के नल से भरा जाता था।

हमारे घर के तीन-चार घरों के बाद ही कीर्तनखोला नदी थी। नदी के किनारे-किनारे चार-पाँच लकड़ी-टाल थे। नदी पथ से बड़ी-बड़ी नावों में कटे हुए पेड़ों को लाया जाता और उन्हें किनारे आधा जल, आधा बालू में रख दिया जाता था। फिर वहीं से धीरे-धीरे उनको उठा-उठाकर लकड़ी-टाल में ले जाया जाता। उन बड़ी-बड़ी लकड़ियों को जब चीरा जाता था तब उन्हें देखना मुझे बहुत अच्छा लगता। वहाँ लकड़ी चीरने की कोई मशीन नहीं हुआ करती थी। करीब छह फुट ऊँचा एक मचान बना हुआ रहता था। जिस लकड़ी को चीरना होता, उसे कई आदमी मिलकर काफी मुश्किल से उस मचान पर चढ़ाते थे। फिर दो आदमी नीचे खड़े होते और एक आदमी मचान के ऊपर। उनके हाथ में एक बड़ा-सा आरा होता। घस-घस आरा चलता...झर-झर पसीने झरते और फर्र-फर्र बुरादे उड़ते। मैं अपने भाइयों के साथ नदी किनारे पड़े हुए बड़े-बड़े पेड़ के तनों पर बैठकर यह सब देखा करता और फिर नंगा होकर नदी में नहाने के लिए कूद पड़ता था।

शामदाशी माशीमाँ मेरी माँ को कोई काम नहीं करने देती थीं। मुँह-अँधेरे आकाश के तारे विलीन होने से पहले ही वह बासी कपड़े बदलकर घर-आँगन को गोबर पानी से लीपना आरम्भ कर देती। फिर रात के जूठे बर्तनों को माँजकर पिछवाड़े के तालाब में डुबकी लगा आतीं। नहाकर वे भीगे कपड़े में आँगन गीला करती हुई रसोईघर में आतीं और रसोई के टीन के दरवाज़े को भिड़ाकर कपड़े बदलतीं।

उनके लम्बे बालों से टप-टप कर जल टपकता रहता और वे लकड़ी तथा नारियल के सूखे पत्तों से चूल्हा धरातीं। फुँकनी फूँकती—फूँऽऽ फूँऽऽऽ फिर कड़ाही में बालू गर्म कर हाथ में एक गुच्छा नारियल सींक लेकर चावल से मूँड़ी भूँजने बैठ जातीं। इधर खुकी को गोद में लेकर माँ दाँत मलने के लिए अमरूद के ताजे पत्ते चबातीं, उधर बाबा आलू की सब्जी से मूड़ी खाकर दुकान चले जाते।"

दिन भर कोल्हू के बैल-सी खटती शामदाशी माशीमाँ के पीछे पड़े रहना माँ की आदत बन गई थी।

"आँगन का वह कोना ठीक से लिपाया नहीं है। फिर से लीप दो।"

"अभी भी उस कोने पर अमरूद का एक सूखा पत्ता गिरा हुआ है। देखकर झाड़ू नहीं लगा सकती क्या ?"

"छीः आज कोंहड़े के पत्ते की सब्जी बिलकुल बेस्वाद बनी है। राँधते समय मन कहाँ था सुनूँ ?"

"आईने में चेहरा देख-देख कर बाल चीरने की क्या ज़रूरत है ? कौन देखेगा तेरे रूप को ?"

शामदाशी माशीमाँ मेरी माँ की बातों को अनसुना करके चुपचाप अपना काम करती रहती थीं। माँ चिढ़कर कहती थीं, "मुँह में बोलता ने काटा है क्या ?"

"ना।" शामदाशी माशीमाँ जब सर हिलाकर कहतीं तो माँ फिर पूछतीं, "सच-सच बताओ बाबू के साथ तुम्हारा क्या रिश्ता है ?"

शामदाशी माशीमाँ फिर चुप रहतीं। माँ फिर पूछतीं, "ये पीलीवाली छापा साड़ी तुझको

बोलता = एक कीड़ा, बर्रे, ततैया।

किसने दी थी ? ज़रूर बाबू ने ? है न ?..."

शामदाशी माशीमाँ कभी उनके सवालों का उत्तर देतीं, कभी नहीं मगर माँ को कभी सन्तुष्ट नहीं कर पाती थीं। हर वक़्त सन्देह के नुकीले काँटे माँ के मन में बींधते रहते। बाबा घर लौटकर कभी गलती से शामदाशी माशीमाँ के हाथों में मलाई और मिठाई की हाँड़ी देते तो माँ जल-भुन जातीं। कहतीं, "मैं क्या मर गई हूँ जो उसके हाथों में लाकर सबकुछ थमाने लगे हैं ? लगता है, कल को मेरे आँचल के खूँट से चाबियों का गुच्छा भी खोलकर उसके आँचल में बाँध देंगे आप।"

रात को घर लौटकर शामदाशी माशीमाँ के सामने बैठकर बाबा कभी उसके परोसे भात खाते तो दरवाज़े की ओट से झाँक-झाँककर कुप्पी की काँपती नर्म रोशनी में माँ उन दोनों के चेहरे में एक-दूसरे के लिए उभरते भावों को पढ़ने की कोशिश करतीं। उनके प्रवास काल की युग-सी लम्बी अवधि में लिखी गई किसी गुप्त लिपि का उद्धार करने का प्रयास करतीं। आधी रात को यदि कभी बाबा बाहर निकलते तो आहट पाते ही दबे-पाँव जाकर पहले रसोई में झाँक आतीं कि रसोई में बिछाए बिस्तर पर शामदाशी माशीमाँ हैं या नहीं। एक दिन आधी रात में बाबा को रसोई से निकलते देख माँ ने आसमान सिर पर उठा लिया। बाबा बार-बार कह रहे थे, "मैं पानी पीने रसोई में गया था।" मगर माँ तो मानो साक्षात् रणचंडी ही बन गई थीं। हम सभी भाई-बहन जाग गए थे। खुकी डर से रोने लगी थी। आस-पड़ोस के लोग भी शायद आ जुटते यदि बाबा माँ के मुँह को हाथों से दबाकर उन्हें खींचते हुए लाकर कमरे में न बन्द कर देते तो।

"मध्यरात्रि में जासूसी करती हो ? फिर अगर कभी देखा न तो धकेलकर घर से बाहर निकाल दूँगा। अगर मैं सचमुच कुछ करना चाहूँ तो क्या तुम मुझे रोक पाओगी ?" बाबा देर तक माँ को लताड़ते रहे थे और पता नहीं क्यों मुझे बार-बार माखोनी बोउदी और कानाई दा की करतूतें याद आ रही थीं। क्या बाबा भी शामदाशी माशीमाँ के साथ... ?

अगले दिन जब माँ बिस्तर से नहीं उठीं और बिना खाए-पीए दिन-भर ऐसे ही पड़ी-पड़ी रोती रहीं तो शामदाशी माशीमाँ बार-बार माँ के पास जाकर उन्हें उठाने के लिए मिन्नतें करती रहीं, "उठिए दीदी, उठिए। उठकर गरम-गरम भात खाइए। उठिए ना ! आप हैं घर की लक्ष्मी ! आप इस तरह से बासी बिस्तर पर पड़ी रहेंगी तो घर का अकल्याण होगा। पुरुष मानुष लालची जात ठहरा ! जवान लड़की देखकर थोड़ा-बहुत ताक-झाँक तो करेंगे ही। इसमें इतना बुरा मानने की क्या बात है ?"

"दूर हो जा पोड़ामुखी ! अभी तुरन्त मेरे घर से निकल जा। तेरे कारण मेरे स्वामी मुझसे दूर होते जा रहे हैं। जा भाग यहाँ से..."

माँ बार-बार उसको खदेड़ती रहीं। मगर वह थोड़ी-थोड़ी देर बाद आ-आकर माँ से अनुरोध करती रही कि वह उठकर कुछ खा ले। माँ भूखी थीं इसलिए उस दिन शामदाशी माशीमाँ ने भी कुछ नहीं खाया।

खुले बाल जलपाई आँचल

एक दिन बाबा हाथ पकड़कर मुझे और माणिक को बोरिशाल के 'टाउन स्कूल' में ले गए। अंग्रेजी के यू अक्षर की तरह बने स्कूल के पक्के भवन में एक सिरे से कक्षाएँ बनी हुई थीं।

कक्षाओं के सामने लम्बा बरामदा था और बीच में था एक बड़ा-सा खेल का मैदान। मैदान में दो शिक्षक कुछ बच्चों को पी.टी. करवा रहे थे।

हेडमास्टर मॉशाइ के कमरे के बाहर एक स्टूल पर बैठे चपरासी से पूछकर बाबा जब मुझे और माणिक को लेकर कमरे के अन्दर प्रवेश करने लगे तो मारे भय के मैं पसीना-पसीना हो उठा। इतने दिनों से पढ़ाई छूटी हुई थी। पहले जो कुछ भी पढ़ा था, लगभग भूल चुका था। पता नहीं, प्रवेश-परीक्षा में हेडमास्टर मॉशाइ क्या-क्या पूछेंगे। मेरा दिल जोर-जोर से धड़कने लगा। माणिक की हालत तो और खराब थी। वह मेरी आड़ लेते हुए, अपने आपको यथासम्भव मेरे पीछे छिपाते हुए चलने लगा। एक बड़े से टेबुल के पीछे लगी लकड़ी की कुर्सी पर अद्धी का कुर्ता, शान्तिपुरी धोती और चश्मा पहने गम्भीर मुद्रा में बैठे सज्जन को देख यह समझने में देर नहीं लगी कि ये ही हेडमास्टर मॉशाइ हैं। हेडमास्टर मॉशाइ के ठीक पीछे की दीवार पर भारत का मानचित्र टँगा हुआ था। मानचित्र के दोनों ओर रवीन्द्रनाथ, स्वामी विवेकानन्द, रामकृष्ण परमहंस जैसे महान लोगों की तस्वीरें थीं। टेबुल पर कई चीज़ों के साथ एक बड़ा-सा ग्लोब और एक लम्बा-सा बेंत रखा हुआ था।

"नोमोश्कार सैर !" बाबा ने हाथ जोड़कर हेडमास्टर मॉशाइ का अभिवादन किया और मुझे तथा माणिक को हेडमास्टर मॉशाइ के पाँव छूने का इशारा किया।

डरते-डरते जब मैंने और मणिक ने उनके पाँव छुए तब नाक तक उतर आए अपने गोल चश्मे के ऊपर से हम दोनों को आपादमस्तक देखकर वे बाबा से बोले, "हाँ, तो इन्हें स्कूल में भरती कराने आए हैं ?"

"आज्ञे।" बाबा ने हाथ जोड़े-जोड़े ही अत्यन्त विनयपूर्वक कहा।

"किन-किन क्लासों में ?"

"आज्ञे! आप ही विवेचना कर के देखिए कि किस-किस क्लास के योग्य हैं ये दोनों।"

"इससे पहले किस-किस क्लास में पढ़ते थे ये ?"

"आज्ञे, बड़ावाला चौथी में और छोटावाला पहली में।"

"फाइनल परीक्षा दी थी ?"

"आज्ञे ना।"

"क्यों ?"

बाबा ने विस्तार में हेडमास्टर मॉशाइ के 'क्यों' का जवाब दिया। अग्निकांड की बात सुनकर औरों की तरह हेडमास्टर मॉशाइ भी सहानुभूतिशील हो उठे और हमसे दो-चार सहज-सहज सवाल पूछकर ही अपने स्कूल में भरती कर लिया।

क्रमशः पाँचवीं और दूसरी कक्षा में मुझे और माणिक को बैठाकर बाबा लौट गए। उस समय मेरे क्लास में 'आवृत्ति' की कक्षा चल रही थी। मास्टर मॉशाइ कविगुरु रवीन्द्रनाथ की एक कविता की आवृत्ति कर रहे थे—

"आमार जेते इच्छे कॉरे नोदिटिर ओइ पारे
जेथाय धारे-धारे बाँशेर खोंटाय डिंगी नोउको बाँधा शारे-शारे
कृषानेरा पार होए जाए लांगोल काँधे फेले
जाल टेने नैय जेले
गोरू मोहिष साँत्रे निए जाय राखालेर छेले..."

आज्ञे = जी। आवृत्ति = कविता पाठ।

(मुझे जाने की इच्छा होती है नदी के उस पार
जहाँ किनारे-किनारे बाँस के खूँटे से बँधी हैं पंक्तिबद्ध डिंगी नौकाएँ
किसान लोग पार हो जाते हैं कन्धे पर हल रखकर
मछुआरे जाल खींचते हैं
गाय-भैंसों को तैराकर ले जाते हैं चरवाहों के लड़के...)

और पीछे की बेंच पर अनजान चेहरों के बीच उदास बैठा मैं उस कविता के रथ पर सवार होकर खिड़की के बाहर फैले चिलचिलाते मैदान के पार दूर शोनारामपुर ग्राम के हरे-हरे धान के खेतों में उस पीली-सी शान्त दुपहरिया में जा पहुँचा था...अपने राखाल, रॉतोन, भोंदा, खैपा के पास।

"एइ तेरा नाम केष्टो है न ?" कहकर जिस दिन प्रोबाल सेन ने मेरे कन्धे पर हाथ रखा था उसी दिन से मेरे मन ने खिड़की के रास्ते से होकर कक्षा से भागना बन्द कर दिया था। प्रोबाल के कारण मेरी दोस्ती कक्षा के कई अन्य छात्रों लोक्खीनाथ, धीरेन्द्रो नाथ, मोनु, दीप, कुट्टी तथा आलम से भी हो गई। प्रोबाल शहर के प्रतिष्ठित डॉक्टर आशुतोष सेन का बेटा था। देखते ही देखते उससे मेरी दोस्ती इतनी गहरी हो गई कि वह मुझे अपने घर भी ले जाने लगा।

बड़ा ही संभ्रांत परिवार था उसका। बड़ा भाई अनिर्वाण पिछले दो सालों से इंग्लैंड में रहकर बैरिस्टरी पढ़ रहा था। उसकी दो बड़ी बहनें भी थीं—जॉया, बिजॉया। उन दोनों ने अच्छे अंकों से मैट्रिक पास किया था और इस वक़्त कॉलेज में पढ़ रही थीं। वैसी लड़कियाँ मैंने पहले कभी नहीं देखी थीं। जीवन से भरपूर—दक्षिणी बतास की तरह थीं वे दोनों। जॉया दीदी मुझे ज़्यादा अच्छी लगती थीं। शायद इसका कारण उनकी वह मीठी-सी मुस्कान थी जो हर वक़्त उनके होंठों के बाएँ कोने से चिपकी रहती थी।

जब वे दोनों बहनें बाहर लॉन में बैडमिंटन खेलतीं तो गेट के बाहर उत्सुक लोगों की छोटी-मोटी जमात ही जुट जाया करती थी। मैं भी मुँह फाड़कर उन दोनों का खेल देखता। खेलते-खेलते दीदी जब कभी मुझे बैड़ा कोल्मी के उस पार गिरे कॉर्क को उठा लाने को कहतीं तो मैं मानो धन्य हो जाता ! इतनी भीड़ में दीदी ने अकेले मुझे ही इस लायक समझा !

कभी-कभी शाम को वे दोनों ब्लेसपार्क में घूमने जाया करती थीं। उनकी माँ उन्हें अकेले नहीं जाने देती थीं। पहरेदार के रूप में प्रोबाल को उनके साथ कर देतीं और प्रोबाल मुझे अपना साथी बनाकर ले जाता।

ब्लेसपार्क शहर का सबसे खूबसूरत स्थान था। ब्लेसपार्क जानेवाली सुड़की बिछी सड़क के एक ओर कतार में झाऊ तथा दूसरी ओर पाम के पेड़ लगे हुए थे। करीब दो-ढाई मील तक फैला यह स्थान मन मोह लेनेवाला था। ब्लेसपार्क से कुछ आगे एक मिट्टी का कृत्रिम पहाड़ बना हुआ था जिसमें अक्सर पुलिस लोग चाँदमारी किया करते थे।

ब्लेसपार्क जाने पर पता चलता था कि शहर के कुछ लोग कितने शौकीन हैं। पुरुष तो पुरुष चेहरे और गले पर स्नो-पावडर लगाकर, ताँत, सिल्क या मोस्लीन साड़ी पहनकर जूड़े में सोने की कंघी, सोने के झुमकेवाले काँटे, सोनार बागान या फिर बेली फूल के गजरे लगाकर आपस में हँसी-मजाक करतीं, बोलती-बतियाती महिलाएँ भी नज़र आती थीं वहाँ।

सुड़की = मोरम, मोस्लीन। बैड़ा कोल्मी = चहारदीवारी के लिए लगाए जाने वाले एक प्रकार के पौधे। सोनार बगान = एक प्रकार का जेवर।

जॉया दीदी को जहाँ लम्बी वेणी बाँधने का शौक था वहीं बिजॉया दीदी को चौड़े फीते से दो केला चोटी बाँधना ज़्यादा पसन्द था।

प्रोबाल के घर के सारे लोग जाड़े में एक दिन चोड़ुइभाती के लिए जा रहे थे। उनके साथ प्रोबाल के बाबा के दोस्त शोमिरॉन दॉत्तो का परिवार भी था। प्रोबाल ने मुझे भी साथ चलने को कहा। मैं तो एक पाँव पर खड़ा था। बाबा से जब जाने की आज्ञा माँगी तो बाबा ने पूछा, "कहाँ जाना है ?"

"प्रोबाल के बागानबाड़ी में। नाव से जाएँगे।"

"ठीक है जाओ। डॉ. आशुतोष सेन के परिवार के साथ उठना-बैठना भी गर्व की बात है।" बाबा ने मुझे हरी झंडी दिखाते हुए कहा, "लेकिन शैतानी मत करना।"

एक छोईवाले नाव पर सवार होकर हम चोड़ुइभाती के लिए निकल पड़े। नाव के दोनों छोर पर बैठकर दो माँझी डांड़ चला रहे थे।

छोई के अन्दर गद्दा, तकिया-मसनद लगाकर बड़े-बुजुर्ग लोग बैठे थे और हम सब किशोर-किशोरियाँ, युवक-युवतियाँ बाहर लकड़ी के पटरों पर। एक तरफ़ बैठी थीं जॉया दीदी, शोमिरॉन काका का बेटा पुलॉक, बेटी शिबानी तथा पॉली और दूसरी ओर मैं, प्रोबाल और बिजॉया दीदी। खूब अड्डा जमा। पुलॉक दा बहुत अच्छी बाँसुरी बजाते थे। सबके कहने पर उन्होंने बाँसुरी पर एक मीठी धुन छेड़ी। हल्की-हल्की हवा बह रही थी। जाड़े की नर्म धूप सुखद लग रही थी। जॉया दीदी ने बाँसुरी की धुन के साथ अपना सुरीला कंठ मिलाया,

"जॉखोन बाजबे बाँशी तॉखोन राधा जाबे जोमुनाय
जोले पूड़े मोरलो राधा जोउबॉनो जालाय
बाजबे बाँशी तॉखोन...."
(जब बाँसुरी बजेगी तब राधा यमुना में जाएगी
जल भुन कर मरी राधा यौवन की ज्वाला में...)

"ऐ जॉया, जरा ऊँची आवाज़ में गाओ ना। हम भी तो सुनें।" छोई के अन्दर से पुलॉक दा की माँ ने आवाज़ दी। जॉया दीदी ने पहले से आवाज़ तेज़ कर दी।

ऊपर उड़ते पंछी, नीचे बहता जल। बीच में दीदी का सुरीला कंठ। एक मायावी परिवेश में यात्रा कर रहे थे हम।

अगली बारी बिजॉया दीदी की थी। मगर उन्होंने अकेले गाने से इनकार कर दिया। बोली, "मेरा गला खराब है। ठंड लग गई है। मैं अकेली नहीं गा पाऊँगी। अगर तुम लोग मेरा साथ दो तो गा सकती हूँ।"

पुलॉक दा बोले, "अच्छा, क्या तुम बता सकती हो कि हर वो लड़की, जो अच्छा गाती है, हमेशा गला खराब होने का बहाना क्यों बनाती रहती है ?"

"अपना भाव बढ़ाने के लिए और क्या !" मैंने बीच में टाँग अड़ाई।

बिजॉया दीदी ने कपट गुस्से से आँखें बड़ी-बड़ी करके मेरी ओर देखते हुए कहा, "देख रही हूँ आजकल तुम भी खूब वाचाल हो गए हो।"

मैं झेंप गया। अन्त में पुलॉक की बहन शिबानी ने कहा, "ठीक है बिजॉया ! चलो मैं गाने में तुम्हारा साथ देती हूँ।"

और उन दोनों ने सलाह-मशवरा करके गाना शुरू किया,

चोड़ुइभाती = वनभोज,

मॉमो जोउबॉनो निकुंजे गाहे-पाखी, शोखी जागो...
(मेरे यौवन निकुंज में पंछी गाए, सखी जागो...)
हम सब मुग्ध होकर सुनते रहे।

गाना खत्म कर बिजॉया दीदी उठते हुए बोलीं, "उरी बाबा रे ! मुझे तो यहाँ बड़ी ठंड लग रही है। मैं चली छोई के अन्दर।" वह छोई के अन्दर चली गईं लेकिन कुछ ही देर बाद अन्दर से एक बास्केट लेकर बाहर आईं। बास्केट में ढेर सारी खाने की चीज़ें थीं। हम सभी वाह-वाह कर उठे। बिजॉया दीदी हमें बास्केट से निकाल-निकालकर फल, बिस्कुट, दालमोठ आदि देती रहीं और हम खाते-खाते बागानबाड़ी के घाट पर पहुँच गए।

काई जमी पक्की सीढ़ियोंवाले घाट पर उतरते ही सामने के घने छायाच्छन्न बगीचे से आते ठंडे-ठंडे बतास ने हमारा स्वागत किया। बतास के बाद ही दौड़ते हुए हमारे स्वागत के लिए आया एक व्यक्ति, उस व्यक्ति के पीछे-पीछे एक औरत और कुछ बच्चे।

"ये नॉरोहोरि और उसके परिवार के लोग हैं। बाबा ने इन्हें ही हमारे बागानबाड़ी की देखभाल के लिए रखा है।" प्रोबाल ने बताया। "बोरिशाल जाकर यही नॉरोहोरि हमें समय-समय पर मछलियाँ और आम, नारियल, सुपाड़ी, ताड़, खजूर आदि पहुँचा आता है। पिछली बार तुम्हारे घर के लिए माँ ने जो नारियल भिजवाए थे, उन्हें यही तो लाया था।"

नॉरोहोरि और उसके बीवी-बच्चे हमें हथेली पर उठाकर बागानबाड़ी में ले गए। घने बगीचे से घिरा मोटे-मोटे गुम्बदोंवाला अर्द्धचन्द्राकार भव्य मकान था वह। विलास के लिए बनाए गए उस मकान के सामने बैठने के लिए एक बड़ा-सा बरामदा भी था। शानदार नक्काशी किए हुए लकड़ी के बड़े-बड़े खिड़की, दरवाज़े, रंगीन पत्थरों का फर्श और रंगीन काँच के झरोखे उस मकान की शोभा बढ़ा रहे थे। मकान के पीछे एक कच्चे मकान में नॉरोहोरि रहता था।

हम चोड़इभाती के लिए आए थे। इसलिए मकान की रसोई में नहीं बल्कि बगीचे में भोजन पकाने की व्यवस्था की गई। शोमिरॉन दॉत्तो की पत्नी और प्रोबाल की माँ नॉरोहोरि की पत्नी की मदद से भोजन पकाने में लग गईं। आशुतोष और शोमिरॉन काका को मछली पकड़ने का बहुत शौक था। वे दोनों बंसी लेकर तालाब के किनारे मछली पकड़ने बैठ गए। मैंने कहा, "चल प्रोबाल ! हम तालाब में उतरकर पानी में खेलते हैं।"

"नहीं, नहीं। इस तालाब में अक्सर मगरमच्छ के बच्चे पाए जाते हैं। नदी से जुड़ा हुआ है न, इसलिए। और यहाँ बुजुर्ग लोग हैं। मजा नहीं आएगा। चलो, हम पीछे के बगीचे में चलते हैं।"

"हाँ-हाँ, चलो-चलो" कहकर हम सभी लड़के-लड़कियाँ पिछवाड़े के उस जंगलनुमा बगीचे में जाकर उछलकूद करने लगे। हमारे साथ पेड़-पौधे भी मानो खुशी से झूम उठे। अचानक मुझे कुछ दूर पर एक वट वृक्ष से लटकी झूड़ियाँ दिख गईं। मैं अकेले ही दौड़कर वहाँ चला गया और एक झूड़ी को पकड़कर झूलना शुरू किया। मेरे पीछे-पीछे वहाँ जॉया दीदी आ पहुँचीं और मुझे झूलते देख उत्फुल्ल होकर बोलीं, "ईश ! की मॉजा! केष्टो रे, मैं भी तुम्हारी तरह झूलूँगी।"

"तो झूलिए न ! रोका किसने है ?" मैं झूलते-झूलते बोला।

"कैसे झूलूँ ? झूड़ियों तक तो मेरे हाथ ही नहीं पहुँचते।"

जॉया दीदी का कहना सही था। मैं जिस झूड़ी को पकड़कर झूल रहा था, उसे छोड़ बाकी

सभी झूड़ियाँ सचमुच काफी ऊँचाई पर थीं। मैं नीचे उतरकर बोला, "तो लीजिए। मेरीवाली को पकड़कर झूलिए। इस तक आपका हाथ पहुँच जाएगा।" वे उछल-उछल कर उस झूड़ी को पकड़ने की कोशिश करने लगीं। कई बार प्रयास के उपरान्त भी जब उनके हाथ झूड़ियों तक नहीं पहुँचे तब झुँझलाकर बोलीं, "एइ केष्टो ! वहाँ खड़े-खड़े क्या देख रहा है ? मुझे नीचे से पकड़कर थोड़ा-ऊपर उठा दो ना !"

मैं क्या करता ? जॉया दीदी के आदेश की अवहेलना तो नहीं कर सकता था न ! मैं तुरन्त उन्हें घुटनों के नीचे से पकड़कर ऊपर लटकती झूड़ियों को पकड़वाने की कोशिश करने लगा।

"देखना जरा सम्हलकर ! गिरा मत देना मुझे।" कहते-कहते वह उस झूड़ी को पकड़ने की आप्राण कोशिश करने लगीं। इधर उनकी साड़ी सरकते-सरकते घुटनों तक जा पहुँची। उनके मसृण पैरों में फिसलते मेरे हाथ अवश होने लगे। दोनों कान गर्म हो उठे। इससे पहले कि मैं उन्हें लेकर मुँह के बल गिर पड़ता, झूड़ी तक उनके हाथ पहुँच चुके थे।

आत्मविस्मृत होकर वे गुनगुनाती हुई हवा में झूलने लगीं...उनके खुले लम्बे बाल, उनका जलपाई रंग का आँचल लहराने लगा...।

और मैं ? मैं अपनी लगाम को कसने लगा—धीरे-धीरे...।

सारेगा रेगामा गामापा

खेल-कूद में मेरी काफी रुचि थी। हमारे बोरिशाल के लगभग सभी विद्यालयों में खेल-कूद को बहुत अधिक महत्त्व दिया जाता था। "वीणापाणि," "सदर गर्ल्स स्कूल" जैसे लड़कियों के विद्यालयों में भी तरह-तरह की खेल-कूद प्रतियोगिताओं का आयोजन किया जाता था।

मैं फुटबॉल और हा-डू-डू बहुत अच्छा खेल लेता था। जब मैं डुग-डुग-डुग-डुग कहता हुआ एक साँस में अपने प्रतिद्वन्द्वी टीम के कई खिलाड़ियों को आउट करके वापस अपने कोर्ट में लौट आता और हमें आउट करने आए प्रतिद्वन्द्वी टीम के खिलाड़ी को उसकी साँस टूटने तक कसकर पकड़े रहता तो मैदान के चारों ओर खड़े दर्शक उत्तेजित होकर चीख़ उठते थे, "शाबाश केष्टो पकड़े रहो ! छोड़ना मत, शाबाश!"

मुझे अपनी टीम में शामिल करने के लिए लड़कों में होड़ लगी रहती। फुर्सत के क्षणों में मैं गोल्लाछूट तथा दारियाबाँदा भी खेलता। दोस्तों के साथ कुश्ती लड़ना, लट्टू या चकई घुमाना, पतंग उड़ाना या गोली खेलना तो आम बात थी। स्कूल में जब लौंग जम्प, पोल जम्प तथा हॉप स्टेप जम्प की प्रतियोगिताएँ होती थीं तो मैं ज़रूर प्रथम आया करता था।

व्यक्ति का कोई भी अनुभव, कोई अभ्यास व्यर्थ नहीं जाता। शोनारामपुर में जो मैं काफी दिनों तक बन्दर की तरह उछल-कूद करता रहा था, उसी की बदौलत मुझे ये सारी सफलताएँ मिल रही थीं, ऐसा मेरा पक्का विश्वास था। स्कूल की तरफ़ से जहाँ भी किसी प्रतियोगिता के लिए भेजा जाता, मैं शील्ड जीतकर ही लाता। इस कारण मेरे सभी मास्टर मॉशाइ मुझसे खुश रहते थे। जब भी मैं कोई शील्ड जीत लाता, हेड मास्टर मॉशाइ मुझे प्रार्थना के समय पूरे स्कूल के सामने बुलाकर अपनी तरफ़ से कोई अच्छी-सी पुस्तक पुरस्कार में देते थे। सबके

झूड़ी = अवरोही जड़ें, हा-डू-डू = कबड्डी, कोर्ट =पाले, आउट = बाहर

सामने मेरी पीठ थपथपाकर कहते थे, "ऐसा ही चाहिए। बहुत अच्छा किया तुमने। शाबाश ! अब पढ़ाई पर भी ध्यान दो !"

और पूरा स्कूल तालियों से मेरा स्वागत करता था। उत्साहित होकर मैं स्पोर्ट्स में इतना अधिक समय देने लगा कि पढ़ाई में और भी ज़्यादा पिछड़ता चला गया।

बाबा को यह सब बिलकुल पसन्द नहीं था। वे कहते, "खेलकर क्या होगा ? पढ़ाई में मन लगाओ। पढ़-लिखकर जज-बैरिस्टर बनो, डॉक्टर बनो।"

जिस दिन परीक्षा का फल आता, उस दिन मेरी दुर्गति की सीमा न रहती। क्लास टीचर तो रुई की तरह मेरी धुनाई करते ही थे, बाबा से भी पार पाना मुश्किल होता। माणिक की मार्फ़त बाबा तक समाचार पहुँचने में देर न लगती। हर बार मैं बाबा को हाथ में बेंत लेकर अपना इन्तज़ार करते हुए पाता। बाबा की उस आक्रामक मुद्रा को देख मैं बिना वक़्त गँवाए सीधे पलंग के नीचे जा घुसता और एक कोने में जाकर दुबक जाता। बाबा भी अपने हाथ का बेंत टेबुल पर रख जमीन पर उकड़ूँ बैठकर मेरा हाथ या टाँग पकड़कर मुझे बाहर खींच लाते। माणिक या ऑलोक अक्सर दौड़कर टेबुल पर पड़े बेंत को उठाकर बाबा के हाथों में थमा देता। उस बेंत को बाबा के हाथ में देने के लिए माणिक और ऑलोक में मानो होड़ लग जाती। उस वक़्त मुझे बाबा पर जितना गुस्सा आता, उससे कहीं ज़्यादा गुस्सा उन दोनों भाइयों पर आता था।

बार-बार मार खाकर भी, छोटे-छोटे भाई-बहनों के सामने लाँछित-प्रताड़ित होने के बाद भी मैं कभी बाबा के आशानुरूप अंक नहीं ला सका। माँ ठीक कहती थीं—मैं गेंडे की खाल लेकर ही जन्मा हूँ।

❐ ❐ ❐

सारी व्यस्तताओं के बावजूद मैंने प्रोबाल के घर पर जाना बन्द नहीं किया था। मुझे किताबों से कोई विशेष लगाव नहीं था लेकिन अक्सर जॉया-बिजॉया दीदी के साथ मुझे और प्रोबाल को किताबें लाने के लिए "प्रगति पाठागार" जाना पड़ता। प्रगति पाठागार बोरिशाल का सबसे प्रसिद्ध पुस्तकालय था। सुना है, उस पुस्तकालय में नेताजी सुभाषचन्द्र बोस भी आए थे।

सिर्फ़ पुरुष ही नहीं बोरिशाल के सेनगुप्तो-दासगुप्तो,सेन, मुखर्जी, बनर्जी, घोष, बोस...परिवार की अनेक शिक्षित, अल्पशिक्षित गृहिणियाँ भी उस पाठागार से किताबें मँगवाती थीं। घर-गृहस्थी का काम निपटाकर रोज दोपहर को वे लाइब्रेरी से लाई कहानी-उपन्यास की किताबों को पढ़ते-पढ़ते ही नींद के आगोश में जाया करतीं। उनके हाथों से किताबें छूटकर बिस्तर पर औंधे मुँह पड़ी रहतीं और वे शरतचन्द्र के श्रीकान्त, रवीन्द्रनाथ के काबुलीवाला, बंकिमचन्द्र की देवी चोउधुरानी जैसे विभिन्न पात्रों के संग स्वप्नलोक में विचरण करती रहतीं।

प्रोबाल ने कक्षा के जिन दूसरे छात्रों के साथ मेरी दोस्ती करवाई थी, उनमें से एक दीप भट्टाचार्य भी था। दीप का घर मेरे घर के बिलकुल पास था। दीप के पिता तारापॉदो भट्टाचार्य बड़े सरकारी अफ़सर थे और उसकी माँ स्कूल शिक्षिका। दीप का संयुक्त परिवार अत्यन्त कलाप्रेमी था। रोज सुबह-शाम घर के बच्चे और जवान सदस्य हारमोनियम या तानपूरा के साथ स्वर मिलाकर रियाज किया करते थे—सारेगा, रेगामा, गामापा...

गृहकार्य करते-करते दीप की माँ टोका करती थीं, "गला खोलकर गाओ। दबाकर मत गाओ। स्वर खराब हो जाएगा।"

कभी कहतीं, “ठीक से गाओ दीप ! ऊपर के 'गा-पा' में तुम्हारा स्वर बेसुरा लग रहा है...”

दीप के घर के लोगों को यात्रा, नाटक, सिनेमा आदि देखने का बड़ा शौक था। जब भी 'अश्विनी कुमार टाउन हॉल' में नृत्य-संगीत या नाटक आदि का कोई अच्छा कार्यक्रम होता, जगदीश थिएटर, दीपाली, छाया मन्दिर जैसे किसी सिनेमा हॉल में कोई भी अच्छी बांग्ला फ़िल्म लगती या पुलिस लाइन में बोरिशाल नॉट्टो कम्पनी 'यात्रा' दिखाने आती तो इस परिवार के लोगों को वहाँ ज़रूर पाया जाता।

मेरी माँ का उन लोगों के घर थोड़ा-बहुत आना-जाना था। दीप की माँ से यात्रा-सिनेमा का गल्प सुनकर माँ के मन में भी यात्रा-सिनेमा देखने की ललक जगती थी। कभी-कभी वे बाबा से अनुरोध करतीं कि उन्हें भी ये सब दिखाने ले चलें। एक दिन बोलीं, “चलिए न, टाउन हॉल में जाकर 'काबुलीवाला' नाटक देख आते हैं। दीप की माँ कह रही थीं ऑचिन्तो दास ने काबुलीवाले की भूमिका में बहुत बढ़िया अभिनय किया है।”

“नहीं। बिलकुल नहीं।” बाबा ने आँखें दिखाते हुए कहा, “खराब औरतें ही जाती हैं सिनेमा-नाटक देखने। भट्टाचार्य परिवार को छोड़ इस मुहल्ले के किस घर की औरतें यात्रा-सिनेमा-नाटक देखने जाती हैं, बोलो ?”

“अच्छा तो भट्टाचार्य गिन्नी खराब औरत है ? स्कूल की दीदीमोनी है वह ! आपको मालूम है न ? एक इज़्ज़तदार घर की बहू भी है। आप रहते ही हैं ऐसे घटिया इलाके में। जाकर देखिए झालतला रोड, काली बाड़ी रोड, सदर रोड इलाके में। इस पिछड़े इलाके में रहकर आप भी यहाँ के दकियानूस मुसलमान मर्दों की तरह बातें करने लगे हैं जी ! मुझे भी यहाँ की औरतों की तरह पर्दे में रखना चाहते हैं।” माँ तुनकती हुई बोलीं।

“हाँ-हाँ। मैं तुम्हें पर्दे में ही रखना चाहता हूँ। मेरी इच्छा।” बाबा भी जिद पर अड़े हुए थे।

“तो पर्दा ढके रिक्शे में ही करके ले चलिए न मुझे यात्रा दिखाने। आप कहें तो मैं मुसलमान औरतों की तरह बुर्का भी पहन लूँगी...”

इस तरह अक्सर माँ-बाबा के बीच तकरार होती रहती। मगर बाबा, माँ को कभी यात्रा, सिनेमा या नाटक दिखाने न ले जाते। मायूस होकर माँ पैर फैलाकर जमीन पर बैठ जातीं और दोनों हाथों से दिखा-दिखाकर अपने दोनों पैरों को कोसती रहतीं, “इन्हीं के कारण, इन्हीं पैरों के कारण आज मुझे ये दिन देखने पड़ रहे हैं। कितने अच्छे-अच्छे संभ्रांत, शिक्षित परिवारों से मेरा रिश्ता आया था। मेरे बाल, मेरा रंग, नाक-नक्श देख सब मुझे पसन्द भी कर लेते थे। मगर अन्त में जब मुझे चलकर दिखाने को कहा जाता, तो लड़केवालों के यहाँ से आए बुड्ढा-बुड्ढियों को न जाने मेरी चाल में क्या नज़र आती, कह उठते, “ओ माँ ! लड़की की चाल तो टेढ़ी है। यह मनहूस लड़की नहीं चलेगी।”

माँ का यह अफ़सोस भरा किस्सा सुन-सुनकर हमारे कानों में ताले पड़ चुके थे कि माँ के इसी छोटे से ऐब के कारण मेरे दादू को, जिन्होंने अपनी दूसरी बेटियों की शादी काफी पढ़े-लिखे संभ्रांत परिवारों में करवाई थी, यह रिश्ता मंजूर करना पड़ा था।

बाबा और शामदाशी माशीमाँ के सम्बन्धों को लेकर घर में तनाव बरकरार था। अक्सर कोई न कोई सूत्र हाथ लगता और माँ हंगामा मचाना आरम्भ कर देतीं। शामदाशी माशीमाँ

गिन्नी= गृहिणी, पत्नी। दीदीमोनी = शिक्षिका।

को घर से निकालने की हर सम्भव कोशिश कर चुकी थीं। लेकिन बाबा के कारण उन्हें सफलता नहीं मिली थी।

बाबा और शामदाशी माशीमाँ को लेकर एक रहस्य-सा बना हुआ था। कभी-कभी इच्छा होती थी कि रात को उठकर उन दोनों पर नज़र रखूँ। देखूँ कि माँ का शक सही है या नहीं, लेकिन पता नहीं क्यों, अजीब-सा संकोच होता था। कानाई दा और माखोनी बोउदी की जगह पर बाबा और शामदाशी माशीमाँ को देखना गवारा नहीं था मुझे।

घर में मेरा मन नहीं लगता था। अधिकतर समय दोस्तों के बीच गुजार देता था। आलम–मेरा सबसे मजेदार दोस्त, हमेशा लोगों की नकल उतार-उतार कर हमें हँसाया करता। स्कूल तथा मुहल्ले के नाटकों में भी वह बढ़-चढ़कर हिस्सा लिया करता था। उसके घर पर हर साल कृष्णपाला हुआ करता था। मुसलमान होते हुए भी उसके दादाजी यह आयोजन किया करते थे। कृष्णपाला देखने काफी हिन्दू उनके यहाँ जाया करते। घर के सामने की खुली जमीन पर दरी बिछाकर दर्शकों के बैठने की व्यवस्था की जाती थी।

आलम ने मेरी माँ को भी वहाँ जाने का निमन्त्रण दिया था। शुरू में माँ वहाँ जाने के लिए तैयार नहीं थीं। लेकिन जब उन्होंने सुना कि आलम की माँ ने अपने एक हिन्दू पड़ोसी के मातृहीन शिशु को अपना दूध पिलाकर बड़ा किया है, तो वह आलम की अम्मी से मिलने के लिए उत्सुक हो उठी थीं।

शाम को ही हम लोग कृष्णपाला देखने आलम के घर पहुँच गए थे। आलम की अम्मी ने मेरी माँ को बड़े प्यार से बैठाया था। कृष्णपाला आधा भी नहीं हुआ था कि माँ ने हमें वापस घर चलने को कहा।

''अभी कैसे घर जाऊँ माँ ? इसे पूरा तो होने दो।'' मैंने चिढ़ते हुए कहा।

"नहीं केष्टो ! तुम्हारे बाबा दुकान बन्द कर घर पहुँच गए होंगे। मुझे अभी इसी वक़्त घर चलना होगा।"

"आप बाबा के लिए चिन्ता क्यों करती हैं ? घर पर शामदाशी माशीमाँ तो हैं न ! वे बाबा को खाना खिला देंगी।" बिना आगे-पीछे सोचे मैंने मासूमियत से कहा।

"कौन क्या करेगी, क्या नहीं करेगी इस बारे में मुझे समझाने की कोई आवश्यकता नहीं है। तुम्हें घर चलने को कह रही हूँ, तुम चलो।" माँ नाराज़ होते हुए बोलीं।

"आप चले जाइए। मैं अभी नहीं जाऊँगा। मैं तो रात-भर कृष्णपाला देखूँगा।" मुझे उस वक़्त कृष्णपाला के अलावा कुछ और नहीं सूझ रहा था इसलिए मैं अपनी जिद पर अड़ा रहा। माणिक-ऑलोक भी घर जाने को तैयार नहीं हुए। हम लोगों के अड़ियल रवैये को देख माँ ने हथियार डाल दिया और सिर्फ़ खुकी को लेकर ही वे घर लौट गईं। आलम की अम्मी ने अपने एक नौकर को उनके साथ कर दिया था।

कृष्णपाला रात-भर चलता रहा। रात गहराने के साथ-साथ सबको झपकी आने लगी। सुबह तक आधे से अधिक लोग, खासकर बच्चे अपनी-अपनी जगह पर लुढ़क गए थे। मुझे भी नींद आ गई थी। मुझे नहीं पता था कि हमारे घर पर भी एक विशेष लीला हो रही है।

वह तो सुबह घर जाकर देखा कि घर का नज़ारा ही बदला हुआ है। माँ कोप-भवन में हैं, बाबा दुकान नहीं गए हैं। और...और...विधवा शामदाशी माशीमाँ की माँग सिन्दूर से भरी हुई है।

उस दिन के बाद से बाबा खुल्लम-खुल्ला शामदाशी माशीमाँ के कमरे में जाने लगे थे।

माँ बहुत...बहुत ज़्यादा उदास रहने लगी थीं। अब वे पहले की तरह न तो बात-बात में चिल्लाती थीं और न ही कोई प्रतिवाद किया करती थीं। दिन-भर वे घर के कामों में ही लगी रहतीं। शामदाशी माशीमाँ से न तो वे कोई बात करतीं और न ही उन्हें अपना कोई काम करने देतीं। शामदाशी माशीमाँ जो भी काम करने जातीं, मुँह से बिना कुछ कहे उसके हाथ से छीनकर माँ स्वयं वह काम करने लग जातीं।

कुछ दिनों तक ऐसा ही चलता रहा। फिर एक दिन बाबा शामदाशी माशीमाँ को लेकर एक-दूसरे घर में चले गए। माँ दिन-भर...रात-भर पागलों की तरह रोती रहीं। मुझसे जब यह सब देखा नहीं गया तब दुकान जाकर बाबा को जबरन घर ले आया। बाबा ने माँ को समझा-बुझाकर शान्त किया। उस रात बाबा घर पर ही रहे मगर अगली रात को वे फिर शामदाशी माशीमाँ के यहाँ चले गए। घर के लिए खाने-पीने का सामान दुकान के नौकर के हाथों भिजवा दिया था उन्होंने।

यह सोचकर मुझे बड़ी हैरानी होती थी कि बाबा के लिए शामदाशी माशीमाँ मेरी माँ से, हम सबों से ज़्यादा महत्त्वपूर्ण कैसे हो गईं ? मेरी अपनी माँ के रहते शामदाशी माशीमाँ को "माँ" कहकर पुकारने के लिए बाबा हम भाई-बहनों पर दबाव क्यों डालते रहते थे ?

हाथ में बीड़ी, मुँह में पान, लड़कर लेंगे पाकिस्तान

चारों ओर ब्रिटिश हुकूमत के खिलाफ असन्तोष फैला हुआ था। एक चिनगारी थी जो काफी दिनों से सुलग रही थी। मेरे जन्म के काफी पहले से। हमारा बोरिशाल आरम्भ से ही स्वाधीनता संग्रामियों का गढ़ रहा था। सुना है, 1905 ई. में जब लॉर्ड कर्जन ने बंगाल विभाजन का प्रस्ताव रखा तब बंगालियों ने इसका जबरदस्त प्रतिवाद किया था। सम्पूर्ण बंगाल देशभक्तों के जिस नारे से निनादित हो उठा था, वह था वन्दे मातरम्। मातृभूमि को समर्पित बंकिमचन्द्र के एक गीत में प्रयुक्त ये जादुई शब्द 'वन्दे मातरम्' कर्जन शाही की दृष्टि में राजद्रोह के प्रतीक बन गए थे। कर्जन के अधीन काम करनेवाले लेफ्टिनेन्ट गवर्नर फुलर ने 'वन्दे मातरम्' पर प्रतिबन्ध लगा दिया। फिर तो ये शब्द देशभर में व्याप्त हो गए और देशवासियों को राष्ट्रधर्म की दीक्षा देने का मन्त्र बन गया।

1906 ई. में बोरिशाल में हुए बंगाल के प्रान्तीय अधिवेशन में निकले जुलूस में अंग्रेज सरकार की निषेधाज्ञा की उपेक्षा कर 'वन्दे मातरम्' गाने का निर्णय लिया गया। जिसमें बंगाल में प्रसिद्ध अखबार 'अमृतबाज़ार पत्रिका' के तत्कालीन सम्पादक मोतीलाल घोष ने अंग्रेजी सरकार को ललकारते हुए कहा, 'चाहो तो मेरा सिर फोड़ दो, पर वन्दे मातरम् हम गाएँगे ही।' जुलूस में पुलिस ने लाठियाँ चलाईं। जख़्मी युवकों को घायलावस्था में ही अधिवेशन में लाया गया। हज़ारों प्रतिनिधियों ने वहाँ खड़े होकर वन्दे मातरम् के उच्चारण से अंग्रेजी हुकूमत के जुल्मों का प्रतिवाद किया। बोरिशाल के जुलूस पर हुए हिंसक हमले की देश-भर में तीव्र प्रतिक्रिया हुई।

उन दिनों बोरिशाल में 'ब्रोतोचारी', 'अनुशीलन समिति' जैसी कई समितियाँ थीं। स्वाधीनता संग्रामियों को प्रशिक्षण देने के लिए बनाई गई 'अनुशीलन समिति' से मनोरंजन गुप्त, त्रैलोक्य महाराज जैसे महान क्रांतिकारी जुड़े हुए थे। बॉडी बिल्डिंग, लाठी चालन, छूरा

चालन जैसी तमाम चीज़ें सिखाई जाती थीं यहाँ। सुभाषचन्द्र बोस, सूर्य सेन जैसे लोग भी इस समिति को मान्यता देते थे।

महिलाएँ भी इस समिति से जुड़ी हुई थीं। लकड़ी के छूरे से छूरा चलाना सीखती थीं ये। शंख बजाने की भी इन्हें शिक्षा दी जाती थी क्योंकि शंख उन दिनों क्रांतिकारियों का एक महत्त्वपूर्ण अस्त्र था। टेलिफोन का काम करता था यह। अलग-अलग प्रकार की शंखध्वनि से अलग-अलग संकेत सम्प्रेषित किए जाते थे। यदि किसी इलाके में किसी क्रांतिकारी को गिरफ्तार करने पुलिस आती, तो दूर से ही इसकी सूचना किसी खास ढंग से शंख बजाकर दे दी जाती थी। इसी प्रकार ऑल क्लियर सिग्नल, पुलिसिया अटैक सिग्नल, सर्च सिग्नल आदि दिया जाता था। कभी-कभी तो बटतला में मीटिंग है—जैसी सूचनाएँ भी शंख बजाकर ही दे दी जाती थीं। महिलाएँ इस काम को अत्यन्त निपुणता से अंजाम देती थीं।

उन दिनों हमारे बोरिशाल के स्वाधीनता संग्रामियों का प्रतीक चिह्न 'गीता' था। पवित्र गीता को छूकर ही लोग स्वाधीनता संग्राम का संकल्प लेते थे। गीता का अपमान सहन नहीं किया जाता था। गीता के लिए अपनी जान की भी बाजी लगा देते थे लोग। हर क्रांतिकारी की जेब में गीता की छोटी प्रति पाई जाती थी। इसलिए ब्रिटिश पुलिस द्वारा सर्च के दौरान जिस घर में गीता पाई जाती, उस घर को स्वाधीनता संग्रामियों का घर मान लिया जाता, जिस व्यक्ति की जेब में गीता पाई जाती उसे क्रांतिकारी मान लिया जाता और उसी आधार पर गिरफ्तारियाँ होतीं। गीता को इतना लोकप्रिय बना डालने का अधिकतम श्रेय महात्मा अश्विनी कुमार दत्त को जाता था।

चारण कवि मुकुन्द दास भी बोरिशाल के अत्यन्त लोकप्रिय स्वाधीनता संग्रामी थे। स्वामी जी की तरह गेरुआ वस्त्र पहनकर, सिर पर गेरुआ पगड़ी बाँधकर वे गाँव-गाँव, शहर-शहर घूमते रहते और अपनी असाधारण दमदार आवाज़ में देशभक्ति के गीत सुना-सुनाकर लोगों में स्वदेशी चेतना जगाते,

भेंगे फैल रेशमी चूड़ी, बौंगो नारी
कोभू हाते आर पोड़ोना...

(तोड़-डालो रेशमी चूड़ी,
बंग नारी। कभी फिर हाथ में मत पहनना...)

या अपने मुक्त कंठ से युद्ध का बिगुल फूँकते, "भॉय की मॉरोने राखिते शौंताने दानोबो दौलोनी आज मेते छेन रॉणे..." (मृत्यु से क्या भय ? संतान की रक्षा के लिए दानव दलनी आज युद्ध में मत्त हुई हैं...)

बोरिशाल के स्वाधीनता संग्रामियों के तार पश्चिम बंगाल के क्रांतिकारियों से भी जुड़े हुए थे। बताया जाता है कि त्रैलोक्य महाराज, मनोरंजन गुप्त जैसे क्रांतिकारी ब्रिटिश सिपाहियों से बचने के लिए पश्चिम बंगाल के ठाकुर बाड़ी यानी रवीन्द्रनाथ के परिवार में भी जा छिपते थे।

सिर्फ़ राजनीतिक अँगने में ही नहीं, 1923-1925 ई. के आसपास तो साहित्य-संस्कृति के क्षेत्र में भी बोरिशाल बहुत आगे था। यहाँ से कई साप्ताहिक तथा मासिक पत्रिकाएँ प्रकाशित होती थीं। महात्मा अश्विनी कुमार दत्त के भतीजे सरल कुमार दत्त द्वारा सम्पादित

दावल दलनी = दुर्गा

साप्ताहिक पत्रिका 'तरुण' काफी स्तरीय पत्रिका मानी जाती थी। बोरिशाल का गुणगान करते हुए महात्मा गांधी ने कहा था, "जब समग्र भारत गम्भीर निद्रा में निमग्न था तब बोरिशाल था जाग्रत।"

आखिर ऐसा क्यों न कहते वे ! उनके नमक सत्याग्रह के समर्थन में बोरिशाल के लोगों ने भी कम कष्ट नहीं उठाया था। एक तरफ़ गांधीजी 'दांडी मार्च' कर रहे थे, दूसरी तरफ़ बोरिशाल की महिलाएँ नारियल के डाल पत्तों से नमक निकालने में लगी हुई थीं। घर-घर में नारियल के सूखे डाल-पत्ते जलाए जाते। उनसे जो चारकोल बनता, उसे पानी में घंटों उबालकर नमक निकाला जाता। नमक बनाने का अत्यन्त ही श्रमसाध्य तरीका था यह ! लेकिन बाज़ार से नमक न खरीदने के संकल्प और गांधीजी के नमक सत्याग्रह को समर्थन देने की प्रतिबद्धता के कारण वे स्वेच्छा से खुशी-खुशी यह काम किया करती थीं।

मेरे होश सँभालने के बाद भी बोरिशाल की आबोहवा में ये सारी चीज़ें व्याप्त थीं मगर स्वाधीनता संग्राम की तरंगें कुछ निस्तेज़-सी हो चली थीं। वैसे कभी-कभी सड़कों पर जुलूस निकलता। हाथ में झंडा लेकर लोग जोश में भरकर नारा लगाते हुए जाते, "इनकलाब ज़िन्दाबाद, इंगरेज भारोत छाड़ो। आमादेर शाधीनोता चाई..."

उनके नारे सुन-सुनकर हम भी आपस में खेल-खेल में कहते, "इनकलाब ज़िन्दाबाद... इंगरेज भारोत छाड़ो..."

प्रोबाल के घर में बड़े-बड़े लोगों का आना-जाना था। बैठकखाना में या बाहर के गोल बरामदे में बेंत की कुर्सियों पर बैठकर डाभ, शर्बत पीते हुए वे लोग बातें करते। भारत के विभिन्न प्रान्तों के स्वाधीनता संग्रामियों के रोंगटे खड़े करनेवाले दुःसाहसिक कारनामों का जिक्र होता। कौन जेल गया है, किसको फाँसी की सजा हुई है, कौन क्या नई परिकल्पना कर रहा है वगैरह, वगैरह। अक्सर वे लोग बोरिशाल के प्राणकुमार सेन, सोतीन सेन, महात्मा अश्विनी कुमार दत्त जैसे विप्लवियों की बातें करते, देबेन घोष, त्रैलोक्य महाराज, ऑबोनी घोष, शाहजहान चोउधुरी, नेली सेनगुप्ता की क्रांतिकारी गतिविधियों पर चर्चा होती।

प्रोबाल और मैं अन्दर किसी कमरे में बैठा गणित के सवाल हल कर रहे होते या गपशप कर रहे होते, तो चूना-सुड़की की मजबूत दीवारों को भेदकर उनकी कितनी ही बातें हमारे कानों तक पहुँचतीं। धीरे-धीरे उनकी बातों में मैं रस लेने लगा। मगर उनके सामने जाकर बैठने की हिम्मत नहीं होती थी। हमेशा इधर-उधर से छिप-छिपकर ही उनकी बातें सुननी पड़ती थीं। मैं एकलव्य की तरह नेपथ्य में रहकर उनकी हर चर्चा को आत्मसात करने लगा।

जॉया-बिजॉया दीदी को भी राजनीति में काफी दिलचस्पी थी। अपने बाबा के साथ वे दोनों भी उन आगन्तुकों के साथ बैठकर खुलेआम राजनीति की चर्चा करती थीं। दिनों-दिन आम लोगों में राजनीतिक रुझान बढ़ता ही जा रहा था। स्कूल-कॉलेज, खेल के मैदान, बाज़ार, दुकान, क्लब हर जगह इस तरह के चर्चे सुनाई पड़ने लगे।

मछली तौलकर झोले में डालते-डालते मछलीवाला तक पूछता, "बाबू! सुना है आप लोगों के मुहल्ले में कल पुलिस ने आकर शॉपोन बाबू के घर को तहस-नहस कर डाला है ? क्या सचमुच उनका बेटा बिनॉय विप्लवी है ?"

फिटन चलाते-चलाते फिटनवाला ही पूछ बैठता, "ऑ दीदी ! सुना है, एक बड़े अंग्रेज अफ़सर को मारने के चक्कर में कुछ और विप्लवी पकड़े गए हैं ?"

दिन-ब-दिन हमारे शहर में स्वाधीनता संग्रामियों की तादाद बढ़ती जा रही थी—कुछ खुले आम तो कुछ लुक-छिपकर। नेहरू, सुभाष, गांधी तथा जिन्ना हर किसी की जबान पर थे। जहाँ-तहाँ पुलिस की छापामारी होती, गिरफ्तारियाँ होतीं। धीरे-धीरे इन चीज़ों के हम अभ्यस्त से हो गए थे। लेकिन जिस दिन पुलिस अंग्रेजों के खिलाफ किसी गुप्त षड्यन्त्र में शामिल होने के जुर्म में जॉया-बिजॉया दीदी को गिरफ्तार करके ले जाने लगी उस दिन बिना डर-भय के चिल्ला-चिल्लाकर उन्हें "इनकलाब ज़िन्दाबाद, इंगरेज भारोत छाड़ो" का नारा लगाते सुनकर मेरा सीना गर्व से चौड़ा हो गया। मेरी जॉया दीदी स्वाधीनता संग्रामी है ! आज वह देश के लिए जेल जा रही है ! मेरी खुशी का ठिकाना न रहा। उस दिन से जॉया दीदी के प्रति मेरे मन में एक नई तरह की भावना ने जन्म लिया। मैं भी हाथ में झंडा लेकर मुहल्ले के रज्जाक चाचा, कॉमोलेश दा, हानिफ़ भाई, गीती दी तथा उन जैसे अनेक स्वाधीनता संग्रामियों के स्वर में स्वर मिलाकर कहने लगा, "इनकलाब ज़िन्दाबाद ! आमादेर शाधीनोता चाई। इंगरेज भारोत छाड़ो।"

दुख तो मुझे तब होता था जब कुछ लोग, जो मुस्लिम लीग के समर्थक थे, कहते थे, "बोलो—हाथ में बीड़ी, मुँह में पान, लड़कर लेंगे पाकिस्तान।" हर वक़्त बांग्ला बोलनेवाले मुसलमान जनसाधारण के बीच हिन्दी में उछाला गया नारा—यह कैसा षटराग था!

जबसे मुस्लिम लीग के कर्णधार कायदे आज़म जिन्ना ने मुसलमानों के लिए हिन्दुस्तान से अलग एक पृथक राष्ट्र पाकिस्तान बनाने की ब्रिटिश सरकार से माँग की थी, तब से वहाँ के अधिकतर हिन्दू-मुसलमानों के बीच फासला बढ़ने लगा था।

जॉया-बिजॉया दीदी जेल से छूटकर घर लौट आई थीं। मैं अधिक-से-अधिक समय उनके यहाँ गुजारने लगा। जेल से लौटने के बाद जॉया दीदी बिलकुल बदल गई थीं। उनकी वह कमनीयता, वह मुस्कान न जाने कहाँ खो गई थी, जिसे देख मैं मुग्ध हुआ करता था। अब वह पूरी तरह से एक स्वाधीनता संग्रामी बन चुकी थीं। देश को अंग्रेजों की गुलामी से आज़ाद कराना ही उनके जीवन का ध्येय बन चुका था। वे पूरे आत्मविश्वास के साथ कहतीं, "देश शाधीन हौबे, निश्चोई हौबे। आमरा देश शाधीन कोरेई छाड़बो।"

मैं मौका पाते ही उन लोगों को कुरेद-कुरेदकर जेल के किस्से सुनता। प्रोबाल की माँ सीधी-सादी घरेलू महिला थीं। उन्हें राजनीति में लड़कियों का शामिल होना बिलकुल पसन्द नहीं था। एक दिन मैंने उन्हें आशुतोष काकू से कहते सुना, "बहुत हुई राजनीति ! अब बेटियों की शादी-वादी के बारे में सोचिए। जेल में रहकर तो शाकचुन्नियों की तरह चेहरा हो गया है। किसी दिन देखिएगा सिन्दूर के बदले पुलिस की गोली खाकर खून से ही इनकी माँग सजेगी।"

माँ के चाहने पर भी जॉया-बिजॉया दीदी की राजनीतिक गतिविधियाँ बन्द नहीं हुईं। उनके घर दिन-भर आने-जानेवालों का ताँता लगा रहता। कोई विप्लवी रात के अँधेरे में आता और जॉया-बिजॉया दीदी को अन्दर ले जाकर फुसफुसाकर कोई ज़रूरी सन्देश देकर चला जाता। तो कोई आकर बाक़ायदा महफिल जमाकर राजनीतिक मुद्दों पर बहस करता।

एक दिन जब प्रोबाल ने बातों-बातों में मुझे बताया, "पता है आज जॉया दीदी ने क्या किया ?"

"क्या किया ?"

शाकचुन्नियों = चुड़ैलों।

"किसी को बताना मत ! आज जॉया दीदी अपने बड़े-से जूड़े के अन्दर रिवाल्वर छिपाकर किसी क्रांतिकारी को पहुँचा आई हैं।" "सच ?" मैं रोमांचित हो उठा था। एक दिन मौका देख मैंने जॉया दीदी से पूछ ही लिया, "अच्छा जॉया दीदी ! महिला होकर आप इतनी जागरूक, इतनी निर्भीक कैसे बन गईं ?"

"मैं तो कुछ भी नहीं।" जॉया दीदी ने हँसते हुए कहा था, "तूने बोरिशाल के सूफिया कमाल का नाम तो सुना ही होगा? एक मुसलमान औरत होकर सूफिया आपा ने क्या कुछ नहीं किया। 1911 ई. में जिस समय उनका जन्म हुआ था, उस समय तो बोरिशाल में एक भी मुसलमान लड़की प्रातिष्ठानिक रूप से शिक्षित नहीं थी। यहाँ का मुस्लिम नारी समाज अत्यन्त ही कुसंस्कारी था, अज्ञानता के अन्धकार में डूबा हुआ भी। मात्र बारह साल की उम्र में ब्याही गई सूफिया कमाल भी प्रातिष्ठानिक शिक्षा से वंचित थीं। मगर आज अपने साहित्य लेखन तथा समाज-सेवा के लिए वे विख्यात हो चुकी हैं।"

"बिना स्कूल-कॉलेज में पढ़कर वे इतनी बड़ी साहित्यकार बनीं कैसे ?" मैंने जानना चाहा।

"अपनी लगन तथा पति सैयद निहाल हुसैन की मदद से उन्होंने घर पर पढ़ना-लिखना सीखा। उनके पति ने ही अपने पिता के विरोध की परवाह न करते हुए 'तरुण' पत्रिका में उनकी रचनाएँ प्रकाशित करवाईं। फिर तो उन्होंने पीछे मुड़कर नहीं देखा।"

"फिर वे समाज-सेवा से कैसे जुड़ीं ?" सूफिया कमाल के प्रति मेरी जिज्ञासा बढ़ रही थी।

"उन्हें समाज-सेवा के क्षेत्र से जोड़ने में 'शिशु सदन' तथा 'मातृमंगला समिति' की संस्थापिका सावित्री देवी का बहुत बड़ा हाथ था। सुकुमार दॉत्तो की पत्नी सावित्री देवी कोलकाता से बी.ए. पास करके बोरिशाल आई थीं। अशिक्षित-असहाय माताओं तथा अनाथ शिशुओं के कल्याण के लिए स्थापित की गई इन दोनों समितियों को चलाने के लिए उन्होंने सूफिया कमाल जैसी उत्साही महिला का सहयोग माँगा। वे सहर्ष तैयार हो गईं। उन्हें इस काम में अपार आनन्द मिलने लगा। बुरका पहनकर घोड़ागाड़ी पर चढ़कर वे सावित्री देवी के साथ समाज-सेवा के लिए निकलती थीं। संयोग से वे दोनों ही महिलाएँ निःसन्तान थीं। इसलिए अक्सर उन्हें ईर्ष्यालु लोगों के ताने सुनने पड़ते,

'जादेर निजेदेर नेइ छेलेमेये, तारा कॉरे शिशु मोंगोल।' (जिनके खुद के बाल-बच्चे नहीं हैं, वे करने चले हैं शिशुमंगल)

इन व्यंग्य-वाणों से वे दोनों कभी हतोत्साह नहीं हुईं बरन् दुगुने उत्साह से अपना काम करती रहीं। 1925 ई. में जब गांधीजी बोरिशाल आए थे तब सूफिया आपा बिना बुरका पहने हिन्दुओं की तरह कपड़े पहनकर माँग में सिन्दूर लगाकर सभा में गई थीं और अपने हाथों से काते गए सूत को गांधीजी के हाथों में सौंपा था।

एक मुसलमान औरत होकर अगर वे आज से इतने वर्षों पहले इतनी हिम्मत दिखा

साहित्य तथा समाज कर्म के लिए सूफिया कमाल को मिले पुरस्कार तथा सम्मान :

1. साहित्य तथा नारी मुक्ति आन्दोलन के लिए बांग्ला एकादेमी पुरस्कार 'एकूशे पदक'
2. सोवियत यूनियन का 'लेनिन पदक'
3. चेकोस्लोवाकिया यूनियन का 'संग्रामी नारी पदक' तथा
4. 32 अन्य पदकों से विभूषित—प्रकाशित ग्रन्थों की संख्या—15

सकती हैं, इतनी जागरूक हो सकती हैं तो हम क्यों नहीं हो सकते ?" बात सही थी। मैं निरुत्तर हो गया।

एक दिन शाम को मैं और प्रोबाल जब पढ़ रहे थे तब जॉया दीदी हमें बुलाकर अपने कमरे में ले गईं। वहाँ पहले से ही छह-सात लड़के-लड़कियाँ फर्श पर बैठकर बड़े-बड़े काग़ज़ों में काले रंग से, मोटे-मोटे बांग्ला अक्षरों में कुछ लिखने में व्यस्त थे। हमें वैसे ही काग़ज़ों का बंडल देकर उन्होंने कहा, "एइ ! तुमलोग भी लिखने बैठ जाओ !"

"क्या ?"

"अंग्रेजी हुकूमत के खिलाफ नारे ! लिखकर शहर की दीवारों पर चिपकाना है।"

उस दिन हम सभी रात-भर जगकर नारे लिखते रहे।

अगली रात घुप्प अँधेरा होते ही उन पत्रकों को लेकर हम अलग-अलग दिशा में निकल पड़े। लम्बे घूँघट में चेहरा छिपाकर जॉया-बिजॉया दीदी भी निकलीं। अपना-अपना काम करके हम सब तो सुबह तक लौट आए मगर जॉया-बिजॉया दीदी के सहकर्मी अनिरुद्ध दा को, जो इस तरह के कार्यों में सबसे आगे रहते थे, थाने की दीवार पर पोस्टर चिपकाते हुए पुलिस ने गिरफ्तार कर लिया। उन्हें ले जाकर इतना पीटा गया था कि उनकी रीढ़ की हड्डी ही टूट गई थी। काफी दिनों तक वे जेल में सड़ते रहे थे।

प्रोबाल का पूरा घर मानो राजनीतिक सरगर्मी से उबलता रहता था। लम्बी दाढ़ी और सफेद टोपीवाले कांग्रेसी नजबुल चोउधुरी एक दिन काफी गर्म होकर अपनी कुर्सी के हत्थे पर मुक्का मारते हुए बोले, "जिन्ना साहब को मतिभ्रम हुआ है। हम मुसलमान लोग हिन्दुस्तान में किसी एक जगह पर रहते हैं क्या, जो वे हमारे लिए अलग राष्ट्र की माँग कर रहे हैं ? लगता है अब वे स्वयं हाथ में झाड़ू लेकर देश के विभिन्न प्रान्तों में बिखरे मुसलमानों को उनके घर, जमीन, नौकरी, व्यवसाय के साथ बुहारकर एक जगह जमा करेंगे—नए राष्ट्र में रखने के लिए !"

कम्यूनिस्ट पार्टी के पोरिक्खित साहा जिन्ना साहब से सहमत थे। बोले, "किसी भी समुदाय या जाति की उन्नति के लिए, उसके सर्वांगीण विकास के लिए एक अलग प्रान्त का होना आवश्यक है। बंगाल में भले ही आप लोग बहुसंख्यक हैं लेकिन पूरे हिन्दुस्तान में तो आप लोग अल्पसंख्यक हैं। साथ रहेंगे तो हमेशा आप लोगों को हिन्दुओं की कृपा से दूसरे दर्जे का नागरिक बनकर ज़ीना पड़ेगा। सभी क्षेत्रों में हिन्दुओं का वर्चस्व होगा, समझे !"

जेल से लौटने के बाद बिजॉया दीदी कुछ ज़्यादा ही राजनीतिक समझ दिखा रही थीं। वे दरवाज़े से घुसते-घुसते बोलीं, "इस समस्या के मूल में सन् 1936-1937 ई. का प्रान्तीय विधान सभा चुनाव है। उसमें यदि जिन्ना साहब को कांग्रेस उचित महत्त्व देती तो स्वाभिमानी जिन्ना साहब को उतना बुरा नहीं लगता। मुसलमानों ने भी तो मुस्लिम लीग के बदले कांग्रेस को ही वोट देकर विजयी बनाया।"

"क्यों न विजयी बनाते ? कांग्रेस में काफी बड़े-बड़े मुस्लिम नेता जो थे।" पोरिक्खित काका ने कहा।

"इसीलिए तो मुस्लिम लीग ने माँग रखी है कि मुस्लिम लीग को ही मुसलमानों की एकमात्र प्रतिनिधि संस्था मानी जाए और कोई भी मुसलमान कांग्रेस का प्रतिनिधित्व न करे।" बिजॉया दीदी बोलीं।

आशुतोष काका, जो अब तक चुपचाप पैर के ऊपर पैर चढ़ाकर सबकी बातें सुने जा रहे थे बोल उठे, "दरअसल ब्रिटिश शासकों ने ही अपनी 'फूट डालो, शासन करो' की नीति के आधार पर उन्हें भड़काया है ताकि हिन्दू-मुसलमान आपस में लड़ पड़ें और उनके (अंग्रेजों के) खिलाफ चल रहा आन्दोलन कमजोर पड़ जाए। अंग्रेजों ने मुसलमानों को खुश करने के लिए क्या कुछ नहीं किया। उन्नीस सौ सैंतीस के बंगाल के उस विधानसभा चुनाव में मुसलमान सदस्यों की संख्या सबसे अधिक रखकर, मुसलमानों को अधिकाधिक राजनीतिक अधिकार देकर अपने पक्ष में करने की कोशिश की।"

"और क्या !" नजबुल चाचा ने उनकी बातों को लपक लिया, "लगता है, जिन्ना साहब यह भूल गए कि लगभग छह सौ वर्षों तक हिन्दुओं पर शासन करनेवाले मुगल शासकों से इन अंग्रेजों ने ही सत्ता छीनी थी।"

"उससे क्या होता है ? बाद में तो सर सैयद अहमद खान के द्वारा स्थापित मोहम्मडन ऐंग्लो ओरिएन्टल कॉलेज में अंग्रेज अध्यापकों ने ही उन्हें पढ़ाया लिखाया, उन्हें शिक्षित हिन्दुओं की बराबरी में लाकर खड़ा किया।" इस बार पोरिक्खित दा ने अंग्रेजों के पक्ष में सफाई दी।

"हिंदुओं के समकक्ष खड़ा तो किया लेकिन उनके मन में साम्प्रदायिक भावना को भी जमकर उभारा। शिक्षा के नाम पर उस कॉलेज को मुस्लिम राजनीति का अखाड़ा बना डाला उन्होंने। वरना इसी कॉलेज से पढ़े-लिखे मुसलमान छात्रों ने मिलकर 'मुस्लिम लीग' की स्थापना न की होती। मुसलमानों के सभी बड़े नेता तो उस वक़्त कांग्रेस में ही थे। क्या ज़रूरत थी उन्हें मुसलमानों के लिए एक अलग पार्टी बनाने की ?" आशुतोष काका ने पोरिक्खित दा की बातों पर तीव्र प्रतिक्रिया व्यक्त की और फिर बात बदलते हुए कहा, "एइ जॉया ! जा तो अन्दर से नाश्ता ले आ। देश की बातें सोच-सोचकर भूख लगने लगी। गला सूख गया। सर टनटन करने लगा है।"

"भूख! सही शब्द की याद दिलाई आपने ! सारी समस्या की जड़ तो यह भूख ही है। मुझे तो भई पक्का विश्वास है कि अलग राष्ट्र की माँग के पीछे जिन्ना साहब की खुद की राजनीतिक भूख है। उनकी महत्त्वाकांक्षा है। वे जानते हैं कि अलग राष्ट्र का निर्माण होने पर उसके सर्वोच्च आसन के अधिकारी वे ही होंगे। जबकि हिन्दुस्तान के साथ रहने पर उन्हें कभी उचित महत्त्व या पद नहीं मिलेगा।" नजबुल चाचा तो मानो जिन्ना साहब के पीछे हाथ धोकर पड़ गए थे।

उन्हें चुप होते देख आशुतोष काका बोले, "आप नाहक जिन्ना साहब पर नाराज़ होते हैं। इन सारी झंझटों का सूत्रधार तो मैं चौधरी रहमत अली को मानता हूँ।"

"कौन रहमत अली ?" नजबुल चाचा अचकचाए।

"अरे वही, कैम्ब्रिज विश्वविद्यालय का विद्यार्थी, जिसने 1933 ई. में पहली बार 'पाकिस्तान' की अवधारणा दी थी। 'पाकिस्तान' नाम सुझाया था। अगर उसके शैतानी दिमाग में यह शैतानी बुद्धि न आई होती तो शायद आज माजरा ही कुछ और होता !"

"मैं मानता हूँ कि जिन्ना जैसे लोग देश का बँटवारा करके पाकिस्तान बनाना चाहते हैं, पूरे बंगाल को पाकिस्तान में शामिल भी करना चाहते हैं लेकिन कांग्रेस के बी.सी. सिन्हा, हिन्दू महासभा के श्यामाप्रसाद मुखर्जी जैसे कई बड़े नेताओं को भी कुछ हद तक इन बातों के लिए जिम्मेदार ठहराया जा सकता है। भले ही वे पाकिस्तान नहीं चाहते परन्तु अपने स्वार्थ

के लिए वे बंगाल का विभाजन तो चाहते ही हैं।" पोरिक्खित दा ने अपनी निष्पक्ष राय रखी।

"बिलकुल ठीक कहा आपने।" बिजॉया दीदी ने उनकी 'हाँ' में 'हाँ' मिलाया, "पाकिस्तान बने या न बने इससे उन्हें भले ही कोई सरोकार नहीं, लेकिन वे इतना ज़रूर चाहते हैं कि बंगाल का बँटवारा हो जाए ताकि बंगाल के हिन्दू बहुल इलाके में उनका आधिपत्य हो।"

"क्या बंगाल का विभाजन न होने पर उनका आधिपत्य सम्भव नहीं ?" जॉया दीदी, जो अपने बाबा के कहने पर नाश्ता लाने के लिए उठी थीं मगर दरवाज़े तक जाकर फिर से रुककर बातें सुनने लगी थीं, पूछ बैठीं।

"कैसे सम्भव है ? बंगाल में, जहाँ मुसलमानों की संख्या हिन्दुओं से कुछ अधिक ही है, पिछले आठ-दस वर्षों में कोई भी हिन्दू प्रधानमन्त्री बना है क्या ?" (उन दिनों बंगाल में प्रधानमन्त्री उन्हें कहा जाता था जो मन्त्री सभा के मुखिया होते थे।)

"सुहरावर्दी, फजलुलहक, नाज़िमुद्दीन...ये सभी तो मुसलमान हैं। ऐसी स्थिति में श्यामाप्रसाद मुखर्जी और बी.सी. सिन्हा जैसे लोगों का बंग विभाजन चाहना स्वाभाविक ही है। हमारा दोष यही है कि हम सबकुछ देख-सुनकर भी समझने की कोशिश नहीं करते। एकपक्षीय बातें करते हैं। कांग्रेस और हिन्दू महासभा के तत्त्वावधान में बंग विभाजन के पक्ष में जब-तब जो इतनी सभाएँ आयोजित की जाती रही हैं, उनकी आप अनदेखी क्यों करते हैं ?" पोरिक्खित दा के इस सवाल का किसी ने कोई जवाब नहीं दिया। सबको चुप रहते देख पोरिक्खित दा सुलझे हुए लहजे में बोले, "इसलिए मैं कहता हूँ कि हम सिर्फ़ जिन्ना साहब, रहमत अली या अंग्रेजों को ही इन सबका जिम्मेदार नहीं ठहरा सकते। वैसे भी हिन्दू-मुसलमानों के बीच पहले से ही धर्मांधता थी। क्या 1921 ई. से ही दशहरा-बकरीद जैसे त्योहारों में भारत के विभिन्न प्रान्तों में छिटपुट दंगे-फसाद नहीं होते रहते थे ?"

"सन् 1921 में ही क्यों ?" लम्बी चुप्पी के बाद फिर से नजबुल चाचा ने मुँह खोला, "क्या मुस्लिम लीग के राजनीतिक अँगने में आगमन के फलस्वरूप 1907 ई. में भी कुछ इलाकों में भयंकर दंगे नहीं हुए थे ? और उससे भी पहले सन्..."

रोज-रोज इस तरह की चर्चाएँ सुन-सुनकर मेरा सिर चकराता रहा। मैं परिपक्व होता रहा। दिन-रात यही सब बातें मेरे दिमाग में घूमा करतीं। हज़ारों प्रश्न मेरे मन में कुलबुलाते रहते। एक दिन शाम को एकान्त में जॉया दीदी को बरामदे की सीढ़ियों पर बैठकर चुपचाप बादलों के आकार से खेलते देख मैंने जा घेरा, "अच्छा जॉया दीदी ! हिन्दू-मुसलमानों के बीच यह विद्वेष क्यों ?"

मेरे इस भारी-भरकम सवाल से एकबारगी वे चौंक उठीं। मुझ जैसे टूटपुँजिये से उन्हें इस तरह के सवाल की उम्मीद नहीं थी शायद ! फिर भी उन्होंने कहा, "यह तो काफी विवादास्पद सवाल है रे ! वैसे तो इसके पीछे ढेर सारे कारण हो सकते हैं लेकिन जहाँ तक मुझे लगता है औरंगजेब जैसे कुछ अत्याचारी मुगल राजाओं ने जबसे हिन्दुओं पर अकथ्य अत्याचार करना शुरू किया था तब से ही हिन्दुओं के मन में मुसलमानों के प्रति कटुता बढ़ी।"

"वह तो बहुत पहले की बात है !" मैंने आश्चर्य व्यक्त करते हुए कहा।

"हाँ। इसीलिए तो इसकी जड़ें इतनी गहरी हैं। और फिर जब मुसलमान राजाओं ने सवर्ण हिन्दुओं द्वारा प्रताड़ित निम्न जाति के हिन्दुओं को प्रलोभन देकर मुसलमान बनाना

मोहम्मडन ऐंग्लो ओरिएन्टल कॉलेज = बाद में जो अलीगढ़ मुस्लिम कॉलेज के नाम से प्रसिद्ध हुआ

आरम्भ किया तब तो सवर्ण हिन्दुओं के मन में मुसलमानों के प्रति तिक्तता और बढ़ गई। फिर भी चूँकि ये धर्मांतरित मुसलमान तथा हिन्दू सामाजिक, आर्थिक दृष्टि से एक-दूसरे पर निर्भर थे इसलिए कालान्तर में ये आपस में घुल-मिल गए। चूँकि हिन्दुस्तान पर कब्जा करते समय अंग्रेजों को अधिकतर मुसलमान राजाओं से ही राज्य छीनना पड़ा था इसलिए उस समय अंग्रेज और मुसलमान दोनों एक-दूसरे के कट्टर दुश्मन बन गए थे। अंग्रेजी हुकूमत में काफी समय तक सरकारी नौकरियों तथा अन्य कई मामलों में मुसलमानों की उपेक्षा होती रही। मुसलमान भी अंग्रेजी शिक्षा से दूर ही रहे। इससे वे शिक्षा-दीक्षा से लेकर आर्थिक, सामाजिक हर दृष्टिकोण से हिन्दुओं से काफी पिछड़ गए। इस असमानता ने भी मुसलमानों के मन में हिन्दुओं के प्रति विद्वेष को जन्म दिया।"

"लेकिन सर सैयद अहमद ने तो खास मुसलमानों के लिए कॉलेज खोलकर मुसलमानों में अंग्रेजी शिक्षा के प्रति रुझान पैदा किया।" मैंने जॉया दीदी के पैरों के पासवाली सीढ़ी पर बैठते हुए पोरिक्खित दा से सुनी बात दुहरा दी।

फकफक करती ज्योत्स्ना में क्रांतिकारियों की तरह सफेद साड़ी में संन्यासिनी-सी दिख रही जॉया दीदी ने प्यार से मेरे बालों में हाथ फेरा और कहा, "तू तो बहुत कुछ जानता है रे केष्टो ! ठीक ही कहा है तूने ! मुसलमान अंग्रेजी शिक्षा की ओर झुके और उसी कॉलेज से मुसलमानों का एक अच्छा-खासा शिक्षित वर्ग भी तैयार हुआ। लेकिन तब तक हिन्दू उनसे काफी आगे बढ़ चुके थे। समाज में अधिकतर क्षेत्रों में उनका वर्चस्व कायम हो चुका था। छह सौ वर्षों तक हिन्दुओं पर राज करनेवाले मुसलमान इस बात को मन से कभी स्वीकार नहीं कर पाए। हमारे बोरिशाल में ही देखो न ! डॉक्टर, इंजीनियर, जज, बैरिस्टर या प्रोफेसरों में मुसलमानों की संख्या हिन्दुओं से कितनी कम है। गाँवों में भी देखो, अधिकतर मुसलमान किसी-न-किसी रूप में हिन्दुओं के यहाँ मजदूरी करते हैं। बागाल, मुनीष, घॉड़ामी सभी तो मुसलमान ही होते हैं। व्यापार में भी वे काफी पिछड़े हुए हैं। उनकी सामाजिक स्थिति हिन्दुओं से काफी नीचे है। हमारे बंगाल में मुसलमानों की आबादी हिन्दुओं से अधिक है। फिर भी हिन्दू उन्हें हेय दृष्टि से देखते हैं। ये कारण भी तो विद्वेष को जन्म देते हैं।"

जॉया दीदी अब भी मेरे बालों को सहलाए जा रही थीं। मैं आँखें बन्द करके उनकी बातें सुन रहा था। कितना ममत्व, कितना अपनापन था उनके स्पर्श में। मैं निहाल हो गया। जॉया दीदी की बातों में मुझे सच्चाई नज़र आ रही थी। बचपन से मैं भी तो अधिकतर मुसलमानों की यही स्थिति देख रहा था। जॉया दीदी की बातों के समर्थन में मैंने कहा, "आप बिलकुल ठीक कह रही हैं जॉया दीदी। आपकी बातें सुनकर मुझे एक किस्सा याद आ रहा है। एक बार मेरे दादू की रसोई की छत पर एक मुसलमान घॉड़ामी बल्ली चढ़ा रहा था। धूप काफी तेज़ थी। वह बेचारा गर्मी सह न सका और बेहोश होकर रसोई के बरामदे पर गिर पड़ा। उसके साथ काम करनेवाले दूसरे घॉड़ामी जब उसे वहाँ से उठाकर ले गए तब दीदीमाँ ने गोबर-मिट्टी से उस बरामदे को अच्छी तरह लिपवाया था। हैरानी तो मुझे इस बात की थी कि ठीक उसी जगह पर रोज एक कुत्ता आकर बैठा रहता था। दीदीमाँ उसे बड़े प्यार से मछली-भात खिलाती थीं। कुत्ते के चले जाने पर कभी उन्हें उस स्थान को लिपवाते हुए नहीं देखा था मैंने।"

फकफक करती ज्योतसना = टह-टह करती चाँदनी। बागाल = चरवाहे। मुनीष = मजूर। घॉड़ामी = घर छानेवाले कारीगर।

"इसीलिए तो कभी-कभी सोचती हूँ कि जिन्ना साहब ने मुसलमानों के लिए अलग राष्ट्र की माँग करके शायद कुछ गलत नहीं किया।" जॉया दीदी ने दीर्घ निःश्वास छोड़ते हुए कहा।

"लेकिन भारतवर्ष में हर जगह मुसलमानों की स्थिति इतनी दयनीय है, ऐसा नहीं हो सकता। उन्हें भी तो हिन्दुओं की तरह सभी अधिकार प्राप्त हैं। तो फिर वे अपनी स्थिति में सुधार क्यों नहीं लाते ?"

मेरा मन इन्हीं सवालों के भँवर-जाल में फँसा रहता।

इस बीच कई बार जॉया और बिजॉया दीदी जेल गईं। उन लोगों की राजनीतिक गतिविधियाँ दिनोंदिन बढ़ती ही जा रही थीं। बाबा ने उनके घर मेरा आना-जाना बन्द करवा दिया। उनका तर्क था, "आशुतोष बाबू के घर जाने से पुलिस की नज़र तुम पर भी पड़ेगी। फिर देखना, पुलिस तुम्हें भी किसी दिन जेल में डाल देगी।"

बाबा कुछ भी कहते, सच्चाई तो यही थी कि मैं भी जेल जाना चाहता था। जॉया दीदी की तरह ! कम-से-कम एक बार ! इसलिए छिप-छिपकर मैं प्रोबाल के घर ज़रूर जाता। जॉया-बिजॉया दीदी के छोटे-मोटे काम भी कर दिया करता।

प्रोबाल अपनी बहनों से बिलकुल अलग था। उसे राजनीति में कोई रुचि नहीं थी। उसके पास एक छह एच.पी. वाला जर्मनी का बी.एम.डब्ल्यू. बाइक था। वह अपना बाइक लेकर इधर-उधर घूमना ज़्यादा पसन्द करता था। उसी ने मुझे बाइक चलाना सिखाया। मेरे बाबा को मेरे बाइक चलाने पर भी आपत्ति थी। कहते थे, "जो खुद अपने पैरों पर खड़ा नहीं हो सकता उसकी पीठ पर चढ़ोगे तो वह तुम्हें गिराएगा नहीं ?"

बाबा तो हर वक़्त ऐसी ही उलजलुल बातें किया करते थे। इसलिए मैं उनकी इस तरह की बातों को नज़रअन्दाज कर दिया करता था। शायद हमारे राजनीतिक आकाओं का स्वभाव भी कुछ-कुछ मेरे जैसा ही था। इसीलिए तो वे हमारे हितों को नज़रअन्दाज करके देश को दो टुकड़ों में बाँटने पर आमादा हो गए। दरअसल लॉर्ड माउंटबेटन जब से भारत का वायसराय तथा गवर्नर जनरल बने थे, तब से ही राजनीतिक पलड़ा मुस्लिम लीग की ओर झुकने लगा था। साथ ही जिन्ना तथा लियाकत अली की कार्यपद्धति से कांग्रेसी नेता इतने तंग आ चुके थे कि उन्होंने लॉर्ड माउंटबेटन के समझाने पर विभाजन की स्वीकृति दे दी। जिस बात का डर था वही हुआ। अंग्रेजों से देश स्वाधीन तो हुआ मगर हिन्दुस्तान दो टुकड़ों में बँट गया। बंगाल तथा पंजाब के कुछ हिस्सों और बलुचिस्तान तथा सिन्ध को मिलाकर भारत से अलग एक नए राष्ट्र 'पाकिस्तान' का निर्माण हुआ। हम रातोंरात हिन्दुस्तानी से पाकिस्तानी बन गए। पाकिस्तानी बनते ही सबसे पहले मैंने अपने आपको टटोलकर देखा। कहीं से कोई बदलाव नहीं। जैसा पहले था बिलकुल वैसा ही रहा। वही रंग, वही कद, वही नैन-नक्श। सिर्फ़ मैं ही नहीं, मेरे आसपास के लोग, उनका घर, सड़कें, दुकानें, पेड़-पौधे सब कुछ तो पहले जैसे ही दीख रहे थे ! मगर हाँ ! चारों ओर पटाखे फूटने लगे थे। रंग-बिरंगी रोशनी में शहर जगमगाने लगा था। गगनभेदी नारों से आसमान फटा जा रहा था, "कायदे आज़म जिन्ना-ज़िन्दाबाद ! पाकिस्तान-ज़िन्दाबाद ! मुस्लिम लीग-ज़िन्दाबाद !"

हिन्दुओं की स्थिति अजीब थी। एक तरफ़ देश आज़ाद होने की खुशी थी तो दूसरी ओर देश विभाजन का दुख ! वे खुशी मनाएँ या ग़म समझ नहीं पा रहे थे। जिस हिन्दुस्तान को अंग्रेजों से स्वाधीन कराने के लिए वर्षों से हमारे यहाँ के हिन्दुओं ने कुर्बानी दी, जेल गए, उनसे कहा जा रहा था कि यह देश अब उनका नहीं है। कितने ही हिन्दुओं ने उस

रात घर में दीया नहीं जलाया, चूल्हा नहीं सुलगाया, शंख नहीं बजाया।

मैं धीरे-धीरे चलता हुआ प्रोबाल के घर गया। जॉया-बिजॉया दीदी अपने-अपने चेहरे को हथेलियों पर टिकाकर चुपचाप बरामदे की सीढ़ी पर बैठी थीं। काका-काकीमाँ बरामदे की कुर्सियों पर अन्य कई क्रांतिकारियों के साथ बैठे थे। प्रोबाल शायद अपने कमरे में था। सभी चुप थे। ऐसा लगता था जैसे सबको साँप सूँघ गया हो। वहाँ की हवा में साँस लेना मुश्किल लग रहा था। मैं कुछ देर रुककर चुपचाप घर लौट आया।

मैसुती बंगाल

भौगोलिक रूप से पाकिस्तान दो भागों में बँटा हुआ एक अद्‌भुत राष्ट्र था। पश्चिमी पाकिस्तान और पूर्वी पाकिस्तान के बीच करीब दो हज़ार मील की दूरी थी। बीच का हिस्सा हिन्दुस्तान का था। आशानुरूप कायदे आज़म जिन्ना पाकिस्तान के गवर्नर जनरल बने और प्रधानमन्त्री बनाया गया लियाकत अली खान को। पूर्वी पाकिस्तान यानी पूर्वी बंगाल में भी मुस्लिम लीग का ही शासन लागू हुआ। ढाका के नवाब नाज़िमुद्‌दीन को पूर्वी पाकिस्तान का मुख्यमन्त्री बनाया गया। पूर्वी पाकिस्तान के शासन की बागडोर पश्चिमी पाकिस्तान के हाथों में थी। पूर्वी पाकिस्तान को पश्चिमी पाकिस्तानी 'मैसुती बंगाल' कहते थे और हम कहते थे, 'शोनार बांग्ला।' कविगुरु रवीन्द्रनाथ टैगोर ने भी तो कहा है, "आमार शोनार बांग्ला आमि तोमाय भालोबाशी।"

पाकिस्तान बनने के बाद से अधिकतर मुसलमान दबी जुबान में कहने लगे थे, "अब हिन्दुओं का यहाँ पाकिस्तान में क्या काम है ? हिन्दू लोग हिन्दुस्तान जाएँ। वहाँ उनकी इतनी बड़ी धरती पड़ी है। हमारा यह छोटा-सा पाक देश ! इसमें हम इन मालाउन लोगों को क्यों रखें ? क्यों सहें उनका वर्चस्व ? क्यों दें उन्हें हमारे हिस्से का सुख ?"

उस समय तक सीमा पर रोका-टोका नहीं जा रहा था इसलिए धीरे-धीरे हमारे आस-पास के प्रतिष्ठित बुद्धिजीवी तथा सम्पन्न हिन्दू परिवार के लोगों ने पाकिस्तान छोड़ना आरम्भ कर दिया। बड़े-बड़े बजरों में गृहस्थी की सारी चीज़ों को समेटकर वे नदी-पथ से बोरिशाल से विदा होने लगे। बजरों में बड़े-बड़े कमरे हुआ करते थे, जिनमें रहने, सोने तथा भोजन पकाने की व्यवस्था रहती थी।

ठीक हमारी दुकान के पास जो कचहरी थी, उस कचहरी के मालिक मोहिम रायचौधरी बहुत बड़े जमींदार थे। विभाजन के तुरन्त बाद एक दिन उनकी गाड़ी भी साजो-सामान के साथ स्टीमर घाट की ओर रवाना हो गई। जाने के पहले उन जैसे गम्भीर व्यक्ति को भी मैंने घर की चौखट पर माथा टेककर जोर-जोर से रोते देखा।

इसके कुछ ही दिनों बाद एक दिन प्रोबाल ने आकर कहा, "केष्टो ! हम लोग भी यहाँ से चले जा रहे हैं रे !"

"चले जा रहे हो ? कहाँ ? क्यों ?" अपने इस अवान्तर प्रश्न के भँवर में देर तक चक्कर खाते रहने के बाद एक कलश सूनापन लेकर जब तक मैं अपनी जॉया दीदी से मिलने स्टीमर घाट पहुँचा तब तक उनका बजरा कोलकाता की ओर रवाना हो चुका था।

मालाउन = हिन्दू चूँकि माला पहनते थे इसलिए धर्मान्ध मुसलमानों द्वारा हिन्दुओं के लिए गाली की तरह इस विशेषण का प्रयोग किया जाता था।

प्रोबाल और जॉया दीदी के चले जाने के बाद मैं बिलकुल उदास हो गया। स्कूल से घर लौटने के बाद कहीं जाने की इच्छा नहीं होती थी। बिस्तर पर पड़ा-पड़ा सोता रहता। माँ मुझे हिला-हिलाकर कहतीं, "ओ केष्टो ! शाम से 'भौंस-भौंस' करके सो रहा है। उठ ! पढ़ने बैठ !" मैं उँ-आँ करके करवट लेता। उठने की कोशिश करता मगर उठ नहीं पाता। मुझे खींचकर उठानेवाली, उड़ानेवाली डोर जो टूट गई थी।

धीरे-धीरे हमारी जान-पहचान के बहुत सारे लोग हिन्दुस्तान चले गए। जो नहीं जाना चाहते थे या जो साधनहीन थे, वे कहते, "जिनको जाना है वे जाएँ। हम तो यहीं सुखी हैं। हिन्दू-मुस्लिम भाई-भाई। जब इतने वर्षों से साथ रहे तो फिर आज हम किसी के कहने पर अपना वास्तुभिटा छोड़कर क्यों जाएँ ? मेरे बाबा भी इन्हीं लोगों में से एक थे। अतः हमें वहीं रहना पड़ा।

बाबा एक रात हमारे घर पर सोने आते और अगली रात शामदाशी माशीमाँ के घर पर सोने चले जाते थे। शामदाशी माशीमाँ का घर एक मुस्लिम बहुल इलाके में था तथा हमारी दुकान से काफी दूर भी। माँ अक्सर बाबा को खतरे की बात कहकर वहाँ जाने से रोकने की कोशिश करतीं, "सब कहते हैं, वह इलाका हिन्दुओं के लिए अब महफ़ूज़ नहीं रहा। इसके बावजूद आप इतनी रात को वहाँ जाते हैं। पता नहीं उस राक्षसी ने क्या जादू कर डाला है आप पर। अपनी जान की भी परवाह नहीं रही आपको। मेरी नहीं तो कम-से-कम अपने बच्चों का तो ख़याल कीजिए।"

माँ की बातों का बाबा पर असर तो हुआ लेकिन एक नई समस्या आ खड़ी हुई। बाबा शामदाशी माशीमाँ को वहाँ से वापस हमारे घर पर ही ले आए। आँगन के एक कमरे में उनके रहने की व्यवस्था कर दी और एक नया रसोईघर भी बनवा दिया।

बाबा खाना तो हमारे साथ खाते थे मगर अपने सारे कपड़े-लत्ते शामदाशी माशीमाँ के कमरे में रखने लगे थे। शामदाशी माशीमाँ ही उनके कपड़ों को धोतीं, सुखातीं। बाबा के नहाने से पहले आँगन में बैठकर उन्हें बड़े प्यार से तेल-मालिश कर दिया करतीं। माँ रसोईघर में बैठे-बैठे रक्तचक्षु से उन्हें देख-देखकर कुढ़तीं और बड़बड़ाती रहतीं।

शामदाशी माशीमाँ हम भाई-बहनों से पहले की तरह घुल-मिलकर रहने की कोशिश करती थीं। खुकी और ऑलोक तो उनके बुलाने पर उनके पास चले भी जाते थे मगर मैं और माणिक उनसे एक फासला बनाकर ही रहते। माँ के साथ हुए अन्याय का अहसास हमें उनसे पहले की तरह बर्ताव करने की इज़ाज़त नहीं देता था। मुझे शामदाशी माशीमाँ पर सबसे ज़्यादा गुस्सा तब आता था जब बाबा अपने हिस्से के किसी स्वादिष्ट व्यंजन को कटोरी में बचाकर रख लेते और मुझे कहते, "जा तो केष्टो इसे शामदाशी को दे आ।" या फिर जब किसी रात माँ का परोसा खाना खाने के बाद उठकर बाबा कहते, "केष्टो ! मेरे दूध का गिलास शामदाशी के कमरे में रख आ तो। मैं वहाँ सोने जा रहा हूँ।" उस वक़्त माँ का करुण दृष्टि से बाबा को देखना...मुझे अन्दर तक हिला जाता था। एक रात मैं दूध का गिलास लेकर शामदाशी माशीमाँ के कमरे में रखने गया तो पीछे से कानों में माँ-बाबा के आरोप-प्रत्यारोप टकराए, "पिछली तीन रातों से आप उस बदजात औरत के पास सो रहे हैं। आज भी वहाँ सोना ज़रूरी है क्या ? आपको मेरे प्रति जरा भी आकर्षण नहीं ?"

"ऐसी बात नहीं है पुष्पी। जरा सोचो ! पिछले सोलह-सत्रह सालों से तुम्हें मेरा साथ मिला है। मुझ पर तुम्हारा एकाधिकार रहा है। अब इस बेचारी के हिस्से में भी तो कुछ आना चाहिए न !"

"आ-हा-हा-हा इतनी हमदर्दी ! एक तो उस कुलच्छनी विधवा से ब्याह रचाकर खानदान के मुँह पर कालिख पोती। मेरे साथ इतना बड़ा अन्याय किया। ऊपर से उसकी तरफ़दारी ! इस तरह की बातें कहते हुए शर्म नहीं आती आपको ?..."

माँ-बाबा की तकरार कुछ देर तक चलती रही थी। पर बाबा पर इसका कोई असर नहीं पड़ा। वे बकबक करते-करते शामदाशी माशीमाँ के कमरे में जा घुसे थे।

नारा-ए-तकबीर ! अल्लाहो अकबर !

पाकिस्तान बनने के छह-सात महीने बीत गए थे। 1948 ई. का मार्च महीना था वह। जिन्ना साहब ढाका विश्वविद्यालय के कर्जन हॉल में पधारे थे। जैसे ही उन्होंने यह घोषणा की कि उर्दू ही पूर्वी तथा पश्चिमी पाकिस्तान की राष्ट्रभाषा होगी, उपस्थित छात्रों तथा बुद्धिजीवियों ने तीव्र प्रतिवाद किया। "बांग्ला भाषा को भी राष्ट्रभाषा का दर्जा देना होगा," उन्होंने यह माँग रखी।

"हमें अपनी भाषा, अपने साहित्य तथा संस्कृति पर अत्यन्त गर्व है। इस पर हम किसी प्रकार का आक्रमण नहीं सहेंगे।" बंगालियों ने अपने इस विचार से जिन्ना साहब को अवगत करा दिया था। प्रतिवादियों में ढाका विश्वविद्यालय के कानून के छात्र शेख मुजीबुर्रहमान की आवाज़ सबसे बुलन्द थी। ओजपूर्ण गोल चेहरे का स्वामी, पीछे की ओर चीरे हुए बालोंवाला लम्बा तथा मजबूत कद-काठी का वह युवक शेख लुत्फर रहमान का बेटा था और फरीदपुर जिले के गोपालगंज में जन्मा था। जनाब सुहारावर्दी ही उसे अपनी नई पार्टी 'अवामी लीग' में शामिल करके राजनीति में ले आए थे।

'आवामी लीग' के बनने के पीछे भी एक विशेष कारण था। दरअसल पाकिस्तान के निर्माण में जनाब सुहारावर्दी ने सक्रिय भूमिका निभाई थी। परन्तु पाकिस्तान बनने के बाद अविश्वसनीय ढंग से पाकिस्तानी आलाकमान ने उन्हें तवज्जो नहीं दी। नाराज़ होकर उन्होंने मुस्लिम लीग को तौबा किया और अपने समर्थकों के साथ गठन कर ली एक नई पार्टी— 'आवामी लीग'।

उर्दू को राष्ट्रभाषा बनाए जाने के फैसले पर पूरे पूर्वी बंगाल में तीव्र प्रतिक्रिया हुई। हमारा बोरिशाल भी इससे अछूता न रहा। हमारे हेडमास्टर मॉशाइ ने तो स्कूल की प्रार्थनासभा में एक लम्बा-चौड़ा भाषण ही दे डाला, "बांग्ला भाषा के ऐतिह्य, इसके अतुलनीय माधुर्य की, जो हमारी रक्त-मज्जा में घुल चुका है, अवहेलना हम कैसे कर सकते हैं ? बांग्ला भाषा के अलावा किसी और भाषा को मातृभाषा के रूप में आत्मसात करने की बात हम सोच भी नहीं सकते। एक बंगभाषी पद्मा नदी में बहते किसी बजरे में बैठकर जिस खुले मन से गा सकता है,

"पागला हावाय बादोल दिने पागोल आमार मोन जेगे ओठे
चेना शोनार कोन बाइरे जेखाने पॉथ नाई नाई रे
शेखाने ऑकारोने जाय छूटे..."

(पगलायी हवा में, बदराए दिनों में मेरा पागल मन जाग उठता है
जान-पहचान के बाहर, जहाँ जाने का पथ भी नहीं है

वहीं अकारण मन भागने लगता है...।)

उस खुलेपन से क्या उसके लिए किसी परायी भाषा में मन के भावों को व्यक्त करना सम्भव है ?..."

बंगालियों के प्रतिवाद के बावजूद जिन्ना साहब भापा-साहित्य-संस्कृति से निर्मित बंगालियों की स्वतन्त्र सत्ता को कुचल डालने और उन पर उर्दू थोपने के लिए प्रयत्नशील हो उठे। गणतन्त्र की आड़ में वे अनवरत एक स्वेच्छाचारी शासक की भूमिका निभाते रहे।

उर्दू पूरे पाकिस्तान की राष्ट्रभाषा बनती, इससे पहले ही जिन्ना साहब की मृत्यु हो गई। 1948 ई. के सितम्बर में उनकी मृत्यु के बाद ख्वाजा नाज़िमुद्दीन उनकी गद्दी पर बैठे। लियाकत अली पहले की तरह ही प्रधानमन्त्री बने रहे।

जैसे-जैसे समय बीतता जा रहा था, हमारे आसपास रहनेवाले मुसलमानों की गतिविधियाँ संदिग्ध होती जा रही थीं। परिचित लोगों की भी नज़रें बदल रही थी। बात करने का लहजा बदल रहा था, तेवर बदल रहे थे। फिर शहर में कानाफूसी होने लगी। जिन हिन्दू परिवारों के साथ मुसलमान परिवारों की बहुत अधिक अन्तरंगता थी, उन परिवारों को सावधान किया जाने लगा, "साबधाने थेको, ऐक्टा बॉड़ो किछू होते चोलेछे" { सावधान रहना, कुछ बड़ा (अघटन) होने जा रहा है। }

हर जगह एक दबी-दबी-सी उत्तेजना पसर गई थी। लोग कम-से-कम घर से बाहर निकल रहे थे। मेरे मुस्लिम दोस्त मुझसे कन्नी काट रहे थे। अब्दुल चाचा हमारे यहाँ पहले की तरह चाय पीने नहीं आ रहे थे। और अन्ततः इन दबी-सहमी उत्तेजनाओं का विस्फोट हो ही गया। चारों ओर से समवेत स्वर में गगनभेदी आवाज़ें आने लगीं, "नारा-ए-तकबीर ! अल्लाहो अकबर !" बीस, पच्चीस, पचास, सौ, दो सौ की तादाद में दंगाइयों के झुंड हाथों में तलवार, कटारी, रांदा लेकर हिन्दुओं पर टूट पड़े। चारों ओर मार-काट मच गई। हिन्दुओं के घर-द्वार, दुकानें लूटे-जलाए जाने लगे। हमारे मुहल्ले के सभी हिन्दू मर्द अपने-अपने परिवार की महिलाओं, बच्चों तथा बूढ़ों को शाम होते ही दो आना कचहरी के एक तीन तल्ला जमींदार बाड़ी में पहुँचा आते थे। सबके साथ ईंट, पत्थर, टूटे काँच, लालमिर्च आदि की जमा पूँजी होती। हम सारे मर्द दस-दस, बारह-बारह के झुंड में गलियों में छिप-छिपकर अपने-अपने मकानों की पहरेदारी किया करते थे। बड़े रास्ते पर जाना खतरे से ख़ाली नहीं था। वहाँ किसी भी वक़्त हम पर आक्रमण हो सकता था।

मुझे अच्छी तरह से याद है, वे सन् 1950 के जाड़े के दिन थे। मैं मफलर, स्वेटर, शॉल आदि गर्म कपड़ों से खुद को ढँककर पहरे पर निकला करता था। मेरे घर में एक पुरानी-सी टूटी हुई तलवार थी। उन दिनों उसी को धार देकर कमर में लटका कर रखा करता। मेरे पास करीब चार फुट लम्बा, सब्बल की तरह मोटा और नुकीला एक लोहे का छड़ भी था। बहुत पहले से ही मैं उसे भाले की तरह निशाना साधकर फेंकने में सिद्धहस्त था। दंगे के समय पहरा देते वक़्त वह छड़ भी मेरा सहारा बना।

तीन तल्ला जमींदार बाड़ी की छत से दूर-दराज के इलाकों के जलते घरों को देखकर और चारों ओर से आती 'अल्लाहो अकबर' की समवेत ध्वनि के साथ-साथ दंगे के शिकार लोगों का आर्त्त चीत्कार सुनकर माँ की गोद से चिपकी मेरी बहन ने मासूमियत से पूछा था, "ये मोसला लोग हिन्दुओं को काटने से पहले अपने अल्लाह को क्यों बुला रहे हैं माँ ? इनके अल्लाह क्या कत्ल देखकर बहुत खुश होंगे ? इन्हें वरदान देंगे ? स्वर्ग में भेजेंगे ? बोलो न

माँ ! ये भगवान को खुश करने के लिए इतने लोगों को काट रहे हैं क्या ?"

बोरिशाल के सेन पाड़ा के लोग काफी शिक्षित और संभ्रांत थे। वहाँ के आदित्य सेन की अपूर्व सुन्दरी पुत्री लीना गर्भवती थी। उसकी ससुराल तो कोलकाता में थी मगर बच्चा जनने के लिए वह मायके आई हुई थी, आततायियों ने जब उसके घर पर धावा बोला, तब आदित्य सेन अपनी बन्दूक लेकर ऊपर तनकर खड़े हो गए। आततायियों की नज़र बहुत पहले से ही उनकी खूबसूरत बेटी पर थी। इसलिए उन्होंने कहा, तुम अपनी बेटी को हमारे हवाले कर दो, तो हम तुम लोगों की जान बख्श देंगे। तुम्हारे घर पर लूटपाट आगजनी भी नहीं करेंगे। जवाब में आदित्य बाबू ने सीढ़ी के ऊपर से आततायियों को ललकारा, "आय बैटारा ! ओपोरे आय ! दिच्छी तोदेर मेये।" (आओ बच्चों, ऊपर आओ ! तुम लोगों को लड़की देता हूँ।)

सीढ़ियाँ बहुत ही सँकरी थीं। एक साथ दो आदमी नहीं चढ़ सकते थे। जैसे ही आततायी ऊपर चढ़ने लगे, वे अपनी बन्दूक से एक-एक पर गोली चलाते गए। जब एक ही गोली बची तब उससे अपनी बेटी को मार गिराया ताकि वह आततायियों के हाथ न आए। फिर उन्होंने एक रुपयों से भरा थैला हाथ में उठा लिया और चारों ओर नोट बिखेर दिए। आततायी नोट चुनने में व्यस्त हो गए और वे नोट बिखेरते-बिखेरते सीढ़ियों से उतरकर बाहर सड़क में गुम हो गए। उस दिन के बाद वे पागल हो गए। दंगे के बाद भी उन्हें ईंट-पत्थर से भरा थैला लेकर सड़कों पर घूमते देखा जाता था। वे उन ईंट-पत्थरों को ही इधर-उधर फेंकते हुए दौड़ते रहते थे। बाद में उन्हें पुलिस पकड़कर ले गई थी और वे किसी पागलख़ाने में भेज दिए गए थे।

उन दिनों बोरिशाल में लॉक्खोन दास का सर्कस बड़ा ही लोकप्रिय था। इस सर्कस दल के मालिक लॉक्खोन दास पालोद्दी गोइला में रहते थे। वहाँ जब दंगाइयों ने धावा बोला तो लॉक्खोन दास भागकर पास के एक धान-खेत में छिप गए। उनका एक प्रिय हाथी था, "ओइरा।" अपने मालिक को दौड़कर धान के खेत में छिपते देख ओइरा भी उनके पीछे-पीछे वहाँ तक चला आया। आस-पास दंगाइयों को उत्पात मचाते देख उसने ज्योंही उन दंगाइयों को दौड़ाना शुरू किया, दंगाइयों में से किसी ने उसके सर पर गोली मार दी। गोली खाकर अपने प्रिय हाथी को गिरते देख धान के खेत में छिपे लॉक्खोन दास अपने आपको रोक न पाए और खेत से निकलकर सीधे दौड़ते हुए हाथी के पास चले गए। उनके हाथी तक पहुँचने की देर थी। दंगाइयों ने 'ओइरा' के साथ उनको भी वहीं ढेर कर दिया। उस वक़्त लॉक्खोन दास का बेटा वहीं एक घने आम के पेड़ पर छिपा हुआ था। उसने यह सब अपनी आँखों से देखा।

शहर में कर्फ्यू लग गया था लेकिन आस-पास के इलाकों में दंगाइयों का उत्पात बरकरार था। बोरिशाल के मुलादी बन्दरगाह में कई बड़े-बड़े सरकारी गोदाम थे। उस इलाके में करीब दो-ढाई हज़ार हिन्दुओं का निवास था। अचानक कुछ स्थानीय मुसलमान नेताओं ने जाकर वहाँ के हिन्दुओं से हमदर्दी जताते हुए कहा, "आप लोग तो जानते ही हैं कि चारों ओर दंगा शुरू हो चुका है। ख़बर है कि इस इलाके में भी बाहर से झुंड-के-झुंड दंगाई आनेवाले हैं। हम सब एक साथ पले-बढ़े हैं। एक-दूसरे के सुख-दुख में हमेशा साथ देते आए हैं। इसलिए इस विपदा की घड़ी में आप लोगों की रक्षा करना हमारा फ़र्ज़ बनता है। बेहतर होगा कि आप लोग बन्दरगाह के गोदामों में आकर शरण लें। आप सभी एक जगह रहेंगे तो हमें

आपकी रक्षा करने में आसानी होगी।"

उनकी बातों पर सरल मन से विश्वास करके उस इलाके के सभी दो-ढाई हज़ार हिन्दुओं ने उन गोदामों में शरण ली। परन्तु रक्षक के भेष में वे भक्षक निकले। किसी महफ़ूज़ स्थान में पहुँचा आने के बहाने अलग-अलग समूहों को गोदामों से निकालकर ये ले जाते और काट-काटकर पानी में फेंक देते। नदी में पानी के बदले खून बहने लगा था। युवतियों का यौन शोषण करने के बाद कत्ल किया जाता था। देखते-ही-देखते उन गोदामों में शरण लेने आए सभी दो-ढाई हज़ार हिन्दुओं को मौत के घाट उतार दिया गया और बोरिशाल का मुलादी बन्दरगाह हत्याकांड पूर्वी बंगाल के इतिहास का एक काला अध्याय बनकर रह गया। पंजाब के जलियाँवाला बाग हत्याकांड से भी अधिक नृशंस, अधिक कलंकित अध्याय !

एक छोटा-सा कलंक हमारे परिवार के माथे पर भी लग चुका था। शामदाशी माशीमाँ के बार-बार उल्टी करने की आवाज़ें जब-जब कानों में आतीं तन-मन में आग-सी लग जाती थी। आस-पास घटित होनेवाली इतनी बड़ी-बड़ी मर्मांतक ख़बरों के बीच यह छोटी-सी ख़बर कि वे मेरे बाबा के बच्चे की माँ बननेवाली हैं, मुझे सबसे ज़्यादा कष्ट पहुँचानेवाली ख़बर थी। माँ की मनःस्थिति के बारे में सोच-सोचकर मेरा यह कष्ट दुगुना हो गया था। फिर भी, अपने मन की भावनाओं को दबाकर बाबा की आज्ञा का पालन करते हुए माँ के साथ-साथ उन्हें भी सँभाल-सँभालकर उस जमींदार बाड़ी में पहुँचा आना पड़ता जहाँ मुहल्ले-भर की औरतें रात को रह रही थीं।

बोरिशाल शहर से करीब छह मील दूर माधोबपाशा गाँव था। वहाँ एक ख़ाली जमींदार बाड़ी थी। दंगे से पहले ही वहाँ के जमींदार सपरिवार कोलकाता चले गए थे। उन इलाकों के दंगाइयों ने कत्लेआम के लिए उस परित्यक्त बाड़ी को चुना। आस-पास के इलाकों से सैकड़ों हिन्दुओं को पकड़-पकड़कर उस बाड़ी में लाया गया। उन्हें दो-तीन दिनों तक भूखा रखने के बाद एक पंक्ति में बैठाकर चिउड़ा-मूड़ी खिलाया गया। फिर घुँघरू पहनकर नाचते हुए दंगाइयों ने तलवार से उन निरीह लोगों के सिरों को धड़ों से अलग कर दिया।

आखिर इनसान अचानक इतना क्रूर, इतना अत्याचारी कैसे हो उठता है ? मैं किसी भी तरह मन में उठते इस सवाल को हल नहीं कर पा रहा था। यही मुसलमान तो पहले कितने अच्छे थे, हमारे हमदर्द थे। इन्होंने ही मेरे बाबा की जान बचाई थी। हमारे सुख-दुख में हमेशा इन्होंने हमारा साथ दिया था। मेरे कितने ही दोस्त मुसलमान थे। उनके घरवाले मुझसे कितना स्नेह करते थे। हनीफ भाई, अब्दुल चाचा, हारून मियाँ हमारे दुश्मन कैसे हो सकते हैं ? हमारी हत्या कैसे कर सकते हैं ?—हाथ में तलवार लेकर पहरा देते-देते मैं सोचता।

विभिन्न इलाकों से हृदयविदारक घटनाओं के समाचार आ रहे थे। लेकिन मैं पूरी तरह से लोगों की बातों पर विश्वास नहीं कर पा रहा था। माधोबपाशा गाँव में घुँघरू पहनकर नाचते हुए कत्ल करने तथा मुलादी बन्दरगाह के खूनी तांडव की बात तो मुझे बिलकुल ही अतिरंजित-सी लग रही थी। "नहीं, ऐसा नहीं हो सकता" जैसे वाक्यों ने मेरे अन्दर आकार ग्रहण किया और दंगे के बाद स्थिति कुछ सामान्य होते ही मैं स्वयं अपनी आँखों से सच्चाई की जाँच करने मुलादी बन्दरगाह चला गया। माधोबपाशा गाँव के उस जमींदार बाड़ी में भी झाँक आया। नदी में तैरती सड़ी-गली लाशों ने हकीकत का बयान किया। जमींदार बाड़ी की दीवारों तथा फर्श पर फैले सूखे खून के धब्बों ने हैवानियत का वीभत्स रूप दिखाया और मेरे मन ने इस सत्य को स्वीकारा कि इनसान को हैवान बनते देर नहीं लगती।

"कहीं यह 1948 ई. के कोलकाता के दंगे का प्रतिशोध तो नहीं ?" मैंने प्रश्न उठाया था।

"1948 ई. में कोलकाता, नोवाख़ाली, बिहार जैसी जगहों में जो दंगे हुए थे, उनमें हिन्दू-मुसलमान दोनों ने एक-दूसरे का कत्ल किया था। लेकिन यहाँ ? यहाँ तो एक साज़िश के तहत हिन्दुओं को एकतरफ़ा मौत के घाट उतारा जा रहा है। उनकी चल-अचल सभी सम्पत्तियों पर कब्जा किया जा रहा है ताकि भारत से आए मुसलमानों को यहाँ बसाकर इसे पूरी तरह से एक मुस्लिम राष्ट्र बनाया जा सके। इसमें कोई शक नहीं कि यह सबकुछ प्रशासन की सहमति से हो रहा है वरना थानों में शरण माँगने आए झुंड के झुंड हिन्दुओं को पुलिस तो मौत के घाट न उतारती ?" भुक्तभोगियों का जवाब था।

बाबा और शामदाशी माशीमाँ के सम्बन्धों को लेकर, शामदाशी माशीमाँ के गर्भवती होने की बात को लेकर तो माँ दुखी थीं ही, मगर अब अपने बापेर बाड़ी की चिन्ता भी उन्हें खाने लगी। आसपास के गाँवों में दंगाई तांडव-नृत्य कर चुके थे। मेरे दादू-दादीमाँ, मामा-माशीमाँ की कोई ख़बर नहीं मिल रही थी। माँ ने रोते-रोते अपना बुरा हाल बना लिया था। बाबा भी इस बात को लेकर चिन्तित दिख रहे थे। मामला थोड़ा शान्त होते ही वे बोले, "मैं जाकर देख आऊँ वे लोग कैसे हैं ?"

बाबा जाएँगे दादू के घर ? भूत के मुँह से राम-नाम सुनकर हम सभी अवाक् रह गए थे।

"अब कोई डर नहीं। अब सबकुछ शान्त हो गया है। गाँव-गाँव में पुलिस पिकेट बैठाया गया है।" कहकर बाबा मुझे लेकर श्यामपुर गाँव के लिए निकल पड़े।

नदी किनारे बसे धन-धान्य, सुख-समृद्धि से परिपूर्ण उस छोटे-से ग्राम-बांग्ला में अब विषाद की छाया घनीभूत हो चुकी थी। "सुजलाम् सुफलाम् शस्यश्यामलाम्...वन्दे मातरम्" की उपर्युक्त पंक्तियों में बंगाल के जिन समृद्ध ग्रामों की छवि प्रस्फुटित हो उठी है, उन्हीं में से एक ग्राम में आज प्रवेश करते समय पैर थरथरा रहे थे। अनजानी आशंका से हमारा हृदय व्याकुल हो रहा था।

आशंका, व्याकुलता और थरथराहट की दहलीज़ को पार कर उस ग्राम में कदम रखते ही वहाँ की धरती कराह उठी। उसकी क्षत-विक्षत देह-से निकलते रक्त के छींटों से हम भीग उठे। रक्त की हर बूँद एक नई कहानी कह रही थी। बर्बरता की कहानी...अमानवीयता की कहानी...धर्मान्धता की कहानी।

पहली कहानी गाँव के हिन्दू पाड़ा के उस पहले घर की थी जिसमें मेरे दादू की तीसरी बेटी यानी मेरी उषा माशीमाँ ब्याही गई थीं। झुंड में आए दंगाइयों का पहला निशाना वही घर बना था इसलिए उस घर के अधिकतर सदस्यों को सम्हलने का मौका ही नहीं मिला। उषा माशीमाँ के पति गाँव के डॉक्टर थे। जिस समय दंगाइयों ने "अल्लाहो-अकबर" का नारा लगाते हुए उनके घर पर धावा बोला, उस समय माशीमाँ खाना परोस रही थीं। मेशोमॉशाइ अपनी बेटी झुमा, बेटा ओतुल और अपने भाई के बेटे सुनील के साथ बैठकर खाना खा रहे थे। "और थोड़ा-सा भात दो तो उषा। इस माछेर झोल से खाऊँगा।" मेशोमॉशाइ के ऐसा कहने पर माशीमाँ ने उन्हें देने के लिए कलछुल से भात उठाया ही था कि दंगाइयों के गगनभेदी चीत्कार से सबके हृत्पिंड काँप उठे। शाँखा-पॉला तथा सोने की चूड़ियों के सजे

मेशोमॉशोई = मौसा जी।

माशीमाँ के सुन्दर गोरे सुहागन हाथों से भात की कलछुल फिसल गई। चारों ओर भात बिखर गया। पास बैठी बेटी झुमा उछलकर अपनी माँ के गले से लिपट गई और बोली, "माँ, गला काटनेवाले आ गए हैं ! अब वे लोग मुझे काट डालेंगे।"

"ना बेटी, डरो मत ! तुमको कुछ नहीं होगा। हम लोग हैं न !"

काँपते स्वर में माशीमाँ ने अपनी बेटी को आश्वासन दिया और अपने गले से उसका हाथ छुड़ाकर उसे अपने पति की ओर फेंकते हुए कहा, ''आप दोनों जल्दी-से पीछे के दरवाज़े से निकलकर बगीचे में छिप जाइए। मैं ओतुल और सुनील को लेकर आती हूँ।'' ओतुल और सुनील तब तक थाल छोड़कर पास के गोला घर में जा दुबके थे।

"तुम लोग जल्दी आना।" कहकर मेशोमॉशाइ अपनी बेटी के साथ बगीचे की ओर दौड़े। गोला घर में रखे धान के गोला के पीछे, चावल से भरे मिट्टी के जाला के बीच ओतुल, सुनील को ढूँढ़ती हुई माशीमाँ फुसफुसाईं, "तुम लोग जल्दी बाहर आओ। वे लोग अभी तुरन्त आ जाएँगे।" ओतुल ने कहा, "नहीं-नहीं। हम बाहर नहीं जाएँगे। बाहर जाने से वे हमें पकड़ लेंगे।"

"और अगर वे घर में आग लगा दें तो ?'' माशीमाँ ने थरथराती आवाज़ में कहा। मगर वे ओतुल-सुनील को किसी भी तरह से बाहर जाने के लिए राजी नहीं कर पाईं। इधर दंगाइयों की आवाज़ क्रमशः करीब आती जा रही थी। कोई चारा न देख माशीमाँ ने उस गोला घर के एक किनारे एक साथ मोड़कर रखे हुए बड़े-बड़े होगलों के बीच उन दोनों को घुसा दिया। इन होगलों को मिर्च, दाल, बड़ी, अमावट, मसाले आदि सुखाने के काम लाया जाता था। उन दोनों को होगले में घुसा देने के बाद उन्हें चुपचाप लाश की तरह पड़े रहने का निर्देश देकर अपने पति तथा बेटी के पास जाने के लिए उन्होंने अपना पहला कदम बढ़ाया ही था कि खुले दरवाज़े से उनकी नज़र पीछे के बगीचे में घुस आए दंगाइयों के झुंड पर पड़ी। बाँस से बने एक बड़े से धान रखनेवाले गोला के पीछे खड़े-खड़े उन्होंने देखा कि तालाब के बगल वाली झाड़ी में दुबके उनके पति को एक दंगाई ने बालों से पकड़कर अपनी तरफ़ खींचा। वे थरथर काँपते हुए गिड़गिड़ाने लगे, "ना-ना काटिए मत ! हमें मत काटिए। आप लोगों के पाँव पड़ता हूँ। हमें छोड़ दीजिए..." उनकी गोद में नन्ही झुमा आँखें बन्द किए साँस रोके कंगारू की तरह चिपकी पड़ी थी। एक दंगाई ने अपने बेरहम हाथों में पकड़े चमचमाते रांदे से दो बार वार किया—खच-खच। और माशीमाँ ने गोला घर से अपने पति और बेटी की अन्तिम चीखें सुनीं।

वे खुद चीख़ी नहीं, चिल्लाई नहीं। उन्होंने होश भी नहीं खोया। वे उसी तरह खड़ी रहीं। अब वे सुन रही हैं अपनी सास-ससुर, देवर-देवरानी की चीखें। सबकी अन्तिम चीखें। फिर भी वे खड़ी हैं। वहीं खड़ी हैं। उसी तरह। अब वे देख रही हैं—दंगाई उनके देवर के जवान बेटे ऑनिल और सबसे छोटे बेटे बिपुल को दौड़ा रहे हैं। ऑनिल, बिपुल एक-दूसरे का हाथ पकड़कर दौड़ रहे हैं...ऊर्ध्वश्वास में दौड़ रहे हैं...छपाक् ! वे दोनों तालाब में कूद पड़े। अब वे दोनों तैर रहे हैं। जी-जान से तैर रहे हैं। अब वे बीच तालाब में पहुँच चुके हैं। तालाब के किनारे से दंगाई उन्हें बुला रहे हैं, "आओ इधर आओ ! भागकर जाओगे कहाँ ? साले हिन्दू, मालाउन के बच्चे ! सब को काटकर खत्म कर देंगे। आओ-आओ ! सुनाई नहीं पड़ता क्या ?"

मगर वे तैर रहे हैं। तैरते जा रहे हैं...

होगला = बाँस की चटाई।

"आओ जल्दी आओ ! हम लोगों को देर हो रही है। अभी पूरा गाँव जो बाकी है। आओ न !"

उनकी बातों को अनसुनी करके ऑनिल, बिपुल तैर रहे हैं। उनका बस चले तो शायद अनन्त काल तक तैरते रहें...इसी तरह। मगर नहीं। अब बेचारा बिपुल और नहीं तैर पा रहा है। उस नन्हे मासूम के हाथ-पाँव अब शिथिल होते जा रहे हैं। लगता है अब वह डूब ही जाएगा। चलो अच्छा हुआ जो उसने हाथ बढ़ाकर ऑनिल को पकड़ लिया। ऑनिल ने उसे अपनी पीठ पर ले लिया है। अब वह बिपुल को अपनी पीठ पर लेकर तैर रहा है। दंगाई बुला रहे हैं, वह तैर रहा है। जब हर सूरत में मौत ही अन्तिम परिणति है तो क्यों न आखरी दम तक बचने की कोशिश की जाए ! दंगाई कह रहे हैं, "आओगे नहीं तो फिर हम ही आ रहे हैं तुम लोगों के पास। और अब तीन आदमी घाट पर रखे भैला पर चढ़कर बैठ गए हैं। भैला आगे बढ़ रहा है, ऑनिल-बिपुल की मौत करीब आ रही है। ऑनिल तैरकर उनसे दूर जा रहा है। तालाब के उस पार की ओर। दंगाइयों से उसका फासला कम होता जा रहा है...और कम...और कम। अब वह घुटने भर पानी में खड़ा हो चुका है। बिपुल उसके पीछे छिपा खड़ा है। तभी एक दंगाई का रांदा हवा में लहराता है और ऑनिल का सिर पानी में...डुबुक...बुद-बुद-बुद-बुद ! बिपुल फैली आँखों से अपने भैया के सिर को पानी में डूबते देख रहा है..."मुझे मत मारो ! मुझे छोड़ दो..." कहकर गिड़गिड़ा रहा है। रो रहा है। पानी का रंग लाल होता जा रहा है...वह देखे जा रहा है...रोए जा रहा है...गिड़गिड़ाए जा रहा है। अब उसकी बारी है। उसके गले में भी वार करने के लिए एक हाथ हवा में लहराता है मगर तभी एक चमत्कार होता है। एक दंगाई भैला से उतरकर उसे अपनी ओर खींच लेता है। "इसे मत मारो। इसे मैं अपने साथ ले जाऊँगा। मेरा कोई बेटा नहीं है। इसे मैं अपने बेटे की तरह पालूँगा।" कहकर बाकी दंगाइयों के बढ़ते हाथों को वह रोक लेता है।

"नहीं, नहीं। मालाउन लोगों के एक भी बीज को नहीं रहने देंगे हम ! इसे भी खत्म कर डालेंगे।" कहकर एक बार फिर वे बिपुल पर वार करने की कोशिश करते हैं। इस बार भी वह पहलेवाला दंगाई उसे बचा लेता है।

माशीमाँ खड़ी-खड़ी देख रही हैं...वह आदमी बिपुल को साथ लेकर न जाने कहाँ चला जा रहा है...उस सॉबेदा गाछ के नीचे से होते हुए...।

उषा माशीमाँ खड़ी हैं। अभी भी खड़ी हैं। दंगाई उनके घर के सामान लूट रहे हैं। अब वे गोला घर में आएँगे। ज़रूर आएँगे। अब उनकी बारी है। ओतुल-सुनील की बारी है। ठीक ही तो है। सब के सब एक साथ खत्म हो जाएँगे। लेकिन दंगाई नहीं आए। उनका स्वर अब दूर जा रहा है। मगर आग की लपटें करीब आ रही हैं। ओतुल और सुनील होगला के भीतर से बाहर निकल आए हैं। उन्हें झकझोर रहे हैं, "ओ माँ !" ओ बॉड़ोमाँ ! वे लोग घर में आग लगा गए हैं। जल्दी बाहर चलिए। नहीं तो जल जाइएगा। दिखता नहीं चारों ओर धुआँ-धुआँ हो रहा है ?

और बुत बनी माशीमाँ को खींचते हुए ले जाकर ओतुल-सुनील पिछवाड़े के घने जंगल में जा छिपते हैं। उनकी आँखों के सामने उनका घर जल रहा है। घर में पड़ी-पड़ी माशीमाँ के सास-ससुर, देवर-देवरानी की लाशें जल रही हैं। तालाब किनारे उनके पति तथा लाडली बेटी की लाश न जाने किस हाल में पड़ी है। मगर वे छिपी हुई हैं। ओतुल-सुनील को कलेजे से लगाकर ! काँपते हुए विक्षिप्त नज़रों से जलते घर को देखे जा रही हैं। उनकी आँखों में

आँसू नहीं हैं। उनके दिमाग ने सोचना-समझना बन्द कर दिया है। अब वे-वे नहीं हैं। अब वे कोई और हैं।

दंगाइयों का काफिला आगे बढ़ रहा है। हर घर में यही कहानी दुहरा रहा है। घरों को लूट रहा है। युवतियों को नोच-खसोट रहा है। इस मुहल्ले का अन्तिम मकान मेरे दादू का है। दादू के घर के पीछे भी घना जंगल-सा है। जंगल के ठीक पीछे नॉमोशुद्रो पाड़ा है। उस पाड़ा में दंगाई नहीं जाएँगे क्योंकि साफ-सफाई का काम करनेवाले, सेवा करनेवाले नीची जाति के लोगों को मारने का हुक्म नहीं है।

मगर दादू के घर तक पहुँचने में उन्हें ज़्यादा वक़्त नहीं लगेगा। इसीलिए तो मेरी दीदीमाँ, मेरी बाल विधवा बड़ी माशीमाँ और मेरे बड़े मामा घर के बाल-बच्चों को, बहुओं को पिछवाड़े के जंगल में भेजकर स्वयं घर के कीमती सामानों को बॉसोत बाड़ी की ऊँची जमीन से लुढ़का-लुढ़काकर पीछे के जंगल की ओर फेंक रहे हैं। पीतल काँसा के बड़े-बड़े बर्तनों को, चावल-दाल के बोरों को, जेवर कपड़ों के बक्सों को। ताकि गाँव के दूसरे घरों की तरह उनका घर भी जला दिया जाए तो कम-से-कम कुछ चीज़ें बच जाएँ। दादू मनसा मन्दिर में पूजा करने गए हैं। न जाने वे किस हाल में होंगे ! दीदीमाँ का दादू के लिए चिन्ता से बुरा हाल है, लेकिन किसे फ़ुर्सत है उनकी खोज में जाने की। कहते हैं न, "चाचा ! आपोन प्राण बाँचा।" (चाचा अपना प्राण बचाओ।) अब दंगाइयों की आवाज़ें काफी करीब आ गई हैं। बड़ी माशीमाँ मेरी दीदीमाँ से कह रही हैं, "माँ अब तुम जाओ, जाकर जंगल में छिप जाओ। हम कुछ और सामानों को बचाने की कोशिश करते हैं।"

"नहीं, मैं तुम लोगों को छोड़कर नहीं जाऊँगी। चलो, तुम लोग भी चलो। अब और देर मत करो। वे लोग आ जाएँगे।" दीदीमाँ अपनी बेटा-बेटी को छोड़कर जाने के लिए राजी नहीं हुई।

"माँ तुम बूढ़ी हो गई हो। हम लोगों की तरह दौड़ नहीं पाओगी। तुम पहले जाओ। हम पीछे-से आते हैं न !" कहकर मेरे बड़े मामा एक और ट्रंक को खींचकर बाहर निकालने लगते हैं...

...और देखते-ही-देखते दंगाइयों का एक दल बिलकुल करीब आ जाता है। अब उन तीनों ने भागना शुरू किया है। जंगल की ओर...। बड़ी माशीमाँ और बड़े मामा तो दौड़कर जंगल की घनी झाड़ियों के पीछे छिप जाते हैं पर दीदीमाँ बेचारी दंगाइयों की नज़र से बच नहीं पाती हैं। वे गिड़गिड़ाती हैं, "बाबा ! मुझे छोड़ दो बाबा ! मैंने तुम लोगों का क्या बिगाड़ा है ?"

"तुमने नहीं बिगाड़ा है, तुम्हारे धर्म ने बिगाड़ा है। अच्छा तू पोंडित मॉशाइ की बीवी है न ?" एक दंगाई उन्हें पहचानते हुए कहता है।

"हाँ बाबा ! मैं पोंडित मॉशाइ क़ी बीवी हूँ। तुम लोगों के स्कूल के प्रधानाध्यापक की बीवी ! मुझे मत मारो।"

"आ हा हा ! क्यों न मारूँ ?" कहकर एक ही वार में उनका काम तमाम कर दिया जाता है। रुलाई रोककर बड़ी माशीमाँ झाड़ियों के पीछे फुसफुसाकर अपने भाई से कहती हैं, "भाई रे ! लगता है उन लोगों ने माँ को खत्म कर डाला।"

"चुप !" भाई अपनी बहन को सावधान करते हुए कहता है, "नहीं तो वे हमें भी खत्म कर डालेंगे।"

इतने में एक दंगाई की नज़र झाड़ियों से बाहर निकली हुई माशीमाँ की सफेद साड़ी पर पड़ती है। वह दौड़कर वहाँ पहुँचता है और "छिपती है साऽऽलीऽऽऽ" कहकर साड़ी पकड़कर खींचते हुए उन्हें बाहर निकाल लाता है। बड़े मामा तब तक सरकते हुए थोड़ी दूर की एक झाड़ी के पीछे पहुँच चुके थे। उन पर इस दंगाई की नज़र न पड़े, यह बात दिमाग में रखकर माशीमाँ उस दंगाई से जूझती हुई उसे उस जगह से दूर ले जाने की कोशिश करने लगती हैं। करीब पैंतालीस वर्षीया हृष्ट-पुष्ट माशीमाँ पूरी ताकत लगाकर उस दंगाई के साथ धक्का मुक्की करते-करते उसे पास के खेतों तक ले जाती हैं। इस बीच वह आततायी रांदा के वार से उन्हें लहूलुहान कर डालता है। खेत तक पहुँचकर वे अर्द्धमूर्च्छित-सी होकर गिर पड़ती हैं। इस बीच कई और दंगाई वहाँ पहुँच जाते हैं। एक कहता है, "ले खोल इसकी साड़ी।"

दूसरा कहता है, देखता नहीं, "अधेड़ है साली। इस मुहल्ले में हमें जवान औरतें कम मिली हैं क्या जो जाते-जाते इस अधेड़ से अपना स्वाद ख़राब करें।"

"अब और स्वाद खराब करने की ज़रूरत नहीं। हमारे हत्थे चढ़ने से पहले ही डर से मर गई है। लगता है इसे अपनी इज़्ज़त बहुत प्यारी है। ठहरो, मैं इसकी इज़्ज़त ढक देता हूँ।" कहकर ठहाका लगाते हुए तीसरा दंगाई पास ही पड़े सूखे घास-फूसों को उठा-उठाकर माशीमाँ पर डालने लगता है। जब माशीमाँ घास-फूस से पूरी तरह से ढक दी जाती हैं तव पहला दंगाई माचिस निकालकर कहता है, "लो, अब इसका क्रियाकर्म भी कर ही डालो।"

"क्यों बेकार में सियार कुत्तों के पेट पर लात मारते हो। अब चलो। बहुत देर हो गई।" कहकर तीसरा दंगाई अपने साथियों को लेकर आगे के खेतों से होते हुए नदी पार करके दूसरी तरफ़ चला जाता है।

उनके चले जाने का पक्का यकीन हो जाने पर झाड़ी के पीछे से निकलकर मेरे बड़े मामा माशीमाँ के पास पहुँचते हैं और आशंकित होकर पूछते हैं, "बहन रे ! क्या तुम ज़िन्दा हो ?" माशीमाँ अस्फुट स्वर में कहती हैं, "हाँ, रे ! पर तू भाग। मेरी चिन्ता मत कर। कहीं उन लोगों ने तुझे देख लिया तो तुझे भी मेरी तरह..." उनका वाक्य पूरा होने से पहले ही मेरे बड़े मामा घुटनों के बल जमीन पर बैठ जाते हैं और अपनी बहन के शरीर से घास-फूस हटाते-हटाते बिलख पड़ते हैं। बहन की रक्तरंजित देह उन्हें धिक्कार रही थी--क्या मृत्युभय मनुष्य को इतना कायर बना देता है ?

धीरे-धीरे वे मुट्ठी-भर लोग, जो ज़िन्दा बचे थे, बाहर निकल आते हैं। मेरे दादू भी घर लौट आते हैं। गनीमत थी कि दंगाइयों ने दादू के घर में आग नहीं लगाई थी। दीदीमाँ की लाश को उठाकर घर ले जाया जाता है। इसी बीच जंगल के उस पार से नॉमोशुद्रो पाड़ा के कुछ लोग आकर मेरे दादू से कहते हैं, "पोंडितमॉशाइ ! आप लोग हमारे पाड़ा में चलिए। यहाँ रहना खतरे से ख़ाली नहीं। वे फिर आ सकते हैं।"

मेरे दादू को उनकी बात माननी पड़ती है। गाँव से बाहर जाना सम्भव नहीं है। इसलिए उसी नॉमोशुद्रो पाड़ा में उन्हें सपरिवार शरण लेनी पड़ती है जिनका छुआ पानी तक वे लोग नहीं पीते थे। उस पाड़ा में जाने से पहले दीदीमाँ की लाश को घर के एक कमरे में डालकर बाहर से कुंडी लगा दी जाती है। उनके पास बैठकर रोनेवाला कोई नहीं रहता है।

नॉमोशुद्रो पाड़ा के लोग लहूलुहान माशीमाँ की मरहम-पट्टी करते हैं। उन्हें गरम दूध पिलाते हैं। बाकी लोगों को खाने-पीने की कोई सुध नहीं थी। डरते-डरते सब लोग रात बिताते हैं।

सुबह बड़े मामा को लेकर मेरे दादू उषा माशीमाँ के परिवार की टोह लेने निकलते हैं। इस प्रान्त से उस प्रान्त तक बिछे उस सद्यःनिर्मित मरघट में पाँव धरने की जगह नहीं दिखती उन्हें। चारों ओर जले हुए घरों की राख, बाँस तथा लकड़ियों के अधजले टुकड़े, झुलसे हुए टीन, जले-अधजले कपड़े, धिकिधिकि जलते घास-फूस के बीच जले, अजले, अधजले लोगों की मृतदेह बिखरी पड़ी थी। जलते हुए मानव मांस की गंध से साँस लेना दूभर हो रहा था। बचे लोगों की हृदय विदारक चीत्कार के बीच महाभोज मनाते चील, गिद्ध, कौओं और कुत्तों की समवेत हर्षध्वनि से पूरा परिवेश अति भयंकर हो उठा था।

इन सबके बीच से होते हुए बड़ी कठिनाई से दादू और बड़े मामा उषा माशीमाँ के जले हुए घर में पहुँचते हैं। अपने पति और बेटी के कटे मुंडों को अपनी गोद में लेकर वे बुत बनी बैठी थीं। रात-भर उन्हें ओतुल और सुनील के साथ पिछवाड़े के जंगल में कीचड़ भरे पोखर में पड़े रहना पड़ा था। आस-पास सियार-कुत्ते भौंक रहे थे, करुण स्वर में रो रहे थे, इधर-उधर पड़ी लाशों को नोच-खसोट रहे थे। मर्मांतक शोक, भय और ठंड से ठिठुरते एक-दूसरे के साथ चिपके ओतुल, सुनील और माशीमाँ को उस अजीब हालत में देख उन पर मुहल्ले के वही कुत्ते झुंड बनाकर भौंक रहे थे जो कल तक ओतुल-सुनील के साथ खेला करते थे तथा मछली भात खाने के लिए माशीमाँ के आगे-पीछे दुम दबाए फिरा करते थे। माशीमाँ ने रोते हुए कहा था, "आज इन मोसला लोगों की तरह तुम लोग भी बेईमान हो गए रे ?"

दादू उन तीनों को सँभालकर अपने घर ले आते हैं। जैसे-तैसे दोनों परिवार के मृत लोगों का अन्तिम संस्कार किया जाता है। नॉमोशुद्रो पाड़ा के लोगों की मदद से गाँव में पुलिस पिकेट बैठाई जाती है। हालाँकि इसके लिए पुलिस को काफी पैसे देने पड़ते हैं।

इधर जो दंगाई बिपुल को अपने साथ ले गया था, वह उसे अपने घर ले जाकर अपनी बीवी से कहता है, "आज से यह हमारा बेटा है। इसके खून सने कपड़े बदलवाकर इसे लुंगी, बनियान पहनाओ।"

वह औरत बिपुल के सिर पर हाथ फेरते हुए पूछती है, "तेरा नाम क्या है रे खोका ?"

बिपुल टुकुर-टुकुर उनकी तरफ़ देखता रहता है। उसकी आँखों के सामने उनका चेहरा नहीं, उसके भैया का जल में डूबता हुआ कटा मुंड तैर रहा था।

उसे चुप देख वह औरत कहती है, "ठीक है। हम तुम्हें हुसैन कहकर पुकारेंगे। आज से तुम मुझे अम्मी और इन्हें अब्बा कहकर बुलाना, समझा ?" बिपुल की आँखों से आँसू बहने लगते हैं। वह औरत उसे गर्म दूध लाकर देती है। मूड़ी देती है। मछली का झोल-भात परोसकर देती है मगर बिपुल उन्हें छूता तक नहीं। दंगाई कहता है, "खा ले। नहीं तो ज़िन्दा कैसे रहेगा ?" उसकी औरत सहानुभूति दिखाती है, "जो बच्चा अपनी आँखों के सामने अपनों को मरते-कटते देखता है, उसका ज़िन्दा रहना, न रहना बराबर है।"

रात होते ही दंगाइयों का एक दल उनके यहाँ आ धमकता है। आहट पाते ही बिपुल की नई अम्मी उसे लेकर पाकघर के कोने में जा छिपती है। दंगाइयों का मुखिया कहता है, "देखो इम्तियाज़ भाई ! उसे तुम हमारे हवाले कर दो। वह ज़िन्दा रहा तो उसी की गवाही से हम सब फँसेंगे। उसे किसी भी हाल में ज़िन्दा नहीं छोड़ा जा सकता। तुम उसे हमें सौंप दो वरना हम तुम्हें भी देख लेंगे।"

"ठीक है देख लेना। जब मैं और मेरी बीवी ने इसे बेटा मान लिया है तो फिर दुबारा इसे मौत के मुँह में नहीं ढकेल सकता।"

इम्तियाज़ भाई के अड़ियल रवैये के कारण वे लोग ख़ाली हाथ ही लौट जाते हैं। जाते-जाते धमकी दे जाते हैं, "देखता हूँ कब तक तुम इसे अपनी बीवी के पल्लू में छिपाकर हमसे बचा सकते हो।"

उनके चले जाने के बाद वह औरत बहला-फुसलाकर बिपुल को अपने हाथों से खाना खिलाती है। एक बच्चा आखिर कब तक भूखा रह सकता है ?

रात को इम्तियाज़ भाई बिपुल को अपने साथ ही लेकर सोता है। सोते समय अपने तकिए के नीचे एक धारदार कटारी रख लेता है। इस डर से कि कहीं वह सोते में उसका गला न काट डाले, बिपुल रात-भर ठीक से सो नहीं पाता। इसी तरह से कई रातें बीत जाती हैं।

जब बिपुल को मारने के लिए इम्तियाज़ भाई पर उनके साथियों का दबाव बहुत अधिक बढ़ जाता है तब एक दिन मुँह अँधेरे उठकर इम्तियाज़ भाई बिपुल से कहता है, "चलो खेतों से घूम आते हैं। बहुत दिनों से मैं अपने खेतों पर नहीं गया। बिपुल डरते-डरते उसके साथ चल पड़ता है। हर कदम पर उसे अपनी मौत नज़र आती है। वह पूरी तरह से इम्तियाज़ भाई पर विश्वास नहीं कर पाता है। खेतों की मेड़ से होते हुए वे दोनों चलते चले जाते हैं। मस्जिद से अजान का स्वर सुनाई देने लगता है। पूरब में हल्की-हल्की लाली फैलती जाती है। बिपुल पूछता है, "और कितनी दूर है आपका खेत ?"

"बस, अब पहुँच ही गए समझो।" इम्तियाज़ भाई का जवाब सुनकर बिपुल का मन करता है यहाँ से दौड़कर अपने घर चले जाए। मगर अगले ही पल उसे उस कटारी का ख़याल आता है, जो इम्तियाज़ भाई के कुर्ते के नीचे लुंगी की गाँठ और पेट के बीच में खोंसा हुआ है। भागते बिपुल पर पीछे से उस कटारी का फेंका जाना असम्भव नहीं। बिपुल को भागने का विचार त्यागना पड़ता है।

एक पोखर के पास आकर इम्तियाज़ भाई रुक जाता है। सामने कुछ घर नज़र आते हैं। इस मुहल्ले में बिपुल पहले कभी नहीं आया था। देखने से यह मुसलमान पाड़ा लगता है। कुछ मुसलमान औरतें पोखर में अपना-अपना काम कर रही हैं। "तुम यहाँ रुको, मैं अभी आता हूँ।" कहकर इम्तियाज़ भाई उस पाड़ा में चला जाता है। सामने औरतों को देख बिपुल को कुछ हिम्मत मिलती है। वह वहाँ से भागने के बारे में फिर से सोचना आरम्भ करता है मगर इसी बीच इम्तियाज़ भाई एक-दूसरे व्यक्ति के साथ वहाँ लौट आता है। साथ आए व्यक्ति से बिपुल का परिचय कराते हुए कहता है, "इसे पहचानते हो न ? यह तुम लोगों के खेतों में ही काम करता था।"

"हाँ। जानता हूँ। यह रुस्तम अली है।"

"यह तुम्हें तुम्हारे घर पहुँचा आएगा। ठीक है ? अब मैं चला।" कहकर वह एक बार बिपुल के सिर पर प्यार से हाथ फेरता है और पीछे मुड़कर वापस अपने गाँव की ओर चल पड़ता है।

रुस्तम अली बिपुल को पहले अपने घर ले जाकर रखता है। फिर अकेले ही हिन्दू पाड़ा की टोह लेने निकल पड़ता है। बिपुल के जले घर में जब उसे कोई नहीं मिलता तब वह जंगल के रास्ते से मेरे दादू के यहाँ जा पहुँचता है। वहाँ उषा माशीमाँ को आँगन में बैठे-बैठे रोते देख कहता है, "रोइए मत। आपके देवर का एक बेटा बिपुल अभी तक ज़िन्दा है।"

यह सुन उषा माशीमाँ बिपुल के लिए तड़प उठती हैं, "क्या कहा ? मेरा बिपुल अभी तक ज़िन्दा है ? कहाँ है वह ? उसे मेरे पास ले आओ। अभी इसी वक़्त ले आओ।"

"ला तो सकता हूँ मगर इसके एवज़ में मुझे क्या देंगी ?" रुस्तम अली उनकी कमजोरी का फायदा उठाते हुए कहता है।

"मेरे पास क्या है जो तुझे दूँगी ? सब कुछ तो जलकर राख हो गया है।" माशीमाँ कहती हैं।

"क्यों आपके गले का वह हार ? उसे तो दे सकती हैं आप ?" रुस्तम अली माशीमाँ के गले में पड़ी सोने की मोटी सिकड़ी को ललचाई नज़रों से देखते हुए कहता है।

गले में एक हार अभी तक रह गया है, शोक में डूबी माशीमाँ को इसका ख़याल नहीं था। रुस्तम अली के कहने पर याद आता है। कहती हैं, "ठीक है, ठीक है। तू उसे ले तो आ। फिर देखा जाएगा।" "उसे मैं ले तो आता हूँ मगर जब तक यह हार मुझे नहीं दीजिएगा तब तक बिपुल को आपके हवाले नहीं करूँगा। कहे देता हूँ, हाँ।"

थोड़ी देर बाद वह बिपुल को ले आता है। अपनी बड़ी माँ को देखते ही नन्हा बिपुल दौड़कर उनसे लिपट जाता है। दोनों फूट-फूटकर रोने लगते हैं। रोते-रोते बिपुल कहता है, "मैं तुम्हारे पास रहूँगा बॉड़ोमाँ। इनके साथ वापस नहीं जाऊँगा।"

"हाँ बेटा। अब मैं तुम्हें कहीं नहीं जाने दूँगी। अब से तुम मेरे पास ही रहोगे।" कहकर उषा माशीमाँ उसकी पीठ पर स्नेह भरा हाथ फेरने लगती हैं।

"दीजिए। अब जल्दी से मुझे हार दे दीजिए।" रुस्तम अली हार लेकर जल्द-से-जल्द चला जाना चाहता है। क्या पता कब कौन-सी मुसीबत आ जाए। मगर उसके मंसूबे पर पानी फेरते हुए उषा माशीमाँ दहाड़ उठती हैं, "हार दूँगी ? तुझे मैं अपना हार दूँगी ? बेईमान! हमारे ही खेतों में ज़िन्दगी भर काम करके खाते रहे। हमने अपने हाथों से तुम्हें नवान्न खिलाया। मूड़ी भूँजकर, भात राँधकर सालों से खिलाती रही और आज...आज तुम्हीं लोग हमें धन-प्राण से मार रहे हो ? भाग साला मोसला ! नहीं तो अभी इसी वक़्त तुम्हें इस हँसुए से काट डालूँगी।"

माशीमाँ का वह बदला हुआ रूप देख रुस्तम अली कहता है, "ठीक है, ठीक है। हार देने की ज़रूरत नहीं। आप कम-से-कम वह लुंगी और बनियान ही हमें दीजिए, जिसे बिपुल ने पहन रखा है।" बिपुल झट से अपनी लुंगी-बनियान उतारकर उसे दे देता है और वह जंगल के रास्ते से वापस चला जाता है।

पिछले चन्द दिनों में उस गाँव में घटी लोमहर्षक घटनाओं के बारे में जानकर मैं और बाबा स्तब्ध रह गए। बाबा ने दादू से कहा, "आप लोगों को यहाँ रहने की ज़रूरत नहीं है। आप लोग हमारे साथ बोरिशाल चलिए।"

दादू बोले, "इतने सारे लोगों को तुम रखोगे कहाँ ? हम यहीं ठीक हैं।"

हारकर हम लोग सिर्फ़ उषा माशीमाँ, ओतुल, सुनील और बिपुल को लेकर बोरिशाल लौट आए। उषा माशीमाँ का बड़ा बेटा दिलीप कोलकाता में रहकर नौकरी करते थे। माशीमाँ कुछ दिनों तक बोरिशाल में हमारे साथ रहीं। फिर स्थिति सामान्य होते ही दिलीप दा आकर उन्हें अपने साथ कोलकाता ले गए।

सन् 1950 में पूर्वी पाकिस्तान में हुए इस दंगे में सबसे अधिक हमारा बोरिशाल जिला ही प्रभावित हुआ था। हम भाग्यशाली थे जो बच गए। मेरा दोस्त कुट्टी इस दंगे में मारा

गया था। उसके परिवार में सिर्फ़ उसके बाबा ही ज़िन्दा बचे थे, वह भी इसलिए कि वे उस समय ढाका में थे। ढाका के शाँखारी पोट्टी में वे शंख की चूड़ियाँ बनाने का व्यवसाय किया करते थे। उन्होंने ही बताया कि शाँखारी पोट्टी में भी दंगाइयों ने घुसने की कोशिश की थी। मगर उस मुहल्ले के हिन्दुओं ने इतनी जमकर मोर्चाबन्दी की थी कि वे उनका कुछ अहित नहीं कर पाए। दरअसल उस मुहल्ले के अधिकतर मकान दोतल्ला तथा तीनतल्ला थे। चूँकि बंगाल की सभी शादीशुदा औरतें सुहाग चिह्न के रूप में शंख की चूड़ियाँ पहना करती हैं इसलिए शाँखारी पोट्टी के लोगों का व्यवसाय खूब अच्छा चलता था। उस मुहल्ले के करीब हर घर में शंख काटने की मशीनें हुआ करतीं थीं। बंगाल की खाड़ी से बड़ी मात्रा में शंखों को जमा करके यहाँ लाया जाता था। फिर उनके अन्दर के मांस को साफ करके बाहर के सफेद कड़े हिस्से को गोल-गोल काटकर 'शाँखा' बनाया जाता था। उस इलाके में हमेशा शंख के अन्दर के सड़े मांस की दुर्गंध फैली रहती थी। शंख काटने की चौड़ी तथा चाँद के आकार की कटारीनुमा मशीनें अत्यन्त धारदार हुआ करती थीं। दंगे के समय उन्हीं हथियारों के डर से दंगाई उस मुहल्ले में नहीं घुसे।

पाँच से दस दिनों तक चले उस दंगे में असंख्य हिन्दू मारे गए। कितने ही लोग अपना घर-बार छोड़कर भारत चले गए। प्रारम्भ में उन्हें शरणार्थी शिविरों में रखा गया। फिर भारत सरकार ने उन्हें देश के अलग-अलग भागों में ले जाकर बसाया। इस प्रकार भारत के उड़ीसा, अंडमान-निकोबार, दंडकारण्य, राँची, पश्चिम बंगाल के गोमा, हावड़ा, ताहीरपुर, कृष्णनगर आदि जगहों में काफी संख्या में पूर्वी पाकिस्तान के हिन्दू शरणार्थी जाकर बस गए।

हम लोगों का परिवार बोरिशाल में ही रह गया। इस बीच शामदाशी माशीमाँ ने एक बेटे को जन्म दिया। बाबा उन दोनों में ही व्यस्त हो उठे। दंगे के बाद से मैं लगातार बाबा से कहता रहा था कि हमारे सारे दोस्त तथा रिश्तेदार भारत चले जा रहे हैं। अब हमें भी चलना चाहिए। यहाँ पता नहीं कब क्या हो जाए ! मगर बाबा मुझसे ही सवाल करते, "वहाँ जाकर हम खाएँगे क्या ? रहेंगे कहाँ ?"

मेरी माँ भी भारत जाने के पक्ष में थीं। वे कहतीं, "अगरतल्ला में मेरा भाई तो है। चलिए वहीं चलते हैं। वह कोई न कोई व्यवस्था कर ही देगा।"

हम लोगों के बार-बार कहने पर बहुत दिनों बाद अन्ततः बाबा राजी हुए। लेकिन वे बोले, "पहले मैं और केष्टो जाकर वहाँ सारी व्यवस्था कर आते हैं। फिर आकर सबको ले जाएँगे।"

बाबा और मैं बोरे में भरकर पीतल तथा काँसे के बर्तन तथा कुछ अन्य भारी सामान लेकर अगरतल्ला के लिए निकल पड़े। बाबा का कहना था कि इस बार कुछ सामान रख आऊँगा तो अगली बार जाते समय कम सामान ढोने पड़ेंगे। एक बार में ज़्यादा सामान ढोना भी तो मुश्किल है।

बाबा पहली बार माँ की राय पर कोई काम करने को राजी हुए थे, इसलिए माँ बहुत खुश थीं। सुबह उठकर माँ ने जल्दी-जल्दी रास्ते के लिए देशी घी की पूड़ियाँ तथा सूजी का हलवा बना दिया था। माँ के मन में शायद यह बात थी कि हो सकता है कि उनके भाई के पास जाने पर शामदाशी माशीमाँ के प्रति बाबा के रूख में कोई तबदीली आए।

❐ ❐ ❐

पूरा अगरतल्ला शहर पूर्वी पाकिस्तान के शरणार्थियों से भरा पड़ा था। मामा के घर की हालत देख तो हमारा सर ही घूम गया। वहाँ पहले से ही पूर्वी पाकिस्तान से घर-द्वार छोड़कर आए मामा के कई दूसरे रिश्तेदार डेरा डाले हुए थे। मामा के चार कमरोंवाले मकान में तिल धरने की जगह नहीं थी। फर्श पर पुआल और चादर बिछाकर एक-दूसरे पर लदे-फदे लोग सो रहे थे। बाहर आँगन में एक बड़ी-सी हाँड़ी में इस तरह से खिचड़ी उबल रही थी मानो दरिद्रनारायण भोज का इंतजाम किया जा रहा हो। अयाचित आगंतुकों के बोझ से पहले से ही मामा-मामी की कमर झुक गई थी। हमें देखते ही उनके चेहरे पर आतंक के भाव उभर आए।

वहाँ रहने का सवाल ही नहीं उठता था। हम उल्टे पाँव बोरिशाल लौट आए। बाबा झुँझला उठे, "खामखाह इन भारी सामानों को ढो-ढोकर ले गया। सब लोग वहाँ गाय-बकरी की तरह रह रहे हैं। उससे तो अच्छा है अपने घर पर ही रहना।"

"घर पर रहेंगे कैसे ? यहाँ तो सब मोसला लोग राक्षस बन बैठे हैं। बच्चा-कच्चा लेकर ज़िन्दा रहना ही तो मुश्किल हो उठा है।" माँ बोलीं।

"सब के सब राक्षस नहीं बने हैं रे पुष्पी !" बाबा का स्वर कुछ नरम पड़ा। "अभी भी इंसानियत बची है कुछ सच्चे मुसलमानों में। पता है हसन अली अपनी दुकान के साझेदार प्रोफुल्लो राय को बॉर्डर के उस पार शरणार्थी शिविर में जाकर उसके हिस्से के रुपए पहुँचा आया है। और वो कापोइड़ा पोट्टी का अमानत खान है न ? उसकी माँ के पास रोघु साहा की बीवी पचास तोला सोना रख गई थी। अभी सात-आठ दिन पहले जब रोघु साहा अपना सोना वापस लेने आया तो बिना एक शब्द कहे उसने पूरा सोना वापस कर दिया। चाहता तो आसानी से हजम कर सकता था।"

बाबा को समझाना हमारे बस की बात नहीं थी। इसलिए मैं अकेले ही भारत जाकर कोई पक्का बन्दोबस्त कर आने के बारे में सोचने लगा।

राखे केष्टो मारे के

जब हम किसी काम को करने के लिए अन्दर से तीव्र आवेग का अनुभव करते हैं तब हमारे सारे तर्क उसी के पक्ष में डटकर खड़े हो जाते हैं। यह समझते हुए भी कि यह गलत है, विवेकहीन की तरह हम उस काम को अंजाम देने के लिए बद्धपरिकर हो उठते हैं।

मेरे साथ भी कुछ ऐसा ही हुआ और मैं माँ के बक्से से कुछ रुपए चुराकर कोलकाता जाने के लिए 'फ़्लोरिकन' नामक स्टीमर में जा बैठा। कोलकाता पहुँचकर सबसे पहले मुझे जॉया दीदी और प्रोबाल की याद आई। मुझे लगा वही लोग मेरे लिए कुछ कर सकते हैं। लेकिन उनका पता मेरे पास नहीं था। उन लोगों के चले जाने की ख़बर से मैं इतना उद्वेलित हो उठा था कि प्रोबाल से उनके कोलकाता का पता लेने की सुध ही नहीं रही थी। बोरिशाल से आने से पहले मैं बस इतना ही जान पाया था कि वे लोग बाग बाज़ार इलाके में कहीं रहते हैं। मैं उनकी खोज में दिन-भर बाग बाज़ार इलाके के घरों की कुंडियाँ खटखटाता रहा और सोचता रहा कि बस, अब पलक झपकते ही मेरी किस्मत का दरवाज़ा खुलनेवाला है।

एक तरह से यह मेरा पागलपन ही था। इतने बड़े इलाके में उन्हें बिना पते के ढूँढ़ पाना

हास्यास्पद था। काफी ढूँढ़ने के बाद भी जब सफलता नहीं मिली तब मैं रासबिहारी एवेन्यू जा पहुँचा। वहाँ मेरा एक और दोस्त लोक्खीनाथ रहता था। वही मेरा एकमात्र ऐसा दोस्त था, जिसने बोरिशाल से आने के बाद मुझे पत्र लिखकर अपना पता भेजा था।

लोक्खीनाथ का बड़ा-सा परिवार जिस किराए के मकान में रहता था, वह इतना छोटा था कि वहाँ किसी बाहरी सदस्य के रहने की बात सोची भी नहीं जा सकती थी। बोरिशाल में लोक्खीनाथ के पिता की एक अच्छी-खासी कपड़े की दुकान थी, जिसे दंगे के समय जला दिया गया था। यहाँ आकर उन लोगों ने एक छोटी-सी लॉण्ड्री खोल ली थी। लोक्खीनाथ ने लॉण्ड्री में ही मेरे सोने की व्यवस्था कर दी। उनकी माली हालत इतनी खराब हो चुकी थी कि मुझे उनके घर भोजन करने में भी शर्म लगती। बाहर होटल में ही कुछ खा लेता और दिन-भर बागबाज़ार इलाके की खाक छानता फिरता। तीन-चार दिनों तक भटकते रहने के बाद मैंने लोक्खीनाथ से उसके चचेरे भाई धीरेन्द्रोनाथ का पता लिया। धीरेन्द्रोनाथ भी मेरे साथ पढ़ता था और हम लोगों में काफी दोस्ती थी। बोरिशाल से आने के बाद वे लोग चैतन्य महाप्रभु की पवित्र नगरी नवद्वीप में बस गए थे।

कोलकाता में जिस तरह से शरणार्थियों की बाढ़ आई हुई थी, उससे वहाँ कोई ढंग का काम मिलना सम्भव नहीं था। स्टेशन के प्लेटफॉर्म पर, रेल की पटरियों के किनारे, सड़कों पर, मैदानों पर, गलियों में, परित्यक्त खंडहरों एवं घर के बरामदों में भी जिस तरह से शिक्षित-अशिक्षित, अमीर-गरीब शरणार्थी शरण लिए हुए थे, उसे देख ऐसा लगता था कि एक मुट्ठी भात के लिए इनसे कोई भी काम कराया जा सकता है। ऐसे में अपने सामान्य हुनर के बल पर वहाँ अच्छी नौकरी मिलने की उम्मीद कैसे की जा सकती थी ?

धीरेन्द्रोनाथ का पता पॉकेट में डालकर मैं काम की उम्मीद में नवद्वीप जा पहुँचा। चाहता तो उषा माशीमाँ के बेटे के पास बेलेघाटा भी जा सकता था लेकिन मुझे वहाँ जाने में बड़ा संकोच हुआ। दिलीप दा पर पहले से ही ओतुल, सुनील, बिपुल और माशीमाँ का बोझ था। मैं जाकर उनका बोझ और नहीं बढ़ाना चाहता था। अपने बलबूते पर ही कुछ करना चाहता था मैं।

नवद्वीप में धीरेन्द्रोनाथ ने काफी गर्मजोशी से मेरा स्वागत किया। हालाँकि वह खुद भी बेकार था और काम की तलाश में मारा-मारा फिर रहा था। अन्धे का दोस्त बहरा ! दो-तीन दिनों तक उसके घर में रहकर मैं काफी सोच-विचार करता रहा क्योंकि नवद्वीप में भी ढंग का काम मिलने की कोई उम्मीद नहीं थी। एक रात मैं बोला, "देख धीरा ! पूर्वी पाकिस्तान से इतने लोग यहाँ आ चुके हैं कि इधर आस-पास काम मिलना नामुमकिन है। चल हम लोग कहीं दूर चले चलते हैं। ऐसी जगह, जहाँ ये लोग अभी तक नहीं पहुँचे हैं। वहाँ ज़रूर हमें कोई पसन्दीदा काम मिलेगा।"

धीरा को मेरी बात जँच गई। वह मेरे साथ अपने घर से भागने के लिए तैयार हो गया। घर पर बोलने से जाने की अनुमति नहीं मिलेगी, ऐसा उसे विश्वास था, इसलिए भागने के अलावा कोई चारा न था।

नवद्वीप से हम एक छोटी-सी ट्रेन में बैठकर बर्द्धमान स्टेशन जा पहुँचे। वहाँ यात्रियों से भरी एक ट्रेन खड़ी थी। ट्रेन दिल्ली जा रही थी। बिना कुछ सोचे-विचारे हम उसी ट्रेन में चढ़ बैठे। वैसे सोचा-विचारा हुआ काम भी कहाँ हमेशा मंजिल तक पहुँचा पाता है ? स्वाधीनता संग्राम में जान की बाजी लगानेवाले पाकिस्तान के हिन्दुओं ने ऐसी परिणति की

कल्पना भी की थी क्या ?

खैर, बिना टिकट के टी.टी.आई. से बचते-बचाते हम दिल्ली जा पहुँचे। दिल्ली के पुराने स्टेशन पर ट्रेन रुकी। स्टेशन के नल में हाथ-मुँह धोकर हम बाहर सड़क पर निकल आए। सड़क पर काफी भीड़ थी। गाड़ियों की आवाज़ाही लगी हुई थी। स्टेशन से थोड़ा आगे जाते ही हमने एक पुरानी जर्जर ट्राम को सामने से आते हुए देखा। धीरा ने कहा, "अरे केष्टो ! यह कैसी ट्राम है रे ! हमारे कोलकाता में तो कितनी सुन्दर झकमक करती ट्रामें दिखती हैं। यह तो...।"

मैं कोई राय देता इससे पहलै ही ट्राम आकर ठीक हमारे सामने रुक कई। कुछ यात्रियों को चढ़ते-उतरते देख हम भी उसमें चढ़ बैठे। सड़क के दोनों ओर के बड़े-बड़े मकान, बड़ी-बड़ी दुकानें इतनी पुरानी नज़र आ रही थीं कि हमें सारा कुछ फीका-फीका सा लग रहा था।

"दिल्ली शहर का इतना नाम सुना था, मगर यहाँ तो कोई चमक-दमक नहीं है। इससे ज़्यादा सुन्दर, ज़्यादा चमकीला तो हमारा कोलकाता शहर है रे !" बाहर का नज़ारा देखते-देखते मेरे मुँह से निकला।

ट्राम से उतरकर हम बाज़ार देखते हुए इधर-उधर घूमते रहे। रास्ते में पावरोटी, केला आदि खरीदकर खाए। घूमते-घूमते नई दिल्ली जा पहुँचे। उस समय वहाँ नए-नए भवन बन रहे थे। नई दिल्ली का स्टेशन भी बन ही रहा था। शाम हो गई थी। हम थक गए थे। रह-रहकर एक कठिन सवाल दिमाग की घंटी बजा रहा था, "अब रात कहाँ गुजारेंगे ?"

"इतना क्या सोचना है ?" धीरा ने कहा, "वापस स्टेशन चले जाएँगे और वहाँ खड़ी किसी ट्रेन की ख़ाली बोगी में सो जाएँगे।"

उसकी बात तो ठीक थी मगर मैं इतना थक गया था कि वापस उतनी दूर जाने की हिम्मत नहीं हो रही थी। क्या करें, क्या न करें—हम इस पर विचार कर ही रहे थे कि चलते-चलते मेरी नज़र सड़क के उस पार के एक 'लकड़ी टाल' पर पड़ी। बोरिशाल में अपने घर के पास मैंने कई लकड़ी टाल देखे थे। इसलिए कुछ सोचकर मेरे पाँव ठिठक गए। फिर मैं धीरा को लेकर टाल के अन्दर चला गया और टाल के मालिक से, जो एक सरदार जी थे, बोला, "हाम लोग काज माँगता।"

"क्या माँगता ?" सरदार जी ने हाथ नचाकर पूछा।

"काज ! काज माँगता।" मैंने पहले से अधिक ऊँची आवाज़ में कहा।

"काज इधर कहाँ ? इधर तो लकड़ी है।" सरदार जी बोले।

"लाकड़ी ? लाकड़ी क्या ?" मैंने आश्चर्य से पूछा। सरदार जी ने एक तरफ़ रखी लकड़ियों के ढेर की ओर इशारा करते हुए कहा, "वो रहा लकड़ी।"

"ओ काठ ! तुम लोग काठ को लाकड़ी बोलता ? हाम लोग तो लाकड़ी से चूल्हा धराता। ऊ तो छोटा-छोटा काटा हुआ होता।"

मेरी बात सुनकर सरदारजी हँस दिए। फिर कुछ सोचकर बोले, "तुम लोग कुछ काम करेगा ?"

मैं बोला, "तुम देगा ?" उस समय मुझे यह नहीं मालूम था कि हिन्दी में बड़ों को 'आप' कहा जाता है। इसलिए सरदारजी को तुम कहकर सम्बोधित करता रहा।

"हाँ देगा।" सरदार जी बोले, "लेकिन तुम लोग कुछ काम जानते हो ?"

मैंने सिर हिलाया, "नहीं जानता। पर जो काज देगा कर लेगा। किन्तु हियाँ सोने देगा तो ?"

"हाँ-हाँ देगा। लेकिन तुम लोग आया कहाँ से ?"

"बंगाल से। काम ढूँढ़ने के वास्ते आया।"

"तुम लोग हेल्पर का काम करेगा ?" सरदार जी ने पूछा।

"करेगा।" हमारे पास और चारा ही क्या था ? हमने हामी भर दी। सरदार जी उठकर हमें काम समझाने लगे। उन्होंने हमें अलग-अलग साइज़ की चीरी हुई लकड़ियों को उठा-उठाकर अलग-अलग आकार के खानों में रखने का काम दिया। काम अच्छा था या बुरा, यह विचार करने का वक़्त नहीं था इसलिए हमने सहर्ष उसे स्वीकार लिया।

हमारे पास सामान के नाम पर कपड़े का एक-एक थैला था जिनमें नाममात्र के कुछ कपड़े, कंघी तथा कोलकाता की 'जुगान्तर पत्रिका' के कुछ पुराने अंक थे। रात को पटरों के ऊपर अखबार बिछाकर हमें सोना पड़ा। कपड़े के बैग को हमने तकिया बना लिया और इस डर से कि उस खुली जगह में कोई हमारी एकमात्र सम्पदा को लेकर भाग न जाए, बैग के फीते को गले में डालकर एक हाथ के नीचे रात-भर दबाए रखा। इसी तरह बिना चहारदीवारी के, बिना किसी दरवाज़े के उस शेड के नीचे हमारी रातें गुज़रने लगीं। जब तक शॉ मशीन चलती थी, तब तक ही हमें काम करना पड़ता था। ख़ाली समय में हम और धीरा पैदल-पैदल ही दिल्ली घूमने निकल जाया करते थे।

सरदार जी हमें रोज तीन रुपए दिया करते थे। हम वहाँ एक छोटे-से होटल में खाना खाया करते। सरदार जी का दोपहर का भोजन घर से आता था। एक नौकर एक कपड़े में बाँधकर उनका बड़ा-सा टिफिन कैरियर लाया करता था। सरदार जी जब उस टिफिन को खोलकर खाने बैठते तो मसालों की खुशबू चारों ओर फैल जाया करती। मोटे-मोटे पीले रंग के पराँठों, तेल-मसालों में डूबी सब्जियों और अलग-अलग चटनियों को दूर से ही देखकर मेरे और धीरा के मुँह में पानी भर आता। हमने वैसा खाना पहले कभी नहीं देखा था। बंगाल के मसालों से बिलकुल अलग तरह के मसालों की सुगंध हमें बरबस उस टिफिन कैरियर की ओर खींचती रहती।

धीरा एक दिन बोला, "सरदार जी रोज अकेले-अकेले खाते हैं। एक दिन हमें अपने घर का खाना नहीं खिला सकते क्या ? जी में आता है लूटकर खा लूँ।"

"ठीक बोला। एक दिन हम चुराकर ही खा लेंगे उनका खाना। अब और नहीं रहा जाता।" मैंने धीरा की 'हाँ' में 'हाँ' मिलाते हुए कहा।

"अगर पकड़े गए तो हमारी नौकरी चली जाएगी। ऊपर से मार भी पड़ सकती है। यह सोचा है तूने ?" धीरा ने चेताया।

"कुछ भी हो जाए, मैं सरदार जी के पीले-पीले घी चुपड़े पराँठे और मसालेदार सब्जियाँ खाकर ही रहूँगा। फिर जो होगा देखा जाएगा।" मैंने दृढ़तापूर्वक अपना निर्णय सुना दिया।

एक दिन जब सरदार जी के नौकर ने घर से उनका खाना लाकर रखा, हम दोनों ने मौका देखकर अपना-अपना थैला कन्धे पर डाला और सरदार जी का टिफिन कैरियर लेकर वहाँ से भाग खड़े हुए। रेलवे स्टेशन पहुँचकर एक ट्रेन की पुरानी ख़ाली बोगी में बैठ हम दोनों ने जायका ले-लेकर खाना खाया। परम् तृप्ति हुई। बंगाल के व्यंजनों के स्वाद से बिलकुल अलग था इनका स्वाद। वैसे भी काफी दिनों से अच्छा भोजन नसीब नहीं हुआ था।

जुगान्तर = युगान्तर, एक प्रसिद्ध बांग्ला दैनिक।

खैर, खाकर टिफिन को वहीं छोड़ दिया गया। और हम एक ऐसे ट्रेन पर जा चढ़े जो प्लेटफॉर्म छोड़ने ही वाली थी। ट्रेन पर चढ़ने के बाद पता चला वह ट्रेन बम्बई जा रही है। लम्बी यात्रा के बाद हम बम्बई पहुँचे। मेरी जेब में उस वक़्त सिर्फ़ दो आने पैसे थे। धीरा के पास तो कुछ भी नहीं था। हमें जोरों की भूख भी लगी थी। लेकिन दो आने पैसे खर्च कर देने की हिम्मत नहीं हुई। उन पैसों को अगले दिन के लिए बचाकर रख दिया और भूखे पेट ही प्लेटफॉर्म पर अखबार बिछाकर सो गए। 'जुगान्तर पत्रिका' के पन्ने अब तक हमारा साथ दे रहे थे। हालाँकि उनकी हालत खस्ता हो गई थी।

सुबह पाँच बजे एक सफाई कर्मचारी ने हमें झकझोरकर जगा दिया। हम हड़बड़ाकर उठ बैठे और स्टेशन के बाथरूम में घुस गए। इस प्रतिज्ञा के साथ कि आज हमें कोई न कोई काम ढूँढ़ना ही है, हमने बम्बई की सड़कों पर कदम रखा। रात की दबी हुई भूख फिर देह झाड़कर उठ खड़ी हुई। हम बिना उसकी परवाह किए चलते गए...चलते गए। समझ में नहीं आ रहा था कि कौन-सा काम करें, किसका द्वार खटखटाएँ ?

दिल्ली की तुलना में बम्बई शहर काफी सुन्दर, काफी चमकीला, भड़कीला था। मगर भूख और लाचारी के कारण सब कुछ फीका लग रहा था। एक जगह एक ठेले में बड़े-बड़े सिंगापुरी केले बिक रहे थे। हमारे यहाँ चीनिया, मर्तमान, कांठाली केले ही पाए जाते थे। इतने बड़े-बड़े केलों को देख मुँह में पानी आ गया। भूख तो लगी ही थी। मुझे चुप देख धीरा पेट पर हाथ रख शरीर को थोड़ा झुकाते हुए मरियल-सी आवाज़ में बोला, "अब और रहा नहीं जाता रे केष्टो ! चल, जो पैसे हैं उनसे केले ही खरीदकर खा लेते हैं। फिर आगे का देखा जाएगा।" मेरा मन भी यही कह रहा था। इसलिए मैंने अपनी आखरी सम्पदा केलेवाले को दे दी। दो आने में उसने चार केले दिए।

केला खाते-खाते अचानक मेरे दिमाग में एक विचार आया। मैंने धीरा से कहा,"अच्छा धीरा ! इस केलेवाले की तरह भी तो फल-वल बेचकर कुछ पैसे कमा सकते हैं। जब अधिक पैसे हो जाएँगे तब उससे कोई अच्छी-सी दुकान खोल लेंगे और घरवालों को यहीं बुला लेंगे।"

"क्यों बेसिर-पैर की बकते हो ? फल बेचेंगे। यहाँ खाने के पैसे नहीं और मॉशाय करेंगे व्यवसाय। पैसा देगा कौन ?" धीरा बुरा-सा मुँह बनाकर बोला।

"मेरी उँगली में यह मोटी-सी सोने की अँगूठी है न ! चलो इसे ही बेच देते हैं।" मैंने अपना हाथ बढ़ाकर उसे अपनी अँगूठी दिखाते हुए कहा।

धीरा खुश हो गया। मेरे साथ-साथ उसके मन में भी वह अँगूठी आशा जगा गई वरना हमारे चारों ओर निराशा की काली परत जम चुकी थी। अँगूठी बेचकर पैसे प्राप्त करने का विचार मन में आते ही बिना वक़्त गँवाए हम एक जेवर की दुकान के सामने जा पहुँचे। मैंने धीरा से कहा, "तू अँगूठी लेकर भीतर जा। मैं यहीं खड़ा रहता हूँ।" धीरा मान गया। मैं जल्दी से अँगूठी उतारने की कोशिश में लग गया। अँगूठी मेरी उँगली में इस कदर बैठ गई थी कि निकलने का नाम ही नहीं ले रही थी। मजबूरन मुझे एक नल के पास जाकर साबुन-पानी की मदद से अँगूठी को उतारना पड़ा। अँगूठी लेकर धीरा दुकान के अन्दर चला गया। कुछ देर बाद वह मुँह लटकाकर बाहर निकला और बोला, "ये लोग अँगूठी खरीदने को राजी नहीं हैं। कहते हैं 'चोरी का माल है क्या ? कहाँ से लाया ? हम चोरी का माल नहीं खरीदते।' मैंने कितना समझाया कि यह अँगूठी मेरे साथी की है। पर वे माने ही नहीं। चल तू भी चल अन्दर। हो सकता है तेरे समझाने से वे मान जाएँ।"

उसकी बातें सुन मेरा जी उचट गया। मैं बोला, "देख धीरा ! यह शहर हमारे लिए बिलकुल अनजान है। अगर सचमुच ये लोग यह समझ बैठे कि यह अँगूठी चोरी की है और हमें पुलिस के हवाले कर दें तो फिर हम कहीं के नहीं रहेंगे। यहाँ हमें छुड़ानेवाला भी कोई नहीं।"

उम्मीद की आखरी लौ को बुझते देख धीरा बिलकुल बुझ-सा गया। हम दोनों फिर पथहारा पथिकों की तरह बम्बई की सड़कों पर काम की तलाश में भटकते रहे। कई लोगों से काम के लिए पूछा। मगर किसी ने काम नहीं दिया। सिंगापुरी केले कब के पच चुके थे। कड़ी धूप में दिन-भर चलते रहने के कारण चक्कर भी आ रहा था। जब हम दोनों की चलने की शक्ति बिलकुल ही कुंद हो गई, तब हम सड़क किनारे फुटपाथ पर बैठ गए। इच्छा हो रही थी कि वहीं सो जाएँ। मगर भूख सोने भी नहीं दे रही थी। उस दिन मैंने जाना कि पेट की आग क्या होती है।

अपने-अपने गालों पर हथेली टिकाकर हम दोनों क्षीण स्वर में विचार-विमर्श कर ही रहे थे कि मुझे लगा जैसे मेरा पैंट गीला हो रहा है। पीछे मुड़ा तो पाया कि एक बड़ी-सी दुकान के बाहर खड़ा होकर एक व्यक्ति हाथ धो रहा है और वही पानी बहकर मेरे पैंट तक आ पहुँचा है। भूख और गर्मी की मार से मैं पहले से ही चिड़चिड़ाया हुआ था। उस व्यक्ति की यह नासमझों जैसी हरकत देख मैं गुस्से से पागल हो उठा और खड़ा होकर बांग्ला में ही गालियाँ देने लगा, "शाला शुओरेर बाच्चा ! शॉयतानेर बाच्चा ! पाजी ! दिखता नहीं हम यहाँ बैठे हैं ? अपने बाप का रास्ता समझा है क्या ?"

मेरी गाली सुनकर उस व्यक्ति को शायद अपनी गलती का अहसास हुआ। कुछ देर तक तो वह हमें गौर से देखता रहा। फिर उसने इशारे से हमें अपने पास बुलाया। मुझे लगा कि चूँकि मैंने उसे गालियाँ दी हैं, इसलिए अब वह ज़रूर मुझे पीटेगा। सम्भावित खतरे को भाँपकर धीरा ने कहा, "चल भाग केष्टो !"

मैंने कहा, "भागूँ कैसे ? मुझमें तो चलने की भी ताकत नहीं है रे !"

इसी बीच वह आदमी हमारे बिलकुल करीब आ पहुँचा। उसकी उम्र पचास-पचपन के आसपास की रही होगी। गुलाबी गालों और होंठोंवाला मोटा थुलथुल-सा वह व्यक्ति अंग्रेजों की तरह गोरा-चिट्टा दिख रहा था। हमारे पास आकर अत्यन्त भारी आवाज़ में अपनी गोल-गोल, मोटी-मोटी उँगलियों को नचाते हुए उसने कहा, "गाली बकता है ?"

मैं और धीरा ने एक-दूसरे को कनखियों से देखा, फिर दोनों ही एक साथ प्रतिवाद कर उठे, "ना, ना, ना।"

"तो तुम लोग मुझे देख-देखकर क्या बोल रहे थे ?" मैंने तुरन्त घूमकर उसे अपना भीगा हुआ पैंट दिखाया और कहा, "यही बात बोल रहे थे।"

दिल्ली की ट्रेन पर चढ़ने के बाद से लगातार हमें लोगों से हिन्दी में बात करनी पड़ रही थी। हमारी हिन्दी बिलकुल अच्छी नहीं थी, फिर भी हम काम चला ले रहे थे। यह इसलिए सम्भव हो पाया था कि बंगाल में हमने कुछ हिन्दी फ़िल्में देखी थीं। वहाँ के मुसलमान भी बांग्ला बोलते समय कुछ ऐसे उर्दू शब्दों का प्रयोग किया करते थे, जिनका प्रयोग हिन्दी में भी धड़ल्ले से किया जाता है। इसके अलावा वहाँ के मेहतर, डोम तथा चमार जाति के लोग भी बांग्ला के साथ थोड़ा-थोड़ा हिन्दी बोला करते थे।

उस गोरे-से व्यक्ति को हमसे बातें करते देख दुकान के अन्दर से एक और व्यक्ति बाहर

निकल आया। फिर वे दोनों आपस में एक ऐसी भाषा में बातें करने लगे जिसका एक शब्द भी हमारे पल्ले नहीं पड़ रहा था। परन्तु उनके हाव-भाव से इतना ज़रूर समझ रहे थे कि वे हमारे बारे में ही बात कर रहे हैं। अचानक पहले व्यक्ति ने हमसे पूछा, "तुम लोग कहाँ से आया ?"

मैंने कहा, "बंगाल से।"

"भाग के आया ?"

"नहीं, घूमने आया।"

"कहाँ ठहरा है ?"

मुझे 'ठहरा' शब्द का अर्थ मालूम नहीं था। इस उम्मीद से कि शायद धीरा को इस शब्द का अर्थ पता हो, मैंने उसकी ओर देखते हुए पूछा, "की कौय रे ?" (क्या कहता है रे ?)

"बुझी ना।" धीरा ने सिर हिलाते हुए जवाब दिया।

तब मैंने भी हाथ और सिर हिलाकर उस व्यक्ति से कहा कि हमें आपकी बात समझ में नहीं आई।

उसने कहा, "घूमने तो आया है लेकिन यहाँ बम्बई में रहता कहाँ है ?"

हमें बगलें झाँकते देख उसने शायद हमारी हालत का अन्दाजा लगा लिया। पूछा, "तुम लोग कुछ काम करने माँगता ?"

मैं बोला, "हाँ माँगता। तुम देगा ?"

"हाँ देगा। लेकिन तुम लोग क्या काम जानता ?"

अब हम क्या उत्तर देते ? जानते तो हम कोई भी काम न थे लेकिन यह मौका हाथ से कैसे जाने देते ? मैंने झट से कहा, "सब काम जानता।"

"तुम्हारा नाम ?"

"केष्टो।"

"हो खेश्टो ! खेश्टो ! शुंडर नाम। बहुत शुंडर नाम। और तुम्हारा?" उसने धीरा से मुखातिब होते हुए पूछा।

"हमरा नाम धीरेन्द्रोनाथ !"

"ओ धिनदार ! धिनदार !" उस व्यक्ति ने दुहराया।

"ना, ना धीरेन्द्रोनाथ !" धीरा ने उसका उच्चारण सुधारना चाहा।

"अच्छा-अच्छा धिनदार !" उसने फिर से गलत उच्चारण किया।

इस बेकार की बात को ज़्यादा न खींचकर काम की बात पर आने के लिए मैंने इस प्रसंग को यहीं समाप्त कर देना उचित समझा, "हाँ-हाँ। तुम ठीक बोला।"

"तुम लोग घर से भाग के आया न ?" उस व्यक्ति ने बात को आगे बढ़ाते हुए कहा। इस बार हम हँस दिए। अपनी जेब से एक कार्ड निकालकर वे हमारी तरफ़ बढ़ाते हुए बोले, "इसको पढ़ो।"

कार्ड अंग्रेजी में था। मैंने जोर-जोर से पढ़ना शुरू किया,

शेख जलाल अहमद,
टेस्टी बेकरी
शैतानी चौकी
शेयानी रोड, दादर, बम्बई

उसने कहा, "इसमें मेरा नाम लिखा है और दादर में इस पते पर मेरा एक कारखाना है, जिसमें पावरोटी, केक आदि बनाए जाते हैं। तुम लोग वहाँ काम करेगा ?"

आनन्दातिरेक में कुछ देर तक तो हमारे मुँह से कोई जवाब नहीं निकल पाया। हम और धीरा एक दूसरे को देखते रहे। फिर अगले ही पल मानो हमारी चेतना लौट आई और हम समवेत स्वर में बोल उठे, "हाँ, हाँ करेगा। ज़रूर करेगा।"

"तो तुम लोग उधर बस स्टैंड चले जाओ।" उसने एक तरफ़ इशारा करते हुए कहा, "और वहाँ से बस पकड़कर इस पते पर पहुँच जाना। वहाँ मेरा मैनेजर है। उसको ये कार्ड देकर बोलना कि मैंने तुम्हें भेजा है। हम रात को वहाँ जाएगा। फिर उससे बात करेगा, समझा ?" कहकर वे दुकान में चले गए।

हमारी जेब में एक भी पैसा नहीं था। हम बस से कैसे जाते ? इसलिए चुपचाप वहीं खड़े रहे। हमें खड़े रहते देख उस व्यक्ति ने दुकान के काउंटर से ही चिल्लाकर कहा, "क्या हुआ ? तुम लोग खड़ा काहे को है ?"

मैंने इशारे से उसे बताया कि हमारे पास बस-भाड़े के पैसे नहीं हैं। तब उसने हमें बुलाकर एक-एक रुपए के तीन सिक्के दिए। पैसे लेकर हम दोनों ने अत्यन्त विनम्र होकर उन्हें नमस्कार किया और बस स्टैंड की ओर चल दिए। नौकरी मिलने की खुशी में चलने की ताकत आ गई थी। थोड़ी देर पहले जिसे हम जी भरकर गाली दे रहे थे, वही अब हमारा त्राता बन गया था।

बस स्टैंड तक पहुँचते-पहुँचते अँधेरा घिर आया था। स्टैंड में बहुत सारी बसें खड़ी थीं। वहाँ खड़े एक व्यक्ति को कार्ड दिखाकर हम एक दोतल्ला बस में सवार हुए। बस हमें गंतव्य स्थल ले गई। टेस्टी बेकरी को देख हमें निराशा हुई। वह एक छोटी-सी दुकान थी। मैंने धीरा से कहा, "यह कैसा कारखाना है रे ?"

"पहले आगे-पीछे से ठीक से देख तो लो। लगता है, पीछे की ओर भी कुछ है।"

धीरा की बात सही निकली। पीछे की ओर झाँकने पर हमें वहाँ एक बड़ा-सा बेकरी का कारखाना नज़र आया। निश्चिन्त होकर हम उस दुकान में बैठे व्यक्ति के पास जा खड़े हुए। तीस-पैंतीस साल के गोल-मटोल से दिख रहे उस व्यक्ति ने अपने मोटे फ्रेमवाले चश्मे के ऊपर से हमें घूरते हुए पूछा, "क्या चाहिए ?"

शेख जलाल अहमद का कार्ड उनकी ओर बढ़ाते हुए मैंने कहा, "बाबू ने हमें यहाँ काम के लिए भेजा है।"

कार्ड देखकर उस दुकानदार ने कहा, "तो सेठ जी ने तुम लोगों को भेजा है ? ठीक है। बाहर उस बेंच पर बैठो। कुछ ही देर में सेठ खुद यहाँ आएँगे। उन्हीं से अपना काम समझ लेना।"

"यहाँ की बोली अजीब है, कुछ-कुछ संस्कारविहीन। यहाँ मालिक को 'सेठ' बोलते हैं।" मैंने धीरा से कहा और चुपचाप जाकर उस बेंच पर बैठ गए। नौकरी पाने की खुशी में हम भूखे-प्यासे यहाँ तक चले तो आए थे पर अब और भूख बर्दाश्त नहीं हो रही थी। दुकान में रखे तरह-तरह के केक, पावरोटी तथा बिस्कुट हमारी भूख को और अधिक बढ़ा रहे थे। बस भाड़ा से बचे पैसों से कुछ खरीदकर खाने की बात हम सोच ही रहे थे कि एक काले रंग की डॉज़ गाड़ी आकर वहाँ रुकी। गाड़ी से 'सेठ जी' उतर आए। उन्हें देखते ही हम बेंच से उठ खड़े हुए। वे आकर दुकान के बाहर रखी हुई एक कुर्सी पर बैठ गए। फिर हाथ के

इशारे से हमें बुलाते हुए बोले,

"आ, इधर आ।"

हम उनके करीब पहुँचे तो बोले, "तुम लोग कुछ खाया ?" और हमारी उत्तर की प्रतीक्षा किए बगैर दुकानदार से बोले, "मेहता ! एक पावरोटी दे दो इन्हें।"

मेहता नामक उस दुकानदार ने हमें एक लम्बी-सी पावरोटी दी।

सेठ जी बोले, "जा, उधर जाकर उस होटल में बैठकर चाय के साथ खा ले।"

मैं गदगद होकर धीरा से बोला, "देख धीरा! राखे केष्टो, मारे के रे ? जिसे कृष्ण भगवान बचाए रखना चाहते हैं, उसे कौन मार सकता है?"

मेरी बातें सुन धीरा भी भावुक हो उठा। बोला, "हाँ, ठीक ही कहा तूने। भगवान है रे !"

आपस में यही सब बातें करते हुए हम सेठ जी के दिखाए होटल में जा बैठे। हम जिस कुर्सी पर बैठे, उसके सामने ही बैठा एक आदमी चने से बना कोई व्यंजन खा रहा था1 होटल के एक बैरे ने आकर हमसे पूछा, "क्या चाहिए ?"

मैंने सामनेवाले व्यक्ति की ओर इशारा करते हुए कहा, "वह आदमी जो चीज़ खा रहा है न, वही चाहिए।"

बैरे ने कहा, "उसल !"

धीरा ने सेठ जी के दिए पैसों में से बचे पैसों को जेब से निकालकर उसे दिखाते हुए पूछा, "इससे होगा ?"

बैरे ने हामी भरते हुए सिर हिला दिया और थोड़ी ही देर में हमारे लिए दो प्लेट उसल ले आया। उसल काफी स्वादिष्ट था। जब उसल से खाकर पूरी पावरोटी खत्म नहीं हुई तो हमने बैरे को बुलाया। सेठ के दिए पैसों को फिर से उसे दिखाते हुए पूछा, "इसमें चाय आएगा ?"

उसने कहा, "हाँ।"

हमारी खुशी का ठिकाना न रहा। हमने दो गिलास चाय मँगवाई और पावरोटी खत्म की।

होटल के पैसे चुकाकर जब हम बाहर निकले तो तब भी हमारे पास कुछ पैसे बचे हुए थे। मैं निश्चिन्त होकर धीरा से बोला, "काफी सस्ता खाना है यहाँ तो ! यहाँ रहे तो इसी होटल में खाएँगे।"

"सस्ता तो है लेकिन घर जैसा खाना खाने की इच्छा होती है रे ! कितने दिन हो गए, माछेर झोल-भात खाए हुए। होटल के भोजन से पेट भर सकता है, मन नहीं। मन तो माँ के हाथ का भोजन खाकर ही भरेगा।"

"तू ठीक बोला रे। मगर फिलहाल 'उसल' शब्द को याद रखना पड़ेगा।"

खा-पीकर हम कुछ चंगे हुए। लगा, इस दुनिया में भोजन से अधिक महत्त्वपूर्ण और कोई चीज़ नहीं हो सकती। पेट भरा होने पर ही व्यक्ति किसी और चीज़ के बारे में सोच सकता है। दुकान के बाहर सेठ जी उसी तरह से कुर्सी पर बैठे हुए थे। हम उनके पास गए तो बोले, "चल अन्दर चल।" और उठकर कारखाने की ओर चल दिए। हम भी उनके पीछे-पीछे चलने लगे।

इतनी रात को भी अन्दर काम चल रहा था। चारों ओर आटा, मैदा, चीनी, तेल आदि

का ढेर लगा हुआ था। बड़ी-बड़ी भट्टियाँ जल रही थीं। सारे कर्मचारी पावरोटी, केक, बनरोटी, ब्रुनरोटी आदि बनाने में लगे हुए थे। कोई मैदा सान रहा था तो कोई उसमें पानी डाल रहा था। कोई बड़ी-बड़ी टीन के प्लेटों को पोंछ-पोंछकर एक के ऊपर एक रखते जा रहा था। सेठ जी को अन्दर आते देख एक-एक करके सभी ने उन्हें सलाम किया और उत्सुकता से मुझे और धीरा को देखने लगे।

"हेड मिस्त्री जी इधर आइए।" सेठजी ने एक करीब पचास वर्षीय व्यक्ति को आवाज़ दी और उनके आते ही हमारी तरफ़ इशारा करते हुए कहा, "ये दोनों नए हैं। बंगाल से आए हैं। इन्हें काम सिखा देना होगा, समझें।" और फिर हमें निर्देश दिया, "इनकी बात मानना और खूब ध्यान से काम सीखना। ठीक से काम करोगे तो अच्छी पगार मिलेगी।"

थोड़ी देर रुककर सेठ जी चले गए। उनके जाते ही हेड मिस्त्री जी ने भी हमारे नाम-धाम, जाति-धर्म आदि के बारे में पता किया और फिर सिर खुजलाते हुए मुझसे कहा, "तुम बड़ा बंगाली और ये छोटा बंगाली। हम तो तुम दोनों को इन्हीं नामों से बुलाएगा। ठीक है ?"

"ठीक है।" मैंने सहमति दी और हेड मिस्त्री जी के साथ घूम-घूम कर पूरा कारखाना देखा। उन्होंने हमें कई बातें समझाईं। बात करते समय उनके गले से घर्र-घर्र-सी आवाज़ निकलती थी। उनके माथे पर के बड़े-से ट्यूमर ने उनके चेहरे को विचित्र बना डाला था।

हेड मिस्त्री जी के निर्देशानुसार हमने अपने जूते एक कोने में उतारकर रख दिए और दीवार में टँगी एक काँटी में अपने-अपने थैलों को लटकाकर काम में लग गए। वहाँ टीन के बड़े-बड़े चौकोर प्लेट रखे हुए थे। उनको दिखाकर हेड मिस्त्री जी बोले, "पतरा में साफी मारो। थारी लगाओ।" और उनके निर्देशन में हम उन पतरों यानी टीन के प्लेटों को पोंछ-पोंछकर एक के ऊपर एक रखते गए।

कारखाने में ही हमारे रहने-सोने की व्यवस्था कर दी गई थी। कारखाने के पीछे एक खुला आँगन था जिसमें बाथरूम बना हुआ था। पानी की भी कोई असुविधा नहीं थी। हम मन लगाकर काम करने लगे। हमें रोज के पैसे रोज मिल जाते थे। बेकरी से पावरोटी खरीदकर हम सेठ जी के दिखाए होटल में ही रोज खाना खाते रहे।

कुछ दिनों बाद हमें भी कारखाने के दूसरे कारीगरों की तरह हर हफ्ते वेतन दिया जाने लगा। इस बीच हमने होटल में खाना बन्द कर दिया और खुद से खाना पकाने लगे। हमारा खाना पकाने का ढंग बड़ा निराला था। कारखाने में बादाम तेल की कमी नहीं थी। कोई उनका हिसाब नहीं रखता था। इसलिए हम कई तरह की हरी सब्जियों को तेल तथा नमक के साथ मोटे से डिब्बे में डालकर तन्दूर में घुसा दिया करते थे। सब्जी में हमने कभी पानी नहीं डाला। हमारी सब्जियाँ तेल में ही सीझा करती थीं। तन्दूर में कुछ ही देर में सब्जियाँ पक जाती थीं। तब हम उस सब्जीवाले डिब्बे को सँड़सी से निकाल लेते, फिर ठंडा होने पर सब्जी को प्लेट में डाल कर पावरोटी से खा लिया करते। तेल तो बिना पैसे का मिल जाया करता था। मगर पावरोटी हमेशा बाहरवाली दुकान से खरीदकर ही खानी पड़ती क्योंकि पावरोटी गिनकर बनाई जाती थी।

कारखाने में दो पालियों में काम होता था। जो लोग रात की पाली में काम करते थे वे दिन में आराम किया करते और जो दिन में काम करते वे रात में सोते थे। जिनका घर नजदीक था वे काम के बाद अपने-अपने घर चले जाते। पावरोटी-ब्रुनरोटी आदि रात को

बनाई जाती और दिन में तरह-तरह के केक बनाए जाते। इतने तरह के स्वादिष्ट केक मैंने पहले कभी देखे भी नहीं थे।

हेड मिस्त्री जी मुझसे काफी स्नेह करने लगे थे। अक्सर वे मुझे दूसरों से छुपाकर दुकान का केक खिलाते। शुरू में मुझे और धीरा को रात की ड्यूटी दी गई थी। लेकिन हमें इतनी नींद आती थी कि ठीक से काम ही नहीं कर पाते थे। इसलिए हेड मिस्त्री जी से कहकर हमने अपनी ड्यूटी दिन में लगवा ली। हमारे बदले जिन लोगों की ड्यूटी रात में पड़ने लगी वे हमसे कुढ़ने लगे।

काम के बाद रोज शाम को मैं और धीरा बम्बई घूमने निकल जाया करते। कुछ ही दिनों में बम्बई के लगभग सभी दर्शनीय स्थलों से हमारा परिचय हो गया। जुहू, चौपाटी, बैंड स्टैंड, हैंगिंग गार्डन ! हम कहाँ-कहाँ नहीं गए ! घूमने के साथ-साथ मैं बेहतर नौकरी की तलाश भी करता रहता था।

हमारे कारखाने के पास ही रोज एक फलवाला फल बेचने आया करता था। आठ आने सेर अंगूर बेचता था वह। पाकिस्तान में अंगूर काफी महँगे थे। यहाँ इतने सस्ते में अंगूर पाकर मैं रोज करीब एक सेर अंगूर खरीदता और खा जाता। कुछ ही दिनों में मुझे अंगूर खाने की लत लग गई। बम्बई आकर मेरी सेहत काफी अच्छी हो गई थी। मेरा कद भी बढ़ गया था। पाँच फीट आठ इंच का हो गया था मैं। बम्बइया आबोहवा में मेरे साँवले चेहरे पर एक अद्भुत चमक आ गई थी। मैं बम्बइया स्टाइल के कपड़े पहनने लगा था। बाल भी मैंने नए स्टाइल में कटवा लिया था। एक दिन मुझे देख सेठ जी ने कह ही डाला, "अरे खेश्टो ! तू तो बड़ा स्मार्ट दिखने लगा है रे !"

धीरा भी पहले से काफी बदल गया था। पहले की तरह वह शान्त और शर्मीला नहीं रह गया था। हर किसी से फूहड़ मजाक करना, बात का बतंगड़ बनाना, इसकी, उसकी शिकायत करना उसका स्वभाव बनता जा रहा था। जिस इलाके में हमारा कारखाना था, उस इलाके में एक बिहारी पहलवान रहता था। इलाके में उसका काफी दबदबा था। नाटे कद का होने की वजह से लोग उसे नाटा पहलवान कहकर पुकारते थे। धीरा ने उससे दोस्ती कर ली थी इसलिए अक्सर वह उससे गपशप करने कारखाना आ जाया करता था।

एक दिन वे लोग यूँ ही हँसी-मजाक करते-करते आपस में लड़ पड़े। मैं उस समय बाहर दुकान पर था। उन दोनों के झगड़ने की आवाज़ सुनकर अन्दर आया तो देखा, धीरा एक ऊँचे रैक पर, जहाँ वह रात को सोया करता था, बैठकर नीचे खड़े पहलवान से झगड़ रहा है। पहलवान काफी गुस्से में लग रहा था। अचानक वह धीरा के लटके हुए पैरों को पकड़कर खींचने लगा। धीरा भी गुस्से में था। अपने आप को रैक से गिरने से बचाने के लिए उसने पहलवान के सीने पर एक भरपूर लात जमा दी। बस, फिर क्या था। पहलवान ने उसे उतारकर बेतहाशा पीटना शुरू किया। धीरा नाटा पहलवान की तुलना में काफी कमजोर था। वह उसका मुकाबला बिलकुल नहीं कर पा रहा था। कारखाने में उपस्थित सभी कर्मचारी अपना-अपना काम छोड़कर तमाशा देखने लगे और दूर से ही उन्हें शान्त होने के लिए कहते रहे। किसी ने नजदीक जाकर उन्हें छुड़ाने की कोशिश नहीं की।

मैं भी दूर खड़ा-खड़ा धीरा को पिटते देख रहा था लेकिन जब पहलवान ने उसे जलावन की लकड़ियों के ढेर पर पटक दिया और एक लकड़ी के दोनों सिरे को अपने हाथों में पकड़कर उससे धीरा का गला दबाने लगा, तब मुझसे रहा नहीं गया। मैं दौड़कर वहाँ गया और पीछे

से पहलवान को रोकने की कोशिश करने लगा। उसने पलटकर मुझे धक्का दिया और दुबारा धीरा पर पिल पड़ा। मैंने पहलवान की गंजी को पीछे से पकड़ा और एक झटके से उसके चेहरे को अपनी तरफ़ घुमाकर उसके मुँह पर घूँसे से एक जबरदस्त प्रहार किया। वह असन्तुलित होकर पीछे रखे नमक के बोरे से टकराया और गिर पड़ा। घूँसा इतना जबरदस्त था कि उसके होंठ फट गए और दो दाँत टूटकर गिर पड़े। मैं नमक के बोरे को लाँघकर उसके पास जा पहुँचा और मुक्का तानकर ललकारते हुए कहा, "उठ ! उठ !" उठने के बजाय वह फटी-फटी नज़रों से मुझे देखे जा रहा था। तब तक हेड मिस्त्री जी वहाँ पहुँच चुके थे। वे मुझे डाँटते हुए बोले, "ऐ बड़ा बंगाली ! बहुत हो गया। अब छोड़ दो उसे। छोड़ दो।" हेड मिस्त्री जी की आवाज़ सुनकर मैं अपने आपे में लौट आया। मुझे अपनी भूल का अहसास हुआ। पहलवान की हालत देखकर मैं लज्जित हो उठा और सफाई देते हुए बोला, "आप सब लोगों ने तो देखा। इसमें मेरा कोई दोष नहीं था। अगर मैं इसे सबक नहीं सिखाता तो यह धीरा को मार ही डालता।"

अपनी हार से लज्जित और दर्द से बेहाल होकर पहलवान उठा। चुपचाप उसने अपने दोनों टूटे दाँतों को जमीन से उठाया और अपने मुँह को हाथ से ढँककर कारखाने से बाहर निकल गया। उसकी गंजी खून से तर हो गई थी। मुझे अपने किए पर पछतावा तो हो ही रहा था, अन्दर-ही-अन्दर यह डर भी लग रहा था कि अब नाटा पहलवान मुझे नहीं छोड़ेगा। अपने साथियों को लेकर मुझसे बदला लेने ज़रूर आएगा। मुझे धीरा पर ही गुस्सा आने लगा। उसकी वजह से ही यह सारा कुछ हुआ। अब नौकरी तो जाएगी ही जाएगी, हमारी हड्डी-पसली भी सही सलामत नहीं बचेगी।

गनीमत थी कि नाटा पहलवान अपने साथियों के साथ मुझसे बदला लेने नहीं आया। उसने मेरे मालिक से मेरी शिकायत की। उसके होठों पर कई टाँके पड़े थे। मालिक ने मुझसे जवाब-तलब किया। मैंने माफ़ी माँगते हुए कहा, "घूँसा इतना जोर से पड़ेगा, इसका मुझे जरा भी अन्दाजा नहीं था। मैं अपने दोस्त को बचाने के लिए होश-हवास खो चुका था सेठ जी ! मैंने जानबूझकर ऐसा नहीं किया।"

मालिक ने भी सच्चाई का पता लगाया। मुझे निर्दोष पाकर उन्होंने पहलवान से मेरी सुलह करवा दी। चूँकि उस पूरे इलाके में पहलवान का काफी दबदबा था, इसलिए मालिक नहीं चाहते थे कि हम लोगों के कारण उनके कारखाने में किसी तरह की झंझट हो। एक ही वारदात ने मुझे हीरो बना दिया।

❐ ❐ ❐

कारखाने के पीछेवाले आँगन में मालिक की दो बैलगाड़ियाँ रखी रहती थीं। उन बैलगाड़ियों को माल ढोने के काम में लाया जाता था। टीन के बक्सों में पावरोटी, केक, ब्रुनरोटी आदि भरकर बैलगाड़ी में लाद दिया जाता था। दो लड़के जॉनी तथा रुस्तम बैलगाड़ियों को लेकर दुकानों में माल सप्लाई करने रोज दूर-दूर तक जाया करते थे। फुर्सत के वक़्त मैंने शौकिया तौर पर जॉनी तथा रुस्तम से बैलों को हाँकना सीख लिया था। बम्बई जैसे शहर में, जहाँ बड़ी-बड़ी गाड़ियाँ चलती थीं, बैलगाड़ियों से माल सप्लाई करते देख मुझे बड़ा आश्चर्य होता था। पहले मैं सोचा करता था कि सिर्फ़ हमारे बोरिशाल शहर में ही बैलगाड़ियाँ चलती हैं।

एक बार जब जॉनी गम्भीर रूप से बीमार पड़ गया तब जॉनी की बैलगाड़ी बैठ गई।

तुरन्त ऐसा कोई आदमी नहीं मिल रहा था जो बैलगाड़ी चलाकर माल सप्लाई कर सके। मालिक चिन्तित हो उठे।

"आप अगर इजाजत दें तो मैं यह काम कर सकता हूँ।" मैंने कहा।

"तुम...?" सेठजी ने अविश्वास से मुझे ताका।

"आप आजमा कर तो देखें।"

बैलगाड़ी चलाने में मेरी काबलियत को आजमाने के बाद मालिक ने आश्वस्त होकर अस्थायी तौर पर माल सप्लाई का काम मुझे सौंप दिया।

बाहर की ड्यूटी मिलने के बाद मुझे यह सोचकर ताज्जुब हुआ कि कैसे मैंने इतने दिनों तक तन्दूर की आग में तपते टीन की छत के नीचे आटा, मैदा, तेल आदि की महक से भरपूर सीलन भरे कारखाने में काम किया ? मालिक ने मेरी पगार भी बढ़ा दी थी। अब मैं व्यापार के लिए कुछ पैसे जमा कर सकता था। मैं मन लगाकर बैलगाड़ी से बम्बई की छोटी-बड़ी दुकानों में माल सप्लाई करने लगा। इस काम में मैं जॉनी से ज़्यादा कुशल निकला। इसका कारण यह था कि उसे ठीक से हिसाब-किताब करना नहीं आता था। वह जब माल सप्लाई किया करता था तब माल सप्लाई करने के एक-दो दिन बाद उन दुकानों से बचा हुआ काफी बासी माल भी वापस लाता था। परन्तु मैं बहुत कम बासी माल वापस लाता। दरअसल कुछ ही दिनों में मैंने यह पता लगा लिया था कि किस इलाके की किस दुकान में किस माल की खपत कितनी है। उसी के हिसाब से मैं माल देता। इससे बिक्री भी बढ़ी और बासी माल भी कम वापस आने लगा। मेरा काम देखकर मालिक खुश हुए। मैंने उनकी बिक्री काफी बढ़ा दी थी। अब मालिक के कहने पर मुझे रोज मुफ़्त में पावरोटी मिलने लगी।

इसी बीच जॉनी स्वस्थ होकर काम पर लौट आया। मेरी बैलगाड़ी छीन ली गई। मैं यह सोचकर आशंकित हो उठा कि अब फिर मेरी पगार कम कर दी जाएगी। पावरोटी भी मुफ़्त में नहीं मिलेगी और फिर से उसी सीलन भरे कारखाने में आग में तपते हुए काम करना पड़ेगा। मैं नौकरी छोड़ देने की बात सोच ही रहा था कि मालिक ने कहा, "हम तुम्हारा काम से बहुत खुश है। अब हम तुमको वैन-गाड़ी खरीद देगा। तुम उसी में माल सप्लाई करने जाएगा।" मालिक की बातें सुनकर मेरी खुशी का ठिकाना न रहा। मैं गाड़ी में माल सप्लाई करने जाऊँगा ? मालिक मेरे लिए वैन खरीद देंगे ? मुझे मानो विश्वास ही नहीं हो रहा था।

वादे के अनुसार बहुत जल्दी सेठ जी ने मुझे एक वैन खरीद दिया। वैन चलाने के लिए उन्होंने एक ड्राइवर भी रख लिया। अब मैं माल सप्लाई करने काफी दूर-दूर तक जाने लगा। इस बहाने आराम से गाड़ी में बैठकर बम्बई शहर की सैर भी कर लिया करता था। धीरा पूर्ववत् कारखाने में ही काम कर रहा था। उसने मेरी जैसी ड्यूटी पाने के लिए सेठ जी की काफी मिन्नतें कीं। मगर सेठजी नहीं माने।

इधर मैं काफी नई-नई दुकानों में माल सप्लाई करने लगा था। मेरे कारण पावरोटी, केक आदि की बिक्री इतनी बढ़ गई थी कि सेठ जी ने खुश होकर मेरी पगार काफी बढ़ा दी। मेरी स्थिति पहले-से काफी अच्छी हो गई थी। मैं ज़्यादा-से-ज़्यादा रुपए जमा करने लगा। बेकरी के धन्धे का सारा गुर मैं सीख चुका था। मेरे मन में यह विचार आया कि क्यों न अपना एक अलग कारखाना ही खोल लिया जाए। लेकिन इसके लिए काफी पूँजी की ज़रूरत थी। एक बड़ी-सी जगह की आवश्यकता तो थी ही।

हे मैन ! क्या करता ?

कारखाने के हेड मिस्त्री जी मौका मिलते ही मुझसे गपशप किया करते थे। अपने बारे में, अपने घर के बारे में, पुर्तगाल के बारे में कितनी ही बातें बताया करते। यह बताते कि कब, कैसे और क्यों वे पुर्तगाल से बम्बई आए, कि यहाँ बम्बई में अभी एक साल पहले कैसे उनकी पत्नी का देहान्त हो गया।

हेड मिस्त्री जी का कोई बेटा नहीं था। एक बेटी थी सोनी। वे अक्सर मुझसे कहा करते, "एक दिन मैं तुमको अपने घर ले जाएगा। मेरी डॉटर से मिलवाएगा। देखना, कितनी अच्छी है मेरी डॉटर !" और एक दिन वे सचमुच मुझे अपने घर ले गए।

मुझे देखते ही सोनी ने बेतकल्लुफी से कहा, "हैलो बड़ा बंगाली ! हाउ आर यू ?"

मैंने आश्चर्य से उसकी ओर देखा तो वह हँसती हुई बोली, "क्यों, सरप्राइज्ड हो गया न ! डैडी ने हमको तुम्हारे बारे में इतना बताया कि हम तुमको देखते ही पहचान गया। तुमने ही नाटा पहलवान को डिफीट किया था न !"

उसकी बातें सुनकर मैं झेंप गया। एकाएक मुझे कोई जवाब नहीं सूझा।

वह एक गोरी-सी सुन्दर लड़की थी। उसकी उम्र मेरी जितनी ही रही होगी। उसने एक छोटा-सा लाल रंग का स्कर्ट और टॉप्स पहन रखा था। अन्दर ले जाकर सोफे पर बैठाकर वह इस तरह से बातें करने लगीं, मानो वह मुझे बरसों से जानती हो। मिस्त्री जी हाथ-मुँह धोने अन्दर चले गए थे।

इससे पहले मैंने कभी सोनी जैसी किसी स्मार्ट और चुस्त लड़की से बात नहीं की थी। उसकी खुली-खुली जाँघें मुझे इतना परेशान कर रही थीं कि उसकी तरफ़ देखना तो दूर मैं सही ढंग से उसके सवालों का जवाब तक नहीं दे पा रहा था। बस हूँ-हाँ से काम चला रहा था। मुझे सकुचाते देख उसने कहा, "गर्ल्स लोगों का माफिक शरमाता काहे को है ए ?"

उसकी बातें सुन मेरे कान सचमुच शर्म से लाल हो उठे। मैं जल्द-से-जल्द वहाँ से भाग जाना चाहता था। मन-ही-मन मैं मिस्त्री जी को कोसने लगा। उन्होंने ही मुझे यहाँ लाकर फँसा दिया था। उस समय मेरी जान में जान आई जब सोनी ने कहा, "तुम बैठो, मैं अभी आया।"

उसके अन्दर जाते ही मैंने अपने सिमटे-सिकुड़े हाथ-पाँवों को फैलाया और एक गहरी साँस ली। मेरे ठीक सामने की दीवार पर जेसस की एक सुन्दर-सी तस्वीर टँगी थी। तस्वीर में वे मुस्कुरा रहे थे। कमरे के एक कोने में रैक पर बोन चायना से बनी अंग्रेज मेमों की कुछ सुन्दर पुतलियाँ तथा पीतल की कुछ कलाकृतियाँ रखी थीं। रेक्सिन के सोफा सेट के सामने एक सेंटर टेबुल था जिस पर कुछ अंग्रेजी पत्रिकाएँ पड़ी थीं। दीवार के एक-दूसरे कोने में एक छोटे-से स्टूल पर काँच के गुलदस्ते में ताजे गुलाब के फूल सजाए हुए थे। वह छोटा-सा सलीके से सजाया हुआ ड्राइंग रूम हमारे बोरिशाल के बैठकखाना से काफी अलग दिख रहा था।

थोड़ी ही देर बाद मिस्त्री जी कपड़े बदलकर आ गए। उनके पीछे-पीछे सोनी भी हाथ में एक ट्रे लेकर अन्दर आई। हमें चाय और बिस्कुट देकर सोनी फिर मुझसे बातें करने लगी। मेरे घर के बारे में, भाई-बहनों और माता-पिता के बारे में, पाकिस्तान के बारे में...। उसकी जिज्ञासा का मानो कोई अन्त नहीं था। सवाल पूछ-पूछकर उसने मुझे परेशान कर दिया। बड़ी मुश्किल से उससे पीछा छुड़ाकर जब मैं जाने के लिए उठा तो वह मुझे विदा करने बाहर

गेट तक आई। मिस्त्री जी दरवाज़े से ही वापस अन्दर चले गए थे। मैं गेट से बाहर निकलने ही वाला था कि उसने "फिन आना" कहकर अपना दाहिना हाथ मेरी तरफ़ बढ़ा दिया। मेरी समझ में नहीं आ रहा था कि वह मुझसे क्या माँग रही है क्योंकि उसकी हथेली बिलकुल सीधी फैली हुई थी। ना, यह हैंड शेक की मुद्रा भी नहीं है। फिर ? मैंने नासमझी से पूछा, "क्या माँगता ?" और अपनी सवालिया नज़रों को उस हथेली से हटाकर उसके चेहरे पर टिका दिया। न जाने उस वक़्त उसकी आँखों में ऐसा क्या था कि पल भर में मैं मानो उसकी अतल गहराई में डूब गया। थोड़ा सम्हलकर जब मैंने उसकी आँखों से अपनी नज़रें हटाईं तो पाया कि उसकी हथेली अब भी पहले की तरह ही फैली हुई है। तब मैं अपना एक हाथ उसकी हथेली पर रखकर हैंडशेक करने लगा। उसने भी बड़ी गर्मजोशी से मेरी हथेली को दबाते हुए हिलाया। यह सब कुछ इतनी तेज़ी से, इतनी तत्परता के साथ घटित हुआ कि मुझे कुछ सोचने-समझने का मौका ही नहीं मिला। उसकी उन आँखों की भाषा और फैली हथेली के स्पर्श का अर्थ ढूँढ़ता-ढूँढ़ता उस जादुई स्पर्श से मोहाविष्ट-सा होकर मैं कारखाने लौट आया। वे चन्द लम्हे मुझ पर इस कदर हावी हो गए थे कि मैं रात-दिन उसी के बारे में सोचता रहा। उसकी उस मोहिनी दृष्टि की चुभन को महसूस करता रहा। मुझे यह सोचकर आश्चर्य हो रहा था कि जब तक मैं वहाँ बैठा रहा, वहाँ से भागने के लिए छटपटाता रहा। मगर वहाँ से वापस आने के बाद वहाँ जाने के लिए बेचैन हो उठा। सोनी से दुबारा मिलने की चाहत ने मुझे परेशान कर डाला।

मैं जानबूझकर मिस्त्री जी के इर्द-गिर्द मँडराने लगा ताकि वे दुबारा मुझे अपने घर जाने का निमन्त्रण दें। जल्दी ही मेरी मनोकामना पूरी हुई। उस दिन शायद शनिवार था। मिस्त्री जी ने कहा, "ऐ बड़ा बंगाली ! मेरी बेटी तुमको बुलाया। आज शाम को जाना। क्या तो बनाया है। तुमको खिलाएगा।"

मिस्त्री जी की बातों से मैंने तो जैसे हाथ में चाँद-पा लिया। मेरे जाते ही सोनी ने कहा, "कल हम स्पेशल केक बनाया था। हमारा फ्रेंड लोग आया था न, इसलिए। डैडी बोलता कि तुम केक बहुत लाइक करता। बेकरी का केक तो रोज खाता है। आज हमारा हाथ का केक टेस्ट करके देखो।" और उसने मुझे प्लेट में कई टुकड़े केक लाकर दिए। केक सचमुच स्वादिष्ट थे। केक खाते-खाते मैं उससे बातें करने लगा। मेरी झिझक काफी हद तक दूर हो चुकी थी। घुमा-फिरा कर वह मुझसे बार-बार मेरे घर-परिवार तथा पाकिस्तान के बारे में ही सवाल करती रही, जबकि मैं उससे कुछ अलग तरह की बातों की अपेक्षा कर रहा था। उस दिन मुझे बाहर तक छोड़ते समय सोनी ने ऐसी-वैसी कोई हरकत नहीं की। "बाय-बाय ! फिन आना।" कहकर हाथ हिलाती हुई अन्दर चली गई। मुझे बड़ी मायूसी हुई।

उस दिन के बाद से मैं अक्सर उसके यहाँ जाने लगा। वह मुझसे बातें करती, तरह-तरह की चीज़ें खिलाती। जब मैं उसके लिए कुछ ले जाता तो उसे भी सहर्ष स्वीकार कर लेती लेकिन उसकी वह पहले दिनवाली दृष्टि, उसका वह स्पर्श मुझे कभी नसीब न होता। कभी-कभी तो मैं सोचता कि उस दिन का वह अहसास महज मेरा भ्रम था। सोनी की तरफ़ से ऐसी कोई बात नहीं थी जिससे मैं आशान्वित हो उठा था।

एक दिन जब मैं उसके घर गया तो देखा कि वह काफी बन-ठनकर बैठी थी। काले रंग के टाइट हाफ पैंट के ऊपर उसने एक पीली गंजी पहन रखी थी। काले नेट के मोजे, ऊँची एड़ी के सैंडल तथा एक काले हैट में वह किसी फ़िल्मी हिरोइन से कम नहीं लग रही

थी। मुझे देखकर वह मुस्कुराई। फिर बोली, "अच्छा हुआ तुम आ गया।"

मैंने पूछा, "क्यों ?"

"मैं कब से अपने फ्रेंड लोगों का वेट कर रहा है। वो लोग अभी तक नहीं आया। लगता है, अब और नहीं आएगा। चलो, आज मैं तुम्हारा साथ ही वॉक पर जाएगा। चलेगा न ?"

"किधर जाएगा ?" मैं अपनी खुशी छिपाते हुए बोला।

"चलो न हम तुमको एक फैंटास्टिक जगह में ले जाएगा।" उसने मेरा हाथ पकड़कर खींचते हुए कहा।

"और आपके फादर? वो गुस्सा नहीं करेंगे?" मैंने शंका जाहिर की।

"उसका वास्ते नहीं सोचो। वो हम मैनेज कर लेगा। तुम चलता कि नइ, बोलो।" सोनी ने आँखें नचाते हुए पूछा।

मैंने धीरे से अपनी सहमति दे दी। ख़ैर, वो तो देनी ही थी।

एक दोतल्ला बस में बिठा करके वह मुझे चौपाटी ले गई। नदी-नालों, पोखर-तालाब के प्रति मेरा बचपन से मोह था। जल के अलग-अलग रूप ने मुझे सदा चमत्कृत किया था। मगर उस दिन सोनी के साथ बम्बई के उस समुद्रतट पर मैंने समुद्र के प्रति जिस तीव्र आकर्षण का अनुभव किया था उससे आज तक मुक्त न हो पाया हूँ। समुद्र युवा मन की तरह लहरा रहा था। डूबते सूरज की किरणों से बालुका तट ऐसे चमक रहा था जैसे प्रेमी के स्पर्श से प्रेमिका की आँखें चमक उठती हैं। सूरज की रोशनी में लाल होते समुद्र को देख, मैं महसूस कर रहा था कि समुद्र की तरह मेरी आँखों में भी लाल डोरे तैरने लगे हैं। मुझे मुग्ध होकर समुद्र को देखता पाकर सोनी ने पूछा, "क्या तुम्हें 'सी' बहुत अच्छा लगता है ?"

"हाँ लगता है।"

"मुझे भी अच्छा लगता है। अब तुम यह बताओ कि तुम्हें और क्या-क्या अच्छा लगता है ?"

"मुझे ?"

"हाँ।"

"तुम सुनोगी तो हँसोगी।"

"नहीं हँसूगी। तुम बताओ तो !"

"मुझे...मुझे..." मैं अपना सर खुजलाते हुए सोच-सोचकर कहने लगा, "मुझे नूपुर और आलता पहने हुए लड़कियों के कोमल-कोमल पाँव अच्छे लगते हैं, आम के मंजर की महक भी अच्छी लगती है।"

"और ?"

"और ताजे केले के पत्ते पर गर्म-गर्म भात खाना अच्छा लगता है। भोजन के बाद मीठा पान खाना भी अच्छा लगता है।"

"बस ? और कुछ अच्छा नहीं लगता ?" मुझे चुप होते देख सोनी ने कुरेदा।

मैं कहना चाहता था, 'तुमसे मिलने के बाद से तो सिर्फ़ तुम ही अच्छी लगती हो सोनी। बहुत अच्छी लगती हो।' मगर जबान ने मेरा साथ नहीं दिया और मैंने बात बदलते हुए कहा,

"क्या तुम अक्सर यहाँ आती हो ?"

"हाँ। आती हूँ।"

"किसके साथ आती हो तुम ?"

"अपने दोस्तों के साथ।"

"कैसे दोस्त ? लड़का या लड़की ?" ईर्ष्या के राग में घुली हुई अपनी ही आवाज़ मुझे अजीब-सी लगी।

सोनी ने तिरछी निगाहों से मेरी ओर सिर्फ़ देखा। कहा कुछ नहीं। शायद वह इन खूबसूरत पलों को बेकार की बातों में जाया नहीं करना चाहती थी। मैंने भी उसे दुबारा छेड़ने की कोशिश नहीं की और आकाश में उड़ते पखेरुओं की आड़ी-तिरछी लकीरों में खो गया।

थोड़ी देर बैठने के बाद हम इधर-उधर की बातें करते हुए समुद्र तट पर टहलने लगे। आस-पास कितने ही तरह के लोग थे। कुछ ठेलेवाले खाने-पीने की चीज़ें बेच रहे थे। एक पानवाले को पान बेचते देख सोनी ने पूछा, "पान खाएगा ?" मेरे 'ना' कहने पर उसने कहा, "तुमने तो कहा था, तुम्हें मीठा पान बहुत पसन्द है। खाकर तो देखो बॉम्बे का पान कैसा लगता है।" और वह एक पान खरीदकर मेरे मुँह में डालने लगी। मैंने पान सहित उसके हाथ को पकड़कर कहा, "यह क्या कर रही हो तुम ? जानती हो किसी को अपने हाथों से पान नहीं खिलाना चाहिए ?"

"क्यों, क्या होता है ?" सोनी ने मासूमियत से जानना चाहा।

"हमारे बंगाल में कहते हैं कि अपने हाथ से किसी को पान खिलाने से वह मरते वक़्त पास नहीं रहता।" सोनी से ऐसा कहकर मैं खुद ही अपनी बात पर झेंप गया। मैंने ऐसा क्यों कहा ? क्या मेरा अन्तर्मन यह उम्मीद करने लगा था कि मेरे मरने के समय तक सोनी मेरे पास ही रहे। कितने अधिकार के साथ मैंने ऐसा कह दिया था। बिना कुछ सोचे-विचारे ही।

"रबिश ! हम नहीं मानता यह सब !" कहकर सोनी ने ज़बरदस्ती वह पान मेरे मुँह में ठूँस दिया था। दो-चार बार चबाकर ही मैंने थू-थू करके पूरा पान उगल दिया, "छीः छीः इतना मीठा पान ! यह तो रसगुल्ले से भी ज़्यादा मीठा है। पान ऐसे लगाया जाता है क्या ? कभी बंगाल का पान खाई हो तुम ? एक बार खाओगी न तो जन्म-भर भूल नहीं पाओगी।" मैंने शेखी बघारते हुए कहा। मेरी इस हरकत से सोनी कुढ़कर रह गई।

कुछ दिनों के बाद एक दिन ऐसे ही समुद्र तट पर टहलते हुए तट पर सूखने के लिए डाले गए नारियलों को दिखाते हुए सोनी ने कहा, "जानते हो, ये कैसे नारियल हैं ?"

"नहीं।" मैंने सिर हिलाकर अनभिज्ञता प्रकट की थी।

"पूजा में चढ़ाए नारियलों को लोग समुद्र में बहा देते हैं। उन्हीं नारियलों को लहरें वापस तट पर फेंक जाती हैं। पता है न तुम्हें, समुद्र कभी किसी से कुछ लेता नहीं। वापस कर देता है। तो उन्हीं नारियलों को गरीब लोग फोड़ कर सुखाते हैं और चीनी की चाशनी में डुबोकर पान में डालते हैं। उस दिन वह पान तुम्हें इसीलिए इतना मीठा लगा था। समझा ?"

उस पान के स्वाद को याद करके मुझे मतली-सी आने लगी। ऐसा नहीं था कि मुझे मीठी चीज़ें नापसन्द थीं। मगर इतने मीठे पान ! जिस चीज़ को हम आरम्भ से जिस रंग, स्वाद या स्वरूप में देखते आते हैं, पहचानते आते हैं, खाते आते हैं, उसे उसी रूप में ग्रहण करने के आदी हो जाते हैं। बदले हुए स्वरूप में हमारा अवचेतन मन भी उसे ग्रहण करने से इनकार कर देता है। हमारी मातृभूमि का स्वरूप भी तो बदल गया है। वरना क्या आज हम इस परदेश में भटकते फिरते ?

इस अनजान शहर में अपनों से दूर रहते हुए सोनी के साथ घूमना, उससे बातें करना,

उसका हाथ पकड़कर किसी अनजान रहस्यमयी दुनिया में चले जाना अच्छा तो लगता था लेकिन मिस्त्री जी से सामना करने में मुझे शर्म आती थी। हर वक़्त यही चिन्ता सताती रहती कि पता नहीं, वे हमारे रिश्ते के बारे में क्या सोचते होंगे। सोनी को इन बातों की कोई परवाह नहीं थी। वह मुझे लेकर हैंगिंग गार्डेन, एलिफेंटा, बैंड स्टैंड, जुहू बीच् जैसी कितनी ही जगहों में घूमने जाया करती थी। दो बार वह मुझे अपने साथ चर्च ले गई। बान्द्रा चर्च। मैं चर्च के बाहर ही खड़ा रहा। उसके लाख कहने पर भी अन्दर नहीं जा पाया। धीरा की सावधान वाणी मेरे कानों में गूँजती रही, "सावधान केष्टो ! उस क्रिश्चन लड़की के साथ घूमना-फिरना बन्द कर दे। वरना वह लड़की तुझे भी क्रिश्चन बनाकर छोड़ेगी। तेरा धर्म भ्रष्ट हो जाएगा। फिर किस मुँह से देश लौटेगा, बोल ?"

सोनी के कारण धीरा से मेरी दूरी बढ़ती जा रही थी। पहले की तरह हम न तो साथ-साथ घूमते-फिरते और न ही अपना सुख-दुख बतियाते। धीरा सोनी से मेरा मिलना-जुलना बिलकुल पसन्द नहीं करता था। मुझे सोनी से दूर करने के लिए वह तरह-तरह के तिकड़म भिड़ाता रहता।

दिन-ब-दिन सोनी मेरे लिए एक पहेली बनती जा रही थी। वह मेरे साथ घूमती-फिरती, हँसती-बोलती, मेरे न आने पर नाराज़ होती, मेरे अशान्त, क्लान्त मन में अपनी संगत की शीतल पाटी बिछा देती। लेकिन जब खुमारी से बोझिल मेरी पलकें ऊपर छत तलाशतीं तो सिवाय खुले आसमान के कुछ और नज़र नहीं आता था। मेरी समझ में यह नहीं आ रहा था कि वह मुझसे चाहती क्या है ? क्या वह मुझसे प्यार करने लगी है ? कभी-कभी मन करता कि उससे साफ-साफ पूछ लूँ। मगर फिर हिम्मत न पड़ती थी। अगर वह हाँ कर दे तो ? तो क्या मैं उसे स्वीकार कर पाऊँगा ? मेरा धर्मभ्रष्ट नहीं हो जाएगा ? और अगर उसका जवाब 'ना' हो तो क्या मैं इस सदमे को सह पाऊँगा ? अजीब कशमकश में जी रहा था मैं।

घर से आए काफी दिन हो चुके थे। अभी तक अपना व्यवसाय शुरू नहीं कर पाया था। सोनी को छोड़कर अब देश लौट जाना भी मेरे लिए सम्भव नहीं था। कितनी बार सोचा घर पर एक चिट्ठी ही भेज दूँ। लेकिन किस मुँह से भेजता ? क्या लिखता ? माँ-बाबा, भाई-बहनों के लिए कभी-कभी मन अत्यन्त बेचैन हो उठता था। सोचता, पता नहीं कैसे हैं वे लोग। मेरे बारे में वे क्या सोचते होंगे ?

सोनी के पास जाते ही मेरी सारी बेचैनी दूर हो जाती थी। इसलिए मौका मिलते ही मैं उसके पास चला जाता। सोनी फ़िल्मों की बहुत शौकीन थी। मैं सोनी को एक बांग्ला फ़िल्म दिखाना चाहता था लेकिन वह जबरन मुझे हिन्दी या अंग्रेजी फ़िल्म ही दिखलाने ले जाती थी। एक दिन वह मुझे मेट्रो सिनेमा हॉल ले गई। वहाँ "सैमसन और डिलाइला" फ़िल्म चल रही थी। काफी भीड़ थी। हमें बिलकुल पीछे कोनेवाली सीट मिली। ढेर सारे ट्रेलर के बाद फ़िल्म शुरू हुई। सैमसन का पराक्रम, उसकी शक्ति देख मैं काफी उत्तेजित हो उठा। फ़िल्म के पात्रों के साथ मैं रोम के उस प्राचीन परिवेश में खोता चला गया। अंग्रेजी मैं ठीक से समझता नहीं, यह सोचकर सोनी मुझे हर दृश्य को धीमी आवाज़ में समझाती जा रही थी। फ़िल्म अपनी रफ्तार से चल रही थी। सैमसन की पाशविक शक्ति का राज पता करने उसके जीवन में खूबसूरत डिलाइला का पदार्पण हो चुका था। सैमसन और डिलाइला की घनिष्ठता, उनका उद्दाम प्रेम मुझे पागल बना रहा था। अँधेरे में कानों से टकराती सोनी

की आवाज़, मेरे गालों में उसकी नर्म साँसों की छुअन मुझे मदहोश कर रही थी। मेरे मन में प्यार की अद्‌भुत प्यास जगी। मेरे हाथ कोई हसीन शरारत करने को मचल उठे। मेरे शरीर का सोया जानवर देह झाड़कर ज़ाग उठा। मैंने हाथ बढ़ाकर सोनी के हाथ को छुआ और हौले से उसे दबा दिया। सोनी ने प्रतिवाद नहीं किया। मैं अपनी उँगलियों से उसकी हथेली को सहलाता रहा। मेरे साथ-साथ सोनी की साँसों की रफ्तार भी तेज़ होती जा रही थी। मेरी नज़रें फ़िल्म के पर्दे पर थीं मगर मेरा सारा ध्यान सोनी पर था। मेरा हाथ, मेरी उँगलियाँ सारे अनुशासन को तोड़कर मनमानी करने पर उतर आई थीं। मैं लाचार था। मेरे अंगों पर, मेरी सम्पूर्ण सत्ता पर मेरे विवेक का कोई वश नहीं था। मेरे हाथ ऐसे तप्त पहाड़ों पर रेंगने लगे जिनके अन्दर ज्वालामुखी धधक रहा था, जिसकी आँच से पपड़ाए मेरे होंठ सोनी के आर्द्र होंठों की नमी सोखने को उतावले हो रहे थे। मगर सोनी के होंठ सिले हुए थे। उसने मुझे फ़िल्म के दृश्यों के बारे में समझाना बन्द कर दिया था। अब वह मुझे समझने की कोशिश कर रही थी शायद। वैसे भी प्रेम शब्दों का मोहताज नहीं होता। इसकी समझ कुदरती होती है। इसलिए हममें से कोई कुछ नहीं कह रहा था।

पर्दे पर फ़िल्म चल रही थी। डिलाइला धोखे से सैमसन के बालों में छिपी उसकी शक्ति का राज पता करके उसके लम्बे-लम्बे बालों को काट चुकी थी। सैमसन को राजा ने कैदी बना लिया था। उसकी आँखें फोड़वा दी थीं। उसके शरीर को तेज़ अस्त्रों से गोद-गोद कर क्षत-विक्षत कर डाला था। विश्वासघातिका डिलाइला अपने प्रियतम सैमसन की ऐसी भयंकर परिणति देख अनुतप्त थी, लज्जित थी, व्यथित थी। मेरे पास बैठी सोनी की आँखें नम हो उठी थीं। उसने मेरी हथेली को कसकर अपनी मुट्ठी में जकड़ रखा था।

"सोनी !" मैंने धीरे से कहा।

"हूँ !" मुझे सोनी का आवेशित स्वर सुनाई पड़ा।

"अगर डिलाइला की जगह तुम होती तो क्या ऐसा विश्वासघात कर पाती ?" मैं उसके कानों में फुसफुसाया।

"आई डोन्ट नो।" सोनी ने कन्धे उचकाकर संक्षिप्त-सा उत्तर दिया और अपने सिर को हल्के से मेरे कन्धे पर टिका दिया।

कैदी सैमसन के बाल फिर से बढ़ गए थे। अनुतप्त डिलाइला ने उसे इस बात का अहसास दिलाया कि अब फिर उसकी शक्ति वापस आ गई होगी और उसी के कहने पर सैमसन ने पूरे प्रासाद का ध्वंस कर दिया। शत्रु पक्ष के साथ-साथ सैमसन और डिलाइला का भी अन्त हो गया।

हम हॉल से बाहर आ गए। सैमसन और डिलाइला की प्रेम कहानी एक टीस बनकर हमारे दिलो-दिमाग में व्याप्त हो गई। मैं सोनी को छोड़ने उसके घर गया। मिस्त्री जी घर पर थे। "चाय पीकर नहीं जाएगा ?" कहकर सोनी ने मुझे रोक लिया। मिस्त्री जी की तबीयत कुछ ठीक नहीं थी इसलिए वे अन्दर बेडरूम में चले गए। वरना वे ज़रूर मेरे साथ बैठकर कुछ देर बातें करते, साथ में चाय पीते। उनका अन्दर चले जाना मुझे अच्छा लगा। सोनी को मैं एकान्त में पाना चाहता था। उसके करीब जाना चाहता था। बहुत करीब। इतने करीब कि मेरा मन तृप्त हो उठे। मेरे सूखे कंठ नम हो जाए। मैं क्या करता ? मेरे शरीर का एक-एक कण पुकार रहा था—सोनी...सोनी...सोनी...

सोनी आई। मैं उसे अपलक निहारता रहा। कितनी खूबसूरत लग रही थी वह ! उसकी

आँखों का काजल धुल चुका था। उसके गोरे-गोरे गाल पसीने से चमक रहे थे। कन्धे तक लटकते बाल इधर-उधर बिखरे हुए थे। उसका यह रूप कितना मोहक था, कितना मासूम ! क्या इस पल दुनिया की कोई लड़की उतनी खूबसूरत दिख रही होगी ?

सोनी ने अपने हाथ की ट्रे को सेंटर टेबुल पर रखा। ट्रे में चाय, पुडिंग और कुछ बिस्कुट रखे थे। उसने एक गहरी नज़र से मुझे देखा। मेरी आँखों में उसने क्या देखा ? क्या पढ़ा ? मैं पूछना चाहता था पर पूछ नहीं पाया। वह मेरे पास ही सोफे पर बैठ गई। अपनी देह में मैंने एक मीठी-सी सिरहन का अनुभव किया। हल्की-सी थरथराहट भी। कोई अदृश्य चुम्बकीय शक्ति मुझे उसकी ओर खींच रही थी। मैं अपनी पूरी शक्ति लगाकर सोफे से चिपका हुआ था।

कमरे में सिर्फ़ मैं था, सोनी थी। और कोई नहीं था। कुछ भी नहीं था। सामने सेन्टर टेबुल नहीं था। उस पर रखी वह ट्रे नहीं थी। दीवार पर टँगी जेसस की तस्वीर नहीं थी। स्टूल नहीं था। मेरे और सोनी के अलावा एक धुँधली-सी आच्छन्नता थी जो हम दोनों के चारों ओर एक घेरा बनाती हुई तेज़ी से फैलती जा रही थी, हम दोनों को एक-दूसरे के करीब, और करीब लाती हुई। मेरा हाथ सोनी की खुली जाँघ पर फिसलने लगा था। अब कमरे में न अँधेरा था न उजाला। अँधेरे और उजाले के झीने पर्दे की ओट से कुहरा उतर आया था। मेरे होंठ सोनी के होंठों से जा चिपके थे। क्रमशः भारी होती पलकों से बूँद-बूँद मदहोशी टपक रही थी और उस रस में हमारी कामनाएँ भीग उठी थीं। गर्म साँसों की आँधी चलने लगी थी सौ मील प्रति घंटे की रफ्तार से।

फटाक् ! सहसा वक़्त ठहर गया। हिम-सरोवर-सा जम गया। मिस्त्री जी ने अपने कमरे का दरवाज़ा खोला और पल में कमरे में फैला कुहरा छँट गया। सेन्टर टेबुल वापस अपनी जगह पर आ गया और चाय ठंडी होने लगी। चाय के पत्तों की महक में सोनी के बदन की महक घुल गई। जेसस तस्वीर में फिर से मुस्कुराने लगे। मिस्त्री जी को इसी वक़्त बाहर आना था ?

मैं एक जानलेवा ऊमस लेकर तपते होंठों को सहलाते-सहलाते कारखाने लौट आया। रात-भर मैं सोनी के आकर्षण-वृत्त में आवृत्त रहा। इस वृत के चक्रव्यूह में फँसकर मेरी अच्छे-बुरे, सही-गलत की विवेचन शक्ति लुप्तप्राय हो उठी। अगले दिन जब मिस्त्री जी कारखाना आए तब माल-सप्लाई करने के बहाने मैं सोनी के घर जा पहुँचा। सोनी का दरवाज़ा खटखटाते हुए मैं रोमांचित हो उठा। खट्-खट्...खट्-खट्...खट्-खट्...अन्दर कोई आवाज़ नहीं। क्या सोनी घर पर नहीं है ? बाहर तो ताला भी नहीं है। तो क्या वह नहा रही है ? उसके नहाने की बात मेरे दिमाग में आते ही मेरी नज़रों के सामने उसका भीगा बदन उभर आया। बदन में एक अजीब-सी सिहरन लेकर मैं रुक-रुककर दरवाज़ा खटखटाता रहा। जब अधीर होकर काफी जोर से खटखटाया, तब अन्दर से सोनी का कमजोर स्वर सुनाई पड़ा, "कौन है ?"

मेरी आवाज़ सुनकर जब उसने कुछ देर बाद दरवाज़ा खोला तो उसके चेहरे पर हवाइयाँ उड़ रही थीं। पहली बार मैंने उसके चेहरे पर इस तरह का भाव देखा। वह ऊपर से नीचे तक अस्त-व्यस्त दिख रही थी। उसने मुझे देख दरवाज़ा पूरा खोले बगैर पूछा, "तुम ! तुम इस टाइम ? ड्यूटी पर नहीं गया ?"

"ड्यूटी से भाग के आया। तुमसे मिलने का वास्ते।" मैंने उसे दरवाज़े से भीतर की ओर ढकेलकर बाँहों में भरते हुए कहा।

वह खुद को मुझसे छुड़ाकर पीछे हटती हुई बोली, "लेकिन अभी घर में कोई नहीं। तुम जाओ।"

"चला जाएगा जानी। पर अभी नहीं। थोड़ा-सा प्यार करके जाएगा। तुम नहीं जानता सोनी, कल रात से हम तुम्हारे लिए कितना तड़पा।"

मैं उसे फिर से बाँहों में समेटने की कोशिश करते हुए बोला। मगर सोनी अत्यन्त घबराई हुई थी। वह मुझे लगभग धकेलकर दरवाज़े के पास ले जाकर रूखेपन से बोली, "नइ केष्टो, तुम अभी जाओ।"

ऐसा मत करो सोनी। बस थोड़ा-सा...बस थोड़ी देर...कहकर लगभग गिड़गिड़ाते हुए मैंने उसके चेहरे को अपनी हथेलियों में भरकर चूमना चाहा। उसने मेरे हाथों को बेरहमी से झटक दिया और कातर स्वर में फुसफुसाते हुए कहा, "हटो प्लीज़ ! चले जाओ। फॉर गॉड सेक चले जाओ यहाँ से।"

मगर उस वक़्त मैं सोनी को पाने के लिए इतना लालायित हो उठा था कि किसी भी बाधा-निषेध को पार करने के लिए हद से गुज़र सकता था। सोनी मुझे धकेलती हुई दरवाज़े के बाहर करने का प्रयास कर रही थी जबकि मैं उसे अपने आगोश में लेने की हर सम्भव कोशिश कर रहा था।

"हे मैन क्या करता ?" की भारी-भरकम आवाज़ सुनकर मैं चौंका। देखा एक लम्बा-चौड़ा स्मार्ट जवान लड़का अन्दर के कमरे से बाहर निकलकर हमारी तरफ़ बढ़ा आ रहा है। चेहरे से वह भी पोर्तुगीज लग रहा था। उसे देख मैं सोनी को छोड़ हक्का-बक्का-सा खड़ा रह गया। फिर थोड़ा सँभलकर बोला, "आप कौन ?" "मैं ? मैं सोनी का बॉयफ्रेंड। इसका फियांसी। मगर तुम इसका साथ क्या नॉनसेंस जैसा करता ? तुमको इसको टच करने का हिम्मत कैसे हुआ ? हाउ डेयर यू ?" कहता हुआ वह मेरे सामने तनकर खड़ा हो गया। उसकी मुट्ठियाँ भिंच चुकी थीं, आँखों में खून उतर आया था। मेरे चेहरे पर हवाइयाँ उड़ने लगीं। इससे पहले कि मैं कुछ कहता, सोनी ने बीच-बचाव करते हुए कहा, "जॉर्ज ! प्लीज लीव हिम ! लेट हिम गो। ये डैडी का साथ बेकरी में काम करता। बंगाल से आया।"

"तुमारा इसका साथ क्या रिलेशन ?" उस लड़के ने आँखें तरेरकर पूछा।

"रिलेशन ? कोई रिलेशन नइ। बस एकाध बार ये डैडी का साथ इधर आया।" सोनी ने मुझसे आँखें चुराते हुए कहा। उसका चेहरा झक्क सफेद दिख रहा था।

"सोनी !" मैं बस इतना ही कह पाया।

"लिसन मैन ! हमारा ऐबसेंस में तुम यहाँ आया, ठीक नहीं किया। और अब तो हम बम्बई वापस आ गया है। फिन अगर तुमको यहाँ देखा न ! तो बाइ गॉड, आइ विल किल यू !" जॉर्ज ने मुझे मुक्का दिखाते हुए कहा।

उसके मुक्के का जवाब मैं दे सकता था मगर घटना की आकस्मिकता और सोनी की बेवफाई से मैं इतना हतप्रभ हो उठा था कि चुपचाप सिर झुकाकर वहाँ से बाहर निकल आया। गेट से निकलते समय बस एक बार पीछे मुड़कर सोनी की ओर देखा। मेरी उन आँखों में आश्चर्यमिश्रित वेदना के साथ इतने सारे प्रश्न थे कि सोनी मेरी दृष्टि का सामना नहीं कर पाई। उसने झट से अपनी आँखें फेर लीं।

मेरा मन अब बम्बई से उचट चुका था। एक सोनी ही थी जिसने मुझे इतने दिनों तक वहाँ बाँध रखा था। सोनी की बेवफाई ने मुझे झकझोर डाला था। अब मेरा मन घर के लिए

छटपटाने लगा। मैं अपने लोगों के बीच जाना चाहता था। उनके प्यार से, अपनेपन से अपने ख़ालीपन को भरना चाहता था। अपने देश की खुली, नमकीन हवा में जी भरकर साँस लेना चाहता था मैं।

सब कुछ जानकर धीरा बड़ा ही खुश हुआ। शेखी बघारते हुए बोला, "मैंने कहा था न, जिस लड़की के पल्ले पड़े हो, एक दिन पछताना पड़ेगा। और करो प्रेम !"

सेठ जी से जब मैंने घर वापस जाने की बात कही तो वे बहुत दुखी हुए। बोले, "तुम्हें जाने देने का मन तो नहीं कर रहा है लेकिन जब तुम जाने की ठान ही लिए हो तो तुम्हें रोक भी तो नहीं सकता। जाते-जाते इतना याद रखना कि जब चाहो वापस आकर यहाँ फिर से नौकरी कर सकते हो। मेरा दरवाज़ा तुम्हारे लिए हमेशा खुला रहेगा।"

देश वापस जाते समय सोनी से अन्तिम बार मिलने के लिए मेरा मन तड़प उठा। मैंने महसूस किया कि इतना कुछ हो जाने के बाद भी मैं उसे पहले की तरह ही चाहता था। तहे दिल से चाहता था। लेकिन मैंने जबरन अपनी इच्छा पर काबू पा लिया। उस बेवफा से क्या मिलना ! इस बार शायद वह मुझे पहचान ही न पाए !

आते समय जब मैंने उसके पिता के पैर छूकर कहा, "मैं घर वापस जा रहा हूँ मिस्त्री जी !" तो उन्होंने पाइप का एक कश खींचा और मेरी तरफ़ करुण दृष्टि से देखते हुए कहा, "घर जाओगे ? अच्छा जाओ !"

हैरत की बात तो यह थी कि इस बार उन्होंने एक बार भी यह नहीं कहा कि सोनी से मिलकर जाना माइ सन ! क्या उन्हें हकीकत का पता चल चुका था ? अचानक मुझे यह जानने की बड़ी इच्छा हुई लेकिन पूछता कैसे ?

मेरी जगह सोनी होती तो अवश्य ही बिना संकोच किए धड़ल्ले से पूछ बैठती। उसके ऐसे खुलेपन को लेकर एक दिन मैंने उसे टोका भी था, "तुम बड़ों से कितनी बेतकल्लुफी से पेश आती हो सोनी। हमारे यहाँ तो बड़ों का बड़ा लिहाज किया जाता है। जानती हो, हम अपने गुरुजनों के सामने सिगरेट-बीड़ी तक नहीं पीते।"

"अच्छा ?"

"हाँ। और पता है, काकी, मामी, मौसी, बुआ जैसे गुरुजनों को पुकारते समय 'माँ' शब्द भी जोड़ देते हैं–काकीमाँ, मामीमाँ, माशीमाँ, पीशीमाँ...वगैरह-वगैरह।"

"तो फिर पुरुष गुरुजनों को सम्बोधित करते समय भी पिता शब्द जोड़ देते होगे ?" उसने व्यंग्य से पूछा था।

"नहीं। पिता शब्द तो नहीं, पर मॉशाइ (महाशय) जैसे सम्मानसूचक शब्द ज़रूर जोड़ते हैं यथा–पीशेमॉशाइ, मेशोमॉशाइ, जैठामॉशाइ... ।"

सन् 1950 ई. से सन् 1952 ई. तक बम्बई में रहने के बाद अन्ततः मैंने बम्बई को अलविदा कहा और कोलकाता के लिए रवाना हो गया।

लौट के बुद्धू घर को आए

कोलकाता जानेवाली ट्रेन में बैठते ही एक अजीब-सी कुंठा से मन बोझिल हो उठा। कहाँ तो सोचा था कि अपना कारोबार शुरू करने के बाद ही घरवालों को अपना मुँह

दिखाऊँगा, उन्हें अपने पास लाकर एक बेहतर ज़िन्दगी दूँगा और कहाँ इस तरह से घर वापस जाना पड़ रहा है। साथ में कुछ जमा रुपए ज़रूर हैं लेकिन वे कब तक रहेंगे ? पाकिस्तान में मैं कोई नया व्यवसाय शुरू नहीं करना चाहता। वहाँ से भागने के लिए ही तो यह सारी जद्दोजहद थी। एक बार फिर परिस्थिति ने मुझे अनिश्चितता के भँवर में ला छोड़ा।

कोलकाता पहुँचकर धीरा ने मुझसे विदा ली और अपने घर नवद्वीप चला गया। एक लम्बे अरसे से साथ रहते-रहते हम दोनों में इतना गहरा लगाव हो गया था कि बिछड़ते समय हम दोनों का ही दिल भर आया। मेरे जीवन के एक महत्त्वपूर्ण अध्याय का साक्षी एवं संगी धीरा एक लम्हे में मुझसे बिछड़ गया। कितनी आसानी से हमारे जीवन वृक्ष से पत्ते झड़ जाते हैं और नए पत्तों के उग आने पर कितनी आसानी से हम उन्हें भूल भी जाते हैं। एक समय था जब इसी कोलकाता में मैं जॉया दीदी तथा प्रोबाल को पागलों कीं तरह ढूँढ़ता रहा था। मगर इस बार मैं सीधे बोरिशाल जानेवाली स्टीमर पर जा बैठा।

स्टीमर रवाना होते ही मैंने अपने अशान्त मन को बहलाने के लिए इससे-उससे परिचय करना शुरू किया। मैं महसूस कर रहा था कि लोग मुझे अजीब नज़रों से घूर रहे हैं। मुझसे सहजता से पेश नहीं आ रहे हैं। उनके इस बर्ताव के कारण का पता लगाने के क्रम में मैंने पाया कि हाव-भाव, पहनावा-ओढ़ावा, बातचीत सभी दृष्टिकोण से मैं उनसे अलग-थलग दिख रहा था। मेरा हुलिया बिलकुल बदल चुका था। मैंने सिंथेटिक कपड़े का जो चेक शर्ट पहना हुआ था, उसकी पीठ एवं बाँहों में बम्बइया स्टाइल के चुनट बने हुए थे। शर्ट के सामने बटन के स्थान पर खींचकर बाँधनेवाला फीता लगा हुआ था। बैक ब्रश किए हुए कन्धे तक लम्बे बाल ऊपर की ओर फुले हुए थे। मेरी कलाई में एक बड़ी-सी घड़ी और फूले-फूले गालों पर अंगूर की लाली थी। मेरे बोलने का लहजा बिलकुल बदल गया था। मैं बांग्ला के साथ हिन्दी शब्दों को फेंटकर बोलने लगा था।

स्टीमर में मेरी मुलाकात बोरिशाल के एक ऐसे सज्जन से हुई जो मेरे पिता के परिचित थे। उन्हें देखते ही मैं पहचान गया और खुश होकर बोला, "दीजेन काका न ?"

"हाँ, लेकिन तुम्हें तो मैंने नहीं पहचाना ?"

"पहचाना नहीं ? मैं केष्टो। रमेश घोष का बेटा।"

"ओरे बाबा ! तुम ज़िन्दा हो ? सब तो यही जानते हैं कि तुम मर चुके हो।" कहकर दीजेन काका ने मुझे अपनी बाँहों में भर लिया और मेरे सिर और पीठ पर हाथ फेरने लगे। उन्हीं से मुझे पता चला कि मेरे गायब हो जाने के बाद पिताजी ने मुझे काफी ढूँढ़ा। कोलकाता, अगरतल्ला, बोरिशाल का चप्पा-चप्पा छान मारा। घर में काफी दिनों तक मेरे लिए रोना-धोना चलता रहा। फिर सब लोगों ने मुझे मरा हुआ समझकर कलेजे पर पत्थर रख लिया।

उनकी बातें सुनकर लज्जित होते हुए मैंने पूछा, "घर में सब लोग ठीक तो हैं न !"

"हाँ ठीक ही हैं।"

"पिताजी आजकल क्या कर रहे हैं ?"

"क्या करेंगे ? वही पुरानी दुकान चला रहे हैं।"

"यानी जहाँ थे वही हैं।" मैंने सोचा।

"लेकिन केष्टो, तू इतने दिनों तक था कहाँ ?" इस बार दीजेन काका असली सवाल

पर उतर आए और उन्हें अपने घर से भागने से लेकर विदेश भ्रमण का सारा वृत्तान्त बताते-बताते रास्ता कट गया। मगर हाँ, सोनी वाले प्रसंग पर मैंने कैंची चला दी।

❐ ❐ ❐

सूटकेस लेकर मैं स्टीमर से उतरा और घर जाने के लिए एक साइकिल-रिक्शे पर जा बैठा। रिक्शा जब घर के पास वाले बड़े तालाब की बगल से गुज़र रहा था तब कुछ लोगों ने मुझे पहचान लिया और चिल्लाकर कहा, "अरे केष्टो ना ?" मेरे 'हाँ' कहने की देर थी कि वहाँ एक छोटी-मोटी भीड़ ही जुट गई। मुझे रिक्शा वहीं छोड़ देना पड़ा। चारों तरफ़ से सवालों की बौछार होने लगी। जवाब देते-देते जब मैं थक गया, तब बोला, "पहले घर तो जाने दीजिए। बाकी बातें बाद में बताऊँगा।"

घर पहुँचकर देखा, माँ पहले-से ही दरवाज़े के बाहर खड़ी होकर मेरा इन्तज़ार कर रही हैं। पहले ही कोई उन तक मेरे आने की ख़बर पहुँचा चुका होगा। माँ की गोद में एक छोटी-सी बच्ची को देख मैं समझ गया कि मेरे प्रवासकाल के दौरान हमारे परिवार में इस नए मेहमान का पदार्पण हुआ है। मुझे कुछ शर्म-सी लगी और मैं माँ को प्रणाम करने उनके कदमों पर झुक गया। बच्ची को किसी दूसरे को देकर उन्होंने मेरे चेहरे को अपने दोनों हाथों में ले लिया और गौर से मुझे देखने लगी। वह न हँस रही थी न रो रही थी। मैंने कहा, "क्या देख रही हो माँ ? मैं तुम्हारा केष्टो ही हूँ। कोई और नहीं।"

तब तक मेरे भाई-बहनों ने मुझे चारों ओर से घेर लिया था। कितने बड़े हो गए थे मेरे दोनों भाई। खुकी भी जवान हो गई थी। उसके सिर पर प्यार से हाथ फरते हुए मैंने माँ से बाबा और शामदाशी माशीमाँ के बारे में पूछा। माँ ने चुप्पी तोड़ते हुए कहा, "तुम्हारे बाबा इस वक़्त दुकान में होंगे। और वह औरत अब एक-दूसरे मकान में रहती है—अपने बच्चों के साथ।"

"बच्चों के साथ ?" क्या शामदाशी माशीमाँ को भी फिर बच्चा हुआ है ?" मैंने सोचा। पर कुछ पूछा नहीं।

इस बीच घर में भी भीड़ लग गई थी। मुझसे तरह-तरह के सवाल पूछे जा रहे थे। मैं भी चटखारे ले-लेकर अपने विदेश-भ्रमण की बातें बताता रहा। मेरे पास किस्सों की कमी नहीं थी। बीच-बीच में हिन्दी में संवाद बोल-बोलकर लोगों को हँसाता भी रहा। जब उनमें से किसी ने कहा, "तू तो बिलकुल बदल गया है रे केष्टो।" तो मैं हिन्दी में बोला, "हाँ भाई ! बम्बई जैसी मायानगरी में रहूँ और न बदलूँ, ऐसा हो सकता है क्या ?"

मेरी बातें सुनकर वे सभी हँसने लगे। इधर जब बाबा तक मेरे आने की ख़बर पहुँची तो वे उर्ध्वश्वास से दौड़ते-दौड़ते घर पहुँचे। जोर-जोर से हाँफते हुए पसीने से लथपथ बाबा को देखकर मैं इतना लज्जित हो उठा कि उनके पाँव छूना तो दूर, उनसे नज़रें तक मिला नहीं पाया। पिछले कुछ समय से मैंने जिस तरह की गैर जिम्मेदाराना हरकतों से उन्हें परेशान किया था, उसके लिए सही मायने में मुझे उसी वक़्त आत्मग्लानि हुई। क्यों किया मैंने ऐसा ? घर से भागने के बाद अपनी सलामती की एक चिट्ठी ही भेज देता ?

मेरे वापस आने की खुशी में बाबा सारे शिकवे-गिले भूलकर माँ से बोले, "इसे कुछ खाने को दिया है ?" माँ ने कहा, "अभी तो तुरन्त हाथ-मुँह धोकर बैठा है। अभी देती हूँ।"

मेरी आशा के विपरीत बाबा ने मुझसे कोई जवाब-तलब नहीं किया। मेरी जान में जान

आई। माँ ने बड़े प्यार से खाना परोसा और ताल पत्ते का पंखा झलते हुए मेरे पास बैठी रहीं। खुकी दौड़-दौड़कर रसोई से मेरे लिए नमक, हरी-मिर्च, पानी वगैरह लाती रही। मेरे दोनों भाई कभी मेरी घड़ी को, कभी शर्ट को छू-छूकर देखते रहे। इतने दिनों बाद अपनों का अपनापन पाकर मैं निहाल हो गया।

खाना खिलाने के बाद माँ ने कहा, "अब थोड़ा आराम कर लो बेटा। इतनी दूर से आए हो।"

मैंने कहा, "पहले जरा आस-पास से घूम तो आऊँ।" और पैदल ही घूमने निकल गया। लोग जुटते रहे, मैं उनके सवालों का जवाब देता रहा, उनसे पाकिस्तान का हाल-चाल पूछता रहा। मेरी अनुपस्थिति में बोरिशाल काफी बदल चुका था। नई-नई दुकानें खुली थीं, इमारतें बनी थीं। हिन्दुओं की कई दुकानों पर मुसलमानों का कब्ज़ा हो चुका था। मुहल्ले के "साहा ऐंड ब्रदर्स" में "मोहम्मद अली ऐंड ब्रदर्स" का बोर्ड लटक रहा था। अपने एक दोस्त के पिता सुरोजीत दास को मुसलमानों की तरह रखी गई दाढ़ी और लुंगी-टोपी में देख मैं चौंका। "क्या बात है काका ? आपने धर्म परिवर्तन कर लिया है क्या ?"

"नहीं रे। धर्म से तो हिन्दू ही हूँ। मगर वेश-भूषा बदल ली है। रात गए घर लौटता हूँ। काम के सिलसिले में इधर-उधर जाना पड़ता है। मुसलमानों की पोशाक में रहूँगा तो कोई अचानक हमला नहीं कर बैठेगा।"

"क्या समय आ गया है काका ! अपनी ही धरती पर हमें वेश बदलकर जीना पड़ रहा है।" मैंने अफ़सोस जताया।

"घोर कलियुग है रे। घोर कलियुग !" काका ने दीर्घ श्वास छोड़ा। मैंने दुखी स्वर में कहा, "आज कौन मानेगा कि कभी यह सम्पूर्ण रूप से हम हिन्दुओं का ही इलाका था ?" "क्यों नहीं मानेगा रे ? कैसे नहीं मानेगा ? यहाँ के विभिन्न जिलों तथा स्थानों के नाम ही तो इस बात की पुष्टि करते हैं।" काका तैश में आकर बोलने लगे, "सबको पता है कि हिन्दुओं की ढाकेश्वरी देवी की पूजा करते समय ढाक-ढोल की आवाज़ जितनी दूर तक पहुँचती थी, उतनी दूर के इलाके को 'ढाका' नाम दिया गया था। बाद में जहाँगीर ने वहाँ फ़ौजी छावनी बनाई और उसे बंगाल का एक मुख्य नगर बना दिया।

'चटगाँव' भी तो चट्टोपाध्याय ब्राह्मणों का ही निवासस्थान था। 'यशोधर' को ही 'जसोर' तथा 'श्रीहट्ट' को 'सिलहट' नाम दे दिया गया। जो इलाके पहले गौरांग महाप्रभु के अष्टप्रहर कीर्तन से, जयदेव तथा चंडीदास के गीतों से गूँजा करते थे, वहाँ अब हम हिन्दू शंख बजाने में भी डरने लगे हैं। सन् 1941 तक भी यहाँ 29.7 प्रतिशत हिन्दू थे, जबकि अब मात्र 23.1 प्रतिशत ही रह गए हैं। स्कूलों में भी अब सरस्वती पूजा नहीं करने दी जाती।"

काका ने यह भी बताया कि किस प्रकार पिछले साल यानी सन् 1951 के अक्टूबर महीने में सैयद अकबर नामक एक अफगान युवक की गोली से प्रधानमन्त्री लियाकत अली की मृत्यु हो गई और उनके बाद ख्वाजा नाज़िमुद्दीन पाकिस्तान के नए प्रधानमन्त्री बने। नाज़िमुद्दीन ने जिन्ना साहब की ही तरह उर्दू को पूर्वी एवं पश्चिमी पाकिस्तान की राष्ट्रभाषा बनाने का निर्णय लिया। उसकी मंशा भी बहुसंख्यक बंगालियों की स्वतन्त्र सत्ता को, उनकी भाषा, साहित्य-संस्कृति को मिटाकर उन्हें नामहीन, परिचयहीन नकलनवीस दासों में परिणत करने की थी। इसलिए तो उनके इस निर्णय के विरोध में 21 फरवरी, 1952 ई. को ढाका के छात्र समुदाय ने पूर्वी पाकिस्तान में हड़ताल की घोषणा कर दी। ढाका के राजपथ पर विशाल जुलूस निकाला गया। उस विशाल जुलूस का नेतृत्व कर रहे थे शेख मुजीबुर्रहमान। पुलिस

तथा सेना ने जुलूस पर गोलियाँ चलाईं। नौ छात्र शहीद हो गए। फिर तो भाषा आन्दोलन ने व्यापक रूप धारण कर लिया। अनेक छात्र गिरफ्तार कर लिए गए। कारागार के लौह-कपाट आन्दोलनकारी छात्रों के आक्रोश से झनझना उठे,

"कॉमरेड शोनू बिगुल ओइ हांकछे रे
कारार ओइ लौहो कॉपाट भेंगे फैल
कोरबे लोपाट/मोदेर गॉरोब/मोदेर आशा
आ मोरी बांग्ला भाषा..."
(कॉमरेड सुनो—बिगुल बज रहा है
कारागार के उस लौह कपाट को तोड़ डालो
नहीं तो वे हमारी बांग्ला भाषा को,
जो हमारा गर्व है, हमारी आशा है,
मिटाकर रख देंगे।)

काका से सब कुछ सुनकर मैं स्तब्ध रह गया। उन्होंने मुझे अपने घर ले जाकर एक पत्रिका पढ़ने को दी जिसमें भाषा आन्दोलन के दौरान पाक पुलिस द्वारा उत्पीड़ित एक हिन्दू औरत इला मित्र की आपबीती छपी थी। इला मित्र ने लिखा था, "मुझे गिरफ्तार करके पाक पुलिस एक सेल में ले गई। मुझे फँसाने के लिए वह मुझसे किसी ऐसे हत्याकांड की स्वीकारोक्ति करवाना चाहती थी जिसके विषय में मैं कुछ नहीं जानती थी। मेरे सारे कपड़े उतार दिए गए। सम्पूर्ण नग्न करके मुझे बन्दूक के कुन्दे से पीटा गया। एक बूँद जल तक दिए बगैर उन्होंने रूमाल से मेरा मुँह बाँध दिया। दो डंडों के बीच मुझे खड़ा करके दोनों तरफ़ चार सिपाही खड़े हो गए और पूरी शक्ति से उन डंडों से मेरे पैरों को दबाया जाने लगा। उन्होंने मेरे गुच्छे-गुच्छे बाल जड़ से उखाड़ डाले। इतने से भी उनका दिल नहीं भरा। वहाँ उपस्थित अपने एस.आई. के आदेश से उन्होंने चार उबले हुए गर्म अंडे मँगवाए और एक अंडे को जबरन मेरे गुप्तांग में ठूँस दिया। मैं पागलों की तरह छटपटाती रही मगर चार-पाँच सिपाही इस तरह मेरे हाथ-पैर पकड़े हुए थे कि मैं कुछ नहीं कर सकी। इससे पहले कि वे बाकी अंडों का प्रयोग करते, मैं बेहोश हो गई। होश आने पर एक-एक कर वहाँ उपस्थित सिपाहियों ने मेरे साथ बलात्कार किया। मेरे कपड़े खून से तर हो गए थे। बुखार से मेरा बदन तप रहा था। जब मैं अधमरी हो गई तब मुझे अस्पताल पहुँचाया गया। नीम बेहोशी में डॉक्टर-नर्सों की बातें सुनकर मुझे पता चला कि मुझे 105 डिग्री बुखार था। एक नर्स काफी दयालु थी। उसी ने मेरी सेवा की। मुझे साफ कपड़े पहनाए। लेकिन जल्दी ही मुझे नबावगंज जेल में वापस ले जाया गया। वहाँ भी मैं काफी समय तक ज्वर से पीड़ित रही। मेरे गुप्तांग से काफी दिनों तक रक्त-स्राव होता रहा। इतना ही नहीं, उन दिनों अक्सर मैं बेहाश हो जाया करती थी..."

इससे आगे मैं पढ़ नहीं पाया। मेरा खून खौल उठा। मैंने पत्रिका वापस करते हुए कहा, "कितना अत्याचार किया पश्चिमी पाकिस्तान के दरिन्दों ने अपनी भाषा-संस्कृति की रक्षा में उठ खड़े हुए बंगालियों पर ! क्या इनके बीच कोई इंसान रह सकता है ?"

"इला मित्र तो फिर भी हिन्दू थीं। पश्चिमी पाकिस्तानी शासकों के इशारे पर भाषा आन्दोलन से जुड़े सैकड़ों बंगाली मुसलमान औरत-मर्दों के साथ भी पुलिस ने ऐसा ही बर्बरतापूर्ण बर्ताव किया है।" काका का उत्तर था।

सुरोजित काका और उन जैसे अनेक परिचितों से बातें करके मैं इसी निष्कर्ष पर पहुँचा

कि आन्दोलन के दौरान पश्चिमी पाकिस्तानी शासकों की नीति, उनकी वास्तविक मंशा पूर्वी पाकिस्तानियों के समक्ष सुस्पष्ट हो उठी है। वे समझ गए हैं कि स्वयं मुसलमान होते हुए भी पश्चिमी पाकिस्तान के लोग पूर्वी पाकिस्तान के बंगाली मुसलमानों को अत्यन्त हेय दृष्टि से देखते हैं। सामाजिक, राजनीतिक, आर्थिक, सांस्कृतिक हर क्षेत्र में शोषण करके अपनी सुख-समृद्धि के लिए वे इनका इस्तेमाल करना चाहते हैं। और इसीलिए अब पूर्वी पाकिस्तानियों ने स्वायत्तशासन के लिए सोचना आरम्भ कर दिया है। आत्मनियन्त्रण का अधिकार मिले बगैर पश्चिमी पाकिस्तानी शासकों के अत्याचार से मुक्ति मिलना सम्भव नहीं, ऐसी धारणा उनके मन में बद्धमूल हो उठी है।

सब कुछ देख-सुनकर विषादग्रस्त होकर मैं रात को घर लौट आया। कपड़े बदलने के लिए जब अपना सूटकेस खोलने लगा तो मेरे सारे भाई-बहन चारों ओर से इस तरह से मुझे घेरकर सूटकेस पर झुक गए जैसे मैं उस सूटकेस से उन लोगों के लिए कोई खजाना निकालनेवाला हूँ। जब मेरी बहन ने कहा, "दादा, हमारे लिए क्या लाए हो ?" तो एक बार फिर मैं अपनी अव्यवहारिकता पर शर्मिंदा हो उठा। इतने दिनों बाद घर लौटा हूँ। वह भी बम्बई जैसी महानगरी से। और किसी के लिए कुछ नहीं लाया। मुझे बड़ा अफ़सोस हुआ। बम्बई में सोनी को मैं अक्सर छोटी-छोटी चीज़ें खरीदकर दिया करता था। लेकिन उसकी बेवफाई ने मुझे इस कदर झकझोर डाला था कि घर आने से पहले घरवालों के लिए कुछ लाने की सुधि ही नहीं रही थी। लज्जित होकर मैंने सूटकेस से कुछ रुपए निकाले और अपने भाई-बहनों में बाँट दिए।

अगले दिन बाबा ने पूछा, "तुम पहले की तरह सब कुछ खाते हो न !"

मैंने कहा, "हाँ।"

वे दुकान जाने से पहले बाज़ार चले गए।

बाज़ार से थैला भरकर मीट-मछली ले आए। माँ ने बड़े जतन से राँधकर खिलाया। कुछ दिनों तक मेरी खूब खातिरदारी होती रही। सभी खुश थे। उनकी खुशी का एक और कारण था खुकी की शादी से पहले मेरा घर लौट आना। कुछ दिनों पहले ही बाबा ने खुकी की शादी तय कर दी थी। अब मैं भी उनका हाथ बँटा पाऊँगा, यह सोचकर घर के सारे लोग काफी आश्वस्त हो उठे। मुझे भी यह सोचकर सुखद आश्चर्य हुआ कि मैं अनजाने में ही ठीक वक़्त पर घर पहुँच गया। लेकिन जब मुझे पता चला कि बोरिशाल के लाकुटिया ग्राम में खुकी की शादी तय की गई है और उसके भावी पति गाँव में ही एक छोटी-सी किराने की दुकान चलाते हैं, तो मैं बाबा पर नाराज़ हो उठा। बोला, "खुकी इतने दिनों तक शहर में रही है। क्या वह पाड़ागाँ में रह पाएगी ? वहाँ के परिवेश में अपने आपको खपा पाएगी ? पूरे बोरिशाल शहर में क्या कोई लड़का नहीं था जो उस देहात में अपनी बेटी को ब्याह रहे हैं ?"

मेरी बात सुनकर बाबा जल-भुन उठे। पहली बार मन की भड़ास निकालते हुए बोले, "तुम बड़ी-बड़ी बातें मत करो केष्टो ! किस मुँह से यह सब बोल रहे हो ? बड़ा बेटा होकर दायित्वज्ञानहीन की तरह घर से भाग गए। मैं अकेला प्राणी क्या-क्या सँभालता ? तुम्हें ढूँढ़ता या दो-दो परिवार चलाता। तुम जानते नहीं क्या कि पाकिस्तान में आजकल हिन्दुओं की दुकानें कैसी चलती हैं ? अच्छा दामाद ढूँढ़ने के लिए गाँठ में काफी माल होना चाहिए। जो मिला, मेरे जैसे इंसान के लिए वही बहुत है।"

पाड़ागाँ = गाँव-गिराँव, देहात।

बाबा के ताने ने मेरी बोलती ही बन्द कर दी थी। मन मारकर मैं चुपचाप बहन की शादी की तैयारी में लग गया। बम्बई से लाए गए मेरे पैसों से बाबा को काफी सहारा मिला। दूसरों से कर्ज़ नहीं लेना पड़ा उन्हें।

शादी में बाराती तो लाकुटिया ग्राम से आए मगर लड़केवालों के कुछ आत्मीय स्वजन, जो बोरिशाल शहर में रहते थे, भी बारात में शामिल हुए। उन्हीं में से एक चौदह-पन्द्रह साल की गोरी-चिट्टी लम्बी-सी लड़की को देख मैं दंग रह गया। सोनी के साथ उस लड़की की कितनी समानता थी। एक जैसा चेहरा, एक-सी लम्बाई, एक-सा रंग-रूप। यहाँ तक कि सोनी की तरह हँसने पर इसके गालों पर भी गड्ढ़े बन जाते थे। दोनों में फर्क यह था कि सोनी उम्र में उससे बड़ी थी। सोनी के बाल कन्धे तक थे जबकि इस लड़की की लम्बी वेणी, जो सफेद बेली फूल की माला से लिपटी हुई थी, पीठ पर लटक रही थी। सोनी स्कर्ट, पैंट वगैरह पहना करती थी जबकि यह लड़की साड़ी में थी। मैं मन्त्रमुग्ध-सा उसे देखता रहा। बम्बई से लौटे हुए इतने दिन हो चुके थे मगर मैं सोनी को बिलकुल नहीं भूल पाया था। शादी की व्यस्तताओं में कुछ समय के लिए मेरा ध्यान सोनी की तरफ़ से हटा था, मगर बारात में आई उस लड़की को देख फिर से दिल बेचैन हो उठा। खातिरदारी के बहाने मैं उसे जी भरकर देखता रहा।

छादनातॉला में वर के हाथ में वधू का हाथ रख जब पुरोहित मन्त्रोच्चार कर रहे थे और विवाह में उपस्थित सभी लोग आपस में हँसी-मजाक करते हुए विवाह देखने में व्यस्त थे, मैंने मौका देख उस लड़की से पूछ ही लिया, "एइ ! तुम्हारा नाम क्या है ?"

उस लड़की ने अपनी बड़ी-बड़ी शर्मीली आँखों से पलभर मुझे देखा और फिर बिना कोई उत्तर दिए दूसरी ओर मुँह फेर लिया। इधर वर-वधू की 'शुभ-दृष्टि' और 'माला बदल' होनेवाली थी। वधू को पीढ़ा सहित उठाकर छादनातॉला में कई चक्कर लगवाने के बाद ही उस रस्म को पूरा होना था। उस कार्य को सम्पन्न करने की जिम्मेदारी मुझपर और मेरे मामा पर पड़ी। हम उसी में व्यस्त हो उठे।

सन्ध्या-लग्न में शादी थी। इसलिए ब्याह की रस्म सम्पन्न हो जाने के बाद ही बाराती लोग भोजन करने बैठे। केले के पत्ते पर भोजन परोसा जाने लगा। भोजन कराते समय मैं जान-बूझकर उस लड़की की पत्तल में ज़्यादा-ज़्यादा मछली, रसगुल्ले, सन्देश, दही, चटनी वगैरह डालता रहा। वह बार-बार दोनों हाथों से अपनी पत्तल को घेरकर "ना, ना ! और मत दीजिए। मैं नहीं खा पाऊँगी...नहीं खा पाऊँगी..." कहती रही। लेकिन मैं ढीठ की तरह देता रहा। जब उसकी पत्तल ऊपर तक भर गई तब मैं उसे चिढ़ाने के लिए बोला, "जब चिड़िया की तरह पेट है तो खाना खाने क्यों बैठी हो ?"

मेरी बातें सुनकर वह तुनक गई और "ठीक है, तो मैं उठ जाती हूँ।" कहकर पत्तल छोड़ सीधे उठ खड़ी हुई।

"आ हा हा...गुस्सा क्यों करती हो ?" कहकर हाथ पकड़कर मैंने उसे बैठाना चाहा। मगर उसने मेरा हाथ झटक दिया और पैर पटकती हुई वहाँ से जाने लगी।

"बाब्बा इतना गुस्सा ?" मैंने पीछे से फब्ती कसी। उसका गुस्सा देख बारात के सारे लोग हँसने लगे। उसकी दीदी ने झिड़की दी, "एइ शॉप्ना ! इतना गुस्सा क्यों कर रही हो ? आओ। मैं कहती हूँ लौट आओ।"

छादनातॉला = विवाह मंडप। शुभ दृष्टि = विवाह की एक रस्म। शॉप्ना = सपना (नाम)

शॉप्ना ! तो उसका नाम शॉप्ना है ? मैंने उसका नाम जान लिया था। उस दिन जब तक वह वहाँ रही, मैं उसका नाम ले-लेकर उसे चिढ़ाता रहा और वह गुस्से से तमतमाई फिरती रही।

शॉप्ना के बाबा शुरेन्द्रो घोष को मैं अच्छी तरह से ज़ानता था। हाट खोला में उनका एक दोतल्ला होटल था। कोर्ट-कचहरी, ऑफिस, स्कूल-कॉलेज या व्यवसाय के काम से दूर-दराज के गाँवों या दूसरे शहरों से आनेवाले लोग अक्सर वहाँ ठहरते थे। होटल के एक तल्ले में खाने-पीने की व्यवस्था थी और दो तल्ले में रहने के लिए लकड़ी का पार्टिशन देकर छोटे-बड़े केबिन बना दिए गए थे। केबिन में पलंग थे, पर्दे लगे हुए दरवाज़े और खिड़कियाँ थीं। मेरा एक दोस्त, जो ढाका चला गया था जमीन के काम से बोरिशाल आने पर अपने बाबा के साथ इसी होटल में ठहरा करता था। मैं उससे मिलने कई बार वहाँ गया था और जी भरकर मीट-मछली, अंडा, भात-दाल आदि खाकर आया था।

शादी के अगले दिन मेरी बहन विदा होकर ससुराल चली गई। विभिन्न झंझटों से मुक्त होने के बाद मैं अक्सर शॉप्ना के घर के आसपास चक्कर काटने लगा। घर के अन्दर जाकर उससे मिलने की हिम्मत नहीं होती थी। इसलिए शाम को जब वह अपनी सहेलियों के साथ ऊपर के तल्ले की खिड़की पर बैठकर बातें किया करतीं, मैं दूर खड़ा होकर उसे देखा करता। पीले फूलों से लदी लताओं से घिरी खिड़की पर उसका चेहरा देख रोज मेरे जेहन में अपने प्रिय कवि की एक कविता की पंक्तियाँ कौंध जाती। एक दिन मैंने कागज़ पर उन पंक्तियों को लिख डाला,

"लॉलापाता घेरा जानाला माझारे एकटि मोधुर मुख
प्रोतिदिन जाई सेई पॉथ दिया
देखि सेई मुख खानि कुसुममाझारे रोयेछे फुटिया
कुसुमगुलिर रानी..."
(लता पत्तों से घिरी खिड़की के बीच एक मधुर चेहरा
प्रतिदिन उस पथ से गुज़रता हूँ
और देखता हूँ उस चेहरे को जो फूलों के बीच मानो
फूलों की रानी बनकर खिली रहती है।)

और एक ईंट के टुकड़े से कविता वाले उस कागज़ को लपेटकर मैंने खिड़की की तरफ़ फेंक दिया। कविता शॉप्ना तक निर्विघ्न पहुँच गई। शॉप्ना ने कविता को पढ़ा या नहीं, मैं कह नहीं सकता क्योंकि जल्द ही ईंट सहित वह कविता खिड़की से तीर के वेग से वापस लौट आई और सीधे मेरे माथे से टकराई। कुछ पलों के लिए तो मेरी आँखों के आगे अँधेरा ही छा गया। फिर कुछ सँभलकर अपने माथे को सहलाते-सहलाते मैंने देखा—वहाँ से हल्का-हल्का खून रिसने लगा है। जल्द ही वह चोट खाई जगह फूल उठी और वहाँ आलू के आकार की एक गिलटी बन गई। मुझे नहीं पता था कि शॉप्ना मुझसे भी बड़ी निशानेबाज है। खिड़की से आती उसकी और उसकी सहेलियों की खिलखिलाहट मेरे कानों से टकराई। माथा फुलाकर घर लौट आया मैं।

इधर शादी में आए कई रिश्तेदारों ने मेरे माँ-बाबा से कहा, "अब अपने केष्टो का भी ब्याह कर दो। हमारी नज़रों में कई अच्छी लड़कियाँ हैं।"

बाबा बोले, "पहले कोई अच्छा-सा काम तो जुगाड़ कर ले। उसके बाद शादी की बात

सोचूँगा। काम नहीं करेगा तो बहू को खिलाएगा क्या ?"

बाबा की बात ठीक थी। मुझे यहाँ कोई-न-कोई काम तो करना ही था। मगर कौन-सा काम ? बाबा की मिठाई की दुकान में बैठना मुझे मंजूर नहीं था। बम्बई जाने का रास्ता मेरे लिए खुला ही था, मगर मैं सोनी के कारण वहाँ भी जाना नहीं चाहता था। गुज़रते वक़्त के साथ यह सवाल मेरे सामने सुरसा की तरह मुँह फैलाए खड़ा हो गया कि अब आगे क्या किया जाए ? क्या पाकिस्तान में रहकर ही कोई काम किया जाए या हिन्दुस्तान जाकर नए सिरे से कोई काम-धन्धा ढूँढ़ा जाए। हिन्दुस्तान जाने की बात मेरे मन में बार-बार इसलिए आ रही थी कि दिन-ब-दिन पाकिस्तान में रहनेवाले हिन्दुओं की स्थिति दयनीय होती जा रही थी। उन पर अत्याचार का सिलसिला बढ़ता ही जा रहा था।

हालाँकि सन् 1950 के दंगे का भारत के तात्कालीन प्रधानमन्त्री जवाहरलाल नेहरू ने तीव्र प्रतिवाद किया था और उनकी पहल पर पाकिस्तान और हिन्दुस्तान में रहनेवाले अल्पसंख्यक हिन्दुओं एवं मुसलमानों की रक्षा के लिए नेहरू-लियाकत सन्धि-पत्र पर हस्ताक्षर भी हुए थे—लेकिन उस पर अमल नहीं हो रहा था।

बोरिशाइल्ला पोला

बोरिशाल में हमारे घर के पास व्यायाम गुरु जगन्नाथ शील रहते थे। वे बाल ब्रह्मचारी थे और जॉगाई दा के नाम से पुकारे जाते थे। उनकी उम्र पचास के आसपास थी मगर उन्हें देखकर उनकी उम्र का अन्दाजा लगाना कठिन होता था। कपड़े के मामले में वे जरा सनकी थे। धोती को आधा-आधा फाड़कर पहनते-ओढ़ते थे। उनकी प्रसिद्धि उनके व्यायाम क्लब के कारण थी जहाँ उनसे व्यायाम की शिक्षा प्राप्त करने दूर-दूर से विद्यार्थी आते थे।

एक ही मुहल्ले में रहने के कारण वे मुझे बचपन से जानते थे। चूँकि मैं बचपन में बहुत ही शरारती था इसलिए मुझे अपने क्लब के आसपास देखते ही वे वहाँ से डाँटकर खदेड़ दिया करते थे। उनकी पहलवानी के कारण मैं और मेरे दोस्त उनसे काफी डरा करते थे। मगर उनको अपने छात्रों की पहलवानी तथा कुश्ती के गुर सिखाते देखना हमें इतना अच्छा लगता था कि हम वहाँ जाने के लोभ का संवरण नहीं कर पाते थे। छुप-छुप कर देखते-देखते ही हम उनसे काफी कुछ सीख गए थे। जब दोस्तों से हमारी मारपीट होती, तो हम वैसे तरीकों का इस्तेमाल करते जैसे उन पहलवानों को करते हुए देखा करते थे।

बम्बई से लौटने के बाद कई बार जॉगाई दा से मेरा आमना-सामना हो चुका था। जब भी मैं उनके सामने पड़ जाता, वे मुझे बड़े गौर से देखा करते, मगर कुछ कहते नहीं थे। मैं भी उनको अनदेखा करके आगे बढ़ जाया करता था। क्या करूँ, क्या न करूँ इसी कशमकश में मेरे दिन गुज़र रहे थे।

एक दिन वे अपने क्लब के सामने बैठकर दतुअन कर रहे थे। मुझे देखते ही उन्होंने आवाज़ दी, "एइ केष्टो, सुनो !"

उनके कंठ से अपना नाम सुनकर मैं एकबारगी काँप उठा। मेरे अवचेतन मन में कहीं उनके प्रति बचपन का डर कुंडली मारकर बैठा था शायद। वरना नाटा पहलवान को हरानेवाला केष्टो घोष पचास साल के जॉगाई दा की परवाह करे ? मैं रुक गया। मुँह में भरे

लार को पच्च से थूककर उन्होंने मुझे इशारे से सामने की बेंच पर बैठ जाने के लिए कहा। फिर लोटा के पानी से कुल्ला करने के बाद बोले, "सुना है कि तुम बम्बई में थे ?"

मैंने कहा, "हाँ। आपने ठीक ही सुना है।"

"बम्बई में कहाँ रहते थे ?"

"दादर में।"

"क्या करते थे वहाँ ?"

"बेकरी में काम करता था।" जब से बोरिशाल लौटा था, सैकड़ों बार सैकड़ों लोगों के सामने यही सब बातें बताते-बताते मैं तंग आ चुका था। लेकिन चूँकि जॉगाई दा पहली बार मुझे इतनी तवज्जुह दे रहे थे—इसलिए मैंने उन्हें विस्तार से सारी बातें बताईं—सोनी प्रसंग को छोड़कर। मुझे कुरेद-कुरेद कर सब कुछ सुन लेने के बाद उन्होंने एक बार फिर मेरे शरीर का मुआयना किया और कहा, "वहाँ ठीक से खाना-वाना खाते थे न !" मैंने कहा, "खाता तो था लेकिन यहाँ की तरह मीट-मछली नहीं खाता था। भात भी बहुत कम खाता था। मगर हाँ, फल-वल खूब खाता था मैं।"

"वहाँ व्यायाम वगैरह कुछ करते थे या नहीं ?" कुछ सोचते हुए उन्होंने पूछा।

"कुछ खास नहीं। बस कभी-कभार शौक से दंड-बैठक कर लिया करता था।" मैंने सच्चाई बता दी।

"अच्छा तो एक बात बताओ कि तुम यहाँ रहने आए हो या फिर वापस बम्बई चले जाओगे ?" पता नहीं क्यों वे मुझमें आवश्यकता से अधिक रुचि ले रहे थे। मुझे बड़ा अटपटा लग रहा था। फिर भी मैंने कहा, "अभी तो मैंने कुछ तय नहीं किया है। बाबा ने भी अभी तक कुछ कहा नहीं। वैसे वे चाहते हैं कि मैं यहीं रहकर कोई अच्छा-सा धन्धा शुरू करूँ। देखता हूँ। बम्बई का रास्ता तो मेरे लिए खुला ही है। जब चाहूँ, जा सकता हूँ।"

"जा तो सकते हो मगर वहाँ बेकरी में वापस जाकर तुम कोई खास उन्नति तो करोगे नहीं। दूसरों की नौकरी करके कितने बड़े आदमी बन सकोगे ?"

मेरी समझ में यह नहीं आ रहा था कि मुझ जैसे शैतान लड़के से वे कितना बड़ा आदमी बनने की उम्मीद कर रहे हैं। फिर भी मैंने सफाई देते हुए कहा, "मुझे घर बैठे-बैठे खाने में बहुत संकोच होता है। पिताजी अकेले कमाते हैं। बड़ा बेटा होकर उन पर ही बोझ बन जाना कहाँ तक उचित है ? और यहाँ काम करूँ भी तो क्या करूँ ? कुछ समझ में नहीं आता। मेरे लायक यहाँ कोई काम भी नहीं दिखता।"

"अच्छा ये बताओ, व्यायाम में तुम्हारी रुचि है ?" जॉगाई दा अपने मतलब की बात पर उतर आए थे।

"ज़्यादा नहीं। पर थोड़ा-बहुत तो है।" मैंने कहा।

"तो ठीक है। तुम एक काम करो, रोज यहाँ आकर अभ्यास कर लिया करो। फिर देखेंगे, आगे क्या करना चाहिए। इस क्षेत्र में नाम भी है, पैसा भी। बस, थोड़ा धैर्य चाहिए। कल ही तुम एक लँगोट और एक जाँघिया सिलवा लो।"

जॉगाई दा की बातें सुनकर मन में एक नई आशा का संचार हुआ। इस बात का आश्चर्य भी हुआ कि जो व्यक्ति मुझे हमेशा दुत्कारता रहता था वह आज मुझे इतनी इज़्ज़त दे रहा है, मुझमें इतनी रुचि ले रहा है। आखिर क्यों ? क्या मेरे बदले हुए व्यक्तित्व में, मेरी गठीली और आकर्षक देहयष्टि में उनकी पारखी नज़रों को कुछ सम्भावनाएँ दिखी हैं ? कुछ भी हो

मुझे जॉगाई दा की बात जँच गई। इस लाइन में बड़ा आदमी बना जा सकता है। मैं कीड़े-मकोड़े की तरह जीना नहीं चाहता। मुझे अपनी एक अलग पहचान बनानी है। मन में यह विचार आते ही मैं उछलता हुआ सीधे बाज़ार गया। वहाँ से लँगोट तथा जाँघिए का कपड़ा खरीदकर दर्जी को सिलने के लिए दे आया।

अगले दिन लँगोट और जाँघिया लेकर जॉगाई दा के क्लब में जा पहुँचा। बहुत सारे लड़के व्यायाम कर रहे थे। मुझे आते देख जॉगाई दा का चेहरा खुशी से भर उठा। वे चहकते हुए बोले, "आओ, आओ। अच्छा किया आ गए। अरे वाह ! इतनी जल्दी लँगोट और जाँघिया भी सिलवा लाए ?"

मैंने कहा, "हाँ। कल ही सिलनें दे दिया था।"

"खूब भालो ! जाओ, अब उधर जाकर जल्दी से अपने कपड़े उतार लो और लँगोट-जाँघिया पहनकर तैयार हो जाओ।" जॉगाई दा उल्लासित होते हुए बोले। मैंने बिना वक़्त बर्बाद किए कपड़े बदले और उनके सामने आ खड़ा हुआ। उन्होंने ध्यान से मेरे बदन का मुआयना किया, फिर कहा, "उस दिन तुमने कहा था कि तुम बम्बई में दंड बैठक किया करते थे। जरा करके दिखाओ तो ?"

मैंने तुरन्त कर दिखाया। फिर तो जॉगाई दा की देख-रेख में मेरी शिक्षा आरम्भ हो गई। बहुत कम समय में ही जॉगाई दा ने मुझे डांब्ल करना, वेट लिफ्टिंग करना, बेंच प्रेस करना, अलग-अलग तरीकों से दंड बैठक करना आदि सिखा दिया। जिस समय मैं व्यायाम अभ्यास किया करता, जॉगाई दा अपनी पारखी नज़रों से मेरी हर गतिविधि का बारीक-निरीक्षण किया करते और घड़ी-घड़ी टोका करते, "चेस्ट के लिए बार राइजिंग करो। चेस्ट को थोड़ा और चौड़ा होना चाहिए...। अब से हाथ का एक्सरसाइज थोड़ा ज़्यादा करना तो...।" इसी तरह जब वे कहते, "बेंच प्रेस कुछ ज़्यादा करके दो।" तो मुझे करीब दस इंच चौड़े एक बेंच पर लेटकर एक या डेढ़ मन के लोहे का वेट लिफ्टिंग प्लेट उठाना पड़ता था।

जॉगाई दा के पास मेरा मन लग गया। वहाँ उनके ढेर सारे छात्र थे। कुछ ही दिनों में मेरे बहुत सारे दोस्त बन गए। मैं व्यायाम अभ्यास में इस कदर डूब गया कि फिर बम्बई जाने का ख़याल ही नहीं आया। सोनी को मैं भूल नहीं पाया था। जब भी उसकी याद आती, शॉप्ना का दर्शन करके सन्तोष कर लिया करता था।

उन दिनों रोज सुबह हम लोग व्यायाम क्लब के कई दोस्त पोस्ट ऑफिस के पास आकर जमा होते थे। फिर वहीं से सब मिलकर दौड़ना शुरू करते। दौड़ते-दौड़ते ब्लेसपार्क के खूबसूरत रास्ते से होते हुए चाँदमारी हिल तक पहुँचते। फिर वहाँ से दौड़ते-दौड़ते हम क्लब चले जाते और क्लब पहुँचकर जॉगाई दा की देख-रेख में व्यायाम अभ्यास में पूरी तरह से रम जाते।

जैसे-जैसे मैं इस विद्या में पारंगत होता गया और जैसे-जैसे मेरा शरीर हृष्ट-पुष्ट होता गया, मेरी खुराक बढ़ती चली गई। एक साल बाद ही स्थिति इतनी विकट हो गई कि एक बार में मैं एक किलो चावल आसानी से खाने लगा। रोज मुझे दो किलो दूध, कई अंडों तथा ढेर सारी मछलियों एवं सब्जियों की आवश्यकता होती थी। मीट तो मैं एक साथ कई एक किलो खा सकता था। किसी के यहाँ शादी-ब्याह के अवसर पर जाता, तो आधा-एक बाल्टी रसगुल्ले ही गटक जाता। बाबा कहाँ से जुटाते मुझ जैसे राक्षस का आहार ! रोज इसी बात पर बाबा से मेरी तकरार होने लगी। एक दिन बात इतनी बढ़ गई कि मैंने नाराज़ होकर

भालो = अच्छा

उनके सामने प्रतिज्ञा कर डाली कि जब तक मैं कमाकर आपको पैसे नहीं दे पाऊँगा, तब तक न तो इस घर में खाना खाऊँगा और न ही यहाँ रहूँगा।

तैश में आकर मैंने ऐसी विकट प्रतिज्ञा तो कर ली मगर मेरे सामने खाने और रहने की समस्या आ खड़ी हुई। व्यायाम के चक्कर में कहीं कुछ कमाई-धमाई भी नहीं कर पाता था। बम्बई से लाए सारे पैसे भी खर्च हो चुके थे। मैं मुश्किल में पड़ गया। कोई चारा न देख एक परिचित होटलवाले को सारी बातें बताकर मैंने कहा, "मुझे कुछ दिनों तक उधार में खिलाइए दादा ! मैं बाद में आपके पैसे चुका दूँगा।" वे राजी हो गए। मैं वहीं खाने लगा। रात को जॉगाई दा के क्लब में सो जाता।

इसी तरह से करीब एक महीना गुज़र गया। लाख ढूँढ़ने पर भी मेरी पसन्द का कोई काम नहीं मिला। बम्बई से लौटने के बाद से मुझे अपनी छोटी बहन ऑनिच्छा से इतना लगाव हो गया था कि उसे देखने के लिए मेरा मन छटपटाता रहता।

"ऑनिच्छा।" बड़ा उपेक्षित-सा नाम चुना था मेरे माँ-बाबा ने मेरी प्यारी बहना के लिए। अक्सर ऐसा देखा जाता था कि जिस लड़की का जन्म किसी दंपती की इच्छा के बगैर ही हो जाता था, उसे ऑनिच्छा (अनिच्छा), आन्ना (और नहीं) जैसे नकारात्मक नाम दे दिया जाता। जाहिर है, मेरी बहन भी हमारे माता-पिता के लिए एक अयाचित सन्तान थी। शायद यही वजह थी कि उसके प्रति मेरी हमदर्दी दूसरे भाई-बहनों की तुलना में कुछ अधिक थी। वैसे उन दिनों किसी दंपती का आठ-दस या बारह-चौदह सन्तानों का होना आम बात थी। हमीं करीब आठ भाई-बहन होते यदि मेरे जन्म से पहले तथा बाद में मेरी माँ की तीन सन्तानों की एक-एक कर मृत्यु न हो चुकी होती।

जॉगाई दा के यहाँ रहते हुए मुझे अक्सर ऑनिच्छा के गोरे-चिट्टे हँसते हुए चेहरे की याद आती। उसकी बालसुलभ किलकारियाँ मेरे कानों में गूँजती रहती। उसे गोद में लेकर प्यार करने की इच्छा होती। मगर वादे के मुताबिक मैं तब तक घर नहीं जा सकता था, जब तक कि कमाकर बाबा को पैसे देने में सक्षम नहीं हो जाता।

मुझे बेकरी का अच्छा-खासा अनुभव था। मन में बेकरी खोलने की बड़ी तमन्ना थी। लेकिन बेकरी के लिए जितनी पूँजी तथा जगह की आवश्यकता थी, उतनी की व्यवस्था करना सम्भव न था। जॉगाई दा ने मुझे एक राशन दुकान खोलने की सलाह दी। इसके लिए उन्होंने कुछ रुपए उधार दिए और राशन दुकान का परमिट भी दिलवा दिया। अब समस्या थी एक दुकान की। वह भी जल्द ही मिल गई। मैंने एक नौकर रख लिया और मेरी दुकान चल निकली। इस बीच बाबा-माँ ने कई लोगों से मुझे कहलवाया कि मैं घर पर रहूँ और वहीं खाना खाऊँ। लेकिन चूँकि बाबा ने अपने मुँह से नहीं कहा, इसलिए मैं भी अपनी जिद पर अड़ा रहा। राशन दुकान खोलने के बाद जब मैं कमाने लगा तभी मैंने घर में वापस कदम रखा। हर महीने घर खर्च के लिए माँ के हाथों एक मोटी रकम दे दिया करता। बाबा से काफी दिनों तक मेरी बोलचाल बन्द रही। वैसे भी बाबा इस घर में कम ही रहते थे।

❐ ❐ ❐

उन्नीस सौ चौवन के चुनाव में हमारे पूर्वी पाकिस्तान में मुस्लिम लीग के विरुद्ध प्रतिद्वन्द्विता में खड़े विभिन्न दलों का संयुक्त फ्रंट विजयी हुआ। वयोवृद्ध नेता फजलुल हक के नेतृत्व में संयुक्त फ्रंट की सरकार बनी। पाक गण परिषद बांग्ला तथा उर्दू दोनों भाषाओं को

पाकिस्तान की सरकारी भाषा बनाने के लिए बाध्य हुई। यह बांग्ला भाषियों की एक बहुत बड़ी जीत थी।

परन्तु यह पूर्वी पाकिस्तानियों की बदकिस्मती थी कि संयुक्त फ्रंट सरकार दीर्घायु नहीं हो पाई। पश्चिमी पाकिस्तानी शासक वर्ग ने तरह-तरह के षड्यन्त्र रचकर संयुक्त फ्रंट मन्त्रीसभा को उसके शपथ ग्रहण करने के मात्र दो माह के अन्दर ही खारिज कर दिया। इस षड्यन्त्र के तहत नारायणगंज के आदमजी जूट मिल में दंगा करवाया गया और इसका पूरा दोष संयुक्त फ्रंट मन्त्रीसभा के मत्थे मढ़ा गया। साथ ही इसमें फजलुल हक की उस घोषणा को मुख्य मुद्दा बनाया गया जिसमें अपने कोलकाता सफर के दौरान उन्होंने यह घोषणा की थी कि विभाजन द्वारा दोनों बंगाल के बीच जो दीवार खड़ी की गई है, उसे तोड़ दिया जाएगा। इस प्रकार पूर्वी पाकिस्तान एक बार फिर पश्चिमी पाकिस्तानी शासकों के चंगुल में जा फँसा।

❐ ❐ ❐

लोगों की रुचि हर दौर में बदलती रहती है। शिक्षा, व्यवसाय, वेश-भूषा, खान-पान, खेल-कूद आदि हर क्षेत्र में यह बदलाव देखा जा सकता है। किसी दौर में जज-बैरिस्टर-वकील बनना सबसे सम्मान तथा शान की बात मानी जाती है तो कभी डॉक्टर, इंजीनियर या अफ़सर बनना। कभी फुटबॉल के पीछे लोग दीवाने हो जाते हैं तो कभी क्रिकेट के पीछे।

यह एक संयोग की बात थी कि उन दिनों बॉडी बिल्डिंग कॅम्पिटीशनों का बड़ा क्रेज था। जाहिर है बॉडी बिल्डरों की हमारे यहाँ बड़ी पूछ थी। मेरी राशन की दुकान और व्यायाम-अभ्यास दोनों साथ-साथ चल रहे थे। जॉगाई दा के सहयोग तथा अपनी मेहनत और लगन से दो साल के अन्दर-अन्दर मैं व्यायाम वीर बन गया। शहर के करीब सभी लोग मुझे जान गए क्योंकि मैंने जगह-जगह शो करना आरम्भ कर दिया था। मुझे काफी प्रसिद्धि मिलने लगी। फिर तो व्यायाम की दुनिया में मैं इस कदर रम गया कि पता ही नहीं चला कि कब तीन-चार वर्ष बीत गए।

सन् 1956 के जाड़े के दिन थे वे। अखबार में विज्ञापन छपा था कि सरकार की तरफ़ से ढाका में एक बॉडी बिल्डिंग कॅम्पिटीशन का आयोजन किया जाएगा। जो प्रथम आएगा उसे सरकारी टाइटल दिया जाएगा। उस विज्ञापन को देख जॉगाई दा उत्साहित हो उठे। दरअसल पाकिस्तान सरकार सन् 1954 से ही इस प्रतियोगिता का आयोजन करती आ रही थी। मगर जॉगाई दा ने कभी अपने किसी छात्र को उसमें भाग लेने के लिए नहीं भेजा था। इस बार वे यह मौका गँवाना नहीं चाहते थे।

उन दिनों जॉगाई दा का सबसे प्रिय तथा योग्य छात्र गौतम दास था। वह जॉगाई दा का पुराना छात्र था और उसका शरीर क्लब के दूसरे छात्रों की तुलना में ज़्यादा सुन्दर तथा आकर्षक था। इसलिए जॉगाई दा को उसी पर सबसे ज़्यादा भरोसा था। ढाका की प्रतियोगिता में गौतम का भाग लेना तय हुआ। गौतम की हौसला आफजाई के लिए उसके साथ जॉगाई दा मुझे भेजना चाहते थे क्योंकि मैं बाहरी दुनिया देख चुका था और बम्बई में रहकर स्मार्ट हो गया था।

मैं भला गुरु की आज्ञा कैसे टाल सकता था ? गौतम के साथ मैं ढाका जाने के लिए

व्यायाम वीर = बॉडी बिल्डर, शो = प्रदर्शन

राजी हो गया। जाने से पहले जोरदार तैयारी की आवश्यकता थी। इसलिए जॉगाई दा ने जी-जान लगाकर गौतम को ट्रेनिंग देनी आरम्भ की। प्रतियोगिता की तैयारी के दौरान मैं भी यथासम्भव गौतम को सहयोग देता रहा। उसका पोज ठीक हो रहा है या नहीं, करतब दिखाते समय उसके खड़े होने और बैठने का ढंग आकर्षक लग रहा है या नहीं, चेहरे का भाव ठीक है या नहीं, प्रदर्शन के दौरान चेहरा कहीं ज़्यादा तनावग्रस्त या विकृत तो नहीं दिख रहा है, मसल पोज़ दिखाते समय हाथ के मसल का उभार ठीक से दिखाई पड़ रहा है या नहीं--इन चीज़ों का बारीकी से निरीक्षण करता रहा।

प्रतियोगिता के लिए निर्धारित तिथि से कई दिन पहले ही मैं गौतम को लेकर ढाका पहुँचा। ढाका के सदरघाट में 'होटल ब्यूटी' में ठहरा। ढाका में मेरे कई दोस्त थे। या तो वे पहले मेरे साथ बोरिशाल में व्यायाम सीखा करते थे या स्कूल में पढ़ा करते थे और बाद में उच्च शिक्षा के लिए ढाका विश्वविद्यालय में उन्होंने दाखिला ले लिया था। उनमें से हालिम खान तथा अमानुल्लाह से मेरी काफी गहरी दोस्ती थी। ढाका जाकर सबसे पहले मैं उनसे मिला। फिर उनके साथ जाकर प्रतियोगिता के लिए गौतम का फॉर्म फिलअप करवाया। इसी बीच हालिम खान ने आकर बताया, "प्रतियोगिता की तारीख बढ़ गई है रे। चलो अच्छा हुआ। अब तुम लोगों को कुछ दिनों तक यहाँ रहना पड़ेगा। कुछ दिनों के लिए क्या बोरिशाल जाओगे ! यहीं प्रैक्टिस करते रहो।" और वह हमें ढाका के सदरघाट स्थित प्रसिद्ध जिम 'कायदे आज़म जिमनाज़ियम' में ले गया। मैं और गौतम रोज वहीं जाकर प्रैक्टिस करने लगे।

जब मेरे दोस्तों ने मेरी प्रैक्टिस देखी तो उन्होंने मुझसे कहा, "तुम भी प्रतियोगिता में भाग ले लो केष्टो। तुम भी फॉर्म फिलअप कर दो।"

"जॉगाई दा ने मुझे प्रतियोगिता में भाग लेने को नहीं कहा है। गुरु के आदेश के बिना मैं कैसे प्रतियोगिता में भाग ले सकता हूँ ?" मैंने अपनी मजबूरी बताई। लेकिन वे मेरे पीछे पड़े रहे।

प्रतियोगिता से दो दिन पहले जब मैं अपने दोस्तों के साथ गौतम को लेकर आयोजकों के पास उसके कद, जाँघ, गला, छाती आदि का नाप देने पहुँचा तो गौतम के बाद मेरा नाम पुकारा गया। मैं और गौतम आश्चर्य से एक-दूसरे का मुँह ताकने लगे। मुझे हैरत में पड़ते देख मेरे ढाकाइया दोस्त, जिन्होंने चुपचाप मेरे नाम से फॉर्म भर दिया था, जबरदस्ती मुझे नाप दिलवाने के लिए आयोजकों के पास ले गए।

उनकी इस हरकत से मैं धर्म संकट में पड़ गया। एक तो गुरु के आदेश के बिना प्रतियोगिता में उतरने में मुझे संकोच हो रहा था, दूसरे मैंने प्रतियोगिता की तैयारी भी नहीं की थी। वैसे गौतम का साथ देते वक्त जितना अभ्यास किया था, उससे काम चला लिया जा सकता था फिर भी मैं काफी नर्वस हो गया। यह कोई छोटी-मोटी प्रतियोगिता तो थी नहीं। पूरे ईस्ट पाकिस्तान के प्रतियोगी इसमें भाग लेनेवाले थे। हाथ में सिर्फ़ दो दिनों का समय था। मैं जी-जान से तैयारी में लग गया।

ढाका के विशाल स्टेडियम में स्टेज बनाकर प्रतियोगिता का भव्य आयोजन किया गया था। उन दिनों ए.के. फजलुल हक पूर्वी पाकिस्तान के गवर्नर बन गए थे। उन्हें ही प्रतियोगिता में मुख्य अतिथि बनाया गया था। शेर-ए-बंगाल के नाम से मशहूर फजलुल हक के साथ मुख्यमन्त्री अतहुर रहमान खान भी दर्शक दीर्घा की पहली पंक्ति में विराजमान थे। उन दोनों

मसल = मांसपेशी। ढाकाइया = ढाका के।

के अलावा अन्य अनेक बुद्धिजीवी भी वहाँ नज़र आ रहे थे। हज़ारों दर्शकों से स्टेडियम भरा हुआ था। उस दिन वहाँ दो प्रतियोगिताएँ होनेवाली थीं। एक 'मिस्टर ढाका' प्रतियोगिता तथा दूसरा 'मिस्टर ईस्ट पाकिस्तान' प्रतियोगिता। हम चूँकि ढाका के नहीं थे, इसलिए हमें 'मिस्टर ईस्ट पाकिस्तान' वाली प्रतियोगिता में उतरना था। जबकि 'मिस्टर ढाका' प्रतियोगिता में प्रथम, द्वितीय तथा तृतीय स्थान प्राप्त करनेवाले प्रतियोगी ही 'मिस्टर ईस्ट पाकिस्तान' प्रतियोगिता में भाग ले सकते थे।

पहले 'मिस्टर ढाका' प्रतियोगिता आरम्भ हुई। एक-एक करके प्रतियोगियों को मंच पर प्रदर्शन के लिए बुलाया जाने लगा। प्रकाश से मंच जगमगा रहा था। इतना भव्य आयोजन तथा इतने बड़े-बड़े लोगों को देख मुझे बड़ा डर लगने लगा। मन-ही-मन अपने ढाकाइया दोस्तों को मैं कोसने लगा कि नाहक ही उन लोगों ने मुझे फँसा दिया। प्रदर्शन खराब हुआ तो बड़ी फ़ज़ीहत होगी। जॉगाई दा तो अलग से मेरी धुलाई करेंगे। सम्भव है नाराज़ होकर मुझसे नाता ही तोड़ लें। उनकी आज्ञा के बिना इतना बड़ा कदम उठाकर मैंने बहुत बड़ी भूल की है। मगर अब किया ही क्या जा सकता है ! प्रतियोगिता में उतरना तो है ही।

हमारी हालत देखकर मेरे सारे दोस्त हमें ढाढस बँधाने के लिए हमारे साथ ही बने हुए थे।

'मिस्टर ढाका' प्रतियोगिता सम्पन्न होते ही उस प्रतियोगिता के प्रथम, द्वितीय तथा तृतीय पुरस्कार प्राप्त प्रतियोगियों के नाम घोषित कर दिए गए ताकि वे तीनों हमारे साथ 'मिस्टर ईस्ट पाकिस्तान' प्रतियोगिता में भाग ले सकें। हमारे ग्रुप में काफी प्रतियोगी थे। ज्योंही हम लोगों की प्रतियोगिता शुरु हुई, गौतम बिलकुल घबरा गया। वह मेरे पास आकर मेरे कान में फुसफुसाया, "केष्टो रे ! मेरे तो पैर काँप रहे हैं। दिल धकधक कर रहा है। मैं कैसे प्रदर्शन करूँगा ?"

मैंने अपने डर को छुपाते हुए कहा, "तू बेकार डर रहा है। पहले भी तो तूने बोरिशाल में शो किए हैं। देखना, स्टेज पर जाते ही सब ठीक हो जाएगा। अगर डर से कहीं अटके, तो मेरी तरफ़ देखना। मैं इशारे से तुम्हें सही पोज़ बता दूँगा।"

कई प्रतियोगियों के बाद गौतम का नाम पुकारा गया। मेरे धीरज बँधाते रहने के बावजूद वह स्टेज पर जाने से पहले तक मेरा कान खाता रहा। खैर, स्टेज पर पहुँचने के बाद वह काफी हद तक सामान्य हो गया और आयोजकों के निर्देश पर उसने अलग-अलग तरह का प्रदर्शन करना आरम्भ किया। उससे कहा गया, "'ट्रैफिजियस' दिखाओ।" उसने जॉगाई दा से सीखे कन्धे के विभिन्न करतबों को कर दिखाया। फिर उन्होंने जब कहा, "'क्रुसीफिकेशन' दिखाओ।" तब उसने सूली पर चढ़े जेसस की तरह पोज़ करके दिखाया। जब 'ऐब्डोमोनल' दिखाने की फर्माइश हुई तब उसने अपने पेट की कारीगरी दिखाई। 'पैक्टोरियल्स' में चेस्ट मसल दिखलाया। फिर तो व्यायाम ऐसोसिएशन के सेक्रेटरी फर्माइश करते रहे और वह विभिन्न तरीकों से बैक, थाई आदि का प्रदर्शन करता रहा। उसके प्रदर्शन को दर्शकों ने काफी सराहा। उसकी सफलता देखकर मुझे काफी राहत मिली। मेरे दिल से डर बिलकुल ही निकल गया।

जब मेरी बारी आई तो मैंने काफी उत्साह से प्रदर्शन करना आरम्भ किया। 'चेस्ट एक्सटेंशन' दिखाने की फर्माइश पर मैंने सीना चौड़ा करके सीने के दाएँ-बाएँ दोनों तरफ़ से बाहर की ओर 'मसल' निकालकर दिखलाया। इसे देख स्टेडियम में उपस्थित दर्शक खुश होकर चिल्लाने लगे। मेरा उत्साह कुछ बढ़ा तो मुझे 'बाइसेप' तथा 'ट्राइसेप' दिखाने को कहा गया। इसमें क्रमशः भुजाओं के सामने तथा पीछे के 'मसल' को घुमा-फिराकर उनकी

खूबसूरती दिखाई जाती है। मैंने दिखाया। इसके बाद 'फोर आर्म' तथा 'काफ़' के करतबों को दिखाकर जब मैंने घुटने टेककर "ग्लोब पोज़" यानी पृथ्वी को पकड़ने का पोज़ दिया तो दर्शक दीर्घा से समवेत स्वर में "टाइगर मैन ! टाइगर मैन !" का सम्बोधन आने लगा। मुझे यह समझते देर न लगी कि बाघ की खाल जैसी छापवाले मेरे जाँघिए ने ही लोगों को मेरे लिए 'टाइगर' शब्द सुझाया है। मैं खुद भी अपने प्रदर्शन से चकित था क्योंकि मुझे अपने आप से इतने अच्छे प्रदर्शन की उम्मीद न थी। सबसे अधिक खुशी तो मुझे तब हुई जब मुझसे 'हारपुन पोज़' दिखाने को कहा गया। इसमें कोंच से मछली मारने का पोज दिखाना पड़ता है। बचपन में कोंच से मछली मारना मेरा बहुत बड़ा शौक हुआ करता था। स्टेज पर बड़ी निपुणता के साथ मैंने वह कर दिखाया और फिर मेरे प्रदर्शन के अन्त तक दर्शक 'टाइगर मैन ! टाइगर मैन !' कह-कहकर मेरा हौसला बुलन्द करते रहे।

प्रदर्शन के बाद जब मैं स्टेज से उतरा तो आत्मतृप्ति की अनुभूति से मेरा रोम-रोम पुलक उठा था। लोगों की बधाइयाँ बटोरते-बटोरते मैं ग्रीन रूम जा पहुँचा। वहाँ जाकर जाँघिए के ऊपर पैंट-शर्ट पहनने लगा। गौतम ने भी मुझे शाबाशी दी। बड़ी गर्मजोशी से उसने तथा मेरे अन्य दोस्तों ने मुझे गले से लगाया।

गौतम पहले ही कपड़े पहन चुका था। मैंने कहा, "अभी तुमने कपड़े क्यों पहन लिए ? जाँघिए में ही रहना चाहिए था। पुरस्कार के लिए जब तुम्हारा नाम पुकारा जाएगा तब कपड़े खोलकर स्टेज पर जाने में देर नहीं हो जाएगी ?"

"छोड़ो यार ! क्यों मजाक करते हो ? इतने अच्छे-अच्छे प्रतियोगियों के रहते मुझे कौन पुरस्कार देगा ?" गौतम ने लापरवाही से कहा।

इसी तरह की बातों में हम लोग मशगूल थे कि अचानक माइक पर उद्‌घोषक ने कहा, "मिस्टर ताहिर उल हक स्टेज पर आएँ।" यही ताहिर उल हक 'मिस्टर ढाका' चुने गए थे। उद्‌घोषक के मुँह से उनका नाम सुनकर मैंने मायूस होकर कहा, "साला ! मिस्टर ईस्ट पाकिस्तान का खिताब भी इसी ने मार लिया।"

ठीक उसी समय मंच से गौतम दास का नाम पुकारा गया। मैं खुशी से उछलते हुए बोला, "जाओ यार तुमने मेरे गुरु की लाज रख ली। कम-से-कम तुम्हें द्वितीय पुरस्कार तो मिला।" और उसे धकेलकर मंच की ओर भेजने लगा। उसने कहा, "रुको ! पहले शर्ट-पैंट तो खोल लूँ।" फिर हम सब दोस्तों ने मिलकर जल्दी-जल्दी उसका शर्ट-पैंट खुलवाया और जाँघिए में स्टेज पर भेजा।

गौतम को स्टेज पर भेजने के बाद ही मेरे कानों से एक ऐसा वाक्य आ टकराया जिसे सुन मैं हतप्रभ रह गया। उद्‌घोषक कह रहे थे "मिस्टर केष्टो घोष स्टेज पर पधारें !" मुझे अपने कानों पर विश्वास नहीं हो रहा था। इतने सारे प्रतियोगियों में मुझे तीसरा पुरस्कार मिल रहा है, यह मेरे लिए सपने जैसा था। इधर उद्‌घोषक के मुँह से मेरा नाम सुनते ही मेरे सारे ढाकाइया दोस्त दौड़कर आए और मुझसे लिपट गए। जल्दी-जल्दी खींच-खाँचकर मेरा शर्ट-पैंट उतारने के बाद उन्होंने मुझे उठाकर सीधे स्टेज पर ले जाकर पटक दिया। मेरे स्टेज पर आते ही पूरा स्टेडियम "टाइगर मैन ! टाइगर मैन !" की अनुगूँज से थर्रा उठा। मैं यह सोचकर आश्चर्यचकित हो रहा था कि लोग पहला और द्वितीय पुरस्कार प्राप्त प्रतियोगियों के बदले सिर्फ़ मेरा ही नाम क्यों ले रहे हैं ? वैसे स्टेज पर आने के बाद उत्तेजना से मेरी सोचने-समझने की शक्ति काफी हद तक कम हो गई थी। मैं बस एक कठपुतले की

तरह टुकुर-टुकुर सबको देखे जा रहा था।

स्टेज पर हम तीनों को एक साथ खड़ा करने के बाद उद्घोषक ने जब कहा, "ताहिर उल हक को मिस्टर ईस्ट पाकिस्तान प्रतियोगिता में तीसरा स्थान मिला है," मैं अवाक् होकर उद्घोषक की तरफ़ देखने लगा। क्या वे गलत बोल रहे हैं ? प्रथम को तृतीय कैसे कह रहे हैं ?

उद्घोषक ने फिर कहा, "दूसरे नम्बर पर हैं मिस्टर गौतम दास।" यह सुनते ही मेरे दिल की धड़कन इतनी तेज़ हो गई कि मुझे लगा कि अब मैं सीधा खड़ा नहीं रह पाऊँगा। उद्घोषक के कहने से पहले ही मैं समझ गया कि पहला पुरस्कार मुझे ही मिला है। मैं ही 'मिस्टर ईस्ट पाकिस्तान' प्रतियोगिता का सरकारी टाइटल होल्डर बन गया हूँ।

दर्शकों की तालियों की गड़गड़ाहट मेरी सिराओं में बज रही थी। फोटोग्राफरों की फ्लैश लाइटों से मेरी आँखें चुँधिया रही थीं। दिक्‌विदिक् ज्ञान-शून्य सा होकर मैं हाथ हिला-हिलाकर दर्शकों की सम्वर्धना स्वीकारने लगा। इसी बीच फिर उद्घोषक की आवाज़ आई, "मिस्टर घोष ! आप स्टेज के सामने की ओर से नीचे उतर जाइए। गवर्नर साहब ऊपर स्टेज पर चढ़ने में असमर्थ हैं। इसलिए वे वहीं आपको टाइटल बेल्ट पहनाएँगे।"

मुझे स्टेज से उतारकर नीचे ले जाने के लिए स्टेज पर कई लोग आ उपस्थित हुए। मैं एक हुजूम के साथ स्टेज से उतरकर सामने बैठे गवर्नर साहब के पास पहुँचा। उन्होंने मुझे 'मिस्टर ईस्ट पाकिस्तान' का टाइटल बेल्ट पहना दिया। फिर तालियों की गड़गड़ाहट तथा फ्लैशलाइटों की चमक के बीच उन्होंने मेरे हाथों में मेरा शील्ड थमाया। गवर्नर साहब के साथ-साथ उपस्थित मन्त्रियों, बुद्धिजीवियों तथा आम दर्शकों को झुक-झुककर प्रणाम करके धन्यवाद देते हुए मैं जैसे ही वहाँ से जाने लगा, गवर्नर साहब ने मुझे टोका, "कहाँ जा रहे हो ? यहाँ मेरे पास आओ। और पास...।" फिर धीरे से पूछा, "तुम्हारा घर बोरिशाल के किस स्थान पर है ?" मैंने कहा, "बाज़ार रोड, हाट खोला।" क्योंकि कॉयलाघाट का घर छोटा पड़ने की वजह से हम लोग बाज़ार रोड के एक घर में आ गए थे। मेरी बात सुनकर उन्होंने मुस्कुराते हुए पूछा, "मुझे पहचानते हो ?"

मुझे हँसी आ गई। मैं बोला, "आपको कौन नहीं पहचानता है सर ! आप भी तो बोरिशाल के ही रहनेवाले हैं। वहाँ के 'चाखार ग्राम' में आपका घर था। मैंने देखा है।"

"अरे बेटा ! मैं हूँ शेर-ए-बंगाल। और तुम भी एक घेतरा (बाघ के पीछे-पीछे रहनेवाला एक जानवर) की तरह मेरे पीछे-पीछे यहाँ आ गए ? चलो, मैं बहुत खुश हुआ। आज से तुम मेरे पोला (बेटा) हो। बोरिशाइल्ला पोला। एक दिन तुम मेरे घर आना। वहाँ हम लोग दिल खोलकर बोरिशाल की बातें करेंगे।"

बोरिशाइल्ला पोला = बोरिशाल वाला बेटा। उस समय गवर्नर फज़लुल हक की उम्र करीब छियानबे-सत्तानबे के आसपास थी। फज़लुल हक के परिवार की महिलाएँ पूर्वी बंगाल के प्रारम्भिक कुछ शिक्षित मुस्लिम महिलाओं में से थीं। फजलुल हक सन् 1947 के देश विभाजन के बहुत पहले से ही अविभाजित बंगाल के मुस्लिम समाज के सर्वांगीण विकास के लिए कार्य कर रहे थे। सन् 1937 के साधारण निर्वाचन के बाद हक साहब ने अपने नेतृत्व में बंगाल में ऋण सालिशी बोर्ड का गठन करके जिस प्रकार से बंगाली दरिद्र कृषक समाज का, विशेष रूप से मुस्लिम कृषक समाज का उपकार किया था, उससे वे साधारण मुस्लिम समुदाय के सर्वाधिक प्रिय नेता के रूप में स्वीकृत कर लिए गए थे। मुस्लिम लीग के शासनकाल में तथा देश विभाजन के बाद सही रूप में राजनीतिक क्षमता में नहीं रहते हुए भी जनसाधारण के बीच उनकी लोकप्रियता बरकरार थी। सन् 1958 में फिर से उन्होंने कृषक प्रजा पार्टी को संगठित किया और सक्रिय राजनीति में कूद पड़े।

उनकी आत्मीयता भरी बातें सुनकर मैं गदगद हो उठा। फिर कुछ सोचकर बोला, "लेकिन सर ! राजभवन में मैं प्रवेश कैसे करूँगा ? वहाँ तो हर वक़्त पहरा रहता है।"

"गेट पर जाकर कहना गवर्नर साहब का 'बोरिशाइल्ला पोला' आया है। फिर देखना एक के बाद एक राजभवन के सारे गेट तुम्हारे लिए उसी तरह से खुलते जाएँगे जिस तरह से कृष्ण के जन्म की रात कारागार के सारे लौह कपाट खुलते चले गए थे।" और उन्होंने एक जोरदार ठहाका लगाया।

उनकी बातें सुनकर आस-पास उपस्थित सारे लोग हँसने लगे। गवर्नर साहब जितनी देर तक मुझसे बातें करते रहे, उतनी देर तक आगे का कार्यक्रम रुका रहा। आयोजक अधीर हो रहे थे। मौका पाते ही उन्होंने मुझे जल्दी-से स्टेज पर ले जाकर ताहिर उल हक तथा गौतम के साथ खड़ा कर दिया। अब उन्हें पुरस्कार देने की बारी थी। उन लोगों को दूसरे मन्त्रियों के हाथों से पुरस्कार दिलवाया गया।

कार्यक्रम खत्म होने के बाद दोस्तों और प्रशंसकों ने हमें चारों ओर से घेर लिया। मेरे ढाकाइया दोस्तों ने तो मुझे कन्धे पर उठाकर नाचना ही शुरू कर दिया। हमारी खूब खातिरदारी हुई। गौतम ने भी मुझे बधाई दी मगर उसके सख्त पड़ते जबड़े मुझसे उसके मन में मेरे लिए उत्पन्न ईर्ष्या की चुगली कर रहे थे। मेरे ही कारण गौतम प्रथम नहीं आ पाया था—यह सोचकर मैं एक तरह के अपराधबोध से ग्रस्त हो गया।

दोस्तों तथा आयोजकों ने हमें खिला-पिलाकर रात को होटल में पहुँचा दिया। लौटते-लौटते काफी रात हो गई थी। उत्तेजना और रोमांच से मुझे रात-भर नींद नहीं आई। रह-रहकर मन में खुशी की लहरें उठ रही थीं। जॉगाई दा को जब पता चलेगा तब उनकी क्या प्रतिक्रिया होगी ? मेरे घरवाले, दोस्त, रिश्तेदार, परिचित सब का तो मेरे प्रति नजरिया ही बदल जाएगा। और शॉप्ना ? वह भी ज़रूर मुझे बधाई देगी, मुझसे सही ढंग से बातें करेगी। शॉप्ना का ख़याल आते ही मन में गुदगुदी-सी हुई। फिर सोचा, काश ! सोनी को भी मेरी इस उपलब्धि के बारे में पता चलता ! न जाने वह मुझे याद करती है या नहीं ! फिर ख़याल आया कि कल ही तो पूर्वी पाकिस्तान के 'इत्तेफ़ाक', 'आज़ाद' जैसे सारे अखबारों में मेरा फोटो छपेगा। गवर्नर फज़लुल हक साहब के साथ ! हो सकता है पश्चिमी पाकिस्तान के अखबारों में भी छपे। मेरे बोरिशाल पहुँचने से पहले ही बोरिशालवालों तक यह ख़बर पहुँच जाएगी। काश ! मैं आज ही उड़कर बोरिशाल लौट सकता ! कल सुबह अखबार तथा रेडियो से मेरी जीत की ख़बर जानकर उनके चेहरों पर होनेवाली पहली प्रतिक्रिया को देख पाता।

इसी तरह की रंगीन कल्पना करते-करते, पता नहीं, रात के किस पहर मेरी आँख लग गई थी। दरवाज़े की खटखटाहट से जब नींद टूटी तो सुबह हो गई थी। दरवाज़ा खोलकर देखा, बाहर होटल के मैनेजर के साथ एक छोटी-मोटी भीड़ मौजूद थी। मैनेजर ने अभी-अभी आए अखबार को, जिसके मुखपृष्ठ पर हमलोगों का बड़ा-सा फोटो छपा था, मेरी आँखों के सामने नाचते हुए कहा, "क्या दादा आप लोगों ने इतना बड़ा-बड़ा पुरस्कार जीता और हमें ख़बर तक नहीं। रात चुपके से आकर अपने कमरे में घुस गए। ये तो बड़े ही अन्याय की बात है।" और फिर मुझे तथा गौतम को लेकर पूरे होटल में धूम मच गई। उस दिन ढाका के दोस्तों ने भी हमें अच्छी-खासी दावत दी। अपने परिचितों, दोस्तों, रिश्तेदारों को ला-लाकर हमसे मिलवाया।

हम जल्द-से-जल्द बोरिशाल पहुँचना चाहते थे। मगर वे थे कि हमें छोड़ना ही नहीं चाहते थे। मैं उनका तहे दिल से शुक्रगुजार था। उन्हीं के कारण मुझे इतनी बड़ी उपलब्धि मिली थी। इसलिए उनके दिल को ठेस भी नहीं पहुँचाना चाहता था। बड़ी मुश्किल से उन्हें समझा-बुझाकर मैं गौतम के साथ बोरिशाल जानेवाले स्टीमर में जा चढ़ा।

बोरिशाल लौटते समय ऐसा लग रहा था मानो हम कोई युद्ध जीतकर लौट रहे हों। मुझे बम्बई से लौटने का दिन याद आ गया। उस दिन में और आज के दिन में कितना अन्तर है ! उस दिन संकोच, दुविधा और आत्मग्लानि मेरे मन को दग्ध कर रहे थे। परन्तु आज ! आज मैं सीना तानकर, सिर ऊँचा करके शहर में प्रवेश करने जा रहा था।

बोरिशाल के स्टीमर घाट पर पहुँचकर देखा, हमारे क्लब और मुहल्ले के लड़के हमारे इन्तज़ार में खड़े हैं। स्टीमर से उतरते ही उन्होंने हो-हल्ला करते हुए हमें कन्धे पर उठा लिया और फूल मालाओं से लाद दिया। मैं और गौतम उनके कन्धों से उतरकर भीड़ के बीच से रास्ता बनाते हुए पीछे खड़े जॉगाई दा के पास पहुँचे। पाँव छूकर उठे तो देखा, जॉगाई दा की आँखें छलछला आई थीं, वे हमें सीने-से लगाकर बोले, "चलो, तुम लोगों ने मेरा सपना पूरा किया। तुम लोग बहुत बड़े आदमी बनो। मेरा आशीर्वाद रहा। फिर वहाँ उपस्थित भीड़ हल्ला मचाते हुए हमें लेकर क्लब आई। वहाँ हमारी खातिरदारी का पूरा इन्तजाम किया गया था। मेरे घर के लोग भी काफी खुश हुए। कई दिनों तक लोग हमारे घर पर बधाई देने आते रहे। माणिक ने बताया, "दादा! सुबह सबसे पहले ऑरूप काका ने आकर बाबा को कहा था, 'रॉमेश दा ! सचमुच आपने एक हीरे को जन्म दिया है। आज रेडियो नहीं सुना आपने ? आपका बेटा तो फर्स्ट हुआ है। 'मिस्टर ईस्ट पाकिस्तान' बन गया है वह ! आज के सभी अखबारों के मुखपृष्ठ पर गवर्नर साहब के साथ आपके बेटे की तस्वीर छपी है। ये देखिए...'।"

ऐसा लग रहा है जैसे हमारे जीतने से पूरे बोरिशाल में खुशी की लहर दौड़ गई हो। शहर में हमारे अभिनन्दन का सिलसिला चल निकला। काफी दिनों तक हमें अलग-अलग क्लबों तथा संस्थानों से आमन्त्रण मिलते रहे। लोग हमें आमन्त्रित करके ले जाते, खिलाते-पिलाते, सम्मानित करते। कहीं किसी प्रतियोगिता में जज बनाकर ले जाया जाता तो कहीं से मुख्य अतिथि के रूप में ही बुलावा आता। मेरे वैसे दोस्त, रिश्तेदार या पड़ोसी जो क़भी मुझे हिक़ारत की नज़र से देखा करते थे, अपने लोगों से मेरा परिचय इस तरह से कराने लगे जैसे मैं उनका बहुत ही करीबी तथा प्रिय रहा हूँ। कभी-कभी मैं सोचता हूँ कि लोग भी कितने भोले होते हैं। मैंने जो कुछ किया था सिर्फ़ अपने लिए किया था। शोहरत मुझे मिली थी। मगर वे मेरे सामने इस तरह से बिछ-बिछ जाते थे; मानो मैं कोई 'अवतारी' पुरुष हूँ, उनके यहाँ पधारकर उनका उद्धार कर दूँगा।

यह सब तो हुआ पर अपनी इस उपलब्धि से मैं जिसे सबसे अधिक प्रभावित देखना चाहता था, उसके चेहरे पर मेरे प्रति किसी प्रकार सम्मान का भाव नहीं उभरा। वह पूर्ववत् मेरी उपेक्षा करती रही। पिछले कुछ वर्षों में उसकी खूबसूरती और बढ़ गई थी। उसका रंग पहले से ज़्यादा निखर आया था। वह पहले से काफी लम्बी हो गई थी और उसके बाल घुटनों तक उतर आए थे। मैं जान-बूझकर कई बार शॉप्ना के सामने से गुज़रा। "कैसी हो शॉप्ना" कहकर मैंने उससे बात करने की कोशिश भी की। मगर वह इस प्रकार निर्विकार भाव से "ठीक हूँ" कहते हुए वेणी झटकाकर आगे बढ़ जाती, जैसे मेरी जीत के बारे में

उसे पता ही न हो। उसकी उपेक्षा से मैं अन्दर-ही-अन्दर आहत हो उठा। मेरे मन में एक तरह की जिद पैदा हो गई।। किसी भी तरह से मुझे शॉप्ना का दिल जीतना ही होगा। उसकी आँखों में अपने प्रति इज़्ज़त के भाव उभारने ही होंगे। वरना मेरे जीवन की कोई सार्थकता नहीं।

बहुधन्धी पहलवान

नागरिक अभिनन्दन का ज्वार जब तक रहा, जॉगाई दा कुछ नहीं बोले। उसमें कुछ भाटा पड़ते ही उन्होंने नेक सलाह दी, "अब फिर से पढ़ाई शुरू कर दो, केष्टो ! प्राइवेट में मैट्रिक दे डालो। पढ़े-लिखे लोगों की अलग ही इज़्ज़त होती है।"

इस बार भी मुझे उनकी सलाह जँच गई। मुझे लगा उचित समय में उचित सलाह देने की उनमें विलक्षण क्षमता है। उस वक़्त यदि वे मुझे यह सलाह न देते तो नॉन मैट्रिक का ठप्पा लगाकर उम्रभर हीन भावना से ग्रस्त रहता। हमारे पुराने स्कूल के ही कुछ शिक्षकों से ट्यूशन लेकर काफी मेहनत करके रात-रात-भर पढ़कर मैंने मैट्रिक की परीक्षा पास कर ली। रिजल्ट देखा तो मन बुझ गया—थर्ड डिवीजन ! खुद को तसल्ली दी, जी छोटा न करो केष्टो, पास हो गए यही क्या कम है ?

बोरिशाल के प्रसिद्ध बी.एम. कॉलेज में एक फ़िज़िकल इंस्ट्रक्टर की आवश्यकता थी। फ़िज़िकल इंस्ट्रक्टर का पद व्याख्याताओं के पद के समकक्ष होता था। बोरिशाल के तात्कालिक डिस्ट्रिक्ट मजिस्ट्रेट को यह बात कॉलेज के प्रिंसिपल से मालूम हुई जो कि उनके दोस्त थे। डिस्ट्रिक्ट मजिस्ट्रेट ढाका में मेरा प्रदर्शन देख चुके थे और मुझसे बहुत प्रभावित थे। उन्होंने कॉलेज के प्रिंसिपल को उस पद के लिए मेरा नाम सुझाया और देखते-ही-देखते मुझे बोरिशाल के सबसे प्रसिद्ध कॉलेज में नौकरी मिल गई।

कॉलेज में मेरी नियुक्ति होने के बाद पहले दिन जब मैं कॉलेज गया तो स्टाफ़ रूम में घुसने की हिम्मत ही नहीं हो रही थी। कॉलेज के प्रायः सभी प्राध्यापक मेरे परिचित थे और मैं उन लोगों का बड़ा सम्मान किया करता था। उन दिनों वैसे भी प्रोफेसर, डॉक्टर, जज, बैरिस्टर जैसे पढ़े-लिखे लोगों को लोग बहुत अधिक इज़्ज़त दिया करते थे। वे भी अपने पद के अनुरूप आचरण किया करते तथा आदर्शों पर चलने की कोशिश किया करते थे। औरों की तरह मैं भी कॉलेज के प्रोफेसरों की इतनी इज़्ज़त किया करता था कि मुझे उनके सामने जाकर उनके साथवाली कुर्सी में बैठने में अत्यधिक संकोच हो रहा था। मेरे मन में यह हीन भावना घर कर गई थी कि मैं सिर्फ़ मैट्रिक पास हूँ जबकि वे सभी कम-से-कम एम.ए. पास तो थे ही। मेरे पाँव बरामदे से आगे बढ़ ही नहीं रहे थे।

यह और भी भद्दा हुआ। कॉलेज के कुछ लड़कों ने पहचानकर मुझे घेर लिया और तरह-तरह के सवाल करना आरम्भ कर दिया। यह जानकर कि मैं कॉलेज का फ़िज़िकल इंस्ट्रक्टर बनकर आया हूँ, वे खुश हो उठे। उसी समय रफीकुल इस्लाम नामक बांग्ला भाषा के एक प्रोफेसर ने मुझे देखकर टोका, "अरे केष्टो ! तुम यहाँ ?" वे मेरे काफी करीबी थे। इसलिए मैंने उन्हें अपनी समस्या बताई। वे बोले, "तुम अपने आप को इतना छोटा क्यों समझते हो ? इस उम्र में तुमने जितनी प्रसिद्धि पाई है, वह कितनों को नसीब होती है ? क्या

हुआ जो तुम सिर्फ़ मैट्रिक पास हो ? अपने क्षेत्र में तो तुम्हें महारत हासिल है।" और फिर उन्होंने मुझे अपने साथ स्टाफ रूम में ले जाकर सबसे मिलवाया। वैसे अधिकतर लोग तो मुझसे परिचित ही थे। मैंने अपने से बड़ों को पैर छूकर प्रणाम किया। सभी लोगों ने गर्मजोशी से मेरा स्वागत किया। मुझे आशीर्वाद दिया। इसी बीच प्रिंसिपल साहब भी आ गए थे। उन्होंने मुझसे एक रजिस्टर में हस्ताक्षर करवाने के बाद कहा, "आज से तुम भी हमारे कॉलेज का एक हिस्सा बन गए। आशा है, इसके उत्थान के लिए तुम भी हमारे साथ कन्धे-से-कन्धा मिलाकर चलोगे।"

मैंने प्रिंसिपल साहब को आश्वासन दिया कि मैं अपनी जिम्मेदारी बखूबी निभाऊँगा।

कॉलेज की नौकरी में रोजाना मुझे बहुत कम समय देना पड़ता था। सिर्फ़ खेलकूद प्रतियोगिताओं के समय ज़्यादा समय देने की आवश्यकता पड़ती थी। अपने मन की हीन भावना से छुटकारा पाने के लिए मैंने आगे की पढ़ाई की सोची और उसी कॉलेज में छात्र के रूप में दाखिला ले लिया। फिर से पढ़ाई शुरू की लेकिन कक्षा में मुझे अपने ही छात्रों के बीच बैठने में इतनी शर्म आने लगी कि कुछ ही दिनों बाद मैंने क्लास करना ही बन्द कर दिया।

उन दिनों मैंने साढ़े बारह एच.पी. की एक पुरानी अमेरिकन 'हारले डेविडसन' मोटर बाइक खरीद ली थी। आँखों में धूप-चश्मा, बदन पर कीमती जैकेट चढ़ाकर हॉर्न बजाते हुए रोज शॉप्ना के घर के सामने से गुजरा करता। उसके घर के सामने आते ही मेरी बाइक की गति अपने आप धीमी हो जाती थी। अधिकतर समय शॉप्ना का दर्शन नहीं होता था। मेरी सारी स्टाइल, सारी सजधज बेकार चली जाती।

कॉलेज की नौकरी के साथ-साथ मेरी राशन-दुकान भी पूर्ववत् चल रही थी। कॉलेज में अच्छी तनख्वाह मिलती थी मगर मुझे इतने से सन्तोष नहीं था। मैं बहुत दौलत कमाना चाहता था, इतनी दौलत कि शॉप्ना के कदमों में दुनिया भर का सुख लाकर डाल सकूँ।

बहुत सोच-समझकर मैंने चीनी का परमिट निकाला और एक ताल मिस्री का कारखाना खोल दिया। बंगाल में ताल मिस्री की बहुत खपत थी। घर-घर में लोग पेट ठंडा करने के लिए छोटे बच्चों को रोज पानी में घोलकर ताल मिस्री पिलाया करते थे। मेरा कारखाना चल निकला।

कुछ ही दिनों में मेरे पास इतने रुपए हो गए कि मैंने एक बड़ा-सा मकान बनवा लिया। मकान के ऊपरवाले भाग में पूरे परिवार को लाकर रखा और नीचे एक आटा-चक्की लगवा ली। हालाँकि उन दिनों हिन्दुओं के लिए किसी व्यवसाय का परमिट प्राप्त करना मुश्किल था। फिर भी अपनी पहुँच का इस्तेमाल करके मैंने सरकारी रिलीफ फंड का गेहूँ पिसवाने का ठेका भी प्राप्त कर लिया। चक्की में पिसाने के लिए ट्रक का ट्रक गेहूँ आता। दिन-रात मेरी आटा-चक्की चलने लगी। मैं बिल बना देता। सम्बन्धित विभाग से मेरे बिल का भुगतान कर दिया जाता था। इधर दिन-रात आटा-चक्की की आवाज़ से तंग आकर मेरे घरवाले कहने लगे, "हम लोग पुराने मकान में ही ठीक थे। यहाँ तो हमारे कान बहरे हुए जा रहे हैं।"

काफी दिनों से मेरे घरवालों की तरफ़ से मुझ पर शादी के लिए दबाव डाला जा रहा था। मैं अपने काम का बहाना बना-बनाकर उन्हें टालता जा रहा था। किन्तु एक दिन खुकी ने मुझे धर दबोचा और कहा, "दादा ! इस बार मैं आपकी शादी कराए बिना ससुराल नहीं

जाऊँगी। जब तक आप शादी नहीं करेंगे, मैं यहीं मायके में पड़ी रहूँगी।"

उसकी जिद देखकर मैंने उससे अपने दिल की बात कह डाली, "मैं शादी करूँगा तो शॉप्ना से। वरना नहीं करूँगा।" खुकी कन्धे उचकाती हुई बोली, "यह कौन-सी बड़ी बात है। पहले बताना चाहिए था न !"

अपने पति तथा माँ-बाप के साथ एक दिन वह मेरा रिश्ता लेकर शॉप्ना के घर गई। मेरे घरवालों को पूरी उम्मीद थी के मुझ जैसे लायक पात्र से रिश्ता करने में शॉप्ना के घरवालों को कोई ऐतराज नहीं होगा। मगर उनकी आशा के विपरीत शॉप्ना के घरवालों ने शॉप्ना का हाथ मेरे हाथों में देने से इनकार कर दिया। उन्होंने इनकार करने की वजह तो नहीं बताई किन्तु हमें दूसरों की मार्फ़त उनके इनकार करने के जिन कारणों का पता चला, वे थीं, मेरी आवारगी और मेरे तथा मेरे परिवार का कम शिक्षित होना। चूँकि मैं घर से भागकर हिन्दुस्तान चला गया था, वहाँ जाकर मैंने घरवालों को एक चिट्ठी तक नहीं भेजी थी और स्वदेश वापसी के बाद भी काफी दिनों तक घर से बाहर रहता—खाता रहा था, इसलिए उनकी मेरे लिए राय यही थी कि मेरे जैसे गैर-जिम्मेदार किस्म के लोग कभी घर-गृहस्थी में मन नहीं रमा सकते। ऐसे व्यक्ति के साथ कोई लड़की सुखी नहीं रह सकती।

उनका सोचना बिलकुल सही था। लेकिन मैं क्या करता ? जो कुछ मैं कर चुका था उसे मिटा भी नहीं सकता था, और शॉप्ना को पाने की उम्मीद भी नहीं छोड़ सकता था। फिर भी शॉप्ना को भूलने की कोशिश में मैं ज़्यादा-से-ज़्यादा व्यस्त रहने लगा। कारखाना, कॉलेज, राशन दुकान और आटा-चक्की की जिम्मेदारियों को निभाते हुए भी मैं लगातार जॉगाई दा के सम्पर्क में रहा। उनके क्लब में नियमित रूप से जाता रहा। विभिन्न कार्यक्रमों के लिए जज या मुख्य अतिथि के रूप में मेरा बुलावा आना भी जारी था। कई बार ऐसा भी हुआ कि किसी ऐसे 'शो' में शॉप्ना दर्शक के रूप में गई, जहाँ मैं मुख्य अतिथि के रूप में आमन्त्रित था। लेकिन शॉप्ना कभी भी इन सबसे प्रभावित नहीं हुई।

उन दिनों मैं किसी छोटे-मोटे बॉडी बिल्डिंग शो में नहीं उतरता था। अपने से जूनियर लोगों को ऐसे शो के लिए भेजा करता। मेरे कई छात्र काफी अच्छा प्रदर्शन करने लगे थे। उन दिनों प्रायः ही ढाका स्पोर्ट्स फेडरेशन से मेरा बुलावा आता। वे मुझे किसी खास मौके पर विशेष कॉलेजों में छात्रों को ट्रेनिंग देने के लिए बुलवाते थे। इस तरह की ट्रेनिंग अधिक-से-अधिक चार-पाँच दिनों की होती थी। इसके लिए मुझे अलग से पैसे दिए जाते। ठहरने और खाने की भी उत्तम व्यवस्था रहती थी।

व्यायाम के प्रति मेरा रुझान बरकरार था। मेरी दिली ख्वाहिश थी कि मैं एक बार पश्चिमी पाकिस्तान के शो में भाग लूँ। इसके लिए मैंने काफी कोशिश की। कई बार कराची गया। लेकिन वहाँ के आयोजक नहीं चाहते थे कि मैं उनके शो में भाग लूँ। जब भी मैं क़िसी शो के लिए आवेदन पत्र भेजता या तो वे उसे खारिज कर देते या फिर जानबूझकर इतनी देर से मेरे पास स्वीकृति-पत्र भेजा करते कि प्रतियोगिता के लिए समय पर पहुँचने का वक़्त ही न रहता। इस विषय में मेरे पक्ष में पूर्वी पाकिस्तान के अखबारों में काफी कुछ लिखा गया। किन्तु पाकिस्तान सरकार के कानों में जूँ तक नहीं रेंगी। आखिरकार मेरे मन में उस संस्था के प्रति घृणा उत्पन्न हो गई। मैं जानता था कि मैं हिन्दू हूँ इसीलिए वे लोग जानबूझ कर मुझे और आगे बढ़ने नहीं दे रहे थे। यदि मैं वहाँ से बॉडी बिल्डिंग चैम्पियनशिप जीत

जाता तो मुझे अन्तर्राष्ट्रीय स्तर पर पाकिस्तान का प्रतिनिधित्व करने का मौका देना पड़ता। पाकिस्तान जैसे एक मुस्लिम राष्ट्र का प्रतिनिधित्व एक हिन्दू करे, यह बात वहाँ के आका लोग कैसे सहन करते ?

अपने प्रति उनके नकारात्मक रवैये को देख धीरे-धीरे बॉडी बिल्डिंग के प्रति मेरा उत्साह ठंडा पड़ने लगा क्योंकि अब मैं जिस ऊँचाई पर आ गया था उसमें मेरे लिए छोटे-छोटे शो में उतरना सम्भव नहीं था। कॉलेज में मेरे अधिकतर छात्र मुसलमान थे। मैं उन्हें जी-जान से सिखाता था। कभी हिन्दू तथा मुसलमान छात्रों के साथ मैंने भेदभाव नहीं किया। कभी-कभी दुख तथा हताशा के क्षणों में मन-ही-मन प्रतिज्ञा ज़रूर करता था कि अब से मुसलमान छात्रों को ठीक से नहीं सिखाऊँगा। लेकिन सिखाते समय मेरी प्रतिज्ञा धरी-की-धरी रह जाती।

मेरे बहुत सारे दोस्त मुसलमान थे। चूँकि मेरा रुतबा काफी ऊँचा हो गया था इसलिए मेरा उठना-बैठना अब बड़े लोगों के बीच ही होता था। पैसा तथा शोहरत दोनों मामलों में मैं एक विशिष्ट व्यक्ति माना जाने लगा था। बॉडी बिल्डिंग के अलावा भी पूर्वी पाकिस्तान में जिस किसी कार्यक्रम में मुझे आमन्त्रण मिलता, विशिष्ट व्यक्तियों के साथ पहली पंक्ति या मंच पर आसन दिया जाता था। शेख मुजीबुर्रहमान के बहनोई 'अब्दुर रब शेरनियाबत्' मेरे अच्छे दोस्तों में से एक थे। पेशे वे वकील थे मगर एन.डी.एफ. (नैशनल डेमोक्रेटिक फ्रंट) नामक राजनीतिक दल के बोरिशाल शाखा के सेक्रेटरी थे। सरकारी टाइटल होल्डर होने के बाद ही उनसे मेरी दोस्ती हुई थी। कुछ ही दिनों में दोस्ती इतनी गहरी हो गई कि मेरा उनके घर आना-जाना शुरू हो गया। वे मुझे अपने साथ आग्रहपूर्वक मीटिंग वगैरह में भी ले जाने लगे। लेकिन उनके कहने पर भी मैं सक्रिय राजनीति से नहीं जुड़ा। उनकी किसी मीटिंग या सभा में मैं दूर ही खड़ा रहता क्योंकि पाकिस्तान की राजनीति में मुझे जरा भी रुचि नहीं थी।

इसी बीच मैंने टीन के कारखाने का परमिट हासिल कर लिया। स्मॉल कॉटेज इंडस्ट्री (लघु कुटीर उद्योग) की मार्फ़त मुझे यह परमिट मिला था। इस तरह के परमिट उन दिनों या तो अधिकतर पश्चिमी पाकिस्तान के व्यवसायी हासिल कर लेते थे या फिर पूर्वी पाकिस्तान के कुछ मुसलमान व्यवसायी। हिन्दुओं को इस तरह का परमिट मिलना प्रायः असम्भव ही हो उठा था। शायद इसी जिद में कि आखिर हिन्दुओं को परमिट क्यों नहीं मिलेगा—मैं एक-एक कर अलग-अलग व्यवसायों का परमिट हासिल करता जा रहा था। मेरे सारे काम मेरे कर्मचारी किया करते थे लेकिन अपने सभी व्यवसायों की बागडोर मैंने इस तरह से अपने हाथों सँभाल रखी थी कि व्यवसाय में घाटा होना तो दूर, दिन-ब-दिन आय बढ़ती ही जा रही थी। अपने सभी प्रतिष्ठानों में मैंने जान-बूझकर उन हिन्दू कर्मचारियों को रखा था जो दंगे में निस्वः हो जाने के बावजूद अपनी मातृभूमि के प्रति मोह के कारण हिन्दुस्तान नहीं गए थे।

मेरा टीन कारखाना बाहर से देखने में बहुत साधारण-सा था। लेकिन उससे मुझे काफी आमदनी होती थी। लोगों की बुरी नज़रों से बचाने के लिए ही मैंने उसे मामूली-सा रूप दे रखा था। उस कारखाने में मैं सोच-समझकर ऐसी चीज़ें बनाता था ज़िसकी माँग ज़्यादा हो। बंगाल शुरू से ही धान की फसल के लिए विख्यात रहा है। घर-घर में किसानों को धान

निस्वः = दिवालिया।

सिझाने के लिए 'ताफ़ाल' की आवश्यकता पड़ती थी। इसलिए मैंने 'ताफ़ाल' बनाना शुरू कर दिया।

उस समय मकान, दुकान या अन्य प्रतिष्ठानों में ढलाई की हुई छतों के स्थान पर टीन की छत अधिक पाई जाती थी। प्रत्येक दो खड़े टीन के बीच में 'मस्का' का होना ज़रूरी होता था। मस्का ही उन दो टीनों को जोड़ने तथा उनके बीच से पानी आदि के रिसाव को रोकने का काम किया करता था। इसलिए बाज़ार में मस्का की भी काफी माँग थी। मैंने काफी मात्रा में मस्का बनवाना आरम्भ कर दिया। पाकिस्तान सरकार जापान, अमेरिका, भारत जैसे देशों से गैल्वनाइज़्ड प्लेन शीट तथा कॉरॅगेटेड शीट आयात करके व्यापारियों को बेचती थी। चूँकि मुझे परमिट मिला हुआ था, इसलिए मैं टन-के-टन माल मँगाकर ताफ़ाल और मस्का बनाने लगा। इसी बीच मुझे एक चाल सूझी। दरअसल इस टीन की कीमत प्लेन सी.आई. शीट से काफी अधिक होती थी और अधिकतर मकान, दुकान, कारखाना आदि की दीवारें तथा छतें कॉरॅगेटेड टीन की ही हुआ करती थीं इसलिए मैं अपने परमिट से मँगाए गए प्लेन शीटों को रातों-रात साँचे में डालकर कॉरॅगेटेड टीन का रूप देने लगा। इन शीटों को मैं बाज़ार से कम कीमत पर बेचता। इससे मुझे मुनाफा भी बहुत ज़्यादा होता और सस्ते में मिलने के कारण अधिक-से-अधिक ग्राहक मुझसे ही ताफ़ाल ख़रीदते। शीट की चौड़ाई बाज़ार में उपलब्ध असली कॉरॅगेटेड टीन से कुछ कम ज़रूर हो जाती थी लेकिन जब कोई ग्राहक संशय जताता, "इसका दाम इतना कम क्यों है ? चौड़ाई कम है इसलिए ?" तो उसे मेरे प्रशिक्षित कर्मचारी समझाते, "क्या कहते हैं दादा ! कोई माल जापान से आता है, कोई अमेरिका से तो कोई भारत से। अलग-अलग देशों से आए मालों की चौड़ाई और कीमत में फर्क तो रहेगा ही।" और ग्राहक सन्तुष्ट होकर माल उठा लेते थे।

इन सबके बावजूद मैं सन्तुष्ट नहीं था। होता भी कैसे ? अति महत्त्वाकांक्षी पुरुषों के लिए वह शब्द मृग-मरीचिका जो बन जाता है।

अयूबशाही मार्शल लॉ

पाकिस्तान की अन्दरूनी राजनीतिक परिस्थितियाँ दिन-ब-दिन जटिल होती जा रही थीं। 1957 ई. के अक्टूबर महीने तक पाकिस्तान के पाँचवें प्रधानमन्त्री जनाब सुहरावर्दी को भी अपने पद से हटना पड़ा था और उनके स्थान पर जनाब चुन्द्रिगढ़ प्रधानमन्त्री बने थे। चुन्द्रिगढ़ के बाद फ़िरोज खाँ नून पाकिस्तान के सातवें प्रधानमन्त्री बने। उन दिनों राजनीतिक दलों के संयुक्त फ्रंट मन्त्रीसभा के सदस्यों के बीच मन्त्री पद के लिए इतनी छीना-झपटी होने लगी थी कि उस विकट परिस्थिति से निपटने के लिए पाकिस्तान के तत्कालीन राष्ट्रपति इस्कन्दर मिर्ज़ा को केन्द्र तथा राज्य मन्त्रीसभा भंग करनी पड़ी और 7 अक्तूबर, 1958 ई. की अर्द्धरात्रि में पाकिस्तान में फ़ौजी शासन लागू कर दिया गया। पाकिस्तान के संविधान को खारिज करके अनेक राजनीतिक दलों तथा संस्थाओं को गैर कानूनी घोषित किया गया। इस प्रकार राष्ट्रपति इस्कन्दर मिर्ज़ा के समय में ही पाकिस्तान में गणतन्त्र का अवसान और तानाशाही का सूत्रपात हुआ। यह मिर्जा साहब की बदकिस्मती थी कि वे अधिक दिनों तक

ताफ़ाल = धान सिझाने का बर्तन।

राजगद्दी पर टिके नहीं रह सके क्योंकि 1958 ई. में ही पाकिस्तान की स्थलवाहिनी के तत्कालीन प्रधान सेनापति जनरल अयूब खान उन्हें पदच्युत करके स्वयं उनकी गद्दी पर आसीन हो गए और पाकिस्तान का अधिनायक बन बैठे।

देश विभाजन से पहले अयूब खान भारतीय सेना में रह चुके थे। पाकिस्तान का अधिनायक बनते ही उन्होंने पाकिस्तान में मार्शल लॉ लागू कर दिया। इसके तहत उन्होंने एक तरफ़ अखबारों की स्वतन्त्रता छीनी, दूसरी तरफ़ कई ऐसी सरकारी पत्रिकाएँ निकलवाने लगे जिनमें उनके इशारे पर समाचार छापे जाते थे। उनकी कार्यपद्धति तथा सरकार के विभिन्न क्रियाकलापों का गुणगान किया जाना ही उन पत्रिकाओं का मुख्य उद्देश्य हो गया।

इसके बाद अयूब खान ने पाकिस्तान के विभिन्न राजनीतिक दलों के प्रमुख केन्द्रों का समूल नाश करने की ओर अपना ध्यान केन्द्रित किया। इसी क्रम में अवामी लीग के नेता शेख मुजीबुर्रहमान भी गिरफ्तार कर लिए गए। उनके विरुद्ध छह प्रकार के फौजदारी मामले दायर किए गए।

अयूब खान का मार्शल लॉ अपने आप में निराला था। यह अच्छा भी था और बुरा भी। छोटे-छोटे कार्यों के लिए भी अत्यन्त कठोर अनुशासन का पालन किया जाता था। सड़कों पर हर वक़्त सेनावाहिनी के लोग घूमते रहते थे। कोई कुछ भी गलत काम करता तो बेंत से उसकी पिटाई की जाती या फिर उस पर जुर्माना लगाया जाता। उदाहरण के तौर पर यदि कोई केला खाकर केले का छिलका, बादाम खाकर बादाम का छिलका सड़कों पर इधर-उधर फेंकते हुए दिख जाता तो सेना के जवान तुरन्त बेंत से उसकी पिटाई कर देते थे। यदि कोई लम्बी बाँहवाला शर्ट पहनता और शर्ट की बाँहों को मोड़कर रखता तो यह कहते हुए उसकी भी पिटाई की जाती थी कि यदि हाफ शर्ट ही पहनना था तो फुल शर्ट क्यों सिलवाया ? देश का कपड़ा बर्बाद करते हो ? मुसलमान औरतों के लिए बुरका पहनना अनिवार्य कर दिया गया। हिन्दू औरतों का पैंट आदि पहनना निषिद्ध कर दिया गया। लड़कों के बाल थोड़े लम्बे हों तो पिटाई, घर या दुकान के सामने कचरा पड़ा हो या नाली गन्दी हो तो पिटाई या जुर्माना। आलम यह था कि जज-बैरिस्टर जैसे प्रतिष्ठित लोग भी झाड़ू लेकर अपने घर के आस-पास सफाई करते नज़र आते थे क्योंकि किसी को भी बख्शा नहीं जाता था।

किसी का अपराध कुछ ज़्यादा ही संगीन होता तो उसे उठाकर ले जाया जाता। फिर उसके कपड़े खोलकर उसे एक पतला-सा गमछा पहनाने के बाद उसके दोनों हाथों को पीछे की ओर बाँधकर जल्लाद से पिटवाया जाता था। पिटवाने के बाद उसे छोड़ दिया जाता। जेल में कम-से-कम व्यक्तियों को रखने का निर्देश दिया गया था। उन दिनों चोरी, कालाबाज़ारी पर काफी अंकुश लग गया था।

प्रत्येक दुकान में एक-एक सामान की कीमत का ब्योरा (प्राइस लिस्ट) टाँगकर रखने का नियम बनाया गया था ताकि कोई दुकानदार किसी चीज़ का गलत दाम न ले। यदि कोई किसी चीज़ का अधिक दाम लेता था तो पकड़े जाने पर उसे कठोर सजा दी जाती थी। सड़कों पर एक साथ पाँच से अधिक लोगों को अड्डा मारते देखे जाने पर भी उन्हें घुड़की दी जाती थीं या फिर दो डंडे मारे जाते थे।

एक दिन मैं बाज़ार में एक कपड़े की दुकान पर कुछ खरीद रहा था। दुकान में सामने के काउंटर पर लुंगियों का एक बड़ा-सा गट्ठर रखा था। वहाँ से गुज़रती एक सेना की जीप अचानक उस दुकान के सामने आकर रुक गई। जीप से मेजर आज़म खान नीचे उतर आए

और दुकान में जा घुसे। उन्हें देखते ही दुकानदार 'साहा दा' की सिट्टी-पिट्टी गुम हो गई। वे हाथ जोड़े हुए मेजर के सामने आ खड़े हुए। मेजर ने पहले यह जाँच की कि दुकान में प्राइस लिस्ट टँगी है या नहीं। प्राइस लिस्ट तो थी मगर बांग्ला में लिखी होने की वजह से वे उसे पढ़ नहीं पाए। उन्होंने साहा दा को झिड़कते हुए कहा, "बांग्ला में क्यों लिखता है ? अंग्रेजी या उर्दू में नहीं लिख सकता ?"

साहा दा मेमने की तरह मिमियाते हुए बोले, "क्या करें सर, बहुत कम ग्राहक अंग्रेजी, उर्दू समझते हैं।" इतने में मेजर आज़म की नज़र मुझ पर पड़ी। वे मुझे पहचानते थे। बोले, "ऐ घोष ! तुम पढ़कर बताओ तो किस चीज़ का क्या दाम लिखा है ?"

मैं पढ़ना शुरू करता, इससे पहले ही मेजर ने सामने रखी लुंगियों के गट्ठर की ओर इशारा करते हुए कहा, "यहाँ इतनी सारी लुंगियाँ क्यों रखी हैं ?"

"थोड़ी देर में पाइकारीवाला आएगा। वह ले जाएगा। उसी के लिए रखी हैं।" साहा दा हाथ जोड़े-जोड़े ही बोले।

"एक लुंगी की क्या कीमत होगी ?" मेजर ने अपने हाथ की छड़ी को लुंगियों के गट्ठर पर मारते हुए पूछा।

"पाँच रुपए सर !" डर से साहा दा ने दस रुपए की लुंगी का दाम पाँच रुपए बता दिया। मेजर समझ गए कि साहा दा ने गलत दाम बताया है। उन्होंने तपाक से कहा, "इतनी अच्छी लुंगी मात्र पाँच रुपए में ? तुम्हारी दुकान की चीज़ें तो बहुत सस्ती हैं।" फिर उन्होंने आस-पास की दुकानों से झाँकते तथा सड़क पर चलते लोगों को पुकार-पुकारकर कहना शुरू किया, "सुनो-सुनो ! सब लोग इधर आओ ! जल्दी आओ ! देखो, यहाँ लुंगियाँ सिर्फ़ पाँच-पाँच रुपए की हैं। जिसको-जिसको लेना हो अभी आकर ले लो। नहीं तो पाइकारीवाला आकर सारा माल ले जाएगा।" और उन्होंने वहाँ खड़े होकर ढेर सारी लुंगियाँ बेच डालीं। जाते-जाते साहा दा से बोल गए, "देखिए ! मैंने आपका कितना सारा माल बेचवा दिया। खैर, अबसे वाजिब दाम ही बोला कीजिएगा। झूठ बोलने की कोई आवश्यकता नहीं, समझे ?" बेचारा साहा दा क्या कहते ? टुकुर-टुकुर मेजर का मुँह ताकते रह गए।

इसी तरह एक बार मैं सब्जियाँ खरीदने बाज़ार गया। एक सब्जीवाला शिमला मिर्च, जिसे वहाँ के लोग बोम्बाइया लौंका कहा करते थे, बेच रहा था। मुझे देखकर सब्जीवाले ने जोर से आवाज़ दी, "बोम्बाइया लौंका ले जाइए बाबू।" बाज़ार में घूमते एक सैनिक के कानों तक जैसे ही बोम्बाइया यानी बम्बइया शब्द पहुँचा, उसने सब्जीवाले की पीठ पर एक भरपूर बेंत मारी और चिल्लाते हुए कहा, "इंडिया से मिर्च मँगाता है ? यहाँ पाकिस्तान में पैदा नहीं कर सकता ?"

जब तक हममें से कोई उसे यह समझाता कि ये मिर्च पूर्वी पाकिस्तान में ही उपजाए गए हैं इनका नाम ही बम्बइया मिर्च है, तब तक उस बेचारे सब्जीवाले की पीठ बेंत की मार से लहूलुहान हो चुकी थी।

अयूबशाही शासनकाल में भारत की मुहर लगी हुई कोई भी चीज़ रखना जुर्म माना जाता था। सैनिक घर-घर की तलाशी लेते थे। यदि किसी के घर से उस तरह का कोई सामान मिलता तो उस सामान को तो जला ही दिया जाता था, घरवालों को मार-मीट कर उनसे जुर्माना भी वसूला जाता था। उनके अत्याचार से तंग आकर लोग शॉल, कपड़ा, छाता आदि सभी चीज़ों से नोच-नोच कर भारत के चिह्न को उखाड़ देते या मिटा डालते। विभाजन से

पाइकारी = थोक विक्रेता। लौंका = मिर्च।

पहले की सारी चीज़ें तो भारत की ही थीं। तिल-तिल करके जोड़ी गई गृहस्थी की आवश्यक चीज़ों को फेंकना सम्भव न हो पाता।

एक दिन जब हमारे घर में सेना के कुछ जवान भारतीय सामानों की जाँच करने घुस आए तब मेरी माँ को उनके अत्याचार के डर से भारत से मँगाई गई अपनी सिन्दूर की डिबिया को, यह जानते हुए भी कि सुहागन के लिए सिन्दूर पानी में फेंकना अपशगुन होता है, मजबूरन उठाकर खिड़की से बाहर के कुएँ में फेंक देना पड़ा था और मेरे भाई को अपने मुँह के अन्दर भारतीय ब्लेड छिपाना पड़ा था।

कोई यदि अपनी किसी समस्या के लिए सरकार से शिकायत करता तो उस पर तुरन्त कार्रवाई की जाती थी और दो-तीन दिनों में ही छोटे-मोटे मामले को सुलझा लिया जाता था। किसी भी केस को ज़्यादा लम्बा नहीं खींचा जाता था।

इस बीच अयूब खान ने यह फरमान जारी कर दिया कि पाकिस्तान के हर घर में उनकी तस्वीर टाँगना अनिवार्य है। जाँच के दौरान जिनके घर में उनकी तस्वीर टँगी हुई नहीं मिलती थी, कड़ी सजा दी जाती।

यहाँ तक तो फिर भी ठीक था। लेकिन लोगों की सहनशक्ति तब जवाब देने लगी जब छोटी-मोटी चोरियाँ करने पर या लड़कियों के साथ छेड़खानी करने पर गोली मार देने या हाथ काट देने जैसी कठोर सजाएँ दी जाने लगीं। इस तरह की सजाएँ देना आरम्भ करते ही बिपुल जनविद्रोह शुरू हो गया। लोगों ने प्रतिवाद करना आरम्भ किया।

बोरिशाल शहर के प्रसिद्ध टाउन हॉल के प्रतिष्ठाता महात्मा अश्विनी कुमार दत्त थे और उन्हीं के नाम पर उस टाउन हॉल का नाम अश्विनी कुमार टाउन हॉल पड़ा था। मार्शल लॉ लागू होने के कुछ समय बाद ही अयूब खान ने उस हॉल का नाम बदलकर अपने नाम पर "अयूब खान टाउन हॉल" रखवा दिया। बोरिशाल के छात्रों ने उनकी इस हिमाकत का जमकर विरोध किया—"अयूबशाही जालिमशाही चोलबे ना, चोलबे ना। अयूबशाही जुलूमशाही धौंशो होक, धौंशो होक" (अयूबशाही जालिमशाही नहीं चलेगी, नहीं चलेगी। अयूबशादी जुल्मशाही ध्वंस हो, ध्वंस हो) का नारा लगाते हुए छात्र आन्दोलनकारियों ने टाउन हॉल जाकर अयूब खान के नाम के फलक को उखाड़कर फेंक दिया। इन आन्दोलनकारियों में अधिकतर हिन्दू छात्र ही थे क्योंकि महात्मा अश्विनी कुमार वहाँ के हिन्दुओं के अत्यन्त श्रद्धेय एवं पूज्य व्यक्ति थे। इतना करके ही वे छात्र शान्त नहीं हुए। उन्होंने घर-घर जाकर वहाँ की दीवारों पर टँगी अयूब खान की तस्वीरों को उतार-उतारकर सड़कों पर फेंकना आरम्भ किया। इस प्रकार अयूब खान के तानाशाही रवैए के खिलाफ जन आन्दोलन आरम्भ हो गया। लोग स्वायत्तशासन की माँग करने लगे।

बोरिशाल के आन्दोलनकारी छात्रों में अधिकतर मेरे छात्र थे। उनके क्रिया-कलापों में मेरा परोक्ष समर्थन था। इस कारण मेरे ऊपर प्रशासन की कुदृष्टि पड़ी। मेरे दुश्मन, जो मेरी तरक्की से जलते थे, इस मौके का फायदा उठाना चाहते थे। उन्होंने मेरे विरुद्ध षड्यन्त्र रचना आरम्भ किया। मेरे अनेक छात्रों को सजा दी गई। सैन्य बल द्वारा इस जन आन्दोलन को दबाने की काफी कोशिश की गई। प्रशासन के कड़े रुख के कारण लोगों ने सड़कों पर निकलना काफी कम कर दिया। लड़कियों की तो सारी स्वाधीनता खत्म-सी हो गई। सैनिकों के डर से लोग जवान लड़कियों को स्कूल-कॉलेज भेजने से डरने लगे। सड़कों पर, पार्कों में तथा विभिन्न सांस्कृतिक कार्यक्रमों में लड़कियों का आना-जाना तो बिलकुल बन्द-सा ही हो

गया। तंग आकर इस दौरान भी काफी हिन्दू भारत चले गए।

इस बीच शॉप्ना की सबसे बड़ी दीदी की शादी हो गई। शॉप्ना के बाबा ने शॉप्ना और रॉत्ला को अपने एक रिश्तेदार के यहाँ कोलकाता भेज दिया ताकि वे वहाँ रहकर पढ़-लिख सकें। शॉप्ना के चले जाने से मेरी दुनिया तो मानो एक बार फिर से वीरान हो गई। वैसे बोरिशाल में रहते हुए भी इन दिनों शॉप्ना का दर्शन प्रायः दुर्लभ हो गया था। फिर भी दिल को एक तसल्ली-सी थी कि वह है। यहीं कहीं है। उसके कोलकाता चले जाने के बाद मेरे भीतर एक ऐसी रिक्तता हावी हो गई कि मैं हमेशा बेचैन रहने लगा। मैं जानता था कि शॉप्ना मुझसे प्रेम नहीं करती। फिर भी मैं उसे भुला नहीं पा रहा था। एकतरफ़ा चाहत में मेरा जीवन प्रभात तारा की तरह शून्य में विलीन होता जा रहा था। धन-सम्पदा, मान-सम्मान सबकुछ होते हुए भी मैं कंगाल का कंगाल ही था।

अयूबशाही मार्शल लॉ के खिलाफ विद्रोह जारी था। चूँकि इस विद्रोह में मेरा सक्रिय समर्थन है—ऐसा सन्देह किया जा रहा था, इसलिए मेरे दुश्मनों द्वारा मुझे फँसाने की और रँगे हाथों पकड़वाने की चालें तेज़ होती गईं। मैं इन सबसे तंग आ चुका था। मुझे किसी ठंडी छाँह की शिद्दत से तलब हुई।

शॉप्ना को कोलकाता गए क़ाफी दिन हो चुके थे। उसे देखने के लिए, उससे मिलने के लिए मैं छटपटा उठा। कोलकाता में वह अपने जिस मामा के यहाँ रह रही थी, उनका पता मैंने खुकी की मार्फ़त पहले से ही जुगाड़ कर रखा था। मेरी उषा माशीमाँ कोलकाता के बेलेघाटा के जिस किराए के मकान में रह रही थीं, उसी में शॉप्ना के मामा भी रहते थे। यह एक अद्‌भुत संयोग था। मैं अपनी उषा माशीमाँ से मिलने के बहाने आसानी से वहाँ जा सकता था। लेकिन समस्या थी पासपोर्ट की। मेरे पास हिन्दुस्तान जाने का पासपोर्ट नहीं था। चूँकि प्रशासन मुझसे खफा था इसलिए पासपोर्ट मिलना बहुत मुश्किल था। दिल के हाथों मजबूर होकर मैंने चोरी-छिपे ही बिना पासपोर्ट के कोलकाता जाने का फैसला किया।

कई सौ मीलों तक फैली भारत और पूर्वी पाकिस्तान की सीमा को पार कराने के लिए बहुत बड़ी संख्या में दलाल पाए जाते थे। वे पैसे लेकर चोरी-छिपे बॉर्डर पार करा देते थे। भारत के पश्चिम बंगाल के बोनगा, गेदे, कृष्णनगर, दर्शना, असाम का रंगपुर तथा त्रिपुरा का अगरतल्ला आदि ऐसे स्थान थे जहाँ से आसानी से सीमा पार करके हिन्दुस्तान जाया जा सकता था। कहीं मात्र दो-तीन मील चलने पर ही उस पार पहुँचा जा सकता था तो कहीं रातभर चलना पड़ता।

अपना कारोबार अपने कर्मचारियों तथा भाइयों की देख-रेख में छोड़कर मैं कोलकाता के लिए निकल पड़ा। बोरिशाल से चाँदपुर होते हुए सिलेट पहुँचा। सिलेट में एक दलाल से बात की। उसी ने मुझे तथा मुझ जैसे कई और लोगों को रात-भर रास्ता दिखाते हुए जंगल के रास्ते से पैदल चलाकर सुबह अगरतल्ला तक पहुँचा दिया।

मेघे-मेघे, ताराय-ताराय

यह वही अगरतल्ला था, जहाँ मैं बम्बई जाने से पहले बाबा के साथ आया था। हमेशा के लिए वहाँ बस जाने के लिए। अगर उस समय हम यहीं बस जाते तो क्या मैं वह केष्टो घोष

बन पाता, जो आज हूँ ? सैकड़ों शरणार्थियों की भीड़ में खोकर कीड़े-मकोड़े की तरह जी रहा होता शायद ! बाबा ने यहाँ न बसने का फैसला लेकर कितना सही काम किया था। पहली बार बाबा की व्यावहारिक बुद्धि पर मुझे फ़ख्र हुआ।

अगरतल्लावाले मामा के घर एक दिन ठहरकर मैं हवाई जहाज से कोलकाता पहुँचा। दमदम हवाई अड्डे से बेलेघाटा बहुत अधिक दूर नहीं था। मैं हवाई अड्डे के बाहर खड़ी एक टैक्सी में जा बैठा।

मेरी मंज़िल जितनी करीब आती जा रही थी, मेरे दिल की धड़कनें उतनी ही तेज़ होती जा रही थीं। बेलेघाटा के आलोछाया सिनेमा हॉल के पास पहुँचते-पहुँचते मैं अत्यन्त बेचैन हो उठा। वहीं टैक्सी रोककर एक मिठाई की दुकान से एक हाँड़ी रसगुल्ले और एक पातिल मीठा दही खरीदकर लोगों से पता पूछते हुए एक सँकरी गली के मुहाने पर जा पहुँचा। पते के अनुसार उसी गली में माशीमाँ और शॉप्ना के मामा का 'बाशा' था। उस दमघोंटू गली के दोनों ओर टाली, टीन और सीमेंट से ढलाई किए हुए कच्चे-पक्के मकान बने हुए थे। अधिकतर मकानों की हालत जर्जर थी—प्लास्टर उखड़े हुए, रंग उड़े हुए। गली में जहाँ-तहाँ कूड़े-कर्कट का ढेर लगा हुआ था। सही निकासी की व्यवस्था न होने के कारण गली के दोनों ओर गन्दगी से बजबजाई हुई नालियाँ थीं जिनमें अजस्र मक्खियाँ भिनभिना रही थीं। उन्हीं नालियों के ऊपर छोटे-छोटे सीमेंट के स्लैब डालकर लोग अपने-अपने घरों में आते-जाते थे।

गली में प्रवेश करते ही खिड़की-दरवाज़े, छतों एवं बरामदों से झाँकते कौतूहल भरे कई अपरिचित चेहरे नज़र आए। शाम होने-होने को थी। सूरज अभी तक पूरा नहीं डूबा था। मेरी आँखें तेज़ी से चारों ओर एक खास चेहरे को तलाशने लगीं। शायद यहीं कहीं सोनी की प्रतिच्छवि शॉप्ना का चेहरा दिख जाए।

पते के अनुसार गली का चौथा घर मेरी माशीमाँ का था। मैंने जाकर दरवाज़ा खटखटाया। दरवाज़ा जिस शख़्स ने खोला उसे कुछ देर तक तो मैं देखता ही रह गया। वह भी मुझे पहचानने की कोशिश कर रहा था। फिर एक-दूसरे के बदले हुए चेहरों को पहचानते हुए हम दोनों एक साथ कह उठे, "आरे सुनील ना !" "आरे केष्टो दा जे !"

बचपन में ही दंगे में सब कुछ गँवा चुका सुनील अब पूरा जवान हो चुका था। गोरा चिट्टा तो वह था ही, कद-काठी भी अच्छी निकल आई थी। समय मनुष्य को कितना बदल देता है। कहाँ तो दंगे के बाद का वह डरा-सहमा दुबला-पतला-सा लड़का और कहाँ आत्मविश्वास से भरपूर चेहरे का स्वामी यह सुदर्शन पुरुष ! क्या इन दोनों में कोई मेल हो सकता है ?

सुनील ने झट से झुककर मेरे पाँव छुए और वहीं दरवाज़े से चिल्लाकर कहा, "बॉड़ो माँ, देखो कौन आए हैं।" मेरे एक हाथ में सूटकेस था और दूसरे में मैंने सुतली से बँधी मिठाई की हाँड़ी और दही की पातिल को फँसा रखा था। जल्दी से उन्हें सुनील के हवाले करते हुए कहा, "पहले इन्हें रखो।" "ये सब लाने की क्या ज़रूरत थी दादा।" सुनील थोड़ा-सा हँसकर शरमाते हुए बोला। तब तक अन्दर से उसकी बड़ीमाँ यानी मेरी उषा माशीमाँ की कँपी-कँपी-सी, बदली-बदली-सी आवाज़ सुनाई दी, "कौन आया है ? अन्दर ले आ न !" सुनील मुझे अन्दर के कमरे में ले गया। एक चौकी पर सफेद साड़ी में लिपटी सिमटी-सिकुड़ी-सी जो औरत बैठी थी, वह मेरी उषा माशीमाँ ही थी, इस सत्य को स्वीकारने में मुझे काफी कष्ट

पातिल = मिट्टी का छिछला कटोरानुमा पात्र।

हुआ। अपनी रूपसी मौसी के भग्वानशेष को देख मैं स्तब्ध रह गया। क्या समय और परिस्थितियाँ मनुष्य को इस हद तक बदल सकती हैं ? विगत वर्षों में माँ ने कितनी बार कहा था, "जाओ न केष्टो, एक बार कोलकाता जाकर उषा को देख आओ।" लेकिन मैंने उनकी बात नहीं मानी। आज उषा माशीमाँ को देखकर अपने किए पर पश्चात्ताप होने लगा। उषा माशीमाँ मेरी ओर पथराई दृष्टि से देखती हुई फिर बोलीं, "कौन ? कौन आया है रे ?"

"मैं केष्टो। मुझे पहचाना नहीं आपने ?" सुनील के बदले मैं ही बोल उठा।

"ओह केष्टो ! तुम आए हो ? आओ बेटा आओ। मेरे पास आओ। इतने दिनों के बाद अपनी माशीमाँ की याद आई है तुम्हें ? आओ !" कहकर माशीमाँ ने सूखी लकड़ी-सी अपनी दोनों भुजाओं को मेरे आतिथ्य के लिए फैला दिया। उनके करीब जाकर मैंने जैसे ही उनके पाँव छुए, "सुखी रहो बेटा" कहकर उन्होंने मुझे अपनी बाँहों में समेट लिया। फिर अपने हाथों से मुझे अच्छी तरह टटोलने के बाद बोलीं, "कितना बड़ा हो गया है रे !" माशीमाँ को इस तरह से मुझे टटोलते देख सुनील ने बात स्पष्ट की, "पता है केष्टो दा ! बॉड़ो माँ आजकल आँखों से देख नहीं पातीं। दंगे में मारे गए अपने प्रियजनों के लिए रोते-रोते अन्धी हो गई हैं।"

"जानता हूँ। मामा ने बताया था।" मैं दीर्घश्वास छोड़ता हुआ बोला।

"बॉड़ो माँ अभी तक नहीं भूल पाई हैं उस हादसे को। आप जरा समझाइए न इन्हें कि आखिर कब तक ये यूँ ही रोती रहेंगी ?" सुनील के कंठ से उषा माशीमाँ के प्रति उसके गहरे लगाव का भाव साफ झलक रहा था।

"तुम्हारी माँ कैसी है ? बाबा-भाई-बहन लोग सब ठीक तो हैं न ?" कहकर माशीमाँ ने बात बदलनी चाही।

"सब ठीक हैं। और बिपुल, दिलीप ? वे लोग कैसे हैं ? कहाँ हैं ?" मैंने भी सबका हाल-चाल पूछना आरम्भ किया। "आप लोग गल्प कीजिए, मैं अभी आता हूँ।" कहकर सुनील अन्दर चला गया।

बातचीत के क्रम में उषा माशीमाँ ने बताया कि उनके बड़े बेटे दिलीप ने जोड़-तोड़ लगाकर अपने छोटे भाई ओतुल की नौकरी स्टेट बस के कैशियर के पद पर लगवा दी है। वह रात को काफी देर से घर लौटता है। विभाजन के बाद पाकिस्तान से आए शरणार्थियों के लिए पश्चिम बंगाल के तत्कालीन मुख्यमन्त्री विधानचन्द्र राय ने स्टेट बस परियोजना तथा हरिणघाटा दुग्ध-परियोजना आरम्भ की थी। उसी के तहत अनेक शरणार्थियों को नौकरी मिली थी।

दिलीप के बारे में पूछने पर माशीमाँ ने बताया, "दिलीप का बिहार में ट्रांसफर हो गया है। उसे बिलकुल छुट्टी नहीं मिलती। शुरू में वह बहूमाँ को यहीं रख गया था, हमारी देखभाल के लिए। लेकिन वह बेचारी कितने दिनों तक अपने पति से दूर रहती ? दिलीप को भी तो खाने-पीने की असुविधा होती थी। मैंने ही बहू को दिलीप के पास भेज दिया। हर वक़्त मायूस होकर पड़ी रहती थी यहाँ।" माशीमाँ ने बहू की तरफ़दारी करते हुए कहा, "उस बेचारी ने तो मुझे भी साथ ले जाना चाहा था। लेकिन मैं ओतुल, सुनील, बिपुल को छोड़कर कैसे जा सकती थी ? मेरे सिवा उन लोगों का और है ही कौन, बोलो ?"

"लेकिन माशीमाँ, आप अपनी आँखों से देख नहीं सकती। आपको भी तो सेवा की

बॉड़ो माँ = बड़ी माँ। सेजो मामा = सँझले मामा। गल्प = बातचीत।

ज़रूरत है। यहाँ आपकी देखभाल कौन करता है ?" मैंने जानना चाहा था।

"क्यों ? सुनील, बिपुल और ओतुल को तुमने कम समझा है क्या ? घर के सारे काम-काज तो यही तीनों करते हैं। मातृ-पितृहारा सुनील-बिपुल तो अपनी बॉड़ो माँ पर जान छिड़कते हैं। माँ कहो या बाप—उनके लिए तो मैं ही सब कुछ हूँ। इतने अच्छे हैं दोनों बच्चे कि मैं क्या कहूँ ! ट्यूशन पढ़ा-पढ़ाकर अपना सारा खर्च चला रहे हैं। स्कूल-कॉलेज में इतना अच्छा रिजल्ट करते हैं कि छात्रवृत्ति मिलती है। फीस भी नहीं लगती। कितना कष्ट उठा रहे हैं ये बच्चे। देखना भगवान एक दिन इनको बहुत सुख देंगे।"

"लेकिन माशीमाँ, जब ये बच्चे बाहर जाते हैं तब आपकी देखभाल कौन करता है ?" मुझे सचमुच माशीमाँ की चिन्ता हो रही थी। "क्यों ? इस बाशा में इतने लोग हैं। पुकारने पर कोई-न-कोई आ ही जाता है। वैसे मैं टटोल-टटोलकर अन्दाज से थोड़ा-बहुत काम तो कर ही लेती हूँ। लेकिन हाँ, जबसे ऊपर के तल्ले के अजीत बाबू के घर में बोरिशाल से उनकी दो भाँजियाँ शॉप्ना-रॉत्ना आई हैं न, तबसे मुझे किसी और को बुलाना ही नहीं पड़ता। समय-असमय आकर वे मेरा हाल-चाल पूछती रहती हैं। ज़रूरत पड़ने पर छोटा-मोटा काम भी कर देती हैं। बहुत अच्छी हैं वे दोनों।"

माशीमाँ के मुँह से शॉप्ना का नाम सुनकर मेरे दिमाग की घंटी बज उठी। वैसे भी माशीमाँ से बात करते समय मेरा मन शॉप्ना के बारे में जानने के लिए छटपटा रहा था। जब माशीमाँ ने स्वयं ही उस तार को छेड़ दिया तो मैंने बिना मौका गँवाए पूछा, "कौन शॉप्ना-रॉत्ना ?" "शुरेन्द्रो घोष की बेटियाँ। उनको नहीं जानता ? बोरिशाल में जिनका एक बड़ा होटल है न, वही शुरेन्द्रो घोष ! मैं तो देख नहीं सकती। मगर लोग कहते हैं वे दोनों अपूर्व सुन्दरी हैं। गुण भी क्या कम है ? जैसी हाथ की सिलाई वैसे ही बुनाई, वैसा ही घर के काम-काज में मन है उनका। सभी उनकी प्रशंसा करते हैं।"

माशीमाँ के मुँह से शॉप्ना की प्रशंसा सुनकर मुझे अच्छा लगा। लेकिन दूसरे के लिए शॉप्ना चाहे कितनी भी अच्छी क्यों न हो, मुझे तो वह नापसन्द करती है न ! वह माशीमाँ के यहाँ आती-जाती है तो मुझसे उसका सामना होगा ही। मुझे आया देख यदि कहीं वह बिदक गई और सबके सामने उसने मेरा अपमान ही कर डाला तो ? उस नकचढ़ी लड़की का क्या भरोसा ? खैर ! करेगी तो करेगी। देखा जाएगा। अब जब इतनी दूर से मैं यहाँ आ ही गया हूँ तो आगे की परिस्थिति का सामना करने के लिए भी तैयार रहना पड़ेगा।" मैंने मन-ही-मन मोर्चा कस लिया।

कुछ देर बाद बिपुल स्कूल से लौट आया। दंगे के बाद जब वे लोग हमारे घर पर कुछ दिनों तक ठहरे थे, तब वह कितना छोटा था। डरा-सहमा हुआ, निर्जीव-सा एक निरीह बालक ! हर वक़्त घर के एक कोने में सिमटा बैठा रहता था। न हँसता था, न बोलता था। और आज वह कितना प्राणवन्त दिख रहा है। शायद समय ने उसके घाव भर दिए थे।

मुझे देख वह काफी खुश हो गया। मेरा हाथ पकड़कर मुझे बैठक खाने में ले जाकर बैठाया फिर इत्मीनान से बोला, "केष्टो दा, आपने बॉडी बिल्डिंग कॉम्पिटीशन जीता है न ? आप मुझे बॉडी बिल्डिंग के कुछ पोज़ सिखा दीजिएगा ?"

"तुम्हें किसने बताया कि मैंने बॉडी बिल्डिंग कॉम्पिटीशन जीता है ?" मैंने जानना चाहा।

"क्यों ? मामा ने बताया था। जब वे बोरिशाल से आए थे, तब। और पता है, मैंने

बाशा = घर।

आपका अखबारवाला फोटो भी देखा है।" बिपुल उच्छ्वसित था।

"फोटो देखा है ?" मैं विस्मित हो उठा, "वह कैसे ? क्या तुम्हारे मामा पाकिस्तान से वह अखबार साथ ले आए थे ?" "नहीं। वो ऊपर में शॉप्ना दीदी हैं न ! एक दिन वह बैठकर कुछ पढ़ रही थीं। मैं भी उनके पास बैठा था और उनकी कविता की किताबों को उलट-पुलट रहा था। उसी समय अचानक उनकी एक किताब में से कई पेपर कटिंग नीचे आ गिरे। उन्हें उठाते समय मैंने देखा कि उनमें से एक पेपर कटिंग में आपका नाम और आपकी तस्वीर थी। गवर्नर से टाइटल बेल्ट पहनते हुए। मैं तुरन्त पहचान गया।" बिपुल झोंक में बोले जा रहा था।

शॉप्ना की कविता की किताब की तह में मेरी तस्वीर थी, सुनकर मेरे दिल ने खुशी से एक लम्बी छलाँग मारी। इतनी लम्बी कि सीधे ऊपर के तल्ले में जाकर शॉप्ना के कदमों में जा गिरी। मगर तुरन्त ही मैंने अपने दिल को काबू में कर लिया और बिपुल से पूछा, "उसकी कविता की किताब में मेरी तस्वीर क्यों ? तुमने पूछा नहीं ?" "पूछा था।" बिपुल ने अपनी भौंहों को नचाते हुए कहा, "तो शॉप्ना दी बोलीं, 'मुझे पेपर कटिंग रखने का शौक है। जब कभी मुझे अपने जान-पहचान के लोगों की तस्वीर पेपर में दिख जाती है, मैं ऐसे ही काटकर रख लेती हूँ। इस तस्वीर को भी उसी तरह कभी रख लिया होगा।'"

"अच्छा, तो ऐसा कहा उसने ?" मैंने ठंडी आवाज़ में कहा।

"हाँ। मगर जब मैंने कहा कि ये मेरे दादा हैं। आपके पास तो ऐसे कितने लोगों की तस्वीरें होंगी। आप इसे मुझे दे दीजिए, तो उन्होंने नहीं दिया। कहा, 'जहाँ की चीज़ है वहीं रखी रहनी चाहिए। तुम्हें फिर कभी इस तस्वीर को देखने का मन करे तो यहीं आकर इसे देख जाना।' अच्छा हुआ जो आप यहाँ आए हैं। आज जब शॉप्ना दीदी आपको यहाँ देखेंगी न तो विश्वास ही नहीं कर पाएँगी।' "

बिपुल की बातें सुनकर मुझे कहीं दूर एक टिमटिमाता हुआ तारा नज़र आया। अस्पष्ट-सी कोयल की कूक सुनाई दी। तो क्या शॉप्ना के मन के किसी अँधेरे कोने में मेरे लिए कोई खाना सुरक्षित है ?

"क्या शॉप्ना रोज आती है यहाँ ?" मैंने बिपुल से प्रश्न किया।

"हाँ। आती तो हैं। अभी थोड़ी देर बाद ही तो आएगी। आज शाम को हम सब मिलकर लेक में घूमने जाएँगे। पास में बेलेघाटा लेक है न, वहीं। लेक की बगल में काफी पेड़-पौधे हैं। बड़ा मजा आता है वहाँ। अच्छा ही हुआ आप इस वक़्त आए हैं। आपको भी साथ ले चलेंगें। वहाँ मेरे कई दोस्त खेल रहे होंगे। उन लोगों को मैं आपसे मिलवाऊँगा। वे आपको बहुत अच्छी तरह जानते हैं। मैं अक्सर आपके बारे में उन्हें बताता रहता हूँ।" बिपुल अनर्गल बकबक-बकबक किए जा रहा था। उसकी बातों से पता चल रहा था कि मेरे यहाँ आने से वह कितना उल्लसित है। उसका भोलापन देख उसके प्रति मेरे मन में करुणा मिश्रित प्यार उमड़ आया। यह बात मेरे मन को कचोटने लगी कि इतने वर्षों में एक बार भी मैं यहाँ झाँकने नहीं आया। न ही इन असहायों की कोई मदद की। मुझसे तो लाख गुणा अच्छे माशीमाँ के बेटे दिलीप दा हैं। जिन्होंने अपनी सामान्य नौकरी के बलबूते पर अपने माँ-भाई के साथ-साथ चाचा के इन दोनों अनाथ बच्चों को सहारा दिया। मेरे दादू जब तक ज़िन्दा थे, गाँव से कुछ पैसे भेजा करते थे। परन्तु उनकी मृत्यु के बाद तो मामा लोग भी कोलकाता आ गए और गाँव की सारी जायदाद वहाँ के मुसलमानों ने हड़प ली। अन्तिम दिनों में दादू

की पाठशाला में नाम-मात्र के ही छात्र बचे थे। गाँव में हिन्दू परिवार बचे ही कितने थे जो उनके बच्चे पढ़ने आते। हाँ, मदरसों में छात्रों की संख्या ज़रूर बढ़ती जा रही थी क्योंकि हिन्दुओं के ख़ाली मकानों और जमीन-जायदादों में भारत से आए मुसलमानों को बसाया जा रहा था। एक पर एक आघात को सहते-सहते मेरे दादू इतने टूट चुके थे कि दंगे के कुछ ही महीनों बाद उनकी मृत्यु हो गई थी।

"अच्छा बिपुल, क्या तुम लोग रोज लेक जाते हो ?" मैं अपने ख़यालों के जाल से निकलते हुए पूछा।

"नहीं, नहीं। रोज कैसे जाऊँगा ? मैं और सुनील दादा तो ट्यूशन पढ़ाते हैं न ! जिस दिन ट्यूशन नहीं रहता, उस दिन जाते हैं।"

"तू क्या ट्यूशन पढ़ाएगा रे ? तू तो खुद ही छोटा है।" मैंने आश्चर्य से कहा।

"क्यों ? अपने से नीचे की कक्षाओं के बच्चों को पढ़ाता हूँ। जानते हैं, मेरे छात्र परीक्षा में कितना अच्छा फल लाते हैं ? मैं जिस गणित को सिखाता हूँ न उसे कोई ज़िन्दगी भर नहीं भूल सकता।" बिपुल की बातों से टपकता आत्मविश्वास मुझे उसकी बातों की सच्चाई का यकीन दिला रहा था। मैंने बात बदलते हुए कहा, "तो तुम लोग जब भी लेक जाते हो, शॉप्ना-रॉत्ना को अपने साथ लेकर जाते हो ?" "हम क्या उन्हें साथ ले जाएँगे ? वही लोग हमें ले जाती हैं। वे लोग रोज जाती हैं न ! शॉप्ना दी की मामीमाँ, उनकी दो-तीन सहेलियाँ, किसी-किसी सहेली की माँ या भाई-बहनें—पूरी पलटन जाती है उनके साथ।" मेरा अधीर मन बिपुल से शॉप्ना की गतिविधियों के नाड़ी-नक्षत्र का पता लगा लेना चाहता था।

शॉप्ना अभी इसी मकान के ऊपरवाले हिस्से में है, इस अहसास से ही मेरा मन उड़-उड़कर बार-बार कमरे की छत को भेदते हुए ऊपर पहुँचा जा रहा था। इस वक़्त क्या कर रही होगी मेरी शॉप्ना ? ठीक मेरे ऊपर रखे किसी पलंग पर अधलेटी-सी होकर कोई कविता की पुस्तक पढ़ रही होगी शायद ! या फिर राजहंस की चाल से चलकर इधर-उधर आ-जा रही होगी...घर का कोई काम भी कर सकती है या बाहर जाने के लिए कपड़े ही बदल रही होगी...कब आएगी वह नीचे ? मैं बेचैन होने लगा।

सुनील तब तक एक चीनी मिट्टी के प्लेट में निमकी, चनाचूर और चार रसगुल्ले लेकर कमरे में फिर से दाखिल हो चुका था। प्लेट को मेरे हाथ में थमाते हुए उसने कहा, "ये लीजिए केष्टो दा ! पहले इसे खा लीजिए। फिर भात परोस दूँगा।"

मैं बोला, "नहीं सुनील। अभी मैं कुछ नहीं खाऊँगा। मैंने हवाई जहाज में भरपेट भोजन किया है।"

मेरी बातें सुनकर माशीमाँ अन्दर से बोलीं, "थोड़ा-सा खा लो बेटा। मुझ गरीब के घर में थोड़ा-सा खा लेगा तो मुझे अच्छा लगेगा।"

"थोड़ा-सा क्यों ? मैं आपके यहाँ पूरा खाना खाऊँगा। मैं अभी थोड़े ही न जानेवाला हूँ। कई दिन रहकर ही जाऊँगा।" मेरी बातों से माशीमाँ खुश हो गईं और बिपुल को अन्दर जाकर कुछ खा लेने को कहा। बिपुल किताबों का बस्ता उठाए अन्दर चला गया।

इसी बीच अन्दर आँगन की ओर से एक साथ कई लोगों की बातें करने की आवाज़ें सुनाई पड़ीं। उन आवाज़ों में शॉप्ना की आवाज़ भी शामिल थी। मुझे पहचानते देर न लगी। मेरा दिल फिर से बेकाबू होने लगा। अचानक देखा, बिपुल शॉप्ना का एक हाथ पकड़कर उसे खींचते हुए कमरे में ला रहा है। कमरा एकाएक बासन्ती हवा के झोंकों से भर उठा।

मुझे लगा, बिपुल का हाथ पकड़कर चूम लूँ। बिपुल शॉप्ना से कह रहा था, "देखिए, कौन आए हैं हमारे यहाँ ! देखिए, देखिए ! पहचाना ?" शॉप्ना अपने चेहरे में दुनिया भर का विस्मय भरकर मुझे देखे जा रही थी। फिर थोड़ा सम्हलकर बोली, "इन्हें पहचानकर मैं क्या करूँगी ?"

"क्या करूँगी मतलब ! पैर छूकर प्रणाम कीजिए ! अपने से बड़े अतिथियों को प्रणाम किया जाता है, यह भी भूल गईं क्या ? और फिर हमारे केष्टो दा तो इतने सम्मानित व्यक्ति भी हैं—क्या आप जानती नहीं ?" मजाकिया लहजे में ही सही, लेकिन बिपुल के मुँह से इस तरह की बातें सुनकर शॉप्ना झेंप-सी गई और आकर मेरे पैरों पर झुक गई।

उसके स्पर्श से मैं सिहर उठा और अपने पैरों को समेटते हुए बोला, "ऐ ! ऐ ! क्या हो रहा है ? ठीक है, ठीक है। मुझे प्रणाम करने की कोई ज़रूरत नहीं।" जबकि तब तक वह प्रणाम करने की क्रिया सम्पन्न करके सीधी खड़ी हो चुकी थी। पीले रंगवाली ताँत की साड़ी की आभा से उसका चेहरा दमक रहा था। उसने अपनी बड़ी-बड़ी पलकों को उठाते हुए पूछा, "आप यहाँ ?" "बस चला आया। यूँ समझो कि 'तुमि चॉलो मेघे-मेघे, तो आमि चोली ताराय-ताराय' (तुम बादलों में चलती हो तो मैं तारों में) अब मेरी छोड़ो। अपनी बताओ ! तुम यहाँ कैसे ?" मैं अनजान बनते हुए पूछ बैठा।

"आप नहीं जानते क्या ? हम लोग तो कितने दिन पहले ही बोरिशाल से यहाँ आ गए हैं।" शॉप्ना ने अपनी उँगलियों में साड़ी के छोर को लपेटते हुए कहा।

पहली बार शॉप्ना मुझसे सीधे मुँह बात कर रही थी। इसलिए मैंने भी हिम्मत करके पूछ ही लिया, "बोरिशाल छोड़कर यहाँ मन लग रहा है ?"

"अयूब खान ने वहाँ की जो हालत बना दी है, वहाँ रहती कैसे ?" उसने सफाई दी।

"घर की, माँ-बाप, भाई-बहनों और सहेलियों की याद नहीं आती ?"

"क्यों नहीं आएगी ? लेकिन यहाँ भी अच्छा ही लगने लगा है।"

शॉप्ना को अपने साथ इतना खुलकर बात करते देख मुझे बड़ा अच्छा लगा। मैंने उससे घनिष्ठता बढ़ाने की कोशिश करते हुए कहा, "काफी बड़ी हो गई हो। देख रहा हूँ तुम्हारे बाल भी घुटनों तक लम्बे हो गए हैं। इससे ज़्यादा बढ़ने मत देना। काट डालना। वरना माँ काली नाराज़ हो जाएँगी। कहेंगी, मुझसे भी ज़्यादा लम्बे बाल ?"

मेरी बातें सुनकर उसके होंठ हल्के-से तिरछे हो गए। वह बस मुस्कुराकर रह गई। मैं घायल होने ही वाला था कि इतने में वहाँ कई और महिलाएँ आ पहुँचीं। शॉप्ना की दीदी रॉत्ना भी उनके साथ थी। उन लोगों ने मुझे घेर लिया। बोरिशाल से सम्बन्धित उनके प्रश्नों का उत्तर देते-देते काफी वक़्त गुज़र गया। बिपुल को 'लेक' जाने की जल्दी थी। वह बार-बार हम सबसे वहाँ चलने का अनुरोध करता रहा मगर उस दिन वहीं गप-शप करते-करते इतनी देर हो गई कि फिर घर से निकलना ही नहीं हो सका। उपस्थित श्रोताओं की माँग पर मैं चटखारे ले लेकर अयूबशाही शासन की ज्यादतियों के किस्से सुनाता रहा। शॉप्ना की मामीमाँ बहुत ही हँसमुख और मिलनसार थीं। वे जल्द ही मुझसे घुल-मिल गईं। अड्डे के बीच से उठकर वे अचानक ऊपर चली गईं और एक बड़े-से बर्तन में मूड़ी सानकर ले आईं। कच्चा नारियल, प्याज, मूँगफली, चनाचूर, उबले हुए आलू, हरी मिर्च और सरसों तेल डाली हुई मूड़ी अत्यन्त स्वादिष्ट लग रही थी। हम सभी लोग एक ही बर्तन में रखी मूड़ी खाते-खाते देर तक गप्प करते रहे।

रात को माशीमाँ का बेटा ओतुल घर लौट आया। सुनील, बिपुल और शॉप्ना ने मिलकर खाना पकाया था। रात का खाना खाकर हम छत पर चले गए।

मकान के पीछे लगे नारियल और सुपारी के पेड़ों के पत्ते छत के ऊपर तक फैले हुए थे। आकाश में पूरा चाँद निकला हुआ था। शॉप्ना ने हवा में हिलते नारियल के पत्तों के ठीक नीचे ही हमारे बैठने के लिंए चटाई बिछा दी थी। हम लोग वहीं बैठकर बातें करने लगे। शॉप्ना रेलिंग के पास जाकर खड़ी हो गई। उस बाशा के कई लोग आकर हमारे बीच शामिल हो गए थे।

बातें करते-करते मैं चटाई पर पसर गया था। अधलेटा होकर जब ऊपर आकाश की ओर देखा तो पत्तों के बीच से एक टुकड़ा चाँद बड़ी ही शरारत से मुस्कुराया। मन में कहीं मीठी-सी गुदगुदी हुई। मैंने चाँद से नज़रें हटा लीं। ठीक मेरे सामने छत की रेलिंग के पास शॉप्ना का चन्द्रमुख था। अधखुली पलकों से मैंने ज्योत्स्ना में नहाई शॉप्ना को देखा। चन्द्रमा और चन्द्रमुखी शॉप्ना एक-दूसरे में एकाकार हो गए। छत के गमले की बेली अचानक महमहा उठी। मानो अभी-अभी चटखी हो। मैं एक तिलस्मी दुनिया में खो गया।

काफी रात तक गप-शप करने के बाद शॉप्ना और दूसरी औरतें नीचे चली गईं। मैं, सुनील और बिपुल छत पर ही सो गए। यहाँ आकर शॉप्ना काफी बदल गई थी। उसी के बारे में सोचते-सोचते मुझे नींद आ गई। रात मैंने सपना देखा, आकाश में चाँद की जग शॉप्ना का चेहरा टाँका हुआ है। उसके बालों की जगह नारियल के हरे-हरे पत्ते लटके हु हैं और मैं मन्त्रमुग्ध-सा उससे छिटकती ज्योत्स्ना का पान कर रहा हूँ। इतने में कोई आव मेरे कानों में कहता है, "ज्योत्स्ना चाहे तुझे कितना भी पागल क्यों न बना दे, यह चाँद क तेरे आँगन में उतर पाएगा क्या ?"

❐ ❐ ❐

अगले दिन सुबह जब सूरज की रोशनी से बदन तपने लगा तब जाकर मेरी नींद खुली। मैं पसीना-पसीना हो गया था। पल में रात की खुमारी उतर गई। मेरे आस-पास कोई नहीं था। सभी नीचे जा चुके थे। मैंने अपना बिस्तर समेटकर कन्धे पर डाल लिया और सीढ़ी घर की ओर बढ़ा। सीढ़ी-घर के ठीक बाहर निकले छज्जे के नीचे एक लकंड़ी के टूटे-से खाँचे में ढेर सारे कबूतर बकबकम्-बकबकम् कर रहे थे। खाँचे के ठीक नीचे की जमीन पर कबूतर की बीट का अम्बार लगा हुआ था। मैं उसकी बगल से होते हुए सीढ़ियों की ओर बढ़ा। नीचे नित्यकर्म में व्यस्त लोगों का हल्ला-गुल्ला सुनाई दे रहा था। बाल्टी, मग, बर्तन आदि रोजमर्रा की चीज़ों के टकराने, गिरने, पटकने की आवाज़ें आ रही थीं। तीसरे तल्ले तक आते-आते "काली ओम्, काली ओम्...ओम् शिवाय नमः" जैसे मन्त्रोच्चार भी सुनाई पड़ने लगे।

मैं दोतल्ले की सीढ़ियों में कदम रख चुका था। सीढ़ी के पासवाले कमरे में एक साथ चार-पाँच बच्चे चिल्ला-चिल्लाकर अपने-अपने पाठ याद कर रहे थे। सीढ़ी के सामने ही दोतल्ले के लम्बे बरामदे में खड़े होकर मैंने बरामदे के इस प्रान्त से उस प्रान्त तक नज़रें दौड़ाई। बरामदे की रेलिंग में अनेक कपड़ों के बीच शॉप्ना की वह साड़ी भी सूख रही थी, जिसे उसने कल रात पहन रखा था। मगर शॉप्ना कहीं नहीं दिखी। सुबह-सुबह उसका दर्शन हो जाता तो दिन अच्छा गुज़रता। मन मारकर मैंने एक तल्ले की ओर रुख किया। मेरे पीछे मुड़ते ही बरामदे के कोने में लोहे के तार से बने एक पिंजड़े में से एक काकातुआ पाखी

बोल उठा, "के रे ?" मैंने कहा, "आमि रे !" और हँसकर नीचे उतर गया।

सीढ़ियाँ जिस बरामदे में आकर खत्म हुई थीं उनके सामने एक बड़ा-सा आँगन था। बरामदे ने आँगन को तीनों ओर से घेर रखा था। बरामदे में खुलनेवाले कमरों में कई परिवार रहते थे। आँगन में एक छोटी-मोटी भीड़ जुटी हुई थी। इनमें से कई लोगों से कल मेरा परिचय हो चुका था। मुक्तेश दा कुएँ से पानी निकाल-निकालकर नहा रहे थे। शॉप्ना की मामीमाँ मछली काट रही थीं। एक औरत बरतन माँज रही थी। तीन तल्ले का अनिरुद्ध नल के नीचे बाल्टी लगाकर खड़ा था। एक तल्ले की पूर्णिमा दी कपड़ा फींच रही थीं। इतने सारे लोगों के बीच शॉप्ना कहीं नहीं नज़र आई। मैं बरामदे से होते हुए माशीमाँ के कमरे की ओर बढ़ने लगा। नहाते-नहाते मुक्तेश दा ने आवाज़ दी, "एइ जे केष्टो बाबू ! कैसी नींद आई ?"

ये सज्जन रात को हमारे अड्डे में शामिल थे। इस समय उनकी तेल लगी विशाल तोंद से पानी फिसल रहा था। मैंने कहा, "अच्छी। लेकिन इतनी तेज़ धूप है कि बिलकुल पसीना-पसीना हो गया हूँ।"

शॉप्ना की मामीमाँ मछली काटते-काटते बोलीं, "यहाँ आओ। तुम्हारे बदन में ठंडा जल डाल देती हूँ। तुरन्त ठंडे हो जाओगे।"

"छीः-छीः ! मछली के खून के सने हाथों से पानी डालिएगा तो दिन-भर मेरी देह से बदबू आती रहेगी। नहीं डालना मुझे ऐसा पानी।" हँसकर मैं आगे बढ़ गया।

कमरे में घुसते समय देखा, शॉप्ना धुआँ भरी, कालिख पुती रसोई में बैठकर पूड़ी बेल रही है और सुनील तल रहा है। मुझे देख सुनील हड़बड़ाकर उठ खड़ा हुआ और मेरे कन्धे से बिस्तर लेते हुए बोला, "अरे केष्टो दा ! आपने क्यों बिस्तर उठा लाने का कष्ट किया ? मैं ले आता न ! खैर, जल्दी से मुँह धो आइए। आपका नाश्ता तैयार है।"

शॉप्ना को अपने लिए पूड़ी बेलते देख मुझे बड़ा अच्छा लगा। मैंने प्यार से उसे देखा। उसके होंठ और नाक के बीच की दूरी पसीने की छोटी-छोटी बूँदों से पटी हुई थी। पिछली रात से प्यासे मेरे कंठ, सुबह की धूप में सूखे मेरे कंठ उन स्वेद बिन्दुओं को देख इतने प्यासे हो उठे कि इच्छा हुई कि होंठ लगाकर उन सारे जलकणों को एक ही साँस में पी जाऊँ और अपनी जन्म-जन्म की प्यास मिटा लूँ। लेकिन मन मारकर कहा, "एक गिलास पानी पिलाओगी शॉप्ना, बहुत प्यास लगी है।"

शॉप्ना ने पानी तो पिला दिया मगर प्यास नहीं मिटी। हल्के-हल्के थरथराते उन खूबसूरत पसीनों की बूँदों पर ही अपनी आँखों को केन्द्रित रखते हुए मैंने कहा, "लगता है तुम लोग बहुत सुबह-सुबह उठ गए हो। मुझे जगाया क्यों नहीं ? मेरी सुबह की कसरत तो गई। दिन-भर शरीर भारी-भारी लगेगा।"

मेरी आवाज़ सुनकर ओतुल और बिपुल बरामदे में चले आए थे। माशीमाँ भी लाठी टेकती हुई वहाँ आ पहुँचीं। उस दिन रविवार था। सबकी छुट्टी थी। कुछ देर बाद हम सबों ने मिलकर नाश्ता किया। शॉप्ना हमें नाश्ता कराकर ऊपर चली गई।

ओतुल को थैला लेकर बाज़ार जाते देखकर मैं भी उसके साथ हो लिया। ओतुल के मना करने के बावजूद मैंने ढेर सारी सब्जियाँ और एक बड़ी-सी हिलसा मछली खरीदी। ओतुल बोला, "केष्टो दा ! आप हमारे अतिथि हैं और आप ही अपने पैसे से चीज़ें खरीदें—यह कैसे हो सकता है ?"

मैंने कहा, "हो सकता है, तुम्हें बड़ी-बड़ी बातें करने की ज़रूरत नहीं।"

घर आकर मैंने ऐलान किया, "आज मछली मैं पकाऊँगा।" "ना-ना ! ता की हॉय।" सबने एक साथ प्रतिवाद किया। लेकिन मैंने किसी की नहीं सुनी। केले के पत्ते में लपेटकर स्वादिष्ट हिलसा मछली की पातुड़ी पकाया। पक जाने पर पहले अलग से निकालकर बिपुल के हाथों शॉप्ना और उसके घरवालों के लिए भिजवा दिया। मछली पाते ही शॉप्ना की मामीमाँ दौड़ी-दौड़ी आईं और बोलीं, "ये क्या बात हुई ? कहाँ हम तुम्हें पकाकर खिलाएँगे और कहाँ तुम हमें खिला रहे हो ? कल तुम्हें दोपहर का भोजन हमारे यहाँ करना पड़ेगा।"

"तथास्तु !" मैंने सहर्ष उनका निमन्त्रण स्वीकार कर लिया।

शाम को हम सभी घूमने गए। बेलेघाटा लेक ! बेलेघाटा की भीड़-भाड़, सँकरी गलियों तथा गन्दी नालियों के बीच भी इस तरह एक स्वर्ग का टुकड़ा हो सकता है, वहाँ पहुँचकर भी मुझे विश्वास नहीं हो रहा था। चन्द मिनटों में ही हम मानो एक अलग दुनिया में चले आए थे। एक ऐसी दुनिया में, जो उस दमघोंटू परिवेश में जीनेवाले लोगों के मन-मस्तिष्क में ताजगी भर दे।

मेरे साथ एक बड़ा-सा हुजूम था। बिपुल, सुनील, शॉप्ना, रॉत्ना, उसकी मामीमाँ और शॉप्ना की सहेली बेला। ओतुल घर पर अपनी माँ के पास ही रह गया था।

लेक के किनारे एक फुचकावाले को फुचका बेचते देख मैंने हुजूम से पूछा, "फुचका चलेगा ?"

बिपुल ने कहा, "चलेगा क्यों नहीं गुरु ? अलबत् चलेगा। यहाँ सब को फुचका पसन्द है। कोई ना नहीं करेगा।"

हमारा इशारा पाकर बिहारी फुचकावाले ने सबके हाथ में एक-एक दोना पकड़ा दिया। शॉप्ना फुचकावाले के सबसे करीब थी इसलिए पहला फुचका शॉप्ना को मिला। उसने जैसे ही मुँह में फुचका डाला, फुचका फच्च से टूट गया और उसके अन्दर का सारा इमली-पानी उसकी साड़ी पर आ गिरा। हम सभी हँस उठे। वह झेंप गई। बोली "हँसते क्यों हैं ? देखते नहीं कितने बड़े-बड़े फुचके हैं। मुँह में पूरा घुसेगा कैसे ?"

"मैं घुसाकर दिखा दूँ ?" कहकर सुनील ने बड़ा-सा मुँह खोलकर एक फुचका अपने मुँह में डाल लिया।

"अब सबका मुँह मगरमच्छ की तरह थोड़े ही होता है ?" शॉप्ना ने हाथ नचाकर कहा।

"मुँह छोटा या बड़ा होने की बात नहीं। फुचका खाने का अपना एक आर्ट होता है। सही अन्दाज में अगर मुँह में फुचका डाला जाए तो मजाल है कि एक भी फुचका टूटे या पानी बाहर आए।" सुनील ने विज्ञ व्यक्ति की तरह कहा और फुचकावाले के हाथ से एक तैयार फुचका लेकर शॉप्ना के मुँह के पास ले जाकर बोला, "लाओ, मैं तुम्हें खिलाकर दिखाता हूँ कि फुचका कैसे खाया जाता है। खोलो मुँह ! मुँह खोलो !"

"नहीं खोलूँगी।" शॉप्ना ने अपना मुँह दूसरी तरफ़ घुमा लिया। "मैं देखता हूँ, कैसे नहीं खोलोगी।" कहकर सुनील एक हाथ से शॉप्ना की गर्दन पकड़कर उसके चेहरे को अपने करीब लाया और दूसरे हाथ में पकड़े फुचके को उसके मुँह में डालने की कोशिश करने लगा। फुचके से इमली-पानी चू-चूकर शॉप्ना की साड़ी पर गिर रहा था। यह देख शॉप्ना ने बड़ा करके अपना मुँह खोल दिया और सुनील ने झट-से पूरा फुचका उसके मुँह में डाल दिया। शॉप्ना फुचका तो गटक गई लेकिन शायद इमली का तीता पानी उसकी श्वास-नली में चला गया।

ता की हॉय = ऐसा भी कहीं होता है ? फुचका = पानी-पूरी।

वह जोर-जोर से खाँसने लगी और उसकी आँख-नाक से पानी निकलने लगा। उसकी यह हालत देख सुनील अति-व्यस्त हो उठा और उसने अपनी हथेली से उसके तालु पर हल्की-हल्की चपत लगानी शुरू की। उन दोनों का तमाशा देख सभी हँसने लगे। मगर मैं ईर्ष्या से जल-भुन गया। तब से देख रहा था सुनील कोई न कोई बहाना बनाकर शॉप्ना का स्पर्श किए जा रहा है। हमारे साथ और भी तो इतने सारे लोग हैं। फिर सुनील शॉप्ना के पीछे ही क्यों पड़ा है ? सुनील की हरकतों ने मेरा सारा मजा किरकिरा कर दिया। मेरा जी उचट चुका था। फुचकेवाले को पैसे देकर मैं पास के एक पेड़ के नीचे जा बैठा। मेरे साथ के लोग भी वहाँ आए। सब आपस में हँसी-मजाक करने लगे। आस-पास लड़के खले रहे थे। बिपुल ने अपने कुछ दोस्तों को लाकर मुझसे मिलवाया और फिर उनके साथ खेल में मशगूल हो गया। कुछ दूर सरोवर के किनारे पेड़ के नीचे एक-दूसरे से सटकर बैठे कई जोड़े नज़र आए ! काश ! मैं और शॉप्ना यहाँ अकेले होते। जैसा कि सोनी के साथ बम्बई में हुआ करता था, तो मैं जी-भरकर उससे बातें करता। अपने प्रति उसकी भावनाओं को टटोलता। मगर यहाँ तो पूरी की पूरी पलटन है। और वह सुनील का बच्चा ! वह तो शॉप्ना की बगल में ही जा बैठा है। पता नहीं, बीच-बीच में सबसे आँखें बचाकर फुसफुसाते हुए उसे क्या कहता जा रहा है। शॉप्ना भी कैसी बड़ी-बड़ी आँखों से उसे देखते हुए रहस्यमय ढंग से मुस्कुराए जा रही है। उनकी आँखें, उनके हाव-भाव बता रहे हैं कि वे दोनों एक दूसरे के काफी करीब आ गए हैं। गुस्से से मेरा शरीर बरामदे की रेलिंग से लटकते शॉप्ना की साड़ी की तरह अन्दर ही अन्दर काँपने लगा। ऐसा मेरे साथ ही क्यों होता है ? जब भी मैं किसी के करीब जाना चाहता हूँ, कोई न कोई बीच में क्यों आ टपकता है ?

ईर्ष्या-द्वन्द्व के बीच करीब तीन-चार दिन बीत गए। इस बीच मैं लगातार शॉप्ना से बात करने के लिए एकान्त ढूँढ़ता रहा। मगर वह बड़ी चालाकी से मुझसे कटती रही। बोरिशाल में मैं दूसरों के हाथों अपना सारा कारोबार सौंप आया था। माशीमाँ के यहाँ भी ज़्यादा दिनों तक रहना ठीक नहीं था। शॉप्ना को छोड़कर जाने की जरा भी इच्छा नहीं हो रही थी लेकिन मजबूरन मुझे वापस लौटना पड़ा।

आते समय रॉत्ना ने अपने बाबा को देने के लिए मुझे एक चिट्ठी थमा दी। शॉप्ना की तरफ़ से किसी प्रकार का शुभ संकेत न पाकर मैं बड़ा मायूस हुआ।

बेसिक डेमोक्रेसी

जिस तरह से मैं सीमा पार करके हिन्दुस्तान आया था उसी तरह से वापस बोरिशाल पहुँचा। बोरिशाल में जाकर शॉप्ना के पिताजी से मिला। उन्हें उनकी बेटी की चिट्ठी दी। उन्होंने मुझसे अपनी बेटियों का हालचाल पूछा और काफी आत्मीयता से बातचीत की। बातचीत के क्रम में उन्होंने कहा, "मैं पश्चिम बंगाल में कहीं एक टुकड़ा जमीन खरीदना चाहता हूँ। सोचता हूँ वहीं एक छोटा-सा घर बना लूँ। तुम्हारी तो बहुत लोगों से जान-पहचान है, अगर कहीं किसी बिकनेवाली जमीन के बारे में पता चले तो बताना।"

"यहाँ का बसा-बसाया व्यवसाय छोड़कर चले जाइएगा ?" मैंने आश्चर्य से पूछा।

"अभी तुरन्त मैं तो नहीं जाऊँगा मगर वहाँ अपने परिवार के कुछ लोगों को भेज दूँगा।

वहीं रखकर बच्चों को पढ़ाऊँगा।' शॉप्ना-रॉत्ना को कब तक उनके मामा के घर रखूँ ? वैसे रॉत्ना की शादी करीब-करीब तय हो गई है। कोलकाता का ही लड़का है। लड़केवालों की शर्त है—शादी की रस्म कोलकाता में ही होनी चाहिए। शादी से पहले ही अगर किसी तरह से अपना घर बन जाता तो आसानी होती।"

रॉत्ना की शादी की बात सुन मुझे खुशी हुई। उसकी शादी हो जाए तो शॉप्ना की बारी आएगी। फिर मैं दुबारा इनसे शॉप्ना का हाथ माँगूगा। हो सकता है इस बार ये लोग राजी हो जाएँ। इस बात को ध्यान में रखकर मैंने शॉप्ना के बाबा के साथ घनिष्ठता बढ़ानी शुरू की। अक्सर अपने पढ़े-लिखे संभ्रांत दोस्तों के साथ उनके होटल में जाकर खाना खाता। वे पैसे नहीं लेना चाहते थे मगर मैं जबरदस्ती पैसे दे देता। किसी भी तरह से उन्हें खुश करके उनका स्नेहपात्र बनने का एक भी मौका हाथ से जाने नहीं देना चाहता था मैं। जल्द ही मैंने उन्हें पश्चिम बंगाल के बेलघोरिया में एक जमीन खरीदवा दी। वह एक ऐसा इलाका था जो कुछ समय पहले तक बिलकुल वीरान था। पूर्वी बंगाल से आए लोगों ने ही उस इलाके को आबाद किया था।

जमीन खरीदने के बाद शॉप्ना का बड़ा भाई पारथो वहीं चला गया और एक किराए के मकान में रहकर वहाँ अपना छोटा-सा घर बनवाने लगा। जमीन खरीदवाने के बहाने मैं एक बार फिर शॉप्ना से मिल आया था। सुनील अब भी काँटे की तरह मेरे गले में फँसा हुआ था। मैं अब दिल की गहराइयों से यही चाहने लगा था कि जल्द-से-जल्द शॉप्ना का घर बन जाए और वह सुनील से दूर हो जाए।

❐ ❐ ❐

बोरिशाल लौटकर मैं जबरदस्ती अपने काम-धन्धे में मन लगाने की कोशिश करने लगा। वहाँ का माहौल काफी बिगड़ चुका था। मार्शल-लॉ के खिलाफ लोगों का असन्तोष इतना बढ़ चुका था कि अयूब खान अपने सैन्यबल द्वारा भी इस जन-आन्दोलन को नियन्त्रित नहीं कर पा रहे थे। अन्ततः उन्होंने इस विद्रोह को दबाने के लिए, उत्तेजित जनता को शान्त करने के लिए चुनाव द्वारा देश में 'बुनियादी गणतन्त्र' (बेसिक डेमोक्रेसी) लाने का फैसला किया।

बेसिक डेमोक्रेसी का जो प्रारूप तैयार किया गया वह इस प्रकार था—प्रत्येक मुहल्ले से चुनाव के लिए उम्मीदवार खड़े होंगे। मुहल्लेवाले जिसे सबसे ज़्यादा वोट देंगे उसे चेयरमैन बनाया जाएगा। चेयरमैन को एस.डी.ओ. के समान क्षमता दी जाएगी। कचहरी की तरह उसका अपना कार्यालय होगा और वह न्यायाधीश की तरह मुहल्ले के किसी भी मामले का विचार करेगा। यानी मुहल्ले का सर्वेसर्वा वही होगा। हर मुहल्ले के चेयरमैन वोट देकर देश के राष्ट्रपति का चुनाव करेंगे।

इस प्रकार मार्शल-लॉ लागू होने के करीब दो-तीन साल बाद ही बेसिक डेमोक्रेसी के लिए चुनाव करवाया गया। हमारे मुहल्ले से मुस्लिम लीग का समर्थक अशरफ अली खड़ा हुआ। अशरफ अली एक ऐसा शख़्स था, जिससे मुहल्ले के सभी लोग डरते थे। इसलिए उसके खिलाफ चुनाव लड़ने के लिए मुहल्ले से कोई भी उम्मीदवार खड़ा नहीं हुआ।

कुछ सालों पहले तक यही अशरफ अली एक मामूली आदमी था। वह हमारी दुकान के सामने फुटपाथ पर बैठकर सब्जी बेचा करता था। उसे अपना नाम तक लिखना नहीं आता था। धीरे-धीरे वह असामाजिक कार्यों में लिप्त होता चला गया और गैर कानूनी ढंग से काफी

पैसा कमाने लगा। वह वैगन ब्रेकर भी था और स्मगलर भी। बोरिशाल के नदी-बन्दरगाह में आकर रुकनेवाले विदेशी जहाजों से वह चोरी का माल उतरवाकर बेचा करता था। इसमें जहाज के कर्मचारियों की मिलीभगत होती थी। अशरफ अली के अपने बहुत सारे कर्मचारी थे। रात के अँधेरे में वे छोटी-छोटी नावों में जहाज से माल निकालकर शहर के विभिन्न गोदामों में छिपाकर रख देते थे। फिर मौका देखकर काफी ऊँची कीमत में उन्हें बेचा जाता था। इस काम के अलावा भी अशरफ अली देश की विभिन्न ज़रूरी चीज़ों की कालाबाज़ारी करता था। कुछ ही दिनों में वह लाखों की सम्पत्ति का मालिक बन बैठा था और पैसे के बल पर उसने मुहल्ले के लोगों में भी काफी धाक जमा ली थी। बड़े-बड़े गुंडों-मवालियों के साथ उसका उठना-बैठना होता था इसलिए मुहल्ले से कोई उसके खिलाफ चुनाव में खड़ा होने की हिम्मत नहीं कर सका और वह निर्विरोध चेयरमैन बन बैठा। उसे न्यायाधीश का अधिकार प्राप्त हो गया।

अशरफ अली से मेरी बिलकुल नहीं पटती थी। उसका चेयरमैन बनना मुझे गवारा न था। एक अनपढ़-गँवार, गुंडा, असामाजिक तत्त्व हम पर शासन करे, यह मुझे सहन नहीं हो रहा था। मैं अन्दर-ही-अन्दर कुढ़कर रह गया।

मुहल्लों के चेयरमैनों ने वोट देकर पुनः अयूब खान को ही राष्ट्रपति बनाया। इस प्रकार अयूब खान की चाल सफल रही। राष्ट्रपति बनते ही वे अपने इच्छानुसार कानून बना-बनाकर देशवासियों के अधिकारों को सीमित करते रहे। 'बेसिक डेमोक्रेसी' प्रजातन्त्र के नाम पर एक स्वेच्छाचारी शासन-व्यवस्था बनकर रह गई।

क्या पैसा ही सबकुछ है ?

शॉप्ना का परिवार बेलघोरिया के नए मकान में चला गया था। रॉत्ना की शादी भी हो गई। उसकी शादी में मैंने अपनी तरफ़ से जितनी हो सकती थी, उतनी मदद की। यह सब कुछ मैं शॉप्ना को पाने के लिए कर रहा था। इस बार मैं शॉप्ना के बाबा के दिल को पूरी तरह से जीतकर तब शॉप्ना का हाथ माँगना चाहता था ताकि वे इनकार न कर सकें। हालाँकि सुनील से अब भी खतरा बना हुआ था। रॉत्ना की शादी में वह भी शामिल हुआ था। शॉप्ना के घरवालों के मन में उसने एक अच्छे, सुरुचिपूर्ण, पढ़ाकू तथा घरेलू लड़के की छवि बना रखी थी। अनाथ होते हुए भी उसे एक डॉक्टर का बेटा होने का गौरव प्राप्त था, जबकि इतना नाम और पैसा कमा लेने के बावजूद मैं एक घर से भागा हुआ, कम पढ़े-लिखे, अशिक्षित परिवार के लड़के की इमेज से अभी तक बाहर नहीं निकल पाया था। यही कारण था कि मुझ जैसा लड़का सहजलभ्य होते हुए भी उन्होंने कभी अपनी लड़कियों के लिए मेरे विषय में नहीं सोचा।

प्रेम के मामले में मैं भले ही बदकिस्मत रहा मगर व्यवसाय के मामले में मेरी किस्मत ने हमेशा मेरा साथ दिया। राशन दुकान, टीन कारखाना, आटा-चक्की, ताल मिस्री का कारखाना तो चल ही रहे थे, इनके अलावा भी मैं अनेक छिटपुट काम करने लगा था। मसलन जमींदारों की परित्यक्त कचहरी से सस्ते में मन-के-मन रद्दी काग़ज़ों को खरीदकर ऊँची कीमत पर बेचना या कोई नया या पुराना मकान, दुकान या गाड़ी खरीदकर अधिक कीमत

पर बेच डालना।

प्रोबाल ने मुझे वर्षों पहले बाइक चलाना सिखाया था। और तबसे मुझे बाइक चलाने का चस्का लग गया था। जब हाथ में बहुत पैसे आने लगे तो अपने इस शौक को पूरा करने के लिए नया या पुराना बाइक खरीदकर पहले मैं कुछ दिनों तक उसे मन भरकर चला लेता था। फिर बेचकर कोई दूसरा बाइक खरीद लेता। वे सभी बाइक विदेशी हुआ करते थे। अमरीका, इंग्लैंड, जर्मनी में बने हुए। हारले डेविडसन, नॉरटन, बी.एम.डब्ल्यू., रॉयल एनफिल्ड जैसे भारी-भरकर बाइक क्रमशः साढ़े-बारह एच.पी., पाँच एच.पी., छह एच.पी. और साढ़े तीन एच.पी. के हुआ करते थे। पहले के उन बाइकों के चलने से जमीन काँपने लगती थी। इनमें चेन के बदले शैफ्ट हुआ करते थे और इनके चक्के चार चक्केवाली गाड़ियों की तरह मोटे-मोटे हुआ करते थे। इन बाइकों की लम्बाई और इनके हैंडल की चौड़ाई भी बहुत अधिक हुआ करती थी। इन्हें काफी तेज़ दौड़ाया जा सकता था। ऐसा लगता था जैसे ये गाड़ियाँ मुझ जैसे बॉडी-बिल्डर के लिए ही बनी थीं।

मैं लाखों में खेल रहा था और ऐसे अनेक हिन्दुओं को रोजगार मुहैया करा रहा था जिनके पास कोई काम नहीं था। जो बाल-बच्चों सहित भूखों मरने की स्थिति में आ गए थे।

उन दिनों बैंक तो थे मगर उतने लोकप्रिय नहीं थे। हम लोगों को बैंक में पैसे रखना बड़े झंझट का काम लगता था। वैसे हमें बैंक पर पूरा भरोसा भी नहीं था। क्या पता, कब पूरे पैसे ही डूब जाएँ--यह सोचकर हम सारे पैसे या तो घर पर रखते थे, किसी व्यवसायी को सूद पर देते थे या फिर सम्पत्ति खरीद लिया करते थे।

मेरे कुछ अमीर व्यवसायी मित्र थे। हममें से जब जिसको व्यवसाय के लिए रुपयों की आवश्यकता पड़ती, एक दूसरे से सूद पर ले लिया करते थे। हबीबुल्लाह सत्तार खान मेरे सबसे अमीर दोस्तों में से एक थे। उनके पास करीब पैंतालिस लौंच, कार्गो (मालवाही जहाज) तथा दूसरे जहाज थे। वे भी कभी-कभी मुझसे रुपए लिया करते और आवश्यकता पड़ने पर मेरी मदद कर दिया करते थे।

मेरे दोनों भाई माणिक और ऑलोक बिलकुल नालायक थे। गलत संगत में पड़कर वे बहक गए थे। मैंने उनको सही रास्ते पर लाने की बहुत कोशिश की, अपनी दुकान तथा कारखानों की जिम्मेदारी उनके हाथों में सौंपकर उनमें काम-काज के प्रति रुझान पैदा करना चाहा, मगर मैं उनको जिस-जिस व्यवसाय की जिम्मेदारी देता, वह कुछ ही दिनों में डाँवाडोल होना शुरू हो जाता। वे दोनों सिर्फ़ इसी फिराक में रहते कि किस तरह अधिक-से-अधिक पैसे मारे जाएँ। मारे गए पैसों को मौज-मस्ती में उड़ा देने में उन्हें देर न लगती। कई बार धोखा खाने के बाद मैंने उन्हें हर तरह की जिम्मेदारी से मुक्त कर दिया और बाहरी कर्मचारियों की सहायता से ही अपना सारा कारोबार चलाने लगा। मगर हाँ, प्रत्येक महीने मैं अपने भाइयों को खर्चे के लिए कुछ रुपए ज़रूर दे दिया करता था।

एक दिन माँ को सुबह-सुबह कमरे में नोटों के कुछ कुतरे हुए टुकड़े पड़े मिले। उन्होंने आश्चर्य व्यक्त करते हुए पूछा, "ये तो नोटों के टुकड़े हैं, कहाँ से आए ? किसने इतनी बेदर्दी से इन्हें फाड़ा ?"

उनकी बातें सुन तुरन्त मेरे दिमाग की घंटी बज उठी। मैंने जाँच-पड़ताल शुरू की और पाया कि ऊपर अटारी में छिपाई गई एक मिट्टी की हाँड़ी में ढेर सारे नोट रखे हैं। अधिकांश

नोटों को चूहों ने कुतर डाला है। उन्हीं में से कुछ टुकड़े संयोग से नीचे कमरे के फर्श पर बिखर गए थे। मुझे समझते देर न लगी कि यह मेरे महान भाइयों की ही करतूत है। उन्होंने ज़रूर मेरी जेब से या बक्से से रुपए चुरा-चुरा कर वहाँ छिपाकर रखे होंगे।

उस दिन के बाद से मैं नोटों के मामले में काफी सावधान रहने लगा। रुपए मैं एक बड़ी-सी सन्दूकनुमा तिज़ोरी में कई तालों के अन्दर रखने लगा। चाबी हर वक़्त अपने पास ही रखा करता। धीरे-धीरे मेरी तिजोरी नोटों से भरने लगी।

मेरी छोटी बहन ऑनिच्छा बड़ी हो रही थी। वह बिलकुल मेरी माँ पर गई थी—दूध-आल्ता रंग, तीखे नैन-नक्श...गजब का लालित्य था उसमें। शॉप्ना के अलावा यदि मैं और किसी को उतना चाहता था, तो वह थी ऑनिच्छा। मैं उसकी छोटी-छोटी इच्छाओं को पूरी करता। बहुत अच्छे स्कूल में पढ़ा रहा था मैं उसे। मेरी दिली ख्वाहिश थी कि बड़ी होकर वह प्रोफेसर बने। क्योंकि बड़ा तेज़ दिमाग पाया था उसने। जब वह काफी छोटी थी, तब एक बार ऑलोक स्कूल से एक खेल सीखकर आया था और अपने भाई-बहनों को भी उसने वह खेल सिखा दिया था। उस खेल में वह जब-जब 'लाल' कहता, उसके भाई-बहनों को तुरन्त किसी लाल रंग की वस्तु को छूना पड़ता। अगर वे तुरन्त छू नहीं पाते तो चोर बन जाते। चोर की सजा होती दस बार कान पकड़कर उठक-बैठक करना। इसलिए उन दिनों मेरे भाई-बहन सिर्फ़ वही कपड़े पहनना चाहते थे जिनमें कहीं न कहीं लाल रंग की छाप होती। एक दिन ऑलोक जाँघिया पहनकर नहा रहा था। ऑनिच्छा ने जाकर उससे कहा, "लाल।" ऑलोक के बदन में या आस-पास कहीं लाल रंग की कोई वस्तु नहीं थी। ऑनिच्छा ने ऑलोक को छू दिया और वह चोर बन गया। उसे दस बार कान पकड़कर उठक-बैठक करनी पड़ी। अब ऑलोक भी इसी फिराक में रहने लगा कि कब ऑनिच्छा नहाएगी और वह उसे "लाल" कहकर फँसाएगा। जल्द ही उसे मौका मिल गया। एक दिन जब मेरे साथ सर्कस जाने के लिए ऑनिच्छा जल्दी-जल्दी नहा रही थी, ऑलोक ने उसे जाकर "लाल" कह दिया। चूँकि वह भी जाँघिए में थी, इसलिए उसका चोर बनना निश्चित था। मगर ऑनिच्छा ने बड़ी इत्मीनानी से अपनी नाभि के अन्दर से एक लाल गुलाब की पंखुडी निकालकर ऑलोक के हाथ में थमा दिया और आँखें बड़ी-बड़ी करके बोली, "मैं जानती थी तुम भी मुझे नहाते समय 'लाल' कहोगे।"

वह अक्सर मेरे बाइक में बैठकर घूमने जाने की जिद किया करती थी। जिस दिन मैं उसे नहीं ले जाता था, उस दिन चिढ़कर कहती थी, "ओ केष्टो, केष्टो ! जाओ मैं तुम्हें कभी दादा नहीं कहूँगी। नाम से ही बुलाऊँगी।" और जब मैं उसे आँख दिखाकर पीटने जाता तो वह डरकर कहती, "ठीक है, ठीक है। अभी तो मैं आपको दादा कह देती हूँ लेकिन याद रखिएगा जब मैं आपकी तरह बड़ी हो जाऊँगी न, तब आपको भी मुझे दीदी कहकर पुकारना पड़ेगा, हाँ।"

❒ ❒ ❒

शॉप्ना के बाबा, जो अपने पूरे परिवार को पश्चिम बंगाल भेजकर अकले ही बोरिशाल में रह रहे थे, अचानक गम्भीर रूप से बीमार पड़ गए। मैंने उन्हें बोरिशाल के अच्छे-अच्छे डॉक्टरों से दिखलाया मगर कोई उनकी बीमारी पकड़ नहीं पाए। तब मैं उन्हें कोलकाता ले गया। वहाँ जाकर पता चला कि उनके पेट में कैंसर है।

शॉप्ना के परिवार पर तो मानो गाज गिरी। ग्यारह भाई-बहनों का विशाल परिवार था

उनका। पाँच बहनों में सिर्फ़ दो बहनों की शादी हुई थी। बड़ा भाई पारथो अभी-अभी सरकारी नौकरी में घुसा था। बाकी सभी भाई-बहन पढ़ रहे थे। पिता के इलाज पर पानी की तरह पैसे खर्च हो रहे थे। दो बहनों की शादी में और बेलघोरिया का मकान बनवाने में पहले ही काफी खर्च हो चुका था। इधर मार्शल लॉ लगने के बाद से होटल की आय पहले से काफी कम हो गई थी। धीरे-धीरे परिवार की सारी जमा-पूँजी खत्म होने लगी।

मैं पैसों से उनकी मदद करना चाहता था मगर उस परिवार को यह मंजूर नहीं था। बोरिशाल का होटल कर्मचारियों के भरोसे चल रहा था। मजबूरन शॉप्ना के मँझले भाई तॉपोन को अपनी पढ़ाई छोड़कर उसे सँभालने के लिए आना पड़ा।

कुछ दिनों बाद शॉप्ना के बाबा की मौत हो गई और उनसे शॉप्ना का हाथ माँगने की मेरी तमन्ना अधूरी रह गई। उनके श्राद्ध में मैं कोलकाता गया। श्राद्ध के बाद वापस आते समय हिम्मत करके शॉप्ना को एकान्त में ले जाकर कहा, "मैं तुमसे एक ज़रूरी बात करना चाहता हूँ। मैं जानता हूँ कि इस वक़्त तुम बहुत दुखी हो। फिर भी।"

मेरी बातें सुनकर शॉप्ना ने अपनी बड़ी-बड़ी सूनी आँखों से मेरी आँखों में झाँका। मैं बोलता गया, "तुम तो जानती हो कि मैंने सिर्फ़ तुम्हारे लिए अब तक शादी नहीं की। तुम्हारी भी शादी की उम्र पार हो रही है। तुम्हारे घरवाले तुम्हारी शादी करवाने की स्थिति में भी नहीं हैं। सच पूछो तो तुम अपने छोटे-छोटे भाइयों पर एक बोझ हो। अगर तुम हाँ कह दो तो मैं तुम्हारे घरवालों से बात करता हूँ। अपने खर्चे पर तुम्हें ब्याह ले जाऊँगा। राजरानी बनाकर रखूँगा तुम्हें। मेरा यकीन करो शॉप्ना। जरा सोचकर देखो। इसी में सबकी भलाई है।" भावावेश में मैंने शॉप्ना का हाथ अपने हाथों में ले लिया था।

शॉप्ना ने झटके से मेरे हाथों को छुड़ाया और कहा, "क्या आप जानते नहीं कि मैं सुनील से प्यार करती हूँ ?"

"देखो शॉप्ना यह सब बचपने की बातें हैं। सुनील से तुम्हारी दोस्ती है, तुम उसे पसन्द करती हो यहाँ तक तो ठीक है लेकिन जहाँ तक शादी-ब्याह का मामला है, उसमें बहुत सारी बातों का ध्यान रखा जाता है। जरा सोचो ! वह एक अनाथ और बेकार लड़का है। अभी तक उसकी पढ़ाई भी पूरी नहीं हुई। बच्चों को पढ़ाकर अपनी पढ़ाई के खर्चे उठाता है। वह तुम्हारी जिम्मेदारी कैसे उठाएगा ?"

"उठाएगा। ज़रूर उठाएगा। मैं उसके लिए इन्तज़ार करूँगी। वह जब तक अपनी पढ़ाई पूरी करके अपने पैरों पर खड़ा नहीं हो जाता तब तक कुँआरी रहूँगी। पाकिस्तान से आई कितनी ही लड़कियों की तो आजकल शादी ही नहीं हो रही है या फिर काफी उम्र में हो रही है। पहले की तरह कम उम्र में आजकल शादी करता ही कौन है ?" शॉप्ना ने मेरे मुँह पर दो टूक जवाब दे दिया।

"यह सब इतना आसान नहीं है शॉप्ना। तुमसे छोटी और भी दो बहनें हैं। तुम्हारे कारण उनकी भी शादी नहीं होगी और फिर मुझमें क्या कमी है जो तुम हमेशा मुझे ठुकराती आई हो ? सुनील से पहले ही मैं तुम्हारे जीवन में आया हूँ। आज मैं जो लाखों रुपए कमा रहा हूँ, वह सब किसके लिए ? मैं तुम्हें रानी बनाकर रखूँगा शॉप्ना। बस तुम एक बार हाँ कह दो।" मैंने लगभग गिड़गिड़ाते हुए कहा।

"क्या दुनिया में पैसा ही सब कुछ है ?" शॉप्ना टस से मस नहीं हुई। मैं मायूस होकर बोरिशाल लौट आया।

प्रॉमिनेंट फ़िगर

'बेसिक डेमोक्रेसी' लागू होने के बाद भी जनता की समस्याएँ ज्यों-की-त्यों थीं इसलिए असन्तोष बढ़ता ही जा रहा था। देश की समस्याओं से जनता का ध्यान हटाने के लिए भारत विरोधी प्रचार किए जाने लगे। जवाहरलाल नेहरू के शान्ति तथा मैत्री प्रस्ताव का प्रत्याख्यान करते हुए पूर्वी पाकिस्तान से बचे-खुचे हिन्दुओं को भारत चले जाने के लिए बाध्य किया जाने लगा। पाकिस्तान में यह प्रचार किया जा रहा था कि भारत में मुसलमानों के साथ जो कुछ किया जा रहा है, यहाँ के हिन्दुओं के साथ पाकिस्तान भी वही कर रहा है।

इस बीच अन्दरूनी दबाव से बाध्य होकर राष्ट्रपति अयूब खान ने देश में फिर से चुनाव कराने का निर्णय लिया। वह 1965 ई. के जनवरी महीने का कोई मनहूस दिन था। इस निर्णय से एक बार फिर पाकिस्तान के विभिन्न राजनीतिक दल सक्रिय हो उठे। विभिन्न उम्मीदवारों ने उनसे प्रतिद्वन्द्विता करने के लिए कमर कस ली। अयूब खान के प्रमुख प्रतिद्वन्द्वी के रूप में खड़ी हुईं मिस फ़ातिमा जिन्ना। पाकिस्तान राष्ट्र के जनक एवं पाकिस्तान के पहले गवर्नर जनरल कायदे आज़म जिन्ना की बहन होने के नाते उनका विशेष महत्त्व था। सरकार विरोधी पाँच मुख्य राजनीतिक दलों के संयुक्त फ्रंट का उन्हें समर्थन हासिल था। उनका उद्देश्य था पाकिस्तान में अयूबशाही राज खत्म करके पूर्ण गणतन्त्र स्थापित करना। पाकिस्तान की विभिन्न जनसभाओं को सम्बोधित करके अयूबशाही जंगी शासन की तीव्र आलोचना करते हुए उन्होंने लोगों से अपील करनी शुरू कर दी, "यदि आप लोग पाकिस्तान में गणतन्त्र को पुनर्जीवित करना चाहते हैं तो संयुक्त फ्रंट के उम्मीदवारों को ही वोट देकर विजयी बनाएँ।"

अवामी लीग के नेता शेख मुजीबुर्रहमान ने भी फ़ातिमा जिन्ना का समर्थन किया। 1958 ई. से जेल में बन्द मुजीबुर्रहमान को 1960 ई. में रिहा तो कर दिया गया था लेकिन पाकिस्तान सरकार अभी भी उन पर कड़ी नज़र रख रही थी। 1962 ई. में फिर सुहरावर्दी तथा मुजीबुर्रहमान ने कारावरण किया था। छह महीने तक कारागार में रहने के बाद ये दोनों बाहर निकले थे। इसके बाद ही जनाब सुहरावर्दी की मृत्यु हो गई। मुजीबुर अकेले पड़ गए। मगर 1964 ई. में मुजीबुर्रहमान के नेतृत्व में पूर्वी तथा पश्चिमी पाकिस्तान में अवामी लीग की गतिविधियाँ काफी तेज़ हो गई थीं। इस तरह के कई राजनीतिक दलों के दबाव के कारण ही अयूब खान को पुनः चुनाव कराने का निर्णय लेना पड़ा था।

उन दिनों मैं भी थोड़ा-बहुत राजनीति से जुड़ गया था। चूँकि मुजीबुर्रहमान के बहनोई अब्दुर रब शेरनियाबत् मेरे काफी घनिष्ठ मित्र थे और हम दोनों साथ-साथ घुमा-फिरा करते थे। इसलिए चुनाव प्रचार के समय भी वे लगभग हर जगह मुझे साथ लेकर जाया करते। मैं पाकिस्तान की राजनीति से सक्रिय रूप से जुड़ना नहीं चाहता था क्योंकि मैं जानता था कि हिन्दू होने के नाते मैं कभी राजनीति में कोई विशेष स्थान नहीं बना सकूँगा। अब्दुर रब की जिद पर मैं हर तरह से उसकी मदद तो कर दिया करता था मगर स्वयं राजनीतिक परिदृश्य में आने से कतराता था।

हमारे मुहल्ले से चुनाव के लिए पिछली बार की तरह इस बार भी अशरफ अली ही खड़ा हुआ। उसके खिलाफ खड़ा होने की किसी और में हिम्मत ही नहीं थी। फ़ातिमा जिन्ना के दल के लोगों ने मुझे अशरफ अली के खिलाफ खड़ा होने के लिए कहा। उनके हिसाब से उस मुहल्ले में मैं ही एक ऐसा व्यक्ति था जो अशरफ के खिलाफ चुनाव लड़ने की हिम्मत

कर सकता था। मुहल्ले में मैं लोकप्रिय था और हिन्दू होने के कारण हिन्दुओं का वोट भी मुझे मिल सकता था। इसलिए संयुक्त फ्रंट के समर्थक मेरे पीछे पड़ गए। लेकिन मेरे घरवाले, दोस्त तथा हितैषी यह नहीं चाहते थे कि मैं अशरफ अली के खिलाफ चुनाव लड़ूँ और उससे दुश्मनी मोल लूँ।

इसी दौरान एक दिन फ़ातिमा जिन्ना के दल के कई स्थानीय कार्यकर्ता मेरे पास आए। उनमें से रफीक नामक व्यक्ति से मेरी काफी अच्छी पहचान थी। वह बोला, "केष्टो दा, आपको इसी वक़्त हमारे साथ चलना होगा।"

"चलना होगा ? लेकिन कहाँ ?" मैंने आश्चर्य से पूछा।

"स्टीमर घाट। वहाँ जहाज में फ़ातिमा जी बैठी हुई हैं।"

"लेकिन वे यहाँ क्या करने आई हैं ?" मैंने पूछा।

"वे नदी पथ से चुनाव प्रचार में निकली हैं। आपसे बात करना चाहती हैं। उनके साथ और भी कई बड़े नेता हैं। हमारे मुख्यमन्त्री भी हैं।" रफीक के मुँह से यह सब सुनकर मैं घबरा गया। बोला, "मैं वहाँ जाकर क्या करूँगा ? देखो भाई ! इन राजनीतिक पचड़ों में मैं नहीं पड़ना चाहता। तुम जाकर बोल दो मैं घर पर नहीं हूँ।" "नहीं, नहीं। ऐसा नहीं हो सकता ! आपको कहीं से भी ढूँढ़कर लाने का हमें आदेश दिया गया है। हम आपको लेकर ही जाएँगे।" इस बार एक दूसरा कार्यकर्ता बोल उठा।

"हाँ-हाँ। आपको चलना ही होगा...।"

वे लोग मुझे सीधे जहाज में ले गए। फ़ातिमा जी कुर्सी-टेबुल, कालीन और पर्दों से सुसज्जित एक केबिन में बैठकर जिन लोगों से बातें कर रही थीं उनमें पूर्वी पाकिस्तान के तत्कालीन मुख्यमन्त्री अतहूर रहमान खान तो थे ही, दूसरे छोटे-बड़े राजनीतिक दलों के कई ऐसे नेता भी थे जो आपस में मिलकर मुस्लिम लीग यानी अयूब खान के दल के खिलाफ चुनाव लड़ना चाहते थे।

अतहूर रहमान मुझे पहचानते थे। क्योंकि सन् 1956 में बॉडी बिल्डिंग प्रतियोगिता में वे उपस्थित थे। मुझे देखते ही उन्होंने फ़ातिमा जी को इशारा करते हुए कहा, "लीजिए, केष्टो घोष आ गया।"

सफेद बालोंवाली गोरी-चिट्टी फ़ातिमा जी ने बड़े सलीके से साड़ी के पल्लू से घूँघट काढ़ रखा था। मैंने हाथ जोड़कर उपस्थित सभी लोगों को प्रणाम किया। फ़ातिमा जी ने हल्के से अपने सर को हिलाकर मेरे प्रणाम का प्रत्युत्तर देने के बाद कहा, "आर यू केष्टो घोष ?"

मैंने कहा, "यस मैडम !"

"आप इलेक्शन में क्यों नहीं खड़ा होना चाहते हैं ?" बिना वक़्त गँवाए वे सीधे अपने मतलब की बात पर उतर आईं। मैंने कहा, "मुझे कौन वोट देगा, मैडम ?"

वे बोलीं, "मेरे पास इन्फॉरमेशन है कि आप यहाँ के एक प्रॉमिनेंट फ़िगर हैं। इसलिए यहाँ की सीट ख़ाली मत रहने दीजिए। हमारी पार्टी की तरफ़ से मुस्लिम लीग के प्रत्याशी अशरफ अली के अगेन्स्ट में आप खड़े हो जाइए।" उनकी बातें सुनकर मैंने प्रतिवाद करते हुए कहा, "आप शायद अशरफ अली को ठीक से नहीं जानतीं। वह अत्यन्त ही डेंजरस और घटिया किस्म का आदमी है। और फिर उसे अयूब खान का प्रोटेक्शन भी मिला हुआ है। उसके अगेन्स्ट में खड़ा होना बिलकुल ही सम्भव नहीं। वह मुझे बर्बाद कर देगा। मुझे हराने के लिए वह किसी भी हद तक जा सकता है, कुछ भी कर सकता है।"

मेरे मुँह से इस तरह की बातें सुनकर उन्होंने व्यंग्यात्मक शैली में कहा, "पाकिस्तान के बॉडी बिल्डिंग कम्पिटीशन में फर्स्ट आनेवाले गवर्मेंट टाइटल होल्डर मिस्टर ईस्ट पाकिस्तान केष्टो घोष की जबान से इस तरह की कायरों जैसी बातें शोभा देती हैं क्या ? आप जैसा आदमी भी अगर अशरफ अली जैसे एक अदने-से गुंडे के डर से चुनाव में खड़ा होना छोड़ दे, तो दूसरे लोग क्या करेंगे ?"

फ़ातिमा जी की बातें सुनकर वहाँ उपस्थित सारे लोग हँसने लगे। मैं तिलमिला उठा। उन्होंने मेरी बोलती बन्द कर दी थी। उन्हें क्या कहूँ, क्या न कहूँ, कुछ समझ नहीं पा रहा था।

लोहा गर्म देख मुख्यमन्त्री अतहुर रहमान जी ने मुझे अभयदान देते हुए कहा, "अरे सोचते क्या हो ? हम हैं न ! हम तुम्हें सपोर्ट करेंगे। हमारे लोग तुम्हारे पीछे रहेंगे। फिर डर कैसा ? चलो हाँ कर दो।"

और मुझे हाँ करनी पड़ी। परिस्थिति ने मुझे अशरफ अली के खिलाफ चुनाव लड़ने के लिए बाध्य कर डाला।

मेरे माँ-बाबा तक जब यह बात पहुँची तो उन्होंने घर में हंगामा खड़ा कर दिया। मेरे कई मित्र तथा हितैषी मुझसे खफा हो गए। लेकिन अब्दुर रब मेरे इस निर्णय से काफी खुश हुए। बोले, "यही काम तुम्हें पिछले चुनाव में ही करना चाहिए था। अशरफ अली जैसे एक वैगन ब्रेकर, स्मगलर, गुंडे के हाथों अपने मुहल्ले को सौंपते हुए तुम्हें शर्म नहीं आई ?"

इधर अशरफ अली मुझसे खार खाए बैठा था। पिछली बार ख़ाली मैदान में उसने जंग जीत ली थी। इस बार मुझे रोड़ा बनते देख वह जल-भुन गया। उसका चुनाव चिह्न "तराजू" था और मेरा "घड़ी"। अशरफ अली अपने चमचों के साथ मिलकर जमकर चुनाव प्रचार कर रहा था। चूँकि मैं भी जंग में कूद चुका था इसलिए अब चुपचाप बैठा नहीं रह सकता था। मैंने भी मुहल्ले के घर-घर में जाकर चुनाव प्रचार करना आरम्भ किया। मेरी पार्टी के लोगों ने मेरा पूरा साथ दिया। हमने लोगों से तरह-तरह के वादे किए। सब्जबाग दिखाए। मेरे भाइयों ने अपने दोस्तों के साथ मिलकर मेरे लिए चुनाव प्रचार किया। ऑनिच्छा भी अपनी हिन्दू-मुसलमान सहेलियों को एकत्र करके घर-घर जाकर महिलाओं से मुझे वोट देने के लिए हाथ जोड़कर मिन्नतें करती रही। एक दिन मेरी बहन को सहेलियों के साथ मिलकर चुनाव प्रचार करते देख अशरफ अली ने फब्ती कसी, "क्या फ़ातिमा जिन्ना साहब ! खूब अयूब खान के पीछे पड़ा जा रहा है न ! देख लूँगा, देख लूँगा। अयूब खान किसी को छोड़ते नहीं, जानती हैं न ?"

अयूब खान के तानाशाही रवैए से बंगाली हिन्दू-मुसलमान सभी त्रस्त थे। प्रायः सभी उनसे छुटकारा चाहते थे। परन्तु अयूब खान चुन-चुनकर अपने ऐसे विश्वस्त लोगों को चेयरमैन पद का प्रत्याशी बनाते, जिनके खिलाफ मुहल्ले के लोग आवाज़ तक नहीं उठा पाते थे।

अशरफ अली भी एक ऐसा ही प्रत्याशी था। मुहल्ले के अधिकांश गरीब तबके के लोग अशरफ अली के लिए काम करते थे। जहाज से चोरी के माल निकालने, नाव में लादकर उन्हें किनारे तक लाने और उन्हें विभिन्न गोदामों में पहुँचानेवाले अधिकतर मजदूर हमारे मुहल्ले के थे। चूँकि अशरफ अली उन्हें रोजी-रोटी देता था इसलिए वे उनके खिलाफ जा नहीं सकते थे। इसके अलावा अशरफ ने घर-घर जाकर लोगों को मेरे खिलाफ भड़काना शुरू

किया था, "केष्टो घोष तो एक नम्बर का भगोड़ा है। बचपन से उसे भागने की बीमारी है। कभी भागकर दिल्ली-बम्बई चला जाता है तो कभी कोलकाता। अब भी तो कुछ-कुछ दिनों के अन्तराल में ही वह अचानक बोरिशाल से गायब हो जाता है। उसके घरवाले तक को यह जानकारी नहीं होती है कि वह कहाँ जा रहा है। ऐसा भगोड़ा आदमी आप लोगों की क्या रक्षा कर पाएगा ? मुहल्ले के चेयरमैन का मुहल्ले में स्थायी रूप से रहना ज़रूरी है। तभी तो वह सुचारु ढंग से सारा काम-काज कर पाएगा।"

अशरफ ने मेरे खिलाफ दूसरा तर्क यह प्रस्तुत किया कि जिसे अपने माँ-बाप, भाई-बहन की परवाह नहीं, इतने वर्षों तक बाहर रहते हुए जिसने अपने घर में अपनी सलामती की एक चिट्ठी तक नहीं भेजी वह क्या पूरे मुहल्ले की परवाह करेगा ? ऐसे गैर जिम्मेदार व्यक्ति को आप चेयरमैन के पद जैसा महत्त्वपूर्ण पद कैसे दे सकते हैं ?

मेरे खिलाफ इतनी बातें समझाने के उपरान्त अशरफ सबको यह धमकी भी देता रहा कि जो केष्टो को वोट देगा उसके घर में मैं आग लगा दूँगा।

अशरफ अली अपनी चाल में कामयाब रहा। लोग उसकी बातों में आ गए। दरअसल मेरे कारण कोई उससे दुश्मनी मोल लेना नहीं चाहता था। अब तक वही बाहरी लोगों से मुहल्लेवालों की रक्षा करता आया था। और फिर मेरी अनुपस्थिति में उन्हें अशरफ अली का शरणापन्न होना पड़ता। इसलिए मुझे बहुत कम हिन्दू-मुसलमानों ने वोट दिए। मैं चुनाव हार गया। अशरफ अली चुनाव जीतकर दुबारा मुहल्ले का सर्वेसर्वा बन बैठा।

जब तक मैं चुनाव में खड़ा नहीं हुआ था तब तक तो फिर भी ठीक था लेकिन खड़ा होने के बाद हार जाना मेरे लिए डूब मरने जैसी बात हो गई। मुझे फ़ातिमा जी पर भी काफी गुस्सा आया। न वह मुझे ललकारतीं और न ही मुझे इस तरह से मुँह की खानी पड़ती।

इस चुनाव में भी व्यापक धाँधली हुई थी। देश की जनता अयूब खान को नहीं चाहती थी लेकिन करीब अस्सी हज़ार बेसिक डेमोक्रेटरों में से अधिकांश ने अयूब खान को ही वोट दिया। अयूब खान करीब 44, 818 वोटों से विजयी हुए। जबकि उनके प्रमुख प्रतिद्वन्द्वी मिस फ़ातिमा जिन्ना को मात्र 24, 140 वोट ही मिले। इस प्रकार एक बार फिर छल-बल-कौशल से अयूब खान पाकिस्तान के राष्ट्रपति बन बैठे।

अशरफ अली से मेरे कभी अच्छे सम्बन्ध नहीं रहे थे। लेकिन पहले जब भी हम मिलते थे तो आपस में दुआ-सलाम ज़रूर होता था। यह बात और थी कि हम दोनों ही एक-दूसरे की तरक्की देखकर अन्दर-ही-अन्दर जला करते थे क्योंकि पैसे और पहुँच के मामले में हम दोनों का ही ग्राफ़ बहुत तेज़ी से ऊपर की ओर जा रहा था।

चुनाव में हारने के कुछ दिन बाद एक दिन मैं एक होटल में बैठकर नाश्ता कर रहा था। ठीक उसी समय अशरफ अली सामने की सड़क से गुज़रने लगा। उसने एक कलीदार कुर्ता, चेक लुंगी और सफेद टोपी पहन रखी थी। उसके साथ हमेशा की तरह चमचों की एक टोली थी। मुझे देख वह उन चमचों के साथ दुकान में आ घुसा। नई-नई जीत की खुशी थी। मुझे हरा पाने का दम्भ उसकी चाल से टपक रहा था। उससे ज़्यादा तो उसके चमचे फुदक रहे थे। इससे पहले कि मैं कुछ कहता, अशरफ अली एक कुर्सी खींचकर ठीक मेरे सामने आ बैठा। फिर भौंहें तिरछी करके बोला, "केष्टो घोष ! तुम थे इसलिए बच गए। तुम्हारी जगह अगर कोई दूसरा मेरे खिलाफ चुनाव में खड़े होने की हिम्मत करता न तो मैं उसके टुकड़े-टुकड़े करके कुत्तों को खिला देता !"

उसकी बातें सुनकर मैं सिर से पाँव तक जल उठा और चबा-चबाकर बोला, "जा-जा, तुम क्या मेरे टुकड़े करोगे। तुम तो जानते ही हो कि मैं आसानी से तुम जैसे तीन फुटिया आदमी के मुंड को झोंटा पकड़कर अपनी काँख के नीचे दबाने के बाद नारियल की तरह फोड़ सकता हूँ। तुम दादागिरी करके, लोगों को हड़काकर मुझसे चुनाव तो जीत सकते हो, मगर मेरे ऊपर हाथ उठाने के लिए तुम्हें दोबारा जन्म लेकर आना होगा, समझे !"

इतना सुनते ही अशरफ अली आपे से बाहर हो गया। मैं भी दबनेवाला नहीं था। वाक्‌युद्ध चलता ही रहा। इससे पहले कि हम दोनों में हाथापाई शुरू होती, लोगों ने बीच-बचाव करके हमें अलग किया। मुझे तरह-तरह की धमकियाँ देते हुए अशरफ अली दुकान से बाहर निकल गया। मैंने पीछे से चिल्लाकर उसे एक भद्‌दी-सी गाली दी। उसने दूर से मुझ पर आग्नेय दृष्टि डाली।

उस दिन उसकी उस दृष्टि में जिस भावी ज्वालामुखी का संकेत था उसे मैं अपनी शारीरिक क्षमता तथा पैसे के मद में नज़रअन्दाज़ कर गया था। यह मेरी कितनी बड़ी भूल थी, इसका मुझे जरा भी अहसास नहीं था। कभी-कभी अपनी छोटी-छोटी भूलों की, मिथ्या दम्भ की हमें इतनी बड़ी कीमत चुकानी पड़ती है कि हम कल्पना भी नहीं कर सकते। यह हानि और भी अधिक मार्मिक और अन्तरात्मा को कचोटनेवाली तब हो जाती है जब हमारे कारण हमारे अपनों को, हमारे अतिप्रिय लोगों को खमियाज़ा भुगतना पड़ता है।

सियासती हथकंडे

पुनः गद्‌दी पर आसीन होकर राष्ट्रपति अयूब खान खुशी से उन्मत्त हो उठे। उनकी निरंकुशता में इजाफा हुआ और पाकिस्तान में हिन्दुओं की स्थिति बद से बदतर होती चली गई।

कश्मीर के हज़रत बल मस्जिद से पैगम्बर हज़रत मुहम्मद का सुरक्षित बाल क्या गायब हुआ, दंगे भड़क उठे। अयूबशाही सरकार के समर्थन से पाकिस्तान के हिन्दुओं पर जमकर जुल्म ढाए गए। हिन्दुओं की सम्पत्ति पर एक श्रेणी के मुसलमान तो कब्जा जमा ही रहे थे, सरकार ने भी ऐक्वायर, ऐक्विजिशन, रेक्विजिशन, मनी सूट, डिक्लैरेशन जैसे कानूनी हथियारों द्वारा हिन्दुओं की सम्पत्ति को हड़पने, उन्हें गृहत्यागी तथा देशत्यागी करने का षड्‌यन्त्र रच डाला ताकि भारत से आए मुसलमानों को बसाया जा सके। वैसे भी पाकिस्तान में अब हिन्दू द्वितीय श्रेणी के नागरिक थे।

इस सुवर्ण सुयोग का फायदा उठाकर अशरफ अली मेरी सम्पत्ति हथियाना चाहता था। मुझे देशत्यागी करने के लिए उसने तरह-तरह के हथकंडों का इस्तेमाल करना आरम्भ कर दिया। सबसे पहले तो उसने मेरी बहन ऑनिच्छा को हथियार बनाया। लोगों से कहने लगा, "हिन्दू लड़की से निकाह करने पर पुण्य होता है। एक दिन के लिए ही सही किसी हिन्दू लड़की को मैं अपनी बेगम ज़रूर बनाऊँगा। और इसके लिए केष्टो की बहन ऑनिच्छा से अच्छी और कौन हो सकती है ? वो होगी मेरी फ़ातिमा बेगम !"

मेरे कानों तक बात आई। समझते देर न लगी कि मुझे डराने के लिए ही वह ऐसी बातें करता फिर रहा है। मैंने उसकी बातों को तवज्ज़ो न देते हुए कहा, "उस कुत्ते को भौंकने दो। मुझे इससे कोई फ़र्क नहीं पड़ता।"

अपनी बढ़ती महत्त्वाकांक्षा की ताकीद से अयूब खान ने कश्मीर पर कब्जा करने के लिए 1965 ई. में अचानक भारत पर हमला बोल दिया। हमला करते वक़्त उन्होंने सोचा भी नहीं था कि जीत भारत की होगी। भारत से पराजित होकर अयूब खान की हालत खिसियानी बिल्ली-सी हो गई और इसका खमियाज़ा भी पाकिस्तान के हिन्दुओं को भुगतना पड़ा।

युद्ध के बाद शॉप्ना की माँ ने शॉप्ना के भाई तॉपोन को बोरिशाल से वापस कोलकाता बुलवा लिया। वे अब किसी भी कीमत पर अपने बेटे को पाकिस्तान में रहने देना नहीं चाहती थीं। वैसे भी उन दिनों होटल से कुछ विशेष आय नहीं हो रही थी। चूँकि होटल किराए पर लिया हुआ था, इसलिए उसे छोड़ने पर कुछ नहीं मिला। होटल के असबाब तथा बर्तनों को बेचकर बकाया किराया चुकाना पड़ा। बोरिशाल के जिस मकान में वे लोग रहते थे वह उनका पुश्तैनी मकान था। उस मकान के निचले भाग में शॉप्ना के बाबा के कुछ रिश्तेदार रहते थे, इसलिए उस मकान को भी बेचना सम्भव नहीं था। यूँ भी उन दिनों बहुत कम ही हिन्दू ऐसे होते थे, जिन्हें अपनी सम्पत्ति की सही कीमत मिलती थी।

बोरिशाल का होटल बन्द हो जाने के बाद शॉप्ना का पूरा परिवार उसके बड़े भैया पारथो की पुलिस की नौकरी से मिलनेवाली तनख्वाह पर निर्भर हो गया। मुझसे उनकी हालत छिपी नहीं थी। मगर मैं क्या कर सकता था ? उनको मुझसे आर्थिक मदद लेना गवारा नहीं था। मेरे पास लाखों रुपए थे मगर मैं अपनी शॉप्ना को कोई सुख-सुविधा नहीं दे सकता था। जॉगाई दा के अधिकांश हिन्दू छात्र हिन्दुस्तान चले गए थे। मैं पाकिस्तान में हिम्मत से टिका हुआ था और अपना व्यवसाय ठीक-ठाक चला ले रहा था, इससे जॉगाई दा काफी खुश थे। लेकिन उनको हमेशा यह डर सताता रहता था कि कहीं मैं भी यदि हिन्दुस्तान चला गया तो वे बिलकुल अकेले पड़ जाएँगे। अक्सर मुझे चेताते हुए कहते, “खूब सोच-समझकर काम करना, केष्टो ! फूँक-फूँककर कदम रखना ताकि तुम्हारे दुश्मन तुम पर हावी न हो जाएँ। व्यवसाय में बिलकुल ढील मत देना। पूर्वी पाकिस्तान के व्यवसायियों की हालत तो देख ही रहे हो।”

मैं सबकुछ देख रहा था। देख रहा था कि किस तरह से अयूब खान ने देश के उद्योग-धन्धों का अस्सी प्रतिशत भाग पश्चिमी पाकिस्तान के उन बाईस विशिष्ट परिवारों के हाथों केन्द्रित कर दिया था जो उनके बहुत करीबी और विश्वासभाजन थे, जिनसे उन्हें (अयूब खान को) व्यक्तिगत लाभ मिल रहा था। गान्धारा इंडस्ट्रीज की द्रुत समृद्धि का कारण अयूब खान का पुत्र-मोह है यह बात भी किसी से छिपी नहीं थी।

“हम बंगालियों को हमारे प्राप्य से वंचित रखकर, हमारा शोषण करके पश्चिमी पाकिस्तान के मुट्ठी-भर कृपापात्रों को समृद्ध करना ही अब अयूबशाही सरकार का लक्ष्य बन गया है। पता नहीं इस देश का क्या होगा ?” हाथ में एक सीप लेकर उससे अपनी गर्दन, पीठ, पेट में उग आए घमौरियों को फोड़ते-फोड़ते अक्सर जॉगाई दा इस तरह के सवाल उठाया करते। उनकी चिन्ता का कोई अन्त नहीं था।

चिन्तित वहाँ के सभी बद्धिजीवी थे। कॉलेज के स्टाफ रूम में अक्सर तरह-तरह की चर्चाएँ सुनने को मिलती थीं। कोई कहता, “बांग्लाभाषा को राष्ट्रभाषा का दर्जा दिलवाने के लिए हम बंगालियों ने इतना खून बहाया। उग्र आन्दोलन करके हमने पाकिस्तान के संविधान में उर्दू के साथ-साथ बांग्ला को भी राष्ट्रभाषा के रूप में स्वीकृति दिलवाई। कितने लोग शहीद

हुए। मगर सब बेकार हो गया। गणतन्त्र के अवसान के साथ-साथ पुराना संविधान खारिज हो गया और फ़ौजी शासकों ने बांग्लाभाषा के भविष्य को पुनः अनिश्चित कर डाला।" तो कोई कह उठता, "और क्या ? ढाका आकर अयूब खान कैसी निर्लज्जता से हमारे सामने सीना ठोककर बोल गए, 'सारी जबान मिलजुलकर एक जबान बननी चाहिए, वो उर्दू नहीं, बांग्ला भी नहीं, वो होगी पाकिस्तानी जबान।' हम पर उर्दू थोपने की क्या तरकीब निकाली है उन्होंने।"

कोई पूछता, "क्या वे जानते नहीं कि हमें अपनी भाषा और संस्कृति से कितना लगाव है ?"

जवाब मिलता, "वह स्वेच्छाचारी क्या हमारे लगाव के बारे में सोचेगा ? आपने देखा नहीं, उन्होंने शेख मुजीब का क्या हश्र किया ? जब से 1966 ई. के लाहौर सम्मेलन में शेख ने प्रादेशिक सरकार के स्वायत्त शासन की माँग करते हुए सिक्स पॉयंट डिक्लैरेशन को पेश किया है, उनके और अवामी लीग के पीछे अयूब खान हाथ धोकर पड़ गए हैं। जितनी बार वे सेशन जज की अदालत से निर्दोष प्रमाणित होकर बरी हुए, उतनी बार कोई न कोई इल्ज़ाम लगाकर उन्हें वापस जेल भेज दिया गया।"

फिर कोई कहता, "सुना है शेख मुजीबुर्रहमान तथा उनके मातहतों को एक-से-एक प्रलोभन भी दिए गए ?"

"उससे क्या होता है ? शेख अपने इरादे से डोलनेवाले नहीं। उन जैसे देशभक्त और सच्चे इंसान कम ही मिलते हैं। जनसाधारण से एक सच्चे मसीहे की तरह वे कहते फिरते हैं, 'आप लोगों की कोई भी समस्या हो, सिर्फ़ तीन पैसेवाले एक पोस्टकार्ड* में लिखकर मेरे पास भेज दीजिएगा। मैं तन-मन-धन से आप लोगों की समस्या सुलझाने की कोशिश करूँगा।' "

"इसीलिए तो कुछ लोगों ने उनका नाम ही रख दिया है—तीन पॉयशार पोस्टकार्ड।"

"कुछ भी कहिए, वे जैसा कहते हैं, वैसा करते भी हैं।"

"तभी तो वे इतने लोकप्रिय हैं।"

"और उनकी लोकप्रियता से भयभीत होकर ही तो अगरतल्ला षड्यन्त्र मामले में फँसाकर फिर से पैंतीस सहयोगियों के साथ उन्हें जेल में डाल दिया गया है।"

"सुना है, उन्हें फाँसी के तख़्त पर लटकाने की चेष्टा की जा रही है ?..."

"..."

और इस प्रकार मैं जब-जब कॉलेज स्टाफ-रूम में जाता, अयूबशाही सरकार के खिलाफ विषोद्गार सुने बिना वापस न आता। कॉलेज तो कॉलेज ! घर पर भी यही हाल था। बंगाल के अधिकांश लोगों की तरह ऑनिच्छा भी रवीन्द्र भक्त थी। वह बहुत अच्छा रवीन्द्र संगीत गाती थी। रोज बिना नागा सुबह-शाम रियाज़ किया करती। उन दिनों उसके कंठ से गाए रवीन्द्र संगीत की मीठी धुन सुनकर ही हमारी नींद खुला करती थी। जब वह गाती,

"पुरानो शेइ दिनेर कॉथा भूलबी की रे हाय ओ शेइ
चोखेर दैखा प्राणेर कॉथा शेकी भोला जाय..."
(पुराने उन दिनों की बातें क्या भूलोगे हाय
वे आँखों देखी हृदय की बातें क्या भूली जा सकती हैं ?...)

* उस समय पोस्टकार्ड की कीमत मात्र तीन पैसे थी

तो सोनी के साथ गुजारे पुराने दिनों की धुँधली-धुँधली यादें कुहासे से आच्छादित नदी में चलती किसी नाव-सी धीरे-धीरे मेरे पास चली आतीं।

एक सुबह जब देर तक घर में सन्नाटा छाया रहा और मुझे एक बेसुरे दिन की शुरुआत करनी पड़ी तो मैंने झुँझलाकर ऑनिच्छा की ओर देखा। आँखों में आँसू भरकर ऑनिच्छा ने कहा, "जानते हो दादा, उस जालिम अयूब खान ने पूर्वी पाकिस्तान में रवीन्द्र संगीत तथा नजरूल गीति को निषिद्ध कर दिया है। अब हम कभी रवीन्द्र संगीत गा नहीं सकेंगे, सुन नहीं सकेंगे, पढ़ नहीं सकेंगे। अगर हम ऐसा करते हुए पकड़े गए तो गिरफ्तार कर लिए जाएँगे। अयूब खान कहते हैं, "रवीन्द्र संगीत तथा नजरूल गीति जनमानस में पाकिस्तान के प्रति विद्वेष पैदा कर रहे हैं। पता है, उन्होंने तो काजी नजरूल इस्लाम का मासिक भत्ता भी बन्द करवा दिया है। बेचारे कवि ! अब उनका गुज़ारा कैसे होगा ?"

अयूब खान के इस दमनकारी रवैए से बंगाली समुदाय, जिसमें हिन्दू, मुसलमान दोनों ही थे, अत्यन्त क्षुब्ध हो उठे। 'ढाका टाइम्स' पत्रिका में लिखा गया, 'जिस प्रकार पूर्वी पाकिस्तान के वक्ष से उसकी नदियों तथा हरे-भरे खेतों और मैदानों को मिटाया नहीं जा सकता, उसी प्रकार प्रकृति तथा जीवन से आहरण की गई संस्कृति भी मिटाई नहीं जा सकती। रवीन्द्रनाथ तथा काजी नजरूल के गीत-संगीत हम बंगालियों के हृदय तथा शिराओं में इस प्रकार व्याप्त हो चुके हैं कि उनके बिना हमारा जीवन रसहीन, स्पन्दनहीन हो जाएगा।'

अयूबशाही सरकार के इन कवि-विरोधी निर्देशों से खार खाई ऑनिच्छा भी उठते-बैठते फ़ौजी शासन व्यवस्था की भर्त्सना करती। कहती, "हमें नहीं रहना ऐसे काठखोट्टा (नीरस, उग्र, निर्मम) शासकों के अधीन। दादा ! चलिए हम कोलकाता चलते हैं। अब इस देश में मेरा दम घुटता है।"

मैं भी अयूबशाही सरकार की बन्दिशों से तंग आ चुका था और परिवार सहित भारत जाकर बसने के बारे में सोचने लगा था। लेकिन वहाँ बसने से पहले रोजी-रोजगार का बन्दोबस्त करना आवश्यक था।

काफी सोच-विचार करके मैं कोलकाता के लिए निकल पड़ा। वहाँ जाकर सीधे प्रसिद्ध व्यायामाचार्य विष्णु चरण घोष से मिला। उनसे मेरी पुरानी पहचान और अन्तरंगता थी। ये बिष्टु घोष के नाम से कोलकाता में विख्यात थे। बड़े-बड़े लोगों के साथ इनका उठना-बैठना था, बड़े-बड़े लोग इनसे योग-व्यायाम सीखने इनकी व्यायामशाला में आया करते थे। योगदा-मठ के प्रतिष्ठाता स्वामी योगदानन्द इनके सगे बड़े भाई थे। बिष्टु दा को मैंने अपनी समस्या बताई और अनुरोध किया, "दादा, आप मुझे एक-आध परमिट दिलवा दीजिए। आपकी तो यहाँ काफी लोगों से जान-पहचान है।" उन्होंने पूछा, "कैसा परमिट ? किस चीज़ का परमिट ?" मैंने कहा, "कॉरगेटेड शीट, सी.आई. शीट आदि का परमिट। आप सिर्फ़ मुझे परमिट दिलवा दीजिए फिर मैं सब कुछ सँभाल लूँगा।"

"ठीक है। मैं कोशिश करता हूँ। तुम कुछ दिनों तक यहीं ठहरो।" उन्होंने मेरी पीठ थपथपाकर मुझे आश्वासन दिया। आश्वस्त होकर मैं परमिट हासिल करने के लिए दौड़-धूप करने लगा। इस बीच शॉप्ना से मिलने उसके घर गया। बातों-ही-बातों में शॉप्ना की माँ ने बताया, "पता है केष्टो ! सुनील अमेरिका चला गया है। वहाँ उसे अच्छी नौकरी मिली है। सी.ए. करके गया है न ! जाते समय हमसे मिलने आया था। कह गया है, 'चिन्ता मत कीजिएगा, बहुत जल्द आकर मैं शॉप्ना को ब्याह ले जाऊँगा।'"

शॉप्ना की माँ के मुँह से यह मनहूस ख़बर सुनकर मैं इतना विचलित हो उठा कि उषा माशीमाँ से मिलने तक नहीं गया। मैं वापस बोरिशाल लौट जाने की सोच ही रहा था कि वहाँ से ख़बर आई कि दिल का दौरा पड़ने से मेरे बाबा की मौत हो गई है। मैंने सोचा भी नहीं था कि कोलकाता आकर मुझे एक साथ दो दुखदायी समाचारों का सामना करना पड़ेगा। मुझ तक बाबा की मौत का समाचार आते-आते चार-पाँच दिन बीत गए थे। बाबा की मौत की ख़बर के साथ-साथ जॉगाई दा ने यह ख़बर भी भिजवाई थी कि बोरिशाल में मुझे फँसाने के लिए अशरफ अली षड्यन्त्र रच रहा है। उसने प्रशासन से यह शिकायत की है कि केष्टो घोष जब-तब बिना पासपोर्ट के गुप्त मार्ग से हिन्दुस्तान जाता है और हिन्दुस्तान के लिए पाकिस्तान की जासूसी करता है। उसे अविलम्ब गिरफ्तार किया जाना चाहिए।

एक तो अशरफ अली हमारे मुहल्ले का चेयरमैन था, दूसरा मुस्लिम लीग का खास समर्थक। उसकी शिकायत को प्रशासन ने गम्भीरता से लिया था। मैं धर्मसंकट में पड़ गया। बाबा की मौत की ख़बर पाकर मैं बोरिशाल जाए बिना कैसे रह सकता था ? इधर यदि वहाँ जाता और जासूसी के इल्ज़ाम में गिरफ्तार कर लिया जाता तो जेल से रिहा होना मेरे लिए प्रायः असम्भव हो उठता। अनेक मामले मैंने देखे थे जिसमें विशिष्ट कैदियों को जेल में जहर देकर मार डाला गया था। मुस्लिम लीग के खिलाफ चुनाव में खड़ा होकर मैं अयूबशाही सरकार का दुश्मन बन गया था। मेरे साथ कुछ भी किया जाना असम्भव नहीं था।

बहुत सोच-विचार कर मैंने एक युक्ति निकाली और बोरिशाल न जाकर सीधे ढाका जा पहुँचा। ढाका के स्पोर्ट्स फेडरेशन के सेक्रेटरी से मेरी काफी घनिष्ठता थी। उन्हें सारी बातें बताकर कहा, "आप ही मुझे गिरफ्तार होने से बचा सकते हैं दादा ! मैं बिना पासपोर्ट के इंडिया गया था, इस बात को झुठलाने का अस्त्र सिर्फ़ आप ही के पास है।"

मेरी बातें सुनकर उनके माथे पर बल पड़ गए। पूछे, "वो कैसे ?"

मैंने कहा, "आप अपने लेटर पैड पर लिख दीजिए कि इस अवधि में मैं ढाका में रह रहा था और आपके निर्देश पर फ़िजिकल इंस्ट्रक्टर का काम कर रहा था।"

मेरा ढाका आना कोई नई बात नहीं थी क्योंकि इसके पहले मैं अनेक बार उनके बुलावे पर यहाँ आ चुका था। थोड़ा-सा ना-नुकुर करने के बाद वे मेरी बात मान गए। दरअसल वे मेरी मजबूरी समझ रहे थे। पिता की मृत्यु पर बेटा श्राद्ध न करे, यह कैसे हो सकता है ?

उन्होंने मेरे कहे अनुसार अपने लेटर पैड पर वह सब कुछ लिखकर दे दिया जिससे यह साबित होता था कि इस दौरान मैं ढाका में रह रहा था।

मैं बाबा का अन्तिम दर्शन नहीं कर सका था, यह बात मुझे अन्दर से कचोट रही थी। बड़ा बेटा होकर न तो उन्हें कन्धा दे सका और न ही मुखाग्नि दी, इस मलाल के साथ मैं घर पहुँचा। माँ की हालत देखी नहीं जाती थी। सफेद साड़ी में लिपटी मेरी माँ की उम्र इन चन्द दिनों में मानो दस साल बढ़ गई थी। उन्हें सँभाला। भाई-बहनों को तसल्ली दी। फिर शामदाशी माशीमाँ का ख़याल आया। पता नहीं क्यों, दुख की इस घड़ी में उनसे मिलने की इच्छा हुई। मैं चुपचाप उनके घर जा पहुँचा। मुझे देख वे अपने आप को रोक न सकीं और फूट-फूटकर रो पड़ीं। उनके उन आँसुओं में वे सारे क्षोभ, वह सारी घृणा जो वर्षों से उनके प्रति मेरे मन में घर किए बैठी थीं, बह गईं।

शामदाशी माशीमाँ को यह भरोसा दिलाकर कि बाबा नहीं हैं तो क्या हुआ, मैं हूँ न ! मैं वहाँ से लौट आया। आने से पहले यह वादा भी कर आया कि जल्द-से-जल्द मैं बाबा

की मिठाई की दुकान उनके नाम कर दूँगा। दुकान पर उनका बेटा ही बैठेगा। अब से उस दुकान की आय पर सिर्फ़ उन लोगों का हक होगा।

यह निर्णय लेते ही उस अपराधबोध से मुक्त होता हुआ-सा महसूस किया जिससे बाबा की मुखाग्नि न कर पाने के कारण मैं ग्रसित था। शामदाशी माशीमाँ और उनके बच्चे के प्रति मेरे इस व्यवहार से अवश्य ही बाबा की आत्मा को शान्ति मिलेगी, मन को यह विश्वास-सा हो गया।

इधर मेरे लौट आने की ख़बर पाते ही खुफिया विभाग के लोगों ने मुझसे पूछताछ शुरू कर दी। ढाका स्पोर्ट्स फेडरेशन का वह पत्र मेरे लिए रक्षा-कवच बन गया था। चाहकर भी वे मुझे गिरफ्तार नहीं कर पाए। मैंने पूरी नियम-निष्ठा के साथ बाबा का श्राद्ध किया। काफी लोगों को आमन्त्रित किया। श्राद्ध में मेरे कई ऐसे छात्र भी आए जो बड़े-बड़े सरकारी अधिकारियों के बेटे या रिश्तेदार थे। वस्तुतः मैं काफी दिनों से बोरिशाल जिमनाजियम में भी व्यायाम सिखाया करता था। वह जिमनाजियम सरकारी खर्चे पर चलता था और उसमें अनेक सरकारी अफ़सर तथा उनके परिवार के लोग आया करते थे। उन्हीं में से एक ने मुझे एक किनारे ले जाकर सावधान करते हुए कहा, "केष्टो दा, अशरफ अली की शिकायत को मुस्लिम लीग के बड़े कर्ताओं ने काफी गम्भीरता से लिया है। डी.एम. के यहाँ इस मुद्दे पर विचार-विमर्श के लिए मीटिंग की गई थी। अन्दर की बात है, मुस्लिम लीग के लोग आपको एक सन्देहास्पद व्यक्ति मानते हैं। इसलिए मीटिंग में यह निर्णय लिया गया है कि आप पर कड़ी नज़र रखी जाए और मौका पाते ही आपको किसी-न-किसी बहाने गिरफ्तार करके जेल में डाल दिया जाए। जरा सम्हलकर रहिएगा।"

मैं समझ गया कि अब जल्द-से-जल्द यहाँ से निकल जाने में ही हम सबकी भलाई है। मैंने कॉलेज की नौकरी छोड़ दी और अपना व्यवसाय भी समेटना आरम्भ किया। घर और आटा-चक्की रखकर बाकी सारा कुछ बेच डाला। पैसों को बैंक में रखने के बदले घर की तिजोरी में ही रखा ताकि जब ज़रूरत पड़े तब पैसे लेकर भारत भागा जा सके।

❒ ❒ ❒

अयूब खान की स्वेच्छाचारिता के खिलाफ पूर्वी पाकिस्तान में जन-आक्रोश दिन-ब-दिन बढ़ता ही जा रहा था। मौलाना भासानी जैसे जननेताओं के स्वर में आम लोग भी स्वर मिलाने लगे थे, "जेलेर ताला भांगबो/शेख मुजीब के आनबो..."

(जेल का ताला तोड़ेंगे/शेख मुजीब को लाएँगे)

"मुजीब और उनके सहयोगियों को रिहा करो, रिहा करो।"

"अयूब खान वापस जाओ। हमें आत्मनियन्त्रण का अधिकार दो।"

"भारत के साथ पहले की तरह प्रेम-सौहार्द्र का सम्बन्ध स्थापित करो।"

"हमारी संस्कृति, हमारे साहित्य के साथ खिलवाड़ करना बन्द करो, बन्द करो..."

और देखते-ही-देखते यह आन्दोलन काफी तेज़ हो गया। सरकार के सामने ग्यारह माँगें रखी गईं—न्यायोचित माँगें, सिर ऊँचा करके जीने की माँगें। लेकिन पुलिस तथा सैनिकों ने इसके उलटे आन्दोलनकारियों पर अत्याचार करना आरम्भ कर दिया। अनेक लोग मारे गए। अन्ततः सरकार को जनता के दबाव में आकर मुजीबुर्रहमान तथा उनके सहयोगियों को रिहा करना पड़ा।

उनकी रिहाई से उल्लसित जनता ने ढाका पलटन मैदान में अपने प्रिय नेता के स्वागत

के लिए भव्य आयोजन किया। मुजीब के परामर्शदाता विश्वस्त सहकर्मी छात्र नेता सिराजुल आलम खान ने उस विशाल जनसभा में जनता के सामने जब यह प्रस्ताव रखा कि शेख मुजीब को 'बंगबन्धु' का खिताब दिया जाए तो उपस्थित जनता ने सहर्ष उस प्रस्ताव का अनुमोदन किया।...और शेख लुत्फर रहमान का बेटा बन गया "बंगबन्धु शेख मुजीबुर्रहमान।"

शेख मुजीब की बढ़ती लोकप्रियता तथा पूर्वी पाकिस्तानियों का संगठन देख अयूब की परेशानी बढ़ गई। उन्होंने पश्चिमी पाकिस्तान स्थित पाक सेनावाहिनी के हेडक्वार्टर 'खरिया' में पश्चिमी पाकिस्तानी जनरलों के साथ एक गुप्त बैठक की। जिसमें यह निर्णय लिया गया कि बंगालियों को खत्म कर देना ही इस समस्या का एकमात्र समाधान है।

इससे पहले कि अयूब खान खरिया के प्लान के मुताबिक बंगालियों का कत्ल करना आरम्भ करते, पूर्वी और पश्चिमी पाकिस्तान के राजनीतिक दबाव में आकर उन्हें गद्दी छोड़कर नेपथ्य में चला जाना पड़ा।

एक भ्रामक शुरुआत

अयूब तो गए लेकिन 1969 ई. में उनके स्थान पर पाकिस्तान की सत्ता पर आसीन हुए तानाशाहों के तानाशाह आगा मुहम्मद याहिया खान!

आरम्भ में याहिया खान की मंशा शायद एक लोकप्रिय शासक बनने की थी। उनके क्रिया कलापों से, उनकी बातों से हमारे यहाँ के माहौल में एक नई आशा का संचार हुआ। लोग कहने लगे, "अब लगता है हमारे दिन फिरनेवाले हैं। याहिया कहते हैं वे सामरिक शासन के खिलाफ हैं और कुछ ही दिनों बाद चुनाव द्वारा देश में पूर्ण गणतन्त्र की बहाली करेंगे।"

उनकी बातें सुन मैं भी खुश हो उठा और बोरिशाल में रहने या चले जाने के बारे में पुनर्विचार करने लगा। भला कौन स्वेच्छा से अपनी मातृभूमि छोड़ना चाहेगा?

उस समय तो हम सचमुच आशान्वित हो उठे जब क्षमता में आने के करीब आठ माह बाद ही उन्होंने घोषणा की कि अगले साल यानी 1970 ई. में गणतन्त्र की बहाली के लिए चुनाव कराया जाएगा।

उन दिनों 'द पिपुल' पत्रिका का एक पत्रकार हमारे साथ अक्सर जॉगाई दा के यहाँ अड्डा मारा करता था। पैंतीस साल के आसपास की उम्र रही होगी उसकी। ठुड्डी में हमेशा बकरे की तरह एक गुच्छा दाढ़ी रखा करता था वह। उसका असली नाम शायद नूर मुहम्मद था लेकिन हम सभी उसे नाराइन्ना कहकर पुकारते थे। जॉगाई दा ने ही उसका यह हिन्दू नामकरण किया था और इसमें उसने कोई आपत्ति नहीं जताई थी। वह शेख मुजीब से काफी प्रभावित था और हमेशा उन्हीं के समर्थन में लिखा करता था।

याहिया के चुनाव कराने के फैसले की बात सर्वप्रथम उसी ने हम तक पहुँचाई थी। जॉगाई दा उस वक़्त ध्यान की मुद्रा में एक तख्त पर बैठे हुए थे। जैसे ही उनके कान में यह बात गई उन्होंने तपाक से आँखें खोलीं और कहा, "क्या याहिया ने यह सोचा है कि चुनाव कराने से यहाँ के लोग पिघल जाएँगे और वोट दे देंगे? कभी नहीं, कभी नहीं। 'एबारे भोबी भूलबार नॉय!' भुक्तभोगी बंगाली इस बार उन लोगों के झाँसे में नहीं आनेवाले हैं। अपने तिक्त अनुभवों से उन्होंने जान लिया है कि पश्चिमी पाकिस्तान के शासकों को गद्दी

पर बैठाने से पूर्वी पाकिस्तानी हमेशा अवहेलित, अत्याचारित तथा शोषित ही रहेंगे। सिर उठाकर जी नहीं पाएँगे।"

"जनसंख्या में पश्चिमी पाकिस्तानियों से अधिक होने के बावजूद हम क्यों हमेशा पश्चिमी पाकिस्तानियों से दबे रहेंगे ? क्यों ?" जॉगाई दा के एक नए छात्र अरिन्दम ने दंड बैठक लगाते-लगाते प्रश्न किया।

"क्या करोगे ? साम्राज्यवादी देश जिस तरह से अपने उपनिवेश का शोषण करते हैं न, ठीक उसी प्रकार से पाकिस्तान का पश्चिम खंड, पूर्वी खंड का शोषण करते रहना चाहता है। समझो, पश्चिमी पाकिस्तान ने हमारी धरती को अपना उपनिवेश ही बना रखा है।" मैंने तिक्तता से कहा।

इस बार पत्रकार महोदय चुप न रह सके। "उनके अत्याचार की भी कोई सीमा है ? हमारे पूर्वी खंड से कच्चा माल लेकर पश्चिम में जिन चीज़ों का निर्माण किया जाता है, उन्हें ही काफी ऊँची कीमत पर हमें बेचा जाता है। इससे तो सस्ते में हम भारत से सामान मँगा सकते हैं। मगर ये जालिम लोग हमें ऐसा भी करने नहीं देंगे। हम अपना खून-पसीना बहाकर जूट, चावल आदि उपजाते हैं मगर उसके निर्यात से जो बिपुल विदेशी मुद्रा की आय होती है उसका अस्सी प्रतिशत पश्चिमी पाकिस्तान की उन्नति के लिए विभिन्न परियोजनाओं में लगा दिया जाता है। मेरे पास उनके पूरे आँकड़े हैं। मैंने एक लेख लिखने के दौरान उनका संग्रह किया था।" कहकर नाराइन्ना ने अपनी जेब से एक डायरी निकाली और उसके पृष्ठों को पलटते हुए कहा, "देखिए, देखिए ! मार्किन युक्त राष्ट्र से प्राप्त सहायता राशि का 66 प्रतिशत पश्चिमी पाकिस्तान पर खर्च किया जाता है। अन्य देशों से प्राप्त राशि का भी सिर्फ़ 4 प्रतिशत ही पूर्वी खंड को दिया जाता है। गृहनिर्माण परियोजनाओं के लिए निर्धारित राशि का करीब 90 प्रतिशत पश्चिमी पाकिस्तान के लिए सुरक्षित रखा जाता है। सन् 1947-48 में यानी स्वाधीनता से पहले तथा तुरन्त बाद पश्चिमी पाकिस्तान में मात्र साढ़े आठ हज़ार प्राथमिक विद्यालय थे जबकि हमारे पूर्वी खंड में करीब उनतीस हज़ार से कुछ अधिक। सन् 1968-79 आते-आते पश्चिमी पाकिस्तान में प्राथमिक विद्यालयों की संख्या आठ हज़ार से बढ़कर चालीस हज़ार तक पहुँच गई जबकि हमारे पूर्वी खंड के प्राथमिक विद्यालयों की संख्या में वृद्धि होना तो दूर, उनकी संख्या पहले से भी करीब डेढ़ हज़ार कम हो गई। लगभग यही स्थिति माध्यमिक विद्यालयों, मेडिकल, इंजीनियरिंग, कृषि तथा अन्य महाविद्यालयों एवं विश्वविद्यालयों की भी हुई। हमारे शासक हमें शिक्षा-दीक्षा में पीछे धकेलकर अनपढ़, गँवार, दास बनाए रखने की चाल चल रहे हैं। इतना ही नहीं पश्चिमी पाकिस्तान में जहाँ ग्रामीण स्वास्थ्य केन्द्रों की संख्या 325 है, वहीं पूर्वी खंड में मात्र 88 यानी हम मरें या जीएँ, इससे उन्हें कोई सरोकार नहीं। कृषि के लिए सौ में से इक्यानबे ट्रैक्टर पश्चिमी पाकिस्तान के किसानों को मिलते हैं और सिर्फ़ नौ पूर्वी क्षेत्र के किसानों को। सरकारी नौकरियों के मामले में भी देखिए—पाकिस्तान के केन्द्रीय सिविल सर्विसेज का करीब 84 प्रतिशत पश्चिमी खंड के हिस्से में चला जाता है। फ़ॉरिन सर्विस 15 प्रतिशत से ज़्यादा कभी भी पूर्वी पाकिस्तानियों को नहीं मिली। सेनावाहिनी के मामले में तो सर्वाधिक भेदभाव बरता जा रहा है। जहाँ लगभग पाँच लाख पश्चिमी पाकिस्तानी सेना में हैं वहाँ मात्र बीस हज़ार बंगालियों की बहाली सेना में की गई है। आप सोच सकते हैं ?

मार्किन युक्त राष्ट्र = अमेरिका।

साढ़े सात करोड़ बंगालियों में से सिर्फ़ बीस हज़ार ! पिछले बाईस वर्षों में किसी भी बंगाली को थल सेना, नौ सेना या वायु सेना का प्रधान नहीं बनाया गया। और...और...और क्या-क्या गिनाऊँ मैं ?" पत्रकार महोदय ऊबते हुए बोले। "यह समझ लीजिए कि ऐसा कोई भी क्षेत्र नहीं, जहाँ हमारे साथ न्याय किया जा रहा है।"

"वही तो मैं कहता हूँ।" जॉगाई दा ने तख्त पर मुक्का मारते हुए कहा, "जो सरकार हमारा आर्थिक, राजनीतिक शोषण करने के साथ-साथ हमारी भाषा, संस्कृति, साहित्य तक को निश्चिह्न करने पर तुली हुई है, उससे हम उम्मीद भी क्या कर सकते हैं ? मैं दावे के साथ कह सकता हूँ कि इस चुनाव में यहाँ के लोग पश्चिमी पाकिस्तानियों को किसी भी हाल में नहीं जीतने देंगे।"

जॉगाई दा का कहना अक्षरशः सही निकला। अवामी लीग के शेख मुजीब जब चुनाव में खड़े हुए, "शोनार बांग्ला शॉशान कैनो" (सोनार बांग्ला श्मशान क्यों ?) शीर्षकवाले पोस्टर द्वारा जब उन्होंने बंगभूमि के शोषण के लेखा-जोखा को सार्वजनिक किया, तब अपने न्यायोचित प्राप्य से वंचित बंगाली समुदाय अवामी लीग की ओर झुक पड़ा। अपनी भाषा और संस्कृति की रक्षा के लिए, आर्थिक, राजनीतिक, सामाजिक सुरक्षा के लिए और रवीन्द्र, नजरूल से विच्छिन्न न होने के लिए उन्होंने अवामी लीग के द्वारस्थ होना ही बेहतर समझा।

जिस दिन चुनाव का नतीजा आया चुनाव परिणाम देख लोगों की आँखें फैल गईं। बंगालियों के बीच खुशी की लहर दौड़ गई। क्लब में हमने पटाखे छोड़े, मिठाइयाँ बाँटकर खुशियाँ मनाई। चुनाव में अवामी लीग की अप्रत्याशित जीत हुई थी। प्रॉविन्सियल काउंसिल में पूर्वी पाकिस्तान के कुल 310 सीटों में से 298 सीटें अवामी लीग को मिली थीं। नेशनल असेम्बली में पूर्वी पाकिस्तान के लिए संरक्षित सीटों में कुछ 169 सीटों में से 167 में अवामी लीग के उम्मीदवारों की जीत हुई थी।

जॉगाई दा तो मानो खुशी से पागल हो उठे थे। चिल्ला-चिल्लाकर सबसे कहे जा रहे थे, "मैंने कहा था न ! इस बार बंगालियों को बेवकूफ नहीं बनाया जा सकेगा। देखा, मेरी बात सही निकली। अब आएगा मजा ! हो-हो, हा-हा। आज मैं बहुत खुश हूँ। एबारे बैटारा जॉब्दो होएसे (बच्चू लोगों के होश अब ठिकाने आए हैं।)"

पश्चिमी तथा पूर्वी पाकिस्तान मिलाकर पाक नेशनल असेम्बली की कुल सीटों की संख्या 316 थी। अवामी लीग को पूर्वी पाकिस्तान के दोनों सदनों में बहुमत मिलने के कारण याहिया परेशान हो उठे। पहले उन्हें अवामी लीग की लोकप्रियता का अन्दाजा नहीं था। उन्होंने सोचा था कि पाकिस्तान के किसी भी राजनीतिक दल को पूर्ण बहुमत नहीं मिलेगा। इसलिए साझा सरकार का गठन किया जाएगा। और इससे शासक दल तथा सेनावाहिनी पर कोई आँच नहीं आएगी। मगर उनका अन्दाजा गलत निकला। इस चुनाव से परिस्थिति बिलकुल बदल गई। सिर्फ़ पूर्वी खंड में ही नहीं बल्कि पूरे पाकिस्तान में बंगालियों का आधिपत्य स्थापित होने की स्थिति पैदा हो गई। अपने बिछाए जाल में याहिया खुद ही फँस चुके थे। उम्मीद से परे चुनाव का फलाफल देखकर उनके चेहरे से भद्रता का मुखौटा धीरे-धीरे खिसकने लगा और संसार के इतिहास के क्रूरतम स्वेच्छाचारी शासकों में से एक का असली चेहरा उभरकर सामने आने लगा।

कहते हैं, मुसीबत कभी अकेले नहीं आती। लेकिन मेरे साथ ठीक इसका उल्टा ही हुआ। अवामी लीग की जीत की खुशी का साथ देने मेरे पास एक लिफाफा आ पहुँचा। खुशियों से भरा हुआ लिफाफा ! नोटों से भरा मेरी लोहे की भारी तिजोरी भी जिस लिफाफे के सामने हल्की पड़ गई। शॉप्ना के पारथो दा ने भेजा था उस लिफाफे को ! लिफाफे के अन्दर तहाकर रखे गए खत में कुशलक्षेम पूछने के बाद पारथो ने लिखा था, "आप तो जानते ही हैं कि सुनील ने अमेरिका जाने से पहले हम लोगों से यह वादा किया था कि वह शीघ्र ही आकर शॉप्ना को ब्याह ले जाएगा। लेकिन वहाँ जाकर उसकी मति बदल गई और उसने एक मेम से शादी कर ली। यह दुखद समाचार सुनने के बाद शॉप्ना अर्द्धविक्षिप्त-सी हो गई है। कहीं भी आती-जाती नहीं, किसी से ठीक से बोलती तक नहीं। हम लोगों से उसकी हालत देखी नहीं जाती। संकट की इस घड़ी में एकमात्र आप ही हमारी मदद कर सकते हैं। चूँकि आप शॉप्ना से शादी करना चाहते थे इसलिए हमने उसे समझा-बुझाकर राजी किया है। बुरा मत मानिएगा, मैं एक स्वार्थी व्यक्ति की तरह बात कर रहा हूँ। लेकिन क्या करूँ ? बहन के भविष्य के लिए स्वार्थी बनना पड़ा। यदि आप अब भी मेरी बहन से शादी करने को तैयार हैं तो हमें अवगत कराइए। हम जाकर आपकी माँ से रिश्ते की बात करेंगे। आशा है हमें गलत नहीं समझेंगे और यथाशीध्र पत्र का उत्तर देंगे।"

गलत समझने का सवाल ही नहीं था। मैं शॉप्ना को इतना चाहता था कि किसी भी सूरत में उसे अपनाने को तैयार था। उसे पाने की आतुरता में मुझे यह भी ख़याल नहीं रहा कि इसी शॉप्ना ने, उसके घरवालों ने मुझे बार-बार ठुकराया है। जबकि मेरे लिए एक-से-एक लड़कियों का रिश्ता आया था। प्यार ने मुझे एक रीढ़हीन सरीसृप बना डाला था।

मैं जवाबी पत्र देने के बजाय स्वयं ही कोलकाता चला गया। वहाँ जाकर शॉप्ना के घरवालों से बात की। शॉप्ना के मन की भी थाह ली। आँखें नीची करके, भौंहें सिकोड़कर, साड़ी के खूँट में अपनी तर्जनी लपेटते हुए भारी मन से ही सही, उसने हामी भर दी। मेरी खुशी का ठिकाना न रहा।

यहाँ तक तो सब कुछ ठीक जा रहा था लेकिन अन्त में शॉप्ना की माँ ने मेरे सामने विवाह की एक शर्त रख दी। झिझकते-झिझकते उन्होंने कहा, "बुरा नहीं मानना केष्टो, मैं नहीं चाहती कि विवाह के बाद तुम मेरी बेटी को लेकर पाकिस्तान में रहो। वहाँ तुम्हारी जान को खतरा है। यह विवाह तभी होगा जब तुम पाकिस्तान छोड़कर हिन्दुस्तान में आ बसोगे।"

इतना कहकर शायद उन्हें लगा कि उन्होंने कुछ ज़्यादा ही रूखेपन से ये बातें कह दीं। इसलिए अपनी आवाज़ को भरसक मुलायम करके, मेरा हाथ पकड़कर कहा, "तुमने हम लोगों के लिए बहुत कुछ किया है बेटा, अब इस माँ का यह अनुरोध भी मान लो।" अपनी भावी सास की आँखों-में-आँखें डालकर मैंने वादा किया कि बोरिशाल का घर और दुकान बेचकर मैं जल्द ही कोलकाता में बस जाने की व्यवस्था करूँगा।

मैं जल्द-से-जल्द शॉप्ना से शादी कर लेना चाहता था। क्या पता कब उसकी मति-गति बदल जाए ?

शॉप्ना के घर से निकलकर मैं बिष्टु घोष के पास गया। जल्द-से-जल्द एक परमिट की व्यवस्था कर देने का अनुरोध करके मैं बोरिशाल के लिए निकल पड़ा।

❒ ❒ ❒

ढाका होते हुए मैं बोरिशाल पहुँचा। घर के दरवाज़े पर मेरा चेहरा नज़र आते ही माँ मुझे खींचकर अन्दर ले गईं और दरवाज़ा बन्द करके फुसफुसाते हुए बोलीं, "तू यहाँ क्यों आया रे ! तुझे ढूँढ़ने रोज यहाँ पुलिस आ रही है। कहती है, हमारे पास पक्की ख़बर है कि तुम्हारा बेटा फिर हिन्दुस्तान गया था। बिना पासपोर्ट के। वह पाकिस्तान के खिलाफ जासूसी कर रहा है। इस बार उसे गिरफ्तार करने का ऊपर से बड़ा सख्त निर्देश आया है। हम उसे छोड़ेंगे नहीं।" खौफ से माँ की आँखें फैलने लगी थीं। मुझे निश्चल खड़े रहते देख उन्होंने झकझोरते हुए कहा, "तू भाग जा केष्टो। अभी रात के अँधेरे में ही भाग जा। एक बार अगर तू उनके हत्थे चढ़ गया न तो वे जल्लाद लोग तेरा जीवन बर्बाद करके रख देंगे। क्या पता जेल में ही जहर दे दें।" अपने आँसू पोंछते-पोंछते माँ ने जल्दी से मेरे लिए मछली-भात परोसा। ऑनिच्छा ने इस बीच कुछ ज़रूरी सामान मेरे सूटकेस में रख दिया था। खाते-खाते मैंने माँ को शॉप्ना से शादी की बात कही। सुनकर माँ खुश हो गईं। बोलीं, "भगवान करे अब तुम्हारा घर बस जाए।"

ऑनिच्छा को घर से अकेले न निकलने और अशरफ अली से सावधान रहने की सख्त हिदायत देकर मैं घर से निकल पड़ा। निकलने से पहले मैंने तिजोरी से सारे रुपए निकालकर एक थैले में भर लिया। खर्चे के लिए कुछ रुपए माँ और भाई-बहनों को दिए। माणिक, ऑलोक को माँ और बहन की देखभाल करने की जिम्मेदारी दी और कहा, "आटा-चक्की की कमाई से घर खर्च चलाना।"

मैं इतनी हड़बड़ी में घर से निकला था कि माँ और भाई-बहन के चेहरों को गौर से नहीं देख पाया था। यदि मैं भविष्यद्रष्टा होता तो अवश्य ही उस दिन अपने उन प्रिय चेहरों को जी भरकर देख लेने के बाद ही घर से निकलता या फिर उन्हें अकेले छोड़ता ही नहीं।

घर से निकलकर मैं सीधे जॉगाई दा के पास पहुँचा। उन्हें सारी बातें बताईं। रुपए से भरा थैला उनको थमाया और कुछ समय के लिए उसे उनके पास छिपाकर रखने को कहा। कुछ झिझक के साथ उन्होंने रुपए रख लिए। फिर बहुत सोच-विचार करके उन्होंने कहा, "अभी कुछ दिनों तक तुम जाकर ढाका में छिपे रहो। मेरे ख़याल से आलम के घर पर रहना सबसे अधिक निरापद होगा। वहीं रहकर तुम पहले बोरिशाल के घर और दुकान को बेचने की कोशिश करो। सपरिवार भारत चले जाओगे तो लोग उन पर कब्जा कर लेंगे। तुम ढाका जाओ, मैं तुम्हारे लिए विश्वस्त ग्राहक ढूँढ़ने की कोशिश करता हूँ। इस बीच अगर सम्भव हो तो ढाका से ही कोलकाता जा-जाकर वहाँ रहने, कमाने की व्यवस्था कर आना ताकि अपने परिवार के लोगों को ले जाकर वहाँ ढंग से रख सको। मेरे बारे में भी सोचना। तुम्हारे पीछे-पीछे मैं भी वहीं चला जाऊँगा।"

"लेकिन जॉगाई दा, अब यहाँ शेख मुजीब की जीत हुई है। अपने लोगों का शासन होगा। खुशहाली होगी। फिर आपको कोलकाता जाने की क्या ज़रूरत है ?" मैंने जॉगाई दा को टटोला।

"सवाल तो तुमने सही किया है। लेकिन इस देश का कोई भरोसा नहीं। मुझे नहीं लगता कि याहिया और उसके कारिन्दे इतनी आसानी से शेख मुजीब के हाथों सत्ता हस्तांतरित कर देंगे।" जॉगाई दा की आशंका को धता बताकर मैंने प्रतिप्रश्न किया, "क्यों नहीं देंगे ? जनता ने शेख मुजीब को चुना है। अवामी लीग की जीत हुई है और मुस्लिम लीग का सफाया। हम याहिया से भीख तो नहीं माँग रहे ?"

"मैंने ये बाल धूप में सफेद नहीं किए हैं रे केष्टो ! उन बदजातों की नस-नस से मैं

वाकिफ हो गया हूँ। देखो अब कौन-सी नई चाल चलते हैं ये। चुनाव हुए इतने दिन हो गए, अभी तक सत्ता-हस्तांतरण की प्रक्रिया ही शुरू नहीं की। लगता है नाक में सरसों का तेल डालकर सो गए हैं सब के सब।" जॉगाई दा के स्वर से हताशा झलक रही थी।

"निराश क्यों होते हैं जॉगाई दा ! आपके कृष्ण चाहेंगे तो जल्द ही सब ठीक हो जाएगा।"

"लेकिन कृष्ण चाहेंगे तब तो ! उनकी इच्छा के बिना तो एक पत्ता भी नहीं हिल सकता।" जॉगाई दा दीर्घश्वास छोड़ते हुए बोले।

"और अगर वे चाहें तो ?" मैंने पूछा।

"तो पूरे संसार को हिलाकर रख दें।"

"लेकिन जॉगाई दा, यदि कृष्ण के चाहने से ही सब कुछ होता तो क्या वे उस दुर्योधन का हृदय परिवर्तन नहीं कर डालते, जिनकी जिद के कारण, जिनके लोभ, स्वार्थपरता, अहंकार के कारण महाभारत का युद्ध हुआ था। युद्ध के पहले ही कृष्ण ने दुर्योधन के लालची और स्वार्थी मन को युधिष्ठिर की तरह उदार और सात्विक क्यों नहीं बना डाला ? यदि वे ऐसा करते तो इतना खून-खराबा तो न होता ?"

"देख केष्टो, अपने ईष्ट देव को लेकर मैं इस तरह का कोई तर्क-वितर्क नहीं करना चाहता। यह संसार उनकी लीला भूमि है। जब जैसी लीला करना चाहते हैं, करते हैं। उनकी मर्जी।"

"ठीक है जॉगाई दा अब चलता हूँ। अपना ख़याल रखिएगा।" कहकर मैंने उन पतंगों की डोर को बीच से काट डाला जिन्हें प्रश्न और उत्तर के रूप में हम दोनों उड़ा रहे थे। जॉगाई दा से आशीर्वाद लेकर विदा होते समय मेरा दिल भर आया। रुँधे गले से मैंने कहा, "आप सिर्फ़ मेरे व्यायाम गुरु ही नहीं, मेरे पथ-प्रदर्शक, मेरे भाग्यविधाता और मेरे सबसे बड़े हिताकांक्षी भी हैं। आपने पग-पग पर मेरी सहायता की है। मैं आपका अहसान कभी नहीं भूल सकता।"

मेरी बातों का बिना कोई उत्तर दिए "हरे कृष्ण, हरे कृष्ण !" कहकर उन्होंने मुझे विदा किया।

बाहर निकला तो देखा, आसमान में बड़ा-सा चाँद था। क्या वह मेरा पीछा कर रहा है ? नहीं-नहीं। मैं ही उसके साथ-साथ चल रहा हूँ। वर्षों से। जाने कब यह सफ़र शुरू हुआ था। जाने कब तक चलता रहेगा...।

अज्ञातवास के वे दिन

ढाका के रायेर बाज़ार के पास मेरे बचपन के दोस्त आलम रशीद का घर था। वही आलम रशीद जिसके घर कृष्णपाला हुआ करता था। पढ़ाई खत्म करने के बाद उसे सरकारी नौकरी मिल गई थी और वह ढाका चला गया था। चूँकि बोरिशाल में ही उन लोगों का पैतृक घर था इसलिए जब भी वह बोरिशाल आता, हम लोगों से ज़रूर मिलता। मैं भी ढाका जाने पर उससे मिले बिना वापस नहीं आता था। ढाका में उससे ज़्यादा करीबी तथा विश्वसनीय कोई और नहीं था इसलिए मैं उसी के घर जा धमका।

अपने स्वभाव के मुताबिक आलम ने दोनों बाँहें फैलाकर मेरा स्वागत किया। उसने अपने मकान के दूसरे तल्ले में मेरे रहने की व्यवस्था कर दी। कमरे के सामने ही खुली छत थी। कमरे की खिड़की के ठीक सामने एक बड़ा-सा पीपल का पेड़ था। पीपल की हरी-हरी पत्तियों से छन-छनकर आती सूरज की किरणों से सफेद दीवारोंवाले उस कमरे में मानो हरियाली छा जाती थी। मेरे तनावपूर्ण दिमाग के लिए वह हरियाली मरहम का काम करती। मुझे अपना कमरा बहुत पसन्द आया। उस घर के लोग इतने अतिथिपरायण थे कि मुझे वहाँ रहने में किसी भी तरह की असुविधा या हिचक नहीं होती थी। आलम की अम्मी और बीवी मेरे भोजन, बिस्तर तथा कपड़े का पूरा ख़याल रखा करती थीं। घर के तीनों बच्चे--तुताई, बाबाई और रिंकु भी बहुत प्यारे थे। जब-तब आकर वे मुझे घेर लेते और कहते, "चाचू-चाचू हमें गल्प सुनाइए न !" और मुझे उन्हें भूत-प्रेत, चोर-डाकू तथा क्रांतिकारियों की कहानियाँ सुनानी पड़तीं।

आलम के अब्बू-अम्मी काफी खुले विचारों के थे। उनके घर में दोस्त-यारों के आने-जाने पर कोई पाबन्दी नहीं थी। अक्सर शाम को आलम के दोस्त वहाँ अड्डा मारने चले आते। अड्डे में आलम के अब्बू-अम्मी, बीवी-बच्चे सभी समान रूप से भाग लेते। आलम के अब्बू जहाँ अक्सर देश विभाजन के पहले के स्वर्णिम दिनों की चर्चा किया करते, वहीं उसकी अम्मी का प्रिय विषय था--यात्रा-नाटक-सिनेमा।

मेरे आने के बाद से मेरे छतवाले कमरे में ही रोज शाम को अड्डा जमने लगा था। आलम के दोस्त फ़ीरोज़, अहमद, ऑचिन्तो तथा राणा तो उस अड्डे में होते ही थे, राणा की प्रेमिका आयशा भी अक्सर चली आती थी। बड़ी ही हँसमुख और मुँहफट लड़की थी वह। रकेया हॉल छात्रावास में रहकर ढाका विश्वविद्यालय में पढ़ाई कर रही थी। आलम की बीवी तबस्सुम से आयशा की खूब पटती थी। जिस दिन आयशा आती, उस दिन वे दोनों मिलकर हम मर्दों की खूब खिंचाई किया करतीं। शॉप्ना के लिए मैंने इतने दिनों तक शादी नहीं की और अब इतनी उम्र में उससे शादी करने जा रहा हूँ, इस बात को लेकर भी मेरी टाँग खींची जाती।

राणा की उम्र हम सबसे काफी कम थी लेकिन फिर भी पता नहीं कैसे उसकी दोस्ती आलम से हो गई थी। एक दिन जब मैंने आयशा और राणा से कहा, "तुम दोनों शादी क्यों नहीं कर लेते ?" तो आयशा ने कहा, "आपको पता नहीं ? मैं इसी साल शादी करने जा रही हूँ। एक अच्छे नौकरीवाले लड़के के साथ ! क्योंकि इन्होंने तो अपनी बेकारी का बहाना बना-बनाकर मुझे उम्र भर कुँआरी बनाए रखने की कसम खाई है।"

आयशा ने ये बातें राणा को चिढ़ाने के लिए कही थी। वह सचमुच चिढ़ गया और लगा उसे दौड़ाने। आयशा खिलखिलाती हुई भागकर छत पर चली गई। बच्चे पतंग उड़ा रहे थे। इन दोनों को छत पर आपाधापी करते देख बच्चों का ध्यान पतंग से हटकर इन पर केन्द्रित हो गया। इस खेल में उन्हें ज़्यादा मजा आ रहा था शायद। अन्यमनस्क बच्चों के हाथों से ढीली पड़ गई पतंग की डोर छत में इधर-उधर फैल गई और दौड़ती आयशा उनमें फँसकर गिर पड़ी। अरारूट और काँच के चूर्ण से माँझा किए हुए कड़े धारदार पतंग की डोर से आयशा के पाँव कई जगह से कट-फट गए और खून रिसने लगा। "अम्मी गो गेलाम गो" कहती हुई आयशा अपने जख़्मों को लेकर बैठ गई। उसकी चीख़ सुनकर हम सभी दौड़कर छत पर आए। आलम की अम्मी ने तो उन दोनों को अच्छी-खासी डाँट पिलाई, "क्या बच्चों

जैसी हरकतें करते हो तुम दोनों ? इस उम्र में हाथ-पाँव तुड़वाने का इरादा है क्या ?" और आयशा के जख़्मों को सहलाते हुए तबस्सुम से कहा, "जाओ तो बोउमा जल्दी से नीचे जाकर डेटॉल, रुई, पट्टी ले आओ ! आहा ! कितना खून निकल रहा है..." और सब मिलकर आयशा की सेवा-शुश्रुषा में लग गए।

इस तरह से रोज कोई न कोई तमाशा होता और हँसी-मजाक, तर्क-वितर्क के बीच उन लोगों की संगत में मेरा मन लगा रहता। वे लोग विभिन्न विषयों पर बातें करते थे मगर उन दिनों पाकिस्तान की राजनीति में इतनी उथल-पुथल हो रही थी कि घूम-फिरकर वे इसी मुद्दे पर बहस करने लग जाते कि पूर्वी पाकिस्तान को स्वायत्त शासन मिलेगा या नहीं ? मुजीब देश के प्रधानमन्त्री बनेंगे या नहीं ?

वे सभी अवामी लीग के समर्थक थे और मुजीब के अन्धे भक्त। राजनीति की उन्हें काफी समझ थी। माओ-त्से-तुंग की रचनाओं को भी उन्होंने घोलकर पी रखा था। मार्क्स-एंगेल्स की अवधारणाएँ उनके सामने स्वच्छ जल की तरह स्पष्ट थीं। उन सभी के पास मार्क्सवादी साहित्य से सम्बन्धित काफी पुस्तकें थीं। हर दिन अड्डे पर वे जिस तरह से मार्क्स-एंगेल्स, माओ-त्से-तुंग जैसे विचारकों की अवधारणाओं के बारे में, याहिया, भुट्टो की राजनीतिक चालों के बारे में तथा मुजीब की गांधीवादी विचारों के बारे में तर्क-वितर्क किया करते थे, उससे ऐसा लगता था जैसे यह एक घर नहीं, मुखर राजनीतिज्ञों का कोई राजनीतिक मंच है।

दरअसल 14 जनवरी को ढाका हवाई अड्डे पर खड़े होकर जब याहिया ने कहा था, "शेख मुजीब शीघ्र ही पाकिस्तान के प्रधानमन्त्री बननेवाले हैं। उनके सत्ता में आते ही मैं कुर्सी से हट जाऊँगा।" तो सभी खुशी से झूम उठे थे। लेकिन उसके बाद ही पिपुल्स पार्टी के नेता जुल्फिकार अली भुट्टो की शह पर (जिनकी पार्टी को चुनाव में अवामी लीग के बाद सबसे अधिक वोट मिले थे) याहिया ने इस मुद्दे को टालने के लिए तरह-तरह की राजनीतिक चालें चलनी आरम्भ कर दीं। सबसे अहम चाल थी भारतीय विमान का कश्मीरी मुक्तियोद्धाओं द्वारा अपहरण करवाना और उसे लाहौर में उतरवाकर उसका ध्वंस कर देना ताकि देशवासियों का ध्यान बँटाया जा सके।

उनकी चालों से तंग आकर मुजीब ने तो कह ही डाला, "सत्ता हस्तांतरण में विघ्न पैदा करने के लिए पाकिस्तान के स्वार्थी सत्तालोलुपों द्वारा रचा गया यह एक बहुत बड़ा षड्यन्त्र है।"

ठीक इसके बाद भुट्टो ने, जिनको पश्चिमी पाकिस्तानियों का व्यापक समर्थन प्राप्त था, ऐलान किया, "यदि शेख मुजीब के सिक्स प्वॉयेन्ट डिक्लैरेशन के अनुसार शासन व्यवस्था लागू की गई तो मैं इसके खिलाफ व्यापक आन्दोलन करूँगा।" इस प्रकार सत्ता हस्तांतरण का मामला झूलता ही चला गया और मुजीब की छत्रच्छाया में खुशहाल और उन्मुक्त जीवन जीने की आशा में टकटकी लगाकर बैठी बंगाली जनता की निराशा बढ़ती ही गई।

❐ ❐ ❐

जॉगाई दा ने अपना वादा निभाया। उन्होंने मेरे पास एक ऐसे विश्वस्त व्यापारी को भेजा जो मेरा घर और आटा-चक्की खरीदना चाहते थे। वे एक सीधे-सादे मुसलमान व्यापारी थे। बातचीत आगे बढ़ाते हुए उन्होंने मुझे सपाट लहजे में कहा, "मैं आपको पैसे नहीं दूँगा।"

ये बातें सुन मुझे चकराते देख वे हँसे और बोले, "आप घबराइए मत। मैं मुफ़्त में आपका घर और दुकान नहीं लूँगा। जॉगाई दा बता रहे थे कि कोलकाता में आप एक मकान खरीदना चाहते हैं। पार्क सर्कस में मेरा एक दोतल्ला मकान है। आप उसे ले लें और अपना घर तथा आटा-चक्की मुझे दे दें। मैं अपने परिवार के साथ बोरिशाल आ गया हूँ। मुझे अब कोलकातावाले मकान की ज़रूरत नहीं।"

मुझे सौदा पसन्द आया। उनसे कहा कि वे कोलकाता चलकर मुझे अपना घर दिखा दें ताकि जल्द-से-जल्द लिखा-पढ़ी कर ली जाए। जल्द ही आने का वादा करके वे सज्जन बोरिशाल चले गए।

कोलकाता में रहने की समस्या का समाधान करने के साथ-साथ सूद पर लगाए गए पैसों को समेटना भी ज़रूरी था। इसलिए मैं अपने उन दोस्तों से सम्पर्क साधने की कोशिश करने लगा जिनके व्यवसाय में मेरे पैसे लगे थे। घर पर भी ख़बर भिजवा दी थी कि हम लोग जल्दी ही कोलकाता में जा बसेंगे, वे तैयार रहें।

मैं तो कोलकाता जाकर बस जाना चाहता था मगर नियति को कुछ और ही मंजूर था। वह मेरी जीवन नैया को किसी ऐसी दिशा में मोड़ने को बद्धपरिकर थी जिस दिशा में झंझावातों के सिवा कुछ भी नहीं था।

ढाका उन दिनों राजनीतिक सरगर्मी से तप रहा था और उसकी आँच आलम तथा उसकी मित्रमंडली के माध्यम से मुझे भी झुलसाने लगी थी।

जब से याहिया ने घोषणा की थी कि 30 जून तक नए संविधान के निर्माण का कार्य पूरा करना है इसलिए 3 मार्च को ढाका में जातीय परिषद का अधिवेशन होगा, तब से वहाँ के माहौल में एक नई उत्तेजना जारी हो गई थी। अवामी लीग को चुनाव में बहुमत मिला था इसलिए नियमानुसार उसे ही संविधान निर्माण का अधिकार मिलना चाहिए था। अब देखना यही था कि याहिया कौन-सी नई चाल चलते हैं।

चाल याहिया ने नहीं बल्कि भुट्टो ने चली। एक सुबह आलम लाल-पीला होता हुआ बाज़ार से आया और अपने हाथ का अखबार पटकते हुए बोला, "देख ! देख ! भुट्टो ने क्या कहा है ? कहा है, 'सिर्फ़ अवामी लीग के नेताओं के मतानुसार संविधान का निर्माण नहीं हो सकता।' इतना ही नहीं, उन्होंने तो याहिया को यह धमकी भी दी है कि संविधान के मामले में यदि उनकी (भुट्टो की) सलाह न मानी गई तो वे ढाका के अधिवेशन का बहिष्कार करेंगे और यदि उनके बगैर ही अधिवेशन बुलाया गया तो पूरे पश्चिमी पाकिस्तान में व्यापक हड़ताल करेंगे।

मैंने कहा था न कि ये लोग ज़रूर कोई-न-कोई लफड़ा खड़ा करेंगे।" आलम अब भी फुफकार रहा था। मैंने बड़ी मुश्किल से उसे शान्त किया और तब जाकर वह नहा-धोकर ऑफिस के लिए तैयार हुआ।

❒ ❒ ❒

पहली मार्च को ढाका स्टेडियम में क्रिकेट मैच था। आलम और उसके सभी दोस्त मैच देखने जा रहे थे। मुझे भी साथ ले जाना चाहते थे वे। मैंने कहा, "स्टेडियम में तरह-तरह के लोग रहेंगे। किसी दुश्मन ने मुझे देख लिया तो ?"

"तू टोपी और सनग्लास लगा ले। मेरे पास नकली दाढ़ी मूँछें भी हैं। नाटक करते समय

लगाता हूँ। आज चल तुझे ही लगा देता हूँ।" कहकर आलम मुझे जबरदस्ती सजा-धजाकर अपने साथ स्टेडियम ले गया।

करीब तीस हज़ार बंगाली क्रिकेट-प्रेमियों से स्टेडियम भरा हुआ था। हमें पहुँचने में देर हो गई थी। मुश्किल से अन्दर जा पाया। अनेक दर्शकों ने हाथ में ट्रांजिस्टर ले रखा था। मैच देखने के साथ-साथ वे कमेंट्री भी सुनते जा रहे थे। हमेशा की तरह लोगों ने दुनियादारी भूलकर रन, विकेट, आउट जैसे चन्द शब्दों के घेरे में खुद को समेट लिया था।

दोपहर के करीब एक बजे स्टेडियम में अचानक हो-हल्ला होने लगा। लोग आक्रोश से उबलने लगे और अपनी-अपनी सीट छोड़कर उठ खड़े हुए। फिर तो स्टेडियम में ऐसी भगदड़ मची कि मैच बीच में ही रोक देना पड़ा। इधर उत्तेजित दर्शकों ने स्टेडियम के तम्बू में आग लगा दी। गुस्से से वे मानो पागल हो उठे थे। उनके पागलपन का उत्स था याहिया की तरफ़ से की गई वह घोषणा, जो करीब एक बजे बेतार से प्रसारित हुई थी। कमेंट्री सुनते लोगों के कानों में जब वह घोषणा पड़ी कि 3 मार्च को जातीय परिषद की बैठक नहीं होगी। उसे अनिश्चित काल के लिए स्थगित किया जाता है...तो उनके धैर्य का बाँध टूट गया। वे समझ गए कि याहिया बंगालियों के हाथों सत्ता सौंपना नहीं चाहते, इसीलिए बार-बार टालमटोल कर रहे हैं।

याहिया और भुट्टो की चाल से क्षुब्ध, क्रोधित और उत्तेजित दर्शक स्टेडियम की दीवारों को लाँघकर ढाका की सड़कों पर उतर आए। यह एक ऐसा उफान था जो पतीली में खौलते दूध की एक-एक बूँद की तरह एक-एक व्यक्ति को बहा ले जा रहा था। मैं भी उस भीड़ में शामिल था। उस जनस्रोत में आलम, फ़ीरोज़, अहमद, ऑचिन्तो, राणा—कौन किधर बह गया कुछ पता ही नहीं चला।

देखते-ही-देखते स्टेडियम से निकली भीड़ के साथ-साथ मानो पूरा ढाका शहर प्रतिवाद पर उतर आया। गली-कूचे से, ढाका विश्वविद्यालय के विभिन्न हॉस्टलों से झुंड-के-झुंड लड़के लाठी-डंडा, लोहे की छड़ आदि लेकर सड़क पर उतर आए थे। "याहियार घोषोणा मानबो ना मानबो ना। बीर बांगाली ऑस्त्रो धॉरो, बांग्लादेश, शाधीन कॉरो..." (याहिया की घोषणा नहीं मानेंगे, नहीं मानेंगे। वीर बंगाली अस्त्र उठाओ, बांग्लादेश को स्वाधीन करो) जैसे नारे देतीं हुई गुस्से से पगलाई जनता ने कई पश्चिमी पाकिस्तानियों की दुकानों में आग लगा दी। कई सरकारी बसों को भी फूँक डाला गया। सामूहिक चेतना हम सबकी व्यक्तिगत चेतना पर हावी हो गई थी। हमारा मस्तिष्क उस भीड़ द्वारा संचालित हो रहा था। मेरे जैसे बहुत से लोग उस भीड़ के साथ-साथ वह सब काम कर रहे थे—जो अकेले में करने की सोच भी नहीं सकते थे।

रास्ते भर उत्पात मचाते हुए असन्तुष्ट जनता का एक विशाल हुजूम होटल पुर्बानी के सामने जा उपस्थित हुआ। होटल पुर्बानी के सामने के तीनों रास्तों, मेन रोड तक पर तिल धरने की जगह नहीं बची। भीड़ के उस वक़्त वहाँ पहुँचने की वजह थी होटल पुर्बानी में बंगबन्धु शेख मुजीब का उपस्थित होना। वहाँ वे पत्रकारों के साथ एक बैठक कर रहे थे। जनता चाहती थी कि शेख इस अन्याय के खिलाफ कोई उचित कदम उठाएँ। जनता का आवेग देख शेख मुजीब भी उत्तेजित हो उठे और उन्होंने कहा, "इस अन्याय के प्रतिवादस्वरूप हम कल ढाका में तथा परसों पूरे पूर्वी पाकिस्तान में आम हड़ताल करने के लिए लोगों से अपील करते हैं।" शेख पुनः दहाड़े "यदि हड़ताल के बाद भी पाकिस्तान सरकार अपना रवैया

नहीं बदलेगी तो व्यापक आन्दोलन चलाया जाएगा।" जनसमुदाय से उन्होंने 7 मार्च को ढाका रेसकोर्स मैदान में उपस्थित होने की अपील की। उन्होंने कहा कि उसी दिन उस व्यापक आन्दोलन की रूपरेखा के बारे में जानकारी दी जाएगी।

इधर पता चला कि शहर की गलियों में जुलूस की शक्ल में निकलने से पहले ही विश्वविद्यालय परिसर के बटतला में असंख्य छात्रों के साथ इकट्ठा होकर छात्रलीग तथा डाकसू (ढाका कॉलेज स्टूडेंट युनियन) के नेताओं ने निर्णय लिया था कि वे शाम तीन बजे पलटन मैदान में सभा करेंगे। होटल पुर्बानी के सामने से निकलकर मैं भी भीड़ के साथ पलटन मैदान जा पहुँचा। किसी के द्वारा पहचान लिए जाने का भय मन से मिट चुका था। असंख्य लोगों की भीड़ के बीच खड़ा होकर मैंने भी नेताओं के खून खौलानेवाले भाषण सुने। पता चला, शहर में जगह-जगह इसी तरह की भाषणबाजी चल रही है।

मेरे पास खड़े एक सज्जन, जो बाइक पर बैठकर थोड़ी देर पहले ही वहाँ आए थे, अपने साथ खड़े व्यक्ति से बोल रहे थे, "ये क्या भाषण दे रहे हैं, गुलिस्तान के मोड़ पर रखे कमान के ऊपर खड़ी होकर मतिया चौधरी जब भाषण दे रही थी न, तब ऐसा लग रहा था मानो उस कमान से गोले दाग रही हो।"

"तभी तो वह महिला 'अग्निकन्या' के नाम से विख्यात है।" बगल से किसी ने टिप्पणी की। बाइक से आए सज्जन को देख ऐसा तो लग रहा था जैसे मैंने पहले इन्हें कहीं देखा है, लेकिन कहाँ देखा है याद नहीं कर पा रहा था। सदर घाट में ? रमना कालीबाड़ी में या बोरिशाल में ? फिर सोचा, चलो हटाओ। क्या फर्क पड़ेगा ? जहाँ भी देखा हो। लेकिन मन उसे याद करने की जिद पर अड़ गया। अकारण एक तुच्छ बात दिमाग के साथ हाथापाई करने लगी। देखते-ही-देखते सभा समाप्त हो गई। सभा-समाप्ति के उपरान्त घर लौटने के क्रम में जगह-जगह गश्ती दल के सैनिकों के प्रतिरोध का सामना करना पड़ा। कई जगह गोलियाँ चलीं। कई लोग मारे गए, कुछ घायल हुए। फिर भी हुजूम ने उत्पात मचाना बन्द नहीं किया। कई पाकिस्तानी झंडे जला दिए गए। याहिया खान और भुट्टो की तस्वीरें भी खुलेआम फूँक डाली गईं। फार्मगेट इलाके के 'होटल सलामार' को लूट लिया गया। अँधेरा घिर आया था लेकिन हज़ारों लोग सड़कों पर नारे लगाते हुए घूम रहे थे। किसी बड़ी गड़बड़ी की आशंका से बुजुर्ग लोग जल्दी-जल्दी दुकानों से ज़्यादा-ज़्यादा खाने-पीने की चीज़ें खरीदकर घर ले जा रहे थे।

रात को जब मैं घर लौटा तो पता चला आलम घर नहीं पहुँचा है। हंगामे की ख़बर घर पर बहुत पहले ही पहुँच चुकी थी। सभी हमारे लिए परेशान थे। घंटों राह ताकते रहने के बाद जब आलम के बगैर ही मैं घर लौटा तो उनकी बेचैनी और बढ़ गई। मैं भी परेशान हो उठा। उसके दोस्तों के घर जाकर उसे ढूँढ़ आया। वह कहीं भी नहीं था। काफी रात गए कुछ लोग आलम को घर छोड़ गए। उसके सिर पर पट्टी बँधी हुई थी। शरीर कई जगह से कट-फट गया था। पता चला जुलूस में चलते समय गश्ती सैनिकों ने लाठियाँ चलाई थीं। इस कारण होनेवाले भगदड़ में वह गिर पड़ा था। काफी देर तक अचेतावस्था में पड़े रहने के बाद एक सज्जन ने उसे उठाया, डॉक्टर के पास ले जाकर मरहम पट्टी करवाई। फिर कुछ स्वस्थ होने पर वे उसे घर छोड़ गए।

"भगवान का लाख-लाख शुक्र है जो वह बचकर घर लौट आया।" मैंने मन-ही-मन भगवान को धन्यवाद दिया। उस वक़्त कौन जानता था कि भगवान उसे इतनी जल्दी मार

ही नहीं सकते थे। उसे तो ज़िन्दा रहना था जीवन के एक महत्त्वपूर्ण अध्याय तक मेरा साथ देने के लिए। कौन जानता था कि एक-दूसरे की चिन्दी-चिन्दी बिखरे हुए जीवन को सहलाते हुए हम दोनों को साथ-साथ एक ऐसे काले अध्याय से होकर गुज़रना है जिसकी कल्पना कोई सभ्य समाज, कोई सभ्य देश नहीं कर सकता। सपने में भी नहीं कर सकता !

...और उस अध्याय की भूमिका लिखी जा रही थी। दिन-प्रतिदिन की घटनाओं की शक्ल में...

❐ ❐ ❐

हमारे जीवन में, पूर्वी पाकिस्तान के साढ़े सात करोड़ हिन्दू-मुस्लिम बंगालियों के जीवन में जलजला आने के पहले के उन चन्द दिनों में घटनाएँ बड़ी तेज़ी से घटती चली गईं। हमें क्या पता था कि इन मामूली-सी दिखनेवाली घटनाओं के ढूह पर ऐसा इतिहास रचा जानेवाला है जो विश्व की क्रूरतम घटनाओं को भी मात दे देगा।

❐ ❐ ❐

घटनाएँ घट रही थीं। उन घटनाओं की कुछ कड़ियाँ थीं अखबारों में मुजीब के आन्दोलन से सम्बन्धित ख़बरें तथा तस्वीरें छापने पर रोक लगाना, 2 मार्च की रात के पौने आठ बजे से सुबह सात बजे तक ढाका शहर में कर्फ्यू लगा दिया जाना, कर्फ्यू की अवमानना करनेवाले आन्दोलनकारियों पर सैनिकों का गोलियाँ चलाना और याहिया द्वारा ढाका में एक राजनीतिक नेतृत्व सम्मेलन का आह्वान किया जाना।

परिणाम ? शेख मुजीब द्वारा याहिया के इस आमन्त्रण का प्रत्याख्यान, आन्दोलन का ढाका की चौहद्दी पार करके दावानल की तरह पूरे पूर्वी पाकिस्तान में फैल जाना, खुलना, सिलेट, रंगपुर, चट्टग्राम जैसे विभिन्न जिलों में भी सैनिकों द्वारा आन्दोलनकारियों पर निर्ममता से गोलियाँ चलाना तथा याहिया सरकार के इस दमनकारी रवैए से क्षुब्ध शेख मुजीब का पुनः ढाका पलटन मैदान में प्रकट होना और ऐलान करना, "याहिया सरकार इस तरह से हमारे आन्दोलन को दबा नहीं सकती। हम जो आन्दोलन करने जा रहे हैं वह अस्त्रधारी पशुशक्ति के विरुद्ध निरस्त्र जनता का अहिंसक असहयोग आन्दोलन है।" शेख ने अपने असंख्य भक्तों से अनुरोध किया कि वे पाकिस्तान सरकार के खिलाफ असहयोग आन्दोलन करें। सभी सरकारी कार्यालय, कल-कारखाना, रेल, स्टीमर, बस सेवा आदि बन्द रखें। सरकार को किसी तरह का टैक्स नहीं दें। और यह असहयोग आन्दोलन तब तक जारी रखें जब तक कि पूर्वी पाकिस्तान से सैनिकों को हटा न लिया जाए और जनप्रतिनिधियों के हाथों देश की बागडोर सौंप न दी जाए। शेख मुजीब ने यह भी स्पष्ट कर दिया था कि चुनाव में बहुमत भले ही उन्हें मिला हो लेकिन उन्हें तथा अवामी लीग को पश्चिमी पाकिस्तान में शासन करने का कोई शौक नहीं। उन लोगों के हाथों सिर्फ़ पूर्वी पाकिस्तान की बागडोर दे दी जाए।

मगर याहिया सरकार ने तो कानों में मानो रुई ठूँस रखी थी। सेनावाहिनी का अत्याचार पूर्ववत् जारी रहा। ढाका शहर और उसके आसपास के इलाकों में सैनिकों की गोली से तीन सौ लोगों की मृत्यु हुई और करीब दो हज़ार बंगाली घायल हुए। जशोर, खुलना, राजशाही, चट्टग्राम जैसे विभिन्न इलाकों में भी काफी लोग हताहत हुए।

मजबूर होकर 7 मार्च को ढाका रेसकोर्स के विशाल मैदान के मंच पर शेख मुजीब जा उपस्थित हुए। सफेद कुर्ता-पाजामा, काली बंडी और काले मोटे फ्रेम का चश्मा पहने करिश्माई व्यक्तित्व के स्वामी, साढ़े सात करोड़ बंगवासियों के उस प्रिय नेता को देख मैं अभिभूत हो उठा, जिनके आह्वान पर वहाँ उस दिन दस लाख से अधिक लोग खिंचे चले आए थे। ओजपूर्ण और भावविह्वल कंठ से उन्होंने बंगवासियों को सम्बोधित करते हुए कहा, "मेरे भाइयो ! हम लोगों ने रक्त दिया है, हम और रक्त देंगे।...एबारेर शौंग्राम मुक्तिर शौंग्राम...एबारेर शौंग्राम शाधीनोतार शौंग्राम...(इस बार का संग्राम मुक्ति का संग्राम है...इस बार का संग्राम स्वाधीनता का संग्राम है...) यदि मैं आदेश न भी दे पाऊँ तो भी घर-घर में दुर्ग खड़ा कीजिएगा। हमारे पास जो कुछ भी है उसी से हमें शत्रुओं का मुकाबला करना होगा। पूर्वी पाकिस्तान की साढ़े सात करोड़ जनता को दबाकर नहीं रखा जा सकता..."

बंगबन्धु शेख मुजीबुर्रहमान के उस खून खौलानेवाली वक्तव्य ने उपस्थित जन समुदाय की सिराओं में रक्त प्रवाह को तेज़ कर दिया। उनमें नए जोश, नए उत्साह का संचार हुआ। कहीं से आवाज़ आई :

हाजार बॉछोर बोन्दी थेके
शिकोल भांगार शॉप्नो देखे
सातोई मार्च एकात्तूरे
डाक दिलो के ऐमोन शूरे ?
(हज़ार सालों तक बन्दी रहकर
जंजीर टूटने का सपना देखकर
सात मार्च एकहत्तर में
किसने पुकारा ऐसे स्वर में ?)

दूसरी आवाज़ आई, "समझे नहीं हमारे प्रिय नेता क्या कहना चाहते हैं ? कहना चाहते हैं :

आय तोरा आय ओरे आर देरी नॉय
बिपॉन्नो जॉनोनी आज काँदिछे बैथाय
शोत्रु शियॉरे तार शॉन्तानेरे चाय
ताइ से कांदिया कॉहे बाँचाव आमाय
(आओ तुम लोग आओ, और देर मत करो
विपन्न जननी आज दर्द से रो रही है
सिर पर सवार शत्रु उनकी सन्तानों को माँग रहे हैं
इसीलिए रो-रोकर वह कह रही है—मुझे बचाओ !)

और उनके मन के भावों को समझते हुए सभी ने उनके स्वर में स्वर मिलाकर इस मुक्ति संग्राम में उनका साथ देने का संकल्प किया।

जोश में आकर उन्हीं दिनों मुजीबवाहिनी का गठन किया गया। उस वाहिनी में अवामी लीग तथा छात्र लीग* के युवा तथा शिक्षित कर्मियों को शामिल किया गया। इस वाहिनी के गठन में मुजीब के भांजे शेख फजलूल हक मनी, युवा नेता अब्दुर रज्जाक, तोफाएल अहमद

*छात्रलीग की स्थापना का उद्देश्य पश्चिमी पाकिस्तान के स्वेच्छाचारी शासकों के खिलाफ आवाज़ उठाकर पूर्वी पाकिस्तान के प्रति किए जा रहे अन्याय तथा शोषण को समाप्त करना था।

तथा अब्दुर रब ने मुख्य भूमिका निभाई।

राणा भी मुजीबवाहिनी में शामिल हो गया। उसकी व्यस्तता बढ़ गई। उसने अड्डे पर आना करीब-करीब बन्द ही कर दिया। आयशा कभी-कभी अकेली ही तबस्सुम के पास आ जाया करती थी। इस बीच जहाँ एक ओर याहिया, भुट्टो, मुजीब के बीच राजनीतिक आँख-मिचौनी, मीटिंग, विचार-विमर्श चलता रहा, जनआन्दोलन तथा सेनावाहिनी का दमन चलता रहा वहीं दूसरी ओर मुजीबवाहिनी ने याहिया की बर्बरता का मुकाबला करने के लिए छात्रों तथा अन्य युवकों को सैन्य प्रशिक्षण देना आरम्भ किया।

एक दिन आलम ने एक काली पताका लाकर छत पर टाँग दी। बोला, "बंगबन्धु ने कहा है, "हर घर में काली पताका फहराओ। अपना विरोध जतलाओ। गाँव-गाँव, शहर-शहर में संग्राम कॅमिटी का गठन करो।' क्यों न हम लोग भी मिलकर इस मुहल्ले में एक संग्राम कॅमिटी का गठन करें ?" "हाँ-हाँ क्यों नहीं।" मैंने कहा, "मुहल्लेवालों से बात करो। मैं तुम्हारे साथ हूँ।" और वह मुहल्ले के लोगों को इकट्ठा करने निकल पड़ा था। फ़ीरोज़ और ऑचिन्तो अपने-अपने मुहल्लों में व्यस्त थे। इन सारी सरगर्मियों के बीच मेरा घर खरीदना, घर बेचना, सूद पर दिए पैसे वसूलना—कुछ भी नहीं हो पा रहा था। वे सारी चीज़ें अब गौण लगने लगी थीं। प्रमुख हो उठा था देश प्रेम। देश प्रेमियों को, आन्दोलनकारियों को अब किसी भी हाल में अपनी मातृभूमि को पाकिस्तान कहकर पुकारना गँवारा नहीं था। उन्होंने पूर्वी पाकिस्तान का नाम बदलकर "बांग्लादेश" जो रख लिया था। हज़ारों हृदय हर वक़्त मानो यही कहता,

"बांग्लादेश
आमार बांग्लादेश
बिश्शो कोबिर शोनार बांग्ला
नोजरुलेर बांग्लादेश
जीबोनानॉन्देर रूपोशी बांग्ला
रूपेर जे तार नेइ को शेष
बांग्लादेश..."
(बांग्लादेश
मेरा बांग्लादेश
विश्वकवि का सोनार बांग्ला
नजरूल का बांग्लादेश
जीवनानन्द का रूपसी बांग्ला
जिसके रूपों का नहीं है शेष
बांग्लादेश...)

और इसके कुछ दिनों बाद ही आया 23 मार्च का दिन। 'पाकिस्तान दिवस।' मुजीब ने पहले ही घोषणा कर दी थी, "इस बार इस दिन को आप लोग हर साल की तरह धूमधाम से नहीं मनाएँगे। इस दिन को इस वर्ष हमें 'प्रतिरोध दिवस' के रूप में मनाना है।"

मुजीब के कहे अनुसार 23 मार्च को प्रतिरोध दिवस के रूप में मनाने की तैयारी की ही जा रही थी कि इस बीच ख़बर आई कि मुजीब ने अपने घर पर 'बांग्लादेश' का नया झंडा फहरा दिया है और 32 धानमंडी स्थित अपने उस वासस्थान को ही बांग्लादेश का मूल शासनकेन्द्र घोषित कर दिया है। यह समाचार आग की तरह पूरे बांग्लादेश में फैल गया और

विभिन्न प्रान्तों के लोगों ने अपने-अपने घर पर मुजीब की तरह जय बांग्ला पताका फहरा दी। मुजीबवाहिनी के युवा सदस्यों ने ढाका के 'आउटर स्टेडियम' में झंडा फहराया।

यह वही पताका थी जो सिराजुल आलम खान की परिकल्पना से 1970 ई. के आरम्भ में छात्र लीग की जंगीवाहिनी के लिए बनवाई गई थी। हरे रंग के बीच लाल रंग की गोलाई में सफेद रंग से बांग्लादेश का मानचित्र दर्शाती पताका, जो साढ़े सात करोड़ बांग्लादेशी के स्वतन्त्र अस्तित्व का प्रतीक बन गई।

अपने प्रिय नेता के आह्वान पर प्रतिरोध दिवस मनाने मुजीबवाहिनी तथा छात्र संग्राम परिषद के हज़ारों छात्र काली पताका लेकर ढाका के राजपथ पर जुलूस की शक्ल में निकल पड़े। उनके कंठ से निकले देशभक्ति गीतों से दिशाएँ गूँज उठीं,

"चॉलो सोन्मुखे, हॉबो आगुयान
हाते आछे हातियार
आज मानबो ना कोनो बाधा
सौंशॉय शॉब गुरुभार।..."
(चलो आगे बढ़ते हैं
हाथों में हथियार है
आज कोई बाधा नहीं मानेंगे
सारे संशय बहुत भारी हैं...)

सड़क से गुज़रते उत्साही छात्रों के हाथों में लहराती काली पताकाओं के साथ-साथ स्लोगन लिखे पट्टों पर झलक रही थीं मार्मिक कविताओं की पंक्तियाँ...

सड़क के किनारे खड़े-खड़े उन आन्दोलनकारी छात्रों को देखना बड़ा अच्छा लग रहा था। उनका जोश, उनकी हिम्मत और देशभक्ति देख उन पर गर्व हो रहा था मुझे। वे जानते थे कि सैनिकों की गोली से किसी भी वक़्त उनका सीना छलनी हो सकता है लेकिन वे निडरता से सीना ताने आगे बढ़े जा रहे थे। इच्छा हुई चीख़-चीख़कर कहूँ, 'धन्य है वह बंग माता जिसने ऐसे वीर सपूतों को जन्म दिया। धन्य हैं बंगबन्धु जिन्होंने अपने प्रभावशाली भाषण से, अपने व्यक्तित्व, अपने कुशल नेतृत्व से जन-जन में देशभक्ति की भावना का बीजारोपण किया, मातृभूमि के लिए मर-मिटने का जुनून पैदा किया, उन्हें एक सुन्दर भविष्य के निर्माण का सपना दिखाया। तभी तो अन्नदाशंकर राय ने कहा है,

"जॉतो दिन रॉबे पॉद्दा मेघना गौंगा जोमुना बॉहोमान
तॉतो दिन रॉबे कीर्ति तोमार शेख मुजीबुर रहमान।"

(जितने दिनों तक रहेगी पद्मा, मेघना, गंगा, यमुना प्रवहमान। उतने दिनों तक रहेगी कीर्ति तुम्हारी शेख मुजीबुर्रहमान।)

उन दिनों याहिया ढाका आए हुए थे। 24 मार्च को पुनः जब याहिया-मुजीब की बैठक हुई तो हमारे मन में एक उम्मीद जागी। हमें लगा कि शायद याहिया इस बार अवामी लीग के हाथों पूर्वी पाकिस्तान की सत्ता हस्तांतरित करने के उद्देश्य से ही ढाका आए हैं। उन दिनों पूर्वी पाकिस्तान में रोज हज़ारों की संख्या में पश्चिमी पाकिस्तान से सैनिकों के आने की सूचना मिल रही थी। पूर्वी पाकिस्तान के विभिन्न प्रान्तों से सैनिकों द्वारा आन्दोलनकारियों की हत्या की छिटपुट ख़बरें भी आ रही थीं। सबसे अधिक दिल दहला देनेवाली ख़बर आई चट्टग्राम बन्दरगाह से। पता चला कि पश्चिमी पाकिस्तान से लाए गए

अस्त्र-शस्त्रों के जखीरे को जहाज से नीचे उतारने से इनकार करने पर पाकिस्तानी फ़ौजियों ने 24 मार्च को अनेक बंगाली ख़लासियों (श्रमिकों) को गोली से उड़ा दिया है।

हुआ यह था कि अपने ही देशवासियों के विरुद्ध इस्तेमाल करने के लिए पश्चिमी पाकिस्तानी फ़ौजियों द्वारा लाए जानेवाले अस्त्र-शस्त्रों को जहाज से उतारने में जब बंगाली खलासियों ने अपनी असमर्थता जताई तब पाकिस्तानी फौज की तरफ़ से सबसे पहले मेजर जियाउर रहमान को उन्हें सबक सिखाने भेजा गया था। मेज़र जिया स्वयं बंगाली थे। उन्होंने अपने भाइयों को गोलियों का निशाना न बनाकर बन्दूक की नली पश्चिमी पाकिस्तानी फ़ौजियों के कैंटोमेंट की तरफ़ घुमा दी। उस वक़्त बंगोपसागर में कराची डेस्ट्रॉयर 'बाबर' तथा 'जहाँगीर' तैयार थे। वायरलेस से ख़बर पाते ही वे लोग बन्दरगाह को निशाना बनाकर आग के गोले फेंकने लगे। और इसी से अनेक बंगाली खलासी मारे गए। सौभाग्य से मेजर जिया और उनके कुछ समर्थक ज़िन्दा बच गए और कुछ ही घंटों में चट्टग्राम का वह विशाल पहाड़ी इलाका मेजर जिया के नेतृत्व में बंगाली विप्लवियों का गढ़ बन गया। इस प्रकार 24-25 मार्च को ही चट्टग्राम पर बांग्लादेशियों का कब्जा हो गया।

इधर मुजीब-याहिया वार्त्ता भी विफल हो गई। याहिया ने सत्ता हस्तांतरण करने से इनकार कर दिया और इस मसले को अनिश्चितकाल के लिए स्थगित करके 25 मार्च की शाम को वे चुपचाप कराची जाने के लिए हवाई अड्डे की ओर रवाना हो गए।

जाते-जाते पूर्वी पाकिस्तान के बंगालियों के लिए उनके मुँह से जो तोप का गोला निकला, वह था—"नाउ सॉर्ट देम आउट" (अब उनको छाँट दो)

उनके मुँह से कोड वर्ड में निकला यह छोटा-सा वाक्य बांग्लादेश के करोड़ों बंगालियों पर कहर बनकर बरपा और इतिहास का एक काला नृशंस अध्याय बनकर रह गया। हालाँकि याहिया ने उस वाक्य को उस वक़्त सिर्फ़ पूर्वी पाकिस्तान के फ़ौजी गवर्नर और मार्शल लॉ प्रशासक जनरल टिक्का खान को सुनाने के लिए धीरे से कहा था, मगर वह वाक्य अपने आप में इतना विध्वंसक था कि उसकी प्रतिध्वनि से जल्द ही सम्पूर्ण विश्व आलोड़ित हो उठा।

याहिया सरकार के खिलाफ जानेवाले सभी बांग्लादेशियों के व्यापक कत्लेआम के लिए दिया गया यह फ़ौजी फरमान खामखयाली में लिया गया किसी तानाशाह के फ़ौरी फैसले का नतीजा नहीं था। यह तो काफी दिनों से बड़े ऐहतियात के साथ रची गई साज़िश को अंजाम देने से पहले लहराया जानेवाला एक हरा झंडा था।

❐ ❐ ❐

जब से अज्ञातवास के लिए मैं ढाका आया था, हर दिन कोई न कोई विशिष्ट घटना घट रही थी। विभिन्न सूत्रों से तरह-तरह के समाचार आ रहे थे। चौंकानेवाले, उत्तेजित करनेवाले, चिन्तित करनेवाले और सुकून पहुँचानेवाले समाचार ! समाचारों और घटनाओं की बहुलता में कभी-कभी हम किसी ऐसे समाचार को भी नज़र अन्दाज कर जाते हैं, जो बाद में हमारे लिए जानलेवा साबित होता है।

25 मार्च की शाम हमारे साथ ऐसा ही हुआ। उस शाम मैं और आलम किसी काम से फ़ीरोज़ के घर गए हुए थे। उसका घर रायेर बाज़ार से थोड़ा आगे था। उस इलाके में कई सिनेमा हॉल थे। देश की ताजा स्थिति, संग्राम कॅमिटी के गठन, याहिया की बर्बरता और मुजीब की रणनीति की चर्चा करके, भाभीजान के हाथों बने 'तेलेभाजा' और चाय पीकर जब

हम घर जाने के लिए बाहर निकले, तब उस मुहल्ले के कुछ लड़के, जो आपस में बातचीत कर रहे थे और चेहरे-मोहरे से काफी गम्भीर दिख रहे थे, हमारे पास आए। उनमें से एक ने हिचकिचाते हुए कहा, “आप लोगों ने कुछ सुना है ?”

“किस विषय में ?” हम लोगों ने पूछा। उनके चेहरे की गम्भीरता देख हमें यह आभास होने लगा था कि अवश्य ही कोई खास बात होगी।

“क्रैकडाउन के बारे में !” लगभग सभी लड़के एक साथ बोल उठे। इक्कीस-बाईस साल के नौजवानों का वह समूह भी बंगाल के आम नौजवानों की तरह राजनीति के प्रति जागरूक और अपने अधिकारों के लिए मर मिटने का हौसला रखनेवाला लग रहा था।

“नहीं तो। तुम लोगों को किसने कहा ?” फ़ीरोज़ के माथे पर भी चिन्ता की लकीरें उभर आई थीं।

“सब कह रहे हैं, आज की रात फ़ौजी कोई विशेष कदम उठा सकते हैं, दमन के लिए। फ़ौजी वाहनों को रोकने के लिए शहर में अनेक जगहों पर जनता नए सिरे से बैरिकेड बनाने में लग गई है।” मोटे-फ्रेम का चश्मा पहने हुए मध्यम कद का एक तेज़-तर्रार युवक बोल उठा। “तो इसमें कौन-सी नई बात है। यह तो अब रोज का तमाशा हो गया है।” आलम ने सर झटकते हुए कहा। “वो तो है लेकिन मैंने सुना है इस बार उनका मेन टार्गेट छात्र-समाज है। शायद वे विश्वविद्यालय के हॉस्टलों में रहनेवाले छात्रों को सबक सिखाएँगे। 23 मार्च को छात्र संग्राम परिषद् ने ‘प्रतिरोध दिवस’ मनाने के लिए जुलूस निकाला था न ! शायद इसीलिए।” एक लड़के ने बात स्पष्ट की।

“लेकिन उसमें तो हॉस्टल के छात्र बहुत कम थे। और अगर थे भी तो इस समय हॉस्टल तो प्रायः ख़ाली है। हड़ताल के कारण विश्वविद्यालय बन्द हो चुका है। हॉस्टल में इस वक़्त अधिकतर वही छात्र-छात्राएँ हैं जिनके घर दूर-दराज के इलाकों में हैं और यह सोचकर वे घर नहीं गए हैं कि विश्वविद्यालय के अचानक खुल जाने की स्थिति में उनके लौटने में विलम्ब हो सकता है।” फ़ीरोज़ ने कहा।

“लेकिन जो भी कहो, सुना है फौज के लोग छात्रों को बड़ी बेरहमी से पीटते हैं। पिछली बार कुछ छात्र-नेताओं को ट्रकों में उठाकर ले गए थे और ढाका शहर से करीब पचास मील दूर किसी गाँव के पास ले जाकर पीट-पीटकर अधमरा करके छोड़ दिया था। इस बार पता नहीं उनका क्या हश्र करेंगे। दिन-ब-दिन इन फ़ौजियों की बर्बरता तो बढ़ती ही जा रही है।” कहते-कहते आलम को मानो कुछ याद आ गया। बोला,

“अरे महताब तो वहीं हैं।”

“महताब कौन ?” फ़ीरोज़ ने पूछा।

“मेरे अब्बू के मरहूम दोस्त का बेटा। इकबाल हॉल (हॉस्टल) में रहकर पढ़ता है। सुना है इकबाल हॉल में ही स्वाधीन बांग्ला संग्रामी परिषद का हेडक्वार्टर्स बनाया गया है। अगर सचमुच फ़ौजी इकबाल हॉल से महताब को पकड़ लेंगे तो उसकी अम्मी तो जीते-जी मर जाएँगी। सात लड़कियों के बीच इकलौता बेटा है महताब। चाचा जान की मौत के बाद बेटियों को लेकर वे अपने देशेर बाड़ी में रहने चली गई हैं। सिर्फ़ एक ही बेटी की शादी हुई है। महताब उन लोगों का सहारा है। पढ़ने-लिखने में काफी तेज़ है न ! चाची जान कहती हैं महताब को बैरिस्टर बनाएँगी।”

तेलेभाजा = तेल में तली पकौड़ी आदि।

"तो चलो महताब को जाकर सावधान कर देते हैं।" मैंने कहा।

"सावधान क्या करना ? उसे लेकर सीधे घर चले आते हैं।" आलम संजीदगी से बोला।

"अभी इकबाल हॉल जाकर वापस आने में तो काफी रात हो जाएगी। घर पर तुम्हारी अम्मी, तुम्हारी बीवी चिन्ता नहीं करेगी क्या ? वैसे भी तुम्हारी अम्मी दिल की मरीज हैं। सोचते-सोचते कहीं बीमार न पड़ जाए। घर जाकर उन्हें बताकर तब जाना महताब को लाने।"

फ़ीरोज़ का कहना ठीक ही था। शहर की जो हालत थी, उसमें चिन्ता करना स्वाभाविक था। क्रिकेट मैच के दिन आलम को लगी चोटों के घाव अभी भी पूरी तरह से सूखे नहीं थे। इसलिए हमने घर जाकर इत्तिला करने के बाद ही विश्वविद्यालय परिसर जाने का फैसला किया।

मैं और आलम साइकिल से आए थे। जल्दी से घर पहुँचने के लिए हम जी-जान से साइकिल में पैडल मारने लगे। सड़क पर और दिनों की तुलना में चहल-पहल कुछ कम थी। दुकानें बन्द हो चुकी थीं। वाहन कम ही चल रहे थे। उन दिनों वहाँ अधिकतर लोग शहर में इधर-उधर आने-जाने के लिए साइकिल तथा रिक्शे का ही प्रयोग किया करते थे। गाड़ी, मोटर, बाइक, बसें भी हुआ करती थीं लेकिन बहुत अधिक नहीं। कुछ घोड़ागाड़ियाँ भी पाई जाती थीं, जिन्हें दो घोड़े खींचा करते थे। आलम के अब्बू-अम्मी को देखने घर पर जो डॉक्टर मजूमदार आया करते थे, वे हमेशा घोड़ागाड़ी पर ही आया करते।

❒ ❒ ❒

रायेर बाज़ार के पास स्थित आलम का मुहल्ला भी उस अधूरी सूचना से संक्रमित हो चुका था। वहाँ पहुँचकर हमने आलम की अम्मी तथा बीवी-बच्चों को घर के दरवाज़े पर ही बेसब्री से इन्तज़ार करते हुए पाया। जब हमने बताया कि हम अभी महताब को लाने इकबाल हॉल जा रहे हैं तो किसी अनिष्ट की आशंका से वे काँप उठीं। आलम की अम्मी ने अपने बेटे का हाथ पकड़कर कहा, "इतनी रात को वहाँ जाना खतरे से ख़ाली नहीं। तुम्हारे अब्बू भी सुनेंगे तो तुम्हें नहीं जाने देंगे।"

"अब्बू कहाँ हैं ?" आलम ने पूछा।

"अभी-अभी आँखों में दवा डालकर बैठकखाना में लेटे हैं। तुम सुबह चले जाना बेटा।"

"सुबह तक फ़ौजी माहताब को उठा ले गए तो ?" आलम ने अपना हाथ छुड़ाते हुए कहा, "तो चाची को क्या मुँह दिखाऊँगा ? उन्होंने अब्बू को लोकल गार्जियन बनाया है, हमारे भरोसे अपने बेटे को यहाँ रखा है।"

"जब हम सबको पता चल चुका है कि आज की रात फ़ौजी कोई सख़्त कदम उठाने जा रहे हैं तो क्या हॉस्टल के लड़कों को पता नहीं चला होगा ? वे ज़रूर कहीं छिप जाएँगे। आप लोग नाहक इतना खतरा उठाकर इस वक़्त इतनी दूर जा रहे हैं।" तबस्सुम हमें जाने से रोकने के लिए बोली।

"खतरा किस बात का ? शहर में आम हड़ताल ज़रूर है लेकिन अब कर्फ्यू तो है नहीं जो हमें देखकर फ़ौजी गोली चलाएँगे। तुम लोगों को चिन्ता करने की कोई ज़रूरत नहीं। इतने वर्षों से मार्शल लॉ, फ़ौजी हुकूमत झेल रहा हूँ। हमारे लिए फ़ौजियों का सामना करना कोई नई बात तो नहीं। हम यूँ गए और महताब को लेकर यूँ आए।"

कहकर आलम ने अपनी साइकिल को घुमाकर उसमें पैडल मारना शुरू कर दिया। उसकी अम्मी ने पीछे से आवाज़ दी, "तुम लोग थोड़ा-सा भात खाकर जाओ बेटा, लौटने

में रात होगी।"

"आप लोग खा लीजिए। हम लोग लौटकर खाएँगे। महताब के लिए भी भोजन रखिएगा।" कहकर आलम ने साइकिल तेज़ कर दी।

"आप लोग चिन्ता मत कीजिए। मैं हूँ न, बॉडी बिल्डर केष्टो घोष !" कहकर मैंने अपना एक हाथ उठाकर उसे हवा में लहराते हुए उन्हें अपना मसल दिखाया। मेरे कहने और मसल दिखाने के अन्दाज़ से वे दोनों सास-बहू और तीनों बच्चे हँस पड़े और मैंने भी साइकिल आगे बढ़ा दी।

तांडव

कृष्णपक्ष की रात थी। जोर-जोर से पैडल मारने के कारण पसीने से तर-ब-तर हो गई मेरी देह को चैत की मीठी हवा शीतल कर दे रही थी। सड़क पर जगह-जगह लोग झुंड में जमा होकर रहस्यमय ढंग से बातचीत कर रहे थे। जाहिर था कि कोई एक गुप्त सूचना थी जो बिना पूरी तरह खुले चारों ओर फैल गई थी। सड़क के किनारे पड़ी रहनेवाली पुरानी गाड़ियों, बड़े-बड़े ड्रमों, कटे पेड़ों तथा बालू के बोरों से लोग जगह-जगह बैरिकेड बना रहे थे। याद आया, बंगबन्धु शेख मुजीबुर्रहमान का निर्देश..."यदि मैं आदेश न भी दे पाऊँ तो भी आप लोग सड़क, घाट सब कुछ बन्द करके दुश्मनों की राह में यथासम्भव बाधा उत्पन्न कीजिएगा..."

बैरिकेड बनाते लोगों से अनुरोध कर-करके हम बगल से रास्ता बनाते हुए आगे बढ़ते रहे। विश्वविद्यालय परिसर में पहुँचकर देखा, वहाँ भी मोड़ पर कुछ छात्र बैरिकेड बनाने में व्यस्त हैं। ईंट तथा पेड़ों के मोटे तने तो डाल ही रहे हैं, पानी की ख़ाली टंकियों को भी लुढ़काते हुए ला रहे हैं। उन्हें देख मैंने आलम से कहा, "खामखाह हम लोग इतनी दूर आए। महताब को घटना की सूचना तो मिल ही गई होगी।"

"सूचना मिलने से क्या होगा ? देखना, वह हॉस्टल में ही मिलेगा। बड़ा दुस्साहसी लड़का है। स्वाभिमानी भी है। मैं जाकर ले आऊँगा, तभी वह हमारे घर आएगा।" आलम साइकिल में जोर-जोर से पैडल मारते हुए बोला।

इससे पहले भी अनेकों बार मैं यहाँ इस परिसर में आ चुका था। लेकिन आज की तरह कभी इस तरह से रात ग्यारह बजे के बाद नहीं।

यह एक विशाल इलाका था। ढाका विश्वविद्यालय की भव्य इमारतें थीं इसमें। हिन्दू छात्रों के रहने के लिए जगन्नाथ हॉल, मुसलमान छात्रों के लिए इकबाल तथा जहिरूल हॉल, छात्राओं के लिए रकेया हॉल, विश्वविद्यालय के प्रोफेसरों तथा अन्य कर्मचारियों के लिए क्वार्टर आदि भी थे। उन भव्य इमारतों, पेड़-पौधों और साफ-सुथरी सड़कों के कारण वहाँ का परिवेश काफी सुन्दर तथा सुरुचिपूर्ण लगता था।

हम लोग इकबाल हॉल (हॉस्टल) के बिलकुल पास पहुँच चुके थे। इकबाल हॉल के अधिकतर कमरों में बत्तियाँ जल रही थीं। खुली खिड़कियों से अन्दर घूमते-फिरते, बात करते लड़के नज़र आ रहे थे।

"चलो, अभी तक तो सब ठीक है।" कहकर निश्चिन्त-सा होकर जैसे ही हम कुछ आगे बढ़े, जल्दी-जल्दी हॉल से बाहर निकलते कई छात्रों पर हमारी नज़र पड़ी। उस नीम अँधेरे

में ही उनमें से एक को पहचानते हुए आलम ने कहा, "अरे ! ये तो अफ़ज़ल है। महताब का दोस्त ! ये लोग इस वक़्त जा कहाँ रहे हैं ?"

"चलो न पूछते हैं।" मैंने साइकिल धीमी करते हुए कहा।

"ऐ अफ़ज़ल ! महताब कहाँ है रे ?" आलम ने चिल्लाकर पूछा।

"कौन ? आलम भाई ? अस्सलाम आलेकुम भाई।" आलम की आवाज़ को पहचानते हुए अफ़ज़ल ने जवाब दिया, "महताब को अभी-अभी मेरा एक दोस्त हॉस्टल के पीछे नीलखेत स्थित प्रोफेसरों के क्वार्टर की ओर ले गया है।"

"इतनी रात को प्रोफेसरों के क्वार्टर में क्यों ?" आलम ने आश्चर्य किया।

"वहाँ किसी प्रोफेसर के घर पर रात बिताने गया है। हम भी उधर ही जा रहे हैं। ख़बर मिली है कि आज की रात पाक फ़ौजी हम छात्रों को मजा चखाने आ सकते हैं। मगर देखिए न ! अभी भी हॉस्टल में कितने ऐसे छात्र हैं जो इस बात पर विश्वास नहीं कर रहे हैं और जबरदस्ती वहीं रुके हुए हैं।" फिर कुछ सोचकर उसने कहा, "आप महताब को लेने आए हैं क्या ?"

"हाँ। मैंने भी सुना है ऐसी कोई घटना घट सकती है। जरा हमें महताब के पास ले चलो तो ! उसे अपने साथ घर ही ले चलते हैं।" कहकर आलम साइकिल से उतरकर उन छात्रों के साथ-साथ बातें करते हुए चलने लगा। उन छात्रों ने मुझे भी पहचान लिया था। उनके कहने पर मैं भी साइकिल से उतर पड़ा। सम्भावित खतरे की बात करते-करते हम सभी इकबाल हॉल के पीछे की ओर बने प्रोफेसरों के क्वार्टरों की ओर चल पड़े।

उस इलाके के चप्पे-चप्पे से मैं परिचित था। 23, 24 और 25 नम्बर की इमारतों में बने क्वार्टरों में करीब चौबीस प्रोफेसर अपने-अपने परिवार के साथ रहते थे। पच्चीस नम्बर आवास के बाद, यानी इकबाल हॉल के दक्षिण-पश्चिम दिशा में नीलखेत रेल लाइन थी और रेल लाइन के उस पार एक ऐसी बस्ती थी जिसमें हज़ारों गरीब हिन्दू-मुसलमान किसी तरह जीवन-यापन करते थे। नीलखेत रोड में, प्रोफेसर के आवास के सामने ही ढाका विश्वविद्यालय के प्रशासनिक कर्मचारियों के क्वार्टर भी थे।

"क्या तुम्हें पता है, महताब किस प्रोफेसर के घर गया है ?" आलम ने अफ़ज़ल से जानना चाहा।

अफ़ज़ल ने सिर हिलाकर ना में जवाब दिया। हम मुश्किल में पड़ गए। "तब तो हमें करीब चौबीस प्रोफेसरों के क्वार्टरों में जा-जाकर दरवाज़ा खटखटाना पड़ेगा।" मैंने सिर खुजलाते हुए कहा।

"वो सब हम लोगों पर छोड़ दीजिए। आप लोग बाहर ही खड़े रहिए। हम उसे ढूँढ़ लाएँगे।" अफ़ज़ल के एक दोस्त ने हमें **आश्वस्त** किया।

हमें बाहर खड़ा करके 23 नम्बर आवास के सभी क्वार्टरों में वे महताब को ढूँढ़ आए। वह वहाँ नहीं था। उसे वहाँ न पाकर हम 24 नम्बर आवास की ओर बढ़े और अफ़ज़ल तथा उसके साथियों से हमने कहा कि वे 25 नम्बर आवास में जाएँ। 24 नम्बर आवास में प्रवेश करने के थोड़ी ही देर बाद दूर से आती वाहनों की विचित्र गड़गड़ाहट हमारे कानों में पड़ी। हमने चौकन्ना होकर एक-दूसरे की ओर देखा। वह अनजानी-सी आवाज़ इतनी विकट थी और इतनी तेज़ी से करीब आती जा रही थी कि यंत्रचालित-सा हम सीढ़ियों से होते हुए ऊपर छत की ओर दौड़ने लगे ताकि छत से देखकर वास्तविकता का पता लगाया जा सके। हमारी

तरह उस आवास में उपस्थित अन्य लोगों में भी अफरा-तफरी मच गई थी। लोग अपने-अपने क्वार्टर का दरवाज़ा खोलकर ऊपर जानेवाली सीढ़ियों की ओर बढ़ रहे थे। हर कोई एक-दूसरे से यह पता करना चाह रहा था कि आखिर ये कैसी आवाज़ें हैं ? हर कोई वस्तुस्थिति से अनभिज्ञ था और अनिष्ट की आशंका से आशंकित।

थोड़ी ही देर में आवाज़ें स्पष्ट हो उठीं। भारी फ़ौजी वाहनों की गड़गड़ाहट, तोप के गोलों, भारी मोर्टारों और विभिन्न आग्नेयास्त्रों की आवाज़ों से अफवाह और सन्नाटे के पंजे में दुबकी कृष्णपक्ष की वह रात थरथराने लगी। चारों ओर कुहराम मच गया। पाक-फ़ौजियों का पैशाचिक अट्टहास, निरीह लोगों की मृत्युयन्त्रणायुक्त कातर चीख़ें, भागते लोगों के कदमों की आहटें, फ़ौजी वाहनों की गड़गड़ाहट और गोलीबारी की आवाज़ें आपस में गड्डमड्ड हो गईं।

इकबाल हॉल के सामनेवाले पोखर के उस पार स्थित ब्रिटिश काउंसिल लाइब्रेरी से पाक फ़ौजी इकबाल हॉल में गोलीबारी कर रहे थे। पलाशी के मोड़ से भी उस इकबाल हॉल को निर्ममता से निशाना बनाया जा रहा था जहाँ थोड़ी देर पहले ही कुछ जवान उमंग भरी ज़िन्दगियाँ पूरी जीवन्तता के साथ मौजूद थीं।

छात्र भाग-भाग कर प्रोफेसरों के उन आवासों की ओर चले आ रहे थे जहाँ हम छिपे हुए थे। हमारे आवास के अधिकतर लोग छत से उतरकर अब अपने-अपने क्वार्टरों में जा दुबके थे।

देखते ही देखते विश्वविद्यालय परिसर फ़ौजी छावनी में तब्दील हो गया। पाक फ़ौजियों ने छात्रों के साथ-साथ अब नीलखेत पुलिस चौकी के बंगाली पुलिस कर्मियों को भी भूनना आरम्भ कर दिया था। उन बर्बर खान फ़ौजियों पर हत्या का जुनून इस कदर सवार हो गया था कि उन्होंने रेल लाइन के उस पार की बस्ती में भी फ्लेम थ्रोअर से आग लगाना शुरू कर दिया।

घटना की आकस्मिकता से दिशाहारा होकर छात्रों के साथ-साथ बंगाली पुलिसवाले भी अपनी जान बचाने के लिए विभिन्न दिशाओं में दौड़ पड़े। फ्लेम थ्रोअर से लगाई गई आग से बचने के लिए जब बस्तीवाले अपनी-अपनी झोपड़ी से निकलकर रेल-लाइन से सटी दीवार फाँदकर भागने लगे तब नीलखेत रेलवे फाटक में मशीनगन लेकर तैयार खड़े पाक सैनिकों ने उनपर गोलियाँ बरसानी आरम्भ कर दीं। गिरते-पड़ते, घायलावस्था में ही लोग इधर-उधर भागे।

फ़ौजियों का एक जत्था उन आवासों की ओर भी बढ़ने लगा था जहाँ हम छिपे हुए थे। अब तक हम छत पर पानी की टंकी की ओट से सब कुछ देख रहे थे। लेकिन फ़ौजियों को गोलाबारी करते हुए अपनी ही तरफ़ आते देख हम छत से उतरकर सीढ़ियों में दुबक गए। अधिकतर क्वार्टरों के दरवाज़े अन्दर से बन्द हो चुके थे। खटखटाने पर भी नहीं खुले।

बस्ती से भागकर आए कुछ औरत-मर्द भी उस आवास में प्रवेश करके ऊपर ही सीढ़ियों में आश्रय ले चुके थे। उनमें से कई लोगों को गोली लगी थी। उनके जख़्मों से रिसते खून से सीढ़ियाँ भीग उठी थीं लेकिन परिस्थिति ऐसी थी कि तत्काल उनके उपचार का ख़याल भी किसी के दिमाग में नहीं आया। कोई और समय होता तो शायद सारे लोग **उनकी** सेवा में जुट जाते। लेकिन यहाँ तो मौत इस प्रकार सबके सिर पर नाच रही थी कि लोग किंकर्तव्यविमूढ़ बने बैठे थे। फ़ौजी कार्रवाई से हम भौचक्के रह गए थे। हमारे दिमाग ने मानो काम करना बन्द कर दिया था। फ़ौजियों द्वारा दमन के लिए कोई कदम उठाया जा सकता है, इसका अंदाजा तो था लेकिन वह दमन इतना भयावह हो सकता है, इसका अन्देशा रंचमात्र भी नहीं था।

साफ पता चल रहा था कि फ़ौजी अब 23 नम्बर आवास में घुस चुके हैं। भारी बूटों से दरवाज़ों पर लात मारते हुए वे उर्दू और अंग्रेजी में चिल्ला रहे थे--दरवाज़ा खोलो ऽऽऽ बंगाली सूअर के बच्चेऽऽऽ शैतान के बच्चेऽऽऽ इंडिया के दलाल ! सालों खोलो दरवाज़ा ! खोलोऽऽऽ...और इसके साथ ही दरवाज़ों के टूटने, तड़तड़ गोलियाँ चलने और लोगों के चीख़ने-चिल्लाने की आवाज़ें आने लगीं--बचाऽऽ ओऽऽ मार डाला रेऽऽऽऽ हमें मार डालाऽऽऽ कोई हैऽऽऽ ? बचाओ ! हमें मत मारो...आखिर हमारा कुसूर क्या है ?...

पीड़ितों की मर्मांतक चीख़ें हमें बेचैन कर रही थीं लेकिन हम उनकी कोई मदद नहीं कर पा रहे थे। बस दम साधकर अपनी बारी की प्रतीक्षा किए जा रहे थे। हम करते भी क्या ? निरस्त्र थे। बहुसंख्यक अत्याधुनिक अस्त्रधारियों के खिलाफ चाहकर भी कुछ करने में असमर्थ !

"चलो फिर से छत पर ही चले जाते हैं।" किसी ने फुसफुसाकर कहा। और हम चार-पाँच लोग छत की ओर दौड़े। मगर 23 नम्बर आवास की छत पर तांडव होता देख वापस सीढ़ियों में लौट आए।

"अब हमारी जान किसी भी तरह से बच नहीं सकती। देखा नहीं, फ़ौजी कैसे 23 नम्बर की छत पर भी चढ़कर लोगों को मार रहे हैं ?" आलम पूरी तरह से जीवन की आशा त्यागते हुए बोला।

"अगर भाग्य में मौत ही लिखी है तो मरना ही पड़ेगा।" पास बैठे एक बस्तीवाले बुजुर्ग बुड़बुड़ाए।

"क्या विधाता ने एक साथ इतने लोगों की मौत लिखी होगी ? यह भाग्य-वाग्य कुछ नहीं होता चाचा।" मैंने खीझते हुए कहा, "यह सब शैतानी ताकतों की कारस्तानी है।"

हमारे आसपास आश्रय लिए सारे लोग सदमे की हालत में थे। घायलों की हालत अत्यन्त कारुणिक थी। चौबीस-पच्चीस साल की एक औरत, जिसके पाँव में गोली लगी थी, असह्य दर्द से छटपटा रही थी। उसके पास बैठा मर्द एक हाथ से अपनी गोद के बच्चे को सम्हाले हुए था और दूसरे से उस औरत को। बच्चा बीच-बीच में रो उठता और उसका बाप उसे चुप कराने की कोशिश में लग जाता। बच्चे की रुलाई हम सबों के लिए मुसीबत बन सकती थी, इसलिए सभी उससे खीझ रहे थे। सबको अपनी-अपनी जान की पड़ी थी।

कन्धे पर गोली का जख़्म लिए एक पैंतालीस-छियालीस वर्षीय व्यक्ति कराह रहा था। खून से लथपथ एक जवान लड़का तो बेहोश ही हो गया था। सभी मदद के हकदार थे लेकिन किसकी कैसे मदद करूँ, कुछ समझ में नहीं आ रहा था।

अचानक हमारे आवास के ठीक नीचे पाक फ़ौजियों की उपस्थिति का आभास मिला। वे चिल्लाते हुए हमारे आवास में प्रवेश कर रहे थे। मौत बिलकुल हमारे करीब थी। हमारे हाथ-पाँव ठंडे हो रहे थे। बस्तीवाले बुजुर्ग बुदबुदाकर प्रार्थना करने लगे थे। बच्चे के मुँह से रोने की आवाज़ न निकले इसके लिए बच्चे के बाप ने बच्चे के मुँह को अपनी हथेली से कसकर दबा रखा था। नीचे की सीढ़ियों पर फ़ौजियों के भारी बूटों की आवाज़ें सुनते ही हम दम साधे मौत की घड़ियाँ गिनने लगे। उफ ! वे मर्मांतक घड़ियाँ ! मेरी भीगी हथेली पर आलम की काँपती हथेली का दबाव अपनी चरम सीमा पर पहुँच चुका था। किसी को किसी से कुछ कहने-सुनने की ज़रूरत नहीं थी। हम सब जान रहे थे कि बस थोड़ी ही देर में पाक फ़ौजी ऊपर आएँगे। हम लोगों का काम तमाम करके पैशाचिक अट्टहासों के साथ वापस

चले जाएँगे। हाय ज़िन्दगी ! इसे इसी तरह से समाप्त होना था ? और इसी क्षणभंगुर ज़िन्दगी के लिए बचपन से इतनी जद्‌दोजेहद, इतना संघर्ष !

लेकिन यह क्या ? क्या सुना मैंने ? कहीं यह मेरा मतिभ्रम तो नहीं ? क्या उन्होंने सचमुच कहा, "चलो यहाँ से निकल चलो। यहाँ हमें सिर्फ़ मुर्दे ही मिलेंगे।"

"क्यों ?"

"देखते नहीं सीढ़ियाँ खून से सनी हुई हैं। लगता है हमारे आने से पहले ही हमारे दोस्तों ने यहाँ आकर ज़िन्दा लोगों का काम तमाम कर दिया है।"

"तो फिर वक़्त बर्बाद मत करो। अभी हमें और भी बहुतों को ठिकाने लगाना है। टिक्का खान के आदेश का पालन करना है कि नहीं ?..."

पाक फ़ौजी नीचे से ही वापस चले गए। हमें अपनी किस्मत पर विश्वास नहीं हो रहा था। तो क्या हमारे साथ सीढ़ियों पर बैठे घायल बस्तीवालों के जख़्मों से निकले खून के धब्बों ने, जो इमारत के प्रवेश द्वार से सीढ़ियों तक फैले हुए हैं, पाक फ़ौजियों को गुमराह कर हमें जान बख़्श दी ? मैंने कृतज्ञता से उन बस्तीवालों की ओर देखा। माँ कहती थीं, "भगवान हमारी रक्षा करने कब किस रूप में हमारे सामने आ उपस्थित होते हैं, हमें पता भी नहीं चलता।"

हम तो बच गए लेकिन विश्वविद्यालय परिसर में मौत का तांडव जारी रहा। बंगाली जाति का गर्व, सभ्यता-संस्कृति का पीठ स्थान ढाका विश्वविद्यालय सभ्यता-संस्कृति के दुश्मन फासिस्टों के पैरों तले रौंदा जाता रहा। जिस विश्वविद्यालय का गवेषणागार कभी बोस-आईस्टाइन थ्योरी के जनक विज्ञानाचार्य सत्येन्द्रनाथ बसु की उपस्थिति से धन्य हुआ करता था, जिस विश्वविद्यालय से कभी प्रसिद्ध भाषातत्त्वविद् डॉ. शहीदुल्लाह और डॉ. अब्दुल हाई जुड़े हुए थे, जहाँ से 'बांग्लार इतिहास' प्रकाशित हुआ था, और जिस विश्वविद्यालय के प्राध्यापकों की छत्रच्छाया में सांस्कृतिक आन्दोलन की जमीन तैयार हुई थी उस विश्वविद्यालय का ध्वंस करके क्या आज याहिया समृद्ध बांग्ला भाषा, संस्कृति और साहित्य को ही निश्चिह्न कर देना चाहते हैं ?

कुछ देर तक मैं स्पन्दनहीन-सा सीढ़ियों पर पड़ा यही सब सोचता रहा। हमारे आस-पास के लोग भी लगभग साँस रोककर पड़े थे। सदमे की स्थिति से अभी भी कोई बाहर नहीं आ पाया था कि अचानक गोद में बच्चा लिए व्यक्ति चीख़ पड़ा। "आँख खोल बापी। आँख खोऽऽलऽऽ" कहता हुआ वह जोर-जोर से बच्चे को झकझोरने लगा। उसके पास बैठी घायल औरत भी अपने जख़्मों का दर्द भूलकर उस बच्चे पर झुक पड़ी थी। वहाँ उपस्थित सभी लोग कौतूहल से बच्चे को देखने लगे थे। बच्चे का चेहरा विकृत हो उठा था। आँखें मानो बाहर की ओर निकल आई थीं। मुँह से सफेद झाग-सा कुछ बह रहा था। समझते देर न लगी कि फ़ौजियों के डर से बच्चे के मुँह-नाक को जोर से दबाकर रखने के क्रम में ही बच्चा दम घुटकर मर गया है। वह हतभागा बाप फ़ौजियों से बचने-बचाने के चक्कर में खुद ही अपने बच्चे का हत्यारा बन बैठा था और अब उसके और उसकी पत्नी के घुटे-घुटे करुण विलाप को सहन कर पाना हमारे लिए मुश्किल हो रहा था। सांत्वना देने लायक सारे शब्द मेरे शब्दकोश से गायब हो चुके थे। मैं वहाँ से उठकर छत पर चला गया।

कृष्णपक्ष की अँधेरी रात चारों दिशाओं से उठती आग की लपटों से लाल हो चुकी थी। हर साल वसंत में जो नगरी कृष्णचूड़ा (गुलमोहर) के फूलों से लाल रंग में रँग जाती थी, वही

ढाका नगरी इस साल वसंत में आग और खून से रँगी जा रही थी। शाखों से लोग सूखे पत्तों की तरह झड़ रहे थे। क्या ऐसे ही किसी वसंत के लिए बहुत पहले कविगुरु रवीन्द्रनाथ ने भविष्यवाणी की थी :

"बॉसोंतो की शुधू केबोल फोटा फूलेर मैला रे
देखिस ने की शुक्नो पाता झॉरा फूलेर खैलारे ?"

(वसंत क्या केवल खिले हुए फूलों का मेला है ? क्या तुमने सूखे पत्तों और झड़े हुए फूलों का खेल नहीं देखा है ?)

ढाकेश्वरी देवी की पवित्र नगरी ढाका जल रही थी। याहिया की महत्त्वाकांक्षा की बलिवेदी पर बंगाली हिन्दू-मुसलमानों की बलि चढ़ाई जा रही थी। फ़ौजियों ने लगभग पूरे शहर में तांडव-नृत्य आरम्भ कर दिया था। मन में एक ही सवाल था—क्या याहिया रातों-रात पूरे शहर को नेस्तनाबूद कर देना चाहता है ? पूर्वी पाकिस्तान से बंगालियों की पूरी नस्ल का नाश करके सन्तुष्ट होगा उनके अन्दर का शैतान ?

आग की विभीषिका से तीसरी बार मेरा सामना हो रहा था। लेकिन उसकी भयावहता में किसी प्रकार की कमी नहीं आई थी। हर बार यह पहले की अपेक्षा अधिक विकराल रूप में प्रकट होती थी। इसे विधि का विधान मानकर मैं जबरन निर्लिप्त रहने की कोशिश कर रहा था, मगर हृदय था कि व्याकुल हुआ जा रहा था। साँसें धौंकनी की तरह चल रही थीं। खौफ से हाथ-पाँव जकड़ गए थे। आँखें पथरा-सी गई थीं। मैंने जबरन आँखें बन्द कर लीं। अब कुछ और देखने, सुनने, जानने की इच्छा न रही थी। इच्छा रहती भी तो कितना जान पाता मैं ? कितना देख पाता ? क्या मेरी संकीर्ण दृष्टि के दायरे में उस विनाशलीला का एक सूक्ष्म अंश भी समाहित हो पाता ? वह जगन्नाथ हॉल समाता जिस पर पाकिस्तानी फ़ौजी बेरहमी से उन अमेरिकी एम 24 टैंकों से गोले बरसा रहे थे जिन्हें 1953 ई. के कोरियन युद्ध के दौरान कोरिया के लोगों का रक्तपान करने भेजा जा चुका था और एक लम्बी अवधि तक छावनी में भूखे-प्यासे पड़े रहने के बाद जिन्हें यहाँ आकर अपनी भूख-प्यास मिटाने का मौका मिला था ?

मैं तो यह भी नहीं देख पाता कि किस तरह लड़कियों के छात्रावास रकेया हॉल में घुसकर पाक वहशी दरिन्दे छात्राओं को नोच-खसोट रहे हैं, मार रहे हैं और जीवित बची छात्राओं को उठाकर फ़ौजी कैंटोमेंट में ले जा रहे हैं।

दर्शनशास्त्र विभाग के अत्यन्त लोकप्रिय विभागाध्यक्ष डॉ. गोविन्दचन्द्र देव, स्टैटिस्टिक्स विभाग के विभागाध्यक्ष डॉ. मुनिरुज्जमान जैसे ढाका विश्वविद्यालय के जाने-माने प्राध्यापकों, उनके परिवारवालों तथा विश्वविद्यालय-कर्मचारियों की हत्या का दृश्य, राजारबाग पुलिस मुख्यालय के सैकड़ों बंगाली पुलिसकर्मियों पर अमेरिका तथा चीन में बने तोप, मोर्टार, ग्रेनेड, **भारी मशीनगनों, रिकॉयलेस गन तथा स्वचालित राइफलों से हमला किए जाने का दृश्य, फीलखाना** के ईस्ट पाकिस्तान राइफल्स (ई.पी.आर.) मुख्यालय के बंगाली फ़ौजियों पर किए जा रहे हमले का दृश्य, ढाका के धानमंडी स्थित आवास से बंगबन्धु मुजीबुर्रहमान की गिरफ्तारी का दृश्य, नया बाज़ार इलाके की कई एकड़ जमीन पर बसी बस्ती की दुकानों तथा झोपड़ियों में रहनेवाले लोगों को ज़िन्दा जलाने और गोलियों से भून डालने का दृश्य, ढाका के प्रमुख अखबार 'द पिपुल' के कार्यालय तथा प्रेस को वहाँ उपस्थित बीस-तीस कर्मचारियों सहित जला डालने का दृश्य और ऐसे ही सैकड़ों अन्य दृश्य मेरी संकीर्ण दृष्टि में कैसे समा पाते ?

- आँखें खुली रखकर भी मैं उस रात ढाका में घट रही उन तमाम बर्बरतापूर्ण वारदातों को नहीं देख पाता। मगर मेरे देखने या न देखने से क्या फर्क पड़ता है ? घटनाएँ तो घट रही थीं। समय अपनी रफ्तार से आगे बढ़ता जा रहा था। सुबह हो रही थी लेकिन रोज की तरह सोनार बांग्ला के रंग-बिरंगे पक्षियों ने अपने कोलाहल से उस छब्बीस मार्च के प्रभात का स्वागत नहीं किया। उस मृत्युपुरी में मनुष्य के साथ-साथ पशु-पक्षी भी शोक संतप्त हो उठे थे शायद। छत से उठकर हम सीढ़ियों पर चले आए। मृत और घायल परिजनों के साथ सीढ़ियों पर दुबके डरे-सहमे लोगों की दुर्दशा देख हमने जबरन एक क्वार्टर का दरवाज़ा खुलवाया और घायलों का उपचार करने की कोशिश करने लगे। मेडिकल कॉलेज यहाँ से अधिक दूर नहीं था लेकिन उन्हें वहाँ ले जाने की हिम्मत किसी में नहीं थी। इकबाल हॉल की तरफ़ से गोलियों की आवाज़ें और कुछ लड़कों की मर्मांतक चीखें सुनाई पड़ रही थीं।

"अभी भी मार डाले जाने के लिए कोई ज़िन्दा बचा था वहाँ ?" आलम ने आश्चर्य से पूछा।

"रात अँधेरे में जान बचाने के लिए हॉस्टल के किसी कोने में कुछ छात्र छिपे बैठे होंगे शायद। सुबह ढूँढ़-ढूँढ़कर उन्हीं का काम तमाम किया जा रहा होगा।" गृहस्वामी प्रोफेसर साहब ने गहरे सन्ताप में डूबे कंठ से कहा।

"कहीं वे वापस हमारी तरफ़ तो नहीं आएँगे न !" प्रोफेसर की बीवी अभी तक शंकारहित नहीं हो पाई थीं।

"अल्लाह जाने। कुछ कहा नहीं जा सकता।" प्रोफेसर साहब ने कन्धे उचकाकर कहा।

हम सभी हवा में बातें कर रहे थे। सही स्थिति का पता लगाना मुश्किल था। प्रोफेसर साहब ने अत्यन्त धीमे स्वर में रेडियो चला दिया था। सूरा बकारा के बाद ढाका बेतार केन्द्र से लगातार 'कोकिल डाका पॉलाश ढाका आमार एदेश भाई रे...' गीत की धुन पर तैयार यन्त्र संगीत बजता जा रहा था। किसी विशेष समाचार की आशा में हम व्यर्थ प्रतीक्षा करते रहे। अपने पुराने जर्जर रेडियो का नॉब घुमा-घुमाकर प्रोफेसर साहब थक गए, मगर ढाका के अलावा कोई और स्टेशन नहीं पकड़ पाए।

सुबह करीब साढ़े नौ बजे अचानक यन्त्र संगीत बन्द हुआ और उर्दू में घोषणा की जाने लगी कि बाहर अनिश्चितकाल के लिए कर्फ्यू लगा दी गई है। देश में पुनः मार्शल लॉ जारी किया गया है। कर्फ्यू में बाहर निकलनेवालों को कड़ी सजा दी जाएगी... फिर एक-एक करके मार्शल लॉ के नियमों को दोहराया जाता रहा। शहर के बारे में कोई समाचार नहीं। वहीं बैठे-बैठे पहर बीतते रहे। अपने-अपने घरवालों के बारे में जानकारी हासिल करने का कोई उपाय नहीं था। पिछली रात फ़ौजियों का जो रौद्र रूप हमने देखा था, उससे हमें पूर्ण विश्वास हो चला था कि हममें से किसी को भी वे ज़िन्दा नहीं रखना चाहते। मन में तरह-तरह की शंकाएँ उठ रही थीं। तरह-तरह के विचार आ रहे थे। सोच रहा था कि बंगबन्धु इस बर्बरता का कोई प्रतिवाद कर रहे हैं या नहीं ? अवामी लीग के लोग इस वक़्त क्या कर रहे होंगे ?

सभी अपने-अपने ढंग से हालात के प्रति रोष व्यक्त कर रहे थे। आलम कह रहा था, "समझ में नहीं आता कि पाक फ़ौजी इन बस्तीवालों को क्यों मार रहे थे ! इन्होंने उनका क्या बिगाड़ा था ! अरे ये लोग तो ऐसे ही गरीबी और गुलामी की बेड़ियों में जकड़े हुए हैं। लगता है, अब सचमुच क्रांति का वक़्त आ गया है। कार्ल मार्क्स ने गरीब मजदूरों से इसी वक़्त के लिए ही तो कहा था, "उठो, जागो और सत्ता को पलट दो। डरो मत। तुम्हारे पास

खोने के लिए इन बेड़ियों के सिवा कुछ भी नहीं।"

"आखिर याहिया और उसके सैनिक इतने बर्बर कैसे हो सकते हैं ?" पास बैठे प्रोफेसर साहब मानो अपने आप से सवाल कर उठे, "वे कौन-सी परिस्थितियाँ थीं जिन्होंने उन्हें इतना क्रूर, इतना बर्बर बना डाला ? कहते हैं जन्म के समय मानव मन कोरे काग़ज़-सा होता है। उसे धर्म, आचार-विचार, नीति-रीति आदि का कोई ज्ञान नहीं रहता। इन सारी चीज़ों का ज्ञान उसे अपने परिवेश से, अपने लोगों के संस्कार से, शिक्षा से प्राप्त होता है। तो वह कौन-सा परिवेश था, कैसा संस्कार था, कैसी शिक्षा थी जिसने उन्हें इतना हिंस्र, इतना कठोर बना डाला ?"

❑ ❑ ❑

प्रोफेसर साहब के क्वार्टर की बन्द खिड़कियों के सारे पर्दे खिंचे हुए थे। बाहर से अन्दर कुछ भी नज़र आना सम्भव नहीं था। फिर भी हममें से कोई कुर्सी या पलंग पर बैठने का खतरा नहीं उठा रहा था। कई लोग पलंग के नीचे घुसकर चुपचाप पड़े थे। क्वार्टर के बैठक खाने से लेकर रसोई तक के फर्श पर लोग लेटे बैठे थे। घायलों के जख़्मों से रिसते खून फर्श पर जहाँ-तहाँ फैलते जा रहे थे। पुत्रशोक से व्याकुल पति-पत्नी अपने मृत शिशु को गोद में लिए अनवरत रोए जा रहे थे। उनकी दबी-दबी सिसकियाँ दर्द से निस्तेज़ होते अन्य घायलों की कराह में घुलकर माहौल को और गमगीन किए दे रही थीं। प्रोफेसर साहब और उनकी बीवी उपस्थित लोगों को यथासम्भव आवश्यक चीज़ें मुहैया करा रहे थे। घायलों को सँभालते हुए बड़ी मुश्किल से 26 मार्च का दिन बीता। बिना बत्ती जलाए रात भी गुजार दी हमने। भोर होने से कुछ पहले आँख लग गई थी। अचानक आलम का उत्तेजित स्वर सुनाई पड़ा। वह मुझे झकझोरकर जगाते हुए कहे जा रहा था, "उठो केष्टो ! कर्फ्यू उठा लिया गया है। हमें अभी घर चलना है। उठो ! जल्दी करो !"

"क्या हुआ ? तुम्हें कैसे पता चला ?" कहते हुए मैं एकबारगी उठ बैठा।

"रेडियो ढाका से अभी-अभी घोषणा की गई है।" आलम चहकते हुए बोला, "आज सुबह सात बजे से शाम चार बजे तक के लिए कर्फ्यू उठा लिया गया है। लोग स्वाभाविक जीवन में लौट सकते हैं। और पता है यह आदेश गवर्नर टिक्का खान की तरफ़ से दिया गया है।"

"गवर्नर मत कहो उस पापी को ! यहाँ के कोई विचारपति बलूचिस्तान के उस कसाई को गवर्नर पद की शपथ दिलवाने को राजी नहीं हुए थे इसलिए सरकारी घोषणा के बाद भी वह संवैधानिक रूप से गवर्नर नहीं बन सका है। हाँ, वह जल्लाद यहाँ का मार्शल लॉ ऐडमिनिस्ट्रेटर ज़रूर है।" मैंने चिढ़कर कहा।

"ठीक है, ठीक है। इस वक्त बकवास बन्द करो और बाहर निकलने की तैयारी करो।" कहकर आलम ने मेरा हाथ पकड़कर खींचा।

वहाँ उपस्थित सारे लोग निकलने की तैयारी कर रहे थे। प्रोफेसर साहब, उनकी बीवी और दो बेटियाँ सूटकेस और बैग में जल्दी-जल्दी ज़रूरी सामान भर रहे थे।

घायलों को अस्पताल पहुँचाना हमारी प्राथमिकता थी। हमने उन्हें सहारा देकर नीचे उतारा। इमारत के सभी क्वार्टरों से लोग उतरकर बाहर आ रहे थे। हमारी साइकिल नदारद थी। कुछ देर तक माहताब को ढूँढ़ने की नाकाम कोशिश करने के बाद बड़ी मुश्किल से

घायलों को लेकर हम मेडिकल कॉलेज पहुँचे। मेडिकल कॉलेज घायलों से भरने लगा था। कुछ स्वस्थ लोग भी मेडिकल कॉलेज को महफ़ूज़ जगह मानकर वहाँ आश्रय लेने के उद्देश्य से चले आए थे। हमारे साथ के घायलों को डॉक्टरों के हवाले करके हम निकल पड़े। "काश ! हमें कोई वाहन मिल जाता और हम जल्द-से-जल्द रायेर बाज़ार पहुँच पाते !" हमने सोचा।

हालाँकि ऐसा होना नामुमकिन-सा लग रहा था। अस्पताल के बाहर जन-सैलाब था।

साइकिलों, रिक्शों, ठेलागाड़ियों, स्ट्रेचरों तथा अन्य वाहनों में घायलों को लादकर लोग अस्पताल की दिशा में दौड़े चले आ रहे थे। किसी घायल का आधा सिर उड़ा हुआ था तो किसी का एक हाथ या पैर ! किसी की आँखें बाहर निकली हुई थीं तो कोई अन्तिम साँसें ले रहा था। एक सात-आठ साल के बच्चे की अँतड़ी पेट से बाहर निकल चुकी थी। एक लुंगी-बनियान पहना व्यक्ति बदहवास-सा दोनों हाथों से उसे उठाए चला आ रहा था। बच्चे के खून से उसके कपड़े भीग चुके थे। विक्षिप्त-सी एक औरत उसके पीछे-पीछे दौड़ती चली आ रही थी।

चलते-चलते एक ऐसे ही राहगीर से मैंने पूछा, "ए भाई। आप लोग यहाँ तक पहुँचे कैसे ? रास्ते में फ़ौजी नहीं हैं क्या ?"

विध्वस्त चेहरेवाले उस व्यक्ति ने कहा, "गवर्नर टिक्का खान ने जब अस्पतालों को खुला रखने का आदेश दिया है तो जाहिर है अस्पताल में रोगियों को भी लाने दिया जाएगा। वैसे हमें रास्ते में ज़्यादा फ़ौजी नज़र नहीं आए। एक-आध मिले भी तो उन्होंने ह्विसल बजाकर हमें रोका, हमारी तलाशी ली और जाने दिया।"

"जाने नहीं देते तो और क्या करते ? परसों रात से तांडव-लीला किए जा रहे हैं ये कसाई। कल तो जेवरात, कपड़े आदि की कई बड़ी दुकानों को भी लूटा है। अब लगता है थक गए हैं। सुना है, अधिकतर सैनिक सोने के लिए अब बैरकों में लौट गए हैं। जाते-जाते हमारी कितनी ही औरतों को उठा ले गए हैं मौज-मस्ती के लिए।" एक दूसरा व्यक्ति, जो हमारे साथ-साथ चल रहा था, बोल उठा।

"मगर मुख्य सड़कों पर, प्रमुख स्थानों में और गाँवों की ओर जानेवाली कुछ सड़कों पर अभी भी फ़ौजियों का कड़ा पहरा है। हम तो गली-कूचों से होते हुए इधर आए हैं।" किसी और ने कहा।

राह चलते हुए हमें विभिन्न इलाकों में हुई तबाही की ख़बर सुनने को मिल रही थी। एक व्यक्ति जो अपने आप को पत्रकार बता रहे थे, साथ चलते लोगों से कहने लगे, "कल फ़ौजियों के एक समूह ने हमारे 'इत्तेफाक' समाचार पत्र के कार्यालय में हमला बोल दिया। टैंक और मशीनगनों से। खिड़की से झाँकता कैंटीन बॉय ही सबसे पहले उनकी गोलियों का शिकार हुआ। सम्पादक सिराजुद्दीन की मेज पर तोप के गोले आकर गिर रहे थे। ग्रेनेड फेंकते हुए फ़ौजी अन्दर घुस आए। इस बीच हमारी चीख़-पुकार सुनकर बगल के मकान से एक सज्जन ने हमें बाहर निकालने के लिए एक बाँस बढ़ा दिया। उसी बाँस को पकड़कर हम करीब सात पत्रकार अखबार के दफ्तर से बाहर निकल आने में सफल हुए।"

"क्या कोई कल्पना कर सकता है कि अखबार के दफ्तर में, जिसे दुनिया का सबसे महफ़ूज़ स्थान माना जाता है, इस तरह से हमला किया जाएगा ?" उसकी बातें सुन रहे एक राहगीर ने मंतव्य दिया। एक दुकानदार, जो पच्चीस मार्च की रात से अपनी दुकान में फँसा हुआ था, बता रहा था, "कल इन फ़ौजियों ने हमारे इलाके के मस्जिद, मन्दिर, गिरजा, स्कूल

किसी भी स्थान को नहीं बख्शा। कुछ फ़ौजी चलती जीप के दोनों तरफ़ की खिड़कियों से गोलियों की बौछार कर रहे थे। उनके पीछे-पीछे आ रहे फ़ौजी वाहनों से फ़्लेम-थ्रोअर द्वारा आग के गोले फेंके जा रहे थे। गोलियों से बचने के लिए हम दुकान के अन्दर दुबके हुए थे मगर आग लगते ही हमें सड़क पर निकल आना पड़ा। फिर पीछे से आ रहे दूसरे फ़ौजी वाहनों से गोलियाँ चलने लगीं और हमारे कितने ही साथी दुकानदार मारे गए। सुना है इंग्लिश रोड, फ्रेंच रोड, सिटी बाज़ार—सभी जगहों पर ऐसा कातिलाना हमला किया गया है।...”

जैसे-जैसे हम आगे बढ़ रहे थे, हमें तबाही के बारे में नई-नई सूचनाएँ मिलती जा रही थीं, और अपने घरवालों के लिए हमारी चिन्ता भी बढ़ती जा रही थी। रायेर बाज़ार और बोरिशाल के बारे में जानने के लिए हम व्याकुल हो रहे थे लेकिन किसी से कोई विश्वसनीय जानकारी हासिल नहीं हो रही थी।

सड़क पर भीड़ बढ़ रही थी। रिक्शा, साइकिल, मोटर साइकिल, गाड़ी, जीप, बैलगाड़ी, ठेलागाड़ी—जिसके पास जो कुछ भी था, उसी में चटाई, बर्तन, कपड़े, भोजन की सामग्री आदि लादकर लोग निकल पड़े थे। किसी को यह नहीं पता था कि कौन-सी जगह ज़्यादा महफ़ूज़ है और उन्हें कहाँ जाना चाहिए।

भीड़ के कारण जाने-पहचाने रास्ते भी अनजाने-से लग रहे थे। जहाँ-तहाँ विभिन्न भंगिमाओं में पड़ी लाशों का दिखना सफर को और भयावह बना रहा था। बिजली के एक खम्भे के पास तिरछा पड़े हुए एक रिक्शे से लटकती कुछ लाशें भुलाए नहीं भूल रही थीं। एक औरत, एक मर्द और एक बच्चे की लाशें थीं वे। तीनों एक ही परिवार के सदस्य लगते थे। रिक्शावाला सामने की ओर मरा पड़ा था। उसके फटे पेट की अँतड़ियाँ सड़क पर बिखरी पड़ी थीं। बच्चे की आँखें बाहर निकलकर गालों पर लटक रही थीं। गिद्ध और कौए उन लाशों को नोच-खसोट रहे थे।

शान्ति-कपोत तो बहुत पहले ही हमारी मातृभूमि से अदृश्य हो गए थे मगर हमें यह अन्दाजा नहीं था कि एक दिन हमारे इस सोनार बांग्ला के आकाश में बॉगाई, हल्दीमना, हरियाल जैसे पक्षियों की जगह सिर्फ़ गिद्ध और कौए मँडराएँगे। परसों रात को भी जब हम इस रास्ते से गुज़र रहे थे तो सुहानी चैती हवा में कितनी सुगंध थी। मगर आज ! सड़ी लाशों और जलती इमारतों की दुर्गंध ने इस नगरी को एक दोजख में बदल डाला था।

ढाका से बाहर निकलने का एक सरल उपाय था नाव से बूढ़ी गंगा पार करके उस पार के गाँवों से होते हुए दूसरे जिलों या भारत की ओर चले जाना। हालाँकि किसी को यह नहीं मालूम था कि दूसरे गाँव या जिलों की क्या स्थिति है। बूढ़ी गंगा तक जाने के लिए रायेर बाज़ार के पास से होकर गुज़रना पड़ता था। इसलिए उस रास्ते पर काफी भीड़ थी।

भीड़ को चीरते हुए हम रायेर बाज़ार पहुँचे। दो दिन पहले हम जिस इलाके से गए थे, वह इलाका आज पहचान में आने लायक नहीं रह गया था। जली-अधजली सुनसान इमारतें मूक खड़ी थीं। कई घरों से अभी भी धुआँ निकल रहा था। गली में जगह-जगह खून के थक्के जमे हुए थे। कई लाशें मुड़ी-तुड़ी हालत में पड़ी हुई थीं। आलम हर लाश के पास जाता, उसे पहचानने की कोशिश करता और पहचानकर चिल्ला उठता, “ये तो हमारे मुहल्ले के भरत जैठा हैं रे !” “अरे ये तो रतन का छोटा भाई है” “अरे-अरे ये हमारे...।”

कुछ स्थानों पर लाशें तो नहीं थीं पर लाशों को घसीटकर कहीं ले जाने के निशान दिख रहे थे। यह सब कुछ देखकर अनहोनी की आशंका से दिल में हथौड़े पड़ने शुरू हो गए थे।

तभी हमारी नज़र एक अधजले मकान पर पड़ी। मकान के बाहर की दीवार पर पीठ टिकाए एक बूढ़ा बैठा था। पास ही एक युवक की लाश पड़ी थी। लाश पर मक्खियाँ भिनभिना रही थीं। युवक के खुले मुँह में मानो एक सुप्त चीत्कार अटका हुआ था। युवक के सिर को अपनी गोद में रखकर वह बूढ़ा बड़े प्यार से उसके बालों और चेहरे पर हाथ फेरे जा रहा था।

आलम बदहवास-सा उनके पास गया और उन्हें झकझोरते हुए कहा, "ये सब क्या हो रहा है दादू ? क्या हो गया ?"

दादू कुछ देर तक तो निर्वाक् बैठे रहे। फिर अचानक बच्चों की तरह फूट-फूटकर रो उठे। बोले, "हम लोगों का सर्वनाश हो गया रे आलम ! सर्वनाश हो गया !" उन्होंने रोते-रोते जो कुछ बताया, उसे सुन हम स्तब्ध रह गए।

फ़ौजियों ने कल यानी शुक्रवार को चूहा-बिल्ली का जो खेल रमना कालीबाड़ी, शाँखारी पोट्टी, नया बाज़ार आदि इलाकों में खेला था, वही खेल वे यहाँ भी खेल गए थे। गली के दोनों मुहानों पर उन्होंने पहले मशीनगन बैठा दिया था। फिर लोगों को बाहर निकालने के लिए रॉकेट दाग-दाग कर घरों में आग लगाना शुरू किया था। आग की गर्मी और धुएँ से पागल होकर जैसे-जैसे लोग बाहर निकलते गए थे, पहले से तैयार बैठे फ़ौजी उन्हें मशीनगनों से भूनते चले गए थे।

इसके आगे की कहानी सुने बिना ही आलम अपने घर की ओर दौड़ पड़ा। मैं भी उसके पीछे-पीछे वहाँ जा पहुँचा।

घर का ऊपरी हिस्सा बुरी तरह से जल चुका था। सदर दरवाज़ा खुला पड़ा था। नीचे का हिस्सा भी कहीं-कहीं से क्षतिग्रस्त हो गया था। घर के इस कोने से उस कोने तक दौड़ते हुए आलम पागलों की तरह चीख़े जा रहा था, "तबस्सुम...रिंकू...तुताई...बाबाई....अम्मी... बा'जान...बा'जान गोऽऽऽऽ कहाँ हो तुम लोग...मैं आ गया हूँऽऽऽ बोलोऽऽ कहाँ हो ?..."

मैं उसे शान्त करने या सांत्वना देने की हिम्मत नहीं जुटा पा रहा था। उस परिवार के लोगों के स्नेह और प्रेम की बेल ने इस प्रकार मुझे भी चारों ओर से लपेट लिया था कि उनके लिए मेरा दिल भी तड़प रहा था। आलम के साथ मैं भी फूट-फूटकर रोने लगा।

शोक के उस पहले झटके से उबरने में काफी वक़्त लग गया। फिर मैंने आलम के कन्धे पर धीरे-से हाथ रखकर कहा, "तुम व्यर्थ में परेशान हो रहे हो आलम ! मुझे लगता है तुम्हारे परिवार के लोग ज़िन्दा हैं।"

मेरी बातें सुन आलम ने आँसू भरी आँखों से मेरी ओर देखा। आशा की एक पतली लकीर विद्युत की तरह कौंधी। उसने पूछा, "वो कैसे ?"

"क्या तुम्हें यहाँ किसी की लाश मिली ? नहीं न ! मुझे लगता है वे लोग बचकर भाग निकले हैं।" मैंने उसमें थोड़ी-सी जान डालने की कोशिश की।

"तुम यह कैसे कह सकते हो ? दादू ने क्या कहा, सुना नहीं ? घर में आग लग जाने के बाद जब लोग बाहर गली में निकल आए तब उन्हें मशीनगनों से भून डाला गया। तो फिर घर में लाशें कैसे मिलेंगी ?" आलम का सवाल सही था। फिर भी मैंने कहा, "यदि ऐसा होता तो गली में तुम्हारे घरवालों की लाशें पड़ी होतीं न !"

"हो सकता है बाद में कुछ लाशों को उठाकर ले जाया गया हो। देखा नहीं तुमने, जगह-जगह लाशों को घसीटे जाने के निशान थे।" आलम में जान डालने की मेरी कोशिश व्यर्थ जा रही थी। फिर भी मैंने हार नहीं मानी। कहा, "हो तो सकता है लेकिन पता नहीं

क्यों मेरा मन कह रहा है कि वे लोग ज़िन्दा हैं। देखो, तुम्हारा घर पूरा नहीं जला है। फ़ौजियों के रहने तक वे लोग आसानी से घर के इस भाग में दुबके रहे होंगे। फिर जैसे ही फ़ौजी चले गए होंगे, सबके सब निकलकर बूढ़ी गंगा की ओर चल दिए होंगे।" मेरे तर्क में दम था। आलम कुछ आश्वस्त-सा नज़र आया और तुरन्त खड़े होकर बोला, "तो चलो हम उन्हें ढूँढ़ते हैं।"

उस विकट परिस्थिति में भी मैंने अपना दिमाग ठंडा रखा और कोने में साबुत बची एक स्टील की अलमारी से कुछ कपड़े और चादर वगैरह निकालकर एक थैले में भर लिया। अलमारी में रखे कुछ रुपए भी मिल गए। मेरे सारे रुपए, पैसे और कपड़े चूँकि ऊपरी तल्ले के कमरे में रखे थे इसलिए जलकर नष्ट हो गए थे।

घर से बाहर निकलकर गली से गुज़रते समय दादू पर नज़र पड़ी। दुर्गन्ध उठती लाश को लेकर एक ही मुद्रा में बैठे देखकर मैंने समझाया, "दादू ! क्या हो गया है आपको ! आप इस बात को स्वीकार कीजिए कि आपका बेटा अब ज़िन्दा नहीं है। आप चलिए हमारे साथ...यहाँ से कहीं दूर।"

"नहीं बेटा! मैं नहीं जा सकता अपने रघु को छोड़कर। सुबह ठेला गाड़ीवाले आए थे। कई लाशों को उठा ले गए। मेरे रघु को भी वे लोग उठा ले जाना चाहते थे। मैंने नहीं ले जाने दिया। मैं यहीं बैठे-बैठे अपने प्राण त्याग दूँगा। हम दोनों की लाश एक ही साथ उठेगी। तुम लोग जाओ।" पुत्र शोक से दादू विक्षिप्त से हो गए थे। उन्हें समझाना बेकार था।

आलम अपने घरवालों के बारे में अधिक-से-अधिक जानकारी चाहता था। उसने पूछा, "आप तो यहीं थे दादू ! मेरे घरवालों के बारे में कुछ बताइए न ! उनका क्या हुआ ?"

"मैंने नहीं देखा। बस चीख़ें सुनीं। भागते-दौड़ते-मरते लोगों की चीख़ें ! फिर मेरा घर जलने लगा था। धुएँ से मैं बेहाश हो गया। जब होश आया तब अपने रघु को यहाँ पड़ा पाया। तुम लोग यहाँ से भाग जाओ बेटा। जल्दी से भाग जाओ। फ़ौजी फिर आएँगे और तुम लोगों को भी..." वाक्य अधूरा रखकर दादू रो उठे। हम दोनों ने एक बार फिर उन्हें अपने साथ चलने को कहा मगर वे नहीं माने। मजबूरन उन्हें छोड़कर ही हम मुहल्ले से निकल गए।

बूढ़ी गंगा की ओर जाती भीड़ में शामिल होने में हमें देर नहीं लगी। नदी में जब भी बाढ़ आती है, वह जमीन की ओर बढ़ती है, मगर ढाका की इस सड़क पर आई भागते लोगों की बाढ़ का रुख नदी की ओर था। रोज निश्चल पड़ी रहनेवाली गलियाँ और सड़कें आज नदी बनकर बूढ़ी गंगा से मिलने चली आ रही थीं। या फिर ऐसा भी हो सकता है कि बूढ़ी गंगा के अन्दर छिपा हेमलिन का बाँसुरी वादक अपनी जादुई बाँसुरी बजाकर ढाकावासियों को अपनी ओर खींचे ले जा रहा हो।

आलम की चंचल और व्याकुल आँखें भीड़ में अपने घरवालों को ढूँढ़ने में व्यस्त थीं। मैं भी उन्हीं चेहरों को तलाश रहा था। बूढ़ी गंगा के बिलकुल किनारे पहुँचकर उपस्थित भीड़ को देखकर हम हैरान हो उठे—इतनी भीड़ !

"अच्छा केष्टो ! यहाँ इस वक़्त कुल मिलाकर कितने लोग होंगे रे ?" भारी भीड़ को देख आलम ने सवाल किया। मैंने अपनी औसत से ज़्यादा लम्बाई का फायदा उठाते हुए काले-काले नरमुंडों के ऊपर से नज़रें दौड़ाईं और अन्दाज लगाते हुए कहा, "चालीस-पचास हज़ार से कम नहीं होंगे।"

चालीस-पचास हज़ार की भीड़ में आलम के घरवालों को ढूँढ़ना आसान नहीं था। महताब और अन्य लोगों का पता लगा पाना आसान नहीं था। फिर भी हम अपनी कोशिश से बाज नहीं आ रहे थे।

अनजानी, अनदेखी राहों पर

बूढ़ी गंगा के किनारे एक कतार में काफी नावें लगी हुई थीं। कुछ बंगाली पुलिसवाले अपनी देख-रेख में लोगों को उनमें बैठा रहे थे। पता चला कि ये बंगाली पुलिसवाले पास के थाना के हैं। इन्होंने पश्चिमी पाकिस्तानी शासकों के खिलाफ बगावत कर दी है और पीड़ित बंगालियों की रक्षा की जिम्मेदारी अपने ऊपर ले ली है।

"जल्दी-जल्दी सवार होइए, अभी इतने लोगों को पार करवाना है। हमारे पास बस कुछ ही नावें हैं।" लम्बे इन्तज़ार के बाद हमें नाव पर बैठाते हुए एक पुलिसवाला बोल उठा, "इन फ़ौजियों का कोई भरोसा नहीं। कल बूढ़ी गंगा के सदर घाट पर नदी पार करनेवालों को टर्मिनल बिल्डिंग की छत पर खड़े फ़ौजियों ने मशीनगनों से भून डाला था।"

एक दूसरा पुलिसवाला किसी से शुक्रवार को घटे उस लोमहर्षक किस्से के बारे में बता रहा था, जिसमें उसने नदी में कूदकर बड़ी मुश्किल से अपनी जान बचाई थी, "शुक्र है आज कर्फ्यू उठा लिया गया है वरना शायद आज यहाँ भी वही किस्सा दुहराया जाता..." उसका वाक्य खत्म होने से पहले ही दूर कहीं से मशीनगनों की गड़गड़ाहट सुनाई पड़ी और वहाँ उपस्थित भीड़ में भगदड़ मच गई। सवारियों से लदी नावों के माँझी जल्दी-जल्दी नाव खेने लग गए।

कुछ ही पल में हम नदी में काफी दूर पहुँच गए। पीछे से गोलियाँ चलने की आवाज़ें आ रही थीं। किनारे का दृश्य कारुणिक था। नावों की प्रतीक्षा में लोग अधीर हुए जा रहे थे। एक-दूसरे को ठेल-ठालकर किसी भी तरह से नदी के सामने आने की कोशिश में लगे थे लोग। उन्हें देखकर दावे के साथ कहा जा सकता था कि नाव न मिलने की स्थिति में वे नदी में छलाँग लगा देने से भी बाज नहीं आएँगे।

उनकी हालत देखकर अपने आप को भाग्यशाली महसूस किया मैंने। पीछे मुड़कर देखते-देखते गर्दन में दर्द होने लगा था। पाँव भी दुख रहे थे। मैंने पहलू बदलकर बैठने की कोशिश की। सामने बैठा माँझी डाँट उठा, "इतना क्यों हिल-डोल रहे हैं ? शान्त होकर बैठ नहीं सकते ? देखते नहीं नाव आप ही की तरफ़ झुकती जा रही है ?"

बात सही थी। मेरे अत्यधिक वजन के कारण नाव बाईं ओर झुक-सी गई थी। ऐसे में ज़्यादा हिलना-डुलना खतरनाक हो सकता था।

"ठीक है मैं बीच में जाकर बैठता हूँ।" शर्मिंदगी महसूस करते हुए मैंने कह तो दिया मगर नाव इतनी ठुँसी हुई थी कि बीच में जाना तो दूर, अपनी जगह पर उठकर खड़ा तक नहीं हो पाया मैं। एक तरफ़ गर्दन टेढ़ी करके ही नाव आगे बढ़ती रही। डाँड़ चलाते-चलाते माँझी पसीना-पसीना हो उठा था। उसके हाथ से डाँड़ लेकर नाव चलाने की इच्छा हुई मगर उस तक पहुँचना आसान नहीं था।

नाव में सन्नाटा नहीं था। यात्री आपस में मक्खियों की तरह भिनभिना रहे थे। मनुष्य की तरह बातचीत करने की ताकत नहीं बची थी उनमें। मेरे पाँव के पास बैठे एक अधेड़

व्यक्ति की हालत विचित्र थी। उन्हें लगातार खाँसी आ रही थी। दमघोटू खाँसी। खाँसते-खाँसते वे रोने लगते और रोते-रोते खाँसने। उनकी रुलाई इतनी वेदनादायी थी कि आस-पास के लोगों का मन भीग उठा। सहयात्रियों की सहानुभूति पाकर उनका दुख बाहर तक छलक आया, "फ़ौजियों ने जब हमारे घर में आग लगाई तब हम सब बाहर निकलकर भागने लगे। उसी समय पीछे से एक फ़ौजी ट्रक आकर हमारे पास रुक गया। कुछ फ़ौजी मशीनगन लेकर नीचे उतरे। मेरी बीवी और बेटियों को जबरन ट्रक में उठा लिया। मेरे प्रतिवाद करने पर उनमें से एक ने मुझ पर गोली चला दी। संयोग से गोली मुझे लगी नहीं। मैं घबराहट में लड़खड़ाकर गिर पड़ा था। उन्होंने सोचा कि मैं गोली लगने से गिरा हूँ इसलिए मुझे छोड़कर वे आगे बढ़ गए। ट्रक में से, जो कि पहले से ही ठसाठ्स भरा हुआ था, मेरी बीवी-बेटियाँ रोती-चीख़ती जा रही थीं। वे यही समझ रही होंगी कि मैं मर गया हूँ। मैं तो ज़िन्दा हूँ मगर न जाने फ़ौजियों ने उन बेबसों का क्या हाल किया होगा ? मेरी बीवी ! मेरी जवान बेटियाँ ! अल्लाह ! रहम कर। मुझ पापी पर रहम कर !" कहते हुए वे अचानक अपने पास बैठे एक वृद्ध ब्राह्मण के पाँवों से लिपट गए, "मुझे माफ़ कर दीजिए ठाकुर मॉशाइ, मेरे गुनाहों को माफ़ कर दीजिए।"

"माफ़ कर दूँ ? लेकिन आपने किया क्या है ?" ठाकुर मॉशाइ चौंके।

"पिछले दंगों के समय मैंने अपने धर्मांध दोस्तों के साथ मिलकर कई हिन्दुओं का कत्ल किया था। उनके घर तथा दुकानों को लूटा था। आज हमें उसी की सजा मिल रही है। अल्लाह ने इसी जनम में हमें हमारे गुनाहों की सजा दे दी। जैसा सुलूक हमने आप हिन्दुओं के साथ किया था, वैसा ही सुलूक आज हमारे अपने धर्म के लोग ही हमारे साथ कर रहे हैं। वाह रे अल्लाह ! तेरा भी जवाब नहीं। क्या न्याय किया तूने।"

उसकी बातें सुन ठाकुर मॉशाइ गम्भीर हो उठे। अपने पाँव छुड़ाते हुए बोले, "दोष सिर्फ़ आप लोगों का नहीं है। ताली कभी एक हाथ से नहीं बजती। हम हिन्दुओं ने वर्षों आप लोगों को दबाए रखा। आप लोगों को अछूत माना। शायद हमारे ही कारण आर्थिक, शैक्षणिक तथा सामाजिक दृष्टि से आप लोग पिछड़े रहे और समय-समय पर दंगे-फसाद द्वारा अपनी भड़ास निकालते रहे।"

देखते-देखते हमारी नाव बूढ़ी गंगा पार करके घाट पर जा लगी। वहाँ भी भागनेवालों की भीड़ लगी हुई थी। हमारे नाववाले ने हमें वहाँ उतर जाने के लिए कहा। उसकी बातें सुन नाव में उपस्थित सभी यात्री प्रतिवाद कर उठे। मेरे साथ-साथ कई लोगों ने उसके हाथ में रुपए थमाते हुए उससे विनती की कि कम-से-कम वह हमें किसी स्टीमर घाट तक पहुँचा दे क्योंकि वहाँ एक भी ख़ाली नाव नज़र नहीं आ रही थी।

नाविक ने रुपए लेने से इनकार करते हुए कहा, "आज मैंने आप लोगों को पैसों के लिए नदी पार नहीं करवाया है, कॉत्ता ! इंसानियत के नाते करवाया है, आप लोगों की जान बचाने के लिए करवाया है। अब मुझे आज्ञा दें। बूढ़ी गंगा के उस घाट पर सैकड़ों लोग नाव के इन्तज़ार में खड़े हैं। मुझे जल्द-से-जल्द वहाँ पहुँचना होगा। खुदा हाफिज़ !"

और हम नाव से उतरने के लिए बाध्य हो गए। अपनी जान जोखिम में डालकर वह नाविक पुनः उस मरघट के लिए रवाना हो गया। इधर घाट पर उतरकर हम भी सैकड़ों लोगों की तरह एक नाव के जुगाड़ में परेशान हो उठे। जिस नाववाले के पास जाकर पूछते, "ऐ

मॉशाइ = महाशय। कॉत्ता = कर्ता, मालिक।

भाई ! जरा हमें स्टीमर-घाट तक ले चलोगे ?" वही जवाब देता, "मेरे नाव में बिलकुल ही जगह नहीं है कॉत्ता ! कोई दूसरी नाव देखिए।"

हर नाविक के मुँह से एक ही बात सुनते-सुनते मैं खीझ उठा। किसी नाव में हमारे लिए जगह नहीं, इस देश में जगह नहीं, हमारे शासकों के दिल में जगह नहीं—क्यों ? आखिर क्यों ? यह कैसी मातृभूमि है जिसके वक्ष पर असंख्य पेड़-पौधों के रहने की जगह है, नदी, नालों, कीट-पतंगों, पशु-पक्षियों के रहने की जगह है, यहाँ तक कि अत्याचारी दुश्मनों के लिए भी जगह की कोई कमी नहीं मगर हमें जगह के लिए मारा-मारा फिरना पड़ रहा है ?

आलम इस बीच अपने घरवालों की खोज में पूरे घाट का चक्कर लगा आया था। वे यहाँ भी नहीं मिले। उसके आने के कुछ ही देर बाद मैंने एक नाव का जुगाड़ कर लिया।

नाव में पहले से आठ-दस लोग बैठे थे। अपने सभी सहयात्रियों को बुला-बुलाकर जब मैं नाव में चढ़ाने लगा तब नाववाला बिगड़ उठा। बोला, "आप कर क्या रहे हैं ? इतने सारे लोगों को नाव में चढ़ाइएगा तो नाव डूब नहीं जाएगी ! आपने तो मुझे इतने लोगों की बात नहीं बताई थी ?"

"देखिए, ये सारे लोग मेरे साथ आए हैं। मैं इन्हें छोड़कर कैसे जा सकता हूँ ? आप चलिए न, कुछ नहीं होगा।" मैंने उसे समझाने की कोशिश की।

"अगर नाव बीच नदी में डूब गई तो ?" नाविक चिन्तित स्वर में बोला।

"डूब गई तो सब तैरकर किनारे जा लगेंगे। हमारे इस पानी के देश में तीन साल के बच्चे भी तैरना जानते हैं। डूबकर कोई नहीं मरेगा।" मैंने सफाई दी।

"हाँ-हाँ हम मरेंगे नहीं, हम मरेंगे नहीं।" हमारे सहयात्रियों में से कइयों की आवाज़ आई। एक ने कहा, "उन जल्लादों के हाथों मरने से अच्छा है पानी में डूबकर मरें। आप चलिए तो !" नाववाले के पास हमारी बात मानने के अलावा कोई और चारा नहीं था। वह चुपचाप डाँड़ चलाने लगा।

इस नाव में भी लोगों को घुटने मोड़कर, गर्दन टेढ़ी करके, बदन को यथासम्भव सिकोड़कर बैठना पड़ा। इस हालत में भी लोग एक-दूसरे का दुख-सुख बाँट रहे थे। एक युवती वधू, जिसने एक दिन पहले ही अपनी नवजात बच्ची को खोया था, एक भूखे मातृहारा शिशु को सबके सामने अपना दूध पिला रही थी। कई लोग अपनी-अपनी पोटली से चिउड़ा, मूड़ी निकालकर भूखे सहयात्रियों को खिला रहे थे। अमीर-गरीब, ऊँच-नीच, हिन्दू-मुसलमान किसी में कोई भेदभाव नहीं रह गया था। साम्यवाद का ऐसा अद्‌भुत नज़ारा इससे पहले मैंने कहीं नहीं देखा था। अत्याचारी शासकों के इस आकस्मिक बर्बरतापूर्ण हमले से उद्‌भ्रान्त पूर्वी बंगाल के धर्मांध हिन्दू-मुसलमान भी अपनी वर्षों पुरानी दुश्मनी को भूलकर एक-दूसरे के दर्द को सहला रहे थे। रातों-रात लोगों के व्यवहार में असाधारण परिवर्तन आ गया था।

हमारी नाव टेढ़े-मेढ़े नदी-पथ से आगे बढ़ रही थी। अँधेरा घिर चुका था। दोनों ओर ग्राम-बांग्ला के पेड़-पौधों, घरों-मैदानों में मानो कालिख पुती हुई थी। भय, आतंक और उत्तेजना से नदी-नाव और नाव में बैठे लोग काँप रहे थे। अपना-अपना घर-बार छोड़कर रातों-रात अनिश्चित यात्रा के लिए निकलनेवाले ऐसे कितने ही लोगों से लदी नावें हमारे साथ-साथ चल रही थीं। अचानक विपरीत दिशा से आनेवाली एक नाव के माँझी ने, जिसके हाथ से लटकती लालटेन की रोशनी हमारी नाव तक पहुँची, हमारी नाव के माँझी को आवाज़ दी, "दुलाभाई गोऽऽऽऽ"

उसकी आवाज़ सुन हमारे नाव का माँझी अपनी नाव को सामनेवाली नाव के बिलकुल करीब ले गया। आवाज़ देनेवाले माँझी ने भेद भरे लहजे में कहा, "ख़बर मिली है कि फ़ौजी अब ढाका के बाहरी इलाकों में हमला बोलने की तैयारी कर रहे हैं। मैं तो जा रहा हूँ अपने घर ! बीवी, बाल-बच्चों को लाने। आप नहीं जाइएगा ?"

उसकी बातें सुनते ही हमारा नाविक अत्यन्त विचलित हो उठा और "तुम रुको, मैं भी आ रहा हूँ" कहकर वहीं किनारे ले जाकर उसने नाव लगा दी। फिर हाथ-जोड़कर हमसे क्षमा माँगते हुए बोला, "ना कॉत्ता ! मैं आप लोगों को और आगे नहीं ले जा सकता। मुझे इसी वक़्त घर जाना होगा। अपने छोटे-छोटे बच्चों को, बूढ़े माँ-बाप को, बीवी और भाई-बहनों को बचाना होगा। मेरे वहाँ पहुँचने से पहले ही अगर उन्हें कुछ हो जाए या वे कहीं भाग जाएँ तो मैं तो जीते जी मर जाऊँगा। माफ़ कीजिएगा। मैं चला। खुदा हाफिज़।"

किनारे पर खड़े-खड़े हम उस दाढ़ीवाले युवा नाविक को जोर-जोर से डाँड़ चलाकर जाते हुए देखते रहे। रात काफी हो गई थी। नींद और थकान से खड़े रहना मुश्किल हो रहा था। जोरों की भूख भी लगी थी। 25 मार्च, बृहस्पतिवार की रात से हमें ठीक से खाना नसीब नहीं हुआ था। बस, प्रोफेसर साहब के कहने पर थोड़ी-सी मूड़ी फाँकी थी हमने। आलम के अधजले घर से ढूँढ़ने पर खाने को कुछ मिल सकता था। खाकर हम रास्ते के लिए थोड़ा-सा बाँध भी ले सकते थे लेकिन उस वक़्त खाने की सुध किसे थी ? हमारे साथ के लोगों ने, जिनकी पोटलियों में चिउड़ा, मूड़ी, गुड़ आदि कुछ-कुछ बँधे थे, आपस में मिल-बाँटकर खाते समय हमसे पूछा भी था, लेकिन हमने लेने से इनकार कर दिया था। उस समूह में हम ही सबसे ताकतवर तथा हट्टे-कट्टे थे। इसलिए कमजोरों के हिस्से में दाँत बैठाने में शर्म आई।

हमारे सामने एक बड़ी समस्या थी फिर से एक नाव जुगाड़ करने की, ताकि हम जल्द-से-जल्द आगे बढ़ सकें। हमारे सभी सहयात्री बॉर्डर पार करके भारत भाग जाने की बातें कर रहे थे। लेकिन हमें बोरिशाल जाना था। आलम भी यह सोचकर बोरिशाल जाना चाहता था कि कहीं उसके घरवाले बोरिशाल के पैतृक घर में न चले गए हों।

बोरिशाल जाने के लिए चाँदपुर तक पहुँचना ज़रूरी था क्योंकि चाँदपुर से ही स्टीमर में बोरिशाल जाया जा सकता था। "अच्छा केष्टो ! चाँदपुर से स्टीमर चल भी रहा है या नहीं यह तो हमें पता ही नहीं। अगर नहीं चला तो हम बोरिशाल पहुँचेंगे कैसे ?" आलम के सवाल में दम था। "अरे हाँ ! मैंने तो इस विषय में सोचा ही नहीं। और फिर चाँदपुर जैसे बड़े स्टीमर घाट में जाना भी खतरे से ख़ाली नहीं। उस तरह के महत्त्वपूर्ण ठिकानों को फ़ौजी आसानी से अपनी दरिंदगी का निशाना बना सकते हैं। फ़ौजियों ने ढाका के सदर घाट में क्या किया था, पुलिसवाले से सुना नहीं ?" मेरा दिमाग जिधर भी दौड़ता, वहीं अन्धी गली से टकराकर लौट आता।

"तब तो हमारे लिए यही उचित होगा कि हम नदियों तथा नहरों को पार करके विभिन्न गाँवों तथा जंगलों के अन्दर-अन्दर से होते हुए बोरिशाल जाएँ।" आलम ने सलाह दी।

आलम की सलाह बुरी नहीं थी। गाँव, देहात तथा जंगल-झाड़ियों से होते हुए छोटी-बड़ी नदियों, नहरों को पार करके चलना ज़्यादा सुरक्षित था। खासतौर पर हमारे उस देश में, जहाँ इतने नदी-नाले हैं। कभी-कभी तो नदी में अपना जीवन गुजार देनेवाले किसी माँझी के लिए भी पथभ्रष्ट हो जाने पर यह अन्दाज लगाना मुश्किल हो जाता है कि सामनेवाली नदी का नाम क्या है या फिर सामनेवाली नहर किस नदी से निकली हुई है। ऐसे में बाहर से आए पाकिस्तानी फ़ौजी आखिर कहाँ-कहाँ पहुँच पाएँगे ?

मैंने आलम की सलाह पर अमल करने की सोची लेकिन इस तरह से बोरिशाल पहुँचने में कितना वक़्त लगेगा, इसका अन्दाज लगाना मुश्किल था। नाव, रिक्शे या बैलगाड़ी की सवारी के भरोसे हमें बोरिशाल पहुँचना था। हमारे साथ के यात्रियों को, जो भारत की ओर चले जाना चाहते थे, पश्चिम की ओर बढ़ना था, जबकि हमें दक्षिण की ओर।

खैर, रात हो चुकी थी और उस वक़्त हम इतने थके हुए थे कि अधिक देर तक सोच-विचार नहीं कर पाए। हमारे दल के सभी औरत, बच्चे, जवान और बूढ़े तो इस बीच नदी तट पर पसर गए थे। हम भी वहीं चादर बिछाकर कपड़े के बैग और कपड़ों को सिर के नीचे रखकर लेट गए। जब तक नींद नहीं आई, आलम सुबकता रहा।

सुबह आँख खुलते ही आँखें चुँधियाँ गईं। सूर्यदेव अकृपण हाथों से हमारे इस सोनार बांग्ला में स्वर्ण-किरणें बरसा रहे थे। आसपास सोए अधिकतर लोग जाग चुके थे। मच्छर और अन्य कीड़े-मकोड़ों ने रात-भर काट-काटकर हमारे हाथ-पाँव, चेहरे आदि को फुला दिया था। गनीमत थी कि किसी विषधर साँप ने नहीं डँसा था हमें। नदी तट से एक कच्ची सड़क निकलकर पेड़-पौधों के बीच से होती हुई एक गाँव की ओर चली गई थी। नाव और कुछ खाने-पीने की सामग्री जुटाने के लिए हम उस ओर चल पड़े।

नारियल, सुपारी और ताड़ के लम्बे-लम्बे पेड़ों से घिरे उस गाँव में जहाँ-तहाँ लाल फूलों से आच्छादित पलाश के पेड़ खड़े थे। दूर से ऐसा लगता था मानो गाँव में आग लगी हुई है। इस आग में और फ़ौजियों द्वारा लगाई गई आग में कितना फर्क था ! एक प्रगाढ़ शान्ति देनेवाली और दूसरी तुमुल अशान्ति फैलानेवाली।

गाँववालों से मिलकर हमने यह महसूस किया कि वे भी काफी डरे-सहमे हुए हैं। हमें घेरकर वे ढाका के बारे में तरह-तरह के सवाल पूछने लगे। पता चला, हमसे पहले भी ढाका से भागे लोग इस गाँव से गुज़र चुके हैं और ढाका के बारे में बहुत कुछ बता चुके हैं, इसलिए गाँववालों ने भागने की तैयारी कर रखी है।

हमें भूखा जानकर उन्होंने हमें भोजन करवाया। रास्ते के लिए कुछ मूढ़ी, गुड़, नारियल, चिउड़ा आदि भी बाँध दिया लेकिन जब हमने उन्हें अपने लिए नाव की व्यवस्था कर देने को कहा तो उन्होंने अपनी असमर्थता जताई। चूँकि वे स्वयं नहीं जानते थे कि उन्हें कब किस वक़्त गाँव छोड़कर भागना पड़ जाए इसलिए वे हमें नाव देने की स्थिति में नहीं थे। मजबूरन हमें पैदल ही आगे बढ़ जाना पड़ा।

दिन भर चलते रहने के बाद शाम को हम जहाँ पहुँचे, वहाँ का नज़ारा देख दंग रह गए। वह एक बड़ा-सा गाँव था। नदी किनारे बसे उस गाँव के स्कूल भवन में ढाका से भागे लोगों का विशाल हुजूम ठहरा हुआ था। स्कूल के आँगन में भी चारपाइयाँ तथा चटाइयाँ डालकर लालटेन की रोशनी में घायलों तथा बीमारों की तीमारदारी की जा रही थी। पूरा गाँव मानो उनकी सेवा में जुटा हुआ था। बाल्टियों में खिचड़ी भर-भरकर लाई जा रही थी और केले के पत्ते पर डालकर लोगों को खिलाई जा रही थी। मैं और आलम पास जा-जाकर वहाँ उपस्थित एक-एक व्यक्ति पर निगाह डाल आए। इस बार भी हमें मायूसी हुई। आलम के परिवार के लोग यहाँ भी नहीं मिले। बोरिशाल के बारे में भी कोई भरोसमन्द जानकारी नहीं मिली। पता चला, रेडियो ढाका एक ही राग अलाप रहा है, "ढाका में शान्ति और सुव्यवस्था की बहाली हो चुकी है। लोग अपने-अपने काम पर वापस आ सकते हैं..."

वहाँ उपस्थित एक पुलिसकर्मी आस-पास इकट्ठी भीड़ को बता रहा था, "भुट्टो तो

ढाका को जलता छोड़कर शुक्रवार की सुबह ही होटल इंटरकॉन्टिनेंटल से निकलकर कराची के लिए रवाना हो गए। लेकिन होटल में नज़रबन्द बाकी सभी लोगों को देर रात तक रोके रखा गया। रात ढाई बजे के बाद कराची जानेवाले हवाई जहाज में बैठाने से पहले सभी विदेशी पत्रकारों की तलाशी ली गई। उनके कैमरे, फ़िल्म, नोटबुक, टाइपराइटर आदि छीन लिए गए ताकि ढाका में घटी इस नृशंस घटना का कोई सबूत ले जाकर वे विश्वदरबार में पेश न कर सकें।"

"देखा, इन नरपशुओं को अपनी इमेज का कितना ख़याल है ?" किसी ने टिप्पणी की।

"उन्होंने उन विदेशियों को जान बख़्श दी, बंगालियों की तरह उन्हें भून नहीं डाला, यही क्या कम है ?" मैंने बीच में टाँग अड़ाई।

"क्या आपको लगता है कि विदेशी पत्रकारों की जान लेना इतना आसान काम है ?" उस पुलिसवाले ने खा जानेवाली नज़रों से मुझे घूरा और कहना शुरू किया, "जिस अमेरिका तथा चीन की कृपा दृष्टि पाकर याहिया इतना फुदक रहा है, उन्हीं देशों के पत्रकारों पर वह कैसे हाथ उठा सकता है ? विश्व के अन्य देशों के पत्रकारों पर भी हाथ उठाने का मतलब है उनसे दुश्मनी मोल लेना। और कुछ भी हो, याहिया इतना मूर्ख नहीं है जो इतनी बड़ी गलती करे।..."

लोगों के साथ तर्क-वितर्क, विचार-विमर्श तथा समाचारों का आदान-प्रदान करते-करते हमारी पलकें भारी होने लगीं।

❐ ❐ ❐

सुबह जल्दी ही मैं उठ गया और आलम को जगाकर आगे की यात्रा के लिए निकल पड़ा। वर्षों पहले घर से भागकर दिल्ली-बम्बई जाने का किस्सा याद आ गया। नियति ने मुझे एक बार फिर भवघूरे-सा दिन बिताने को बाध्य कर दिया था। जंगल-झाड़ी, खेत-मैदान जहाँ भी नींद आती, सो जाना पड़ता। जो कुछ भी मिलता खाना पड़ता। चलते-चलते पाँव थक जाते, साँस फूलने लगती, धूप से सिर तपने लगता, अपनों की चिन्ता में दिमाग की नसें फटने लगतीं मगर हमें चलते रहना था...चलते रहना था।

पिछले दिनों की तुलना में आज चलने में कम कष्ट हो रहा था। एक तो हम भूखे नहीं थे। ऊपर से एक गहरी नींद ले चुके थे। सबसे बड़ी बात तो यह थी कि धूप बिलकुल ही नहीं थी। चलने के लिए मौसम अनुकूल था। मैं और आलम अकेले थे इसलिए भी काफी तेज़ी से चलना सम्भव हो रहा था। चूँकि हमारे और हमारे ढाकावाले सहयात्रियों के रास्ते अब अलग हो चुके थे इसलिए पिछले दिनों की तरह बूढ़ों तथा बच्चों को सहारा देते हुए चलने की समस्या भी नहीं थी। यह बात अलग थी कि पिछले दो दिनों में चौबीसों घंटे साथ रहते-रहते उन लोगों से एक आत्मीयता-सी हो गई थी। उनसे विदा लेते समय एक टीस-सी उठी थी मन में। राह चलते-चलते बार-बार उनकी याद आ रही थी। विशेष रूप से उस बच्चे की याद जो मेरे कन्धे पर बैठकर अपने नन्हे-नन्हे हाथों से मेरे बालों, मेरे कानों तथा मेरी नाक को नोचता रहा था।

दोपहर बाद हम एक नदी के तट पर पहुँचे। नदी पार किए बिना आगे बढ़ना सम्भव नहीं था। हमारे पास नाव नहीं थी। कोई छोटी-मोटी नदी होती तो तैरकर ही पार कर जाता। तेज़ हवा के कारण नदी में लहरें भी उठने लगी थीं। तैरकर पार करने की हिम्मत नहीं हुई।

भवघूरे = बहेतू।

लेकिन उजाला रहते-रहते उस पार जाना ज़रूरी था। नहीं तो फिर अगले दिन सुबह तक का इन्तज़ार करना पड़ता। आधा दिन बर्बाद हो जाता। अब क्या करना चाहिए—इस पर हम विचार कर ही रहे थे कि कुछ दूर एक तालाब किनारे विभिन्न पेड़-पौधों के बीच केले और बाँस के घने जंगल को देख मेरे मन में एक विचार कौंधा—"क्यों न हम एक 'भैला' बना लें।" मैंने आलम को अपने विचार से अवगत कराया।

"तेज़ हवा में उथल-पुथल होती इस नदी को भैला में बैठकर पार करोगे ? तुम पागल हो गए हो क्या ?" आलम चौंकते हुए बोला।

"जब बचपन में मैं बारिश में डूबे खेतों, मैदानों, नदी-नालों में भैला लेकर दिन-भर चरखी बाजी कर चुका हूँ तब क्या इस बड़ी उम्र में भैला से नदी पार नहीं कर पाऊँगा ?" मैंने शेखी बघारते हुए कहा।

"और अगर लहरों की मार से बीच नदी में हम भैला से गिर पड़े तो ?" आलम सशंकित होते हुए बोला।

"तो हम तैरकर बाकी नदी को पार कर लेंगे। जब हम दोनों ही अच्छे तैराक हैं तो फिर डर किस बात का ? हमारे साथ कोई बाल-बच्चा या बूढ़ा तो है नहीं।" मैंने उसे समझाया। आलम मान गया और हम पास की एक झोपड़ी से एक कटारी और थोड़ी-सी नारियल की रस्सी माँग लाए। फिर जल्दी-जल्दी हमने केले के कई पेड़ काट डाले। बाँस की काँटी बनाकर उनसे केले के चार मोटे तनों को जोड़ने के बाद चारों कोनों को रस्सी से एक-दूसरे के साथ अच्छी तरह बाँधकर एक 'भैला' बना लिया। दो डाँड़ भी बनाए गए। कटारी वापस करके हमने भैला को नदी में डाल दिया और उस पर चढ़ बैठे।

कुछ दूर तक तो हम ठीक-ठाक चले। मगर फिर मौसम बहुत खराब हो गया। आसमान में बादल काफी जोर-शोर से उमड़ने-घुमड़ने लगे। हवा की गति में भी काफी तेज़ी आ गई। बड़ी-बड़ी लहरें आ-आकर हमारे भैला से टकरा-टकराकर चली जा रही थीं। विगत कई दिनों से हज़ारों प्रश्न भी तो हमारे मन से टकरा-टकराकर अनुत्तरित रह जा रहे थे।

तेज़ हवा में नदी के जल में इतनी उथल-पुथल होने लगी कि भैला सहित हमारा सन्तुलन बिगड़ने लगा। बार-बार हम भैला से फिसलकर पानी में आ गिरते फिर तैरकर भैला पर जा चढ़ते। लेकिन अन्त तक हम इसमें सफल नहीं रह पाए। हमारा झोला और डाँड़ तो पहले ही हाथ से छूट गया था, भैला भी हमें छोड़कर पानी में बह गया। अगाध जलराशि में डूबते-उतराते हुए हम हाथ-पाँव मारते रहे। हम नदी के उस पार यानी दक्षिण की ओर जाना चाहते थे लेकिन पानी का बहाव हमें जबरन पूरब की ओर लिए जा रहा था। आँख खोलकर कुछ देख पाना भी मुश्किल लग रहा था। शारीरिक-मानसिक रूप से पहले से ही ध्वस्त हम दोनों लहरों की मार से जूझते-जूझते थककर चूर हो गए थे। फिर भी किसी तरह हाथ-पाँव चलाए जा रहे थे।

जिस समय हम एक अनजान किनारे पर पहुँचे, अँधेरा इतना गाढ़ा हो चुका था कि हाथ को हाथ नहीं सूझ रहा था। आस-पास से सियार, कुत्तों के भौंकने की आवाज़ें आ रही थीं। हवा में अजीब-सी गंध फैली हुई थी। हम दोनों में एक कदम भी आगे बढ़ने की ताकत नहीं बची थी। भूख और थकान ने हमें बिलकुल बेबस बना डाला था। हम वहीं किनारे पर अपने हाथ-पाँव फैलाकर पसर गए। फिर कब आँख लग गई, कुछ पता ही नहीं चला।

आलम की भयानक चीख़ सुनकर जब मेरी आँखें खुलीं तो आकाश में सूरज को चमकता

पाया। आलम के विस्फारित नेत्रों का पीछा करते हुए जब मेरी नज़र जमीन पर पड़ी तो मैं भी चीखे़ बिना न रह सका। हमारे तीनों ओर की जमीन लाशों से पटी पड़ी थी। पक्षी और सियार उन्हें नोच खसोट रहे थे। वह दृश्य देख हमें मानो करंट मार गया, "तो क्या हम सारी रात इन लाशों के बीच सोए पड़े थे ?"

"लेकिन यहाँ इतनी लाशें आई कहाँ से ? क्या पाकिस्तानी फ़ौजी यहाँ भी आ पहुँचे ?" आलम ने हैरत से पूछा।

एक भयावह अनुभूति के साथ हम उठकर यन्त्रचालित से इधर-उधर देखने लगे। पास ही ऊँची जमीन पर कुछ झोपड़ियाँ नज़र आईं। हम कदम-कदम आगे बढ़ने लगे। आँगन की रस्सी पर सूखते कपड़े, दहलीज के सामने रखी थाली में आधी कटी हुई सब्जी, लुढ़का हुआ लोटा, चूल्हे पर सिझाने के लिए चढ़ाए गए धान भरे ताफाल...कितना कुछ मिला लेकिन पूरे गाँव का चक्कर लगाने के बावजूद हमें एक भी ज़िन्दा आदमी नहीं मिला। करीब-करीब सभी झोपड़ियाँ जली-अधजली हालत में पड़ी थीं। सुनसान। मानवविहीन ! हमें समझते देर न लगी कि अब पाकिस्तानी फौज गाँवों को भी तबाह करने पर उतर आई है।

"मुझे लगता है, फ़ौजियों ने पहले इस छोटे-से गाँव को घेर लिया होगा। फिर सबको बन्दूक की नोक पर ले जाकर नदी किनारे इकट्ठा करके एक साथ गोलियों से भून डाला होगा।" गाँव का जायजा लेते हुए आलम ने राय दी।

अचानक मेरे मन में एक बात कौंधी और मैंने आलम से पूछा, "तुमने एक विशेष चीज़ पर गौर किया आलम ?"

"किस चीज़ पर ?"

"इस पर कि उन लाशों में एक भी जवान लड़की या औरत की लाश नहीं थी ?"

"वही तो ! तुमने बिलकुल ठीक कहा। इस पूरे गाँव में एक भी जवान लड़की या औरत न रही हो, ऐसा तो हो ही नहीं सकता !" आलम मेरी बात से सहमत होता हुआ बोला।

"मामला आईने की तरह साफ है। फ़ौजी उन्हें अपने साथ उठाकर आसपास के किसी कैम्प या बैरक में ले गए होंगे।" मेरी जबान ने आसानी से इस बात को कह तो डाला मगर मन बड़ा ही खिन्न हो उठा, 'क्या हम इसका कोई प्रतिकार नहीं कर सकते ? मूक दर्शक बनकर सारा जुल्म सहते रहें ?'

अचानक एक झोपड़ी के सामने जाकर मेरे पाँव ठिठक गए। वह झोपड़ी पूरी तरह से जल गई थी, सिवाय उस हिस्से के, जिसमें एक बांग्लादेश की पताका लहरा रही थी। आलम की नज़र भी उस पर पड़ी और हम दोनों भावविह्वल आँखों से कुछ देर तक उसे देखते रहे।

"बांग्लादेश बनेगा रे आलम ! एक स्वतन्त्र राष्ट्र बनकर रहेगा यह ! देखना, ये पश्चिमी पाकिस्तानी शासक चाहे कुछ भी करें, यहाँ के बंगालियों को दबा नहीं सकेंगे। उन्हें खत्म नहीं कर सकेंगे। साढ़े सात करोड़ लोगों का सफाया करना इतना आसान है क्या ? हम लड़ेंगे। इनसे छुटकारा पाने की कोई-न-कोई तरकीब ज़रूर ढूँढ़ निकालेंगे।" मेरे मुँह से अनायास ही ये बातें निकल पड़ीं।

"वह तो मैं भी मानता हूँ लेकिन इस वक्त यदि हमें खाने को कुछ नहीं मिला न, तो हम ज़रूर खत्म हो जाएँगे।" आलम दोनों हाथों से अपने पेट को दबाते हुए बोला। भूख से मानो उसकी जान निकली जा रही थी।

"तो चल किसी अधजली झोपड़ी या किसी किराने की दुकान के मलबे को हटाकर देखते

हैं। शायद कुछ खाने को मिल जाए।" परिस्थितियों ने हमें इतना लाचार और बेबस बना दिया था कि उस मरघट में भी हम भोजन ढूँढ़ने से बाज नहीं आए।

जल्द ही हमें एक झोपड़ी के मलबे में मूड़ी से भरा टीन का डिब्बा मिल गया। हम गोग्रास से मूड़ी निगलने लगे। चबाने तक का सब्र नहीं था हममें।

उस गाँव को छोड़ते समय हमने वह मूड़ी का डिब्बा साथ ले लिया। चाहता तो ढूँढ़-ढूँढ़कर दूसरी झोपड़ियों से और भी कुछ खाने की सामग्रियाँ जुटा सकता था, लेकिन हमारे विवेक ने हमें इसकी इज़ाज़त नहीं दी। पेट भरने लायक मूड़ी से ही हम सन्तुष्ट हो गए थे।

गाँव से निकलते वक़्त देखा कि दक्षिण दिशा से गाँव तक आनेवाली सड़क का पुल टूटा हुआ है।

"ज़रूर गाँववालों ने जानबूझकर इसे तोड़ दिया होगा ताकि फ़ौजी वाहन गाँव तक न आ सके।" आलम की बात में दम था। "तब तो फ़ौजी नदी के रास्ते से आए होंगे। गश्ती नावों में चढ़कर ! शायद इसीलिए जाते समय उन्होंने नदी किनारे खड़ा करके सबको गोली मारी होगी।" मैंने भी अपनी समझ के मुताबिक अन्दाज लगाया।

उस गाँव से निकलने के बाद बोरिशाल पहुँचने से पहले हमें और भी कई गाँवों, कस्बों और शहरों को पार करना पड़ा। रास्ते में कभी दूर आकाश में मँडराते हवाई जहाज दिख जाते, कभी कहीं से गोलियों की आवाज़ आती, तो कभी किसी नदी में गश्त लगाती फ़ौजियों की कोई गनबोट ही दिख जाती। हम यथासम्भव अपने आपको छिपाते-बचाते हुए आगे बढ़ रहे थे। हर गाँव, शहर तथा कस्बे की स्थिति अलग-अलग थी। कोई बिलकुल ख़ाली था, किसी गाँव, शहर या कस्बे के लोग घर छोड़ने की तैयारी कर रहे थे तो किसी में लोग साहस के साथ जमे हुए थे और अपने सीमित साधनों के बल पर ही उन्होंने अपनी सुरक्षा समिति बना ली थी। लगभग हर गाँव में सड़क पथ से गाँव को जोड़नेवाले पुलों को तोड़ दिया गया था ताकि फ़ौजी जीप या ट्रक गाँव में आ ही न सके। जहाँ पुल नहीं थे वहाँ रास्ते पर गड्ढ़े बनाकर उन्हें इस तरह से ढँक दिया गया था कि यदि फ़ौजी वाहन वहाँ से गुज़रे तो धोखे से वाहन समेत उसमें गिर जाएँ और गाँववाले आसानी से उनका मुकाबला कर सकें। इसके अतिरिक्त औरतों और बच्चों की सुरक्षा की भी व्यवस्था की गई थी। उन्हें सुरक्षित स्थानों पर छिपाने के लिए कहीं-कहीं सुरंगें बना ली गई थीं। सभी अपने-अपने स्तर पर इस विपदा से जूझने की तैयारी में लगे थे।

आगे बढ़ने के क्रम में हमें कहीं नाव मिली, कहीं नहीं। कहीं किसी गाँव के लोग साइकिल से हमें कुछ दूर तक छोड़ आए तो कहीं बैलगाड़ी ही मिल गई। रिक्शे, बस आदि की भी हमने सवारी की। "ऍराउंड द वर्ल्ड इन एट्टी डेज" के नायक ने तो मात्र अस्सी दिनों में पूरी दुनिया का एक चक्कर लगा लिया था। वह भी बिना हवाई जहाज के। पता नहीं, हमें ढाका से बोरिशाल जाने में कितने दिन लगेंगे। मैंने सोचा।

जैसे-जैसे हम बोरिशाल के करीब जा रहे थे, वहाँ के बारे में तरह-तरह की अफवाहें सुनने को मिल रही थीं। लोग कह रहे थे कि वहाँ भी पाक फ़ौजी अपनी कारगुजारी दिखा चुके हैं। मुस्लिम लीग के समर्थकों के इशारे पर चुन-चुनकर अवामी लीग के समर्थकों तथा हिन्दुओं को निशाना बनाया गया है...।

प्रियजनों की खोज में

अपने मुहल्ले में घुसते समय कुछ देर के लिए मेरे अन्दर के सारे क्रियाकलाप, मेरी सारी अनुभूतियाँ, मेरी सारी विचारशक्ति—सब कुछ मानो जड़ीभूत हो गईं। रात के अँधेरे में उस निस्तब्ध मुहल्ले के श्रीहीन चेहरे ने मुझे स्तब्ध कर दिया। बन्द खिड़की-दरवाज़ेवाले अँधेरे शान्त मकानों को एक-एक कर पार करके मैं अपने घर पहुँचा। मेरा घर भी अन्धकार में डूबा हुआ था। स्ट्रीट लाइट की रोशनी में दरवाज़े के सामने पड़े सूखे खून के थक्कों को देख मेरे शरीर का पूरा खून मानो जम गया। अनिष्ट की आशंका से दिल बेकाबू हो उठा। आलम की सहायता से किसी तरह अपने को सँभालकर मैंने घर का कोना-कोना छान मारा। न तो वहाँ कोई प्राणी मिला, न ही कोई कीमती सामान। घर और दुकान की सारी चीज़ें नदारद थीं। मेरी बाइक भी गायब हो चुकी थी। पीछे की सीढ़ियों के पास सरगम लिखी हुई रवीन्द्र संगीत की एक कॉपी औंधे मुँह पड़ी थी। मैंने उसे उठा लिया। ऑनिच्छा के हाथों लिखे अक्षरों पर प्यार और करुणा से हाथ फेरते-फेरते पूछ बैठा, "मेरी माँ, मेरे भाई-बहन सब कहाँ गए रे आलम ? किससे पूछूँ ? आस-पास कोई दिखता भी तो नहीं।"

"वो देखो एक व्यक्ति सामनेवाले घर में घुस रहा है।" आलम ने एक तरफ़ इशारा किया।

"अरे वे तो हुसैन चाचा हैं। उन्हें ज़रूर पता होगा मेरे घरवालों के बारे में। उन्हीं से पूछते हैं।" कहकर मैं आलम के साथ सीढ़ियाँ लाँघते हुए नीचे उतरा और सड़क पार करके दौड़ते हुए हुसैन चाचा के घर जा पहुँचा। हुसैन चाचा इस बीच घर में घुसकर अन्दर से दरवाज़ा बन्द कर चुके थे। हमने दरवाज़ा थपथपाकर आवाज़ दी, "हुसैन चाचा दरवाज़ा खोलिए।" पर अन्दर से कोई आवाज़ नहीं आई। दो-तीन बार आवाज़ देने के बाद जब मैंने अपना नाम बताया तब उन्होंने धीरे से दरवाज़ा खोला। फिर अँधेरे कमरे में ले गए और रोते-रोते कहा, "केष्टो बाबू ! आप आज आए हैं ? आपका तो सर्वनाश हो गया है, सर्वनाश !"

"क्यों, क्या हुआ चाचा ! बताइए ! बताइए न चाचा ? मेरी माँ, बहन, भाइयों के बारे में बताइए। वे सब ठीक तो हैं न !" बेसब्री से चाचा के कन्धों को झकझोरते हुए मैं सवाल करने लगा। ढाका में, ढाका से आते समय रास्ते में मौत का जो तांडव मैं देख आया था उससे यह अन्दाज लगाना मुश्किल नहीं था, कि मेरे परिवारवालों का क्या हश्र हुआ होगा लेकिन उनके साथ घटी घटनाओं की वीभत्सता मेरी उम्मीद से ज़्यादा थी या कम, यह मैं चाचा के मुँह से सुनना चाहता था।

चाचा ने मुझे अधिक इन्तज़ार नहीं करवाया। एक ही साँस में सब कुछ बता डाला उन्होंने। जब फ़ौजियों ने हमारे मुहल्ले में धावा बोला था तब वे दरवाज़ा बन्द करके अन्दर दुबक गए थे। क्या करते ? घर में जवान लड़कियाँ जो थीं। फ़ौजियों को हमारे घर के दरवाज़े पर भारी बूटों से ठोकर मारते और चिल्ला-चिल्लाकर घर की औरतों को बाहर निकलने के लिए कहते हुए साफ सुन रहे थे वे। फिर दरवाज़ा टूटने की आवाज़ आई। उन्होंने ऊपर झरोखे पर आँख रखकर देखा, मेरा भाई माणिक तीन-चार फ़ौजियों को अन्दर जाने से रोकने की कोशिश कर रहा था और वे फ़ौजी संगीनों से उसे लहूलुहान कर रहे थे। कुछ देर तक ऐसा ही चलता रहा। माणिक को गिराकर फ़ौजी अन्दर घुसे थे मगर कुछ देर बाद घर की

तलाशी लेकर वे ख़ाली हाथ ही निकल आए। उनमें से एक फ़ौजी झल्लाते हुए कह रहा था, "हमें दरवाज़े पर रोककर तूने सबको पीछे के रास्ते से भगा दिया है ? अब तू ही मर !" और उसने घायल माणिक को गोलियों से भून डाला। इतना ही नहीं, जाते समय उन्होंने उसे उठाकर नीचे सड़क पर फेंक दिया।

जिस माणिक को मैं उम्र-भर निकम्मा, आवारा समझता रहा था, उसने अपनी जान पर खेलकर माँ, भाई, बहनों की जान बचाई थी। "ओह माणिक ! मेरे भाई ! मैंने तुझे समझने में भूल की। मुझे माफ़ करना....मुझे माफ़ करना।" कहते-कहते मैं फूट-फूटकर रो पड़ा। माणिक की मौत की ख़बर ने मुझे अन्दर तक हिलाकर रख दिया था।

थोड़ा सँभलकर मैंने पूछा, "और उसकी लाश ? वह कहाँ गई ?"

"पता नहीं। कोई ठेलागाड़ीवाला उठाकर ले गया होगा।" चाचा के मुँह से यह बात सुनकर मुझे दूसरा धक्का लगा। मेरे माणिक की लाश लावारिसों की तरह ठेलागाड़ी में गई। मैं उसके लिए कुछ भी नहीं कर पाया और...और पता नहीं घर के बाकी लोग भी किस हाल में होंगे ? ओह ! क्या करूँ मैं ? मुझे अपनी बेबसी पर जबर्दस्त खीझ हो रही थी। मैंने पूछा, "चाचा ! आप कुछ बता सकते हैं मेरी माँ, बहन और ऑलोक के बारे में कि वे भागकर कहाँ गए होंगे ?"

"नहीं केष्टो बाबू ! मैं कुछ नहीं बता सकता। अपनी बेटियों को लेकर मैं भी यहाँ से भाग गया था। इस वक़्त मेरी बेटियाँ काउआरचॉर में मेरे एक रिश्तेदार के यहाँ छिपी हुई हैं। मैं यहाँ की हालत देखने आया हूँ। सब ठीक होने पर उन्हें वापस ले आऊँगा। आख़िर कब तक दूसरों के घर पर रहूँ। इस दुर्दिन में वे भी तो तंगी में जी रहे हैं। इधर पता चला है कि मुस्लिम लीग के लोग घर-घर जाकर लूट-पाट कर रहे हैं।"

"आपने ठीक ही सुना है चाचा !" आलम ने कहा, "केष्टो का घर बिलकुल ख़ाली हो चुका है। घर पर एक भी सामान नहीं छोड़ा है उन्होंने।"

"लगता है, मेरा यह घर भी लुट चुका है।" कहकर चाचा उस सूने घर में इधर-उधर भटकते हुए बोले, "सब कुछ लूट लिया है सालों ने। कुछ भी नहीं छोड़ा। हमें धन-प्राण से खत्म कर देने को तुले हुए हैं ये फ़ौजी, ये मुस्लिम लीगी, वह अशरफ अली और उसके पालतू गुंडे। अब हम क्या करें ? क्या करें हम ?" चाचा दोनों हाथों से अपने बाल नोचने लगे।

"अशरफ अली ने क्या किया चाचा ?" अशरफ का नाम सुनते ही मैं जल-भुन उठा।

"सुना है, उसने तथा उसके पालतू लोगों ने ही फ़ौजियों को लाकर हम लोगों के घरों की पहचान करवाई है ताकि फ़ौजी हमें जान से मार डालें और अशरफ अली अपने दल-बल के साथ हमारी सम्पत्ति लूट सके। इस इलाके में अब सिर्फ़ वे ही लोग रह रहे हैं जो मुस्लिम लीग के समर्थक हैं। हिन्दू और हम जैसे अवामी लीग के समर्थक मुसलमान या तो मारे गए हैं या भागकर आस-पास के गाँवों में छिप गए हैं। आप लोग चलिए मेरे साथ। नहीं तो अशरफ अली आप लोगों को मार डालेगा।"

"लेकिन चाचा, आपने तो कहा कि माणिक ने मेरी माँ, बहन और छोटे भाई को पीछे के रास्ते से भगा दिया था। मुझे तो पहले उन्हें ढूँढ़ना पड़ेगा न !"

"इतनी रात गए कहाँ ढूँढ़िएगा उन्हें ? आपको यह भी तो नहीं मालूम कि वे कहाँ हैं ?" चाचा ने टोका, "उस वक़्त जिसको जिधर राह मिली उधर दौड़ पड़ा था। रास्ते में भी तो कई लोग पकड़े गए थे और मार भी डाले गए थे। आप एक काम कीजिए, आज की रात

अपने दोस्त को लेकर मेरे साथ काउआरचॉर में चलिए। मेरे पास एक छोटी नाव है। मैं अँधेरे घाट पर उसे बाँध आया हूँ। काउआरचॉर में ठहरकर कल से आस-पास के इलाकों में उन्हें ढूँढ़ना शुरू कीजिएगा। जहाँ-जहाँ आपके रिश्तेदार या परिचित हैं, वहाँ-वहाँ देख आइएगा।"

"ठीक है चाचा, मैं आपके साथ चलता हूँ। लेकिन वहाँ जाने से पहले शामदाशी माशीमाँ और जॉगाई दा को देख आता हूँ। पता नहीं वे किस हाल में होंगे ? हो सकता है उनके पास मेरे घर के लोगों के बारे में कोई जानकारी हो।"

"ठीक है चलिए।" कहकर चाचा हमारे साथ अँधेरे में छिपते-छिपाते जॉगाई दा के घर की ओर चल पड़े। दुर्भाग्य से जॉगाई दा का भी कोई सुराग नहीं मिला। उनके घर का दरवाज़ा भी टूटा हुआ था और घर के सारे सामान गायब थे। जिस अलमारी में जॉगाई दा ने मेरे रुपए रखे थे, वह भी नदारद थी। शामदाशी माशीमाँ और उनके बच्चे भी घर पर नहीं मिले। मायूस होकर हम घाट पर चले आए और नाव में बैठकर काउआरचॉर के लिए रवाना हो गए। वहीं रहकर हमें अपने प्रियजनों को ढूँढ़ना था।

काउआरचॉर में अभी तक फ़ौजियों के कदम नहीं पड़े थे फिर भी वहाँ के लोग डरे-सहमे से थे। अँधेरे में हमें नाव से उतरते देख हाथ में डंडा-कटारी लिए कुछ लोगों ने हमें घेर लिया, फिर हुसैन चाचा से हमारा परिचय पाकर सम्मान के साथ आगे जाने दिया।

हुसैन चाचा के गरीब रिश्तेदार के घर पर रहकर ही अगले कई दिनों तक मैं और आलम अपने-अपने प्रियजनों की खोज करते रहे। मैंने शामदाशी माशीमाँ और उनके बच्चों को ढूँढ़ा, अपनी बड़ी बहन खुकी के गाँव भी हो आया, जॉगाई दा तथा अपनी माँ, बहन, भाई को ढूँढ़ने हर सम्भावित ठिकाने पर गया पर वे कहीं नहीं मिले। आलम के पैतृक आवास में भी उसके घरवाले नहीं पहुँचे थे। सबको ढूँढ़ते-ढूँढ़ते जब हम बिलकुल ही हताश हो गए तब अचानक हमारी भेंट मेरे एक दोस्त के भाई रहीम से हुई। रहीम मुजीबवाहिनी का सदस्य था। उसने बताया कि ऑलोक को उसने मेजर जलील के साथ बोरिशाल से बाहर जाते हुए देखा है। उसी से पता चला कि मेजर जलील के साथ कई ऐसे युवक यहाँ से गए हैं जो पाक हुकूमत के खिलाफ लड़ना चाहते हैं।

ऑलोक की सलामती की ख़बर सुनकर मन कुछ आश्वस्त हुआ लेकिन माँ और ऑनिच्छा के लिए दुश्चिन्ता बढ़ गई। रहीम के पास उन दोनों के बारे में कोई जानकारी नहीं थी। ऑलोक उन्हें छोड़कर कैसे जा सकता है ? तो क्या माँ और बहन के साथ कोई दुर्घटना घट गई है ? मन फिर से शंकाग्रस्त हो उठा।

"ऑलोक ही इस सवाल का जवाब दे सकता है।" मुझे चिन्तित देख आलम ने कहा।

"लेकिन वह कहाँ है ? कहाँ ढूँढ़ूँ उसे ?" मैंने व्यग्र होकर सवाल किया।

"उसे ढूँढ़ निकालने के लिए मेजर जलील का पता लगाना होगा," रहीम ने सीधा-सा उपाय बताया।

"तुम मेजर जलील को तो पहचानते हो न ?" आलम ने जानना चाहा।

"बहुत अच्छी तरह से।" मैंने कहा, "मेजर जलील से मेरा परिचय पुराना है। वे बोरिशाल के ही तो रहनेवाले हैं मगर पाकिस्तानी फौज में रहने के कारण बहुत कम ही घर आ पाते हैं। काफी तेज़-तर्रार युवक हैं वे।"

"सुयोग्य भी हैं।" रहीम ने भी उनकी तारीफ की।

"तभी तो पाकिस्तान सरकार उन्हें विशेष सैन्य प्रशिक्षण लेने विदेशों में भी भेज चुकी

है।" मैंने जोड़ा।

"आपको पता नहीं जलील ने पाकिस्तान फौज की नौकरी छोड़ दी है।" रहीम ने जानकारी दी।

"अच्छा।" मैं खुश हो उठा।

"हाँ। दरअसल जब पंजाबी फ़ौजी बोरिशाल में उपद्रव मचा रहे थे, लोगों की हत्या और औरतों का शील हरण कर रहे थे, संयोग से तब मेजर जलील घर आए हुए थे। छुट्टियों में। ठीक उनके घर के सामने से कुछ पंजाबी फ़ौजी बंगालियों के घरों में ताबड़तोड़ गोलीबारी करते हुए गुज़र रहे थे। इतना ही नहीं अश्रव्य गाली-गलौज करते वे फ़ौजी कुछ बंगाली युवतियों को अपने साथ उठा भी ले जा रहे थे। कुछ युवतियाँ सम्पूर्ण उलंग थीं तो कुछ अर्द्धनग्न। उनमें से कुछ तो अचेत हो चुकी थीं। फ़ौजी किसी की टाँग तो किसी की बाँह पकड़कर भेड़-बकरी की तरह ले जा रहे थे। अचानक फ़ौजियों का कोई दूसरा जत्था वहाँ आ पहुँचा। उस जत्थे के कुछ सैनिकों ने वहशियाना अट्टहास के साथ एक औरत को पहले जत्थे से छीनकर सड़क पर लिटा दिया और वे खुलेआम उसके साथ अश्लील हरकत करने लगे। मेजर जलील गुस्से-से आगबबूला हो उठे और अपनी स्टेनगन के साथ उनके सामने जा खड़े हुए।

उन्होंने उन्हें कड़ी फटकार लगाई। कहा कि किसी भी बहादुर फ़ौजी को इस तरह की घिनौनी हरकत शोभा नहीं देती। मेजर जलील का परिचय पाकर पहले तो वे कुछ सहमे। एक-दूसरे को चोर नज़रों से देखा। लेकिन फिर बेशर्मी पर उतर आए। एक ने अपनी आवाज़ को अत्यन्त विकृत करके कहा, 'इन बंगाली औरतों ने अब तक सिर्फ़ बंगाली मर्दों को पैदा किया है। हम इनसे पाकिस्तानी मर्द पैदा करवाएँगे।' मेजर गुस्से से तमतमाते हुए बोले, 'तुम लोग मेरे सामने बंगाली औरतों की बेइज़्ज़ती की बात कर रहे हो ? मेरे सामने ? तुम्हें पता है मेरी माँ भी बंगाली है ?'

'तो फिर उसे भी हमारे पास भेज दो न !' एक फ़ौजी द्वारा यह कहने की देर थी कि मेजर की स्टेनगन हरकत में आ गई। युद्धकला में पारंगत मेजर जलील ने देखते ही देखते उन सबको भून डाला। उसी पल उन्होंने पाकिस्तानी फौज की नौकरी छोड़ने का फैसला किया और मातृभूमि की रक्षा के लिए अपना जीवन समर्पित कर देने की कसमें खाई। उसके बाद उन्होंने बोरिशाल के कुछ युवकों को इकट्ठा किया और बांग्लादेश के स्वाधीनता संग्राम में योगदान देने के लिए वह निकल पड़े।"

मेजर जलील के बारे में सारी बातें सुनकर मैं रोमांच से भर उठा। "शाबाश ! मेजर जलील, शाबाश !" मैंने मन की गहराइयों से उन्हें शाबाशी दी और मुझे उनसे अपनी पहली मुलाकात का दिन याद आ गया।

1965 ई. के भारत-पाकिस्तान युद्ध के ठीक बाद के दिनों में उनसे मेरी मुलाकात हुई थी। मैं बोरिशाल की एक मिठाई की दुकान में बैठकर चीनी डालकर ताजा मलाई खा रहा था। उस समय मेजर भी मेरे सामने के टेबुल पर मिठाई खाने बैठे थे। इतनी सारी मलाई एक बार में खाते देख वे मुस्कुराए बिना नहीं रह पाए थे और बातों का सिलसिला चल निकला था। फिर तो वे जितने दिनों तक बोरिशाल में रहे, मुझसे मिलते रहे। हालाँकि वे उम्र में मुझसे छोटे थे, लेकिन हम दोनों अच्छे दोस्त बन गए थे। ड्यूटी पर वापस जाने के बाद भी नियमित रूप से हम दोनों के बीच चिट्ठियों का आदान-प्रदान होता रहता। जब-जब

उलंग = नंगी।

वे छुट्टियों में घर आते, मुझसे मिलते रहते। मेरे उसी घनिष्ठ मित्र के साथ ऑलोक भी मातृभूमि की रक्षा के लिए निकल पड़ा है, यह जानकर आन्तरिक खुशी हुई। मेरा ऑलोक से मिलना बहुत ज़रूरी था। उसे बधाई देने के लिए, माँ और ऑनिच्छा के बारे में जानने के लिए और अपनी सलामती की सूचना देने के लिए।

"क्या तुम्हें कोई अन्दाजा है कि वे लोग कहाँ गए होंगे ?" मैंने रहीम से पूछा।

"देखिए केष्टो दा ! बांग्लादेश के स्वतन्त्रता संग्रामी जगह-जगह छिपकर अपनी गतिविधियाँ चला रहे हैं। सुना है, बांग्लादेश से सटे भारत के कुछ हिस्सों में प्रशिक्षण शिविर खोले गए हैं। वहीं से हमारे योद्धा आ-आकर पाकिस्तानी सेना के साथ युद्ध कर रहे हैं। कई क्षेत्रों को उन्होंने पाक फ़ौजियों से मुक्त भी करा लिया है और उन मुक्त क्षेत्रों में अपने-अपने कमांड हेडक्वार्टर्स बना लिए हैं। अब मेजर जलील बोरिशाल के लड़कों को लेकर किस समूह में जाकर शामिल हुए हैं, कहाँ क्रिस कैम्प में हैं, यह कहना तो बहुत मुश्किल है लेकिन चूँकि मैं मुजीबवाहिनी का सदस्य हूँ और इस बारे में थोड़ी-बहुत जानकारी मिलती रहती है, इसलिए कह सकता हूँ कि कुश्टिया के नजदीक एक गाँव में जाने की सम्भावना हो सकती है।" रहीम कुछ सोचते हुए बोला।

"तुम ऐसा किस आधार पर कह रहे हो ?"

"दरअसल हमारे पास ख़बर आई है कि वहाँ बांग्लादेश के मुक्ति-संग्राम के आगे की रणनीति से सम्बन्धित कुछ महत्त्वपूर्ण निर्णय लिया जानेवाला है। इसलिए शेख मुजीब के कुछ सहयोगियों ने व्यापक पैमाने पर युवाओं को वहाँ आमन्त्रित किया है। हमारे लिए भी बुलावा आया है। हो सकता है वे भी वहीं गए हों।" रहीम ने मुझे वस्तुस्थिति से अवगत कराते हुए कहा।

"तो क्या तुम लोग वहाँ जा रहे हो ?" मैंने पूछा।

"जाना तो पड़ेगा ही। वैसे हम कल ही निकलनेवाले हैं। अगर आप चाहें तो हमारे साथ-साथ वहाँ चल सकते हैं। चलेंगे आप लोग ?" रहीम ने मेरे सामने यह प्रस्ताव रखकर मुझे मानो कृतार्थ कर दिया था। आँखों-ही-आँखों में आलम से सहमति लेकर मैं बोला, "हाँ ज़रूर।"

❐ ❐ ❐

अगले दिन हम रहीम के संग हो लिए। रहीम के साथ कई युवक थे। एक तो उसका अपना ममेरा भाई था। अपने ममेरे भाई का हमसे परिचय करवाते हुए उसने कहा, "इनसे मिलिए, ये हैं मेरे महफ़ूज़ भाई। पहले ये ईस्ट पाकिस्तान राइफल्स (ई.पी.आर.) में थे और अब बांग्लादेश के मुक्ति संग्रामियों के साथ। पाकिस्तानी फ़ौजियों के चंगुल से ईस्ट पाकिस्तान राइफल्स, ईस्ट बेंगॉल राइफल्स (ई.बी.आर.) तथा पुलिस के जो प्रशिक्षित बंगाली कर्मी बच निकले हैं, ये उन्हीं में से एक हैं।"

"लेकिन ये बचे कैसे ?" मैंने मूर्खों-सा सवाल किया।

"इन लोगों के बच निकलने का कारण था, उस रात ढाका में न होकर अलग स्थानों में पदस्थापित होना और ढाका के कत्लेआम की ख़बर पाते ही सशस्त्र बगावत पर उतर आना। वैसे भागते समय अनेकों की जान चली गई है।" रहीम ने मेरे संशय को दूर करते हुए कहा, "महफ़ूज़ भाई खुशकिस्मत थे जो बच गए।"

रहीम के महफ़ूज़ भाई से मिलकर अच्छा लगा। काफी मिलनसार और आदर्शवादी किस्म के युवक थे वे। हम उनसे और उस दल के लोगों से जल्द ही हम घुल-मिल गए और पाक फ़ौजियों से छिपते-छिपाते आगे बढ़ने लगे। हमारी यात्रा अत्यन्त ही कष्टदायक थी। इसलिए चलते-चलते सभी अपने-अपने मन की भड़ास निकाल रहे थे। रहीम बोला, "ये पाकिस्तानी शासक क्या कम चालाक हैं ? इन्होंने अपने फ़ौजियों को पूरे बांग्लादेश में छितरा दिया है। और सोचिए कि इसके लिए उन्होंने कितनी जबरदस्त तैयारी कर रखी थी।"

"कैसी तैयारी ?" किसी ने पूछा।

"सामरिक तैयारी और क्या ? वर्षों पहले से उन्होंने जयदेवपुर की छावनी और चट्टग्राम का नौसेना अड्डा बना रखा है। ढाका, जसोर, कुमिल्ला जैसे विभिन्न स्थानों में फ़ौजी कैंटोंमेंट और सैकड़ों बैरक बना रखे हैं। जब हर जगह पाक फ़ौजियों के रहने का, अस्त्र-शस्त्र रखने का ठिकाना है, हर तरह की तैयारी है तो फिर उन्हें हमारे देश के चप्पे-चप्पे में छा जाने में क्या कठिनाई होगी ? मूर्ख तो हम थे जो इतने दिनों तक आँखों पर पट्टी बाँधे रहे। लेकिन अब वक़्त आ गया है उनका मुँह तोड़ जवाब देने का।"

"और हम जवाब देंगे। देकर ही रहेंगे।" महफ़ूज़ भाई जोश में भरकर बोल उठे। "क्या आप लोगों ने उस मेढक राजकुमार की कहानी सुनी है ?"

"कौन-सी कहानी ?" आलम ने पूछा।

"वही जिसमें एक निःसन्तान राजा को बहुत दान-पुण्य-यज्ञ आदि करने के बाद सन्तान हुई भी तो हू-ब-हू एक मेढक की शक्ल की।"

"आप भी महफ़ूज़ भाई ! ऐसे वक़्त में कहानी लेकर बैठ गए। यह भी कोई वक़्त है कहानी सुनाने का ?" रहीम ने कहानी के बीच में ही महफ़ूज़ भाई को टोका। "यह कोई ऐसी वैसी कहानी नहीं है रे रहीम। हमारी समस्या से सम्बन्धित कहानी है। प्रासंगिक है, तभी तो सुना रहा हूँ।" महफ़ूज़ भाई अपने पक्ष में सफाई देकर बोले, "हाँ, तो मैं क्या कह रहा था ? हाँ, याद आया--तो गुस्से से राजा ने मेढक-पुत्र को जन्म देनेवाली रानी का पुत्र सहित परित्याग कर दिया। चौबीस वर्षों बाद जब उस मेढक को पता चला कि उसके वृद्ध पिता के राज्य पर किसी शक्तिशाली राजा ने आक्रमण कर दिया है, तब वह जाकर अपने पिता के राजदरबार में उपस्थित हुआ और अपना परिचय देकर बोला कि चूँकि वह इस राज्य का राजकुमार है, इसलिए इसे दुश्मनों से बचाने आया है।

उसका परिचय पाकर पिता सहित सभी दरबारियों ने जब उसकी हँसी उड़ाई तब क्रोध, दुख और अपमान से उसने फूलना शुरू किया। फूलते-फूलते उसके शरीर का बाहरी आवरण फटकर नीचे झड़ पड़ा और अन्दर से निकला एक तेज़स्वी सुदर्शन युवक। उस राज्य का असली राजकुमार। चौबीस वर्षों तक शापग्रस्त रहने के बाद अन्ततः उसकी मुक्ति हुई थी। उसने अपनी निर्दोष माता के लाँछित, कलंकित, निर्वासित जीवन का अन्त करके उनका भी उद्धार किया था।

चौबीस साल पहले जन्मा यह देश भी अब तक शापग्रस्त होकर जी रहा था। लेकिन अब शापमुक्ति का वक़्त आ गया है। इसीलिए तो अन्याय, शोषण, अत्याचार और अपमान की पराकाष्ठा पर फूलते-फूलते हमारे सहनशक्ति का आवरण फट चुका है। अब हम अपनी मातृभूमि का उद्धार करके ही रहेंगे। हम बंगालियों को वे अब और दबाकर नहीं रख सकते। अब घर-घर से युवक आ रहे हैं हमारे 'मुक्ति संग्राम' में भाग लेने के लिए। हम

अधिक-से-अधिक युवकों का आह्वान करेंगे। पाकिस्तानी शासकों के खिलाफ बगावत करनेवाले हम ई.पी.आर., ई.बी.आर. और पुलिस के बंगाली प्रशिक्षित योद्धा मिलकर बंगाली युवकों को प्रशिक्षित करेंगे। उन्हें युद्ध कला में पारंगत करेंगे। फिर हम सब मिलकर उन पाक फ़ौजियों के दाँत खट्टे कर देंगे।

...और आपको यह जानकर खुशी होगी केष्टो बाबू..." महफ़ूज़ भाई इस बार मेरी तरफ़ मुखातिब हुए और कुछ देर दम लेकर बोले, "इस दिशा में काम शुरू भी हो चुका है। हमारे मुक्तिफौज के मेजर शफीउल्ला सिलेट में, मेजर मुशर्रफ कुमिल्ला में, मेजर उस्मान चुयाडाँगा में और मेजर जिया चट्टग्राम में मुक्तियुद्ध का नेतृत्व करने लगे हैं। मुक्त चट्टग्राम रेडियो यानी स्वाधीन बांग्ला बेतार केन्द्र से व्यापक पैमाने पर युवकों का आह्वान किया जा रहा है।..."

"लेकिन दादा ! बिना अस्त्र-शस्त्र के हम पाकिस्तानी सैनिकों का मुकाबला करेंगे कैसे ?" रहीम के एक दोस्त बुलू ने प्रश्न उठाया, "पश्चिमी पाकिस्तान के बलूचिस्तान ऑपरेशन से ख्याति प्राप्त हमारे मार्शल लॉ ऐडमिनिस्ट्रेटर टिक्का खान ने साढ़े बारह हज़ार पदसेना, एक रेजिमेंट टैंक, अनेकों विमान, कमान, मशीनगन, बाजूका, मोर्टार, गोलों, रिकॉयललेस तथा स्वचालित राइफलों से समृद्ध होकर ही मार्च के अन्तिम सप्ताह में हम पर हमला किया था। और सुना है इस ऑपरेशन के मात्र तीन दिन बाद ही उन्होंने पश्चिमी पाकिस्तान से फिर यह माँग कर दी थी कि जल्द-से-जल्द उन्हें अधिकाधिक विमान, सैनिक तथा अस्त्र-शस्त्र भेजे जाएँ। हमारे दुश्मनों के सारे अस्त्र आधुनिक हैं—चीन तथा अमेरिका के बने हुए। क्या सिर्फ़ हम जैसे निरस्त्र युवकों के हौसले के बल पर आप लोग उनका मुकाबला करने का सपना देख रहे हैं ? क्या यह सम्भव होगा ?"

"क्यों नहीं सम्भव होगा ?" आत्मविश्वास से लबालब महफ़ूज़ भाई ने तुरन्त बुलू से प्रतिप्रश्न किया। फिर बोले, "हम प्रशिक्षित योद्धा भागते समय अपने साथ जितने भी अस्त्र-शस्त्र ला पाए हैं, वे हमारे पास हैं, और फिर हमारे यहाँ नदी-नहरों का जाल बिछा हुआ है, घने जंगलों की भरमार है, दलदली इलाके हैं। वे पंजाबी, सिन्धी और बलूची फ़ौजी कहाँ तक नक्शे देख-देखकर रास्ते पहचानेंगे ?...और इन्हीं चीज़ों का लाभ उठाते हुए हम उन्हें छका-छकाकर मारेंगे। उन्हीं लोगों का अस्त्र-शस्त्र, उन्हीं लोगों का वाहन छीनकर उनसे लड़ेंगे। उनका समूल खात्मा करेंगे और फिर हमारे पास सबसे कीमती अस्त्र है हमारी हिम्मत। भूलो मत कि हम न्याय के लिए लड़ रहे हैं, सत्य के लिए लड़ रहे हैं, अपने अधिकारों के लिए लड़ रहे हैं। हमारी जीत होगी ही। अल्लाह हमारा साथ देंगे। देख लेना तुम लोग।"

महफ़ूज़ भाई की इन उत्साहवर्धक बातों को सुनकर हमारी मंडली के लोग नए जोश से भर उठे।

इस मंडली के साथ दुर्गम रास्ते भी आसानी से कटते जा रहे थे। रास्ते में भारत की ओर जानेवाले असंख्य शरणार्थियों से आमना-सामना होता रहा। प्रताड़ित शरणार्थियों के हर झुंड को देखकर हमारे समूह के सदस्य पाकिस्तानी शासकों के खिलाफ आक्रोश से भर उठते और गालियाँ दे-देकर उनकी सात पीढ़ियों तक के पुरखों का उद्धार करने लगते।

रेडियो उन युवाओं के आक्रोश की आग में घी डालने का काम कर रहा था लेकिन जैसे ही स्वाधीन बांग्ला बेतार केन्द्र से यह सूचना मिली कि चीन पाकिस्तान सरकार को दृढ़ता के साथ समर्थन दे रहा है...चाउ एन लाई ने यह घोषणा की है कि स्वाधीनता की रक्षा के

लिए चीन सरकार पाकिस्तान को पूर्ण सहयोग देगी, हमारे साथी हताश हो उठे। आखिर क्यों न होते ? चीन की साम्यवादी नीतियों पर उन्हें बेहद भरोसा जो था !

रेडियो से मिलनेवाला हर समाचार दुखद नहीं होता था। कोई-कोई समाचार हमें आनन्द के दो-चार पल भी दे जाता था। ऐसा ही एक समाचार था राजशाही शहर का जो मार्च के क्रैकडाउन के बाद मुक्तियोद्धाओं के कब्जे में आ गया था। ई.पी.आर., ई.बी.आर., मुक्तियोद्धा, जनसाधारण—सभी ने मिलकर कैंटोमेंट के बाहर ट्रेंच काटकर पंजाबी सैनिकों को घेर रखा था। यह समाचार तो सुखद था लेकिन इसे दुखद बनते देर नहीं लगी। हुआ यूँ कि बिना भोजन के मरते सैनिकों को बचाने आए पाक फ़ौजियों ने बमबारी की और हेलीकॉप्टर से कैंटोमेंट में भोजन पहुँचाया। फिर सड़क पथ से आकर वे बन्दी फ़ौजियों को छुड़ा ले गए। वहाँ से लौटते वक़्त ढाका तक आस-पास के सभी गाँवों को जला डाला उन्होंने। यह घटना बारह-तेरह अप्रैल के आसपास घटी थी।

हम उत्तर पश्चिम की ओर बढ़ रहे थे। कुश्टिया शहर के पास का एक गाँव वैद्यनाथतला हमारी मंजिल था, जहाँ मुक्तिसंग्राम से सम्बन्धित कोई विशेष कार्यक्रम होनेवाला था। मैं पहली बार उस इलाके में जा रहा था। कुश्टिया के बारे में मैंने काफी कुछ सुन रखा था। वह पूर्वी पाकिस्तान के बड़े शहरों में से एक था, जिसकी जनसंख्या दो लाख के करीब थी।

"पता है, ढाका की तरह कुश्टिया में भी 25 मार्च की रात अचानक करीब ढाई सौ पाकिस्तानी फ़ौजियों की दो टुकड़ियाँ बारह फ़ौजी वाहनों में लदकर घुस आई थीं।" रहीम ने जानकारी दी।

"हाँ, पता है मगर कुश्टिया के प्रति वे कुछ रहमदिल थे शायद !" महफ़ूज़ भाई बोले।

"वो कैसे ?" पूरी बात जानने के लिए मैंने पूछा।

"वो ऐसे कि कत्लेआम करने के बजाय उन्होंने सिर्फ़ पुलिस हेडक्वार्टर, जिला स्कूल, सर्किट हाउस, रेडियो स्टेशन जैसे महत्त्वपूर्ण ठिकानों पर कब्जा जमा लिया था और अगले दिन सुबह से पूरे शहर में कर्फ़्यू लगाकर लोगों के घर से बाहर निकलने पर रोक लगा दी थी।" महफ़ूज़ भाई ने बात पूरी की मगर रहीम को वह जानकारी अधूरी लगी। उसने उसमें आगे की घटनाओं को जोड़ते हुए कहा, "लेकिन इस दौरान कर्फ़्यू से बेख़बर सड़क पर निकलते कुछ बेकसूर किसानों को गोली मार दी गई। लगातार तीन दिनों तक कर्फ़्यू रहा। चौथे दिन अहले सुबह फ़ौजियों से नाराज़ करीब पाँच हज़ार कुश्टियावासियों ने मिलकर फ़ौजियों पर हमला बोल दिया।"

"कुछ भी कहिए," महफ़ूज़ भाई बोले, "कुश्टिया के लोग हैं बड़े बहादुर ! आप ही सोचिए कि नाममात्र के हथियारों से उन लोगों को आधुनिक अस्त्र-शस्त्रों से सुसज्जित फ़ौजियों का सामना करने में कितनी दिक्कतें आई होंगी। कितने लोग अपनी जान गवाँ बैठे होंगे। फिर भी उन्होंने छल, बल, कौशल से असम्भव को सम्भव कर दिखाया। एक भी फ़ौजी कुश्टिया से ज़िन्दा वापस नहीं लौटा। काश ! हमारे हर गाँव, हर शहर के लोग उतने ही हिम्मती होते !"

"हिम्मती होना अच्छी बात है यह मैं भी मानता हूँ। लेकिन जब दुश्मन अत्यधिक ताकतवर हो तो हमें दिमाग से काम लेना चाहिए। जोश में आकर जल्दबाजी में कोई ऐसा कदम नहीं उठाना चाहिए जिसका बाद में भयानक परिणाम भुगतना पड़े।" मैंने गम्भीर होते हुए कहा।

"आप कहना क्या चाहते हैं ?" रहीम के एक दोस्त ने भौं चढ़ाकर पूछा।

मैंने अपनी बातों को और स्पष्ट करते हुए कहा, "मैं कहना यही चाहता हूँ कि टिक्का खान के पास न तो फ़ौजियों की कमी है और न ही अस्त्र-शस्त्रों की। वे तिलमिलाकर दुबारा भी तो कुश्टिया में फ़ौजियों की किसी नई टुकड़ी को भेज सकते हैं। और जब दुबारा वहाँ फ़ौजियों को भेजा जाएगा तब मुझे नहीं लगता कि वे एक भी कुश्टियावासी को ज़िन्दा छोड़ना पसन्द करेंगे।"

"बात तो आपने पते की कही है।" महफ़ूज़ भाई मुझसे सहमत होते हुए बोले, "अब तो समय ही बताएगा कि कुश्टियावासियों की किस्मत में क्या लिखा है।"

...और वह समय जल्द ही आ गया। रास्ते में ही हमें कुश्टिया से भागते लोग मिले। पता चला कि हमारी शंका निर्मूल नहीं थी। ढाका की तरह कुश्टिया भी कई दिनों से जल रहा था। व्यापक कत्लेआम शुरू हो गया था वहाँ। अलग-अलग दिन अलग-अलग इलाकों में कहर बरपाया जा रहा था। जो किस्मत अच्छी रहने की वजह से बच गएं थे या फ़ौजियों को पाँच सौ से हज़ार-दो हज़ार टाका तक का घूस देकर छूट पाए थे, निरुद्देश्य यात्रा पर निकल पड़े थे।

"जब यहाँ कई दिनों से इतना हंगामा चल रहा था, तो फिर यहीं कुश्टिया के पास ही के गाँव में मुक्तिसंग्रामियों ने यह कार्यक्रम क्यों रखा ? कहीं और भी तो रख सकते थे ?" सवाल स्वाभाविक था। महफ़ूज़ भाई ने तर्क दिया, "वहाँ ज़रूर उनका कोई सशक्त गढ़ होगा। उस स्थान की अपनी कोई विशेषता होगी। और फिर यह इलाका भारत के इतना करीब है कि जब-तब भागकर भारत जाया जा सकता है। इसके अलावा और क्या-क्या कारण हैं यह तो वहाँ जाकर ही पता लगेगा।"

वैसे तो उस इलाके के बारे में पता लगाने के उद्देश्य से हम इतनी लम्बी यात्रा करके नहीं आए थे, हमारा मकसद अपने घरवालों की खोज करना था। लेकिन यह इंसानी फितरत है कि वह जहाँ जाता है उस स्थान के प्रति, जिस चीज़ के संस्पर्श में आता है उस चीज़ के प्रति जिज्ञासु हो उठता है।

जन्म : गणप्रजातन्त्री बांग्लादेश का

निर्धारित दिन यानी 17 अप्रैल की सुबह हम कुश्टिया जिले के मेहरपुर महकमा के वैद्यनाथतला गाँव जा पहुँचे। उस गाँव में करीब 100 बीघा जमीन पर फैले आम के विशाल बगीचे में इकट्ठी भीड़ को देखकर हम दंग रह गए। करीब दो हज़ार लोग जुटे थे वहाँ। "पाकिस्तानी फ़ौजियों की आँखों में धूल झोंककर इतने लोग यहाँ आए कैसे ?" मैं सोचता रह गया। मुक्तिसंग्रामी नेता, देशी-विदेशी पत्रकार, कैमरामैन, मुक्तियोद्धा, आम जनता—कौन नहीं था वहाँ ! उस मुक्ताँगन के मंच पर स्वाधीन बांग्लादेश का पताका लहरा रहा था। सशस्त्र मुक्तिफौज इलाके के पहरे पर तैनात थी।

"जहाँ चार कदम पर दुश्मनों की आवाज़ाही हो, हवा में ताज़ा बारूद की महक हो, डेग-डेग पर हमले का खतरा हो और कुछ ही दूरी पर कुश्टिया में फौज का तांडव चल रहा हो, वहाँ इस तरह का भव्य आयोजन अविश्वसनीय नहीं लगता ?" मैंने महफ़ूज़ भाई से सवाल किया।

"लगता तो है, लेकिन जब बहादुर और स्वाभिमानी योद्धा अपनी मातृभूमि की रक्षा के लिए कमर कस लेते हैं न, तब वे दुर्गम पहाड़, अपार समुद्र तथा बीहड़ वन तक की परवाह नहीं करते। वे किसी भी बाधा को नहीं मानते। काजी नजरूल इस्लाम ने क्या कहा है याद है न ?

दुर्गौमो गिरि कांतार मोरू
दुस्तौरो पाराबार
लोंघिते हॉबे रात्रि निशिथे
जात्रीरा हुँशियार
(दुर्गम पहाड़, गहन वन, मरुभूमि
तथा अपार समुद्र को
रात-विरात लाँघना होगा
यात्री होशियार रहें।)

एक तरफ़ महुफ़ूज़ भाई इस तरह की प्रेरणादायी बातें सुना रहे थे, दूसरी तरफ़ मेरी आँखें आतुरता से उस भीड़ में ऑलोक तथा मेजर जलील को ढूँढ़ रही थीं। उस आम-बगीचे का कोना-कोना छान मारने पर भी जब वे दोनों नहीं दिखे तो मुझे बड़ी निराशा हुई। मन में आया, नाहक उनकी खोज में इतनी दूर चला आया। इससे तो अच्छा था सीधे भारत जाकर अपने और आलम के घरवालों की खोज करता !

मेरी यह सोच उस वक़्त बदल गई जब मैंने जाना कि संयोगवश मैं एक ऐसे दिन ऐसी जगह आ पहुँचा हूँ जिसका विराट् ऐतिहासिक महत्त्व होने जा रहा है। दरअसल इसी दिन इस गाँव का नाम बदलकर "मुजीबनगर" रख दिया गया और उसी आम्रवन में उस दिन एक नए राष्ट्र "गणप्रजातन्त्री बांग्लादेश" का जन्म हुआ। साढ़े सात करोड़ बंगालियों का स्वाधीन सार्वभौम देश !

अनुपस्थित बंगबन्धु शेख मुजीबुर्रहमान को स्वाधीन बांग्लादेश का राष्ट्रपति घोषित किया गया। उनकी अनुपस्थिति में उनके कार्यभार को सँभालने के लिए अस्थायी राष्ट्रपति बने सैयद नजरूल इस्लाम। ताजुद्दीन अहमद को प्रधानमन्त्री तथा कर्नल उस्मानी को प्रधान सेनापति बनाया गया। सशस्त्रवाहिनी ने उनका अभिवादन किया। बांग्ला में नए राष्ट्र का घोषणापत्र प्रस्तुत किया गया। अस्थायी राष्ट्रपति सैयद नजरूल इस्लाम ने मंच से कहा, "सन् 1757 ई. में पलाशी के आम्रकानन में हुए युद्ध में बंगाल ने अपनी स्वाधीनता खोई थी। आज सन् 1971 ई. में एक अन्य आम्रकानन में हम पुनः स्वाधीन हुए। एक स्वाधीन राष्ट्र "बांग्लादेश" का जन्म हुआ।..." फिर विभिन्न विषयों पर बोलने के बाद उन्होंने यह कहते हुए अपना भाषण समाप्त किया, "हम आज नहीं तो कल जीतेंगे। कल न जीत सके तो परसों तो जीतेंगे ही। देश की एक टुकड़ा जमीन पर भी शत्रुओं को हम नहीं रहने देंगे। इंशा अल्लाह—जयबांग्ला।"

उपस्थित जनसमुदाय ने चीख़-चीख़कर उनकी बातों का समर्थन किया। अब प्रधानमन्त्री जनाब ताजुद्दीन अहमद की बारी थी। उन्होंने कहा, "पूर्वी पाकिस्तान, घातक याहिया के हाथों निहत है। मृत लोगों के पहाड़ पर खड़ा पूर्वी पाकिस्तान अब कब्रिस्तान बन चुका है। जब तक आक्रमणकारियों का इस देश से पूरी तरह से सफाया नहीं हो जाता, तब तक मुक्तिवाहिनी नहीं रुकेगी...।"

और प्रधान सेनापति ने सेनानायकोचित हुंकार के साथ कहा, "आवश्यकता पड़ने पर हम और बीस वर्षों तक लड़ते रहेंगे। हो सकता है इस पीढ़ी के सभी लड़के लड़ते-लड़ते शहीद हो जाएँ, परन्तु हमारी अगली पीढ़ी के लड़के तो स्वाधीनता का सुख भोगेंगे... ।"

भाषण सुनते-सुनते महफ़ूज़ भाई बोले, "ठीक ही किया इन लोगों ने जो औपचारिक रूप से सरकार की घोषणा कर दी। शेख मुजीबुर्रहमान की गिरफ्तारी के बाद से सर्वत्र जिस तरह की अराजकता फैल गई थी, मुक्तियोद्धाओं की संघशक्ति जिस तरह से छिन्न-भिन्न होती जा रही थी, उसके लिए इस तरह की व्यवस्था का होना नितान्त आवश्यक था। सभी मुक्ति संग्रामियों को एकसूत्र में बाँधने के लिए, इस आन्दोलन को सही दिशा में सुचारू रूप से चलाने के लिए आज नहीं तो कल इस तरह का निर्णय लेना ही पड़ता, वरना शेख मुजीब ने जो मशाल जलाई थी, वह असमय ही बुझ जाती।"

"सच, चट्‌टग्राम रेडियो के मार्फ़त अस्थायी सरकार की घोषणा करके पिछले बीस दिनों से ये लोग जिस तरह से इस आन्दोलन का संचालन कर रहे हैं, उसके लिए इन्हें दाद देनी चाहिए।" रहीम मुग्ध भाव से कह उठा।

"सुना है, 25 मार्च के कत्लेआम के बाद नजरूल इस्लाम, ताजुद्‌दीन अहमद, कमरूज्जमान, मनसूर अली, खोंदकार मुस्ताक अहमद जैसे अवामी लीग के बड़े नेता तथा जातीय एवं प्रादेशिक परिषद के निर्वाचित कुछ विशिष्ट सदस्यगण गुप्त पथ से पश्चिम बंगाल चले गए थे। ताजुद्‌दीन तो नई दिल्ली भी गए थे। वहाँ जाकर उन्होंने भारत की प्रधानमन्त्री इंदिरा गांधी को पूर्वी पाकिस्तान की वास्तविक स्थिति से अवगत कराया था।" रंजन के एक दोस्त ने जानकारी दी।

इस बीच मंच पर उपस्थित कई प्रमुख व्यक्तियों ने वक्तृता दी। लड़ाई में उनका साथ देने की बंगवासियों से अपील की। फिर कई औपचारिकताओं के उपरान्त इस मुक्तिसंग्राम की आगे की रणनीति तय की गई। युवकों को युद्ध-प्रशिक्षण देने सम्बन्धी निर्णय लिए गए। विभिन्न मन्त्रियों, कार्यकर्ताओं तथा सदस्यों को अलग-अलग कार्यभार सौंपा गया।

मुजीबनगर की उस अमराई में उस दिन देशप्रेम का जो ज्वार आया उसमें हम सभी बह गए। सभी ने मुक्त कंठ से मुक्ति-संग्राम शुरू करने की शपथ ली। भीड़ में से आवाज़ आई :

सौंग्राम शुरू कॉरो मुक्तिर
दिन नेई तॉर्को ओ जुक्तिर
आजके शॉपोथ कॉरो शौकोले
बाँचाबो आमार देश
जाबे ना ता शोत्रुर दॉखोले

(मुक्ति संग्राम आरम्भ करो
तर्क और युक्ति के दिन नहीं हैं ये
आज सभी शपथ लो
बचाएँगे अपने देश को
नहीं जाएगा वह शत्रु के अधीन... ।)

कार्यक्रम के उपरान्त कोई भारत बांग्लादेश सीमान्त इलाकों में बने किसी प्रशिक्षण शिविर में जाने के लिए निकल पड़ा। तो कोई देश के अन्दर रहकर ही शत्रुओं से मुकाबला करने

को चल पड़ा। कोई भारत में रहकर सुचारु रूप से मुक्तियुद्ध का संचालन करने के लिए भारत की ओर रवाना हो गया तो किसी ने गाँव-गाँव, शहर-शहर घूमकर मुक्तियुद्ध के लिए अधिक से अधिक बंगाली युवकों को इकट्ठा करने का बीड़ा उठाया।

हमें भी जाना था किसी प्रशिक्षण शिविर में, ताकि युद्ध प्रशिक्षण लेकर पूरी तैयारी के साथ अपने उन दुश्मनों का मुकाबला किया जा सके जो हमारे सोनार बांग्ला को जलाकर खाक किए दे रहे हैं। मगर प्रशिक्षण शिविर में जाने से पहले हमें अपने परिवारवालों की खोज में भारत के विभिन्न शरणार्थी शिविरों तथा अपने-अपने रिश्तेदारों के घरों में जाना ज़रूरी था। इसलिए बिना समय गँवाए हम सफर के लिए निकल पड़े।

मानवता ! मानवता ! आज हम तुम्हारे द्वार के भिखारी हैं

मेरे भवघूरे जीवन का एक और अभियान आरम्भ हुआ। वही पुरानी सड़कें मगर महामारी और कॉलेरा से मरे शरणार्थियों की सड़ी मृतदेहों से पटी हुईं ! पग-पग पर मृत्यु का मर्मांतक हाहाकार ! मृतदेहों पर झपटते गिद्ध, कुत्तों, कौवों का तृप्त कोलाहल ! सन्नाटे को तोड़ता प्रियजनों के वियोग में व्याकुल पथिकों का करुण क्रन्दन ! हर फर्लांग पर तन-मन को झकझोरनेवाले दृश्य !...

गोद में बच्चा लिए मृत्युपथयात्री कंकाल-देह पति के सिरहाने बैठी, उन्हें पंखा झलती कोई हतभागिनी ग्राम्य वधू...

लावारिस लाशों से उठती सड़ाँध से बचने के लिए एक हाथ से नाक-मुँह दबाए दूसरे से सिर पर रखे बोझ को सँभालते हुए चलते चले जा रहे शरणार्थियों के काफ़िले...

पेड़ के नीचे खड़े होकर अचानक आई बारिश, आँधी, तूफान तथा बिजली की कड़क से बचने की आप्राण कोशिश करता कोई समूह...

बैलगाड़ी में लदे गृहस्थी के सामानों के बीच मूसलाधार बारिश में बैठी कोई वृद्धा...

पेट की आग में जलती किसी अनाथ नन्ही-सी बाला का सड़क किनारे ईंट का चूल्हा बनाकर हाँड़ी में दो मुट्ठी चावल डबकाना और खौलते चावल को क्षुधार्त दृष्टि से टकटकी लगाए देखते रहना...

किसी परित्यक्त, जली-अधजली सुनसान झोपड़ी के खुले बरामदे पर कुछ देर के लिए सपरिवार थकान उतारता कोई शरणार्थी परिवार...

फ़ौजियों के भय से भागते भूख और थकान से परेशान एक-एक पसली गिने जा सकने लायक सीने वाले ख़ाली बदन बच्चे-बूढ़े...

राह पर लोटती-पोटती शोकविह्वल, अर्द्धविक्षिप्त अर्द्धनग्न, खुले केश वाली कोई औरत...

घायल पुत्र की सेवा में जुटी कोई असहाय माँ...और ऐसे ही असंख्य दृश्यों के बीच से गुज़रता मैं। यही था मेरा भारतभूमि तक का सफर। आहार और आश्रय की खोज में अपना घर-बार छोड़ आए हज़ारों-लाखों शरणार्थी सरहद के उस पार के मैदानों, सड़कों, गलियों तथा

भवघूरे = बहेतू, आवारा।

नदी के तटों में तम्बू गाड़कर बनाए गए शरणार्थी शिविरों में रह रहे थे। रह क्या रहे थे किसी तरह दिन गुज़ार रहे थे। 'दिनो गॉतो पापोक्खॉय।'

फिर भी यह उन गृहहीन, देशहीन शरणार्थियों का परम सौभाग्य ही था कि उन्हें अपने दुर्दिन में समान भाषा संस्कृति वाले ऐसे पड़ोसियों का समर्थन मिला जिन्होंने सिर्फ़ मानवता की खातिर अनेक मुसीबतों को झेलकर, अनेक त्याग करके उनके लिए रहने-खाने की व्यवस्था की और अपने हिस्से की सुख-सम्पत्ति, अधिकारों को उनके नाम करने में कंजूसी नहीं दिखाई।

अगरतल्ला तथा कोलकाता के अपने सभी रिश्तेदारों के यहाँ जा-जाकर मैंने और आलम ने अपने-अपने परिवारवालों की खोज की। सम्भावित ठिकानों पर जॉगाई दा को भी मैं ढूँढ आया। मगर कहीं किसी का सुराग नहीं मिला।

शॉप्ना के घर के लोग मुझे देख खुश हुए या नहीं, समझ नहीं पाया। मैं निस्वः हो गया हूँ। धन-सम्पत्ति, परिवार, परिजन सब कुछ खो चुका हूँ। भवघूरे तो मैं था ही अब नितघूरे हो गया हूँ—यह भी वे जान चुके थे। शायद इसीलिए इस बार उन्होंने मुझसे शादी के विषय में कोई चर्चा नहीं की। मैं भी उस मनस्थिति में नहीं था कि इस महाप्रलय के समय उनसे अपनी शादी के बारे में बात करता। शॉप्ना भी पूर्ववत निर्लिप्त भाव से मुझसे मिली। मुझे ज़िन्दा देख उसे खुशी हुई या दुख, यह भी पता नहीं चला।

मैं फिर भी शरणार्थी शिविरों की खाक छानने लगा। आसाम, त्रिपुरा, मेघालय, दिनाजपुर के शरणार्थी शिविरों से लेकर पश्चिम बंगाल के सहारा लवणह्द जैसे परित्यक्त इलाकों में कुकुरमुत्तों की तरह उग आए शरणार्थी शिविरों में मैं भटकने लगा। मन में यही क्षीण आशा थी कि शायद कहीं किसी शिविर में मुझे मेरे अपने मिल जाएँ या कहीं किसी ऐसे व्यक्ति से मुलाकात हो जाए जिन्हें उनके बारे में जानकारी हो।

करीब 2300 मील लम्बे भारत-बांग्लादेश सीमान्त प्रदेशों में पागलों की तरह अपने घरवालों की खोज में भटकने के बाद हम वापस उस जय बांग्ला दफ्तर में जा पहुँचे जहाँ मुजीबनगर से लौटते वक़्त हम रहीम और अन्य साथियों से जुदा हुए थे। उखड़े हुए प्लास्टर और टूटी-फूटी खिड़की-दरवाज़ेवाला एक छोटा-सा कमरा था वह। रहीम ने उस दफ्तर के अधिकारी से, जो कि उसके अब्बू के दोस्त थे, हमारा परिचय करवाकर कह दिया था कि जब भी हम आएँ हमें पास के किसी प्रशिक्षण शिविर में भेजने का बन्दोबस्त कर दिया जाए। मुझे ऊपर से नीचे तक गौर से देखने के बाद हक साहब बोले थे, "आपको प्रशिक्षण की क्या आवश्यकता है केष्टो बाबू ? आप तो खुद ही पहलवान हैं।"

"थ्री नॉट थ्री, विदेशी तोप और रिकॉयलेस गन के सामने सारी पहलवानी धरी-की-धरी रह जाती है हक चाचा ! हमारे दुश्मन ख़ाली हाथ अखाड़े पर आते तो फिर बीस योद्धाओं पर अकेले केष्टो दा ही भारी पड़ते। मगर ऐसा नहीं है। बिना सामरिक प्रशिक्षण के दुश्मनों का सामना करने जाना बेवकूफी है।" रहीम ने कहा था।

"आप इतने ख्यातिप्राप्त व्यक्ति होते हुए भी साधारण मुक्तियोद्धाओं की तरह कैम्प में प्रशिक्षण लेना चाहते हैं, इसे देख मुझे आप पर गर्व हो रहा है। हमारी मातृभूमि कितनी खुशकिस्मत है कि उसने आप जैसे मातृभक्त सन्तानों को जन्म दिया।" हक साहब कुछ ज़्यादा ही औपचारिक होते हुए बोले थे।

दिनो गॉतो पापोक्खॉय = अपने पापों का क्षय करने के लिए ही दिन गुजारना। निस्व = दिवालिया। नितघूरे = घुमन्तू

"लेकिन हक साहब, आपसे एक विनती है।" उनका प्रशंसात्मक वाक्य सुनकर भी बिना धन्यवाद दिए मैंने कहा था।

"विनती नहीं आदेश दीजिए।" हक साहब का विनय मेरी नज़र में उनके कद को ऊँचा कर रहा था। मैंने आग्रहपूर्वक कहा, "जब मैं यहाँ मुक्तियोद्धा के रूप में नाम लिखवाने के लिए आऊँ तो आपको मेरा छद्मनाम लिखना होगा। ताकि मैं एक आम योद्धा बनकर काम कर सकूँ।"

"लेकिन आपको तो बहुत सारे लोग पहचानते हैं। अखबार में तस्वीर निकली थी आपकी। आप अपना परिचय छिपाएँगे कैसे ?" हक साहब ने शंका व्यक्त की।

"पिछले कुछ दिनों में मेरे चेहरे की जो हालत हुई है—ये बढ़ी हुई दाढ़ी, बढ़े बाल, ये खस्ताहाल कपड़े, फटी चप्पल...। मुझे नहीं लगता कि आसानी से अब मैं पहचान में आऊँगा। और अगर कोई मुझे पहचान भी ले तो उसे मना कर दूँगा कि किसी को न बताए।" पता नहीं क्यों मैं अपने असली नाम को मुक्तियोद्धा के रूप में दर्ज न करवाने के लिए जिद कर बैठा था और हक साहब भी मेरी बात मानने को तैयार हो गए थे, "ठीक है जैसा आप चाहते हैं वैसा ही होगा। आप जैसे कई लोग विभिन्न कारणों से अपना छद्मनाम ही दर्ज करा रहे हैं।"

उस दिन जल्द ही हक साहब से विदा लेकर निकल गए थे हम। अपने प्रियजनों को लम्बे समय तक ढूँढ़ते फिरने के बाद ही आज यहाँ आए थे। पता नहीं, अब इस ऑफिस में हक साहब मिलेंगे भी या नहीं। मन में यही संशय लेकर जय बांग्ला दफ्तर-परिसर में हम दाखिल हुए। हक साहब बरामदे में ही मिल गए। ढेर सारे युवकों से घिरे खड़े थे वे। पता चला, वे सारे युवक बांग्लादेश से आए हैं। युद्ध-प्रशिक्षण लेने के लिए। हमें देखते ही हक साहब ने पहचान लिया। बोले, "आइए-आइए केष्टो बाबू ! बड़े दिन लगा दिए आप लोगों ने आने में ! मैंने तो सोचा अब आप लोग आएँगे ही नहीं।"

"आते कैसे नहीं ? बस, घरवालों को ढूँढ़ने में देर लग गई।" मैंने उदास स्वर में कहा।

"नहीं मिले न ?" हक साहब के संक्षिप्त सवाल का मैंने सिर हिलाकर जवाब दिया तो उन्होंने कहा, "मिलते तो आप लोग आज यहाँ आते क्या ?"

"कैसे नहीं आते ? आज हमारी मातृभूति संकट में है। यदि हम जैसी सन्तान उसकी रक्षा के लिए आगे नहीं आएँगे तो धिक्कार है हम पर !" मैं आवेश में बोल गया।

"यही देख तो सुखद आश्चर्य होता है कि मुक्तियुद्ध में भाग लेने के लिए आनेवालों की आज कोई कमी नहीं। मुझे पूर्ण विश्वास है कि बंगबन्धु का सपना ज़रूर पूरा होगा। उनके परम् सहयोगी और गणप्रजातन्त्री बांग्लादेश सरकार के प्रधान सेनापति कर्नल उस्मानी ने जिस ढंग से मुक्ति-संग्राम की रणनीति तय की है, उसके लिए ऐसे ही अजस्र देशभक्त सन्तानों की आवश्यकता है, वरना उनकी यह रणनीति कारगर नहीं हो सकेगी।" कहकर हक साहब कुछ देर रुके, अपने आस-पास खड़े युवकों पर आँखें फेरी और मानो उन्हें सुनाने के लिए ही दुबारा बोल उठे, "कर्नल उस्मानी ने पाकिस्तान सरकार में होल टाइम्स सर्विस रेगुलर्स रह चुके ई.पी.आर., ई.बी.आर., सिविल पुलिस, सिविल आर्म्ड फोर्स, वायुसेना-जलसेना के नियमित सैनिकों, सैन्य इंजीनियरों, सिग्नलर्स, आर्टिलरी, मुजाहिद तथा अन्य सहायक सैन्य संगठन के बंगालियों को लेकर जिस नियमितवाहिनी (रेग्यूलर बांग्लादेश आर्मी) का गठन किया है, वह एक विशाल गणवाहिनी के सहयोग के बिना कभी अपने मकसद में कामयाब

नहीं हो सकेगा।"

"ये भी कोई कहने की बात है ?" मैंने उनके समर्थन में कहा, "सभी जानते हैं कि इस देश को शक्तिशाली आततायियों से मुक्त करने के लिए लाखों योद्धाओं की आवश्यकता है।"

"और जैसा कि मैंने सुना है, नियमितवाहिनी में इस समय मुश्किल से दस हज़ार योद्धा हैं।" आलम ने जोड़ा।

"बिलकुल ठीक सुना है आपने।" हक साहब अपनी मोटी-मोटी भौंहो को नचाते हुए बोले, "जब तक देश के साधारण किसान, अनपढ़ मजदूर, डॉक्टर, इंजीनियर, छात्र—यानी आम जन, जिन्हें कर्नल उस्मानी ने 'गणवाहिनी' नाम दिया है, नियमितवाहिनी के तत्वावधान में युद्ध में शामिल नहीं होंगे, तब तक हम अपनी मंजिल तक नहीं पहुँच पाएँगे।"

"हमें किस कैम्प में भेजेंगे आप ?" हक साहब के चुप होते ही आलम ने पूछ डाला।

"देखता हूँ कहाँ जगह ख़ाली है।" हक साहब बोले।

"रहीम और उसके साथ के लोग जिस कैम्प में हैं हमें उस कैम्प में नहीं भेज सकते क्या ?" मैंने पूछा।

"वे लोग अब उस कैम्प में मिलेंगे तब तो ? या तो उन्हें दूसरे कैम्प में भेज दिया गया होगा या फिर कुछ अस्त्र-शस्त्र देकर पाक फ़ौजियों से मुकाबला करने के लिए रवाना कर दिया गया होगा।" हक साहब बोले।

"इतनी जल्दी ?" मुझे आश्चर्य हुआ।

"हाँ।" हक साहब ने संक्षिप्त उत्तर दिया।

"तो फिर हमें कहाँ भेजेंगे ?" आलम अधीर हो रहा था।

"वैसे तो कई कैम्प हैं। लेकिन रोज जिस अनुपात में झुंड के झुंड बांग्लादेशी युवक युद्ध-प्रशिक्षण लेने आ रहे हैं उसकी तुलना में ये नगण्य हैं। इतने सारे युवकों को ठहराने और खिलाने की समस्या विकट होती जा रही है। और फिर उनके लिए अस्त्र-शस्त्रों की व्यवस्था करना भी तो एक बड़ी समस्या है। हक साहब चिन्तातुर हो उठे।

मैंने पूछा, "अच्छा हक साहब, इन प्रशिक्षण शिविरों की स्थापना किन लोगों ने की है ?"

"जहाँ तक मैं जानता हूँ, अधिकतर कैम्पों की स्थापना पाक सरकार से बगावत करके रेग्युलर बांग्लादेश आर्मी में योगदान देनेवाले बंगालियों ने की है। वैसे इन्हें भारत सरकार का सहयोग मिल रहा है। कुछ कैम्प ऐसे भी हैं जिनका संचालन स्वाधीन गणप्रजातन्त्री बांग्लादेश सरकार के अनुरोध पर पूरी तरह से भारतीय सेनावाहिनी के लोग कर रहे हैं।" उन्होंने कहा।

"और हम जैसे युवकों को उन कैम्पों में प्रशिक्षण कौन दे रहा है ?" हमारे पास खड़े किसी युवक ने जानना चाहा।

"ई.पी.आर., ई.बी.आर. और पुलिस के प्रशिक्षित योद्धाओं के साथ-साथ भारतीय सेनावाहिनी के कुछ अधिकारी भी...विशेष रूप से बी.एस.एफ. वाले इस काम के लिए तैनात किए गए हैं। वैसे अलग-अलग कैम्पों में अलग-अलग व्यवस्था है।"

"लेकिन हक साहब ! क्या भारत सरकार इस तरह से खुलेआम अपनी धरती पर मुक्तियोद्धाओं को पनाह, समर्थन और सहयोग देकर, उन्हें उनके शासकों के खिलाफ लड़ने के लिए हर तरह के साधन मुहैया कराकर अन्याय नहीं कर रही है ? नीतिगत रूप से तो

यह अत्यन्त ही जघन्य काम है न !" पता नहीं क्यों, यह देखते हुए भी कि भारत सरकार सिर्फ़ मुक्तियोद्धाओं के लिए ही नहीं, बल्कि बांग्लादेश से आए लाखों शरणार्थियों के लिए भोजन-आवास की व्यवस्था कर रही है, घायल और बीमारों की सेवा कर रही है, मैं यह सवाल पूछ बैठा। पूछकर पछताया भी। पता नहीं, यह देशाभिमान था, संस्कारगत हेकड़ी थी या विशुद्ध जिज्ञासा !

मेरी बातें सुनकर हक साहब भावुक हो उठे। बोले, "इसका जवाब मैं यहाँ खड़े-खड़े नहीं दे सकता। चलिए, अन्दर मेरे ऑफिस में चलिए। मैं अभी आपके सवालों का सही जवाब देता हूँ।" और हमें अन्दर ऑफिस में ले जाकर उन्होंने एक बेंच पर बिठाया। फिर कच्ची लकड़ी से बने सस्ते टेबुल के दराज से एक हस्तलिखित पर्चा निकालकर मेरे हाथों में थमा दिया।

"यह क्या है ?" मैंने आश्चर्य से पूछा।

"आपके सवालों का जवाब केष्टो बाबू !" हक साहब की आवाज़ में उत्साह था, "एक सज्जन ने इस विषय में अपनी भावनाओं तथा अपने विचारों को कहीं लिखा था। मुझे अच्छा लगा। मैंने उसे आप जैसे प्रश्नकर्ताओं को पढ़ाने के लिए अपने पास रख लिया। पढ़कर देखिए। आपके सारे सवालों का जवाब मिल जाएगा।"

इस बीच आलम के साथ-साथ कई ऐसे लड़के, जो खड़े-खड़े हमारी बातें सुन रहे थे, उस कमरे में आ घुसे थे। सभी को उस पर्चे में लिखी बातों को पढ़ने की उत्सुकता हो रही थी। वे सभी एक साथ उसे पढ़ने के लिए पीछे से मेरे ऊपर झुक पड़े।

उनकी उत्सुकता देख हक साहब ने कहा, "आप जोर-जोर से पढ़िए केष्टो बाबू। पढ़कर यहाँ उपस्थित सभी लड़कों को सुनाइए। ताकि सभी इन बातों को जान सकें। पढ़िए।"

"हाँ-हाँ ! पढ़िए-पढ़िए !" सबने आग्रह किया। और समय न गँवाकर मैंने पढ़ना शुरू किया, "हे बंगवासियो ! हे भारतवासियो ! हे विश्ववासियो ! जिन वीर सपूतों ने बांग्ला भाषा के सम्मान की रक्षा के लिए 1952 ई. में ढाका के राजपथ को अपने रक्त से रँग डाला था, जिन भाइयों ने रवीन्द्र-नजरूल को एक मंच पर आसीन किया, बंगाल के सांस्कृतिक ऐतिह्य की रक्षा के लिए अपने प्राणों की बाजी लगा दी, गणतन्त्र, मानवता और संस्कृति के शत्रुओं के विरुद्ध जो लोग आज मरण प्रण संग्राम में लिप्त हैं, उनका साथ हमें देना ही होगा। लाखों निर्दोष लोगों की हत्या में लिप्त फासिस्ट जल्लादों के खिलाफ उठ खड़े हुए वीर मुक्तियोद्धा यदि आज हमें अपनी मदद के लिए पुकार रहे हैं तो अविलम्ब हमें पूरी शक्ति के साथ उनकी मदद के लिए कूद पड़ना चाहिए।

"सन् 1936 ई. के 18 जुलाई को स्पेन के वाम गणराज्य को गिराने के लिए जब हिटलर-मुसोलिनी के बल पर फासिस्ट फ्रैंको ने अपने मूर सैनिकों को लेकर स्पेन पर आक्रमण कर दिया था तब क्या उनके खिलाफ लड़ने के लिए पूरे विश्व के करीब चालीस हज़ार बुद्धिजीवियों ने अन्तर्राष्ट्रीय वाहिनी में अपना योगदान नहीं दिया था ? उस वाहिनी में श्रमिक-कृषक वर्ग से लेकर छात्र, अभिनेता, साहित्यकार, कलाकार जैसे सभी श्रेणी के लोग थे।

"फासिस्ट फ्रैंको के विरुद्ध अंग्रेज, चेक, इटालियन, फ्रांसीसी, जर्मन, स्वीस, मैक्सीकन, अरबी, मिस्री, सार्ब, तुर्की, हंगेरियन, ईन्दोचीनी—सभी ने तो अन्तर्राष्ट्रीय वाहिनी में योगदान दिया था। विश्वविख्यात कलाकारों, बुद्धिजीवियों ने अपने हाथों से सामयिक रूप से काग़ज़,

कलम, पियानो, गिटार, रंग, ब्रश आदि दूर हटाकर अस्त्र-शस्त्र उठा लिया था। फासिस्टों से सभ्यता, संस्कृति तथा गणतन्त्र की रक्षा के लिए विश्वविख्यात कवि फ्रेदरिको गार्सिया लोर्का, विश्वविख्यात नारी भास्कर—सेलिसिया ब्राउन, वायलिन वादक पाब्लो कसालस्, रैल्फ फॉक्स, क्रिस्टोफर कॉड्वेल, आन्द्रे माल्रो, आन्द्रे मार्ति, अर्नेस्ट हेमिंग्वे जैसे विश्वविख्यात कलाकार, साहित्यकार यदि प्रत्यक्ष रूप से युद्ध में कूद सकते हैं तो हम अपने बंगाली भाइयों की मदद क्यों नहीं कर सकते ?

"क्या हमें मानवता के प्रेमी रोलां का विश्व के सत् एवं शुभ बुद्धिसम्पन्न गणतन्त्र-प्रिय लोगों के प्रति किया गया वह ऐतिहासिक आवेदन याद नहीं जिसमें उन्होंने कहा था, 'मानवता ! मानवता ! आज मैं तुम्हारे द्वार का भिखारी हूँ। आओ स्पेन की मदद करो। हमारी मदद करो। तुम अपनी मदद करो। क्योंकि आज मैं, तुम, हम सभी विपन्न हैं।'

"1937 ई. के मार्च महीने में रोलां के इस आवेदन के प्रतिक्रियास्वरूप पराधीन भारत में मानवता के पुजारी रवीन्द्रनाथ ने भी तो देश के लाखों नर-नारियों का आह्वान किया था।

"आज जब पाकिस्तान का जंगी चक्र एक समग्र जाति की सभ्यता-संस्कृति का ध्वंस करने में लिप्त है, तब क्यों न हम भी महान रोलां की तरह विश्ववासियों से आह्वान करें, 'मानवता ! मानवता ! आज हम तुम्हारे द्वार के भिखारी हैं। उठो, जागो, आओ हमारी मदद करो। बांग्लादेश की मदद करो।'"

मेरा पाठ खत्म होते ही वहाँ उपस्थित सारे लोग 'जय बांग्ला ! जय स्वाधीन सार्वभौम बांग्लादेश !' का नारा लगाने लगे। हमें हमारे सवाल का जवाब मिल चुका था। अब कैम्प जाने की जल्दी थी। मगर हक साहब ने हमें रोके रखा। बोले, "पैदल जाइएगा क्या ? पता है, कैम्प कितनी दूर है ? पहले फ़ौजी ट्रक तो आने दीजिए। कुछ नए लड़कों को पहुँचाने हमारा गाइड एक कैम्प में गया हुआ है। अब आता ही होगा।"

उठते-उठते हम फिर से बैठ गए। हक साहब ने एक रजिस्टर में हम सबका नाम-पता दर्ज किया। फिर एक अलग काग़ज़ में उन सभी नामों को दुबारा लिख अपना दस्तखत करके दराज में रख लिया। काम खत्म करके हक साहब फिर से गप्प करने में मशगूल हो गए। बोले, "बांग्लादेशियों का अपनी मातृभूमि के प्रति प्रेम देखकर दिल को बड़ी ठंडक पहुँचती है। जिनका घर-द्वार उजड़ गया, जिन पर अत्याचार हुआ, उनका पाक शासकों के खिलाफ उठ खड़ा होना तो फिर भी तर्कसंगत लगता है लेकिन जो अधिकारी-कर्मचारी बांग्लादेश के बाहर विदेशों में सुख-चैन और इज़्ज़त से रह रहे हैं, उनका त्याग, समर्पण, मातृभूमि के प्रति निष्ठा देखकर सुखद आश्चर्य होता है।"

"आप किनके बारे में बात कर रहे हैं हक साहब ?" आलम उनके इशारे को न समझते हुए पूछा।

"वही, नई दिल्ली के पाक हाईकमीशन के उच्चपदस्थ कर्मचारी के.एम. शहाबुद्दीन तथा अमजदूल हक के बारे में, जिन्होंने भारत सरकार से राजनीतिक संरक्षण माँगकर अपनी मातृभूमि बांग्लादेश के प्रति आनुगत्य दिखाते हुए पाक हाई कमीशन से इस्तीफा दे दिया है और कोलकाता के डिप्टी पाक हाई कमिश्नर हुसैन अली के बारे में, जिन्होंने अप्रैल में मुजीबनगर में बांग्लादेश के औपचारिक जन्मग्रहण के अगले दिन ही कोलकाता के नौ नम्बर सर्कस एवेन्यू स्थित पाक हाईकमिश्नर भवन से पाकिस्तानी झंडा उतारकर बांग्लादेश का झंडा फहरा दिया है और उस भवन को बांग्लादेश सरकार का दूतावास घोषित कर दिया है। पता

है, उन्होंने भवन के केन्द्रीय हॉल से जिन्ना तथा मोहम्मद इकबाल की तस्वीरें भी हटा दी हैं। अब वहाँ शेख मुजीबुर्रहमान तथा कवि नजरूल इस्लाम की तस्वीरें लगी हुई हैं। इतना ही नहीं, हुसैन अली ने डंके की चोट पर भारत सरकार से अपील की है, 'कोलकाता में बांग्लादेश के प्रतिनिधि के रूप में हमें स्वीकृति देनी ही होगी।'" हक साहब उच्छ्वसित होकर बोले जा रहे थे। आलम ने टोका, "अच्छा ? ये तो बड़ी हिम्मत का काम किया है उन्होंने।"

"और सुनिए, काठमांडू, मैनिला, कैनबेरा, दमासकस जैसी जगहों में पाक हाईकमिशन में पदस्थापित हमारे उच्चपदस्थ सरकारी अधिकारी भी उनका अनुकरण कर रहे हैं।..."

'पेंपेंऽऽऽ पेंपेंऽऽऽ' ट्रक के हॉर्न की कर्कश आवाज़ ने अपनी ओर हमारा ध्यान खींचा।

"लीजिए, आ गया आप लोगों का वाहन !" हक साहब बाहर की ओर देखते हुए बोले, "ट्रक पर चढ़ जाइए। यह आप लोगों को गंतव्यस्थल तक ले जाएगा।" हक साहब के पीछे-पीछे हम बाहर निकल आए। ट्रक से उतरकर एक व्यक्ति ने हक साहब को सलाम किया और किनारे ले जाकर उनसे कुछ बातें की। हक साहब ने अन्दर से लाकर वह काग़ज़ का पुर्जा उसके हाथों में थमा दिया जिसमें उन्होंने हमारा नाम-पता लिख रखा था।

ट्रक पर चढ़ते-चढ़ते मैंने पूछा, "हम किस कैम्प में जा रहे हैं हक साहब ?"

"बस, यही सवाल मत कीजिएगा। आस-पास दुश्मनों की कमी नहीं। इसलिए इस मामले में हमें काफी सावधानी बरतनी पड़ती है।" हक साहब ने हमें कैम्प का नाम बताने में अपनी असमर्थता जताई तथा विदा करते समय एक और बात हमारे कानों में डाल दी, "प्रशिक्षण शिविर में स्कूल-कॉलेज के छात्र, अनपढ़ मजदूर, किसान से लेकर डॉक्टर, इंजीनियर, ऑफिसर, प्रोफेसर, व्यवसायी जैसे हर तरह के युवक मिलेंगे। सबके साथ मिल जुलकर रहना है। शिक्षित-अशिक्षित, अमीर-गरीब, छोटा-बड़ा, ऊँच-नीच, हिन्दू-मुसलमान के नाम पर भेद-भाव करनेवालों के लिए इन शिविरों में कोई स्थान नहीं—इस बात का ख़याल रहे।"

प्रशिक्षण शिविर की ओर

ट्रक की खुली पीठ पर सवार होकर हम प्रशिक्षण शिविर की ओर चल पड़े। ट्रक में सवार सत्रह से तीस-पैंतीस की उम्र के लगभग हर बांग्लादेशी युवक के सीने में कोई न कोई दर्द भरी दास्तान दफन थी।

चार-चार, पाँच-पाँच के समूह में बांग्लादेश के विभिन्न इलाके से आए इन युवकों में से कोई किसी विधवा का एकमात्र सहारा था तो कोई अपनी सद्यविवाहिता पत्नी को छोड़ मातृभूमि के लिए प्राण न्योछावर करने चला आया था। कोई अपना सर्वस्व लुटाकर यहाँ आया था तो कोई अपने परिवार के बचे-खुचे सदस्यों को भारत के किसी शरणार्थी शिविर के हवाले कर आया था। ट्रक में एक युवक ऐसा भी था जो कोलकाता मेडिकल कॉलेज के चतुर्थ वर्ष का छात्र था। अपने सुनहरे भविष्य को ठोकर मारकर काँटों भरा मार्ग चुना था उसने।

"क्यों ?" हमलोगों द्वारा कुरेदे जाने पर उसके अन्दर का गुबार भी बाहर निकल आया था—

एक साल पहले शादी हुई थी उसकी। पिरोजपुर जेटीघाट के पास उसकी ससुराल थी। कत्लेआम शुरू होने के कुछ दिन पहले ही उसकी बीवी शाहिना अपने मायके गई थी। पेट से थी वह, इसलिए। बोरिशाल के भोला, झालोकाठी, पटुआख़ाली, पिरोजपुर जैसे विभिन्न इलाकों में हुई व्यापक तबाही की ख़बर सुनकर वह बेचैन हो उठा था। अपने माता-पिता के लाख मना करने के बावजूद वह कोलकाता से पिरोजपुर के लिए चल पड़ा था। वहाँ पहुँचकर उसने देखा कि समूचा इलाका वीरान पड़ा है। फिर भी दिल नहीं माना। पत्नी की खोज में भटकता रहा, भटकता रहा। और एक रात पिरोजपुर के जेटीघाट के सामने से गुज़रते वक़्त उसने जो दृश्य देखा उसके बाद अपने मेडिकल कैरियर पर वह आत्मधिक्कार से भर उठा...।

फ़ौजी ट्रकों में लदे हुए क्लान्त, बीमार औरत-मर्द, बच्चों-बूढ़ों को नदी में उतार-उतार कर गोलियों से भूना जा रहा था। जो बूढ़े लाचार लोग ट्रक से उतरते समय भय से काँपते-थरथराते हुए डगमगाकर गिर पड़ते, उन्हें डंडों से पीट-पीटकर खड़ा किया जाता, फिर एक लम्बी रस्सी से आठ-दस के समूह को एक साथ बाँध कर खींचते-ढकेलते हुए नदी तक ले जाया जाता, कमर तक पानी में खड़ा करके गोली मारने के लिए ताकि लाश आसानी से पानी में बह जाए।

पेड़ों के झुरमुट में रात-भर खड़े-खड़े इस तरह के कई ट्रकों में लदे बंगालियों को मौत के घाट उतारे जाते देखने के बाद उसे पूरा विश्वास हो गया कि उसकी बीवी अब इस दुनिया में नहीं है।

"अगर मेरे पास अस्त्र होते न, तो मैं आज यहाँ प्रशिक्षण लेने नहीं आता।" वह बोल उठा था, "वक़्त बर्बाद किए बगैर दस-बीस पाक फ़ौजियों को मार गिराने के बाद खुद को भी गोली मार लेता। मुझे उनसे बदला लेना है। हर हाल में लेना है...।"

हमारा ट्रक तेज़ी से आगे बढ़ रहा था। सड़क से गुज़रते भारतीय हमें देखते ही "जय बांग्ला" कह-कहकर चिल्ला उठते और हाथ हिला-हिलाकर हमारा स्वागत करते। उनके व्यवहार से उत्साहित होकर हम भी 'जय बांग्ला' से ही उनका प्रत्युत्तर देते।

देखते ही देखते हमारा ट्रक समतल भूमि के भीड़-भाड़ को पार करके आबादी से दूर टेढ़-मेढ़े पहाड़ी रास्ते में चढ़ने लगा। दोनों ओर डरावना जंगल था। अँधेरा घिर चुका था। ट्रक की पीठ पर खड़े-खड़े बातें करते-करते जब कभी हम चुप होते, जंगल बोलने लगता। एक दबी-दबी-सी रहस्यमयी भाषा थी उसकी। एक लड़का बोल उठा, "क्या इस जंगल के पास हमसे ज़्यादा लोमहर्षक किस्से हैं—सुनाने के लिए ?"

"असम्भव।" दूसरा बोला। "हमारे साथ घटी घटनाओं से ज़्यादा लोमहर्षक, उससे ज़्यादा बर्बर कोई घटना हो ही नहीं सकती।"

देर रात को जिस जगह जाकर हमारा ट्रक रुका वहाँ कई सैनिक पहरे पर खड़े थे। हमारा गाइड उतरकर उनसे बातें करने लगा। कुछ देर बाद वह एक सैनिक के साथ पेड़-पौधों के बीच बनी एक पगडंडी से होते हुए अन्दर जंगल में चला गया। गाइड को उधर जाते देख हम समझ गए कि वहीं कहीं हमारा कैम्प होगा। मंजिल तक आने की खुशी में हम सबमें एक नए उत्साह का संचार हुआ और हम कूद-कूदकर ट्रक से नीचे उतर पड़े। घंटों खड़े रहने के कारण पैर मानो अकड़ गए थे। हम आपस में उस कैम्प के बारे में अटकलें लगाते हुए चहलकदमी करने लगे। हम सभी के दिमाग में कैम्प का अलग-अलग काल्पनिक खाका बना हुआ था। जल्द से जल्द हम कैम्प-परिसर में पहुँचना चाहते थे लेकिन पगडंडी के मुहाने पर

खड़े सैनिकों ने हमें वहीं रुककर अपने गाइड के आने तक इन्तज़ार करने को कहा।

थोड़ी देर बाद हमारा गाइड वापस तो आया लेकिन मुँह लटकाकर। बोला, "इस कैम्प में तिल धरने की भी जगह नहीं है भाइयो। थोड़ी देर पहले ही बांग्लादेश से युवकों का एक काफी बड़ा जत्था आया है यहाँ। आपलोगों को किसी दूसरे कैम्प में जाना होगा।" गाइड की बातें सुनकर झटका लगा। थकान और भूख से हमारा बुरा हाल था। इतनी रात गए इस जंगल में फिर से भटकने का ख़याल ही तकलीफदेह था। हमने कहा, "आज की रात यहीं रह लेते हैं। कल दूसरे कैम्प में चलेंगे।"

हमारी बात सुन गाइड मुस्कुराए। बोले, "कल तक मैं ट्रक लेकर यहीं बैठा रहूँगा क्या ? अब बातों में वक़्त बर्बाद मत कीजिए और जल्दी से ट्रक पर सवार हो जाइए।"

गाइड की बात सुनने के अलावा हमारे पास कोई और चारा नहीं था। भूखे पेट, थके बदन हम वापस ट्रक पर सवार हो गए। "काश ! ट्रक की पीठ कुछ चौड़ी होती, तो हम कम से कम बैठ-लेटकर तो यह सफर तय कर सकते।" आलम कराहता हुआ बोला। ट्रक चल पड़ा।

आकाश में एक भी तारा नहीं था। चाँद भी बादलों के पीछे कहीं छिप गया था। हमारी तरह...उस जंगल की तरह...आकाश को भी बहुत कुछ कहना था शायद। इसलिए देखते ही देखते बादल गरजने लगे और गरजने के बाद लगे बरसने...

यह मानो सोने पे सुहागा था। ट्रक की पीठ पर खड़े-खड़े हम न सिर्फ़ भीगने लगे बल्कि अपने अन्दर चल रही चिन्ता की आँधी से भी तेज़ चलती हवा में ठिठुरने भी लगे।

इसी तरह रात बीती। आकाश से अँधेरे का चन्दोवा हटने के साथ ही हमारा ट्रक एक दूसरे कैम्प में जा पहुँचा। इस कैम्प में भी काफी भीड़ थी लेकिन कुछ शर्तों के साथ हमें यहाँ प्रवेश करने की आज्ञा मिल गई।

भीगे कपड़ों में ठिठुरते हुए हम पंक्तिबद्ध होकर पहरे के कुछ सैनिकों के साथ कीचड़ भरी पगडंडियों पर चलते हुए कैम्प परिसर में जा पहुँचे। जंगल साफ करके बनाए गए कैम्प में बैरकों तथा तम्बुओं के बीच एक बड़ा-सा आँगन था। उस आँगन में खड़ा करके हमारा नाम-पता पूछा गया। चेतावनी भी दी गई कि यदि हममें से कोई पाकिस्तान के लिए जासूसी करने आया है तो उसका क्या हश्र होगा—वगैरह-वगैरह। धूप निकल आई थी। हमारे गीले कपड़े बदन में ही सूखने लगे।

प्रारम्भिक औपचारिकता पूरी कर लेने के बाद हमें कैम्प के तालाब में जाकर हाथ-मुँह धो आने को कहा गया। पेड़-पौधों से घिरे उस छोटे-से तालाब को देखकर लगा, अभी हाल ही में इसकी खुदाई हुई है। बारिश और नई खुदाई के कारण आस-पास की मिट्टी बहकर पानी पंकिल हो गया था। एक तेज़ सीटी की आवाज़ सुन हम चौंके। देखा, तालाब से कई फलांग दूर बाईं ओर घने पेड़ों के बीच एक बड़ा-सा समतल मैदान है, जिसमें ढेर सारे युवक-प्रशिक्षण ले रहे हैं। अलग-अलग उम्र तथा अलग-अलग पोशाकों में युवकों को प्रशिक्षण लेते हुए देखना आँखों को बड़ा ही अटपटा लग रहा था। इससे पहले पुलिस तथा सेना के जवानों को प्रशिक्षण लेते देखा था जो हमेशा एक रंग के एक जैसे कपड़ों में होते थे। सिर पर टोपी और पैरों में बूट भी पहने हुए। लेकिन यहाँ तो सारे जवान लुंगी, धोती, हाफ़ पैंट, फुल पैंट, हाफ शर्ट, फुल शर्ट, कुर्ता या बनियान पहनकर प्रशिक्षण ले रहे थे। न तो सब के पाँव में जूते-चप्पल थे और न ही सिर पर टोपी। कइयों ने तो सिर्फ़ अधोवस्त्र ही पहन

रखा था। उनके शरीर के ऊपरी हिस्से में बनियान तक नहीं था। बड़ा ही दुर्लभ दृश्य था वह। हम खड़े-खड़े उन्हें देखने लगे।

हमें खड़ा देख हमारे मार्गदर्शक सैनिक ने घुड़की लगाई, "जल्दी कीजिए। आप लोगों को वह जगह दिखानी है जिसे साफ करके तम्बू गाड़ना है।"

उनकी घुड़की सुनकर हम सभी जल्दी-जल्दी मुँह-हाथ धोने में लग गए। इतने सारे लोगों की उपस्थिति ने उस छोटे-से तालाब के जल को पहले से ज़्यादा पंकिल बना डाला। इतने गंदे जल में हाथ-मुँह धोना न धोना बराबर था। फिर भी हममे से किसी ने कोई प्रतिवाद नहीं किया।

"कुछ नाश्ता-वाश्ता नहीं मिलेगा ?" तालाब से बाहर निकलते-निकलते हमारे बीच से किसी ने दबी जबान में कहा।

"आते ही भोजन की चिन्ता ? पहले कुछ काम-धाम तो कर लीजिए।" वह सैनिक, जो कुछ देर पहले हमें घुड़की लगा रहा था, व्यंग्य से बोला।

उसकी बातों से हम लज्जित हो उठे। किसी से कोई जवाब देते नहीं बना। हममें से कोई यह भी नहीं बता पाया कि कल दोपहर के बाद से हमने कुछ नहीं खाया है।

तालाब से निकलकर हम उस सैनिक के साथ उस स्थान पर गए जहाँ हमें अपने लिए तम्बू गाड़ना था। बड़े-बड़े पेड़ों के नीचे के झाड़-झंखाड को साफ करने के लिए कैम्प से कुल्हाड़ी, कटारी, खुरपी, कुदाली आदि दी गई। जमीन गीली थी, इसलिए अधिक परेशानी नहीं हुई। तम्बू टाँगते-टाँगते हमने उस सैनिक से दोस्ती कर ली थी। पता चला, वह पाकिस्तानी फौज के बंगाल रेजिमेंट का भगोड़ा सिपाही है। भारत-स्थित इस कैम्प के प्रतिष्ठाता बंगाल रेजिमेंट के ही कुछ लोग हैं। 25 मार्च के क्रैकडाउन के बाद इन लोगों ने पाक सरकार से बगावत करके पूर्वी पाकिस्तान के कुछ सीमान्त इलाकों को पाकिस्तानियों से मुक्त करा लिया था। काफी दिनों तक ये लोग अपने मेजर के नेतृत्व में पूर्वी बंगाल के उन-मुक्त इलाकों में ही कैम्प बनाकर रह रहे थे और मुक्तियोद्धाओं को प्रशिक्षण दे रहे थे। लेकिन जब पाक फ़ौजियों ने उन पर हवाई हमला करना आरम्भ किया तब मजबूरन उन्हें भारत आकर इस कैम्प की स्थापना करनी पड़ी।

तंबू गाड़ लेने का काम खत्म होते ही हमें नाश्ते के लिए कैम्प के लंगरख़ाने में ले जाया गया। लंगरख़ाने के सामने ढेर सारे लड़के पंक्तिबद्ध होकर खड़े थे। उनके हाथों में थाली देख ध्यान आया कि हमारे पास तो थाली ही नहीं है। हम नाश्ता लेंगे कहाँ ? हमने जब एक सैनिक से थाली माँगी तो उसने अफ़सोस जताया, "हमारे पास आपलोगों को देने लायक थालियाँ नहीं हैं। आपलोगों को अपने साथ थालियाँ लानी चाहिए थी। कितने ही लड़के तो लेकर आते हैं। और जो नहीं लाते वे ग्रेनेड के ख़ाली डब्बों को बीच से काटकर उन्हीं में खाना खाते हैं।"

"तो फिर हमें भी ग्रेनेड के ख़ाली डब्बे दे दीजिए न !" हमने कहा।

"इस वक़्त कोई ख़ाली डब्बा नहीं है। बाद में होगा तो देंगे।" उसने अपनी मजबूरी बताई।

अब क्या करें ? लम्बी पंक्ति में खड़े-खड़े हम इसी समस्या पर, जिसे उस विकट परिस्थिति में समस्या कहा जाना भी लज्जास्पद था, विचार करने लगे। हमारे साथ के वे लड़के, जिनके पास थालियाँ थीं, निश्चिन्त थे। हम सबको जोरों की भूख लगी हुई थी। नाश्ते

में एक-एक कलछुल गीला भात और उसके ऊपर थोड़ी-सी मसूर की दाल दी जा रही थी। धुआँ उठते भात-दाल को देख भूख अत्यन्त तेज़ हो गई थी। जीभ में पानी आ रहा था।

"ऐ-भाई ! तुम लोग खाकर हमें अपनी-अपनी थाली दोगे ? खाकर लौटा देंगे।" हमारे दल के जिन लड़कों के पास थालियाँ थी उनसे हम लोगों ने अनुरोध किया। वे मान गए। हम थोड़ा निश्चिन्त हुए। लेकिन नाश्ता मिलने के बाद उसे खाकर अपनी-अपनी थालियों को धोकर जिस समय उन्होंने हमारे हाथों में थमाई, उस समय तक लंगरख़ाने की सारी देगचियाँ ख़ाली हो चुकी थीं। हमारे लिए कुछ भी नहीं बचा था। अपनी बेबसी पर हमें रोना आ गया। एक कलछुल भात और थोड़ी-सी दाल के लिए हमें इस तरह तरसना पड़ेगा, कभी सपने में भी नहीं सोचा था।

उसी हालत में हमें प्रशिक्षण के लिए एक मैदान में ले जाया गया। छोटे अनानास की शक्ल का हैंड ग्रेनेड दिखाकर बताया जाने लगा कि उसके किस-किस भाग का क्या नाम है, किस प्रकार से उसे सक्रिय तथा निष्क्रिय किया जाता है, उसे साथ ले जाते समय क्या-क्या सतर्कता बरतनी चाहिए, उसे व्यवहार में कैसे लाया जाता है, किन-किन स्थितियों में दुश्मनों पर हैंड ग्रेनेड का प्रयोग करना चाहिए...वगैरह, वगैरह।

दोपहर के दो बजे तक प्रशिक्षण दिए जाने के बाद भोजन की छुट्टी मिली। भोजन से पहले नहाना ज़रूरी था। हमारी देह और कपड़े, कीचड़ से सन गए थे लेकिन न तो मेरे पास साबुन था और न ही आलम के पास। किसी से माँगना उचित न लगा। इधर ढेर-सारे लड़कों की उपस्थिति से तालाब का जल मिट्टी का घोल-भर बनकर रह गया था। क्या करता ? उसी में डुबकी लगाकर बाहर निकल आया। झोले से लुंगी निकालकर पहनते वक़्त देखा, वह बिलकुल भीगी हुई है। ध्यान आया, ट्रक की पीठ पर हमारे साथ-साथ हमारे झोले भी तो रातभर भींग रहे थे।

अलबत्ता भीगी लुंगी पहनकर ही हाँफते-लड़खड़ाते हुए लंगरख़ाने तक पहुँचा। धुएँ से भरे लंगरख़ाने के बाहर लड़कों की भीड़ लगी हुई थी। इच्छा हुई सबको परे धकेलकर भोजन पर टूट पड़ूँ। अब एक पल के लिए भी भूख बर्दाश्त करने की कूवत नहीं बची थी। आँखों के आगे अँधेरा-सा छाने लगा था। उस अँधरे में हमें चूल्हे पर चढ़ी हुई बड़ी-बड़ी देगचियों के अलावा और कुछ भी नज़र नहीं आ रहा था। भीड़ के बीच से जगह बनाकर आगे बढ़ने की कोशिश करते समय पता चला कि खाना बनने में काफी देर है।

"क्यों भाई ?"

"क्योंकि जलावन की लकड़ियाँ, जो पहले से ही कच्ची थीं, रात की बारिश में इतनी भीग गई हैं कि ठीक से जल ही नहीं रही हैं। आग के बदले उनसे सिर्फ़ धुआँ निकल रहा है। बेचारे रसोइए आँखें मलते हुए भोजन पका रहे हैं।"

"तो फिर सुबह का नाश्ता कैसे बना भाई ?"

"वो तो कुछ लकड़ियाँ तम्बू के अन्दर के मचान पर रखी हुई थीं।"

यह समाचार सुनकर हँसू या रोऊँ समझ नहीं पाया। खड़े रहने की ताकत भी नहीं थी। इसलिए वहीं गीली जमीन पर बैठ गया। मेरे और आलम के अलावा हमारे दल के उन सभी लड़कों की एक जैसी हालत थी जिन्होंने कल से कुछ नहीं खाया था। हम चुपचाप बैठे-बैठे भोजन का इन्तज़ार करने लगे। दूसरों की तरह हो-हल्ला करने की क्षमता भी हममें नहीं बची थी।

काफी देर बाद भोजन पककर तैयार हुआ भी तो थाली के अभाव में हमें पीछे खड़ा रहना पड़ा। डर था कि कहीं सुबह की तरह भोजन खत्म न हो जाए। हमारी दयनीय हालत देख किसी ने सलाह दी, "रसोइए से कहिए देगचियों के बड़े-बड़े ढक्कनों में ही आपलोगों का खाना परासे दे। एक ढक्कन में चार-पाँच लोग मिलकर खाने बैठ जाइए।"

सुझाव काफी बुद्धिमत्तापूर्ण था। हमें पसन्द आया। हम पर तरस खाकर रसोइयों ने भी हमारी बात मान ली। लंगरख़ाने के पास ही जमीन पर ढक्कन रखकर गर्मागर्म खिचड़ी परोस दी गई। यथासम्भव अपने-अपने मुँह को नीचे करके हाथ से उठा-उठाकर हम खिचड़ी निगलने लगे। अत्यन्त मोटे चावल और नाममात्र मसूर की दाल में नमक-हल्दी डालकर उबाली गई पतली खिचड़ी ही उस वक़्त अमृत तुल्य लग रही थी। लेकिन खिचड़ी की मात्रा इतनी कम थी कि वह पेट के किसी एक कोने में सिमटकर रह गई। थोड़ी-सी और खिचड़ी पाने की लालसा लेकर हमने कुछ दूर रखी देगची के अन्दर झाँकने की कोशिश की। निराशा हुई। क्योंकि देगची ख़ाली हो चुकी थी। पानी पीकर पेट भरने के लिए हम उठ खड़े हुए लेकिन पानी मिलना भी यहाँ आसान नहीं था। पीने और भोजन पकाने के लिए जिस कुएँ को खोदा गया था, उससे पानी निकालने के लिए एक ही बाल्टी थी। अपनी-अपनी प्यास मिटाने के लिए हमसे पहले ही ढेर सारे लड़के कुएँ के पास भीड़ लगाए हुए थे। किसी गाँव के पनघट-सा दृश्य था वहाँ। एक दूसरे से परिचय करने का एक महत्त्वपूर्ण केन्द्र बन चुका था वह। अपना छद्म परिचय दिए जाने के बावजूद मैं भीड़ द्वारा पहचान लिया गया था। अलबत्ता पानी पीकर मैं और आलम भी उस अड्डे में शामिल हो गए।

मातृभूमि को शत्रु के चंगुल से मुक्त करने की तरकीबों पर बहस छिड़ी। उन बंगालियों की रक्षा की कसमें खाई गई जो प्रचंड भय और आशंका के बीच बांग्लादेश में रह रहे हैं। युद्ध के प्रशिक्षण से हमें कितना लाभ होगा और हम सचमुच अपने शक्तिशाली शत्रुओं का मुकाबला करने में सक्षम हो पाएँगे या नहीं, इस मुद्दे पर गम्भीरता से विचार किया गया। कइयों ने अपने दुखद और कटु अनुभव सुनाए।

संध्या समय बंगाल रेजिमेंट के एक सैन्य अफ़सर ने हमें जोश और हिम्मत के साथ दुश्मनों का मुकाबला करने की तरकीबें बताई। यह बताया कि किस तरह जनसाधारण के बीच छिपकर जनता की सहायता से हम मामूली अस्त्र-शस्त्रों से भी विजातीय शत्रु के दाँत खट्टे कर सकते हैं।

कैम्प में किरासन की भारी कमी थी। इसलिए अँधेरा होते ही हमें सोने के लिए अपने-अपने तम्बू में भेज दिया गया। जमीन पर बिछाने के लिए कुछ भी नहीं था। गीली जमीन पर अपनी-अपनी चादर बिछाकर ही लेट गए। झोले तकिए का काम दे रहे थे। पीठ पर चुभती जड़ें और तनों की नोंके परेशान करने लगीं मगर थके हुए शरीर और रतजगी पलकों में नींद उतरते देर नहीं लगी।

एक असहज-सी अनुभूति से रात के किसी पहर नींद उचट जाने पर अपने आप को सर से पाँव तक भीगा हुआ पाया। जैसे ही समझ में आया कि बाहर मूसलाधार बारिश हो रही है और वही पानी बहता हुआ तम्बू के अन्दर आ रहा है, झट से उठकर खड़ा हो गया। तम्बू के दूसरे लड़के भी उठने लगे। कोई भुनभुना रहा था, कोई खड़े-खड़े परिस्थिति को समझने की कोशिश कर रहा था, तो कोई उकड़ूँ बैठकर ही फिर से झपकी लेने लगा था। सभी परिश्रान्त थे और नित नई समस्या से जूझते-जूझते बेहाल भी। उस बारिश में निकलकर

हम कहीं जा भी नहीं सकते थे। अँधेरे में तम्बू के अन्दर खड़े-खड़े मच्छरों तथा अन्य जंगली कीड़े-मकोड़ों का दंश झेलते हुए ही बाकी रात गुजारनी पड़ी। आलम बोला "ऐसा लगता है मानो पिछले कुछ समय से कोई अदृश्य शैतानी ताकत हाथ धोकर हमारे पीछे पड़ गई है। अब और नहीं संहा जाता रे !"

पौ फटने से पहले ही बारिश रुक गई थी। नित्यकर्म से निवृत होकर हम प्रशिक्षण के लिए मैदान में जा उपस्थित हुए। हममें से अधिकतर युवक सर्दी, खाँसी, बुखार से पीड़ित हो चुके थे। लेकिन मन में शत्रुओं को सबक सिखाने का जो संकल्प था, उसने प्रशिक्षण के दौरान हमें तरोताजा बनाए रखा।

प्रशिक्षण के बाद हमने अपने तम्बू के बाहर चारों ओर ट्रेंच काटा। तम्बू के भीतर भी मिट्टी का मेंड़ बनाया ताकि बारिश होने पर कल रात जैसी दुर्दशा न हो।

"यहाँ के लोग हमें पहले ही दिन ट्रेंच आदि काटने की बात नहीं कह सकते थे क्या ? रात हमें कितनी तकलीफ हुई ! मेहनत तो हमें आज भी करनी ही पड़ी। एक दिन पहले ही कर लेते।" हमारे बीच के एक युवक ने, जो कल रात भीगने के बाद बीमार पड़ गया था, खीझते हुए कहा।

"इतनी छोटी-छोटी बातें बताने के लिए किसी के पास फुर्सत कहाँ है ? इन्हें पूरे देश के बा़रे में सोचना पड़ रहा है। रोज दल के दल युवक आ रहे हैं यहाँ। किस-किस का ख़याल रखा जाए ?" किसी दूसरे ने जवाब दिया

हमारा प्रशिक्षण जारी था। तीन दिनों तक लगातार हमें हैंड ग्रेनेड के इस्तेमाल का ही प्रशिक्षण दिया गया। फिर प्रति व्यक्ति पच्चीस-पच्चीस टाका और दो-दो हैंड ग्रेनेड देकर कहा गया कि शत्रुओं पर वार करने के लिए अब हम बांग्लादेश में प्रवेश करें। मानचित्र फैलाकर उन तमाम स्थानों को भी चिह्नित कर दिया गया जहाँ-जहाँ हमें ग्रेनेड फेंकना था।

"मात्र तीन दिनों का प्रशिक्षण और दो-दो हैंड ग्रेनेड लेकर इतने शक्तिशाली शत्रुओं से मुकाबला करने जाना पड़ेगा ? क्या यह हास्यास्पद नहीं ?" मैंने चौंकते हुए कैम्प-इंचार्ज से सवाल किया। "देखिए रोज हमारे कैम्प में मुक्तियुद्ध में भाग लेने के इच्छुक युवक प्रशिक्षण के लिए आ रहे हैं। उनकी संख्या इतनी अधिक होती जा रही है कि हम किसी को दो-तीन दिनों से अधिक नहीं रख सकते। न तो हमारे पास उन्हें देने के लिए उतने अस्त्र-शस्त्र हैं और न ही भोजन और अन्य सुविधाएँ।" कैम्प इंचार्ज ने अपनी मजबूरी बताई। "तो फिर आपलोगों ने यह शिविर खोला ही क्यों ? दो-तीन दिनों का प्रशिक्षण और मात्र दो-दो ग्रेनेड देकर पाक-फ़ौजियों के खिलाफ लड़ने के लिए भेजना एक तरह से आत्महत्या करने के लिए ही भेजना है।" मैं कैम्प इंचार्ज से उलझ पड़ा।

"देखिए इस मामले में फिलहाल हम कुछ नहीं कह सकते।" कैम्प इंचार्ज मुझे शान्त करने की कोशिश करते हुए बोले, "मगर हाँ, यह वादा ज़रूर कर सकते हैं कि जैसे ही हमारी स्थिति अच्छी हो जाएगी, हमें ठीक से भारत सरकार तथा दूसरे संगठनों की सहायता मिलने लगेगी, हम दीर्घ अवधि का प्रशिक्षण देकर अधिक से अधिक अस्त्र-शस्त्रों के साथ मुक्तियोद्धाओं को बांग्लादेश में पाक सैनिकों का मुकाबला करने भेजेंगे।"

"जब इस वक़्त आपलोगों की सामर्थ्य नहीं है तो फिर क्यों रोज नए-नए लड़कों को अपने कैम्प में प्रवेश करने की अनुमति दे रहे हैं ? जो पहले से आए हुए हैं, उन्हें इतनी जल्दी बांग्लादेश न भेजकर ठीक से प्रशिक्षण देकर ही भेजिए।" आलम ने युक्तिपूर्वक कैम्प

इंचार्ज को समझाया।

"आपलोग हमारी मजबूरी नहीं समझेंगे।" कैम्प इंचार्ज ने अपनी मजबूरी बताई, "चाहकर भी हम प्रतिदिन आनेवाले युवकों को वापस नहीं भेज सकते। इससे उनका मनोबल ध्वस्त होगा। इसकी विपरीत प्रतिक्रिया होगी। हमारा उद्‌देश्य जन-जन की भागीदारी से इस युद्ध को जीतना है। न जाने कितने खतरे उठाकर, मन में मातृभूमि के लिए कुछ कर दिखाने का जोश लेकर बांग्लादेश के विभिन्न अंचलों से आप जैसे युवक आ रहे हैं। उनको वापस भेजकर हम निराश नहीं कर सकते। दो-तीन दिनों का ही सही, प्रशिक्षण देकर, सामान्य अस्त्रों के बल पर युद्धभूमि में भेजकर उन्हें हम यह अहसास दिलाना चाहते हैं कि वे सभी इस मुक्ति युद्ध में शामिल हैं।"

कैम्प इंचार्ज के अकाट्य तर्कों ने हमारी बोलती बन्द कर दी। उनकी बात मानने के अलावा हमारे पास और कोई चारा नहीं था। हमें विदा करते समय वे बोले, "जनसाधारण के बीच रहकर, उन्हीं की मदद-लेकर शत्रुओं का मुकाबला कीजिएगा। अपने लोगों के बीच आप लोगों को न तो भोजन की समस्या होगी और न ही छिपने की जगह की। बांग्लादेश में आज जितने भी लोग हैं वे खुद न खाकर भी मुक्तियोद्धाओं को खिला रहे हैं। जी-जान से उनकी मदद कर रहे हैं। हमें उम्मीद है, आपलोगों को भी कोई तकलीफ नहीं होगी। एक फ़ौजी ट्रक आपलोगों को उस 'जय बांग्ला' ऑफिस तक छोड़ आएगा, जहाँ से आपलोगों को बांग्लादेश में प्रवेश कर जाना है—अपने शक्तिशाली दुश्मनों पर वार करने के लिए।"

कैम्प इंचार्ज चाहे कितना भी समझाएँ लेकिन सिर्फ़ हैंड ग्रेनेड के भरोसे दुश्मनों से मुकाबला करने बांग्लादेश ज़ाने की बात मुझे बिलकुल जँच नहीं रही थी। 'जय बांग्ला' ऑफिस की ओर जाते समय मैं रास्ते भर सोचता रहा था। अपने दल के लड़कों को भी अपने अन्तर्द्वन्द्व के बारे में बतला चुका था। लेकिन यह देख हैरान था कि अधिकतर लड़के बांग्लादेश जाकर दुश्मनों पर ग्रेनेड से ही वार करने की बात पर काफी खुश और उत्साहित थे। उनका उत्साह देख उन्हें विव्रत करना उचित नहीं समझा।

जय बांग्ला ऑफिस पहुँचकर सबसे पहले हम हक साहब से मिले। हक साहब ने हमारे साथ के लड़कों को उन रास्तों की पूरी जानकारी दी, जिन रास्तों से होकर उन्हें अलग-अलग दल में, अलग-अलग दिशाओं से होकर बांग्लादेश में प्रवेश करना था। थोड़ी-थोड़ी देर के अन्तराल में जब हमारे साथ के जत्थे बांग्लादेश के लिए रवाना हो गए तब मैंने हक साहब को अलग ले जाकर कहा,"हक साहब, मैं इस तरह से दुश्मनों का मुकाबला करने के लिए राजी नहीं हूँ। अगर लड़ना ही है तो सही प्रशिक्षण लेकर पूरी तैयारी के साथ दुश्मनों से लड़ूँगा। इन दो-दो ग्रेनेडों से हम भला क्या कर पाएँगे ?"

"बड़ा नाम सुना था इन प्रशिक्षण शिविरों का।" मेरे रुकते ही आलम ने मेरी बातों की पूँछ पकड़ ली, "क्या-क्या उम्मीदें लेकर गए थे हम शिविर में ! यदि इस तरह से मामूली प्रशिक्षण देकर, मामूली अस्त्र-शस्त्रों के साथ लड़कों को भेजा जाता रहा न, तो एक दिन बांग्लादेश का एक भी मुक्तियोद्धा ज़िन्दा नहीं बचेगा।"

"क्या लाभ ऐसे हास्यास्पद प्रशिक्षण शिविरों को खोलकर।" नाराज़गी भरे स्वर में मैं फिर कह उठा।

"आप लोग नाहक इतने निराश हो रहे हैं केष्टो बाबू !" हक साहब हमें दिलासा देने के लहजे में बोले। "वस्तुतः आप लोगों को जिस शिविर में जाने का मौका मिला, उसकी

हालत कुछ अच्छी नहीं है। पाकिस्तानी सेनावाहिनी के हवाई हमले की आशंका से कई बार स्थान परिवर्तन कर-करके कुछ ही दिन पहले इस कैम्प को यहाँ लाया गया है। अभी तक इसे भारत सरकार या दूसरे किसी संगठन से समुचित सहायता भी नहीं मिल पाई है।"

"वह तो हमने भी सुना है।" आलम बोला।

"सुना है तो यह भी सुन लीजिए कि सभी प्रशिक्षण शिविरों की स्थिति ऐसी नहीं है। इस भारतीय सीमान्त में ही मोतीनगर कैम्प, मैलाघर कैम्प, पंगा कैम्प, चकराता कैम्प, ओम्पी कैम्प, मूर्ति कैम्प, काँठालिया कैम्प जैसे कई कैम्प हैं जहाँ रहने-खाने की अच्छी सुविधा देने के साथ-साथ मुक्तियोद्धाओं को ऊँचे दर्जे का प्रशिक्षण भी दिया जा रहा है। आधुनिक अस्त्र-शस्त्रों का प्रशिक्षण देकर उन्हें गुरिल्ला युद्ध में पारंगत बनाया जा रहा है ताकि वे दुश्मनों के दाँत खट्टे कर सकें।"

"तो फिर हमें किसी ऐसे कैम्प में भेजने की व्यवस्था कीजिए न !" हम उत्साहित हो उठे।

"ठीक है करता हूँ।" हक साहब राजी हो गए। फिर बोले, "लेकिन आप लोगों के पास जो हैंड ग्रेनेड हैं, उनका क्या करेंगे ?"

"इन्हें आप अपने पास ही रख लीजिए। जब मुक्ति योद्धाओं का कोई नया जत्था बांग्लादेश जाएगा तो उन्हें दे दीजिएगा।" मैंने सुझाया।

"ठीक है। तो आप लोग एक प्रसिद्ध कैम्प में जाने के लिए तैयार हो जाइए।" हक साहब अर्थभरी निगाहों से हमारी तरफ़ देखते हुए बोले।

"कहाँ है वह कैम्प ?" मैंने अधीर होकर पूछा।

"बताना तो नहीं चाहिए लेकिन जब आप जानने को इतने उत्सुक हैं तो बता ही देता हूँ, पश्चिम बंगाल के जलपाईगुड़ी जिले में मूर्ति पहाड़ पर है वह कैम्प। मेटली थाना के अन्तर्गत पड़नेवाले उस कैम्प का नाम भी उस पहाड़ के नाम पर मूर्ति कैम्प रखा गया है।" अपने मुँह को हमारे बिलकुल नजदीक लाकर आवाज़ को यथासम्भव नीचे उतारकर हक साहब भेद भरे लहज़े में बोले, "बांग्लादेशी मुक्ति योद्धाओं को गुरिल्ला तथा कमांडो प्रशिक्षण देनेवाला यह कैम्प मुक्ति योद्धाओं को प्रशिक्षण देने के लिए बने सभी कैम्पों में सर्वश्रेष्ठ माना जाता है। वहाँ प्रशिक्षण लेना बड़े ही सौभाग्य की बात होती है।"

हक साहब की बात सुनकर हम सभी खुश हो उठे। हम यानी मैं, आलम और हमारे जत्थे के बाकी युवक !

❐ ❐ ❐

मैदानी इलाके से तीन हज़ार फुट ऊपर मूर्ति पहाड़ पर बना मूर्ति कैम्प हमारा अगला पड़ाव था। मुख्य सड़क से उतरकर लाल मिट्टीवाली कंकरीली कच्ची सड़क से होता हुआ ट्रक जब पहाड़ के ऊपर पेड़ काटकर बनाए गए ऊबड़-खाबड़नुमा समतल कैम्प परिसर में हमें लेकर पहुँचा, तब कैम्प परिसर में पहरारत सैनिकों, प्रशिक्षणरत युवकों, मूलि बाँस से बने बैरकों तथा कपड़े के तम्बुओं को देखकर मन अद्‌भुत रोमांच और आत्मविश्वास से भर उठा। लगा कि अपनी मातृभूमि को दुश्मनों से मुक्त करके अपने देशवासियों की, उनके अस्तित्व के प्रति आस्था लौटाने का हमने जो व्रत रखा है, वह अवश्य पूरा होगा।

ट्रक से उतारकर कैम्प प्रांगण में 'फॉल इन' की मुद्रा में खड़ा करके हमारी तलाशी ली गई। फिर हम सबका नाम-पता रजिस्टर में दर्ज कर लिया गया। नाम-पता दर्ज होते ही

कैम्प-कमांडर मेजर अख़्तर का क्लास शुरू हुआ—कैम्प के बारे में, कैम्प के उद्देश्यों के बारे में, कैम्प के नियमों और अनुशासन के बारे में, मुक्ति युद्ध में भारत की भूमिका के बारे में, मुक्तियोद्धाओं के मकसद और प्रतिज्ञा के बारे में..."

भाषण के बाद उन्होंने हमारे लिए सेक्शन, प्लटून तथा विंग का निर्धारण किया। कैम्प में कुल चार विंग थे—अल्फा, ब्रेवो, इको तथा चार्ली। चूँकि दो-तीन दिन पहले ही ब्रेवो विंग के पुराने लड़के प्रशिक्षण पूरा करके जा चुके थे इसलिए हम लोगों को ब्रेवो विंग के अन्तर्गत रखा गया। प्रत्येक विंग में नब्बे-नब्बे लड़के थे। सभी विंग दो-दो प्लटूनों में बँटे हुए थे और सभी प्लटून कई-कई सेक्शनों में।

मेजर अख़्तर ने तीन जे.सी.ओ. रैंक के इंस्ट्रक्टरों से हमारा परिचय कराते हुए कहा, "कल से ये आप लोगों के प्लटून को प्रशिक्षण देंगे। इन्हें आप लोग 'उस्ताद जी' कहकर पुकारिएगा।"

अपना परिचय देते हुए मेजर अख़्तर बोले, "मेरी अपनी यूनिट-भारतीय फर्स्ट गार्ड है। मैं एक कम्पनी को कमांड भी कर रहा हूँ। मेरी कमांड पोस्ट चाउलहाटी है। चूँकि मुझे इस कैम्प की देखभाल का भी दायित्व सौंपा गया है इसलिए मैं रोज सुबह-शाम यहाँ आता हूँ। कल से आपलोगों का प्रशिक्षण शुरू होगा। सुबह जल्दी उठकर तैयार हो जाइएगा। रात में ही आप लोगों को यूनिफॉर्म के कपड़े और जूते वगैरह दे दिए जाएँगे। आप लोग बहुत दूर से आए हैं। थके हुए होंगे। अब खाना खाकर बैरकों में जाइए और आराम कीजिए। गुड-नाइट एंड बेस्ट ऑफ लक !"

अपने सम्मोहक व्यक्तित्व से हमें मुग्ध करके फौजी जीप में बैठकर पहाड़ी रास्ते की लाल धूल उड़ाते हुए मेजर अख़्तर चले गए। सारी औपचारिकताओं को पूरा करते-करते अँधेरा घिर आया था। मेजर अख़्तर के निर्देशानुसार हमें यूनिफॉर्म के कपड़े, जूते आदि दे दिए गए थे।

रात का खाना खाकर हम अपने तम्बू में गए। तम्बू में पहले से बने दो-ढ़ाई फुट ऊँचे बाँस के मचान को देखकर बड़ी खुशी हुई।

आलम ने कहा, "व्यवस्था काफी अच्छी है रे। नींद अच्छी आएगी।" सचमुच उस रात हम निर्विघ्न सोए। सपना आया कि माँ मेरे इस मचान के नीचे से बिखरे हुए नोटों को निकाल-निकालकर अपने आँचल में रख रही हैं और मेरे सिर पर प्यार से हाथ फेरते हुए कह रही हैं "उठो केष्टो, उठो ! देखो तो, क्या ये तुम्हारे टाका हैं ?" मैं हड़बड़ाकर उठ बैठा। मेरी अबूझ व्याकुल नज़रें अँधेरे में माँ को तलाशने लगीं। माँ, बहन और अपने भाइयों को याद करके मन में एक हूक-सी उठी और मुझे चीरती चली गई। अपने निद्रामग्न साथियों के घने निःश्वासों के बीच दीर्घश्वास लेते हुए मैंने बाकी रात गुजारी।

सुबह हमारे तम्बू का फ्लैप हटाकर एक भारतीय सैनिक ने आवाज़ दी, "बांग्लादेशी भाई लोग ! उठ जाइए। साढ़े चार बज चुके हैं। साढ़े पाँच बजे 'फॉल इन' के लिए जाना है। उससे पहले प्रातः कर्म से निवृत हो लीजिए।" उनकी आवाज़ सुनकर एक-एक कर बैरक के सारे लोग अंगड़ाई लेते हुए उठ बैठे। मैं तो जगा हुआ ही था, उछलकर मचान से नीचे उतर गया।

बाहर आकर देखा, सभी तम्बुओं तथा बैरकों से लड़के निकल-निकलकर आँखें मलते हुए अलसाए डगमगाते कदमों से कंकड़ बिछे ढालू पथ से नीचे घाटी की ओर चले जा रहे हैं। घाटी के बीच बहती पहाड़ी नदी की सर्पीली चाल से इस प्रकार की मधुर ध्वनि उठ रही

थी मानो उस पवित्र ब्रह्म-मुहूर्त में नदी ने राग भैरवी की तान छेड़ रखी हो और सारे मुक्ति योद्धा उस जादुई संगीत के वशीभूत होकर झूमते हुए उसकी ओर खिंचे चले जा रहे हों। उस सम्मोहन से मैं भला कैसे विरत रहता ! मैं भी उन सबके पीछे-पीछे चलने लगा।

नदी से वापस तम्बू में लौटते ही जोर-जोर से बजती सीटी की आवाज़ सुनाई दी। कैम्प की तरफ़ से दिए गए खाकी हाफ पैन्ट, सफेद सैन्डो गंजी और खाकी रंग के ही कपड़े के जूते पहनकर जल्दी-जल्दी पी.टी. ग्राउंड में पहुँचा। ग्राउंड पर खड़े उस्तादों ने प्रत्येक प्लटून के लड़कों को अपने-अपने सेक्शन के अनुसार बाँटकर फॉल इन की मुद्रा में खड़ा होने का निर्देश दिया, फिर सभी नए सेक्शनों में से एक-एक लड़के को चुनकर उन नए सेक्शनों का कमांडर बना दिया।

चूँकि मुझे भी सेक्शन-कमांडर चुना गया था, इसलिए पंक्ति से निकलकर अपने सेक्शन के लड़कों की बगल में खड़ा होकर ही पी.टी. करना पड़ा। पी.टी.करवाकर उस्ताद जी ने आज्ञा दी, "बाएँ घूमिए।" बाएँ घूमते ही "दौड़ लगाइए" की आवाज़ आई। पंक्तिबद्ध होकर एक के पीछे एक सभी प्लटूनों के लड़कों ने दौड़ना शुरू किया। मैं अपने सेक्शन के साथ-साथ दौड़ रहा था। हमारे पीछे-पीछे हमारे उस्ताद भी दौड़ रहे थे और अनवरत हाँक लगाए जा रहे थे–"और तेज़...और तेज़...और..."

करीब डेढ़ मील दौड़ने के बाद हम कैम्प के **कोत** में जा पहुँचे। ऊबड़-खाबड़ पहाड़ी रास्ते में इतनी दूर तक इतनी तेज़ी से दौड़ते रहने के कारण हम सभी की हालत पस्त हो चुकी थी। हम बुरी तरह से हाँफने लगे थे। उस्ताद जी ने कहा, सभी सेक्शन कमांडर बारी-बारी से **कोत** के अन्दर आएँ और अपने सेक्शन के लिए अस्त्र ले जाएँ। अपनी बारी आने पर मैं **कोत** में घुसा। अन्दर का दृश्य देख खुशी और हैरानी से आँखें चमक उठीं। पूरा **कोत** अस्त्र-शस्त्रों से अँटा पड़ा था। तरह-तरह के छोटे-बड़े हथियार थे वहाँ। उन सबका नाम तक नहीं जानता था मैं। हमारे सेक्शन के लड़कों के लिए मुझे ढेर सारी राइफलें दी गईं। थ्री नॉट थ्री राइफलें। एक-एक कर सभी लड़कों को राइफल थमाकर मैंने अपने लिए भी एक राइफल ली और वापस बैरक की ओर दौड़ना आरम्भ किया। आते समय हमें नीचे की ओर दौड़ना पड़ा था। हाथ में हथियार भी नहीं था, इसके बावजूद हम हाँफने लगे थे। अब लौटते वक्त हथियार सहित उस पहाड़ी रास्ते की चढ़ाई चढ़ते हुए हमारी हालत बिलकुल ही खस्ता होती चली गई। समतल में जीवन-भर रहनेवाले हम लोगों के लिए यह अनुभव नया था। उस्तादों की घुड़कियाँ हमें दम लेने की भी मोहलत नहीं दे रही थीं। निर्ममता से हाँकते हुए हमें लेकर वे लंगरख़ाने तक पहुँचे। वहाँ पहुँचते ही नाश्ता मिला। डालडे में तली हुई एक बड़ी-सी पूड़ी और एक मग चाय। एक से ज़्यादा पूरी माँगने की मनाही थी इसलिए इच्छा रहते हुए भी कुछ कह नहीं पाया। नाश्ते में चाय-पूड़ी पाकर सभी खुश थे। ज़रूरत से ज़्यादा खुश!

नाश्ते के बाद उस्ताद जी की सीटी बज उठी और हम अपने-अपने राइफलों के साथ करीब तीस फुट नीचे की एक दूसरी पहाड़ी पर बनाए गए ट्रेनिंग ग्राउंड की ओर चल पड़े।

हर सेक्शन के लड़कों को ट्रेनिंग ग्राउंड के अलग-अलग हिस्सों में खड़ा करके अलग-अलग उस्तादों ने ट्रेनिंग देना आरम्भ किया। हमारे उस्ताद जी ने सबसे पहले हमें राइफल के पुर्जों को खोलना-जोड़ना और राइफल को लोड-अनलोड करना सिखाया। फिर फायरिंग पोज़िशन के बारे में बताकर टार्गेट एम करने का तरीका बताया–सिर्फ़ तरीका ही

कोथ = अस्त्रागार।

बताया, फायर करने की आज्ञा नहीं दी। इस तरह हर पैंतालीस मिनट के बाद पाँच-पाँच मिनट का ब्रेक देकर ट्रेनिंग दी जाती रही। ठीक एक बजे भोजन की छुट्टी मिली। नहाने की छुट्टी... ? अभी नहीं ! शाम पाँच बजे के बाद !

भोजन से पहले हथियारों को **कोत** में जमा करना था उधर भूख इतनी लगी थी कि वहाँ जाने के ख़याल से ही खीझ होने लगी। मगर कैम्प के नियमों का उल्लंघन करना भी सम्भव न था। मन मारकर दुबारा **कोत** तक जाने और वहाँ अस्त्र जमा करके लंगरख़ाने तक आने की सजा भुगतनी पड़ी। हाथ-मुँह धोने के लिए नीचे नदी तक जाना पड़ता। उसके लिए धैर्य नहीं था। इसलिए गन्दे-हाथों से ही भोजन करना पड़ा। दो कलछूल गीला भात और थोड़ी-सी दाल दी गई। भोजन के बाद थोड़ी देर विश्राम करने की आज्ञा मिली तो हम अपने-अपने तम्बुओं और बैरकों की ओर दौड़ पड़े।

ठीक तीन बजे उस्ताद जी ने सीटी बजाई। इस बार हमें कैम्प से 30 फुट नीचेवाले ट्रेनिंग ग्राउंड में नहीं बल्कि उस ट्रेनिंग ग्राउंड से करीब 25 फुट ऊपर एक अलग पहाड़ी पर बने एक्सप्लोसिव ट्रेनिंग ग्राउंड में ले जाया गया। उस ग्राउंड में तरह-तरह के विस्फोटकों के प्रयोग की ट्रेनिंग दी जाती थी। पहले ही दिन हमें थर्टी मिक्स हैंड ग्रेनेड तथा विभिन्न प्रकार के चार्ज के बारे में बताया गया। विशेष रूप से काटि चार्ज, माइन चार्ज, बोर होल चार्ज तथा ब्लीचिंग चार्ज के बारे में जानकारी दी गई। टी.एन.टी.श्लाव, जी.सि. श्लाव, पी.के. मार्क वन, **पी.ई.के. मार्क टू, एक्सप्लोसिव एइट नॉट एइट, उन्हें बाँधनेवाले तार, कॉटेक्स प्रेस केरियर** बूस्टर, कॉवर बूस्टर, सेफ्टी फ्यूज़ डेटोनेटर जंक्शन तथा उन्हें जलाने के लिए इस्तेमाल में लाई जानेवाली माचिस से हमारा संक्षिप्त परिचय करवाया गया।

हालाँकि पिछले कैम्प में हमें हैंड ग्रेनेड के बारे में काफी कुछ बताया जा चुका था, लेकिन हमने इस विषय में अपने उस्ताद जी से कुछ नहीं बताया और नौसिखिए की तरह सीखते रहे।

शाम पाँच बजे जब हमें छुट्टी मिली, हम बिना वक़्त गँवाए तम्बू में गए और कपड़े आदि लेकर नदी की ओर चल पड़े। घाटी में बहती चंचल मूर्ति नदी शिद्दत से हमें पुकार रही थी—हमारी सारी थकान को, सारी परेशानियों को, अपनों से बिछड़ने के ग़म को तथा मातृभूमि के छिन जाने के दर्द को भारतवर्ष के उन सहृदयों के पास बहा ले जाने के लिए, जो हमारे दुख-दर्द को लाघव करने के लिए स्वेच्छा से आगे आ रहे थे।

शाम के धुंधलके में जैसे-जैसे हम मुक्तियोद्धाओं के कदम नदी की ओर बढ़ते जा रहे थे, वैसे-वैसे हमारे मन की कठोरता पिघलती जा रही थी। नदी के उस पार दूर तक फैले पहाड़ों की शृंखला...उनके ऊपर थक्के-थक्के बादलों से आच्छादित घने जंगल... जंगल के बीच साँप-सी लेटी सड़कें...सड़कों से गुज़रती बसें—यात्रियों को दार्जिलिंग, कलिंग्पौंग, जलढाका, झालंग, कार्सियांग ले जाती हुई। चलते-चलते भावुक होकर आलम कह उठा, "कितनी शान्ति है यहाँ ! कौन कह सकता है कि यहाँ से मात्र कुछ ही मील दूर एक ऐसा अभागा देश है जिसका जर्रा-जर्रा चीख़ रहा है, जिसे जल्लादों ने एक बूचड़खाने में बदल डाला है।"

पहाड़ी नदी के ठंडे-स्फटिक से स्वच्छ जल में नहाते ही तन-मन का सारा मैल धुल गया। सारी थकान उतर गई। कपड़े फींचकर, पानी भरकर हम कैम्प लौट आए। पानी भरने के लिए हम कैम्प से एक-एक चोंग ले गए थे। बाँस की एक तरफ़ की गाँठ को रखकर दूसरी

गाँठ के शुरू होने से पहले तक के हिस्से को काटकर बनाए गए थे चोंग। हमारे पहलेवाले बैच के लड़कों के चोंग हमारे काम आ रहे थे। एक-एक चोंग में करीब दो-ढाई सेर पानी भरकर ले जाया जा सकता था। बाल्टी और घड़े की अनुपलब्धता ने चोंग की आवश्यकता को अनिवार्य बना डाला था। बार-बार पानी के लिए कैम्प से नदी तक आना-जाना किसके लिए सम्भव था ?

केरोसिन और लालटेन के अभाव के कारण कैम्प में जल्दी-जल्दी रात का भोजन करा दिया गया। भोजन के बाद हमारे प्लटून के लड़कों की छुट्टी। आज रात कैम्प की पहरेदारी का काम इको विंग के कुछ लड़कों को करना है। हमारी बारी किसी और दिन। यानी आज की पूरी रात हमारी अपनी !

कैम्प प्रांगण में इकट्ठा होकर कैम्प के नए-पुराने लड़कों से गपशप करते हुए समय गुजारा जा सकता था। छात्र, मजदूर, किसान, नौकरी पेशा, व्यवसायी—हर तबके के लोग थे वहाँ। सोलह-सतरह से चालीस-पैंतालीस की उम्र तक के लोग। तबका अलग था, उम्र अलग थी मगर सभी का उद्देश्य एक था—मातृभूमि को आततायियों के चंगुल से मुक्त करना।

वैसे कैम्प प्रांगण में समय गुजारने के लिए दो बैंडवाला वह कत्थई रंग का नेशनल ट्रांजिस्टर ही काफी था, जिससे प्रसारित स्वाधीन बांग्ला बेतार केन्द्र के कार्यक्रमों को सुनने के लिए अभी से लड़के प्रांगण में जमा होने लगे थे। हमने भी जाकर ट्रांजिस्टर के आस-पास जगह ले ली। रामेन्दु मजुमदार या बाबुल अख़्तर में से कोई एक समाचार वाचक कह रहा था कि किन-किन फ्रन्टों पर मुक्तियोद्धा भारी पड़ रहे हैं और कहाँ-कहाँ उन्हें पीछे हटना पड़ रहा है, कहाँ कौन-सा पुल उड़ा दिया गया है, कौन देश मुक्तियुद्ध को समर्थन दे रहा है, कौन नहीं, पाक फ़ौजियों ने कौन से नए गाँव या शहर को तबाह किया है...आदि-आदि।

आपेल महमूद देशभक्ति गीत गा रहे थे, "एकटि फूलके बाँचाबो-बोले जुद्धो कोरि" (एक फूल को बचाने के लिए युद्ध करता हूँ)...और शेख मुजीबुर्रहमान का वह ऐतिहासिक भाषण प्रसारित किया जा रहा था जिसमें उन्होंने अपने बज्रकंठ से सात मार्च उन्नीस सौ एकहत्तर को ढाका रेसकोर्स के विशाल मैदान में दस लाख बंगवासियों को संबोधित करते हुए कहा था, "यदि मैं हुक्म न भी दे पाऊँ तो भी आप लोगों के पास जो कुछ है उसी से घर-घर में दुर्ग खड़ा कीजिएगा। इस बार का संग्राम स्वाधीनता का संग्राम है, मुक्ति का संग्राम है..."

स्वाधीन बांग्ला बेतार केन्द्र से प्रसारित ये कार्यक्रम जहाँ एक ओर हम मुक्तियोद्धाओं के संकल्पों में ज्वार लाने का काम कर रहे थे वहीं एम.आर. अख़्तर का 'चरमपत्र', जिसमें मुक्तियोद्धाओं की वीरता की कहानी कहते हुए पाक फ़ौजियों की हँसी उड़ाई जा रही थी, कैम्प परिसर को हल्का-फुल्का बनाए रखने में मददगार हो रहा था।

स्वाधीन बांग्ला बेतार केन्द्र का कार्यक्रम खत्म होते ही सवाल उठा, अब हम क्या करें ?

"चलो कविता करें" अल्फा विंग के नुरूद्दीन ने सुझाव दिया और उसने ही शुरू किया।

"खानेर बैटा लाफाओ कैन ?
बांग्लार आशा छाइड़ा दैन।
मुक्तिसेना तोइयार होलो,
राखिते ए बांग्लार मान।"

(खान के औलादों उछलते क्यों हो ? बंगाल की आशा छोड़ दो। मुक्तिसेना तैयार हुई

है, इस बंगाल का मान रखने के लिए।)

नुरू के रुकते ही पीछे से शकील बोल उठा–

"जॉतो पाठाव खानसेना
कोरबो आमरा फानाफाना,
मुक्तिसेनार ऑस्त्राघाते,
शेष हॉबे दुश्मॉनेर जान।"

(जितनी भी भेजो खान सेना, हमलोग चीरकर रख देंगे। मुक्तिसेना के अस्त्रघात से, दुश्मन की जान जाएगी।)

अब आलम उठ खड़ा हुआ और नाटकीय अन्दाज में बोलना शुरू किया–

"तेइस-बॉछोरेर छॉल-चातुरी,
एबार आमरा बुझते पारी,
ताई ऑस्त्रो हाते दॉड़ाय एबार,
बांग्लादेशेर जॉनोगॉन।"

(तेईस साल की धोखाधड़ी अब हम समझने लगे हैं। इसीलिए अब अस्त्र हाथों में लेकर बांग्लादेश के जनसाधारण उठ खड़े हुए हैं।)

मैं भी उन लोगों की तरह छन्द मात्राहीन कुछ पंक्तियाँ जोड़ने की कोशिश कर रहा था। कविता का भावार्थ था, "इस्लामाबाद में रहकर तुम लोग इस्लाम को आबाद करने के बजाय बर्बाद क्यों कर रहे हो ?"

मेरे रुकते ही सेन्टु कह उठा–

"मोने कोरछो पिंडी बोशे,
बांग्ला आमि खाबो चूशे,
ओरे मुक्तिसेनार बॉज्राघाते,
भांगबे पिंडीर सिंहासोन।"

(रावलपिंडी में बैठकर सोच रहे हो कि बांग्ला को चूसकर खा जाओगे, अरे मुक्तिसेना के वज्राघात से रावलपिंडी का सिंहासन ही टूट जाएगा।)

...और देखते ही देखते कविता की पंक्तियाँ जोड़ने के इस खेल में अलग-अलग प्लटून, अलग-अलग विंग के लड़के आकर जुट गए। खान सेना के प्रति सबके मन में जमा आक्रोश और घृणा कविताओं की पंक्तियों के माध्यम से फूट-फूटकर निकलने लगे। पूरा कैम्प कवितामय हो उठा। गिरफ़्तार बंगबन्धु मुजीबुर्रहमान भी याद किए गए,

"गाछे बोसे पाखी कान्दे
कान्दे माठेर चासी
बौंगोबोन्धुर माय कान्दे, बाबा कान्दे
कान्दे बांग्लाबासी।"

(पेड़ पर बैठकर पंछी रो रहे हैं/रो रहे हैं खेत के किसान/बंगबन्धु की माँ रो रही है बाबा रो रहे हैं/रो रहे हैं बांग्लावासी।)

या फिर :

"शॉतोछिन्नो जीबोनेर प्रोति पॉले-पॉले
के तुमि निमेशे आसि, चेतोना जागाले ?

गाहिबो दुयारे बोसी, नाई आर भॉय
जेगेछे बांगाली आज, ब्रांग्लार जॉय।"
(कौन हो तुम जो पल में आकर
इस शतछिन्न जीवन के प्रति
हममें चेतना जगा गए
गाएँगे द्वार पर बैठकर कि
अब और डरने की बात नहीं
आज बंगाली जाग उठे हैं।
बांग्ला की जय हो।)

काफी रात हो गई थी। उस्ताद जी ने फटकार लगाई, "सुबह प्रैक्टिस में जाना है। जल्दी से जाकर सो जाइए।" उस्ताद जी की फटकार ने हमें तो सुला दिया लेकिन पिछले कुछ वर्षों से शेख मुजीब ने बंगवासियों के मन में अपने अधिकारों के प्रति जो चेतना जगाई थी, उसे सुला पाना अब किसी उस्ताद के वश की बात नहीं थी।

अगले दिन सुबह पी.टी. और नाश्ते के बाद राइफलों के साथ पुनः हम ट्रेनिंग ग्राउंड पहुँचे। हम सभी टार्गेट फायर करने को बेचैन थे। उस्ताद जी ने हमें इसकी आज्ञा दे दी। करीब साठ-सत्तर गज की दूरी पर टार्गेट रखा गया। टार्गेट यानी टीन पर बनाई गई एक इंसान की तस्वीर के सीने पर डाला गया छोटा-सा काला निशान। हरेक को पाँच-पाँच राउंड गोली चलानी थी। क्रमशः एक तथा दो बालू से भरे बोरों के ऊपर राइफल रखकर टार्गेट में फायर करना था। पहले लेटकर, फिर घुटने के बल बैठकर और अन्त में खड़ा होकर। यानी कुल मिलाकर चार-चार पोज़िशनों में गोली चलानी थी।

चूँकि मैं सेक्शन कमांडर था इसलिए हमारे सेक्शन के सभी लड़कों के बाद मेरी बारी आई। अजहर की पाँच गोलियों में से दो ने टार्गेट भेद किया था, रहीम की सिर्फ़ एक ने जबकि शकील का एक भी टार्गेट सफल नहीं रहा। सभी की असफलता क्षम्य थी लेकिन पता नहीं क्यों मुझे ऐसा लग रहा था कि यदि मैं पाँचों राउंड में चूक गया तो बड़े ही शर्म की बात होगी। सेक्शन के सारे लड़के मुझे कुछ विशिष्ट समझते हैं। टार्गेट एम करने तक मैं यही सोच-सोचकर परेशान होता रहा। मगर सौभाग्य से मेरी पाँच में से चार गोलियाँ टार्गेट पर लगी। मैंने निश्चिन्तता की साँस छोड़ी। उस्ताद जी भी खुश हो उठे। फिर तो उन्होंने मुझे अपने सेक्शन के उन लड़कों की शूटिंग सुधारने के काम में लगा दिया जो बिलकुल ही अनाड़ी थे।

दोपहर के भोजन के बाद बारिश शुरू हो गई। इसलिए हमें एक्सप्लोसिव ग्राउंड में ले जाने के बजाय दूसरे कामों में लगा दिया गया। लंगरख़ाना के लिए जलावन की लकड़ी लाने की ड्यूटी हमारे प्लटून के लड़कों को दी गई। ट्रेनिंग ग्राउंड बनाते समय जो पेड़ काटे गए थे उन्हीं में से कुछ के मोटे-मोटे तनों को कंधे पर उठाकर लंगरख़ाने तक लाना था। बारिश में भीगते हुए पेड़ के भारी तनों को कन्धे पर उठाकर हमने करीब दो मील की चढ़ाई-उतराई पूरी करके लंगरख़ाने में पहुँचाया। कुछ लड़कों को कैम्प तथा उसके आसपास की सफाई में लगा दिया गया था। अपने-अपने हिस्से का काम करते-करते शाम हो गई थी। हम नदी में नहाकर भोजन के लिए जाने ही वाले थे कि दो फ़ौजी ट्रकों में भरकर अस्त्रों का जखीरा आ पहुँचा। राइफल आदि से भरे भारी बक्सों को ट्रकों से उतारकर कोथ तक पहुँचाने का

आदेश हुआ। भूख से अँतड़ियाँ ऐंठ रही थीं। लेकिन काम खत्म होने से पहले भोजन मिलने का सवाल ही नहीं था। और फिर ये सारे काम तो हम अपने लिए, अपने देश के लिए कर रहे थे। दोष किसे देते ? किसकी शिकायत करते ?

अस्त्र के बक्से इतने भारी थे कि उन्हें उतारने और कोथ तक ले जाने में हमारी तो मानो जान ही निकल गई। थ्री नॉट थ्री राइफल वाले बक्से सबसे ज़्यादा भारी थे। एक-एक बक्से का वजन लगभग सात मन के आसपास था क्योंकि हर बक्से में चालीस-चलीस राइफलें रखी गई थीं।

अस्त्र के सारे बक्सों को कोथ में पहुँचाने के बाद हम भोजन की पंक्ति में खड़े हुए। पंक्ति काफी लम्बी थी। कमर सीधी रखना मुश्किल हो रहा था। आधा पेट खा-खाकर शरीर वैसे भी कमजोर हो चुका था। बारिश में भीगकर सारे काम करते-करते सर्दी भी लग गई थी। अधिकतर लड़के छींक रहे थे।

लम्बी प्रतीक्षा के बाद मेरी बारी आने ही वाली थी कि मेरे सामने खड़े अब्दुल से लंगरख़ाने के रसोइए रामनरेश की बकझक होने लगी।

"क्या बात है भाई ?"

"कुछ विशेष नहीं। अब्दुल ने एक रोटी ज़्यादा माँगी थी तो रसोइए ने कह दिया, "जा-जा। काम का न काज का, दुश्मन अनाज का। सब के सब रोटी उड़ाने आए है यहाँ। तुम्हारे बाप की इंडिया में जमींदारी है क्या ?"

अब्दुल को बात चुभ गई। आँखों में पानी आ गया। दुख, अपमान और गुस्से से थाली पटककर बोला, "आप समझते हैं, हम इंडिया में सिर्फ़ रोटी उड़ाने आए हैं ? हमारे देश में भात का अकाल पड़ा है क्या ? अरे यदि आप लोगों पर ऐसी मुसीबत आती न, तो समझते। गाछ भरा नारियल, गोला भरा धान, बोरोज भरा पान और पोखर भरी मछली छोड़कर कोई शौक से नहीं आता किसी के द्वार पर भीख माँगने। क्या आप नहीं जानते कि हम यहाँ किन परिस्थितियों में, किस दृढ़ संकल्प के साथ आए हैं ?"

अब्दुल और रसोइए के बीच काफी देर तक बकझक होती रही। बहुत मुश्किल से उन दोनों को समझा-बुझाकर शान्त कराया जा सका। भारी मन से भोजन करके हम लोग अब्दुल को लेकर तम्बू में लौटे। अब्दुल ने कुछ नहीं खाया था। तम्बू में आते ही कपड़े बदलकर दो पंक्तियों में बने लम्बे मचान पर जा लेटा। हम लोगों ने उसे समझाने की कोशिश की कि उसे रसोइए की बातों का इतना बुरा नहीं मानना चाहिए था। कुछ भी हो, वे लोग हमारी कितनी मदद कर रहे हैं। कितनी मेहनत करके हमारे लिए भोजन पकाते है। कच्ची लकड़ियों से निकलते धुएँ से उनकी आँखें जलती हैं, दम घुटता है, फिर भी वे कभी किसी से शिकायत नहीं करते। और फिर उन्हें बुरा-भला कहना हमें शोभा भी नहीं देता। मानवता के नाम पर भारतवर्ष आज हमारे लिए इतना कुछ कर रहा है, इसके लिए हमें सदा इन भारतवासियों का अहसानमन्द रहना चाहिए। हमें यह भी नहीं भूलना चाहिए कि हम अपनी मातृभूमि को आज़ाद कराने का व्रत लेकर यहाँ आए हैं। एक महत् उद्देश्य है हमारा। इस तरह की टुच्ची बातों के लिए झगड़ा करके हम अपने आपको छोटा क्यों करें ?

हमारे समझाने पर धीरे-धीरे अब्दुल का दिमाग तो ठंडा हुआ लेकिन रात के अगले पहर ही उसका बदन बुखार से तपने लगा। जब ज्वर तथा सरदर्द असह्य हो उठा तब काँपते हाथों से उसने मुझे झकझोरा, "बॉड़ो भाई ! जरा उठिए बॉड़ोभाई ! दर्द से मेरा सर फटा जा रहा

है। गला सूखकर काँटा हो गया है। जरा पानी दीजिए न।"

उसके जगाने पर मैं हड़बड़ाकर उठ बैठा। बाहर मूसलाधार बारिश हो रही थी। जोरों की हवा भी चल रही थी। अब्दुल के हाथों का गर्म स्पर्श मैं अब भी अनुभव कर रहा था। अँधेरे में टटोलते हुए उसके माथे पर हाथ रखते ही मैं चीख़ पड़ा, "यह क्या ? तुम्हारा बदन तो प्रचंड ज्वर से तप रहा है ?"

मेरी चीख़ सुनकर तम्बू के कई लड़के जाग गए। और उस अँधेरे तम्बू में "क्या हुआ ?" "क्या हुआ ?" का शोर उठा। फिर तो सब के सब अब्दुल को लेकर परेशान हो उठे। कोई माचिस की तीली जलाकर उसकी रोशनी में अपने चोंग से पानी ले-लेकर अब्दुल को पिलाने लगा तो कोई उसके माथे पर भीगे गमछे की जलपट्टी देने में मशगूल हो उठा।

ठंड से काँपते अब्दुल को गर्म कपड़ा ओढ़ाना ज़रूरी लग रहा था। हमारे पास सिर्फ़ कुछ चादरें और लुंगियाँ थी। वही ओढ़ाया। इन सबके बावजूद जब काँपते-काँपते वह बेहोश-सा हो गया तब दो लड़के बारिश में भीगते हुए कैम्प के उस बैरक में गए जो कैम्प का मेडिकल सेंटर था और जहाँ कैम्प के लोगों की चिकित्सा के लिए एक बंगाली डॉक्टर कुछ दवाओं के साथ रह रहे थे।

इधर बेहोशी की हालत में अब्दुल अनाप-शनाप बके जा रहा था। बीच-बीच में अम्मी, अम्मी गो ऽ ऽ ऽ अब्बू-अब्बू गो ऽ ऽ ऽ की रट लगाने लगता। उसकी हालत देख हम सचमुच डर गए। राजशाही कॉलेज का छात्र अब्दुल राजशाही के एक प्रसिद्ध वकील का बेटा था। राजशाही की हालत बिगड़ते देख वे लोग अपने गाँव चले गए थे। उनका गाँव महफ़ूज ही था लेकिन चारों ओर से जिस तरह की ख़बरें आ रही थीं, उन्हें सुन-सुनकर अब्दुल के जवान खून में ज्वार उठा। उसने अपने अम्मी-अब्बू से मुक्तियुद्ध में शामिल होने की आज्ञा माँगी। अम्मी ने कातर स्वर में प्रतिवाद किया, "ना बाबा ना, मैं तुझे जाने नहीं दूँगी। तू हमारे बुढ़ापे का सहारा है। तुझे खोकर हम जीते जी मर जाएँगे। हमें छोड़कर मत जा बेटा। इस बांग्ला माँ की तो लाखों-करोड़ों सन्तानें हैं, लेकिन हमारा तो बस एक ही है।"

अम्मी की दलीलें अब्दुल के पैरों में बेड़ी नहीं डाल सकीं। एक दिन जब चुपचाप एक लुंगी लेकर हैदर और गुलजार के साथ वह भारत जाने के लिए नाव पर जा बैठा, तो पता नहीं कैसे ख़बर पाकर पीछे से दौड़ते-दौड़ते, चीख़ते-चिल्लाते उसके अम्मी-अब्बू घाट पर पहुँचे, "जाइस ना बाबा, आमागो छाइड़ा जाइस ना, अब्दुल...ओरे अब्दुल...ओरे आमार सात राजार धॉन रे..."

और अब्दुल नाव का डांड़ चलाते-चलाते पीछे मुड़कर चुपचाप उन्हें देखता रहा। नाव आगे बढ़ती रही। अब्दुल की अपने अम्मी-अब्बू से दूरी बढ़ती रही...और...और एक लम्बी दूरी तय करके अपने माता-पिता का दुलारा अब्दुल इस कैम्प में आ पहुँचा जहाँ उसे रोटी के ताने दिए जा रहे थे।

मेडिकल सेन्टर से दवा लेकर अँधेरे तम्बू में हैदर और गुलजार सिटपिटाए हुए भीगे कौओं की तरह आ घुसे। दवा खिलाकर अब्दुल को चंगा किया गया। अगले दिन उस्ताद जी के साथ लंगरख़ाना के रामनरेश जी तम्बू में अब्दुल को देखने आए। रामनरेश के हाथों में अब्दुल के लिए बिस्कुट का एक पैकेट था। हाल-चाल पूछने के बाद मुस्कुराते हुए रामनरेश जी बोले, "जल्दी से ठीक होकर अपने देश को दुश्मनों से मुक्त कर लो भैया अब्दुल ! फिर

हम जाएँगे तुम्हारे देश में गाछ भरा नारियल, गोला भरा धान, बोरोज भरा पान और पोखर भरी मछली खाने। खिलाओगे न ! उनकी बातें सुन अब्दुल की जल भरी आँखें मुस्कुरा उठी थीं। बिना कुछ कहे उसने सिर्फ़ 'हाँ' की मुद्रा में सिर हिलाया था।

अब्दुल बीमार था और हमें पी.टी. तथा ट्रेनिंग के लिए जाना था। समस्या यह थी कि अब्दुल के साथ रहेगा कौन ? अब्दुल ने ही समस्या का हल निकाला। बोला, "मैं भी आप लोगों के साथ ट्रेनिंग ग्राउंड पर जाऊँगा। यहाँ अकेले पड़े-पड़े क्या करूँगा मैं ?" "इतने बुखार में ट्रेनिग ग्राउंड जाओगे ?" मैंने हैरानी से पूछा। "बुखार तो उतर गया है।" उसने सफाई दी।

"तो चलो।" मैंने उसकी बात मान ली।

❐ ❐ ❐

हमारी ट्रेनिंग चलती रही। जिस दिन बहुत ज़्यादा बारिश होती, एक्सप्लोसिव ग्राउंड न ले जाकर बैरकों के अन्दर ही हमें गुरिल्ला युद्ध के विभिन्न कला-कौशलों के बारे में जानकारी दी जाती। हमारी परीक्षा लेने के लिए हमारे प्रशिक्षक कभी अचानक किसी से पूछ बैठते, "बताओ तो ग्रेनेड को कितनी दूर तक फेंकना पड़ता है ?"

जवाब आता, "पन्द्रह से बीस गज दूर तक।"

"बिलकुल ठीक। अब बताओ कि ग्रेनेड को फटने में कितना समय लगता है ?"

"तीस सेकेंड।"

"अच्छा तो ये बताओ कि राइफल की गोली कितनी दूर तक जाती है ?"

"सतरह सौ गज तक।"

"और आदमी मारने का रेंज कितना है ?"

"मेरे ख़याल से तीन सौ गज।"

"शाबाश ! बड़े होनहार हो तुम सब !" उस्ताद जी खुश होकर उत्तरदाता की पीठ ठोंकते हुए कह उठते।

कैम्प में नए-पुराने लड़कों का आना-जाना जारी था। अलग-अलग विंग, अलग-अलग प्लटून के लड़के अपने अपने सेशन के अनुसार अलग-अलग समय में प्रशिक्षण प्राप्त करके बांग्लादेश में प्रवेश कर रहे थे। चूँकि हमसे पुराने बैच के लड़कों ने इस कैम्प का, कैम्प के हर विंग का अपने ढंग से नामकरण कर लिया था, इसलिए हम भी उनका अनुकरण करते हुए इस मूर्ति कैम्प को मुजीब कैम्प, अल्फा विंग को ताजुद्दीन विंग, ब्रेवो विंग को मुश्ताक विंग, इको विंग को भसानी विंग तथा चार्लि विंग को सैयद नजरूल इस्लाम विंग कहकर पुकारने लगे थे। अपने वरेण्य नेताओं के नाम पर किए गए इस नामकरण से अलग तरह की आत्मीयता का बोध होता था।

धीरे-धीरे हम कैम्प के अभ्यस्त हो उठे। कठोर प्रशिक्षण के दौर से गुज़रते हुए एक तरह के रोमांच, एक तरह की आत्मतृप्ति का अनुभव होता था। प्रशिक्षकों से भी काफी लगाव तथा अन्तरंगता हो गई थी। वे जी-जान से हमें गुरिल्ला युद्ध का प्रशिक्षण दे रहे थे। पग-पग पर हमें यह समझा रहे थे कि किस तरह से जनसाधारण के बीच रहकर उनकी मदद लेकर गुरिल्ला युद्ध किया जाता है, कि शक्तिशाली दुश्मनों के साथ कम अस्त्र-शस्त्रों से आमने-सामने की लड़ाई का खतरा न उठाकर आकस्मिक रूप से छिपकर पीछे से वार करने

में ही बुद्धिमानी है, कि छोटी-छोटी वारदातों द्वारा दुश्मनों के मनोबल को तोड़ना ही गुरिल्ला युद्ध का मुख्य उद्देश्य है, कि रात के अँधेरे में ऑपरेशन पर जाने पर धूम्रपान करना या किसी भी तरह की आग जलाना मौत को दावत देना है क्योंकि इससे दुश्मनों को मुक्तियोद्धाओं के छिपने के स्थान का पता चल जाता है...वगैरह-वगैरह। प्रशिक्षण के दौरान मन अक्सर अनिश्चितता, संशय और सन्देह से घिरा रहता–"पता नहीं हम अपने शक्तिशाली दुश्मनों का मुकाबला कर भी पाएँगे या नहीं...पता नहीं हमारी मातृभूमि कभी मुक्त हो पाएगी भी या नहीं...पता नहीं...।" स्वाधीन बांग्ला बेतार केन्द्र ही वह संजीवनी था जो रोज रात को हम मुक्तियोद्धाओं में आत्मविश्वास भर-भरकर हमें पुनर्जीवित करता रहता।

प्राथमिक प्रशिक्षण के बाद विशेष प्रशिक्षण देने के लिए अपनी-अपनी योग्यता के अनुसार लड़कों का चुनाव किया गया और विशेषज्ञों की देख-रेख में उनका प्रशिक्षण होने लगा। प्रशिक्षण के साथ-साथ डमी ऑपरेशन भी चलता जिसमें आपस में दो भागों में बँटकर एक दूसरे के साथ युद्ध करना पड़ता था। यानी युद्ध का रिहर्सल। कभी रात के अँधेरे में तो कभी दिन के उजाले में। कुछ लड़के पाक फ़ौजी बनते थे, कुछ मुक्तियोद्धा। सबसे पहले हममें से एक गुरिल्ला रेकि करके अर्थात् नकली शत्रु सेना के अवस्थान के बारे में पता लगाकर वापस आता था। उसके आते ही उसके कहे अनुसार (अस्त्र-शस्त्रों के साथ) महत्त्वपूर्ण स्थानों पर हमारे दल के गुरिल्ले पोजिशन ले लेते थे। बरसाती जल से भीगे पंकील-मैदानों में बैठकर, या फिर पेट के बल रेंगते हुए भी आगे बढ़ते थे हम। फिर अचानक नकली शत्रुओं पर हमला बोल देते थे। शत्रु जब हम पर प्रति-आक्रमण करते थे तो स्वयं को बचाते हुए उनसे मुकाबला करने का अभ्यास किया करते थे। काम पूरा हो जाने पर अपने को बचाते हुए पलभर में शत्रु सेना की नज़रों से ओझल हो जाते थे हम। इस पूरे प्रकरण में मन ही मन समय का पूरा हिसाब रखना पड़ता था। इस तरह के युद्धाभ्यास के दौरान बार-बार हमें यह आभास होता था कि दल का प्रत्येक सदस्य एक दूसरे के लिए कितना महत्त्वपूर्ण है, कि एक दूसरे के बिना कितने अधूरे हैं हम।

और ऐसा करते-करते ही हम सीखते रहे गुरिल्ला युद्ध की विभिन्न कलाओं को। मसलन–रेड करना, स्काउटिंग करना, बूबिट्रैप करना, एम्बुस करना, डिफेन्स करना इत्यादि-इत्यादि।

इतना ही नहीं, शत्रु के आवागमन के मार्गों को बन्द करने के लिए और उनकी संचार व्यवस्था को ध्वस्त करके उनका मनोबल तोड़ने के लिए महत्त्वपूर्ण पुल, सड़क, भवन तथा रसद के डिपो सहित उनके बंकरों को उड़ाने की कला में भी हम पारंगत होते रहे।

किस चीज़ को उड़ाने के लिए किस तरह का चार्ज करना होगा, किस स्थान के लिए कैसा विस्फोटक उपयुक्त होगा, विस्फोटक पदार्थों को कैसे बैठाना होगा तथा विस्फोटकों का परिमाण कितना होगा–इसका भी प्रशिक्षण दिया गया। चूँकि इस तरह के कैलकुलेशन में फ़ॉरमुलों का व्यवहार करना पड़ता है इसलिए सिर्फ़ उन्हीं लड़कों कों चुन-चुनकर डेमोलिशन ग्रुप में रखा गया जो विज्ञान के मेधावी छात्र थे।

कुछ लड़कों को मैप रीडिंग तथा मैप तैयार करने का प्रशिक्षण दिया गया ताकि युद्ध के समय अपने तथा अपने शत्रुओं के अवस्थान को सही ढंग से चिह्नित करने में उस दल के मुक्तियोद्धाओं को कोई परेशानी न हो।

स्टेनगन तथा थ्री नॉट थ्री राइफल के अलावा हमें चाइनीज़ राइफल, एल.एम.जी.,

भारतीय एस.एल.आर., दो तथा तीन इंच वाले मोर्टार, ग्रेनेड, विभिन्न तरह के रेडिमेड माइन (ऐन्टी पर्सनल तथा ऐन्टी टैंक) आदि के प्रयोग सम्बन्धी प्रशिक्षण दिए गए। बम विस्फोट करने के अलग-अलग डेटोनेटिंग स्वीच के विषय में भी राई-रत्ती जानकारी दी गई।

युद्ध के दौरान हम पाक फ़ौजियों से लूटे गए अस्त्र-शस्त्रों का भी प्रयोग कर सकें, इसे ध्यान में रखते हुए हमें पाक फ़ौजियों द्वारा प्रयोग में लाए जानेवाले चाइनीज़ तथा अमेरिकी अस्त्र-शस्त्रों को दिखाकर उनके प्रयोग का प्रशिक्षण भी दिया गया।

आँधी-पानी से जूझते हुए हमारे प्रशिक्षकों ने हमें अत्यन्त कुशलता से गुरिल्ला तथा इन्फेन्ट्री आर्मी के लिए आवश्यक लगभग सभी तरह के प्रशिक्षण इतने कम समय में दे डाला कि हम आश्चर्यचकित रह गए। मात्र डेढ़ महीने में हम कुशल गुरिल्ला योद्धा बन गए, विश्वास करना भी मुश्किल हो रहा था।

ट्रेनिंग के अन्तिम दिन कैम्प कमांडर, विंग कमांडर तथा प्रशिक्षकों की उपस्थिति में हमारी मौखिक परीक्षा हुई। मौखिक परीक्षा तथा प्रशिक्षण काल के दौरान के परफॉरमेन्स के अनुसार हमारे कमांडरों तथा प्रशिक्षकों ने तय किया कि किसे किस दल में रखा जाएगा और किसे किस तरह का दायित्व सौंपा जाएगा।

शाम के भोजन के बाद कैम्प के दूसरी विंग के लड़के, कमांडर तथा प्रशिक्षक हमारे विदाई समारोह में उपस्थित हुए। हम सभी 'फॉल इन' में खड़े थे। मेजर अख़्तर ने विदाई भाषण में कहा, "अब तक आपलोग सिर्फ़ युद्ध-युद्ध का खेल खेलते रहे। अब वक़्त आ गया है वास्तविक युद्ध में जाने का। इस बात की गम्भीरता को समझते हुए हर वक़्त सचेत रहना है। थोड़ी-सी भूल का परिणाम होगी—मौत।..."

हमें ले जाने के लिए जो फ़ौजी ट्रक खड़े थे, थोड़ी देर पहले ही उनमें भरकर ढेर सारे नए लड़कों को लाया गया था। इन लोगों को काफी दिनों से किसी यूथ कैम्प में ठहराया गया था। गुरिल्ला प्रशिक्षण के लिए कोई कैम्प ख़ाली नहीं था, इसलिए। यूथ कैम्प में ये नियमित व्यायाम द्वारा अपने शरीर को तंदुरुस्त कर रहे थे। कुछ राजनीतिक कक्षाएँ भी चलती थीं, भावी परियोजनाओं से इन्हें अवगत कराने के लिए। ऐसे कई यूथ कैम्पों में लड़के भरे हुए थे, गुरिल्ला प्रशिक्षण के इन्तज़ार में दिन गुजारते हुए।

हमारे चले जाने के बाद कैम्प में आए नए लड़के हमारे ही तम्बू तथा बैरकों में रहेंगे। हमारे ट्रेनिंग ग्राउंड में प्रशिक्षण लेंगे--यह सब सोचकर बड़ा ही विचित्र लग रहा था। इस दुनिया में कोई भी स्थान अपना नहीं होता, कोई चीज़ अपनी नहीं होती। आज जो हमारा है, कल किसी और का होगा। यही होता आया है, यही होगा। हमारे प्रशिक्षक, हमारे कमांडर—जिनकी आँखों में आज हमारे लिए आँसू हैं, कल हमें भूल जाएँगे। इस कैम्प को, इस मूर्ति नदी को, इस मूर्ति पहाड़ को, दूर घने जंगलों के बीच फँसे बादलों के झुंड को, जिनसे हमें इतना लगाव हो गया है, शायद दुबारा कभी हम देख ही न पाएँ। कितना विचित्र है यह संसार! कितना क्षणभंगुर!

हर पड़ाव पर हम पुराने लोगों से, पुरानी चीज़ों से बिछड़ते जाते हैं और नए-नए परिवेश में नए-नए लोगों से मिलकर पुराने को भूल-सा जाते हैं।

कैम्प में आकर प्रशिक्षण की व्यस्तता के बीच घरवालों को कितनी आसानी से भुलाकर जी लिए हम ! कितना स्वाभाविक जीवन ! ऐसा सम्भव कैसे हुआ ? क्या आलम ने भी कभी सोचा था कि अपने प्यारे बच्चों, प्यारी बीवी, अम्मी-अब्बू के बिना वह इतना स्वाभाविक

जीवन जी सकेगा ?

एक हफ्ते का राशन, बर्तन, प्रति-व्यक्ति पचास-पचास रुपए, विस्फोटक पदार्थ, आवश्यक अस्त्र-शस्त्र लेकर तथा तम्बुओं के साथ मूर्ति कैम्प का त्याग करके ट्रक पर चढ़ते समय हमारे साथ-साथ हमारे प्रशिक्षक, हमारा रसोइया तथा दूसरे विंग के पुराने लड़के रो रहे थे। आसमान भी पूरी आन्तरिकता से बरस रहा था। मूसलाधार बारिश में भीगते हुए ही ब्रेवो विंग के हम नब्बे लड़के ट्रकों पर चढ़े। मूर्ति पहाड़ की कच्ची सड़क से धीरे-धीरे ट्रक नीचे उतरने लगा। अँधेरी रात, मूसलाधार बारिश और आँसुओं ने हमारी नज़रों के सामने ऐसा पर्दा टाँग रखा था कि चाहकर भी उस कैम्प को, कैम्प के बाहर खड़े प्रियजनों को, चारों ओर फैली घाटी को और उस शोख पहाड़ी नदी को अन्तिम बार के लिए जी भरकर नहीं देख पा रहे थे। हमारा मन इतना भारी हो रहा था मानो आसमान से बरसती बारिश की सारी बूँदें बर्फ बनकर हमारे सीने में जम गई हों।

कर्मक्षेत्रे कुरुक्षेत्रे

पहाड़ से उतरकर हमारे फ़ौजी ट्रक जलपाइगुड़ी शहर से होते हुए आगे बढ़ रहे थे। ट्रकों के आगे-आगे मेजर अख़्तर की जीप चल रही थी। शहर से करीब सात-आठ मील दूर जाते ही शेलिंग की आवाज़ें आने लगीं। हमें बताया गया था कि उस इलाके में कई भारतीय यूनिट बेस हैं—थूकड़ाबाड़ि, हेमकुमारी, सोनारहाट, चाउलहाटी आदि। रेडियो पर अक्सर जिन-जिन फ्रन्टों पर चल रहे युद्ध के बारे में सुनता रहा था, उनमें से एक अमरखाना फ्रन्ट भी इसी इलाके में था। कुछ ही समय में इस फ्रन्ट को पाक फ़ौजियों ने एक अत्यन्त शक्तिशाली गढ़ में परिणत कर डाला था। "इस वक़्त भी पाक या भारतीय फ़ौजियों में से किसी ने अटैक या काउंटर अटैक किया होगा। शेलिंग की आवाज़ें अमरखाना डिफ़ेन्स की तरफ़ से ही आ रही लगती हैं।" हमारे ट्रक चालक ने कहा। "कोई शेल आकर हमपर तो नहीं गिरेगी ?" हमारे बीच से किसी ने पूछा। "गिर भी सकती है। कोई ठीक नहीं।" चालक ने लापरवाही से कहा।

शेलिंग की आवाज़ें हमारे खून में सनसनी पैदा कर रही थीं। युद्धक्षेत्र में पदार्पण का अहसास हो रहा था हमें। इसी अहसास के साथ हम उस भारत-पूर्वी पाकिस्तान सीमान्त इलाके की खाक छान रहे थे। काफी घुमा-फिराकर हमारा ट्रक हमें एक भारतीय बी.एस.एफ (बॉर्डर सिक्यूरिटि फोर्स) कैम्प में ले गया। कैम्प के अस्त्रागार में हमारे अस्त्र-शस्त्रों को सुरक्षित रखवाकर मेजर अख़्तर ने हमें कैम्प के पिछवाड़े के घने आमबगीचे में तम्बू गाड़ने का आदेश दिया।

मूर्ति कैम्प से लाए गए तम्बुओं से उस आम बगीचे को हमने एक गुरिल्ला कैम्प में बदल डाला। कैम्प का नाम रखा गया 'नोनीपाड़ा गुरिल्ला कैम्प।' लंगरख़ाने में रसोई का बन्दोबस्त हुआ। यहाँ हमारे लिए भोजन पकाने के लिए रामनरेश जी या दूसरे भारतीय रसोइए नहीं थे। हमें अपना भोजन खुद पकाना था। मेजर अख़्तर ने हमारे साथियों में से ही महबूब और सद्दाम को लंगरख़ाने की जिम्मेदारी सौंप दी। कैम्प की सुरक्षा के लिए विंग के हर सेक्शन के लड़कों पर बारी-बारी से सेन्ट्री ड्यूटी तथा पेट्रोलिंग का कार्य सौंपा। सेक्शन कमांडरों को

अपने-अपने सेक्शन के लड़कों को प्रैक्टिस करवाते रहने का दायित्व मिला। सारा बन्दोबस्त हो जाने पर ढेर सारी ज़रूरी बातें समझाकर मेजर ने कहा, "आप सब शारीरिक-मानसिक रूप से तैयार रहिएगा। किसी भी दिन, किसी भी वक़्त आपलोगों में से किसी भी दल को बांग्लादेश में प्रवेश करने का आदेश दिया जा सकता है। मूर्ति कैम्प में आपलोग हमारी देख-रेख में रहते आए हैं। यहाँ अपनी देखभाल खुद कीजिएगा। मैं इस वक़्त अपने कमांड पोस्ट चाउलहाटी यूनिट बेस में जा रहा हूँ। रोज आप लोगों से मिलने आता रहूँगा। कब, किस दल को ऑपरेशन के लिए जाना है, मैं ही बताऊँगा। सँभलकर रहिएगा। खुदा हाफ़िज़।" हमें लेकर आए ट्रकों के साथ मेज़र अख़्तर अपनी जीप पर सवार होकर वापस चले गए। उनके जाते ही मन उनके लिए उदास हो उठा। अत्यधिक स्नेह जो दिया था उन्होंने हमें।

यहाँ इस कैम्प में आने के बाद एक अलग ही तरह की जिम्मेदारी का अहसास हो रहा था। पूरी मुस्तैदी से अपने कर्तव्यों का पालन करते हुए हम ऑपरेशन में जाने की प्रतीक्षा करने लगे। एक-एक दिन भारी पड़ रहा था। पता नहीं क्यों इस नए कैम्प में दिल लगाना मुश्किल हो रहा था। मूर्ति कैम्पवाली बात नहीं थी यहाँ। हालाँकि बी.एस.एफ के जवानों से बातचीत होती रहती थी। बांग्लादेश में प्रवेश करने के लिए हम अधीर हुए जा रहे थे, मगर चार-पाँच दिनों बाद जब मेजर अँख़्तर ने आकर कहा कि आज रात हमलोगों में से सात गुरिल्लों को बांग्लादेश में प्रवेश करवाया जाएगा तो अनचाहे ही हमारे चेहरे का रंग उड़ गया। सीने से धड़ाम-धड़ाम की आवाज़ें सुनाई देने लगीं। एक अनजाने भय ने सबको स्तब्ध कर दिया। सब एक दूसरे के चेहरे को देखने लगे। सभी के मन में यह प्रश्न कुलबुलाने लगा कि नब्बे लड़कों में से किन-किनको बांग्लादेश भेजा जाएगा ! क्या अपनी बारी आएगी ?

जैसे ही मेजर अख़्तर ने ऑपरेशन में भेजे जानेवाले गुरिल्लों का नाम पुकारना आरम्भ किया, हम सब की साँस रुक-सी गई। आलम, मोहसिन, अब्दुल, हैदर, बबलू और रियाजुद्दीन के बाद मेरा नाम लेकर मेजर अख़्तर जब चुप हुए तब सभी की अटकी हुई गर्म साँसें एक साथ मानो बाहर निकल आईं और सामने खड़े लड़कों की गर्दन से जा टकराईं। फिर तो हम सातों के प्रति उपस्थित सभी लड़कों की करुणा उमड़ पड़ी, मानो हम सब बकरे हों और हमें बलि के लिए भेजा जा रहा है। कठिन गुरिल्ला प्रशिक्षण प्राप्त योद्धाओं की यह कमजोरी अत्यन्त हास्यापस्द थी। यह बात हमें भी आश्चर्य में डाल रही थी कि ऊपर से इतने कठोर दिखने वाले हम अन्दर से कितने कोमल होते हैं। ज़िन्दगी के प्रति प्रेम मौत के आगे हमें कितना कमजोर बना देता है।

मेजर अख़्तर के आदेशानुसार आज रात ही मेरे नेतृत्व में सात गुरिल्लों के इस दल को बांग्लादेश में प्रवेश करना था और फेरीगंज इलाके में जाकर गुरिल्ला ऑपरेशन को अंजाम देना था।–"ख़बर है कि फेरीगंज उच्च विद्यालय में कुछ पाक सैनिक कैम्प बनाकर रह रहे हैं। उन्होंने स्कूल के मैदान में लाकर अनेक हिन्दुओं तथा अवामी लीग के समर्थकों की हत्या की है। आपलोगों का काम है उस इलाके में जाकर रेकि करके पहले पाक फ़ौजियों की उपस्थिति का सही-सही पता लगाना फिर कैम्प के करीब जाकर संतरियों को गोली मारने के बाद कैम्प पर दो-दो ग्रेनेड फेंककर वापस चले आना। जाने से पहले आप लोगों को बी.एस.एफ. कैम्प में रखे अस्त्र-शस्त्रों में से एक स्टेनगन, दो राइफलें, चालीस गोलियाँ, चार ग्रेनेड तथा पचास-पचास रुपए दे दिए जाएँगे।" मेजर अख़्तर ने ब्रीफिंग दी और मानचित्र

फैलाकर फेरीगंज उच्च विद्यालय और उस तक पहुँचने के रास्ते को चिह्नित करके दिखाया।

"लेकिन सर, क्या इन मामूली अस्त्र-शस्त्रों से ही कैम्प के सारे सैनिक मारे जाएँगे ?" मेजर का निर्देश सुनकर मैं अनायास ही पूछ बैठा।

"देखिए, मैंने पहले भी कहा है कि आप लोगों को 'साइकोलॉजिकल वारफ़ेयर' द्वारा इस जंग को जीतना है। आपलोगों का मुख्य उद्देश्य छोटी-छोटी वारदातों द्वारा दुश्मनों के मन में भय उत्पन्न करना, उनका मनोबल तोड़ना, उनकी रातों की नींद और दिन का चैन छीन लेना है। आपके दुश्मन इतने शक्तिशाली हैं, उनके पास इतने प्रशिक्षित सैनिक हैं, इतने अस्त्र-शस्त्र, गोलाबारूद हैं कि उनका पूरा-पूरा सफाया करना सम्भव ही नहीं। क्या आपलोग जानना चाहेंगे कि उनका सैन्य तथा अस्त्र बल कितना है ?" मेजर अख़्तर तैश में आकर पूछ बैठे।

"हाँ-हाँ क्यों नहीं।" हमारे बीच से आवाज़ आई।

"जहाँ तक हमें जानकारी है, अप्रैल के अन्तिम दिनों में ही टिक्का खान के पास दो सौ कमान, चौरासी टैंक, तेईस सैबर-जेट तथा अन्य अजस्र अस्त्र-शस्त्र थे। इनके अलावा उनके पास करीब सैंतीस हज़ार आठ सौ नियमित सैनिक, बाईस हज़ार इंडस्ट्रियल सेक्योरिटी फोर्स, सत्रह हज़ार के लगभग ईस्ट पाकिस्तान सिविल आमर्ड-फोर्स, पैंतालीस हज़ार के आस-पास मुज़ाहिद तथा नदी पथ में गोलन्दाजी करने के लिए करीब छह बैटरियाँ थीं।"

"बाप रे बाप !" मेजर के रुकते ही कई योद्धाओं के मुँह से प्रतिक्रिया निकली।

"यही कारण है कि उन्होंने ढाका, चट्टग्राम, सैदपुर, रंगपुर जैसे इलाकों में टैंक सहित सैनिकों को फैला दिया था और अब तो पाक नेवी (नौवाहिनी) भी सक्रिय हो उठी है। पाक सैनिक गाँव के गाँव, शहर के शहर में फैलते जा रहे हैं।" इतना कहकर मेजर अख़्तर थोड़ा रुके, उन्होंने योद्धाओं के चेहरों के भावों को पढ़ने की कोशिश की और बात को सँभालते हुए कहा, 'देखिए, मैं यह सब आप लोगों को डराने के लिए नहीं बल्कि वस्तुस्थिति से अवगत कराने के लिए कह रहा हूँ ताकि आपलोग किसी छलावे में न रहें। वास्तविकता को स्वीकार करते हुए आपलोगों को वही करना होगा, जो आपलोगों को बताया गया है। मधुमक्खी के झुंड की तरह अचानक दुश्मनों पर आक्रमण करके उन्हें दिशाहारा कर दीजिए। उनका मनोबल तोड़िए। उन्हें पग-पग पर बाधा डालिए। उनके आवागमन के मार्ग को अवरुद्ध कर दीजिए। उनकी संचार व्यवस्था को छिन्न-भिन्न कर डालिए। उनकी रसद, उनके अस्त्र-शस्त्र लूटकर उन्हें असहाय अवस्था में डाल दीजिए। 'हिट एंड रन' पद्धति पर अमल कीजिए और मौका मिलने पर उनकी हत्या कीजिए। याद रखिए कि यदि जनता आपका साथ देगी तो जीत आपकी होगी। आखिर पाक फ़ौजी भी तो इंसान ही हैं। बिना रसद के, बिना अस्त्र-शस्त्र के वे कहाँ तक लड़ पाएँगे ? और फिर इस भरी बरसात में चारों ओर तो जल ही जल है। पश्चिमी पाकिस्तान के सूखे क्षेत्रों में पले-बढ़े इन पाक फ़ौजियों में से अधिकांश को तो तैरना भी नहीं आता।" वे ठठाकर हँस पड़े फिर सयानों की तरह आँखें नचाकर इशारा किया, "उनकी इस कमजोरी का फायदा उठाइए।"

"लेकिन उनके पास तो गनबोट हैं न।" हमारी दूसरी आशंका।

"गनबोट तो हैं लेकिन आप लोग जिस तरह से आम लोगों के बीच रहकर उनके छोटे-छोटे भैला, डिंगी और नौकाओं को लेकर खाल, बिल, खेतों पर से छिपकर भाग सकते हैं, वारदातें कर सकते हैं, लोगों के बीच छिपकर रह सकते हैं, वैसा वे बड़े-बड़े गनबोटों से

तो नहीं कर सकते न ! गुरिल्ला युद्ध जनता के बीच रहकर जनता की मदद से लड़ा जाता है। और आप लोगों को अपने देश में यह सुविधा मिलेगी।"

मेजर अख़्तर की इन बातों से मन को कुछ तसल्ली मिली ही थी कि उन्होंने एक दूसरा तनावदायक प्रसंग छेड़ दिया, "मगर यह याद रखिएगा कि आम लोगों के बीच अनेक पाकिस्तानी दलाल छिपे बैठे हैं। जमायते इस्लामी, मुस्लिम लीगी, रजाकार, अलबदर वग़ैरह, वग़ैरह। ये लोग आप लोगों के बारे में पाक सैनिकों को सूचना भी दे सकते हैं या स्वयं भी आपलोगों पर हमला कर सकते हैं।"

"बाहरी दुश्मनों की पहचान तो हम आसानी से कर लेंगे लेकिन इन घर के शत्रु-विभीषणों की पहचान कैसे करेंगे ?" आलम ने चिन्ता व्यक्त की।

आलम के सवाल का जवाब किसी के पास नहीं था। दरअसल मुक्तियोद्धाओं से निपटने के लिए पाक सरकार ने रजाकार, अलबदर वाहिनी, शान्ति कॅमिटी जैसी कुछ वाहिनियों का निर्माण किया था। पाक फ़ौजी जो कार्य नहीं कर पाते थे, उन्हें इन वाहिनियों के सदस्यों द्वारा करवाया जाता था। स्वाधीन बांग्ला बेतार केन्द्र द्वारा प्रसारित सूचनाएँ विस्फोटक थीं...।

'रजाकार वाहिनी' सामान्य प्रशिक्षण प्राप्त अत्याचारियों का दल था। इसमें स्थानीय बिहारी (हिन्दी भाषी) मुसलमानों को तो शामिल किया ही गया था, पश्चिमी पाकिस्तान से भी अनेक युवाओं को लाया गया था। मात्र सात दिनों की ट्रेनिंग देकर इन्हें काम पर लगाया जाता था। इनका काम था लूटपाट, आगजनी वगैरह करके जनसाधारण को क्षति पहुँचाना, मुक्तियोद्धाओं को ढूँढ़ निकालना, मुक्तियोद्धाओं के आश्रयदाताओं तथा सहयोगियों पर अत्याचार करना, पाक सेनावाहिनी को गुप्त रूप से उनके नाम-पते की सूचना देना, पुल, रेलवे लाइन जैसे महत्त्वपूर्ण ठिकानों की पहरेदारी करना वगैरह-वगैरह। इनके लिए उन्हें राइफल जैसे अस्त्र-शस्त्र, मासिक तनख्वाह तथा चावल तो मुहैया करवाया ही जाता था, राजनीतिक संरक्षण तथा कई अन्य तरह की सुविधाएँ भी दी जाती थीं।

'अलबदर वाहिनी' का काम भी बहुत कुछ रजाकारों जैसा ही था लेकिन इन्हें ज़्यादातर शहरों में ही तैनात किया गया था। अलबदर मुख्यतः धर्मांध युवकों तथा गुंडागर्दी करनेवाले लोगों को लेकर गठित की गई एक असामरिक वाहिनी थी। इसमें स्थानीय मुस्लिम लीग, जमायते इस्लामी छात्र संघ तथा अन्यान्य दक्षिणपंथी दलों के कट्टर समर्थकों को शामिल किया गया था। इसके 92 प्रतिशत सदस्य बंगाली मुसलमान थे। यह अत्यन्त दुख की बात थी कि बंगाली होते हुए भी ये पाक शासकों के दलाल बन गए थे।

मेजर अख़्तर ने इस बात को स्वीकारा कि हम मुक्तियोद्धाओं को अधिक खतरा रजाकार, अलबदर तथा शान्ति कॅमिटी के सदस्यों से ही है। शान्ति कॅमिटी में गुंडागर्दी करनेवाले स्थानीय धर्मांध युवकों तथा मुस्लिम लीग के समर्थकों की भरमार है। देश में शान्ति बहाल करने के नाम पर स्थापित इन कॅमिटियों के सदस्य दरअसल तुमुल अशान्ति फैलाने का काम ही कर रहे थे। हिन्दुओं तथा अवामी लीग समर्थकों को चिह्नित कर पाक फ़ौजियों के हवाले करने के बाद उनकी सम्पत्ति हड़पना और शासक वर्ग का कृपापात्र बने रहकर आर्थिक राजनीतिक—हर प्रकार का लाभ प्राप्त करना ही इनका मुख्य उद्देश्य बन गया था। स्वयं बंगाली मुसलमान होते हुए भी ये बंगाली मुसलमानों का अहित कर रहे थे। इनका तर्क यही था कि पाकिस्तान विरोधियों को पकड़वाकर, उनका नाश करके प्रकारान्तर से वे इस्लाम की

ही सेवा कर रहे हैं।

"एक बात समझ में नहीं आती सर !" मैंने पूछा, "एक तरफ़ पाक सरकार रजाकार, अलबदर, शान्ति कॅमिटी जैसी वाहिनियों को साथ लेकर चल रही है और दूसरी ओर रेडियो तथा अखबारों के माध्यम से यह घोषणा कर रही है कि अवामी लीग के हाथों सत्ता हस्तान्तरण करने के लिए तैयार है, कि अवामी लीग के प्रादेशिक तथा जातीय परिषद् के सदस्यों की तलाश की जा रही है, कि देश की स्थिति काफी हद तक सामान्य हो चुकी है, कि बस कुछ ही दिनों में पूरी तरह से शान्ति बहाली करके वह अवामी लीग के हाथों सत्ता सौंप देगी...?"

"आप पाक सरकार की चाल नहीं समझते ? यह सब कुछ वह विश्व बैंक को बरगलाने के लिए कर रही है।" मेजर अख़्तर ने वजह बताई लेकिन मैं कुछ समझा नहीं। इसलिए पूछ बैठा, "वह कैसे ?"

"वह ऐसे कि विश्व बैंक से लिए गए कर्ज की किश्त चुकाने का वक़्त पार होता जा रहा है। मई-जून महीने की किश्त करीब तीन करोड़ डॉलर है। पाक सरकार ने विश्व बैंक से छह महीने की मोहलत माँगी है। यदि वह समय पर इस किश्त को चुका न पाई तो नया कर्ज पाने की उम्मीद खत्म हो जाएगी। इधर पाक की अर्थव्यवस्था दिन-ब-दिन बदतर होती जा रही है। मार्च महीने से पूर्वी पाकिस्तान में उत्पादन करीब-करीब ठप्प है। निर्यात बन्द है। यदि समय पर सब कुछ सामान्य नहीं हुआ तो पूर्वी पाकिस्तान के पैसे से ऐश करनेवाली पाकिस्तान सरकार भारी मुश्किल में पड़ जाएगी।" मेजर अख़्तर ने हमारा अज्ञान दूर करते हुए कहा।

"तो क्या इसीलिए याहिया ने यह प्रेस विज्ञप्ति दी है कि पिछले दिनों विद्रोहियों तथा दुष्कृतिकारियों के डर से जो सच्चे पाकिस्तानी पाकिस्तान छोड़कर भारत जाने को बाध्य हुए थे, उन सबको आदर के साथ वापस लाकर देश में पुनर्वासित करने की व्यवस्था की जाएगी ? क्या इसीलिए भारत में पूर्वी पाकिस्तान के कुछ प्रवेश-पथों पर अभ्यर्थना-शिविर खोले जाने की बात कही जा रही है ? क्या इसीलिए ढाका जैसी जगहों में पाक सरकार बस, ट्रेन आदि की सेवा को आरम्भ करके कल-कारखाना, स्कूल, कॉलेज, दफ्तर आदि को जल्द-से-जल्द सुचारु ढंग से चलाने की कोशिश कर रही है ?" मैंने जानना चाहा।

"कोशिश तो कर रही है लेकिन कोशिश करने का उसका तरीका गलत है। बहुसंख्यक लोगों के हितों की उपेक्षा करके, उन्हें दबाकर, जलाकर, उसकी हत्या करके कोई सरकार अपने देश में सुव्यवस्था कायम नहीं कर सकती। यदि पाक सरकार यह सोचती है कि रजाकार, अलबदर और शान्ति कॅमिटी के सदस्यों की मदद से देश में शान्ति कायम की जा सकती है तो यह उसकी भारी भूल है। देश की जनता तथा मुक्तियोद्धा इनसे निपटने के लिए पूरी तरह से तैयार हो रहे हैं। हालाँकि इनसे निपटते हुए अपना कार्य करना मुक्तियोद्धाओं के लिए बहुत बड़ी चुनौती है क्योंकि ये हर गाँव, हर शहर में फैले हुए हैं।" इस तरह सांत्वना देने के साथ-साथ सम्भावित खतरों के प्रति भी मेजर अख़्तर ने हमे सचेत किया। यह भी बताया कि इस ऑपरेशन में सफल होकर लौट आने पर वे हमें अधिक अस्त्र-शस्त्रों के साथ कोई बड़ी कार्रवाई करने देश के और अन्दर भेजेंगे।

चूँकि अपने दल का मैं कमांडर चुना गया था इसलिए शाम को मेरे हाथों में स्टेनगन सौंपा गया। आलम तथा अब्दुल को राइफल दी गई। मोहसिन और बबलू को ग्रेनेड मिले जबकि रियाजुद्दीन को कटारी तथा हैदर को टाँगी जैसे देशी हथियार ही नसीब हुए।

अस्त्र-शस्त्र देते समय मेजर अख़्तर ने सफाई दी, "सबको अपनी-अपनी योग्यता के अनुसार हथियार दिए गए हैं। इसलिए कोई मन छोटा मत कीजिएगा। रियाजुद्दीन और हैदर से उन्होंने कहा कि आप दोनों सेकेंड मैन की तरह काम करेंगे। आपका कोई साथी योद्धा घायल होने पर आप उनके हथियार का इस्तेमाल कर सकते हैं। याद रखिएगा कि आप सात योद्धा अपनी वाहिनी के अंग-प्रत्यंग हैं। जिस प्रकार एक शरीर का हर अंग शरीर को बनाए रखने के लिए महत्त्वपूर्ण होता है, उसी प्रकार आप में से प्रत्येक योद्धा अपनी वाहिनी के लिए समान रूप से महत्त्वपूर्ण है। आप सबमें कुछ दुर्बलताएँ हैं; कुछ कुशलताएँ भी। अपनी-अपनी योग्यता से एक-दूसरे की कमी को पूरा करके, अपने-अपने कौशल, अपनी-अपनी हिम्मत को एक-दूसरे में संचारित करके आपलोगों को यह जंग जीतनी होगी। अपने को कभी समूह से अलग नहीं समझिएगा। संघबद्धता ही आपको जीत दिलवाएगी। जिस प्रकार आप में से किसी एक की सामान्य भूल पूरे दल का नाश कर सकती है। उसी प्रकार आपमें से किसी एक ही बहादुरी पूरे दल को बचा भी सकती है। साहस, दिलेरी और आत्मविश्वास के साथ आज रात मिशन पर रवाना हो जाइएगा। रात को आपलोगों को ले जाने के लिए गाइड आ जाएगा। विश यू वेरी गुडलक ! बी केयर फुल !" कहकर मेजर अख़्तर चले गए।

शाम को मेजर अख़्तर के निर्देशानुसार हमने गाढ़े रंग की लुंगी और शर्ट पहन ली ताकि अँधेरे में हम जल्दी नज़र न आएँ और आसानी से जनसाधारण के बीच छिप कर रह भी सकें। हमारी सलामती के लिए कई दोस्त शाम से ही 'दुआ युनूस' पढ़ रहे थे। महबूब तथा सद्दाम ने रास्ते के लिए काग़ज़ में लपेटकर रोटी और चीनी दे दी थी। भीगी आँखों से गले मिलकर बारी-बारी से सबने हमें विदा किया और सेक्शन कमांडर केष्टो घोष अपनी बानर सेना के साथ लंका जय करने निकल पड़ा। जाने से पहले ट्रेनिंग कैम्प के भारतीय प्रशिक्षकों की तरह रुआब से अपनी सेना से बोला—"आर यू रेडी ब्वॉयज़ ?"

"यर सर।"

"देन मार्च ऑन।"

❐ ❐ ❐

अपनी मातृभूमि की ओर बढ़ते कदम अत्यन्त रोमांचित थे। जैसे ही भारतीय सीमान्त पार करके बांग्लादेश की जमीन पर कदम रखा, इच्छा हुई जोर से गा उठूँ,

ओ आमार देशेर माटी तोमार पॅरे ठेकाइ माथा...

(ओ मेरे देश की मिट्टी तुम पर माथा टेकता हूँ)

लेकिन माथा टेकने से पहले अपने दल के सदस्यों का माथा बचाने के लिए मुझ दलपति को आवश्यक निर्देश देना था। क्या पता उस शत्रुपुरी में कहाँ, किस वक़्त यमदूतों से सामना हो जाए।

"आलम तुम सड़क की बाईं ओर और अब्दुल तुम दाईं ओर आलम से आठ-दस गज पीछे पोजिशन लो और राइफल तानकर क्रॉलिंग करते हुए रेकि करने के लिए आगे बढ़ो। अँधेरे को फाड़कर दूर तक दृष्टि दौड़ाना। सबकुछ ठीक रहने पर अब्दुल को इशारा करना। और अब्दुल तुम सियार की आवाज़ में हमें इशारा करना। तुम लोगों का इशारा पाकर हम आगे बढ़ेंगे। थोड़ी-थोड़ी दूर पर हम सभी जमीन पर लेटकर पोज़िशन लेंगे। तुम दोनों पूर्ववत् रेकि करोगे। और तुम्हारा इशारा पाकर हम आगे बढ़ेंगे।" मैंने कमांडरी आदेश दिया और

उसी के अनुरूप हमारा दल अपनी मंजिल की ओर बढ़ने लगा।

एक अलग तरह की अनुभूति के साथ दिमाग में उठते असंख्य विचारों, शंकाओं, आशाओं से उलझते हुए हम चुपचाप चलते चले जा रहे थे। सड़क के दोनों ओर के खेत और मैदान जल से लबालब थे। हर साल की तरह इस साल भी हमारे बंगाल की उर्वरा धरती ने अपने ऊपर बरसाती जल का आवरण डाल लिया था और उसके गर्भ में छिपी समृद्धि आमन धान तथा जूट के पौधों के रूप में बाहर निकल आई थी। सूचिभेद्य अन्धकार में कीचड़ भरी सड़क पर पैर दबा-दबाकर चलते हुए हम बार-बार फिसलते जा रहे थे।

घने पेड़-पौधों के बीच बैठे जुगनुओं से हमारी दुर्दशा देखी नहीं गई शायद। वे झुंड में हमारे आस-पास मँडराने लगे और अपनी सामर्थ्यानुसार दीप जला-जलाकर हमें राह दिखाने लगे। असंख्य झींगुरों ने किरकिराते हुए और मेढकों ने टर्राते हुए स्वागत-गान ही गाना शुरू कर दिया। बीच-बीच में दूर सीमान्त के किसी पाकिस्तानी फ्रंट और भारतीय यूनिट से आती मशीनगन और मोर्टार की आवाज़ें वाद्ययन्त्रों की कमी पूरी कर रही थीं।

मोहसिन और बबलू की कमर में गमछे से दो-दो ग्रेनेड बँधे होने के कारण उन्हें क्रॉलिंग करने में सबसे अधिक असुविधा हो रही थी। कभी पास के सीमान्त इलाके से गुज़रती भारतीय फ़ौजी वाहनों की आवाज़ें हमें शत्रु-वाहिनी से घिर जाने के भ्रम में डाल देती तो कभी किसी झाड़ी से गुज़रते सियार का पदचाप सुनकर हमें शत्रुओं से सामना हो जाने का वहम हो जाता।

हमारे दल में रियाजुद्दीन को इसलिए रखा गया था क्योंकि वह उसी इलाके का लड़का था। क्रैकडाउन से पहले तक वह उसी विद्यालय के दसवीं कक्षा का छात्र था जहाँ पाक फ़ौजी डेरा डाले हुए थे। रियाजुद्दीन अपने फूफा के घर, जो कि फेरीगंज गाँव के बगलवाले गाँव में था, में हमें ठहरानेवाला था। वहाँ रहकर फेरीगंज विद्यालय में आसानी से ऑपरेशन किया जा सकता था।

मूर्ति कैम्प में प्रशिक्षण के दौरान एक बरसाती रात को तम्बू में लेटे-लेटे वह हमें अपने अतीत में खींचकर ले गया था। चार बहनों, दो-भाइयों और अपने अम्मी-अब्बू के साथ कितने सुनहरे दिन बिता रहा था वह ! घर में किसी चीज़ की कमी नहीं थी। गाछ भरा नारियल, गोला भरा धान, बोरोज भरा पान और मछलियों से भरे पोखर...।

बड़े भाई मज़हर का निकाह एक साल पहले ही हुआ था। और इसी बीच घर में एक छोटे मेहमान की किलकारियाँ गूँजने लगी थीं। अप्रैल महीने के अन्तिम सप्ताह का कोई मनहूस दिन था वह। मुँह अँधेरे ही उसके गाँव में पाक फ़ौजियों ने धावा बोल दिया था। नींद से बोझिल पलकों को खोलकर कुछ सोचने-समझने तथा निर्णय लेने से पहले ही दरवाज़ा तोड़कर घर में घुस गए थे वे जल्लाद लोग। उनकी गिद्ध-निगाहें रियाजुद्दीन की जवान बहनों तथा भाभी पर थीं। उनके अस्त्र घर के मर्दों पर बरसने ही वाले थे कि रियाजुद्दीन के स्कूल-शिक्षक अब्बू ने उनमें से किसी एक के पैरों पर गिरकर गिड़गिड़ाते हुए कहा था, 'रहम कीजिए। अल्लाह के नाम पर हम पर रहम कीजिए ! आपलोगों की तरह हम भी तो पाकिस्तानी हैं। हमने भी देश को आज़ाद करने में, देश के बँटवारे में अपना खून बहाया है। हम बंगाली हैं तो क्या हुआ ? आपलोगों की तरह हम भी सच्चे मुसलमान हैं। लाइलाहाइल्लिलाह...हम भी नमाज पढ़ते हैं। ज़कात निकालते हैं। रोजे रखते हैं। वो देखिए,

---

क्रॉलिंग करने में = रेंगने में। रेकि = टोह लेना।

वहाँ हमारा पवित्र कुरआन शरीफ रखा है। स्वयं मुसलमान होकर मुसलमानों पर इस कदर कहर न बरपाइए...' रियाजुद्दीन के अब्बू की गिड़गिड़ाहट खत्म होने से पहले ही फ़ौजी बूट वाली एक भरपूर लात उनकी जबान पर पड़ी थी और दूसरी पवित्र कुरआन शरीफ पर !

"साले मालाउन के बच्चो ! तुम सब मालाउन हो। तुम लोग कभी हमारी तरह सच्चे मुसलमान नहीं हो सकते, तुम सब इंडिया के दलाल हो...।"

...और प्रचंड अट्टहास के साथ होते ब्रश फायर में रियाजुद्दीन के अब्बू, भाईजान और मासूम भतीजा हमेशा-हमेशा के लिए शान्त हो गए थे। पीछे के दरवाज़े से रियाजुद्दीन और उसकी दो छोटी बहनों का हाथ पकड़कर बाहर निकल गई रियाजुद्दीन की अम्मी, पेड़-पौधों की आड़ लेकर पिछवाड़े के सड़े हुए डोबा (गड्ढानुमा पोखर) में बैठी-बैठी घर से आती गोलीबारी और अपनों के चीख़ने-चिल्लाने की आवाज़ें सुनते-सुनते बेहोश होकर रियाजुद्दीन की बाँहों से झूल गई थी। दोनों छोटी बहनें दहशत की खोल में घोंघा बनकर दुबक गई थीं।

उस रात खौफ़ ने रियाजुद्दीन को भी इस तरह से जकड़ रखा था कि वह उन वहशी दरिन्दों द्वारा नोची-खसोटी जाती अपनी बहनों तथा भाभी की चीख़ें सुनकर भी एक इंच हिल नहीं पाया था। जाते-जाते उन जल्लादों ने उसके घर में आग लगा दी थीं। उस रात की वह आग, जिसमें रियाजुद्दीन के प्रियजनों की लाशें भी जलकर राख हो गई थीं, उसके सीने में स्थायी रूप से आ बसी थी।

"मैं मुक्तियोद्धा बनूँगा। भारतीय प्रशिक्षण कैम्पों में जाकर गुरिल्ला प्रशिक्षण लूँगा। इन पश्चिमी पाकिस्तानी फ़ौजियों से गिन-गिनकर बदला लूँगा।" पूर्वी पाकिस्तान के लाखों बंगाली जवानों की तरह रियाजुद्दीन ने भी प्रतिज्ञा कर डाली थी। फिर अपनी अम्मी तथा दो छोटी बहनों को बॉर्डर पार कराकर भारत स्थित एक शरणार्थी शिविर के हवाले करने चला गया वह। शिविर की नारकीय स्थिति देख उन्हें छोड़कर आने की हिम्मत नहीं हो रही थी। लेकिन क्या करता वह ! मातृभूमि की दिशा से आती हवा का हर झोंका मानो उसे और उस जैसे नौजवानों को उनकी शपथ की याद दिलाते हुए कहता,

आय तोरा आय ओरे आर देरी नॉय
बिपॉन्नो जॉनोनी आज कान्दिछे बैथाय
(आओ तुमलोग आओ, और देर मत करो
विपद्ग्रस्त जननी आज दर्द से रो रही है)

रियाजुद्दीन ने प्रशिक्षण शिविर की ओर जाने में देर नहीं की थी। "इच्छा होती है कि धर्म का मुखौटा पहने पाक के उन जल्लादों की पूरी बिरादरी को पीसकर लुगदी बना लूँ और एक गेंद की तरह उछालकर पृथ्वी से बाहर फेंक दूँ।" रियाजुद्दीन अक्सर कहा करता था। उसकी आँखों के दहकते अंगारे और मुट्ठी में कैद प्रचंड क्रोध ने ही आज उसे एक दुर्धर्ष गुरिल्ला बना डाला था।

अपनी ही मातृभूमि में चोरों की तरह छिपते-छिपाते हम सात छायामूर्तियों ने जनहीन वीरान इलाके को पार करके एक ऐसे इलाके में कदम रखा, जहाँ से थोड़ी-थोड़ी दूर पर अँधेरे में पेड़-पौधों से घिरे काले-काले धब्बों जैसे घर-द्वार, गाँव-बस्ती नज़र आ रहे थे। सिर्फ़ नज़र ही नहीं आ रहे थे बलिक 'जेगे थाको ऽ ऽ ऽ' की चीत्कारों की सामूहिक ध्वनियाँ विभिन्न दिशाओं से टकराकर प्रतिध्वनित हो रही थीं। एक गाँव से आती आवाज़ के खत्म होने से

पहले ही दूसरे गाँव से आता प्रत्युत्तर सुनाई देता। दूसरे के रुकने से पहले ही तीसरे का। और इस तरह से यह सिलसिला चलता ही चला जा रहा था। हमें समझने में देर न लगी कि पाक फ़ौजी, रजाकार, अलबदर, डकैत जैसे विभिन्न दुश्मनों से अपने जान-माल की रक्षा करने की चेष्टा करते ग्रामवासी रात्रि-जागरण कर रहे हैं। ऐसे में अचानक हमें अपना दुश्मन समझकर वे हम पर हमला कर दें तो ? निश्चित रूप से उनकी संख्या हमसे काफी अधिक है। हमें बहुत सावधानी से काम लेना होगा। हम जिस सड़क पर चल रहे थे, वह सीधे एक गाँव में जा घुसती थी। हमारी मंजिल यहाँ से काफी दूर थी। हमें रातभर चलकर अधिक से अधिक दूरी तय करनी थी। इस गाँव में घुसकर हम समय बर्बाद नहीं करना चाहते थे इसलिए रेकि और क्रॉलिंग करते हुए हम गाँव में दाखिल न होकर पानी में डूबे आमन-धान के खेतों में उतर पड़े। पेड़-पौधों की ओट ले-लेकर अत्यन्त सावधानी से चलते हुए भी छप-छप की आवाज़ पर काबू पाना मुश्किल होने लगा। कीचड़ सनी सड़कों पर चलने के लिए हमें नंगे-पाँव ही आना पड़ा था। अब जब धान के खेतों से चलने लगा तो हर कदम के साथ खेत की चिकनी मिट्टी में अन्दर तक धँसे पाँवों को खींच-खींचकर बाहर निकालना अत्यन्त ही परिश्रम का काम लगने लगा। इससे काफी समय की बर्बादी भी हो रही थी। रात-भर में हमें कई गाँव तो पार कर जाने ही थे। चूँकि हर तरह की परिस्थिति का सामना करने का प्रशिक्षण हमें गुरिल्ला-प्रशिक्षण के दौरान मिल चुका था; इसलिए अपने-अपने हथियारों के साथ हम—'जेगे थाको ऽ ऽ ऽ' की रट सुनते-सुनते एक के बाद एक गाँव को पार करते हुए आगे बढ़ने लगे। बादलों से ढका आकाश और पेड़-पौधों का प्राचुर्य छिपकर चलने में हमारी मदद कर रहे थे। चलते-चलते जब कभी चाँद शरारत से बादलों के बाहर निकल आता तो हम गुरिल्ले आँखें तरेरकर उसे देखते और एक मासूम बच्चे की तरह डरकर वह वापस बादलों के पीछे जा छिपता।

तो क्या गुरिल्ला योद्धा बनने के बाद हमसे डरनेवाला, हमसे आंतकित होनेवाला पहला शख़्स यह चाँद ही है जिसे दिखा-दिखाकर बचपन में माँ लोरी गाती हुई हमें सुलाया करती थीं ? कहाँ होगी मेरी माँ इस वक़्त ? और मेरी चाँद-सी मासूम बहन ? कहीं उस पर भी बर्बर पाक फ़ौजियों ने कोई दाग तो नहीं लगा दिया ? न जाने किस परिस्थिति में होंगे वे लोग ? ज़िन्दा भी हैं या नहीं कौन जानता है ? जीवन भी एक बहुरुपिए की तरह घड़ी-घड़ी कैसे रंग बदलता है। मैं मानता हूँ कि आकार और निराकार का मिश्रण ही जीवन है। मैं मानता हूँ कि हमारी भावनाएँ अमूर्त होती हैं। उनका कोई आकार नहीं होता। लेकिन उन भावनाओं की अभिव्यक्ति तो साकार हो ही सकती है। आज घृणा, आक्रोश, प्रतिशोध जैसी निराकार भावनाओं के वशीभूत होकर ही तो हम इस रणभूमि में अवतरित हुए हैं। यह हमारी भावनाओं की साकार अभिव्यक्ति ही तो है। कहाँ मैं आज इस समय शॉप्ना से ब्याह रचाकर अपनी माँ, बहन, भाइयों के साथ सुखी गृहस्थ जीवन बीता रहा होता और कहाँ अब इस अनिश्चितता के भँवर-जाल में फँसकर मारा-मारा फिर रहा हूँ। एक अनिश्चित भविष्य की ओर बढ़ा जा रहा हूँ। पता नहीं, हम अपने सीमित साधनों से शक्तिशाली शत्रुओं को मात दे पाएँगे भी या नहीं। पता नहीं, हमारे सपने पूरे भी होंगे या नहीं। पता नहीं, कब, कहाँ शत्रु के अस्त्र की एक गोली आकर हमें साकार से निराकार बना डालेगी। पता नहीं..." चलते-चलते मन में तरह-तरह की शंकाएँ उठ रही थीं। आत्मविश्वास डगमगा रहा था।

रेडियम लगी कलाई घड़ी में जिस वक़्त सुबह के साढ़े तीन बजे, उस वक़्त हमने एक

गाँव में आश्रय लेने का निर्णय लिया। दिन के उजाले में अस्त्र-शस्त्रों के साथ राह चलना खतरे से ख़ाली नहीं था। और फिर लम्बी अवधि से कष्टप्रद गुरिल्ला प्रशिक्षण लेते-लेते धूप, जल में पके हमारे शरीर तथा चेहरे से जो कठोरता झलकने लगी थी उससे किसी को हमारा परिचय जानने में शायद ही देर लगती।

संतर्पण से रेकि करते हुए एक घने काशवन से गुज़रकर हम गाँव की चौहद्दी में जा घुसे। 'जेगे थाको ऽ ऽ ऽ' की आवाज़ अभी तक थमी नहीं थी। उस आवाज़ का पीछा करते, हम पोज़िशन लेते हुए आगे बढ़ने लगे। स्टेनगन लेकर सबसे आगे मैं, मेरे पीछे करीब तीन-चार हाथ की दूरी पर दाएँ-बाएँ मोहसिन और बबलू; उनके पीछे हैदर और रियाजुद्दीन। और सबसे अन्त में राइफल लेकर आलम और अब्दुल।

गाँव के कच्चे-पक्के मकानों की दीवारों और पेड़-पौधों की ओट लेते हुए निःशब्द चलते हुए थोड़ी ही देर में हम अचानक गाँव के प्रहरी दल के सामने जा अवतरित हुए। उद्यत अस्त्रों के साथ हमें इस तरह से भूत की तरह प्रकट होता देखकर वे स्तब्ध रह गए। हमारी गुरिल्ला तत्परता के आगे उनकी सारी सावधानी बेकार हो गई।

हिलना-डुलना बन्द करके अँधेरे में ही आँखें फाड़-फाड़कर वे माजरा समझने की कोशिश करने लगे। उन्हें उस मुद्रा में देख मैं बोला "आपलोग डरें नहीं। हम आपके दोस्त हैं। मुक्तिवाहिनी के योद्धा हैं हम।"

"मुक्तिवाहिनी ? आपलोग मुक्तिवाहिनी हैं ?" वहाँ उपस्थित ग्रामवासी प्रायः एक ही साथ चीख़ पड़े। "हाँ। और अब आपलोग अपने-अपने अस्त्र फेंककर हमारी बातें सुनें।" मैंने आवाज़ में नर्मी लाते हुए कहा।

तुरन्त अपने-अपने हाथों का अस्त्र नीचे रखकर अत्यन्त हर्ष और उल्लास के साथ वे लोग हमारी तरफ़ लपके और आत्मीयता से हमें गले लगाकर लगभग रो पड़े। पन्द्रह-बीस लोगों के उस दल में कमउम्र लड़कों से लेकर बुजुर्ग तक थे। एक बुजुर्ग हमारे सिर पर, पीठ पर हाथ फेरते हुए आश्वस्त भाव से कहे जा रहे थे, "कितने दिनों से आपलोगों का इन्तज़ार कर रहे थे हम ! आखिर अल्लाह ने हमारी सुन ही लीं। मुक्तिवाहिनी को भेज दिया हमारी रक्षा के लिए। अब हमें कोई डर नहीं। आप लोगों के रहते कोई हमारा बाल भी बाँका नहीं कर सकेगा। अब हम निश्चिन्त होकर सो सकेंगे।"

कुछ जवान लड़के उन्हें हमारे दल में शामिल कर लेने का अनुरोध कर रहे थे, "ए भाई ! हमें मुक्तिवाहिनी में शामिल कर लीजिए न !" "हमें भी युद्ध की ट्रेनिंग दीजिए न !"

उन्हें शान्त करके हमने जब बताया कि हम इस वक़्त कहीं और जा रहे हैं, यहाँ अधिक देर तक नहीं रुक सकते, तो वे निराश हो गए। फिर भी उन्होंने हमारे आतिथ्य में कमी नहीं की। हमें पास के एक घर में ले जाया गया। अँधेरे में बड़े-बड़े पेड़ों से घिरे उस घर में जाते समय एक बार मन में शंका जगी कहीं ये पाकिस्तानी दलाल तो नहीं ? लेकिन फिर अगले ही पल उन लोगों की आत्मीयता ने हमें इस बात पर यकीन करने पर मजबूर कर दिया कि ये भले लोग हमारे दुश्मन नहीं हो सकते।

घर के सामने एक बड़ा-सा आँगन था। आँगन पार करवाकर हमें मिट्टी के ऊँचे बरामदे में ले जाया गया। वहाँ बिछी चौकी पर आसन बिछाकर ससम्मान हमें बिठाया गया। फिर हाथ मुँह धोने के लिए बधना भरकर पानी मिला, पोंछने के लिए गमछा मिला। लेकिन हमारी देह कीचड़ से इस कदर सनी हुई थी कि हमें पिछवाड़े के तालाब में जाकर हाथ-पाँव धोना

पड़ा। हमारे जाते ही उस घर के बड़े तो बड़े, बच्चे तक जाग गए थे और हमें घेरकर कौतूहल प्रकट कर रहे थे। उस घर के लोगों ने हमारी खातिरदारी में कोई कमी नहीं की। चाय-पानी, चूड़ा-भुजिया तथा नारियल के लड्डुओं से हमारा स्वागत किया। रातभर चलते रहने के कारण थकान से हमारी हालत खस्ता हो गई थी इसलिए हमारे सोने की व्यवस्था कर दी गई थी। तय हुआ कि हमारे दल के दो-दो गुरिल्ले पारी-पारी से बाहर सेन्ट्री ड्यूटी देंगे और तबतक हम सभी थोड़ी-थोड़ी देर की नींद ले लेंगे जबतक कि गाँववाले हमारे लिए कोई छोईवाली नाव की व्यवस्था न कर दें। दिन में पैदल चलना बिलकुल ही निरापद नहीं। सिर्फ़ नाव की छोई के अन्दर छिपकर ही जाया जा सकता है।

दिन के करीब बारह बजे हमारे मेज़बान ने आकर हमें जागाया और बताया कि उन्होंने एक नाव का जुगाड़ कर लिया है। दो विश्वासी माँझी अपनी नाव में हमलोगों को ले जाने के लिए राजी हो गए हैं। फिर उन्होंने हाथ जोड़कर कहा, रवाना होने से पहले आपलोग नहा-धो कर मछली-भात खा लीजिए। उनके आग्रह पर हमने पोखर में डुबकी लगाई और भरपेट भोजन करके हम नाव पर सवार हो गए। जाते-जाते गाँववालों को यह आश्वासन दिया कि हम जल्द ही आकर उनलोगों की रक्षा का कोई उपाय करेंगे।

एक नहर से होती हुई हमारी नाव जल्द ही नदी तक जा पहुँची। हम नाव की छोई के अन्दर बैठे थे। बाहर नाव की गोलुई पर बैठे दोनों माँझी जी-जान से नाव खे रहे थे। "क्या नाम है मियाँ आपलोगों का ?" आलम ने माँझियों से दोस्ताना लहजे में पूछा।

"आज्ञे (जी) मैं मकबूल और वह मेरा दोस्त अकरम।" उसने अत्यन्त विनयपूर्वक कहा।

"आपलोग हम मुक्तियोद्धाओं को लेकर नाव खे रहे हैं। अगर पाक फ़ौजियों को इसकी भनक भी लग जाए तो सबसे पहले वे आपलोगों को खत्म कर देंगे, यह जानते हुए भी आपलोग हमें ले जाने के लिए तैयार हो गए, आश्चर्य है !"

"आश्चर्य किस बात की कॉत्ता ! आपलोग हमारे लिए अपनी जान जोखिम में डालकर युद्ध करने जा रहे हैं और हम आपलोगों के लिए इतना भी नहीं कर सकते ?" मकबूल मियाँ डाँड़ चलाते-चलाते बोला।

"अच्छा मकबूल मियाँ, इस नदी में पाक फ़ौजियों के गनबोट नज़र आते हैं क्या ?" इस बार मैंने मकबूल से सवाल किया।

"हाँ कॉत्ता ! अक्सर नज़र आते हैं।" उसने कहा। "लेकिन डरने की कोई बात नहीं। मैं आपलोगों को नदी के किनारे-किनारे लेता हुआ चलूँगा। आपलोग छोई के बाहर बिलकुल मत निकलिएगा, गनबोट दिखते ही मैं इशारा कर दूँगा। आपलोग छोई के अन्दर कदमकाठ के पटरों को हटाकर उसके नीचे घुस जाइएगा। फिर भी यदि वे आपलोगों को ढूँढ़ ही निकालें तो उनका सामना कीजिएगा।"

"ठीक है। तुम चलाओ। जो होगा देखा जाएगा।" रियाजुद्दीन की आवाज़ में बेफ़िक्री थी। "आपलोगों को दिन में नहीं रात को निकलना चाहिए था। अँधेरे में खतरा कम रहता।" यह अकरम मियाँ की नसीहत थी। "दरअसल हमें दूर जाना है। इस तरह से बैठे-बैठे वक़्त बरबाद करना उचित नहीं लगा। छोई के अन्दर छिपे रहेंगे तो कौन देखेगा हमें ? कितनी ही नावें तो चलती रहती हैं दिन-भर !" बबलू ने वजह बताई।

"हमारे पास से होकर नाव, डिंगी, भैला लेकर लोग आ-जा रहे थे। आकाश में काले-काले बादल उमड़-घुमड़ रहे थे। एक सहमी-सहमी सी अनुभूति हर आने-जानेवाले के

चेहरे से व्यक्त हो रही थी। हवा भी सहम-सहम कर बह रही थी। "पहले जैसे दिन होते तो आपलोगों को एक मीठा-सा भाटियाली गीत सुनाता। लेकिन अब तो गाने की कोशिश करने पर गले से सिर्फ़ चीख़ या रुलाई ही निकलती है, गीत नहीं। हर वक़्त डर-डर कर जीनेवाले इंसान के जीवन में गीत-संगीत रहेगा भी कैसे !" छलात्-छलात् डाँड़ चलाते मकबूल मियाँ खेद भरे स्वर में बोला। बादलों ने तुरन्त गरजकर उसकी बातों का समर्थन किया और शान्त हवा रौद्र हो उठी। छू-छूकर उसने पानी में खलबली मचा दी और फिर देखते ही देखते बारिश शुरू हो गई। मकबूल मियाँ और अकरम बाहर भीगने लगे। हम छोई के अन्दर थे। सावधानी के लिए छोई को पीछे की ओर से भी चीरे हुए कच्चे बाँस की जाली से ढक दिया गया था। सिर्फ़ सामने की ओर से दोनों पल्ले खुले हुए थे।

"सामने के दोनों पल्लों को भिड़ा लीजिए कॉत्ता ! नहीं तो पानी के छींटों से भीग जाइएगा।" मकबूल मियाँ को ऐसा कहते सुन मुझे शर्मिन्दगी महसूस हुई। बेचारा खुद तो बुरी तरह भीग रहा है और हमें पानी के मामूली छींटों से भी बचाना चाहता है।

झट से छोई के बाहर निकलते हुए मैंने कहा, "अब तुम दोनों छोई के अन्दर आ जाओ। हम नाव खेते हैं।"

सिर हिलाकर, दाँत से जीभ काटकर मकबूल मियाँ ने मेरी बात का तीव्र प्रतिवाद किया, "अरे नहीं, नहीं। गलती से भी ऐसा मत कीजिएगा। वे लोग आप मुक्तियोद्धाओं को दूर से देखकर ही पहचान जाएँगे। उनके पास दूरबीन होते हैं न।"

मजबूरन मुझे छोई में वापस लौटना पड़ा। मूसलाधार बारिश में हमारी नाव गाँव-घर पेड़-पौधों को पार करते हुए आगे बढ़ने लगी। बाँस के खुले पल्ले से पानी के छींटे आकर हमारे चेहरों को भिगो रहे थे। झपकती आँखों से हम बाहर का नज़ारा देखने लगे। पानी में नहाता चराचर अद्‌भुत दिख रहा था। अचानक एक घर को दिखाकर आलम बोल उठा, "देखो केष्टो ! उस घर को देखो ! दीवारों से मिट्टी पिघल-पिघलकर गिर जाने के बाद वह ऐसा दिख रहा है जैसा विसर्जन के बाद मिट्टी की प्रतिमा दिखती है।"

"हाँ, लगता है उस घर में अब कोई नहीं रहता। और रहता भी होगा तो भग्न हृदय से। ठीक हमारे इस देश की तरह हाल हुआ है इस घर का। है न ?" मैंने उसकी बात का समर्थन करते हुए कहा।

पानी बरसता जा रहा था। हमारे दोनों माँझी असीम धैर्य से नाव खेते जा रहे थे। थोड़ी देर बाद पानी की धार में दूर की सारी चीज़ें अस्पष्ट हो उठीं। धुएँ की तरह एक परत हमारी आँखों के सामने आ खड़ी हुई। रात को हमारी नाव एक घाट पर जाकर लगी। बारिश रुक चुकी थी। बैठे-बैठे हमारी कमर और पाँव जकड़ चुके थे। फिर कमर सीधी करने में कष्ट होने लगा। किसी तरह से हम घाट पर उतरे। नाव में खाना पकाने की व्यवस्था थी। केरोसिन तेल का चूल्हा था। कुछ बरतन थे। आते समय हमारे मेज़बान ने चावल, दाल, अंडे, और कुछ कच्ची सब्जियाँ नाव में रख दी थीं। एक बड़ी-सी मिट्टी की कलसी में पीने का पानी भी रख दिया था। थोड़ी देर तक चल-फिरकर हाथ-पाँव की जकड़न को दूर कर लेने के बाद हमने भोजन पकाया। खा-पीकर फिर से यात्रा पर निकल पड़े। इस समय माँझियों के मना करने के बावजूद मोहसिन और मैंने डाँड़ सँभाल ली। अब्दुल और बबलू सेंट्री ड्यूटी पर लग गए और बाकी के लोग छोई के अन्दर सोने चले गए। रात-भर पारी-पारी से ड्यूटी बदलते रहे। चूँकि हमारी नाव अब खाल पर नहीं बल्कि नदी पर चल रही थी इसलिए नदी

पर पहरा देते पाक फ़ौजियों के गनबोट से सामना होने का खतरा बढ़ गया था। सोते समय भी हमने स्टेनगन, राइफल आदि को बगल में तैयार रखा। पटरे की तंग-सी जगह पर नींद में भी सावधानी से करवट बदलते रहे ताकि अनजाने में अस्त्रों के गलत स्थान पर दबाव पड़ जाने से कोई हादसा न हो जाए।

सुबह नाव को नदी से सटी एक बिल में ले जाया गया। एक सुनसान घाट के पास जूट के खेत की ओट में नाव को लगाकर हमने हाथ-मुँह धोया। अकरम मियाँ को कुछ पैसे देकर पास के गाँव से नाश्ते के लिए कुछ खरीद लाने को भेज दिया हमने। कुछ देर बाद वह ख़ाली हाथ दौड़ता हुआ आया और हाँफते-हाँफते बोला, "यहाँ और देर करना उचित नहीं कॉत्ता। हमें जल्द से जल्द इस इलाके से दूर चले जाना होगा।"

"क्यों क्या हुआ ?" उसके चेहरे पर आंतक की छाया देख हम सब प्रायः एक साथ पूछ बैठे।

"बाज़ार में आठ-दस खान सिपाही घूम रहे हैं। मनसातला गाँव की शान्ति कॅमिटी के चेयरमैन के साथ।"

"उस गाँव के कॅमिटी का चेयरमैन कहीं फतेहरूज्जमान चाचा तो नहीं? रियाजुद्दीन ने पूछा। शायद वह उन्हें जानता था।

"हाँ वही मुस्लिम लीगी। साला दुश्मनों से मिलकर अपने ही लोगों का सर्वनाश कर रहा है।" अकरम मियाँ ने झटपट पेड़ से बँधी नाव की रस्सी को खोलते हुए कहा।

"सुना है, कई हिन्दुओं और अवामी लीग के समर्थकों को पकड़वाया है इसने।" मकबूल मियाँ डाँड़ सँभालते हुए बोला।

"फतेह जैसे लोग ही हमारे देश को खोखला किए जा रहे हैं। वह भी चन्द रुपयों और राजकीय कृपादृष्टि के लोभ में। हमें इन्हीं लोगों को सबसे पहले खत्म करना होगा।" नाव पर चढ़ते-चढ़ते बबलू बड़बड़ाया, "घर के दुश्मनों को खत्म किए बिना बाहरी दुश्मनों पर काबू पाना बहुत मुश्किल है।"

"तो हमारा अगला टार्गेट यही फतेहरूज्जमान है ?" अब्दुल छोई के अन्दर घुसते हुए पूछा।

"वैसा ही समझो।" मैंने कहा।

"पहले हम मेजर अख़्तर का दिया काम तो पूरा कर लें।" रियाजुद्दीन व्यावहारिक होता हुआ बोला।

"वह तो कर ही लेंगे मगर पहले यह तो बताओ कि हमारी मंज़िल और कितनी दूर है ?"

"बस अब और ज़्यादा दूर नहीं। कल आधी रात तक पहुँच जाएँगे हम।" रियाजुद्दीन के जवाब देने से पहले ही अकरम मियाँ बोल उठा।

एक लम्बी यात्रा के बाद आधी रात को तो नहीं लेकिन अलस्सुबह फेरीगंज गाँव से सटे शापगाछतला गाँव जा पहुँचे हम। यही वह गाँव था जहाँ रहकर हमें फेरीगंज हाईस्कूल में कैम्प कर रहे पाक फ़ौजियों पर हमला बोलना था। रियाजुद्दीन के इशारे पर हमारी नाव एक घर के पोखर-घाट पर जा लगी। पूरी तरह से उजाला नहीं हुआ था। पोखर के चारों ओर के पेड़-पौधे के बीच में कहीं-कहीं अँधेरा दुबका हुआ था। हमें उतारकर मकबूल और अकरम मियाँ नाव लेकर वापस चले गए। उस घाट से सटे घर के आँगन के किनारे खड़े

बिल = खेतों में फैला पानी

होकर एक दाढ़ीवाले अधेड़ व्यक्ति हुक्का का बासी पानी जमीन पर उड़ेल रहे थे। बेतरतीब बाल और मुचड़ी हुई हरे चेक की लुंगी यह बता रही थी कि अभी-अभी उन्होंने शय्या त्यागी है।

"अस्सेलाम आलेकुम फूफाजान !" कहकर रियाजुद्दीन ने उनका ध्यान अपनी ओर खींचा। हमने भी नाव से उतरते-उतरते उनका अभिवादन किया। कुछ क्षण तक वे अवाक् दृष्टि से हमें देखते रहे, फिर सब कुछ समझकर बड़ी गर्मजोशी से हमारा स्वागत किया उन्होंने। रियाजुद्दीन के घरवालों के लिए शोक प्रकट किया और हमें ले जाकर बाहरवाले कचहरी-घर में ठहराया। बाँस की जालीदार दीवारोंवाले उस कमरे में एक चौकी, एक टेबुल और एक बेंच रखी हुई थी। बेंच और चौकी पर अपने-अपने अस्त्रों के साथ जा बैठे हम। टेबुल पर करीने से ढेर सारी किताबें रखी हुई थीं। देखकर लगता था सभी कोर्स की किताबें हैं।

"अमीरूल और नसरूल कहीं दिख नहीं रहे हैं फूफाजान ? कहाँ हैं वे दोनों ?" रियाजुद्दीन ने इधर-उधर ताकते हुए कहा। शायद किताबों को देखकर उसे उनकी याद आ गई थी।

"वे दोनों भारत गए हैं। गुरिल्ला युद्ध का प्रशिक्षण लेने।" फूफाजान ने कहा।

"किस कैम्प में ?"

"अब ये तो नहीं मालूम बेटा। बड़ी मुश्किल से भागे हैं, वे दोनों यहाँ से।"

"क्यों ?"

"क्योंकि उन दोनों को रजाकार वाहिनी में शामिल करने के लिए बगल के गाँव के सलीम मियाँ ने बड़ा जोर लगाया था। घर से उठाकर ले जाने के लिए खुद आया था—अपने दल-बल के साथ।"

"ये सलीम मियाँ कौन है ?" मैंने पूछा।

"शान्ति कॅमिटी का चेयरमैन है। मेरे बचपन का दोस्त भी है वह। वैसे तो उसी के कारण अब तक हम पर, हमारे गाँव पर कोई आँच नहीं आई है लेकिन मेरे दोनों बेटों के कारण वह मुझसे खार खाए बैठा है।"

"क्या वे जानते हैं कि आपके बेटे प्रशिक्षण लेने भारत गए हैं ?"

"पता नहीं। मैंने तो कहा है, दिनाजपुर में अपने मामू के पास चले गए हैं। लेकिन उसे शक तो हो ही गया है।" "इन दिनों मुक्तियुद्ध में शामिल होने की जो हवा चली है, उसमें भला कौन जवान लड़का घर पर बैठा रह सकता है ?" आलम ने जोड़ा।

"सही कहा तुमने। ठीक ऐसा ही देशभक्ति का ज्वार मैंने वर्षों पहले स्वाधीनता संग्राम के दिनों में देखा था। उस वक़्त देशवासी अंग्रेजों के खिलाफ लड़ रहे थे। लेकिन शायद अंग्रेजों के प्रति भी हमारे मन में उतनी घृणा नहीं थी जितनी आज इन पाक शासकों के प्रति है।" फूफाजान भावनाओं में बहते हुए बोले।

हम बातें किए जा रहे थे और कमरे के दरवाज़े पर घर के बच्चों ने भीड़ लगा रखी थी। कमरे के बाँस की जालीदार दीवारों के पीछे खड़ी घर की औरतों की उपस्थिति का आभास मिल रहा था। मोहसिन और बबलू दरवाज़े के बाहर चौकन्ना होकर सेन्ट्री ड्यूटी कर रहे थे। थोड़ी देर बाद "रिया ऽ ऽ ऽज़ ओ रिया ऽ ऽ ऽ ज़ एक बार अन्दर आ बाबा !" कहतीं एक व्याकुल महिला का कंठस्वर सुनाई पड़ा।

"तुम्हारी फूफीजान तुम्हें अन्दर बुला रही है।" फूफाजान ने रियाजुद्दीन को इशारा किया।

"अभी आता हूँ"—कहकर रियाजुद्दीन अन्दर चला गया। अपने चचेरे भाईजान के बेटे को कलेजे से लगाकर अपने भाई को खोने के दुख को लाघव करती उस औरत के करुण विलाप का स्वर बाँस की जालियों से छन-छन कर कमरे में आता रहा।

रियाजुद्दीन जब कमरे में लौटा तो उसकी आँखें सूजी हुई थीं। अपनी फूफीजान को रोता देख वह अपने आँसू नहीं रोक पाया था शायद। कमरे में चुप्पी छाई हुई थी। कुछ देर बाद अन्दर की ओर खुलनेवाली बाँस की खिड़की में काँसे की बड़ी-बड़ी थालियाँ नज़र आईं। चूड़ियोंवाली कई कलाइयाँ उन्हें थामे हुए थीं। फूफाजान और रियाजुद्दीन ने उन हाथों से नाश्ते की थालियाँ ले-लेकर हमें थमाई। नाश्ता करते-करते हम फूफाजान से अपने काम की बातें करने लगे। इस वक़्त हमारा सबसे बड़ा काम था किसी विश्वासी इन्फॉरमर को फेरीगंज हाईस्कूल भेजकर यह पता लगाना कि वाकई पाक फ़ौजी उस स्कूल में कैम्प कर रहे हैं या नहीं। यदि कैम्प कर रहे हैं तो उनकी संख्या कितनी है, उन्होंने अपनी सुरक्षा का क्या इन्तजाम कर रखा है, वगैरह-वगैरह।

फेरीगंज हाईस्कूल वहाँ से करीब दो-ढाई मील दूर था। हम आज रात को कार्रवाई करना चाहते थे क्योंकि ज़्यादा समय तक वहाँ रुकना खतरे से ख़ाली नहीं था।

हमारी बातों को गौर से सुनकर हमारे लिए इन्फार्मर की व्यवस्था कर देने की प्रतिश्रुति देकर फूफाजान निकल गए।

"अच्छा, इस गाँव में कोई रजाकार या अन्य पाकिस्तानी दलाल तो नहीं रहता ?" बाहर निकलते फूफाजान की पीठ पर अपनी दृष्टि को टिकाए हुए अब्दुल ने अपनी शंका जताई।
"रहता तो फूफाजान हमें ज़रूर सावधान कर देते।" बबलू शायद इसी बीच फूफाजान पर विश्वास कर बैठा था।

थोड़ी देर बाद ही फूफाजान एक ग्यारह-बारह वर्षीय बालक को लेकर हमारे पास आए और बोले, "लो, ले आया हूँ मैं तुम लोगों के लिए इन्फॉर्मर।"

उस बालक को देख मुझे हँसी आ गई। बोला, "आपको कोई और नहीं मिला ? फूफाजान ?"

"क्यों, मुझमें क्या बुराई है भाईजान ?" स्टेनगन, राइफलधारी हम मुक्तियोद्धाओं से बिना डरे दुबला-पतला, पैबन्द लगे हाफ पैन्ट पहने फटेहाल-सा दिखनेवाला यह किशोर बोल उठा।

"तू खान सिपाहियों की ख़बर दे सकेगा हमें ?"

"आप लोग हमारे देश के लिए लड़ रहे है। और मैं, आप लोगों के लिए इतना भी नहीं कर सकूँगा ? अरे ये तो कुछ भी नहीं, मैं तो आप लोगों के साथ उन खान सिपाहियों से युद्ध भी करने जाऊँगा।" कंधे पर रखे अपने चीकट गमछे से गले के पसीने पोंछते हुए वह किशोर बोला। उसके मुँह से यह सब सुनकर हम अवाक् रह गए। एक पतली खाल से आवृत्त गिनी जा सकनेवाली पसलियोंवाले उसके नंगे सीने में जो साहस भरा था, वह उस लड़के की आवाज़ से प्रतिध्वनित हो रहा था।

"क्या नाम है तुम्हारा ?" आलम पूछ बैठा।

"आँदू। आँदू मियाँ।" उसने कहा।

"रहते कहाँ हो ?"

काँशोरपुर गाँव में। इस गाँव से ज़्यादा दूर नहीं है। वो उधर पूरब की ओर जो टीला नज़र आ रहा है न, उसी में है हमारा गाँव। मुझको एक बन्दूक दीजिएगा ? मैं 'ठास-ठास, ट्रा-ट्रा-ट्रा-ट्रा-' करके सारे खान सिपाहियों को मार डालूँगा।" उसने ललचाई दृष्टि से हमारे अस्त्रों को देखते हुए कहा।

"उनको मारने से पहले वे ही तुझे मार डालेंगे रे। फिर तेरी अम्मी-अब्बू जीवन-भर तेरे लिए रोते रहेंगे।" मोहसिन ने चुटकी ली।

"मेरे अब्बू कैसे रोएँगे ? महीने भर पहले ही तो वे अल्लाह को प्यारे हो गए हैं। कटहल बेचने बूड़िगाँव गए थे। वहाँ से लौटते वक़्त धल्ला के किनारे एक खान सिपाही ने उन्हें गोली मार दी। उनकी मौत के बाद रो-धोकर मेरी अम्मी बोली, तू यहाँ से भाग जा आँदू। यहाँ रहेगा तो एक दिन गोली खाकर अपने अब्बू की तरह तू भी मर जाएगा। मरना ही है तो युद्ध करके मर। अपने देश के लिए मर।" अम्मी की बात को गाँठ बाँधकर उसी दिन से मैं मुक्तिवाहिनी को ढूँढ़ता फिर रहा था। दो दिन पहले एम.एन.ए. साहब के पास गया था। उनसे कहा, चाचा मियाँ मुझे भर्ती कर लीजिए आप लोगों की मुक्तिवाहिनी में।"

"तो क्या चाचा ने तुझे भर्ती कर लिया ?" अब्दुल ने जानना चाहा।

"भर्ती कर लेते तो फिर आपलोगों के पास आता ही क्यों ? आगे सुनिए न—चाचा मेरी तरफ़ देर तक देखते रहे। फिर मेरे सिर पर हाथ फेरते हुए बोले, अभी तू घर जा। समय होने पर मैं तुझे खुद ही बुला लूँगा। मैं उनके पाँव पड़ा, हाथ जोड़े, लेकिन उन्होंने मुझे वापस घर भेज दिया" कहकर आँदू ने फूफाजान की ओर इशारा किया, इनसे पूछिए। इन्हें सब पता है। मैं झूठ नहीं बोल रहा। अल्लाह कसम ! आपलोग मुझे घर मत भेजिए। ईंशाअल्लाह ! मैं आपलोगों का हर काम कर दिया करूँगा।" आँदू मियाँ हमारे सामने गिड़गिड़ाने लगा। इतने छोटे से बालक के मुँह से इस तरह की बातें सुनकर हम आश्चर्यचकित रह गए। परिस्थितियों ने इस छोटी-सी उम्र में उसे कितना हिम्मती, कितना परिपक्व बना डाला था।

हमें उससे अच्छा इन्फॉर्मर भला और कौन मिल सकता था ! आवश्यक बातें समझाकर हमने आँदू मियाँ को ही फेरीगंज हाईस्कूल के लिए रवाना कर दिया। कहा, "यदि इस बार होशियारी से काम करके दिखाएगा तो अपने साथ तुझे ले चलेंगे दूसरे मोर्चे पर।"

आँदू मियाँ इस तरह से खुश होकर अपने काम पर गया मानो हमने यह काम देकर उसे कृतार्थ कर दिया हो।

आँदू मियाँ के जाने के बाद हम फूफाजान से आस-पास की ताजा स्थिति के बारे में जानकारी हासिल करने लगे। लम्बी साँस छोड़ते हुए फूफाजान बोले, "जो अत्याचार चल रहा है बेटा, गाँव के गाँव ख़ाली होते जा रहे हैं। कोई-कोई हिम्मत करके वापस आता है, फिर भाग जाता है या मार दिया जाता है। फिर भी देखो न, हमारी तरह कितने ही लोग हैं जो अभी तक अपने घर को, गाँव को, देश को दाँतों से पकड़कर यहीं पड़े हैं, यह जानकर भी कि किसी भी दिन हम मौत के घाट उतारे जा सकते हैं। पता नहीं, हमारे भाग्य में क्या लिखा है।"

"ठीक कहा आपने फूफाजान। अनिश्चित और भयानक भविष्य के साये में जी रहे हैं हम।" हमारे बीच से किसी ने उनकी हाँ में हाँ मिलाया।

"देखते ही देखते सबकुछ बदल गया।" फूफाजान सुबक उठे, "ये साला सलीम

मियाँ—मेरा लंगोटिया यार, पहले कितना सीधा-सादा, भोला-भाला था। बचपन में मेरे साथ नंगा घूमता था। हम घंटों साथ-साथ पानी में हुड़दंग करते थे। वही साला पाकिस्तानी दलाल बनकर रातों-रात बड़ा आदमी बन बैठा है। मुस्लिम लीग का सदस्य बनने के बाद से ही उसकी मति-गति बदलने लगी थी। शान्ति कॅमिटी का चेयरमैन बनकर तो पूरा राक्षस बन गया है—राक्षस। गरीब-प्रताड़ित लोगों को लालच दे-देकर रजाकार बना रहा है ताकि आसपास के इलाके में उपद्रव मचाकर लूट-पाट करवा सके।" फूफाजान के चेहरे पर सलीम मियाँ के प्रति नफरत के भाव उभर आए थे। वे बता रहे थे, "फेरीगंज हाईस्कूल में पाक फ़ौजियों ने जिन लोगों की हत्या की है उन्हें सलीम मियाँ की निशानदेही पर ही पकड़ा गया था। आसपास के गाँवों के ही लोग थे वे। महीने भर पहले एक दिन इन्द्रजीत बनर्जी से भेट हुई। बीवी-बच्चों के साथ बक्सा-पिटारा लेकर भारत जा रहा था वह। गमछे से आँसू पोंछते-पोंछते बताया, 'सलीम मियाँ ने अपने कारिन्दों से हमलोगों को जबरन गोमांस खिलाकर हमारा धर्मभ्रष्ट कर दिया है। सिर्फ़ हमें ही नहीं, हिन्दू पाड़ा के अन्य पाँच घर ब्राह्मणों को भी बन्दूक की नोंक पर गोमांस खिलाकर मुसलमान बना दिया है। मेरी ब्राह्मणी तो उस दिन से उल्टी कर-करके अधमरी हो गई है। इसीलिए मौका मिलते ही हम लोग भारत के लिए निकल पड़े हैं। इस नरकपुरी में और एक दिन भी रहना सम्भव नहीं।" फूफाजान की आँखों में अब आतंक की छाया उतर आई थी। बोले, "तुम लोगों को यहाँ ठहराया ज़रूर है लेकिन सीने में धुक-पुक-धुक-पुक हो रहा है। पता नहीं कब उस दरिन्दे को तुमलोगों के आने की ख़बर मिल जाए।"

चौकी पर बैठे-बैठे फूफाजान से बातें करते-करते हमें झपकी आने लगी। रात-भर ठीक से सोया नहीं था। लम्बी यात्रा के कारण हम इतने थक गए थे कि सीधे बैठा तक नहीं जाया जा रहा था। रात मोर्चे पर भी जाना था। एक पूरी नींद लिए बगैर चारा नहीं था। फूफाजान ने हमारे मन की बात भाँपकर हमारे सोने की व्यवस्था कर दी। चटाई, कथरी तथा कुछ तकिए लाकर जमीन और चौकी पर हमारे लिए बिस्तर लगवा दिया और स्वयं बाहर जाकर पहरे पर खड़े हो गए। उनके साथ हमारे दो लड़के भी बाहर खड़े रहे। यहाँ भी सभी को पारी-पारी से सेन्ट्री ड्यूटी देनी थी।

घर की महिलाएँ हमारे लिए दोपहर के भोजन का प्रबन्ध करने में लगी हुई थीं। छोटे बच्चों के पेशाब की तीखी गंधवाली कथरी और तेल-मैल लगे चीकट तकिए पर भी देह रखते ही गहरी नींद आ गई। पता नहीं, हम कितनी देर तक लेटे थे, फूफाजान ने झकझोरकर हमें जगाया और कहा, "जल्दी उठो। हमारे गाँव के एक घर में दो पाक फ़ौजियों को घेरकर लोग खूब पीट रहे हैं। चलो-चलो वहाँ चलो।"

हम कच्ची नींद से जागकर अपने-अपने अस्त्रों के साथ वहाँ जाने के लिए निकल पड़े। चारों ओर से हल्ला हो रहा था। जाते-जाते पता चला कि कहीं से दो खान सिपाही गाँव में आ पहुँचे थे। एक पेड़ में बड़े-बड़े कटहल लटकते देख पेड़ के नीचे बन्दूकों को रखकर कटहल तोड़कर खाने बैठ गए। कटहल खाने का सही तरीका न जानने के कारण उनकी मूँछें, उनके होंठ तथा दोनों हथेली कटहल की गोंद से लटपटा गए थे। उसी समय सामने से आते एक लड़के पर उनकी नज़र पड़ी। लड़के को बुलाकर उन्होंने उससे गोंद को छुड़ाने का तरीका पूछा। "पूछकर बताता हूँ" 'कहकर उस लड़के ने घर के अन्दर जाकर अपनी माँ को सारी बातें बताईं। उसकी माँ ने कटहल का गोंद छुड़ाने के लिए सरसों तेल न देकर रुई के कुछ

फाहे भिजवा दिए। फाहों से गोंद न पोंछाने पर उन्होंने पानी माँगा। इस बार वह दो लोटा पानी में लाल मिर्च घोलकर स्वयं उन खान सिपाहियों के समक्ष जा खड़ी हुई। रुई के फाहों से हथेली साफ करने में मशगूल फ़ौजियों के मुँह पर उस औरत ने लाल मिर्च घुले हुए जल को दे मारा। फिर चिल्लाना शुरू किया, "कोइ रे–जाफर, बाच्चू...नुरू...जोल्दी आय..." (कहाँ हो जाफर, बाच्चू, नुरू, जल्दी आओ।)

उसकी चीख़-पुकार सुनकर आसपास के कई लोग वहाँ जुट गए। लोगों के आने से पहले ही उस औरत ने लाल मिर्च की प्रचंड जलन से छटपटाते दोनों फ़ौजियों को उनके पास पड़ी बन्दूक से पीटना शुरू कर दिया था। फिर तो ढेर सारे औरत-मर्द-बच्चे उन्हें लाठी, झाड़ू कलछुल, बेलन यानी जिसके हाथ में जो था, उसी से पीटने लगे थे। फूफाजान हमें बुलाकर वहीं ले जा रहे थे। लेकिन हमारे पहुँचने से पहले ही गाँव के लोगों ने पीट-पीटकर उन्हें मार डाला था और फिर उनकी लाशों को गाँव के पास के रेलवे लाइन के किनारे फेंकने ले गए थे।

दिन-दहाड़े रेलवे लाइन के पास जाना हमने उचित नहीं समझा। पक्की सड़क रेलवे लाइन से ज़्यादा दूर नहीं थी। वहाँ से हर वक़्त पाक फ़ौजियों की गाड़ियाँ गुज़रा करती थीं। हमने फूफाजान के घर वापस लौट आने का फैसला किया।

फूफाजान के घर की ओर हम बढ़ ही रहे थे कि एक लड़का दौड़ता हुआ आया और फूफाजान से बोला, "चाचा, चाचा ! चेयरमैन साहब अपने कुछ चमचों के साथ इधर ही आ रहे हैं। सामाद चाचा के घर के दक्षिण घाट पर अभी-अभी उनकी नाव आ लगी है। लगता है खान सिपाहियों को मारने की ख़बर उन तक पहुँच चुकी है। चेयरमैन साहब बहुत नाराज़ दिख रहे थे।..."

उसकी बात सुनकर हम चौकन्ने हो गए। फूफाजान ने हमें इशारे से सड़क के बाईं ओर वाले मकान में छिप जाने को कहा। मकान के बाहर ऐसे अनेक कुतूहली औरत, मर्द, बच्चों की भीड़ थी जो अस्त्र-शस्त्रों से सुसज्जित हम मुक्तियोद्धाओं को देखने बाहर निकले थे।

फूफाजान का इशारा पाकर हम सभी मुक्तियोद्धा पलभर में भीड़ को चीरते हुए उस मकान में जा घुसे। एक अधेड़ व्यक्ति ने, जो घर का मालिक लग रहे थे, हमें कचहरी-घर (बैठकखाना) में घुसाकर बाहर से सिटकनी चढ़ा दी। बोले "यहाँ चुपचाप बैठे रहिएगा। किसी को कुछ पता नहीं चलेगा।"

बाहरवालों को भले ही हमारा पता न चले लेकिन बाँस की दीवारों के छेद से हमें बाहर का दृश्य साफ नज़र आ रहा था। उस कचहरी-घर में हम पोजिशन लेकर बैठ गए। "आवश्यकता पड़ने पर ही हम शान्ति कॅमिटी के चेयरमैन तथा उनके चमचों से निपटेंगे। अकारण उन पर कोई गोली मत चलाना। हमें उन पर अपना गोलाबारूद जाया नहीं करना है। याद रखना, हमें ये अस्त्र-शस्त्र स्कूल में कैम्प कर रहे पाक फ़ौजियों के लिए दिए गए हैं।" मैंने फुसफुसाकर अपने साथियों को सचेत किया।

हमारे कचहरी-घर में घुसने के कुछ ही मिनट बाद सड़क पर अपने दल-बल के साथ चेयरमैन साहब नमूदार हुए। सामने से आते फूफाजान को देखते ही वे गरज उठे, "ऐइ जे मिता (दोस्त) ! तेरे रहते इस गाँव में इतना बड़ा अनाचार हो गया और तू चुपचाप देखता रहा ? तेरे ही कारण मैं अब तक इस गाँव को बचाता आया था। अब अगर पाक फ़ौजी

सामाद = समद।

इस गाँव पर हमला बोल दे तो मुझे दोष मत देना, कहे देता हूँ। पूर्वी पाकिस्तान अब शान्त हो गया है, यह दिखलाने के लिए हम शान्ति कॅमिटी के लोग जितना प्रयास कर रहे हैं उतना ही तुमलोग अशान्ति को आमन्त्रण दे रहे हो। 'साला जालेमेर बच्चारा, सूखे थाकते भूते किलाय, ना ?' (साला जालिम के बच्चो, सुख से रहने पर भूत मूष्टि प्रहार करता है, ना ?)"

तुम सब हिन्दुस्तान के बहकावे में आकर अपने देश पाकिस्तान से गद्दारी कर रहे हो। उन हुमुन्दिर पूतों (हिन्दुओं) के लिए अपने मुसलमान आकाओं से दुश्मनी कर रहे हो ? तुम सबको इसकी सजा भुगतनी होगी। स्वाधीन होना चाहते हो तुमलोग ? क्या उन्नीस सौ सैंतालीस में हमलोगों को स्वाधीनता नहीं मिली थी ? एक अंडे को दो बार सिझाया जाता है क्या ? हम मुसलमानों को दुबारा स्वाधीन होने की कोई आवश्यकता नहीं। हम सबको अपने शासकों की बात मानकर उनका अनुगत होकर रहना चाहिए। इसी में सबकी भलाई है, इस्लाम की भलाई है..."

अपने दोस्त सलीम मियाँ के मुँह से फुलझड़ी की तरह निकलते विषोद्गार को झेलते हुए फूफाजान बड़ी कुशलता से उन्हें हमारी परिधि से दूर ले गए। हम कुछ आश्वस्त हुए और वहीं बैठे-बैठे फूफाजान का इन्तज़ार करने लगे। थोड़ी देर बाद बाहर से दरवाज़े की कुंडी खोलकर हमारे मेजबान अन्दर आए। उनके पीछे दो-तीन अन्य लोग भी थे। सबके हाथ में भात, सब्जी, मछली आदि से सजाई हुई बड़ी-बड़ी काँसे की थालियाँ थीं।

"लीजिए हाथ-मुँह धोकर खा लीजिए।" उस सज्जन ने पानी से भरी एक बाल्टी और लोटे को कच्चे फर्श पर रखते हुए कहा।

"लेकिन आपने यह सब झंझट किया ही क्यों ? फूफाजान के यहाँ तो हमारे लिए भोजन की व्यवस्था हुई है।" सिर खुजलाते हुए रियाजुद्दीन कह उठा।

"आपलोग इस वक्त हमारे मेहमान हैं। हमारी मातृभूमि के लिए अपनी जान जोखिम में डालकर यहाँ आए हैं। इस भरी दुपहरिया में आप लोगों को भूखा रखकर हम अपने मुँह में अन्न का दाना कैसे डाल सकते हैं ? इससे हमारा अकल्याण नहीं होगा क्या ? ज़्यादा कुछ तो है नहीं। गरीब के घर में जो कुछ था वही खिला रहा हूँ। दया करके ना मत कीजिएगा।" हमारे समाने भोजन की थालियाँ लगवाकर हमारे मेजबान हाथ जोड़कर बैठ गए।

थालियों में धुआँ उठते भात के सफेद टीले और कटोरियों में परोसी गई मछली, दाल, कोंहड़े के साग आदि को देखकर मुँह में पानी आ गया। कैम्प-जीवन में इस तरह का भोजन हम देख तक नहीं पाए थे। कमरे के अन्दर ही एक कोने में हाथ धोकर हमने भात के टीलों में सेंध मारी। "ऊपरवाले की कृपा से आपलोग उस चेयरमैन की नज़र में आते-आते रह गए।" थाली लेकर कमरे में घुसे अपने साथ के लोगों को इशारे से बाहर भेजकर उस सज्जन ने कहा, "वो साला देख लेता तो कोई न कोई बखेड़ा ज़रूर खड़ा करता। अब डरने की कोई बात नहीं। आपलोग आराम से खाइए।"

खाते-खाते ख़याल आया कि इतनी जल्दी हमलोगों के लिए भोजन का इन्तजाम करना तो सम्भव नहीं। ज़रूर इन्होंने घर के लोगों के लिए पकाया भोजन ही लाकर हमें दे दिया है। स्वयं अभुक्त रहकर हम मुक्तियोद्धाओं को खिलाते हुए उनका चेहरा कितना तृप्त हो उठा है--मुझे मेजर अख़्तर की बात याद आई, "गुरिल्ला युद्ध अपने लोगों के बीच रहकर उनकी मदद से ही लड़ा जाता है। जनसाधारण की मदद के बिना गुरिल्लों के लिए युद्ध

जीतना असम्भव है। भले ही हमारे पास पाक फ़ौजियों की तरह अपने आपको छिपाने के लिए शक्तिशाली बंकर नहीं, लेकिन बाँस और मिट्टी की नाजुक दीवारोंवाले घर में रहनेवाले गरीब भाई-बन्धुओं का वज्र समर्थन तो है।"

"आप भी हमारे साथ खा लेते।" मैंने अपने अभुक्त मेजबान से आग्रह किया।

"खा लूँगा न।"

"कैसे खाइएगा ? सारा भोजन तो हम लोगों को खिला दिया।" आलम ने कहा।

"आप लोग हमारे उद्धारकर्ता हैं। आपलोगों को खिलाने से ही भगवान हमारा उद्धार करेंगे।"

"आप हिन्दुओं के घर में हम मुसलमानों को इस तरह से खिलाने पर आपके भगवान नाराज़ नहीं होंगे ?" रियाजुद्दीन ने पूछा।

"शर्मिंदा क्यों करते हैं भाई। उद्धारकर्ता की कोई जाति नहीं होती, कोई धर्म नहीं होता। वे सब बातें अब बेमानी हो गई हैं। थोड़ा भात लीजिए न।" उस सज्जन ने रियाजुद्दीन की थाली में और एक कलछुल भात डालते हुए कहा।

❐ ❐ ❐

शाम को अँधेरा घिर आने के बाद फूफाजान आँदू मियाँ को लेकर हमारे सामने उपस्थित हुए। दाँतों से जीभ काटकर, कान पकड़कर हमसे माफ़ी माँगते हुए बोले, तुम लोगों के लिए भोजन बनवाकर भी मैं तुम लोगों को खिला न सका। क्या करता साला सलीम मियाँ जोंक की तरह मुझसे चिपका हुआ था। मुझे साथ लेकर पूरे गाँव में घूम-घूमकर लोगों को धमकाता रहा। फिर मेरे घर जाकर तुम लोगों के हिस्से का भोजन भी वही साले खा गए। अल्लाह जाने कब हमारा देश इन गिद्धों से मुक्त होगा !"

"वे सब बातें छोड़िए फूफाजान। यह बतलाइए कि आँदू मियाँ हमारे काम की बात का पता लगा आया या नहीं ?" मैंने काम की बात जाननी चाही।

"पता लगा आया हूँ न ! खाल में डुबकी लगाकर बिलकुल स्कूल-बाड़ी के पीछेवाले तालाब तक पहुँच गया था। वहाँ एक बड़े-से पेड़ पर चढ़कर सब देख आया हूँ।" फूफाजान के पीछे खड़ा आँदू मियाँ अपनी गरदन खुजलाते-खुजलाते गदगद भाव से बोला।

"वहाँ पाक सैनिक हैं न ?"

"हाँ, हैं भाई जान ! मैंने अपनी आँखों से देखा है।"

"उन लोगों ने तुम्हें देखा तो नहीं ?"

"देखा है। एक पहरेदार खान सिपाही ने मुझे देखकर जोर से हाँक लगाई थी, 'ऐ छोकरे ! यहाँ क्या करता है ?'"

"तो तूने क्या जवाब दिया ?"

"मैंने कहा, 'बकरी को खिलाने के लिए पत्तियाँ तोड़ने आया हूँ।' फिर भी वह मुझे पकड़ने को दौड़ा था। मैंने पानी में छलाँग लगा दी और लम्बी डुबकी लगाकर इधर आ निकला।" कहकर आँदू मियाँ ने मिट्टी के फर्श पर लकड़ी से निशान बना-बनाकर उन सैनिकों के अवस्थान के बारे में सारी सूचनाएँ दीं। उसके कहे अनुसार हमने एक काग़ज़ पर उस स्थान का खाका बना लिया और वहीं बैठकर सारी बातें तय करके मोर्चे पर निकल पड़े।

खाल = नहर।

निकलने से पहले अपने-अपने अस्त्रों को छूकर हम सबने शपथ ली थी, "मातृभूमि के शोत्रु मुक्तो कोरबोई, इंशा अल्लाह।" (मातृभूमि को शत्रु-मुक्त करेंगे ही, इंशा अल्लाह !)

हमें ले जाने के लिए फूफाजान स्वयं अपनी नाव लेकर आए थे। नाव की छोई के अन्दर हमें बैठाकर नाव के दोनों छोर के गोलुई पर वे और आँदू मियाँ डाँड़ चलाने के लिए बैठ गए। आँदू जैसे एक बालक से डाँड़ चलवाने में बड़ा संकोच हो रहा था लेकिन फूफाजान के आगे हमारी एक न चली। हमें चुपचाप छोई के अन्दर बैठे रहने का निर्देश देकर वे अपने कर्तव्य पर डटे रहे। छोई के अन्दर बैठे-बैठे मैं बार-बार अपने साथियों को अपना प्लान समझाता रहा। कौन कहाँ रहेगा, कौन पहले वार करेगा, क्या-क्या सावधानियाँ बरतनी पड़ेंगी वगैरह-वगैरह। इस प्रकार अपने साथी योद्धाओं के लिए मेरी ब्रीफिंग उस वक़्त तक चलती रही, जब तक कि हमारी नाव मंजिल के बिलकुल पास जूट के खेतों के पास जाकर रुक नहीं गई।

"लो आ गया वह स्कूल।" कहकर फूफाजान ने जूट खेत के उत्तर की ओर स्थित एक पक्का एकतल्ला भवन की ओर इशारा किया। रियाजुद्दीन बिना कुछ कहे एकटक अपने विद्यालय को देखे जा रहा था। स्कूल-भवन के पिछवाड़े तक जल भरा हुआ था। स्कूल-भवन तथा उसके सामने का प्रांगण ऊँची जमीन पर होने के कारण पानी में डूबा नहीं था। हमारी नाव ऐसी जगह पर खड़ी थी जहाँ से स्कूल के सामने तथा पीछे दोनों तरफ़ का काफी हिस्सा दिखाई देता था। स्कूल-भवन में कोई बत्ती नहीं जल रही थी। बाहर बरामदे में सेन्ट्री ड्यूटी देते दो साये नज़र आ रहे थे। फूफाजान और आँदू मियाँ से विदा लेकर हम अपने-अपने अस्त्रों के साथ नाव से उतर पड़े। फिर जूट के पौधों की ओट लेकर पानी में सावधानी से चलते हुए स्कूल की ओर बढ़ने लगे। यह हमारा पहला ऑपरेशन था। स्वाभाविक रूप से हमारे सीने में धौंकनी चल रही थी और दिमाग में तूफान। मगर ऊपर से हम यथासम्भव निर्विकार रहने की कोशिश कर रहे थे।

प्लान के मुताबिक सबसे आगे मैं था—स्टेनगन लेकर। मेरे पीछे ग्रेनेड लिए मोहसिन और बबलू। उन दोनों के पीछे राइफल थामे आलम और अब्दुल तथा सबसे पीछे रिय़ाजुद्दीन और हैदर।

पानी से बाहर निकलकर स्कूल के अहाते पर कदम रखते समय यह सोचकर पलभर के लिए पैर ठिठक गए कि यदि यहाँ माइन बिछे होंगे तो पलभर में हमारे चिथड़े उड़ जाएँगे। पर अगले ही पल "जो होगा किस्मत में" कहकर इस विचार को मन से झटक दिया और पेट के बल जमीन पर जा लेटा। फिर रेंगते हुए आगे बढ़ने लगा। मेरे पीछे-पीछे मेरे साथी भी निःशब्द क्रॉलिंग करते हुए घास बिछी मिट्टी की ढलान से ऊपर चढ़ने लगे।

स्कूल भवन के एक कमरे से पाक सैनिकों के हँसी-मजाक करने की आवाज़ें आ रही थीं। लेकिन अँधेरा होने के कारण इस विषय पर हम निश्चिन्त नहीं हो पा रहे थे कि कमरे में कितने लोग हैं, वे किसी जगह बैठे, खड़े या लेटे हैं। अचानक मेरी नज़र आग के कुछ छोटे-छोटे बिन्दुओं पर पड़ी। समझते देर न लगी कि दुश्मन बीड़ी-सिगरेट फूँक रहे हैं। हम निश्चिन्त हो गए। अब निशाना साधना कोई बड़ी बात नहीं थी। प्रशिक्षण देते समय हमारे उस्तादों ने ठीक ही कहा था, "मोर्चे पर अँधेरे में कभी बीड़ी-सिगरेट मत पीना। किसी भी वक़्त कहीं से दुश्मन की गोली का शिकार बन सकते हो।"

आग के उन बिन्दुओं पर मेरे सभी साथियों की नज़र पड़ी थी। सभी मेरे यानी अपने

कमांडर के स्टेनगन से पहली गोली निकलने की प्रतीक्षा में दम-साधे बैठे थे। सबसे पहले सन्तरियों को शान्त करना ज़रूरी था। मैंने अधिक देर करना उचित नहीं समझा और अपनी उँगलियों को हरकत में आने का आदेश दे डाला। इसी के साथ मोहसिन का फेंका हुआ ग्रेनेड खिड़की के रास्ते से कमरे में प्रवेश किया। आलम और अब्दुल की राइफलों से भी गोलियाँ निकलकर मधुमक्खी की तरह दुश्मनों पर टूट पड़ीं। 'ट्रा-ट्रा-ट्रा-ट्रा, ठा-ठा-ठा-ठा' जैसी विकट आवाज़ों में मृत्युपथ-यात्री शत्रुओं का असम्पूर्ण आर्त्तनाद, उनकी अन्तिम चीख़ें दब कर रह गईं। वह अँधेरी रात, वह जलमग्न वसुधा काँप उठी।

काफी देर तक चुपचाप पड़े-पड़े हम शत्रु-पक्ष के प्रत्युत्तर की प्रतीक्षा करते रहे, मगर उस तरफ़ से जब कोई जवाबी कार्रवाई नहीं हुई तब हमने अन्दर जाकर मृत शत्रुओं का अस्त्र-शस्त्र लूटने का निर्णय लिया। पहली ही बार बिना किसी प्रतिरोध के अपने मिशन पर सफल होने की खुशी में हम निर्भय हो उठे और उस कमरे के बिलकुल पास के पक्के बरामदे में जा पहुँचे; जहाँ हमने फ़ौजियों को ढेर किया था। लेकिन बदकिस्मती से बरामदे पर पहुँचते ही एक दूसरे कमरे की खिड़की से हम लोगों को निशाना बनाकर गोलियाँ चलाई जाने लगीं। निशाने पर मैं, मोहसिन और बबलू थे। क्योंकि बाकी लोग दूसरी तरफ़ से आगे बढ़ रहे थे। किसी तरह बचते-बचाते लेटे-लेटे ही हम बरामदे की रेलिंग की ओट में चले आए। अनुभव से जाना कि मशीनगन तथा तीन इंच वाले मोर्टार से हम पर गोले दागे जा रहे हैं। हमने तुरन्त जवाबी कार्रवाई शुरू की।

"जल्दी से अन्दर ग्रेनेड फेंको।" मैंने फुसफुसाकर कहा। मेरे कहने से पहले ही ग्रेनेड का सेफ्टी पिन खोलकर मोहसिन ने लीवर को दबा रखा था। लेकिन वह जिस पोज़िशन में था वहाँ से फेंकने पर निशाना चूक सकता था। बबलू ने ऐसा समझकर कहा, "मुझे दो। मैं फेंकता हूँ। और तब तक तुम दूसरे ग्रेनेड के सेफ्टी पिन को खोलकर तैयार करो।" उसकी बात मानकर मोहसिन जैसे ही उस ग्रेनेड को बबलू के हाथ में देने गया, क्लिक् की आवाज़ के साथ ग्रेनेड का लीवर छिटक पड़ा। यह सोचकर हम सबका हृत्पिंड काँप उठा कि अब मात्र चार सेकेंड के बाद ही यह फट जाएगा और उसके साथ हम तीनों योद्धा अपने पहले मोर्चे पर ही शहीद हो जाएँगे, हमारे और हमारे प्रशिक्षकों की इतने दिनों की मेहनत बेकार हो जाएगी, हमारे सारे सपने मिट जाएँगे। मगर बबलू ने ऐसा होने नहीं दिया। अत्यन्त फुर्ती से उसने उसे उठाया और चार सेकेंड से पहले ही पानी में दे मारा। बबलू की प्रत्युत्पन्नमति से खतरा टला। इधर दुश्मनों का हम पर हमला जारी था। अँधेरे में कुछ भी साफ-साफ नहीं दिख रहा था लेकिन फिर भी हम राइफल, ग्रेनेड और स्टेनगन से उनका मुकाबला करते-करते पीछे हटते हुए स्कूल की चौहद्दी से दूर डिफेन्स में स्थान ले चुके थे। ऐसा हमने इसलिए किया क्योंकि हमें पता था कि कुछ ही देर में हमारे अस्त्र-शस्त्र खत्म हो जाएँगे जबकि दुश्मनों के पास पूरा अस्त्रागार होगा। प्रचंड गोलाबारी के बीच मौका पाते ही हमने पानी में छलाँग लगा दी। शत्रुपक्ष की गोलियाँ पानी में भी हमारा पीछा करती रहीं।

किसी तरह बचते-छिपते गोलियों की पहुँच से दूर जूट के पौधों के पीछे खड़ी नाव पर हम जा चढ़े। आँदू मियाँ और फूफाजान दम साधे हमारी प्रतीक्षा में खड़े थे। एक-एक कर हम सभी नाव में आ गए। मगर अब्दुल नहीं आया। अब्दुल के बिना नाव कैसे बढ़ाएँ ? इधर वहाँ रुकना भी खतरे से ख़ाली नहीं था।

"चलो हम धीरे-धीरे आगे बढ़ते हैं। वह ठीक पीछे से तैरते हुए आ जाएगा।" फूफाजान

ने सलाह दी।

"आप लोग बढ़िए। मैं उन्हें ढूँढ़ लाता हूँ। मुझे यहाँ के सभी रास्तों के बारे में पता है।" कहकर आँदू मियाँ पानी में कूद पड़ा।

'शाबधाने जाइस !' (सावधानी से जाना) कहकर फूफाजान ने नाव आगे बढ़ाई। बबलू ने आँदू मियाँ का डाँड़ सँभाल लिया। हम किंकर्तव्य-विमूढ़ सा नाव में बैठे रहे। अब्दुल घायल तो नहीं हो गया ? घायल होकर पानी में डूब तो नहीं गया ? इस वक़्त हमें क्या करना चाहिए ? क्या वापस उस स्कूल में जाकर अपने साथी योद्धा की खोज करनी चाहिए ? लेकिन प्रशिक्षण के दौरान हमारे कमांडर ने कहा था, "एक योद्धा को बचाने के लिए दूसरे की जान संकट में न डालना क्योंकि दूसरे को अपनी जान देकर मातृभूमि को बचाना है।"

मन में अपराधबोध लेकर हम नाव में बैठे रहे। नाव आगे बढ़ रही थी और हम अब्दुल के लिए प्रार्थना कर रहे थे। मैं अपने 'भगवान' से और मेरे मित्र अपने 'अल्लाह' से। हमारा युद्ध बहुत अधिक देर तक नहीं चला था लेकिन उस समय की जो नसतोड़ उत्तेजना थी, शरीर के समस्त रोओं को खड़ा करनेवाला जो रोमांच था, वह जीवन के सभी अनुभवों से अलग था। मेरे बहुरूपी जीवन के बहुआयामी अनुभवों में एक और अनुभव जुड़ गया था मगर इस अनुभव का दुखद पहलू मुझे अन्दर से कुतरने लगा था। मूर्ति कैम्प में बुखार में तपते अब्दुल का 'अम्मी अम्मी गो ऽऽऽऽ अब्बू–अब्बू गो ऽऽऽऽ' की रट लगाता चेहरा बार-बार मेरे सामने उभर रहा था। अब्दुल की वह सरल हँसी, उसकी वह अद्‌भुत मासूमियत जो कठोर गुरिल्ला प्रशिक्षण लेने के बाद भी बरकरार थी, मुझे परेशान कर रही थी।

इन सारी परेशानियों के बीच एक और छोटी-सी परेशानी बड़ा रूप लेकर सामने आ खड़ी हुई थी। प्यास से गला सूख रहा था। चारों ओर पानी ही पानी था लेकिन जलकुम्भी, काई और कीचड़ सना वह गन्दा बदबूदार बरसाती जल हमारे किसी काम का नहीं था। अँजुरी भर-भरकर बार-बार मुँह के पास ले जाकर भी मुँह में डाल नहीं पा रहे थे उसे। मतली-सी आ रही थी। आस-पास कोई घर भी नज़र नहीं आ रहा था जहाँ पीने का पानी मिलता।

इधर अब्दुल और आँदू मियाँ का भी कोई अता-पता नहीं था। हम अँधेरे में पानी में डूबे धान खेत के बीच से चलते चले जा रहे थे। बचपन में शोनारामपुर गाँव में जब धान खेत के बीच से चला करता था, तब हमारा मन मानो सेमल रुई की तरह हल्का हुआ करता था। मगर अब इसके भारीपन का हिसाब लगाना भी असम्भव था।

कुछ दूर जाकर फूफाजान ने अपने गाँव की तरफ़ जैसे ही नाव मोड़ी, पानी में तैरते जलकुम्भी के घने जंगल में नाव अटक गई। एक-डेढ़ हाथ नीचे तक जलकुम्भी इतनी घनी होकर फैली हुई थी कि उनके बीच से नाव को आगे बढ़ाना प्रायः असम्भव हो उठा। आते समय हम दूसरे रास्ते से आए थे, इसलिए दिक्कत नहीं हुई थी। लौटते वक़्त गलती से वे इस पथ पर आ घुसे। अब पीछे लौटना खतरे से ख़ाली नहीं था।

इस विपन्न रात में शक्तिशाली शत्रुओं के सम्भावित आक्रमण से सशंकित अपने एक प्रिय साथी योद्धा की चिन्ता में व्याकुल कीचड़-पानी से सनी देह में ठंड से ठिठुरते, भूखे-प्यासे हम मुक्तियोद्धा इस नए संकट को देख चिड़चिड़ा उठे। छोई के अन्दर रखी एक लग्गी को लेकर मैं भी फूफाजान के साथ नाव के सामने की ओर खोभने लगा। लग्गी से ठेलते-ठेलते मैं, फूफाजान और बबलू जोर-जोर से हाँफने लगे। पूरी कोशिश के बावजूद नाव ढीठ की तरह वहीं की वहीं खड़ी रही। आलम और मोहसिन ने तब तक नाव के सामने की गोलुई

के पास बैठकर दोनों तरफ़ से जलकुम्भी खींच-खींच कर उठाना आरम्भ कर दिया था। इससे जो थोड़ी-सी जगह ख़ाली हुई उसमें नाव की गोलुई को घुसाकर दबाव डालने पर नाव कुछ आगे बढ़ी। फिर मैंने और फूफाजान ने भी पूरी ताकत लगाकर डाँड़ से जलकुम्भी के घने पौधों को हटा-हटाकर राह बनाना शुरू किया। इस तरह काफी मेहनत करने के बाद करीब आधा मील तक फैले उस जलकुम्भी के जंगल को पार करने में हमें कामयाबी मिली मगर हम थककर चूर हो गए।

सुबह होने से कुछ पहले हमने फूफाजान के घर के घाट पर अपनी नाव बाँधी। घर पर जाकर हम बेसब्री से अब्दुल और आँदू मियाँ का इन्तज़ार करने लगे। अब्दुल के लिए मन बड़ा ही उद्विग्न था। फूफी जान ने हमारे लिए रात में पकाया हुआ बासी चर्बीदार खस्सी का मीट और नमक-मिर्च तथा कच्चे प्याज के साथ पानी डाला हुआ पान्ता (बासी) भात भिजवाया था। रियाजुद्दीन का खास पसन्दीदा भोजन था वह। कोई और समय होता, तो सभी चाट-चूट कर खाते लेकिन अब्दुल के लिए सब इतने आशंकित थे कि बेमन से अपने प्रिय भोजन को गले से उतारा।

दिन जितना चढ़ रहा था, हमारी छटपटाहट भी उतनी ही बढ़ रही थी। अन्त में जब हमने उसे ढूँढ़ने के लिए जाने का निर्णय लिया तब हाँफते-काँपते आँदू मियाँ हमारे सामने आ उपस्थित हुआ। उसकी आँखों से, उसके चेहरे से जो आतंक के भाव अभिव्यक्त हो रहे थे उसे देख हमारा दिल धक् से रह गया।

हमारी समस्त उत्कंठा पर यवनिका पात करते हुए आँदू मियाँ ने रोते-रोते, हकला-हकला कर बताया, "अब्दुल भाई को खान सिपाहियों ने पकड़ लिया है। पेड़ पर उल्टा लटकाकर खूब-पीटा। आप लोगों के बारे में पूछते-पूछते जहाँ-तहाँ संगीन घोंप-घोंप कर मांस नोच डाला। आँखें भी निकाल लीं। लेकिन उन्होंने आप लोगों के बारे में कुछ नहीं बताया। हारकर दो सैनिकों ने उनके दोनों पैरों को दो तरफ़ से पकड़ा और बीच में टाँगी से वार करके उनके आधे शरीर को चीर डाला। और अब उनकी लाश को एक जीप के पीछे रस्सी से बाँधकर वे लोग पक्की सड़क पर जीप दौड़ा रहे हैं। जीप के पीछे खड़े खान सिपाही लोग चिल्ला-चिल्लाकर क़ह रहे हैं, "जो भी हम पर हाथ उठाने की हिम्मत करेगा, उसका यही हश्र किया जाएगा। देख लो, देख लो।...."

आँदू मियाँ कहे जा रहा था और एक दुर्दमनीय कष्ट की अनुभूति हू-हू करती बरसाती हवा की तरह मेरे हृदय को, मेरे सर्वांग को भिगोती चली जा रही थी। मेरी आँखों के सामने अब्दुल का मासूम चेहरा उभर आया था। अभी-अभी तो उसके चेहरे पर मूँछों की हल्की-हल्की रेखाएँ उभरी थीं। कैसे सहा होगा उस मासूम ने इतना अत्याचार ?

फिर याद आया मूर्ति कैम्प में अब्दुल की कही बातें, "बॉड़ोभाई ! इस किताब को पढ़िए। कमाल की किताब है।" "क्या है इस किताब में ?"

"इस किताब में यह बताया गया है कि कैसे मुँह बन्द रखकर शरीर पर होते अमानवीय अत्याचार को सहनीय बनाया जा सकता है।"

"अच्छा ! कौन-सी किताब है यह ? किसने लिखी है ?" "हेनरी एलेग ने लिखी है। किताब का नाम है 'जिज्ञासा'। इस किताब में यह भी कहा गया है कि जिस व्यक्ति पर अत्याचार किया जाता है, कुछ देर बाद उसे उतने कष्ट की अनुभूति नहीं होती, जितना कि उसे देखनेवाले या उस पर हुए अत्याचार के बारे में सुननेवाले सोचते हैं।"

तो क्या आज मुझे यह सब सुनकर जितना कष्ट हो रहा है, अब्दुल को वह सब सहते समय उतना कष्ट नहीं हुआ होगा ? क्या ऐसा सम्भव है कि किसी इंसान के शरीर पर संगीन घोंप-घोंप कर उसके मांस नोचे जा रहे हों, उसकी टाँगों के बीच टाँगी का वार किया जा रहा हो और उसे किसी कष्ट की अनुभूति ही न हुई हो ? मैं नहीं मानता... नहीं मानता मैं अब्दुल! हेनरी एलेग की बातों से मैं सहमत नहीं हो सकता। मैं मन ही मन बुदबुदाने लगा। मैं राजशाही के उस वकील पिता के दुख को, उस माँ के अनदेखे चेहरे की वेदना को अनुभव करने लगा जो उनकी एकमात्र सन्तान अब्दुल के न रहने पर उन्हें होनेवाला था।

आँदू मियाँ बिना रुके अब्दुल और उसकी लाश पर हुए अत्याचार के बारे में बताए जा रहा था और फूफाजान का वह कचहरी-घर आँसुओं की बाढ़ में डूबता जा रहा था।

"कल रात आप लोगों ने बहुत सारे खान सिपाहियों को मार डाला है न ! इसलिए और ज़्यादा बौखलाए हुए हैं वे लोग !" कुछ देर चुप रहने के बाद आँदू मियाँ ने बताया।

"तुझे कैसे पता चला ?" भहराई आवाज़ में मैंने पूछा।

"पक्की सड़क से ऐम्बुलेन्स को आते और ढेर सारे घायल और मृत सैनिकों को उठा ले जाते हुए मैंने देखा है न !"

आँदू मियाँ की यह बात सुनकर हमें कुछ राहत महसूस हुई। चलो, कल के मिशन में हम कामयाब तो रहे।

"अच्छा फूफाजान, वह पक्की सड़क तो रेलवे स्टेशन तक आती है। कहीं वे लोग रेललाइन से होते हुए या नाव में चढ़कर इस गाँव में तो नहीं आ जाएँगे ? कहीं उन्हें हमारे बारे में पता तो नहीं चल गया ?" काफी देर बाद कुछ सँभलकर हथेली से आँसू पोंछकर रियाजुद्दीन ने आशंका जताई।

"हो सकता है रे ! कल दिन में हमारे गाँव के लोगों ने दो सिपाहियों को मारकर फेंक दिया था और रात में तुम लोगों ने उनके कैम्प पर हमला किया है। अब इस गाँव की खैर नहीं। अब जल्द-से-जल्द हमें गाँव ख़ाली करके भाग जाना होगा।" फूफाजान ने यह बात हमसे कही और आँदू मियाँ ने कुछ ही मिनटों में पूरे गाँव में फैला दी।

अपने-अपने काम पर लगे लोग काम छोड़कर गाँव से भाग जाने की तैयारी में लग गए। कहाँ जाएँगे, कैसे जाएँगे, कौन-कौन-सी चीज़ें साथ लेकर जाई जा सकती है, इस पर विचार-विमर्श करते हुए लोग जल्दी-जल्दी सामान बाँधने लगे। अब्दुल के लिए सोचने या शोक मनाने का वक़्त हमारे पास नहीं था। हमारे कारण इस गाँव पर जो आफत आनेवाली थी, उससे गाँववालों की रक्षा करने का उपाय सोचना था हमें। लेकिन समस्या यह थी कि हमारी गोलियाँ, हमारे ग्रेनेड खत्म हो चुके थे। सिर्फ़ कटारी और टाँगी से तो पाक फ़ौजियों का मुकाबला नहीं किया जा सकता था न !

"एक उपाय है।" ज़रूरी सामान बाँधते फूफाजान के एक रिश्तेदार अलाउद्दीन बोल उठे, "पता चला है कि बगल के रोसुनपुर गाँव के जेले पाड़ा (माँझियों के मुहल्ले) में मुक्तियोद्धाओं का एक बड़ा दल आया हुआ है। उन्होंने पाक फ़ौजियों के दो-तीन कैम्पों तथा रजाकारों के बंकरों का अस्त्रागार लूटा है। इसलिए उनके पास काफी अस्त्र-शस्त्र जमा हो गए हैं। आप लोग उन लोगों से मदद लेकर इस गाँव की रक्षा कर सकते हैं।"

"लेकिन वह गाँव है कितनी दूर ?" मैंने जानना चाहा।

"ज़्यादा नहीं। एक-आध घंटे में मैं नाव से आप लोगों को वहाँ ले जा सकता हूँ।

चलिएगा ?" उन्होंने प्रस्ताव रखा।

"हाँ-हाँ चलिए। आखरी कोशिश करके देखते हैं।" उसकी बातें सुन हम सभी तुरन्त वहाँ जाने के लिए राजी हो गए और नाव पर सवार हो गए। सामने दूर-दूर तक पहरेदारों की तरह खड़े पाट और धान खेतों की ओट लेते हुए नाव आगे बढ़ने लगी। रेलवे लाइन की छोटी पुलिया के नीचे से होती हुई हमारी नाव उत्तर-पूर्व दिशा की ओर जा रही थी। खाल, बिल, नदी, तालाब में नाव खेते हुए लोग आ-जा रहे थे। पाक फ़ौजियों के डर से घर पर दुबके रहने से पेट तो नहीं भरेगा न !

कुछ दूर जाने पर पेड़-पौधों से घिरे कई छोटे-छोटे द्वीप पाड़ा नज़र आए। उन्हीं में से एक द्वीप की ओर अलाउद्दीन भाई ने हमारी नाव को घुमा लिया और कहा, "यही जेले पाड़ा है। इसी पाड़ा के एक घर में मुक्तियोद्धा डेरा डाले हुए हैं।"

एक घर के पोखर घाट पर नाव को बाँधकर वे जिस ढंग से इससे-उससे बातें करते-करते पतली कच्ची टेढी-मेढ़ी पगडंडी से होते हुए आगे बढ़ने लगे, उसे देख लगा कि वे इस गाँव के लोगों के बहुत करीबी हैं। कहीं किसी घर के बरामदे पर पैर फैलाकर बैठी, चटाई बीनती कोई औरत उसे आवाज़ लगाती तो कहीं दाँतों में दबाकर रखे गए रंगीन फीते को हाथ में लेकर बाल बाँधती किसी औरत को स्वयं अलाउद्दीन भाई आवाज़ लगाते, "क्या भाभीजान ! असगर भाई चावल बेचकर लौटे कि नहीं ?"

थोड़ी ही देर बाद वे हमें एक घर में ले गए। घर के आस-पास गन्दगी फैली हुई थी। एक झुंड सूअर मुँह से मिट्टी खोदते हुए चर रहे थे। गन्दगी से घिरे उसी घर में मुक्तियोद्धा ठहरे हुए थे।

कुल सोलह थे वे। भारत के देहरादून के 'चकरौता' और 'पंगा' कैम्प से गुरिल्ला-प्रशिक्षण लेकर आए दो अलग-अलग दलों के गुरिल्ले साथ मिलकर काम कर रहे थे। चकरौता कैम्प का ग्रुप कमांडर शाहताब हुसैन छात्र संग्राम समिति के नेता रह चुके थे और पंगा कैम्प के ग्रुप कमांडर रहमत हक किसी सूती मिल में मजदूर थे। इन दोनों की ही उम्र पच्चीस से तीस के अन्दर थी। नाव में घूम-घूमकर इन्होंने कई सफल ऑपरेशन किया था और पाक फ़ौजियों तथा रज़ाकारों से काफी अस्त्र-शस्त्र लूटा था। चूँकि बरसात में उस इलाके के जनसाधारण का नाव में एक-दूसरे के घर जाना, दैनन्दिन जीवन के छोटे-बड़े कार्यों को निपटाना तथा अपनी रोजी-रोटी का जुगाड़ करना आम बात थी, इसलिए उस भीड़ में अलग से मुक्तियोद्धाओं की नावों की शिनाख्त कर पाना आसान नहीं था। हालाँकि इन दिनों देश की आबादी काफी कम हो गई थी, फिर भी पूरा का पूरा पूर्वी पाकिस्तान तो उठकर भारत नहीं चला गया था न ! बांग्लादेश के अड़सठ हज़ार गाँव के सभी लोगों का उठकर किसी दूसरे देश में चले जाना सम्भव भी था क्या ?

जो शहर, जो गाँव अब भी पाक फ़ौजियों की बर्बरता का शिकार नहीं हुए थे, वहाँ के लोग अपनी मातृभूमि की मिट्टी को पकड़कर वहीं जमे हुए थे।

सारी बातें सुनकर पंगा तथा चकरौता कैम्प से आए योद्धा खुशी-खुशी हमारी मदद के लिए तैयार हो गए। उन्होंने हमारे स्टेनगन तथा राइफल के लिए गोलियाँ दीं, कुछ ग्रेनेड दिए और अपनी नावें लेकर हमारे पीछे-पीछे चल पड़े ताकि आवश्यकता पड़ने पर पाक फ़ौजियों से गाँव की रक्षा करने में वे हमारी मदद कर सकें।

चलने से पहले उस गरीब गृहस्वामी ने, जिन्होंने उन मुक्तियोद्धाओं को अपने यहाँ

आश्रय दे रखा था, जल्दी-जल्दी हमें भी भोजन करा दिया। भले ही इसके लिए उन्हें आस-पास के कई घरों से भोजन माँगकर लाना पड़ा था। हम भूखे गुरिल्ले गोग्रास से भोजन को निगलकर निकल पड़े थे। मैं मन ही मन सोच रहा था कि अगर पग-पग पर हमें इन जैसे लोगों का साथ नहीं मिलता, तो इतने सीमित साधनों से अपने सुसमृद्ध शत्रुओं का सामना करने की हिम्मत कैसे जुटा पाते ?

उजाला कम होने पर जब हमारे ग्राम-बांग्ला में अँधेरा देह झाड़कर जाग उठा; झींगुर किरकिरा उठे, परिश्रान्त ग्रामवासियों की भयार्त्त पलकें नींद से बोझिल हो उठीं, हम अपने अभियान पर निकल पड़े। मस्जिद की बगल से होते हुए आगे खाल-बिल और धान-जूट के खेतों के बीच से हमारी नाव ऊँची रेलवे लाइन की ओर बढ़ने लगी। इसी रेल लाइन से सटे पानी में डूबे खेतों में छिपकर हमें गाँव की पहरेदारी करनी थी क्योंकि गाँव पर धावा बोलने के लिए पाक फ़ौजियों को इसी रास्ते से गुज़रना था। जलपथ से होकर आने पर भी और स्थल-पथ से आने पर भी। इसका कारण यह था कि इसी रेल लाइन से निकलकर एक कच्ची सड़क शापगाछतला गाँव के अन्दर चली गई थी।

आज कई दिनों बाद आसमान में कुछ तारे नज़र आ रहे थे। देखकर अच्छा लगा। चारों ओर जल, ऊपर विशाल आकाश ! इन सबके बीच मेरी उपस्थिति एक बिन्दु-सी ही तो थी। न,न, बिन्दु नहीं, सिगरेट की आग जैसी ! जलते-जलते पता नहीं, किस पल बुझ जाऊँ, अब्दुल की तरह ! आकाश में जो थोड़े-बहुत तारे आज नज़र आ रहे हैं, पता नहीं, कल नज़र आएँ, न आएँ। कुछ महीनों पहले तो पूरा आकाश सितारों से भरा हुआ था। आज थोड़े ही बचे हैं। कल को एक-एक करके सभी खत्म हो जाएँ तो क्या फर्क पड़ेगा ? आकाश तो वहीं का वहीं रहेगा। बस थोड़ा श्रीहीन हो जाएगा। ये हैं तो हैं। नहीं रहेंगे तो नहीं रहेंगे। हम चाहकर भी तो इन्हें वापस नहीं ला सकते। और फिर जब हमारे मन को यह यकीन हो जाता है कि कोई चीज़ वापस नहीं आ सकती तो वह धीरे-धीरे उसके बिना रहने का आदी भी तो हो जाता है।

अपने आप में खोए हुए हम रेल लाइन तक आए ही थे कि हमारी सोच को एक झटका लगा। ट्रा-ट्रा-ट्रा-ट्रा, बुम-बुम-बुम-बुम की आवाज़ों के साथ लोगों की आर्त्त चीत्कार से वह सुनसान रात भयावह हो उठी। उसके बाद ही फूफाजान के शापगाछतला गाँव की तरफ़ सें आग की लपटें उठती नज़र आईं। और फिर गिरते-पड़ते, ऊर्ध्वश्वास से दौड़ते विभ्रान्त औरत-मर्द, बच्चे-बूढ़े दावानल में फँसे पशु-पक्षी की तरह छटपटाते हुए रेल लाइन की तरफ़ आने लगे। कुछ झपाझप पानी में छलाँग लगा रहे थे, कुछ नाव पर चढ़कर पूरी ताकत से नाव को खेते हुए जल्द से जल्द दूर किसी अनजान पथ पर निकल जाना चाहते थे।

माजरे को समझते हुए भी वस्तुस्थिति के बारे में पता करने के लिए हम नाव से उतरकर रेल लाइन पर आ खड़े हुए। सिंह के पंजे से छूटकर आए शिकार से भीत-संत्रस्त लोग हमें देखकर भी अनदेखा करते हुए हमारे पास से गुज़र रहे थे। कुछ भौंहें टेढ़ी करके पास से निकल जा रहे थे। एक बुजुर्ग ने व्यंग्य से कहा, "सूई लेकर चले थे तलवार का मुकाबला करने। मुक्तियोद्धा बनकर कौन-सा तीर मार लिया तुम लोगों ने ? तुम लोगों के कारण ही तो खान सिपाही आज गाँव के गाँव उजाड़ रहे हैं। बड़े आए हैं मातृभूमि की रक्षा करने, हुँह !"

लोगों का भागना समान रूप से जारी था। रेल लाइन की पत्थर बिछी ऊबड़-खाबड़

सड़क से होकर वे पश्चिम की ओर इस तरह भाग रहे थे जैसे पश्चिम दिशा अँधेरा छँटने तक उन्हें भी सूरज की तरह अपनी गोद में छिपा लेगी। कुछ लोग ऐसे भी थे जो भागने के बदले हमसे लिपटकर पाक फ़ौजियों से उन्हें बचा लेने की गुहार लगा रहे थे। क्या हम अब भी इन्हें बचा सकते हैं ? हम कहाँ किस जगह पोज़िशन लें कि गाँव में घुसे पाक फ़ौजियों से मुकाबला कर सकें। गाँव में तो भागते, चीख़ते आदमियों, भौंकते कुत्तों मिमियाती बकरियों, रँभाती गायों और अन्य पशु-पक्षियों की ऐसी भगदड़ मची हुई थी कि उनके बीच जा घुसे पाक फ़ौजियों को ढूँढ़कर उनसे मुकाबला करना नामुमकिन-सा लगता था। आग की लपटों से घिरा वह गाँव, जो आज दिन में भी शस्य-श्यामला था, एक केसरिया झंडे-सा लहरा रहा था। पेड़े-पौधों, पशु-पक्षी, घर-द्वार और मानव शरीर के जलने की गंध में ग्राम-बांग्ला की सोंधी और नमकीन महक न जाने कहाँ दफ़न हो गई थी। असंख्य लोगों का आर्त्तनाद, क्षण-क्षण फटते गोले-बारूद की गगन भेदी आवाज़ों ने हम मुक्तियोद्धाओं को दिशाहारा कर डाला।

महाप्रलय की उस घड़ी में गाँव से निकल-निकल कर लोग रेल लाइन की ओर आते ही जा रहे थे। कोई शरीर से जीर्ण था तो किसी के बदन पर ढंग के कपड़े तक नहीं थे। किसी की लुंगी ही खुलकर गिर गई थी। कोई अपने किसी प्रिय वस्तु या प्रिय जन को सीने से लगाए दौड़ रहा था तो कोई ख़ाली हाथ सिर्फ़ अपना प्राण लेकर भाग रहा था। ऐसे ही भागती एक युवती पर मेरी नज़र पड़ी। एक हाथ में एक टीन के बक्से को और दूसरे में एक छोटे बच्चे को पकड़कर लगभग खींचती हुई दौड़ी चली आ रही थी वह। रेल लाइन के ऊबड़-खाबड़ पत्थरों पर से होकर वह थोड़ी दूर बढ़ी ही थी कि मुँह के बल गिर पड़ी। उसके साथ बच्चा भी गिर पड़ा। पहले से ही आकाश-पाताल एक करके रोते हुए उस बच्चे ने अपनी आवाज़ को कुछ और ज़्यादा तेज़ कर दिया। चूँकि वह औरत और बच्चा ठीक मेरे सामने ही आकर गिरे थे इसलिए स्वाभाविक रूप से मैं उन्हें उठाने के लिए लपका। परन्तु यह देख हैरान रह गया कि मेरे वहाँ तक पहुँचने से पहले ही वह औरत उठ पड़ी, अपने बक्से को कसकर उसने दोनों हाथों से सीने में जकड़ा और बच्चे को वहीं छोड़कर दौड़ने लगी। उस बक्से में ऐसा क्या था जो उसके लिए उस बच्चे से ज़्यादा महत्त्वपूर्ण था ? मैंने जाकर बच्चे को उठाया। पीछे से उस औरत को रुकने के लिए आवाज़ लगाई। मेरी आवाज़ सुनकर वह औरत जब और तेजी से दौड़ने लगी तब मैंने दौड़कर पीछे से उस औरत का हाथ पकड़ा और झकझोरते हुए कहा, "बंग माता की तरह तुम भी निष्ठुर हो गई हो क्या ? अपनी सन्तान को बोझ समझ रही हो ? क्या आज तुम्हारे लिए यह बक्सा, चाहे इसमें कितना ही सोना, चाँदी क्यों न भरा हो, अपनी सन्तान से अधिक महत्त्वपूर्ण हो उठा है ?"

मेरी बातों से शायद उस भयभीत और आत्मविस्मृत औरत की चेतना वापस लौट आई। वह फूट-फूटकर रो पड़ी। फिर बक्से को नीचे रखकर बच्चे को उठाकर सीने से लगाती हुई बोली, "उन जल्लादों ने मेरे पति और दो बच्चों को मार डाला है। घर में आग लगा दी है। अब वे गाँव की दूसरी औरतों की तरह या तो मुझे उठा ले जाएँगे या मार डालेंगे। मैं मरना नहीं चाहती। मैं सचमुच मरना नहीं चाहती। मुझे मरने में बहुत डर लगता है। आप मुझे बचा लीजिए। मैं आपके पाँव पड़ती हूँ दादा ! आप मुझे बचा लीजिए !"

मैं उन्हें बचाना चाहता था। सभी गाँववालों को बचाना चाहता था इसलिए पूरे दल के साथ उस भीड़ के बीच से रास्ता बनाते हुए गाँव के उत्तर पूर्वी दिशा में जा घुसा क्योंकि

गोलियों की आवाज़ और आग के गोले यह बता रहे थे कि फ़ौजियों की उपस्थिति गाँव के उत्तर-पश्चिम में है।

एक बाँस-झाड़ की ओट लेते हुए हम आगे बढ़ने लगे—पश्चिम की ओर फैले काले धुएँ के पीछे के काले चेहरों से निपटने के लिए। अपने-अपने बसेरों में रात्रिवास करते पक्षी घबराकर बाँस-झाड़ के ऊपर से कलरव करते हुए उड़े चले जा रहे थे। गोलियों की आवाज़ का पीछा करते हुए घर द्वार की ओट लेकर पोज़िशन लेते हुए हम गाँव के अन्दर ही अन्दर पश्चिम की ओर बढ़ने लगे। अधिकतर घर मानव शून्य हो चुके थे लेकिन घर के कपाट ज्यों के त्यों खुले थे। किसी घर के आँगन में अब भी जलते चूल्हे पर रखी हाँड़ी में चावल पक रहा था तो कहीं बाल्टी में निचोड़े हुए कपड़े पड़े थे। किसी कमरे में छूट गया कोई बच्चा रो रहा था तो कहीं कोई सन्तानसम्भवा औरत अपने बड़े से पेट को सँभालती हुई लड़खड़ाकर भागने की कोशिश कर रही थी। कहीं कोई अकेली वृद्धा खाट पर पड़ी-पड़ी अपने को बचाने की गुहार लगा रही थी।

हमें पाक फ़ौजियों से मुकाबला करना था इसलिए मजबूरन उन बेबस गाँववालों की उपेक्षा करके आगे बढ़ जाना पड़ रहा था। थोड़ी दूर जाते ही धुएँ को चीरकर पूरब की ओर बढ़ते कुछ पाक फ़ौजी नज़र आए। शायद वे गाँव के बाकी बचे घरों को तबाह करने के लिए बढ़े आ रहे थे। उन्हें क्या पता था कि इस तरफ़ उनका मुकाबला करने के लिए हम खड़े हैं। मैंने तुरन्त अपने साथियों को पोज़िशन लेने का इशारा किया। फिर फुसफुसाकर हैदर और मोहसिन से कहा, “तुम दोनों पहले दो ग्रेनेड फेंको। ग्रेनेड के फटते ही मैं, आलम और बबलू बर्स्ट फायर करेंगे।”

कहे मुताबिक काम हुआ। पाक फ़ौजियों के सामने धमाधम दो ग्रेनेड फटे। मर्मान्तक चीख़ों के साथ चारों ओर धुआँ ही धुआँ फैल गया। इसी के साथ हम बर्स्ट फायर करते हुए आगे बढ़ने लगे। सामने के दुश्मनों के चिथड़े उड़ गए थे। हमारे साथ आए दूसरे दल के मुक्तियोद्धाओं ने भी कुछ पाक फ़ौजियों को ढेर कर दिया था। निश्चित रूप से गाँव में और भी फ़ौजी थे लेकिन उन सभी से मुकाबला करना हमने मुनासिब नहीं समझा क्योंकि आमने-सामने के युद्ध का प्रशिक्षण हमें नहीं दिया गया था। हम जानते थे कि आमने-सामने की लड़ाई में प्रशिक्षित पाक फ़ौजियों के सामने हम अधिक देर तक नहीं टिक सकते। और फिर संख्या में भी अवश्य ही पाक फ़ौजी हमसे अधिक रहे होंगे, यह सोचकर मैंने वहाँ से कूच करने का निर्णय लिया। हमारा मकसद पूरा हो चुका था। हमने उन्हें यह जतला दिया था कि हम हैं। इस गाँव के लोग अनाथ नहीं हैं। उन पर हुए अत्याचार का बदला लेनेवाला भी कोई है।

उस दिन पूरा शापगाछतला गाँव राख में तब्दील हो गया था। गाँव के आधे लोग मारे गए थे; आधे भाग गए थे। फूफाजान का कोई अता-पता नहीं था। अलाउद्दीन भाई, जो हमारे साथ थे, पागलों की तरह अपने घरवालों को ढूँढ़ते फिर रहे थे। इसमें कोई शक नहीं था कि पाक फ़ौजी हमें ही ढूँढ़ने आए थे। न पाकर हमारे आश्रयदाताओं को अपने क्रोध का शिकार बना गए। आत्मग्लानि से दग्ध हृदय को मैं बार-बार यह कहकर सांत्वना दे रहा था कि शायद विधाता को यही मंजूर था।

उदास होकर हम देहरादून कैम्प के मुक्तियोद्धाओं के साथ आगे की रणनीति तय करते हुए करीब ढाई-तीन मील दूर के एक दूसरे द्वीप पाड़ा में आश्रय लेने चले गए।

रेल लाइन के दक्षिण की ओर के उस अनजान से द्वीप पाड़ा में उतरकर हम सावधानी से पोज़िशन लेते हुए आगे बढ़ रहे थे कि अचानक सामने एक विशाल पेड़ से कूदकर एक व्यक्ति "मुक्ति आइसे...मुक्ति आइसे..." चिल्लाता हुआ हमारे सामने आ खड़ा हुआ। हम उस पर निशाना साध ही रहे थे कि नंगे बदन एक फटी-पुरानी लुंगी पहना वह दुबला-पतला आदमी चिल्ला उठा, "मुझे मत मारिए। मैं आपलोगों का दोस्त हूँ। मैं कब से आपलोगों का इन्तज़ार कर रहा था। आइए-आइए।"

"लेकिन हमारी तो यहाँ आने की कोई बात नहीं थी।" उसके आचरण से आश्चर्यचकित होते हुए आलम ने कहा। "तो क्या हुआ ? मैंने सुना है, आस-पास के गाँवों में रोज कहीं न कहीं से मुक्तिवाहिनी के लोग आकर डेरा डाल रहे हैं। हमने रेडियो में भी सुना है। स्वाधीन बांग्ला बेतार केन्द्र से कहा गया है कि मुक्तियोद्धाओं को घर-घर में स्थान देना होगा। हर गाँव में उन्हें छिपाकर रखने की व्यवस्था करनी होगी। स्वय न खाकर भी उन्हें खिलाना होगा। ठीक ही कहा जा रहा है। आपलोगों ने हमारी रक्षा का बीड़ा उठाया है। अगर हम आपलोगों के लिए कुछ कर सकेंगे तो समझेंगे, मातृभूमि के लिए कुछ करने का सौभाग्य मिला है हमें। मुझे यकीन था कि एक न एक दिन हमारे गाँव में भी मुक्तिवाहिनी आएगी। इसीलिए तो मैं रोज इस ऊँचे पेड़ पर चढ़कर दूर तक देखा करता था कि कहीं किसी गाँव में, किसी नाव में मुक्तियोद्धाओं का कोई दल दिख जाए। दरअसल मैं भी अपनी मातृभूमि के लिए कुछ करना चाहता हूँ। अगर किसी भी तरह से आप लोगों के काम आ सकूँ तो समझूँगा कि मेरा जीवन धन्य हो गया। मैं गरीब मजदूर आपलोगों के लिए ज़्यादा कुछ तो नहीं कर सकता लेकिन मेरे पास एक खस्सी है, जिसे मैंने बेचा नहीं। आप ही लोगों के लिए बचाकर रखा है। उसी से आपलोगों के लिए एक दिन के भोजन का प्रबन्ध कर सकता हूँ। चलिए इस गरीब के घर चलिए।"

उस व्यक्ति का छल-कपटहीन चेहरा, उसकी आत्मीयता, मातृभूमि के प्रति उसके अगाध प्रेम ने हमें उस पर विश्वास करके उसके साथ चलने को मजबूर कर दिया।

दूसरों का घर बनाकर अपना तथा अपने परिवार का पेट पालनेवाले उस गरीब घाँड़ामी (घर बनानेवाला मजदूर) ने अपनी छोटी-सी कुटिया में हमारे स्वागत के लिए अपना बड़ा-सा दिल बिछा दिया, "मेरी इस छोटी-सी अभागी किस्मत की तरह मेरा यह घर भी छोटा और जराजीर्ण है। बिछाने के लिए फटी चटाई और कुछ पुरानी कथरियों के अलावा कुछ और दे भी नहीं सकता। फिर भी मैंने आप लोगों को अपने घर पर बुलाने की जो धृष्टता की है, उसके लिए मुझे माफ़ कर दीजिएगा।"

फिर से मूसलाधार बारिश शुरू हो गई थी। हमारे साथी मुक्तियोद्धाओं में से कई अस्त्र-शस्त्रों की रखवाली के लिए नाव में ही रह गए थे। हमारा मेजबान हमारे लिए भोजन की व्यवस्था करने में लग गया और झोपड़ी में बैठे-बैठे हमने पाक फ़ौजियों को एक सबक सिखाने का निर्णय लिया।

हम मुक्तियोद्धाओं की संख्या अब बाईस हो गई थी। अब्दुल रहता तो तेईस होती। हमारे साथी दल के बजरे में काफी हथियार तथा विस्फोटक सामग्री थी, इसलिए हमने कोई बड़ी कार्रवाई करने का निर्णय लिया। दोपहर तक बारिश रुक गई। खाना खाकर हम फिर विचार-विमर्श करने बैठ गए।

काफी सोच-विचार के बाद हमने पाक-फ़ौजियों को ढोकर ले जाती एक ट्रेन को उस

पुलिया समेत उड़ाने का प्लान बनाया जो (पुलिया) उस गाँव के बिलकुल पासवाले रेलवे लाइन पर थी, जिस गाँव को कल जलाया गया था। हमारे साथी मुक्तियोद्धाओं का कहना था कि उस विशेष ट्रेन से सीमान्त प्रदेशों के बंकरों तथा कैम्पों में तैनात पाक फ़ौजी आते-जाते हैं। इतना ही नहीं, उनके लिए रसद तथा अस्त्र-शस्त्र भी ढोने का काम वह ट्रेन करती है इसलिए यदि हम उस ट्रेन को पुलिया समेत उड़ाने में सफल होते हैं तो यह हमारे लिए एक बड़ी उपलब्धि होगी।

सारी बातें तय करके हमने अपने मेजबान घॉड़ामी को, जिसने अपना नाम इलियास बताया था, 'रेकि' करने भेजा। साथ में माँझी के वेश में बबलू गया ताकि इलियास पर नज़र रखी जा सके। उस पर हमें पूरा विश्वास हो चुका था, फिर भी सावधानी तो बरतनी ही थी।

मछली पकड़नेवाली छोटी नाव पर चढ़कर बबलू के साथ इलियास खुशी-खुशी पुलिया के आस-पास की स्थिति का पता लगाने निकल पड़ा था। हमारे कहने पर उसने अपने एक पड़ोसी को पास के रेलवे स्टेशन में उस विशेष ट्रेन के गुज़रने के सही समय का पता लगाने भेज दिया था जिसे हम उड़ाना चाहते थे। इलियास जब अति उत्साह के साथ हमारे लिए रेकि करने निकला तब भय-सा होने लगा।

आँदू मियाँ, जिसने हमारे लिए मुखबिरी की थी, अग्निकांड के बाद न जाने कहाँ खो गया था। पता नहीं फूफाजान भी अब ज़िन्दा हैं या नहीं। 'भगवान करे, इस बेचारे इलियास को हमारे कारण कोई क्षति न पहुँचे।' मन ही मन मैंने ईश्वर से प्रार्थना की।

इलियास और बबलू ने आकर एक बुरी ख़बर दी। बताया कि पुलिया के पास ही रेलवे लाइन के किनारे कैम्प बनाकर कुछ रजाकार रह रहे हैं।

समझ गया कि मुक्तियोद्धाओं द्वारा विभिन्न अंचलों में रेलवे पुल उड़ाने की घटनाओं से भयभीत होकर पाक शासकों ने पुलिया की रखवाली के लिए दूसरी जगहों की तरह यहाँ भी रज़ाकारों को अस्त्र-शस्त्र देकर तैनात कर दिया है।

अब क्या किया जाए ? आज की रात तो बेकार चली गई। हम चिन्ता में पड़ गए। लेकिन एक बार रेल तथा रेलवे पुल उड़ाने का निर्णय ले-लेने के बाद हम सबके मन में उस कार्य को अंजाम देने की इतनी तीव्र इच्छा जाग उठी कि हमने स्वयं जाकर आस-पास कोई दूसरी जगह ढूँढ़ने का निर्णय लिया। हमारा पक्का इरादा देखकर इलियास ने कहा, "सुन्दरगढ़ गाँववाली पुलिया से पूरब की ओर कुछ दूर पर एक और रेल-पुलिया है। अगर वहाँ रजाकारों को तैनात नहीं किया गया होगा तो वहाँ भी आपलोग अपना काम कर सकते हैं। कहें तो मैं जाकर देख आऊँ ?"

"सिर्फ़ पुलिया रहने से ही तो नहीं होगा। रेलवे लाइन के दोनों ओर अगर सिर्फ़ पानी ही पानी हो तो नहीं चलेगा। पुलिया के उत्तर या दक्षिण किसी एक दिशा में करीब डेढ़ सौ गज दूर कोई सूखी ऊँची जमीन चाहिए, जहाँ बैटरी लेकर कम से कम दो लोगों के बैठने की जगह हो। तभी तो हम रेलवे लाइन में बिछाए गए माइन का विस्फोट कर पाएँगे।" मैंने अपनी समस्या बताई।

"तो चलिए, आपलोगों में से कुछ लोग मेरे साथ। मैं नाव के ऊपर गोलुई पर बैठूँगा और आप लोग छोई के अन्दर। अगर दूर से वहाँ भी कोई रज़ाकार कैम्प दिख जाए तो हम वापस आ जाएँगे। यदि नहीं तो पास जाकर खुद ही सारी स्थितियों का मुआयना कर लीजिएगा।"

इलियास की बातें हमें जँच गईं। हमारे समूह में से मैं और आलम, चकरौता कैम्प के अनवर और गौतम तथा पंगा कैम्प के अख़्तर और नाज़िमुद्दीन साइट देखने के लिए इलियास के साथ निकल पड़े। डाँड़ चलाने के लिए इलियास ने अपने पड़ोसी जुम्मन को भी ले लिया था। नाव कुछ दूर गई ही थी कि फिर से बारिश शुरू हो गई। करीब एक-डेढ़ मील की दूरी पर इधर-उधर एक-एक द्वीप-गाँव पानी के ऊपर सर उठाए खड़े थे। धुएँ की तरह बरसती मूसलाधार बारिश में पेड़-पौधे से ढके उन गाँवों की धुँधली-धुँधली आकृति अँधेरे में छोटे-छोटे पहाड़-सी लग रही थीं। हमारी नाव एकाग्रचित्त होकर अपनी मंजिल की ओर बढ़ी जा रही थी। जूट के खेतों की आड़ लेते हुए पुलिया के पास जाकर जब इलियास ने हमें हरी झंडी दिखाई तब हम छोई से बाहर निकल आए। इस पुलिया के पास कोई रजाकार कैम्प नहीं था। अँधेरी रात में मूसलाधार बारिश में दूर-दूर तक कोई नज़र नहीं आ रहा था। पुलिया के पास रेलवे लाइन के नीचे की जमीन पानी से लबालब भरी हुई थी।

हम दक्षिण की ओर से पुलिया की तरफ़ आ रहे थे। आस-पास कोई ऊँची तथा सूखी जमीन नज़र नहीं आई जहाँ बैठकर माइन चार्ज किया जा सके।

पर पुलिया के उत्तर की ओर कुछ दूर जाते ही पानी के बीच एक जगह दो तीन बड़े-बड़े पेड़ दिखाई पड़े। पास जाकर देखा, उन पेड़ों के नीचे की जमीन पूरी तरह से पानी में डूबी नहीं थी। बट तथा पीपल के उन वृक्षों के आस-पास जंगली बरसाती पौधों की झाड़ियाँ उग आई थीं। उस स्थान को देखकर अँधेरे में ही हमारी आँखें चमक उठीं। अँधेरा और मूसलाधार बारिश होने के बावजूद हमने एक-दूसरे की आँखों की चमक को महसूस किया फिर आँखों के अन्दाज से रेलवे लाइन तथा उस स्थान की दूरी को नापा। "इन दोनों स्थानों के बीच सौ गज से अधिक दूरी नहीं होगी।" हमारे साथियों में से किसी ने कहा।

"लेकिन इतनी कम दूरी पर बैठकर माइन चार्ज करना खतरे से ख़ाली नहीं होगा। विस्फोट में हम भी मर सकते हैं।" दूसरे ने हमें सावधान करते हुए कहा।

"तब तो हमें यह कार्रवाई ही रद्द कर देनी होगी। देखते नहीं, यहाँ चारों ओर सिर्फ़ पानी ही पानी है। पानी में बैठकर तो माइन चार्ज नहीं किया जा सकता न।"

"ठीक है चलो, वापस जाकर बाकी सभी लोगों से सलाह-मशविरा करते हैं। फिर जैसी सबकी राय होगी वैसा ही करेंगे।"

"वैसे भी अब जो कुछ करना है, कल ही करना है। दिन-भर समय मिलेगा सोचने के लिए।"

जगह देखने के बाद इलियास ने हमें वापस छोई के अन्दर छिप जाने को कहा और स्वयं अपने पड़ोसी जुम्मन के साथ मिलकर नाव खेने लगा। चूँकि तेज़ बरसाती हवा चल रही थी और हम पूरी तरह से भीगे हुए थे इसलिए छोई के अन्दर भी हम ठंड से ठिठुरने लगे। इलियास और जुम्मन को हवा के विपरीत दिशा में नाव को आगे बढ़ाने में एड़ी चोटी का जोर लगाना पड़ रहा था। उन्हें भीगते हुए इतनी कष्ट से नाव चलाते देख मन में तकलीफ हो रही थी। लज्जा भी हो रही थी इसलिए मैंने छोई से बाहर निकलकर कहा, "अब आपलोग अन्दर थोड़ा आराम कीजिए। हमलोग नाव खे लेंगे।"

"नहीं, नहीं। वह ठीक नहीं होगा। क्या पता ? किस वक़्त जल पथ में पहरा देते दुश्मनों से सामना हो जाए। दुश्मनों के पास बड़ी-बड़ी टॉर्च बत्तियाँ होती हैं। आप लोगों को देखते ही वे समझ जाएँगे कि आपलोग 'मुक्ति' हैं।"

"और तुमलोगों को देखकर यह नहीं सोचेंगे कि इतनी रात गए यहाँ क्या कर रहे हो ?" मैंने नहले पे दहला चल दिया।

"हमलोग रात को मछली पकड़ने के लिए तो निकलते ही हैं। हमें मछुआरा समझकर छोड़ भी सकते हैं।"

"अगर तुम दोनों रात-भर इसी तरह भीगते रहोगे और सुबह बीमार होकर खाट पर पड़ जाओगे तो फिर कल रात को हमें राह दिखाकर यहाँ लाएगा कौन ?"

"हमें भीगने की आदत है कॉत्ता। हमें कुछ नहीं होगा। और अब तो हम अपनी बंग माता के लिए काम कर रहे हैं। वे हमें स्वस्थ रखेंगी।"

"बंग माता के मन में अपनी सन्तानों के प्रति यदि इतनी ममता होती तो आज उसके वक्ष में उसकी सन्तानों के खून की नदियाँ नहीं बहतीं। बूड़ी गंगा, पद्मा, मेघना का जल लाल नहीं हो उठता।"

"जब शत्रु बलवान हो और एक बेबस माँ चाहकर भी अपनी सन्तान की रक्षा न कर सके तब उसकी बलिष्ठ सन्तानों को ही अपनी माँ की रक्षा के लिए कमर कस लेना पड़ता है।"

इस तरह आपस में बातचीत, तर्क-वितर्क करते हुए आँधी-पानी में डूबते-उतराते हम वापस इलियास के घर पहुँचे। अपने सभी साथी योद्धाओं को वस्तुस्थिति से अवगत कराया। खतरा उठाकर भी सब के सब कार्रवाई करने के लिए राजी हो गए। चकरौता कैम्प के एक योद्धा ने कहा, "क्यों न हम एक साथ दो-दो वारदातें करें। हमारे पास अस्त्र-शस्त्र भी हैं और सैन्यबल भी।"

"तुम कहना क्या चाहते हो ?" हममें से कइयों ने उसे एक साथ सवाल किया।

"मैं यही कहना चाहता हूँ कि हममें से एक दल एक पुलिया के पास के रजाकार कैम्प पर हमला बोल सकता है और दूसरा दल रेल और रेलवे लाइन की पुलिया उड़ा सकता है।"

विचार बुरा नहीं था। एक साथ दोनों कार्रवाई करके दुश्मनों को एक बड़ा झटका दिया जा सकता था। सबको उसकी बात जँच गई। सर्वसम्मति से दोनों योजनाओं पर मुहर लगा दी गई।

❐ ❐ ❐

अगले दिन सुबह से ही मोर्चे पर जाने की तैयारी शुरू हो गई। कौन किस कार्य में कुशल है, इस बात को ध्यान में रखते हुए सबको अलग-अलग कार्य सौंपा गया। इलियास को रजाकारों की संख्या, उनकी गतिविधि और आस-पास का हालचाल पता करने पुनः रजाकार कैम्प भेजा गया। हम सब नाव पर बैठकर विस्फोट के सामानों को ठीक-ठाक करने लगे।

तय किया गया कि करीब एक सौ बीस फुट लम्बा माइन बिछाया जाएगा। इसके लिए वारदात हेतु चुने गए स्थान के एक सौ बीस फुट की दूरी के लिए करीब बारह स्थानों में गड्ढा करके विस्फोटक रखना होगा। विस्फोटक यानी पी.ई.के.। हर गड्ढे के लिए चार-चार पाउंड पी.ई.के. की आवश्यकता होगी। हिसाब लगाकर हमने अड़तालीस पाउंड यानी एक सौ बिरानवे पैकेट पी.ई.के. को बजरे के ऊपर लकड़ी के पटरे पर ढालकर आटे की तरह गूँधना आरम्भ किया। अच्छी तरह से गूँध लेने के बाद हमने पूरे पी.ई.के. से बारह लोइयाँ बनाईं।

"पता है इन बारह लोइयों की विस्फोटक क्षमता कितनी है ?" अनवर लोई बनाते-बनाते

पास खड़े एक लड़के से पूछ बैठा।

"कितनी ?"

"पाँच सौ चार ग्रेनेड के बराबर।"

"इतनी ?" लड़का चीख़ उठा।

"इसमें चीख़ने या चकित होने की कोई बात नहीं। यदि इसमें इतनी शक्ति नहीं होगी तो यह ट्रेन तथा पुलिया को कैसे उड़ा पाएगा ?"

अनवर की बातों से वह सहमत था, इसलिए वह प्रसंग वहीं रफा-दफा हो गया। फिर तय हुआ कि हम छोटे-छोटे समूहों में बँटकर आवश्यक अस्त्र-शस्त्रों के साथ अलग-अलग नावों में मोर्चे पर जाएँगे। बड़ी नाव हमारे पीछे-पीछे जाएगी और एक खास दूरी पर खड़ी रहेगी। उसी नाव पर अतिरिक्त अस्त्र-शस्त्र रहेंगे। आवश्यकता पड़ने पर.ही उनका उपयोग किया जाएगा।

इलियास ने रेकि करके वापस आकर हमें हरी झंडी दिखा दी थी। उसी ने हमारे लिए अतिरिक्त नावों का जुगाड़ कर दिया। आज के भोजन के लिए उस द्वीप पाड़ा के लगभग सभी घरों से लोगों ने चावल, दाल, सब्जी, मछली वगैरह भिजवाए ताकि गरीब इलियास को अकेले इतने सारे लोगों का भार वहन नहीं करना पड़े। इन गरीब गाँववालों पर बोझ बनकर रहने में बड़ा संकोच हो रहा था लेकिन साथ ही उस्ताद जी का निर्देश भी याद आ रहा था—"जनसाधारण के बीच रहकर उन्हीं की मदद से आपलोगों को यह युद्ध जीतना होगा। यदि कोई गरीब मेजबान अकेले पूरे दल का भार उठाने में असमर्थ हों तो आस-पास के विभिन्न घरों से एक-एक मुट्ठी चावल, दो-चार सब्जियाँ माँगकर भी अपने भोजन की व्यवस्था करनी होगी। इसके अलावा और कोई चारा नहीं। बिना भोजन के आप लोग लड़ेंगे कैसे ? आपको अपने लिए कमाने की न तो सुविधा होगी और न ही इसके लिए आपके पास वक़्त होगा। इसलिए बिना संकोच किए आपको अपने लोगों से भोजन माँगकर खाना होगा। पता है, वियतनाम सेनावाहिनी के प्रधान जनरल गियापेर ने युद्ध के समय अपनी गुरिल्ला वाहिनी से क्या कहा था? उन्होंने कहा था, 'यदि तुमलोग एक गाँव के लोगों को अपना मित्र बना सके तो समझना कि तुमने एक शत्रु बटालियन को पराजित करने से भी बड़ी सफलता हासिल की है क्योंकि यही गाँववाले जब तुम्हें भोजन देंगे, आश्रय देंगे, छिपकर शत्रु पर वार करने में तुम्हारी मदद करेंगे तो तुम एक नहीं, कई शत्रु बटालियन को पराजित करने में सफलता प्राप्त कर लोगे।' "

अँधेरा होने तक हमने कार्रवाई के लिए आवश्यक तार, गाड़ी की बैटरी, सेफ्टी फ्यूज, डेटोनेटर, हैंड ग्रेनेड, स्टेनगन, बुलेट आदि विभिन्न साजो-समान कई अलग-अलग नावों में छोई के अन्दर रख लिया और अँधेरा कुछ गाढ़ा होने पर तय कार्यक्रम के अनुसार अपनी-अपनी नावों पर सवार हो गए। आकाश साफ था। खुशी हुई। काम होने तक बारिश न हो, यह प्रार्थना करते हुए हम आगे बढ़ चले।

पहले हम सभी उस पुलिया के पास गए जहाँ माइन विस्फोट करना था। पुलिया के पास रेलवे लाइन पर पूरब-पश्चिम दोनों दिशाओं में पहरे पर हमारे दो-दो साथी स्टेनगन लेकर खड़े हो गए। उत्तर की ओर जूट खेत की ओट में दूर खड़ी बड़ी नाव पर तीन लोग अस्त्रागार के पहरे पर रह गए। दो नावों में मुक्तियोद्धाओं के दो दल रज़ाकारों से निपटने पश्चिम की ओर निकल पड़े। फिर हमारे बाकी योद्धा अपनी-अपनी नावों को पास के बट-वृक्ष से बाँधकर

रेल लाइन पर जा चढ़े। पुलिया के पश्चिमी छोर पर रेल लाइन के करीब एक सौ बीस फुट की जगह को फीते से नापा गया। उसे बारह भागों में बाँटकर उस पर निशान लगा दिया गया। फिर निशान लगे स्थान के नीचे पत्थरों को सब्बल तथा हाथ से जल्दी-जल्दी बाहर निकाला जाने लगा। इस काम में हमें काफी मशक्कत करनी पड़ रही थी। पत्थरों पर सब्बल की मार पड़ते ही काफी आवाज़ हो रही थी। डर था कि कहीं दूर पहरे पर तैनात रजाकारों तक न यह आवाज़ पहुँच जाए। वैसे हमारी दूसरी टुकड़ी उन पर नज़र रखने के लिए पहले ही जा चुकी थी इसलिए हम थोड़ा निश्चिन्त थे।

खून-पसीना एक करके पत्थरों को हटाने के बाद हमने रेल लाइन के चिह्नित बारह हिस्सों में एक-एक कर पी.ई.के. की गुँथी हुई लोइयाँ रखीं। डेटोनेटिंग कार्ड से उन सभी माइन को जोड़ने के बाद पत्थरों से डेटोनेटिंग कार्ड और माइन को अच्छी तरह से ढँक दिया। माइन के पश्चिमी सिरे पर एक इलेक्ट्रिक डेटोनेटर लगाकर उसके दोनों पोलों में तार लपेटा गया। उसी तार के अगले सिरे को फिर रेल लाइन के आसपास उगी घास-फूस के बीच से खींचते हुए नीचे पानी के ऊपर से बट-वृक्ष के तने के पास तक ले जाकर एक छोटे-से पौधे के साथ बाँध दिया गया।

वृक्ष के नीचे की भीगी मिट्टी में ही एक प्लास्टिक के बैग के ऊपर बैटरी को रखकर झाड़ियों के बीच जगह बनाई गई और यथासम्भव अपने आप को छिपाते हुए हम तीनों यानी मैं, आलम, तथा शाहताब बैठ गए। हम तीनों के हाथ में एक-एक स्टेनगन था।

रहमत ने एक बार फिर से पूरी तैयारी का मुआयना किया और एक छोटी नाव में चार योद्धाओं के साथ हमसे थोड़ी दूर एक जूट खेत की ओट में जाकर छिप गया। आवश्यकता पड़ने पर उन्हें हमारी मदद को आना था। बाकी लोग रजाकार कैम्प की ओर बढ़ने लगे ताकि उस तरफ़ गए दल की मदद कर सकें।

तय यही हुआ था कि जैसे ही पश्चिम की ओर से ट्रेन आकर रजाकार कैम्प को पार करके हमारी तरफ़ बढ़ेगी, रजाकार कैम्प पर हमला बोल दिया जाएगा। इधर पुलिया के पहले हमारे बिछाए गए माइन पर इंजन के घुसने के साथ ही हम माइन चार्ज कर देंगे। फिर सभी भागकर अस्त्रागारवाली नाव के पास जाएँगे और जल्दी-जल्दी जाकर पुनः द्वीप पाड़ा में छिप जाएँगे। चूँकि सभी नावें गाँववालों की हैं, इसलिए उन पर शक नहीं होगा।

सब कुछ प्लान के मुताबिक हो रहा था। हमारे कठोर गुरिल्ला प्रशिक्षण को व्यवहार में लाने का वक़्त आ चुका था। बट-वृक्ष के नीचे बैठे-बैठे हम ट्रेन के आने का इन्तज़ार करने लगे। गनीमत थी कि बारिश नहीं हो रही थी। लेकिन गीली जमीन पर पाल्थी मारकर भी बैठा नहीं जा रहा था। ऊपर से झाड़ियों के बीच मच्छर, जोंक तथा कीड़े-मकोड़े हमें इस कदर परेशान करने लगे कि वहाँ बैठे या खड़े रहना ही असम्भव हो उठा। ट्रेन आने में देर थी। घड़ी के रेडियम लगे डायल में दो बजे थे जबकि ट्रेन को करीब साढ़े तीन बजे यहाँ से गुज़रना था। "चलो नाव में थोड़ी देर घूम आते हैं।" मैंने कहा।

"नहीं। अब इन अन्तिम क्षणों में किसी प्रकार का खतरा नहीं उठाना चाहिए। अपनी-अपनी पोज़िशन में बने रहना ही उचित होगा। ट्रेन समय से पहले भी तो आ सकती है।" शाहताब ने आदेशात्मक स्वर में हमें कहीं जाने से रोका। अलबत्ता स्टेनगन को बगल में रखकर देह से जोंक झाड़ते हुए, मच्छरों तथा कीड़े मकोड़ों को उड़ाते, भगाते हुए वहीं जमे रहना पड़ा।

"ट्रेन आने तक इसी तरह कत्थक नृत्य करते रहना पड़ेगा क्या ?" आलम ने खीझकर पूछा।

"अच्छा ही तो है। इन कीट-पतंगों में उलझे रहने के कारण हमारी नसतोड़ उत्तेजना कुछ कम तो हो रही है न।" मैंने चुटकी ली।

खैर ! पहाड़-सी लम्बी...नहीं, नहीं रेल लाइन-सी लम्बी घड़ियाँ बीत ही गईं और ठीक तीन बजकर चालीस मिनट पर दूर से आती ट्रेन की सीटी सुनाई पड़ी। उत्तेजना से दोनों कान गर्म हो उठे। सिर की समस्त सिराओं में रक्त की गति काफी बढ़ गई। दिल पर हथौड़ा सा चलने लगा। आलम हाथ में टॉर्च लेकर तैयार हो गया। शाहताब ने जल्दी-जल्दी पौधे से बँधे तार को खोलकर मेरे हाथों में थमा दिया। चूँकि माइन चार्ज करने का दायित्व मेरा था इसलिए तार को दोनों हाथों में पकड़कर मैं घुटनों के बल जमीन पर बैठ गया। इस वक़्त कीचड़, पानी, जोंक या मच्छर की बात दिमाग में आई ही नहीं। मैंने अपना सारा ध्यान बैटरी और तार पर केन्द्रित कर लिया।

"क्या अर्जुन ने स्वयंवर सभा में मछली की आँखों को वाणबिद्ध करते समय इसी तरह से अपने ध्यान को केन्द्रित किया था ?" पता नहीं क्यों उन दम घोंटू पलों में भी यह विचार दिमाग में कौंधा।

ट्रेन क्रमशः नजदीक आ रही थी। शरीर के अंग-प्रत्यंग चौकन्ने हो उठे थे। अँधेरा भी मानो जाग उठा था। हमें सबकुछ साफ-साफ दिखाई दे रहा था। दोनों हाथ बैटरी के पास और दोनों आँखें अँधेरे को चीरती हुई पश्चिम की ओर से आती ट्रेन पर स्थिर हो गई थीं। देखते ही देखते ट्रेन ने हमारे माइन फिल्ड में पदार्पण कर ही दिया। इंजन तथा इंजन के पीछे का आर्मी कम्पार्टमेंट ही हमारा मुख्य निशाना था। 'आलम टॉर्च जलाओ' कहकर मैं अपनी उँगलियों में लिपटे तार के दोनों मुँह को बैटरी के टर्मिनल के पास ले गया। उँगलियाँ अवश हो रही थीं। आलम ने त्वरित टॉर्च जलाई, मैंने पता नहीं कैसे-कैसे काँपते हाथों से बैटरी के टर्मिनल में तारों को सटाया और सिर उठाकर सामने की ओर फटी-फटी आँखों से देखने लगा। एक विध्वंसक आवाज़ कानों से टकराई। रेल लाइन के ऊपर से आसमान की ओर आग का विशाल गोला उठने लगा। उस विकट आवाज़ और आग की चकाचौंध से हम मानो अन्धे-बहरे हो उठे। इस भयावह परिस्थिति से उबरने से पहले ही बिलकुल पास धप्प की आवाज़ हुई और "आह!" कहकर शाहताब एक तरफ़ लुढ़क गया। कुछ समझने से पहले ही असंख्य पत्थर आकर हमारे आस-पास गिरने लगे। कीचड़-पानी की तो मानो बरसात ही होने लगी। जिस बात का डर था, वही हुआ। विस्फोट के कारण रेल लाइन का पत्थर उड़कर हमारे साथी को ही घायल कर गया था। सर पर हाथ रखकर मैं और आलम बट-वृक्ष के पीछे जा बैठे। इससे पहले कि हम शाहताब को उठाते, वह लुढ़ककर पानी में जा गिरा था। इधर सामने पुलिया सहित रेलगाड़ी बीच से टूटकर लटक गई थी। एक के ऊपर एक चढ़ी बोगियों के अन्दर फँसे यात्रियों की चीख़ें वातावरण को भयावह बना रही थीं। आलम ने हताशा भरे स्वर में कहा, "ट्रेन में हमारे अपने लोग भी तो होंगे रे।"

"आजकल इस रूट की ट्रेनों के पैसेंजर कम्पार्टमेंट में पाक फ़ौजियों के डर से हमारे लोग चढ़ते ही कितने हैं ?" अपने आपको यथासम्भव कठोर बनाते हुए मैंने जवाब दिया। फिर आलम के साथ मिलकर पानी से खींचकर शाहताब को नाव में उठाया, बैटरी को नाव में लादा और जल्दी-जल्दी डाँड़ चलाकर बड़ी नाव की ओर बढ़ने लगा।

पानी में आपादमस्तक भीगे शाहताब के मुँह से कोई आवाज़ नहीं निकल रही थी। वह अचेत था। पत्थर की मार से सिर कुचल-सा गया था। खून की गंगा बह रही थी। सीने पर हाथ रखकर देखा, अभी भी साँस चल रही है। लेकिन बड़ी नाव में पहुँचने तक वह ज़िन्दा भी रहेगा या नहीं, इस पर हमें शक था। चूँकि मुझे और आलम को डाँड़ चलाना पड़ रहा था इसलिए छोई के अन्दर लिटाए गए शाहताब पर ज़्यादा ध्यान देना भी सम्भव नहीं हो रहा था। जल्द से जल्द हमें उस इलाके को छोड़कर दूर निकल जाना था। रजाकारों के कैम्प में हमला बोलने गए हमारे साथी मुक्तियोद्धाओं के लिए भी चिन्ता हो रही थी। न जाने वे किस हाल में होंगे...न जाने वे अपने मिशन पर सफल हुए भी हैं या नहीं...।

जूट और धान के खेतों की ओट में खड़े हमारे साथी मुक्तियोद्धाओं की नाव भी हमारे आगे-आगे बड़ी नाव की दिशा में बढ़ रही थी। हमें नाव लेकर आते देख उन्हें लगा होगा कि हम सब सही सलामत हैं। नाव खेते-खेते हम काफी दूर निकल गए लेकिन बड़ी नाव कहीं नज़र नहीं आई। पीछे की ओर रेलयात्रियों की चीख़-पुकार मची हुई थी। सुनसान रात में आदिगन्त गूँजती वे मर्मांतक चीख़ें हमारी अन्तरात्मा से टकरा-टकराकर वापस चली जा रही थी। हम चाहकर भी उन्हें पकड़कर नहीं रख पा रहे थे। क्या करते? वे चीख़ें हम पर अकथ्य अत्याचार करनेवाले जल्लादों की जो थीं वरना बंग माता की सन्तति इतनी पत्थर दिल तो नहीं थी कि किसी की चीख़ सुनकर उसे बचाने को न दौड़ पड़तीं।

इधर नाव में पड़े घायल साथी को बचाने के लिए उसे जल्द से जल्द बड़ी नाव तक ले जाना ज़रूरी था। उस नाव में आपात् चिकित्सा की कुछ व्यवस्था है, कुछ ज़रूरी दवाएँ हैं, लेकिन पता नहीं, यह अभागा तब तक अपनी साँसों को खींच पाएगा या नहीं। हमारे ऑपरेशन के सफल होने के बावजूद मन में विषाद की एक गहरी छाया मँडरा रही थी। क्या ऐसी ही छाया महाभारत युद्ध में विजय प्राप्त करने के बाद युधिष्ठिर के हृदय को आच्छादित कर गई थी ?

मुसलमानों के इस राष्ट्र में पता नहीं क्यों बार-बार मुझे महाभारत के पात्र याद आ रहे थे। वैसे यह गलत भी तो नहीं था। क्या यहाँ भी, मुसलमानों के इस मुल्क में भी आज महाभारत का युद्ध ही छिड़ा हुआ नहीं है ? क्या पाकिस्तान के पश्चिमी प्रान्त के मुसलमान भाई पूरे देश पर राज करने के लिए पूर्वी पाकिस्तान के मुसलमान भाइयों के खिलाफ लड़ नहीं रहे हैं ? क्या उसी तरह वे उन्हें उनके न्यायोचित अधिकारों से वंचित नहीं कर रहे हैं ? क्या दुर्योधन की भूमिका निभा रहे याहिया, युधिष्ठिर मुजीबुर्रहमान को उनका हक देने में आनाकानी नहीं कर रहे हैं ? क्या भीष्म, कृपाचार्य, द्रोणाचार्य रूपी देश की समस्त शक्तियाँ पश्चिमी पाकिस्तानियों के हाथों केन्द्रित नहीं है ? क्या भारतवर्ष सत्य और न्याय की रक्षा के लिए आज कृष्ण बनकर पूर्वी पाकिस्तानियों के पक्ष में नहीं उठ खड़ा हुआ है ? इसीलिए, शायद इसीलिए आज मुझे इस विकट परिस्थिति में बार-बार महाभारत के पात्रों की याद आ रही है। लेकिन एक भरोसा है जिसने मुझे अब भी सोचने-समझने लायक बना रखा है। मुझे पूरा भरोसा है कि जब कृष्ण रूपी भारतवर्ष हमारे साथ है तब जीत अवश्य हमारी ही होगी—सत्य और न्याय की जीत, बांग्लादेश की जीत ! जय बांग्ला ! जय मातृभूमि !

मन में पता नहीं ऐसे कितने विचार उठ रहे थे। धीरे-धीरे अँधेरा छँट रहा था। सूर्यदेव घोड़ों पर सवार होकर बाहर आ रहे थे। हमारी तरह उनका देश जल में डूबा हुआ नहीं है, इसलिए। वरना उन्हें भी नाव की सवारी करनी पड़ती। हमारा साथी नाव में निस्तेज़ पड़ा

हुआ मृत्यु की घड़ियाँ गिन रहा था। बीच-बीच में मैं या आलम जाकर उसे हिला-डुला आते थे। काफी दूर जाने के बाद हमें बड़ी नाव नज़र आई। हमें देखते ही बड़ी नाव में उपस्थित साथी खुशी से चीख़ उठे। उन्हें क्या पता था कि यह खुशी क्षणस्थाई है।

जल्दी-जल्दी वहाँ पहुँचकर शाहताब को बड़ी नाव में लिया। लेकिन हमारा दुर्भाग्य ! शाहताब की हृदयगति थम चुकी थी। चकरौता कैम्प के गुरिल्लों के बीच शोक की लहर व्याप्त हो गई। दुखी हम भी थे। ऑपरेशन की सफलता की खुशी शाहताब की मौत के दुख में दबकर रह गई।

हमारे वहाँ पहुँचने के कुछ ही देर बाद रजाकारों से निपटने गए मुक्तियोद्धाओं के दोनों दल वापस आ गए। अपने ऑपरेशन में वे भी सफल हुए थे। लेकिन दुर्भाग्य से उस ऑपरेशन में भी दो साथियों को खोना पड़ा था। जिस समय उन्होंने रजाकार कैम्प में ग्रेनेड से हमला किया, उस समय रजाकार सो रहे थे। कैम्प के अन्दर के सारे रजाकार तो मुक्तियोद्धाओं के ग्रेनेड तथा स्टेनगन की गोलियों से मारे गए लेकिन तीन-चार रजाकारों ने, जो सेन्ट्री ड्यूटी देते-देते रेल लाइन पर थोड़ा आगे बढ़ गए थे, अचानक पीछे से हमारे साथियों पर हमला बोल दिया था। रजाकारों के पास थ्री नॉट थ्री राइफलें थीं। कुछ समझने से पहले ही हमारे दो साथी उनकी गोलियों का निशाना बन गए। बाद में उन रजाकारों को भी हमारे मुक्तियोद्धाओं ने मार गिराया। फिर रजाकार कैम्प से जल्दी-जल्दी अस्त्र-अस्त्र लूटकर अपने दो मृत साथियों की लाशों के साथ वे नाव खेते हुए बड़ी नाव पर आ पहुँचे। बड़ी नाव पर काफी भीड़ थी। इतने सारे मुक्तियोद्धा थे, तीन लाशें थीं, उनसे लिपटा हुआ ढेर सारा दुख था, रजाकार-कैम्प से लूटे गए नए अस्त्र-शस्त्र थे और थीं दो बड़े ऑपरेशन की कामयाबी की खुशी।

इलियास और उसका मित्र जुम्मन, जिन्हें हमने ऑपरेशन के समय बड़ी नाव पर ही रख छोड़ा था, अपनी-अपनी नावों पर जा बैठे थे। गाँव की अन्य दो नावों को खेते हुए हमारे साथी मुक्तियोद्धा द्वीप पाड़ा ले जा रहे थे। सुबह हो जाने के कारण जलपथ में लोगों का आवागमन शुरू हो गया था। वैसे हमें पता था कि विस्फोट और गोला-बारूद की आवाज़ से दूर-दूर तक के लोगों की नींद उचट गई होगी। पाक फ़ौजियों की तो नींद ही हराम हो गई होगी। और हमारा मकसद ही तो उनकी नींद हराम करना था ताकि उनका मनोबल टूटता रहे और वे अपने नुकीले पंजों से हमें मुक्त कर दें।

भूख, प्यास और थकान से हम सभी के चेहरे सूख गए थे। नाव पर भोजन पकाने की व्यवस्था थी। चूड़ा-मूड़ी, गुड़ आदि कुछ सूखी भोजन-सामग्री भी थीं। मुँह धोकर हमने थोड़ा-थोड़ा पेट में डाल दिया। इलियास और जुम्मन ने ही एक द्वीप-पाड़ा में हमारे मृत साथियों को दफ़नाने की व्यवस्था कर दी। दोपहर तक चुपचाप उन्हें दफ़ना दिया गया। उन्हें दफ़नाते समय बार-बार अब्दुल की याद आ रही थी। बेचारे को तो दफ़ना भी नहीं पाए थे हम। क्या पता उन जल्लादों ने उसकी लाश को गिद्ध, कौओं और कुत्तों के हवाले ही कर दिया हो। "अब जल्द से जल्द हमें इस इलाके से दूर चले जाना चाहिए।" पंगा कैम्प के रहमत ने कहा, "पाक फ़ौजी हमें कुत्तों की तरह ढूँढ़ रहे होंगे। हमारा यहाँ रहना इस पाड़ा के लोगों के लिए खतरे का सबब भी बन सकता है। आज की रात ही हमें यहाँ से कूच करना होगा।"

"हाँ। हमें नया हाइड आउट ढूँढ़ना होगा।" रहमत का साथी मुक्तियोद्धा बाबला ने भी अपनी सहमति जताई।

"लेकिन यहाँ से जाएँगे कहाँ ?" आलम ने पूछा।

"हमें तो अपने कैम्प में लौटना है।" मैंने याद दिलाया, "मेजर अख़्तर को रिपोर्ट करने। फिर वहाँ वे जैसा आदेश देंगे, वैसा करेंगे।"

"जब मेजर सुनेंगे कि हमने पहली ही बार में इतना सारा काम किया है तो वे बहुत खुश होंगे।" रियाजुद्दीन ने उत्साहित होते हुए कहा, "देखना कैम्प लौटने पर वे हमारे लिए खस्सी-भोज का आयोजन ज़रूर करेंगे।"

"लेकिन अब्दुल... ? अब्दुल के बिना हम कैसे कैम्प लौटेंगे ? वहाँ जाकर कैसे कहेंगे कि अब्दुल अब इस दुनिया में नहीं है ?" आलम ने जैसे ही अब्दुल का प्रसंग छेड़ा हमारे चेहरों से जीत की खुशी काफ़ूर हो गई। अब हमें अब्दुल के बिना ही कैम्प लौटना था।

उसी रात रहमत हक अपने दल-बल के साथ नए हाइड आउट के लिए निकल पड़ा और हम भारत स्थित अपने कैम्प के लिए। चूँकि हमारे पास अपनी नाव नहीं थी इसलिए जुम्मन और इलियास एक नाव लेकर हमें छोड़ने जा रहे थे।

उस रात भी मूसलाधार बारिश हो रही थी। यह बारिश मानो हम मुक्तियोद्धाओं के लिए वरदान थी। अँधेरी रात और मूसलाधार बारिश में पाक फ़ौजियों के बाहर निकलने की सम्भावना काफी कम रहती थी। उस भरी बरसात में हमारे ग्राम-बांग्ला में चारों ओर इतना जल होता था कि हम जिधर चाहें, बहते हुए जा सकते थे। चलते-चलते रियाजुद्दीन ने एक द्वीप-गाँव को, जो पन्ने पर बेमन से उकेरे गए धब्बेनुमा चित्र की तरह लग रहा था, दिखाकर बोला, "पता है, वह कौन-सा गाँव है ?"

"कौन-सा गाँव ?"

"खोईडांगा। अरे वही गाँव जिसमें शान्ति कॅमिटी का चेयरमैन सलीम मियाँ रहते हैं।"

"हाँ-हाँ। इसी गाँव में रहते हैं सलीम मियाँ।" जुम्मन और इलियास ने भी रियाजुद्दीन की बात का समर्थन किया।

"अरे तब तो हम जाते-जाते एक और ऑपरेशन कर सकते हैं।" मैंने चहकते हुए कहा।

"क्या मतलब ?" आलम चौकन्ना हो उठा।

"मतलब यही कि जब हमें यहाँ से चले ही जाना है तो क्यों न इस इलाके को शत्रुमुक्त करके ही जाएँ। वह सलीम मियाँ इस इलाके में पाक शासकों का सबसे बड़ा दलाल है। इस वक़्त वह निश्चिन्त होकर सो रहा होगा। उसने सपने में भी नहीं सोचा होगा कि बगल के गाँव में दमन की इतनी बड़ी वारदात होने के बाद आज ही मुक्तियोद्धाओं का कोई दल उस पर हमला बोलने का दुस्साहस कर सकता है।"

"तो आप कहना चाहते हैं कि इसी मौके का फायदा उठाते हुए हम उसे खत्म कर दें।" मेरे मन की बात मोहसिन की जुबान से निकली।

"आपका विचार तो बुरा नहीं बॉड़ो भाई ! लेकिन क्या रियाजुद्दीन, जुम्मन या इलियास सलीम मियाँ का घर पहचानता है ?" बबलू ने पूछा।

"हाँ कॉत्ता ! हम दोनों तो पहचानते हैं। आप कहें तो सीधे उसके घर के पोखर-घाट पर ले जाकर नाव भिड़ाएँ ?" इलियास शेखी बघारते हुए बोला।

"नहीं, नहीं। उसके घर के पोखर घाट पर नहीं, उसके घर से दो-चार घर दूर के किसी पोखर घाट पर नाव भिड़ाओ।

हम वहाँ से पहले रेकि करेंगे फिर ऑपरेशन के लिए जाएँगे। क्या पता, कहाँ, कौन

दुश्मन छिपा हो।" मैंने सावधानी बरतने के लिए कहा और नाव में छोई के अन्दर बैठे-बैठे ही अपने साथियों के साथ ऑपरेशन सम्बन्धी विचार-विमर्श करने लगा।

थोड़ी ही देर में इलियास ने नाव को पेड़-पौधों से घिरे एक घाट पर ले जाकर खड़ा कर दिया। बारिश की तीव्रता पहले से कम हुई थी मगर पूरी तरह रुकी नहीं थी। घाट के एक तरफ़ घने बाँस के झाड़ थे। इलियास को साथ लेकर बबलू और हैदर बाँस-झाड़ की बगल से ऊँची जमीन पर चढ़कर रेकि करने चले गए। बबलू और मोहसिन के हाथ में एक-एक थ्री-नॉट-थ्री राइफल था। पिछले ऑपरेशन में रजाकार कैम्प से जो अस्त्र-शस्त्र बरामद हुए थे, उनका कुछ हिस्सा हमें भी मिला था। इसलिए अब हमारे दल के किसी गुरिल्ले को कटारी या टाँगी लेकर चलने की आवश्यकता नहीं थी। जल्द ही तीनों रेकि करके लौट आए। छोई के अन्दर आकर हैदर और बबलू ने टॉर्च की रोशनी में काग़ज़ पर लकीर खींच-खींच कर हमें सलीम मियाँ के घर तथा आस-पास की भौगोलिक स्थिति के बारे में बताया। यह जानकर हमें बहुत खुशी हुई कि वहाँ कोई पहरा नहीं है।

कमांडर की हैसियत से मैंने अपने साथियों को आवश्यक निर्देश दिया। फाइनल ब्रीफिंग के बाद हम ऑपरेशन के लिए अपने-अपने अस्त्र-शस्त्रों के साथ नाव से उतर पड़े। इलियास और जुम्मन को हमने नाव में ही बैठकर इन्तज़ार करने को कहा। हैदर और बबलू के बताए रास्ते से चलकर हम सलीम मियाँ के घर के पिछवाड़े के घने बगीचे से होते हुए एक कीचड़ सने डोबा (बहुत छोटा पोखर) के पास जा पहुँचे। डोबा के किनारे ही बाँस की चहारदीवारी थी। चहारदीवारी के अन्दर बाँस के मचान पर लौकी की घनी लत्तर फैली हुई थी। कमर तक कीचड़ में चलकर डोबा को पार करके हमने चहारदीवारी को लाँघा। फिर बाँस के मचान के नीचे से होते हुए हम बड़े-बड़े टीन की छतवाले दो कमरों के बीच की गली से घर के आँगन में जा पहुँचे। बहुत बड़ा आँगन था। पूर्व की ओर गोशाला तथा रसोईघर बने हुए थे। आँगन के दक्षिण की ओर दो और कमरे थे—एक दीवारोंवाला और दूसरा बिना दीवार का। समझते देर न लगी कि पुआल से छाया हुआ बिना दीवारवाला कमरा ही घर का कचहरी-घर है। यह देखकर हम आश्वस्त हुए कि सचमुच वहाँ कोई पहरा नहीं था।

घर के तीनों कमरों के सामने मैं और मेरे साथियों ने कायदे से पोज़िशन ले ली। फिर मैंने स्टेनगन के पिछले भाग से दरवाज़े पर दस्तक देते हुए आवाज़ को यथासम्भव भारी-भरकम करके सलीम मियाँ को आवाज़ देना शुरू किया, "सलीम मियाँ दरवाज़ा खोलो ऽ ऽ ऽ दरवाज़ा खोलो सलीम मियाँ ऽ ऽ ऽ ऽ"

"कौन है ?" बीचवाले कमरे के अन्दर से सलीम मियाँ का नींद से अलसाया कंठस्वर सुनाई पड़ा। चूँकि कुछ दिनों पहले ही फूफाजान के साथ मियाँ को बातें करते सुना था इसलिए उनका कंठस्वर पहचानने में भूल नहीं हुई। अन्य दो कमरों से भी लोगों के हिलने-डुलने और फुसफुसाकर बातें करने की आवाज़ें आने लगीं।

"बाहर आओ सलीम मियाँ। जल्दी बाहर आओ।" मैंने फिर से आवाज़ दी।

"पहले बताइए आप कौन हैं फिर बाहर आऊँगा।" सलीम मियाँ इस बार सचेत होता हुआ बोला।

"हम तुम्हारे बाप हैं।" इस बार मेरे बदले हैदर खीझ कर बोल उठा।

हैदर की बातें सुनकर अन्दर कुछ देर तक खामोशी छाई रही। फिर एकाएक बीचवाले कमरे की बन्द खिड़की के छेद से गोलियाँ चलने लगी। एक गोली मेरे कान के बिलकुल पास

से होकर निकल गई। मैं तुरन्त जमीन पर लेट गया। फिर हम सभी रेंगते हुए उस कमरे से सुरक्षित दूरी में आ पहुँचे और उसके बाद मेरा इशारा पाते ही हैदर, रियाजुद्दीन और मोहसिन ने बीचवाले कमरे में धमाधम तीन ग्रेनेड फेंके। हम सिर्फ़ सलीम मियाँ को ही मारना चाहते थे, उसके परिवार के लोगों को नहीं। लेकिन चूँकि उसने बाहर निकलने के बदले गोलियाँ चलानी शुरू कर दी थी इसलिए मजबूरन हमें उसके कमरे में ग्रेनेड फेंकना पड़ा। जाहिर था कि उस कमरे में उसके अलावा जो भी होंगे, मारे जाएँगे। लेकिन हमारे पास और कोई चारा न था। हमारे पास वहाँ रुककर यह देखने का वक़्त भी नहीं था कि सलीम मियाँ मरा या ज़िन्दा है या फिर उसके साथ, उसके घर के कौन-कौन से सदस्य घायल हुए या मर गए, क्योंकि ग्रेनेड चार्ज करने के बाद विस्फोट की विकट आवाज़ सिर्फ़ उस गाँव में ही नहीं बल्कि उस गाँव की चौहद्दी के बाहर चारों दिशाओं में दूर-दूर तक हमारी उपस्थिति की सूचना दे चुकी थी। हम मानो हवा की पीठ पर सवार होकर अपनी नाव तक पहुँचे। और इलियास तथा जुम्मन जैसे कुशल खेवैयों की बदौलत हमारी नाव हवा से बातें करने लगीं। तेज़ बरसाती हवा रह-रहकर हमारे चेहरों पर बरसाती जल का छिड़काव कर रही थी। और हम एक देशद्रोही को सबक सिखा पाने की परितृप्ति से आत्महारा हुए जा रहे थे।

सलीम मियाँ को तो सबक सिखा दिया लेकिन अब एक और देशद्रोही फतेहरुज्जमान से निपटना बाकी था। कैम्प से आते समय ही हम उस मनसातला-गाँव के शान्ति कॅमिटी के चेयरमैन को खत्म करने का फैसला कर चुके थे। लेकिन सलीम मियाँ से निपटने के बाद कोई और वारदात करना सुरक्षित नहीं था। इसलिए फिलहाल उस फैसले पर अमल न करने का निर्णय लिया हमने।

एक लम्बे सफर के बाद जुम्मन और इलियास ने हमें उसी स्थान पर पहुँचा दिया जहाँ से हमने इस मिशन के लिए नदी पथ की यात्रा शुरू की थी। जुम्मन और इलियास से विदा लेते समय हमारा मन भारी हो उठा। किन शब्दों से उन बहादुर गाँववालों का शुक्रिया अदा करूँ, समझ नहीं पा रहा था। मुक्तियोद्धा न होते हुए भी जिस तरह से उन दोनों ने हमारी मदद की थी, उससे यह कहना कि वे मुक्तियोद्धा नहीं हैं, उनके साथ अन्याय करना होता। इसलिए विदाई के अन्तिम क्षणों में गले मिलते समय मैंने उनसे कह ही दिया, "तुम दोनों भी हमारे साथी योद्धा हो। मुक्तियोद्धा ! हम तुम्हें कभी भूल नहीं पाएँगे। मातृभूमि के लिए लड़े जा रहे इस जंग में तुम लोगों की भागीदारी हम लोगों से किसी भी अर्थ में कम नहीं है। अगर हमारे सभी देशवासी तुमलोगों की तरह मुक्तियुद्ध में कूद पड़ें तो वह दिन दूर नहीं जब हमारी मातृभूमि के आकाश में जय बांग्ला का परचम लहराएगा। जय बांग्ला !"

"जय बांग्ला !" "जय बांग्ला !" "जय बांग्ला !" कहते हुए हम सभी से गले मिलकर उन दोनों ने विदा ली। प्रशिक्षण कैम्प से बांग्लादेश में प्रवेश करते समय जिस गाँव में एक दिन हम ठहरे थे, उसी में दुबारा गए। वह गाँव अब भी महफ़ूज़ था, देखकर अच्छा लगा। पहली बार की ही तरह गाँववालों ने हमारी आवभगत की और बताया कि उनकी रक्षा का बीड़ा भारत में प्रशिक्षित कुछ मुक्तियोद्धाओं ने उठा रखा है। प्रायः रोज ही रात को वे योद्धा भारत स्थित किसी कैम्प से इस इलाके में आते रहते हैं। उन्होंने कई रजाकारों तथा शान्ति कॅमिटी के मेम्बरों को सबक सिखाया है।

गाँववालों ने एक बुरी ख़बर भी दी कि आस-पास के सीमान्त इलाकों में पाक-फ़ौजी

अनेक सशक्त बंकर बनवा रहे हैं। इसके लिए वे आसपास के गाँवों के लोगों को जबरन उठाकर ले जाते हैं और बिना मजदूरी दिए ही निर्माण कार्य करवाते हैं।

सुनकर तन-मन में आग-सी लग गई। हमें तथा हमारे ही मित्रों को मौत के घाट उतारने के लिए हमारे ही लोगों से मरणफाँद बनवाया जा रहा था। इसे रोकना बहुत ज़रूरी था। "कैम्प पहुँचकर मेजर अख़्तर से इस बारे में बात करनी होगी।" हमने आपस में तय किया।

नरक दर्शन

कैम्प में प्रवेश करते ही 'जय बांग्ला !' के अभिवादन की आत्मीय लहर हमें सराबोर कर गई। स्वागत करनेवालों में कुछ चेहरे पुराने थे, कुछ नए। उनसे हाथ मिलाते, गले मिलते हम कदम-कदम आगे बढ़े जा रहे थे। तभी सामने फ़ौजी वर्दी में मेजर अख़्तर आते दिखे। एड़ियाँ उचकाकर हमने उनका फ़ौजी अभिवादन किया। आगे बढ़कर उन्होंने हमारी पीठ थपथपाई। उनकी आँखें एक-एक चेहरे को टटोल रही थीं। सहसा उनकी चाल शिथिल पड़ी, भूला सा कुछ याद आया, "वो-वो बागी लड़का...?"

"अब्दुल... ?"

"हाँ अब्दुल।"

"वो तो सर..."

हमने अब्दुल की शहादत का वाकया खोला, भीड़ जमा हो गई।

"टाँगों के बीच टाँगी का वार ! उफ् !" घबराकर मेजर समेत कइयों ने आँखें बन्द कर लीं। मुट्ठियाँ भिंच गईं। अचानक भीड़ से किसी के हिचकी ले-लेकर रोने की आवाज़ आई। देखा तो अनुताप-दग्ध रामनरेश थे। अपने आँसुओं से तर्पण कर रहे थे अब्दुल का।

"आपलोगों की शहादत बेकार नहीं जाएगी।" मेजर तनिक रुके फिर कंधे उचकाकर बोले "एनी वे, थोड़ी देर बाद हमसे ऑफिस में मिलो।"

ऑफिस में देर तक मेजर अख़्तर हमारे ऑपरेशनों की विस्तार से जानकारी लेते रहे। जहाँ ज़रूरी समझते, डायरी में नोट कर लेते, "और कोई विशेष सूचना ?"

"सर ! सीमान्त क्षेत्रों में पाक फ़ौजी बंकर बना रहे हैं," मैंने कहा। "हमें मालूम है। जल्द ही कोई उपाय किया जाएगा।" कलम बन्द करते हुए उन्होंने अपनी स्नेहिल नज़रों से हमें देखा, "इतने सारे ऑपरेशन करके आपलोग शारीरिक-मानसिक रूप से थक गए होंगे है न ! बेहतर है, कुछ दिन छुट्टी लेकर आराम कर लें।"

"छुट्टी तो हमें चाहिए ही सर, लेकिन आराम करने के लिए नहीं, अपने बिछड़े परिवारों को ढूँढ़ने के लिए...।"

"ओह ! मैं तो भूल ही गया था...।" मेजर तनिक गम्भीर हुए, "लेकिन इतनी उथल-पुथल में आप उन्हें ढूँढेंगे कैसे ?" थोड़ी देर तक हम अपनी समस्या की थाह लेते रहे फिर मैंने कहा, "सर, अभी तो मेरे दिमाग़ में एक ही नाम आ रहा है, मेजर जलील का। वे भी बोरीशाल के हैं, मैं भी। उससे भी महत्त्वपूर्ण बात यह है कि मेरे छोटे भाई को अन्तिम बार उन्हीं के साथ देखा गया था। सम्भव है, उनके पास कोई सुराग हो। "मेजर जलील, मेजर जलील...।" मेजर अख़्तर डायरी के पन्नों को पलटते रहे फिर थक कर बन्द कर दिया

उन्होंने, "न, मेरे पास उनका कोई पता नहीं है। हाँ, यह ज़रूर पता है कि आपकी बांग्लादेशी सरकार के प्रधान सेनापति कर्नल उस्मानी ने उन्हें नौ नम्बर सेक्टर का कमांडर नियुक्त किया है, उनके अधीन फरीदपुर, बोरीशाल, पोटुआख़ाली और खुलना जिले हैं। हेडक्वार्टर हिन्दुस्तानी बॉर्डर में ही है, बट ह्वेयर ? कहाँ ? उन्होंने कन्धे उचकाए। एनी वे, आपलोग अपने वीपन्स बी.एस.एफ. 'कोथ' में जमा करवा दें और फिर मिलें।"

"क्यों सर ?" आलम ने प्रतिवाद किया।

"ये हथियार आपको सिर्फ़ ट्रेनिंग और पूर्वी पाकिस्तान में ऑपरेशन के लिए दिए गए हैं, भारत में इन्हें लेकर घूमने की इजाजत नहीं है।"

हथियार जमा करके हम मेजर साहब के ऑफिस में दोबारा आएं तो उनके हाथ में दो पते और एक पत्र था, 3 नम्बर, थियेटर रोड, कैलकटा—यह है, प्रवासी बांग्लादेश सरकार का ऑफिस जहाँ प्रधानमन्त्री ताजुद्दीन और दूसरे मन्त्री बैठते हैं। ये दूसरा 3/1, कैमक स्ट्रीट, त्राण एवं पुनर्वास कार्यालय, बांग्लादेश सरकार का पता। परिचय का एक पत्र भी मैंने लिख दिया है बांग्लादेश सरकार के नाम ! ये कुछ पैसे हैं। हमारी दुआएँ आपके साथ हैं। ओ.के. ब्वायेज। यू मे गो नाउ ! लेकिन जल्दी लौट आना है, याद रहे।"

लौटते समय आलम ने पूछा, "सीधे कोलकाता जाएँगे हम ?"

"हाँ।"

"क्यों न रास्ते में पड़ने वाले शरणार्थी कैम्पों को भी देखते चलें।"

"यह भी ठीक है।"

"दूसरे दिन हम दोनों अपने खोजी अभियान पर निकल पड़े। रास्ते में पड़ने वाला पहला शरणार्थी कैम्प था जगन्नाथ पाड़ा। पश्चिमी बंग स्टेट बस हमें लेकर कैम्प की ओर बढ़ी जा रही थी। मन ही मन मैं मना रहा था कि इसी कैम्प में हमारे प्रियजन मिल जाएँ। ऑनिच्छा तो दौड़कर गले ही लग जाएगी। मुक्त देश का मुक्त बातास। आह, प्राण भर कर नथुनों में भर लेने की इच्छा हो रही थी। मैंने जोर से साँस खींची। अचानक लगा, इस हवा में कोई बदबू है। जैसे-जैसे आगे बढ़ते गए, बदबू की तीव्रता बढ़ती गई। मैंने नाक बन्द कर लीं, देखा, बस के सभी यात्रियों ने नाक पर रूमाल रख लिया है, आलम ने भी।

"कोई जानवर मर-मरा गया लगता है।" मैंने कहा।

"जानवर नहीं, जानवर से भी अधम आदमी !" पास के यात्री ने क्षुब्ध होकर कहा, "मील भर आगे जगन्नाथ रेफ्यूजी कैम्प है न ?"

जगन्नाथ पाड़ा शरणार्थी कैम्प का यह पहला परिचय था हमारा। दूसरे बस यात्री ने बताया, 'कॉलेरा और दूसरी संक्रामक बीमारियों से जो लोग मरते है, उन्हें आसपास ही जैसे-तैसे दफना दिया जाता है। कुत्ते, सियार जैसे जानवर इन गड़ी लाशों को खोदकर बाहर निकाल लाते हैं फिर गिद्ध, चील और दूसरे पशु-पक्षी उन्हें नोच-नोच कर खाते हैं।

"अरे मोशाय, मरे तो मरे, जो ज़िन्दा हैं, उनसे फैलनेवाली गन्दगी क्या कम है ?" एक अन्य यात्री ने डाँटते हुए कहा "चारी दिके गू-ए भरा...।" (चारों ओर पायखाना) अब तो लगता है, हमें ही अपना घर-द्वार छोड़कर कहीं भाग जाना होगा। कहते हैं न, पॉर भालाई आर घॉर जालाई (होम करते हाथ जलते हैं।)"

आसपास के कई लोग उस यात्री का समर्थन करते हुए शरणार्थियों को कोसने लगे। बदबू और तेज़ हो चली थी और उसी के साथ उनका कोसना भी। एक ने कहा, "बाहर

देखिए, एक भी पेड़ दिखाई दे रहा है ? कुछ कैम्प बनाते समय काट डाले गए, बाकी ये काट कर चूल्हा जला रहे हैं।"

"मरुभूमि हो जाएगा मरुभूमि यह पूरा पश्चिम बांग्ला, साग पात कोचू (अरवी) सब उखाड़े ले जा रहे हैं ये भुक्कड़ लोग।" दूसरे ने समर्थन किया।

"क्यों ? भारत सरकार इन्हें राशन-पानी नहीं देती क्या ?" अपने ही लोगों की बुराई सुनकर हम लाज से गड़े जा रहे थे। "कार्ड दिखाने पर हर परिवार को चावल, दाल, तेल, आलू, नमक, माचिस, जलावन की लकड़ी दी तो जाती हैं, मगर मात्रा अपर्याप्त है।

'हुह अपर्याप्त... !' एक वृद्ध ने कहा, "आपके घर में दो-एक मेहमान आ जाएँ तो दूसरे-तीसरे दिन ही आप मनाने लगते हैं, ये कब जाएँगे और यहाँ आज के पेपर (अखबार) के अनुसार सत्तर लाख शरणार्थी आ चुके, लाख-दो लाख रोज ही आते जा रहे हैं, दो से तीन लाख तो इसी जगन्नाथ कैम्प में हैं, बोलिए, कोई भी देश इतने अतिरिक्त लोगों का भार उठा सकता है क्या ?"

"वो तो ठीक है दादू।" एक जावान लड़के ने हस्तक्षेप किया, "लेकिन जरा उनकी बात भी सोचिए, 'कुछ लोग अपने साथ लाए कीमती सामान व्यापारियों को सस्ते में ही बेच रहे हैं ताकि ज़रूरत की चीज़ें खरीद सकें...और ये व्यापारी, इनके तो पौ बारह ! पानी के भाव खरीद रहे हैं, सोने के भाव बेच रहे हैं।"

"ठीक कहते हैं।" एक शख़्स उँगली हिलाते हुए बोला, "मैंने खुद उन्हें पीतल-ताँबे के बर्तन, अँगूठी, बाली, चेन, जरी की साड़ी को औने-पौने दाम में बेचते देखा है। एक सौ पाकिस्तानी टाका (रुपए) के बदले कितने भारतीय टाका मिलते थे ?"

"एक सौ कूड़ी !"

"अब सिर्फ़ सत्तर टाका ! इन बेचारों के दुर्दिन का कोई अन्त है क्या ?"

"भगवान की लाख-लाख कृपा है कि विभाजन के समय हमारा इलाका पाकिस्तान के हिस्से में नहीं पड़ा, वरना आज हमारी भी स्थिति वही होती जो इन लोगों की हो रही है।" वृद्ध व्यक्ति ने सन् 47 से लेकर आज तक का पुराण खोल दिया, "जानेन (जानते हैं)...!" तभी उनकी नज़र अभी-अभी आए एक व्यक्ति के काले चश्मे पर पड़ी और वे ऐसे चीख़े जैसे उन्होंने साँप देख लिया हो, "ओरे बाबारे ! जॅय बांग्ला ! आप उधर जाइए, उधर...! कुछ ही दिनों पहले मेरी आँखों का ऑपरेशन हुआ है, कहीं मुझे भी आपसे यह छूत लग कर 'जॅय बांग्ला' हो गया तो मेरी आँखों का क्या होगा !"

उनका तिरस्कार पाकर वह यात्री सकुचा गया और तनिक परे हटते हुए बोला, "ज़रूरी काम था, दादू, वरना मैं खुद ही न आता।"

उसकी नम्र आवाज़ सुनकर दादू कुछ संयत तो हुए पर उनका डर बरकरार रहा। दूसरी ओर मुँह फेरकर बोले, "न जाने, कहाँ से आँखों का यह नया रोग आ गया है। बूढ़ा हो गया, मगर इससे पहले कभी इसके बारे में न देखा, न सुना। टॅकटॅके लाल चोख...!"

"सबसे पहले ढाका के खान सैनिकों को हुआ था।" किसी ने कहा।

"ना, वो तो बाद में। उससे पहले मैलाघर कैम्प के मुक्तियोद्धाओं को हुआ था। तभी तो खान सिपाहियों ने इसे 'जॅय बांग्ला' नाम दिया।"

"मैंने डॉक्टर से दिखलाया था। उन्होंने कहा कि यह बीमारी वायरल कन्जाइटी वाइटिस है, पहले भी थी लेकिन इस युद्ध के दौरान जिस पैमाने पर फैली है, वैसी कभी नहीं फैली

थी। आँखों में डालने की दवा दी है।" चश्मेवाले यात्री ने कहा।

"कुछ भी करो सात-आठ दिनों के पहले ठीक होनेवाली नहीं हैं। खान सिपाही कहते हैं, बिच्छू मुक्तियोद्धाओं से भी ज़्यादा खतरनाक है उनकी यह 'जँय बांग्ला' बीमारी। बेटा लोग, पोंछते रहो आठ-दस दिन आँख का पानी !"

"चलो अच्छा हुआ" शक्लो-सूरत से बंगाली मुसलमान दिख रहे एक प्रौढ़ ने कहा, "अल्लाह ताला हर तरह से हमारी मदद कर रहे हैं, बारिश देकर, बाढ़ देकर...कीचड़ देकर और अब 'जय बांग्ला' देकर !"

आलम के चेहरे पर हँसी छलकी, "केष्टो ! आज तक 'जय बांग्ला' हमारे लिए अभिवादन था, आज यहाँ रोग बन गया है। किस-किस फ्रन्ट पर लड़ेंगे हम?"

"लड़ना बाद में, पहले आँख बचाओ !" मैंने कहा, "मेरी आँखों में भी खुजली होने लगी है...।" और मुँह फेरकर मैं बाहर देखने लगा।

जगन्नाथ पाड़ा शरणार्थी कैम्प ! नहर के इस पार हिन्दू शरणार्थी, उस पार मुस्लिम ! दोनों ओर तम्बू ही तम्बू। लगता था, कोई ओर-छोर नहीं है इन तम्बुओं का। एक-एक तम्बू के नीचे भेड़-बकरी की तरह कई-कई परिवार रह रहे थे। चारों ओर गन्दगी ही गन्दगी। आमने-सामने लगे तम्बुओं के बीच से आने-जाने के लिए जो कच्ची सड़कें बनाई गई थीं, बारिश के चलते कीचड़ से सनी हुई थीं। उन सड़कों पर चलते हुए एक-एक तम्बू में झाँक-झाँक कर अपने परिजनों की तलाश करने लगे हम। साया-ब्लाउज, गमछे में लाज बचाती औरतें... ! ग्राम बांग्ला की पर्दानशीन औरतों ने कभी सपने में भी न सोचा होगा कि एक दिन उन्हें इस तरह बेपर्दा हो जाना पड़ेगा। तम्बू के अन्दर की ज़मीन भी गीली थी। उसी गीली जमीन पर चटाई, पॉलिथिन के टुकड़े या चादर-कथरी बिछाकर लेटे-बैठे थे लोग। हर तम्बू में रस्सियों पर सूखने के लिए डाले गए कपड़े और उनसे उठती ममसायी बू ! पता नहीं, कपड़े सूखते भी हैं या नहीं। जगह-जगह मल-मूत्र, पानी, जूठन का फैला आलम। प्रायः हर तम्बू में ही कै-दस्त करते कॉलेरा, डायरिया के रोगी। अच्छा-भला आदमी बीमार पड़ जाए। फिर भी उन्हीं तम्बुओं में लोग कच्ची लकड़ी जलाकर भोजन पका रहे थे, खा रहे थे, सो रहे थे, ताश खेल रहे थे, सुख-दुख बतिया रहे थे।

बाहर नलके और नहर पर पानी के लिए एक अलग 'रण' मचा हुआ था। भोजन के बिना हम कुछ दिन रह सकते हैं लेकिन हवा-पानी तो चाहिए ही चाहिए। लोगों की बातचीत, चिल्लाहट, लड़ाई-झगड़ा तथा रोने-धोने के कोलाहल के बीच हम अपने घरवालों को ढूँढ़ते हुए एक तम्बू से दूसरे तम्बू का सफ़र तय कर रहे थे। जहाँ भी कोई परिचित चेहरा नज़र आता, हम दौड़कर उसके पास जाते लेकिन किसी से कोई सन्तोषप्रद जवाब न मिल पाता। जहाँ-तहाँ लावारिश कुत्ते मुँह मार रहे थे। दुरदुराने पर दूसरे तम्बू में जा घुसते। एक तम्बू में हमने एक ऐसे ही कुत्ते को देखा। चितकबरा रंग, मानो फ़ौजी पोशाक पहने हो। कै-दस्त चाट रहा था, अचानक थाली में रखी गई खिचड़ी हबक-हबक कर खाने लगा। हमने 'दुत-दुत' कह कर उसे खदेड़ा तो थोड़ी दूर जा खड़ा हुआ और 'भुक-भुक' भूँकने लगा। तब तक किसी ने गीली लकड़ी खींचकर मारी तो काँय-काँय करता हुआ भागा।

कैम्प में नए शरणार्थियों का आना अब भी जारी था। हमने देखा, कैम्प के आस-पास खुले में बक्सा-पिटारा, बच्चे-कच्चे समेत कितने ही परिवार जमे हुए हैं। एक तरफ़ रजिस्ट्रेशन ऑफिस था जिसके सामने 'कार्ड' बनवाने की होड़ मची हुई थी। सब कुछ छिन गया अब

बस इस 'कार्ड' का ही सहारा है जिससे उन्हें भोजन, आवास तथा चिकित्सा की सुविधाएँ मिल सकती हैं। एक-एक चेहरे को टटोलते हम आगे बढ़ रहे थे। एक जगह काफी भीड़ देखकर हम रुके। पूछने पर पता चला कि यह चिकित्सा-केन्द्र है—चार पाँच तम्बुओं को जोड़ कर खड़ा किया गया अस्थायी चिकित्सा केन्द्र। कई-कई भारतीय डॉक्टर, नर्स, कम्पाउंडर, बड़े-बड़े बक्सों में दवा, रुई, पट्टी, कई-कई स्वयंसेवी संस्थाओं के लोग और उन पर टूटते धक्का-मुक्की करते शरणार्थी स्त्री, पुरुष, बूढ़े से बच्चे तक।

आगे राशनिंग ऑफिस पर धक्का-मुक्की का फिर वही नज़ारा ! हाथ में थैला और कार्ड लिए शरणार्थी बार-बार पंक्ति तोड़ते, बार-बार होमगार्ड के जवान उन्हें डाँटकर कायदे से खड़े होने को कहते। कई-कई पाँतें...। इतनी-इतनी लम्बी पाँतें कि अन्दाज लगाना मुश्किल था कि अन्तिम व्यक्ति की बारी कब आएगी। बादल फट गए थे, भादो की चटकीली धूप तपा रही थी बदन को। गर्मी और पसीने से बदहाल वे पंक्ति में फिर भी खड़े थे, जीते-मरते एक बार वहाँ पहुँच जाने के लिए, जहाँ राशन तुल रहा था।

तम्बू दर तम्बू भटकते-भटकते हम थककर चूर हो चले थे। दिन ढल रहा था। कैम्प की बत्तियाँ जल गई थीं। हमारी चाल धीमी पड़ती जा रही थीं। अन्ततः मैं एक कटे पेड़ की जड़ पर धपास से जा बैठा।

"क्या हुआ केष्टो ?"

"कुछ नहीं बन्धु, समझ में नहीं आ रहा है कि विशाल इलाके में फैले तीन लाख शरणार्थियों की भीड़ में अपने घरवालों की तलाश कैसे की जाए। ना, असम्भव है।"

"तलाश तो करनी ही पड़ेगी केष्टो।"

"मुझसे अब एक कदम आगे नहीं बढ़ा जाएगा।" मैं वहीं पसर गया। "अच्छा थोड़ा विश्राम कर लो, फिर चलते हैं।" आलम मुझे छोड़नेवाला नहीं था।

वही हुआ। कुछ देर दम मारकर हम फिर से निकल पड़े अपने अभियान में। चलते-चलते कैम्प परिसर में एक साइन बोर्ड पर ठिठक गई मेरी नज़र—"जॅय बांग्ला ऑफिस"। करीब आए तो देखा, काफी भीड़ थी। बाहर निकले आ रहे एक सज्जन से पूछने पर पता चला, अवामी लीग वालों ने यह दफ्तर खोल रखा है—कैम्प के शरणार्थियों से सम्पर्क बनाए रखने के लिए।

"पर यहाँ तो इतनी भीड़ है कि..."

"हाँ भीड़ तो काफी है।" वे सज्जन चिन्तित स्वर में बोले, "कल सवेरे यहाँ आ जाइए। आज चाहें तो कांग्रेस ऑफिस में एन्क्वायरी कर लें।"

"वो कहाँ है ?" आलम ने पूछा।

"इसी परिसर में आगे, वो उस तरफ़।" उन्होंने हाथ से इशारा किया।

क्या कांग्रेस ऑफिस, क्या अवामी लीग ऑफिस, क्या दूसरे ऑफिस, हर जगह निराशा। कई दिनों की निष्फल कोशिश के बाद हम दूसरे शरणार्थी शिविर के लिए रवाना हो गए। फिर दूसरे से तीसरे...तीसरे से चौथे। इस तरह एक के बाद एक कैम्प की खाक छानते हमने इस धरती के नरक का दर्शन किया। इसे बेहयाई कहें या जिजीविषा, विकट परिस्थितियों से जूझते हुए कीड़े-मकोड़ों की तरह थूक-बलगम, कै-दस्त बदबू-घुटन, चरम बेहूदी स्थितियों में रगड़ते-झगड़ते उनका जीवन बीत रहा था। हर कैम्प की एक-सी दास्तान थी।

कोलकाता जाने के पहले की वह आखिरी शाम थी। कैम्प में भटकते-भटकते हम उसके

उस छोर पर जा पहुँचे जहाँ कई कैम्पों की तरह मुर्दों को जैसे-तैसे गाड़कर छुट्टी पा ली जाती थी। कुत्तों और सियारों ने कुछ लाशें बाहर खींच ली थीं और गिद्ध, चील, कौवों के साथ लाशों को नोच-नोच कर खा रहे थे। आश्चर्य ! इतनी सड़ांध में भी साँस लेते हुए हम इंसानी लाश के इस 'महा-महोत्सव' को उदास भाव से देखे जा रहे थे।

आलम के मन में एक और बोधिसत्व खिल रहा था,

"हमें अपने जीवन से इतना मोह क्यों है रे ? हम मौत से इतना डरते क्यों हैं? क्या मौत के बाद की दुनिया इससे भी भयानक, इससे भी वीभत्स हो सकती है ? परदेशी सरकार द्वारा मुफ़्त में बाँटे जा रहे दो मुट्ठी चावल के लिए हम घंटों बारिश में भींगते, धूप में झुलसते पंक्ति में खड़े रह सकते हैं, पानी में डूबे हुए शिविरों में रात गुजार सकते हैं, मैदान में बहते पानी के ऊपर उकड़ूँ बैठकर मल खानेवाले कुत्ते के साथ खिचड़ी खा सकते हैं, कॉलेरा के मरीजों की कै-दस्त के ऊपर सो-खा सकते हैं, सड़क किनारे पड़े सिमेंट के पाइपों में बाल-बच्चों को लेकर अपनी गृहस्थी बसा सकते हैं, मनुष्यत्व-बोध खोकर, शर्मो-हया छोड़कर जी सकते हैं लेकिन स्वेच्छा से मृत्यु का वरण नहीं कर सकते। आश्चर्य है ! "

"भुक ! भुक !" हमने देखा, हमारे सामने वही कुत्ता आकर खड़ा हो गया है। वही फ़ौजी चितकबरी खाल ! वही लपलपाती जीभ ! खूनी आँखों का वही सम्मोहन ! लाशों में मुँह मारने के चलते इस बार उसका थूथन खून से लाल हो गया है।"

यह कैसे हो सकता है ? इसे तो हम जगन्नाथ पाड़ा कैम्प में छोड़ आए थे। "हे काल भैरव ! हे मृत्यु के अग्रदूत ! इस प्रदोषकाल में तुम हमें जीवन का कौन-सा सत्य बताने आ गए हो ?"

रण, रणनीति और प्रेम के सोते

कोलकाता के आठ नम्बर थिएटर रोड स्थित एक दुतल्ला मकान में, जहाँ प्रवासी बांग्लादेश सरकार का दफ्तर था, अपना परिचय तथा मेज़र अख़्तर का पत्र देने पर हमें मेजर जलील के हेडक्वार्टर का पता मिल गया। हम वक़्त बर्बाद किए बगैर उनसे मिलने रवाना हो गए।

जलील ने मुझे सिर्फ़ पहचाना ही नहीं बल्कि देखते ही गले से लगा लिया। साँवले रंग और नाटे कद का मेरा दोस्त बढ़ी हुई दाढ़ी और लम्बे बिखरे हुए बालों में अजीब सा दिख रहा था। उसका रंग पहले से ज़्यादा साँवला हो गया था। मगर विदेशों में सैन्य प्रशिक्षण लेने के कारण उसकी चाल और उसके व्यक्तित्व में जो अतिरिक्त स्मार्टनेस थी, वह अभी भी बरकरार थी।

मेरे कुछ पूछने से पहले ही अपने चिरपरिचित अन्दाज में बोरिशाइल्ला भाषा में उसने मुझे ऑलोक के बारे में बताया कि वह उन्हीं के पास है और एक कुशल गुरिल्ला बनकर कई सफल ऑपरेशन कर चुका है। मैं ऑलोक से मिलने को बेताब था लेकिन चूँकि वह पास के बाज़ार से कोई सामान लाने गया था, इसलिए उसके लिए इन्तज़ार करने के अलावा कोई चारा नहीं था।

अपनी व्यस्ततम दिनचर्या को निपटाते हुए मेजर जलील मुझसे बातें किए जा रहे थे। बोरिशाल की बातें...ऑलोक की बहादुरी की बातें...उसके मानवीय बोध की बातें...कि

ऑलोक ने एक मोर्चे पर अपने फायरिंग रेंज में आए एक पाक फ़ौजी को गोली नहीं मारी। यूँ ही जाने दिया। जब उसके साथी योद्धाओं ने आकर मेजर जलील से इस बात की शिकायत की, तो मेजर ने गुस्से में भरकर ऑलोक को डाँटा और उससे इसका कारण जानना चाहा।

"मैं उसे कैसे गोली मारता सर ! वह सैनिक मेरे रेंज से बाहर जाकर भी वापस लौट आया था, अपने एक मृत साथी को उठाकर ले जाने के लिए। जिस व्यक्ति ने अपने मृत साथी को उठा ले जाने के लिए अपनी जान की परवाह नहीं की, उस व्यक्ति को मैं कैसे मार सकता था, सर ! उस वक़्त वह मुझे अपना दुश्मन नहीं, अपने साथी की मौत से मर्माहत एक संवेदनशील दोस्त नज़र आ रहा था। मैं चाहकर भी उसे मार न सका सर ! आप मुझे इसकी जो सजा देना चाहें दे सकते हैं।" कहकर ऑलोक ने अपना सर मेजर के आगे झुका लिया था।

"हमें गर्व है कि हमारे कठोर गुरिल्ला योद्धाओं के हृदय में भी हमारी मातृभूमि की अजस्र नदियों की तरह प्रेम तथा संवेदना के सोते बहते रहते हैं। हमारे गुरिल्ले, हमारे मुक्तियोद्धा उन खान फ़ौजियों की तरह निष्ठुर नहीं हैं जो अक्सर हमारे गाँव की बहू-बेटियों को नंगा करके ढाल बनाकर मुक्तियोद्धाओं की ओर बढ़ते हैं ताकि अपनी माँ-बहनों की बेइज़्ज़ती को बर्दाश्त न कर पाने के कारण ट्रेंचों और जंगलों में पोज़िशन लिए मुक्तियोद्धा बाहर निकल आएँ और पाक फ़ौजी उन्हें आसानी से भून डालें।" मेजर जलील रौ में कहे जा रहे थे।

"क्या ऐसी घटनाएँ भी घट रही हैं ?" आलम ने अवाक् होकर पूछा था।

"हाँ। हमारे ही लड़कों के साथ ऐसी घटना घटी है। हमारे बीस बहादुर योद्धा मारे गए हैं।" मेजर के चेहरे पर दर्द की लकीरें साफ झलकने लगी थी। उसके संवेदनशील चेहरे को देख मैं सोच रहा था कि बंगबन्धु शेख मुजीबुर्रहमान के परम् सहयोगी रह चुके कर्नल उस्मानी ने एक योग्य व्यक्ति को ही इस सेक्टर का भार सौंपा है। पता चला कि कुछ ही दिनों पहले, यानी अगस्त में ही कर्नल उस्मानी ने अपनी रणनीति बदली थी। अप्रैल में जहाँ अधिकृत बांग्लादेश को बांग्लादेश मन्त्री परिषद् द्वारा 'श्रीहट्ट-कुमिल्ला', 'चट्टग्राम नोआख़ाली', 'मैमनसिंह-टंगाईल', 'खुलना-जशोर' जैसे चार अंचलों में बाँटकर क्रमशः मेजर मुशर्रफ, मेजर जिया, मेजर शफिउल्लाह तथा मेजर उस्मान के अधीन कर दिया गया था, वहीं बाद में कर्नल उस्मानी ने पूरे युद्धक्षेत्र को अलग-अलग ग्यारह सेक्टरों में बाँट दिया था। इससे इस जनयुद्ध के परिचालन तथा नियन्त्रण में काफी सुविधा हो गई थी। अब प्रत्येक सेक्टर अलग-अलग जिलों में, सभी जिले कई जोन में तथा हर जोन विभिन्न थानों में विभाजित कर दिए गए थे।

प्रत्येक सेक्टर को एक-एक लिबरेशन कमांडर तथा प्रशासन कमांडर के अधीन कर दिया गया था। सिर्फ़ सेक्टरों के लिए ही नहीं बल्कि प्रत्येक जोन के लिए भी एक-एक लिबरेशन तथा प्रशासन कमांडर नियुक्त किए गए थे जो अपने-अपने सेक्शन कमांडरों के अधीन काम करते थे और यह शृंखला जिलों, थानों तथा गाँवों तक चलती चली गई थी। मुक्तियुद्ध में जनसाधारण की बढ़ती भागीदारी तथा मुक्तियोद्धाओं की बढ़ती संख्या को देखते हुए ऐसा करना लाजिमी हो गया था।

दोपहर के भोजन का वक़्त हो गया था। जलील हमें अपने साथ भोजन पर बैठाकर फिर से बातें करने लगा। वह बता रहा था कि किस प्रकार जुलाई महीने के 28 तारीख को कैप्टन हुदा के नेतृत्व में ऑलोक और उसके चौदह अन्य साथियों ने अपनी सूझ-बूझ से

इच्छामती के पास ढेर सारे पाक-फ़ौजियों को उड़ाया था, किस प्रकार भोर में पहरे पर निकले पाक फ़ौजियों को देख ऑलोक तथा उसके साथियों ने एक बाँस के सिरे पर जय बांग्ला पताका बाँधकर उसे जमीन पर गाड़ दिया था। फिर बाँस के चारों ओर एंटीपर्सनल माईन गाड़कर वे पास के जल भरे धान के खेत में जा छिपे थे। जय बांग्ला पताका पर नज़र पड़ते ही पाक फ़ौजी आग बबूला हो उठे थे। जल्द-से जल्द उसे उतारकर जला डालने के चक्कर में माईन पर पाँव पड़ते ही उनके चिथड़े उड़ गए थे।

"दादा !" एक अतिप्रिय कंठस्वर सुन मैं चौंका। मेजर की बातें सुनने में हम इतने मशगूल हो गए थे कि पता ही नहीं चला कि कब ऑलोक आकर चुपचाप एक कोने में खड़ा हो गया था। उसकी दोनों आँखों से आँसुओं की धारा बह रही थी। मेरे छोटे भाई का वह मासूम चेहरा धूप-बारिश में जल-तपकर ताँबे की तरह दिख रहा था।

"ऑलोक मेरे भाई।" कहकर जूठे हाथ ही मैं दौड़ा। एक दूजे को बाँहों में भरकर हम दोनों तब तक रोते रहे जबतक हमारे अन्दर जमा शोक का पहाड़ पिघल न गया। उसके बाद शुरू हुआ बातों का सिलसिला...। हमें एक दूसरे से काफी कुछ कहना-सुनना था, काफी जानकारियाँ हासिल करनी थीं--विशेष रूप से ऑनिच्छा और माँ के बारे में। यह जानकर मुझे बड़ी हताशा हुई कि ऑलोक को माँ और ऑनिच्छा के बारे में कुछ भी पता नहीं था।

"ऐसा कैसे हो सकता है? तुम तो उन्हें साथ लेकर ही घर से भागे थे न ?" मेरे द्वारा सफाई माँगने पर उसने बताया "हाँ दादा। माणिक दादा ने मुझसे कहा था, ऑलोक, तुम माँ और ऑनिच्छा को लेकर पीछे के दरवाज़े से निकल जाओ। मैं फ़ौजियों को रोकता हूँ। आपको पता है न दादा कि माणिक दा अब इस दुनिया में नहीं हैं।" कहते-कहते ऑलोक सुबक पड़ा।

"हाँ रे। पता है।" मैंने उसकी पीठ पर हाथ रखकर छोटा-सा उत्तर दिया और बोला, "अभी भी यकीन नहीं होता कि माणिक को हमने हमेशा के लिए खो दिया है।" मेरा गला भी भर्रा आया था।

"तुम लोग भागकर कहाँ गए ?" अपने को संयत करते हुए मैंने पूछा।

"पिछली गलीवाले मन्नान चाचा के यहाँ। मन्नान चाचा ने ही हमें भागते देख अपने घर बुला लिया था। कहा था, "मेरा बेटा रदीफ अशरफ अली का सहयोगी है, मुस्लिम लीग में है। हमारे घर फ़ौजी नहीं आएँगे। मेरे यहाँ तुम्हारी माँ-बहन महफ़ूज़ रहेगी। तुम मेरे स्वर्गवासी दोस्त के बेटे हो। इस मुसीबत में तुमलोगों की मदद करना मेरा फर्ज है।"

"फिर ?"

"फिर कोई चारा न देख मैं माँ और ऑनिच्छा को उनके घर पर रखकर वहाँ से भाग गया था।"

"लेकिन तुम भागे क्यों ?" मैंने पूछा।

"क्या करता ? चाचा ने ही मुझे वहाँ से भगाया। उन्होंने कहा; 'तुम्हारी माँ-बहन तो जनानखाने में घर की औरतों के साथ छिपकर रह लेंगी। मगर तुम्हारा रहना सुरक्षित नहीं। मुझे मेरे बेटे रदीफ पर जरा भी विश्वास नहीं। तुम तो जानते ही हो कि अशरफ अली की सोहबत ने उसे हैवान बना डाला है। पता नहीं तुम्हें यहाँ देख वह तुम्हारे साथ किस ढंग से पेश आए। बेहतर है, समय रहते तुम किसी दूसरी सुरक्षित जगह में चले जाओ बेटा।" और मैं भागकर बगल के गाँव में जा छिपा था।" ऑलोक को इतना कहकर चुप होते देख

मैंने बेसब्री से पूछा, "और फिर तुम वहाँ दुबारा गए नहीं ?" "गया था दादा। अगले ही दिन रात के अँधेरे में छिप-छिपकर गया था। लेकिन उस घर पर कोई नहीं था।" ऑलोक ने सफाई दी थी।

"तो क्या उस घर के लोगों को भी फ़ौजियों ने खत्म कर डाला था ?" मैंने डरते-डरते पूछा।

"ऐसा तो नहीं लगता क्योंकि मैंने घर का चप्पा-चप्पा छान डाला था। वहाँ खून के छींटे नहीं थे। मुझे तो लगता है, वे सभी भागकर कहीं छुप गए हैं।"

"फिर तुमने उन्हें ढूँढ़ा नहीं ?" मैंने ऑलोक पर नाराज़ होते हुए कहा।

"ढूँढ़ा था दादा। जहाँ तक हो सका ढूँढ़ा था। घर भी गया था। पता चला माणिक दादा को उन्होंने...उन्होंने...।" वाक्य को पूरा न कर पाया ऑलोक। कुछ देर शान्त रहने के बाद बोला..., "मगर उनकी लाश नहीं मिली थी मुझे। फिर मेरी मुलाकात जलील दा से हुई थी। वे ही मुझे यहाँ ले आए। आप फिक्र न कीजिए दादा। मैं एक दिन माँ और ऑनिच्छा को ज़रूर ढूँढ़ निकालूँगा। मैं जहाँ भी जाता हूँ, जिससे भी मिलता हूँ, अपनी माँ-बहन की खोज ज़रूर करता हूँ।"

ऑलोक तो मिला मुझे। मगर माँ और ऑनिच्छा नहीं। अब मैं क्या करूँ ? कहाँ ढूँढ़ूँ उन्हें ? क्या वे अब तक जीवित होंगी ? क्या ऑनिच्छा महफ़ूज़ होगी ? मैं फिर से उद्वेलित हो उठा।

ऑलोक और मेजर जलील से विदा लेकर हमने एक बार फिर शरणार्थी कैम्पों का चक्कर लगाना शुरू किया। हर जगह एक जैसा नज़ारा, एक जैसा नारकीय परिवेश। उनके बीच से गुज़रते हुए हम एक बार फिर उसी 'जय बांग्ला' ऑफिस में जा पहुँचे जहाँ से हमें प्रशिक्षण कैम्प में भेजा गया था। ऑफिस के हक साहब ने हमें देखते ही गले से लगा लिया, "आइए–आइए केष्टो बाबू ! आइए आलम बाबू ! कहिए कैसा रहा आप लोगों का गुरिल्ला प्रशिक्षण।"

उनसे कुशल-क्षेम पूछकर उनके तमाम सवालों का जवाब देते-देते रात हो गई। रात को वे हमें अपने साथ घर ले गए। खाना खाने के बाद फिर से हमारी अड्डेबाजी शुरू हो गई। बहुत दिनों के बाद एक अलग से माहौल में बैठकर बातें करना अच्छा लग रहा था। हालाँकि बातचीत के विषय युद्ध, शरणार्थी, बांग्लादेश, पाकिस्तान और भारत ही थे।

हक साहब शरणार्थी-समस्या को लेकर काफी चिन्तित लग रहे थे। बोले, "भारत में रोज इतने शरणार्थी आ रहे हैं कि अब तो उनके लिए भी शिविर तथा भोजन की व्यवस्था करना नामुमकिन होता जा रहा है। पता है, मेघालय में शरणार्थियों की संख्या वहाँ के स्थानीय निवासियों की जनसंख्या का भी अतिक्रमण कर चुकी है। अब तक तो ये वहाँ बहुतायत में मिलनेवाले कटहल तथा अनानास खा-खाकर भी गुज़ारा करते रहे थे लेकिन अब इन्हें सँभालना भारत सरकार के भी बूते के बाहर होता जा रहा है।"

"हमने तो सुना है कि विदेशों से भी इनके लिए काफी सहायता-राशि भेजी जा रही है।" आलम ने कहा।

"सही सुना है आपने। विदेशों से सहायता राशि आ रही है। काँसा, रामकृष्ण-मिशन, ऑक्सफाम्, भारत सेवाश्रम जैसी अनेक स्वयं-सेवी संस्थाएँ भी शरणार्थियों की मदद कर रही हैं लेकिन शरणार्थियों की संख्या हज़ार तथा लाख पार करके करोड़ तक पहुँचती जा रही है।

मदद के लिए आई राशि ऊँट के मुँह में जीरा है, जीरा। राष्ट्रकुल के शरणार्थी विभाग के हाईकमिश्नर प्रिंस सदरूद्दीन आगा खाँ ने मध्य जुलाई में पश्चिम बंगाल के सहारा तथा लवणह्रद का दौरा किया था। उन्होंने शरणार्थियों के दुख-दर्द को, उनकी मुश्किलों को देखा, समझा और वापस जाकर राष्ट्रकुल को दी गई अपनी रिपोर्ट में लिखा, "समस्या और आवश्यकता की तुलना में बाहरी सहायता कुछ भी नहीं है।" इसी कारण से तो भारत की केन्द्र सरकार को पश्चिम बंगाल राज्य सरकार के अनुरोध पर अपने तत्त्वावधान में कोलकाता में शरणार्थी त्राण दफ्तर खोलना पड़ा है। कर्नल लूथरा को उस दफ्तर का भार सौंपा गया है। शरणार्थियों की आर्थिक मदद के लिए भारत सरकार ने भारत के अखबारों, डाक-टिकटों सिनेमा टिकटों तथा रेवेन्यू स्टाम्प पर अतिरिक्त कर लगा दिया है। इस प्रकार वह भारत की जनता की मदद से शरणार्थियों की यथासम्भव सहायता कर रही है।" हक साहब ने हमें वस्तुस्थिति से अवगत कराया।

"लेकिन कब तक भारत सरकार हमारी सहायता करेगी ? इस समस्या का कोई तो स्थायी हल निकालना होगा। हम कब तक किसी पर बोझ बनकर रहेंगे ?"

"इसीलिए तो भारत सरकर ने रावलपिंडी को कड़ा नोटिस भेजा है, 'शरणार्थियों के लिए स्वदेश लौटने लायक स्थिति पैदा करनी होगी।' इतना ही नहीं, भारत की प्रधानमन्त्री श्रीमती इंदिरा गांधी ने बुडापेस्ट में विश्व शान्ति परिषद की बैठक में तथा हेलसिंकी में सोशलिस्ट इंटरनेशनल के सम्मेलन में बांग्लादेश की समस्या का राजनीतिक समाधान ढूँढ़ने और भारत आए शरणार्थियों के स्वदेश लौटने के लिए कोई उपयुक्त कदम उठाने की अपील की है। विश्ववासियों से मदद माँगने के लिए बार-बार उन्हें अपने प्रतिनिधियों को विश्व के विभिन्न देशों में भेजना पड़ रहा है। इस बीच कई बार वे स्वयं भी तो कई देशों का दौरा कर आई हैं। उन्होंने इस बात पर जोर दिया है कि इस समस्या के समाधान के लिए बांग्लादेश के बन्दी लोकप्रिय नेता शेख मुजीबुर्रहमान को मुक्त करना होगा और याहिया को भारत से नहीं बल्कि शेख मुजीबुर्रहमान से बात करनी होगी।"

"लेकिन उन्होंने ऐसा क्यों कहा ?" आलम ने जानना चाहा।

"ऐसा उन्होंने इसलिए कहा क्योंकि वे (श्रीमती गांधी) शेख मुजीबुर्रहमान को ही पूर्वी पाकिस्तान की सत्ता का असली हकदार मानती हैं। वे उनकी भूमिका तथा विचारों की प्रशंसक रही हैं। 1971 ई. के 27 मार्च को, यानी ढाका में कत्लेआम शुरू होने के दो दिन बाद श्रीमती इंदिरा गांधी ने शेख मुजीबुर्रहमान के समर्थन में लोकसभा में कहा था, 'अपने देश में धर्म निरपेक्षता, गणतन्त्र तथा समाजतन्त्र की स्थापना के लिए प्रयासरत शेख मुजीबुर्रहमान की भूमिका की हम प्रशंसा करते हैं।' फिर तो भारत की संसद में सर्वसम्मत प्रस्ताव से कहा गया, 'पूर्वबंग के स्वाधीनता संग्रामियों के प्रति भारत के जनसाधारण की पूर्ण सहानुभूति तथा समर्थन है।' हक साहब बिना विराम के ऐसे सवाल-जवाब किए जा रहे थे जैसे वह किसी अखबार का इंटरव्यू हो।

"इसीलिए तो बांग्लादेश की प्रताड़ित जनता अपने इस उदार, सहानुभूतिशील पड़ोसी देश में, जो कभी उसका अपना ही देश था, निःसंकोच आश्रय ले रही है।" आलम सफाई-सा देते हुए बोला।

"यह बांग्लादेशवासियों के भाग्य की विडम्बना ही है कि एक तरफ़ जहाँ उन्हें भारत का समर्थन मिल रहा है वहीं पाकिस्तान को चीन तथा अमेरिका जैसे शक्तिशाली देशों का

समर्थन मिल रहा है। माओ तथा निक्सन याहिया को अधिकाधिक अस्त्र-शस्त्रों से मदद करने की प्रतिश्रुति दे रहे हैं।" हक साहब एक दीर्घश्वास छोड़कर फिर बोले, "लेकिन हाँ, एक तसल्ली देनेवाली बात हुई है कि इस महीने श्रीमती इंदिरा गांधी की पहल पर भारत-सोवियत मैत्री तथा सहयोगिता सन्धि-पत्र पर हस्ताक्षर हुए हैं। इससे भारत का पक्ष निश्चित रूप से मजबूत हुआ है। सोवियत संघ की मदद से अब वह और निर्भीक होकर हमारी मदद कर पाएगा।"

"कुछ भी कहिए, पाकिस्तान के पश्चिमी तथा पूर्वी खंड की इस अन्दरूनी लड़ाई में चाहे-अनचाहे भारत का गला फँस गया है। शरणार्थी जनित परेशानियों से भारत को बुरी तरह से जूझना पड़ रहा है। भारत की आर्थिक, राजनीतिक, सामाजिक व्यवस्थाओं पर इसका सीधा-सीधा असर पड़ रहा है। ऐसे में पाकिस्तान के इस आन्तरिक मामले में हस्तक्षेप करना भारत की मजबूरी हो गई है। इस मामले में पाकिस्तान भारत को बिलकुल ही दोष नहीं दे सकता।" मैंने कहा।

"भारत सरकार ने तो अमेरिका से कितनी ही बार यह अनुरोध किया है कि पाकिस्तान को अब और अस्त्र-शस्त्र न भेजे। लेकिन अमेरिका के कानों में जूँ तक नहीं रेंग रही है। अमेरिकी राष्ट्रपति निक्सन याहिया को पूर्ववत् मदद दे रहे हैं।" हक साहब मेरी बातों का सिरा पकड़ते हुए बोले, "लेकिन पता है अगस्त के पहले सप्ताह में अमेरिका से टेड केनेडी भारत आए थे। अपने पैरों पर चलकर बारिश में भीगते हुए शरणार्थियों के शिविरों में घूमे, पाइपों के अन्दर झाँका और शरणार्थियों की नारकीय स्थिति देखकर अत्यन्त मर्माहत हुए। स्वदेश लौटकर उन्होंने निक्सन प्रशासन के खिलाफ काफी हंगामा भी खड़ा किया। लेकिन निक्सन अपनी नीतियों पर डटे रहे।"

"सुना है, अमेरिका की शह पाकर ही याहिया, शेख मुजीबुर्रहमान को फाँसी देने की तैयारी करने लगा है ?" चिन्तित स्वर में आलम ने सच्चाई जाननी चाही।

"ठीक ही सुना है आपने।" हक साहब ने आलम की बातों की पुष्टि करते हुए आगे जोड़ा, "यह भी ज़रूर सुना होगा कि अगस्त के पहले सप्ताह में यह ख़बर मिलते ही करीब 500 भारतीय संसद सदस्यों ने मुजीबुर्रहमान की प्राण रक्षा के लिए तथाकथित-शान्तिदूत और यू.एन.ओ. के सेक्रेटरी जनरल उथान्ट से आवेदन किया था। साथ ही भारत की प्रधानमन्त्री श्रीमती इंदिरा गांधी ने विश्व के सभी नेताओं से मुजीबुर्रहमान की प्राणरक्षा के लिए उठ खड़े होने का अनुरोध किया था। फिर उथान्ट के दबाव डालने पर ही याहिया को मुजीबुर्रहमान के बारे में पुनर्विचार करने को बाध्य होना पड़ा।" हक साहब की आवाज़ में इंदिरा गांधी के प्रति आदर का भाव था। मैंने कहा, "भला हो श्रीमती गांधी का, जिनके प्रयास से बंगवासियों को यह विश्वास तो हो गया कि उनके प्रिय नेता, उनके अपने राष्ट्रपति शेख मुजीबुर्रहमान अब तक ज़िन्दा हैं। वरना उन्हें तो उनके (मुजीबुर्रहमान के) ज़िन्दा होने पर भी शक था।"

"न जाने वे जल्लाद हमारे शेख मुजीब को कभी मुक्त करेंगे भी या नहीं..."

..."न जाने कभी बांग्लादेश पाकिस्तान के चंगुल से मुक्त हो पाएगा भी या नहीं..."

..."न जाने..." ऐसे ही ढेर सारे सवालों से जूझते-टकराते आधी रात बीत गई। मुक्तियोद्धा बनने के बाद से ही हम चूँकि निशाचर प्राणी बन गए थे इसलिए हमें कोई फर्क नहीं पड़ रहा था; लेकिन हक साहब अपनी पलकों को अब और खुला रखने की स्थिति में

नज़र नहीं आ रहे थे। मजबूरन मैंने उन्हें सो जाने की सलाह दी। उनके साथ-साथ हम भी लेट गए। लेटते ही अपने घरवालों को ढूँढ़ न पाने की विवशता से मन विषादग्रस्त हो उठा। इतने सारे शिविरों में ढूँढ़ा। कोलकाता में माशीमाँ के घर भी घूम आया। कहीं भी वे नहीं मिले। न जाने अब उनलोगों से कभी मुलाकात होगी भी या नहीं। न जाने उनमें से कोई ज़िन्दा है भी या नहीं। तो क्या अब इतनी बड़ी दुनिया में ऑलोक के सिवा मेरा कोई अपना नहीं ? "है न ! शॉप्ना भी तो हैं।" किसी ने मेरे कान में कहा और मैं शॉप्ना से मिलने को विह्वल हो उठा। कैम्प लौटने से पहले शॉप्ना से मिलने जाऊँगा। पल भर में मैंने निर्णय ले लिया। शॉप्ना के बारे में सोचते-सोचते एक बहुत मीठी-सी नींद की खुमारी मुझ पर छाने लगी। बहुत दिनों बाद एक विचित्र सुख से मेरी चेतना अह्लादित हो उठी। और मैंने बिना प्रतिवाद के अपने गुरिल्ला मन को उस सुख-सागर में समा जाने दिया।

❐ ❐ ❐

शॉप्ना के घर जाते समय मेरे पाँव संकोच की बेड़ियों से जकड़े जा रहे थे। बड़ी मुश्किल से हिम्मत की आरी से उन्हें काटते हुए मैं आलम के साथ वहाँ जा पहुँचा। जाने से पहले दाढ़ी बना ली थी। अपने जले-तपे विध्वस्त चेहरे पर यथासम्भव कोमलता लाते हुए मैंने दरवाज़ा खटखटाया। दरवाज़ा शॉप्ना की माँ ने ही खोला। मुझे देखकर वे ऐसे चौंकी, मानो किसी भूत को देखा हो। फिर नज़रें चुराती हुई बोलीं, "तुम ? तुम यहाँ कैसे ?"

"क्यों, मैं यहाँ नहीं आ सकता ?"

"ऐसी बात नहीं। बेशक आ सकते हो। आओ बैठो। खड़े क्यों हो ? बैठो न ! क्या यह तुम्हारा दोस्त है ?" आलम की ओर इशारा करते हुए पूछा उन्होंने।

"हाँ। आलम। मेरे बचपन का दोस्त। शॉप्ना कहाँ है ?" मैं बिना कोई भूमिका बाँधे पूछ बैठा।

"वो...वो...श..श...शॉप्ना ?"

"हाँ-हाँ। बुलाइए न शॉप्ना को। मैं उससे एक बार मिलना चाहता हूँ।"

"वो-वो...दरअसल वो यहाँ नहीं है।"

"नहीं है ? कहाँ गई ?"

"सु...सु...सुनील है न !"

"हाँ-हाँ। क्या किया सुनील ने ?"

"सुनील ने शॉप्ना से शादी कर ली।" इस बार शॉप्ना की माँ हकलाए बिना पूरी बात बोल गई।

"सुनील ने शादी कर ली ? लेकिन उसकी शादी तो अमेरिका की किसी पढ़ी-लिखी लड़की से हो गई थी न ?" अपने दिमाग की फटती नसों पर बड़ी मुश्किल से काबू पाते हुए मैंने पूछा। "हुई तो थी लेकिन उन दोनों में पटी नहीं। तलाक लेकर सुनील भारत आ गया। शॉप्ना से माफ़ी माँगी और उससे शादी की इच्छा जाहिर की। शॉप्ना मान गई। हमने भी आपत्ति नहीं की।" इतना कहकर देर तक चुप रहकर उन्होंने मेरे जबाव का इन्तज़ार किया। मगर मेरा कोई जवाब न पाकर बोल उठीं, "हमें गलत न समझना बेटा। तुम्हारा परिवार बिखर गया है। रुपए-पैसे, घर-सम्पत्ति सब कुछ चला गया है। तुम्हारा भी तो कोई अता-पता नहीं था। इन परिस्थितियों में तुम शॉप्ना से शादी करोगे या नहीं, इस बात को

लेकर भी संशय था। और फिर शॉप्ना शुरू से ही सुनील को चाहती थी, तुम्हें नहीं। वह उसी के साथ खुश रहती। इसलिए हमने उन दोनों की शादी करवा दी।" एक ही साँस में सारी बातें बताकर शॉप्ना की माँ ने मानो मुक्ति की साँस लीं।

मन में उठते निःशब्द हाहाकार से जूझते-जूझते आलम का हाथ पकड़कर मैं कैम्प में लौट आया। मेरी तरह आलम भी काफी हताश था। इतना ढूँढ़ने पर भी उसके घर के किसी सदस्य का कोई पता नहीं चल पाया था। फिर भी वह और मैं ऊपर से स्वाभाविक दिखने की कोशिश कर रहे थे। मोहसिन और बबलू हमसे पहले ही कैम्प लौट आए थे। रियाजुद्दीन कहीं गया ही नहीं था और हैदर अभी तक लौटा नहीं था। हम भी शायद लौट नहीं पाते यदि मैं ऑलोक और मेजर जलील के आग्रह को न टाल देता। आते समय मेजर ने मुझसे कहा था, "आप बोरिशाल के हैं। इस इलाके से भली-भाँति परिचित हैं। हमारे साथ इसी इलाके में रहकर लड़ाई लड़ें। दूसरे इलाके के कैम्प में जाने की क्या ज़रूरत है ?"

"हाँ-हाँ दादा ! आप हमारे साथ ही रहिए।" ऑलोक ने भी आग्रह किया था।

"नहीं। हम अपने कमांडिंग अफ़सर से छुट्टी लेकर आए हैं। वे हमारा इन्तज़ार करेंगे। और फिर मैं अपनी यूनिट का कमांडर हूँ। मुझे जाना ही होगा।" मेजर जलील और ऑलोक के आग्रह को ठुकराकर मैं लौट आया था।

हमारे लौटने के अगले दिन सुबह ही चाउलहाटी से मेजर अख़्तर हमारे कैम्प में आए। उन्हें देखकर आन्तरिक खुशी हुई। हमने उनका फ़ौजी अभिवादन किया। वे भी बड़ी गर्मजोशी से हम सबसे गले मिले। उनकी खातिरदारी के लिए हमने चाय मँगवाई। आम के पेड़ के नीचे, बाँस के मचान पर बैठकर चाय पीते-पीते मेजर काम की बात पर उतर आए, "फेरीगंज इलाके में आपलोगों ने जिस तरह से सफलतापूर्वक कई ऑपरेशन किए हैं उसके लिए सचमुच आपलोग बधाई के पात्र हैं।"

"धन्यवाद सर ! आप ही लोगों की छत्रच्छाया में रहकर, आप ही लोगों से सबकुछ सीखा है हमने।" मैंने कहा।

"वो तो है लेकिन इसमें आप लोगों की हिम्मत और काबिलियत की जो भूमिका है, उसे तो नज़रअन्दाज नहीं किया जा सकता न।" कहकर मेजर अख़्तर बोले, "आपलोगों की इसी हिम्मत और काबिलियत को ध्यान में रखते हुए मैं आपलोगों के दल को एक महत्त्वपूर्ण काम के लिए फिर से सीमा के उस पार भेजना चाहता हूँ। अगर आप तैयार हैं तो अभी मेरे साथ चाउलहाटी यूनिट बेस चलिए।"

"वह तो हम चलेंगे लेकिन कौन-सा ऐसा महत्त्वपूर्ण काम है सर !" मैंने अपनी जिज्ञासा को शान्त करने के लिए पूछा।

"वह मैं अभी नहीं बताऊँगा। ऑपरेशन के लिए निकलने से पहले आपलोगों को सारा कुछ समझा दिया जाएगा। तो बताइए, आपलोग जाने के लिए बिलकुल तैयार हैं न ?"

"यह भी कोई पूछने की बात है सर ! आप कहें और हम ना कह दें, ऐसा तो सम्भव ही नहीं।"

"तो अपने दल के लोगों को फॉल-इन में खड़ा कीजिए।" सामने खड़े ढेर सारे मुक्तियोद्धाओं की तरफ़ इशारा करते हुए उन्होंने कहा। भीड़ में से निकलकर आलम, रियाजुद्दीन, मोहसिन और बबलू मेरे पीछे आकर फॉल-इन में खड़े हो गए। हमारे दल में अब हैदर और अब्दुल की कमी थी। हैदर तो घर गया था लेकिन अब्दुल ? वह बेचारा तो

अब इस दुनिया में ही नहीं था। उसके बारे में सोचते हुए मैं कुछ अन्यमनस्क-सा हो उठा।

"अब चलिए आप लोग मेरी जीप में बैठिए" कहते हुए मेजर उठ खड़े हुए।

"लेकिन सर ! हम तो सिर्फ़ पाँच हैं। हमारा एक साथी अभी छुट्टी से लौटा नहीं। इतने कम लोग कैसे ऑपरेशन के लिए जाएँगे ?" मैंने शंका जताई।

"इसके लिए आप निश्चिन्त रहिए। चाउलहाटी से आपलोगों के साथ कुशल गुरिल्लों को भेजा जाएगा। नाउ नो मोर क्वेश्चन्स प्लीज ! चलिए मेरे साथ !"

"लेकिन सर हमारे अस्त्र-शस्त्र ? वे तो यहाँ के बी.एस.एफ. कोथ में रखे हैं। उनके बिना..."

"उन अस्त्र-शस्त्रों को यहीं रहने दें।" मेजर अख़्तर ने मेरी बात को बीच में ही काटकर कहा, आपलोगों को चाउलहाटी से दूसरे अस्त्र दे दिए जाएँगे।"

अब कुछ कहने सुनने को बचा नहीं था। मैंने आँखों के इशारे से कैम्प के दूसरे लड़कों से विदा ली और दल के योद्धाओं को अपने पीछे-पीछे चलने की आज्ञा दी।

❐ ❐ ❐

काफी दूरी तय करके जीप हमें चाउलहाटी यूनिट बेस के कैम्प में ले आई। आम-कटहल, बट-पीपल जैसे विभिन्न पेड़ों की छाँह में ढेर सारे तम्बुओं से बने चाउलहाटी कैम्प के बीच में भी दूसरे कैम्पों की तरह एक चौकोर-सी खुली जमीन थी। कैम्प से थोड़ी-ही दूर स्थित बी.एस.एफ. कैम्प मुक्तियोद्धाओं के कैम्प की तुलना में बहुत ज़्यादा सुरक्षित था। टीन की छतवाले पक्के बैरकों के चारों ओर मिट्टी की चहारदीवारी थी। चहारदीवारी के अन्दर चारों कोने में चार मजबूत बंकर बने हुए थे। चारों में से जो दो बंकर बांग्लादेश की दिशा में थे, उनमें बने छिद्रों में मशीनगन की नली घुसाकर बी.एस.एफ. के जवान पहरेदारी कर रहे थे। चहारदीवारी के बाहर भी सशक्त पहरेदारी थी।

चाउलहाटी में अनेक लड़कों से परिचय हुआ। कई पुराने परिचित भी मिल गए। मेजर अख़्तर ने पाँच लड़कों से विशेष रूप से परिचय करवाते हुए कहा, "ये है हिटलू, ये मकबूल, ये रोबिन, ये कुंडू और ये मारूफ। अपने चार साथियों के अलावा इन पाँचों को भी आप अपने कमांड में लेकर ऑपरेशन के लिए जाएँगे।"

"लेकिन सर ! अब तो बताइए कि हमें करना क्या है ?" मैंने अधीर होते हुए पूछा।

"कल शाम को बताऊँगा। ऑपरेशन में जाने से पहले। आज आपलोग रेस्ट कीजिए। आज कैम्प के दूसरे कई दल ऑपरेशन पर जा रहे हैं।" कहकर मेजर अख़्तर अपने तम्बू में चले गए।

चाउलहाटी कैम्प में रहने-खाने की व्यवस्था काफी अच्छी थी। हमें ऑपरेशन पर अगले दिन जाना था। हाथ में काफी वक़्त था। कैम्प में मुक्तियोद्धाओं के लिए मुक्तियुद्ध तथा गुरिल्ला युद्ध सम्बन्धी काफी अच्छी-अच्छी किताबें थीं। योद्धाओं में युद्ध की चेतना जगाए रखने में ये किताबें काफी कारगर सिद्ध होती थीं। हमें भी कुछ किताबें दी गईं।

शाम को अँधेरा घिरते ही लंगरख़ाना के कमांडर ने हमें भोजन करा दिया था। भोजन के बाद ही खुले में रखे रेडियो को चारों ओर से घेरकर कैम्प के सारे लड़के बैठ गए थे। इन दिनों शरणार्थी कैम्पों में नारकीय जीवन व्यतीत करनेवाले लाखों शरणार्थियों, जान हथेली पर लेकर अपने देश में रहनेवाले बंगालियों तथा पहाड़, जंगल तथा प्रशिक्षण कैम्पों में रहनेवाले

मुक्तियोद्धाओं के लिए रेडियो ही तो एक ऐसा माध्यम था, जो उन्हें आशा-निराशा के झूले में झुलाता रहता था।

बी.बी.सी., आकाशवाणी कोलकाता तथा स्वाधीन बांग्ला बेतार केन्द्र से आती ख़बरों में लोगों की जान अटकी रहती थी। पाक सरकार द्वारा प्रसारित समाचारों में किसी को विश्वास नहीं था। इसलिए वे ढाका बेतार केन्द्र से प्रसारित समाचार सुनना पसन्द नहीं करते थे।

उस शाम स्वाधीन बांग्ला बेतार केन्द्र से समाचार प्रसारण के बाद फिर से बंगबन्धु शेख मुजीबुर्रहमान के ऐतिहासिक भाषण का प्रसारण किया जा रहा था। बंगबन्धु का वही चिर-परिचित बज्रकंठ, "मैं यदि हुक्म न भी दे पाऊँ, फिर भी आप लोगों से अनुरोध है कि आप लोगों के पास जो कुछ भी है, उसी से घर-घर में दुर्ग खड़ा कीजिएगा। इस बार का संग्राम मुक्ति का संग्राम है, इस बार का संग्राम स्वाधीनता का संग्राम है..." बार-बार प्रसारित किए गए इस भाषण ने हर बार की तरह इस बार भी हमारे खून में खलबली मचा दी। हममें नए जोश, नए उत्साह का संचार हुआ और जब रेडियो से एक देशप्रेमी कंठस्वर गा उठा—"नोतून बांग्लादेश गोड़बो मोरा..." ("नया बांग्लादेश गढ़ेंगे हम...") तो उस कंठस्वर में हम सारे मुक्तियोद्धाओं का कंठस्वर भी सम्मिलित हो गया। इस कैम्प का वातावरण भी बांग्लादेश-मय हो उठा। मेजर अख़्तर अपने तम्बू से बाहर निकल आए और "जय बांग्ला !" कहकर हमारा अभिवादन किया। हमें पता था कि हमारी तरह हमारी मातृभूमि के हरेक मुक्तियोद्धाओं को, हरेक मुक्तिकामी को ये गीत, ये संगीत, ये चरमपत्र, ये खून खौलानेवाले भाषण हर रोज उद्दीप्त करते हैं। स्वाधीन बांग्ला बेतार केन्द्र के ये ही कार्यक्रम हमारे संकल्प की मशाल को प्रचंड आँधी-तूफान में भी बुझने नहीं देते।

स्वाधीन बांग्ला बेतार केन्द्र का प्रसारण खत्म होते ही हम मुक्तियोद्धाओं के बीच रोज की तरह उस दिन के ताजा समाचारों के बारे में विचार-विमर्श शुरू हो गया। कहाँ किस फ्रंट पर मुक्तियोद्धाओं की जीत हो रही है, तो कहाँ पाक फ़ौजी उन्हें पछाड़ रहे हैं, कहाँ कौन-सी नई रणनीति अपनाई जा रही है तो कहाँ, किस देश से मदद लेने की कोशिशें की जा रही हैं...वगैरह-वगैरह।

और यही सब चर्चा करते-करते रात हो गई। इच्छा रहने पर भी दी गई किताबें पढ़ नहीं पाया। बिस्तर पर लेटकर पढ़ सकता था मगर हमारे पूरे तम्बू के लिए एक ही लालटेन की व्यवस्था थी और वह मेरे बिस्तर से इतनी दूर टँगी हुई थी कि उससे एक अक्षर भी पढ़ पाना सम्भव न था। इधर रात के सन्नाटे को तोड़ती हुई करीब दो मील दूर स्थित पाक वाहिनी के अत्यन्त शक्तिशाली गढ़, अमरखाना फ्रंट से अनवरत गोलाबारी की आवाज़ें आ रही थीं। भारत की ओर से भी प्रत्युत्तर दिया जा रहा था। पिछले कैम्प से यहाँ आते समय मेजर अख़्तर ने हमें भारतीय आर्टिलरी यूनिट दिखलाई थी। अमरखाना फ्रंट की ओर जानेवाली सड़क के किनारे ही वह यूनिट थी। बाँस के झाड़ के पीछे ही मोर्टार और कमानों को छिपाकर रखा गया था। ऊपर से मोटी-मोटी हरे रंग की रस्सियों का जाल-सा बनाकर डालियों और पत्तियों से उन्हें इस तरह से घेरकर रखा गया था कि दूर से वे दिखाई न दे। रात के सन्नाटे को चीरते इन मोर्टारों तथा कमानों की विकट आवाज़ों से हमारे कैम्प की धरती रह-रहकर थर्रा उठती। इस युद्ध क्षेत्र में कब कौन-सी गोली, कौन-सा गोला राह भटककर हम मुक्तियोद्धाओं के शिविर में आ पहुँचेगा, कहा नहीं जा सकता। फिर भी इस यूनिट बेस में हम जैसे सैकड़ों मुक्तियोद्धा भारतीय फ़ौजियों के साथ निश्चिन्त होकर रह रहे

थे। युद्धक्षेत्र में रहते-रहते मौत भी सामान्य घटना लगने लगती है शायद।

हम निर्विकार-सा बिस्तर पर लेटे-लेटे उन आवाज़ों को सुन रहे थे। कुछ लड़के सिर्फ़ डंडा लेकर कैम्प के बाहर पहरा दे रहे थे। किसी के हाथ में कोई अस्त्र नहीं था। प्रशिक्षण के बाद तथा ऑपरेशन से लौटते ही बांग्लादेशी मुक्तियोद्धाओं के सारे अस्त्र-शस्त्र, गोलाबारूद अस्त्रागार में जमा करवा लेने के इस बेतुके नियम को लेकर हम सभी के मन में रोष था। इतने संवेदनशील इलाके में, जहाँ थोड़ी ही दूरी पर पाक फ़ौजियों का इतना सशक्त गढ़ था, हाथ में सिर्फ़ डंडा लेकर पहरा देना कितना खतरनाक था। भारतीय सेनावाहिनी के कमांड़िंग अफ़सर की अनुपस्थिति में दुश्मनों द्वारा अचानक हमला कर दिए जाने पर बिना प्रतिरोध के ही हमारे मारे जाने की पूरी सम्भावना थी।

मैंने जबरन उधर से ध्यान हटाकर सोने की कोशिश की। लेकिन हर रात की तरह घरवालों के साथ-साथ शॉप्ना की यादों ने आ घेरा। कैम्प जीवन के हल्ला-हंगामा, दुश्चिन्ता, मृत्युभय के बीच भी मन का सबसे बड़ा हिस्सा घेरकर शॉप्ना कैसे उपस्थित रहती थी, समझ में नहीं आता था। उठते-बैठते, सोते-जागते, प्रशिक्षण लेते...यहाँ तक कि युद्ध करते वक़्त भी शॉप्ना से जुड़ी छोटी-बड़ी यादें बिजली की तरह रह-रहकर कौंध उठतीं और मुझे दुखी कर जातीं।

अगले दिन सुबह हमने काफी देर तक युद्धाभ्यास किया। दोपहर में नहाने के बाद पेट भरकर भोजन किया। लंगरख़ाना के कमांडर ने खस्सी का गर्मागर्म मीट तथा मोटे चावल का भात परोसा था। भोजन करके हमने एक लम्बी नींद ली। शाम को मेजर अख़्तर ने ऑपरेशनल टास्क समझाने के लिए हमें अपने तम्बू में बुला भेजा। दो-चार औपचारिक बातों के बाद उन्होंने ब्रीफिंग दी, “यहाँ से मात्र पाँच मील दूर एक बाज़ार है—तालडांगा बाज़ार। ठीक उसी के पास एक डाकघर तथा एक तहसील दफ्तर है। आप लोगों को उन दोनों भवनों को ही उड़ाना है।” “लेकिन सर ! तहसील दफ्तर और डाकघर को उड़ाकर क्या लाभ होगा ?” रोबिन ने पूछा।

“तहसील दफ्तर में भूमि सम्बन्धी सारे सरकारी काग़ज़ात रहते हैं। उन्हें जलाकर उस इलाके के राजस्व आय के स्रोत को नष्ट किया जा सकता है।”

“लेकिन सर ! इन दिनों वैसे भी तो पूर्वी पाकिस्तानी सरकार की राजस्व आय लगभग शून्य हो गई है। अब पाकिस्तान के इस पूर्वी भाग को लूटकर पाकिस्तानी शासक पश्चिमी पाकिस्तान के खजाने में कोई इज़ाफ़ा नहीं कर पा रहे हैं।” इस बार मकबूल ने अपनी राय दी। “वो तो ठीक है लेकिन कुछ दिनों बाद स्थिति सामान्य भी तो हो सकती है। थक-हारकर हमारी जनता पाक सरकार के आगे घुटने भी तो टेक सकती है। तहसील दफ्तर, डाकघर आदि सरकार के हाथ-पैर हैं। इन्हें जितनी जल्दी काट डालेंगे, जीत उतनी ही जल्दी हमारे करीब आएगी।” कहकर मेजर अख़्तर ने हमारे सामने तालडांगा इलाके का मानचित्र फैला दिया था, “यह है तालडांगा बाज़ार। इसके ठीक पूरब में तहसील दफ्तर है और दक्षिण की ओर डाकघर। बीच में कुछ दुकानें हैं। जहाँ तक हमारे पास इन्फॉर्मेशन है, वहाँ विशेष पहरा नहीं है। सिर्फ़ चार-पाँच पहरेदारों से निपटना पड़ सकता है आप लोगों को। मुझे उम्मीद है, आप लोग यह काम आसानी से कर लेंगे। आप जैसे दुर्धर्ष गुरिल्लों के लिए तो यह बाएँ हाथ का खेल है। है न ?”

रात होते ही मेजर अख़्तर से शुभकामनाएँ लेकर मैं अपने सात साथी योद्धाओं के साथ ऑपरेशन के लिए निकल पड़ा। मेजर ने मुझे स्टेनगन दिया था और आलम, रियाजुद्दीन, रोबिन तथा मोहसिन को थ्री-नॉट-थ्री राइफल। मारूफ़ को तो एस.एल.आर. मिला मगर बबलू तथा मकबूल को सिर्फ़ ग्रेनेड लेकर ही सन्तुष्ट होना पड़ा। रेमर चार्ज करने के सरंजामवाले झोले मेरे और रोबिन के पास ही रहे। इस बार ढेर सारे अस्त्र-शस्त्र, गोलाबारूद पाकर हमारा उत्साह दुगुना हो गया था।

तालडांगा बाज़ार के पास पहुँचकर तय परिकल्पना के मुताबिक हम सबने अपना-अपना मोर्चा सँभाल लिया। बिना किसी रोक-टोक के मैं, मोहसिन और मारूफ तहसील दफ्तर के बाहर जा पहुँचे। दरवाज़े की कुंडी से भारी ताला लटक रहा था। झोले-से हथौड़ा निकालकर मोहसिन ने ताला तोड़ा। मोहसिन के साथ मैं अन्दर घुसा। टॉर्च की रोशनी में देखा—सामनेवाले कमरे में सिर्फ़ टेबुल, कुर्सी आदि रखे हैं। जमीन सम्बन्धी दस्तावेज़ अन्दर वाले कमरे में थे। काग़ज़-पत्तरों से भरी कुछ अलमारियाँ थीं। दीवारों से सटे बड़े-बड़े सन्दूक थे।

बिना वक़्त गँवाए मैंने कहा, "रेमर चार्ज निकालो। जल्दी।" मोहसिन ने झटपट मेरे झोले से रेमर चार्ज निकालकर फर्श पर रखा और हम दोनों मिलकर तार और फ्यूज़ जोड़ने में व्यस्त हो उठे। मारूफ दरवाज़े के बाहर पहरे पर था।

सब कुछ ठीक करके मैंने घड़ी देखी। रात के ठीक एक बज रहे थे। तय कार्यक्रम के अनुसार सवा एक बजे हमें रेमर चार्ज करना था। डाकघर और तहसील दफ्तर में एक साथ विस्फोट होना था। डाकघर को उड़ाने का काम आलम लोगों के जिम्मे था।

"पता नहीं वे लोग समय पर विस्फोट कर भी पाएँगे या नहीं ?" अधीर होकर मोहसिन ने प्रश्न किया।

"करना तो चाहिए। आस-पास कोई प्रतिरोध तो नज़र नहीं आया।" मोहसिन को सांत्वना देकर मैंने सेफ्टी मैच को अपने हाथों में ले लिया था। बार-बार मेरी नज़रें रेडियम लगे घड़ी के काँटे पर चली जा रही थी। घड़ी की टिक-टिक आवाज़ के साथ मानो होड़ लगाकर दिल धक-धक करने लगा था। वक़्त ने दौड़ने के बदले घिसटना आरम्भ कर दिया था। आखिरकार सवा एक बजा। 'टक्ख' की आवाज़ के साथ मैंने सेफ्टी मैच जलाई और उसे सावधानी से रेमर चार्ज के सेफ्टी फ्यूज के मुँह पर रखा। जलती माचिस के संस्पर्श में आते ही हल्की चिड़चिड़ाहट की आवाज़ के साथ सेफ्टी फ्यूज में लगी आग ने रेंगना आरम्भ किया और मैंने तथा मोहसिन ने दौड़ना।

बाहर आकर मारूफ के साथ हम दोनों पूर्व निर्धारित दिशा में दौड़ पड़े। बाज़ार से थोड़ी दूर स्थित नहर के पास दल के सभी सदस्यों के इकट्ठा होने की बात तय हुई थी। लेकिन वहाँ पहुँचने से पहले ही कान के पर्दे फाड़नेवाली विकट आवाज़ हुई। आँख-कान बन्द करके हम लोग एक काली मन्दिर की ओट लेते हुए पेट के बल जमीन पर लेट गए। थोड़ी देर बाद आँख खोलने पर आग के एक विशाल गोले को आसमान की ओर उठते हुए देखा। इसके साथ ही इधर-उधर बरसते मलबों की टुप-टाप, ढिप्-ढाप् जैसी आवाज़ें आने लगी। इन सबके थमने से पहले ही एक दूसरी विकट आवाज़ ने हमें मानो बहरा बना दिया।

नहीं, मैं बहरा नहीं हुआ हूँ, यह बात मुझे तब समझ में आई जब आस-पास से कुछ लोगों के चीख़ने-चिल्लाने की आवाज़ें सुनाई पड़ीं। बहुत पास से गोलीबारी की आवाज़ें भी

आनी शुरू हो गई थीं। 'अवश्य ही शत्रु हमारे साथियों पर गोलीबारी कर रहे होंगे'—यह सोचकर हम लोग काली मन्दिर के पीछे से हटकर अन्य दुकानों की ओट ले-लेकर क्रॉलिंग करते हुए उस दिशा में बढ़ने लगे; जिस दिशा से फायरिंग की आवाज़ें आ रही थीं। पूरा बाज़ार धुएँ से भर गया था। कुछ दिखाई नहीं दे रहा था।

"जल्दबाजी में कोई फ़ायर मत करना। गलती से हमारे साथियों को भी गोली लग सकती है।" मैंने फुसफुसाया।

"दुश्मन बाज़ार के किसी दुकान में अवश्य छिपे बैठे थे वरना हमें दिखते ज़रूर।" मोहसिन बोला।

क्या करें क्या न करें, इसी उधेड़बुन में हम थे कि दूर सीमान्त से भी 'बुम-बुम, टर्र-टर्र' की आवाज़ें आने लगीं। सुनकर हमारी बाँछे खिल गईं। "भारतीय आर्टिलरी यूनिट से हमें सपोर्ट दिया जा रहा है। मेजर अख़्तर को मानना पड़ेगा। जो कहते हैं, करते भी हैं। अब अमरखाना फ्रंट के पाक फ़ौजियों से हमें विशेष खतरा नहीं। इस बाज़ार से विस्फोट और गोलीबारी की आवाज़ें सुनकर भी वे अमरखाना फ्रंट से बाहर निकल नहीं पाएँगे। भारतीय आर्टिलरी यूनिट से किए जा रहे इस जबरदस्त शेलिंग में उनका बाहर निकलकर हम तक आना नामुमकिन हो जाएगा।" मैंने खुशी से चहकते हुए अपने साथियों से कहा।

बाज़ार के अन्दर से आती गोलीबारी की आवाज़ें थोड़ी ही देर में रुक गई। हम लोग भी जल्दी-जल्दी पीछे हटते हुए अपने रिटर्न पोस्ट यानी उस जगह पर जा पहुँचे थे जहाँ सभी साथियों का आकर इकट्ठा होने की बात थी।

नहर के पास बने मिट्टी के एक विशाल ढूह के पीछे बेचैनी से अपने बाकी साथियों की प्रतीक्षा करते-करते अचानक मारूफ ने मेरे कान के पास मुँह लाकर कहा, "पता है बॉड़ो भाई ! यहाँ यह बड़ा-सा ढूह क्यों है ?"

"नहीं तो।"

"सुनेंगे तो रोंगटे खड़े हो जाएँगे।"

"बताओ तो सही।"

"अप्रैल के महीने में इस बाज़ार में पंजाबी पाक फ़ौजियों का एक दल आया था। उस समय बाज़ार की लगभग सभी दुकानें खुली हुई थी। हमेशा की तरह दुकानों के साइन बोर्ड बांग्ला में ही लिखे हुए थे।"

"तो इससे क्या हुआ ? हमारे इस पूर्वी बंगाल के लिए यह तो एक साधारण-सी बात है।" मेरे मुँह से अनायास ही निकला।

"यह साधारण-सी बात नहीं थी बॉड़ो भाई। इसी साधारण-सी बात ने इस बाज़ार के करीब दो सौ दुकानदारों की जान ले ली थी।"

"वो कैसे ?"

"वो ऐसे कि बाज़ार में आए पाक फ़ौजियों ने यह कहते हुए दुकानदारों को यहाँ इस जगह लाकर खड़ा कर दिया था कि पाकिस्तान में रहकर तुम लोग बांग्ला में साइन बोर्ड क्यों लिखवाते हो ? उर्दू में क्यों नहीं ?

दुकानदार यह कहकर गिड़गिड़ाते रहे थे कि यहाँ के लोग उर्दू में लिखे हुए साइन बोर्डों को पढ़ नहीं पाते, इसीलिए अपनी मातृभाषा बांग्ला में लिखवाते हैं। अब आगे से वे उर्दू में ही लिखवाएँगे। इस बार उन्हें छोड़ दिया जाए, माफ़ कर दिया जाए। लेकिन उन जल्लादों

ने उनकी एक न सुनी थी। यहीं इसी जगह करीब दो सौ दुकानदारों को खड़ा करके गोलियों से भून डाला था।" एक दीर्घश्वास छोड़कर मारूफ बोला, "वे फ़ौजी कई दिनों तक इसी इलाके में डटे रहे। जल्लादों ने दुकानदारों के परिजनों को उनकी लाशों को दफनाने तक नहीं दिया। जब सड़ती लाशों से उठती दुर्गन्ध से वे स्वयं परेशान हो उठे तब गाँववालों को बुलाया, नहर के पास से मिट्टी खुदवाई और उन लाशों के ऊपर डलवा दिया..."

..."और यही वह ढूह है जिसके पीछे हम छिपे बैठे हैं। है न !" मैंने वाक्य को पूरा करते हुए कहा।

"हाँ। और इसी में मेरे बड़े मामू और नानू की लाशें भी दबी हुई हैं। इसीलिए तो मेरे ननिहाल के लोग यहाँ से भागकर भारत चले गए हैं।"

मैं, जो अब तक वहाँ पेट के बल आराम से लेटा हुआ था, तड़ाक से उठ बैठा था। मारूफ से ढूह का इतिहास जानने के बाद एक पल भी वहाँ ठहरना मुश्किल लगने लगा था मुझे। आलम और अन्य साथियों के आते ही बिना वक़्त गँवाए हम तेज़ कदमों से रेलवे लाइन की तरफ़ बढ़ने लगे।

रेलवे लाइन की बराबरी में लगे टेलीग्राफ लाइन के कई खम्भों को उड़ाकर दौड़ते, हाँफते, गिरते-पड़ते सुबह तक हमने भारत की दहलीज़ पर पाँव रखा और अपने थके-हारे, लस्त-पस्त शरीर को हरी-हरी दूब-शय्या के हवाले कर दिया। ऊपर भयहीन उन्मुक्त आकाश था, पक्षियों का कोलाहल था, मन्द-मन्द बहती हवा थी और थी सूरज की मीठी आँच ! हम योद्धाओं की उनींदी पलकें अपने आप बन्द होने लगीं। शिथिल होती देह कोमल दूब के बिछावन में मानो धँस जाना चाहती थी। मगर हमें तो उठना था। जल्द से जल्द चाउलहाटी कैम्प पहुँचकर कोत में अस्त्र-शस्त्र जमा करना था।

धरती माता की गोद के मखमली बिस्तर का मोह त्यागकर बड़ी मुश्किल से हम उठे। अस्त्र-शस्त्रों के साथ दिन के उजाले में भारत भूमि पर चलने की मनाही थी इसलिए उठना पड़ा। कैम्प में पहुँचने के बाद न तो हाथ-पाँव धोने को सुधि रही और न ही कीचड़ सने कपड़े बदलने की। अस्त्र जमा करके गटागट कलश भर पानी पीया और सीधे बिस्तर पर जा लेटा। कुम्भकर्णी नींद हम सब पर हावी हो चुकी थी। लंगरख़ाना के कमांडर नाश्ता करके सोने को कह रहे थे। किसी ने उनकी बात मानी, किसी ने अनसुनी कर दी।

एक लम्बी नींद लेकर उठने के बाद अपने आपको तरोताजा पाया। कैम्प के तालाब में अच्छी तरह से नहाकर खाना खाने के बाद शरीर में फिर से ताकत लौट आई।

शाम को मेजर अख़्तर हमसे ऑपरेशन की रिपोर्ट लेने आए। सारी बातें सुनकर हमें बधाई दी, "कॅन्ग्रैचुलेशन ब्वॉयेज़। आप लोगों ने सभी कामों को अत्यन्त कुशलता से कर डाला। नो लॉस, नो कैज्युअल्टीज़ ! आइ एम रियली प्राउड ऑफ यू !"

"थैंक यू सर ! आपको भी मेनी, मेनी थैंक्स ! आपने अगर समय पर कमान के गोले दागकर हमें सपोर्ट नहीं दिया होता, तो अमरखाना फ्रंट की ओर से हमें काफी खतरा उठाना पड़ता। आपने उन्हें उलझाए रखा, इसीलिए वे हम तक नहीं पहुँच पाए।"

"ये तो हमारा फर्ज़ था ब्वॉयेज़ ! अब डिटेल में मुझे ऑपरेशन के बारे में बताइए। मैं नोट कर लेता हूँ। मुझे हेड ऑफिस में रिपोर्ट भेजनी है।" कहकर मेजर अख़्तर ऑपरेशन का डिटेल नोट करने लगे।

हाइड आउट और भुगतती खोपड़ी

कई दिनों से मेजर अख़्तर ने हमें ऑपरेशन के लिए नहीं भेजा था। सुबह फॉल-इन करके थोड़ी देर कसरत करने के बाद दिन-भर की छुट्टी रहती हमारी। पड़े-पड़े सोना, अड्डा मारना, रेडियो सुनना या युद्ध-चेतना जगानेवाली पुस्तकें पढ़ना—यही हमारी दिनचर्या थी। कैम्प में ढेर सारी पुस्तकें थीं। आलम के कहने पर मैं लियन ऊरिस की प्रसिद्ध किताब 'माईला-18' पढ़ रहा था। किताब के हर पन्ने पर मानो हम बंगालियों की कहानी, हमारी मातृभूमि की कहानी लिखी गई थी। थी तो वह पोलिश यहूदियों के ऊपर जर्मन नात्सियों के अमानुषिक अत्याचार की कहानी...उस अत्याचार के खिलाफ यहूदियों के उठ खड़े होने की कहानी... जर्मनों के आगे बिना सिर झुकाए मरते दम तक अद्भुत वीरता के साथ लड़ते रहने की कहानी...लेकिन किताब के हर पन्ने से गुज़रते समय मुझे ऐसा महसूस हो रहा था कि यह द्वितीय विश्वयुद्ध के शुरुआती दिनों की कहानी नहीं, बीसवीं सदी के सत्तर के दशक की कहानी है, पश्चिमी पाकिस्तानी मुसलमानों द्वारा पूर्वी पाकिस्तानी हिन्दू-मुसलमान पर ढाए गए जुल्म की कहानी है...हम बंगालियों की अपने अत्याचारियों के खिलाफ उठ खड़े होने की कहानी है...।

"अब आप लोगों को बांग्लादेश के अन्दर ही कैम्प बनाकर रहना है।" मेजर अख़्तर द्वारा दिया गया यह आदेश हमारे चाउलहाटी कैम्प-प्रांगण में बम की तरह फटा था।

"आप लोग भारत स्थित कैम्प में रहकर पाक में जो वारदातें कर रहे हैं, उसे लेकर पाक सरकार विश्व-दरबार में काफी हो-हल्ला मचा रही है। इसलिए बेहतर होगा कि अब आप लोग अपने देश के अन्दर ही नए-नए हाइड आउट ढूँढ़कर कैम्प बनाकर रहें। हम यथासम्भव आप लोगों की मदद करेंगे। आप लोगों का हेडक्वार्टर यही चाउलहाटी कैम्प रहेगा। समय-समय पर राशन, गोलाबारूद, अस्त्र, दवा, पैसे आदि सब कुछ हमीं देते रहेंगे। आपात स्थिति में आपकी मदद के लिए यहाँ से मुक्तियोद्धा भी भेजेंगे।" मेजर धाराप्रवाह अपना निर्णय सुनाते जा रहे थे। मेरे एक साथी योद्धा ने टोका, "लेकिन सर ! अगर हम अन्दर ही रहेंगे तो आप हमें ये सारा कुछ देंगे कैसे ?"

"हर हफ्ते जब हर दल का कमांडर हमारे कैम्प में अपने-अपने दल के ऑपरेशन के बारे में रिपोर्ट करने आएँगे तब देंगे।" मेजर ने बताया।

"लेकिन सर ! देश के अन्दर तो पाक फ़ौजी आसानी से हमें पकड़ लेंगे। यहाँ तो हम ऑपरेशन करके रातों-रात भागकर चले आते थे। दिन-भर निश्चिन्त होकर सोते थे, खाते थे। मगर वहाँ तो हर वक़्त पकड़े जाने का डर लगा रहेगा।" हमारे साथी संशय से भरे हुए थे। इसलिए सवाल पर सवाल किए जा रहे थे। मेजर को भी जवाब देने में कोई परहेज नहीं था। वे बोले, "वो तो है। इसीलिए तो आप लोगों को हर दूसरे-तीसरे दिन अपना हाइड आउट बदलते रहना होगा। आपके देश के अन्दर मुक्तियोद्धाओं के ऐसे अनेक दल कुशलता से काम कर रहे हैं जो कभी भारत के कैम्पों में रहे ही नहीं।"

"हम समझ गए सर।" अब आपको हमसे कोई शिकायत नहीं होगी सर !

"आइ होप सो माइ ब्वॉयेज़ !" कहकर मेजर ने मुस्कुराकर हमारा हौसला बढ़ाया। फिर तीस-तीस योद्धाओं का चार दल बनाया। हरेक दल का जिम्मा उस दल के कमांडर को दिया गया। कमांडर पर ही उन्होंने अपने दल के ऑपरेशनल प्लान के बारे में निर्णय लेने का

दायित्व सौंपा। हमारे एक साथी सफदर को ही इस बार चालीस योद्धाओंवाले हमारे विशाल दल का कमांडर बनाया गया। सफदर थोड़ा लालची और बात-बात में लड़ाई-झगड़ा करनेवाला लड़का था। उसकी उम्र भी मुझसे कम थी। वह मुझ पर जबरन थोपा गया निर्णय था। पर मैं कर ही क्या सकता था !

अगले दिन मेजर मानचित्र लेकर बैठे और चारों दल के लिए अलग-अलग 'हाइड आउट' तथा ऑपरेशन सम्बन्धी सम्भावित स्थानों को चिह्नित कर दिया। फिर ढेर सारा गोलाबारूद, अस्त्र-शस्त्र, दवा, सप्ताह भर का राशन, बर्तन तथा शुभकामनाएँ देकर रात के अँधेरे में हम चारों दलों को बांग्लादेश की ओर अलग-अलग दिशाओं में रवाना कर दिया। इस बार हमारा गाइड हारेसुद्दीन था। उसे उस इलाके की थोड़ी-बहुत जानकारी थी। हारेसुद्दीन को लंगरख़ाने की जिम्मेदारी भी दी गई थी। कैम्प में मेजर अख़्तर के साथ करीब डेढ़ सौ लड़के रह गए थे। उन लड़कों को चाउलहाटी कैम्प की पहरेदारी के लिए तथा अपातृस्थिति में हमारी सहायता के लिए भेजे जाने के लिए रखा गया था। इस बार जिस स्थान से हमें बांग्लादेश में प्रवेश करना था, वह कैम्प से काफी दूर था। इसलिए फ़ौजी ट्रकों में चढ़ाकर हमें उस स्थान तक पहुँचा दिया गया।

पहली बार इतनी बड़ी सेना लेकर हम युद्धक्षेत्र में जा रहे थे। समझ में नहीं आ रहा था कि इतने सारे योद्धा पाक फ़ौजियों की नज़रों से कैसे छिपे रहेंगे। हम सभी के हाथों में, पीठ और सिर पर सामान थे। चावल, दाल, आटा आदि के बोरे, बर्तन, दवाइयाँ, फर्स्ट एड का बक्सा, कुदाल, सब्बल, हमारे अपने कपड़े तथा अन्य ज़रूरी सामान, स्टेनगन, दो इंच वाले मोर्टार, संगीन, थ्री नॉट थी राइफल, एस.एल.आर., एनारगा, 9 एम.एम.वाले एल. एम.जी. हैंड ग्रेनेड, ढेर सारा गोला-बारूद तथा कारटेक्स, डेटोनेटर, सेफ़्टी फ्यूज, पी.ई.के., सेफ्टी मैच जैसी विभिन्न विस्फोटक सामग्रियाँ...क्या नहीं था हमारे साथ !

हम अन्धों की तरह अँधेरे को टटोलते-टटोलते पंक्तिबद्ध होकर उस दिशा में बढ़े जा रहे थे जिस दिशा में हमें अपना हाइड आउट मिलने की सम्भावना थी। मेजर अख़्तर ने हमें मानचित्र दिखाकर आश्वासन दिया था, "इस इलाके के बेलपाड़ा में पेड़, पौधों, तालाबों और जंगल से घिरे कई घर ख़ाली पड़े हैं। घरवाले घर और खेत पर लगी फसलों को छोड़कर भाग गए हैं। वैसे भी उस इलाके की आबादी अधिक नहीं थी। काफी दूर-दूर पर एक-आध घर है। उन्हीं में से किसी घर को ढूँढ़कर आप लोगों को अपना कैम्प बनाना है। यह इलाका तुलनात्मक रूप से ऊँचा है। यहाँ के मैदानों, खेतों एवं जंगलों में पानी की गहराई अधिक नहीं होगी।" कहकर मेजर ने उस इलाके के बारे में कुछ और जानकारियाँ दीं।

इससे पहले हम जब भी अन्दर आए थे, हमें सिर्फ़ अस्त्र और गोलाबारूद का भार ही वहन करना पड़ा था। लेकिन इस बार इतने सारे साजो-सामान हमारे साथ थे कि कीचड़ भरी राह पर चलना अत्यन्त दुष्कर हो गया था।

"छप्प...आह ! गेलाम रे...ऐक्केरे कादार मोध्धे सिंधाइया गेलाम...(आह ! गया रे... बिलकुल कीचड़ में घुस गया...") पीठ पर लदे आटे के बोरे के साथ कीचड़ भरे गड्ढे में गिरते मोहसिन ने हमारा ध्यान खींचा। मैं उसकी ओर लपका। पीछे की कतार से साथी गुरिल्ले भी व्यग्र हो उठे। मगर खेत की मेड़, जिससे हम इस वक़्त गुज़र रहे थे। इतनी पतली थी कि किसी एक को लाँघकर दूसरे का आना प्रायः असम्भव था। मेड़ के दोनों तरफ़ के खेत पानी में डूबे हुए थे। किसी की पीठ पर रसोई का सामान था, किसी की पीठ पर गोलाबारूद

से भरा बैग। कोई कपड़ों का थैला ढो रहा था तो कोई लंगरख़ाने का सामान।

झींगुरों की किरकिराहट और मेढकों की टर्राहट के बीच से मोहसिन का "आह ! गेलाम रे..." सुनते ही सब एक साथ "चुप ! चुप ! चिल्लाओ मत !" कह उठे थे। चूँकि मोहसिन के ठीक पीछे मैं था, इसलिए मैंने अपना साथी-धर्म निभाते हुए मोहसिन को खींचकर उठाया, कीचड़ सने आटे के बोरे को उठाकर उसकी पीठ पर लादने में मदद की मगर मुसीबत तो तब आन खड़ी हुई जब मोहसिन ने अपने कदमों को कीचड़ भरे गड्ढे से बाहर निकालकर मेड़ पर आगे बढ़ने की कोशिश की। एक पाँव उठाकर आगे बढ़ाने के चक्कर में जब दूसरे पाँव पर बोरे सहित उसके पूरे शरीर का भार पड़ा, वह पहले से ज़्यादा अन्दर धँस गया। उस पाँव को बाहर खींच लाने के प्रयास में जब पहला पाँव मदद के लिए आया तो वह दूसरे वाले से भी अधिक नीचे तक धँस गया। पता नहीं, उस गड्ढ़े के कीचड़ में ऐसी क्या खूबी थी कि मोहसिन के पाँव उसे छोड़ना ही नहीं चाहते थे।

इधर उसके कारण पीछे के सभी साथियों की गति अवरुद्ध हो गई थी। भारी सामान के साथ लदे खड़े साथी गुरिल्ले अधीर हो उठे थे। हर किसी के मुँह से दूषित वायु की तरह अपशब्द निकल रहे थे। लेकिन काफी धीमे स्वर में। कोई चारा न देख मैं पूरे मनोयोग से मोहसिन की पदसेवा में लग गया। बड़ी मुश्किल से कीचड़ में फँसे पैरों को खींचकर निकाला। फिर 'टर्ट टर्र, टुब-टुब, झीं-झीं...' यानी बरसाती कीड़े-मकोड़ों, मेढकों तथा निशाचर पक्षियों का कोरस सुनते-सुनते राह चलने लगा। पीठ पर भारी बोझा लेकर चलते-चलते थककर चूर हो गए थे हम सब। थोड़ी देर विश्राम किए बिना जब चलना नामुमकिन-सा हो गया तब मोहसिन ने ही सबके मन की बात कह डाली, "क्यों न सामने की रेलवे-लाइन पर लेटकर थोड़ी देर सुस्ता लें।" और मोहसिन की बात सर्वसम्मति से स्वीकृत हो गई। ऊँची, पत्थर बिछी रेलवे-लाइन पर पहुँचते ही अपनी-अपनी पीठ से सामान उतारकर बगल में अस्त्र रखकर लाश की तरह ढेर हो गए सब के सब। थोड़ी देर सुस्ता लेने के बाद आँख खोल पाए हम।

"पता नहीं, हमारा हाइड-आउट और कितनी दूर है ? अब और चला नहीं जाता।" मेरे पास लेटे अनवर ने कहा।

"फिक्र मत करो। भोर होने से पहले हम अपने हाइड-आउट तक ज़रूर पहुँच जाएँगे। मानचित्र देखकर तो ऐसा ही लगता है।" हमारे स्क्वॉड कमांडर सफदर ने ढाँढ़स बँधाते हुए कहा। इस वक़्त सफदर की मीठी-मीठी बातें सुनकर कोई अनुमान भी नहीं लगा सकता कि यही सफदर गुस्से में जंगली जानवर-सा हिंस्र हो उठता है। चाउलहाटी में कई बार उसे उस रूप में देख चुके थे हम। एक बार तो गुस्से में अपना भारी-भरकम शरीर लेकर अनवर के सीने पर चढ़कर उसका गला दबाने की कोशिश कर रहा था। बड़ी मुश्किल से उसे अनवर के ऊपर से हटाया था हमलोगों ने। अनवर की गलती इतनी-सी थी कि उसने उसे 'अनपढ़' कह डाला था।

दरअसल हमारे कैम्प के भारतीय सैन्य अफ़सर ज़्यादातर हमसे हिन्दी और अंग्रेजी में ही बातें किया करते थे। हिन्दी तो फिर भी थोड़ा-बहुत सभी समझ जाते थे लेकिन वे योद्धा, जो अशिक्षित या अल्पशिक्षित होते थे, अंग्रेजी समझ ही नहीं पाते थे। अक्सर डर तथा शर्म से वे अपने अफ़सरों के सामने अपनी नासमझी जाहिर भी नहीं होने देते थे। ऐसे में वे अपने उन साथियों की मदद लेते जिन्हें थोड़ी-बहुत अंग्रेजी आती थी।

एक दिन फॉल इन में खड़ा करके मेजर अख़्तर हमें कुछ ज़रूरी निर्देश दे रहे थे। सफदर

को उनकी अधिकतर बातें समझ में नहीं आ रही थी क्योंकि उस दिन मेजर कुछ ज़्यादा ही अंग्रेजी वाक्यों का प्रयोग कर रहे थे। अनवर के पीछे खड़ा सफदर बार-बार अपनी उँगलियों से अनवर की पीठ को ठेल-ठेल कर पूछे जा रहा था, "ऐ अनवर ! मेजर क्या बोल रहे हैं रे ?"..."ऐ अनवर ! उन्होंने क्या निर्देश दिया रे... ?" "ऐ-अनवर !..."

बार-बार सफदर के सवालों का जवाब देते-देते अनवर झुँझला उठा था, "बाद में बताऊँगा। पहले मुझे ठीक से सुन लेने तो दे।" लेकिन सफदर माननेवाला नहीं था। वह पूर्ववत् अनवर को परेशान करता रहा। अनवर को इस बात का डर था कि अगर मेजर उसे पीछे मुड़-मुड़कर सफदर से बातें करते देख लेंगे तो जरूर डाँटेंगे या कोई कड़ी सजा देंगे। इसलिए जब सफदर उसे ज़्यादा परेशान करने लगा तब अनवर ने चिढ़कर कह दिया, "साले अनपढ़ कहीं के ! परेशान करने के लिए एक मैं ही मिला था तुझे ! कह तो रहा हूँ बाद में बताऊँगा।"

फिर क्या था ! अनवर की बात सफदर को बुरी तरह चुभ गई। था तो वह सचमुच अनपढ़। लेकिन पागल को पागल कहने पर बुरा लगता ही है। मेजर अख़्तर के चले जाने के बाद वह अनवर से भिड़ गया था। वह इतना क्रुद्ध हो उठा था कि लगता था जैसे वह अनवर की जान ही ले लेगा। अनवर के सीने पर चढ़ा सफदर, अपनी काली चमकीली देह, लम्बे घुँघराले बाल और भयानक चेहरे के कारण असुर-सा दिख रहा था।

अकेली यही नहीं, इस तरह की कई हरकतें कर चुका था वह। फिर भी मेजर अख़्तर ने उसे ही क्यों हमारे स्क्वॉड का कमांडर बनाया यह बात समझ में नहीं आ रही थी। हमारे दल के एक हिन्दू लड़के ने दबी ज़बान में मुझसे कह दिया, "हमारे दल में दो-तीन को छोड़ सभी मुसलमान हैं न, इसीलिए एक मुसलमान को ही हमारा स्क्वॉड कमांडर बनाया गया है, आपको नहीं।" "नहीं-नहीं। ऐसी बात नहीं।" मैंने उसकी बात का तुरन्त प्रतिवाद किया था, "तुम्हें गलतफहमी हो रही है। इस मुक्तियुद्ध में हिन्दू-मुसलमानों में कोई भेद-भाव नहीं रह गया है। स्वाधीन बांग्ला बेतार केन्द्र से तो कहा ही गया है कि मुक्तिवाहिनी में करीब 35 प्रतिशत हिन्दू लड़के हैं।" उसे चाहे मैं कितना ही सम्झाऊँ मगर सच तो यह था कि सफदर को अपने कमांडर के रूप में स्वीकार करने के लिए अपने मन को समझाना मुश्किल हो रहा था। क्या करता ? मन मारकर चुपचाप अपने दल के साथ चलता रहा।

रात-भर बारिश में भीगते हुए हम मेजर के बताए और हारेसुद्दीन के दिखाए रास्ते पर चलते हुए बेलपाड़ा पहुँचे। आमतौर पर शीत, ग्रीष्म, वर्षा तीनों ऋतु में ब्रह्म मुहूर्त से ही ग्रामबांग्ला के घर-आँगन में चहलकदमी शुरू हो जाती थी। बेलपाड़ा में ऐसी कोई हलचल न देख हमें यह विश्वास हो गया कि वह इलाका अब सममुच वीरान हो गया है। फिर भी रेकि करके पूरी तरह से आश्वत हो जाने के बाद हमने एक परित्यक्त वास्तुभिटा में शरण ली।

ग्रामबांग्ला के अन्यान्य गृहस्थ घरों की तरह यह घर भी काफी ऊँची जमीन पर बना हुआ था। बाँस की चहारदीवारी से घिरा बड़ा-सा आँगन। आँगन में तुलसी चौरा। आँगन के किनारे-किनारे बनी मिट्टी की दीवारों तथा टीन एवं फूस की छतोंवाले कई अलग-अलग कमरे। रसोई, ग्वाल-घर, ढेंकी-घर, अनाज रखने का गोला-घर, रसोई के पीछे बाँस के मचान पर फैली हुई घनी लतर। उन पर फले हुए लौकी...कद्दू...। एक तरफ़ छोटे-छोटे पौधों में फली भिंडी, मिर्च, टमाटर जैसी सब्जियाँ। सब कुछ होते हुए भी मानवविहीन वह वास्तुभिटा

किसी प्रेतपुरी-सा ही दिख रहा था। लम्बी अवधि से मिट्टी की दीवारों पर लिपाई-पुताई नहीं हुई थी। वर्षा के जल से दीवारों की मिट्टी जहाँ-तहाँ से गल-गल कर गिर गई थी। घर-बाहर हर जगह जंगली बरसाती पौधे उग आए थे। फिर भी यह घर हमें बहुत पसन्द आया। दरवाज़ों पर लगे तालों को तोड़कर एक कमरे में भोजन का सामान रखा गया। एक में अस्त्र-शस्त्र, गोलाबारूद। बाकी कमरों में बिछी चौकियों की हमने धूल झाड़ी और कमर सीधा करने के लिए उन पर पसर गए।

कमरे में छूटी हुई गृहस्थी की कितनी ही चीज़ें बिखरी पड़ी थीं। ताक पर रखी किताबें, स्कूली बस्ता, टूटा हुआ प्लेट, रस्सी लपेटा हुआ लट्टू...बित्ता-भर आईना, कंघी, सिन्दूर की डिबिया...एक काँटी से लटकते लाल-काले फीते...एक कपड़ा रखनेवाला लकड़ी का आलना...और भी कितना कुछ !

दीवार पर लटकती एक तस्वीर ने ध्यान आकृष्ट किया—एक स्त्री और एक पुरुष पाँच छोटे-बड़े बच्चों के साथ मुस्कुरा रहे हैं। औरत की गोद में बैठे साल भर के बच्चे की आँखों में काजल की मोटी रेखा तो है ही, दाहिनी ओर माथे पर काजल का बड़ा-सा नज़र-टीका भी लगा हुआ है। ग्रामबांग्ला की हर ममतामयी माँ की तरह इस तस्वीर की माँ ने भी अपने बच्चे को दुश्मनों की नज़र से बचाने के लिए यह नज़र-टीका लगा रखा है। लेकिन क्या यह टीका उस मासूम को दुश्मनों की नज़र से बचा पाया होगा ? क्या इन लोगों की तस्वीरवाली मासूम मुस्कुराहट अब भी बरकरार होगी ? पेड़ों की ठंडी छाँव में बने अपने इस शान्त, सुन्दर वास्तुभिटा को छोड़ वे लोग न जाने कहाँ भटक रहे होंगे। न जाने किस शरणार्थी शिविर में दूसरों की भीख पर नारकीय जीवन गुजार रहे होंगे...सोचते-सोचते मन अवसादग्रस्त हो उठा।

बाहर सेन्ट्री ड्यूटी पर कुछ लड़कों को खड़ा किया गया था। तीन लड़कों को ऊँचे पेड़ों पर चढ़कर दूर तक नज़र रखने की ड्यूटी दी गई थी। बेचारे ! रात-भर की कष्टप्रद यात्रा के बाद फिर यहाँ ड्यूटी ! किसी न किसी को कमांडर की आज्ञा का पालन करते हुए सेन्ट्री ड्यूटी तो देना ही था। आज इनकी पारी है। कुछ नहीं किया जा सकता।

करीब आधा घंटा सुस्ता लेने के बाद लंगरख़ाना के कमांडर हारेसुद्दीन अपने सहयोगियों के साथ रसोई के काम में जुट गए। हमारे कई साथी, जो पहले से ही बीमार थे, रात की थकान और बारिश में भीगने के कारण और ज़्यादा बीमार हो गए थे, वे दवा आदि लेकर चौकी पर पड़े-पड़े कराह रहे थे। एक के पाँव में सींगी मछली ने काँटा घुसेड़ दिया था। तेज़ दर्द और बुखार से तड़प रहा था वह बेचारा।

मेरे साथ-साथ आलम, जिया और नादिर को लेकर हमारा कमांडर सफदर इस हाइड आउट के आस-पास के इलाके का निरीक्षण करने निकला। एकाएक शत्रुओं से घिर जाने पर कहाँ किस पोज़िशन में रहकर उनसे मुकाबला करना है, आस-पास छिपने लायक कौन-कौन सी जगह है, किन-किन मार्गों से शत्रुओं के आने की सम्भावना है—यह सारा कुछ जल्द से जल्द जान लेना आवश्यक था। आखिर तीस मुक्तियोद्धाओं के जीवन-मरण का प्रश्न था, मातृभूमि को दुश्मनों से मुक्त करने का प्रश्न था। हम अब दुश्मनों के इलाके में थे। किसी तरह की लापरवाही जानलेवा साबित हो सकती थी।

दूर तक नारियल, सुपाड़ी, ताड़, आम, जामुन, बाताबी नींबू आदि के पेड़ों और दो-तीन छोटे-बड़े तालाबों से घिरे हमारे हाइड आउट के पूरब की ओर धान के खेत थे और उत्तर

की ओर एक घना जंगल था। जंगल देखकर हमारी आँखें चमक उठीं, "वाह ! क्या जगह मिली है हमें। यहाँ बंकर बनाए जा सकते हैं। दुश्मन आने पर इस जंगल में छिपकर आसानी से हम उनका मुकाबला कर सकते हैं। ज़्यादा ट्रेंच बनाने की भी आवश्यकता नहीं पड़ेगी।" सफ़दर ने चहकते हुए कहा। जंगल देखकर मुझे भी बहुत खुशी हुई लेकिन फिर भी सफदर के उत्साह में ठंडा जल डालते हुए मैंने कहा, "अभी से इतना खुश होने की ज़रूरत नहीं। पहले अन्दर जाकर तो देखते हैं यह जंगल कितने दूर तक फैला हुआ है। कहीं इसके पीछे ही दुश्मनों का कोई कैम्प-वैम्प तो नहीं।"

"लगता तो नहीं कि यहाँ दुश्मनों का कोई कैम्प है। यदि ऐसा होता, तो क्या मेजर अख़्तर हमें सावधान नहीं कर देते ?" सफदर मेरी बात को उड़ाते हुए बोला।

"भारत में बैठे-बैठे मेजर को सब कुछ पता ही हो, यह ज़रूरी तो नहीं। और फिर मुक्तियोद्धाओं की तरह पाक फ़ौजी या रज़ाकार भी तो अपना ठिकाना बदलते रहते होंगे।"

"हो सकता है।" सफदर ने इस बार हथियार डाल दिया और सावधान होते हुए जिया को आदेश दे डाला, "जिया तुम पहले इस ऊँचे पीपल के पेड़ पर चढ़कर रेकि करो। देखो, जंगल के उस पार कुछ दिखता है क्या ?"

जिया अपने गले से लटकते थ्री नॉट थ्री राइफल के साथ ही लपककर पेड़ पर जा चढ़ा। फिर थोड़ी ही देर बाद नीचे उतरकर हमें आगे बढ़ने के लिए हरी झंडी दिखा दी।

आसमान में घने बादल छाए हुए थे लेकिन बारिश नहीं हो रही थी। अपना-अपना अस्त्र उठाए जंगली पेड़-पौधों, झाड़-झंखाड़ों के बीच से हम आगे बढ़ने लगे। हालाँकि कँटीली झाड़ियाँ हमारे शरीर और कपड़ों को जहाँ-तहाँ से चीरती-फाड़ती रहीं। जिस देश के प्रिय कवि नजरूल इस्लाम ने अपने देशवासियों को दुर्गम पहाड़, गहन वन, मरुभूमि तथा अपार समुद्र को लाँघते हुए हँसते-हँसते आगे बढ़ जाने की नसीहत दी है उस देश के योद्धाओं के कदमों को ये मामूली कँटीली झाड़ियाँ कैसे रोक सकती हैं ?

थोड़ी दूर जाने के बाद ही एक अति परिचित ध्वनि कानों से टकराई। आगे बढ़कर देखा, जंगल के बीच से एक नदी बह रही है। बरसाती उफान से लरजती-गरजती उस नदी के सीने में भी मानो हमारी ही तरह आक्रोश उमड़-घुमड़ रहा है।

"यह ज़रूर किसी न किसी तरह से हमारे काम आएगी, देखिएगा।" सफदर ने दृढ़ विश्वास के साथ कहा।

"मुसीबत भी ला सकती है।" मैंने सफदर की बात को काटने के लिए ही कह डाला।

"वो कैसे ?"

"इस नदी से होकर पाक फ़ौजियों का गनबोट आसानी से आ सकता है।"

"आ सकता है तो आए। बीच में यह जंगल है। हम उनका जमकर मुकाबला कर सकते हैं।"

"वो तो हम करेंगे ही। लेकिन सबसे पहले जंगल के कुछ हिस्से में ट्रेंच बनाकर रखना होगा।"

मेरी इस बात पर सभी ने सहमति जताई और फिर हम पाँचों ने मिलकर ट्रेंच काटने के लिए उपयुक्त स्थानों को चिह्नित करना आरम्भ किया।

इस प्रकार दोपहर तक अपने हाइड आउट के आस-पास के इलाके का अच्छी तरह से मुआयना करके हमने सारी आवश्यक व्यवस्था कर डाली। कमरों की मरम्मत करने सम्बन्धी

निर्णय भी लिए गए। कैम्प जीवन में पहली बार हम इतनी जिम्मेदारी से काम कर रहे थे। यहाँ मेजर की छत्रच्छाया हम पर नहीं थी, शायद इसीलिए। इस हाइट आउट में पड़ोसियों द्वारा देखे जाने का डर भी नहीं था क्योंकि आस-पास जो तीन-चार घर थे, वे भी ख़ाली पड़े हुए थे।

हाइड आउट को ठीक-ठाक करके सारा बन्दोबस्त करने में पूरे दो दिन लग गए। अब हमें जल्द से जल्द कोई बड़ा ऑपरेशन करके मेजर अख़्तर को रिपोर्ट करना था। इस बार ऑपरेशनल प्लान सफदर को बनाना था। वह काफी चिन्तित दिख रहा था। हाइड-आउट के बाहर चारों ओर कड़ी सेन्ट्री ड्यूटी लगाई गई थी। चूँकि हाइड आउट के पीछे जंगल था इसलिए जंगल में तथा जंगल के बीच से बहती नदी के पास भी लड़के तैनात कर दिए गए थे। ड्यूटी बदल-बदलकर दिन-रात पहरेदारी की जा रही थी।

सुबह का वक़्त था। हम कमरे में बैठकर आपस में नए ऑपरेशन के बारे में विचार-विमर्श कर ही रहे थे कि नदी की निगरानी कर रहे सेन्ट्री मॉना ने दौड़ते हुए आकर सूचना दी कि अभी-अभी उसने एक विशाल पाक गनबोट को नदी-पथ से इधर आते हुए देखा है।

उसकी बातें सुनकर कैम्प में खलबली मच गई। हमें यह समझ में नहीं आ रहा था कि इस वीरान इलाके में इतनी जल्दी पाक् फ़ौजियों को हमारे अवस्थान के बारे में पता कैसे चला। खैर, अब सोचने-समझने का वक़्त नहीं था। पाँच मिनट के अन्दर ही हम अपने-अपने अस्त्र-शस्त्र और गोलाबारूद लेकर शत्रुओं का मुकाबला करने के लिए तैयार हो गए। गनीमत थी कि पहले से ही हमने सारा कुछ तय कर रखा था कि किसको कैसे क्या करना है। जंगल में जहाँ-जहाँ भी थोड़ी ऊँची जमीन थी, वहाँ-वहाँ हमने ट्रेंच काट रखा था। फिर भी मोर्चे पर जाते समय नियमानुसार कमांडर सफदर ने संक्षेप में सबको एक बार आवश्यक निर्देश दे डाला।

पलक झपकते ही हम सभी गुरिल्ले जंगल की ओर दौड़ पड़े। तीन-तीन, चार-चार की संख्या में हमने अलग-अलग ट्रेंचों में पोज़िशन ले ली। घने पेड़-पौधों के पीछे बने ट्रेंचों में कीचड़-पानी भरा हुआ था। अपने-अपने एल.एम.जी., राइफल, स्टेनगन आदि के मुँह को नदी की दिशा में करके पूरी तत्परता के साथ हम उन्हीं कीचड़-पानी सने ट्रेंचों में जा बैठे और धड़कते दिल से पाक गनबोट का इन्तज़ार करने लगे।

चूँकि हमारा सेन्ट्री एक ऊँचे पेड़ पर बैठकर पहरा दे रहा था, और उसने काफी दूर रहते ही नदी में गनबोट को देख लिया था, इसलिए हमें तैयारी करने का वक़्त मिल गया था वरना यदि गनबोट काफी करीब आ जाती या पाक फ़ौजियों के नदी तट पर उतर जाने के बाद हमें ख़बर मिलती, तो शायद हम कुछ भी नहीं कर पाते।

इन्तज़ार की घड़ियाँ लम्बी होती जा रही थी। स्टेनगन के ट्रिगर पर तैयार बैठी उँगलियाँ उत्तेजना में काँप रही थीं। कीचड़-पानी में सारा शरीर खुजलाने लगा था। हम सभी की नज़रें पेड़-पौधों के बीच से जगह बनाती हुई नदी की ओर उस दिशा में टिकी हुई थी जिस दिशा से गनबोट के आने का अन्देशा था।

आखिरकार हमारे दृष्टि-पथ पर पाक गनबोट ने अपनी तीखी नाक घुसेड़ ही दी। अपने सिर पर पाकिस्तानी पताका का साफा बाँधकर अपनी विशाल देह सहित गनबोट ठीक हमारी आँखों के सामने पहुँची। गनबोट के सामने की ओर रिकॉयललेस राइफल बैठाया हुआ था।

कुछ फ़ौजी सामने की ओर खड़े थे, कुछ गनबोट के पीछे की ओर। हम उसके नदी किनारे आ लगने की प्रतीक्षा में अधीर हो उठे। हम जानते थे कि अब वह पल दूर नहीं जब एक-एक कर पाक सैनिक नाव से नीचे उतर आएँगे और जंगल में घुसने से पहले ही ट्रेंचों में छिपे हम गुरिल्ले उन्हें अपने आग्नेयास्त्रों से भून डालेंगे।

राजहंस की तरह मस्त चाल से गनबोट नदी के बीचों-बीच चलती हुई आगे बढ़ रही थी। हम उसके किनारे आ लगने की प्रतीक्षा करते रह गए लेकिन वह आगे बढ़ती हुई अन्ततः हमारी दृष्टि से ओझल हो गई। हक्का-बक्का-सा हम एक दूसरे की ओर देखते रह गए।

"यह क्या हुआ ? नाव रुकी क्यों नहीं ?" मुझसे करीब छह गज दूर खड़ा सफदर मानो अपने आप से कह उठा।

"वही तो ! गनबोट तो कहीं और जा रही है। हम खामख्वाह ड़र रहे थे।" हमारे किसी साथी योद्धा ने आश्वस्ति-भरा श्वास छोड़ते हुए कहा।

"हमें इसका पीछा करना चाहिए।" कहकर सफदर ने तुरन्त हारेसुद्दीन को एक दूसरे योद्धा दुनू के साथ जंगल से अन्दर ही अन्दर दौड़ते हुए गनबोट का पीछा करने की आज्ञा दे डाली ताकि पाक फ़ौजियों के कैम्प तथा उनकी गतिविधियों के बारे में जानकारी हासिल करके हम अपना अगला कदम उठा सकें।

नदी किनारे कड़ा सेंट्री ड्यूटी रखकर हम कैम्प लौट आए और हारेसुद्दीन तथा दुनू के लौटने का बेसब्री से इन्तज़ार करने लगे।

"तुम सभी एक बार अच्छी तरह से अपने-अपने अस्त्र-शस्त्रों की जाँच कर लो। हो सकता है हमें रात को ऑपरेशन पर जाना पड़े। साथ ले जाने के लिए अधिक से अधिक गोलाबारूद भी तैयार रखो।" सफदर ने योद्धाओं को निर्देश दिया। सभी ने जल्दी-जल्दी नहा धोकर खाना खा लिया। अब सिर्फ़ हारेसुद्दीन और दुनू के लौट आने की प्रतीक्षा थी।

दोपहर बाद हारेसुद्दीन और दुनू लौट आए। उनके कीचड़-सने लहूलुहान पाँव, उड़े-उड़े बिखरे बाल और पसीने से चपचपाता शरीर उनकी थकान और कष्ट का बयान कर रहे थे।

उन दोनों ने बताया कि पाक गनबोट का पीछा करते हुए वे जंगल के रास्ते से पूरी तेज़ी से दौड़ते रहे। फिर भी नाव से उनकी दूरी बढ़ती ही गई। एक समय ऐसा भी आया जब गनबोट उनकी आँखों से ओझल हो गई। वे रुके नहीं। दौड़ते रहे, दौड़ते रहे। और अन्ततः उन्हें नाव दिख ही गई। एक गाँव के किनारे वह खड़ी थी। हारेसुद्दीन पहले भी इस गाँव में आ चुका था। उसके कई परिचित उस गाँव में रहते थे। गाँव का नाम था शिमुलतला। वे जंगल में पेड़-पौधों की ओट से नाव का मुआयना करते रहे। कुछ देर बाद गाँव की ओर से कुछ पाक फ़ौजी आए और नाव पर चढ़ गए। उन पाक फ़ौजियों को विदा करने गाँव के कई लोग आए थे। उनलोगों में से एक को हारेसुद्दीन पहचानता था।

फ़ौजियों को लेकर नाव के आगे बढ़ते ही दुनू को वहीं जंगल में छिपे रहने को कहकर हारेसुद्दीन "कमरूद्दीन चाचा ! ओ कमरुद्दीन चाचा ऽ ऽ ऽ ऽ !" कहकर चिल्लाता हुआ अपने परिचित व्यक्ति की ओर दौड़ पड़ा था।

गाँववालों ने, जो खड़े-खड़े आपस में बातें करते हुए गनबोट को जाते हुए देख रहे थे, पीछे मुड़कर हारेसुद्दीन को देखा। "अरे हारेसुद्दीन तुम ? यहाँ इस वक़्त ? कहो मियाँ कैसे आना हुआ ?" कहते हुए कमरूद्दीन चाचा भी उसकी ओर बढ़ने लगे। हारेसुद्दीन ने अपना नया परिचय छिपाकर उन्हें बताया कि वह अपने बिछड़े हुए परिवार को ढूँढ़ता हुआ यहाँ

आया है। क्या उसके परिवार का कोई सदस्य इस गाँव में हैं ?

कमरूद्दीन चाचा ने 'ना' कहकर अफ़सोस जताया और हारेसुद्दीन को थोड़ी देर सुस्ता लेने को कहकर अपने घर ले गए। उनके साथ वे लोग भी लगे हुए थे, जो नदी तट पर थे। सभी बहुत चिन्तित दिखाई दे रहे थे। उनके साथ जाते-जाते हारेसुद्दीन को पता चला कि कमरूद्दीन चाचा को यहाँ के शान्ति कॅमिटी का चेयरमैन बनाया गया है। पाक फ़ौजी उन्हें यह कहने आए थे कि वे अपने तीनों बेटों तथा गाँव के अन्य जवान लड़कों को रजाकार वाहिनी में शामिल होने के लिए तैयार करके रखें। वे अभी आगे एक दूसरे कैम्प में जा रहे हैं। कल सुबह लौटते वक़्त वे उन्हें प्रशिक्षण के लिए अपने साथ ले जाएँगे। गाँव के करीब पचास शक्तिशाली अधेड़ लोगों को भी वे अपनी-अपनी नावों के साथ तैयार रहने का आदेश दे गए हैं। लौटते समय वे उन्हें भी अपने साथ ले जाएँगे। उनसे बेगारी करवाकर सीमान्त प्रदेश में वे कुछ शक्तिशाली बंकर बनवाना चाहते हैं।

पाक फ़ौजियों के इन आदेशों से कमरूद्दीन चाचा और गाँववाले काफी परेशान हो उठे थे। उनकी बातों से हारेसुद्दीन को पता चला कि कमरूद्दीन चाचा शान्ति कॅमिटी के चेरयमैन ज़रूर थे, लेकिन वे स्वेच्छा से इस पद पर आसीन नहीं हुए थे। चूँकि वे एक प्रवीण मुस्लिम लीगी थे और जिन्ना के समय फ्रंटियर के गणवोट में मुस्लिम लीग का वॉलन्टियर बनाए गए थे इसलिए यह मान लिया गया कि वे पाक सरकार के प्रबल समर्थक हैं। कमरूद्दीन चाचा यह बिलकुल नहीं चाहते थे कि उनके मासूम बेटे रजाकार वाहिनी में शामिल हों तथा वे मातृभूमि के लिए लड़नेवाले मुक्तियोद्धाओं के खिलाफ काम करें।

गाँववाले भी बेगारी के लिए पाक फ़ौजियों के साथ जाने से कतरा रहे थे। एक तो मुफ़्त में खटो ऊपर से वापस लौटने की कोई गारन्टी नहीं। आस-पास के कई गाँवों से बेगारी कराने के नाम पर ले जाए गए लोग वापस ही नहीं आए। पता नहीं उन्हें मार डाला गया या रजाकार, अलबदर वाहिनी में शामिल कर लिया गया।

कल सुबह पाक गनबोट नदी किनारे आ लगेगी। गाँव के लोग यदि उनके साथ जाने को तैयार नहीं मिलेंगे तो निश्चित रूप से वे गाँव को तबाह कर डालेंगे। बहू-बेटियों को उठा ले जाएँगे।

कमरुद्दीन चाचा तथा अन्य गाँव वालों को इस तरह से चिन्तित देख अन्ततः हारेसुद्दीन ने यह भेद खोला कि वह एक मुक्तियोद्धा बन गया है और चाहे तो अपने साथियों को यहाँ बुलाकर उनकी रक्षा कर सकता है।

"अगर फ़ौजियों को पता चल गया कि हमने ही गाँव में मुक्तियोद्धाओं को बुलाया है तब तो निश्चित रूप से वे गाँव को भस्म कर डालेंगे। अब हमारे पास दो ही रास्ते हैं। या तो हमें रातों-रात गाँव को छोड़कर भाग जाना पड़ेगा या फिर अपने लोगों को पाक फ़ौजियों के साथ भेजना पड़ेगा।" कमरूद्दीन चाचा की आवाज़ में हताशा थी।

"नहीं ! आपलोगों को दोनों में से कोई भी कदम उठाने की ज़रूरत नहीं हैं।" हारेसुद्दीन ने दृढ़ता से कहा था।

"तो क्या यूँ ही मौत को गले से लगा लें ?" कमरूद्दीन चाचा के साथ बैठे एक अधेड़ सज्जन खीझ उठे थे।

"मौत को गले लगाएँ आपके दुश्मन ! इससे पहले कि वे आपलोगों के गाँव तक पहुँचे, रास्ते में ही हम उनका नामोनिशान मिटा देंगे।"

"रास्ते में यानी कहाँ ?"

"इस गाँव से चार मील आगे नदी के दोनों तरफ़ की ऊँची जमीन पर जो आम के बगीचे हैं वहाँ से हम उन पर हमला कर सकते हैं।" हारेसुद्दीन हमारे दल का कमांडर नहीं था लेकिन कुशल गुरिल्ला प्रशिक्षण तथा कई सफल ऑपरेशनों ने उसमें त्वरित निर्णय लेने की यथेष्ट क्षमता विकसित कर दी थी। उसे यह विश्वास भी था कि उसका निर्णय गलत नहीं होगा तथा उसके निर्णय से उसका दलपति और अन्य साथी असहमत नहीं होंगे।

हारेसुद्दीन ने एक और बुद्धिमानी का काम किया था। गाँव से आते समय कमरूद्दीन चाचा से माँगकर हमारे लिए एक बड़ी-सी नाव ले आया था। इससे दो फायदे हुए थे। एक तो उसे तथा दुनू को पैदल कैम्प तक आना नहीं पड़ा था और दूसरा, हमें गनबोट ऑपरेशन के लिए जाने की सुविधा हो गई थी।

हम तैयार तो थे ही, अँधेरा उतरते ही अस्त्र-शस्त्रों के साथ फॉल इन में जा खड़े हुए। कमांडर ने जाने से पहले एक बार फिर से ऑपरेशनल प्लान के बारे में समझाया। दस लड़कों को कैम्प की सुरक्षा के लिए रखकर हम बीस योद्धाओं का दल नदी किनारे बँधी नाव पर जा बैठे।

शिमुलतॉला गाँव पहुँचकर सफ़दर ने नाव को किनारे लगाने का आदेश दिया और हारेसुद्दीन से कहा, "गाँव में जाकर अपने कमरूद्दीन चाचा से कहो, हमें कुछ कुदाली और सब्बल दे तथा हमारे साथ दो ऐसे विश्वस्त माँझियों को भेजें जो हमें हमारे ऑपरेशन स्पॉट पर उतारकर नाव को वापस यहाँ ले आ सके।"

"नाव को वापस ले आएँ ? नाव वापस लाने पर हम वापस आएँगे कैसे ?" हारेसुद्दीन प्रतिवाद के स्वर में कह उठा। सुबह उसे दौड़ते हुए इतनी दूर आना पड़ा था। साथ में नाव रहते अब दुबारा वह यह कष्ट उठाना नहीं चाहता था।

"अरे गधे ! इतनी बड़ी नाव को ऑपरेशन-स्पॉट के आसपास रखकर दुश्मनों को सावधान करना है क्या ? दोनों माँझी नाव को वापस गाँव ले जाएँगे। ऑपरेशन के बाद अगर हम ज़िन्दा रहे तो गाँव तक पैदल चलकर फिर वहाँ से नाव लेकर हाइड-आउट में चले जाएँगे।"

कमांडर के आदेश के मुताबिक काम हुआ। कमरूद्दीन चाचा ने कुछ कुदाली, सब्बल तथा दो माँझियों को हमारे साथ कर दिया। गाँव से चार-पाँच मील दूर जाकर एक उपयुक्त स्थान देखकर हम नाव से उतर पड़े। दस लोग नदी की दाईं ओर और दस नदी की बाईं ओर उतरे। फिर कुदाली, सब्बल लेकर जल्दी-जल्दी हमने दोनों ओर के जंगलों में ट्रेंच काटना आरम्भ किया। चाउलहाटी कैम्प से हम सिर्फ़ दो कुदाली लाए थे। उन्हीं से हाइड-आउट के जंगल में ट्रेंच काटा था हमने। यहाँ समय कम था। इसलिए गाँव से कुदाली तथा सब्बल लाना पड़ा ताकि जल्दी-जल्दी ट्रेंच काटा जा सके। वैसे भी मिट्टी गीली होने के कारण हमें अधिक मशक्कत नहीं करनी पड़ी। दोनों तरफ़ आगे-पीछे करके चार-चार ट्रेंच काटे गए। सामने की ओर, यानी नदी की दिशा में मिट्टी डालकर थोड़ा-सा ऊँचा कर दिया गया। फिर पत्तियाँ समेत पेड़ की कुछ डालियाँ काटकर उनसे ट्रेंच के सामने रखी मिट्टी की दीवार को ढँक दिया गया।

कमांडर के निर्देशानुसार अपने-अपने हिस्से के अतिरिक्त अस्त्र-शस्त्र, गोलाबारूद को ट्रेंच के सामने पत्तों के बिछावन पर हमने सजाकर रख दिया ताकि ऑपरेशन के समय हाथ

के सामने सबकुछ उपलब्ध हो।

भोर होने से पहले ही सारी तैयारियाँ हो गईं। अब समय था जंगल में बैठकर साँस रोककर पाक गनबोट की प्रतीक्षा करने का। जंगल में जिस जगह हम बैठे थे वहाँ पूरब की ओर जाती नदी करीब आधे मील तक नज़र आ रही थी। उसके बाद अचानक वह दक्षिण की ओर मुड़कर पेड़-पौधे के पीछे अदृश्य हो गई थी। शिमुलतॉला गाँव से हमें यहाँ पहुँचाने आए दोनों माँझी बहुत पहले ही नाव लेकर वापस चले गए थे।

जब तक हम काम पर लगे हुए थे, कोई परेशानी नहीं थी। काम खत्म होते ही नींद आने लगी। मच्छरों तथा अन्य बरसाती कीड़े-मकोड़ों के उपद्रव से मन झुँझला उठा। वक़्त मानो पहले से बित्ता-भर लम्बा हो गया था। मेरे आस-पास बैठे साथियों के मुँह से रह-रहकर कोई न कोई खीझ-भरा बोल निकल पड़ता, कोई न कोई गाली फूट पड़ती। दुनू कह रहा था, "साले मच्छर के बच्चो ! मुक्तियोद्धाओं को काटते हुए शर्म नहीं आती ? जाओ जाकर काटो उन जालिम खान सिपाहियों को !"

आलम ने कहा, "इच्छा होती है अपने स्टेनगन की सारी गोलियों से पाक फ़ौजियों से पहले इन मच्छरों का ही कत्ल कर डालूँ..."

एक कड़वे स्वाद के साथ सुबह हुई। जैसे-जैसे भोर की किरणें फूटने लगीं, वैसे-वैसे हमारी उत्तेजना बढ़ने लगी। रात-भर मुक्तियोद्धाओं के डर से किसी कैम्प में दुबके पाक फ़ौजी अब अपने बिल से बाहर निकल आएँगे। अपनी विशाल गनबोट पर चढ़कर वे इसी नदी से होकर शिमुलतॉला गाँव जाएँगे। लेकिन हम उन्हें वहाँ जाने नहीं देंगे। उन्हें रोकेंगे। उन्हें जलसमाधि दे देंगे। क्या हमें इस ऑपरेशन में कामयाबी मिलेगी ? हर ऑपरेशन से पहले मन के किसी न किसी छिद्र से शंका ताक-झाँक करने ही लगती है। और मैं शरीर पर चढ़ आए जोंक की तरह उन्हें झाड़ते हुए अपने ऑपरेशनल प्लान को मन ही मन दुहराने में व्यस्त हो जाता हूँ।

करीब आठ बजे दक्षिण-पूरब वाले मोड़ पर पेड़-पौधों के बीच से निकलकर पाक गनबोट आती हुई दिखाई पड़ी। हमने ट्रेंच के अन्दर जाकर पोज़िशन ले ली। सारे अस्त्र-शस्त्र गोलाबारूद आग और गोलियाँ उगलने को तैयार थीं। हमें पता था कि पाक गनबोट में जो रिकॉयेललेस राइफल बैठाया हुआ है, उसका रेंज कम से कम पाँच हज़ार गज तो है ही। आवश्यकता पड़ने पर यह सात हज़ार गज की दूरी तक भी मार कर सकता है।

गनबोट में सामने की ओर छोई के बाहर कई सैनिक खड़े नज़र आ रहे थे। निश्चित रूप से उनकी पैनी निगाहें चरखी की तरह चारों ओर घूम रही थीं। मगर हमने भी अपने आप को छिपाकर रखने की पूरी तैयारी कर रखी थी।

सामनेवाले ट्रेंच में मैं और सफदर अपने-अपने एस.एल.आर में एनारगा लौंचर को लगाकर तैयार बैठे थे। हमारे दूसरे साथी भी स्टेनगन, एस.एल.आर., एल.एम.जी. और ग्रेनेड लेकर तैयार थे। सफदर को फ़ायर ओपेन करना था।

गनबोट जैसे ही हमारे सामने पहुँची, सफदर के एनारगा ने एक हुक्मबरदार गुलाम की तरह हुक्म बजाया। एनारगा से निकले शक्तिशाली विस्फोटक ने जाकर गनबोट के पेट पर प्रचंड आवाज़ के साथ आघात किया। और इसके साथ ही नदी की दाईं ओर के दो ट्रेंचों में घुसे हम मुक्तियोद्धाओं के अस्त्र और विस्फोटक भी गरजने-बरसने और आग उगलने लगे।

देखते ही देखते एनारगा की मार से क्षतिग्रस्त गनबोट लड़खड़ाकर आगे बढ़ती हुई पानी

में डूबने लगी। नदी की बाईं ओर छिपे हमारे साथियों ने भी गनबोट पर फायरिंग शुरू कर दी थी। डूबती नाव से गिरते-पड़ते बाहर आने की कोशिश में लगे पाक फ़ौजियों को नदी के दोनों ओर से आती गोलियों की बौछारों और ग्रेनेड़ की मार के कारण खुद सम्हलने और अस्त्र सम्हालने का मौका नहीं मिला। कुछ ही मिनटों में नाव समेत सारे फ़ौजियों की रक्ताक्त लाशें गहरी नदी में समा गईं। नदी के ऊपर निकला रहा—गनबोट के ऊँचे मस्तूल पर लहराता चाँद-सितारा जड़ा हुआ पाकिस्तानी झंडा। था तो वह हमारे देश का झंडा। लेकिन हमारी बदकिस्मती कि कुछ बर्बर शासकों के कारण अब पराया हो गया था।

काफी देर तक हम गोलाबारी बन्द करके चुपचाप बैठे रहे। अब न ही कान के पर्दे फाड़नेवाली आवाज़ें थी और न ही मरते फ़ौजियों की चीखें। सिर्फ़ आकाश-पथ से इधर-उधर उड़ती गांगचील, बगुलों तथा कुछ अन्य चिड़ियों के पंखों की फड़फड़ाहट सुनाई दे रही थी।

थोड़ी देर बाद आश्वस्त होकर कि अब दुश्मनों की ओर से कोई खतरा नहीं, सफदर खुशी से चिल्ला उठा, "खत्म हो गए ! सारे दुश्मन खत्म हो गए। साले खान सिपाहियों ने जिस तरह से हमारी माँ-बहनों को नोचा खसोटा है, उसी तरह से अब देखना सियार-कुत्ते-गिद्ध इनकी फूली-सड़ी लाशों को लेकर मौज-मस्ती करेंगे। अब मैं मेजर अख़्तर के पास सीना तानकर जा सकूँगा..."

सफदर के ट्रेंच से बाहर आते ही जय बांग्ला का नारा लगाते हुए एक-एक कर सारे योद्धा बाहर निकल आए। सभी खुशी से दिशाहारा होकर एक दूसरे को गले लगा रहे थे। नदी के उस पार के लड़कों ने तो चिल्लाते हुए नदी में छलाँग ही लगा दी थी। फिर तैरते हुए वे डूबी नाव पर जा चढ़े थे। कुछ लड़के नाव के अन्दर से अस्त्र-शस्त्र ले लेकर बाहर निकल रहे थे।

अनवर को अस्त्र-शस्त्र निकालने की सुधि नहीं थी। वह गनबोट के ऊपर लगे पाकिस्तानी झंडे को उखाड़ फेंकने की कोशिश करता हुआ गाए जा रहा था,

"सोनार बांग्ला गोड़बो मोरा..."

(सोने का बांग्लादेश गढेंगे हम)

और ठीक उसी समय वह हादसा हो गया। पता नहीं कहाँ से एक गोली दनदनाती हुई आई और अनवर के सीने को बींधती हुई चली गई। वह छप्प से पानी में डूबी नाव के ऊपर गिर पड़ा। उसके साथ नाव पर अस्त्र निकालने गए साथियों ने उसे खींचकर बाहर निकाला। कुछ उस अदृश्य शत्रु की खोज में दौड़ पड़े जिसने अनवर पर गोली चलाई थी।

अनवर को किनारे लाकर लिटाया गया। सिर से पाँव तक पानी में भीगे शरीर से खून की लाल धारा बही जा रही थी। थोड़ी देर पहले जो इंसान उछलता हुआ, नाचता हुआ ऊँचे स्वर में गाना गा रहा था, अब बिलकुल स्थिर हो गया था।

अगर कल को सोने का बांग्लादेश बन भी जाए तो क्या वह गा पाएगा "सोनार बांगला गोड़ेछी मोरा...?"

(सोने का बांग्लादेश गढ़ा है हमने...)

इधर हमारे दूसरे साथियों ने उस अदृश्य शत्रु को ढूँढ़ निकाला था जिसने अनवर पर गोली चलाई थी। दरअसल वह ज़िन्दा फ़ौजी छोई से निकलकर पानी के अन्दर ही अन्दर तैरता हुआ नदी में कुछ आगे बढ़ गया था और वहीं से उसने अनवर को निशाना बनाया था। खुशी में डूबे योद्धाओं में से किसी का ध्यान उसकी ओर गया ही नहीं।

अनवर की मौत से हम सभी मर्माहत थे। किसी के आँसू रोके नहीं रुक रहे थे। अनवर का जिगरी दोस्त करीम अनवर की मौत से इतना क्षुब्ध हो उठा था कि उसने उस फ़ौजी को नदी-किनारे पटक दिया और अश्रव्य गाली-गलौज करत हुए उसकी नाभि पर अपनी दाईं एड़ी के बल खड़ा होकर नाभि को अपनी एड़ी से दाएँ-बाएँ मरोड़ता रहा। हमारे दो साथी योद्धा उसके इशारे पर उस फ़ौजी के हाथ-पाँव पकड़े हुए थे और वह फ़ौजी प्रचंड दर्द से विकट आवाज़ में चिल्ला रहा था। कुछ देर तक उसे इस तरह से सजा देने के बाद जब करीम का कलेजा कुछ ठंडा हुआ, तब उसे उठाकर उसके सिर को बालों से पकड़कर उसने पानी में तब तक डुबोए रखा जब तक कि उसने छटपटाते हुए दम न तोड़ दिया।

अनवर की मौत के गम में हमारी जीत की खुशी दबकर रह गई। उस जगह ज़्यादा देर तक रुके रहना भी उचित नहीं था। इसलिए हम उसकी लाश को ढोते हुए शिमुलतॉला गाँव में ले आए। कमरूद्दीन चाचा ने गाँव के कब्रिस्तान में अनवर को दफनाने की व्यवस्था कर दी। लाश को नहलाकर नए कफन में सुलाया गया। अगरबत्ती जलाई गई। निःशब्द जनाजा भी निकला। लाश को कब्र में सुलाने के बाद हमारे साथ-साथ कब्रिस्तान में उपस्थित गाँववालों ने भी हाथ उठाकर मोनाजात की। गाँववालों की आँखों से भी आँसू झरे। पहाड़ से दुख की इन घड़ियों में सन्तोष इसी बात का था कि कम से कम शहीद अनवर की लाश अब्दुल की तरह लावारिस नहीं थी।

लाश को दफनाने के बाद भारी मन से हमें अपने हाइड आउट में लौटने की तैयारी करते देख चाचा ने टोका, "कल रात से आपलोग भूखे हैं। आपलोगों को बिना खिलाए-पिलाए हम जाने नहीं देंगे।"

सचमुच हमें जमकर भूख लगी थी। अनवर की मौत के गम ने भी हमें सुस्त बना डाला था। सफदर ने चाचा की बात मान ली।

चाचा ने अपने घर के बड़े-से बरामदे पर आसन बिछाकर हमें बिठाया। आस-पास के कई लोग अपने-अपने घर से छोटे-बड़े बर्तनों में भात, सब्जी, दाल, मछली यानी जिसके घर जो पका था, ला-लाकर हमारे सामने रखते जा रहे थे। अपने कुछ साथी योद्धाओं को बाहर सेन्ट्री ड्यूटी पर रखकर बारी-बारी से हम भोजन कर रहे थे। कई वयोवृद्ध महिलाएँ भोजन परोसने में लगी हुई थीं।

जिस समय मैं अपने दल के योद्धाओं के साथ खाना खा रहा था, ठीक उसी समय लाठी टेकती हुई एक बूढ़ी अम्माँ वहाँ आ उपस्थित हुई। उम्र के बोझ से झुकी हुई अपनी कमर में एक हाथ से एक बड़ी-सी मिट्टी की पतीली को थामे हुए वह सीधे हमारे पास चली आईं। एक औरत की मदद से उस पतीली को नीचे रखकर उन्होंने पोपले मुँह से कहा, "मैंने तुमलोगों के लिए थोड़ी-सी खिचड़ी बनाई है। परोस दूँ ?" और फिर वो कलछुल से निकाल-निकालकर बड़े प्यार से हमारे पत्तल में खिचड़ी डालने लगीं। सबको परोसने के बाद वह ठीक हमारे सामने जमीन पर बैठ गईं और हम मुक्तियोद्धाओं को परितृप्त भाव से खाते हुए देखती रहीं। उनकी आँखों से अनवरत आँसू की बूँदें गिरती जा रही थीं।

"हमें देख-देखकर तू इस तरह क्यों रोए जा रही है अम्माँ ?" आखिर मैंने पूछ ही डाला। काफी देर तक वह मेरे सवाल का कोई जवाब न दे सकी। टुकुर-टुकुर हमें देखती रहीं और रोती रहीं। फिर अपनी सफेद साड़ी के पल्लू से आँखें-पोंछती हुई बोलीं, "मेरा बेटा हाबू भी तुम लोगों की तरह मुक्तियोद्धा बनना चाहता था रे। मैंने उसे जाने नहीं दिया। यह कहकर

रोके रखा कि तू चला जाएगा तो मुझ विधवा का क्या होगा ? किसके सहारे जीऊँगी मैं ? लेकिन एक दिन...एक दिन अपनी बहन के परिवार की खोज लेने सिराजगंज गया और फिर वापस लौटकर नहीं आया। कोई कहता है, पाक फ़ौजी उसे रजाकार बनाने के लिए रास्ते से उठाकर ले गए हैं, कोई कहता है, वह मुक्तियोद्धा बन गया होगा तो कोई कहता है, पाक फ़ौजियों ने उसे मार डाला है। भगवान जाने वह ज़िन्दा है भी या नहीं ! मेरी आँखों का तारा कभी वापस आएगा भी या नहीं। वह बिलकुल तुमलोगों जैसा ही था रे। हाँ, उसकी ठुड्डी पर एक बड़ा-सा तिल भी था। अगर कभी वह तुमलोगों को मिले न, तो उसे कहना, उसकी बूढ़ी अम्माँ की आँखें उसकी राह देखते-देखते पथरा गई हैं। एक बार वह मुझसे मिलकर जाए। मैं उसे रोकूँगी नहीं। भगवान कसम ! उसे कह देना बेटा ! कह देगा न ! बोल... बोल ?" कहते-कहते अम्माँ अपनी जगह से उठकर हमारे और करीब आ गई और कातर स्वर से गिड़गिड़ाने लगीं।

हमने उसे ढाढ़स बँधाया कि उसका बेटा एक दिन ज़रूर लौट आएगा। उन्होंने उदास आँखों से हमें देखा, "तुम लोगों के कहने से क्या होगा बेटा, 'कॉपाले नाई घी, तो ठॉकठोकाइले होइबो की।' (जब किस्मत में घी खाना नहीं है तो ख़ाली डिब्बे को ठोंकने से क्या फायदा !) मैं जानती हूँ, जब तक मेरे भाग्य में यह सब भोगना लिखा है, तब तक कोई मेरा भला नहीं कर सकता। अब देखो न ! आठ-साल की कच्ची उम्र से सिन्दूर लगा रही थी। कभी माँग और माथे से सिन्दूर पूरी तरह से धुलने नहीं दिया। नहाते समय सिन्दूर को बचा-बचाकर साबुन लगाती रही। वर्षों से एक परत सिन्दूर पर दूसरी परत, दूसरी पर तीसरी...चौथी...पाँचवीं परत चढ़ाती रही, यह सोचकर कि यदि ऐसा करूँगी तो भगवान कभी मेरी माँग सूनी नहीं करेंगे। मगर देखो ! आखिर विधवा हो ही गई न ! माँग से सिन्दूर धोना ही पड़ा न ! भाग्य ! सब भाग्य !" बूढ़ी अम्मा के स्वर में निराशा झाँय-झाँय बज रही थी।

"ऐसा क्यों कहती हो अम्माँ ? भाग्य-वाग्य कुछ नहीं होता।"

"होता है रे ! तूने खोपड़ीवाली कहानी नहीं सुनी ?"

"कौन-सी खोपड़ीवाली कहानी अम्माँ ?"

"अरे वही, जिसमें एक पुजारी ब्राह्मण को अपने एक तान्त्रिक मित्र के साथ चलते-चलते राह में एक मानव खोपड़ी मिली थी।"

"नहीं तो। क्या था उस कहानी में ?"

"अरे उस खोपड़ी पर नज़र पड़ते ही उस तान्त्रिक ने रुककर कहा था—'ईश ! इस बेचारे के भाग्य में अब भी बहुत कुछ भुगतना लिखा है।' "

"उस खोपड़ी के भाग्य में ?" मैंने अविश्वास भरे स्वर में पूछा।

"हाँ रे हाँ ! तभी तो वह पुरोहित ब्राह्मण उस खोपड़ी को उठाकर अपने घर ले गया। उसे अपने तान्त्रिक दोस्त की बातों पर पूरा विश्वास था। वह देखना चाहता था कि आखिर एक इंसान के मरने के बाद उसके कंकाल से अलग हुई मांसविहीन खोपड़ी के भाग्य में क्या भुगतना बाकी रह सकता है ?"

"फिर ?" मेरे पास बैठा आलम भी कहानी में रुचि लेने लगा था।

"घर में किसी को उसने उस खोपड़ी के बारे में कुछ नहीं कहा। चुपचाप उसे एक लाल कपड़े में लपेटकर घर के मचान पर रखी एक हाँड़ी के अन्दर छिपाकर रख दिया।" इतना

कहकर बूढ़ी अम्माँ थोड़ी देर के लिए रुकीं। हमारे चेहरों को देखा और कहा "मेरा हाबू भी इसी तरह ध्यान से मुझसे कहानियाँ सुना करता था।"

मैंने गौर किया कि कहानी सुनाने के क्रम में अम्माँ के चेहरे पर दुख की लकीरें कुछ हल्की हुई हैं। मेरे साथ-साथ वहाँ उपस्थित प्रायः सभी ध्यान से कहानी सुन रहे थे। अम्माँ ने फिर से कहानी का सिरा पकड़ा, "वह ब्राह्मण पुरोहित प्रायः रोज ही अपने घरवालों की नज़रें बचाकर उस मचान पर चढ़ता, हाँड़ी के अन्दर से खोपड़ी को निकालकर देखता और सोचता, 'प्राणहीन, मांसहीन इस खोपड़ी के भाग्य में भला और क्या भुगतना बाकी रह सकता है ?'

रोज-रोज अपने पति को मचान पर चढ़कर हाँड़ी में झाँकते देख ब्राह्मणी को शक हो गया। एक दिन जब पति की अनुपस्थिति में उसने स्वयं मचान पर चढ़कर उस हाँड़ी में रखी खोपड़ी को देखा, तो उसे लगा कि हो न हो, वह खोपड़ी उसके पति की किसी मृत-प्रेमिका की है। यह सोचकर वह जलभुन गई कि अपनी जीवित पत्नी से तो ब्राह्मण कभी सीधे मुँह बात नहीं करता और एक मृत प्रेमिका से उन्हें इतना प्रेम है कि उसकी खोपड़ी को देखे बिना उन्हें चैन नहीं ? ब्राह्मण होकर श्मशान से खोपड़ी जैसी अपवित्र चीज़ को घर उठा लाया है ? आग न लगे ऐसे प्रेम को !

क्रोध और ईर्ष्यावश उसने एक भारी पत्थर उठाया और मार-मार कर उस खोपड़ी को चूर-चूर कर डाला। घर लौटने के बाद खोपड़ी का यह हश्र देख ब्राह्मण को विश्वास हो गया कि सचमुच भाग्य के लेख को कोई नहीं मिटा सकता।" कहानी सुनाकर बूढ़ी अम्माँ एकदम शान्त हो गई थीं। उन्होंने अपने सवालों का हल स्वयं ही ढूँढ़ लिया था।

अम्माँ को सांत्वना और गाँववालों को धन्यवाद देकर हम अपने हाइड आउट के लिए निकल पड़े।

तैरते शिविर में हिचकोले खाता जीवन

इंसान जैसा अनुकूलनशील जीव शायद ही कोई और हो। वरना मेजर अख़्तर के मुँह से जिस हाइड आउट में रहने की बात सुनकर हम आतंकित हो उठे थे, वहाँ रहते हुए, फिर बार-बार अपना ठिकाना बदलते हुए उस बहेतू जीवन में इतनी आसानी से हम रम नहीं जाते।

दिन-ब-दिन गुरिल्ला ऑपरेशन में हम पारंगत होते जा रहे थे। हमने अपने इलाके के पाक दलालों और पाक फ़ौजियों की नाक में दम कर रखा था। सिर्फ़ हमारे इलाके में ही नहीं, पूरे बांग्लादेश में उन दिनों शायद ही कोई ऐसा इलाका बचा होगा जहाँ मुक्तियोद्धाओं और उनके समर्थकों से देश के शासकगण त्रस्त न हो उठे हों। इसमें कोई शक नहीं कि हमारे इस कार्य में रेडियो ने महत्त्वपूर्ण भूमिका निभाई थी। जनता को जागरूक बनाने में भी उसका अवदान अभूतपूर्व था। जल में डूबे प्रान्तों में रहनेवाले एक दूसरे से विच्छिन्न ग्रामवासी भी रेडियो के मार्फ़त इस आन्दोलन से जुड़ गए थे। स्वाधीन बांग्ला बेतार केन्द्र, बी.बी.सी, आकाशवाणी कोलकाता उन्हें बता रहे थे कि कैसे बंगोपसागर से अस्त्र-शस्त्रों के जखीरों के साथ आनेवाले दुश्मनों के जल जहाजों को उड़ाने की तैयारी की गई है, कैसे चट्टग्राम में हमारे 150 नौ-कमांडो को प्रशिक्षण दिया गया। कैसे हमारे उन कुशल कमांडोज

ने दुश्मनों की नज़र बचाकर जहाजों के नीचे माइन बैठाया; कैसे चार बड़े-बड़े जहाजों के चिथड़े उड़ गए, कैसे सितम्बर के अन्त में नागालैंड में विमान वाहिनी का गठन किया गया, कैसे हमारे लाखों जवान इस स्वाधीनता संग्राम में कूद पड़े, कैसे...और उन्हें सुन-सुनकर एक-एक बंगवासी के मन में मातृभूमि के लिए मर मिटने की भावना संक्रमित होती रही। नए-नए लोग इस मुक्ति युद्ध में शामिल होते रहे। मुक्तियोद्धाओं की संख्या बढ़ती रही। भय, शोक, मृत्यु अब हमें बहुत कम विचलित किया करते थे। फिर भी कुछ ऐसी बातें थीं जिनसे मन खिन्न हो उठता था।

सफदर, जो अब भी हमारा कमांडर था, स्वेच्छाचारिता पर उतर आया था। उसकी आदतें बिगड़ने लगी थीं। रजाकार, अलबदर या शान्ति कॅमिटी के सदस्यों के यहाँ ऑपरेशन करते वक़्त उनके यहाँ लूट-पाट करता। कैम्प के कुछ सदस्यों को उसने अपने साँचे में ढाल लिया था। वे उसके इशारे पर किसी के यहाँ से ट्रांजिस्टर उठा लाते, किसी के यहाँ से पैसे लूट लाते तो किसी के यहाँ से गाय, बकरी या मुर्गी। मैं और मेरे कुछ साथी प्रतिवाद करते, "हम मुक्तियोद्धा हैं। हमें इस तरह के कार्य शोभा नहीं देते।"

सफदर मेरी एक न सुनता। उल्टे मेरा मजाक उड़ाता, मुझ पर व्यंग्य कसता। कहता, "लुटेरों को लूटने में कोई बुराई नहीं।" सफदर कमांडर था। उसके आदेश का पालन हम सभी को करना पड़ता। कोई खुशी-खुशी करता, कोई बेमन से। उसूलों की इसी खींचातानी में मेरा रिश्ता सफदर और उसके साथियों से इतना बिगड़ गया कि मैंने कैम्प छोड़कर चले जाने का निश्चय किया।

"कहाँ जाओगे ?" मेरा निर्णय सुनकर आलम ने जानना चाहा।

"मेजर जलील के पास। वहाँ ऑलोक भी है। और फिर वह मेरा अपना इलाका है। अब लड़ूँगा तो वहीं जाकर।"

मेरा जवाब सुनकर आलम बोला, "मेजर अख़्तर तुम्हें जाने देंगे ?"

"उनसे कहकर कौन जाएगा ?"

"बिना कहे ही चले जाओगे ? वे क्या सोचेंगे ?"

"जिनके पास हज़ारों योद्धा हों, उन्हें मेरे बारे में सोचने की फुर्सत ही कहाँ होगी ? और फिर पूछने जाऊँगा तो वे किसी भी हाल में मुझे जाने नहीं देंगे।"

"तुम उनसे सफदर की शिकायत क्यों नहीं करते ?"

"क्या कहूँगा जाकर कि हम मुक्तियोद्धा, जिन्हें आपलोग अपना पेट काटकर भोजन दे रहे हैं, प्रशिक्षण दे रहे हैं, युद्ध के लिए कीमती सामान दे रहे हैं, वे अब लुटेरे बन गए हैं ? उन भारतीय सैन्य अफ़सरों की नज़र में हम बांग्लादेशी लोग गिर नहीं जाएँगे ?

सफदर जैसे दो-चार पथभ्रष्ट मुक्तियोद्धाओं के कारण मैं अपने देश के उन हज़ारों हज़ार मुक्तियोद्धाओं का अपमान नहीं होने देना चाहता जिन्होंने अपने आदर्शों के लिए सब कुछ न्योछावर कर दिया है। नहीं, मैं उनसे अपने ही साथी योद्धाओं की शिकायत नहीं कर सकता। बेहतर होगा, चुपचाप यहाँ से निकल चलें। तू जाएगा मेरे साथ ?" मैंने आलम की ओर उम्मीद भरी नज़रों से देखा।

"हाँ जाऊँगा। तुझे छोड़ मैं यहाँ रह ही कैसे सकता हूँ ? लेकिन एक बात बता।"

"क्या ?"

"अगर मैं तुझे कहता कि तू चल मेरे साथ ढाका। वहीं जाकर लड़ेंगे। क्योंकि वह मेरा

इलाका है, तो तू जाता क्या ?"

"क्यों नहीं जाता ? लेकिन तू ही सोच, वहाँ अचानक जाकर हम कहाँ किससे मिलेंगे ? क्या करेंगे ? जलील तो मेरा परिचित है इसीलिए उसके पास जाना ज़्यादा बुद्धिमानी होगी।"

"ठीक है। वहीं चलते हैं। आखिर मैं भी तो बोरिशाइल्ला पोला हूँ।" फिर कुछ सोचकर आलम ने कहा, "देख केष्टो ! अगर हम दोनों चुपचाप चले गए न तो किसी को दुख हो न हो, हमारे दल के रौशनुल, मोमिन, कानू, रशीद और बोदी को बहुत दुख होगा। देखते नहीं, वे हमेशा तुम्हारा पक्ष लेते हैं।"

"तो ऐसा करते हैं, उन पाँचों को भी अपने साथ लिए चलते हैं।" मैंने कहा, "इससे हमारा दल भी भारी रहेगा और हमें एक दूसरे से बिछड़ना भी नहीं पड़ेगा। जहाँ भी कोई ऑपरेशन करेंगे, हम साथ-साथ रहेंगे।"

"क्या वे मेजर अख़्तर की छत्रच्छाया से बाहर जाना चाहेंगे ? आखिर उन्होंने इसी सेक्टर में ट्रेनिंग ली है। अपने इलाके को छोड़कर किसी दूसरे इलाके में, किसी दूसरे सेक्टर में जाना भला कौन पसन्द करेगा ?" आलम ने उनका पक्ष लेते हुए कहा। "लेकिन वे पाँचों भी तो हमारी तरह कमांडर की गतिविधियों से नाराज़ हैं। उनसे बात करके देखते हैं। वे जाना चाहें तो अति उत्तम। न जाना चाहे तो भी चलेगा।"

"तो ठीक है। मौका मिलते ही उनसे बात करते हैं।" आलम ने कहा।

"ध्यान रखना। कमांडर को इसकी भनक भी न लगने पाए।" मैंने आलम को सचेत किया।

❒ ❒ ❒

बड़ी फुर्ती और कुशलता से आलम ने यहाँ से निकल भागने का सारा बन्दोबस्त कर डाला था। अगले दिन सुबह अपने पाँच साथी गुरिल्लों के साथ मैं और आलम नाव पर थे। नाव पर पाल लगाया हुआ था इसलिए नदी पर तैरती हमारी नाव हमारे 'हाइड आउट' को पीछे छोड़ती हुई तेज़ी से आगे बढ़ती जा रही थी। हम सातों बार-बार व्याकुलता से पीछे मुड़-मुड़कर देखे जा रहे थे। नाव के मस्तूल पर बैठी एक शंखचील (पक्षी) भी हमारे साथ-साथ चली जा रही थी। याद आया, कभी बोरिशाल के स्टीमर-घाट पर कत्थई रंग की ऐसी ही शंख चीलों को स्टीमर के ऊपर बैठकर नदी में कुछ दूर तक यात्रियों के साथ जाते देखा करता था। वर्षों पहले बोरिशाल का घर जल जाने के बाद स्टीमर से शोनारामपुर जाते समय जिस तरह से मेरा मन उदास हो उठा था, ठीक उसी प्रकार की उदासी का अनुभव इतने वर्षों बाद मुझे आज भी हो रहा था। इतना बड़ा हो गया था मैं। कठोर गुरिल्ला भी बन गया था मगर मन की कुछ अनुभूतियाँ वैसी की वैसी ही रह गई थीं।

❒ ❒ ❒

नदी-पथ से यात्रा का आज दूसरा दिन था। हम लगातार यात्रा कर रहे थे। दिन में भी, रात में भी। सिर्फ़ भोजन आदि के लिए रास्ते में कई जगह रुकना पड़ा था। हर महीने कैम्प से हमें दिए जानेवाले जेब खर्च के पैसे काम आ रहे थे।

हममें से कोई नाव खेता, कोई सेन्ट्री ड्यूटी देता, कोई अपनी नींद पूरी करता, तो कोई नाव किनारे लगने पर आस-पास के गाँव या बाज़ार से भोजन की सामग्री खरीद लाता।

पारी-पारी से हम ये सारे काम किए जा रहे थे। नदी से गुज़रते समय हम अधिक से अधिक समय छोई के अन्दर ही रहते। सिर्फ़ नाव चलाते वक़्त ही बाहर बैठते। वह भी माँझी के वेष में।

अँधेरी रात थी। आकाश में तारे टिमटिमा रहे थे। चाँद इतना काला था कि उसका होना, न होना बराबर था। नदी में हमेशा की तरह हमारे आगे-पीछे नावों तथा बज़रों का आना-जाना जारी था। हालाँकि प्रायः सभी नावों की लालटेनें बुझी हुई थी फिर भी हमें यह समझने में दिक्कत नहीं हो रही थी कि अधिकतर नावें ऐसे लोगों की थीं जो रात के अँधेरे में अपना घर-बार छोड़कर शरणार्थी जीवन-यापन करने के लिए अनिर्दिष्ट यात्रा पर निकले हुए थे। कुछ नावें ऐसे माँझियों की भी थी जो मछली पकड़कर अपना पेट पालते थे। घर लौटते पथिक भी किसी-किसी नाव में सवार थे। इन पथिकों में रजाकार भी हो सकते थे और मुक्तियोद्धा भी। रात का वक़्त था, इसलिए पाक फ़ौजियों की गनबोट से सामना होने का खतरा कम था लेकिन रजाकारों या डकैतों द्वारा हम पर हमला किए जाने की आशंका तो थी ही।

जेवर-पैसों तथा कीमती सामानों के साथ भागते शरणार्थियों को लूटने के लिए इन दिनों रजाकारों तथा डकैतों के दल सक्रिय हो उठे थे। सफर पर निकले हर यात्री को इस बात की जानकारी थी लेकिन यात्रा करने को वे मजबूर थे। पहले जैसे दिन होते तो चलते-चलते हर नाव का माँझी दूसरी नाव के माँझी को हाँक लगाता, 'माँझी हे ऽ ऽ ऽ ऽ ऽ...'

दूसरा कहता, *'किबा कॉव ऽ ऽ ऽ ऽ ऽ'*

पहला पूछता, *'कार बॉहो ऽ ऽ ऽ ऽ ऽ र...'*

दूसरा जवाब देता, *'ओमुक ग्रामेर ओमुक बाबु ऽ ऽ ऽ ऽ र...'*

हर नाव से यात्रियों के हँसने, बातें करने या गाने की आवाज़ें आतीं। लेकिन अब मानो सब के सब गूँगे हो गए थे। सभी खामोशी से आगे बढ़ जाना चाहते थे। उनकी उपस्थिति का दुश्मन को आभास न हो, इस चाह में डाँड़ तक को सहम-सहम कर चलाया जा रहा था।

नाव की गोलुई में माँझी के वेश में बैठकर मैं और रौशनुल नाव खे रहे थे। बाकी सब छोई के अन्दर थे। आलम और कानू सो गए थे और मोमिन, रशीद तथा बोदी अस्त्र-शस्त्र के साथ तैयार बैठे थे ताकि किसी तरह के खतरे का मुकाबला कर सके। अस्त्र के नाम पर हमारे पास सिर्फ़ एक स्टेनगन और दो राइफल ही थे। चूँकि हम भागकर आए थे इसलिए हाइड आउट से पर्याप्त अस्त्र तथा गोलाबारूद नहीं ला पाए थे। अचानक मोमिन, रशीद और बोदी अपने-अपने हाथ में स्टेनगन तथा राइफल लिए हुए छोई से बाहर निकल आए और खुले में नाव के पटरे पर बैठ गए।

"क्या हुआ ? तुम लोग बाहर क्यों आए ?" मैंने जानना चाहा।

"छोई के अन्दर घुटन-सी लग रही है, इसलिए।" रशीद बोला।

"इस अँधेरे में बाहर बैठें या अन्दर, बात बराबर है।" मेरे कुछ कहने से पहले ही बोदी ने सफाई दे डाली।

"फिर भी।"

"कुछ नहीं होगा बॉड़ो भाई। और फिर हम निहत्थे थोड़े ही हैं।" यह मोमिन था।

किबा कॉव = क्या कहते हो ? कार बॉहोर = किसकी नाव है ?

"निहत्थे नहीं हैं मगर संख्या में तो कम हैं। सुना है डकैत तथा रजाकार कई-कई नावों तथा बजरों में पच्चीस-पचास, सौ, दो सौ की संख्या में निकलते हैं। यदि उन्हें भनक भी लग गई कि हम मुक्तियोद्धा हैं तो हमें चारों ओर से घेरकर मार डालेंगे। इसलिए सावधान रहने में ही बुद्धिमानी है। यहाँ हमें किसी से नहीं उलझना है।"

"ठीक है। बस थोड़ी ही देर में हम अन्दर चले जाएँगे। पहले एक-एक सिगरेट तो फूँक लें।" कहकर मोमिन ने अपने कुर्ते की जेब से चारमीनार सिगरेट का एक पैकेट और माचिस निकाला। उस अँधेरी रात ने न जाने कैसा तिलस्मी दीया जला रखा था जो मुझे अँधेरे में भी यह सब दिख रहा था।

उसे सिगरेट निकालते देख रशीद और बोदी भी अपनी-अपनी जेबें टटोलने लगे। प्रायः सभी की जेब में सिगरेट और माचिस था। भारतीय कैम्प से राशन के साथ-साथ हर हफ्ते हमें सिगरेट भी दी जाती थी।

"ऐइ मोमिन ! एक सिगरेट सुलगाकर मेरे मुँह में भी डाल दे तो। इस वक़्त हम ऑपरेशन पर नहीं निकले हैं। इसलिए सिगरेट पी सकते हैं।" डाँड़ चलाते-चलाते मैंने कहा। डाँड़ चलाने से थके हाथ और नींद से बोझिल आँखों में सिगरेट के नाम से स्फूर्ति आ गई थी।

"मेरे मुँह में भी एक डाल देना भाई।" रौशनुल भी सिगरेट के लोभ का संवरण नहीं कर पाया।

सिगरेट के धुएँ के छल्लों में हम फँसे ही हुए थे कि सामने से कई नाव और बजरे आते हुए नज़र आए। हमारे करीब आते ही उधर से कई लोगों के एक साथ चिल्लाने की आवाज़ें आई, 'दाँड़ाव...दाँड़ाव बोलछी... रुक जाओ ऽ ऽ ऽ ऽ ऽ'

उनकी आवाज़ इतनी तेज़ थी कि छोई के अन्दर सोया आलम और कानू तो हड़बड़ाकर बाहर निकल ही आए, मोमिन, रशीद और बोदी ने भी सिगरेट पीना भूलकर अपने-अपने अस्त्रों के साथ नाव में पोज़िशन ले ली।

"जल्दी से नाव घुमा लो।" बाहर आते ही आलम चीख़ पड़ा, "लगता है सामने से रजाकार या डकैतों का दल आ रहा है।"

खतरे को भाँपकर हमने नाव घुमा ली और जी-जान से भागने की कोशिश करने लगे। लम्बे समय से स्टेनगन, राइफल आदि चला-चलाकर दोनों हथेलियों पर इस कदर फफोले पड़ गए थे कि डाँड़ को कसकर पकड़ रखने में जान निकली जा रही थी। हवा भी इतनी उलट-पुलट कर बह रही थी कि नाव जल्दी आगे बढ़ने का नाम ही नहीं ले रही थी। अगर यह खतरे का वक़्त न होता तो जल्दी-जल्दी नाव को आगे बढ़ाने के लिए डाँड़ चलाते-चलाते हम भी माँझियों की तरह तेज़ सुरीले कंठ से बोल उठते,

मार टान/हेइयो
आरो जोरे/हेइयो
मार ठेला/हेइयो ऽऽऽऽ

मगर यह शान्ति का नहीं, युद्ध का समय था। हमारे पीछे दुश्मनों की नावें और बजरें लगे हुए थे।

अपनी नाव को घिरते देख मेरे साथियों ने अन्धाधुन्ध फायरिंग शुरू कर दी। उस तरफ़ से भी गोलियाँ चलने लगी। सभी के लिए अँधेरे में सही निशाना लगाना मुश्किल हो रहा

था। इसी बीच एक नाव हमारी नाव से आ सटी। पलक झपकते ही कई लोग हमारी नाव पर चढ़ आए। एक ने मेरी पीठ पर संगीन से वार किया। हालाँकि अनजाने ही मैंने अपनी मांसपेशियों को सख़्त कर लिया था। फिर भी संगीन कुछ दूर तक तो घुस ही गई। इससे पहले कि मैं उसे रोकता, उसने उसी राइफल के कुन्दे से मेरी गरदन पर वार कर दिया। मेरे हाथ से डाँड़ छूटकर पानी में जा गिरा। मैं दर्द से छटपटाते हुए गोलुई पर लुढ़क गया। मुझे लुढ़कते देख उसने अपनी एड़ी को मेरी नाभि पर रखकर पूरी शक्ति से मरोड़ना शुरू किया। जानलेवा दर्द से मैं चीख़ता रहा। गनबोट ऑपरेशन के समय करीम का इसी तरह से अनवर के हत्यारे की नाभि को मरोड़ने का दृश्य याद आता रहा।

नाव में खंडयुद्ध मचा हुआ था। नाव ऐसे डगमगा रही थी मानो अभी-अभी अथाह जलराशि में डूब जाएगी। "मार सालों को, मार ! निरीह शरणार्थियों को लूटते हैं साले लोग ! एक को भी ज़िन्दा मत छोड़ना।" कोई चिल्ला-चिल्लाकर कह रहा था।

"शरणार्थियों को हम लूटते हैं ? हम ? नहीं-नहीं। हम डकैत नहीं हैं। आप लोगो को गलतफहमी हुई है। हम तो मुक्तिवाहिनी के योद्धा हैं।" मेरे सुन्न होते कानों से मोमिन की आवाज़ टकराई।

"क्या ? तुम लोग मुक्तियोद्धा हो ? पहले क्यों नहीं बताया ? हम भी तो मुक्तियोद्धा ही हैं। हमें देखकर तुम लोग भागे क्यों ? रुकने को कहा, फिर भी भागते रहे... ?"

"हमने भी आप लोगों को डकैत या रजाकार समझा था..." इस तरह की टुकड़े-टुकड़े बातें सुनते-सुनते मैं अपनी चेतना खो बैठा।

❐ ❐ ❐

होश आने पर अपने आप को एक बजरे में लेटा पाया। मेरी पीठ से लेकर छाती तक पट्टी बन्धी हुई थी। शरीर में असह्य दर्द था। आस-पास कई अनजान चेहरे थे। उन चेहरों में एक चेहरा एक औरत का था। दवाओं और विभिन्न चिकित्सा सामग्रियों से बजरे का वह केबिन भरा पड़ा था। मैं दिमाग पर जोर डालकर सारी स्थितियों को समझने की कोशिश करने लगा। स्थितियाँ स्पष्ट हुईं। वहाँ उपस्थित अनजान चेहरों से परिचय हुआ और धीरे-धीरे मुझे ज्ञात हुआ कि मैं इस समय एक ऐसे अस्पताल में हूँ जो बजरे में बना हुआ है। यह अस्पताल उन्हीं मुक्तियोद्धाओं का है जिन्होंने हमें डकैत या रजाकार समझकर हम पर हमला किया था। सामने खड़ी औरत मुक्तियोद्धाओं के इस अस्थायी अस्पताल की एक मात्र नर्स है और उसका पति यहाँ के एकमात्र डॉक्टर। क्रैकडाउन के पहले तक ये दोनों रंगपुर शहर के एक अस्पताल में पदस्थापित थे और अब स्वेच्छा से मुक्तियोद्धाओं की सेवा के लिए इस तैरते शिविर में रह रहे थे।

पता चला कि आलम के पेट पर जख़्म है और कानू की जाँघ में। ये दोनों खतरे से बाहर हैं। रौशनुल के सर पर चोट लगी है और उसे अभी तक होश नहीं आया है। मोमिन, बोदी और रशीद को काफी हल्की चोटें आई हैं।

सारी स्थितियों से अवगत होने के बाद मुझे अपने निर्णय पर भारी पछतावा होने लगा। काश ! मैंने कैम्प से भागने का निर्णय न लिया होता ! मेरे ही कारण मेरे साथियों की ऐसी दुर्दशा हुई। सिर्फ़ मेरे साथियों की ही नहीं, बल्कि डकैत समझकर हम पर हमला करनेवाले मुक्तियोद्धा दल को भी क्षति उठानी पड़ी। उनके दल के दो सदस्य हमारे साथियों की गोलियों

से घायल हो गए हैं। जख़्मी शरीर से ज़्यादा मेरा जख़्मी मन मुझे कष्ट देने लगा।

नर्स बॉनानी सान्याल की सेवा, उनके पति डॉ. विमल सान्याल की कुशल चिकित्सा तथा हमारे आश्रयदाता मुक्तियोद्धाओं की सहानुभूति से कुछ ही दिनों में मैं, आलम और कानू काफी स्वस्थ हो उठे थे। सिर्फ़ रौशनुल को ही अभी तक होश नहीं आया था। डॉक्टर सान्याल जी-जान से उसे ठीक करने में लगे हुए थे। बॉनानी अपने हाथों से बार्ली उबालकर हमें पिलाती, खिचड़ी खिलाती, हमारे बालों में कंघी करती, गर्म पानी में गमछा डुबाकर शरीर पोंछ देतीं। सिर्फ़ हमें ही नहीं, उस अस्पताल में हमारे अलावा जितने भी घायल योद्धा थे, पूरे समर्पण के साथ, एक बहन की तरह उन सभी की देखभाल और सेवा किया करती थीं वह।

देश के काफी अन्दर स्थित मुक्तियोद्धाओं का यह शिविर बड़ा अद्‌भुत था। न तो यह भारत सरकार द्वारा संचालित था और न ही स्वयंभू बांग्लादेश सरकार द्वारा। इसके कमांडर जनसाधारण के सहयोग से अपने बलबूते पर इसका संचालन कर रहे थे। यह कैम्प स्थल में नहीं बल्कि जल में स्थित था। "एक नाव में शुरू किया गया यह कैम्प अब तीस नावों और बजरों में चल रहा है।" बॉनानी ने रुई से मेरी पीठ का घाव साफ करते-करते बताया था। "बजरे में ही शिविर का हेडक्वार्टर है, बजरे में ही अस्पताल, अस्त्रागार और लंगरख़ाना। है न यह अद्‌भुत !"

"अद्‌भुत तो है लेकिन इतनी सारी नावों और बजरों को दुश्मनों की नज़र से छिपाया कैसे जाता है ?" मैंने पूछा था। "सही सवाल किया आपने। दरअसल यह काम बड़ी होशियारी से किया जाता है। हमारी नावें और बजरे कभी किसी एक स्थान पर एक-दो दिनों से ज़्यादा नहीं ठहरतीं। करीब डेढ़ हज़ार वर्गमील के विशाल इलाके में घूम-घूम कर इस तैरते शिविर के मुक्तियोद्धा ऑपरेशन किया करते हैं। इतने बड़े इलाके में सैकड़ों द्वीपनुमा गाँव पड़ते हैं। हमारी नावें और बजरे आपस में एक निश्चित दूरी रखते हुए सिर्फ़ रात के समय ही चला करती हैं। रात के समय ही योद्धाओं का अलग-अलग दल अलग-अलग बजरों और नावों में ऑपरेशन के लिए अलग-अलग दिशाओं में जाया करते हैं। दिन में सारी नावें और बजरे पहले से तय किए गए किसी एक इलाके के तीन-चार गाँवों मे फैलकर लंगर डालते हैं।"

"फिर भी ये नावें और बजरे पकड़ में तो आ ही सकते हैं ?" आज मेरी पीठ का दर्द काफी कम था इसलिए इतने सवाल कर रहा था। बॉनानी भी बिना लाग–लपेट के मेरे सवालों का उत्तर दिए जा रही थी, "आ तो सकते हैं मगर दुश्मनों के लिए मुक्तियोद्धाओं की नावों और बजरों को अलग से चिह्नित करना आसान नहीं होता। जहाँ बरसात में और बरसात के बाद कई महीनों तक एक कदम भी चलने के लिए लोगों को नाव, बजरा आदि का सहारा लेना पड़े, जहाँ हर घर के घाट पर एकाधिक नावें और बजरे बँधे हों वहाँ कोई कैसे समझ सकेगा कि उनके बीच मुक्तियोद्धाओं की नावें तथा बजरे भी बँधे हुए हैं ?"

"हर गाँव में कुछ पाकिस्तानी दलाल तो होते ही हैं। कहीं वे पाक फ़ौजियों को ख़बर कर दें तो ?"

"ख़बर तो कर ही सकते हैं। इसीलिए तो किसी भी गाँव में लंगर डालने से पहले हमारे योद्धा रेकि करके उस गाँव के बारे में अच्छी तरह से पता करते हैं। कोई पाक दलाल रहने पर उसका काम तमाम करते हैं फिर वहाँ लंगर डालते हैं। लंगर डालने के बाद भी चौबीसों

घंटे सशस्त्र पहरा रहता है। वह देखिए बाहर !" बॉनानी ने बाहर की ओर इशारा करते हुए कहा।

पेट के बल लेटे-लेटे ही मैंने बाहर दृष्टि दौड़ाई। हमारा बजरा जिस घर के घाट पर लगा हुआ था, उसी घर को घेरकर कई योद्धा पहरे पर तैनात खड़े थे।

"वहाँ उस पेड़ पर देखिए, वहाँ भी एक योद्धा बैठा है। पता है, यहाँ इतना अधिक पहरा क्यों है ?"

"क्यों ?"

"क्योंकि उस घर के आँगन में हमारे कुछ योद्धाओं का युद्धाभ्यास तथा प्रशिक्षण चल रहा है।" बॉनानी ने सहारा देकर मुझे बैठाते हुए कहा।

"वहाँ उस छोटे-से आँगन में ?"

"जी हाँ।"

"लेकिन हमें तो बड़े-बड़े मैदानों में प्रशिक्षण दिए गए थे।"

"आप लोगों को दिया गया होगा लेकिन इस शिविर में आनेवाले लड़कों को किसी बड़े खुले मैदान में नहीं बल्कि हर दिन अलग-अलग गाँव के अलग-अलग घर के छोटे-बड़े आँगन में युद्ध-प्रशिक्षण दिया जाता है।"

"इन्हें प्रशिक्षण देता कौन है ?" मैंने जिज्ञासावश पूछा।

"हमारे कैम्प के कमांडर गुलशन हुसैन ने पाकिस्तानी सेना और पुलिस के भगोड़े कई बंगाली सिपाहियों को कैम्प के लिए ढूँढ़ लिया है। भारत के प्रशिक्षण शिविरों से प्रशिक्षित कुछ मुक्तियोद्धाओं को भी इन दिनों हमारे शिविर में लाया गया है। ये सभी मिलकर नए-नए लड़कों को प्रशिक्षण देते हैं। दिन-ब-दिन शिविर में लड़कों की संख्या तो बढ़ती ही जा रही है। जिस किसी गाँव में हम लंगर डालते हैं, वहीं से कुछ न कुछ युवक हमारे दल में शामिल हो जाते हैं।"

"सचमुच बंग माता की गोद में सन्तानों की कोई कमी नहीं। इतने लोग शरणार्थी बनकर भारत चले गए। इतने लड़के मुक्तियोद्धा बन गए, इतने लोग मार डाले गए, इतने गाँव उजाड़ डाले गए फिर भी न तो लोगों से भरे गाँवों की कमी है और न ही मुक्तियोद्धा बनने की इच्छा रखनेवाले लड़कों की।" मैं भावुक होता हुआ बोला।

"जिस माँ की साढ़े सात करोड़ सन्तान हैं, उस माँ की गोद को पूरी तरह से सूनी करना गुड्डे-गुड़ियों का खेल नहीं। बरसाती जल में डूबी इस बंग भूमि में डेग-डेग पर द्वीप से उभरे हुए गाँव हैं। दुश्मन की सेना चाहे कितनी भी शक्तिशाली हो, हर गाँव तक नावों के सहारे उनका पहुँचना इतना आसान नहीं।" बॉनानी किसी ज्ञानी वक्ता की तरह बोले जा रही थी। तभी किसी ने उसे आवाज़ दी। और वह 'आती हूँ' कहकर बाहर निकल गई।

बॉनानी के जाते ही एक अजीब से ख़याल ने मेरे विवेक को आ दबोचा। इस शिविर के योद्धा इतनी कठिनाई से जीवन-यापन कर रहे हैं और हम नाहक इन पर बोझ बने फिर रहे हैं। पता नहीं, कैसे ये भोजन की व्यवस्था करते होंगे। दवाइयाँ भी कितनी कठिनाई से मिलती होंगी। हमें यहाँ से चले जाना चाहिए। हम इन पर इस तरह से बोझ नहीं बने रह सकते।

लेकिन ऐसी हालत में कहाँ जाएँ हम ! कैसे जाएँ ? कुछ समझ में नहीं आ रहा था।

कुछ देर बाद बॉनानी हमारे लिए भोजन लेकर आई। इस बीच उसने नहाकर कपड़े बदल

लिए थे। बॉनानी के साथ दो कमउम्र लड़के भी थे। ये दोनों आवश्यकतानुसार मर्द रोगियों की सेवा में बॉनानी का हाथ बँटाया करते थे। ऐसी सेवाएँ जो एक औरत होने के नाते बॉनानी नहीं कर पाती थी; ये दोनों लड़के करते थे।

भोजन के बाद हम सोने की तैयारी कर ही रहे थे कि "अब कैसे हैं आप लोग ?" पूछते हुए एक व्यक्तित्वसम्पन्न व्यक्ति हमारे छोई के अन्दर घुस आए।

"ये हमारे शिविर के कमांडर गुलशन हुसैन हैं।" हमें अचरज में पड़ते देख बॉनानी बोल उठी।

"अरे आइए, आइए। अहो भाग्य हमारे जो आप स्वयं यहाँ पधारे।" जैसे आभार-सूचक वाक्यों से मैं, कानू और आलम ने उनका स्वागत किया और उनके सम्मान में उठकर बैठने की कोशिश करने लगे।

"अरे-अरे ! उठने की कोई ज़रूरत नहीं। आप लोग लेटे रहिए। आप लोगों को कष्ट होगा।" कहकर वे हमें सहारा देने को आगे बढ़ आए। साँवले, हट्टे-कट्टे से मध्यम कद के उस व्यक्ति की विनम्रता और मधुर व्यवहार से मैं मुग्ध हो उठा।

कुशलक्षेम पूछने के बाद मालूम हुआ; ये सज्जन पहले भी दो-तीन बार हमें देखने आए थे लेकिन उस समय या तो मैं बेहोश था या सो रहा था। बॉनानी ने तो मुझे यह बात बताई नहीं। क्यों नहीं बताई ? मैं सोचता रहा।

एक-एक कर हम सबका हाल-चाल पूछने के बाद कमांडर ने रौशनुल की हालत पर चिन्ता जताई। डॉक्टर सान्याल को बुलाकर यह पता किया कि हमारी सही देखभाल हो रही है या नहीं। आवश्यक दवाएँ उपलब्ध हैं या नहीं। साथ ही उन्होंने अनुपलब्ध दवाओं की सूची बनाकर देने को कहा ताकि उनका इन्तजाम किया जा सके।

जब मैंने शर्मिंदा होते हुए कहा, "हमारे कारण आप लोगों को कितनी परेशानी उठानी पड़ रही है। नाहक ही हम आप लोगों पर बोझ बने हुए हैं।" तो उन्होंने हँसते हुए कहा, "ऐसा कहकर अपने आपको छोटा मत कीजिए। हम जो कुछ भी कर रहे हैं, अपने स्वार्थ के लिए ही कर रहे हैं। भारत में प्रशिक्षण प्राप्त आप जैसे गुरिल्लों की हमारे कैम्प में सख्त ज़रूरत है। दुख तो इस बात का है कि थोड़ी-सी गलतफहमी के कारण इतना बड़ा हादसा हो गया। खैर, जो हुआ सो हुआ।" कमांडर ने बात बदलते हुए कहा, "अब उसका प्रायश्चित तो करना ही होगा। डॉक्टर साहब ! आप जल्दी से मुझे दवाओं की सूची दे दें। मैं कल ही किसी योद्धा दल को कोई दवा-दुकान लूटने भेज दूँगा।"

"दुकान लूटकर हमारे लिए दवा लाएँगे आप ?" मेरे मुँह से निकला।

"हाँ। किसी पाक दलाल की दुकान लुटवा दूँगा। उस दुष्ट को सबक सिखाना भी हो जाएगा और हमारे घायलों के लिए दवा का इन्तजाम भी। दवाओं और रुपए-पैसों का इन्तजाम हम ऐसे ही तो करते हैं। अच्छा तो अब मैं चलता हूँ। किसी प्रकार की असुविधा होने पर मेरे शिविर में ख़बर भिजवाइएगा। खुदा हाफिज।" कहकर कमांडर चले गए।

कमांडर गुलशन हुसैन तो विदा लेकर चले गए। मगर एक यक्ष प्रश्न मेरे मन को बेधता रहा। जिस लूट-पाट वाली आदत के कारण मैं सफदर को छोड़ आया, उसी लूट के माल द्वारा आज हमारी चिकित्सा की जा रही है ? इसका मतलब सफदर तथा गुलशन में कोई अन्तर नहीं ? सिर्फ़ सफदर और गुलशन में ही क्यों, मुझमें और सफदर में भी कोई अन्तर नहीं। क्योंकि मैं भी तो लूट के माल का उपयोग कर रहा हूँ। यदि मुझमें जरा भी आत्मसम्मान

है तो इसी वक़्त इस कैम्प से चले जाना चाहिए। लेकिन क्या इस वक़्त ऐसा करना सम्भव होगा ? मैं और मेरे साथी ऐसी घायलावस्था में छिपते-छिपाते कहीं जा भी तो नहीं सकते। मन मारकर बिस्तर पर पड़ा रहा।

रात को पूरा शिविर नए ठिकाने के लिए चल पड़ा। योद्धाओं के दल अलग-अलग दिशाओं में ऑपरेशन के लिए निकल पड़े। मैं और मेरे घायल साथी अपने-अपने जख़्मों को कोसते हुए बिस्तर पर पड़े रहे।

“हमारे घाव भरने में और कितने दिन लगेंगे डॉक्टर ?” हम हर रोज डॉक्टर सान्याल से प्रश्न करते।

“बस; अब कुछ ही दिनों की बात है।” मुझे, कानू को और आलम को तो डॉक्टर सान्याल आत्मविश्वास के साथ जवाब दे देते, मगर जब हम पूछते, “रौशनुल को कब होश आएगा डॉक्टर ?” तो वे चुप्पी लगा जाते। रौशनुल को लेकर हमारी चिन्ता बढ़ती जा रही थी। करीब पच्चीस की उम्र का रौशनुल बगुड़ा जिले का छात्र-यूनियन-कर्मी था। अपनी प्यारी सी बीवी और बच्ची का मोह त्यागकर वह मुक्तियुद्ध में भाग लेने आया था। इस मायने में देखा जाए तो उसकी जान मुझसे ज़्यादा कीमती थी। ‘भगवान करे, उसे जल्द ही होश आ जाए।’ उसके बीवी-बच्चों का ध्यान आते ही अपने आप दिल से दुआ निकलती। डॉक्टर सान्याल भी रौशनुल को लेकर काफी चिन्तित लगते थे। उन्होंने कमांडर से रौशनुल को किसी अच्छे अस्पताल में ले जाकर चिकित्सा करवाने की बात भी छेड़ी थी। कमांडर ने इस विषय में गम्भीरता से विचार करने का आश्वासन दिया था।

❐ ❐ ❐

कभी-कभी घटनाएँ कुछ इस तरह से घटित होने लगती हैं कि ऐसा लगता है जैसे किसी ने जानबूझकर हमारे अनुकूल परिस्थितियाँ पैदा कर दी हो। भले ही सरसरी निगाह से देखने पर वे विध्वंसक और प्रतिकूल दिखें।

हमारे बजरे ने गोबोरडांगा गाँव के एक घाट पर लंगर डाला हुआ था। इस द्वीप गाँव के अलावा भी इस शिविर की दूसरी नावें तथा बजरे आस-पास के कई गाँवों को घेरकर लंगर डाले हुए थे। इन दिनों बारिश नहीं हो रही थी लेकिन जल पूर्ववत् खेतों और मैदानों में भरा हुआ था। हमें पता था कि हमेशा की तरह हमारी मातृभूमि के इन निचले इलाकों के मैदान और खेत जाड़ा आने तक इसी तरह पानी में डूबे रहेंगे। और जैसे ही आमन धान की बालियाँ पके सोने की तरह सुनहरी हो उठेंगी, ये सारा जल मैदान और खेतों से न जाने कहाँ गायब हो जाएगा। आज जिस जल के कारण हम मुक्तियोद्धा दुश्मनों का प्रतिरोध कर पा रहे हैं, उनसे बचते फिर रहे हैं, जल के सूखने पर जल बिन मछली की तरह तड़प-तड़पकर मर तो नहीं जाएँगे ? जिस भूमि में दुर्गम पहाड़-पर्वत नहीं के बराबर हों, जहाँ अधिकतर लोग पक्की इमारतों में नहीं, बल्कि मिट्टी और बाँस की बनी कुटिया में रहते हों, वहाँ हम जैसे साधनहीन गुरिल्ले पानी के उतर जाने पर कहाँ छुपेंगे ? दुश्मनों का मुकाबला कैसे कर पाएँगे ? नाव ही एकमात्र ऐसा वाहन है जो हमारी इस गरीब मातृभूमि में सहज लंभ्य है। नाव में बैठकर हम जहाँ चाहते हैं, वहीं चल देते हैं। लेकिन जल के उतर जाने पर जब सूखे मैदानों और रास्तों से जीप और ट्रकों में चढ़कर पाक फ़ौजी हमारा पीछा करेंगे, तो बिना किसी वाहन के हम उनका मुकाबला कैसे कर पाएँगे ? पता नहीं, यह युद्ध कितने दिनों तक चलेगा ?

बरसात के खत्म होते मौसम के साथ-साथ हम जैसे हर मुक्तियोद्धा के मन में इस तरह की शंकाएँ उमड़ने-घुमड़ने लगी थीं।

गोबोरडांगा गाँव के जिस घर के घाट पर हमारा बजरा बँधा हुआ था, उसी घर के आँगन में मुक्तियोद्धाओं का प्रशिक्षण चल रहा था। मेरे जख़्मों में दर्द कुछ कम था इसलिए एक मुक्तियोद्धा लड़के की मदद से बजरे की छत पर आकर मैं खुले में बैठ गया था। उस छायाच्छन्न गाँव से आती ठंडी-ठंडी हवा मेरे जख़्मों को छूती हुई चली जा रही थी। हवा में जल की नमकीन महक तो थी, मगर उसमें कुछ ऐसी गंध भी शामिल हो चुकी थी जो कुछ पुरानी यादों को ताजा कर रही थीं। स्कूल के दिनों में माँ की रसोई से आती मसूर दाल के छौंके जाने की वह आत्मीय गंध। सुबह-सुबह गर्मागर्म भात, मसूर की दाल, शुद्ध देशी घी और परवल, आलू या बैंगन की भुजिया परोसकर भाप उठती थाली को मेरे सामने रख दिया जाना और खाने से इनकार करने पर झिड़की देते हुए माँ का कहना, "भरपेट भात-दाल-भुजिया खाकर स्कूल जाओगे तो देर तक भूख नहीं लगेगी। मूड़ी खाओगे तो थोड़ी ही देर में पेट ख़ाली हो जाएगा।"

कहाँ होगी इस वक़्त मेरी माँ ? कोई उन्हें भोजन परोसकर देता भी है या नहीं ? और ऑनिच्छा ? क्या वह सुरक्षित है ? पता नहीं क्यों जब-जब बॉनानी पर नज़र पड़ती ऑनिच्छा का धुँधलाया चेहरा स्पष्ट होने लगता। ऑनिच्छा भी तो इसी तरह से मेरा ख़याल रखा करती थी।

मेरी नज़रें बॉनानी को ढूँढ़ने लगी। मगर इस वक़्त बॉनानी शायद किसी गृहस्थ के घर नहा-धोकर कपड़े बदलने गई थी। डॉक्टर साहब बजरे की छत पर बैठकर दो बड़े-बड़े लकड़ी के बक्से से दवा की बोतलें निकाल-निकालकर एक रजिस्टर में उनका नाम चढ़ाते जा रहे थे। आलम, रौशनुल कानू तथा कई अन्य घायल साथी अन्दर लेटे हुए थे। हमारे बाकी साथी, जिन्हें हल्की चोटें आई थीं, शिविर के मुक्तियोद्धाओं के साथ प्रशिक्षण स्थल पर गए हुए थे। घाट के आस-पास के पेड़-पौधों की ओट लेकर गाँव के कुछ बच्चे और बड़े कौतूहल से ताँक-झाँक कर रहे थे। हमारे बजरे के पहरेदारों में से एक पहरेदार सिराज अपने एल.एम.जी. के साथ तैयार बैठा था। हमारे बजरे के दाएँ-बाएँ थोड़ी-थोड़ी दूर पर दो और बजरे लगे हुए थे। एक शिविर का हेडक्वार्टर था और दूसरा अस्त्रागार। अस्त्रागार और हेडक्वार्टर की रखवाली के लिए कई मुक्तियोद्धाओं को तैनात किया गया था। कुछ मुक्तियोद्धा घाट पर लगे ऊँचे-ऊँचे पेड़ों पर चढ़कर दूर तक नज़र रखे हुए थे। हमारे घाट से करीब दो-दो सौ गज की दूरी पर स्थित दो घाटों पर खड़ी हमारे शिविर की कई अन्य नावें तथा बजरे यहाँ से साफ नज़र आ रहे थे।

अचानक विकट आवाज़ सुन हम सब चौंके। आवाज़ का उत्स पता चलने में देर नहीं लगी। खूँखार पक्षी की तरह दिख रहे दो हेलिकॉप्टर दूर खड़े शिविर की नावों तथा बजरों पर बमबारी कर रहे थे। उस दृश्य को देखते ही हमारे आस-पास हड़कम्प मच गया। कमांडर ने हेडक्वार्टर से चिल्ला-चिल्लाकर सबको आवश्यक निर्देश देना आरम्भ किया। आँगन में प्रशिक्षण ले रहे योद्धाओं ने तो पेड़-पौधों के पीछे पोज़िशन ले ही ली, हेडक्वार्टर, अस्त्रागार तथा हमारी नाव तथा बजरों में तैनात योद्धा भी एल.एम.जी. लेकर हेलिकॉप्टरों का मुकाबला करने के लिए तत्पर हो उठे। डॉक्टर सान्याल और कई मुक्तियोद्धाओं को कमांडर ने निर्देश दिया था कि वे हम सभी घायलों को सहारा देकर जल्द से जल्द बजरे से उतारकर पास के

किसी घर में ले जाएँ।

एक तरफ़ दोनों हेलिकॉप्टर दूर खड़ी नावों तथा बजरों के ऊपर चक्कर काटते हुए बमबारी किए जा रहे थे और दूसरी तरफ़ गाँव और नावों में इधर-उधर पोज़िशन लिए हमारे योद्धाओं के आग्नेयास्त्र लगातार हेलिकॉप्टरों को निशाना बनाने की कोशिश किए जा रहे थे। मेरे पास कोई अस्त्र नहीं था। जख़्म के कारण ज़्यादा हिलने-डुलने में भी तकलीफ होती थी। फिर भी ऐसी हालत में अस्त्र उठाने के लिए मेरे हाथ-व्यग्र हो उठे। हमारे अस्त्र हेडक्वार्टर में थे। मैं चिल्लाकर एल.एम.जी. चलाते कमांडर से मुझे अस्त्र देने के लिए कहा। उन्होंने डाँट लगाते हुए मुझे भी दूसरे घायलों की तरह बजरे से उतरकर किसी सुरक्षित जगह में छिप जाने की सलाह दी। मैं उनकी बातों को अनसुनी करके वहीं डटा रहा।

भयावह उत्तेजना से दिलो-दिमाग में एक जड़ता-सी आ गई थी। एक योद्धा होते हुए भी मैं कुछ कर नहीं पा रहा था, इसकी खीझ अलग मानसिक दबाव उत्पन्न कर रही थी। हेलिकॉप्टर किसी भी वक़्त हम पर बमबारी करके हमें निश्चिह्न कर सकते थे। साँस रोककर मैं मौत की प्रतीक्षा करने लगा। सामूहिक मौत की। लेकिन ऐसा कुछ भी नहीं हुआ। हमारी तरफ़ आए बगैर ही आश्चर्यजनक रूप से दोनों हेलिकॉप्टर उसी दिशा में लौट गए, जिस दिशा से वे आए थे।

तो क्या वे हमारे आग्नेयास्त्रों से डरकर भाग गए या और तैयारी के साथ लौट आने के लिए? मन में इस तरह के सवाल उठते रहे।

कुछ पलों तक खामोश रहकर उनकी पुनर्वापसी की प्रतीक्षा की जाती रही और यह यकीन हो जाने पर कि वे सचमुच चले गए हैं, सारे योद्धा, जो जहाँ थे; नाव सहित या बिना नाव के ही उन नावों की ओर दौड़ पड़े जिन पर बमबारी की गई थी। गाँववाले भी उस भीड़ में शामिल थे।

'न जाने बमबारी के वक़्त उनमें कितने मुक्तियोद्धा थे ! न जाने कौन-कौन घायल हुए...न जाने कितने योद्धा शहीद हुए !' मन में ऐसे ही सवाल थे। हमारे बजरे को लेकर वहाँ तक ले जानेवाला कोई न था। हमारे माँझी न जाने कहाँ चले गए थे ? उस अफरा-तफरी के माहौल में कोई जवाब देनेवाला भी नहीं था। पास खड़े हेडक्वार्टर बजरे को बमबारीवाले नाव की ओर बढ़ते देखकर हमारे बजरे के सन्तरी कूदकर उस पर जा चढ़े थे। बजरे पर खड़ा-खड़ा मैं परिस्थिति का आकलन करने लगा। इच्छा हुई, पानी में कूद पड़ूँ और तैरते हुए घटनास्थल पर पहुँच जाऊँ। लेकिन शरीर से लाचार था। इसलिए वहीं खड़ा-खड़ा तबाही का अनुमान लगाता रहा।

कुछ ही देर बाद ख़बर आई कि हेलिकॉप्टर हमले में नौ योद्धा घायल हुए हैं और दो शहीद। दोनों नाव तथा बजरा पूरी तरह से नष्ट हो गए हैं। चूँकि अधिकतर योद्धा उस वक़्त अभ्यास और प्रशिक्षण के लिए गए हुए थे इसलिए हताहतों की संख्या तुलनात्मक रूप से कम थी।

घायलों और शहीदों को हमारे अस्पताल-बजरे में लाकर रखा गया। शिविर में मानो शोक-लहरी व्याप्त हो गई थी। डॉक्टर सान्याल और बॉनानी के साथ ढेर सारे योद्धा घायलों की सेवा में जुट गए थे। खून से लथपथ घायलों की आर्त्त चीत्कार, उनके साथियों के करुण विलाप से दिल दहला देनेवाला दृश्य उपस्थित हो गया था।

"हमें इसी वक़्त यहाँ से चल देना है।" कमांडर ने जाने का निर्णय लेते हुए कहा,

"दुश्मनों को हमारे इस ठिकाने का पता चल चुका है। आस-पास ज़रूर कोई दलाल होगा। उसी ने मुखबिरी की होगी। साले को मैं छोड़ूँगा नहीं। आज नहीं तो कल उसका पता लगाकर रहूँगा मैं।"

घायलों की हालत अत्यन्त चिन्ताजनक थी। किसी के हाथ तो किसी के पैर उड़ गए थे। किसी का पूरा शरीर जख़्मी हो गया था। इतने सारे घायलों को देख डॉक्टर सान्याल और बॉनानी घबरा उठे थे। उन्होंने जल्द से जल्द घायलों को किसी बड़े अस्पताल में दाखिल करने की सलाह दी।

"क्या इस देश में कोई अस्पताल हम मुक्तियोद्धाओं के लिए सुरक्षित है ?" किसी ने सवाल किया।

"है न ! मुक्तांचलों के अस्पताल हमारे लिए सुरक्षित हैं। क्योंकि मुक्तांचलों में हमारे गणप्रजातन्त्री बांग्लादेश सरकार का शासन चल रहा है।" कमांडर ने जानकारी दी।

"आप किसी भी तरह से इन्हें देश के किसी मुक्तांचल में भेज दीजिए। शायद इनकी जान बच जाए।" डॉक्टर सान्याल के स्वर में घबराहट थी। साथ ही बेबसी भी।

मुक्तांचल की दहलीज पर

कब्जे को लेकर विकट छीना-झपटी मची थी। 25 मार्च सन् 1971 के बाद मुक्तियोद्धाओं की तत्परता के कारण पाक फ़ौजी तथा सीमा सुरक्षा वाहिनी को सीमा की अधिकतर चौकियों को छोड़ देना पड़ा था। लेकिन बाद में पाकवाहिनी ने रजाकारों को साथ लेकर भारत-पूर्वी पाकिस्तान सीमा के पास अपना गढ़ बनाना शुरू कर दिया था। और सितम्बर तक भारत-बांग्लादेश सीमा की कुल 274 चौकियों में से प्रायः 210 चौकियों में वे पहुँच चुके थे। फिर भी मुक्तियोद्धाओं की संख्या और सक्रियता इतनी बढ़ गई थी कि मुक्त इलाकों को छोड़ पूरे पूर्वी पाकिस्तान में दिन में याहिया का शासन चलता था और रात में मुक्तियोद्धाओं का। मुक्तियोद्धाओं के कारण रात को पाक फ़ौजी अपने ठिकानों से बाहर निकलने तक में डरने लगे थे। जिस बड़े-बड़े इलाकों को मुक्तियोद्धाओं ने मुक्त कर रखा था, उन इलाकों में तो खुलेआम मुक्तियोद्धाओं को प्रशिक्षण दिया जाता, घायल तथा बीमार मुक्तियोद्धाओं की चिकित्सा की जाती। स्कूल, बाज़ार, डाकघर सब कुछ सुचारु ढंग से चलाया जाता। पाक सरकार मूकदर्शक बनी रहती। मुक्तियोद्धा उन इलाकों में पाक फ़ौजियों को फटकने तक नहीं देते थे।

उन दिनों रेडियो से तेंतुलिया, सालदा, कालीगंज, रौमारी, तिलुका जैसे कई मुक्तांचलों के बारे में जानकारियाँ दी जा रही थी। बताया जा रहा था कि इन स्थानों में गणप्रजातन्त्री बांग्लादेश सरकार किस प्रकार शासन चला रही है...कि बांग्लादेश सरकार की सरपरस्ती में क्षेत्र विशेष की जनता द्वारा चुने गए लोग, जो कि आमतौर पर अवामी लीग तथा शेख मुजीबुर्रहमान के समर्थक हुआ करते थे, ही उन मुक्त क्षेत्रों पर शासन कर रहे हैं...कि मुक्तिवाहिनी ने उन इलाकों की रक्षा का दायित्व ले रखा है...कि उन मुक्त क्षेत्रों में सम्पूर्ण रूप से नागरिक प्रशासन चल रहा है...आदि-आदि।

देश के उत्तरी सीमान्त में कुड़ीग्राम महकमा स्थित रौमारी को स्वाधीन बांग्लादेश का पहला मुक्तांचल होने का गौरव प्राप्त हुआ था। रौमारी में ही मुक्त इलाकों का प्रधान कार्यालय

स्थापित किया गया था। वहाँ अक्सर बांग्लादेश सरकार के क्रांतिकारी नेतागण आया करते थे। जनरल गिल तथा ब्रिगेडियर शान सिंह जैसे भारतीय सेनावाहिनी के वरिष्ठ अधिकारियों का भी वहाँ आना-जाना लगा रहता था और देशी-विदेशी पत्रकारों का भी...। हाई कमांड ने घायलों को वहीं भेजने का निर्णय लिया।

तिस्ता नदी के उस पार स्थित चिलमारी बन्दरगाह में जमी रहकर पाक वाहिनी रौमारी पर कब्जा करने की काफी दिनों से प्रयास कर रही थी लेकिन मुक्तियोद्धाओं के आगे उनकी एक न चली। यहाँ सम्पूर्ण रूप से नागरिक प्रशासन चलता था। सैकड़ों मुक्तियोद्धा रौमारी कैम्प में सैन्य प्रशिक्षण लिया करते थे। ऐसे मुक्तांचल को करीब से देखने के लिए मन मचल रहा था।

❐ ❐ ❐

एक बजरे में सवार होकर हम रौमारी जा रहे थे। घायलों की देख-रेख के लिए हमारे साथ डॉक्टर सान्याल, बॉनानी और उनके दो सहयोगी भी थे। कमांडर ने हमारे पहरे के लिए कुछ मुक्तियोद्धाओं को भी साथ कर दिया था। एक नाव हमारे आगे-आगे चल रही थी ताकि सम्भावित खतरे से हमारी रक्षा की जा सके।

राजहंस का मुखौटा पहने हमारा बजरा विभिन्न नदी-नालों को पार करके उस यमुना नदी पर आकर हिचकोले खाने लगा था जो चौबीस वर्ष पहले एक-दूसरे से जुदा हुए दो देशों को ठीक उसी प्रकार अपनी जलधारा से जोड़े हुई थी जिस प्रकार पूर्वी और पश्चिमी बंगाल की संस्कृति।

बचपन में जॉया दीदी ने कीर्तनखोला नदी पर नौका यात्रा करते समय गाया था, "जॉखोन बाजबे बाँशी तॉखोन राधा जाबे जोमुनाय..." ("जब बाँसुरी बजेगी तब राधा यमुना में जाएगी...")

आज मैं सचमुच यमुना में था मगर न राधा थी और न ही केष्टो की बाँसुरी। जीवन कितना नीरस हो गया था। इस नीरसता को जो सपना अब तक सरस बनाए हुए था, वह था अपनी मातृभूमि को दुश्मनों से मुक्त करने का सपना। अपनी शॉप्ना को लेकर जो सपना देखा था वह तो कब का टूट चुका था।

वैसे भी एक योद्धा को मोर्चे पर सिर्फ़ युद्ध-जय की बातें सोचनी चाहिए, घर बसाने की बात नहीं।

❐ ❐ ❐

रौमारी के मुक्तांचल में पाँव रखते ही मन उन्मुक्तता के स्वाद से भर उठा। यहाँ न तो किसी पाक फ़ौजी का भय था और न ही हमें किसी रजाकार, अलबदर जैसे गुप्त शत्रु से सावधान रहने की आवश्यकता थी। यहाँ अपने लोगों के बीच खुली हवा में साँस लेने का सुख था, निर्भय होकर घूमने का सुख था।

हम घायलों ने जाकर रौमारी अस्पताल में डेरा डाला था। टीन से बने कुछ कमरोंवाले अस्पताल में। पहले से इलाज करा रहे युद्ध घायलों के बीच हमने भी जगह बना ही ली। " 'जोदि हॉय सुजॉन तेंतुल पाताय नॉय जोन।' यदि सुजन हों, अपने लोग हों तो इमली के एक पत्ते पर नौ व्यक्ति साथ-साथ खाना खा सकते हैं। खाना खाने के लिए केले के बड़े-बड़े

पत्तों की आवश्यकता नहीं पड़ती।" माँ कहा करती थीं।

मुक्तियुद्ध के प्रति समर्पित डॉक्टर-नर्सों की अथक सेवा से जल्द ही मैं चलने-फिरने लायक हो गया। आलम और कानू भी काफी स्वस्थ हो उठे। रौशनुल कोमा में था। उसके होश में आने का कोई आसार नज़र नहीं आ रहा था। हेलिकॉप्टर हमले में घायल मुक्तियोद्धाओं में से एक की यहाँ आने के दो दिनों बाद ही मृत्यु हो गई थी। बाकी लोगों में से दो अभी तक चलने-फिरने लायक नहीं हुए थे। जिनके पाँव उड़े थे वे चलने-फिरने लायक हो भी कैसे सकते थे ? युद्ध ने उन्हें हमेशा के लिए बैशाखी जो थमा दी थी।

उस अस्पताल में एक ऐसे व्यक्ति से परिचय हुआ, जो अमेरिका के ए.बी.सी. टेलिविजन टीमवालों की बचकानी हरकत के कारण अपने दोनों पैर खो चुके थे। उस घायल योद्धा ने बताया, "सितम्बर में जब रॉबर्ट रोजर्स के नेतृत्व में अमेरिका से ए.बी.सी. टेलिविजन टीम रौमारी के मुक्तांचल में आई थी और विश्ववासियों को दिखाने के लिए घूम-घूमकर पूरे मुक्तांचल की तस्वीरें ले रही थीं तब एक मोर्टार पोस्ट को देख उन्होंने यह अनुरोध किया कि मोर्टार पोस्ट से गोलाबारी किया जाए ताकि वे अपने कैमरे में उस दृश्य को कैद कर सकें। उनके अनुरोध पर कैप्टन अनवर ने बिना कुछ सोचे-विचारे निकटवर्ती पाक चौकी पर गोलाबारी करने का आदेश दे दिया। इधर से शेलिंग आरम्भ होते ही पाक फ़ौजियों ने भी जवाबी शेलिंग शुरू कर दी। उनके पाँच-छह मोर्टार एक साथ गोला उगलने लगे। टेलीविजन टीम के लोगों ने तो किसी प्रकार इधर-उधर भागकर अपनी जान बचा ली लेकिन हम सात मुक्तियोद्धा बुरी तरह से घायल हो गए।

"युद्ध में लड़ते-लड़ते घायल होते तो कोई अफ़सोस न रहता, लेकिन इस तरह खेल-खेल में जीवन का बर्बाद हो जाना—इस बात को मन किसी तरह से स्वीकार करना नहीं चाहता।" उस घायल योद्धा का अफ़सोस जायज़ था।

हम जल्द से जल्द मोर्चे पर जाना चाहते थे। मगर चूँकि हमारे जख़्म पूरी तरह से सूखे नहीं थे इसलिए हमारे डॉक्टर हमें मोर्चे पर जाने की इज़ाज़त नहीं दे रहे थे। हालाँकि इन दिनों मैं, आलम और कानू अस्पताल में नहीं बल्कि कैम्प में रह रहे थे। रौमारी के अस्पताल में जगह का अभाव था। रोज इतने युद्ध-घायल वहाँ चिकित्सा के लिए लाए जाते थे कि पहले से अस्पताल में दाखिल घायलों को, जो थोड़ा-बहुत चलने फिरने-लायक हो जाते थे, कैम्प के तम्बुओं में रहने के लिए भेज देना पड़ता था। कैम्प में काफी भीड़ रहने के कारण सोने और खाने की काफी असुविधाएँ थीं। कभी-कभी तो भोजन के नाम पर सिर्फ़ पतली खिचड़ी ही नसीब होती थी जिसमें दाल की मात्रा नहीं के बराबर होती थी। फिर भी मुक्ति के लिए जीवन विसर्जन का शपथ लिए योद्धा इसे परम् प्रसाद के रूप में ग्रहण करते थे।

अपने शरीर और मन को सक्रिय रखने के लिए हमने रोज दूर-दूर तक टहलना आरम्भ किया। पाक फ़ौजियों के अत्याचार से बचने के लिए कुड़ीग्राम, गाईबाँधा, लालमोनिरहाट, चीलमारी जैसे निकटवर्ती शहरों से भागकर आए असंख्य लोगों ने रौमारी के दस वर्गमील तक फैले विशाल मुक्तांचल में आश्रय ले रखा था। ऐसे अनेक लोगों का दुख-दर्द सुनने का मौका मिल रहा था हमें। मुक्तांचल के बाज़ार-दुकानों में, विशाल स्कूल प्रांगण में बनाए गए प्रशिक्षण कैम्प, योद्धाओं के तम्बुओं तथा आम नागरिकों के घरों में हमारे अड्डे जमने लगे।

❒ ❒ ❒

दुर्गा पूजा सम्पन्न हो चुकी थी। आकाशवाणी कोलकाता से हम दुर्गा पूजा सम्बन्धी समाचार सुनते रहे और पुराने दिनों को याद करते रहे। दुर्गा पूजा के बाद ही रौमारी में 48 रजाकारों को बन्दी बनाकर लाया गया। चीलमारी को मुक्त करते समय मुक्तियोद्धाओं को इन रजाकारों के साथ-साथ 53 राइफलें भी प्राप्त हुई थीं। इसलिए सब काफी खुश थे।

रेडियो से रोज नई-नई उत्साहवर्द्धक ख़बरें सुनने को मिलती थीं। यह सुनकर हम खुशी से फूले नहीं समाए कि 19 अक्तूबर को गुरिल्ला वाहिनी के लोगों ने ढाका के शानदार होटल, होटल इन्टरकॉन्टिनेन्टल में बम विस्फोट करके याहिया सरकार को अपनी शक्ति का अहसास दिलाया है। हालाँकि इससे होटल को कोई विशेष क्षति नहीं पहुँची, फिर भी इस घटना से याहिया सरकार के कारिन्दे आतंकित हो उठे हैं और यही तो हम मुक्तियोद्धाओं का मकसद है।

रमजान का महीना था। 22 अक्तूबर से रमजान शुरू हो गया था। स्वाधीन बांग्ला बेतार केन्द्र से कहा गया, 'हज़ारों मुक्तियोद्धा रोजा रख रहे हैं। मोर्चे पर भूखे-प्यासे रहकर भी वे अपने धर्म का निर्वाह कर रहे हैं और हमारे पश्चिमी पाकिस्तानी शासक कहते हैं, हम बंगाली लोग मुसलमान ही नहीं हैं। सच्चे मुसलमान तो सिर्फ़ वे हैं। वे यानी पश्चिमी पाकिस्तान के पंजाबी, सिन्धी और बालूची मुसलमान।

रौमारी में भी अधिकतर मुसलमान रोजा रख रहे थे। ठंड काफी बढ़ गई थी। पाँच लाख से अधिक जनसंख्यावाले रौमारी के उस मुक्तांचल के सामान्य जन-जीवन को देखकर कौन कह सकता था कि वहाँ से कुछ ही मील दूर स्थित पाक फौज की चौकी से हमले पर हमले चलते रहते थे।

मुक्तियोद्धाओं को सैन्य प्रशिक्षण देनेवाले बंगाल रेजिमेंट के कुछ अफ़सरों से हमारी दोस्ती हो गई थी। स्थानीय अवामी लीग के एम.पी.ए. वालियर रहमान, नूरूल इस्लाम, ले. नुरून्नवी तथा कई अन्य ऐसे लोगों से भी हमारी काफी निकटता हो गई थी जो आपस में मिलकर अत्यन्त कुशलता से रौमारी कैम्प का संचालन कर रहे थे।

हम उनके साथ विभिन्न विषयों पर बातें करते, युद्ध के भविष्य के बारे में सब अपना-अपना मत जाहिर करते। कोई कहता, "यह युद्ध वियतनाम युद्ध की तरह वर्षों चलेगा।" कोई कहता, "नहीं-नहीं। पाक फ़ौजियों को हम जिस तरह से सबक सिखा रहे हैं, उससे लगता है, याहिया को अन्ततः हमारे आगे हथियार डाल देना होगा।"

"हथियार डालने की बात होती तो सितम्बर में वे पूर्वी पाकिस्तान के गवर्नर तथा मार्शल लॉ ऐडमिनिस्ट्रेट जेनरल टिक्का खान को हटाकर उनकी जगह जेनरल ए.ए.के. (अमीर अब्दुल्ला खान) नियाजी को न लाते, डॉ. अब्दुल मोतालेब मलिक को पूर्वी पाकिस्तान के गवर्नर पद पर आसीन नहीं करते। मुझे तो लगता है कि वे जोर-शोर से हमसे निपटने की तैयारी कर रहे हैं। बरसात के कारण अब तक हमारा पलड़ा भारी रहा। मगर देखना, हमारी जमीन से बरसात का पानी उतरते ही स्थितियाँ उनके अनुकूल हो जाएँगी।"

"फिर ? फिर क्या होगा ?"

"जो होगा देखा जाएगा। हमें निराश होने की ज़रूरत नहीं। मेरा मन कहता है कि स्थितियाँ हमारे अनुकूल ही रहेंगी। देखा नहीं, इस साल दूसरे सालों की तुलना में कितनी अधिक वर्षा हुई। अल्लाह की रहमत हम मुक्तियोद्धाओं पर है। वे ज़रूर हमारे लिए कोई न कोई रास्ता निकालेंगे क्योंकि हम अपने हक के लिए लड़ रहे हैं, किसी को लूटने या बर्बाद

करने के लिए नहीं।" कहकर बात बदलते हुए कोई मुजीबुर्रहमान का प्रसंग छेड़ देता। बंग बन्धु की चर्चा छिड़ते ही सब के सब भावुक हो उठते। उनकी सलामती की दुआ माँगते।

कभी कोई हाल में घटी किसी रोमांचक घटना का जिक्र करते हुए कहता, "पता है, मैमनसिंह के एक अस्पताल में चालीस ऐसे रजाकारों की चिकित्सा चल रही है जिनके कान काट लिए गए हैं।"

"किन्होंने काटा ?"

"मैमनसिंह शहर के किसी समीपवर्ती इलाके के लोगों ने।" और हँसी के फुहारे छूट पड़ते।

उन दिनों रौमारी में सबसे अधिक चर्चा जिनके बारे में होती थी, वे थे जाँबाज़ मुक्तियोद्धा कादिर सिद्दीकी। हमारे यहाँ आने के कुछ दिन पहले कादिर सिद्दीकी अपने दल के कुछ योद्धाओं के साथ अस्त्रसंग्रह करने तथा नेताओं के साथ आवश्यक सलाह-मशवरा करने रौमारी आए थे। मुक्त इलाका होने के कारण भारत में रहकर युद्ध-संचालन कर रहे बांग्लादेशी नेतागण भी मुक्तियोद्धाओं को आवश्यक निर्देश देने अक्सर रौमारी आया करते थे। खैर, जिस वक़्त कादिर सिद्दीकी आए हुए थे उसी वक़्त संयोग से रौमारी में अमेरिका से ए.बी.सी. टेलीविजन की टीम आई हुई थी। उन्होंने झटपट इस विश्व प्रसिद्ध मुक्तियोद्धा कादिर सिद्दीकी पर एक डॉक्यूमेंटरी फ़िल्म बना डाली। पाक फ़ौजियों के सशक्त गढ़ राजधानी ढाका के चालीस-पचास मील के अन्दर अपनी विशाल सेना (मुक्तिवाहिनी) के साथ छिपे रहकर जिस कुशलता से यह वीर योद्धा एक लम्बे समय से मुक्तियुद्ध का संचालन किए जा रहे थे, वह उन्हें विश्व प्रसिद्धि दिलाने में काफी था। उनकी वीरता ने ही जनगण के बीच उन्हें 'टाइगर सिद्दीकी' के नाम से प्रसिद्ध कर डाला था। कादिर सिद्दीकी के नाम से हम सभी भली-भाँति परिचित थे क्योंकि टंगाईल के कादिर सिद्दीकी, भलूका के अबसरूद्दीन, फरीदपुर के हिमायतुद्दीन जैसे उन वीर योद्धाओं की वीरगाथाओं के बारे में अक्सर रेडियो से ख़बरें प्रसारित की जाती थी जिन्होंने बांग्लादेश के अन्दर रहकर ही अपने-अपने क्षेत्रों में मुक्तियोद्धाओं की विशाल वाहिनी गढ़ी थी और पाक वाहिनी को भीत-संत्रस्त कर रखा था। हिमायतुद्दीन की विशेषता यह थी कि उनकी विशाल वाहिनी में प्रशिक्षण प्राप्त महिला मुक्तियोद्धाएँ भी थीं।

मात्र पच्चीस वर्षीय युवक कादिर सिद्दीकी द्वारा गठित कादिरिया वाहिनी को इन सभी वाहिनियों से अधिक सफलता और गौरव हासिल हुआ था।

इस योद्धा का गुणगान हम महीनों से सुनते आए थे। भारत के ट्रेनिंग कैम्प में हमारे प्रशिक्षक अक्सर इनकी चर्चा किया करते थे। एक दिन मेजर अख़्तर ने भी प्रशिक्षण के दौरान इनके बारे में कहा था, "आप लोगों ने पच्चीस वर्षीय वीर योद्धा कादिर सिद्दीकी के बारे में तो सुना ही होगा जिन्होंने उन्नीस अप्रैल को मात्र सत्तर मुक्तियोद्धाओं को लेकर मैमनसिंह में तीन सौ एकतीस पाक फ़ौजियों को खत्म कर डाला था ?"

"हाँ हाँ। हमें पता है।" प्रशिक्षुओं की भीड़ में से किसी ने कहा था, "उस ऐम्बुश में उन्हें एक सौ पचपन राइफल, दो एल.एम.जी., कुछ मोर्टार, ढेर सारे अन्य अस्त्र-शस्त्र तथा काफी मात्रा में गोलाबारूद हासिल हुए थे।"

"ठीक कहा आपने। जब राजधानी ढाका के इतने करीब रहकर, जहाँ सबसे अधिक पाकिस्तानी सेना का जमावड़ा है, वे इतनी हिम्मत कर सकते हैं, तो आप लोगों को इस

सीमान्त इलाके में वारदात करने में क्या डरना ?" मेजर अख़्तर ने हमारी हौसला आफजाई करते हुए कहा था, "जिस समय कादिर वाहिनी को यह व्यापक सफलता मिली थी उस समय इस वाहिनी की उम्र एक महीने की भी नहीं हुई थी और न ही इस वाहिनी के योद्धाओं को उचित प्रशिक्षण दिया गया था।"

"तो क्या क्रैकडाउन से पहले कादिर सिद्दीकी ने कहीं से युद्ध-प्रशिक्षण लिया था ?" मैंने जानना चाहा था।

"उस ढंग से तो नहीं लेकिन सुना है, कभी ये कैडेट ट्रेनिंग कॉलेज के छात्र थे। 25 मार्च के क्रैकडाउन के बाद इन्होंने अपनी जन्मस्थली टंगाईल में ई.पी.आर. के कुछ लोगों को लेकर उनकी कुछ राइफलों को सम्बल बनाकर एक छोटे-से दल का निर्माण किया था ताकि टंगाईल में पाक वाहिनी के आगमन को रोका जा सके।"

"क्या वे उन्हें रोक पाए थे ?" किसी ने पूछा था।

"शुरू में तो नहीं रोक पाए थे लेकिन बाद में इन्होंने कभी असफलता का मुँह नहीं देखा।" मेजर अख़्तर ने जवाब दिया था।

दरअसल 3 अप्रैल को टंगाईल में प्रवेश करते पाक फ़ौजियों को रोकने में जब वे असफल रहे तब गाँव-गाँव घूमकर उन्होंने करीब 70 लड़कों को अपने दल में शामिल किया। उन्हीं 70 लड़कों के बूते 19 अप्रैल के ऑपरेशन में उन्हें विराट् सफलता मिली। उनका हौसला बुलन्द हुआ और उन्होंने पीछे मुड़कर नहीं देखा। 20 अप्रैल से 14 मई के बीच गाँव-गाँव घूमकर उन्होंने अपनी संख्या 1000 कर ली। बाद में भारतीय कैम्प में प्रशिक्षित कुछ योद्धाओं को भी इस दल में शामिल किया गया। फिर तो हर महीने करीब एक-डेढ़ हज़ार मुक्तियोद्धा इस दल में शामिल होते चले गए। और यह 'कादिरिया वाहिनी' मुक्ति युद्ध की सबसे विशाल वाहिनी के रूप में जानी जाने लगी।"

मेजर अख़्तर और रेडियो से प्राप्त सूचनाओं के आधार पर हमने यह भी जाना था कि टंगाईल, पाबना तथा मैमनसिंह के ग्रामीण इलाकों में छिपे रहकर ही ये पाक फ़ौजियों का मुकाबला कर रहे हैं, कि वारदात करने के बाद ये अक्सर मधुपुर के घने जंगलों में भी जा छिपते हैं, कि कादिर सिद्दीकी और उनके दल के सारे योद्धाओं ने अपनी मातृभूमि को शत्रुओं से आज़ाद न कर लिए जाने तक नंगे पाँव रहने की भीष्म प्रतिज्ञा भी कर डाली है... वगैरह-वगैरह।

और इस तरह से बांग्लादेश के मुक्तियुद्ध की सबसे बड़ी वाहिनी के नेता कादिर सिद्दीकी हमारी नज़रों में सचमुच हीरो बन गए थे।

जब भी कादिर सिद्दीकी या उन जैसे अन्य योद्धाओं की चर्चा छिड़ती, अपनी अकर्मण्यता का अहसास कुछ ज़्यादा ही अन्तरात्मा को कचोटने लगता। कठोर गुरिल्ला प्रशिक्षण के बाद भी हमें युद्ध से वंचित रहना पड़ रहा था—एक योद्धा के लिए इससे अधिक मानसिक वेदना और क्या हो सकती थी ?

खैर, जल्द ही हमें मोर्चे पर जाने की इज़ाजत मिल गई। अब सवाल यह था कि हम जाएँ कहाँ ? बोरिशाल या कहीं और ?

कादिर सिद्दीकी का जादू हमारे सर पर चढ़कर बोल रहा था। उनके साथ रहकर काम करने के लिए मन मचल उठा। उनका कार्यक्षेत्र ढाका के आसपास था। "अन्तिम लड़ाई, फैसले की लड़ाई तो राजधानी ढाका में होगी" यह बात कई बार कई दिग्गजों के मुँह से

सुन चुका था। इसलिए बोरिशाल जाने का इरादा छोड़कर हमने ढाका जाने का फैसला किया। वैसे भी आलम का तर्क था, "तुम्हारी बात मानते हुए मैं बोरिशाल जाने को राजी हुआ था। बोरिशाल जाते समय हम घायल हुए। उस यात्रा में बाधा पड़ गई है। अब मेरी इच्छानुसार तुम्हें ढाका चलना होगा।"

आलम की ढाका जाने की इच्छा के पीछे अपने परिवारवालों की खोज का भी इरादा था, यह समझकर मैंने ढाका जाने का ही निर्णय लिया।

कितना विचित्र है यह संसार ! एक परिवार, जो कुछ ही महीनों पहले हँसता था, बोलता था, अतिथियों की सेवा में अपने आप को बिछा देता था, आज जाने कहाँ खो गया है। उनके बिना भी, उनके न होने पर भी आलम कितना स्वाभाविक जीवन जी रहा है। अपनों को खोने से पहले हम सभी यही सोचते हैं कि ये हमारे इतने प्रिय हैं कि इनसे जुदा होकर हम एक पल भी नहीं जी सकते। लेकिन यह सच नहीं है इस बात का अहसास हमें विगत कुछ महीनों में ही हुआ। सिर्फ़ मैं या आलम ही नहीं, हमारी तरह सैकड़ों, हज़ारों, लाखों ऐसे लोग आज इस बंगभूमि में ही नज़र आते हैं, जो अपने सबसे प्रियजन को खोकर भी अस्वाभाविक-से नज़र नहीं आते। उनका दिमाग क्रियाशील है, उन्हें भूख भी लगती है, वे सोते हैं, गाते हैं और आपस में हँसते-बोलते भी हैं।

❐ ❐ ❐

ढाका जाने का निर्णय लेते ही हम किसी ऐसे दल की खोज करने लगे जो ढाका जानेवाला हो। रौमारी के लाखों लोगों की भीड़ में हमें पाँच लड़कों का एक ऐसा दल मिल गया जो ढाका से आए थे और दो-चार दिनों में ही ढाका लौटनेवाले थे। हमने तुरन्त उनसे सम्पर्क साधा। वे पाँच थे—निसार, वाहिद, शमीम, प्रोदीप और सादात।

पता चला इन्होंने अगरतल्ला के पास स्थित मैलाघर कैम्प से, जो सेक्टर टू का हेडक्वार्टर है, गुरिल्ला प्रशिक्षण लिया है।

मैलाघर कैम्प का नाम हमने पहले बहुत बार सुना था। भारत सरकार की मदद से प्रवासी बांग्लादेश सरकार द्वारा संचालित कुल ग्यारह सेक्टरों में सबसे अधिक योद्धा इसी सेक्टर टू के अन्तर्गत ही प्रशिक्षित किए गए थे। इस सेक्टर के कुशल कमांडर खालिद मुशर्रफ ने भारत सरकार तथा बांग्लादेश सरकार के द्वारा अनुमोदित प्रशिक्षु लड़कों की तुलना में बहुत अधिक लड़कों को प्रशिक्षित किया। इसके लिए उन्हें अनुमोदित राशन को ही बाँटकर लड़कों को खिलाना पड़ा । लड़कों के जेब-खर्च के पैसे में भी कटौती करनी पड़ी। इस सेक्टर टू में ही ढाका के अधिकतर लड़कों ने गुरिल्ला प्रशिक्षण लिया। इसी सेक्टर के लड़के सबसे अधिक शिक्षित तथा धनी परिवार से आए थे। खालिद मुशर्रफ के युद्ध में घायल हो जाने के बाद कैप्टन ए.टी.एम. हैदर ने सेक्टर टू का दायित्व सँभाला था। कैप्टन हैदर कभी पाकिस्तानी सेनावाहिनी के स्पेशल सर्विस ग्रुप में थे। उन्होंने जनरल मिट्ठा खान की देखरेख में स्पेशल कमांडो ट्रेनिंग प्राप्त की थी। सेना के इसी जाबाँज अफ़सर कैप्टन हैदर ने अपने कैम्प के पाँच गुरिल्लों—निसार, वाहिद, शमीम, प्रोदीप और सादात को कैम्प के किसी जरूरी काम से रौमारी भेजा था।

मैं और आलम ने सेक्टर टू के उन पाँचों योद्धाओं से दोस्ती कर ली। उन्होंने बताया कि वे लोग छोटे-छोटे समूहों में बँटकर ढाका के आस-पास के गाँवों में कैम्प बनाकर रह रहे

हैं। अक्सर उन्हें वारदात करने ढाका शहर के अन्दर जाना पड़ता है।

"क्यों ?" हमने पूछा।

"ताकि पाक शासकों पर हमेशा आतंक वरपा रहे कि राजधानी में हर जगह हज़ारों की संख्या में बिच्छू मुक्तियोद्धा किलबिला रहे हैं और उनसे बचकर शान्ति से रहना अब सम्भव नहीं।" निसार ने बताया।

वे पाँचों एक छोटे लौंच से रौमारी आए थे। उस लौंच को उन्होंने किसी मुठभेड़ में पाक फ़ौजियों से छीना था। लौंच चलने पर काफी आवाज़ होती थी इसलिए खतरा अधिक था। लेकिन मंजिल तक बहुत जल्दी पहुँचने का लोभ भी था। हमने उसी लौंच में उन लोगों के साथ ढाका चलने का निर्णय लिया।

नवम्बर के पहले हफ्ते में हम रौमारी छोड़कर ढाका के लिए रवाना हुए।

ध्वस्त इस्लाम रिपब्लिक ऑफ पाकिस्तान

पाँच-छह घंटे तक नदी पथ से हम निर्विघ्न चलते रहे। ऊपर से देखने पर सब कुछ शान्त-शान्त-सा प्रतीत हो रहा था मगर हम सभी जानते थे कि किसी भी वक़्त आँधी आ सकती है।

...और आँधी आने में देर नहीं लगी। अचानक सामने दो सैबर जेट यानी जंगी विमान आते हुए दिखाई पड़े। हमारे लौंच में सामने की ओर ईंट तथा बालू के बोरों से बंकर जैसा बना हुआ था। दुश्मनों से आमने-सामने की लड़ाई में भले ही ये बंकर हमारी रक्षा कर सकते थे लेकिन विमान हमले से हमारी रक्षा करमें में ये असमर्थ थे। इसलिए जल्दी से लौंच को नदी किनारे खड़ा करके हम पास के जंगल की ओर दौड़ पड़े। बड़े-बड़े हरे रंग के अक्षरों में पी.ए.एफ लिखे हुए जंगी विमान नदी के ऊपर एक चक्कर लगाकर उस जंगल की ओर मुड़ गए जिधर हम दौड़ रहे थे।

जंगल के ऊपर आते ही विमान से बमबारी की जाने लगी। चराचर थर्राने लगा। हमारी स्थिति अजीब हो गई थी। कभी हम जमीन पर लेट जाते, कभी दौड़ लगाते, कभी एल.एम.जी. उठाकर पेड़ों की फाँक से विमान को निशाना बनाने की कोशिश करते। मगर हमारी गोलियाँ पेड़ की डालियों और पत्तों से टकरा-टकराकर अपने निशाने से भटकती रहीं। ऊँचे-ऊँचे पेड़ों के कारण विमान में बैठे सैनिक हमें देख नहीं पा रहे थे, इसलिए अन्धाधुन्ध फ़ायरिंग किए जा रहे थे। "लगता है, अब हम कभी ढाका नहीं पहुच पाएँगे रे केष्टो !" आलम फुसफुसाया, "कोई जान भी नहीं पाएगा कि हम कब, कहाँ, कैसे मर-खप गए।"

"मुझे भी ऐसा ही लगता है रे।" मैंने आलम का समर्थन किया।

अचानक जंगल में एक बंकर नज़र आया और 'हैंड्स अप' की सतर्कवाणी ने हमारा ध्यान खींचा। पोज़िशन लिए कई योद्धाओं पर नज़र पड़ी। "तो यहाँ मुक्तियोद्धाओं का कैम्प है।" मैं बुदबुदाया। आस-पास कई और बंकर थे, जो ऊपर से देखने पर साधारण ढूह-से लगते थे और जिन पर जंगली झाड़-झंखाड़, घास-फूस उग आए थे। आस-पास कई ट्रेंच भी बने हुए थे। बंकरों के ऊपर जय बांग्ला पताका लहरा रही थी। एक बंकर के सामने लगे पट्टे पर लिखा था, "स्वाधीन गणप्रजातन्त्री बांग्लादेश।" हमारा परिचय पाकर हमारी तरफ़

से आश्वस्त होने के बाद उन्होंने हमें भी पोज़िशन ले लेने को कहा। हमने उनकी बात मान ली। बंकरों से थोड़ी दूर आगे एक मिट्टी का टीला नज़र आया। टीले पर एक लम्बा कच्चा बाँस गड़ा हुआ था। उस बाँस के ऊपरी सिरे पर गुलेल-सी आकृतिवाला बाँस का ही एक दूसरा छोटा-सा टुकड़ा इस प्रकार से डाला हुआ था कि वह टुकड़ा अपने दो सींगों को ऊपर की ओर करके गड़े बाँस के पोपले मुँह पर आसानी से घूम रहा था। उस घूमनेवाले सींगों के बीच मशीनगन रखकर एक मुक्तियोद्धा आकाश की ओर ताक लगाए बैठा था और ऊपर उड़ते सैबर जेट को निशाना बनाने के लिए मशीनगन को घुमा-घुमाकर ताबड़तोड़ गोलियाँ चला रहा था।

"वाह ! क्या ऐन्टी एयरक्राफ्ट गन बनाया है इन्होंने।" मैं उनकी प्रशंसा किए बगैर न रह सका। सिर्फ़ ऐन्टी एयरक्राफ्ट गनवाला ही नहीं बल्कि कई अन्य मुक्तियोद्धा भी सैबर जेट पर निशाना साधे जा रहे थे। सैबर जेट हमारे ऊपर से बार-बार गुज़रते रहे। न हमें कुछ हुआ और न ही सैबर जेट को। बार-बार हमारा और दुश्मनों का निशाना चूकता रहा। हर बार हम बाल-बाल बचते रहे। पेड़ की डालियाँ और पत्तियाँ टूट-टूट कर गिरती रहीं। परिन्दे कोलाहल कर-करके उड़ते रहे। काफी देर तक किस्मत हम पर मेहरबान रही लेकिन अन्त तक हम खुशकिस्मत नहीं रह पाए। एक बम आकर हमसे थोड़ी दूर स्थित एक बंकर पर गिरा। वहाँ मोर्चे पर डटे मुक्तियोद्धाओं पर शामत आई। कई मरे, कई घायल हुए। वह बंकर भी तहस-नहस हो गया। थोड़ी देर तक गोलीबारी करके दोनों विमान वापस लौट गए।

हम ध्वस्त बंकर की ओर दौड़े। घायलों की चीख़ें पूरे जंगल में गूँज रही थीं। हम सभी उनकी सेवा में जुट गए। तत्काल उनको प्राथमिक चिकित्सा की ज़रूरत थी। और फिर जल्द-से जल्द किसी अस्पताल में ले जाना ज़रूरी था। उनकी हालत देख अपराधबोध से मन व्यथित हो उठा। हमारे कारण ही इन पर मुसीबत आई। "न ही हम भागते हुए यहाँ आते और न ही ये लोग घायल होते !" घायलों को सँभालते हुए, उनकी सेवा करते-करते मैंने अफ़सोस जताया।

"नहीं, ऐसी बात नहीं।" बगल में एक मुक्तियोद्धा बोल उठा। "दरअसल कल ही हमने घमासान युद्ध के बाद इन बंकरों पर कब्जा किया है। काफी दिनों से यहाँ पाक फ़ौजी रह रहे थे और आसपास के इलाकों में तबाही मचा रहे थे। वह देखिए उस ध्वस्त बंकर के पास जो टूटा हुआ स्तम्भ पड़ा है, उस पर क्या लिखा है।" उसका इशारा जिस टूटे हुए स्तम्भ की ओर था, उस पर लिखा था 'इस्लाम रिपब्लिक ऑफ पाकिस्तान।' "देखा, यहाँ इतने सारे बंकरों के रहते अनजाने में पाकिस्तानी सैबर जेट ने 'इस्लाम रिपब्लिक ऑफ पाकिस्तान' का स्तम्भ लगे बंकर को ही ध्वस्त किया है। अब वह दिन दूर नहीं जब पूरा पाकिस्तानी शासन-तन्त्र ही ध्वस्त हो जाएगा।" उस योद्धा की आवाज़ में गज़ब का अन्धविश्वास था।

"सैबर जेट हम पर हमला करने के लिए ही आए थे, आपलोगों पर नहीं।" उसने हमें अपराधबोध से मुक्त करते हुए कहा, "लेकिन अभी भी खतरा टला नहीं है। यहाँ से उत्तर की ओर मात्र पाँच सौ गज के अन्दर पाक फ़ौजियों की एक चौकी है। किसी भी समय वे हम पर काउंटर अटैक कर सकते हैं। हमें सावधान रहना चाहिए।"

उस मुक्तियोद्धा का शक सही निकला। हमें सम्हलने का मौका दिए बगैर जंगल के दूसरे सिरे से हम पर हमला बोल दिया गया। गोले आ-आकर हमारे चारों ओर गिरने लगे। रॉकेट लांचर, मशीनगन और मोर्टार की मार से हम त्रस्त हो उठे। कुछ देर तक चुपचाप पड़े रहने

के बाद वहाँ उपस्थित करीब 300 मुक्तियोद्धाओं ने बंकर और ट्रेंचों में घुसकर मोर्चा सँभाल लिया। हम भी उनका साथ देने लगे।

दोनों तरफ़ से धुआँधार बारिश की तरह गोलाबारी हो रही थी। ट्रेंच के बाहर सिर उठाना मुश्किल हो रहा था। सिर के ऊपर से सनसनाकर गुज़रती गोलियाँ, आस-पास फटते गोले, धुआँ, बारूद की तीव्र महक, दोनों ओर से आते-जाते ट्रेसर बुलेट की तेज़ रोशनी तथा आर्त्तनाद से हम मानो अन्धे-बहरे हुए जा रहे थे।

रात-भर गोलाबारी होती रही। कुछ लोग घायलों की सेवा में जुटे हुए थे। उन्हें अस्पताल ले जाना अत्यन्त आवश्यक था लेकिन उस तुमुल गोलाबारी के बीच उन्हें निकालकर बाहर ले जाना सम्भव न हुआ। उस कैम्प के मुक्तियोद्धाओं के हेडक्वार्टर में ख़बर भिजवाने का भी कोई उपाय न था। बंकरों में भोजन-पानी का अत्यन्त अभाव था। जो थोड़ा-बहुत भोजन-पानी था वह रात-भर में समाप्त हो गया।

रात बीतने के साथ ही धीरे-धीरे धूप तेज़ होने लगी। प्यास से गला फटने लगा। शत्रुओं ने गोलाबारी करना बन्द कर दिया था। गोलाबारी बन्द देखकर हिम्मत करके जैसे ही दो मुक्तियोद्धा पानी लाने के लिए नदी की तरफ़ जाने लगे, न जाने कहाँ से एक गोला आकर उन पर गिरा और उनके चिथड़े-उड़ गए।

उनका हश्र देखकर घायलों को नदी के रास्ते से इलाज के लिए भेजने का इरादा त्यागना पड़ा। कहीं से भोजन मँगवाना भी मुमकिन न था। शत्रु शान्त थे लेकिन अत्यन्त निकट उनकी उपस्थिति का आभास मिल रहा था। गुरिल्ला प्रशिक्षण में हमें मुख्यतः दुश्मनों पर पीछे से वार करके भागने की कला सिखाई गई थी। मात्र डेढ-दो महीने में सम्मुख-युद्ध का प्रशिक्षण देना सम्भव न था। वह भी पाक फौज के शक्तिशाली और लम्बी अवधि में सुप्रशिक्षित सैनिकों से लड़ने के लिए। अब तक हम "हिट एंड रन" पद्धति ही अपनाए हुए थे। इसलिए यहाँ इस तरह से सम्मुख युद्ध की परिस्थिति उत्पन्न होते देख आत्मविश्वास डगमगाने लगा। मोर्चा छोड़कर भागना हममें से किसी को गवारा न था। हम जान देने को तैयार थे, पराजय स्वीकार करने को नहीं। कैम्प-कमांडर बार-बार अपने साथी योद्धाओं से कहे जा रहे थे— "हमें युद्ध करना है, करते जाना है। हममें से कोई एक इंच भी पीछे नहीं हटेगा। मौत आए तो आए। पराजय हमें स्वीकार नहीं। हमारी लाशों के ऊपर ही सही, जयबांग्ला पताका को लहराते रहना चाहिए...।"

ट्रेंच के ऊपर अपनी-अपनी राइफलों को रखकर ट्रेंच के अन्दर से थोड़ा-सा सिर बाहर निकालकर हम सामने की ओर तटस्थ दृष्टि डाले इन्तज़ार कर रहे थे। समय लुढ़क-लुढ़क आगे बढ़ रहा था। हिमेल बतास से देह ठिठुरने लगी थी। नया-नया ठीक हुआ जख़्मी शरीर अवश हो रहा था। आलम और दूसरे योद्धाओं के चेहरे भी भूख, प्यास, दर्द और थकान से विकृत हो उठे थे। स्थिति अत्यन्त दुःसह हो रही थी। इस तरह से हाथ पर हाथ धरे आखिर कब तक बैठे रहा जा सकता था ? दिन ढलने के बाद रात आ चुकी थी। देर रात को अँधेरे में घायलों को कहीं भेजने का इन्तजाम किया ही जा रहा था कि सामने से गोलाबारी आरम्भ हो गई। बुम्-बुम्-ट्रा-ट्रा-ट्रा-ट्रा-ट्रा-ट्राप् की आवाज़ों ने हमें पुनः सक्रिय कर डाला। पिछली रात की घटनाओं की पुनरावृत्ति होने लगी। हमारे आस-पास के अलग-अलग ट्रेंचों में राइफल ग्रेनेड मशीनगन, मोर्टार लिए बैठे योद्धा रातभर लड़ते रहे, मरते रहे, घायल होते रहे।

हिमेल = बर्फ जैसी ठंडी

सबसे दुखद स्थिति तो तब उत्पन्न हुई जब उस कैम्प के कमांडर का एक पैर ज़ख़्मी हो गया। मोर्टार के आघात से पैर का मांस और हड्डी बुरी तरह से क्षतिग्रस्त हो गए थे। ऐसी स्थिति में भी उन्होंने अपनी चेतना नहीं खोई, अपने साथियों को वे निर्देश देते रहे, "तुम लोग पीछे मत हटना...दुश्मनों से हार मत मानना...।"

कैम्प का गोलाबारूद घटने लगा था। युद्ध खत्म होने का नाम ही नहीं ले रहा था। कभी-कभी गोलाबारी की तीव्रता कम होते-होते बिलकुल शून्य हो जाती, फिर एकबारगी तुमुल गति पकड़ लेती।

दिन के उजाले के साथ अगले दिन गोलाबारी रुकी। रात के अँधेरे में खतरा उठाकर नदी से थोड़ा पानी तो लाया गया था लेकिन भोजन की कोई व्यवस्था नहीं हो पाई थी। घायलों में से कई एक ने दम तोड़ दिया था। जो बचे थे उन्हें अस्पताल ले जाना अनिवार्य हो उठा था। वैसे देखा जाए तो स्वस्थ वहाँ कोई भी नहीं था। भूख-प्यास, थकान, उत्तेजना सबको मार रही थी इसलिए आज की रात किसी न किसी नतीजे पर पहुँचना अत्यन्त ज़रूरी था।

सबसे राय मशविरा करके घायल कमांडर ने आदेश दिया, "इस तरह से बंकरों और ट्रेंचों में बैठकर शत्रु-पक्ष द्वारा गोलाबारी आरम्भ करने की प्रतीक्षा किए बगैर अचानक आगे बढ़कर पूरी शक्ति से दुश्मन के गढ़ पर हमला बोल दो। फिर जो होगा देखा जाएगा।"

दो दिनों के अनुभव से हमें यह पता चल चुका था कि रात ग्यारह-बारह बजे से पहले दुश्मन गोलाबारी आरम्भ नहीं करेंगे। इसलिए हम करीब ढाई सौ योद्धाओं ने रात के नौ बजे ही निःशब्द क्रॉलिंग करते हुए आगे बढ़ना शुरू किया और अचानक से दुश्मनों की चौकी पर हमला बोल दिया।

हमारी यह तरकीब काम आई। कुछ ही घंटों में हमने दुश्मनों के बंकरों पर कब्जा कर लिया। कुछ दुश्मन मारे गए, कुछ घायल हुए और कुछ अँधेरे का लाभ उठाकर पीछे की ओर से भाग खड़े हुए।

'जय-बांग्ला' की तुमुल हर्षध्वनि के साथ हमने जीत की खुशी मनाई। जीते गए बंकरों पर जय बांग्ला पताका फहराई और दुश्मनों के बंकरों में उपलब्ध भोजन पर टूट पड़े। जीत की खुशी में कुछ देर तक हम दुनियादारी से बेफिक्र हो गए थे मगर खुशी की खुमारी कुछ उतरते ही घायलों का ख़याल आया। उन्हें जल्द से जल्द अस्पताल पहुँचाना था। नदी किनारे हमारा लौंच पड़ा था। उस कैम्प के मुक्तियोद्धाओं की अपनी नावें भी थीं लेकिन चूँकि लौंच काफ़ी तेज़ चलती थी इसलिए ज़्यादातर घायलों को लौंच पर ही सवार किया गया।

कमांडर सहित कई घायलों को लेकर हम रौमारी की ओर रवाना हो गए और उन्हें वहाँ के अस्पताल में पहुँचा दिया।

निसार, वाहिद आदि को ढाका जाने की जल्दी थी। लेकिन तीन रातों से जगे होने के कारण हम सभी की हालत ऐसी हो गई थी कि आँखें खुली रखना भी मुश्किल हो रहा था। हमने पारी-पारी से लौंच में ही नींद पूरी कर लेने का निश्चय किया।

यातना झेलते बुजुर्ग

हज़ारों नदियों का देश—बांग्लादेश। एक नदी से जुड़ी दूसरी नदी, दूसरी से जुड़ी तीसरी, तीसरी से चौथी और इस जाल का फैलाव पूरे देश में...। तभी तो लोग घर बनाते समय पहले सड़क नहीं, नहर बनाते हैं—घर को नदी-पथ से जोड़ने के लिए। बरसात का मौसम हो न हो, ऊँचे इलाके के खेत-मैदान में जल हो न हो, नदियों में तो जल होता ही है। हमें ढाका के बाहरी इलाके तक पहुँचने में कोई असुविधा नहीं हुई। इस बार भाग्य ने हमारा साथ दिया। कहीं किसी दुश्मन की नज़र हम पर नहीं पड़ी और हम निर्विघ्न निसार के कैम्प में जा पहुँचे।

शीतलक्षा नदी के पास के घने जंगलों के बीच बसे एक गाँव के कई घरों को मिलाकर इस कैम्प को बसाया गया था। सुरक्षा का पुख्ता इन्तजाम किया गया था यहाँ। पता चला इस कैम्प में करीब 400 लड़के रह रहे हैं। मैलाघर कैम्प से इस कैम्प में सिर्फ़ 40-50 लोग ही आए हैं। बाकी सदस्य स्थानीय हैं, जो आस-पास के गाँवों से आकर इस दल में शामिल हो गए है। इनका खर्च स्थानीय लोगों की सहायता से चलता है। इतना ही नहीं, ये लड़के ढाका और आस-पास के लोगों से पैसे तथा ज़रूरी सामान इकट्ठा करके मैलाघर कैम्प तक पहुँचा भी आते हैं।

कैम्प पहुँचकर हमने दिन-भर आराम किया। हम ढाका आए तो थे कादिर सिद्दीकी के दल में शामिल होने के लिए लेकिन इस कैम्प के योद्धाओं से मिलने और उनकी सक्रियता की कहानी सुनने के बाद हमने इनके साथ ही काम करने का फैसला किया। निसार और उसके दोस्तों ने भी समझाया, "टंगाइल-मैननसिंह जिले के विशाल इलाके में, मधुपुर के घने जंगल में कादिर सिंदूदीकी को ढूँढ़ निकालना कोई आसान काम नहीं। बेकार में वक़्त बरबाद होगा। बेहतर है, अभी हमारे साथ काम कीजिए। इस इलाके में काम करने पर कभी न कभी कादिर सिद्दीकी से मुलाकात हो जाएगी। फिर जैसी मर्जी होगी, वैसा कीजिएगा।"

❐ ❐ ❐

निसार के दल को अविलम्ब राजधानी ढाका में प्रवेश करना था। रौमारी से वे ढाका शहर के कई महत्त्वपूर्ण सरकारी कार्यालयों के नक्शे लाए थे। सुविधानुसार उन कार्यालयों में बम-विस्फोट करना था। कुछ और छिटपुट वारदातें करनी थीं। हम भी उनके साथ इन वारदातों में शामिल होना चाहते थे मगर इन दिनों ढाका में प्रवेश करना सिंह के मुँह में प्रवेश करने-सा था। पूरे शहर में पाक फ़ौजियों का कड़ा पहरा था। हालाँकि विश्ववासियों को दिखाने के लिए, विश्व बैंक से कर्ज़ की अगली किस्त हासिल करने के लिए येन-केन-प्रकारेण पाक सरकार ने ढाका के जनजीवन को कुछ हद तक स्वाभाविक कर डाला था। जबरन दफ्तर, कल-कारखाने, स्कूल-कॉलेज चलाए जा रहे थे। उपस्थिति कम ज़रूर थी मगर नगण्य नहीं थी। जो लोग क्रैकडाउन में मरे नहीं थे या शहर से भाग नहीं पाए थे, वे ज़िन्दा रहने के लिए घर से बाहर भी निकल रहे थे, बाज़ार-दुकान, दफ्तर-कार्यालय भी जा रहे थे और आजीविका के लिए सड़कों पर निकलकर सामान भी बेच रहे थे। शायद इसीलिए सड़कों पर वाहनों की आवाजाही भी सामान्य होती जा रही थी।

चूँकि राजधानी ढाका में काफी मात्रा में पश्चिमी पाकिस्तानियों का निवास था, विदेशी

पत्रकारों, राजनीतिज्ञों तथा कूटनीतिज्ञों का आना-जाना जारी था, सरकारी कर्मचारियों, फ़ौजियों तथा पाक समर्थकों की भरमार थी, इस कारण भी यह ऊपर से काफी स्वाभाविक लगने लगा था।

ढाका के बारे में ये सारी जानकारियाँ हमें रौमारी कैम्प में ही मिल चुकी थी। निसार और उसके साथियों से हमें यह पता चला था कि 29-30 अगस्त को ढाका में व्यापक पैमाने पर मुक्तियोद्धाओं की गिरफ्तारी हुई थी। 4 सितम्बर को एक साथ अनेक मुक्तियोद्धाओं को मौत के घाट उतार डाला गया था। जिस कारण कुछ दिनों के लिए ढाका थोड़ा शान्त हो गया था। मगर जल्द ही मैलाघर कैम्प से मुक्तियोद्धाओं के नए-नए दल भेजे गए और वे फिर से ढाका में सक्रिय हो उठे थे। उन्हीं दलों में से एक निसार और उसके दोस्तों का था।

पाक फ़ौजियों की आँखों में धूल झोंककर ढाका में प्रवेश करने के लिए इस बार उन्होंने सब्जीवाले, मछलीवाले तथा मूड़ीवाले का वेश धारण करने का निर्णय लिया।

अगले दिन सुबह-सुबह गाँव से ढाका शहर में प्रवेश करनेवाले सब्जीवालों, मछलीवालों, मूड़ीवालों की भीड़ में हम सात योद्धा शामिल हो गए। उनलोगों की तरह हम भी लुंगी में थे। फर्क सिर्फ़ इतना ही था कि हमारी टोकरियों तथा बोरों में सब्जी, मछली, मूड़ी आदि के साथ अस्त्र-शस्त्र, गोलाबारूद भी छिपाकर रखे गए थे। बड़े, भारी और लम्बे अस्त्र लेने की ज़रूरत नहीं थी क्योंकि पिछली बार निसार के दल के लोग चावल के बोरों से लदे ट्रक में छिपाकर ढेर सारे बड़े अस्त्रों को ढाका ले गए थे और उन्हें किसी गोदाम में उतरवाकर वहाँ से एक प्राइवेट क्लिनिक के ऐम्बुलेंस में डालकर थोड़ा-थोड़ा करके सादात, वाहिद, निसार तथा दल के कुछ दूसरे योद्धाओं के घर पर छिपाकर रख भी आए थे।

❐ ❐ ❐

नाव से नदी पार करके ढाका में घुसे थे हम। विभिन्न गलियों और मुहल्लों से होते हुए मॉगबाज़ार इलाके में स्थित सादात के घर पहुँचे थे। मगर वहाँ जाकर हमें भारी झटका लगा। हमें देखते ही सादात की अम्मी अत्यन्त आतंकित हो उठीं और बोलीं, "तुम लोग यहाँ क्यों आए हो बेटा ? यहाँ काफी खतरा है।"

"कैसा खतरा ?" सादात ने व्यग्र होकर पूछा।

"पाक फ़ौजियों का खतरा। इस घर पर वे नज़र रख रहे हैं। पिछली बार तुमलोगों के चले जाने के बाद यहाँ फ़ौजियों ने छापा मारा था। तुमलोगों को न पाकर उन्होंने पूरा घर तहस-नहस कर डाला।"

"क्या वे हमारे अस्त्र ले गए हैं ?"

"नहीं। उन्होंने ढूँढ़ा तो बहुत। आँगन और रसोई का फर्श तक खोद डाला। पानी की टंकी में भी झाँका।"

"पानी की टंकी में भी ?" यह निसार की आवाज़ थी।

"हाँ। मगर उन्हें कुछ मिला नहीं।"

"चलिए बच गए।" सादात ने निश्चिन्तता की साँस छोड़ी।

"बचे कहाँ ? वे लोग तुम्हारे अब्बा जान और चाचू को उठाकर ले गए थे।"

"क्या ? उन्हें छोड़ा कि नहीं ?"

"छोड़ा तो है मगर मार-मारकर अधमरा कर डाला है।" कहते-कहते सादात की अम्मी

फफक पड़ीं।

"इस वक़्त कहाँ हैं वे दोनों ?"

"अन्दर आँगनवाले कमरे में।" अम्मी के मुँह से यह बात सुनने की देर थी, सादात दनदनाता हुआ आँगन की ओर लपका। उसके पीछे-पीछे हम सभी वहाँ जा पहुँचे।

आँगनवाले कमरे में एक बड़े से पलंग पर सादात के अब्बा और चाचू लेटे हुए थे। उनके शरीर के खुले हिस्सों से झलकते नीले दाग, गहरे ज़ख्म, उनकी आँखों के चारों ओर के स्याह घेरे और उनके विध्वस्त चेहरे उन पर हुए अत्याचार की कहानी कह रहे थे। उनकी विभ्रान्त दृष्टि में अपमान की वेदना साफ झलक रही थी। बिना कहे ही उन्होंने बहुत कुछ कह डाला था। फिर भी हम उनकी जबान से सब कुछ सुनना चहते थे। उन भुक्तभोगियों की जबान से, जिन्होंने बिना कोई जुर्म किए ही यह सजा पाई थी।

यह जानते हुए भी कि उस घर में ठहरना हमारे लिए विपद्‌जनक हो सकता है, हमने रात होने और वारदात के लिए जाने तक उसी घर में रुके रहने का निर्णय लिया। आपातस्थिति में पीछे से भागने का रास्ता हमने देख रखा था। हमारे आग्रह पर सादात के अब्बा ने ही सबसे पहले मुँह खोला, "ठीक रात के बारह बजे फ़ौजियों ने हमारे घर पर छापा मारा था। घर का चप्पा-चप्पा छान मारा था उनलोगों ने। रसाई के फर्श को खोद डाला। आँगन में जगह-जगह गड्ढे बना डाले। पानी की टंकी में झाँका..."

"वो तो हमारी किस्मत अच्छी थी बेटा कि टंकी में झाँकने के बावजूद उन्हें अन्दर अस्त्र-शस्त्र नज़र नहीं आए। वरना तुम्हारे अब्बा-चाचू को वे ज़िन्दा नहीं छोड़ते।" सादात की अम्मी ने उसके अब्बा की बात को बीच से लपकते हुए कहा।

"कुछ भी कहो, तुमलोगों ने बड़ी चतुराई से अस्त्रों को टंकी के अन्दर छिपाया था।" इस बार चाचू तारीफ भरे अन्दाज में बोल उठे।

"यह आइडिया नासिर का था। दाद उसी को मिलनी चाहिए।" सादात ने निसार की ओर देखते हुए कहा, "सीमेंट से बने हमारे उस लम्बे-चौड़े पानी की टंकी को देख इसी ने कहा था 'अस्त्रों को छिपाने के लिए इससे अच्छी जगह और क्या हो सकती है ? मैं इसकी दाईं ओर बने लोहे के मैन होल से अन्दर उतर जाता हूँ। तू मुझे एक ऊँचा स्टूल और हमारा अस्त्र-शस्त्र वाला बोरा लाकर दे।" निसार के कहने पर मैंने उसे स्टूल और बोरा लाकर दिया। उसने टंकी के अन्दर बाईं ओर के अँधेरे कोने में स्टूल को रखकर उसके ऊपर अस्त्र-शस्त्र वाले बोरे को रख दिया था। किस्मत से वह बोरा ठीक ऐसी जगह पर रखा गया कि टंकी के मैन हाल से झाँकने पर भी वह दिखाई नहीं देता था। अब बस हमें सिर्फ़ यह ख़याल रखना था कि टंकी में पानी इतना ही भरा जाए कि जिससे अस्त्रोंवाला बोरा न डूबे। और यह काम अम्मी के जिम्मे सौंपकर हम निश्चिन्त हो गए। है न !" सादात अबकी अपनी अम्मी से मुखातिब था।

"हाँ बेटा, मैंने यह जिम्मेदारी सावधानीपूर्वक निभाई। टंकी में पानी के स्तर पर हमेशा नज़र रखी।" अम्मी ने हामी भरी। "सचमुच मानना पड़ेगा। निसार बेटा, तूने हमें बचा लिया। उस दिन अगर अस्त्रों को टंकी में रखने के बदले कहीं और रखा होता तो आज हम यहाँ घर पर न होते। हमारी लाशें बूढ़ी गंगा में तैर रही होतीं।" चाचू कृतज्ञता भरे स्वर में बोले। उनकी बातें सुन नासिर के चेहरे पर एक गर्वीली मुस्कान फूट उठी।

"पता नहीं, उन जल्लादों को किसने ख़बर कर दी ! अन्त तक यही कहते रहे, हमारे

पास पक्की ख़बर है, आपका बेटा 'मुक्ति' है। अपने दोस्तों के साथ यहीं आकर ठहरता है और शहर में आतंकवादी वारदातें करता है। हमें उनका पता दीजिए नहीं तो हम उनकी जगह आप दानों को उठा ले जाएँगे।" और वे हमें सचमुच उठा ले गए चावल के बोरों की तरह फ़ौजी जीप में लादकर !" कहते-कहते सादात के अब्बा की आवाज़ भर्रा उठी।

"मैंने कहा, मैं सरकारी कर्मचारी हूँ। मुंशीगंज में रहता हूँ। सरकारी काम से आज ही ढाका आया हूँ। मैं अस्त्रों तथा मुक्तियोद्धाओं के बारे में कुछ नहीं जानता लेकिन वे मेरी बात मानने को तैयार ही नहीं हुए।" सादात के चाचू ने मुश्किल से करवट लेते हुए कहा, "मुझे और तुम्हारे अब्बा को जीप में बैठाकर एम.पी.ए. होस्टल में ले गए।"

"इन दोनों को ले जाते समय मैंने उन्हें रोकने की बहुत कोशिश की।" सादात की अम्मी ने, जो चुपचाप बातें सुन रही थीं, सफाई दीं, "उनके पाँव पड़ी। गिड़गिड़ाई, 'खान-भाई ! ये लोग निर्दोष हैं। इन्हें मत ले जाओ।' मगर उन्होंने मुझे झटक दिया। एक ने कहा, 'ऐ कुतिया ! चुप कर! ज़्यादा बड़बड़ाएगी तो तुझे भी उठाकर ले जाएँगे हम ! अपनी कोख से बिच्छुओं को जन्म देती है और ऐसी ऐक्टिंग करती है जैसे दूध की धुली है।" फिर वे लोग मुझे ऐसी भद्दी-भद्दी गालियाँ देने लगे कि मुझे अपने कानों पर हाथ रखकर घर के अन्दर चले जाना पड़ा। मैं 'या नफसि...या नफसि...' जपती रही और वे लोग तुम्हारे अब्बा और चाचू को लेकर चले गए। मुहल्ले का एक आदमी भी बाहर नहीं निकला।" अम्मी अपने मन का गुबार निकालकर शान्त हुईं फिर बोलीं, "मैं नहीं बता सकती बेटा कि उस रात मुझ पर क्या गुज़री।"

"हम आपकी हालत समझ सकते हैं, खालाम्माँ।" नासिर ने उन्हें सांत्वना देने के लहज़े में कहा।

"आगे बताइए न चांचू आपलोगों को एम.पी.ए.होस्टल में ले जाकर फिर उन्होंने क्या किया ?" जल्द से जल्द आगे का वाकया सुनने के लिए सादात बेताब था।

"क्या करते ? एक कमरे में ले जाकर तुमलोगों के बारे में पूछताछ करने लगे। तुमलोग कहाँ गए हो ? तुमलोगों ने कहाँ से प्रशिक्षण लिया ? कितने खान सिपाहियों को मारा है तुमलोगों ने ! मोनेम खान की हत्या में तुमलोगों का हाथ था या नहीं ?"

"मोनेम खान की हत्या के बारे में भी पूछा उन्होंने ?"

"हाँ, बोले 'इतनी हिम्मत इन बिच्छुओं की जो घर पर घुसकर मोनेम खान की हत्या कर दी ?' "

"अत्याचारियों की मौत ऐसे ही होती है चाचू। अयूब खान के समय मोनेम खान ने गर्वनर बनकर हम बंगालियों पर कम अत्याचार किए थे ?"

"वो तो ठीक है लेकिन इन खान फ़ौजियों के पास पक्की ख़बर है कि मैलाघर के ही किसी बिच्छू दल का यह काम है। इसीलिए तो बार-बार इस बारे में हमसे पूछ रहे थे।"

"ख़बर तो उन्हें सचमुच पक्की मिली है। मैलाघर के ही एक बिच्छू ने उस अत्याचारी को उनके ही घर के बैठकख़ाने में जाकर उनके बॉडीगार्ड की उपस्थिति में मारा है। मगर उस बिच्छू को ढूँढ़ पाना इतना आसान नहीं। वह ढाका के पास ही अपने गाँव में जा छिपा है।"

"यह बात तो वह लोग नहीं जानते न ! वे तो यही सोच रहे हैं कि तुम लोगों में से ही किसी ने मोनेम खान को मारा है।"

"अच्छा तो जब आपलोगों ने यह कबूल नहीं किया कि मोनेम खान का हत्यारा मैं हूँ या मेरे दोस्त हैं तब उन्होंने क्या किया ?" अपने चाचू के पैरों के पास बैठे सादात ने उनके पैरों पर हाथ फेरते हुए कहा।

"उनकी फितरत तो तुम जानते ही हो बेटा ! क्या वे हमारे साथ तमीज से पेश आ सकते हैं ? हमारे हर जवाब पर, जो कि 'ना' ही होता था, लात-घूँसों की बरसात होती रही। राइफल के कुंदे, डंडे, बेंत, बेल्ट जो कुछ भी वहाँ उपलब्ध था, उसी से हमारे पेट, पीठ, छाती तथा पैरों पर प्रहार करते रहे। बीच-बीच में रुककर वे हमसे सवाल पूछते, जवाब 'ना' में मिलते ही अचानक पीछे से गर्दन पर मारते। चकराकर जमीन पर गिरते ही फ़ौजी बूट सहित हमारे शरीर के ऊपर आ चढ़ते। जानबूझकर हाथ-पैर तथा उँगलियों के जोड़ों पर पैर रखकर खड़े हो जाते और व्यंग्य-विद्रूप करते हुए पिशाच की तरह हँसते। मार सहते-सहते बेहोश हो जाने पर हमारे मुँह पर पानी के छींटे मारते और होश में लाकर फिर से पूछताछ के बहाने मार-पीट करना शुरू करते। आस-पास के कमरों से आती कैदियों के रोने-चिल्लाने और खान सिपाहियों के गाली-गलौज, व्यंग्य-अट्टहास की आवाज़ें साफ बता रही थी कि वहाँ भी इस कमरे जैसा ही महोत्सव चल रहा है।"

"आपलोगों पर कितनी देर तक ऐसा अत्याचार चलता रहा ?" दाँत से दाँत रगड़ते हुए सादात ने पूछा।

"मार खाते-खाते जब प्रायः अधमरे हो गए, हमारे नाक, मुँह, होंठ आदि से खून बह-बहकर फर्श गीला हो गया, तब हमें ले जाकर एक ऐसे कमरे में डाल दिया गया जहाँ पहले से ढेर सारे कैदी लहूलुहान होकर बैठे-लेटे थे। उनमें कई परिचित चेहरे थे। तुम्हारे दोस्त 'आबू' का बड़ा भाई गफूर, रिपोर्टर असलम, रेडियो आर्टिस्ट नसीरूद्दीन, प्रोफेसर कासिम उल-हक...वगैरह-वगैरह। उस समय हमारी ही हालत इतनी खराब थी कि ज़्यादा कुछ देख-समझ पाना मुश्किल था। मगर हाँ, एक पन्द्रह-सोलह वर्षीय लड़के का चेहरा, जिसकी दाहिनी आँख बाहर निकलकर गाल पर लटक गई थी, अब भी मेरी आँखों के सामने घूमता रहता है।" कहते-कहते चाचू की नज़रें कमरे की छत पर स्थिर हो गई। कमरे में सन्नाटा छा गया।

"छोड़िए अब इन बातों को। जितना बोलिएगा, जितना सोचिएगा मन को उतना ही कष्ट पहुँचेगा। अब और कुछ कहने की ज़रूरत नहीं।" अपने देवर की मनः स्थिति को समझते हुए सादात की अम्मी ने कहा। उनकी बातों से चाचू मानो अपने आप में लौट आए और बोले, "नहीं भाभीजान। मुझे बोलने दीजिए। ये मुक्तियोद्धा हैं। मातृभूमि के लिए लड़ रहे हैं। इन्हें सबकुछ जानना चाहिए, समझना चाहिए।" और वे आगे बताने लगे, "खान सिपाहियों के चले जाते ही उस कमरे में उपस्थित लोग आपस में फुसफुसाने लगे थे। बिना किसी साधन के ही एक-दूसरे के जख़्मों को सहलाने की कोशिश करने लगे थे। कौन कहाँ से, किसलिए, किस तरह पकड़ा गया है, इस पर बातें होने लगीं थी। उस कमरे में उपस्थित लोगों के भयानक जख़्मों को देखकर अपने जख़्म मामूली लगने लगे थे।"

"ओह चाचू ! हमारे कारण आपलोगों को कितना कष्ट उठाना पड़ा !" आँखों में भर आए आँसुओं को हथेली से पोंछते-पोंछते सादात ने कहा।

"यह तुम क्या कह रहे हो सादात ! हमने यह कष्ट तुम लोगों की वजह से नहीं, अपनी मातृभूमि के लिए उठाया है। और इसके लिए हमें कोई अफ़सोस भी नहीं।" चाचू ने सादात

के सिर पर हाथ फेरते हुए कहा।

"हाँ बेटा, तुम लोग अपने आप को गुनहगार मत समझो। क्या तुम्हारी तरह हमें भी मुक्तियुद्ध में शामिल होने का हक नहीं है ? क्या हम बंग माता की सन्तान नहीं हैं ?" सादात के अब्बा ने एक-एक कर हम सभी मुक्तियोद्धाओं के चेहरे पर नज़रें फेरते हुए कहा।

"तुम व्यर्थ में दुखी हो रहे हो बेटे। जब बहुत अधिक दर्द सहना पड़ता है न, तब एक समय ऐसा आता है जब हमारे दिमाग को उस दर्द का अहसास ही नहीं होता। बिलकुल संवेदनहीन हो जाता है हमारा दिमाग ! ऐसी स्थिति में दर्द सहनेवाले से अधिक कष्ट उस दृश्य को देखनेवाले को होता है।" चाचू ने कहा। मुझे हेनरी एलेग की किताब 'जिज्ञासा' की याद आई। उसमें भी यही बातें कही गई थीं।

"तुम्हारे चाचू बिलकुल सही कह रहे हैं बेटा ! पहले दिन मार खांकर हमें जितना कष्ट हुआ दूसरे दिन से उतना कष्ट नहीं हुआ।" साफ लग रहा था कि अब्बू हमें झूठी तसल्ली देने के लिए ही ये बातें कह रहे हैं।

"दरअसल दूसरे दिन पुराने कैदियों ने हमें दर्द सहने की कला सिखा दी थी।" चाचू बीच मे बोल उठे, "उन्होंने बता दिया था कि किस प्रकार थोड़ी-सी मार खाने के बाद ही बेहोश हो जाने का नाटक करना है और अधिक से अधिक समय तक उसी हालत में पड़े रहना है। हमने उनकी बातों पर अमल करके देखा। फायदा ही हुआ। बेहोश होने पर हमें जल्दी होश में लाने के लिए वे जल्लाद हमारे चेहरे पर पानी डालते थे। थोड़ा-बहुत पानी, जो मुँह में चला जाता, प्यास से सूखे गले को काफी राहत पहुँचाता था।"

"क्या वे लोग पीने का पानी तक नहीं देते थे ?"

"देते थे। पर टॉर्चर के समय पीने के लिए पानी माँगने की हिम्मत नहीं होती थी क्योंकि पानी माँगने पर कइयों के मुँह पर खान सिपाहियों को पेशाब करते हुए देखा था हमने।"

"छीः वा ऽ ऽ क थूः।" सादात की अम्मी का चेहरा घृणा से विकृत हो उठा। वह बोलीं, "जब आपलोगों ने साफ-साफ कह ही दिया था कि आपलोग मुक्तियोद्धाओं के बारे में कुछ नहीं जानते तो बार-बार एक ही बात को पूछ-पूछ कर वे अपना वक़्त क्यों बर्बाद करते थे ?"

"वक़्त बर्बाद कहाँ करते थे ? वे लोग तो वक़्त काटते थे। हम बन्दी बंगाली लोग तो उनके खेल की सामग्री थे और हमारे लिए बने यातनागृह उनके खेल के मैदान। मन बहलाने के लिए वे हमें लेकर तरह-तरह के खेल खेलते थे। कभी किसी कैदी को पंखे से उल्टा लटकाकर पूरी तेज़ी से पंखे को चला देते। बिजली के पंखे के साथ घूमते-घूमते नाक-मुँह से खून की धारा निकल आती। वह बेहोश हो जाता तो उसे उतारकर किसी दूसरे को पंखे से लटकाते। इस बार पंखा चलाने के बदले उसे लोहे के तार की बनी मोटी रस्सी से पीटा जाता। जब उसका शरीर नीले धब्बों से पट जाता तो अगली बार उसे बालू भरी हुई जुराबों से पीटते। इससे त्वचा के ऊपर दाग तो नहीं पड़ता था मगर यह मार इतनी भयंकर होती थी कि कैदी को ऐसा महसूस होता था जैसे शरीर के अन्दर का हिस्सा टूटकर चूर-चूर हो गया है।" अब्बा तनिक ठमके , फिर कहने लगे, "अत्याचारियों का मन इतने से भी नहीं भरता था। वे एक और नया खेल खेलते। काफी ऊँचाई पर छत से एक घड़े को बाँधकर लटका देते। घड़े की पेंदी में बने छेद से बूँद-बूँद पानी जमीन पर लिटाए गए कैदी के ठीक माथे पर टपकाते। ऊँचाई से माथे पर गिरने के कारण वे मामूली-सी पानी की बूँदें इतनी अधिक शक्तिशाली बन जातीं, इतनी कि लगता नुकीले पत्थर तेज़ी से आ-आकर माथे से टकरा रहे हो। उफ् !

वे टकराहटें ! वह चुभन भी कितनी कष्टदायी होती ! माथे के साथ-साथ पूरा शरीर झनझना उठता।" कहते-कहते सादात के अब्बू ने इस तरह से सिर को झटकते हुए अपने माथे को सहलाया मानो अभी-अभी वे इस यातना से गुज़रे हों।

"वे कष्ट तो कुछ भी नहीं थे।" अब्बा-जान की बातों को हल्का करते हुए चाचू कह उठे।

"मतलब ?" हमने आश्चर्य से पूछा तो चाचू ने बात को स्पष्ट किया, "मतलब सच मानो तो हम खुशकिस्मत थे कि हमें यातना देनेवाला अफ़सर पिछले अफ़सर की तुलना में कम नृशंस था। हमें यातनागृह में ले जाने के चार-पाँच दिन पहले जो अफ़सर यातनागृह में था उसने तो लोहे के छड़ को गर्म करके कुछ कैदियों के शरीर पर जगह-जगह घोंप दिया था। बिना दवा-दारू के शरीर के वे घाव सड़ गए थे। उनसे सड़े मांस की इतनी दुर्गन्ध निकलती थी कि उन कैदियों के पास बैठना भी दुष्कर होता था। कई कैदियों के तो उसने नाखून ही उखड़वा डाले थे, गुप्तांग कटवा दिया था या नंगा करके शरीर पर खौलता हुआ गर्म पानी डलवाया था। और इस प्रकार पूरी तरह से जान से मारे बिना उन्हें अर्धमृत अवस्था में तड़पने के लिए छोड़ दिया था। क्या बताऊँ बेटा..." चाचू ने एक लम्बी आह भरते हुए कहा, "पिछले कुछ दिनों तक याहिया सरकार के यातना-शिविर में रहकर हमने जीते जी नरक का दर्शन कर लिया है। यहूदियों के यातनागृह के बारे में किताबों में पढ़ा था। लेकिन यहाँ अपनी आँखों से देखकर, स्वयं भोगकर जाना कि यातना किसे कहते हैं।

बन्द कमरे में, जहाँ स्वच्छ हवा का एक झोंका भी आ-जा नहीं सकता था, खून, उल्टी, मल-मूत्र से गीले-फर्श पर पड़े रहने को मजबूर थे हम। न नहाने दिया जाता था और न ही कपड़े बदलने। डॉक्टर, इंजीनियर, प्रोफेसर, साहित्यकार, कलाकार, पत्रकार, मुक्तियोद्धा, मुक्तियोद्धाओं के घर के निर्दोष किरायेदार, रिश्तेदार यानी यातनागृह में पहुँचाए जानेवाले हर कैदी को लगभग ऐसी ही यातनाएँ दी जाती थीं।"

"रोज हमारे बीच से कुछ लोगों का नाम पुकारा जाता।" अब्बा ने उनकी बातों का सिरा पकड़ते हुए कहा। "बाहर जाने के बाद वे फिर वापस नहीं आते थे। पीछे की ओर बँधे हाथ वाले सदरघाट तथा सोयारी घाट में तैरती लाशें हमारी आँखों के सामने उभर आतीं। हममें से प्रायः सभी को आशंका होती कि अगले दिन उनकी लाशें भी उसी तरह से बूढ़ी गंगा में तैरती हुई पाई जाएँगी...। पुराने लोगों के चले जाने से यातनागृह ख़ाली नहीं होता था क्योंकि वहाँ रोज नए-नए लोगों को लाकर डाल दिया जाता था।"

"वाह ! याहिया सरकार का भी क्या कहना ! एक तरफ़ तो वह दफ्तर, कचहरी खुली रखकर कर्मचारियों से काम करवाकर यह जतला रही है कि ढाका में सबकुछ सामान्य है और दूसरी ओर लोगों को यातनागृह में ले जाकर उन पर अमानुषिक अत्याचार कर रही है। भगवान बचाए ऐसी सरकार से।" मैंने अत्यन्त घृणा-भरे स्वर में कहा।

"यह कोई नई बात नहीं है। क्रैकडाउन के बाद से ही अक्सर ढाका की सड़कों पर ऐसे फ़ौजी ट्रक नज़र आते थे जिन पर हाथ-पाँव बँधे कैदी लदे होते थे। कभी ये यातनागृहों की ओर ले जाए जाते नज़र आते तो कभी नदी की ओर।" सादात के अब्बू ने कहा।

"यदि ऐसा ही था तो उस समय आपलोग भागे क्यों नहीं ? क्यों अब तक ढाका में ही पड़े रहे ?" मेरे एक साथी ने पूछा।

"क्या करता बेटा ? ढाका के चारों ओर के बाहरी इलाकों से जिस प्रकार के नरसंहार

की ख़बरें आ रही थीं, उससे बाहर निकलने की हिम्मत नहीं हुई। क्रैकडाउन के समय हमारे मुहल्ले में नरसंहार नहीं हुआ था। इसलिए शुरू के कुछ दिनों तक चुपचाप हम घर में पड़े रहे। फिर अप्रैल के पहले हफ्ते में जिस दिन यहाँ से भागने का निर्णय लिया, उसी दिन पता चला कि जिंजिरा में, जहाँ से होकर हमें जाना था, आश्रय लिए ढाका के सैंकड़ों लोगों को गोलियों से भून डाला गया है। सिर्फ़ जिंजिरा ही नहीं, अलग-अलग इलाके से नरसंहारों की ख़बरें आ रही थीं। एक तरफ़ सरकार बसें चला रही थी, दूसरी तरफ़ बसों से उतारकर लोगों की हत्या की जा रही थी। नाव-स्टीमर से भागते लोगों को भी नहीं बख़्शा जा रहा था। पैदल यात्री भी महफ़ूज़ नहीं थे, ऐसे में कहाँ जाते हम ? हमने सोचा, अगर मरना ही है तो यहीं ढाका में मरेंगे। सड़कों, गलियों, नदी-नालों में भटकते हुए क्यों मरें ?" चाचाजान ने ढाका से न भागने की सारी स्थितियों को स्पष्ट कर दिया।

"क्रैकडाउन के बाद से इतने महीनों तक आप ढाका में रहे। कोई परेशानी नहीं हुई चाचा ?"

"परेशानी तो हुई बेटा। बहुत परेशानी हुई। कभी किसी रात सुनता, बिहारी रज़ाकार लोग इधर लूट-पाट, मार-पीट करने आ रहे हैं तो हम घर के कीमती सामानों के साथ भागकर किसी दूसरे मुहल्ले में अपने किसी परिचित के यहाँ चले जाते। दो-तीन दिन वहाँ रहकर फिर वापस लौटते। कभी दूसरे मुहल्ले के लोग हमारे मुहल्ले में आकर रहते।" अपनी परेशानियों से रूबरू कराते हुए उन्होंने एक घटना सुनाई, "एक दिन बाज़ार गया गोश्त खरीदने। पिछले पन्द्रह वर्षों से मैं कल्लूमियाँ की दुकान से गोश्त खरीदा करता था। उसे दुकान में न पाकर उसके बारे में पूछा। पता चला एक दिन पहले ही बिहारी रजाकारों का एक दल आकर उसी के गोश्त काटनेवाले चाकू से उसे ही ज़बह कर गए हैं।" घटना सचमुच मर्मांतक थी लेकिन चाचा की राय में उससे भी मर्मांतक था लोगों का धीरे-धीरे संवेदनहीन होते जाना। उन्हें दुख इस बात का था कि मात्र एक दिन पहले बाज़ार के इतने पुराने दुकानदार के कत्ल हो जाने के बाद भी बाज़ार में सब कुछ इतना सामान्य था मानो कहीं कुछ हुआ ही न हो। सिर्फ़ खून के कुछ धब्बे, जो पानी से धुलवाने के बाद भी मिटे नहीं थे, उनकी निशानी के रूप में रह गए थे।

"जब किसी घटना की पुनरावृत्ति होती रहती है तब धीरे-धीरे लोग उसके प्रति संवेदनहीन हो जाते हैं। चाहे वह हत्या जैसी मर्मांतक घटना ही क्यों न हो।" अब्बा की बातें सुनकर चाचू ने उसकी तहों में जाने की कोशिश की। अब्बा ने सिर हिलाकर चाचू की बात का समर्थन किया तथा एक और वाकया सुनाना आरम्भ किया; "मेरे एक दोस्त का साला अचानक 'साबार' से गायब हो गया। कई दिनों बाद उसकी लाश नदी में मिली। उसके शरीर पर कहीं भी जख़्म का कोई निशान नहीं था। बाद में पता चला कि चूँकि घायल पाक फ़ौजियों की चिकित्सा के लिए ब्लड बैंक में खून की भयंकर कमी है, कोई बंगाली उन्हें ख़ून नहीं देना चाहता, इसलिए अनेक बंगालियों को जबरन उठाकर विभिन्न गुप्त क्लिनिकों में ले जाया जाता है, सिरींज डालकर उनके शरीर से तब तक खून खींचा जाता है, जब तक कि वह मर न जाए। फिर उसकी लाश को नदी में फेंक दिया जाता है।"

"लेकिन इस बात का पता आप लोगों को कैसे चला ?" हमारे बीच से किसी ने पूछा तो अब्बू बोले, "एक बंगाली डॉक्टर ने, जिन्हें जबरदस्ती खून खिंचवाने के लिए उठाकर ले जाया गया था, किसी तरह से उनके चंगुल से निकल आने के बाद इस बात को सार्वजनिक

किया था। मगर इस घटना के दो दिनों बाद वे फिर से लापता हो गए। आज तक उनकी बीवी, उनके बच्चे उन्हें ढूँढ़ते फिर रहे हैं।"

"कर्फ्यू, गोली, बम और आततायियों के बीच पिछले कुछ महीनों से इसी तरह से जान हथेली पर लेकर जी रहे हैं हम।" सादात की अम्मी ने थकी-थकी आवाज़ में अपने पति की बातों को समेटते हुए कहा, "शुरू-शुरू में तो दहशत से नींद नहीं आती थी। नींद की गोली खाकर सोना पड़ता था हमें। अब आदत पड़ गई है।"

नहाते-खाते, सादात के अब्बू और चाचू की बातें सुनते-सुनते शाम हो गई थी। रात कोई न कोई ऑपरेशन करना था। मगर ऑपरेशन से पहले ऐसे किसी नए ठिकाने की तलाश करनी थी जहाँ ऑपरेशन के बाद जाकर छिपा जा सके।

ढाका में किलबिलाते-बिच्छू

नए ठिकाने की तलाश में हमें भटकना नहीं पड़ा क्योंकि हमारे दल के वाहिद ने ही हमें अपने घर आने का निमन्त्रण दे डाला था। बाहर एक दुकान से अपने घर पर फोन करके उसने अपने अब्बू को इत्तला दे दी थी। बिना देर किए उसके इंजीनियर अब्बू अपनी गाड़ी लेकर सादात के घर पहुँच गए थे।

सादात के घर की पानी की टंकी से अस्त्रों वाले भारी बोरे को निकालकर गाड़ी में सीट के नीचे रख दिया गया। कैम्प से लाए छोटे अस्त्र, गोला-बारूद तथा अपने सामान समेटकर हम गाड़ी में जा बैठे। जाने से पहले सादात की अम्मी, अब्बू तथा चाचू ने हमें भावभीनी विदाई दी, जी भरकर आशीर्वाद दिया और हमारी सफलता की कामना की।

वाहिद के अब्बू हमसे बातें करते-करते इस गली, उस गली से होते हुए गाड़ी चलाने लगे। स्वाभाविक रूप से हम युद्ध के बारे में ही बातें कर रहे थे। वाहिद के अब्बू हमें शाबाशी देते हुए कह रहे थे, "मानना पड़ेगा हमारी मातृभूमि के जवानों के हौसले को। विदेशी सहायता, विशाल सैन्य बल और रजाकार, अलबदर जैसी कई सहायक वाहिनियों को साथ लेकर भी, अपनी पूरी ताकत लगाकर भी पाक सरकार हमारे मुक्तियोद्धाओं से निपट नहीं पा रही है।"

"यह सच है चाचा जान कि हम पाक सरकार के गले में काँटे की तरह अटके हुए हैं, मगर हमारी सफलता का एक बड़ा कारण ई.पी.आर. और ई. बी.आर. के भूतपूर्व सैनिकों का हमारा पथ प्रदर्शक होना है।" सादात ने तर्क दिया।

"वह कैसे ?" वाहिद के अब्बू ने जानना चाहा।

"देखिए चाचा जान ! वे सैनिक इतने वर्षों तक पाक फ़ौजियों के साथ रहे हैं, उनके बीच रहकर उन सैनिकों ने प्रशिक्षण प्राप्त किया है, इसलिए वे पाक फ़ौजियों के मिजाज से पूरी तरह वाकिफ़ हैं। और इसी का लाभ हमें मिल रहा है। वरना इस तरह की लड़ाइयों में दुश्मनों का चरित्र जानने में, उनकी चाल समझने में भी वर्षों लग जाते हैं।" सादात ने बड़े ही बुद्धिमतापूर्वक इस तथ्य का विश्लेषण किया था। गाड़ी में उपस्थित हम सभी ने उसकी बातों का समर्थन किया। हमारी बातचीत चल ही रही थी कि अचानक एक बड़े से मकान के सामने एक फ़ौजी जीप को खड़ा देख निसार फुसफुसा उठा "अरे देख ! देख !

सेना की जीप ! ज़रूर खान फ़ौजी इस मकान के अन्दर गए होंगे।"

"लगता तो ऐसा ही है। अन्दर गए होंगे तो ये बाहर निकलेंगे ही। और बाहर निकलकर ये जैसे ही जीप में बैठेंगे, बम मारकर जीप सहित हम इन्हें उड़ा देंगे।" मेरे किसी साथी ने कहा। और फिर "आइडिया बुरा नहीं" कहकर लगभग सबने एक स्वर में सहमति जताई।

"आज की रात ऑपरेशन करना ज़रूरी है क्या ?" चाचा जान शायद हमारे इस निर्णय से खुश नहीं हुए थे।

"दरअसल हम समय बर्बाद नहीं कर सकते। हमारे यहाँ आए हरेक दल के प्रति हमारे कैम्प कमांडर का निर्देश है, 'अधिक से अधिक वारदातें करो ताकि शत्रुओं को लगे कि राजधानी ढाका में हज़ारों बिच्छू किलबिला रहे हैं।' "

चाचाजान ने बात नहीं बढ़ाई। बोले, "गाड़ी रोक दूँ ?"

"नहीं। अभी नहीं। पहले अगले मोड़ से गाड़ी को घुमाकर एक बार फिर उस इमारत के सामने से गुजरिए। सही जगह देखकर हम आपको गाड़ी रोकने के लिए कहेंगे।"

चाचा जान ने गाड़ी घुमा ली। धीमी गति से चलती गाड़ी के अन्दर से हमने अच्छी तरह से उस इमारत तथा उसके आस-पास के स्थानों का मुआयना किया।

जिस इमारत के सामने सेना की जीप रुकी हुई थी, वह शायद किसी बड़े सैन्य अधिकारी की थी। गेट पर पहरे पर तैनात सेना के जवान और इमारत का फ़ौजी तामझाम इस बात की पुष्टि कर रहे थे।

इमारत के ठीक सामने चौड़ी सड़क के उस पार एक गली थी। गली के दोनों ओर बड़े-बड़े पेड़ थे और पेड़ों के पीछे-पीछे छोटे-बड़े मकान। जीप पर बम फेंकने के लिए वह गली आदर्श स्थान हो सकती थी। इसलिए विचार-विमर्श करके हमने उसी गली से ऑपरेशन करने का निर्णय लिया।

सौभाग्य से उस गली में लगे स्ट्रीट लैम्प टूटे हुए थे। इसलिए अँधेरा कुछ ज़्यादा ही गहरा था। इमारत की सामनेवाली करीब बीस फीट चौड़ी सड़क से गाड़ियों की आवाज़ाही जारी थी। गली से भी लोग आ-जा रहे थे। कुछ रिक्शे, कुछ साइकिलें, एक-आध दोचक्का गाड़ियाँ गुज़र रहीं थीं।

सब कुछ देख लेने के बाद आगे की एक गली में गाड़ी घुसाकर पीछे के रास्ते से होते हुए हम उस गली में पहुँचे, जहाँ से हमें ऑपरेशन करना था। अँधेरे में एक बड़े पेड़ के पीछे गाड़ी रोककर, गाड़ी का हेड-लाइट बुझाकर कुछ देर तक हम चुपचाप बैठे-बैठे दूर से ही उस इमारत का जायजा लेते रहे। हाथ में राइफल और स्टेनगन लिए फाटक पर खड़े पहरेदार सैनिक आपस में बातें कर रहे थे। हमने भी ऑपरेशन प्लान के बारे में अच्छी तरह से ब्रीफिंग ले ली थी। इस बीच निसार नीचे उतरकर थोड़ा-सा कीचड़ लेकर गाड़ी के नम्बर प्लेट को पोत आया था। कुछ देर तक प्रतीक्षा करने के बाद ही इमारत से चार-पाँच फ़ौजी अफ़सर बाहर निकलते हुए नज़र आए। पहले से ही हैंड ग्रेनेड लेकर तैयार हम पाँच यानी मैं, निसार, वाहिद, शमीम और प्रोदीप गली के मुहाने की ओर दौड़ पड़े। हाथ में स्टेनगन लेकर सादात और आलम हम सबके पीछे-पीछे आ रहे थे। ताकि किसी तरह के खतरे से वे हमारी रक्षा कर सकें।

जाहिर था हमें अचानक इस तरह से गोला-बारूद लेकर दौड़ते देख गली से गुज़रते लोग हक्का-बक्का रह गए थे। बिना दाएँ-बाएँ देखे हम दौड़े जा रहे थे। गली के मुहाने तक हमारे

पहुँचते-पहुँचते वे फ़ौजी एक-एक करके जीप में चढ़ने लगे थे। उन पर सबसे पहला बम निसार ने फेंका। फिर मैं, वाहिद, प्रोदीप और शमीम ने। फाटक पर उपस्थित पहरेदारों और जीप पर चढ़ते सैनिकों पर धमाधम अपने-अपने ग्रेनेड फेंककर हवा के वेग से हम वापस गाड़ी की ओर दौड़ पड़े थे।

तय कार्यक्रम के मुताबिक चाचा जी ने गाड़ी घुमाकर इंजन स्टार्ट कर रखा था। एक-एक कर हम सभी गाड़ी में जा बैठे और उन्होंने गाड़ी दौड़ा दी। गली के पीछे की ओर से निकलने के कई रास्ते थे। उन्होंने सबसे अँधेरे रास्ते को चुना और इधर-उधर से घुमा-घुमाकर सीधे अपने घर के गैराज में ले जाकर गाड़ी घुसा दी।

वह रात हमने उसी घर में बिताई। एक बात पर मैंने हमेशा गौर किया है कि हम गुरिल्ले चाहे कितने भी कठोर क्यों न हो गए हों, वारदात के बाद मृत तथा घायल दुश्मनों के लिए मन में कहीं टीस-सी ज़रूर उठती है। और इनसानियत की यह टीस हमें चैन की नींद नहीं सोने देती। रात-भर छटपटाहट बनी रहती है। उस रात भी ऐसा ही हुआ। सुबह होते ही आलम ने रायेर बाज़ार के अपने घर पर जाने की इच्छा व्यक्त की। हो सकता है वहाँ उसके घरवालों के बारे में कुछ पता चले। उसकी भावनाओं की कद्र करते हुए मैंने उसके साथ चलने का निर्णय लिया और हम दोनों एक बस पकड़कर रायेर बाज़ार के लिए निकल पड़े। यह देख हम हैरान रह गए कि परिचित सड़कों और गलियों को बस का खलासी अलग नामों से पुकार रहा है।

"आप लोग इतने चकित क्यों हो रहे हैं ? क्या आप लोगों को मालूम नहीं कि ढाका के करीब डेढ़-दो सौ सड़कों तथा गलियों का नाम बदल दिया गया है ?" हमें चकित होते और आपस में इस बारे में बातें करते देख एक सहयात्री ने बताया, "नवीन चाँद गोस्वामी रोड को बख्तियार खिलजी रोड नाम दे दिया गया है। शशिभूषण चटर्जी लेन को सैयद सलीम स्ट्रीट कहा जा रहा है। शाँखारी बाज़ार गुलबदन स्ट्रीट बन गया है और कालीचरण साहा रोड हो गया है गाजी सलाऊद्दीन रोड।"

सड़क पर जगह-जगह मुँड़ाए हुए सिर पर लाल फीता बाँधकर घूमते लोगों को देख आश्चर्य हुआ। बग़ल की सीट पर बैठे यात्री से उनके बारे में पूछा तो उसने गौर से हमें देखते हुए कहा, "सचमुच नए लगते हैं। शायद आप लोगों को मालूम नहीं कि सर मुंडाकर लाल फीता बाँधनेवाले लोगों को खान सिपाही पकड़ते नहीं। लम्बे बालवालों को मुक्तियोद्धा होने के सन्देह में पकड़ लेते हैं।"

"यानी सर मुँड़ाने का मतलब है, पाक सरकार के प्रति समर्थन दिखाना ?" मैंने व्यंग्य से पूछा।

"ऐसा ही समझिए।"

"तो फिर हमारे ये लम्बे-लम्बे बाल हमें किसी भी वक़्त पकड़वा सकते हैं ?"

"अवश्य। फ़ौजियों की नज़र आप लोगों पर पड़ते ही वे आप लोगों से पूछताछ करेंगे। हो सकता है पकड़कर ले जाए। कुछ कहा नहीं जा सकता। इसलिए जरा सावधान ही रहिएगा।"

"अच्छा दादा ! ये जो सड़क पर गीली राख के रंग का सलवार-कमीज़ पहने सैनिक नज़र आ रहे हैं, ये कैसे सैनिक हैं ? इनकी पोशाकें अलग-सी क्यों हैं ?" आलम ने, जो अब तक खिड़की से बाहर के दृश्यों को ध्यान से देखे जा रहा था, जानना चाहा।

"इन्हें 'मिलिशिया' कहते हैं। पश्चिमी पाकिस्तान से इन्हें लाया गया है। मुक्तियों से निपटने।" कहकर उस अधेड़ यात्री ने अपनी आवाज़ को भरसक आहिस्ता करके पूछा, "कहीं आप लोग 'मुक्ति' तो नहीं ?"

बिना कोई जवाब दिए मैंने भेदभरी निगाहों से उन्हें देखा और धीरे से मुस्करा दिया।

पता नहीं वे क्या समझे, आगे बिना कोई सवाल किए अपने बैग से अखबार निकालकर पढ़ने लगे। उनके खुले हुए अखबार पर छपी कुछ पंक्तियों पर नज़र पड़ी। लिखा था, "सरकार देशद्रोहियों से सख्ती से निपट रही है। सरकार का दावा है कि वह जल्द से जल्द देश को भारत के दलालों से मुक्त करा लेगी। अमनपसन्द देशप्रेमी नागरिकों से अपील है कि वे देशद्रोहियों को पकड़वाने में सरकार की मदद करें। अपने पास-पड़ोस के लोगों पर नज़र रखें। देशद्रोहियों को पनाह देनेवाले पड़ोसियों के बारे में निम्न पतों पर सूचना दें..."

"अवश्य ही किसी पड़ोसी से गुप्त सूचना पाकर सादात के घर पर भी फ़ौजियों ने छापा मारा था।"

"वहाँ से भागकर हम वाहिद के घर पर आ तो गए हैं लेकिन क्या उसका घर महफ़ूज़ है ?"

"वाहिद का घर ही क्यों ? हम मुक्तियोद्धाओं के लिए इस शहर में कोई भी स्थान महफ़ूज़ नहीं। फिर भी हमें रहना है। यहाँ रहकर ही दुश्मनों से लड़ना है।" हम दोनों दबी जबान में यही सब बातें करते-करते अपना सफ़र तय करते रहे।

❒ ❒ ❒

रायेर बाज़ार के पास पहुँचकर आलम के घर की गली में घुसकर पता चला, अधिकांश जले-अधजले मकानों में बिहारी मुसलमान रह रहे हैं। कोई ऐसा पुराना परिवार नहीं मिला जिनसे आलम के परिवारवालों के बारे में कोई सूचना मिल पाती। आलम के घर पर भी उन्हीं लोगों ने कब्जा कर रखा था। पूछने पर बताया, प्रशासन द्वारा ही परित्यक्त मकानों को इनके बीच बाँट दिया गया है। वर्षों पहले भारत से आए ये बिहारी मुसलमान, जिनकी स्थिति यहाँ के बंगाली मुसलमानों से काफी खराब थी, इन दिनों पाक सरकार के प्रिय पात्र बन गए हैं। इन्हीं लोगों की मदद से सरकार बन्द पड़े कल-कारखानों को चला रही है। इन्हें रजाकार बनाकर इनकी सहायता से पाक सरकार मुक्तिवाहिनी से निपट रही है। यही कारण है कि ढाका छोड़कर भाग गए लोगों के घरों को चिह्नित कर-करके इन लोगों के बीच बाँटा जा रहा है।

अपने घर पर ऐसे ही एक परिवार को रहते देख आलम का खून खौल उठा। "इन लोगों ने हमें अपने घर के अन्दर घुसने तक नहीं दिया। इन्हें भून डालूँ ?" आलम ने अपनी कमर में रखे पिस्तौल को टटोलते हुए कहा।

"नहीं नहीं। छोड़ दो। देखते नहीं इस गली में चारों ओर इनके अपने लोग हैं। हमें घेर लेंगे। जल्दी से यहाँ से चले चलो। इन्हें मारकर कोई लाभ नहीं होगा। अब तुम्हारा मकान वापस मिलने से रहा। जब प्रशासन इन्हें समर्थन दे रहा है तो तुम कुछ नहीं कर पाओगे।"

"कैसे नहीं कर पाएँगे ? सरकार इन लोगों की सहायता से जो कल-कारखाने चला रही है, उन्हें ही उड़ा देंगे।" आलम क्रोधित होकर बोला।

"वो तो हमारे गुरिल्ला साथी उड़ा ही रहे हैं।" मैंने हँसकर कहा।

"हम भी उड़ाएँगे। मुझे अपने हाथों से इन्हें मजा चखाना है। जंगल राज है क्या ? किसी का भी सामान लूट लो। किसी के भी घर पर कब्ज़ा कर लो।" कहते-कहते आलम की आँखें छलछला आई थीं। जाहिर है, अपना घर-परिवार खोने का घाव यहाँ आकर फिर से हरा हो गया था। उस गली में ठहरना खतरे से ख़ाली नहीं था। इसलिए मैं उसे लेकर जल्दी-जल्दी वहाँ से निकल आया।

वापस वाहिद के घर तक लौटने के लिए फिर से एक बस पर सवार होना पड़ा। इस बार हमारी सामनेवाली सीट पर पचास-पचपन की उम्र के जो व्यक्ति बैठे हुए थे; बातचीत, पहनावा-ओढ़ावा से एक निम्नवर्गीय परिवार के लग रहे थे। अपने सहयात्रियों से बतियाते उस व्यक्ति की बातें इतनी रोमांचक थीं कि हमारे कान आस-पास की सारी आवाज़ों को दरकिनार करके उन्हीं की बातों में लगे हुए थे।

पता चला वह व्यक्ति एक सरकारी सफाई कर्मचारी है। उसने क्रैकडाउन के बाद के दिनों में ठेला गाड़ी में ठूँसकर शहर में इधर-उधर बिखरी हज़ारों लाशों को ठिकाने लगाया था। नया बाज़ार, जज कोर्ट, बनग्राम रोड, ताहेर बाग, बसस्टैंड, पैगोज़ हाईस्कूल, मिशनरी ऑफिस, टीपू सुल्तान रोड, स्टेट बैंक बिल्डिंग, गुलिस्तान, विश्वविद्यालय परिसर जैसे विभिन्न ऐसे इलाकों का वह नाम गिना रहा था, जहाँ से उसने और उसके सहकर्मियों ने लाशें उठाई थीं।

उसकी बातें सुनकर आलम बेचैन हो रहा था, क्या इस व्यक्ति ने रायेर बाज़ार से उसके परिवारवालों की लाशें भी उठाई थीं? डरते-डरते उसने डर के उस बिन्दु को छुआ। वह सफाई कर्मचारी जैसे कोई ज्योतिषी हो जिससे वह अपने परिवार का भाग्य पूछ रहा हो। उसने उसे निराश किया, "कह नहीं सकता बाबू।"

हमारी तरह हमारे आस-पास बैठे और खड़े यात्री भी उस व्यक्ति की बातों में रुचि लेने लगे थे। सबको ध्यान से उसकी बातें सुनते देख वह व्यक्ति पहले से ज़्यादा उत्साह से आँखों देखे लोमहर्षक दृश्यों का वर्णन करने लगा था। वह कह रहा था कि अक्सर उसे लड़कियों की लाशों को ठिकाने लगाने के लिए फ़ौजी कैन्टोन्मेंट में भी जाना पड़ता था। फ़ौजी ट्रकों में लादकर जब-जब कैन्टोन्मेंट में बंगाली लड़कियों को लाया जाता, फ़ौजियों में छीना झपटी मच जाती थी। अपनी-अपनी पसन्द की लड़कियों को ट्रक से ही खींच-खींच कर फ़ौजी उतार लेते और सबके सामने ही उनके कपड़े फाड़ डालते। फिर कोई किसी लड़की को लेकर किसी पेड़ के पीछे चला जाता तो कोई किसी को लेकर दीवार की ओट में। उन नर पशुओं के अट्टहास में मासूम लड़कियों और गृहवधुओं की भयार्त्त चीख़ें दबकर रह जातीं। मन भरकर व्यभिचार करने के बाद लड़कियों को एक बड़े से कमरे में बन्द करके रख दिया जाता था। अपनी-अपनी साड़ियों से, दुपट्टों से, अन्य कपड़ों से कहीं वे आत्महत्या न कर लें, इस डर से उन्हें पूरी तरह से नंगा करके रखा जाता था। कभी-कभी तो उन्हें पंक्तियों में खड़ा करके उन्ही के लम्बे बालों से ऊपर लगे लोहे की छड़ के साथ कसकर बाँध दिया जाता था। उनके हाथ रस्सी से बँधे होते थे इसलिए वे अपने बालों को छुड़ा नहीं पाती थीं।

रात होने पर उन्हें खोल दिया जाता था और वहाँ उपस्थित फ़ौजी उन्हें लेकर महोत्सव मनाने में व्यस्त हो जाते थे। जैसे-जैसे नई लड़कियों को लाया जाता, पुरानी लड़कियों की हत्या करके उन्हें सड़क के मैन होल में फेंक दिया जाता था। उनकी हत्या करने का ढंग भी दिल दहला देनेवाला होता। अधिकतर लड़कियों के स्तन काटकर, गुप्तांग में संगीन घुसाकर मारा जाता था। किसी-किसी को तो अर्द्धमृत अवस्था में ही मैनहोल में डाल दिया जाता था।

जब लाशों की संख्या अधिक होती तो उन्हें ढोकर नदी तक ले जाना पड़ता। लड़कियाँ तो लड़कियाँ, कम उम्र के किशोरों को भी वहाँ पकड़कर लाया जाता और उनके साथ इतनी बेरहमी से अप्राकृतिक यौनाचार किया जाता कि उनकी जान ही चली जाती।...”

उस व्यक्ति की बातें सुनकर तन-मन में आग लग गई थी। आलम आवेश में बोल उठा; “जब तक हम गिन-गिनकर पाक फ़ौजियों की इन करतूतों का प्रतिशोध नहीं ले लेंगे, तब तक हमें बंग-सन्तान कहलाने का कोई हक नहीं।”

हमारे आस-पास उपस्थित अनेक यात्रियों ने उसकी बातों का समर्थन किया। और फिर आपस में बातें करते-करते रास्ता कट गया।

❒ ❒ ❒

हमें सकुशल घर वापस लौटते देख वाहिद और अन्य लोग खुश हुए। वे लोग नहा-धोकर हमारी ही प्रतीक्षा कर रहे थे। वाहिद की अम्मी ने बड़े प्यार से पुलाव, कोर्मा आदि पकाया था। हमें देखते ही बोली, “जाओ बेटा ! तुम लोग जल्दी से जाकर नहा लो। मैं खाना परोस रही हूँ। जानती हूँ तुममें से कई लोगों को महीनों से अपनी माँ-बहन-बीवी के हाथ का पका खाना मयस्सर न हुआ होगा। मुझे अपना ही समझना बेटा। जी भरकर मेरे हाथ का पका भोजन करना। शर्माना मत !”

चाची जान की बातें सुनकर दूसरों के साथ-साथ मेरी भी आँखें भर आईं। मैं भरसक अपने आँसुओं को छिपाते हुए गमछा लेकर गुसलखाने की तरफ़ बढ़ गया।

उस रात हमने फ़ौजी वाहन गुज़रनेवाले रास्ते पर मिनी माइन लगा रखा था। छोटे बाम (दर्द निवारक मरहम) के डिब्बे से थोड़े बड़े दिखनेवाले इन मिनी माइनों को आसानी से पैन्ट की जेब में डालकर हम सड़क तक ले गए थे। एक फ़ौजी वाहन जैसे ही माइन पर से गुज़रा, विकट आवाज़ के साथ वाहन के चक्के फट गए और वाहन उलट गया। इस मौके का फायदा उठाकर पास के पेड़ों के पीछे पहले से छिपे बैठे हम योद्धाओं ने ग्रेनेड फेंककर गाड़ी में मौजूद फ़ौजियों को मार डाला।

लगातार कई दिनों तक हम गुलिस्तान, आसाद गेट, नवाबपुर जैसे ढाका शहर के विभिन्न इलाकों में ऐसी छोटी-मोटी वारदातें करते रहे। वाहनों के चिथड़े उड़ाने के अलावा हमने कई सरकारी भवनों में भी छोटे-मोटे विस्फोट किए। एक पावर स्टेशन का ट्रांस्फॉर्मर उड़ाया। पैसे के लिए एक बैंक को भी लूटा। परिस्थितियों ने मुझे भी लुटेरा बना दिया था। हालाँकि बैंक लूट के अधिकतर पैसे हमने मैलाघर कैम्प भेज दिया।

भारत सरकार ने कुछ दिनों से सेक्टर टू को मदद पहुँचाना बन्द कर दिया था। उनकी धारणा थी कि इस सेक्टर से नक्सलियों की भी मदद की जा रही है। यह रेड सेक्टर है।

मैलाघर कैम्प के साथ चाहे भारतवर्ष की ओर से जैसा भी बर्ताव क्यों न किया जा रहा हो, मगर सन्तोष की बात तो यह थी कि हमारे मुक्तियुद्ध को समर्थन दिलवाने और हमारी सहायता के लिए आगे आने का आह्वान करते हुए भारत की प्रधानमन्त्री श्रीमती इंदिरा गांधी ने अक्तूबर महीने के अन्तिम सप्ताह से लगातार तीन हफ्ते तक विश्व भ्रमण किया था। अमेरिका, फ्रांस, पश्चिम जर्मनी, ब्रिटेन, बेल्जियम तथा ऑस्ट्रेलिया जैसे देशों में जाकर उन्होंने हमारे मुक्तियुद्ध के पक्ष में विश्व जनमत गठन करने में काफी हद तक सफलता पाई थी।

9 अगस्त को हुए भारत-सोवियत मैत्री तथा सहयोगिता चुक्ति (करार) और इंदिरा गांधी द्वारा हमारे पक्ष में विश्व-जनमत बनाने की कोशिश ने हमारे हौसले बुलन्द कर दिए थे। हमें यकीन था कि अब बहुत जल्द ही हमारी जीत होगी। और हम पूरे उत्साह से पाक सरकार को उखाड़ फेंकने के लिए एक के बाद एक वारदात किए जा रहे थे।

आलम को हमारी इन गतिविधियों से सन्तोष नहीं हो रहा था। वह उन बिहारी रजाकारों को सबक सिखाना चाहता था जो बंकर बनाकर पाक सैनिकों के साथ नदी किनारे बने जूट मिलों के पहरे पर लगे हुए थे।

❐ ❐ ❐

एक रात एक नाव का जुगाड़ करके हम उन रज़ाकारों को सबक सिखाने निकले। हमारे साथ राइफल, एल.एम.जी. तथा मोर्टार थे। बड़ी सावधानी से पोज़िशन लेकर हमने दुश्मनों पर बम-बारी एवं गोलाबारी की। फिर दुश्मनों द्वारा चलाई जा रही अन्धाधुन्ध गोलियों से बचते-बचाते हुए भागे। हमारी गोलाबारी से कोई दुश्मन हताहत हुआ या नहीं, यह पता न चल पाया। आलम फिर भी सन्तुष्ट था। बोला, "कोई बेटा मरे या न मरे, डर तो अवश्य गए होंगे। इसी तरह से डराते-धमकाते हुए एक न एक दिन हम उन सभी को यहाँ से भगाकर छोड़ेंगे। बड़े आए हैं हमारे जूट के पैसों से ऐश करने।"

"समझ में नहीं आता, ये बिहारी मुसलमान इस तरह से खान सैनिकों का साथ क्यों दे रहे हैं ?"

"क्यों न दे भला ! उर्दू भाषा इन्हें पश्चिमी पाकिस्तान से जोड़ती है, संस्कृति जोड़ती है, दूसरे..."

"रुको, रुको। क्या इनकी उर्दू और उनकी उर्दू, इनकी संस्कृति और उनकी संस्कृति हू-ब-हू एक हैं ?" आलम ने बीच में ही हस्तक्षेप किया।

"सो तो नहीं है मगर वो क्या है न, दूर के ढोल सुहावने... !"

"खैर, दूसरा कारण... ?"

"दूसरा यह कि इनके दिमाग में पाक सरकार ने यह बात बैठा दी है कि यहाँ बंगालियों की संख्या जितनी कम होती जाएगी, अबंगालियों का आधिपत्य उतना ही बढ़ता जाएगा।"

"और वे उनके झाँसे में आ गए ? यदि सचमुच पाक सरकार उनका भला चाहती तो क्या पाकिस्तान बनने के इतने वर्षों बाद भी वे मुहाजिर ही रह जाते ? 1947 ई. के विभाजन के समय बिहार और पूर्वी उत्तर प्रदेश के बिहार की सीमा से लगे जिलों से भागकर ये यहाँ आए थे। इतने वर्षों में भी अपने विभाजित व्यक्तित्व के चलते न तो ये उन्नति कर पाए, न हम बंगालियों से एकात्म ही स्थापित कर पाए। अब पाकिस्तानियों के साथ मिलकर बंगालियों को ही मार भगाने पर तुल गए हैं। असह्य ! असह्य है यह सब ! हमें इसका प्रतिकार करना ही होगा।"

घर पहुँचकर हम देर तक इसी मुद्दे पर बातचीत करते रहे थे।

❐ ❐ ❐

वारदातों के दौरान सुरक्षा कारणों से हमें कई अलग-अलग इलाकों में अलग-अलग ठिकानों पर ठहरना पड़ रहा था। ईद के ठीक एक दिन पहले हम फिर से वाहिद के घर पर आ गए

थे। चाची जान ने काफी पहले से ही हमें ईद के दिन अपने घर पर रहने का अनुरोध कर रखा था, "मैं तुम लोगों के लिए सेवई, जर्दा, कोफ्ता, कोर्मा, पुलाव जो कहोगे वही बनाकर रखूँगी। तुम लोग आना ज़रूर बेटा।"

ईद मनाने की मनःस्थिति हममें से किसी की नहीं थी। हालाँकि हमारे सभी मुसलमान साथी पिछले एक महीने से रोज़ा रख रहे थे। इस अनिश्चित योद्धा-जीवन में रोजा रखना सचमुच अत्यन्त कठिन काम था। तुर्रा यह कि याहिया और उनके पश्चिमी पाकिस्तानी मातहत इन्हें मुसलमान मानते ही नहीं।

जिन्ना एवेन्यू, न्यू मार्केट, बायतुल मुकर्रम जैसे शहर के विभिन्न इलाकों के बाज़ारों में ईद की खरीदारी करते पाक समर्थकों की भीड़ थी। बाज़ार में जरी-चमकी लगी टोपी, दुपट्टे, कुर्ते आदि अधिकतर ऐसी चीज़ें ही बिक रही थी जिनके खरीदार गैर बंगाली मुसलमान थे। एक तरफ़ मुक्तियोद्धाओं की ओर से साइक्लोस्टाइल किए हुए हैंड बिल बाँटे जा रहे थे, "इस दुर्दिन में कोई ईद की खरीदारी न करे। खुशियाँ न मनाएँ।" दूसरी तरफ़ पाक सरकार की ओर से यह प्रचार करवाया जा रहा था कि ईद खुशी का त्योहार है। इस मौके पर जी भरकर खुशियाँ मनाई जाएँ। तरह-तरह के पकवान पकाए जाएँ, नए कपड़े, जूते आदि की खरीदारी की जाए।

इस प्रकार ईद को मनाने या न मनाने को लेकर भी शहर में खींचातानी चल रही थी। ईद के दिन चाची जान अपने वादे के मुताबिक हमारे लिए स्वादिष्ट पकवान पकाने में लगी हुई थीं और हम ऊपर के कमरे में बैठकर वारदात का प्लान बना रहे थे।

तय हुआ, घर से करीब तीन किलामीटर दूर स्थित एक पश्चिमी पाकिस्तानी मुसलमान के पेट्रोल पम्प में बम विस्फोट किया जाएगा। इस विस्फोट का मकसद पाक सरकार को यह जतलाना होगा कि जिन्होंने हमारी ही धरती पर हमारी खुशी छीन ली है, उन्हें हम इस धरती पर खुशी नहीं मनाने देंगे।

रात करीब नौ बजे हम तैयार होकर नीचे उतर आए। ईद के दिन भी इस तरह से वारदात के लिए जाते देख चाची जान ने हमारा रास्ता रोक लिया, "आज न जाओ बेटा ! आज ईद के इस पाक दिन में इंसानी खून से अपना हाथ न रँगो।"

"अल्लाह जिस दिन हमें आज़ादी का मुँह दिखाएँगे, उसी दिन हम ईद मनाएँगे अम्मी। आज का दिन हमारे लिए कोई पाक दिन नहीं, सिर्फ़ एक ग्रहण लगी हुई तारीख है।" कहकर वाहिद ने दीवार पर टँगे कैलेंडर में नवम्बरवाले पृष्ठ पर छपे 'बीस' अंक को काले पेन से रँग डाला। "अब हमें जल्द से जल्द इस कालिख को मिटाना है। ग्रहण को दूर करना है। सामने से हट जाओ अम्मी। हमारा रास्ता मत रोको।" वाहिद ने अपनी अम्मी को समझाते हुए कहा, "घर बैठे स्वाधीनता नहीं मिलेगी हमें।"

"वो तो मैं जानती हूँ बेटा। लेकिन आज के दिन न जाते तो..."

"हम बस यूँ गए और यूँ आए। आप बिलकुल फ्रिक न कीजिए चाची जान।" मैंने उन्हें सांत्वना दी।

"हाँ, तुम हमारे लिए खाना परोसकर रखना, हम आकर खाएँगे।"

वाहिद बाहर की ओर जाते-जाते बोला।

"खाना खाकर ही जाते बेटा। न जाने लौटने में कितनी रात हो जाए !" चाची जान ने हमारी इच्छा के आगे घुटने टेकते हुए कहा।

"तूने इतने स्वादिष्ट पकवान बनाए हैं, जल्दबाजी में खाएँगे तो मज़ा नहीं आएगा। घर लौटकर पेट भर खाएँगे हम और फिर आराम से सो जाएँगे। अभी खाकर निकलेंगे तो वारदात करके दौड़ेंगे-भागेंगे कैसे ?" कहते-कहते वाहिद हम सबको लेकर निकल गया।

❒ ❒ ❒

रात करीब ग्यारह बजे वारदात करके हम घर लौट आए। वाहिद के अब्बू-अम्मी बेसब्री से हमारा इन्तज़ार कर रहे थे। हमें सकुशल वापस आते देख उन लोगों ने निश्चिन्तता की साँस ली। अच्छी तरह से घर के दरवाज़े-खिड़कियाँ बन्द करके वे हमारे पास आ बैठे। विस्तार में वारदात के बारे में सुनने के बाद वे बार-बार हमसे सवाल करते रहे, "किसी ने तुम लोगों को पहचाना तो नहीं ? किसी ने तुमलोगों का पीछा तो नहीं किया ? इस घर में घुसते हुए किसी ने देखा तो नहीं ?"

"लगता तो नहीं। रास्ते में किसी पेट्रोलिंग गाड़ी से सामना नहीं हुआ। लगता है, सारे खान सिपाही ईद की खुशी मनाने में व्यस्त हैं। हमने तसल्ली दी।"

"सुना है, सादी पोशाक में भी खान सिपाही सड़कों पर घूमते हैं आजकल। मुझे तो डर लग रहा है। ना जाने हमारे नसीब में क्या है ?" खाना परोसते-परोसते चाची जान ने आशंका व्यक्त की थीं।

आशंकित तो हम सभी थे, लेकिन करने को कुछ नहीं था। इसलिए केवल लज़ीज भोजन की ओर हमने अपना ध्यान केन्द्रित कर दिया।

हमने एक-आध कौर ही मुँह में डाला होगा कि भारी वाहनों के मुहल्ले में प्रवेश करने की आवाज़ें आईं। हम दम साधे उन आवाज़ों का जायजा लेते रहे। कुछ ही मिनटों में वे आवाज़ें हमारे घर के करीब आ पहुँचीं। फिर वाहनों के रुकने की आवाज़ें आईं और इसके साथ ही कई ह्विसल बज उठे। अपनी-अपनी थाली छोड़कर तड़ाक-फड़ाक हम सब उठ खड़े हुए।

"सर्वनाश !" भय से पीले पड़ गए दोनों गालों को हथेली से ढाँकते हुए चाची जान चीख़ उठीं, "वे लोग आ गए। अब क्या होगा ?"

एक दूसरे को भयभीत और सवालिया नज़रों से देखते हुए हम सब कुछ पलों तक बुत बने खड़े रहे। इधर वाहनों से उछल-उछलकर नीचे उतरनेवाली असंख्य भारी बूटों की आवाज़ें हमारी चेतना को रौंदते हुए बड़ी तेज़ी से करीब आ रही थीं।

"छत पर जाकर पाइप के सहारे पीछे की गली में उतरकर भाग जाओ तुम लोग। जल्दी करो !" वाहिद को झकझोरते हुए उसके अब्बू बोले। हमें मानो होश आया। बिना वक़्त गवाएँ हम सीधे सीढ़ियों की ओर लपके। ऊपर पहुँचकर वाहिद ने हमें रुकने का इशारा किया और एक टेबुल पर चढ़कर झरोखे से पीछे की गली में झाँका। "ओह ! उन्होंने घर को चारों ओर से घेर लिया। भागने का कोई रास्ता नहीं। अब क्या करें ?" उसने डूबती-सी आवाज़ में कहा।

"चलो, अपने-अपने अस्त्र सँभालो।" आदेशात्मक स्वर में मैं बोला और सभी ने लपककर ऊपर के कमरे में रखे अस्त्र उठा लिए।

गुड़म्-गुड़म्-गुड़म्...हवाई फ़ायर करते हुए बाहर फ़ौजियों ने इस बीच चिल्ला-चिल्लाकर हमें ललकारना शुरू कर दिया था। बैठकखाने के दरवाज़े पर भारी बूटोंवाली लातें पड़ने लगी

थीं। वाहिद के अम्मी-अब्बू बदहवास होकर ऊपर चले आए थे।

"तुमलोग अभी तक यहाँ क्या कर रहे हो ? भागते क्यों नहीं ?" हमें वहाँ चुपचाप खड़े रहते देख चाची जान ने आश्चर्य से पूछा। "हम कैसे भागें अम्मी ? उन्होंने चारों ओर से हमारे घर को घेर लिया है। सर्चलाइट की तेज़ रोशनी से दिन-सा उजाला कर रखा है। अब भागना सम्भव नहीं।" वाहिद ने खिड़की के पास पोज़िशन लेते हुए कहा।

"वे लोग जिस तरह से दरवाज़ा भड़भड़ा रहे हैं, दरवाज़ा टूटने में देर नहीं लगेगी। वे अन्दर आ जाएँगे। इतने सारे फ़ौजियों का मुकाबला तुमलोग नहीं कर पाओगे। तुमलोग उनमें से दो-चार को ही मार पाओगे। मगर वे तुम्हें मार डालेंगे। मेरी राय में ऐसी स्थिति में उनसे उलझने की बजाय समर्पण कर देना ही उचित होगा। सारे अस्त्र-शस्त्र, गोलाबारूद को आँगन के कुएँ में डाल दो। अस्त्र बरामद नहीं होने पर वे ज़्यादा कुछ नहीं कर पाएँगे। तुम लोग बच भी सकते हो।" कहते हुए हताश चाचा जान वहीं दीवार का सहारा लेते हुए जमीन पर बैठ गए। उनके सिर से टोपी खिसककर नीचे जा गिरी। इधर चाची जान उन्मादग्रस्त की तरह इस कोने से उस कोने तक, इस दरवाज़े से उस खिड़की तक दौड़ती फिर रही थीं। एकाएक उनकी आँखें चमक उठीं। बोलीं, "तुमलोग नीचे रसोईघर और स्नानघर के मचानों पर क्यों नहीं छिप जाते ?"

"वही तो ! ठीक कहा आपने। वहाँ छिपा जा सकता है ! वहाँ बिलकुल छिपा जा सकता है। दो-दो मचान हैं वहाँ।" वाहिद इस तरह उछल पड़ा मानो ऊँचे पेड़ से फिसलते हुए के हाथों एक टहनी लग गई हो।

"जल्दी से अस्त्र-शस्त्र लेकर नीचे चलो।" उसने आदेश दिया और हम अस्त्र-शस्त्र, गोलाबारूद लेकर सीढ़ियों की ओर लपके।

"नीचे आँगन में कुआँ था। कुएँ से पहले दाईं ओर रसोईघर था और बाईं ओर स्नानघर। भारी मन से कुएँ में अस्त्र-शस्त्र, गोलाबारूद डालकर हम सब रसोईघर में जा घुसे। रसोईघर के अन्दर ही एक तरफ़ जलावन की लकड़ी और कोयला रखने का एक छोटा गन्दा-सा कमरा था। कोयले से काले पड़ गए फर्श और धुएँ से काली दीवारोंवाले उस दमघोंटू कमरे में एक मचान जैसा बना हुआ था जिसमें जलवान के गोइठे ठूँसे हुए थे। वह जगह काफ़ी छोटी थी इसलिए हममें से तीन लड़के उन गोइठों के बीच जा घुसे। दो स्नानघर के मचान पर छिपने गए।

घर के बाहरवाली गेट तथा दरवाज़े की भड़भड़ाहट और फ़ौजियों की गाली-गलौज, चीख़-पुकार से दीवारें तक काँप रही थीं। हम दम साधकर अँधेरे मचान पर गोइठों के बीच पड़े थे। हमारे दोनों ओर तो गोइठे थे ही, सामने की ओर भी हमने ढेर सारे गोइठे रख दिए थे। उन गोइठों के बीच हमारी उपस्थिति का आभास मिलना प्रायः असम्भव था।

स्नानघर के मचान पर घर के टूटे-फूटे असबाबों के बीच छुपने से पहले वाहिद ने अपने अब्बू से कहा था, "हमारे छिपने के बाद बाहर का दरवाज़ा खोल दीजिएगा। वरना वे दरवाज़ा तोड़कर अन्दर आएँगे और आप लोगों के साथ दुर्व्यवहार करेंगे। देर से दरवाज़ा खोलने की वजह पूछे जाने पर बोलिएगा, 'हम ऊपर के कमरे में सो रहे थे। गहरी नींद में थे इसलिए देर हुई।' और हाँ, दरवाज़ा खोलने से पहले हमारे लिए परोसी गई थालियों और गिलासों को कुएँ में डाल दीजिएगा। आसन हटा लीजिएगा..."

दरवाज़ा खुलने की देर थी। भारी फ़ौजी बूटों की गट-मट आवाज़ से घर गूँज उठा। "कहाँ हैं साले बिच्छू लोग ? बाहर निकालो।" भारी-भरकम आवाज़ में कोई चिल्ला रहा था।

"यहाँ तो कोई नहीं है भाई ! आपलोगों को गलतफहमी हुई है।" चाचाजी की मिमियाती हुई आवाज़ सुनाई पड़ी।

"झूठ बोलते हो साले ? हमारे आदमी ने इस घर में बिच्छुओं को घुसते हुए देखा है। साले देशद्रोही ! देश में गड़बड़ी फैलाते हैं ? पेट्रोल पम्प उड़ाते हैं ? इस धरती से उनका नामोनिशान मिटा देंगे। बाहर निकालो उन्हें।" वही भारी-भरकम आवाज़ बके जा रही थी।

"किसे निकालूँ ? कोई यहाँ हो तब तो !..." चाचाजी हमें बचाने की जी-जान से कोशिश किए जा रहे थे। अचानक उनकी चीख़ सुनाई पड़ी। उनकी आवाज़ से लगा जैसे किसी भारी चीज़ से उन पर चोट पहुँचाई गई हो। इसके साथ ही चाची जान रो उठीं, "इन्हें मत मारिए। इन्होंने कुछ नहीं किया है..."

"बड़े भोले बन रहे हो तुम लोग। जैसे कुछ जानते ही नहीं, कोई बात नहीं, हम खुद ढूँढ़ लेंगे। हमारे सिपाही घर का कोना-कोना ढूँढ़ ही रहे हैं। अधिक देर तक उन्हें छिपाकर नहीं रख सकोगे तुम लोग।..."

गोइठे से भरे मचान पर मच्छरों और कीड़े-मकोड़ों के बीच बैठे-बैठे हम उस चरम मुहूर्त की प्रतीक्षा करने लगे जब हमें यहाँ से खींचकर उतारा जानेवाला था। बड़ी तेज़ी से एक के बाद एक विचार आ-आकर दिमाग पर वार कर रहे थे, 'शायद इसी मचान से हमारे गुरिल्ला जीवन की इति होगी...सादात के अब्बू और चाचू ने जिस यातना शिविर की चर्चा की थी, वहाँ निश्चित रूप से हमें ले जाया जाएगा...पता नहीं, देश मुक्त होने तक हम ज़िन्दा रहेंगे भी या नहीं...!

पूरा घर मानो युद्ध क्षेत्र में बदल गया था। आवाज़ों से ही हमें साफ पता चल रहा था कि हर कमरे की तलाशी ली जा रही है। चीज़ों को बड़ी बेरहमी से उठा-उठाकर पटका जा रहा है।

कुछ देर बाद आँगन में फ़ौजियों का पदचाप सुनाई पड़ा। उसके तुरन्त बाद ही रसोई का भिड़ाया हुआ दरवाज़ा खोला गया और हुड़मुड़ाकर कई फ़ौजी रसोई में घुस आए। साँस रोककर हम गोइठों के बीच निश्चल पड़े थे। मेरे एक हाथ को आलम ने कसकर पकड़ा हुआ था और दूसरे को निसार ने। फ़ौजियों के हर बढ़ते कदम के साथ उनकी हथेलियों का दबाव बढ़ता जा रहा था। झन्-झन्, टुंग-टाँग, धुप्-धाप्...काँच, काँसा, अल्युमिनियम और स्टील के बर्तनों को बेवजह उठा-उठाकर आँगन में पटका जा रहा था। खीझते, गाली-गलौज करते फ़ौजी अब रसोई से होकर हमारे गोइठों वाले कमरे में आ घुसे थे। उस अँधेरे गन्दे कमरे में वे जमीन पर रखे कोयलों और लकड़ियों के ढेर को उलटते-पुलटते रहे। कई लोगों ने डंडे से हमारे मचान के गोइठों को ठोका-बजाया, पूरी ताकत से हाथ लगाकर गोइठों के पहाड़ को धकेलने की कोशिश की, मगर उन्हें अपनी जगह पर स्थिर देखकर शायद उन्हें यह भ्रम हुआ कि पूरा मचान गोइठे से ठसाठस है।

हम इतने दिनों से इतने मोर्चे पर गए थे, इतनी वारदातें कर चुके थे लेकिन अपने आप को कभी इतना असहाय महसूस नहीं किया था हमने। अपने सारे अस्त्र-शस्त्र, गोलाबारूदों को कुएँ में फेंके जाने का दुख कुछ इस तरह से मन को कचोट रहा था मानो हमने अपने हाथ-पाँव काटकर कुएँ में डाल दिए हों।

आश्चर्यजनक रूप से कुछ ही मिनटों बाद फ़ौजी हमारे कमरे से बाहर निकल गए। तो क्या हम बच गए ? हमें विश्वास नहीं हो रहा था। मन में पड़ी काली बदली फटती हुई-सी

महसूस हो रही थी। देर तक अटकी हुई साँसें दीर्घश्वास के रूप में बाहर आ चुकी थीं। मगर अधिक देर तक हमें यह सुकून-भरा अहसास मयस्सर न हुआ। स्नानघर से फ़ौजियों के चीख़ने और किसी भारी चीज़ से किसी पर प्रहार करने की आवाज़ें आईं, कुत्तो उतर। चल उतर नीचे ! हरामी के पिल्लो हमारी आँखों में धूल झोंकते हो ?..." और वाहिद तथा सादात की भयानक दर्द से सराबोर चीख़ें गोइठों से आ टकराईं। हम सिहर उठे। न जाने उनका क्या हश्र करेंगे ? बेचारे ! काश ! यहीं गोइठों के बीच वे हमारे साथ छिप जाते !

"अब हमें क्या करना चाहिए ?" मैंने मानो अपने-आप से पूछा। आलम तथा निसार ने मेरी बात सुन ली थी। "कुछ भी नहीं किया जा सकता।" निसार फुसफुसाकर बोला।

"तो क्या पाक फ़ौजी उन्हें पकड़कर ले जाएँ और हम चुपचाप देखते रहें ? अपनी जान बचाते रहें ?"

"और हम कर भी क्या सकते हैं ? निहत्थे लड़ नहीं सकते, उन्हें ले जाने से रोक नहीं सकते। उन्हें ले जाते देख खुद से प्रकट होकर अपने आप को पकड़वाने की मूर्खता भी नहीं कर सकते क्योंकि हमें यही शिक्षा दी गई है कि भावनाओं में बहकर अकारण अपने-आप को संकट में न डाला जाए। हमारी जान अब हमारी मातृभूमि की अमानत है। बंगमाता को हमारी ज़रूरत है। हमें अपने लिए नहीं तो कम से कम मातृभूमि के लिए अपनी रक्षा करनी है।..." निसार की व्यावहारिक बातें हमें उस मचान पर ही जमे रहने को बाध्य कर रही थीं। इसी बीच "आपलोगों के पाँव पड़ती हूँ। मेरे बच्चों को बालों से पकड़कर इस तरह बेरहमी से मत खींचिए। टूटे काँच के ऊपर से घसीटकर मत ले जाइए इन्हें। देखिए, पूरा शरीर रक्ताक्त हो जा रहा है इनका। रहम कीजिए। खुदा के लिए मेरे बच्चों पर रहम कीजिए. .." व्याकुल होकर रोती-गिड़गिड़ाती चाची जान का कंठस्वर सुनाई पड़ा। उनकी गिडगिड़ाहट से पसीजे बिना पाक फ़ौजियों के कठोर स्वर गूँजते रहे, "हट साली, हमारे सामने से ! हमें अपना काम करने दे। पाँव छोड़, छोड़ हमारे पाँव।..." फोहस गालियाँ !

इसके साथ ही वाहिद की आवाज़ आती रही, "अम्मी तू इन अत्याचारियों के पाँव मत पड़। हमारी शहादत को अपमानित मत कर। खुशी-खुशी विदा कर हमें। अलविदा अम्मी, अलविदा बा-जान जय बांग्ला...जय बांग्ला..." कुछ देर तक यह सब कुछ चलता रहा था और फिर एक-एक करके बाहर खड़ी गाड़ियों के चले जाने की आवाज़ें हमें यह अहसास कराती रही थीं कि हमारे दो और हमसफर वाहिद और सादात हमेशा के लिए हमसे दूर चले जा रहे हैं। मेरे दोस्तों का, मुझसे करीब पन्द्रह-सोलह साल छोटे इन दोनों दोस्तों का, ऐसे हज़ारों मुक्तियोद्धाओं का यह आत्मत्याग क्या यूँ ही व्यर्थ चला जाएगा ? क्या कभी कोई इनके रक्त की कीमत चुका पाएगा ? न जाने क्यों उस वक़्त मन में यही सवाल बार-बार उभर रहा था। और कहीं पढ़ी गई किसी स्वनामधन्य कवि की कविता की पंक्तियाँ याद आने लगी थीं,

बीरेर एइ रॉक्तोस्रोत, मातार ए ओश्रुंधारा
एर जॉतो-मूल्लो शे कि धॉरार-धूलाय हॉबे-हारा ?
शॉर्गो कि हॉबेना केना ?
बिश्शेर भाँडारी शुधिबे ना ऐतो-ऋण ?
रात्रिर तॉपोश्शा शेकि आनिबे ना दिन ?..."
(वीर का यह रक्तस्रोत, माता की यह अश्रुधारा
इसकी जो कीमत है, क्या वह धरती की धूल में ही खो जाएगी ?

क्या कभी स्वर्ग को खरीदा नहीं जा सकेगा ?
क्या कभी विश्व का भंडारी चुका नहीं पाएगा इतना ऋण ?
रात की तपस्या क्या दिन का मुँह नहीं दिखाएगी ?...")

वाहिद और सादात की गिरफ्तारी के बाद एक अवर्णनीय अपराधबोध से ग्रस्त होकर हम मचान से नीचे उतरे थे। विनाशकारी कालबैशाखी के आने और आकर गुज़र जाने का अवशेष पूरे घर में बिखरा हुआ था। थोड़ी देर पहले ईद वाले उस घर पर अब श्मशान-सा सन्नाटा पसरा हुआ था। बाहर आस-पास के घरों से भी किसी प्रकार की कोई आवाज़ नहीं आ रही थी। ऐसा लग रहा था मानो पूरा मुहल्ला मरा पड़ा हो। चाची जान सिज्दे में जाकर व्याकुल होकर रोए जा रही थीं। पास ही उनकी तसबीह पड़ी थी। हमें देखते ही वे और जोर-जोर से रोने लगीं और बोलीं, "तुम सब मिलकर सवा लाख बार 'दुआ-युनूस' पढ़ो। अल्लाह को पुकारो। अल्लाह से कहो, मेरे बच्चों की जान बख्श दे। मेरे बच्चों की जान बख्श दे..."

इधर चाचा जान बरामदे की दीवार से सर पटक-पटक कर रोए जा रहे थे। हमने जाकर उन्हें सँभाला। सांत्वना दी, "वे लोग वाहिद और सादात को छोड़ देंगे। ज़रूर छोड़ देंगे। यहाँ अस्त्र नहीं मिला हैं उन्हें। वे बच जाएँगे चाचा जान..."

"सादात के घर पर ख़बर कर दो। आज ईद के दिन यह मनहूस ख़बर दे दो उसके हतभागे अम्माँ-अब्बू को। जाओ फोन करो।" चाचाजी पागलों की तरह बोल उठे।

"फोन से नहीं चाचाजी, मैं स्वयं उनके घर जाकर ख़बर कर आता हूँ। इस वक़्त सादात के अब्बू-चाचू की हालत इतनी बुरी है कि उनके पास किसी का होना बहुत ज़रूरी है। जो खुद पाक यातनागृहों की नारकीय यातना झेल आए हैं, वे अपने बच्चे को वहाँ ले जाए जाने के सदमे को कैसे बर्दाश्त कर पाएँगे ?"

"तो फिर चलो, मैं ही तुम लोगों को लेकर वहाँ चलता हूँ। घर पर रहूँगा तो सोच-सोचकर दिमाग फट जाएगा मेरा। चलो....। तुम सब चलो।" चाचा धुन में बोल गए।

"लेकिन चाचा जान, हम सब चले जाएँगे तो चाची जान को सँभालेगा कौन ?" आलम बोला।

"वह खुद-ब-खुद सँभल जाएगी। तुम लोगों का अब यहाँ रुके रहना खतरनाक हो सकता है। चलो।" चाची जान के मना करते रहने के बावजूद चाचा जान ने आकर गाड़ी स्टार्ट कर दी। चाची जान से विदा लेकर मैं, आलम और निसार गाड़ी में जा बैठे।

इन दिनों जिस किसी से भी विदा लेते, यह सोचकर ही लेना पड़ता कि हमारी अन्तिम मुलाकात है। हमारी यह यात्रा अन्तिम यात्रा हैं। पाक फ़ौजियों द्वारा इस घर पर, हम पर नज़र रखे जाने की पूरी सम्भावना होने के बावजूद हम घर से बाहर निकले और गाड़ी से सादात के घर की ओर चल पड़े।

युद्ध के चूड़ान्त क्षणों में

वाहिद और सादात की गिरफ्तारी के दो दिन बाद यानी 23 नवम्बर को ही हम ढाका शहर छोड़कर शीतलक्षा नदी के तटवाले कैम्प में चले आए। वहीं से आगे का कार्यक्रम तय करना

था। अधिकतर लड़कों की गिरफ्तारी हो चुकी थी। कई शहीद हुए थे। मगर इससे कैम्प जीवन में कोई फर्क नहीं आया था। मौत, गिरफ्तारी, जख़्म अब रोजमर्रा की साधारण-सी बातें हो चुकी थीं।

उस दिन कैम्प के सभी योद्धा 'दैनिक पाकिस्तान' में छपे आठ कॉलम के उस समाचार को लेकर उत्तेजित थे जिसमें यह लिखा गया था कि औपचारिक रूप से युद्ध घोषणा किए बगैर ही भारत ने पूर्वी पाकिस्तान के सीमावर्ती इलाकों में प्रचंड गोलाबारी करना आरम्भ कर दिया है। अखबार में लिखा गया था कि कई महीनों के छोटे-छोटे हमलों, छोटे-छोटे संघर्षों के दौरान पूर्वी पाकिस्तान के चारों ओर सुपरिकल्पित ढंग से बारह पदातिक डिवीजन तैनात करने के बाद भारत द्वारा अब इस तरह का आक्रमण किया जा रहा है...।"

कैम्प-कमांडर कह रहे थे, "हमेशा की तरह इस बार भी यहाँ के अखबारों में एकतरफ़ा बातें लिखी गई हैं। पता नहीं, कब तक ये हमारी जनता को गुमराह करते रहेंगे। अखबार यह नहीं लिखते कि सीमावर्ती इलाकों में बने कंक्रीट के हज़ारों बंकरों में रह रहे पाक फ़ौजी मुक्तियोद्धाओं का पीछा करते हुए इन दिनों नदिया, कूचबिहार, चौबीस परगना, असाम, त्रिपुरा जैसे भारत के सीमावर्ती इलाकों में घुस जा रहे हैं और उत्पात मचा रहे हैं। गोलाबारी से उस इलाके में भारतीय वाशिन्दे मारे जा रहे हैं। ऐसे में भारतीय फौज आगे बढ़कर उनसे निपटे नहीं तो और क्या करे ?"

"लेकिन मुक्तिवाहिनी के योद्धा भी तो उनसे निपट सकते हैं। भारतीय फौज को सीमा का अतिक्रमण करने की क्या आवश्यकता है ?" हमारे बीच से किसी ने सवाल किया।

"तुम समझते क्यों नहीं ? युद्ध नीति यह कहती है कि दुश्मन की सेना की किसी टुकड़ी को उसके सशक्त गढ़ से उखाड़ फेंकने के लिए उससे तीन गुना अधिक सैन्य शक्ति की आवश्यकता पड़ती है। अब मुक्तिवाहिनी के पास उतनी शक्ति कहाँ ? मगर हाँ। उन इलाकों में भी मुक्तिवाहिनी हाथ पर हाथ धरे बैठी नहीं रहती। सीमा पर तैनात भारतीय फ़ौजी जैसे ही आगे बढ़कर पाकिस्तानी सीमा पर स्थित बंकरों में जमे पाक फ़ौजियों को अपने बिल से बाहर निकालकर पीछे की ओर भागने को मजबूर करते हैं, वैसे ही उन भागते पाक सैनिकों के दस्तों पर मुक्तिवाहिनी के योद्धा टूट पड़ते हैं और उनको हराकर आसानी से उन इलाकों पर कब्जा जमा लेते हैं। भारत को दोष देने से क्या होगा ?" कैम्प कमांडर मानो खुद को सफाई देते हुए बोले जा रहे थे, "हमारे कारण भारत को क्या कम परेशानियाँ उठानी पड़ रही है ? भारत तो चाह ही रहा है कि हमारे देश में अनुकूल परिवेश का निर्माण हो ताकि वहाँ रह रहे लाखों शरणार्थी वापस स्वदेश लौट सकें। अपनी धरती पर आत्मसम्मान के साथ सिर उठाकर जी सकें। भारत की प्रधानमन्त्री अपने विश्वभ्रमण द्वारा भी इसी प्रयास में लगी हुई हैं।"

"क्या श्रीमती गांधी के इस प्रयास का कोई लाभ मिल रहा है?" हमारा सवाल था।

"कुछ तो मिल रहा है। अब देखो न, वाशिंगटन जाकर श्रीमती गांधी ने जब नेशनल प्रेस क्लब में खड़े होकर अमेरिका के जनसाधारण को भारत-बांग्लादेश की सही स्थिति के बारे में अवगत कराया तो अमेरिकी जनता बांग्लादेश के प्रति सहानुभूतिशील हो उठी। वहाँ के स्कूली बच्चों ने बांग्लादेशी शरणार्थियों की सहायता के लिए चन्दा तक उगाहकर दिया। अमेरिकी महिलाओं ने श्रीमती गांधी के कार्यों की भूरि-भूरि प्रशंसा की। उनके समर्थन में स्लोगन दिया। खैर, उनकी विदेश यात्रा को अभी ज़्यादा दिन तो हुए नहीं हैं। परिणाम कुछ

ही दिनों में पता चल जाएगा।" इस तरह कमांडर एक कमेंट्रेटर की तरह विश्लेषण करते रहे।

इधर भारत-पाक सीमान्त में उत्तेजना चरम सीमा पर पहुँच गई थी। अगरतल्ला, हिलि बयरा जैसी जगहों में प्रायः रोज ही खूनी संघर्ष हो रहे थे। काश्मीर सीमान्त में भी गोलीबारी आरम्भ हो गई थी। जम्मू के ऊपर से कई बार पाक मिराज चक्कर लगा गया था।

अगले तीन-चार दिनों तक हमें कैम्प में ही कैद रहना पड़ा। दरअसल 24 तारीख को पाक सरकार द्वारा आपात्काल की घोषणा किए जाने के बाद से परिस्थितियाँ तेज़ी से बदलने लगी थीं। ढाका शहर में घुसने के सभी रास्तों में बंकर बनाए जाने और शहर में जहाँ-तहाँ ट्रेंच (परिखा) खोदे जाने की ख़बरें आ रही थीं। इसके साथ ही बीच-बीच में कर्फ्यू तथा ब्लैक आउट। समझ में नहीं आ रहा था कि अब कैसे क्या किया जाए !

29 नवम्बर को पाक समर्थकों ने 'क्रश इंडिया' दिवस मनाया। जुलूस, हड़ताल, नारा, पोस्टर द्वारा उन्होंने भारत-विद्वेष का बढ़-चढ़कर प्रदर्शन किया। इस दौरान शहर के मुक्तिकामी बंगालियों की सुरक्षा को लेकर हम काफी चिन्तित रहे। किस्मत अच्छी थी, कोई बड़ी अनहोनी नहीं हुई।

उसी दिन रेडियो समाचार से ज्ञात हुआ कि श्रीमती इंदिरा गांधी ने भारत की लोकसभा में कहा है कि सशस्त्र पाकिस्तानी वाहिनी काफी दिनों से भारत के सीमान्त इलाकों में गोलाबारी कर रही है। इससे भारत के उन इलाकों में रहनेवाले लोगों के जान माल की व्यापक क्षति हो रही है। पाकिस्तानी जंगी विमान भी बार-बार वायुसीमा को लाँघकर हमारे इलाकों में आ रहे हैं। पाक सरकार ने कई हज़ार प्रशिक्षण प्राप्त दुष्कृतिकारियों को विध्वंसक कार्य करने के लिए पूर्वी भारत में प्रवेश करवाया है जो ट्रेन, पुल आदि उड़ा रहे हैं। जल्द से जल्द हमें इसका प्रतिकार करना होगा...।"

आश्चर्य की बात तो यह थी कि यही आरोप जेनरल नियाजी और याहिया खान भारत पर लगा रहे थे। उनका कहना था कि वे अपने देश के अन्दरूनी मामलों में भारत का हस्तक्षेप अब और बर्दाश्त नहीं करेंगे। भारत की मदद से सीमान्त इलाकों में मुक्तिवाहिनी इनके सैनिकों पर हमला कर रही है, पूर्वी प्रान्त में गड़बड़ी फैला रही है और जब पाकिस्तानी सैनिक उनसे निपटने की कोशिश करते हैं तब वे भागकर भारत में जा छिपते हैं। ऐसे में पाकिस्तानी सैनिक भारत की सीमा का अतिक्रमण न करें तो और क्या करें ?

उन्होंने तो यहाँ तक कह डाला कि आगामी दस दिनों के अन्दर भारत से युद्ध अवश्यंभावी है। "इस्रायल ने जिस तरह से मिस्र को घायल किया था हम भी उसी तरह भारतीय सेना को मिट्टी में मिला देंगे।"

इधर भारत की प्रधानमन्त्री इंदिरा गांधी का 4 दिसम्बर को कोलकाता जाकर बिग्रेड पैरेड ग्राउंड में भाषण दिए जाने की सरकारी घोषणा को लेकर भी हमारे मन में तरह तरह की शंकाएँ उठ रही थीं, "तो क्या उसी दिन भारत-पाक युद्ध की औपचारिक घोषणा की जाएगी? क्या उसी दिन वे बांग्लादेश सरकार को औपचारिक रूप से मान्यता देंगी ?"

किसी चूड़ान्त परिणति की उम्मीद से हम विस्मयविमूढ़ होकर बैठे ही थे कि एक अप्रत्याशित घटना घट गई। नवम्बर महीने का अन्तिम दिन था वह। ढाका शहर को चारों ओर से घेरे रखनेवाले कई गाँवों को पेड़-पौधों, झाड़-झंखाड़ सहित पूरी तरह से जलाकर राख कर दिया गया। ताकि घने पेड-पौधों तथा झाड़-झखाड़ के बीच से निकलकर कोई मुक्तियोद्धा ढाका में वारदात न कर सके। इस हादसे में सैकड़ों लोग मारे गए।

दरअसल मुक्तियोद्धाओं ने ग्रामाँचलों में इस तरह से अपना गढ़ बना लिया था कि उनके डर से दिन के समय भी पाक फ़ौजियों को पूरी तैयारी के साथ एक बड़े दल में ही निकलना पड़ता था। रात के वक़्त तो उन्होंने बाहर निकलना ही बन्द कर दिया था। पूरी सावधानी बरतने के बावजूद सुबह उठकर वे देखते कि उनके कैम्प के आस-पास के फेरीघाट नष्ट कर दिए गए हैं। गुरिल्ले कब कहाँ से प्रकट होते, कहाँ गायब हो जाते, वे कुछ समझ ही नहीं पाते थे।

24 नवम्बर को तो श्रीमती इंदिरा गांधी ने यह घोषणा ही कर डाली थी कि मुक्तिवाहिनी के योद्धाओं ने बांग्लादेश के काफी बड़े इलाके को मुक्त कर लिया है। उनकी बात सच थी। नवम्बर के इन अन्तिम दिनों में हमारे गुरिल्ला साथियों ने श्रीहट्ट शहर को अवरुद्ध कर डाला था, ढाका की तरह जशोर के दरवाज़े तक वे जा धमके थे। कुष्टिया, मैमनसिंह, दिनाजपुर—हर जगह की करीब-करीब एक जैसी हालत थी। चालना-चट्टग्राम में माइन लगाकर एक के बाद एक जल-जहाज उड़ाए जा रहे थे...”

साफ पता चल रहा था कि क्लान्त, अवसन्न, भयभीत पाक फ़ौजी मुक्तिवाहिनी की सफलता से अब तिममिला उठे हैं, खीझ उठे हैं। ढाका के बाहर के कई गाँवों को जलाना उनकी इसी खीझ की परिणति थी।

हमारे कैम्प पर भी कमांडो हमला किया गया। मैदानों तथा खेतों में जमे पानी कम हो जाने के कारण ही शायद यह सम्भव हो सका था। हमने मुकाबला तो किया लेकिन कैम्प को बचाना सम्भव न हो सका। हमारे तीन साथी शहीद हुए। कैम्प के सारे अस्त्र-शस्त्र, गोलाबारूद पाक फ़ौजियों के हाथ लग गए।

किसी तरह से जान बचाकर हमने पास के द्वीप-ग्राम स्थित एक दूसरे कैम्प में आश्रय लिया। भूखे पेट जाड़े की रात बिना बिस्तर और कम्बल-रजाई के जमीन पर गुज़ार रहे थे हम। लेकिन तप्त-घटनाक्रम इन तुच्छ बातों पर गौर करने की इज़ाज़त नहीं दे रहे थे। मन में यही बात थी कि ढाका को गुरिल्ला-मुक्त करने के लिए नियाजी ने अब अपनी पूरी ताकत लगा दी है।

“अब आगे कैसे क्या किया जाए ?” अनिश्चितता की स्थिति में दो दिन और व्यतीत हो गए। सीमान्तवर्ती अंचलों तथा जशोर, सिलेट, कुष्टिया, दिनाजपुर, फेनी, रंगपुर जैसे बांग्लादेश के विभिन्न महत्त्वपूर्ण इलाकों से जिस तरह से मुक्तियोद्धाओं की सक्रियता की ख़बरें आ रही थीं, उन्हें सुन-सुनकर अपनी निष्क्रियता पर कुछ ज़्यादा ही खीझ हो रही थी। अखबार और रेडियो जोर-शोर से भारत-पाक युद्ध की सम्भावना का संकेत दे रहे थे।

3 दिसम्बर की रात ऑल इंडिया रेडियो समाचार से पता चला कि घोषित कार्यक्रम से एक दिन पहले ही श्रीमती गांधी दिल्ली से कोलकाता चली आई हैं। कोलकाता पहुँचकर उन्होंने शरणार्थी शिविरों का मुआयना किया है। फिर ब्रिगेड पैरेड ग्राउंड में विशाल जनसभा को सम्बोधित भी किया है मगर लोगों की आशा के विपरीत युद्ध की घोषणा किए बगैर ही उनकी सभा समाप्त हो गई है।

इधर शाम 5:40 बजे से पाकिस्तान ने भारत के खिलाफ युद्ध आरम्भ कर दिया है। अमृतसर, श्रीनगर, अम्बाला, खेमकरान, अवन्तीपुर जैसी विभिन्न जगहों पर हवाई हमले किए जा रहे हैं। युद्ध की सूचना मिलते ही श्रीमती गांधी विशेष विमान से दिल्ली के लिए रवाना हो गई हैं। भारत में आपातकाल की घोषणा कर दी गई है...।”

‘ऑल इंडिया रेडियो’ से ये समाचार सुनते ही शरीर का एक-एक रोयाँ उत्तेजना से खड़ा

हो उठा। सब कुछ भूलकर ट्रांजिस्टरों का नॉब घुमाना शुरू किया। 'रेडियो पाकिस्तान' कुछ दूसरा ही राग अलाप रहा था। कहा जा रहा था कि शाम साढ़े चार बजे भारतीय सशस्त्र वाहिनी ने पश्चिमी पाकिस्तान के स्यालकोट, छम्ब, पूँज, लाहौर, रहिमईयारखान, ऊरि सेक्टर जैसे विभिन्न स्थानों में स्थल तथा विमान हमला आरम्भ कर दिया है। इसलिए मजबूर होकर आत्मरक्षा के लिए पाकिस्तानी सशस्त्र वाहिनी को भी भारतीय सीमान्त प्रदेशों में आक्रमण करना पड़ रहा है...।"

"समझ में नहीं आ रहा कि किनकी बातों पर यकीन करूँ ? ऑल इंडिया रेडियो की या रेडियो पाकिस्तान की ?" आलम खीझकर बोला।

"किसी पर यकीन करने की आवश्यकता ही क्या है ? हमें युद्ध से मतलब है। अब पहला कदम जिसने भी उठाया हो, क्या फर्क पड़ता है ?" मैंने कहा।

मन में एक अजीब उत्तेजना लेकर मैं, आलम तथा कैम्प कमांडर सहित उस नए कैम्प के लड़के कैम्प प्रांगण में टहलते रहे। सबकी आँखों की नींद उड़ चुकी थी। जाड़े की उस रात में पेड़-पौधों से घिरे कैम्प प्रांगण में पास के बिल को छू-छूकर आती ठंडी-ठंडी हवा हमारी हड्डियों तक को बींधती हुई-सी महसूस हो रही थी। हममें से किसी के शरीर पर ढंग के गर्म कपड़े नहीं थे। अलाव जलाने के लिए हमारा मन छटपटा रहा था मगर कैम्प के सुरक्षा कारणों से ऐसा करना सम्भव न था।

युद्ध की गर्मागर्म चर्चा करतें-करते आधी रात बीत गई। अचानक प्रचंड वेग से ढाका की ओर जाते विमानों के एक झुंड पर नज़र पड़ी। इसके साथ ही विमान विध्वंसक कमानों से उन पर ट्रेसर मारने की विकट आवाज़ें भी आने लगीं। ट्रेसर राउंड के प्रकाश से दूर ढाका का आकाश आलोकित हो उठा। आकाश में जगह-जगह प्रकाश फूटने लगे। "तो क्या सचमुच अब ढाका में जंग शुरू हो गई ?" आलम ने अविश्वास भरे स्वर में पूछा।

"लगता तो ऐसा ही है। या अल्लाह ! हमें न्याय दिलाना।" कमांडर ने हाथ फैलाकर दुआ माँगी।

ढाका से इतनी दूर होने के बावजूद इस द्वीप-ग्राम से सबकुछ साफ-साफ दिख रहा था। हम सब इस तरह से हक्का-बक्का होकर ढाका के आकाश में चल रहे विमानों का वह खेल देख रह थे मानो किसी उत्सव में आतिशबाजी का आनन्द उठा रहे हों। इस आनन्द का एक कारण शायद यह विश्वास भी था कि भारतीय विमान किसी भी सूरत में नागरिकों को क्षति नहीं पहुँचाएँगे। निश्चित रूप से ये फ़ौजी ठिकानों पर ही बमबारी कर रहे होंगे।

❒ ❒ ❒

सुबह हो गई थी मगर ढाका के आकाश में विमानों का खेल जारी था। थोड़ी-थोड़ी देर बाद भारतीय मिग विमानों का एक-एक समूह उड़ता हुआ आता, उनके आते ही पाकिस्तानी सैबर जेटों का दल उनके पीछे दौड़ पड़ता। भारतीय विमानों का पीछा करते हुए जैसे ही वे कुछ आगे बढ़ते, भारतीय मिग विमानों का कोई नया दल आकर ढाका स्थित अपने टार्गेट पर बमबारी कर चुका होता। विमानों का यह खेल चलता ही जा रहा था। बीच-बीच में शत्रु-मित्र पक्ष के विमान आपस में 'डॉग फाइट' भी करते नज़र आ रहे थे।

विमान हमला शुरू होते ही कुछ ग्रामवासियों ने डरकर ढाका की विपरीत दिशा में भागना आरम्भ कर दिया था। यात्रियों से ठुँसी अनेक नावें कैम्प के सामनेवाले बिल से होकर गुज़र

रही थीं। कुछ लोग अपने-अपने घरों में डटे हुए थे और ढाका के आकाश में चल रहे विमान युद्ध का आनन्द ले रहे थे। जैसे ही भारतीय विमानों का कोई नया झुंड नज़र आता, आस-पास के सभी गाँवों से 'जय बांग्ला' की तुमुल हर्षध्वनि सुनाई पड़ती। कैम्प-प्रांगण भी उल्लसित मुक्तियोद्धाओं की जय-बांग्ला ध्वनि से मुखरित हो उठता।

सुबह दस बजे के करीब उस वक़्त तो हद हो गई जब एक पाकिस्तानी सैबर दुर्घटनाग्रस्त होकर बाउड़ा गाँव के पास एक बिल में आ गिरा और कीचड़-पानी में लोटते-पोटते, लुढ़कते-घिसटते हुए अपने भग्नावशेष को लेकर काफी दूर जाकर स्थिर हुआ। दूर-दराज़ के इलाकों से सैकड़ों ग्रामवासी अत्यन्त उत्तेजित होकर हो-हल्ला करते हुए लाठी, डंडा, कोंच, कटारी लेकर उस ओर दौड़ पड़े। समझते देर न लगी कि उनकी मंशा विमान के भग्नावशेष से ज़िन्दा बचे पाकिस्तानी पायलटों को ढूँढ़कर मार डालने की है।

उन्हें इस तरह से आते देख कैम्प कमांडर ने कहा, "पागल हैं सब के सब ! इतना भी नहीं समझते कि इस तरह से विध्वस्त विमान में कोई इंसान ज़िन्दा बच ही नहीं सकता।

इधर भयभीत ग्रामवासियों का ढाका की विपरीत दिशा में यानी पूरब की ओर भागने का सिलसिला निरन्तर जारी था। हम अभी तक वहाँ से भागने का निर्णय नहीं ले पाए थे। इस वक़्त भागकर कहाँ जाना उचित होगा ? एक मुक्तियोद्धा होकर युद्ध के इन चरम क्षणों में अपने-आप को युद्ध से अलग रखना बड़ी ही तकलीफदेह और शर्म की बात थी।

"एक काम करते हैं, हममें से कुछ लोग मैलाघर कैम्प चलते हैं। देखते हैं, मेजर हैदर हमलोगों को क्या आदेश देते हैं। वैसे भी, कुछ भी करने से पहले अस्त्र-शस्त्र लाने के लिए हमें उनके पास जाना ही होगा।" कैम्प कमांडर ने राय दी।

"हम भी आपलोगों के साथ मैलाघर चलेंगे।" मैंने कहा।

"देखिए, आपलोगों ने सेक्टर टू के अन्तर्गत प्रशिक्षण नहीं लिया है। पता नहीं मेजर हैदर आपलोगों को अस्त्र-शस्त्र तथा कोई विशेष निर्देश देंगे या नहीं। व्यर्थ में वहाँ जाने से अच्छा है, यहीं रहकर हमारा इन्तज़ार करें। हम वापस आकर आप लोगों को आगे की रणनीति बताएँगे।" कमांडर ने हमें मैलाघर ले जाने में आपत्ति जताई।

"बिना प्रशिक्षण के भी इतने नए-नए लोग आपलोगों के साथ योगदान दे रहे हैं। यदि इस बात को लेकर मेजर हैदर को कोई ऐतराज नहीं है तो फिर हम जैसे प्रशिक्षित योद्धाओं को अस्त्र देने में उन्हें क्या आपत्ति हो सकती है? वैसे भी वे व्यक्तिगत रूप से मुझे जानते ही होंगे। हम साथ चलेंगे तो अपने हिस्से के अस्त्र-शस्त्र खुद ढोकर ला सकेंगे !" मैंने दलील दी।

"यदि ऐसी बात है तो चलिए। मुझे कोई आपत्ति नहीं।" कमांडर मान गए।

मैलाघर कैम्प तथा कैप्टन हैदर का इतना नाम सुना था कि वहाँ जाने के नाम से मन उत्साह से भर उठा।

❐ ❐ ❐

4 दिसम्बर की शाम ही हम दस योद्धा भारत के अगरतल्ला स्थित मैलाघर कैम्प के लिए निकल पड़े। ढाका को पश्चिम में रखकर हम पूरब की ओर चल रहे थे। पैदल, खेया नाव और रिक्शे के भरोसे हमें जल्द से जल्द यह दूरी तय करनी थी। मूड़ापाड़ा तक पैदल जाकर हम दिघिरपाड़ होते हुए आगे बढ़े। गोमती नदी भी पार करनी पड़ी।

चारों ओर युद्ध की उत्तेजना पसरी हुई थी। पता चला कि ढाका के आस-पास के कस्बों में कैम्प कर रहे पाक फ़ौजी ढाका में आकर इकट्ठे होने लगे हैं। युद्ध की पहली रात में ही भारतीय विमानों ने ढाका के तेज़गाँव विमान बन्दरगाह स्थित पाकिस्तानी सैबर जेटों में से आधे सैबर जेटों को बर्बाद कर दिया है। हवाई अड्डा तथा कुरमीटोला कैन्टोन्मेंट भी बुरी तरह से क्षतिग्रस्त हो गया है।

हवाई अड्डे के क्षतिग्रस्त होने का समाचार सुनकर हम खुशी से उछल पड़े। कमांडर बोले "आधा जंग तो एक ही रात में जीत ली गई है। पता है, पूरे बांग्लादेश में यही एक मात्र ऐसा हवाई अड्डा है जहाँ से जेट विमान उड़ सकते हैं।"

जैसा कि हमें विश्वास था, भारतीय विमानों ने आम नागरिकों को कोई क्षति नहीं पहुँचाई थी। जिस कारण ढाका शहर में भी लोग अपने-अपने घर की छतों पर खड़े होकर युद्ध का आनन्द ले रहे थे।

हमने अपने साथ दो बैंडवाला नैशनल कम्पनी का ट्रांजिस्टर ले रखा था। आकाशवाणी ढाका, बी.बी.सी, रेडियो ऑस्ट्रेलिया, रेडियो पाकिस्तान, स्वाधीन बांग्ला बेतार केन्द्र, आकाशवाणी कोलकाता जैसे विभिन्न केन्द्रों से प्रसारित समाचारों से छन-छन कर जो बातें सामने आ रही थीं, उनसे ज्ञात हुआ कि 3 दिसम्बर की रात फोर्ट विलियम से संकेत पाने के साथ ही साथ भारतीय सेनावाहिनी चारों ओर से बांग्लादेश में घुस गई है। भारतीय विमानों ने सिर्फ़ ढाका में ही नहीं बल्कि कुमिल्ला, नारायणगंज, जैसे कई अन्य इलाकों में भी आक्रमण किया है। भारतीय नौवाहिनी के विमानों ने चट्टग्राम, चालना, चाँदपुर, कॉक्सबाज़ार में अभियान चलाया है। ढाका के तेज़गाँव विमान बन्दर की तरह चट्टग्राम नौबन्दर का करीब आधा हिस्सा बर्बाद हो गया है। बमबारी से चट्टग्राम बन्दरगाह के तेल डिपो में आग लग गई है। भारतीय विमानों ने पाक विमानवाहिनी के जंगी विमानों द्वारा कोलकाता शहर में बमबारी करने की चेष्टा को विफल कर दिया है। भारतीय सेनावाहिनी तथा सीमान्त इलाकों में रह रहे मुक्तिवाहिनी के सैनिक पाक चौकियों के बीच से रास्ता बनाते हुए तेज़ गति से पश्चिम से पूरब की ओर बढ़े आ रहे हैं। रास्ते में जगह-जगह पाक फ़ौजियों के साथ उनका घमासान युद्ध हो रहा है।..."

रोंगटे खड़े करनेवाले युद्ध समाचार सुनते-सुनते हम 5 दिसम्बर की रात मैलाघर कैम्प जा पहुँचे।

❐ ❐ ❐

मैलाघर कैम्प युद्ध की सरगर्मी से उबल रहा था। अधिकतर गुरिल्ले कैम्प छोड़कर जा चुके थे। कुछ जाने की तैयारी कर रहे थे। मालूम हुआ प्रवासी बांग्लादेश सरकार के प्रधान सेनापति कर्नल उस्मानी के अधीनस्थ मुक्तियोद्धाओं को लेकर भारतीय सेनावाहिनी एक कमांड का गठन कर रही है और इस कमांड के मुखिया हैं भारतीय सेना वाहिनी के पूर्वांचलीय प्रधान ले. जेनरल जगजीत सिंह अरोड़ा। सबको उम्मीद थी कि मुक्तिवाहिनी और भारतीय सेनावाहिनी को मिलाकर गठित यह कमांड 'मित्रवाहिनी' आसानी से जंग जीत जाएगा क्योंकि इन्हें आम जनता का पूरा सहयोग मिलेगा।

चारों और से शुभ संकेत आ रहे थे। इस लड़ाई के तीसरे दिन ही हमारा आकाश पूरी तरह से स्वाधीन हो चुका था। बांग्लादेश के पाक विमानवाहिनी के प्रायः सभी विमान तथा

हवाई अड्डे ध्वस्त हो चुके थे। भारतीय विमान पूरी आज़ादी के साथ आकाश पथ पर घूम-घूम कर पाक सामरिक अड्डों, सैनिकों से भरे ट्रकों, लौंच तथा स्टीमरों पर बमबारी कर रहे थे। बंगोपसागर में उपस्थित पाक सबमेरिन "गाजी" भी, जिस पर पाकिस्तान को गर्व था, भारतीय नौवाहिनी द्वारा नष्ट कर दिया गया था।

'यू.एस.एस. डायाबलो' नामक इस अमेरिकी सबमेरिन को पाक नौवाहिनी में शामिल करने के बाद पश्चिमी पाकिस्तानी महारथियों ने इसका नाम परिवर्तित करके—"गाजी" यानी "धर्मयुद्ध में विजयी" ज़रूर रखा था मगर भारतीय नौवाहिनी ने इसे जल-समाधि देकर यह जतला दिया कि धर्म के नाम पर अधर्म करनेवाले कभी विजयी नहीं हो सकते।

युद्ध के तीसरे-चौथे दिन ही स्थल पथ से आगे बढ़ती मित्रवाहिनी ने पाक स्थलवाहिनी की विभिन्न यूनिटों के बीच की संचार व्यवस्था को छिन्न-भिन्न कर डाला था। बड़ी-बड़ी सड़कों पर अवरोध उत्पन्न करके सीमान्त की चौकियों से पाकवाहिनी का ढाका की ओर लौटने का मार्ग करीब-करीब बन्द कर दिया गया था। आकाश-पथ पर भारतीय विमानवाहिनी का एकाधिपत्य कायम होने की वज़ह से बड़ी सड़कों तथा नदी-पथ से पाक सेनावाहिनी का गुज़रना मुश्किल हो रहा था। उन पर हवाई हमले किए जा रहे थे। इधर नियाजी ने सभी पाक समरनायकों को 'पुल-बैक' का निर्देश दे दिया था। पाक सेनावाहिनी को जल्द-से-जल्द ढाका के पास यानी पद्मा, मेघना नदी के बीच के अंचलों में लौट आना था। 'पुल-बैक' का निर्देश पाकर सीमान्त प्रदेशों में बंकर बनाकर रह रहे पाक सैनिक दिशाहारा हो उठे थे क्योंकि अलग-अलग पाक यूनिटों के बीच संचार व्यवस्था टूट चुकी थी। अधिकतर सड़कें तथा रेलवे ब्रिज टूटे हुए थे। रास्ते में भारतीय हवाई हमले का खतरा था। विभिन्न इलाकों में भारतीय सैनिकों ने पाक सैनिकों के पीछे जाकर गढ़ बना लिया था। मुक्तियोद्धा और जनसाधारण भारतीय सेनावाहिनी के साथ थे। ऐसे में पाक सैनिकों का मनोबल टूटना अवश्यंभावी था।

मयनामती, चट्टग्राम, जमालपुर, हिली जैसी कई सीमान्त चौकियों से नियाजी के पास सन्देश आया, "पुल बैक करने के बदले सशक्त बंकरों से घिरी चौकियों में बैठकर युद्ध जारी रखना ही श्रेयस्कर है।" इधर 6 दिसम्बर की दोपहर को आकाशवाणी से एक खुशख़बरी मिली कि भारत ने बांग्लादेश को औपचारिक रूप से स्वीकृति दे दी है। सात दिसम्बर को पता चला कि मित्रवाहिनी ने श्रीहट्ट स्थित पाक चौकियों पर आक्रमण करके वहाँ के पाक सेनानायक को आत्मसमर्पण करने पर बाध्य कर दिया है। भारतीय सेनावाहिनी के डर से पिछली रात ही जशोर कैंटोन्मेंट त्याग कर पाक फ़ौजी भाग खड़े हुए हैं।

आठ दिसम्बर को आकाशवाणी से भारतीय सेनावाहिनी के प्रधान जेनरल मानेक शॉ का पाकवाहिनी को आत्मसमर्पण करने का आह्वान प्रसारित होता रहा। वे बार-बार इस बात को भी दुहराते रहे कि आत्मसमर्पण करने पर पाकवाहिनी के साथ जेनेवा कन्वेन्शन की नीति के अनुरूप सम्मानजनक व्यवहार किया जाएगा। धमकी भरे स्वर में उन्होंने यह भी कहा कि आत्मसमर्पण न करने की स्थिति में उनकी मौत सुनिश्चित है। समुद्र पथ से भी उनके भागने के रास्ते बन्द कर दिए गए हैं...।

चारों ओर से आती सकारात्मक सूचनाएँ हम गुरिल्लों के खून में नया जोश भर रही थी। चुपचाप हाथ पर हाथ धरे एक पल भी बैठे रहना अब असह्य लग रहा था। मेजर हैदर के आदेश का हमें बेसब्री से इन्तज़ार था। मेजर हैदर ने मुझे पहचान लिया था और इस

युद्ध में मेरी सक्रियता के बारे में जानकर उन्होंने खुशी व्यक्त की थी। उन्होंने कहा कि यदि पाक फ़ौजी समर्पण न करें तो गुरिल्लों को ढाका शहर में घुसकर शहर पर कब्जा करना होगा। स्ट्रीट फ़ाइट करना होगा क्योंकि यदि भारतीय सेना ढाका में उपस्थित पाक सैनिकों से निपटने के लिए ढाका में प्रवेश करती है या नागरिक इलाकों में बमबारी करती है तो आम जनता हताहत हो सकती है। पाक फ़ौजी जनसाधारण को ढाल बनाकर खूनी खेल खेल सकते हैं। नियाजी के "पुल बैक" का निर्देश पाकर पाक सैनिक विभिन्न इलाकों से भागकर ढाका की ओर ही आ रहे हैं। हालाँकि मित्रवाहिनी उन्हें हर जगह रोकने की कोशिश कर रही है मगर फिर भी सबको रोक पाना शायद सम्भव न हो। उनके पास भी तो अमेरिका और चीन से मँगाए गए अत्याधुनिक अस्त्र-शस्त्र हैं, प्रशिक्षण है, अन्य सरकारी सुविधाएँ हैं, रजाकार, अलबदर, शान्ति कॅमिटी के सदस्यों का समर्थन तथा सहयोग है।

हमें भी अन्दाज़ा था कि अन्तिम लड़ाई, जीत की लड़ाई राजधानी ढाका में ही होगी और उस अभियान में हम मुक्तियोद्धाओं को भी शामिल होना पड़ेगा। हमारे कैम्प कमांडर ने मेजर हैदर से ढाका में प्रवेश करने की इज़ाजत माँगी। उन्होंने इज़ाज़त दे दी और राह खर्च के साथ-साथ कुछ महत्त्वपूर्ण अस्त्र-शस्त्र, गोलाबारूद दिए।

पहले की बात और थी मगर अब ढाका में घुसना उतना आसान नहीं था। जैसी की ख़बरें आ रही थीं, ढाका के चारों ओर काफी बंकर बना दिए गए थे।

इसे ध्यान में रखते हुए मेजर हैदर ने विभिन्न अस्त्र-शस्त्रों के साथ हमारे दल को विशेष रूप से एक आर.सी.एल. दिया। ताकि इस भारी अस्त्र से बंकरों को ध्वस्त किया जा सके।

उनसे आज्ञा लेकर हम ढाका के लिए निकल पड़े। ढेर-सारे अस्त्र-शस्त्र, गोलाबारूद के साथ मोटे, भारी और लम्बे आर.सी.एल. को कन्धे पर लादकर ढाका तक ले जाना और दुश्मनों के बंकरों के बीच से रास्ता बनाकर शहर में प्रवेश करना था हमें। रास्ते में विभिन्न कैम्पों से निकलकर ढाका में एकत्र होने की कोशिश करते पाक फ़ौजियों के दल से भी सामना हो सकता था। इन सभी सम्भावनाओं को ध्यान में रखकर हम कभी पैदल, कभी रिक्शे में, तो कभी किसी नाव में चढ़कर आगे बढ़ रहे थे। लोग परम उत्साह से हमारी मदद को आगे आ रहे थे।

9 दिसम्बर को हमने ढाका की दहलीज़ पर कदम रखा। इतने सारे अस्त्र-शस्त्रों से लैस होने के बावजूद हम ढाका में प्रवेश न कर सके। किसी अज्ञात बंकर से हम पर गोलियों की बौछार की गई। हमारा आर.सी.एल. अपना करामात दिखाता, इससे पहले ही दुश्मन के बंकर से आती मशीनगनों की गोलियों ने आलम सहित हमारे पाँच गुरिल्ला साथियों को भून डाला। मेरी आँखों के सामने ही आलम की खोपड़ी का ऊपरी हिस्सा छिटककर दूर जा गिरा। दुश्मन की एक गोली ने मेरे बचपन के दोस्त, मेरे अत्यन्त प्रिय दोस्त को मुझसे हमेशा-हमेशा के लिए जुदा कर डाला। उसकी लाश तक को मैं न ला पाया।

आलम के उस आधे उड़े हुए रक्ताक्त सिर को मैं किसी भी तरह से भूल नहीं पा रहा था। उसकी मौत मेरे पाषाण मन को भी इस तरह से क्षत-विक्षत कर रही थी जिस तरह इस देश के सियार-कुत्ते लावारिस लाशों के साथ करते नज़र आते हैं।

अपनों को खोते-खोते मैं अकेला होता जा रहा था। हमारा आर.सी.एल. तथा ढेर सारे अस्त्र-शस्त्र गोलाबारूद भी हमसे छिन चुके थे। पाँच साथियों को खोकर नाम मात्र के अस्त्रों के साथ हमें वापस कैम्प लौटना पड़ा था। हमारी हालत महाभारत के पात्रों की तरह होती

जा रही थी। यदि किसी दिन जीत हासिल होगी भी तो अपने प्रियजनों के बिना उस जीत का क्या मूल्य रहेगा हमारे लिए ? क्या करेंगे हम ऐसी स्वाधीनता लेकर ?

मन बिलकुल ख़ाली-ख़ाली सा हो गया था। न तो अब ढाका में घुसकर लड़ने की इच्छा हो रही थी और न ही भविष्य के बारे में सोचने की। फिर भी युद्ध की ख़बरों से निर्लिप्त रहना सम्भव न हो पा रहा था। ख़बर आ रही थी कि मित्रवाहिनी तेज़ी से ढाका की ओर बढ़ रही है। वह जी जान से इस कोशिश में भी लगी हुई है कि इधर-उधर बिखरी पाकवाहिनी एकजुट न हो पाए। सीमान्त इलाकों से कोई भी पाक टुकड़ी न तो ढाका तक पहुँच सके और न ही देश के बाहर भाग सके। बंगोपसागर से लेकर साधारण नदी तक में वह पैनी नज़र रख रही थी।

जेनरल अरोड़ा कोलकाता में एक संवाददाता सम्मेलन में कह रहे थे, "अब हम लोग ढाका की लड़ाई के लिए पूरी तरह से तैयार हैं।"

"ढाका को मुक्त करने में आपके सामने सबसे बड़ी बाधा क्या है ?"

"नदियाँ।" किसी पत्रकार के सवाल के जवाब में जेनरल अरोड़ा ने कहा था।

राह में पड़नेवाली विभिन्न नदियों को पार करने के लिए नौवाहिनी की गनबोटों के अलावा भी मित्रवाहिनी को जनसाधारण की नावों का सहारा लेना पड़ रहा था। 10 दिसम्बर को रसियन टैंक लेकर मेघना नदी को पार करते समय स्थानीय लोगों ने सैकड़ों नावें लाकर मित्रवाहिनी की मदद की। नदी पार करवाने के बाद उन लोगों ने स्वेच्छा से भारी कमान और बन्दूकों को अपने कन्धों पर लादकर कई मील की दलदली जमीन पर चलते हुए भैरव बाज़ार-ढाका मुख्य सड़क तक पहुँचाया।

द्वीप-ग्राम के कैम्प में बैठे-बैठे हमें ये सारी सूचनाएँ मिल रही थीं। कैम्प में जिसके पास जो भी अस्त्र-शस्त्र था, उन सबकी साफ़-सफ़ाई, देखभाल शुरू हो गई थी। तेल आदि डालकर उन्हें चमकाया जा रहा था ताकि सही वक़्त पर वे धोखा न दे दें। मेजर हैदर से आगे की कार्रवाई का निर्देश प्राप्त करने के लिए चार लड़के फिर से मैलाघर चले गए थे। हम सभी को उनके लौटने का इन्तज़ार था।

कई इलाकों से पाक फ़ौजियों के आत्मसमर्पण की ख़बरें आ रही थीं। भारतीय सेनावाहिनी तथा विमानवाहिनी की मार से पाक सेना त्राहिमाम्-त्राहिमाम् कर रही थी।

जाड़े की उन सर्द रातों में कुहासों के आवरण को भेद कर आती तोप के गोलों की आवाज़ें हमें लज्जित करती थीं। कहाँ तो पड़ोसी देश के बहादुर जवान अपना घर-बार छोड़कर उन कँपकपाती रातों में बिस्तर का सुख त्याग कर खुले आसमान के नीचे की दलदली जमीन पर खड़े-खड़े हमारे दुश्मनों पर गोलाबारी कर रहे हैं और कहाँ हम इस देश के नागरिक होकर भी कई दिनों से निष्क्रिय होकर कैम्प में बैठे-बैठे आराम फ़रमा रहे हैं। पता नहीं, हमें उनका हाथ बँटाने का मौका मिलेगा भी या नहीं।

पता चला, टंगाइल के कादिर सिद्दीकी अपने सतरह हज़ार जवानों की मुक्तिवाहिनी को लेकर मित्रवाहिनी के कन्धे से कन्धा मिलाकर पाक फ़ौजियों के छक्के छुड़ा रहे हैं। "हाय रे कादिर सिद्दीकी ! आप जैसे जांबाज योद्धा से आज तक मिल न पाया। इतना करीब रहकर भी नहीं।" अपने अन्दर से अफ़सोस भरे बोल निकले।

❒ ❒ ❒

11 और 12 दिसम्बर को भारतीय विमानवाहिनी ने ढाका को बमबारी से मुक्त रखा था ताकि अन्तर्राष्ट्रीय विमान ढाका में उतर सकें और वहाँ रह रहे विदेशियों को ढाका से बाहर ले जा सकें।

इस बीच भारतीय सेनावाहिनी के जेनरल मानेक शॉ की पाक फ़ौजियों के प्रति अपील बार-बार प्रचारित होती रही, "यदि आप लोग ज़िन्दा रहना चाहते हैं तो आत्मसमर्पण कीजिए। भागने का कोई रास्ता नहीं है। हमारे सैनिक तेज़ी से ढाका की ओर बढ़ रहे हैं। आत्मसमर्पण करने पर आप लोगों के साथ जेनेवा कन्वेन्शन के अनुरूप सम्मानजनक बर्ताव किया जाएगा..."

"क्या सचमुच अहंकारी जेनरल नियाजी आत्मसमर्पण करेंगे ?" हममें से हरेक के मन में इस विषय को लेकर सन्देह था।

13 दिसम्बर से ढाका में फिर से विमान हमला शुरू कर दिया गया। ढाका के सभी सामरिक अड्डों पर बमबारी की जाने लगी। कुरमीटोला कैन्टोन्मेंट में लगातार कमान के गोले दागे जाने लगे। इन सबके साथ-साथ रेडियो से आत्मसमर्पण की अपील भी जारी रही।

उन दिनों उस द्वीप-ग्राम के कैम्प में ट्रांजिस्टर ही हमारा सबसे बड़ा दोस्त, सबसे प्रिय वस्तु बन गया था। एक-दूसरे को छोड़ हममें से कोई भी कहीं भी जा सकता था लेकिन मजाल थी कि कोई ट्रांजिस्टर को अपने से अलग करना चाहे।

रेडियो ही तो हमें घड़ी-घड़ी बता रहा था कि बांग्लादेश के किस प्रान्त में क्या हो रहा है। वह बता रहा था कि मानेक शॉ की अपील पर विभिन्न इलाकों में मित्रवाहिनी से घिर गए सैकड़ों पाक फ़ौजी आत्मसमर्पण कर रहे हैं मगर ढाका में नियाजी अविचल हैं। वे लड़ाई चलाए जाने पर दृढ़प्रतिज्ञ हैं। उनसे एकमत होकर खुलना, बगुड़ा, चट्टग्राम के पाक अधिनायक भी अपने-अपने इलाकों में जी-जान से लड़ रहे हैं।

द्वीप-ग्राम के उस कैम्प में उपस्थित हम सभी गुरिल्लों की राय यही थी कि नियाजी की हिम्मत न हारने की वज़ह अमेरिका द्वारा भेजा जा रहा 'सातवाँ बेड़ा' था जो शायद उनकी मदद के लिए बंगोपसागर की ओर बढ़ रहा था। सातवें बेड़े के आ जाने से युद्ध की दिशा ही बदल सकती थी। इसलिए हम साँस रोककर उस सातवें बेड़े की भूमिका का इन्तज़ार करने लगे जिसके बंगोपसागर की ओर चल पड़ने की अफवाह से माहौल गरमाया हुआ था।

13 दिसम्बर की रात से 14 दिसम्बर की सुबह तक ढाका में मित्रवाहिनी के कमान से लगातार गोले दागे जाते रहे। ढाका कैन्टोन्मेंट रातभर काँपता रहा। हालाँकि आम नागरिकों को कोई क्षति नहीं पहुँचाई गई फिर भी ढाका के लोग अत्यधिक आतंकित हो उठे।

इस बीच एक मज़ेदार घटना धटी। गवर्नर डॉ. मलिक ने भारतीय हमलों से डरकर ढाका के गवर्नर-हाउस में मन्त्रीसभा की ज़रूरी बैठक बुलाई थी। भारतीय वाहिनी को इसकी ख़बर लग गई। कुछ ही मिनटों में एक दल भारतीय जंगी विमान गवर्नर हाउस के ऊपर उड़ान भरते हुए एक के बाद एक पाँच रॉकेट दाग आया।

बैठक में भगदड़ मच गई। उपस्थित लोगों ने किसी प्रकार भागकर अपनी जान बचाई। इस घटना के तुरन्त बाद ही गवर्नर सहित मन्त्रीसभा के सभी सदस्यों ने अपने-अपने पदों से इस्तीफा दे दिया। यह सूचना ढाका के अन्तर्राष्ट्रीय रेडक्रॉस-कॅमिटी के प्रतिनिधि रेंड साहब को दी गई और उनसे आश्रय माँगा गया।

युद्ध के दिनों में ढाका के इन्टरकॉन्टीनेन्टल होटल को 'इन्टरनेशनल-जोन' घोषित कर

दिया गया था। रेंड साहब ने उस होटल को रेडक्रॉस के अधीन करके उसे निरपेक्ष इलाका बना डाला था। पूरा ढाका जिस समय पाकिस्तानियों के अधीन था उस समय यह विशाल बहुमंजिला होटल ढाका में रहकर भी पाकिस्तानियों के अधीन नहीं माना जाता था। इस होटल की स्थिति के बारे में सोचते ही मुझे काशी का ध्यान आया था। कभी किसी पंडित जी को मैंने कहते सुना था कि काशी तो इस पृथ्वी के बाहर है क्योंकि यह शिवजी के त्रिशूल पर बसा हुआ है। इसीलिए जब राजा हरिश्चन्द्र ने ऋषि दुर्वासा को अपनी धन-सम्पत्ति सहित पूरी धरती दान में दे दी थी तब ऋषि के लिए दक्षिणा की राशि जुटाने वे काशी चले गए थे।

भारतीय हमले से भयभीत गवर्नर मलिक और उनके मन्त्रीसभा के सदस्य भी उसी होटल इन्टरकॉन्टिनेन्टल में रहने चले गए जहाँ पहले से ही बहुसंख्यक पश्चिमी पाकिस्तानी तथा विदेशी पत्रकार रह रहे थे। सबको पूरा विश्वास था कि होटल के ऊपर लहराती रेडक्रॉस की बड़ी-बड़ी पताकाओं को देख कभी भी भारतीय सैनिक उस पर हमला नहीं करेंगे।

गवर्नर मलिक तथा मन्त्री सभा के सदस्यों के पद त्याग की सूचना पाकर जेनरल नियाजी टूट से गए। हालाँकि गवर्नर मलिक से उनकी कभी पटी नहीं, फिर भी जब तक वे अपने पद पर बने रहे, उनकी हिम्मत बनी रही। पर अब...?

इधर भारतीय विमान वाहिनी की ओर से एक ओर जहाँ पाकवाहिनी से आत्मसमर्पण करने की अपील की जा रही थी, वहीं दूसरी ओर आम नागरिकों को गोलाबारी से बचने के लिए शहर छोड़कर चले जाने का अनुरोध किया जा रहा था।

"लगता है अब चूड़ान्त युद्ध का वक़्त आ गया है। जल्दी से तैयारी कर लो। हमें किसी भी वक़्त आम जनता की रक्षा के लिए ढाका में प्रवेश करना पड़ सकता है।" मैलाघर कैम्प से लौटे योद्धाओं में से एक ने कहा, "मित्रवाहिनी का एक दल हमारे बिलकुल पास यानी शीतलक्षा नदी तक पहुँच चुका है। उसी के आगे-पीछे हम ढाका में प्रवेश कर सकते हैं।"

❐ ❐ ❐

कैम्प से निकलने के बाद रास्ते में ही हमारे कानों तक यह खुशख़बरी पहुँच गई कि जेनरल नियाजी सशर्त आत्मसमर्पण करना चाहते हैं। उन्हें अब विश्वास हो गया है कि सातवाँ बेड़ा उनकी सहायता के लिए नहीं आएगा। इसलिए उन्होंने भारत सरकार के पास यह सन्देश भेजा है कि यदि सभी पश्चिमी पाकिस्तानियों को बिना गिरफ्तार किए पूर्वी पाकिस्तान से चले जाने का मौका दिया जाए तो वे अपने करीब 90,000 पाक सैनिकों के साथ आत्मसमर्पण करने को तैयार हैं।

भारत सरकार ने उनकी शर्त को मानने से इनकार कर दिया और सन्देश भेजा कि अपनी वाहिनी के साथ उन्हें बिना शर्त आत्मसमर्पण करना होगा। ऐसा करने पर युद्धबन्दियों के साथ जेनेवा कन्वेन्शन के अनुरूप सम्मानजनक व्यवहार किया जाएगा। यदि उन्हें यह शर्त मंजूर है तो वे 16 तारीख को सुबह 9 बज़े तक भारत को सन्देश पहुँचा दे। 9 बज़े तक भारतीय विमान हमला बन्द रखा जाएगा, जबकि स्थल तथा नौवाहिनी पूर्ववत् आगे बढ़ती रहेगी। आत्मसमर्पण न करने की स्थिति में फिर से विमान हमला आरम्भ कर दिया जाएगा।

हम नाव पर सवार थे। हमारी नाव ढाका के काफी करीब पहुँच गई थी। नदी-पथ से गाँवों की ओर जाते लोगों के दल नज़र आ रहे थे। अचानक नदी किनारे एक स्थान पर

हो-हल्ला करती उत्तेजित भीड़ को देख हम नाव को किनारे ले आए। माजरा देख हम सकते में आ गए। मित्रवाहिनी के डर से भागते चार पाक फ़ौजियों को ग्रामीणों ने घेर लिया था और अब रुई की तरह उनकी धुनाई कर रहे थे। उनकी रक्ताक्त हालत देख उन पर बड़ी दया आ रही थी। पता नहीं, कहाँ कितनी दूर किस घर के द्वार पर इनकी राह में व्याकुल आँखें बिछाए इनके प्रियजन बैठे होंगे !

झटके से मन में आए कोमल विचारों को धकेलकर ढाका की ओर नाव को मोड़ लिया। सुबह होने में अब ज़्यादा देर नहीं थी। बक्सा-पिटारा लेकर लोगों का शहर से बाहर जाने का सिलसिला जारी था। बड़ी सावधानी से आते-जाते लोगों की भीड़ में शामिल होकर हम ढाका में प्रवेश कर गए। मित्रवाहिनी की मदद नहीं लेनी पड़ी।

बंकरों, एंटिपर्सनल माइन तथा बमबारी से बचाव के लिए शहर में जहाँ-तहाँ खोदे गए ट्रेंचों को पार करके एक शुभचिन्तक के घर पर हमने शरण ली। हर बंगाली की तरह उस घर के लोग भी रेडियो खोलकर बैठे थे। 9 बज़े तक इस बात का फैसला हो जाना था कि जेनरल नियाजी बिना शर्त आत्मसमर्पण करेंगे या नहीं। इस समाचार पर ही हमारा अगला कदम निर्भर कर रहा था। इसलिए हम बेसब्री से अपेक्षित समाचार का इन्तज़ार करने लगे।

ठीक 9 बज़े आकाशवाणी कोलकाता का बांग्ला समाचार आरम्भ हुआ। दिल जोर-जोर से धड़क रहा था। सबकी धड़कनों में विराम लगाते हुए आकाशवाणी कोलकता ने ऐलान किया कि नियाजी ने अभी तक कोई जवाब नहीं दिया है।

इस समाचार को सुन हमारे साथ-साथ पूरा ढाका कुछ देर के लिए स्तब्ध हो गया। तूफान से पहले की खामोशी थी यह। नियाजी ने किसके भरोसे आत्मसमर्पण की अपील को ठुकरा दिया ? तो क्या सचमुच अमेरिका का 'सातवाँ बेड़ा' अब ढाका पर कहर बरपाने बंगोपसागर में आ पहुँचा है ?

सातवाँ बेड़ा—अमेरिका का सबसे ताकतवर हथियार। जिसमें नियन्त्रित प्रक्षेपास्त्र फ्रिगेट किंग है, हमलावर जहाज त्रिपोली है जो पानी और ज़मीन दोनों पर आसानी से चल सकता है। जिसमें विमानवाहक 'इन्टरप्राइज' है जो नाभिकीय शक्ति से पूरी तरह लैस है। सिर्फ़ इतना ही नहीं, इस सातवें बेड़े में 'डिकॉटर', 'पारसन' तथा 'टारटर सैम' जैसे नाभिकीय हथियार भी हैं जो नियन्त्रित मिसाइलों को मार गिराने में माहिर हैं।

तो इस महाशक्तिशाली 'सातवें बेड़े' की पीठ पर लदे नाभिकीय हथियारों सहित जंगी विमानों को बंगोपसागर से ढाका में पहुँचने में कितना समय लग सकता है ? और कितनी देर ढाका जीवित रह सकता है ? 25 मार्च 1971 से अर्द्धमृत ढाका और कितनी देर में सम्पूर्ण रूप से मृत घोषित कर दिया जाएगा ?

लेकिन क्या यह सम्भव होगा ? मन के किसी कोने में सुरक्षित बची उम्मीद की एक हल्की किरण हिसाब लगाने बैठती है—हमारे बांग्लादेश में चट्टग्राम ही एकमात्र इतना बड़ा बन्दरगाह है जहाँ विशाल 'सातवें बेड़े' को लाकर उसमें से जहाजों तथा सैन्य टुकड़ियों को उतारा जा सकता है। और यह बात जगजाहिर है कि चट्टग्राम बन्दरगाह को भारतीय विमानवाहिनी ने लगभग पूरी तरह से ध्वस्त कर डाला है। जब पहले से ही उस पर इतनी बमबारी की गई है तब 'सातवें बेड़े' के आने की सूचना मिलने पर तो भारतीय विमानवाहिनी बमबारी कर-करके उस बन्दरगाह को पाताल प्रवेश करवाकर ही छोड़ेगी। जब बन्दरगाह ही नहीं रहेगा तब सातवाँ बेड़ा हमें मजा चखाएगा कैसे ? हम पर नाभिकीय प्रक्षेपास्त्र दागे

जाएँगे कैसे ?"

रेडियो बन्द करके हम चुपचाप इसी सोच में डूबे रहे। कुछ दिनों से अमेरिका के इस 'सातवें बेड़े' के भेजे जाने की सम्भावना की चर्चा समाचार की दुनिया में भी तूफान मचाए हुए थी।

ऐसी विकट स्थिति में इस तरह से निष्क्रिय बैठे रहने में भी आत्मग्लानि हो रही थी। लेकिन समझ में नहीं आ रहा था कि कहाँ से शुरू करें ? कैसे शुरू करें ? पहले तो अपनी-अपनी मर्जी के अनुसार भी वारदातें किया करते थे। लेकिन अब ? युद्ध के इन चूड़ान्त क्षणों में कुछ भी तय कर पाने में अपने आप को असमर्थ पा रहे थे हम ! रात जागने की थकान थी ही। आपस में विचार-विमर्श करते-करते हम सो गए।

चिरआकांक्षित स्वाधीनता

दिन के करीब बारह बज़े के आसपास प्रचंड हो-हल्ला सुनकर हम बाहर निकल आए। सड़क पर लोगों को पागलों की तरह दौड़ते देखा। बात क्या है? कुछ समझ में नहीं आ रहा था। अगले ही पल देखा—भारतीय जवानों से लदे ट्रक सड़क पर से चले आ रहे हैं और सड़क के लोग हाथ उठा-उठाकर उनका स्वागत कर रहे हैं।

पता चला कि नियाजी ने अपने करीब 90 हज़ार से कुछ अधिक सैनिकों के साथ बिना शर्त आत्मसमर्पण करना स्वीकार कर लिया है और इसीलिए मुक्तिपागल ढाकावासियों के मन में आनन्दज्वार उठा है।

यह समाचार सुन हम भी मानो खुशी से पागल हो उठे और दूसरे उत्साही युवकों की तरह ट्रक पर चढ़कर भारतीय जवानों से गले मिलने और हैंड शेक करने लगे। हम सबकी आँखें नम थीं।

सड़क पर भीड़ बढ़ती जा रही थी। भारतीय फ़ौजियों से लदे ट्रक चींटी की चाल से आगे बढ़ रहे थे। उनके प्रति बांग्लादेशी जनता दिल खोलकर प्यार और कृतज्ञता का प्रदर्शन कर रही थी। 'जय बांग्ला' की तुमुल ध्वनि आज सितार-सी कर्णप्रिय प्रतीत हो रही थी। मुड़ी-तुड़ी जय बांग्ला पताका बक्सों से निकलकर लोगों के हाथों और छतों पर लहराने लगी थी।

अचानक सामने के एक घर की छत पर नज़र पड़ी। देखा, झुकी कमरवाली एक बूढ़ी औरत छत की रेलिंग पर चढ़ आई 'बोगन बेलिया' के लतरों से लाल-लाल फूलों को तोड़-तोड़कर जवानों पर फेंकती जा रही है। उसकी दोनों आँखों से आँसुओं की अविरल धारा बह रही थी। वह फूल फेंकने में इतनी मशगूल थी कि उसे यह भी ध्यान नहीं था कि काग़ज की तरह हल्के वे फूल जवानों तक पहुँच ही नहीं रहे हैं। कोई और समय होता तो छत के गमलों से गुलाब, गेन्दा, पिटूनिया, आस्टर, चन्द्रमल्लिका जैसे उम्दा फूलों को फेंक पाती वह ! मगर पिछले कुछ महीनों से ढाका की अधिकतर छतों के गमले परित्यक्त-उपेक्षित होकर बेरौनक पड़े थे।

दोपहर ढलने के साथ-साथ ढाका की सभी सड़कें शहरवासियों को लेकर विख्यात रेसकोर्स मैदान की ओर चल पड़ी थीं। आज मनुष्य तो मनुष्य ढाका के पशु-पक्षी तक जेनरल

नियाजी के आत्मसमर्पण की उस ऐतिहासिक घटना का साक्षी बनना चाहते थे, जिसे शाम को सम्पन्न होना था। 'टाइगर नियाजी' कहे जानेवाले एक नरभक्षी शेर को घास खाते हुए देखना चाहते थे सब के सब। चिरआकांक्षित स्वाधीनता अब बिलकुल घर की दहलीज़ तक पहुँच चुकी थी।

शाम साढ़े चार बज़े के करीब भारतीय सेनावाहिनी के पूर्वांचलीय प्रधान विजयी वीर ले.जे. जगजीत सिंह अरोड़ा की उपस्थिति में पाक सेनापति ले.जे.ए.ए.के. नियाजी काँपते हाथों से आत्मसमर्पण के दस्तावेज़ पर हस्ताक्षर कर रहे थे। लिख रहे थे, "मैं और मेरी फौज एक साथ आत्मसमर्पण कर रहे हैं।"

जाँबाज़ मुक्तियोद्धा कादिर सिद्दीकी को मुक्तिवाहिनी का प्रतिनिधित्व करते हुए उस ऐतिहासिक दस्तावेज़ पर गवाह के रूप में हस्ताक्षर करने का सौभाग्य प्राप्त हो रहा था। उस महानायक का दर्शन कर मेरी भी मन की मुराद पूरी हुई थी। दूर से ही उसे सैल्यूट किया मैंने।

आज 16 दिसम्बर 1971 की शाम ढाका रेसकोर्स मैदान से उठती बंगवासियों की तुमुल 'जय बांग्ला' ध्वनि 7 मार्च सन् 1971 की याद दिला रही थी। उस दिन इसी रेसकोर्स मैदान में दस लाख बंगवासियों की उपस्थिति में बंगबन्धु शेख मुजीबुर्रहमान ने वह ऐतिहासिक भाषण दिया था "...एबारेर शौंग्राम मुक्तिर शौंग्राम...एबारेर शौंग्राम शाधीनोतार शौंग्राम..." उसे सुनकर ही इस देश में स्वाधीनता संग्राम की मशाल जल उठी थी। उसे सुन-सुनकर ही वह मशाल अब तक जलती रही थी। आज की इस शुभ घड़ी में आप कहाँ हैं हमारे प्राणप्रिय बंगबन्धु ?

रेसकोर्स के उस मैदान में हर्ष-विषाद की छाया मेरे ऊपर से भी होकर गुज़र रही थी। मन के पन्ने पर अपने आप पाने और खोने का लेखा-जोखा शुरू हो चुका था, ऐ मेरे दोस्त आलम ! स्वाधीनता की दहलीज़ पर आकर तुमने मेरा साथ क्यों छोड़ दिया ? क्या चन्द रोज और इन्तज़ार नहीं कर सकते थे ?

आत्मसमर्पण की प्रक्रिया समाप्त हो चुकी थी। खुले आकाश में हज़ारों गोलियाँ दागकर जय बांग्ला का नारा लगाते हुए प्रचंड उल्लास के साथ लोग जुलूस की शक्ल में सड़क पर उतरकर विभिन्न दिशाओं में जाने लगे थे। उसी समय ख़बर आई कि पाक फ़ौजियों का एक दल अन्धाधुन्ध गोलीबारी करते हुए कैन्टोन्मेंट की तरफ़ जा रहा है।

"यह सब क्या है ? आत्मसमर्पण के बाद भी ऐसी घटना ?"

"हार की खीझ उतार रहे हैं वे हत्यारे। उन पर रहम करना मूर्खता है।"

"पता नहीं, ऐसे कितने हत्यारे अभी भी जगह-जगह छिपे हैं। उनके हाथों में अस्त्र भी है। आम जनता अभी भी सुरक्षित नहीं है।"

राह चलते लोग तरह-तरह की अटकलें लगा रहे थे। कुछ दूर तक उनके साथ चलने के बाद ध्यान आया, मैं अपने साथियों से बिछड़ गया हूँ। मेरे आसपास के लोग शहीद मीनार की ओर जा रहे थे। मैं भी वहीं जा पहुँचा।

धीरे-धीरे अँधेरा उतरने लगा था। कहीं रोशनी नहीं थी। आज के दिन, जब शहर को रोशनी से जगमगाना चाहिए, इतना अँधेरा क्यों है ? आकाश में ज्योत्स्ना तक नहीं। कहीं यह मेरे मन का अँधेरा तो नहीं ? कोई जवाब देनेवाला नहीं था। सभी उन संग्रामी नेताओं का अश्रुसिक्त भाषण सुनने में व्यस्त हो उठे थे जो इसी बीच शहीदों को श्रद्धांजलि देने

उस ध्वस्त शहीद मीनार के पास आ पहुँचे थे। तीस लाख प्राणों के विनिमय में मिली थी यह स्वाधीनता ! उधर भाषण देते-देते नेता रो रहे थे, इधर भाषण सुनते-सुनते जनता।

मार्च महीने में बर्बर पाक फ़ौजियों द्वारा ध्वस्त किए गए उस शहीद मीनार के पास अँधेरा कुछ ज़्यादा ही गहराने लगा था। रोते-रोते, नारा लगाते-लगाते एक समय प्रायः सभी लोग वहाँ से चले गए थे। लेकिन मैं एक इंच भी हिल नहीं पाया था। हज़ारों-लाखों शहीदों की लाशों के मूल्य पर सद्यः स्वाधीन हुए एक देश की पहली रात उस विध्वस्त शहीद मीनार की विशाल वेदी के नीचे की सीढ़ियों पर बैठकर गुज़ार देने की इच्छा बलवती हो उठी थी। पिछले नौ महीनों में बहुत सारे प्रिय चेहरों को खोया था मैंने। आज इस कुहासे भरी रात के एकान्त में उन सभी चेहरों से बातें करना चाहता था मैं। बताना चाहता था कि देखो, देखो ! हमें स्वाधीनता मिल गई। अब कोई खान सिपाही, कोई रज़ाकार-अलबदर, कोई याहिया, कोई नियाजी हमें तंग करने नहीं आएगा। अब अगर तुम लोग चाहो तो वापस आ सकते हो। तुम लोग कवि जीवनानन्द दास की तरह क्यों नहीं कहते कि—"आबार आशिबो फिरे/धान सिंड़िटिर तीरे/एइ बांग्लाय/हॉय तो मानुष नॉय/हॉयतो बा शौंखोचिल शालिखेर बेशे/हॉयतो भोरेर काक होए/एइ कार्तिकेर नॉबान्नेर देशे/कूयाशार बूके भेशे ऐकदिन आशिबो ए कांठाल छायाय/हॉयतोबा हाँश हॉबो/किशोरीर-घूंगूर रोहिबे लाल पाय/सारा दिन केटे जाबे कोलमीर गौंधोभॉरा जॉले भेशे-भेशे/आबार आशिबो आमि बांग्लार नोदि माठ खेत भालोबेशे/जॉलांगिर ढेऊये भेजा बांग्लार ए सोबूज कोरून डांगाय !"

("फिर आऊँगा लौटकर/धान-सीढ़ी के तीर पर/इस बांग्ला में/शायद मनुष्य नहीं/शायद शंखचील या मैना के भेस में/शायद सुबह का काक बन/इस कार्तिक के नवान्न के देश में/कुहासे के सीने में तैरकर एक दिन आऊँगा इस कटहल की छाँव में/शायद बत्तख होऊँ/किशोरी का घुँघरू रहेगा लाल पाँव में/सारा दिन बीत जाएगा कोल्मी के गंध-भरे जल में बहते हुए/फिर आऊँगा मैं बांग्ला के नदी, मैदान, खेत को पार करके/जलांगी की लहरों में भीगे बांग्ला की इस हरी करुण धरती पर।")

सुबह हो गई थी। बांग्लादेश के मानचित्र का लाल सूरज आज सचमुच हमारी मातृभूमि के स्वाधीन आकाश में उग आया था। शहीद मीनार की वेदी पर ढेर सारे फूल बिखरे हुए थे। शायद कल रात उन संग्रामी नेताओं ने चढ़ाए होंगे। अँधेरे में देख नहीं पाया था। ठंडी रात और ओस की बूँदों के कारण वे मुरझाए नहीं थे। एक-एक कर मैंने ढेर सारे फूल चुन लिए और शहीदों के चरणों के फूल से ही नए देश के उस नए सूरज को अर्घ्य प्रदान किया। तन-मन तृप्त हो उठा।

पास रखे राइफल को लेकर खड़ा हुआ। ठंड से पूरा शरीर मानो अकड़ गया था। ख़याल आया, मेरे साथी गुरिल्ले मुझे ढूँढ़ रहे होंगे। या फिर हो सकता है वे काम पर लग गए हों—रजाकार, अलबदर, अलशम्स तथा इधर-उधर छिपे पाक फ़ौजियों से इस शहर को मुक्त करने के काम पर।

मुझे भी जाना होगा। एक मुक्तियोद्धा के रूप में अपना अन्तिम दायित्व निभाना होगा। मैंने अपने कदम आगे बढ़ा दिए।

कोल्मी = एक प्रकार का साग।

युद्धोपरान्त

शहर में एक तरफ़ उत्सव का माहौल था, दूसरी तरफ़ मातम का। पाक दलाल छिपे फिर रहे थे। कई ठिकानों पर ढूँढ़ने के बाद अपने साथियों से भेंट हुई मेरी। उन लोगों ने इलाके के थाने का दायित्व ले रखा था। थाने में कार्यरत बंगाली पुलिस अफ़सरों को विश्वास में लेकर उन्होंने अपना काम आरम्भ कर दिया था। चूँकि बांग्लादेश सरकार का कोई निर्देश थाने में आया नहीं था इसलिए हमारे साथी गुरिल्लों ने स्वेच्छा से इलाके की सुरक्षा का भार अपने कन्धों पर ले लिया था। रातों-रात बदली हुई स्थिति में मुक्तियोद्धाओं के खिलाफ कुछ बोलने या करने ही हिम्मत थाने के उन गिने-चुने बंगाली पुलिस अफ़सरों को नहीं थी जो कल तक किसी न किसी मजबूरी में पाकिस्तान सरकार के लिए काम कर रहे थे।

मेरे दो गुरिल्ले-साथी एक घोड़ा-गाड़ी में बैठकर इलाके में घूम-घूम कर माइक से ऐलान कर रहे थे, "हे स्वाधीन बांग्लादेश के नागरिको! चूँकि बांग्लादेश सरकार का शासन अभी तक पूरी तरह से लागू नहीं हो पाया है इसलिए हम मुक्तियोद्धा सुयोगसंधानी दुष्कृतिकारियों से इलाके की रक्षा करने की कोशिश कर रहे हैं। आप सभी से अनुरोध है कि आप कानून को अपने हाथों में न लें और सुव्यवस्था कायम रखने में हमारी मदद करें। रजाकार, अलबदर, अलशम्स तथा पाक दलालों को पकड़वाने में हमारी मदद करें। भागते समय उन लोगों के द्वारा इधर-उधर फेंके गए अस्त्र-शस्त्र को थाने में लाकर जमा करें। कोई किसी की सम्पत्ति को हाथ नहीं लगाएगा। लूट-पाट करते हुए पकड़े जाने पर कड़ी सजा दी जाएगी..."

ऐलान के बावजूद जगह-जगह से लूट-पाट की ख़बरें आने लगीं। कुछ लोगों के हाथों में अस्त्र आ जाने पर वे आपसी दुश्मनी मिटाने की कोशिश करने लगे थे। कमांडर के निर्देश पर हम गुरिल्ले अलग-अलग जगहों में शान्ति बहाली के लिए निकल पड़े। कुछ लड़के गुलशन की ओर गए, कुछ तेज़गाँव की ओर। हम पाँच-गुरिल्लों को थाने की एक जीप देकर कमांडर ने कहा, "आपलोग फार्मगेट इलाके की ओर रवाना हो जाइए। उस इलाके में पहरेदारी की सख्त ज़रूरत है।" युद्ध के दौरान फार्मगेट इलाके से काफी लोग अपना मकान छोड़कर चले गए थे इसलिए उस इलाके में लूटपाट के उद्देश्य से घूमते लोगों की संख्या अधिक थी। ऐसे ही संदिग्ध लोगों के दल को देखकर थाने में किसी ने शिकायत की थी।

खैर, लुटेरों को पकड़ने में हमें अधिक परेशानी नहीं हुई। एक ख़ाली मकान से लूट का माल लेकर निकलते एक दल पर जैसे ही हमारी नज़र पड़ी, हमने चलती जीप से उन्हें ललकारा। राइफल लिए हम मुक्तियुद्धाओं को देख वे जी-जान से भागे, मगर अधिक दूर जा न सके। हमने उन्हें धर दबोचा।

ऐसे ही अलग-अलग इलाकों से दुकान-मकान लूटने काफी दुष्कृतिकारियों को जनता की मदद से पकड़ने में कामयाबी मिली। अस्त्र-शस्त्रों के अलावा इधर-उधर ढेर सारी लावारिस गाड़ियाँ भी पड़ी मिलीं।

मेरे कुछ साथी पाक फ़ौजियों द्वारा जहाँ-तहाँ बिछाए गए माइन का पता लगा-लगाकर उन्हें निष्क्रिय करने में जुट थे। हालाँकि भारतीय सेनावाहिनी के जवान भी पूरी तत्परता से परिस्थिति को सँभालने में लगे हुए थे। विभिन्न बंकरों से वे अस्त्र-सस्त्र बरामद कर रहे थे, इधर-उधर छिपे पाक फ़ौजियों को निकालकर ले जा रहे थे। चूँकि भारत ने पाक फ़ौजियों से जेनेवा कॅन्वेन्शन के अनुरूप व्यवहार करने का वादा किया था, इसलिए भारतीय

सेनावाहिनी की कोशिश यही थी कि कोई भी पाक फ़ौजी, कोई भी गैर बंगाली या पश्चिमी पाकिस्तानी नागरिक बांग्लादेशी जनता या गुरिल्लों के हाथों प्रताड़ित न किया जाए। परन्तु हमारे मन में उन लोगों के प्रति इतनी घृणा थी कि जहाँ कहीं से भी जनता द्वारा किसी पाक फ़ौजी या पाक दलाल के घेरे जाने की ख़बर आती, हम जल्द से जल्द उन्हें सबक सिखाने दौड़ पड़ते। मगर अधिकतर स्थानों में हमारे पहुँचने से पहले ही वे जनता के हाथों मार डाले जाते। चूँकि भारतीय सेनावाहिनी के लोग अब पाक समर्थकों की रक्षा में जुट गए थे इसलिए बांग्लादेशी जनता तथा मुक्तिवाहिनी के मन में भारतीय सैनिकों के प्रति-भी नाराज़गी उत्पन्न होने लगी।

आत्मसमर्पण के बाद ही देश के विभिन्न भागों से मुक्तियोद्धाओं के अलग-अलग समूह ढाका में प्रवेश करने लगे थे। कौन असली मुक्तियोद्धा है, कौन नकली, यह फर्क करना भी मुश्किल हो रहा था। 16 दिसम्बर के बाद इधर-उधर से अस्त्र जुगाड़ करके, परित्यक्त जीप में बैठकर शहर का चक्कर लगाते हुए कुछ मतलबबाज अपने आप को मुक्तियोद्धा बताकर मौके का फायदा उठाने की कोशिश कर रहे थे। 16 दिसम्बर से सक्रिय होने के कारण ऐसे नकली मुक्तियोद्धाओं की जमात को लोगों ने मजाक से "सिक्सटिन्थ डिवीजन" नाम दे डाला।

इन मतलबबाजों से निपटने का काम भी हमारे जिम्मे आ पड़ा। दो ही दिनों में थाना का एक कमरा अस्त्र-शस्त्रों से, थाना का लॉकअप दुष्कृतिकारियों से और थाना परिसर लावारिस गाड़ियों से भर गया।

इसी बीच एक अत्यन्त लोमहर्षक समाचार पाकर पूरा शहर दहल उठा। दल के दल लोग ढाका के रायेर बाज़ार, मीरपूर जैसे कई विशेष इलाकों की तरफ़ दौड़ पड़े। रायेर बाज़ार के 'काटासूर' तथा मीरपूर के शियालबाड़ी बध्यभूमि को देखकर विजय की सारी खुशी काफूर हो गई। अपने ही लोगों की सैकड़ों लाशों से पटी थी वह बध्यभूमि। ये लाशें बर्बर पाक सरकार के उस गुप्त षड्यन्त्र की कहानी कह रही थीं जिसके अन्तर्गत विभिन्न बुद्धिजीवियों की नृशंस हत्या की गई थी। इस बात का खुलासा हुआ था कि युद्ध के अन्तिम दिनों में कर्फ्यू के दौरान ढाका में घर-घर जाकर बुद्धिजीवियों को विभिन्न माइक्रोबस तथा जीप में उठाकर ले जाया गया था।

सिराजुद्दीन हुसैन, एस.बी.मासूद, गुलाम मुस्तफा, निज़ामुद्दीन, नजरूल हक, अध्यापक अनवर पाशा, अबुल कलाम आज़ाद, गियासुद्दीन अहमद के अलावा डॉ.मुनीर चौधरी, शाहीदुल्ला कैसर, डॉ. रब्बी, अलीम चौधरी, मोफाज्जल हैदर चौधरी, इलियास लाडूके, सन्तोष भट्टाचार्य, एस.ए. मन्नान..." जैसे कुछ बुद्धिजीवियों की लाशें तो पहचान में आईं लेकिन बाकी लाशें इतनी विकृत थीं कि उन्हें पहचानना मुश्किल हो रहा था। किसी की आँखें निकाल ली गई थीं तो किसी के नाक-कान काट लिए गए थे।

धीरे-धीरे दूसरे शहरों से भी इस तरह के समाचार आने लगे। शायद ही कोई ऐसा नदी तट रहा हो जहाँ बालू खोदने पर नरकंकाल न निकला हो।

हम मुक्तियोद्धा भी दूसरे कार्यों के साथ-साथ लाशों को पहचानने और लोगों की शिनाख्त करने के काम पर लग गए। अपने-अपने प्रियजनों की खोज में दूर-दराज इलाकों से औरत-मर्द-बच्चे आते, हमारे साथ बध्यभूमि में जा-जाकर सड़ी-गली, कंकाल बनी लाशों को हटा-हटाकर उनमें अपने-अपने प्रियजनों की तलाश करते, उनके कपड़ों का टुकड़ा चुनते,

कभी कोई अँगूठी उनकी शिनाख्त कराती तो कभी कोई कड़ा। मर्मांतक विलाप के स्वर हमें अन्दर तक दहला देते।

"वह तो किस्मत अच्छी थी कि 15 दिसम्बर को युद्ध समाप्ति की घोषणा हो गई वरना हम अपने और तीन हज़ार बुद्धिजीवियों को खो बैठते।" कमांडर ने हर्ष-विषाद की मिली-जुली अभिव्यक्ति को स्वर देते हुए कहा, "एक भी बंगाली वैज्ञानिक, साहित्यकार, डॉक्टर, वकील, इंजीनियर, कलाकार, पत्रकार, अध्यापक, नेता या वरिष्ठ सरकारी अधिकारी, कर्मचारी यानी हमें बौद्धिक नेतृत्व देनेवाला न बचता।"

"ऐसा क्या ?"

"हाँ, 25 मार्च से मध्य दिसम्बर तक लाखों को मारकर भी उन्हें सन्तुष्टि नहीं मिली थी। पन्द्रह दिसम्बर को व्यापक पैमाने पर बुद्धिजीवियों की हत्या का षड्यन्त्र रचा गया था। बंगाली बुद्धिजीवियों के हाथों सत्ता सौंपने का झूठा आश्वासन देकर करीब एक हज़ार वरिष्ठ शीर्षस्थ बंगाली बुद्धिजीवियों को ढाका के गवर्नर हाउस के दरबार हॉल में बुलाया गया था। योजना यही थी कि जैसे ही वे बुद्धिजीवी हाल में जमा होंगे, पाक फ़ौजी उन्हें भून डालेंगे। और पता है इस ब्लू प्रिंट के चीफ़ डिजाइनर कौन थे ?"

"कौन थे ?"

"मेजर जनरल राव फ़रमान अली।"

"आपको कैसे पता ?"

"आत्मसमर्पण के बाद ढाका के गवर्नर हाउस में उनके बिस्तर पर मिले पुरजे से इस तथ्य का खुलासा हुआ है। बुद्धिजीवियों की जो सूची मिली है, उसमें हर क्षेत्र के लोगों के नाम हैं। लोग कह रहे हैं कि "जेनोसाइड" की तरह एक नए शब्द "एलिटोसाइड" का निर्माण कर डाला है इन दरिन्दों ने। इस देश को पंगु बना डालने की योजना थी उनकी, युद्ध के अंतिम दिनों में इसी राव फरमान अली तथा ब्रिगेडियर बशीर के निर्देश पर ही अलबदर के सशस्त्र सदस्यों को लेकर कर्नल एजाजी पूरे बांग्लादेश में बुद्धिजीवियों का शिकार करते फिर रहे थे। ढाका, खुलना, श्रीहट्ट, ब्राह्मणबेड़िया—हर जगह एक ही तरह से हत्यायज्ञ चलाया गया। खुलना में तो आत्मसमर्पण के आधे घंटे पहले तक यह तांडवलीला जारी थी।"

पाक सरकार की कारगुजारियों से हम हतबुद्धि हो उठे थे। जिस तरफ़ नज़र दौड़ाते तबाही ही नज़र आती। पाक फ़ौजियों के विभिन्न बंकरों से बंगाली लड़कियों के बरामद होने की ख़बरें आ रही थीं। उनकी दुर्दशा की बातें सुन अपने आप को सामान्य रख पाना मुश्किल हो रहा था। हमारी माँ-बहनों का इतना अपमान ! कैसे ले पाएँगे हम इतना प्रतिशोध ! काश ! कि पाकिस्तानी युद्धबन्दियों को भारत सरकार हमारे हाथों में, इस देश की जनता के हाथों में सौंप देती !

ढाका के पास एक परित्यक्त बंकर का पता पाकर जब हम वहाँ पहुँचे तब देखा, कुछ भारतीय जवान एक बंकर से एक के बाद एक अर्द्धविक्षिप्त नग्न युवतियों को निकाल रहे हैं। उनकी देह अत्याचार के असंख्य निशानों से भरी हुई थीं। पत्थर की मूरत की तरह वे लड़कियाँ आस-पास के लोगों को विस्मय से देखे जा रही थी। उनके आँसू सूख चुके थे। उनकी हरकतें अस्वाभाविक थीं। उन्हें निकाल रहे कुछ भारतीय सिक्ख जवानों से जब उनकी यह दशा देखी नहीं गई तब उन्होंने अपनी पगड़ी खोलकर उन लड़कियों पर डाल दिया।

एक ये जवान थे जिनसे हमारी माँ-बहनों का अपमान सहा नहीं जा रहा था और एक वे थे जिन्होंने उन्हें तबाह किया था। कुछ वर्षों पहले वे पाक फ़ौजी भी, जिन्होंने हमारी माँ-बहनों को तबाह किया, भारत के ही नागरिक थे। तो फिर इन चन्द वर्षों में उनमें इतनी हैवानियत कहाँ से आ गई ? क्यों आ गई ? पंजाब की एक ही धरती पर वे दोनों पले-बढ़े। फिर ? धरती के टुकड़ों में बँट जाने या उनका नाम बदल जाने पर उस धरती में पले-बढ़े इंसानों के स्वभाव भी बदल जाते हैं क्या ?

बंकर से बरामद उन नग्न-अर्द्धविक्षिप्त युवतियों को देख मेरे मन में फिर से अपनी बहन ऑनिच्छा को लेकर तरह-तरह की शंकाएँ उठने लगीं। क्या वह भी ऐसी ही किसी बंकर से बरामद हुई होगी ? क्या उसके साथ भी उन बर्बर पशुओं ने ऐसा ही व्यभिचार किया होगा ? भारत की ओर भागते कितने ही शरणार्थियों के दलों को मारकर जवान लड़कियों को विभिन्न बंकरों में उठा ले गए थे वे। कहीं मेरी माँ को मारकर ऑनिच्छा को भी..." यदि ऐसा नहीं होता तो वे अब तक कहीं न कहीं मिलतीं ज़रूर ! कोलकाता के किसी रिश्तेदार के यहाँ ही चली जातीं।

"मुझे अभी यहाँ से जाना होगा। बोरिशाल के आसपास के इलाकों में ढूँढ़ना होगा उसे।" मैंने निर्णय ले लिया। वैसे भी ऑलोक से मिलने जाना ही था मुझे। कमांडर से विदा लेकर मैं ढाका से चल पड़ा।

मिलना, जुदा होना

ऑलोक से मिलने के लिए मेजर जलील के पास जाना ज़रूरी था और मेजर जलील को ढूँढ़ना कोई मुश्किल काम नहीं था। नौ नम्बर सेक्टर के कमांडर का पता अब कोई भी दे सकता था।

मेजर जलील मुझे जशोर में मिले। मिल तो गए मगर यह मिलना सुखद न रहा। ऑलोक के शहीद होने का समाचार हृदय में एक और छेद कर गया। दंगे में अपने परिजनों के खोने के बाद एक बार उषा माशीमाँ ने कहा था, "तू नहीं जानता केष्टो ! प्रियजनों को खोने का शोक कितना गहरा होता है। सीने की पसलियों तक में छेद हो जाते हैं।" उषा माशीमाँ के शोक का सही मायने में अनुभव अब कर पा रहा था मैं।

मेजर जलील मुझे एक ऐसे आश्रय-शिविर में ले गए जहाँ जशोर कैंटोन्मेंट के पास स्थित एक बंकर से बरामद लड़कियाँ रखी गई थीं। ढाका के बंकर से निकली लड़कियों में और यहाँ की लड़कियों में कोई विशेष फर्क नहीं था। सब के शरीर पर अत्याचार के चिह्न ! कइयों के फूले हुए पेट ! मलिन, उदास और निर्जीव चेहरे ! खामोशी से टुकुर-टुकुर देखती या फिर अनर्गल असंलग्न बातें करती हुईं ! ऑनिच्छा इनमें नहीं थी।

"मुझे बोरिशाल के आसपास से बरामद लड़कियों को दिखलाने की व्यवस्था कीजिए !" मैंने मेजर से अनुरोध किया।

"ठीक है, चलिए केष्टो दा ! मैं आपके साथ ही चलता हूँ। वे सारे इलाके तो मेरे सेक्टर के अन्तर्गत ही आते हैं। एक-एक शिविर में झाँकेंगे हम ! मेजर का अपनापन मुझे अन्दर तक छू गया था।

बोरिशाल में मेरे आने की ख़बर पाते ही वे लोग मेरा घर ख़ाली करके भाग खड़े हुए थे जिन्हें अशरफ अली ने मेरे घर पर कब्जा करने के लिए घुसा रखा था। पासा पलट चुका था। मेजर जलील के मेरे साथ होने की भनक लगने पर अशरफ अली भी कहीं जा छिपा था।

मेरे वहाँ पहुँचते ही आस-पास के कुछ पुराने लोगों ने मुझे घेर लिया। मेरी माँ-बहन की गुमशुदगी और माणिक-ऑलोक की मौत के बारे में जानकर संवेदना प्रकट की थी उनलोगों ने। इतने दिनों तक जंगल-झाड़ी, पहाड़ में मारा-मारा फिरते रहने के बाद मैं घर लौटा था लेकिन वहाँ मेरा इन्तज़ार करनेवाला कोई अपना नहीं था। चारों ओर सिर्फ़ अपनों की यादें बिखरी हुई थी। घर आकर कुछ ज़्यादा ही अकेलापन महसूस होने लगा था। कुछ देर वहाँ रुककर हम निकल पड़े। माँ और बहन के बारे में पता करने के लिए मन्नान चाचा के घर भी गया मगर वहाँ कोई न मिला। वहाँ से निकलकर विभिन्न आश्रय शिविरों की खाक छानता रहा।

और आखिरकार...आखिरकार ऑनिच्छा मिली। मेरी बहन...मेरी प्यारी छोटी बहन मुझे मिल गई। मैं हँसूँ या रोऊँ ? या उसकी हालत पर बैठे-बैठे सिर धुनता रहूँ ? क्या करूँ मैं ? आज मेरी अपनी बहन मुझसे आँखें चुरा रही है। बातें करना तो दूर, मुझे अपना चेहरा तक नहीं दिखाना चाहती है वह। मैं क्या करूँ ?

"थोड़ा-सा स्वस्थ होते ही आप इसे घर ले जाइए केष्टो दा !" मेजर ने सलाह दी, "यहाँ रहेगी तो कभी सामान्य नहीं हो पाएगी। इसे अपनों के प्यार की ज़रूरत है। अपनेपन की ज़रूरत है।"

"हाँ-हाँ ! यह भी कोई कहने की बात है ? मैं इसे घर ले जाऊँगा। अपनी प्यारी बहन को यहाँ कैसे रख सकता हूँ मैं ? कल ही मैं इसे यहाँ से ले जाऊँगा। आज जाकर घर को जरा व्यवस्थित कर लूँ। मेरी बहन घर जाएगी। मेरे पास रहेगी। मेरे जीवन के सन्नाटे को दूर करेगी वह। मुझ सर्वहारा के लिए इससे बड़ी खुशी की बात और क्या हो सकती है ?"

मेजर जलील ने मुझे घर पर छोड़ दिया था। सुबह तक घर को रहने लायक बनाकर ऑनिच्छा को लाने आश्रय शिविर पहुँचा मैं। पर यह क्या ? बरामदे में इतनी भीड़...?

"क्या हुआ ?"

वहाँ खड़ी एक नर्स, जो कल ही हमें ऑनिच्छा के पास ले गई थी, जगह बनाते हुए मेरे पास आई और हिचकते हुए बोली, "आपकी बहन ने आत्महत्या कर ली है। गर्भवती थी न ! दुश्मन के बच्चे को जन्म देना गवारा न था उसे। और फिर अपना कलुषित चेहरा लेकर घर नहीं जाना चाहती थी वह ! भाग जाना चाहती थी यहाँ से। हमने रोका तो रात को बाथरूम में जाकर फाँसी लगा ली इसने।"

"अच्छा किया। बहुत अच्छा किया। बहुत-बहुत अच्छा किया। अपने भैया के पैरों की अन्तिम बेड़ी को भी काट डाला इसने। अब मैं आज़ाद हूँ। पूरी तरह आज़ाद ! इस भरी-पूरी दुनिया में बिलकुल अकेला। हा-हा-हा-हा..." हँसने की कोशिश करते-करते मैं रो पड़ा। बच्चों की तरह रोने लगा मैं।

मेरी यह हरकत देख वहाँ पर उपस्थित सभी करुणा से मेरी तरफ़ देखने लगे। मृतक का सम्बन्धी होने का अन्दाजा लगाकर मेरे लिए रास्ता बनाया गया। सामने सफेद कपड़े से ढकी ऑनिच्छा की लाश पड़ी थी। उसके चारों ओर मक्खियाँ भिनभिना रही थीं। आस-पास

के लोग मुझे ही देख रहे थे। किसी ने मुझे दिखाने के लिए उसके चेहरे पर पड़े कपड़े को हटा दिया। एक भयावह चेहरा मेरे सामने था—जीभ और दोनों आँखें बाहर को निकली हुईं। परिस्थितियों ने मेरी मासूम बहन की क्या हालत बना दी है। हे भगवान ! मुझे अब तक ज़िन्दा क्यों रखा है ? मैं भीष्म पितामह नहीं हूँ। इतना सब कुछ नहीं सह सकता। मुझे मौत क्यों नहीं देता तू ?

ऑनिच्छा की लाश से लिपटकर मैं इसी तरह की अनर्गल बातें बकने लगा।

"अपने आप को सँभालिए केष्टो दा !" भीड़ में से किसी ने बड़े अपनेपन से मेरी पीठ पर हाथ रखते हुए कहा। मैं सर उठाकर पीछे मुड़ा और मन्नान चाचा की बेटी को देख चौंक उठा, "अरे शकीला तुम ? तुम यहाँ कैसे आई ?"

"जैसे ऑनिच्छा आई, वैसे ही।"

"तो क्या तुम्हें भी... ?"

"हाँ केष्टो दा ! ऑनिच्छा की तरह मुझे भी लाकर उन लोगों ने बंकर में रखा था। हम दोनों ने नौ महीनों तक साथ-साथ यह नारकीय जीवन जिया है। सुख के तो नहीं लेकिन दुख के साथी थे हम। मुझे अकेला छोड़कर चली गई वह। मुक्ति पा गई।" शकीला के आँसू थमने का नाम नहीं ले रहे थे।

"तुम दोनों वहाँ पहुँचीं कैसे ? अच्छा, तुम मेरी माँ के बारे में कुछ जानती हो ? वह कहाँ है ? वह भी तो ऑनिच्छा के साथ तुमलोगों के घर पर ही जा छिपी थी न !" एक ही साँस में मैं कई सवाल पूछ बैठा। आसपास के लोग लाश से ध्यान हटाकर हमारी बातें सुनने में लग गए थे। कुछ देर पहले की वे दबी-दबी-सी कथोपकथन की आवाज़ें आनी बन्द हो गई थीं। शकीला कह रही थीं, "हाँ, वे दोनों ही हमारे घर पर छिपने के लिए आई थीं। मेरे अब्बू ने ही उन्हें भागते देखकर बुलाकर घर पर छिपा लिया था, लेकिन क्या फायदा हुआ ? अब्बू न तो उनकी रक्षा कर पाए, न हमारी।"

"तो क्या मेरी माँ अब ज़िन्दा नहीं है ? बताओ शकीला बताओ !" अनचाहे ही शकीला को दोनों हाथों से पकड़कर मैं झकझोरने लगा था।

"पता नहीं केष्टो दा। आपकी माँ या मेरे परिवार के लोग ज़िन्दा हैं कि नहीं, मैं नहीं बता सकती। उनके बारे में मुझे कुछ नहीं पता।"

"जितना पता है उतना ही बताओ। आखिर वह तुम लोगों के घर पर ही तो ठहरी थी न !"

"बताऊँगी। जितना जानती हूँ, उतना बताऊँगी। लेकिन अभी इस वक़्त नहीं। इस वक़्त ऑनिच्छा पर ध्यान दीजिए। थोड़ी ही देर में इसे यहाँ से उठा लिया जाएगा। वह देखिए, इसे यहाँ से ले जाने के लिए कब से शिविर के कर्मचारी तैयार खड़े हैं। बस आप ही के लिए इन्हें रोककर रखा गया था। आज इसे घर ले जानेवाले थे न ! जाइए। श्मशान घाट पहुँचा आइए इसे। यह आपको कोई तकलीफ नहीं देना चाहती।"

"शकीला ठीक कह रही है केष्टो बाबू। हम यहाँ अधिक देर तक लाश को नहीं रख सकते। शिविर की सारी लड़कियाँ मानसिक रूप से टूटी-बिखरी हुई हैं। उन पर गलत प्रभाव पड़ सकता है।" शकीला की बातों पर ज़ोर देते हुए उस नर्स ने भी कहा।

मैंने सिर हिलाकर उनसे सहमति जताई और जी कड़ा करके शिविर के कर्मचारियों के साथ जल्द से जल्द उसके अन्तिम संस्कार की तैयारी में लग गया। लाश को घर ले जाने

का कोई औचित्य नहीं था। सीधे श्मशान घाट ही गया। मात्र दस-पाँच लोगों की उपस्थिति में अपनी प्रिय बहन को मुखाग्नि देकर मैं शिविर में वापस लौट आया।

❐ ❐ ❐

अँधेरा हो गया था। शिविर में अब सुबहवाली गहमा-गहमी नहीं थी। सिर्फ़ अन्दर से कुछ लड़कियों के धीमे स्वर में बातें करने की आवाज़ें आ रही थीं। नर्स से कहकर मैंने शकीला को बाहर बरामदे में बुलवा लिया। काले पाड़वाली एक सफ़ेद साड़ी पहन रखी थी उसने। पीठ पर बिखरे-उलझे बालों को जल्दी से लपेटकर जूड़ा बनाने की कोशिश करते-करते बाहर आई थी वह। कम पावरवाले एकलौते बल्ब की फीकी रोशनी में अत्यन्त रुग्ण लग रही थी। धीमे कदमों से मेरे पास आकर बोली, "आप घर नहीं गए केष्टो दा ?"

"नहीं। श्मशान घाट से सीधे यहीं आ रहा हूँ। शकीला, अब तुम मुझे सब कुछ बताओ। शुरू से बताओ कि कैसे क्या हुआ ? मैं सब सुनना चाहता हूँ।" मैं अधीर होता हुआ बोला।

"क्या बताऊँ केष्टो दा !" अपने शरीर का पूरा भार बरामदे की रेलिंग पर डालते हुए शकीला ने भूमिका बाँधी, "हम करना कुछ चाहते हैं और हो कुछ और जाता है। मेरे अब्बू ने पाक दिल से ही आपकी माँ और बहन को हमारे घर पर पनाह दी थी।"

"हाँ, वह मैं जानता हूँ।" मैंने कहा, "लेकिन उसके बाद क्या हुआ ?"

"आप तो जानते ही हैं कि मेरे रदीफ भाईजान मुस्लिम लीगी थे। अशरफ अली के लिए काम करते थे।"

"हाँ, जानता हूँ, तो ?"

"तो इसीलिए अब्बू को यह विश्वास था कि हमारे घर पर पाक फ़ौजी धावा नहीं बोलेंगे।"

"मगर उन्होंने धावा बोल दिया। है न ?" मैंने कहा।

"पहले नहीं आए थे।"

"मतलब ?"

"मतलब शायद वे हमारे यहाँ आते ही नहीं लेकिन मेरे भाईजान की ग़लती से ही सब कुछ खत्म हो गया।" शकीला का इस तरह पहेलियाँ बुझाना मुझमें चिढ़ पैदा कर रही थी।

"वो कैसे ?" मैंने पूछा।

"रदीफ भाईजान ने बातों ही बातों में अशरफ अली को यह बता दिया था कि आपकी बहन हमारे घर पर छिपी हुई है।"

"ऐसा क्यों किया उसने ?"

"अशरफ अली को खुश करने के लिए और क्या ? अशरफ की सोहबत में रहकर हैवान बन गया था वह ! अशरफ की नज़र आपकी बहन पर है, वह जानता था। उसी से जानकारी पाकर अशरफ हमारे घर पर आ धमका और ऑनिच्छा को एक कमरे में ले जाकर..."

शकीला से आगे की बातें न कही गई और न मुझसे सुनी गई। "ओह वह पापी ! मैं उसे छोड़ूँगा नहीं।" मैंने रेलिंग पर मुक्का मारते हुए कहा। मेरे तन-मन में आग लग गई थी। किसी तरह उस पर काबू पाते हुए मैंने पूछा, "ये बताओ, उस वक़्त तुम्हारे अब्बू, मेरी माँ, तुम्हारी माँ, भाभी या घर के दूसरे सदस्यों ने कोई प्रतिवाद नहीं किया ?"

"किया न ! लेकिन अशरफ के चमचों ने हम सबको एक कमरे में बन्द कर दिया था।

भाईजान न जाने कहाँ थे। मेरे अब्बू कमरे के अन्दर से ही दरवाज़ा पीट-पीट कर अशरफ को अल्लाह की दुहाई दे रहे थे। आपकी माँ तो चीख़-चीख़ कर बेहोश ही हो गई थीं। मैं, मेरी अम्मी, मेरे दो छोटे भाई, रदीफ भाई जान की बीवी तो डर से काँपने लगी थीं।"

"फिर ?"

"फिर वे लोग चुपचाप चले गए। ऑनिच्छा ने ही किसी तरह आकर हमारे कमरे के दरवाज़े की कुंडी खोली थी। हम सब मिलकर उसे तथा बेहोश चाची जान को सँभालते, इससे पहले ही दो फ़ौज़ियों को लेकर अशरफ अली दुबारा अन्दर आ धमका। वह ऑनिच्छा की ओर इशारा करते हुए फ़ौजियों से बोला, 'इसे उठाकर ले जाइए। यह हमारे सबसे बड़े दुश्मन की बहन है।' और वे फौज़ी ऑनिच्छा की ओर लपके। फ़ौज़ियों को करीब आते देख ऑनिच्छा मुझसे लिपट गई। मेरे अब्बू उन लोगों के आगे गिड़गिड़ाने लगे, 'ऐसा जुल्म न करो। यह मेरे मरहूम दोस्त की बेटी है। मैंने इसे अपने घर पर पनाह दी है। इसे मत ले जाओ।' मगर उन्होंने अब्बू को धक्का देकर एक तरफ़ हटा दिया और ऑनिच्छा का हाथ पकड़कर खींचने लगे। चूँकि ऑनिच्छा मुझे कसकर पकड़े हुई थी इसलिए उसके साथ-साथ मैं भी खिंच गई। मेरी ओर नज़र पड़ते ही एक फौज़ी ने कहा, 'इसे भी ले चलो। सुन्दर है। जवान है।' हम दोनों को खींचकर बाहर ले जाते देख मेरे अब्बू-अम्मी और मेरे दो छोटे भाई हमें छुड़ाने के लिए फ़ौज़ियों से हाथापाई करने लगे। आपकी माँ को भी तब तक होश आ चुका था। मामले को समझकर वे भी फ़ौज़ियों से उलझ पड़ीं..." शकीला बोले जा रही थी और वे सारे दृश्य चलचित्र की भाँति मेरे सामने उपस्थित होते जा रहे थे। अपने आप पर काबू रखना मुश्किल हो रहा था। दाँत किटकिटाते हुए मैंने पूछा, "और वह कुत्ता अशरफ अली ? वह उस समय क्या कर रहा था ?"

"उसने दबी जबान से एक-आध बार यह कहने की कोशिश की कि वे सिर्फ़ ऑनिच्छा को ले जाएँ, मुझे नहीं। मेरे घरवालों से बुरा बर्ताव न करें मगर जब फ़ौज़ियों ने उससे कहा कि यदि वह उनके काम में बाधा देगा तो उसे भी उठा ले जाएँगे, तो वह चुपचाप बाहर जाकर खड़ा हो गया और लगा तमाशा देखने।

इस बीच एक फौज़ी अन्दर से मेरे रदीफ़ भाईजान की बीवी को भी पकड़ लाया था। उनकी गोद में उनका छह माह का बेटा था। आपकी माँ और मेरे परिजन हमें छुड़ाने के लिए लगातार दोनों फ़ौजियों के साथ हाथापाई किए जा रहे थे और वे बार-बार बन्दूक के कुन्दे से उन पर प्रहार किए जा रहे थे। गेट के पास ले जाकर उन लोगों ने अपने साथ के फ़ौज़ियों से कहा, 'इन सभी को ट्रक पर चढ़ाओ। बहुत ज़्यादा फुदक रहे हैं। और उन्होंने हमारे घर के सभी लोगों को खींच-खींचकर ट्रक पर चढ़ाना आरम्भ किया। ठीक उसी समय न जाने कहाँ से मेरे रदीफ भाईजान दौड़ते हुए आए और उन फ़ौज़ियों से बकझक करने लगे। वे उन्हें यह समझाने की कोशिश कर रहे थे कि यहाँ सिर्फ़ दो ही लोग दुश्मन के परिवार से हैं। बाकी लोग तो उनके अपने परिवार के हैं। उन्हें क्यों ले जाया जा रहा है ? वे मुस्लिम लीगी हैं। उनकी बहन, बीवी, भाई और माता-पिता को वे कैसे ले ज़ा सकते हैं ?

उनकी बातें सुन फ़ौजी अट्टहास करने लगे। एक ने कहा, हम हाथ आए शिकार को यूँ ही जाने नहीं देते। मुस्लिम लीगी हो या कोई और। है तो बंगाली ही न ! हाथ आई बंगाली औरतों को हम नहीं छोड़ते। अब तू ज़्यादा बड़बड़ कर रहा है न इसलिए तुझे भी ले चलेंगे। अपने परिवार के लोगों के साथ रहेगा तो ऊपर जाते वक़्त उनकी हिम्मत बनी रहेगी।...और

उन लोगों ने रदीफ भाईजान को भी ट्रक पर चढ़ा लिया। रदीफ भाई ट्रक से ही चीख़-चीख़कर अशरफ अली को गाली देते रहे। कहते रहे 'मैंने तुझ पर विश्वास करके तुझे केष्टो दा की माँ-बहनों की ख़बर दी और तूने मेरे ही परिवार को तबाह कर डाला ? मैं तुझे नहीं छोड़ूँगा अशरफ अली। नहीं छोड़ूँगा तुझे...।'

'जा, जा। ज़िन्दा रहेगा तब तो ? थोड़ी देर बाद तेरी लाश किस नदी या नाले में तैरेगी, ये भी किसी को पता नहीं चलेगा।' कहते-कहते अशरफ अली अपने कन्धे को झटकते हुए वापस चल पड़ा। ट्रक पर उपस्थित फ़ौज़ियों ने हम सभी के हाथ पीछे की ओर करके रस्सी से बाँध दिया। काले कपड़े के छोटे-छोटे टुकड़ों से सबकी आँखों पर पट्टी बाँध दी और वह फौज़ी ट्रक हमें लेकर चल पड़ा।

रदीफ भाईजान अपने किए पर पछताते रहे, आपकी माँ और बहन से माफ़ी माँगते रहे, हम सबकी फटकार सुनते रहे। हमें आपस में बातें करते देख हमारे सर पर सवार फौज़ी गालियाँ देने लगे। अब्बू, भाईजान और मेरे दो छोटे-छोटे भाइयों को वे बार-बार राइफल के कुन्दे से मार रहे थे। आँखें बँधी होने के कारण कुछ भी नज़र नहीं आ रहा था हमें। ट्रक तेज़ी से आगे बढ़ रहा था। आवाज़ से पता चल रहा था कि हम सब शहर के बाहर किसी सुनसान जगह पर पहुँच गए हैं। एक जगह जाकर ट्रक रुका। पास बहती नदी की कल-कल आवाज़ सुन दिल काँप उठा। कहीं हम सबको मारकर वे नदी में फेंक तो नहीं देंगे ? इन दिनों यह आम बात थी।

'ऐ लड़की चल उतर !' ट्रक के सामनेवाले डाले को खोलकर एक फ़ौजी ने मुझे करीब धकेलते हुए नीचे उतार दिया। एक दूसरा फ़ौजी ऑनिच्छा को उतार रहा था। 'कहाँ ले जा रहे हो हमें ? छोड़ो। छोड़ दो।' हम दोनों ने चीख़ना शुरू किया। हमारे साथ-साथ हमारे घरवाले भी प्रतिवाद किए जा रहे थे। फ़ौजियों की तरफ़ से 'चुप कर सालो, नहीं तो मुँह पर भी पट्टी बाँध दूँगा,' 'सुहागरात मनाने ले जा रहे हैं इन्हें' जैसे जवाब आते रहे। हम दोनों को उतारने के बाद बिना देर किए ट्रक आगे बढ़ गया।

अम्मी ऽऽऽऽऽ शकीला ऽऽऽऽ माँ ऽऽऽऽऽ ऑनिच्छा ऽऽऽऽ अब्बू ऽऽऽऽ बेटी ऽऽऽऽ आमने-सामने से आती हमारी चीख़ें एक-दूसरे से टकराती रहीं और नदी से उठती आवाज़ में विलीन होती गईं। बस ! उन लोगों की वे अन्तिम आवाज़ें थीं जो मैंने सुनी थीं।"

शकीला बातें तो मुझसे कर रही थी लेकिन उसकी नज़रें अँधेरे को चीरकर आश्रय-शिविर के बाहर दूर बहती नदी की दिशा में जाकर स्थिर हो गई थीं। बल्ब की मद्धिम रोशनी न तो उसके चेहरे के अँधेरे को दूर कर पा रही थी और न ही मन के अँधेरे को।
बोलते-बोलते जब वह बिलकुल चुप हो गई तब हिम्मत करके पूछा, "तुम्हें और ऑनिच्छा को उतारकर फिर वे लोग कहाँ ले गए शकीला ?"

"बंकर में। नदी किनारे ही पेड़ों के झुरमुट में बना था वह बंकर। आस-पास कई और बंकर थे। हालाँकि उस वक़्त हमारी आँखों में पट्टी बँधी होने के कारण वह सब देख नहीं पाए थे। बाद में देखा था।"

"फिर ?" आगे की घटनाओं की निर्लज्जता का अनुमान था मुझे। फिर भी सूखे कंठ से मैंने पूछा।

"आप मेरे बड़े भाई जैसे हैं। आपके सामने आगे की घटनाओं का बयान करना शोभा नहीं देता। लेकिन पिछले कुछ महीनों में जिस तरह का निर्लज्ज जीवन हमने जीया है उसके

बाद शर्म-हया नाम की कोई चीज़ ही नहीं रह गई है हमारे जीवन में। आपको एक-एक बात बताऊँगी मैं। ताकि आप भी जानें कि आपकी बहन ने क्यों अपना जीवन समाप्त करना बेहतर समझा ?

"आप लोगों ने जान पर खेलकर देश को स्वाधीन किया है। हम जैसी हज़ारों हिन्दू-मुसलमान लड़कियों को उन दरिन्दो के पंजों से छुटकारा दिलवाया है। लेकिन जैसा सलूक उन्होंने हमारे साथ किया है, जो अपमान उन्होंने हमारा किया है उसका बदला कभी लिया जा सकता है क्या ? क्या आप लोग उन दरिन्दों की माँ-बहनों को नंगा करके नौ महीनों तक बंकर में रख सकेंगे ?"

"तो क्या तुम लोगों को बिना कपड़े के... ?"

"हाँ, कहीं अपनी साड़ी से आत्महत्या न कर लूँ या कहीं भाग न जाऊँ, यह सोचकर पहले ही दिन उन्होंने हमारे कपड़े जला डाले थे। पहले ही दिन करीब आठ-दस सैनिकों ने हमारे साथ व्यभिचार किया। चार-पाँच दिनों तक तो मैं उठ ही नहीं पाई। ऑनिच्छा को ठीक होने में मुझसे भी ज़्यादा वक़्त लगा। रो-रोकर बेहाल हो गई थी बेचारी। शायद पूरी तरह होश भी नहीं था हमें। थोड़ा ठीक होने से पहले ही फिर अत्याचार ! और फिर अत्याचारों का एक अन्तहीन सिलसिला... ! धीरे-धीरे हम इन सबके आदी होते गए। फिर तो उन्होंने हमसे हर तरह की सेवा लेनी शुरू कर दी। हमसे खाना भी पकवाते, नंगी हालत में ही हमें पहरा देकर नदी तक ले जाते और अपने सारे कपड़े फिंचवाते, बर्तन मँजवाते !" बिना किसी संकोच के आपबीती सुनाए जा रही थी वह। ऐसा लगता था जैसे अरसे बाद किसी अपने का अपनापन पाकर संयम खो चुकी थी वह ! मैंने पूछा, "तुम लोगों को वहाँ से भागने का कोई मौका नहीं मिला ?"

"मिलता तो भागती नहीं क्या ?"

"क्या हर वक़्त वे फौज़ी बंकर में ही रहते थे ?"

"नहीं, वे बाहर तो जाते ही थे लेकिन किसी न किसी को पहरे पर रख ही जाते थे। कई बार नए-नए फौज़ी भी आए। अपने साथ नई-नई लड़कियों को लाते थे वे। उनमें बारह साल से लेकर चालीस-पैंतालीस, पचास तक की उम्र की औरतें हुआ करती थीं। कुछ किशोर लड़कों को भी वे अपनी हवस का शिकार बनाने के लिए लाते थे। नए लोगों को वश में लाने के लिए वे हम पुरानी लड़कियों की मदद लिया करते थे। नई लड़कियों के मल-मूत्र भी हमसे ही साफ़ करवाते । जब वे नई लड़कियों के साथ व्यभिचार में लिप्त होते, तब हमें तरह-तरह की अश्लील क्रियाओं द्वारा उनकी मदद करनी पड़ती। न करने पर इतनी मार पड़ती कि डर से उनकी बातें मानने पर मज़बूर हो जाते हम ! क्या कहूँ केष्टो दा..." कहते-कहते चुप हो गई शकीला। सर नीचा करके कुछ देर शान्त खड़ी रही। फिर एक दीर्घश्वास छोड़कर बोली, "शुरू-शुरू में यह सब कुछ हम मानो मर-मर कर करते थे केष्टो दा ! लेकिन बाद में हमें इनकी आदत पड़ गई। यह सब हमारी दिनचर्या का अंग ही बन गया। हमारा अधः पतन होता चला गया। पहले हमें उनकी भाषा समझने में कठिनाई होती थी लेकिन फिर धीरे-धीरे उनकी बातें समझ में आने लगीं।

वह बंकर हमारे लिए एक अन्धा कुआँ था। वहाँ से भाग तो नहीं सकते थे इसलिए मर जाना चाहते थे हम ! ऑनिच्छा भी अक्सर आत्महत्या की बात किया करती थी। लेकिन हम इतने मजबूर थे कि मर भी नहीं सकते थे। मरने का कोई साधन नहीं था हमारे पास !"

अँधेरे की ओर देखते हुए शकीला कालिख उगलती जा रही थी और मैं अपने अन्दर धधकती आग पर काबू पाने की कोशिश कर रहा था।

"बंकर में नारकीय जीवन जीते-जीते हममें से कई लड़कियाँ विक्षिप्त-सी हो गई थीं," शकीला फिर शुरू हो गई। उसकी स्मृति में जमे कालिख का भंडार अभी भी ख़ाली नहीं हुआ था शायद ! "अच्छी-भली दिखनेवाली लड़कियाँ अचानक पागलों जैसी हरकतें करने लगती, फिर कुछ देर बाद स्वयं ही ठीक हो जातीं। ऑनिच्छा भी अक्सर विक्षिप्तावस्था में पाक फ़ौज़ियों के साथ स्वेच्छा से अजीब-अजीब अश्लील हरकतें कर बैठती थी। अब आपको कैसे बताऊँ, आप उसके बड़े भाई हैं। मगर हाँ, इतना ज़रूर कहूँगी कि उसकी उन हरकतों पर पाक फौज़ी उसका खूब मजाक उड़ाते, खूब मज़ा लेते ! बाद में होश आने पर जब मैं उसे उसकी उन हरकतों के बारे में बताती तो उसे इतना पछतावा होता कि वह दीवार से सर पटक-पटक कर अपने आप को लहूलुहान कर लेती। लेकिन फिर जब कभी उस पर दौरा पड़ता, वह पहले जैसी ही अश्लील हरकतें करने लगती।"

शकीला की बातें पिघले हुए गर्म लोहे की तरह मेरे कानों के अन्दर प्रवेश कर रही थीं फिर भी मैं निश्चल खड़ा था। वह कह रही थी, "दिन, सप्ताह, महीने बीत रहे थे। हमें सही-सही यह नहीं पता था कि हम वहाँ कितने दिनों से थे। यह भी नहीं जानते थे कि और कितने दिनों तक रहना पड़ेगा। देश कभी स्वाधीन होगा भी या नहीं। कभी-कभी उन फ़ौज़ियों को आपस में मुक्तिवाहिनी के बारे में बातें करते सुनती तो दिल खुशी से भर उठता।

ऐसे ही सबकुछ चल रहा था कि अचानक युद्ध की ख़बरें सुनी। फ़ौज़ियों की आपसी बातचीत से पता चला कि भारत ने उन पर हमला बोल दिया है। उन दिनों सारे फौज़ी बड़े हताश नज़र आ रहे थे। एक दिन वे सब के सब बिस्तर, कपड़े और अपने ज़रूरी सामान लेकर कहीं चले गए। उस समय बंकर में हम करीब पन्द्रह लड़कियाँ थीं। रात-भर हम बिना किसी पहरे के ही रहे। ऐसा पहली बार हुआ था। इस मौके का फ़ायदा उठाकर हम भागना चाहते थे। लेकिन हममें से किसी के पास कपड़े नहीं थे। इतनी ठंड में भी उन जल्लादों ने हमें बिना कपड़ों के रखा था। हममें से अधिकांश लड़कियाँ बीमार थीं। सर्दी, जुकाम, बुखार तो था ही, कई एक गर्भवती भी हो गई थीं।"

"क्या गर्भवती और बीमार लड़कियों के साथ भी वे जल्लाद कुकर्म किया करते थे ?" यह सवाल पूछने से अपने आप को मैं रोक न पाया।

"अमूमन तो यही होता था कि कुछ दिनों के अन्तराल में पुरानी, बीमार या गर्भवती लड़कियों को ठिकाने लगाकर नई लड़कियाँ लाई जाती थीं। लेकिन इस बार करीब डेढ़-दो महीनों से उन्होंने कोई नई लड़की लाई नहीं थी। इसलिए पुरानी लड़कियों से ही काम चला रहे थे। लड़कियाँ बीमार हो या गर्भवती, इससे उनको कोई फ़र्क नहीं पड़ता था।" निर्लिप्त भाव से शकीला बोली।

"तुमने कहा कि पुरानी लड़कियों को ठिकाने लगाकर नई लड़कियों को लाया जाता था। लेकिन तुम लोग तो काफ़ी दिनों से वहाँ थी ? तुम्हें ठिकाने नहीं लगाया गया ?"

"नहीं, दरअसल मेरे और ऑनिच्छा के हाथ का पका भोजन उन्हें काफी पसन्द आ गया था। शायद इसीलिए उन्होंने हमें कहीं नहीं भेजा। बंकर में आने के कुछ दिनों बाद मैं भी गर्भवती हो गई थी। लेकिन एक दिन किसी कारण से नाराज़ होकर एक फौज़ी ने मुझे ऐसा धक्का मारा कि मैं पेट के बल गिर पड़ी थी और मेरा गर्भपात हो गया था। फिर मुझे दुबारा

गर्भ नहीं ठहरा।"

"खैर !" कुछ रुककर उसने एक झटके से उस प्रसंग को झाड़ते हुए कहा, "गर्भ ठहरे या नहीं, हमारा जीवन तो बर्बाद कर ही दिया न उन्होंने। देश स्वाधीन हुआ तो क्या हुआ ? इस समाज में हम कभी सिर उठाकर जी पाएँगे क्या ?"

शकीला का सवाल सही था मगर मैंने उसे सांत्वना दी, "बांग्लादेश सरकार तुम जैसी प्रताड़ित लड़कियों को समाज में प्रतिष्ठा दिलवाने की पूरी कोशिश करेगी। तुम लोगों के जीविकोपार्जन की कोई न कोई व्यवस्था अवश्य की जाएगी। तुम लोगों की संख्या एक नहीं, हज़ारों में है। सब जानते हैं कि इसमें तुम लोगों का कोई दोष नहीं। दोष जिनका है, उनको सजा मिलनी चाहिए। मगर हमारी मजबूरी देखो। युद्ध जीतने के बाद भी हाथ आए दुश्मनों को हम कोई सजा नहीं दे सके। जनरल नियाजी ने अपने सैनिकों के साथ समर्पण किया। उन्हें युद्धबन्दी तो बना लिया गया मगर भारत सरकार उनके साथ जेनेवा कन्वेन्शन के अनुरूप भद्र बर्ताव कर रही है। काश ! कि उन जल्लादों को वे हमारे हाथों सौंप देते ! काश !" मैं अफ़सोस करता रहा।

"आप सिर्फ़ उन जल्लादों की बात कर रहे हैं जो बाहरी हैं। उन जल्लादों की बात क्यों नहीं करते जो हमारे अपने होते हुए भी दुश्मनों के साथ मिल गए और अपनी ही माँ-बहनों को उनके हाथों सौंप दिया ?"

शकीला का इशारा समझ मैंने पूछा, "कहीं तुम अशरफ अली की बात तो नहीं कर रही हो ?"

"ऐसा ही समझिए। उन जैसे लोगों की मदद से ही तो वे फौज़ी अन्दर की सारी सूचनाएँ प्राप्त करते रहे। अपने कुत्सित इरादों में कामयाब रहे। बचपन में इतिहास की किताब में विश्वासघाती मीरजाफ़र की कहानी पढ़ते समय यह नहीं सोचा था कि हमारे आस-पास भी सैकड़ों मीरजाफ़र घूम-फिर रहे हैं। यह अशरफ अली किसी मीरजाफ़र से कम है क्या ?"

"तुम ठीक कह रही हो शकीला। अब हमें अशरफ अली और उन जैसे विश्वासघातकों को ढूँढ़-ढूँढ़कर सबक सिखाना होगा ताकि दुबारा अपने ही लोगों से गद्दारी करने की किसी को हिम्मत न हो। तुम फिक्र न करो शकीला। क्रैकडाउन के समय ढाका में होने की वजह से मैं तुम लोगों की रक्षा तो नहीं कर पाया लेकिन अब अशरफ अली को सबक ज़रूर सिखाऊँगा। अब उसकी एक न चलेगी। उसने मेरी बहन को बर्बाद किया है... तुम लोगों की ज़िन्दगी बर्बाद की है...मेरी माँ को भी मुझसे छीन लिया है..."

"हो सकता है आपकी माँ अभी भी ज़िन्दा हों। मेरे अब्बू, अम्मी...भाईजान, भाभीजान भी ज़िन्दा हों !" अँधेरे से नज़रें हटाकर शकीला ने मेरी ओर देखा ! पहली बार उसकी आँखों में कुछ चमकता हुआ-सा नज़र आया।

"नहीं शकीला। मन को झूठी तसल्ली मत दो। आँखों पर पट्टी, पीछे की ओर बँधे हुए हाथोंवाली हज़ारों लाशें बांग्लादेश की हर नदी, हर नाले में तैरती हुई पाई गई हैं। हम इतने खुशकिस्मत नहीं हैं कि हमारे परिवारवालों को उन्होंने खिला-पिलाकर अब तक ज़िन्दा रखा होगा।"

काफी रात तक शकीला से बातें करने के बाद मैं घर लौट आया। सोचा, अशरफ अली से निपट लेने के बाद शकीला के दूसरे रिश्तेदारों को ढूँढ़ने की कोशिश करूँगा। कोई तो ज़िन्दा होगा उसके खानदान में। चाचा, मामूजान, खाला, फूफी...। और यदि वे लोग उसकी

जिम्मेदारी न लेना चाहें तो मैं अपने पास लाकर उसे रखूँगा। अनाथ, असहाय की तरह उसे आश्रय-शिविर में नहीं रहने दूँगा मैं।

❒ ❒ ❒

अगले दो दिनों तक मैं पागलों की तरह अशरफ अली को ढूँढ़ता रहा। उसके घरवाले घर पर थे। मगर वह नदारद था। मेजर जलील किसी काम से बोरिशाल आए हुए थे। ऑनिच्छा की आत्महत्या के बारे में पता चलते ही वे मुझसे मिलने आए। दुख व्यक्त किया, मुझे सांत्वना दी। मैंने अशरफ अली को ढूँढ़ने में उनकी मदद माँगी। जलील ने मुझे एक सूची दिखाई जिसमें बोरिशाल के उन गद्दारों के नाम थे, जिन्हें मुक्तिवाहिनी के लोग मार डालने के लिए ढूँढ़ रहे थे। उस सूची में अशरफ अली का नाम देखकर मुझे खुशी हुई लेकिन मन में यह संकल्प भी दृढ़ हुआ कि अशरफ अली से मुझे ही निपटना है, सिर्फ़ मुझे। किसी और मुक्तियोद्धा को नहीं।

कृतघ्नता और प्रतिशोध

22 दिसम्बर को ही बांग्लादेश सरकार कोलकाता से ढाका आ गई थी। लेकिन अभी तक कानून और प्रशासनिक व्यवस्था पूरी तरह से पटरी पर नहीं आ पाई थी। ढाका की तरह बोरिशाल में भी मुक्तिवाहिनी के लड़के अपने हिसाब से अपने-अपने इलाकों में शान्ति कायम रखने की कोशिश कर रहे थे।

हैरानी की बात तो यह थी कि जिस भारतीय सेनावाहिनी की मदद से हमने यह जंग जीती, उसी सेनावाहिनी के लोग अब हमारे देशवासियों की आँखों में खटकने लगे थे। स्वाधीन बांग्लादेश में उनकी किसी प्रकार की दखलन्दाजी उन्हें गवारा न थी। सभी चाह रहे थे कि भारतीय सेनावाहिनी अब जल्द से जल्द भारत लौट जाए। भारतीय सैनिक बांग्लादेश की धरती पर खुले आम घूम रहे थे। ढाका के बाज़ारों में मिलनेवाले आकर्षक विदेशी चीज़ें खरीद रहे थे। यह सब हमारे लोगों को सहन नहीं हो रहा था। वे कहते फिर रहे थे, "गैलो-गैलो-गैलो शॉब निए चोले गैलो।" वे कहने लगे थे, "भारत में विदेशी चीज़ें नहीं मिलती इसलिए वे हमारे यहाँ की सारी विदेशी चीज़ें ले जा रहे हैं। अब हमारे बाज़ारों में हमारे लिए कुछ भी नहीं बचेगा। कुछ भी नहीं।"

उस रात मेजर जलील के सहयोगी मुक्तियोद्धाओं को लेकर मैं एक खुली जीप में अशरफ अली की खोज में निकला था। इधर-उधर भटकते हुए काफी रात हो गई थी। अचानक बीच सड़क पर भारतीय सेनावाहिनी के कुछ जवानों ने हमें रोककर पूछताछ करना आरम्भ किया। हमारे साथी भड़क उठे, "आप लोग कौन होते हैं, हम मुक्तिवाहिनी के लोगों से पूछताछ करनेवाले ?"

"देखिए ! मुक्तिवाहिनी के नाम पर कुछ लोग कानून को अपने हाथों में लेकर अव्यवस्था फैला रहे हैं। इसीलिए हम यह जानना चाहते हैं कि आप लोग इतनी रात को अस्त्र-शस्त्र लेकर सड़क पर किसलिए घूम रहे हैं ? बार-बार निर्देश दिए जाने के बावजूद आप लोगों ने अभी तक अस्त्र-शस्त्र जमा क्यों नहीं किया ?" भारतीय सेनावाहिनी के एक

जवान का यह कहना था कि मुक्तिवाहिनी के लड़कों ने गुस्से से अपने अस्त्र उठाकर उन्हें ललकारना आरम्भ किया। मैंने उन्हें रोकने की कोशिश की तो मुझ पर भड़क उठे, "हिन्दू हैं आप। इसीलिए इनकी तरफ़दारी कर रहे हैं।"

"अहसानफरामोश मत बनो। यह क्यों भूलते हो कि इन्हीं हिन्दुओं ने तुम्हें आज़ादी दिलवाई।" मैंने उन्हें समझाने की कोशिश की।

"आज़ादी दिलवाने का यह मतलब तो नहीं कि अब ये हमारे सर पर चढ़कर नाचें !" हमारे बीच तर्क-वितर्क शुरू हो गया। बड़ी मुश्किल से एक भारतीय सैन्य अफ़सर ने बीच बचाव करके मामले को शान्त किया और अपने जवानों को लेकर वे वहाँ से चलते बने।

"युद्ध खत्म हो गया है। बांग्लादेश सरकार ने सत्ता सँभाल ली है। अब ये भारतीय सेनावाहिनी के लोग यहाँ क्यों पड़े हैं ? वापस अपने देश में क्यों नहीं लौट जाते ?" मुक्तिवाहिनी के एक लड़के ने फुफकारते हुए पूछा।

"मुझे तो इंदिरा गांधी की नीयत पर शक होने लगा है। कहीं उन्होंने हमारे देश पर कब्जा करने के उद्देश्य से हमारी मदद तो नहीं की ?" एक-दूसरे लड़के ने शंका जताई। "अल्लाह जाने !" पहले ने उसकी शंका पर लगभग मुहर लगा दी।

"अल्लाह के भरोसे रहोगे तो इतनी मुश्किल से आई स्वाधीनता के बाद भी जंजीरों में ही जकड़े रहना पड़ेगा।

"तो फिर हम क्या करें ?"

"हम अस्त्र-शस्त्र जमा नहीं करेंगे। भारतीय सेनावाहिनी की तरफ़ से जो बार-बार हमारे लिए अस्त्र-शस्त्र जमा करने का निर्देश आ रहा है, उसे नहीं मानेंगे। हमारे सारे अस्त्र-शस्त्र भारत के हैं क्या ? पाकिस्तानियों के अस्त्र-शस्त्र भी तो हैं हमारे पास ! हम क्यों दे उन्हें ? इतने दिनों से ये अस्त्र हमारे साथ हैं। हमारे शरीर के अंग-प्रत्यंग की तरह। इन्हें जमा कर देने पर हम बिलकुल असहाय से हो जाएँगे..."

भारतीय सेनावाहिनी और इंदिरा गांधी के खिलाफ कही जानेवाली उनकी बातों से मैं क्षुब्ध हो उठा मगर जहाँ तक अस्त्र जमा कराने की बात थी, उसमें मेरा मन भी आनाकानी कर रहा था। इतने दिनों से राइफल, मशीनगन लेकर उठता, बैठता, सोता रहा हूँ। इन्हें अपने से अलग कैसे करूँ। अपने दुश्मन से बदला कैसे लूँगा इनके बिना ?

उस रात घर लौटने के बाद भी सो न सका। विभिन्न दुश्चिन्ताएँ दिमाग को घेरे रहीं। ऑनिच्छा की आत्महत्या...अशरफ अली से बदला...भारतीय सैनिकों के प्रति उपजा संशय...साथी मुक्तिवाहिनी का इंदिरा गांधी की नीयत पर शक करना...सारी चीज़ें एक दूसरे में गड्डमड्ड होने लगीं।

कुछ रोज पहले तक इसी इंदिरा गांधी को यहाँ के लोग धन्यवाद और आशीर्वाद देते नहीं थकते थे। दोनों बाँहें फैलाकर दुआ माँगते थे उनके लिए। कृतज्ञता भरे कंठ से कहते थे, "की खेल-दैखाली माँ, होये इंदिरा/बिस्मॉये बाक्हीन जॉनोगॉन मोरा/देशेर सॉन्तान जॉतो, पेये मातृक्रोड़/प्रोणाम जानाबे तोरे, कोरे कॉरो जोड़।"

("क्या खेल दिखाया तूने इंदिरा माँ/विस्मय से वाक्हीन हम जनगण।/तुझ जैसी माता की गोद पाकर/इस देश की समस्त सन्तान/हाथ जोड़कर तुझे प्रणाम करते हैं।)

लोग यह भी कहते, 'इंडिया और इंदिरा ही हम ईस्ट पाकिस्तानियों के रियल फ्रैंड हैं।

क्या चन्द ही रोज में हालात इतने बदल गए हैं कि हम इसी इंदिरा माता की नीयत

पर शक करने लगे हैं ?

रात का अँधेरा छँटा। सुबह हो गई मगर मन शंकाओं से घिरा रहा। शंका भरे मन को लेकर ही फिर से अशरफ अली की खोज में निकल पड़ा मैं।

...और अन्ततः उस बिल का पता चल ही गया जहाँ वह चूहा छिपा हुआ था। रायपाशा में अपने एक चाचा के यहाँ था अशरफ। मेज़र ने मेरे लिए एक खुली जीप का बन्दोबस्त कर दिया था। पिछली रातवाले साथियों से नाराज़ था मैं। इसलिए पाँच अन्य भरोसेमन्द मुक्तियोद्धाओं को उन्होंने मेरे साथ कर दिया था। जिनमें से दो लड़के परवेज़ और रहमत रायपाशा के ही रहनेवाले थे।

अशरफ अली के ठिकाने के पास, एक पुलिया के मुहाने पर पहुँचकर रहमत ने जीप रुकवा दी और नीचे उतरते हुए बोला, "पहले मैं परवेज़ के साथ जाकर सबकुछ देख सुन आता हूँ फिर तुमलोग चलना। एक साथ इतने सारे मुक्तियोद्धाओं को आते देख आस-पास के लोग शोर मचा देंगे और वह भाग जाएगा।"

❒ ❒ ❒

परवेज़ और रहमत को गए काफी देर हो गई थी। हम खड़े-खड़े ऊबने लगे थे। इधर अस्त्र-शस्त्रों से लैस हम मुक्तियोद्धाओं को कौतूहल से देखते हुए लोग पुलिया से गुज़र रहे थे। पुलिया छोटी थी मगर काफी संख्या में साईकिल तथा रिक्शे उस पर से आ-जा रहे थे।

अचानक एक चादर से ढका हुआ रिक्शा पुलिया पर से आता हुआ नज़र आया। आमतौर पर पर्दानशीन मुस्लिम औरतें जिन रिक्शों पर बैठती थीं उन्हें इस तरह चादर से ढक दिया जाता था। इतनी देर से एक ही चादर ढका रिक्शा नज़र आया इसलिए शायद उसने हम सबका ध्यान कुछ ज़्यादा ही खींचा। हवा में उड़ती चादर के नीचे लुंगी पहने दो मर्दाने पैर देख हम हैरान हो उठे। ऐसा कैसे हो सकता है ? ज़रूर दाल में कुछ काला है। हमने आपस में एक दूसरे को इशारा किया और रिक्शे की ओर दौड़े। हमें इस तरह से आता देख रिक्शावाला रिक्शा से कूदकर भाग खड़ा हुआ। पुलिया से गुज़रते दूसरे लोग भी हड़बड़ाकर इधर-उधर भागने लगे और चादर में छिपा रिक्शे का सवारी भी बाहर आकर सड़क पर कूदने को मजबूर हो गया। अगले ही पल हाथ में बन्दूक लिए वह सड़क पर गिरा हुआ नज़र आया।

"अशरफ अली ऽऽऽऽ।" उस जालिम का चेहरा देखते ही मैं ऊपर से नीचे तक जल उठा। उसने एक पल गँवाए बिना मुझ पर गोली चला दी। मेरे और मेरे साथियों के हाथों के राइफल भी तब तक गोली उगलने लगी थी। कुछ गोलियाँ दागकर ही मैं धराशायी हो गया। अशरफ अली की गोलियाँ मेरे पैरों पर लगीं थीं।

असहनीय दर्द से छटपटाते हुए भी मैं अशरफ अली को तड़प-तड़पकर मरते हुए देखता रहा। "मैंने अपनी बहन के अपमान का बदला ले लिया अशरफ अली।"

दर्द में भी एक अद्भुत्-तृप्ति का अहसास मेरे अन्दर भरता चला गया। मेरी आँखें बन्द होने लगीं। "मुझ पर बेहोशी छा रही है क्या ?"—अपने दोस्तों और सड़क के लोगों के हो हल्ला, चीख़-पुकार के बीच मुझे उस वक़्त बार-बार अपना वही आखिरी वाक्य सुनाई पड़ा था—मैंने अपनी बहन के अपमान का बदला ले लिया अशरफ अली...।

बिस्तर पर आनन्दोत्सव

दृश्यान्तर पर दृश्यान्तर होते जा रहे थे। बार-बार भेस बदल-बदलकर विभिन्न भूमिकाएँ निभाता जा रहा था मैं। मगर इस नाटक के पटाक्षेप होने के आसार ही नज़र नहीं आते थे। यह कैसा अभिशप्त जीवन पाया था मैंने ? अस्पत्मल के बिस्तर पर पड़े-पड़े एक अपाहिज की भूमिका भी निभानी है मुझे ?

होश आते ही एक हिम-शीतल-सी अनुभूति मेरे सोचने-समझने की शक्ति पर हावी होती चली गई थी। अपने दोनों पैरों को खोकर अब बाकी का जीवन कैसे जीऊँगा मैं ? पिछले नौ महीनों में इस देश के करीब 30 लाख लोग मारे गए लेकिन मैं अपने वज्र शरीर के साथ डटा रहा। मुक्ति का सुख जो भोगना है मुझे—दूसरों पर बोझ बनकर, अस्पताल के बिस्तर पर लेटे-लेटे। अपना देश ! अपनी भाषा! अपना राज ! आह ! यह सबकुछ तो हासिल हो गया है हमें ! फिर यह कैसी शून्यता ?

"फ़िक्र न करो, हम हैं न !" मेजर जलील ने कहा। साथी मुक्तियोद्धाओं ने कहा।... और अस्पताल में हम मरीजों को देखने आए बांग्लादेश सरकार के नए-नए मन्त्रियों तथा नेताओं ने कहा।

मैं सबकी बातें सुनता रहा और मन ही मन हँसता रहा, "हाथी घोड़ा गैलो तॉल, मॉशा बॉले कौतो-जॉल !"

(हाथी घोड़े सब डूब गए और मच्छर बोले इतना पानी !)

जिसने अपने जीवन में सबकुछ खो दिया, एक के बाद एक बड़े-बड़े धक्के खाए, उसे तसल्ली देने आए हैं ये लोग !

❐ ❐ ❐

मेरा उदास अर्थहीन अपाहिज जीवन एक लय में चल पड़ा था कि एक दिन गोलियों और बम-पटाखों की आवाज़ से अस्पताल की दीवारें काँप उठीं। खिड़कियों के काँच झनझना उठे और अन्दर कहीं पुराने भयावह अनुभव कुनमुना उठे।

"क्या हो रहा है भाई ?" वार्ड में उपस्थित हम सभी मरीज एक दूसरे से सवाल कर बैठे।

"बंगबन्धु मुजीबुर्रहमान—हमारे राष्ट्रपति—पाकिस्तानियों की कैद से रिहा हो गए हैं। अन्तर्राष्ट्रीय दबाव के कारण पाकिस्तान के वर्तमान राष्ट्रपति भुट्टो ने उन्हें मुक्त कर दिया है। एक-दो दिन में वे स्वदेश वापस आएँगे..." वॉर्डब्वॉय ने दौड़ते हुए आकर वार्ड में यह खुशख़बरी दी।

बहुत दिनों के बाद मन को इतना खुश होने का मौका मिला था। शेख मुजीब—एक ऐसे करिश्माई व्यक्तित्व के स्वामी जिनके द्वारा जलाई गई मशाल की लौ ने अत्याचारी पाक शासकों के साम्राज्य को जलाकर राख कर डाला। नौ महीने के पूरे युद्धकाल के दौरान अनुपस्थित रहकर भी जो सबके खून में खलबली मचाते हुए हर कीमत पर स्वाधीनता लाने की प्रेरणा देते रहे, वही शेख मुजीब, हमारे अतिप्रिय बंगबन्धु स्वाधीन स्वदेश में वापस आ रहे हैं...30 लाख बंगालियों की हत्या करनेवाले पाकिस्तानियों के चंगुल से निकलकर सकुशल वापस आ रहे हैं...इससे बड़ी खुशी की बात और क्या हो सकती है ? मैं रेडियो से चिपक गया।

बंगबन्धु को 8 जनवरी 1972 की रात 3 बजे हवाई जहाज में बैठाकर पाकिस्तान से सीधे लंदन के लिए रवाना कर दिया गया था...लंदन के हिथ्रो एयरोड्राम में उन्हें उतारा गया...सफेद शर्ट, धूसर सूट, धूसर ओवर कोट, मुँह में पाइप...एअरपोर्ट से निकलकर होटल क्लैरिजेस में ठहरे हैं वे...फ़ोन पर बेगम फ़ैज़िलातुन्निसा, पुत्र कमाल तथा पुत्री हसीना से भावविह्वल कंठ में बातें की हैं...भारत के प्रधानमन्त्री श्रीमती इंदिरा गांधी का शुक्रिया अदा किया है उन्होंने....इंदिरा गांधी ने उन्हें दिल्ली आने का आमन्त्रण दिया है...बांग्लादेश के प्रधानमन्त्री ताजुद्दीन अहमद, अस्थायी राष्ट्रपति नजरूल इस्लाम से भी फ़ोन पर बातें हुई हैं...

रेडियो हमें बंगबन्धु की हर गतिविधि की जानकारी दे रहा था। बांग्लादेश के हर नागरिक की तरह उन्हें देखने के लिए, उनसे मिलने के लिए मेरा मन भी बेचैन हो रहा था। मुझ अपाहिज का मन भी !

पूरा बांग्लादेश उनके पथ पर आँखें बिछाए बैठा था। एक-एक पल भारी पड़ रहा था उन पर ! मगर हमारे बंगबन्धु ने अपनी कृतज्ञता व्यक्त करने के लिए सबसे पहले अपने सहयोगी देश में जाना उचित समझा।

10 जनवरी को वे दिल्ली पहुँचे। भारत की राजधानी ने दिल खोलकर उनका स्वागत किया। भारत-बांग्लादेश की पताकाएँ साथ-साथ फहराई गईं। "गंगा-पद्मा सेम फ्लड, इंडिया-बांग्लादेश सेम ब्लड" जैसे नारे लिखे परचम लहराए गए। भाव-विह्वल शेख मुजीब ने दिल्लीवासियों को सम्बोधित किया। भारत के प्रति आभार प्रकट करने के उपरान्त उन्होंने कहा, "आपलोगों की महान प्रधानमन्त्री श्रीमती इंदिरा गांधी सिर्फ़ महान भारत की ही नेत्री नहीं हैं, वे समग्र मानवजाति की नेत्री हैं... ।"

❐ ❐ ❐

बंगबन्धु के आगमनी संदेश से न सिर्फ़ बांग्लादेश की जनता, बल्कि यहाँ के पेड़-पौधे, खेत, मैदान, नदी-नाले सभी रोमांचित हो उठे थे। पूरा बांग्लादेश एक बार फिर से हरा-भरा हो उठा था, उनके स्वागत के लिए ढाका का वही ऐतिहासिक रेसकोर्स मैदान सज-धजकर तैयार था, जहाँ 7 मार्च 1971 को उनके दिए गए भाषण ने देशवासियों के मन में मुक्तिसंग्राम की ज्योति जलाई थी।

रेसकोर्स मैदान में बनाए गए पाँच सौ फीट ऊँचे भव्य मंच की तस्वीर अखबारों में छपी थी जिसे अवामी लीग के प्रतीक चिन्ह 'नाव' का आकार दिया गया था।

"काश ! मैं रेसकोर्स मैदान जा सकता !" रेसकोर्स मैदान में न जा सकनेवाले हर बांग्लादेशी की तरह मेरा मन भी यही वाक्य दुहरा रहा था।

10 तारीख को दोपहर में स्वाधीन बांग्लादेश की धरती पर उनके पवित्र कदम पड़े। स्वागत सभा में उमड़े देशवासियों को देख अभिभूत बंगबन्धु ने कहा, "सबसे पहले मैं बांग्लादेश के उन अनगिनत हिन्दू-मुसलमानों को स्मरण करता हूँ जिन पर अत्याचार हुआ। मैं जानता था कि बंगालियों को कोई दबाकर नहीं रख पाएगा। कितने लोग शहीद हुए, कितनों ने जान दी, परन्तु पीछे नहीं हटे। हमारे तीस लाख लोगों को मार डाला गया। प्रथम तथा द्वितीय विश्वयुद्ध में भी इतने लोग नहीं मारे गए थे। मैं हुक्म देता हूँ कि आपलोग मुझे अपना राष्ट्रपति या प्रधानमन्त्री नहीं बल्कि भाई मानें। हमारी यह स्वाधीनता पूर्ण न होगी यदि

यदि बांग्लादेश के लोगों को भरपेट भोजन न मिले, माताओं और बहनों को कपड़े न मिले, युवकों को काम न मिले। मैं नहीं जानता था कि आपलोगों के बीच वापस आ पाऊँगा। मैंने उनलोगों से कहा था, आपलोग मुझे मारना चाहते हैं मार डालिए। सिर्फ़ मेरी लाश को बांग्लादेश में, मेरे बंगालियों के पास वापस भेज दीजिएगा।

आपलोगों ने मुझे चाहा, मैं आ गया। मुझे फाँसी का हुक्म सुनाया गया था। मेरी कब्र खोदी गई थी। जीवन देने के लिए मैं तैयार ही था।

आने से पहले भुट्टो साहब ने मुझसे कहा था, 'दोनों भागों के बीच कोई बन्धन रखना यदि सम्भव हो, तो कोशिश कीजिएगा।' मैंने कहा, 'भुट्टो साहब ! आपलोग सुख से रहिए। बन्धन टूट गया है।'

मैं भारत के प्रधानमन्त्री इंदिरा गांधी तथा भारत के जनगण को मुबारकबाद देता हूँ। भारत-बांग्लादेश भाई-भाई ! शहीद की स्मृति अमर हो ! जयबांग्ला !"

बंगबन्धु के आगमन की उत्तेजना ने कई दिनों तक मुझे अपने दुख-दर्द को भुलाए रखने में मदद की। अखबारों और रेडियो ने अपने बारे में सोचने का मौका ही नहीं दिया।

❐ ❐ ❐

बंगबन्धु के आ जाने के बाद देश की स्थितियाँ तेज़ी से सामान्य होने लगीं। भारतीय सेनावाहिनी जल्द ही भारत वापस चली गई। शेख मुजीब के आह्वान पर मुक्तियोद्धाओं के प्रायः सभी दल अस्त्र-शस्त्र जमा करने के लिए राजी हो गए। कादिर सिद्दीकी ने भी, जो भारतीय सेनावाहिनी तथा बांगलादेश सरकार के आदेश के बावजूद अब तक अस्त्र जमा करने से आनाकानी कर रहे थे, टंगाइल में मुजीबुर्रहमान की उपस्थिति में अपनी विशाल वाहिनी के साथ अस्त्र जमा कर दिया।

सरकार की तरफ़ से हर कैम्प के मुक्तियोद्धाओं को प्रमाण-पत्र बाँटे गए। मैं अपने मूल कैम्प से विच्छिन्न मुक्तियोद्धा था। प्रमाणपत्र लाने के लिए जा नहीं सकता था। प्रमाणपत्र प्राप्त करने की कोई इच्छा भी नहीं थी, इसलिए मुझे नहीं मिला।

घायल तथा अपाहिज मुक्तियोद्धाओं, उत्पीड़ित औरतों की देख-रेख के लिए नई सरकार की तरफ़ से विशेष व्यवस्था की गई। भारत में शरणार्थी बनकर रह रहे बांग्लादेशियों के स्वदेश वापस लौट आने की ख़बरें मिल रही थीं। मगर वापस आनेवाले हिन्दुओं की संख्या मुसलमानों की तुलना में काफी कम भी। शायद वे वापस आकर दुबारा कोई खतरा नहीं उठाना चाहते थे। पिछले हिन्दू-मुसलमान दंगों को वे भूले नहीं थे।

आग ! फिर आग !

काफी दिनों तक अस्पताल में रहने के बाद मैं घर आ गया। अस्पताल से अपने एक मुक्तियोद्धा साथी बिशू को भी ले आया। युद्ध में घायल होकर अस्पताल में दाखिल हुआ था वह। 18-19 साल से ज़्यादा उम्र नहीं थी उसकी। एक लम्बे अरसे से अस्पताल के एक ही वार्ड में अगल-बगल के बेड पर रहते-रहते हम दोनों में काफी आत्मीयता हो गई थी।

जब वह पूरी तरह से स्वस्थ हो उठा और डॉक्टर ने उसे दो-चार दिनों में छुट्टी दे देने

की बात कही, तो वह खुश होने के बदले मायूस हो उठा था, "आपको छोड़कर जाने की इच्छा नहीं होती दादा !"

"तो फिर चल मेरे साथ मेरे घर ! मेरी भी तो अब यहाँ से छुट्टी होनेवाली है। अपाहिज मुक्तियोद्धाओं के लिए बने आश्रय शिविरों में मैं नहीं जाना चाहता। किसी की दया पर जीना अब और गवारा नहीं मुझे।" मैंने संजीदा होते हुए कहा था, "मेरा घर और दुकान बन्द पड़े हैं। आटा-चक्की को दुबारा चालू करके हम दोनों की आजीविका चलाई जा सकती है। तू साथ रहेगा तो मैं बैठे-बैठे भी दुकान चला लूँगा। बोल, जाएगा तू मुझ अपाहिज के साथ ?"

बिशू के सहारे मैं नए सिरे से अपना जीवन शुरू करना चाहता था। आत्मनिर्भर बनना चाहता था मैं। बिशू को भला इसमें क्या आपत्ति हो सकती थी ? एक अनाथ आश्रयहीन लड़के के लिए यह प्रस्ताव बुरा तो नहीं था।

बिशू और ह्वील चेयर के सहारे मैंने अपना नया जीवन शुरू किया। आटा-चक्की को दुबारा चालू करने के लिए थोड़ा-बहुत कर्ज लेना पड़ा। दो तल्ले को किराए पर लगाकर दुकान के पीछे बने कमरों में बिशू के साथ रहने लगा मैं। ऊपरी तल्ले को ख़ाली रखकर भी क्या करता ? मुझ अपाहिज के लिए सीढ़ियों से चढ़ना-उतरना सम्भव न था। समतल सपाट धरती पर रेंगना ही अब मेरी नियति बन गई थी।

सपना देखना छोड़ दिया था मैंने। अब किसी से कोई प्रत्याशा भी नहीं थी। ऐसे ही एक नीरस निश्चल दिन में अप्रत्याशित रूप से जॉगाई दा आ पहुँचे। लाखों रुपयों से भरा वह बैग भी वे लेते आए थे जिसे मैंने ढाका जाने से पहले उन्हें रखने के लिए दिया था। जॉगाई दा को ज़िन्दा देख मैं खुशी से रो पड़ा था। अपाहिज के रूप में मुझे देखकर जॉगाई दा के भी आँसू नहीं थम रहे थे। रो-धोकर कुछ शान्त होने के बाद उन्होंने कहा था, "भारत जाने से पहले मैंने तुम्हें बहुत ढूँढ़ा था केष्टो ! तुम मिले नहीं इसलिए जाने से पहले मैंने घर के फर्श में गड्ढा खोदकर तुम्हारे पैसे गाड़ रखे थे। तुम्हें तुम्हारे पैसे वापस करके आज मैं ऋण मुक्त तो हो रहा हूँ मगर जानता हूँ कि ये लाखों रुपए अब किसी काम के नहीं हैं। जिन दिनों मैं भारत में था, उन्हीं दिनों यह दुखद समाचार मिला था कि पाक सरकार ने सारे बड़े नोटों को बैन कर दिया है।"

"मुझे पता है जॉगाई दा कि ये सारे नोट बैन किए जा चुके हैं। अब इनमें और काग़ज़ के टुकड़ों में कोई फर्क नहीं।" मैंने कहा।

"हाँ रे केष्टो ! सुना था कि जब दुर्दिन आते हैं तो सोना भी मिट्टी बन जाता है। आज स्वयं देख रहा हूँ।"

"अफ़सोस मत कीजिए जॉगाई दा ! लाइए दीजिए !" मैंने हाथ बढ़ाकर रुपए के थैले को लेते हुए कहा, "मैं इन्हें सँभालकर रख लेता हूँ। इनमें मेरे टीन और ताल मिट्ठरी के कारखाने हैं, वर्षों की मेहनत और आपका आशीर्वाद है। इन पैसों से मैं शॉप्ना को, ऑनिच्छा को ढेर सारे सुख, ढेर सारी खुशियाँ खरीदकर देना चाहता था। खैर, अब मुझे किसी बात का कोई अफ़सोस नहीं। जो होना होता है, वही होता है," मैंने दार्शनिक से अन्दाज में कहा, "इस बात को स्वीकार कर लिया है मैंने। खुशी तो मुझे इस बात की है कि आप मुझे मिल गए हैं। मैं बहुत अकेला हो गया था जॉगाई दा ! बहुत अकेला।"

जॉगाई दा के आने से मेरे मन को काफी सहारा मिला। बिशू और जॉगाई दा ने मुझे मानसिक-शारीरिक रूप से काफी हद तक सँभाल लिया था। जीवन एक ढर्रे पर चलने लगा।

मैं चाहता भी यही था। जीवन को उस नई पटरी पर लुढ़काकर स्वाधीन बांग्लादेश में शान्ति से बाकी के दिन गुज़ार देना चाहता था मैं।

लेकिन कहाँ शान्ति ? आज तक किसी ने उस चिड़िया को अपनी आँखों से देखा है क्या ? जिस शान्ति के लिए हमने इतनी कष्टप्रद लड़ाइयाँ लड़ीं, अपाहिज हुए, परिवार खोया, जिस शान्ति के लिए हमारे लोगों ने कारागारों में अमानुषिक यातनाएँ झेलीं, तीस लाख बंगालियों की जानें गईं, सात लाख औरतों का जीवन नष्ट हुआ, उस शान्ति को हम नहीं ही हासिल कर पाए। राजनीतिक दाँव-पेंच, सत्ता लोभ, प्रतिस्पर्धा, आपसी दुश्मनी ने हमारे सारे त्याग, सारी तपस्या को मिट्टी में मिला दिया।

तभी तो स्वाधीनता के मात्र चार-पाँच वर्षों बाद ही सपरिवार बंग-बन्धु की हत्या कर दी गई। अस्थायी राष्ट्रपति और प्रधानमन्त्री बनकर अत्यन्त वीरता और कुशलता के साथ स्वाधीनता की लड़ाई लड़नेवाले सैयद नजरूल इस्लाम और ताजूउद्दीन अहमद जैसे देशप्रेमियों को भी नहीं बख्शा गया। गणतन्त्र की धज्जियाँ उड़ाते हुए पश्चिमी पाकिस्तानी शासकों की तर्ज पर पुनः सामरिक शासन लागू कर दिया गया। बंगबन्धु के हत्यारे निष्कंटक जीवन जी सके इसलिए उन्हें अच्छी-अच्छी नौकरियाँ देकर विदेशों में भेजा गया। रजाकार, अलबदर जैसे देशद्रोहियों को राजनीतिक संरक्षण दिया गया।

मुजीबुर्रहमान की मौत के साथ ही समानता और धर्मनिरपेक्षता के वे सारे सिद्धान्त धराशायी हो गए जिनकी नींव पर खड़े होकर हमने यह जंग जीती थी।

सबसे दुखद बात तो यह थी कि मुजीबुर्रहमान पर उँगली उठाई जाने लगी। उनकी हत्या के राजनीतिक कारणों पर नेपथ्य में छिपे व्यक्तिगत कारण अफवाह के रूप में बाहर आने लगे। कोई कहता, “उनकी हत्या राजनीतिक हत्या नहीं थी। इस घटना का तार एक औरत जनित घटना से जुड़ा हुआ है।”

“पाप ! महापाप ! अपने बंगबन्धु, अपने मसीहा पर ऐसा इल्जाम !”

“बंगबन्धु पर नहीं। उनके बड़े पुत्र पर !”

“क्या किया था उनके बड़े पुत्र ने ?”

“किसी क्लब में चल रही एक पार्टी में किसी फ़ौजी अफ़सर की खूबसूरत बीवी से छेड़-छाड़ की थी उन्होंने। फिर उस औरत के पीछे हाथ धोकर पड़ गए थे वे।”

“असम्भव ! ऐसा हो ही नहीं सकता।”

“ऐसा ही हुआ है।”

“फिर ?”

“फिर वह अफ़सर, जो कभी मुक्तिवाहिनी के एक महत्त्वपूर्ण योद्धा थे, आग बबूला होकर अपने कई फ़ौजी दोस्तों के साथ मुजीब के पास गया और इस बात की उनसे शिकायत की। पुत्र मोह और सत्ता मद में डूबे मुजीब ने अपने पुत्र की तरफ़दारी की। उन्होंने फ़ौजी अफ़सरों की बात को गम्भीरता से नहीं लिया और उन्हें अपमानित करके वहाँ से भगा दिया। अफ़सरों का फ़ौजी खून खौल उठा। पहले से ही कई छोटी-बड़ी बातों को लेकर मुजीब से नाराज़ वे अफ़सर पूरी तैयारी के साथ वापस आए। मुजीब के घर का घेराव किया। मुजीब से बाताबाती हुई। नाराज़ मुजीब ने उन पर गोली चलवा दी। अफ़सर तो बच गए पर अफ़सर की गोली से मुजीब मारे गए। फिर कई हत्याएँ हुईं। मुजीब के लगभग पूरे परिवार का सफाया कर दिया गया। इस घटना को राजनीतिक रूप दे दिया गया। औरतवाला मामला दब गया।”

"चुप रहो ! शर्म नहीं आती ऐसी बकवास करते हुए ?" मेरा मुजीब-भक्त मन प्रतिवाद कर उठा।

"किसी भी बड़ी घटना के पीछे कोई न कोई जबर्दस्त व्यक्तिगत कारण ही होता है। हमारे संवदेनशील मन की कोमल भावनाओं को ठेस पहुँचानेवाला कारण होता है। अब दहेज हत्या का ही उदाहरण लें। ऊपर से यह ज़रूर लगता है कि दहेज के लिए वधू की हत्या की गई। लेकिन अधिकांश क्षेत्र में मामला कुछ और होता है। पति या पत्नी के विवाहेत्तर प्रेम सम्बन्ध, वधू की उन्मुक्त जीवन-शैली या वधू द्वारा ससुरालवालों का असम्मान इसकी मुख्य वजह होती है।..."

मुझे तर्क दे-देकर समझाया जाने लगा। कहा जाने लगा कि सत्ता मद ने मुजीब को भी निरंकुश तथा स्वेच्छाचारी बना डाला था। इसीलिए उनकी यह परिणति हुई।

मैं प्रतिवाद करता रहा। वे कहते रहे। मुजीब हत्या की नेपथ्य कहानी कहते रहे...कहते रहे। कहनेवालों के मुँह को कोई कहाँ तक बन्द रख सकता है ?

सिर्फ़ मुजीबुर्रहमान के अहसानों को ही नहीं, भारत के अहसानों को भी भुला दिया गया। 'हिन्दू-मुस्लिम भाई-भाई' का नारा न जाने कहाँ खो गया ! हिन्दुओं को डरा-धमकाकर उनकी सम्पत्ति हड़पकर उन्हें बेघर करके देश से भगाने का षड्यन्त्र पुनः रचा जाने लगा।

यह देखकर बड़ा आश्चर्य होता था कि मुक्तियुद्ध के समय हर नागरिक के मन में देशप्रेम का जो जज़्बा था, वह न जाने कहाँ गायब हो गया था ! अधिकतर लोग उसी दिशा में नाव खेने लगे थे जिस दिशा में हवा बह रही थी। हवा के विपरीत दिशा में चलने का कष्ट कोई नहीं उठाना चाहता था। मंज़िल से भटकने की परवाह किसी को नहीं थी। परिणाम ? बंगबन्धु की हत्या के मात्र पाँच-छह वर्षों बाद यानी सन् 1981 में राष्ट्रपति जियाउर रहमान की भी हत्या ! पुनः सामरिक शासन। सीमाहीन दुर्नीति, लूट-हत्या, षड्यन्त्र शोषण की राज़नीति ! हाय बांग्लादेश ! क्या अयूब...याहिया के पदचिह्नों पर चलते राजनीतिज्ञों से कभी मुक्ति नहीं मिलेगी तुम्हें ? व्यर्थ ही हमने युद्ध किया।

कुछ वर्षों बाद उस सामरिक शक्ति का पतन हुआ भी तो क्या हुआ ? धार्मिक उन्माद तो अपनी चरम सीमा पर पहुँच ही गया न !

❐ ❐ ❐

सन् 1992 का दिसम्बर महीना था। रात को दुकान बन्द करने का वक़्त हो गया था। दुकान का नौकर नन्दू घर जाने के लिए बेचैन हो रहा था। काफी देर पहले बिशू अपनी गर्भवती पत्नी को डॉक्टर से दिखलाने ले गया था मगर अभी लौटा नहीं था। इसलिए मैंने नन्दू को रोक रखा था। ह्वील चेयर पर बैठा-बैठा मैं बिशू का इन्तज़ार कर ही रहा था कि हाथ में मशाल लेकर हो-हल्ला करते हुए उपद्रवियों का एक दल हमारे मुहल्ले में आ घुसा। ये पाक फ़ौजी न थे, रजाकार न थे। होते तो अफ़सोस न होता। ये हमारे अपने बांग्लादेशी थे।

वही पुराना दृश्य ! लूट पाट, मार-पीट, आगजनी ! निशाना—मुहल्ले के हिन्दू परिवार ! कारण ? भारत के अयोध्या नामक किसी नगरी में हिन्दुओं ने बाबरी मस्जिद को तोड़कर मिट्टी में मिला दिया है। अब यहाँ के बचे-खुचे हिन्दुओं को, हिन्दुओं के सभी मन्दिरों को

धूल में न मिला दिया, तो लानत है मुसलमानों पर !

चूँकि भारत स्थित मेरे धर्म-भाइयों ने उनके धर्म का अपमान किया था इसलिए स्वाभाविक रूप से मैं भी उन हमलावरों के निशाने पर आ गया।

ह्वील चेयर से उठाकर सड़क पर फेंक दिया गया मैं। मेरे घर, मेरी दुकान से आग की लपटें उठने लगीं। पीछे से बिशू का आतंकित स्वर सुनाई पड़ा...

"ए-भाई ! क्या कर रहे हैं आप लोग ? इन्हें मत मारिए। क्या आपलोग जानते नहीं कि ये मुक्तियोद्धा थे ? इन्होंने इस देश को आज़ाद करने में अपनी जान की बाजी लगा दी थी। नौ महीनों तक जंगलों, नदी, नालों में भूखे-प्यासे भटकते रहे थे और आपलोग इन्हें मार रहे हैं ? छीः !"

"इन्हें क्या, हम तुझे भी मारेंगे। साला हिन्दू का बच्चा ! मालाउन कहीं के ! हमारी मस्जिद पर हाथ डालने की जुर्रत करता है ? तुम में से एक हो नहीं छोड़ेंगे हम। मार साले को मार !"

"ए ऽ ऽ ऽ मेरी बीवी को हाथ मत लगाना...छोड़ ! छोड़ उसे ! ये मत भूल कि मैं भी मुक्तिवाहिनी का सदस्य था। लड़ना मैं जानता हूँ। छोड़ ऽ ऽ ऽ ऽ ! छो ऽ ऽ ऽ ड़! सालो ऽ ऽ ऽ ऽ"

बचपन में करीब बारह साल की उम्र में सड़क पर खड़े-खड़े अपने घर को जलते हुए देखा था मैंने। आज करीब बासठ साल की वृद्धावस्था में सड़क पर पड़े-पड़े घर को, इंसानों को, इंसानियत को जलते हुए देख रहा था मैं। देख रहा था और धार्मिक उन्माद की उस आँच से झुलसते हुए सोच रहा था कि क्या यह लड़ाई वाकई धर्म की लड़ाई है ? क्या यह उन्माद सिर्फ़ धर्म के लिए है ? यदि ऐसा होता तो धर्म के नाम पर भारत से अलग होने के बाद पाकिस्तान के दोनों हिस्सों में अवश्य ही गहरा रिश्ता होता। प्यार का रिश्ता होता। दोनों हिस्सों के समानधर्मी भाइयों के बीच इतिहास का यह क्रूर अध्याय न लिखा गया होता !

तो क्या धर्म से अधिक महत्त्वपूर्ण कुछ और तत्त्व हैं जो धर्म के साथ शामिल हैं या धर्म उनमें शामिल है ? क्या है वह तत्त्व ? यह तो हम सबने देखा कि पूर्वी पाकिस्तानियों के लिए धर्म से अधिक महत्त्वपूर्ण संस्कृति रही। तभी तो बांग्ला भाषा, साहित्य, संस्कृति के लिए भाषा आन्दोलन हुआ और आन्दोलनों का सिलसिला चल निकला।

और पश्चिमी पाकिस्तानियों के लिए ? उनके लिए निश्चय ही धर्म से अधिक महत्त्वपूर्ण सत्ता रही। वर्चस्व का सुख, शोषण से प्राप्त ऐश्वर्य का सुख हमेशा उनके धर्म पर हावी रहा। तभी तो समानधर्मी होते हुए भी वे पूर्वी प्रान्त के लोगों से इतनी क्रूरता से पेश आए जितनी कि कोई विधर्मी भी नहीं आ सकता था।

इसका मतलब धर्म उतना महत्त्वपूर्ण नहीं, जितना जतलाया जाता है। महत्त्वपूर्ण होते हैं दूसरे कारक। धर्म तो सिर्फ़ एक मुखौटा है जिसे पहनकर और पहनाकर कुछ स्वार्थी तत्त्व अपना स्वार्थ साधते हैं।

यदि यह सच है तो यह धार्मिक उन्माद ! यह आग ! यह सब क्यों ? बार-बार क्यों ? क्यों...???

मेरी परिक्रमा तो पूरी हुई। जहाँ से चला था, वहीं आकर खत्म हुआ मेरा सफ़र। बचपन से एक मुहावरा सुनता आया था, "कॉष्टो कोरले केष्टे पावा जाए।" यानी कष्ट उठाने से

केष्टो अर्थात् भगवान कृष्ण मिलते हैं। भगवान का मिलना हर तरह की सुख-शान्ति का मिलना है। लेकिन इतना कष्ट सहने के बाद भी आज जीवन के इस अन्तिम पड़ाव में मुझ केष्टो को केष्टो मिले क्या ? तभी तो जानना चाहता हूँ कि जीवन क्या सिर्फ़ आग की विभीषिका है ? और कुछ नहीं ?

●●●